U0581796

Best Time

白 马 时 光

〔珍藏版〕

春江花月夜

〔上〕

多多——著

百花洲文艺出版社

图书在版编目（CIP）数据

春江花月夜：珍藏版 / 多多著 . — 南昌：百花洲
文艺出版社 , 2020.11
ISBN 978-7-5500-3842-4

Ⅰ . ①春… Ⅱ . ①多… Ⅲ . ①长篇小说－中国－当代
Ⅳ . ① I247.5

中国版本图书馆 CIP 数据核字（2020）第 190720 号

春江花月夜（珍藏版）
CHUNJIANG HUA YUE YE ZHENCANG BAN

多多　著

出 版 人	章华荣	
出 品 人	李国靖	
特约监制	夏　童	
责任编辑	刘　云　程昌敏	
特约策划	李国靖	
特约编辑	柚小皮	
封面设计	80图·小贾	
版式设计	赵梦菲	
封面绘图	呼葱觅蒜	
出版发行	百花洲文艺出版社	
社　　址	南昌市红谷滩世贸路 898 号博能中心 Ⅰ 期 A 座 20 楼	
邮　　编	330038	
经　　销	全国新华书店	
印　　刷	三河市兴博印务有限公司	
开　　本	710mm×980mm　　1/16	
印　　张	57.25	
字　　数	1079 千字	
版　　次	2020 年 11 月第 1 版第 1 次印刷	
书　　号	ISBN 978-7-5500-3842-4	
定　　价	128.00 元（全三册）	

赣版权登字：05-2020-160

版权所有，侵权必究

发行电话　0791-86895108　　　　网　址　http://www.bhzwy.com
图书若有印装错误，影响阅读，可向承印厂联系调换。

春江花月夜

翻开中国古代的志怪小说，随处可见凡人跟狐仙或妖精的故事。从唐代的《酉阳杂俎》到宋朝的《原化记》，再到大家耳熟能详的《聊斋志异》，处处都留下了这些妖精美丽而多情的身影。

这些徜徉于夜色中的俊男美女，美好的皮囊下潜藏着无穷的力量，深情中带着疏离，微笑中藏着森森獠牙。

可这强烈的对比，却让他们更添了神秘的魅力。

其中人气最高的，就属狐妖。大概是因为它们外形美丽，皮毛漂亮，变成动物可卖萌，变成人形可勾魂，老少通吃。

所以不知从何时起，我也投入对狐妖的痴恋，慢慢脑中就有了对《春江花月夜》的初步构想，起初狐狸精是想写成泼辣娇俏的少女，但它不同意，自己生生扭转性别，变成了个美貌少年。

后来在动笔时才发现，少年确实比少女好一些，毕竟是发生在古代的故事，少女的限制太多，跟着笨书生同进同出太不方便。

而且狐妖能变形啊，且长着一张雌雄莫辨的脸，虽然身为少年，却可男可女有没有？

抱着试试看的想法，《春江花月夜》在天涯社区开始了连载，渐渐地吸引了诸多读者，点击量达百万，百家网站转载，后又衍生出一系列番外故事，都非常受欢迎。

可是越写到后来，文字中的王子进和绯绡已经不受我控制，跃然于纸上，走出了他们自己的人生。

如今《春江花月夜》全本即将付梓，收录了过去出书遗漏的故事，圆了我多年来的梦想。

在这里，想为王子进和绯绡这对好搭档写点什么。

记得有人说过，人物真正属于作者的时刻，只在付诸笔墨之前，一旦他被写出来，就成了所有读者的。

相信当你读完了这本书的时候，遇到的那个名唤绯绡、白衣翩翩的美少年，一定跟我所想的不一样。

就像所有的志怪小说中所写的那样，人和狐鬼精魅相遇，结局注定不好。在我看来，看似最幸福的王子进，却是整本书中最悲剧的人物。

如果没有遇到绯绡，他会跟其他人一样，走不了仕途就当个平凡的小商人，娶一房不那么漂亮却贤惠的老婆，平平安安地过一生。

但他却见到了绯绡，躲过了命中注定的千劫百难，却无法逃避两人最大的劫难，这劫难无处不在，却又平凡得被一直忽视。

那就是从不停歇，永恒流逝的时间。

无情的时间，注定让他身为一个凡人，只能永远仰望着绯绡的背影。如果没有那个人出现过，这辈子庸庸碌碌，几十年不过弹指一瞬，也就过去了。

但因为有了与狐妖的这段友情，他不再甘于平凡的生活，绯绡离开后他每天度日如年，甚至对自己挚爱的妻子都难免嫌弃。

他是被狐妖迷惑，陷入相思之中了吗？其实不是，他喜欢的是那个跟狐妖经历诸多怪事、快意人生的自己。

所以绯绡很聪明很聪明，他早就看穿了王子进的心思，才让他忘记了一切。

只有遗忘，才是对遇仙的凡人们最好的救赎。

目　录

目 录

楔　子

夜之始

战国时期，春末夏初的夜晚，一对祖孙在荒山野岭中赶路。

此地位于秦楚交界，终年战火连绵，而"朝秦暮楚"这个成语，就是形容这片地域战乱之频繁。

前几天祖孙俩所在的村庄刚刚被战火焚毁，老人不得不带着年幼的小孙子去投奔在魏国的亲戚。

两人在崎岖的山路上蹒跚而行，刚走到半山腰，那不过六七岁大的男孩就嚷着走不动了，直要爷爷背他。

老人须眉皆白，已过花甲之年，望着明月荒山连连叹息，只能无奈地把小孙子负在背上，一路向山顶走去。

此时已是寅时，一天中最黑暗的时候，山风里带着潮湿的气息，似乎一场山雨欲来。

老人又走了半晌，一直伏在他背上酣睡的孩子却突然醒了过来。他瞪圆了大眼睛，扭来扭去，直唤着要下来。

"爷爷，我听到草丛里有人在呼唤我。"

"乖孙，你听错了吧？这深山老林，哪有什么人啊？"老人驻足聆听，却只听到树叶沙沙作响，蚊虫轻鸣。

但男孩却挣扎个不停，直要从爷爷背上下来，老人拗不过自己的小孙子，只能把他放下来。

这小小男孩双足一着地，就跑进了一处枝叶蔓生的茂密灌木。

"快点回来，小心里面有虫蛇。"老人急切地叫道，但他话音未落，却见小孙子已经怀抱着一只雪白的动物走了回来。

在朦胧的月光下，发现那动物竟然是只年幼的狐崽，皮毛上尽是鲜血，似乎是被猛兽袭击了。狐狸尚有一丝生气，嘴巴一张一合，像极了人类呼叫的动作。

老人见到这受伤的白狐极为欣慰，连年战乱，让他心软至极，根本见不得死亡。他急忙从孙子手中接过白狐，简单地包扎止血，忙活了半晌，那狐狸柔软的脖颈总算有了些气力。

男孩见状欢喜至极，将白狐放在自己的小背篓中，蹦蹦跳跳地跟在爷爷身后。

月影在云层中滑过，洒下淡淡辉光，似乎连乌云都没有方才厚重了。

"爷爷，你说是叫它小白还是小雪呢？它长得这么漂亮，到底是公还是母？"男孩捡到白狐后来了精神，一路上边走边说，跟着老人翻过了山头。

老人慈爱地笑着，也不理会幼稚的孙子，只担忧地望着头顶密布的铅云，心底暗暗祈祷这场山雨不要太快降临。

到了黎明时分，祖孙二人已经走到了山脚下，狭窄崎岖的山路变得越来越宽阔，眼看就要见到亲人，老人的脚步都不由轻快了许多。

然而就在这时，山路上突然响起了盔甲和刀剑的撞击声，一队巡查的士兵，从青白色的晨晖中走出来。

"你们这是要去哪儿啊？前面就是国境了，还不快点回去！"这队士兵有十几人，为首的一名一见到他们就大声呵斥。

"我的亲戚就住在山脚下的村子里，老汉是带着孙子去投奔他们的，求大爷们行行好，高抬贵手让我们过去……"

"什么村子？这附近早就没村子了！"那士兵厉声大喝，"你们分明就是要叛国！"

什么？没有村子了？难道自己的弟弟和弟媳，都死在了铁蹄和战火中？老人听到这噩耗，一时之间竟悲痛得无法言语。

他望着自己年仅七岁的小孙子，不由老泪纵横，只觉这孩子可怜至极，本已死了父母，此时连个能庇佑他的人都没了。

"最近边境战乱，叛国的人层出不穷，我们奉命在边境巡查，一旦发现有百姓不安分守己，一律格杀勿论！"为首的士兵见他哭哭啼啼，不耐烦地从腰间抽出了佩刀。

"我们真的不是叛国，我们这就回去。"

"回去？那还得大爷们押送你们，再说谁知道你会不会又跑回来？"他狞笑着说，手起刀落，一刀就刺进了老人的胸膛，"我们都忙得很，可没时间盯着你们，这样就一劳永逸了。"

变故在瞬息之间发生，老人还没反应过来发生了什么，就已经倒在了地上，苍老的脸上犹自挂着浊泪，似乎不愿相信这可怕的事实。

"爷爷！你起来啊，不要死啊！"

耳边响起了小孙儿的哭叫，他想嘱咐孩子几句，可是话到嘴边，都变成血沫喷了出来，连一句话也说不出。但很快一股热血喷到他的脸上，小孙儿的哭叫戛然而止，小小的身体扑倒在他身上，显然也遭了毒手。

他心中一痛，闷哼一声，就此气绝了。不过瞬息之间，方才还有说有笑的祖孙俩，便已陈尸在路旁。

"今天又杀了两个叛国的，回去可有交代了。"士兵们大笑着扬长离去。

连老天似乎也看不下去这人间惨剧，积云重重的天空传来一阵闷雷，豆大的雨点气势汹汹地落了下来，洗刷着这青翠山色，也涤净了祖孙俩的尸身。鲜血混着雨水，顺着山路的沟渠蜿蜒而下，仿佛在一片碧绿深灰中撒下几匹鲜艳亮丽的红绸。

真是宁为太平犬，不做乱世人。

深山中很快就恢复了寂静，而小男孩摔落在地的背篓中，一双晶亮黝黑的眼睛正透过雨帘望向他的尸身。如泣，又如诉。

第一夜

少年游

北宋，夜，东京城。

一位身材瘦弱的书生正坐在窗前苦读，房间中桌椅简陋，桌上一支红烛，照亮了他苍白憔悴的脸。

"君子中庸，小人反中庸。君子之中庸也，君子而时中；小人之中庸也，小人而无忌惮也……"

他在背读一本《中庸》，虽然正是风华正茂的年纪，眼眶下却满布黯淡的青痕。

一滴烛泪，似乎也为他的执着感动，缓缓滴在了烛台上，宛如鲜血凝固。而就在这滴烛泪滑下的同时，他突然捂住了胸口，呼吸越来越急促。

"救……救我啊……"他哐当一声摔倒在地，朝大门的方向绝望地伸出了手。

门缝中露出一只黑亮而有神的眼，那是一个小厮打扮的孩童，面对书生的呼救，他却置若罔闻，紧紧地关上了大门，并在门外落了一把锁。

不知从哪里刮来一阵风，吹开了虚掩的木窗，吹熄了桌上的红烛。年轻的男人挣扎着想要爬起来，却没有半分力气。

而在他的身后，一个巨大的黑影从敞开的窗口探进来，伸出长长的触手，悄无声息地缠住了他的脚。

"啊啊啊——"撕心裂肺的叫声从楼上传来，但却根本无人听到。

夜已深，东京城却灯火连天，喧嚣热闹，哪有人留意到这点动静？人们都在瓦肆中嬉戏玩乐，看花楼的姑娘们当街卖酒，看西域的艺人们高妙的表演，看这无边夜色在太平盛世中，展现出最妖娆的姿态。

一

汴河东流无限春，隋家宫阙已成尘。行人莫上长堤望，风起杨花愁煞人。

被唐朝诗人李益多次吟咏过的汴河中，此时碧水潺潺，船只往来如梭，一艘六桨客船顺水漂来，船上的十几名客人，皆是进京赶考的学子。

"现在国家不问门第，广纳贤才，我等同僚正是赶上了好时候啊。"

其中一位方脸阔额的书生正在发表演说，引得其他人高声附和，情绪激动，个个觉得高中的会是自己，似乎只要到了东京城，一进贡院，那一步登天的青云仕途，就会摆在眼前了。

为首的书生姓孙名唤道然，得到大家的响应极为开心，可是眼光一瞥，却见一个长相文静、呆头呆脑的年轻人正趴在窗口，居然对他的慷慨陈词无动于衷。

"同窗的王子进，你对我的话没有什么想法吗？"

听到他的质问，那叫作王子进的书生这才回过头，却哭丧着脸，极为失望的样子："当然有，道然兄啊，我觉得你说得很有道理啊，非常正确。"

道然听他如此回答，满意地点了点头。

哪想王子进又继续说："你讲的道理我是懂的，唯一不懂的是，这湖边绿柳如烟，景色优美，又临近东京，怎么就没有一位佳人呢？"

他的话一出口，立刻引来一船的人哄堂大笑，连摇船的艄公都忍不住连连摇头，觉得他毫无志气。

王子进却不以为意，打开折扇，踱着步子走到船头，朗声说："你们懂什么？古来功名皆粪土，从来真心人难求。"

话音未落，又引来书生们的大笑，大家都拊掌为他的花痴赞叹。

众人正笑闹着，站在船头摇头晃脑的王子进却突然像着了魔，面现惊艳之色，死死盯住了岸边的柳堤，竟亦步亦趋地扶着栏杆，径向船尾走去。

同行的年轻人都不知他为何变成这副如痴如狂的模样，只觉奇怪，一起望向堤岸。

但见岸边柳色凝翠，花团锦簇，一个身穿白衣的人如莲花初绽，正站在码头上。依稀可见这人黑发如云，肤白胜雪，执一纸扇掩面，虽看不清眉目，却也知是一位佳人。

"喂，你快回来！前面没有路了！"众人见王子进一会儿工夫已走到船尾，不禁连连惊呼。

可王子进只觉得自己已经走进了一幅绝美的画中，里面有人面桃花，有月宫嫦娥，是一番诱人的景象，哪还听得到他们的叫嚷？

随着扑通一声闷响，他已经一脚踩空，掉进了汴河中。他水性颇好，慌忙中喝了两口水，便连忙找自己的折扇。只想着自己好歹是个文人，待会儿见了美人，怎么能没有折扇呢？万万不能丢了风度。

"王子进，快游啊，游到那佳人身边去！"

"还愣着干吗？何不博美人一笑？"船上的同乡见他深谙水性，都放下心，一起跟着起哄。

王子进在水中受到鼓舞，竟丝毫不觉得是讽刺，抓起漂浮在河心的折扇，奋力向岸边游去。

他游了几下觉得长袍浸了水，太碍手碍脚，就脱了；纱帽也甚是挡眼，摘了，哪里还顾得上斯文礼节？他一心只有那码头上临风而立的佳人了。

他越游越近，越近越是欣喜，因为这位姝丽不是一般的貌美。只见她柳眉如黛，青丝如云，而且一双桃花凤眼眸光似水，仿佛还在对他笑。

王子进见到这含蓄的笑意，更加精神饱满，几下就游完了剩下的路程。

那人站在码头上，见他靠近，居然蹲下身，伸出一只玉手，要拉他上岸。

王子进望着眼前那只修长白皙的手，不由有些羞赧。书上都说了，男女授受不亲，他怎么也是读过圣贤书的，怎能如此唐突了美人啊？

可他正在犹豫，那只手又在他面前招了招，但见十指如葱，指尖泛着淡粉，诱人至极，令他顿时就看直了眼。

什么君子风度，什么伦理道德，都不如眼前的景致诱人。他一闭眼就抓住了那只手，可是触手却没有想象中的柔嫩滑腻，反而如铁一般冰冷坚硬。他还没有搞清是怎么回事，一股巨力就轻轻巧巧地将他拽出水面，拖上了码头。

他狼狈地爬起来，只觉这美人的手也太硬了点，似乎是自小做农活儿长大的，而且那力气连自己都比不过，简直能拉起一头牛。

只见那白衣人已经放下折扇，露出了一张姣好面容，虽然鼻梁挺秀，双眉如剑，略带英气，却掩不住那双丹凤眼中流转的媚人风骨。

"多谢佳人救命之恩，小生乃江淮人士，姓王名子进，这厢有礼了。"他急忙整理了一下衣服，拎着被水浸得松垮的折扇，向眼前的美人行礼。

只见佳人一双晶亮的眸子注视着自己，眼神如泣如诉，好像在哪里见过。

正愣神间，就听佳人开口了，不是想象中的温言软语，却是一道清亮的男声："小生姓胡，在此有礼了，请问王兄有何贵干？"

王子进立刻瞠目结舌，双腿发软，本就站在码头上，竟不着力，又扑通一声跌到水里。

这次是真的沉了，不仅是身体，连心也沉到了冰凉的湖水中，隔着荡漾的碧波，怎么见这胡生的笑容中竟夹着一丝狡黠呢？

湖水很凉，令他眼前一黑就晕了过去，恍惚间他觉得在很久很久以前，似乎同样是在冰凉的水里，也有一双晶亮的眼，这样注视过自己。

二

王子进再次醒来，却发现自己正躺在温暖的船舱中，周围一干学子正在把酒言欢，行诗对句。

此时天已晚，烛光摇曳，他看了看身上干爽的衣服，又看了看一干与平时并无二致的同窗，不由暗自松了口气。

原来下午的丑事不过是南柯一梦，那梦中的美人真是美到极致，可惜美梦怎么到了后来就变成了噩梦？如果自己能控制梦境，将那少年换成佳人，他情愿一辈子在梦中长眠不醒。

他嘴边含笑，正在傻乎乎地回味，却被眼尖的道然看到，连连高呼："大家快看啊，我们的唐突公子醒来了！赶快把胡公子叫进来，让他们来一个执手相认。"

听了这话，王子进心中立刻一片冰凉，只想一觉睡过去不再醒来，可是已经来不及了，他所熟悉的哄堂大笑又瞬间将他包围。

道然的话音刚落，就见一把折扇撩起了船舱的竹帘，走进来一位俊美少年，正是今日下午的那位翩翩公子。

他依旧白衣胜雪，剑眉入鬓，见到王子进，唇边含笑，朝他作了个揖，"小生胡绯绡，字炎天，见过王兄了。"

他嘴上虽然恭谨有礼，红唇边却总含着一丝抹不去的笑意。

王子进见了心中不快，这分明是在笑他的愚蠢，不由不耐烦道："长得如此雌雄莫辨，还偏偏取了个雌雄莫辨的名字。我叫王子进，字莫离！行了吧，没事跟着我们干吗？"

"我说子进，这就是你的不对，这位胡兄今日是在码头上等咱们这条船，也是要去赴考的，谁会知道你比船跑得还快呢。"

道然跑来打哈哈，却又引来一阵哄笑。

整个晚上，一干学子都围着胡绯绡转，因为不管他的名字多么拗口，不管他长得有多么像女人，在他们知道他是山阳书院的学子以后，就对他产生了莫大的兴趣。

尽出鸿儒的山阳书院啊，什么样的人才能进去受教呢？完全不是他们可以比拟的。

而胡绯绡竟然还会相面，酒过三巡，便在烛光下对道然说："你啊，这次必进三甲，一定要清廉为官，要不然恐老来无福啊。"

王子进躲在一边赌气，见他说得头头是道，不由急得心痒难耐，只想知道自己能否觅得一位如花美眷，共度今生。

胡绯绡一口气又帮三个人看了相，他再也忍不住了，手脚并用，从卧榻爬了过去，双手抱拳道："恳请胡兄帮小生一看！"

脸上尽是虔诚，为了美人，这点委屈算什么呢。

胡绯绡望着王子进那布满遐想的脸，眼中竟有许多的不舍："王兄啊，你……"

话到嘴边，却欲言又止。

"你快说啊，大丈夫不要婆婆妈妈的啊！"王子进急得抓耳挠腮，连连催促。

"那恕小生直言，王兄必不得善终，怕是命不过而立。因王兄前世孽债太重，必将世世暴死，而且八字凶险，所到之处必定有鬼怪相随。"他话一说完，周围的人不禁都倒吸了一口凉气。

连烛光似乎也跟着诡异起来，忽明忽暗中，王子进的脸色变得铁青。

怪不得父亲为自己取字叫莫离，是怕我遭逢危险吗？可惜孩儿不孝，终要离你而去了。

"王兄，王兄！"呼唤的声音像自远方传来，周围一片寂静，看到大家关切的眼光，王子进不禁心中一酸。

"王兄莫怪，相面只是信口胡说之事，王兄莫要当真。"胡绯绡大概也觉得自己说得过分，连忙安慰他。

却见王子进转过头去，面对着他一张俊脸，幽幽地问："胡兄，请如实告知，我命中可有桃花？"

此言一出，又换得一片哄堂大笑，大家连连拊掌感慨，不愧为花痴王子进，在这种时候还在想着美人。

"有，当然有！王兄有生之年，必能觅得一位如花美眷……"此时连一直高贵骄傲的胡绯绡都被他逗得捧腹大笑，连连摇头。

狭窄的船舱被笑声充溢，只有王子进独自悲伤并幸福着，倚在窗边，望着窗外的江枫渔火。

算起来离而立之年只剩不到七年，又有多少时间可以和佳人做一对神仙眷侣呢？

三

客船在汴河上行了数日，终于在一日午后抵达了东京城。

此时正是大批学子入京赶考的时节，繁华的码头上到处可见布衣书生的身影，形形色色的商人围着这些年轻人转个不停，更有花楼的美貌姑娘来招揽生意。对于大多赶考的学子来说，这一个多月中，他们丢失的不仅是功名，还有饱满的钱袋。

王子进跟在诸人身后，跌跌撞撞地走出码头，但见东京城中房屋鳞次栉比，道路两旁尽是商铺客舍，路上随处可见金发碧眼的胡商。

"东京果然是繁华啊，真是百闻不如一见！"道然忍不住感慨，其他人也个个眼睛不知往哪里放。

只有胡绯绡依旧长身玉立，漫不经心地扇着折扇，倒像是见惯了繁华，不以为意的样子。

他们边说边看，不觉竟走了半晌，眼见日头西斜，还是道然想起来投宿的问题，否则恐怕到了天黑要流落街头。

说到投宿，大家都开始急起来，每天不知有多少赶考的学子到东京，他们这一逛就是大半天，现在有没有客栈可住都不知道了。

一行人又不知走了几个里坊，沿途的店越来越大，景致也是越来越繁华。

"看，前面有一个大客栈啊！"其中一个书生叫道。

大家一齐向前望去，只见路尽头果然有家很大的客栈，门楣上挂着个巨大的金字招牌，上书"鸿福客栈"几个龙飞凤舞的大字，漆金大门两边挂着一人多高的红灯笼。

"这么豪华的客栈，怕是我等负担不起吧？"王子进一见那客栈的排场，不由心虚。

"管他呢，先进去看看再说。"一行人皆年少气盛，兼人多胆壮，一起哄就同时走了进去。

进了厅堂，众人眼前皆是一亮，只见厅堂装修奢华，雕梁画栋，连一人合抱之粗的巨柱上都画满了描金的花纹。

眼见他们光临，立刻有一位看起来年过五旬的胖掌柜笑嘻嘻地迎了上来，"各位客官可是要投宿吗？"

　　道然听了忙摆手道："我们只是进京赶考的学子，负担不起贵店，还是罢了。"

　　掌柜的一听，竟有几分惊喜，就连皱纹中都夹着笑意："这太好了！客官有所不知，赶考的学子在我这里都可免费投宿。若是中了功名，得到圣上垂青，均可全免；若是不中，再收费用不迟。只望各位中有贵人之相的若是高中，能照顾一下小店的生意就行。"

　　经他这样一说，立刻有人动了心，投考的学子都是为了功名而来，而且个个都觉得自己将会高中。

　　他话音刚落，便有人到柜台前填了单子，还有人本没有几分胜算，但见他人入住，不肯输人一口气，也跟着填上了姓名。

　　王子进刚要跑去凑数，就被身后的胡绯绡一把拉住："王兄，还是算了吧，我们改投别家去吧。"接着又朝看热闹的道然喊，"道然，莫要为了一时之利耽误了一生啊。"

　　一共十几人进去，此时走出客栈的竟只有三人。眼见天色渐晚，王子进愤怨地问胡绯绡："胡兄，敢问为何不让在下投宿？这么晚了，我们要去哪里找比这家更好的客栈？"

　　胡绯绡不由哑然失笑，"王兄啊，你要是真的能考取功名，那文曲星自会帮你挡灾接福，依你现在的八字，怕是与功名无缘啊，真的硬考，搞不好还要折阳寿……"他说到一半，凤眼微转，"况且这家客栈邪门得很。"

　　"邪门，哪里邪门啊？我怎么看不出来？"王子进仔细地端详身后的客栈，只见红灯高照，宾客盈门，不见异状。

　　"你没有听到里面有好多人哭的声音吗？"站在一边的道然忍不住开口了。

　　"然也，然也，里面怨气太重啊。"胡绯绡连连点头附和。

　　"什么哭声啊，我没有听到啊？"王子进赶紧提了袍角跟上两人，只觉头皮发麻，再也不敢看身后的客栈一眼。

　　"所以说你八字不好，没有趋吉避凶的意识。"

　　在他吓得双腿发软时，胡绯绡还不忘提醒他多舛的命运，三人渐行渐远，转眼便消失在东京城辉煌的灯火中。

四

　　行至亥时，胡绯绡一路挑挑拣拣，不是嫌这家破就是嫌那家脏，道然忍受不了，独自找了间简陋的民舍歇下，只有王子进仍硬着头皮与他同行。

"王兄，你看这家客栈怎么样啊？看起来很舒适华丽啊。"这位公子哥儿般的家伙又走了两条街，终于停在了一家跟鸿福客栈差不多大小的客栈前。

"我看还是算了吧，胡兄，我们毕竟只是一介书生，不该如此奢靡吧。"王子进只看了一眼那客栈的装潢就连连摇头，想到自己的荷包，连说话都没了底气。

"既是投宿，怎可没有了香软床榻和锦缎的被褥呢？"胡绯绡却一摇扇子就走进大门。

王子进拗不过他，只好也跟了进去。

所幸胡绯绡也足够大方，二话不说就掏了银子包了个两张床的上房，把王子进也算了进去。

而这家客栈的装饰果然没令人失望，走进客房，只见宽阔的雕花木床上铺着锦缎被褥，香软诱人。

胡绯绡见了，欢呼一声就窝进被子，眯着细长凤眼，甚是享受。

王子进见他这天真模样只能连连摇头微笑。

是夜子时，王子进独自在桌前挑灯夜战，正写得酣畅淋漓，却听房门外传来阵阵轻响。

他尚自疑惑，却见一直窝在床里没有动过的胡绯绡突然欢呼一声，跳起来就冲向房门，再回来时，手中已经抱着一只荷叶烧鸡和两坛黄酒。

"王兄，人生得意须尽欢，何必和自己过不去呢？"他把酒坛和烧鸡往桌上一放，也不顾他的感受，就大快朵颐起来。

王子进见今日是学不成了，再瞥一眼旁边吃得正欢的胡绯绡，当下双手呈了自己的文章给他："胡兄乃山阳书院的才子，可否助小生一改文章？"

胡绯绡也不客气，一把抓过他递过来的文章，洁白的纸上顿时出现了几个油乎乎的手印："嗯嗯嗯，还好啦，就是辞藻过于华丽，易流于不实。"

说完还不忘再啃几口鸡吃。

"那……那个，胡兄……"

"怎么，我的评价不够中肯吗？"

"不敢，胡兄所言极是，是胡兄将我的文章拿倒了……"

"反正都是可以看的嘛，王兄不必过于拘泥小节。"胡绯绡放下宣纸，眼中含笑地递过来一只鸡腿。

这是不拘小节的事情吗？王子进只觉得哪里不对劲，可是美食当前，他也管不了这么多，伸手就接过鸡腿和他一起吃起来。

两人把酒言欢，一直喝到半夜，胡绯绡甚爱吃鸡，中途又叫了两只烧鸡，一坛黄酒。待到窗外更夫已报丑时，他才晃晃悠悠地走向卧榻，一头栽倒便睡死了。

王子进见他这模样不禁连连摇头，只觉他一个大男人，竟如此不胜酒力，行为举止与孩童无异。

他为胡绯绡盖上锦被，便去洗漱，也要休息了。

然而等他洗漱完毕，脱下外袍回来，却见胡绯绡的床上锦被塌陷，竟然不像有个大男人睡在里面的样子。

他不由心生疑惑，一掀锦被，里面竟只有一堆衣物，正是胡绯绡刚刚所穿那套，人却不翼而飞。

王子进见状不由诧异，这人怎么如此怪异，出门竟脱得这样干净，难道是光着身子出去的？

他正在纳闷，却见那团衣服居然动了一下，像是有东西藏在里面，将他吓了一跳。他连忙跑到桌前，拿了烛台回来。在烛光的辉映下，只见有一团毛茸茸的东西蜷在被中，足有三尺来长，看起来竟似一只大狗。

"啊！"王子进被吓得失声尖叫，手一抖，烛泪竟滴在那毛茸茸的动物身上，他连忙大喊："店家，店家！这是怎么回事啊？养的宠物怎么跑到客人的床上？"

可是他再一回头，却见一美貌少年正赤裸着上身坐在床上，眼带桃花，长发及腰，正似笑非笑地看着他，不是胡绯绡是谁？

王子进见了，不禁心神一荡，但一想他是个男人，连忙敛了心神，高叫道："胡兄，赶快下来，那张床不干净，刚有大狗睡过。"说罢便去拉他胳膊，这一拉不要紧，触手甚是滑腻，却拉了一手尚未干透的烛泪。

这一惊非同小可，再傻的人也明白这是怎么回事。王子进只觉两腿虚软，一下就坐在了地上，指着面前的人颤声道："你……你到底是人是鬼？小生此世从未作孽，为什么要找上我啊？"

胡绯绡唇边含笑，不慌不忙地套上白袍蔽体，缓缓地走到他面前。

王子进见他靠近慌忙又向后爬了两步，心中暗想逃生之途。

"看来你是将我全都忘记了，你一向贪吃，不会连孟婆汤都比别人多喝了许多吧？"胡绯绡在烛光下幽幽地说，语气竟有几分哀怨。

"你是说你不会害我？"王子进见他眉宇之间尽是哀愁之色，似乎无意害人，一颗心慢慢落回肚中。

"说来话长，我本是千年前得你救助的一只小狐，可是你连着七世都是暴死，若这次再不能得善终，怕是再也不能投胎转世了。"

"啊？那我要怎么办啊？"王子进想起他为自己相面时说的话，更加惶恐不安。

"过去你曾负我一路，现在我将佑护你一生，滴水之恩，当涌泉相报。"胡绯绡说着弯腰就朝他行了个大礼。

"胡兄，不必如此多礼啊，真是担当不起。来来来，赶快起来吧。"王子进哪有胆子受他的礼，连忙将他扶住。

"子进，以后你就叫我绯绡吧，我不喜欢前面那个姓氏，你我日后可以兄弟相称。"

"好好好，只是这名字偏向女子，可否考虑一下……"可他一句话还没说完，便见绯绡一双妙目满含杀气，正在斜睨着他，另一半话就此咽进了肚里。

他怎么能够知道，千年以前，曾有一只小狐在竹篓里呆呆地望着满地的鲜血，血水混着雨，蜿蜒成一道道小河，在山路上蜿蜒纵横，宛如撒下了一地的红绡。

那是一生也难忘的景致，一世也抹不去的心痛。

五

转眼离科考之日已所剩无几，王子进足不出户，整日闭门苦读。起初他还非常畏惧绯绡，吓得夜不能寐，可是相处几日，两人竟然相安无事。而且绯绡的禀性真如一只狐狸，每日只是吃睡，尤其喜欢吃鸡，一日能吃下几只。

"绯绡，你就不能陪我用功一下吗？你天天逍遥快活，我在这边苦读，真的是很痛苦的啊。"这天晌午，王子进见他又躺在床上午睡，不由怨声连连。

"都和你说了多少遍了，你莫要贪图功名，那皆是红尘粪土，你命里也没有如此福缘。"绯绡听了很不以为然，用被子盖住了头。

两人正说着，突然楼下响起了刺耳的喧哗，甚至还夹杂着小孩尖叫的哭声。

"好像有热闹看了，我们快点去看看。"绯绡听了一跃而起，拉起王子进就往外冲去。

"你没有听说过割席断交的典故吗？君子应能不为外物所诱……"王子进哪里挣得过他的力气，一路徒劳地嚷嚷，"你也不急这一时三刻，要等我整整衣冠啊……"

两人跑到楼下，只见正有一队官府的人马，抬着一具尸首走在长街上，围观的百姓将道路挤得水泄不通，仵作们不得不放下抬着尸体的门板，忙着驱散人群。

"哎呀呀，怎么又死了一个啊？又是鸿福客栈吗？"

"好像听说是考生，累死的……"

"为了那点银两，这值得吗？"

几个站在前面的人七嘴八舌地说着，似乎看到了什么，这话传到王子进的耳中，令他顿时心中一紧。

鸿福客栈？岂不是前几日差点就要去投宿的那家？

他急忙推开人群，挤到了最前面，只见门板上草席滑落，露出了一张死人面孔。那人双目圆睁，一副受到极度惊吓的表情，虽然脸已扭曲变形，他还是一眼就认出是同来赶考的一个名唤宝财的江阴人。

"宝财、宝财。"王子进慌忙叫嚷，扑到尸体面前，不可置信地望着宝财青白色的脸。怎么前两日还活生生的宝财，一起谈笑风生的宝财，再见面时，竟会变成一具尸体了呢？

这个世界变化竟是如此之快，快到让人无法相信，宝财是不是也不能相信呢？所以死也未能瞑目。

王子进一时心酸，跪坐在宝财身边，不知该怎么办。没过一会儿，仵作们就抬着门板继续上路了，有人见他浑身脱力，好心地将他扶到路边坐下。

等他回过神来时，那官府的队伍早已不见影踪，看热闹的人群尽数散去，街道上又恢复了繁忙热闹的景象。

王子进茫然地望着面前来往的行人，那在秋阳下招展的酒幌，商铺林立的长街，竟然觉得心中空落落的一片苍茫。

这繁华热闹、车如流水马如龙的东京城也褪去颜色，与荒芜旷野并无二致。

"宝财真的是劳累过度死的吗？怎么像是被吓死的？"王子进回来后便无精打采地歪坐在客栈的椅子上，他已经无心看书，只要一翻开书页，白纸黑字就会变成宝财惊恐的脸。

"那是元神被吸走了的缘故，那家客栈估计有什么妖怪在修行。"绯绡依旧在吃鸡，一边吃一边不以为意地说。

"妖怪？妖怪怎么跑到闹市里来修行？"王子进前几日还不相信妖怪的存在，现在已经笃信不疑了。

"因为活人多啊，可供吸食的元神也很多。而且，客栈那种地方地大人多，那儿有充足的人的生气，足以掩饰住妖气。"

"绯绡，你的本事是不是很大啊？我们一起去把那妖精杀了吧。"王子进一听更加坐不住，他的朋友们大多住在鸿福客栈里，怎能任凭他们陷于险境呢？

"还是过两日吧，现在去不是时候。"绯绡将鸡骨丢在地上，慵懒地拉过被子盖好，显然是不愿帮忙了。

"人命关天，再耽误下去就不知又要死多少人了啊！"王子进不由气急。

"现在科考尚未结束，里面人气鼎盛，妖气已经被完全地掩饰住了，不知哪个才是真身。等过得两日，人散得差不多了，再去不迟。"绯绡说着，人已经完全窝到被子里。

王子进只觉心下难过，匆忙跑出了客栈。

为什么？他不是也认识宝财吗？一起赶了那么久的路，怎么死亡在他那里就如此微不足道呢？

是因为绯绡不是人，还是自己太过于多情？正如前人所说，多情总被无情扰？

此时已然夕阳西下，他失魂落魄地在街上闲晃，不知走了多久。待到天色蒙蒙黑时，恍惚间一抬头，却见两个一人多高的灯笼熠熠生辉，照亮了寂寂夜色，正辉映在街道尽头。

一张金色匾额挂在红灯之间，上书"鸿福客栈"几个龙飞凤舞的大字。

他见到这建筑不由暗自心惊，不知自己为何竟恍恍惚惚地走到了这里。昔日看来还美轮美奂的红漆门柱，此时竟像是鲜血涂就，在朦胧的夜晚看来，格外恐怖可怕。

但见客栈门前依旧是人来人往，宾客盈门，一幅热闹景象，哪里像是妖怪的巢穴？

不入虎穴，焉得虎子？王子进见状把心一横，不知哪里来的勇气，一撩袍角便走了进去。

六

大厅依旧宽敞明亮，手臂粗细的白烛，将厅堂照得如同白昼。他刚刚走进大堂，便见那胖掌柜又满脸堆笑地迎了过来，脸上皱纹纵横，仿佛重阳节绽开的菊花。

"这位客官，请问是吃饭还是住店？"

"小生想要住店，请问店家还有空房没有？"王子进装作初来乍到的样子，拱手相问。

"当然有，我们这店房间多得很啊！而且每日都有客人走，所以客官无须担心。"胖掌柜热情地说，可这话在王子进听来却极其刺耳。

每日都有客人走？是跟宝财那般走的吗？今早宝财的一张脸又浮现在面前，他连忙低下头，才屏住了眼中的泪水，继续跟胖掌柜交涉。

"敢问住店之前可否让小生参观一下客房呢？"

"这是应该的，我这就安排小厮带客官去参观。"他回头叫了一个十余岁的小厮，并吩咐道，"赶快带这位客官去看一下房间，莫要怠慢了。"

那孩童身形瘦削，像是很久都没有吃饱饭的样子，只有一张脸圆圆的甚是讨喜。听了掌柜的吩咐，他忙不迭地跑去拿了一大串钥匙，把腰低得像一株风中的弱柳："客官这边走，请随我来。"

王子进跟在他身后，从厅堂后走向了二楼的客房，上了楼梯，又转了几个弯，展现在他面前的已是与楼下完全不同的景致。

只见一条长长的走廊阴暗幽深，因为两侧全是客房，白天黑夜都要点着蜡烛，而且不知为什么，客房中都安静至极，不闻人声。

二人沉默地走着，脚步落在木地板上，发出咯吱轻响，像是鬼魂的呻吟般在空寂的走廊中回响。

王子进不由好奇地问："这些客房可曾住人啊？为何一点声息也没有呢？"

那小厮压低了声音回答："这位公子有所不知，这些房中住的大都是赶考的学子，不喜人打扰，无论白天黑夜都在埋头苦读，我们还是不要大声说话，待到那边空房再说。"

他无奈地摇了摇头，只好收了声，跟在小厮的身后继续走。哪知刚拐了个弯，却见身边的一间房的雕花窗上投映着一个人影，竟然非常熟悉。

王子进按捺不住心中的激动，一闪身躲到了一个阴暗的角落，那小厮竟浑然不觉，继续向前走去。

"王兄、王兄，快开门啊，我是子进啊！"王子进见那小厮走远，急促地拍门，如果没有看错的话，刚刚那个人影正是同乡的一位王姓学子。

他稍一使力，门竟发出吱呀的一声轻响，缓缓地打开，完全不似新的客栈，倒像是破败草堂。

门里那位王姓书生正坐在八仙桌前秉烛苦读，对王子进的闯入充耳不闻。

"王兄快随我走，此地凶险，非久留之地啊。"王子进见那书生没有反应，急忙去拉他的胳膊，一拉之下，那王生整个人竟绵软无力地瘫倒在地上。

"王兄，王兄，你这是怎么了啊？"王子进见他的脸上竟泛着铁青的颜色，眼睛半睁半合，表情木然，简直与死人无异。

他心中暗惧，颤抖着去摸王生那已塌陷的双颊，着手之处竟是一片冰凉。那不带生气的冰冷让他凭空打了个冷战，心中一阵害怕，急忙连滚带爬地跑出了房间。

昏暗的走廊里依旧空无一人，只有墙上的烛火忽明忽暗，像是一只只在黑暗中闪烁的眼。

王子进吓得头昏脑涨，早忘了来时的路在哪里，像只没头苍蝇般四处乱撞，一边逃命还一边高叫："来人啊，救命啊，救命啊！"

可是哪有人回应他的呼救？漫长曲折的回廊中，只有孤独的回音空寂飘荡。

不知跑了多久，拐了多少个弯，他突然在一个房间前停住了。那是一间空房，房门微敞，仿佛刚有人离开的样子，东西还没有打扫干净。

王子进跑得累了，浑身虚软地走入房中，坐在椅子上歇息。八仙桌上放着一壶冷茶，一个烛台，还有一面铜镜。

镜光如水，映出了他的影子。

不，应该说那不是他的影子，自己的脸没有这般宽，眉毛也没有这般黑，那张模糊的脸，竟像极了今早死去的宝财。

王子进见状急忙拿起镜子喊道："宝财，宝财，你怎么了啊？"

可是镜中人却表情木然，哪里会响应他的呼唤。他环顾了一下房间，突然像是明白了什么，那堆在角落中的行李，隐约有些眼熟，似乎这正是宝财住过的房间。

"宝财，你是有话来和我说吗？"他欣喜地对着镜子说，只见铜镜中的宝财眼睛一斜，竟是望向桌子，王子进顺着他的视线望去，落在了那盏蜡烛早已熄灭的烛台上。

烛台？蜡烛？刚刚在王生的房间里也有蜡烛，但是所剩无几。

白天还在点着蜡烛，一直在燃着的蜡烛，每个人都有的蜡烛，又是什么？一个可怕的答案在他的脑海中呼之欲出。

然而就在这时，他手上一震，耳边传来当的一声轻响，竟不知从哪里飞出一把折扇，准确地击到了镜面上，他一个拿捏不稳，铜镜摔落在地。

周围的景物像是瞬间明朗了起来，镜子里也没有了宝财的面孔。

"客官你怎么跑到了这里？我找你找得好苦啊。"门外响起了一个稚嫩的声音，他回头一看，只见方才为他带路的小厮正提着盏灯笼，站在门边等他。

"我迷路了，也找不到你，刚好这房间没人，就坐在这里歇歇……"王子进有气无力地回答，擦了擦额上的汗珠。

"客官要住店吗？现在天色已晚了。"

"不不不，劳烦你引路，我要出去。"他连忙摆手，只觉浑身虚软，双腿无力，冷汗早已浸湿了内袍。

那圆脸的男孩不明所以地望着他，似乎不明白他为何会惶恐若此，一路将他送到大门口。

此时夜色方始，华灯初上，在万千灯火中，只见一人白衣胜雪，长身玉立，正站在清朗的夜风中等他。

那人丹凤眼中闪烁着戏谑的光，唇边含笑，正是绯绡。

"绯绡啊，我差一点就有去无回，你怎么这等时分才来啊？"王子进如见救星，急忙朝他奔去。

"来了就好，不在早晚。"

"咦？你的折扇呢，莫不是忘了带吧？"

绯绡笑道："刚刚扔进去救你了啊，要不是那把扇子，你就真是有去无回了。"

"在下真是佩服啊，你是怎么扔的，竟如此精准？"王子进一边说一边回头目测客栈到大门的距离，面现敬佩之色，似乎丝毫都没发现怪异。

绯绡被他笃信的表情逗得笑声连连，不知他是否装疯卖傻。

两人边走边说，渐行渐远，而身后的鸿福客栈中灯火辉煌，烛光冲天，宛如在苍茫黑夜中点燃了一把妖火，引诱着无数飞蛾，奋不顾身地扑火而来。

七

"那个鸿福客栈真是很邪门，不过你的扇子要是晚到一刻，我可能就会跟宝财问出原委了。"王子进回到住处，惊魂稍定，回想起方才在鸿福客栈的经历，不无遗憾地说。

而绯绡又吃起了他挚爱的鸡，一边啃鸡翅一边摇头："你以为真的能得到答案吗？人已经死了，那顶多是他临死前留下的一缕怨气，大概死的时候那镜子就在他身边。"

"啊，此话当真？"王子进吓得从椅子上跳起来，"那为什么我会看到宝财呢？而且他在镜子里还会动！"

"因为你当时所处境地已离鬼门关不远，所以生死的界限变得模糊，只一步间，就可跨越生死，你若真的能听到他说的话，问出原委，怕是你也没命回来。"

"莫要吓我啊，君子无妄言，是真的假的啊？"王子进突然觉得背后冷风不断，宝财和王生那青白而恐惧的脸，又开始在他面前浮现。

"咚咚咚。"然而就在这时，一阵急促敲门的声音打破了寂静，又将王子进吓了一跳。他刚要出口指责，却见床上的绯绡欢呼着跳起来："我追加的鸡送到了！"

这一晚王子进辗转无眠，白日的经历让他无法安心入梦，好不容易在天色泛白的时候会了一会儿周公，就在黎明时分被绯绡残忍地摇醒。

"子进，今日有好多事要做，快快起来了。"绯绡坐在他床边，晶亮狡黠的黑眸在似笑非笑地看着他。

"反正与功名无缘了，睡到日上三竿也无妨啊……"王子进转过身，倒头就要再睡回去。

"先去鸿福客栈投宿，到时再睡不迟！"

一听到"鸿福客栈"几个字，王子进马上一翻身就坐了起来："你说什么？鸿福客栈？！你要去那里投宿？"

"不是我啊，是你！"绯绡指着他的鼻子，笑眯眯地说，"我的妖气太重，定会被人发现。"

"妖气，哪里来的妖气，从何得知啊？"王子进伸着鼻子在他身上闻了闻，却什么也没有闻到。

"唉……"绯绡无奈地摇了摇头，"所以说你没有趋吉避凶的直觉，你看道然，早早地就和咱们告别了，定是有了不妙的预感。"

王子进不好意思地挠了挠头，但他只觉得绯绡的身上有股淡淡的青草香气，好闻得很，如果那是妖气的话倒也美妙。

"今日你要睡在鸿福客栈，还要帮我准备一些东西。"绯绡嘴边带出一丝微笑，"那个妖孽，我已经知道是什么了，也想好了应付的法子，成败在此一举……"

"先不说你是如何知道那个妖怪是什么变的，可是又让我睡在鸿福客栈，又让我去准备东西，分身乏术，怎么可能同时做这两件事啊？"王子进听了不禁怨声连连。

"能，放心，你一定可以的……"绯绡说着，眼里又闪出狡猾的笑意。

当日王子进真去投宿了，客栈与平日并无分别，白日里他谨记着绯绡的吩咐，没有到处乱闯。

他枯坐在布置简单的房间中，望着雕花的床沿，松软的被褥，只觉昨日发生的一切，恍若隔世。

太阳渐渐西沉，王子进的心也跟着渐渐缩紧，该来的就要来了。

八

暮色四合，霞光潋滟，随着天色慢慢变暗，客栈的房间中回荡起丝丝细微的哭声。

今天不知为什么，他的感觉格外敏锐，只觉那声音由细变强，后来竟还夹杂着幽怨的叹息声。

待到夜色深沉，竟能听到许多人在啜泣，还能听到人求救的声音。

宛如流水，缠绵不绝。

王子进慌忙站起来，满屋子找声音的出处，但是房间里除了家具，哪里还有第二个人？

但是那纷乱的哭声，竟如潮水般冲击着他的耳膜，他的心也因恐惧而狂跳着。

"你们都住嘴，不要哭了，都赶快把嘴闭上！"他近乎疯狂地捂着耳朵大声喊着，可是哭声却如浪涛般要将他淹没。

"客官、客官，掌灯时分到了。"黑暗里传来一个稚嫩的童声，却是昨天那个带路的小厮，只见他正提着一个大红灯笼，乖巧地站在房门外。

就在这小厮的声音响起的同时，哭声也在刹那间平息，王子进心有余悸地朝他招了招手："你进来吧……"

那小童得到允许后，提着灯笼走到八仙桌前，从怀里掏出一支红烛，一根黄纸做的纸捻，又拿出火折，开始帮王子进掌灯。

这架势让王子进心中燃起一丝希望，也许点了灯，周围亮起来，就不会有那么可怕的声音了吧？

王子进盯着那蜡烛发呆，昨日镜子中宝财的眼光是望向蜡烛，王生的房里也有未燃尽的蜡烛。

红烛似血，隐隐透着杀气，让他看了心中害怕，但是那恐怖的声音，他却不想再听到了。

到底是点还是不点？

他正踌躇间，只听嗒的一声，那小厮已经打着了火折，用那如豆火光点着了黄纸捻。

那纸捻刚一点着，王子进便觉得一阵香气扑鼻，似兰非兰，似麝非麝，倒像是庙里香火的味道，同时脑中一阵眩晕。

他心中暗叫不好，忙去阻止那小厮道："莫要，莫要掌灯……"但为时已晚，那小厮已将纸捻靠近烛头，拦也拦不住了。

但见那烛头的火光燃了起来，摇晃几下，委顿熄灭。那小厮咦了一声，又点了一次，王子进也不怕了，凑过头看着热闹。

又试了几次，还是点不着，直到烧尽了那三寸来长的黄纸捻，蜡烛上仍没有半点火苗。那小厮突然间很是不快，圆圆的脸庞上浮现出凶狠的神色，咬牙切齿道："你等着，我马上去再拿一根回来。"

说罢，他便提着灯笼匆匆离去，连个招呼都不跟王子进打，似乎愤怒异常。

只留下王子进一人坐在黑暗中，挠着脑袋嘟囔："不就是蜡烛受潮了嘛，至于如此生气吗？"

而就在这时，鸿福客栈的大门紧闭，只有两个巨大的红灯，兀自招摇在夜风中。每个客房都点着蜡烛，将布满亭台假山的院子，照得宛如白昼。

走廊里空无一人，摇曳的烛光，将木质的地板晃出惨白的颜色。只见每个门缝里都飘出一缕细黑的烛烟，缥缥缈缈，如百川归海一般，直往一个房间去了。

"嗡嗡嗡……"一只蚊虫在静谧的回廊里抖着翅膀，尾随着烛烟，一直跟到那个房间，从门缝里爬了进去。

房中的榻上端坐着一个人，正在闭着眼睛吞云吐雾，将烟气吸入口鼻，又吐出来，脸上皱纹如沟壑纵横，正是鸿福客栈的胖掌柜。

那掌柜的脸上尽是一副享受的样子，突然间像是感觉到了什么，双眼猛然一睁，接着是嘶啦一阵衣物撕裂的声音，他的背后居然长出一双又粗又长的触角，一下就将那只窥视的蚊虫钉死在门上。

"什么人来了？"随即他跳起来，厉声高喝。

"呵呵呵，你这个老东西的感觉还怪敏锐的嘛！"门外传来一个男人清朗动听的声音，随即一个美貌少年摇着折扇推门而入，但见他白衣如雪，一张俊脸上挂着似笑非笑的表情，正是绯绡。

掌柜的脸上竟突地长出一双黑黝黝的复眼，一下占了大半边脸，颇为认真地盯着他看了一会儿："原来是同道中人啊，有何贵干？"

"哎呀呀，我说你啊，修行了这么久，怎么还是一副丑陋的样子啊？真是难看死了。"绯绡急忙拿扇子挡住脸，似是不愿看他这难看的模样。

"我道行尚浅，必须要变回原形才能使用灵力，人身的话就有些力不从心。"

掌柜说着背上又长了几条腿，身上还长出了厚厚的一层黑毛，一时之间布帛撕裂声不绝于耳，转眼就是一只庞大的蜘蛛立在地上，足足占了整个房间，头上两条半人长的触须在不停地晃动。

"那你还穿着许多劳什子衣服干什么啊？岂不是多此一举？这声音委实让人难

过。"绯绡双手捂着耳朵抱怨。

"废话少说，直说你来干什么吧？"那蜘蛛问道。

"我是来劝你弃暗投明的啊，你在这里吃了许多人的生气修炼，终会遭天谴的，赶快到山里去吧。"绯绡摇着折扇仰望着它笑道，似乎并不害怕这庞然大物。

"山里哪里来的这许多生气啊，那天地灵气实在是太难收集，而且你我井水不犯河水，干吗来坏我的好事？"那蜘蛛妖怪说着，竟从腹部吐出了许多乳白色黏稠的丝来。

九

王子进一人坐在黑暗中，只觉心中忐忑不安。那小厮去了很久也不见回来，而夜色似乎越来越凝重，直要将他湮没了。

哪知他正独自惶恐，却听窗外传来一丝响动，他忙回头看去，只见月亮照在雕花的窗沿上，投射出一个人影。

那人影被惨白的月光无限放大，模糊不清，但看起来似乎是一个书生的侧影，王子进只觉得呼吸似乎都要停滞，也不知这是人是鬼。

他想到昨日的经历，脑中灵光一闪，难道这又是宝财？他是来找自己说那未说完的话的？

"宝财？可是你回来助我？"想到这里他高声叫道。

可是那个人影听到他的呼唤，竟如鬼魅般，在窗口一闪就不见了。

难道不是宝财？他吓得咽了口口水，壮着胆子走了过去，颤抖着伸出手推开窗子。

只见窗外月朗风清，树影婆娑，外面是鸿福客栈后面的一片树林，在月色中铺展出一幅静谧的景象，哪有半点人迹？

或许只是自己眼花，王子进见状松了口气，就要拉上窗户，哪想却觉触手滑腻，湿湿凉凉，似乎有水一样的东西沾在窗沿上。

他好奇地看去，明朗的月光下，只见半个手掌上都沾了一片紫黑色的液体，在夜色中看不分明，隐约像是鲜血。

他连忙颤抖着把手凑到鼻翼下闻了一下，一股煤油的刺鼻气味立刻嚣张跋扈地冲入他的脑腔，那味道霸道刺鼻，呛得王子进打了两个喷嚏。

这一下大出他所料，心中不禁暗自咒骂，这客栈也未免太过奢侈，煤油也不入库好好保管，怎生到处乱洒？

可是方才那人影又是谁的？如果是幻觉，自己这满手的煤油又当如何解释？还有那燃了又灭，永远点不着的蜡烛又是怎么回事？

王子进一时迷惑，只觉得自己似乎掉入了层层的蛛网，不知道前方等待自己的会是什么。

正在此时，只听身后的房门咯吱一声被推开了，一人提着红色灯笼站在门外，恭敬地朝他鞠了一躬："客官，久等了吧？我这就把灯帮您点上。"

正是方才怒气冲冲地离去的小厮。

王子进此时见了他如见救星，连忙招手叫他进来，"你怎么去了那么久不回来？可吓煞我！"

小男孩连忙走进房中，将手中灯笼放下，又从怀里掏出了与方才一样的物事，开始点灯。在那黄纸捻的飘忽火光的照映下，两人皆是面孔青白，面色凝重。

但见那蜡烛点完又熄，再点再熄，反复几次，终于一根黄纸捻又燃完了。

他惶恐地抬起头，一脸不可思议的表情望着王子进道："客官，你是何方神圣？"眼神如见鬼魅，面孔竟吓得失去血色。

"你这蜡烛如此不好用，与我有何干系，你这话应该问那火烛铺的老板才是。"王子进说着拿了那根蜡烛掂在手中看了又看，与寻常蜡烛并无二致。

那小厮绷着脸低着头，似乎在沉思什么，过了一会儿，他抬头对王子进道："客官请随我来，黑暗之中，恐有魔物，我们一同去取蜡烛。"

王子进听了不由大喜："如此甚好啊，一个人坐在这全黑的房里，委实吓人，同去，同去！"

他急忙跟着那小厮一起走出房门，长长的回廊空旷而悠远，不知通向哪里，那小厮手中的灯笼散发着黯淡的光芒，如萤火虫般在黑夜中飘摇不定。

而在客栈最宽敞奢丽的房间中，绯绡和大蜘蛛斗得甚欢，那蜘蛛不断地吐丝，天花板上都沾满了黏液，丝丝缕缕，无所不在，但是就是没有一丝沾到绯绡身上。

绯绡一边辗转腾挪地躲避，一边叫声不断："哎呀，老东西你好恶心啊，口水搞得到处都是。"

"你躲吧，我倒要看你能躲到何时，待这房里全是蛛丝，哪怕不沾到你身上，你也是在我做的笼中，到时自会吃了你，正好可增加我的道行。"

绯绡听了这话似是想到什么，停了下来，"哎哟，你倒是提醒了我，是不容你再多活，你已经杀了这许多人，也该到偿命的时候了。"

他扬眉一笑，手一挥，折扇便飞了出去，如一柄旋转的刀一样，在空中划出死亡的弧线，一下就将那蜘蛛的头削掉了一半，那蜘蛛惨叫一声，就翻倒在地。

"想与我斗，你还早着呢！"绯绡一副得意的模样，只是这胜利来得太过容易，有些让人失望。

他笑声未落，那蜘蛛庞大的尸体竟呼的一声在眼前消失不见。房间瞬间变得宽敞干净，不见分毫黏液，就像刚刚的所有事都不曾发生一样。

这一下变故真是始料未及，只见空中缓缓飘落一张纸做的小人，头已经被割了大半。

"糟糕，受骗了，竟是傀儡幻术。"绯绡不由暗叫不妙，忙冲出房间。

子进，子进危险啊！

可是苍茫的空气中感受不到一点妖气，倒是勃勃的生气，布满了整间客栈，哪里找得到那个妖怪的真身？

十

"请问我们这是要去哪里？"王子进跟着那小厮，在客栈的回廊中左拐右拐，早就不知方向。

那小童恭谨地回答："客官，我们这就去库房，蜡烛都在里面，拿了就回去。"

说完又带着王子进拐了几个弯，推开一扇门，冷冷的夜风迎面就扑过来。

眼前正是他方才在房间中所见的那片树林，树影幢幢，枝叶繁茂，甚是阴森，仿佛一团乌云迎面压来，与方才所见的静谧景象大相径庭。

"客官，我们走吧！"那小厮说着举起灯笼一照，王子进只见二人面前有一条青石板铺成的小路，弯弯曲曲，直通向那树林。

"你们的库房怎生在这样的地方？我们能不能不去啊？"王子进心中害怕，开始打起退堂鼓。

那小厮却不答，一个人提了灯笼走在前面，王子进见身后也是漆黑一片，自己又不知道如何回去，再看看前面，那灯笼飘飘忽忽的光也即将远去，只好硬着头皮跟上去。"喂！等等我啊！"

两人走了约一盏茶工夫，那小厮指着林中一个黑影道："那就是库房了！"

王子进顺着他指的方向看去，暗叫不妙，那是一幢低矮的茅屋，在夜色中看来破败不堪，似乎随时都会倒塌，煞是阴森可怖。

那小厮却匆匆走过去，在那红色灯笼的照耀下，两扇木门呈现在眼前。

门上油漆剥落得厉害，还结满了蛛网，破败不堪，委实不像是库房的样子。

"这就是你们的库房？这实在和贵店的风格不符，而且看起来不大，怎么能装得了东西？"王子进见状奇道。

"客官莫怪，我们那边有大的库房，可是里面的蜡烛都点不着，这才到这间看看是否有蜡烛。"

小厮说完伸手推门，灰尘不断地散落，王子进连忙用袖口掩鼻，这库房倒像是很久都没有人用过的样子。

"喂喂喂，我能不能不进去啊？在门外等你吧。"说话间，那小厮已然一躬身走了进去，只留下王子进一人站在黑暗的林中。

等了许久，还不见那小厮出来，但见外面树影婆娑，阴风飒飒，王子进不禁打了个寒战，耳边只听林中传来沙沙的声音，似乎有什么人在踏草而行。

王子进不由好奇心大起，也忘了害怕，顺着声音就走了过去。只见不远处一个书生的背影在夜色中缓慢移动，那人着了青衫，身形瘦削，似是无比熟悉，但是又说不出像谁。

他正在长草中发愣，那书生也听到声音，缓缓地回过头来。

银色的光辉下，展现在他面前的是一张更为熟悉的脸，那样清秀的五官，洁白的面庞，有些凌乱的头发和闪亮的眼睛，分明是他自己。

那人眼里也充满诧异，两人一前一后对视，衣裾都随着夜风轻轻摆动，竟似水中倒影，镜里虚形，恍如梦境。

王子进只觉见了世上最恐怖之事，那是谁？是自己还是什么？难道自己已然死了，是灵魂出窍？

在清冷的夜风中，他似乎隐隐地想起了什么，但是恐惧又令他无法思考。

最终本能战胜了理智，他一回过神来转身就跑，哇哇哇地叫嚷着钻进了那个破败的茅屋。

茅屋不知废弃了多久，他一头撞进去，扑面而来的是一股东西发霉的味道，尘土从屋顶簌簌而落。

"喂，小兄弟，你在哪里啊？"那库房的地上不知放了什么，甚是碍手碍脚，他跌跌撞撞地往前走，只想快点找到那小厮，两人一起回去。

身后那书生并没有追来，他渐渐放心，只见黑暗的屋子两侧立着置物的木架，地上坛罐散乱，真的是一个仓库，但那小厮却不见踪影。

王子进急忙伸手在黑暗中摸索，打算拿一根蜡烛就打道回府。

他就近找到一个坛子，里面插了好多棒子一样的东西，估计不是蜡烛就是画卷，只觉触手冰凉坚硬，好像是一支实心的木棍。

"这是什么物事，做什么用的？"他举着那物事，正自研究，突然看到对面的墙上多了一个瘦小的人影，俨然就是刚刚的小厮。

"你可回来了！"他忙回过头去，只觉一颗心总算是落进肚子。

他刚张嘴要讲自己的奇遇，便听那小厮阴森森的声音在黑暗中响起："客官手中所拿，即是人骨。"

"什么？"王子进听了慌忙扔掉手中的东西，环视一下四周，颤声道，"这……这是什么地方？怎么会有这种人骨啊？"

"你到底是什么人？怎么没有魂魄？那引魂灯怎么也点不着？"那小厮说着慢慢走近，面色冷厉，与方才低眉顺眼的模样大相径庭。

"我只是一个进京赶考的书生啊，什么引魂灯，我不知道啊……"王子进腿一软，跌倒在地，月光之下，只见身边坛子里果然装满了人骨，还有几个骷髅头散在地上，透着死亡的惨白。

"不管你是什么，先吃了你再说！"那小厮消瘦的身体说话间就开始膨胀，还不停地长出黑色长毛，更从背后伸出几只弯曲的脚。

转瞬间，就变成了一只硕大无比的蜘蛛，两只复眼有脸盆大小，身量高于两人，皮肤在黑暗中闪着幽幽的绿光。

王子进哪里见过如此异事，顿时吓得七魄没了六魄。

那蜘蛛瞬间便爬到王子进面前，伸出坚强有力的螯足，抓起他就往嘴里塞去。

王子进还没反应过来，便被那蜘蛛擒住，那蜘蛛的前脚如铁钳一般，牢牢地钳住了他，他根本就挣扎不脱，眼见一只灯笼般的大嘴慢慢凑近，嘴旁还长了许多触须，口涎直流。

"绯绡！绯绡！快来救我啊！"王子进眼见命在旦夕，拼命哀号。

那蜘蛛见他吓得魂飞魄散，不由甚是得意，一口咬下去，却听得耳边一阵纸片撕裂的声音，不似咬了一个活人，倒像咬在了窗户纸上。

再一看，自己爪中空空如也，哪里还有王子进的影子？只余一个破碎的纸裁小人慢慢地自半空中飘落在地上。

"傀儡幻术！"那蜘蛛不由一惊，连忙环顾了一下四周，到底是谁在黑暗中设计这一切？可是阴森的库房中，哪里有半个人影？

十一

"哈哈哈，没错，就是傀儡幻术，你能用我就不能用吗？"库房中回荡起开朗的笑声，一个人影飘飘荡荡地从屋顶落下，姿态轻盈潇洒，宛如轻云，"现在你知道他为什么没有魂魄了吧？"

那人着了白裳，在黑暗中看起来很刺目，面如冠玉，眼带桃花，似在看一场好玩的闹剧，不是绯绡是谁？

"你是哪里来的妖孽，找我的麻烦？"那蜘蛛怒道，将口中的半截纸人吐了出来。

"看咱俩的样子，是谁比较像妖孽啊？"绯绡拿着折扇指了指蜘蛛丑陋的肚子和长足，掩嘴偷笑。

"废话少说！"那蜘蛛说着就扑过去。

绯绡闪身躲开一击，再一回身，手里已经多了一把长刀，刃上是朱红的血色。

"这次是真身，果然比刚刚强了不少啊。"绯绡扬眉一笑，就与大蜘蛛斗了起来，那蜘蛛边用触手不停地攻击，肚子里还不断吐丝。

"哎哟，我忘了，不能让你在这里做网。"绯绡歪着头像是想起了什么，双足一蹬，如轻灵的乳燕般蹿出茅屋。

"看你还能跑到哪里？"那蜘蛛要追，无奈茅屋的门太小，根本挤不出它庞大的身躯。

"呵呵，叫你平时不要吃那么多的生气，现下长得这样大，多不方便。"绯绡站在门外，故意朝那气急败坏的蜘蛛招手。

"你也忒小瞧我了。"那蜘蛛怒道，几条长腿如巨镰般挥舞出锋利的寒光，那茅屋便如纸做的一般，轻易便被它拆了。

"你还有点本事。"绯绡见状长刀一指，剑眉如锋，喝道，"放马过来吧！"

话一出口，只觉一阵腥风扑面，带动着发丝飞扬，那蜘蛛已然爬了过来，正张牙舞爪地要做生死之搏。

两人转眼便在那茂密的林中展开搏斗，蜘蛛妖的身躯庞大异常，绯绡也不敢和它正面交锋，但那蜘蛛却远不如绯绡灵活，招招落空。

两人一攻一守，一退一进，竟是打了个平手。

"你既然与我决斗，干吗不使出真本事？"

"我的真本事怎会使在你身上，莫污了我的刀。"绯绡笑着在林中蹿来蹿去，那树林茂密葱郁，倒是给他做了很好的掩护。

"你我本是同道，干吗要如此生死相残？"那蜘蛛知道继续斗下去必是两败俱伤，想打缓和的余地。

"莫要将我与你相提并论。"绯绡却不吃这一套，"修行是修行，吃人是吃人，怎么能够拿吃人当修行？"

那蜘蛛听了似有感触，连触须都不如方才剑拔弩张："你莫不是不知道？这世界本就弱肉强食。看那高居庙堂的官宦，有哪一个不是背后血流成河，白骨如山？"说着叹道，"不过杀人的方法，各有不同。"

绯绡却不以为然："你本可去山上修行，却偏偏跑到闹市当中，那活生生的血肉分明诱惑了你，莫要为自己狡辩。"

那蜘蛛听了，似是被说中心事，一时气急，迅速地爬了过去，攻势更加凌厉。

绯绡已然一扭身，如燕子般轻灵地躲了过去。

又在林中斗了一会儿，虽然胜负未分，但此时树林中已满是蛛丝，地上的黏液沾得人的脚行走不便，绯绡的动作已渐为缓慢。

那蜘蛛见状很是高兴，趁势追击，伸长触手就向绯绡的背后抓去，哪知绯绡头也不回，白影一闪，回手就是一刀，一只触角已应声落地。

触角被砍，大蜘蛛立刻疼得在地上翻滚哀号起来。

绯绡把玩着长刀，笑嘻嘻地走到它面前，仰望着它庞大的身躯："还有七只脚，你想怎样被砍下来呢？"

"起……"倒在地上的庞大蜘蛛突然大叫一声。

"起什么？"绯绡听了不由一愣，不明白它话里的含义。

哪想一个黑影突然斜斜地冲向面前，他连忙举刀去挡，却还是晚了一步，长刀发出当的一声轻响，脱手而出。

跟着脖颈间一阵吃痛，却是那只被砍断的蜘蛛脚居然自己跳了起来，如钢铁做的箍圈，勒着他的脖子，牢牢地将他钉在一棵粗壮的树上，他挣扎了两下，却分毫未动。

那蜘蛛一见得逞，翻身从地上爬起来，蛛丝从腹部奔涌而出，转眼就将绯绡在树上缠成个粽子，他连动下脖颈都很难。

"胜者为王，败者为寇，这就是这世上的真理。"蜘蛛侥幸得胜，眼底兴奋地闪着妖异的光，"那些弱小的人与物，本就没有生存的权利，还不如成了我的骨血，变成强者的一部分来得幸福。"

绯绡只觉身上蛛丝越来越多，越来越紧，勒得他肋骨生疼。

"现在说大话也没有用了，你已被绑成这样，看你如何翻盘？"那蜘蛛见已经将绯绡牢牢缠住，胜券在握，不由得意。

"可是我明明砍断了你一只脚，你怎么还这么精神？"绯绡有气无力地问，蛛丝勒得他肋骨生痛，俊美的容颜也浮上了失血的苍白，宛如美玉蒙尘。

"要想杀了我，除非挖出我的心脏，否则即便砍掉头都能死而复生。"蜘蛛尖声狞笑，甚为得意的模样。

"蜘蛛还有心脏？我怎么从未听过？"

"就在这里啊，有厚厚的胸甲保护，谁能穿透它呢？"它伸出螯足，指了指覆盖着黑毛的胸口，朝绯绡大喊，"死狐狸，给我去死吧！"

说罢它扬起镰刀般锋利的巨足，便向绯绡的脖颈砍去，可是在剑气刀锋中，这个被蛛丝团团缠住的少年，脸上却浮现出诡异的笑容。那笑容让它有不祥的预感，还没等它反应过来是怎么回事，只见他唇齿轻启，念出了一串呢喃般的咒语。

刹那间有红光从它身后暴起，它意识到不妙，砍向绯绡脖颈的螯足急忙回护自己的后心。但是那光如同利箭般变成了千万束，直向它的后背插来，落雨般密集，哪里挡得住。

"啊啊啊——"面对红色刀雨，它发出绝望的哀号，但终究还是晚了，不过瞬息间它的胸口便被钉满了尖利的红刃，密密麻麻，几乎将它庞大的身躯肢解。

"这年头像你这么老实的妖怪不多了呢，虽然也让我费了些力气……"被蛛丝紧缚的绯绡轻笑着呼啸一声，无数红刃汇聚成一把尖利的血色长刀，结结实实地钉在了蜘蛛的心脏上，正是他方才被打落的那柄。

蜘蛛被他气得翻了翻巨大的眼珠，随即林中突然火光冲天，居然有人放了把火。火舌舔舐着林木中的蛛丝，坚韧的银丝眨眼间便化为飞灰。

"你……你这浑蛋……"蜘蛛有气无力地望着他，脸上却浮现出残忍的笑，"可是我死了，你也甭想独活，这蛛丝没人能解得开，你要在这火海中为我陪葬！"

可是被蛛丝团团裹住的绯绡却调皮地朝它眨了眨眼，身体呼的一下消失不见，随即从丝茧中蹿出一只毛发雪白的狐狸。

"说你傻还真傻，何必解开，变小点不就出来了？"狐狸轻盈地落在它的面前，摇头摆尾。

"你……你……"那蜘蛛本已只有出气没有进气，此时几乎被它气死。

"老蜘蛛，你怎么活了这么久还不明白？强即是弱，弱即是强，纵是再弱小的东西也不是生下来就该被杀死的，而再强大的东西也终有毁灭的一天。"说完，它得意地摇了摇尾巴，"还有，下辈子投胎再做妖怪，记得要像我一样伶俐可爱，太难看会影响运气的。"

接着它的身体化作一道白影，几个起落便消失在熊熊烈火中。

那蜘蛛听了，心下凄然，眼中的光辉也慢慢地退去。想自己一味追求力量，跑到东京城筑巢，以吸食人命为生，可是到头来又如何呢？

转眼间一切都化为飞灰，倒不如当初在林中做一只饮甘露、晒月光的小小蜘蛛来得快乐。

多少人类都看破红尘，消极避世，倒是自己，坠入了虚荣繁华之中，无法自拔。

然而它明白这个道理时已经太晚，眼中光辉慢慢地退去，生命无多。

燃烧的烈火如蛟龙般转瞬即逝，无情地吞噬了它庞大的尸身，连着它无尽的力量，追求欲望的野心，都在光与热中化为飞灰，就像它们从未在这个世界上存在过一样。

林中草木被烧得噼啪作响，烈火卷着浓烟，像是凶猛的怪兽般在肆虐摧残着一切。在滚滚黑烟中，林子外正站着一位青衣书生，他脸色焦黑衣衫破落，一看就是逃跑不及被烟熏的。

这书生不急着逃命，却焦急地望向金红色的火海，只见片刻之后，一个白点以迅雷不及掩耳之势从火光中蹿出，却是一只毛发雪白的狐狸。

"绯绡，吓死我了，还以为你不会出来了！"王子进一见到这狐狸的身影，立刻欣喜若狂地跑过去，将它抱在怀中。

而白狐也十分惬意地眯起了眼睛，似乎对他温暖的怀抱十分满意。

"我在放火前还见到了你做的傀儡，真的跟我一模一样。"王子进大呼小叫地嚷嚷。

"此地不宜久留，我们快走。"狐狸伸出粉嫩的小舌，舔了舔他的面颊，似在催促他。

王子进不由一愣，方想到自己身处险境，急忙抱住怀中的狐狸，转身便发足狂奔，将那修罗火场远远地甩在了身后。

一炷香工夫后，两人已跑到了鸿福客栈的大门外，遥见客栈中火光冲天，街坊邻居发现走水，正在奔走扑救。

原本金碧辉煌、豪气四溢的客栈失了法术的庇护，竟在眨眼间便衰败下来，门柱上红漆剥落，鲜红的大灯笼也露出竹篾骨架，残破的红绢在夜风中飞舞，宛如无主孤魂。

"里面住宿的客人不会有事吧？"眼见客房中仍灯火通明，王子进不由担忧地问。

"不要紧，没有人吸食他们的元神了，自会慢慢地复原，过几日便会无恙。"绯绡从他怀中探出头，笃定地回答。

"如此大的客栈，竟转眼间破落成这样。"王子进见火光中飘飞的黑絮，不由心生感慨，纵是拥有无比伟力，万千财富又怎样？最终不过一切成空，又有什么是属于自己的？

"所以说富贵如浮云，最是虚幻。"

"绯绡，我想明白了，人生苦短，只有经历的一切才真正属于自己，你我明日便去那烟花柳巷看绝代佳人去吧！"

"呃？"绯绡万没有想到他会说出这样的话，一时竟不知如何回答。

第二夜

黄粱梦

月满如盘，秋叶飘零。

在这寂静的仲秋之夜，贡院中却燃着几盏幽魂似的灯火。一名赶考的男人正在灯下挑灯夜战，烛火照亮了他光洁的脸庞，他风华正茂，正是一生中精力鼎盛之时，不知为何却面带愁容。

这已是他第三次参加秋试，屡战屡败，连个举子都没中上。时光飞逝，转眼他已年届而立，如果此次再不能得个解元回去，怕是无颜面对辛苦供他读书的发妻。

寒蝉微泣，夜色朦胧。

在秋虫轻鸣中，他似乎听到了一丝怪异的响动，他讶异地抬起头，只见有一个人影立在庭院之中，正面对他的所在。

黑暗中他看不清那人面目，依稀是个书生打扮的男人，只听那人轻轻地问："你想要夺取功名吗？"

中年人如被魔怪攫住了神志，轻轻地点了点头。

"无论付出怎样的代价？"

那是他一生的追求，为了那金榜题名、无上荣光的一刻，让他付出再大的代价也值得，因此他再次肯定地点了点头。

那人发出轻蔑的笑声，踏破黄叶，向他走来。

次日秋风乍起，一名正当壮年的学子在贡院中悬梁自尽了，他的身体挂在隔间的横梁上飘荡，宛如一抹风干的影子，一支秃笔，从他的指间滑落。

而在他脚下的书桌上，纸镇下却放着一张洋洋洒洒足有万言的考卷，文辞华丽，论点鲜明，似乎是他临死前一挥而就。

考官在仵作抬走他的尸体后，看着那张残卷，不禁为他的才华横溢连连叹息，如果这张试卷交上去，今秋的解元非他莫属。

可惜生命消逝，再辉煌的文章也终将化为尘土。

这是发生在天圣八年的怪事。

一

十年后，同样是在繁华热闹的东京城，同样是秋高气爽的秋日，同样是学子纷纷赴京赶考的解试之时。

在一家装修奢丽的客栈中，王子进望着窗外西斜的日头，迫不及待地拉懒洋洋地躺在床上的绯绡出门。

绯绡一抬头，见他竟换了件水绿色绸缎长袍，戴一顶镶着翡翠的纱帽，就连手中的折扇都挂上了珠玉扇坠，哪里还有读书人的模样，倒像是哪个富贵人家走出来的衙内公子。

"你这便要去寻花问柳了？"见王子进这副模样，他不由哑然失笑。

"谁说要去那花柳之地了，只是闲来无事，随便走走。"

"既然如此，那恕不奉陪了。如此凉爽的天气，不如在家睡觉。"

"你怎可不去，不然银两谁来拿啊？"王子进立刻急了，拉着绯绡便匆匆走出了客栈。

两人在东京城的瓦肆中走了半晌，明月已经爬上了柳梢，绯绡望着王子进涨红的脸色，晶亮的眼神，早已看穿他的心思，装作漫不经心的模样，将他带到了灯红酒绿的花街。

只见一条街上卖酒的花娘巧笑嫣然，门前都挂着醒目的红灯，恩客络绎不绝，竟然比白日里还热闹几分。

"果然是大城市啊，不虚此行，在家乡哪见得如此场面？"王子进顿时看得瞠目结舌，连连感慨，"古人云：书中自有颜如玉，果然没错！"

绯绡听了不由一愣："此话怎讲？"

"若不是我读了几年的诗书，怎会来赴这科举，又怎会来到东京，更到何处去见这如此多的佳丽？这难道不是书中自有颜如玉吗？"

"我记得好像不是这个解释啊？"绯绡被他逗得连连失笑，对王子进的花痴歪理佩服得五体投地。

两人正说着，突然从街边走出来几名花衣女子，拉着二人的胳膊，就往各自的艺坊里拽。

"这位公子来我家吧，我家锦瑟姐姐的琴艺可好了呢。"

"到我们这里看看吧，有今年的新丰美酒，定不会令二位失望。"

一股刺鼻的香气在夜风中浮荡，直熏得人无法呼吸。

王子进初来乍到，哪见过这温柔迷阵，几句温言软语入耳，连心都飘飘然起来，就要随她们走了。

可是在灯下定睛一看，几张浓妆艳抹的面孔都平庸至极，衬上那身花衣服，宛如姹紫嫣红里夹着一个面团，脸上的脂粉厚重得如冬日瑞雪，哪还看得清肌肤的底色。

他再回头看看绯绡的一张俊脸，如玉一般莹白透明，眉不描而黑，唇不涂自丹，简直就是云泥之别。

"多谢各位姑娘，还是算了，绯绡我们快走吧……"他吓得连连摇头，拉着绯绡便跑。

"哎呀呀，怎么尽是些庸脂俗粉？难道东京就是如此水准吗？踏遍天涯，倒叫我去何处觅佳人啊？"王子进言中尽是掩不住的失望，怕是他科考落榜都没有如此伤心。

"这你就不懂了，普天之下，绝色本就是少数，如此容易便教你遇到了，估计不是精魅就是鬼怪，是要取你性命来的……"绯绡幸灾乐祸地回答。

王子进见他一张玉面皎如明月，在灯下散发着淡淡的朦胧的光辉，确是美得不似凡人，不禁连连摇头叹息："你所言极是……"

当下心如死水，对路遇绝色佳人再不抱期望。

两人又往前走了一段路，但见前方不远处的一扇门前，人竟骤然多了起来。那门前的十几丈路都挂满了红色灯笼，宛如一串串珊瑚玛瑙，在夜色中散发着淡淡光辉，替文人骚客引路。

而在大门前，居然有几十人聚集围观。

王子进挤进人群，遥遥望去，只见那大门上挂着一幅精致匾额，上书"牡丹园"三个字，字居然是水红色的，透着一丝暧昧之情。

"听说今晚沉星姑娘又要表演歌舞。"

"好像是要在湖心桥上献艺，不知要花多少银子才能换得上座。"

王子进听了，立刻心花怒放，看来这位沉星姑娘定是位美人了！忙拉了旁边一位商人模样的人问道："这位沉星姑娘相貌如何啊？"

"咦，你不知道沉星姑娘是东京一等一的花魁行首吗？自是色艺双绝了。"那男人惊道，似乎不敢相信还有这等没见识的人。

"好！"王子进像吃了定心丸，拉住了绯绡的衣袖，"我们进去看看。"说罢竟一马当先，抢在众人之前，挤进了牡丹园。

二

园中是一番曼妙景色，曲径两旁种满了鲜花，就连树上也挂着紫色、粉色的帷幔，乍一看，宛若入了仙境。空中飘荡着轻缓的丝竹之声，更有风流的男人与妩媚的姑娘在花前柳下饮酒调情。

两人刚进来，便有一位龟公热情地跑出来迎接道："二位公子丰神俊朗，可要哪位姑娘相陪？"

"就叫你们的沉星姑娘过来吧。"王子进挺直腰杆，朗声说。

"呵呵呵……"那龟公掩嘴偷笑，"二位是初来乍到吧，不知沉星姑娘是我们东京第一花魁吧？怎的是说叫就能过来的啊？"

"那你便说吧，那沉星姑娘如何见法？我们这便去见。"

"那二位这边请，今夜刚好有她的歌舞，可凭银两换得座号。"那龟公便带着二人进入一个凉亭中，亭中放了长桌，上面放了一份写满了字的熏香细绢。

"二位请看，今日沉星姑娘就是要在后花园的湖中表演才艺，在湖边的凉亭中是十两银子一位，在湖中的回廊中观赏是五十两银子一位，若是在湖中的画舫中观赏的话便是没有顶价了，因为座位有限，自是价高者得……"

"绯绡、绯绡，你是不是有许多银两啊？我们去买最好的位子吧？"

"哎呀，不就是一位美人嘛，百年之后便是白骨一堆，有何看头啊，不去！"绯绡俊脸一冷，连连摇头，斩钉截铁地拒绝了。

"可是百年之后我也是一堆白骨了啊，我不会介意的……"

"不去，无聊，我会介意。"

"绯绡，我见你每日只是吃烧鸡，没有什么变化，你可知这鸡有多少种做法吗？"

王子进附在他耳边说。

绯绡听了立刻来了兴致，急切地问："快说、快说，这鸡还有什么吃法啊？"一双凤眼中竟闪烁出兴奋的光芒。

"有用冬笋、冬菇炖的双冬鸡汤，有用泥烤制的叫花鸡，还有在鸡腹内填满了香料的用荷叶包了熏的熏鸡，都是皮香肉嫩，有的鸡肉入口即化，有的筋骨相连，甚是筋道，美味各有千秋……"

"啊啊啊！我都没有试过啊，因为第一次吃的就是烧鸡，竟不知鸡有如此多的做法啊！真是枉活了这许多年，咱们明日便去尝试吧？"

"那你要陪我看了歌舞我才陪你去吃鸡……"

他话音未落，便听绯绡高声叫道："老头，我要两个最好的位子！"

绯绡大方地掏出银子，很快就有一个梳着双环髻的丫鬟提着一盏花灯来为二人引路，一路九曲三折，突然眼前豁然开朗，一潭明亮的湖水就荡漾在前方。

"客官这边走，就可上画舫了。"丫鬟说着引二人上了一个凉亭，亭外的湖面上有一个雕柱画檐的画舫，简直就像把一座楼台搬到湖中一样。

那画舫上下两层共四十余个位子，都是梨花木的座椅，椅上铺着锦缎坐垫，坐上去甚是舒适，旁边更有丫鬟捧着香炉果盘在伺候着。

绯绡对这舒适奢侈的画舫似乎很满意，窝在椅子上吃起葡萄，王子进则一刻也坐不住，伸长了脖子等美人出场。

不过片刻，画舫缓缓开动，如一座水中楼台，向湖心驶去。只见湖心中立着几个矮塔，里面燃着灯烛，将湖面照得如同白昼，天上的一轮皎月，投映在湖面，随着水波的流动，碎了又聚，聚了又碎，美丽幽静。

"不知这美人何时才能登场啊？"王子进正等得不耐烦呢，便听湖面上传来几声琵琶的声音，清冷而幽远，紧接着，繁闹的丝竹声随后而至。

"春江潮水连海平，海上明月共潮生。滟滟随波千万里，何处春江无月明……"婉转的歌声踏浪而来，唱词却是被称为一首冠全唐的《春江花月夜》。

那歌声一响起，周围的人都叫起好来，掌声不绝于耳，但是掌声、丝竹声、叫好声，似乎都压制不住那歌声，竟如丝如雾般，钻到每个人的耳中去，跌宕起伏，说不出的舒服受用。

一首歌尚未唱完，便见一艘画舫出现在湖面上，上面一干女子，手持乐器正在演奏，穿的皆是素白，衣裾随风飘摇，仿若仙子下凡一般。

只有正中一个身穿红衣的女子，盘膝而坐，正抚琴唱歌。但见她微微低着头，看不清眉眼，只见秀发如云，身姿曼妙，稍一动作便如花枝舞风，流露出万种风情，一见便可知是位美女。

看客们一见到这女子现身，立刻停止了喧哗，都被这美妙的景象摄住了心魂。

"……不知乘月几人归，落月摇情满江树。"转眼间那红衣女子就唱完了一首曲子，推开古琴，抬起头来。

这一抬头，似乎连月亮都失去了光辉。

王子进只觉眼中的秋夜、湖景、明月尽数消失，只剩下一张芙蓉春风面，一双灿若晨星的眼。

恍惚间只觉得这世间的春色都集中在她一人身上：她动，如弱柳扶风；她笑，如桃花初绽，美艳不可方物。

接着只见这美人站起来说了什么，王子进却浑然不觉，一双眼睛如蚂蟥般只是直勾勾地落在她的脸上，已然如痴如醉。

随即乐声再次响起，却不似方才高雅清幽的曲子，而是纷乱繁华如百花齐放的舞乐。

画舫上的红衣女子随欢快的曲声翩翩起舞，露出红色薄纱舞衣下的纤腰玉腿以及丰盈雪白的胸脯，令一众看客都看直了眼。

偏偏她气质娇媚中带着童稚，跳着艳舞也毫无情欲之意，恍如彩蝶飞舞，春燕穿柳，令这深秋的湖面上遍布春意。

快乐的时光总是特别短暂，似乎不过片刻工夫，王子进还看得意犹未尽，曲声渐歇，表演便结束了。

只见那女郎袅袅婷婷地拿起一只绢布缝制的花球，柔声道："多谢各位看官捧场，小女子感激不尽，但良宵总有尽时，各位如能接得花球，可否赏脸陪沉星把酒言欢？"

话音刚落，湖面上便立刻炸开了锅。

"我的，我的！"

"赶快往这边抛啊！"更有人的胳膊越过别人头顶，自是迫不及待，岸上的人更是推推搡搡，你不让我，我不让你，都是为了争个好位置，接那花球。

"绯绡，绯绡，帮帮忙啊，我想要那花球。"王子进边说边拽着绯绡的衣袖，声音急切得快要哭出来。

正说着，花球已经从那女郎手中脱手而出，绯绡凤眼微斜，向空中吹了口气。只见那花球便如同有了生命般，在空中几个起落，就扑到王子进怀中。

周围立刻响起一片叹息声，更有人咒骂不停，王子进欣喜若狂地抱着花球，手足无措，不知等会儿见了美人该如何是好，又该说什么讨她欢心。

他正在思量，那艳丽无双的红衣女子已经坐着小船来到了画舫前。

可她并不看王子进，却一直盯着绯绡的脸，王子进兀自抱着花球，看了看绯绡，又看了看这漂亮的少女。但见一个白衣胜雪，风度翩翩；一个是艳若桃李，风情万种，真是一对绝色璧人。

王子进的心不禁凉到了底，早知如此便不带绯绡来了，自己往他旁边一靠，本有三分丑，现在也变作五分了。

可是那美貌少女却回过头，俏皮地朝王子进眨了眨眼："公子的朋友怎么如此奇怪，怎么有异类的气息？"

绯绡却凤眼圆睁，从座椅中站起，将折扇指向她的鼻尖："自己一身死人的味道，还有脸说别人吗？"

三

"啊！"少女被他吓得惊呼一声，连连后退，"公子何出此言？我好端端的，为何说我是个死人？"

周围的看客不禁面面相觑，明明一个是翩翩佳公子，一位是倾国美娇娥，怎么一个说对方不是人，另一个却连死人都搬了出来？难道最近流行这种调情的方法？

只有王子进明白是怎么回事，绯绡的话立刻让他的心凉了半截。怎么如此美妙的人儿，身上会有死气？但见那女郎明艳照人，天真烂漫，似乎不像假装，却不知这又是为何。

绯绡显然也没想到她一副懵懂模样，不由一愣，朝王子进低语道："子进，我先回客栈了。你且与她去喝酒，把她灌醉了套些话出来。"

"绯绡，不要扔下我一个人啊……"王子进吓得抓住他的衣角，虽说这少女现在娇俏可人，难保不会喝醉了现原形，到时候就不知会变成什么东西了。

"我不会丢下你一个人不管的，明日还要一同去吃鸡呢。"绯绡朝王子进眨了眨眼，就折扇轻摇，大摇大摆地离开了。

"公子你这位朋友真是奇怪，别人都巴不得跟我喝酒，他却躲走了。"那少女嗤之以鼻地说，美目流转，"这样的人，最是讨厌。"

"他只是不好女色，待我等会儿说给你听……"王子进连连替绯绡解释赔罪，可是不知为什么，他话一出口，却引来这红衣少女的一阵娇笑。

"公子，你那位朋友不好女色，而且气质特别，难道他……"片刻之后，两人在凉亭中共饮，才喝了两杯酒，红衣少女就又将话题转到了绯绡身上。

"我们待会儿再说他吧，不知姑娘如何称呼？"

"我叫沉星，沉鱼落雁的沉，星星的星。"沉星巧笑倩兮地回答，她的恩客中鲜有王子进这样老实的年轻人，觉得他虽然迂腐，倒也有趣。

"在下江淮人士，姓王名子进，此次初来东京，本是为了赶考而来……"王子进被她那双妩媚的眼睛迷得神魂颠倒，连绯绡说她身上有死气的话都忘得精光。

"原来你竟是位才子啊，能不能替我写首诗呢？"沉星听了立刻拊掌笑道，"我正愁没有好听的词配曲子。"

"当然，当然，只要姑娘不嫌弃……"

"对了，说到你那位朋友，他该不会是有断袖之癖？"沉星压低声音，好奇地问，漂亮的大眼睛中闪烁出兴奋的光芒。

王子进心想，他哪是不喜女人，他连人都不喜欢，平时只喜欢吃鸡。

可是见她期待的眼神，他又不忍扫了这美丽少女的兴，只好随口编了些绯绡的风流韵事。无非是话本上常见的那些，才子佳人一见钟情，又不得不分离的庸俗故事。

"唉，真是可怜，怪不得他神道道的，竟说我是个死人。"沉星以锦帕拭了拭泪，"算了，我不能跟个癔症病人置气，王公子，我们喝酒。"

她的话如警钟般敲醒了王子进，他突然想起绯绡说她身上有死气，再也不敢沉迷于美色，打起十二分精神应对。

"姑娘真是好眼力，如何能看出我这朋友特别？"王子进殷勤地为她斟满一杯美酒奉上。

"因为他身上似乎会发光，跟普通人不同。而且我还能看到好多别人看不到的东西，像是有的恩客身后会跟着奇怪的影子，这种人我都远远避开。"沉星笑眯眯地压低声音对他说，"还有和尚、老道要拿我呢，他们都叫我'小妖精'，却不知道有太多男人这么叫我……"

王子进听到这里，差点被酒水呛到，连忙问："后来呢？"

"那些和尚、道士都莫名其妙地消失啦，谁知道他们在玩什么把戏。"

王子进看着她巧笑倩兮的容颜，不由遍体生寒，看来绯绡说得没错，这美貌少女果非善类。

"今日得见姑娘，小生真是荣幸之至，请！"他连忙端起杯子一饮而尽，只想快快把这女妖灌晕，自己好脚底抹油，溜之大吉。

"王公子如此豪爽，沉星奉陪。"沉星端起酒杯，竟也一饮而尽。

王子进这才发现，她虽是名冠东京的花魁行首，似乎并没有经过严格的训练，言谈举止都是一副小女孩的模样，处处真性流露。

若不是长了一副倾城的容颜，怕是这行首轮几百年也不会到她的头上。

两人边说边喝，甚是高兴，不觉已喝了两壶酒，王子进没灌倒沉星，自己倒先晕了，迷茫中只见沉星双唇微启，目光蒙眬，在月辉下如月宫仙子般秀美无瑕。

真是人间无此尤物，非鬼即狐。

"你好美啊，尤其是眼睛，真是朗若晨星……"

"嘻嘻，古人形容美女是沉鱼落雁，我却偏偏要让天上的星星也沉了下去，所以才为自己取名为沉星。"

"姑娘确实配得上这名字……"王子进嘟嘟囔囔地说了一句，一头栽倒在桌上，醉得不省人事。

沉星红唇微翘，瞧着他露出一个妩媚的笑："想和我斗酒，再过几百年吧！"

此时天色已晚，朗朗秋夜上星子阑珊。沉星独自一人坐在庭院中，漂亮的脸上现出落寞的神色，托腮望着伏在石桌上酣睡的王子进。

"街口看相的大婶说，今年会有人带我离开这烟花之地，会不会是你这个呆书生呢？"

她伸出一只玉手，抚上了王子进的脖颈，按在他的血管上，感受着温热肌肤下流动的鲜血。

那灿若晨星的漂亮双眼中，眼神迷离，闪烁着贪婪的神色。

突然她凭空打了个激灵，急忙缩回了手，像是方从迷梦中醒来一般。

四

"睡得好香啊……"次日王子进伸了个懒腰爬起来，却是在客栈的床上，昨晚的一切，都恍若隔世，他正在回味与佳人共饮的美妙，就见绯绡一个人坐在床边，一脸急切地望着他。

"你总算醒了，赶快收拾收拾，快去吃鸡。我从昨夜起就没有再吃，真是饿死我了！"他迫不及待地嚷嚷。

"我昨夜喝醉了酒，现在正头疼得厉害，你要我去吃那油腻的鸡，莫不是要害死我？"

绯绡听了俊脸一沉："那你就把昨夜看歌舞的银子还我！"

"走走走，我们去吃鸡……"王子进晃晃悠悠地拼命从床上爬了起来，事已至此，也只能舍命陪君子。

"昨夜我是如何回来的啊？"不过一会儿工夫，二人已坐在了东京城最大的酒楼醉风楼中了，面前摆着一盆天麻鸡。

"自是我把你接回来的，你在那边的一举一动我都知道。"绯绡边说还不忘喝几口鸡汤。

此时虽是秋季，中午的太阳仍毒辣灼热，烤得地面和火炉一样，也不知他怎么能喝进如此油腻的东西。

"这汤真是美味啊。"绯绡感慨道，"店小二，再来一份盐焗鸡。"

"那个……沉星没有说什么吗？"王子进面色涨红地问。

"有啊，她满口胡话，用一种怜悯的眼神望着我，还说被我的神情感动了，无论我爱上的是男是女她都支持我。"绯绡打了个饱嗝，"不过我看她天真烂漫，倒全无害人之心。"

"你说她身上有死人的味道又是为何？"

这时绯绡已经风卷残云般喝干了一盆鸡汤。

"每个人的味道各有不同，她的身上，有一种酸臭之气，很像是人死后散发出来的，估计她多半以喝血食生肉为生，那种妖怪身上常有这种味道。"绯绡抹嘴答道。

"啊？那她岂不是很可怕？"

"也不能这么说，她要是不杀生的话还没什么，反正人畜的血那么多，分给妖怪点也无妨，弱肉强食本就是这个世界的真理……"

王子进听了，竟觉得眼前的鸡骨万分面目可憎起来，这些鸡骨肉分离，沾了汤水，哪个又是想死呢？

看来不光是鸡，世间万物皆逃不脱被吃的命运，只是吃的方法有别而已。

正自发呆，突然一个柔美娇媚的声音自他身后响起："王公子，想不到这么快就又见面了。"

王子进一愣，一回头，就见身后站着一名明艳不可方物的少女，不是沉星是谁？

只见她穿了一件粉色的轻纱，腰间束了一条翠绿的绸带，头发高高地绾起，在脑后盘了个低低的同心髻，手里执着一只象牙柄团扇，一双明眸妙目在扇子后面似笑非笑地看着他，端的是丽色无双。

倒像是画中的仙女，哪里像什么茹毛饮血的妖孽？

"请问姑娘找小生有何贵干……"王子进刚刚还在跟绯绡谈论她，难免有些心虚，连忙站起身向她赔笑。

"这是东京城最大的酒店，怎么你能和朋友喝酒，就没有人能请我来吗？"

"哦哦哦，是小生驽钝了……"

"你倒真是驽钝，还有三日就科考了，还有时间来酒馆。"她说着还颇有深意地望着坐在窗边的绯绡，似乎为他深陷情伤惋惜。

王子进见她只盯着绯绡看，急忙踏上一步，挡住了她的视线。

绯绡却若无其事地喝酒吃鸡，对这倾国倾城的佳人竟视若无睹。

"王公子，你答应我的诗文，可不要忘了哦。"沉星见他吃醋，居然十分开心，轻轻拿起扇子，在他脸颊边扇了扇风，"等你金榜题名时，奴家还要唱你作的词呢。"

说罢，她如轻云出岫般，挟着一股香风，袅袅婷婷而去。

只留下王子进一人，站在喧嚣的酒楼中发呆："科考……我还要科考呢，竟全忘光了……"

"阿嚏！好大的尸臭味，真是呛死我了。"见沉星走远，绯绡终于绷不住风流姿态，连打了几个喷嚏。

五

王子进回到客栈就开始挑灯夜战，可惜为时已晚，三日的光阴，弹指即逝，哪里够他泡墨水。

第三日黎明，他早早起了床，梳洗一下，便提起文房四宝要出门，这一去便是五日，前两日是锁院，待得八月十五才是正式考试，这期间所有考生都要住在里面，不得外出。

"绯绡、绯绡，还不快同去赴考？"王子进见绯绡还窝在被子里蒙头大睡，连忙叫他起床。

"谁说要去赴考了啊，你一个人去吧。"绯绡从被子里探出头，秀发如瀑，睡眼蒙眬。

"啊？你不是山阳书院的才子吗？"王子进诧异地说。

"嘻嘻嘻，地方的贡函我是有的，不过是使法术变的，真要去考取功名，只怕那官印会将我压得现了原形。"绯绡嬉皮笑脸地回答。

"难道让我一个人去？"

"没有啊，我陪你去。"

"你怎生陪我，变作狐狸吗？"王子进奇道。

"当然不是，"他说着不知从何处拿出一面铜镜，"你若想见我，只要对着镜子呼唤就可以。"

王子进举着那面铜镜，哭笑不得地说："绯绡，如此大的一面镜子，怎么可能会让带到贡院啊？"

"原来如此……"他说着又从被窝里掏了一支玉笛出来，正是他随身携带的那支，"你若想见我，吹这玉笛，我便会出现在你面前了。"

"且不说我不通音律，这笛子也是无关科考，我也无法拿这劳什子进去啊……"此时王子进的声音已经带着哭腔。

"哎呀呀，怎么如此多的麻烦啊？真是烦人。"最终他不耐烦地从怀里掏出两张符纸来，"来，给你一张，可替你挡灾的，见面看来是不成了。若是有何魔物犯你，我这里这张符纸也自会有反应。"说罢，便将那符纸塞到王子进的衣服里。

"考场中怎会有魔物啊？倒是这张纸，不要被考官发现了才好。"王子进满心不愿，嘟嘟囔囔地出了门。

此时正是清晨时分，天刚刚蒙蒙亮，空气中带着一丝清冷的寒意，一轮圆月还隐约地挂在天际，王子进忙加快脚步往贡院赶去。

空旷的街道上没有一个人影，偌大的东京城，正沉眠未醒。

王子进正沿着青石路疾走，却见前面有一人走得竟比他还要快，晨雾中看不清面目，但见身形娇小，好像是个女子。

王子进心中好奇，急跑两步追了上去，见那女子竟只穿了贴身的红色睡袍，头发也是披散，颇为诡异。

只是那杨柳细腰，及腰长发，像极了那花魁沉星，他立时心花怒放，跑到那人面前。

"沉星姑娘，这么早就出来了？"他雀跃地说，但只看了沉星一眼，就吓出一身冷汗。

只见沉星面色发青，脸上没有一丝表情，皮肉凹陷，甚是恐怖，除了一双眼朗若晨星，哪还有绝代佳人的样子？

她见了王子进恍若不识，神色漠然地一路往前疾走。

"喂，等等啊！"她这副样子，委实令人担心，王子进见状伸手拉她，却觉触手一片湿凉，手掌中竟全都是鲜血。

那红色的轻纱睡袍，竟然已全被鲜血浸透，吓得王子进目瞪口呆，愣在街心盯着自己的手掌，似乎不相信这是真的。可是那血色鲜艳分明，腥气直冲鼻翼，都在提醒着他这一切并非梦境。

等他缓过神来，再一抬头，哪里还有沉星的影子，只余晨雾苍茫，宛如波涛，将整条街道都笼罩在一片朦胧之中。建筑的影子在雾气中影影绰绰，仿佛一个个飘摇的孤魂，气氛阴森而恐怖。

王子进吓得拔足便逃，不过一会儿工夫，就已经到了贡院的门外。

此时晨光破晓，雾气也渐渐散去，正有几个早到的书生，紧张地等待开场。王子进见到了这些活生生的人，不由暗自松了口气，浑身瘫软，一下子坐在地上。

"咦，这不是子进吗？我还以为你不会来赴考了呢，没想到你这么早便赶来了。"一个熟悉的声音在耳边响起，他诧异地回头，却见身边站着个方脸阔额的书生，正是同窗的道然。

六

"咦？怎么不见与你在一起的胡公子？他是山阳书院的才子，此次定是志在必得吧？"道然坐在他身边，寻找着绯绡的身影。

"胡公子家里老母病危，急着回家省亲去了，怕是要下次考期再来了。"王子进面不改色地说，他发现自从与绯绡相识之后，自己撒谎的本事与日俱增。

"百善孝为先，你我皆是读书之人，怎可忘了孝道。"道然听了连连点头。

"这次来赴考的人似乎比往年少啊？"王子进望着贡院前稀疏的人影，好奇地问。

"你有所不知，还记得我们险些就要投宿的鸿福客栈吗？"道然悄声道。

王子进忙不迭地点头，怕是这一辈子都不会忘记那个恐怖的客栈。

"那客栈走了水，救火的人发现好多考生昏死在里面，都是被蜘蛛咬了，竟然无一幸免。还好发现得早，性命无忧，却无法应试，所以此次参考的人才少了许多。"

"哦。"王子进支吾着回答，忙将话题岔开，生怕说漏了嘴。

两人正聊着，贡院的大门已经开了，百余名考生个个提着文房四宝的箱子，排队接受盘查。

他们急忙跟上队伍，不一会儿便进了贡院。

考生按地区不同，各自被分开，王子进与道然因是同乡的缘故，被分得甚远。

每个考生都要在一个狭小的隔间中完成考试，隔间三面由砖石砌成，只有一面没有遮掩，却是面对考官的。内有书桌和简陋床板，这几日吃睡都是要在里面。

王子进望了望这简直是风餐露宿的考场，不禁怀念起那有着松软锦缎被褥的客栈来。

过了一会儿，就有人过来检查文房四宝是否被做了手脚，接着又有人来发贡纸，大家都写了名字，呈上去盖章核对。

这一折腾，转眼几个时辰便过去了。

待到晌午，考生们都被安排到一个房间吃饭，开考以后，便是吃饭也要在各自的隔间里了。

"唉，我是完了。"道然一见到他就连连哀叫。

"道然兄何出此言？"

"我的位子是坐北朝南，一天有一半多的时间都要晒太阳，岂不是要头昏眼花？"

"这样我还好了，我的那个是东西朝向，太阳倒是不用晒了，就是阴冷了些。"王子进暗自庆幸。

"啊？这位兄台要小心啊！"旁边一位考生转过脸来，他年纪甚大，一脸皱纹，两鬓斑白，看样子已年过六旬。

王子进听了顿时连嚼在嘴里的饭都咽不下去，心想难道自己真的八字凶险，连参加个科考也无法逃脱厄运？

"兄台比小弟年长，还是以名字相称吧，小生姓孙名道然，敢问兄台此话怎讲啊？"那边道然好奇地问。

"说来惭愧，我参加这科考也有几次了，就是从未中过举。"那老生叹道，"奇怪的是，每次秋试都有考生自杀，怎么死的都有，最惨的一个是用笔活生生地将自己捅死了，足足捅了十余次……"

"那又怎样啊，压力太大了吧？"王子进急忙开解。

"在朝阳的房间还没有什么，阳气较重，在阴的地方就不好说了啊……"说完那老生连连叹息，捧起碗继续吃饭。

王子进听完他的话，呆若木鸡地抱着饭碗，站在饭堂中，只觉自己的命真是烂到了家。

"这位兄台莫往心里去，每次考试都有虚张声势之人，就是为了扰乱他人心神，万万不可当真。"旁边一个考生连忙出言安慰他，"在下和兄台都是背阴的隔间，莫不是要双双自杀不成？"

王子进心中这才稍有些空隙，只见那书生二十余岁，长着一张圆圆的娃娃脸，眼里满含笑意，一副面善的模样。

"在下姓王名子进，不知这位如何称呼？"

"罗宗芝，叫我宗芝便可。"

饭吃到一半，却听不远处传来咚的一声闷响，竟然是个十三四岁的少年因太过紧张而昏厥。

手脚抽搐，饭菜撒了一地，不过一会儿便有两名考场的仆从把他抬了出去，似乎已经对这种事情司空见惯。

所有考生都被这紧张的氛围感染，变得鸦雀无声。

王子进此时才发觉，自己竟然加入了一个如此残酷的游戏中。考场中有人一步登天，有人再无翻身的可能，从此拉开云泥之差，竟比那妖孽凌虐世人好不了多少。

是夜，王子进和衣睡在那小小的隔间中，只见夜色如水，明月微残，待得这月亮圆满之时，便是科考之日了，他心中不禁焦急，马上闭眼睡了。

哪知这一夜居然太平无事，根本不见那索人性命的妖孽现身。他坐在晨光中连连摇头，只觉自己居然相信那老生的话，真是愚蠢至极。

晌午时分，王子进与道然和宗芝坐在一起吃饭，只见昨日那危言耸听的老生又在吓唬其他的学子。

所说的仍是考场中有妖怪索命的谣言，三人见他都心生厌恶，却又拿他无可奈何。

"如此心术不正，怪不得屡次落第。"道然愤怒地说。

罗宗芝却一直盯着那老生的脸，过了一会儿方挠了挠头："我好像曾在哪里见过这人，却偏偏想不起来。"

"这种小人，还是不要想起来的好。"王子进连忙说。

当日午后，盖着官府印章的贡纸便发了下来，拉开了三年一次的秋试的序幕。

明日便是解试的鏖战，是夜所有的学子都早早歇下，还没到亥时，考场中已是鸦雀无声。

当晚王子进正睡得酣甜，却被一阵突如其来的喧哗声吵醒。只见几个衙役正拖着一个人向外走，那人还在抵死挣扎。

"你这狂徒，不仅妖言惑众，竟还敢在墙上画了符出来。"

"我是在画驱散妖孽的符，这里有鬼啊……"那被拖拽的人抬起头，露出一张老脸和苍白的头发，正是那妖言惑众的老生。

王子进此时已明白了七八分，多半是他疯疯癫癫地做了什么事被发现了，如今已被取消资格。

　　然而就在这时，那老生猛然看向了王子进的方向，视线直勾勾地盯着他的背后。

　　"我看到了，看到了……"他伸出一只手，颤抖地指向了王子进的所在，"那妖怪就躲在床板下，快看啊！又有人要死了！"

七

　　王子进听了他的话，只觉秋风袭人，不觉打了个寒战。但其余的考生却不似他这般胆小，纷纷起哄嘲笑，还有人大声咒骂起来。

　　他这才惊魂稍定，但听那老生凄厉的声音在夜空中回荡，越来越远了："莫要擦那符啊，可救你们性命……"

　　大家都对他的话嗤之以鼻，相继回去睡觉，王子进辗转反侧，到后半夜才睡着，这一夜却又是太平无事，根本没见那索命的妖怪。

　　次日科举开考，王子进把肚里那点墨水几乎掏空，才总算堆满了两张纸。中午有人送饭过来，他胡乱吃了，又继续答题。

　　不知不觉中一日过得飞快，转眼间便又是夜晚。还有考生在挑灯夜战，荧荧的烛光在夜晚中宛若鬼火一般，王子进倒是早早就睡，因早就知道与功名无缘，再看白日答的东西，更是深信不疑了。

　　哪知他睡到半夜，又被隔壁细碎的声音吵醒，似乎有人在窃窃私语，听得不甚清楚，但是好像是发生了什么重要的事情。

　　他好奇地看向庭院，却见两个衙役正抬着张草席，蹑手蹑脚地走路，那草席残破不堪，里面似乎装着什么重物。

　　王子进见了心中咯噔一下，以前也见过这种草席，那是宝财死的时候，一种不祥的预感涌上心头。

　　就在这一瞬间，那草席中露出了一只沾满鲜血的手，随着颠簸一下一下地摆动，慢慢消失在黑夜之中。

　　王子进吓得顿时坐起来，只觉这隔间恍如牢笼，囚禁的不光是自由，还有无边的恐惧。

　　绯绡，绯绡，要是绯绡还在该有多好啊，他抱着膝盖坐在墙角，却是一夜未睡，只要一闭眼，就能够看见血淋淋的人手在眼前晃来晃去。

　　那是谁的手，那草席下又是什么人？

次日他打了一天的瞌睡，卷子更是答得一塌糊涂，文章写得狗屁不通。考场中一片寂静，每个考生都在专心作答，似是没有人知道昨夜发生了什么。

他正恍神间，那老生满是泥污的脸又浮现在眼前，直指着他这边道："我看到了，他在下面呢，就在床下面，今夜死的就是你！"

王子进一惊：床下，床下有什么吗？想着，他慢慢地蹲下去看床板下面，只见一尺高的地方，黑漆漆的一片，什么也没有。他暗自松了一口气，刚要站起来，却见角落里有个白色的东西，定睛看去，却是一只沾着血的人手。

"啊！"他不禁惊呼一声，一下就站了起来，却觉得膝盖一阵酸疼，眼泪都快流了出来，再看周围的人都在奋笔疾书，自己的腿却结结实实地撞在了桌角上。

眼前只有白日昭昭，阳光明媚，哪里有什么人手？

虽然只是场噩梦，却也令他心惊胆战，待到夕阳西下之时，更是惶恐不安。因为夜晚就要来了，谁知道那无比的黑暗中，又藏着怎样的妖孽魔物？

是夜月朗星稀，王子进燃起一支白烛，蜷缩在床角，抱膝而坐。

过了今晚就再也不用待在这鬼地方，只要他不睡觉，便是妖魔鬼怪又能奈他何？他打定主意，便望着那摇曳的烛光发起呆来，跳跃的火苗中，似乎藏着个白衣少年的影子。

不知道绯绡在干吗呢？他一定把自己忘到脑后，又在喝酒吃鸡了吧？

想到绯绡，王子进不由有些鼻酸，可是没过一会儿，便发现袍角不知何时竟挂在了床板下。

他急忙拿起烛火，弯腰向床下看去，却只看到黑乎乎的一片，奇怪的是袍子却像是被人紧紧攥住，他无论如何也抽不出来。

他索性把烛台放在地上，钻进床下去看个究竟。可是这一看，却见一人穿着长袍也趴在地上，长发遮脸，眼中尽是血丝，正紧紧地抓着他的衣袍，一点点地往里拽。

王子进不觉吓得肝胆俱裂，却连呼救的声音也发不出。

长袍一分一分地被拽到床下，他使劲挣扎也无济于事，那人狞笑着伸出一只手，一把掐在了他的脖颈上。

那手却没有皮肉，冰冷坚硬，宛如白骨一般。王子进被他掐得呼吸越来越困难，眼前越来越黑，意识似乎随时都会消失。

就在他以为自己要活活被掐死时，那手突然松了一下，王子进不知哪里来的力气，一把将袍子扯破，身子一滚，总算是逃脱了。

哪知他却一手按在白烛上，烛火灼热，将他烫得发出哎哟一声大叫。这一叫令他神志恢复，他这才发现自己此时正端坐在床板上，双手拿着一截布条，正在绞自己的脖子。

王子进吓出一身冷汗，急忙将布条扔到地上，这才发现那正是自己的袍角，而周围夜色弥漫，安静宁谧，哪里有第二个人？

又是一场噩梦。

"子进，你没有事吧？"就在这时，耳边响起了一个熟悉的声音。

"绯绡！"王子进又惊又喜，但见隔间外斜倚着一个人，白衣胜雪，俊脸上挂着似笑非笑的表情，不是绯绡是谁？

"只是做了一个很可怕的噩梦，你来了，就好了……"王子进心有余悸地擦了擦额头的冷汗。

"怕不是梦那么简单，你不想知道我为何而来吗？"绯绡走到王子进面前，递出一张符纸，正是前两日两人各分一张的符纸，绯绡手中的那张，已然被人撕成两半，"有魔物袭击你了，我这才赶来。"说完探手入王子进怀中，去拿另一张符纸，那张符纸却碎得无法从衣襟里掏出来，飘飘洒洒地掉了一地的纸屑。

"刚刚，就是它助你将魔物驱走的。"

"难道，刚刚那不是梦，是真的？"

"正是，你我现在就去将那东西揪出来。"绯绡一扬眉，志在必得地走了出去。

"喂，我不能走出去啊，会被人发现。"

"哎呀，你真是麻烦。"绯绡不耐烦地说，一抬手就将折扇插在王子进头上，"走吧，定不会有人看到你。"

"那个……能不能换样东西啊？比较小一点的？这个转头有所不便……"王子进头顶折扇，左右晃了一下脑袋，竟觉耳边生风。

绯绡一脸不快，拔了扇子，随手抓起一支毛笔插进他的发髻："这下可以走了吧？"

两人走出隔间，不要说没人发现他们的存在，却见月光之下，二人连影子都没有半分。王子进不由被这奇异的景象吓了一跳，绯绡唇边却露出得意的笑容。

看样子只有他们二人可以互相看到彼此，简直就跟话本上说的隐身术一样。

这新奇的体验令王子进兴奋莫名，在庭院中又蹦又跳。只见秋凉如水，月满如盘，偌大的庭院中，不见一个人影，只听地面上传来簌簌轻响。

不知是谁家脚步，踏破黄叶？

八

"绯绡，那妖孽到底是什么，你可知晓？"王子进问道。

"现在暂无头绪。"

"那我们到何处去找啊？"眼见已是三更，四下一片寂静，考生们大多已经休息，到哪里去找那鬼怪来？

"那应该是一只灵妖，能用幻术蛊惑人心，所以大多考生都是自杀身亡的，我们只要找出它是在何处出来的，将那出口封住便可以了。"

"前两日有一个上了年纪的考生说考场里有妖怪，还说那鬼怪是以前自杀的考生变的。"

"哦，有人知道甚好啊！那子进你尽量想一下那人的音容面貌，我用法力引了思念体出来，我们再想法找他。"

"啊？还要我想他？"王子进一想起那老生满是皱纹的丑脸和他临被拖走时的情景，不禁心有余悸。

他正想得出神，便听绯绡说："好了。"

只见绯绡的两手正罩住自己的头部，慢慢向外移动，似乎要将什么东西从他头脑中抽出来一般。

奇妙的是，他纤长的手掌间，隐隐有一团淡淡的雾气慢慢浮现，白雾不断流动变幻，竟变成了一张人脸。

王子进见了惊奇不已，忍不住叫了一声好，而随着他的叫好声响起，那张脸竟然呼的一下消散，绯绡掌中又是空空如也。

"奇怪……"绯绡剑眉微蹙，自言自语道，"竟然引不出来？！"

"莫不是我刚刚的叫好分了心，所以才失败了？来来来！我们再来一次！"王子进说道，屏息凝神又要想那老生的模样。

"不关你的事，是没有记忆可以引出来，你确定见到的是一个活人吗？"

"千真万确，他最后还是叫衙役拖了出去，走的时候还拼命地叫些什么……"

"他说了什么？"

"说床板下有人，还有妖怪索命，好像还有什么，怎么就是想不起来了。"王子进焦虑地说，记忆如同躲在了层层的密林中，云烟缭绕，根本无处追寻。

两人正说着，就听见不远处传来咚的几声闷响，在寂夜里分外刺耳。

他们急忙跑过去，但见一个书生正在用头撞墙，已经撞得鲜血飞溅。血花洒在灰墙上，触目惊心。但那书生似不知道疼，仍用力地一下下撞着。

"还不快快停下来。"王子进见状连忙跑过去阻止，却被绯绡一把拉住，他不由朝绯绡怒道："为何拦我？此时救人要紧！"

"你这般救人，怕是救不了他，倒连自己也卷进去。"绯绡不徐不疾地捡起两片黄叶，托在掌中，朱唇微启，朝叶片吹了口气。

只见黄叶竟发出"嗖""嗖"两声轻响飞了出去，不偏不倚地将那书生圆睁的双眼盖住，他立刻停止了自残，直勾勾地一头栽倒在地。

"莫不是死了吧？"王子进小心翼翼地推了推他，只觉他周身肌肉都僵硬无比，似乎正在抽搐。

"只是魂魄被镇住了而已，一会儿自会好了。"绯绡也走到那书生面前，凤眼中隐含精光，在他周身溜了一遍，"居然没有一点怨气残留，这次又被它逃了。我们这样追着它跑不是办法，要赶快找出那个连接人世与死地的门。"

"怎么还有这种门？"王子进疑道。

"只是个比拟的说法，说是桥也可以。这个魔物能存活这么久，而且活动范围如此狭窄，估计是什么人故意召他过来的，就像在人世和地府之间架了一座桥，只要那桥没有断，它便可自由来往于生死之间，而它若躲了回去，便是再厉害的道士，都拿它没有办法。"

门？桥？是什么？可以通达人间与死地，一切怪事都是在那老生被赶出去以后发生的，他在彼时又说了什么？

"绯绡，我好像忘记了一件很重要的事，你能不能助我想起它？"王子进急得抓耳挠腮。

"是帮你回忆吗？还是怎样？"绯绡不禁好奇。

"你不是有好多法术吗？能不能用一样把我脑子里的记忆弄出来啊？"

"记忆便如柔丝，有千丝万缕，我可以试试。"绯绡板起俊脸，歪着头说，"要用哪种法术呢？"

"尽量用安全一点的啊。"王子进看了看他的模样，似乎毫无把握，不由有些胆怯。

"决定了，就用离魂大法吧！"

"哎？这个听起来不甚安全啊？"

"管不了那么多了。"接着王子进只见绯绡伸出一根长指抵到自己的眉心,随即头脑发热,整个人竟飘飘欲仙,甚是舒服。

等他再一睁眼,发现自己竟然真的飘了起来,再一睁眼,自己肉身表情木讷,躯体僵直,正站在自己身下。

我还不想死啊!这怎么看都像是灵魂离体,可是他想大声叫嚷却根本发不出声音,就在他惶恐不安时,耳边传来绯绡清朗如水的话语:"子进不要害怕,我这就去你的身体里将你的记忆找出来。"

他这才心下稍安,飘飘荡荡地浮在半空中,只见绯绡面色肃穆地站在他的躯体对面,两人如同木偶般面面相觑,不知在搞什么名堂。

一刻钟后,仍然毫无动静,黄叶翩翩而下,落在两人肩头,如蝴蝶停驻,美丽而玄妙。

王子进等得心焦,就在这时,只见自己的躯体突然动了,那秀气而僵硬的脸抽搐了几下,竟轻轻吐出了一个字:"符……"

刹那间他的身体产生巨大的引力,如海底的旋涡般将他的意识吸了进去,等他再睁眼时,却见绯绡正站在自己面前,好奇地望着他,这才知自己的灵魂已经回到了身体里。

"怎样?你方才看到了什么?"绯绡急切地问。

"我刚刚只说了一个'符'字。"王子进脑中突然灵光一闪,那晚发生的事潮水般奔涌进脑海。

老生惊恐扭曲的脸,他拼命指着自己的模样,还有他最后说的那句话:"莫要擦那符啊,它可救你们性命。"

没错!被他遗忘到记忆深处的,至关重要,无论如何也想不起来的,就是这句话!

"看来你是全想起来了,你的记忆被人封住了,看起来正是那老家伙干的。"绯绡拉着王子进就走,"我们这便找那符去。"

"为什么?那人看起来不像精通什么异术,而且那符,不是他画来救我们性命的吗?"

"嘿嘿,救你们性命干吗不让你们想起来,怕那是画来取人性命的倒是真的。"绯绡冷笑着答。

王子进听了不由脊背发冷,万万想不到这老生竟阴损若此。

两人一路找去,却根本找不到一间空着的隔间,里面都有书生沉睡。又转了半个时辰,再次回到了王子进所在的地方,此时已经月影西斜,正是黎明前最黑暗的时分。

"这该如何是好？"王子进望着那变得淡薄的月影，不由心焦。

"再找一找吧，定然找得到。"绯绡环顾四周，却见不远处一个书生正在奋笔疾书，此时已是深夜，他却似乎没有休息的意思。

"你看那边。"绯绡拉了王子进一把，只觉那隔间里的烛光摇曳不定，在夜晚看来，几如鬼火。

"怎么了？"王子进顺着他的指示看去，未见有何不妥，再看那书生的娃娃脸，竟然笑了，"那不是宗芝吗？"

"你认识他？"绯绡好奇地说。

"不错，是在考场里认识的，是一个很亲善的人。"

绯绡听了却不以为然："我怎么不觉得此人亲善？"

"人说狼顾狐疑，果然如此！"

王子进话音刚落，便听有人在叫他："王兄，你怎生出来了？"

他听了这声音，不由一愣，只见罗宗芝已然停了笔，坐在椅子上朝他招手，依旧满脸堆笑，只是那笑容在灯下看起来竟有几许虚幻。

王子进看着他白皙的面孔，只觉这事有大大的不妥，但是哪里不妥，他又说不出来。

宗芝的笑脸，映着烛光，灿烂一如昨日，却也如逝去的时光般遥远得无法触摸。

九

两人均是一惊，连忙交换了一下眼神，似乎都想从对方那里得到答案。

"他怎么能看到我们？莫不是你的隐身术不好用？"

"也许有人天赋异能？过去看看再说。"绯绡漂亮漆黑的眼睛转了转，向宗芝走了过去。

罗宗芝见他二人过来，起身笑道："王兄怎的如此雅兴出来赏月，不怕督学发现吗？"

王子进傻笑一下，抓着头皮，不知该作何回答，难道告诉他自己是出来抓妖伏魔的吗？

"子进，快看那是什么？"绯绡却轻轻拉了他一把，美目流转，视线落在了宗芝身后的墙壁上。

王子进顺着他的目光望去，只见墙壁正在月光下慢慢发生着变化，纵横开裂的墙皮如游蛇般汇聚合拢，居然形成了笔走龙蛇、扭曲古怪的符咒。

他只看了一眼，立刻觉得头皮发麻。

"这便是那符咒吗？是你刚刚说的那门吗？"

"没错，就是这里，还有怨气残存。"绯绡话音刚落，却见王子进已经一马当先地冲到那墙壁之前。

"哎呀呀！那还等什么？还不快将它擦了！"说罢他一把就推开宗芝，爬上桌子，就以衣袖去擦拭墙上的符咒。

绯绡没有想到他动作如此之快，中间又隔了个一边护着考卷一边呼叫的宗芝，竟眼睁睁地看他干傻事，而无法阻止。

但见王子进已然踩在那条凳上，用衣袖开始抹起墙来，可是墙上的墨迹却是怎么也抹不掉。

"这要如何擦法？"他不明所以，回头问绯绡。

可话未说完，却突然觉得头晕眼花，心口泛起恶心。只见那符咒正在飞速发生变化，墨痕扭曲游走，竟然幻化为一张苍老的脸，正是那作祟的老生。

那老生五官如常，脸色却青白失血，跟记忆里已截然不同。

"哇！"王子进吓了一跳，一头栽倒在地，却见那老生已然缓缓从墙中走了出来。

他面目僵硬，目光呆滞，一袭灰布长袍已然破得不成样子，空气中一种压迫感扑面而来，让他几乎无法呼吸。

"不要，不要过来啊！"王子进捂着胸口，吓得连连哀叫。

"子进莫要惊惶，你再看看那里有什么？"耳边响起了绯绡的声音，他连忙稳住心神，再睁眼一看，眼前竟只有一面画了符咒的墙兀自立着，哪里有恐怖的人影。

"你看到的都是幻术，不过他已经来了，你触动符咒，已经将他引了过来。"绯绡说着，转身望向隔间外的草地。

"在哪里啊？我怎么看不到？"王子进急忙四下望去，却是一个人影也无，只有月朗星稀，黄叶飘零。

然而他刚刚松了口气，却觉脚下一软，只见自己竟踏在一片血池当中，令人作呕的腥气扑面而来，让人无法呼吸。

血池不断蔓延，不过一会儿工夫，已经淹到了王子进的胸口。他不禁吓得手脚慌乱，双手一阵乱抓，可哪里有一根救命稻草。

正慌乱间，听得一道细微笛声从夜风中飘来，清丽悦耳，婉转曼妙。在笛声响起的同时，眼前的景色随之发生变化，血腥地狱竟幻化为一片花园。

其间落英缤纷，美不胜收，正有一白衣少年，坐在那花圃中央，执一碧绿玉笛闭目吹奏。

但见他面容如玉，黑发如墨，宛如仙人之姿。

王子进望着绯绡飘摇的身姿，出尘的美态，正自心神荡漾，却见花丛中突然燃起一把大火。火舌凶猛至极，挟着滚滚浓烟，转眼便吞噬了绯绡的白衣，并且气势汹汹地朝他袭来。

他吓得哎哟一声，惊出一身冷汗，可是即便烈火焚身，笛声仍然在火海中绵延不绝，悠扬入耳。

这优美的曲声让他的心平静下来，再一睁眼，只见景色又转变为幽深的山林，一条瀑布如白练般从峭壁上奔涌而下，刹那间便浇熄了烈火。

只有青山如画，绿水如练，像是连烦躁的心都被这优美的景色抚平。

一时间景色不断变幻，一会儿是人间天堂，一会儿又变为熔炉地狱，王子进此时方知道这是绯绡和那妖怪正在以幻术相斗。

他想到此节，那些或怪异恐怖，或引人入胜的景色刹那间灰飞烟灭。

眼前只有绯绡一人正盘膝坐在考场的庭院中吹奏玉笛，黄叶翩翩而落，衬得他白衣飘飘，俊美得不似凡人。

而他美丽中透着英气的脸上现出悠然神情，显然已占了上风。

"这般斗下去毫无意义，赶快现身吧！"他又吹了半阕曲，长睫微颤，睁开了眼睛，朝空旷的夜色中喊道。

但听庭院间传来沙沙轻响，只闻其声，不见其人，似有一人自远方踏叶而来。

绯绡将玉笛随手插在腰间，整整衣冠，站起身来。

"兄台幻术高明，小生甘拜下风。"脚步声停住，却响起了一个苍老的声音，随即一位老人如幻象般在浓夜中浮现，正是那老生。

只是他穿着靛蓝色锦袍，头戴金冠，哪里还有落魄书生的模样？

"我族向来以幻术闻名，只是略胜一筹而已。只是你本是一介书生，怎的怨气如此之重，偏要取他人性命？"

"这是我自己的事，你管得着吗？"那老生冷笑着答道。

绯绡竟也不生气，薄唇微抿，荡漾出了然的笑容："怕是那个自杀的考生便是阁下自己吧，因死后心中怨气太重，竟然化作妖孽。"

"你懂什么？这科举害人，我这是在警醒世人。"

"哈哈哈，真是有趣。"绯绡微微一笑，将玉笛横在胸前，"为什么干坏事的都要为自己找冠冕堂皇的借口呢？难道他们自己也知道丢脸？"

绯绡的话一针见血，似是说中那老生心事，他突然指甲暴长，锋利如刀，疾向绯绡扑来。

两人转眼间便斗在了一起，只见斗室之外，月光之下，两人辗转腾挪，化为一团蓝光一道白影交织纠缠。

只有罡风扑面，杀气四溢，哪里还分得清谁是谁？

凌厉的杀气卷起地上的片片落叶，也割碎了王子进的衣袍，他吓得连连后退，退到隔间之中，却意外地撞到了一个人。

只见罗宗芝正抱着试卷，伏在案上奋笔疾书，似乎根本没将这激烈的厮杀放在眼里。

"哎呀，你怎么还在答卷子啊？这千年狐妖和索命厉鬼打起来了，我等凡夫俗子，还是快点避让吧。"他连忙要拉宗芝逃走。

"王兄放手！"哪知宗芝却一把推开了他，再一抬头，娃娃脸上已经全然没有了平时笑眯眯的模样。

王子进望着他凄厉愤怒的脸色不由一呆，竟觉得眼前的是个从未相识的陌生人。

"试卷，我的试卷。"宗芝理都不理他，只低头去捡散落在地上的考卷。

这如痴如狂的样子让王子进觉得心酸，竟忘记逃跑，也俯首帮他去捡试卷。

但见那白纸黑字，如雪舞龙蛇，句句都是学子的心血。王子进见了，眼眶跟着濡湿，只觉这科举当真害人，前两日还好好的人，才考了两天试就变得如失心疯一般。

可是他再定睛看那答了一半的考卷，却觉得哪里不妥，但还没等他端详明白，便被宗芝一把夺走。

对了，是官印上的年号！宗芝答的竟是咸平年间的试卷，如今已是景祐年，距今已过去了三十年有余。

他想到此节，只觉得脑后生起凉风，再看宗芝正投入地盘膝坐在地上，挥毫泼墨，又继续答起题来。

而在他的身后，绯绡与那老生斗得正酣畅淋漓，阵阵罡风卷起他的衣带，他坐在风刃之中，仿佛将生死置之度外，眼中只有这未答完的考卷。

王子进望着神情肃穆的宗芝，又看了看裹在战团中的绯绡，不由呆立在原地。宗芝显然不是如今之人，但那边与绯绡激斗的又是谁？

一时之间，在漫天飞舞的黄叶中，他竟不知哪边是真，哪边是幻。

十

正在这时，却听绯绡大声呼叫："子进，快快助我。"

只是这一恍神的工夫，但见那老生竟偷袭成功，将五指插进了绯绡的胸口，他的白衣被鲜血浸染，眼见是不能活了。

"绯绡！"王子进顿时如遭重击，脑中变成一片空白。怎么会这样？狡猾的绯绡，聪明的绯绡，最会骗人的绯绡，怎么如此轻易就死了呢？

不是说好了要一起去游山玩水，还要去东京城最好的饭馆吃麻油鸡、芙蓉鸡的吗？他怎么能舍得死呢？

王子进再也顾不上害怕，一头就向那老生撞去："你这浑蛋，快还我绯绡！"

哪知当他接住绯绡滑落的身体，却觉得手臂间轻盈无比，那白衣胜雪的少年竟然轻飘飘地落在地上，变成了一把折扇，上面被人抓了个大洞。

"嘻嘻，本以为派个扇子对付你就已经足够了呢！想不到你还颇有本领。"只见绯绡坏笑着倚在树上，却是毫发无伤。

王子进见了，立刻破涕为笑，竟是一时说不出话来。

那老生气急败坏地扬起手臂，再次要向他胸口抓去，可是绯绡速度比他更快，玉手轻扬，手中玉笛当头就击在他面门之上。

只见他身影在夜风中一晃，居然凭空消失了。

"他又逃进了那道门里，我们要破了他的通道，让他永远留在死人之国，再也回不来。"绯绡拉住王子进冲进了隔间，停在那扭曲的符咒前，他俏脸含霜，朝王子进道，"忍着点……"

"这关我何事？"王子进纳闷地问，可他话音未落，突觉手臂一疼，只见绯绡五指如刀，飞快地在他手臂上划破了一道口子。

一甩手，鲜血飞扬而下，散落在遍布咒文的破败墙壁上。

"哇哇哇，好疼！"王子进高声尖叫，可抬头再看，墙上只有数滴血迹，那如蛇如虫的符咒，竟然全部消失了。

他正自啧啧称奇，见绯绡在墙根处捡起什么东西。

"这就是那妖孽的本体，要拿去快快烧了才好，否则他永远不会消失。"王子进忙凑过去看，竟是一根快秃了毛的毛笔，笔管的漆已经快剥落殆尽，上面隐约见一行小字：草堂隐者罗。

"草堂隐者罗……"王子进一字一句地念着那笔上的小字，越念越是心惊，转头看着在一边奋笔疾书的宗芝，竟觉得说不出的恐怖。

"宗芝，宗芝，这可是你的？"王子进拿着那支毛笔，小心地问他，只希望这一切都是误会。

"莫要扰我答题，这次我一定要金榜题名，衣锦还乡。"宗芝绷着脸，不耐烦地朝他挥了挥手。

绯绡沉吟着走了过来："你这黄粱之梦要做到何时？"

宗芝停下笔，抬头问向绯绡："你这是什么意思？天下的读书人，又有哪个不是为了功名利禄而来这里？"

绯绡看着他的脸，那张娃娃脸在月光下竟有些青白，一字一句地道："你已经死了很久，却还看不透功名吗？"

王子进听了这话仿若遭雷击，只觉脑中一阵轰鸣。

是了，是了！所以宗芝能够看到他们，所以这鬼符在宗芝的墙上画着，所以宗芝答的是几十年前的试卷。

原来纠缠着考场中的考生的，利欲熏心不肯离去的妖怪，竟然是宗芝。

"我死了吗？"宗芝嗤之以鼻，"如果我是妖怪的话，刚刚那老头又是什么？"

"你醒醒吧，他也是你的一部分。"绯绡将那秃笔塞到宗芝的手中，"这便是你栖身的笔，刚刚那老生便是你心中的恨意所化，自己真实的样子，你自己也忘了吗？"

宗芝拿着那支毛笔，起初满眼迷惑，过了一会儿眼中竟愣愣地流下泪来。

只见他的头发渐渐变为灰白，脸上也慢慢生出皱纹，面容竟变得与刚刚那个老生一模一样。

王子进立刻被吓了一跳，连忙躲到绯绡身后："这是怎么回事？刚刚撵走一个，怎么又来一个？"

宗芝却似没有发觉一般，只是喃喃念着："我怎么忘了？这样重要的事，我竟然完全忘了。"

"是的，我全想起来了。"宗芝说着站起身来，环顾着考场，"我本已在四十年前就死了，因为屡次不中，直考到六十余岁，才心怀郁结死在这考场中。"提到伤心事，他忍不住痛哭流涕，"转眼间我竟已死了这般久，这月亮还与当时一样，我却不是当时的我了……"

"你莫要如此哀伤……"王子进插嘴说了一句，本想安慰他，却不知该说些什么，只觉心下凄然，其实谁年少时没有凌云壮志，可是到得老来，又能实现多少？

正是一场愁梦酒醒时，少年心事谁当云？

只见宗芝朝绯绡作了一个揖："多谢兄台点化，若不是兄台，我的灵魂还会被功名羁绊，如妖似魔。"

"其实除却名利，人生还有许多精彩之处，只是往往醉心于此的人无法发现。"绯绡颔首微笑，连连点头。

宗芝望着庭院中黄金般的落叶，秋日朗朗夜空，似乎有无限惋惜。本来他也应有精彩的人生，却将青春都蹉跎于这方寸间，虚度了光阴，就连死了都成为妖魔。

这满树的芳菲如今谢了明年还会再开，自己的人生却只有一次，不再重来。

他长叹一声，转身朝王子进道："王兄，宗芝要走了，这笔就留给你做个纪念吧！"说完，将那杆笔塞到王子进手中，衣裾飘飘，大步走到那隔间外面，边走边唱道，"劝君看取名利场，今古梦茫茫。"

他一身青衫踏在金黄落叶之上，姿势潇洒，且歌且行，渐行渐远，也不知向哪里去了，只余歌声在空旷场地中回荡："今古梦茫茫……梦茫茫啊……"

"他这般走了是向哪里去？"王子进握着那杆秃笔，望着宗芝消失的背影，心中甚是酸涩。

"走出这名利场，去哪里也是好的！"

两人再看那隔间，蛛网密布，灰尘足有一寸来厚，显是很久都没有人用过。

此时天已渐亮，已有勤劳的考生起来答题。这如蜂巢般的百余隔间，又盛满了追名逐利的野心，一场没有兵刃的鏖战又将开始，到得最后，又有几人能够幸存？

是日白天，王子进了了一桩心事，竟觉得精神抖擞。他忙准备了笔墨纸砚，就等考官前来发贡纸了。

只见几个考官依次将贡纸与题目发了下去，可是发到他面前竟然停住了，接着在登名录上他的名字下面画了一个朱笔的叉。

王子进不觉纳闷，自己明明在这里，怎么会缺考？正犹疑间，不觉摸到了头上的毛笔，心中不由暗叫糟糕，那隐身之术绯绡忘记消解了。

他急忙跑出了考场，一路狂奔，跑回客栈去找绯绡。

哪知他找了大半天工夫，正午时分才在一家饭馆找到了这家伙，彼时绯绡正在快活地喝酒吃鸡。

"快快快，将这法术解了，我好再回去赴考！"王子进跑得上气不接下气。

绯绡抓着一只鸡腿，并不着急："我若将你这法术解了，你要如何再入得那贡院啊？"

此话一出，王子进却是不知如何作答，呆立在那里，去也不是，留也不是。

"哎呀呀，赶快坐下一起吃肉喝酒吧，莫要想那劳什子考试了。"绯绡在一旁叫道。

事已至此，王子进只得无奈地坐下，和他一起吃起鸡来。他做梦也没有想到，自己科考的最后一天，竟是在饭馆中度过。

第三夜

伤花逝

黎明时分，在东京城郊的荒林中，一位衣着艳丽的女人正坐在草丛中，怀抱着一只野兔。

天色将明未明，淡淡的一轮月影挂在西天，仿佛一只无精打采的眼，映照出她窈窕的身影。

看她纤腰如裹素，黑发似乌炭，怎么也是个风姿绰约的美人。可是她在月影下缓缓转过身，露出的却是一张容颜枯朽，几如僵尸的脸。

她瞪着灰白色的僵硬眼珠，嘴中发出呵呵轻响，一口咬住了怀里的兔子。野兔发出尖厉的叫声，挣扎不休，却根本无法挣脱她的桎梏。

鲜血从她的口唇边溢出，像是春雨滋润了干渴的大地般，她的唇瓣变得丰盈而美丽。

"不够……还不够啊……"她扔掉了奄奄一息的兔子，缓缓站起身，向丛林深处走去。她还要更多的生气，更新鲜的血肉，最好是像前几日见过的那名书生身上的血。

在漆黑的树林中，她贪婪地伸出枯枝般的手指，在清冷的风里滑动，像是在抚摸着谁光滑而年轻的脖颈。

如此美妙！

一

这日王子进又跟绯绡在东京城游玩，离放榜还有一段时日，几天来他们又是听戏又是逛夜市，玩得不亦乐乎。

此时秋阳高照，宽阔的路上车马往来，比起这热闹的人间烟火，贡院那两日的经历，真是如噩梦一般。

"真是车如流水马如龙啊。"王子进劫后余生，边摇着扇子边感慨。

"子进，等会儿我们去吃你说的芙蓉鸡嘛，听起来甚好啊。"绯绡在一边道，虽然鸡很好吃，但一个人吃难免寂寞，所以他每次都拉王子进同去。

王子进发现绯绡的脑袋很是不开窍，天下有那么多的美食，他却只爱吃鸡，真是难以理解。

"绯绡，除了鸡，你吃过别的东西吗？"王子进决定助他开开窍。

"当然，还有鸭子和鹅，你若带我去吃这两样也是无妨。"

他不禁摇了摇头，暗想此人不可救药了。

他站在车水马龙的大街上，正在绞尽脑汁阻止绯绡去吃那该死的鸡，但听耳边传来一阵温言软语。

"王公子，大老远就看见你了，怎么科考完毕竟是悠闲若此啊？"那声音柔媚娇俏，像是一只红酥手，直能挠到人心中去。

他急忙回过头，但见一顶漆金小轿正停在他身边，窗户挂着竹帘，看不清里面人的样貌，但如此柔媚入耳的声音的主人只能有一个，就是那花魁沉星。

"敢……敢问姑娘有何事？"王子进想起前去赴考的那日早上所见，不由心中一阵发慌。

"你怕我作甚，难道本姑娘还会变鬼吃了你不成？"沉星见了王子进的模样，掀开轿帘，娇媚地笑，似乎将那日早晨的事忘了个精光。

艳阳下但见她肌肤滑腻莹白，宛如凝脂，一双眼睛黑亮晶莹，眼仁如葡萄般美丽可人。

"姑……姑娘是有事找小生吗？"

"你答应我的词，什么时候给我啊？"沉星嘟起了嘴巴，甚是不满意的样子。

"啊……"王子进这几天先是被吓得心魂俱裂，又玩得不亦乐乎，哪还记得给她写词？

"亏我对王公子另眼相看，原来你竟是与那些薄情寡义的男人一样呢……"沉星垂下头，哀怨地说，她这楚楚可怜的美态如牡丹含露，惹人心碎。

王子进顿时将那日早上所见尽数忘到了脑后，连忙道："姑娘不要抛头露面了，小生定会写最好的词送去。"

"唉，难道我抛的头、露的面还少吗？"哪知这话又令沉星不快，还好她很快便掩饰住了伤心，笑语嫣然地瞧了他一眼，"不与你说了，我还得去申老爷家表演歌舞呢，公子若有空就晚上去牡丹园捧场，沉星自当好酒好菜地伺候。"

说罢她便放下轿帘，软轿如一片轻云，缓缓离去，临走时她还望了绯绡一眼，眼神极为复杂。

眼见软轿挟着香风，渐行渐远。不知为何，王子进竟觉得那轿中人非常悲哀，连轿顶那扎眼的桃红也如海市蜃楼，绽放着虚幻的美。

"唉！这该如何是好？今晚真要去牡丹园赔罪了。"王子进的大好心情顿时打了折扣。

"子进，为什么她每次都像是看戏台上的戏子似的看我？"绯绡摸着下巴，甚为不解地问，"莫不是你对她说了什么？"

"你如此风流倜傥，她多看你几眼也是应该啊。"王子进连忙心虚地说。

绯绡扬扬自得地整理了一下长发和白衣，似乎对他的吹捧颇为满意。

当晚两人又去了牡丹园，跟上次一样，又花高价买了画舫中最好的位子。王子进抻着脖子等沉星出场，绯绡依旧懒洋洋地窝在软垫上吃鸡。

一切一如昨日，可王子进的心情却不似昔日那般轻松。

沉星倾国的容颜，枯朽的面孔，在眼前交错，他无法确定这个天真美丽的少女背后到底有什么秘密。

这次沉星怀抱琵琶，坐在船上弹奏了一曲《桃夭》，歌曲欢快喜悦，听得在座的宾客不由都随节拍摇头晃脑，王子进心中的积郁也随着曲声渐渐消散。

接着沉星又换上华服献了一段舞，跳的却是《嫦娥奔月》，最后她站在月影之中，洁白的衣裙随风飞舞，仿若真的要离开人间，飞到月宫中一般。

尤其是那张如凝脂白玉般的面容满含落寞，像是即将消散的露珠般，美丽得令人心碎。

接着全场的高潮终于到了，只见她莲步轻移，接过婢女递上的花球，水银般的灵眸不断在看客中流转。

"看来这抛花球是场场必有的余兴节目啊。"王子进道。

"咦？这位可是初来，沉星可不是日日抛花球娱人，你看这些人的表情便知道了。"旁边一位上了年纪的商人道，"也不知为何，这个月竟然抛了两次……"

王子进胸中立刻荡了一下，不是每次都有吗？怎的今日便有？定是她与我约好了今晚相见，却想不出法子来，只好如此。

当下他对绯绡急道："我要那花球，明日陪你下馆子。"

绯绡一个眼神递了过去，那花球便像被钩子钩住了一般，直钻进王子进的怀中。

二

"果然又是王公子接得花球，你这身手不去参加蹴鞠真是浪费呢。"沉星掩嘴笑得花枝乱颤，眼中满是欢喜，令婢女提着花灯引着二人向后花园中走去。

到了花园的凉亭中，入眼就是一桌丰盛的酒菜，一见就是早已备好的。

此情此景，立刻令王子进心潮澎湃，看样子沉星对自己确是青眼有加，否则也不会几次三番在这东京城中与他巧遇，现下他科考结束，又备下酒菜与他庆功。

佳人知遇，该当如何回报呢？

"王公子，莫要发呆了，赶快喝酒吃菜啊！"沉星见他出神，急忙唤他，还夹了一箸菜到他碟中。

王子进见了脸顿时涨得通红，不知该如何是好，只好猛灌了一大杯酒。

现下不要说沉星是妖魔鬼怪，便是一具骷髅他都敢娶进门。

"这位胡公子，我听王公子说过你的事情，缘分来去如水，无论跟男人女人，甚至动物精魅都是一样的，沉溺其中，只能深受其害……"沉星板着天真美丽的脸，一本正经地开解绯绡。

却不知道他满脸不悦，不过是桌上的菜没有鸡，甚为失望而已。

"那个，沉星姑娘，这是我为你写的词，希望你能喜欢……"王子进吓得连连用袖子擦汗，从怀中掏出一张花笺。

只见上面用小楷写着几行字：明月，明月，照得离人愁绝。年少，年少，行乐直须及早。春色，春色，依旧青门紫陌。长夜，长夜，梦到庭花荫下。

居然是一首好词！

沉星见了甚为欣喜，连连道谢，在朦胧灯光的照耀下，更显得笑靥如花，风情万种，不停地为王子进倒酒。

王子进只觉这艳福是从天而降，他深知自己长得仅是清秀，也没有万贯家财，所以从未得到过美人的青睐。此刻沉星的热情，恍如一个馅饼从天而降，砸到了他的头上。

两人觥筹交错，推杯换盏，喝得不亦乐乎。

只有绯绡一个人冷眼看着这气氛暧昧的两人，似乎心中自有计较。

"过几日王公子便要上路返乡了吧？待得再见时，便不知是何时了……"情到深处，沉星抬起玉手，端起酒递到王子进面前，声音竟有些哽咽。

"小生心领了，便是去了天涯海角也万万不会忘了姑娘的。"王子进更是鼻酸，天下没有不散的筵席，不管沉星是人是妖，她对自己确是不错，心中满是不舍。

"将来王公子若是高中，莫要忘了牡丹园的沉星便行了，沉星永远会记得今日的筵席，托王公子的福，才能如此开心。"

"你莫要伤心……"王子进连忙安慰她，"他日我再来东京城，定会来找你，希望你还在那湖中载歌载舞，小生还要接姑娘的花球呢。"

哪知沉星听了这话，更是幽怨地道："他日，他日我还不知在哪里，风尘女子，也只能付诸风尘……"

王子进不禁暗叫不好，自己又说错话了。他正不知如何是好，就见绯绡拿了袖子掩面，连着打了两个喷嚏，似是不堪沉星身上的气味。

两人执手相看泪眼，依依不舍的氛围顿时被搅得烟消云散。

三人吃酒吃得甚欢，却见守在亭外的婢女慌慌张张地跑过来，对沉星耳语几句，沉星听了，脸色立刻一沉，显是没有什么好事。

"王公子，我先失陪一下。"她朝王子进福了一福，就要离席。

"我当你在哪里啊，原来是在这里和小白脸调笑啊。"她话音刚落，月亮门外便走来一个丰满妖艳的中年女子，脸上浓妆艳抹，身上穿着五彩罗裙，像开了个大染坊，将这世上的颜色都堆在了身上。

沉星听了面色不快，将俏脸别到了一边。

"放着有钱有势的恩客不陪，却来和这些穷酸吃酒，你以为哪个会把你娶走供在家里啊？别做梦了。"中年女人捏着嗓子叫骂，还斜眼瞪着绯绡，显是口中的小白脸就是指他。

"妈妈怎能这样说，沉星这两年为牡丹园赚得还少吗？最近识得几个朋友，眼看就要分别了，为他们饯行都不行吗？"听了沉星的话，王子进方知这女人就是人们常说的鸨母了。

"哈哈哈哈。"女子竟像是见了什么开心的事一样，放声大笑起来，"人道戏子无义，妓女无情，原来我这里还出了你这么个情种啊，你倒是干脆随他们走了啊！"

"妈妈，你若是如此无情，沉星也不想在此地久留，不如和这几位朋友走了算了，反正我这几年赚的银两也尽可报你的养育之恩！"

那鸨母见她真的想走，语气顿时软了下来："沉星啊，妈妈只是与你开玩笑，莫要当真，我只是担心你被男人骗了。"说罢又挟着一阵刺鼻的香风离开，那粗壮的背影，似乎有几分无奈。

被她这么一搅，三人对着残羹冷酒，心情都有些复杂。

"沉星姑娘，你莫要伤心，都是我们不该来。"王子进连忙宽慰她。

"不关你的事，谁让我出身青楼呢……"沉星笑着答道，却已有泪光在星眸中闪烁。

王子进见她哭起来真如一枝梨花春带雨，又如芙蓉出水，甚是惹人怜爱，忍不住心生怜意："姑娘莫要伤心，我定会想办法让你离开这里。"

"王公子，你不要骗我了，很多王侯都这样说过，但连一个要纳我为妾的都没有……"她说着哭得更是伤心。

王子进听了，更加血气上涌："你放心，明日我便想办法来替你赎身。"

"此话当真？"沉星听了立刻止住哭声，向王子进拜了一拜，"沉星在此感激公子的大恩大德，明日就等公子来了。"

王子进见状立刻心生懊悔，可是话已出口，无论如何是收不回来了。看沉星喜不胜收，他更是不敢再说反悔的话，忙看看绯绡，却见他在一边偷笑，并不答话。

就这样迷迷糊糊地出了牡丹园，凉爽的秋风进一步吹醒了他发热的头脑。

"绯绡，怎么办啊？那沉星的赎身钱是不是很贵啊？"她是东京城的花魁，怕是自己家那几十亩田都卖了还不够她的赎身钱。

"自是不会便宜啊，要不怎么这么久都没有人要赎她呢？"绯绡摇着扇子看热闹。

"可她对我情深意重，我怎能令她失望？"

"我对鸡还情意绵绵呢，面对可口的食物，大多数妖怪都满怀爱恋的。"

"你帮帮我吧，我到哪里去寻得许多银子啊？"王子进似恍若未闻，连连哀叫。

"以前就和你说过，红颜弹指老，刹那芳华，况且她不知是人是妖，你不听劝告，现下闹成这样，叫我如何是好啊？"摆明了是不肯帮忙了。

"绯绡，绯绡，帮帮我，不然我可怎么办啊？"夜色深沉，寂静的东京城的街道上，传来王子进的哀号声，久久不绝。

三

"我倒有一个办法，明日不花一文钱就可将那沉星带出来。"走到客栈门前，绯绡眼珠一转，似是想到了什么妙招。

"还有这么好的事情啊，赶快说来听听。"王子进急道。

"嘻嘻，你莫要着急，明日听我安排便是。"

是夜，王子进便放心地蒙头大睡，绯绡变作白狐出去，脸上依旧挂了一脸坏笑，神秘兮兮地不知在搞什么名堂。

他也懒得追问，只要他还记得去帮忙赎沉星便好。

次日清晨，天还蒙蒙黑，王子进便被绯绡从被子里拖了出来。

"啊，干吗起这么早？要去奔丧吗？"王子进迷迷糊糊地问。

"没错，就是要去奔丧，赶快换一身素白的衣裳，我们一起去。"

"没听说你在东京城还有朋友啊，昨天晚上就是忙这个吗？"王子进挑了一件灰白色旧布袍套上，草草洗漱一番，跟着他出门了。

"我的那位朋友你也是见过的，等会儿你就知道了。"

王子进不由心中纳闷，绯绡的朋友似乎只有他一个，难不成这是去参加另一只狐妖的葬礼？灵堂中不会供着一只狐狸吧？

两人顺着街道走着，路上真的遇到一家出殡的，纸钱撒得满街都是，哭声也甚是令人动容，不禁听得王子进心中发酸，生老病死，每个人都是无法逃脱，不知何时，自己也会变作枯骨一具。

正想着，前面绯绡已经停了下来："子进，我们到了。"

王子进只见眼前两扇朱漆的大门，上面一块牌匾，水红的三个大字在晨晖中甚为刺眼，正是牡丹园。

"怎么来到了这儿？莫不是绯绡这几日陪我来，认识了相好的，哪想那姑娘香消玉殒了？"他一头雾水地瞎琢磨，绯绡已经上前一步，敲响了大门。

里面一个神色慌张的小厮跑来开门："两位大爷，晚上再来牡丹园吧，此时还没有营业。"

"慢着，我们是昨日说好了来替沉星姑娘赎身的，麻烦你去通报一声。"

"沉……沉星姑娘，二位当真要替她赎身？"

"不错。"绯绡推门便走了进去，仪态倨傲，那小厮也不敢拦，垂手在后面跟着。

只剩下王子进一个人在纳闷，不是参加葬礼吗？怎么变成给沉星赎身了？

绯绡似乎对路十分熟悉，一马当先，三拐两拐便走到一个房间门口，那房间布置得温馨华丽，门外挂着朱红色的帷帐，正随着晨风起伏。

房里传来几个女人的声音，好像在争吵什么，其中一个女子的声音尖厉刺耳，正是昨晚见过的鸨母。

绯绡和王子进推门进去，里面几个女子看到他们，脸上都是一副惊恐表情。

"这莫不是见鬼了？"王子进笑道，"我们今日来是给沉星赎身的。"

此话一出，几名女子更加害怕，指着房中的雕花大床道："你要赎的是她吗？如果是的话，赶快带她走吧，莫要声张啊。"

王子进探头往那床上一看，只见帷帐重重而落，一缕黑发滑落在窗外，在晨风中丝丝舞动。

他伸手一撩，只见大床的锦被中竟然躺着一具干尸。那尸体眼睛只剩下两个黑洞，腮上毫无皮肉，一身鹅黄晨衣华美精致，却衬得它越发面目可憎。

王子进顿时吓得跌坐在地："我……我要赎的是沉星，不是这干尸啊……"

"没错，这便是沉星姑娘，昨夜不知发生了什么怪事，她竟一夜变作这般模样。公子你赶快将她带走吧，莫要让外人知道这件事，搅了我们的生意。"那鸨母着急地说，显然为沉星的死十分头疼。

什么？这就是沉星，昨夜还载歌载舞，人面桃花，怎么一夜之间变成了这副模样？

沉星天真烂漫的笑脸浮现在他面前，虽然知道她是异类，但是自己是真心希望她能得到幸福。可是转眼间佳人已逝，只留下一具枯骨给他，叫他如何是好啊？难道真是红颜弹指老，刹那芳华？他越想越是伤心，怔愣间眼泪已然流了出来。

"子进，莫要伤心，我们将沉星姑娘带回去安葬吧！"

"安葬，对，这是一定的。"青楼中人多半势利，不能将沉星的枯骨留在这里。他一抹眼泪坐了起来，忙用锦被将那枯骨卷好，一把抱走。

绯绡拱手对那鸨母道："多谢各位成全，只是我这兄弟对沉星用情至深，便是枯骨也希望能够带回。"

"不谢，你们赶快走吧，千万莫要声张，我们就说花魁沉星被人娶走了。这孩子做梦都想离开这里，嫁一个好人家，算是了了她一桩心事吧……"

那鸨母似乎也为王子进的一片深情感动，连连拭泪。王子进听了，鼻中一酸，泪水又奔涌而出，连忙抱着沉星走下楼去。

绯绡跟在他身后，红唇边仍挂着一丝微笑，他早已对这副凉薄的模样司空见惯。知道绯绡见了谁都是一具枯骨，死亡在他眼中，与生无异。

天边的朝阳还未完全升起，王子进抱着沉星的骨骸大步走在牡丹园的回廊中，风卷起绫罗，带出一缕秀发，拂到王子进脸上，尚余一丝甜香。

少女俏丽的脸庞，春花般的甜笑，一一在他眼前闪过。他仰望着灰蓝色的天幕，泪水夺眶而出。

沉星啊沉星，你活着的时候，有那么多人为你喝彩叫好，为你的芳容倾倒，如今却只有我一个人为你掬一把热泪。

牡丹园的雕梁画栋，明镜般的湖泊，似乎都因这美丽的少女的辞世失去颜色。风里似乎还回荡着谁哀怨的浅吟低唱：流水落花春去也，天上人间。

四

王子进一路抹着眼泪，走出花街居然不回客栈，在一个路口匆匆拐弯。

"子进，你这是要去哪里？"绯绡连忙一把拉住他。

"我来的时候看到拐角有家棺材铺，我这就去为她订一副好寿材去。"王子进眼睛哭肿，像两个滑稽的桃子，抹着泪回答。

"子进，我们回客栈吧，我这就还一个活色生香的沉星给你。"绯绡见他狼狈的模样，忍不住笑出了声。

"你还笑呢，又在逗我开心。"王子进哭得更加伤心。

"我何时骗过你呢？"

"此话当真？"

"当然，赶快随我走吧。"

他立刻欣喜若狂，跟在绯绡白衣翩翩的身影后，加快脚步向客栈走去。风吹开了彤云般的锦被，露出了沉星干瘪塌陷的脸，怎么看都是一具死去多年的枯骨。

不知绯绡到底有多大的本事，能将这可怖的干尸变成美人呢？

"快说，怎么能令她活过来？"回到客栈，王子进将沉星的尸体放到床上，急切地问。

"嘻嘻，其实昨夜我跑去取了她的魂魄出来，好令她和死人无异，我们这才好不花分文将她领走嘛。"

"绯绡你好聪明，然后我们再将她的魂魄放回去，就可以死而复生了。"王子进立刻心花怒放。

可是绯绡却面现难色："可是，出了一点差错……"

"差错？什么差错？"王子进心里的花只开了一半便凋谢了，一种不祥的预感渐渐升起。

"若是寻常女子，魂魄离体，自是和生时无异，你再看她的脸，像是死去多久了？"

王子进见那尸首的脸上皮肉风干，眼睛更是只剩下两个黑洞，他犹疑地回答："少说也有十年了吧。"

"正是如此，所以才棘手，她就是已经死了十几年了，现在这副模样，便是她本来面目。"

"那有什么法子可令她变回原来的样子啊？"

"这个比较难办，她的魂魄回了肉身，要想办法恢复原状，那才糟糕呢。"

"恢复原状有什么糟糕啊？"王子进越发迷惑不解。

"她是一具干尸，如何能长得皮肉出来啊？而且她现在的身体还不是她的本体，所以要长肉的法子只有一个。"

"难……难道……"王子进不由想起赴考的那天早上，沉星一身绯红，脸上也是差不多这般模样，那一手鲜血，现在还深深地印在他的脑海里。

已经有什么东西要破茧而出，但是他却不愿也不敢面对。

"子进，不错！就是吃肉饮血，她得到鲜血的滋润自会长出皮肉，多年来她也是以此为生，只是连她自己都尚未发觉而已。"

"你不要说了！"王子进双手抱头，忍不住号啕大哭，"我们就让她死了好吗？她这样活着，又有何意义？空是受罪而已。"

哪知绯绡却摇头道："那可不成，我昨夜答应了她，会让她自由地活下去，怎能食言呢？"他说罢从怀中取出一张符纸，贴在沉星的额头上，嘴中念念有词，只见那干尸如有生命般慢慢坐起身，走下了床。

王子进看得呆了，眼见着沉星的尸体径直向门外走去，急忙要将她拦住。

"不要出去啊，你这个样子，怎么出门？"他满脸泪水地说。

"子进，她这便要去想法生皮长肉了，莫要拦她，待她变成人的模样，自会回来的。"绯绡拍了拍他的肩膀，轻轻地说。

王子进看着那披覆着华丽绫罗的枯骨，缓缓打开门走出去，不禁泪眼婆娑。

绯绡伸出一只手，挡在他眼睛前面，温柔地说："子进，子进莫要看了。你要忘了此情此景，你只要记得她的美、她的好就行了。"

他的手冰冷而潮湿，还带着一丝芳草的气息，像是夏日里的一缕风。

王子进的眼泪控制不住地夺眶而出，他不明白，为什么不论是人是妖，都要承担着这样多的痛苦呢？

脑海中那抹嫩黄色的身影回过了头，她不再是干尸，而变成了娇俏动人的少女。

女孩望着他，笑靥如花。

五

两个时辰后，天光大亮，王子进枯坐在床边，脸上遍布泪痕。

绯绡突然走过来，推了推他的肩膀："子进，沉星快回来了。"

"你怎么知道的？"王子进急忙抹干泪水，跳下了床。

"她的魂魄在我这里待过，我能感知她的所在。"绯绡抿了抿嘴，轻轻地说，"如果你真的想跟她在一起，就下楼等她吧，莫要生出什么事端。"

王子进连忙蓬头垢面地跑到楼下，只见东京城的长街上，店铺依次开张，几名小贩挑着货物出来叫卖，城市像是个迟暮的老人，迟缓地从睡眠中苏醒。

在长街尽头，只见一个红点由远及近，慢慢走来，似乎是谁执了一支妙笔，在灰蒙蒙的街景上，添了一点朱砂。

那是袅袅婷婷的艳，是灼灼其华的艳，是风华绝代的艳，王子进望着那艳色向自己走来，只觉心中百感交集，荡气回肠。

一时竟不知是该为这艳喜悦，还是该为这艳悲哀。

沉星见王子进在客栈门外等她，立刻扑到他的怀中，口中还喃喃道："果然是你，果然是你……"

王子进觉得怀中躯体纤细柔软，鼻翼间芳香萦绕，谁又能想到这个温香软玉的少女是一具干尸呢？

"果然是什么？"王子进强忍着泪水问。

沉星趴在他的怀中，轻轻地道："年初看相的人说，今年会有一位贵人带我离开烟花之地，当你接得我的花球时，我便在想，会不会就是这个呆子呢？"她说着抬起头来，"现下看来，果然是你，我真的好开心，谢谢你给我这样的幸福。"

王子进望着她的翦水双瞳，爱惜地拨了拨她额前的秀发："我答应你，还会带给你更多的幸福。"只觉心底的一方柔软已被触动。

二楼的客房中，绯绡一袭白衣，站在窗口望着相拥的二人，不禁摇了摇头。他要不要告诉子进，沉星对他一见钟情，都是因为他特有的吸引妖怪的血液呢？但最终他还是长长地叹息，放下了竹帘。

人生自是有情痴，此恨不关风与月，这男欢女爱之事，本是你情我愿，他又何必阻拦？

沉星在楼上见到绯绡，甚是有礼地跟他作福道谢，感谢他施展妙术带她离开了烟花之地。

绯绡无法忍受她身上的气息，只说了两句，便匆匆离去。

"我这就去再订个房间，你先换件干净衣服吧。"

"咦，你怎知我衣裳脏了，我总是莫名其妙地将衣裳弄脏，还不知道怎么弄的，我刚刚就发现衣裳好像又脏了。"

王子进从行李里找了一件干净的袍子让她暂且穿上，将她的衣服随手丢在用来沐浴的木桶里，只见那木桶中的水一圈一圈地被晕成了红色，他忙别过头去，生怕那血水再让他产生更多的联想。

等他再回到房中，只见沉星洗漱完毕，正坐在妆台前对镜梳妆。初升的晨晖照在她细嫩洁白的脸上，如明珠般熠熠生辉，美丽得让人移不开眼睛。

"姑娘将来有何打算呢？"

沉星偏着头，不以为意地道："还能怎样？自是跟着你。"

"你确定要跟我走吗？我只是一介书生，而且身无长物。"王子进心虚地垂下眼帘，沉星身为行首，一贯锦衣玉食，只怕她跟自己过几天日子便会叫苦。

"你不想和我在一起吗？"沉星的头微微垂了下去，捏紧了梳子，似乎非常伤心。

"不！当然不是！"王子进急忙分辩。

"那你是嫌我出身青楼吗？"沉星又哭了起来，"以前我便对自己说过，谁带我出来，我便嫁给他，可是现下你却嫌弃我。"

王子进心想：你又何止出身青楼，早知了你是女鬼都没有嫌弃过你。他急忙解释："不是不是，姑娘误会了。"

"那就是说，你会娶我了？"沉星立刻高兴地抬起头，眼中满含幸福的神色。

他本就对沉星满怀倾慕之情，但见她也确实是真心喜欢自己，当下便点了点头。

"太好了，我也要当新娘子了，要穿大红喜服，戴凤冠霞帔了。"她望着王子进，竟有泪水滑出，"我也有出嫁的一天啊，真是做梦也想不到……"

王子进见她竟如此欢喜，鼻中更是一酸，忍不住将她抱在怀中。反正绯绡说过，自己阳寿无多，大不了陪她几年算了。

两人正说着，却见房门被推开，是客栈的小厮已为沉星准备好了客房。沉星这才擦干泪水，恋恋不舍地去自己的房间歇息了。

六

是夜，王子进陪着绯绡在灯下喝酒吃鸡。

"你当真要娶她？"绯绡问道。

"是啊，她那么可怜，我又有什么办法啊！"王子进长叹一声，咬了口鸡腿。

绯绡难得板起俏脸，斜睨着他："你要考虑清楚，她早已死去多年了，与她成亲，只会让你的阳寿更短。"

王子进倒是不以为意："短就短吧，能换来她几日开心就行，而且我看她是真心喜欢我，能得佳人倾心，还要求什么呢？"

绯绡看着他白皙文秀的脸，像是在看一只即将被吃掉的鸡，不禁连连摇头叹息。

次日晌午，王子进去叫沉星出门游玩，却见昨日借给她的长袍又被染上血迹，知道她昨晚定然又跑出去觅食了，不由暗自伤心。

而沉星正躺在床上，伸出一截藕臂，抱着锦被睡得正香，显然对一切并不知情。

"快起来，我们一同买花衣衫去。"王子进擦拭掉眼角的泪水，强颜欢笑地叫她起床。

沉星开心至极，急忙爬起来就更衣梳洗，看样子是迫不及待要出门。

在绚丽的秋阳下，三人一站在东京城的闹市中，立刻吸引了众人的目光。绯绡和沉星一个是貌比潘安，一个是美若天仙，简直像是从画中走出来的妙人儿。

沉星却不以为意，估计平时在牡丹园中见多了惊艳的目光，只顾着去看路边小摊上的玩意儿。倒是绯绡极为自恋，拿着折扇晃来晃去，没有一刻钟便换了十几个姿势，最后还是王子进将他拉走。

这两人一到瓦肆，便立刻变成两个活宝，什么店铺都进，王子进一个人恨不得生出三头六臂才好看住他们。

待沉星买全了所需的物品，已是午后，绯绡又闹着要去吃鸡。

"咦？胡公子虽然骄傲冷漠，却甚爱吃鸡啊。"沉星压低声音问。

"是啊，这可能是他唯一的喜好了。"王子进一提到鸡，声音都有些哽咽。自从认识绯绡后，他就再没吃过别的肉。

沉星俏皮地朝绯绡眨了眨眼："胡公子，不知你有没有听过西域传来的'酥烤鸡'啊？"

绯绡一听，眼里顿时冒出了璀璨的光芒，王子进则是一脸死黑，鸡鸡鸡，又是鸡！

如果有来生，他真希望这世上再没有鸡。

"你看看还有什么没买，都准备齐全，我们过两日便起程吧。"当"酥烤鸡"变成一堆骨头时，王子进坐在胡商的酒肆里说道。

"起程？去哪里？"沉星一脸惊讶，"难道我们不留在东京吗？"

"自然是回我的老家了，我还要跟母亲商量如何迎娶你啊。"王子进脸色涨得通红，见绯绡埋头吃鸡，并不理会他，窘迫才稍减。

原以为沉星会很高兴，哪知她却甚为迟疑："我……我不能离开东京城……"

"为什么啊？你不是一直想离开这里吗？"

"我好像把什么重要的物事落在牡丹园了，要将它找回来才行。"

"这个好办，只要晚上潜进去拿走便行。"说完，他还不忘问绯绡，"是吧，绯绡。"绯绡嘴里叼着鸡连连点头，这种偷鸡摸狗之事原是他生来就有的本事，简直轻而易举。

沉星听了，小脸上浮现出愧疚的神色："可我连那是什么物事都忘了……"

王子进听了目瞪口呆，这健忘也太可怕了些。

"我真的忘了，好像很久以前就丢了那样物事，已经想了好多年了，可是这么长时间中又有事情被忘记。"沉星伤心地垂下头说，精致漂亮的五官都皱成了一团。

三人说了半天也没有头绪，只好快快地回了客栈。

当日二更时分，王子进正睡得深沉，却被一阵轻微的敲门声吵醒，他睡眼惺忪地去开门，只见门外正站着一个身穿樱红色襦裙的艳丽少女，正是沉星。

"这么晚了，有什么事明天再说吧。"王子进打了个哈欠，迷迷糊糊地说。

"我想起来那物事在哪里了，我们这就去取吧……"沉星脸色苍白，漂亮的双眼中绽放出激动的神色，似乎精神正处于亢奋中。

王子进不忍拂了她的意，忙回去套上外袍，却发现绯绡已经整好衣冠，正坐在床沿等他，没有了平日里轻佻风流的笑容。

月光如晦，星光暗沉。沉星在前面带路，三人走出了客栈，在迷茫的夜色里，弥漫的夜雾中，王子进望着前面匆匆赶路的婀娜人影，竟觉得陌生起来。

七

两人跟着沉星走了半个多时辰，便到了牡丹园门外。此时已是寅时，但见大门紧闭，园里些许灯火晃动，似是有客人留宿。

绯绡看了看门："我们还是从后门进去吧？姑娘可知后门在哪里吗？"

沉星漂亮的双眼毫无灵气，变得空洞而迷茫，只淡淡地答了句"知道"，便又向后院走去。

王子进觉得她有点不对劲，但又不方便说，回头看向绯绡，却见他伸出一只手指，放在唇边，示意他收声。

过一会儿绯绡凑过头来："她好像想起什么了，莫要阻她。"

王子进点了点头，望着如人偶娃娃般美丽而木然的沉星，不觉有些担心，只希望一切都会好起来。

沉星带着两人来到后门，伸手推了推门，却发现门被上了锁。

绯绡走上前去，只轻轻一推，那门咯吱一声，应声打开，里面传来嗒的一声，却是锁头落了地。

王子进此时方明白，他那取之不尽用之不竭的银两从何而来。

沉星见大门打开，急忙走进，望着后院的花园开始发呆，口中轻念着："不一样，不一样，怎么不一样了？"

王子进不由奇道："哪里不一样啊？这不就是牡丹园吗？你生活过的地方。"

沉星伸出一只玉手，指着荒芜的后花园："什么都不一样了，庭院还是那个庭院，可是假山和花木都不见了。"

"莫要想这些，你不是记起那东西在哪里吗？我们赶快去取吧。"绯绡提醒她。

"对了……"沉星这才回过神来，"是回来取东西的。"

"那东西是在你的房间里吗？"王子进问道。

"我的房间？对了，我要看看我的房间怎么样了。"说罢她便在花木扶疏的林中找了一条小路走了下去。

"哎！你的房间在内院啊，不是在那么偏僻的地方。"王子进在后面跟着着急。

身后绯绡忙拉住他："莫要声张，看她走到哪里去。"

只见沉星拐了几个弯，最后在一个破旧的小屋前面停下来。

王子进见到那破败的茅屋惊讶至极："这不是柴房吗？"

沉星却并不理会，伸手推开了茅屋的门扉，借着朦胧的月光，可见屋里堆满柴草。

"怎么变成了这样？我的床哪儿去了？"沉星满脸诧异。

"沉星，我们快走吧，你住的地方，是那边的大屋啊。"王子进连忙拉她，却见在朦胧的月辉中，她原本丰盈美丽的双颊深深塌陷下去，皮肉干瘪，活似一具干尸。

王子进被她吓了一跳，她莫不是又要吃肉喝血了吧？现下找不到动物，她会不会抓我充数？

他也不敢言声，偷偷闪到一边："绯绡，她何时变作这副模样的？"

"早就是这样了，只是你没有发觉而已。"绯绡答道，皱着眉望着举止奇怪的沉星。

沉星在柴房里四处打量，伸手摸向窗棂："没错，我就住在这里，这里还被我刻上了记录日期的字。"说完还哼起了歌，"可怜楼上月徘徊，应照离人妆镜台……"

唱的是初识时的那首《春江花月夜》，她哼着歌，深陷的眼睛又迷离起来，似乎思绪已经飘到了很久以前。

这曲子触动了王子进的心事，想当初沉星一袭红衣，美若天仙，一首《春江花月夜》唱得如天籁之音。

如果自己不接那花球，她会不会仍是个在湖面上载歌载舞的仙子？也不会沦落成枯骨，在这肮脏之地唱着旧时歌曲。

一样的乐曲，因心境不同，听起来已是千差万别。

沉星唱了几句，叹了口气道："如玉姐姐的歌，真是好听啊，何时我也能唱得如她那样好呢？"

语气中满含羡慕，仿佛灵魂躲进了一个不为人知的小世界，将王子进和绯绡都屏蔽在外。

接着她突然像是想起了什么："镜子，我的镜子呢？"

王子进终于暗暗松了口气：总算想起要找什么了，不过是一面镜子，拿了赶快走吧，可莫要再装神弄鬼，不然自己会被她吓死。

只见沉星披头散发，慌忙去搬角落里的柴草，王子进也过去帮忙，却不忍心看她已枯朽的面孔。

两人搬了一会儿，柴草便被搬空，沉星在墙壁的角落里摸索半天，竟拉出一块砖来，又伸手探进砖洞，摸出一面铜镜。

她甚为珍惜地摸着镜子："这是我的宝物啊，总算没有丢失……"

那是一面蒙尘的镜子，现在已经腐朽得不成模样，不过从镜框精致的镶边，可见其做工精美。

沉星开心地倒转了铜镜，用袖口要将镜面的浮灰擦去。

王子进急忙伸手阻道："莫要照那镜子！"

可是已经来不及了，只见沉星一把扔开镜子，双手惶恐地捧着自己的脸："刚刚那是什么？那是我自己吗？怎会变成这般模样？"

八

王子进慌忙将她揽在怀里，柔声道："不是的，刚刚那个不是你，那只是一场噩梦而已。"

他只觉得怀中的人像是生了一场大病，抖个不停，过了一会儿，沉星停止了发抖，幽幽地道："王公子，我们这是在哪里啊？"

王子进听了心中一震，忙抬头看向绯绡，绯绡正拿着那面镜子研究，似乎没有发现任何头绪。

然而他怀中的沉星却抬起头来，容颜如花，肌肤如玉，一头乌发油亮光润，整个人鲜嫩靓丽得如三月春桃，与平日并无二致。

"这是什么地方？"沉星环顾四周道，"我怎么到了这里？"

王子进忙扶她起来，帮她拍拍身上的泥土："这是牡丹园的柴房啊，是你领我们来的，怎么你现下全都忘记了？"

"嗯？"沉星依旧纳闷，"我怎么会领你们到这里？"她又回头看了看窗子，"不过，这里好生熟悉啊，这窗棂，好像在哪里见过……"

"不要管这么多了，既然拿到东西我们就快走吧，明日就起程回家。"

沉星的手又像刚刚一样在窗棂上抚摸："起程，要去哪里啊？"接着又回眸叹道，"东西，又何尝拿到了？"

"沉星姑娘，你要找的是这面镜子吗？"绯绡拿起那面镜子递给她。

沉星满脸惊讶："胡公子，这不是我要找的那样物事，不过，看到这个镜子我也好生熟悉。"

听了这话，王子进和绯绡不禁对望一眼，脸上都是一片茫然，只觉心中如笼罩着一团浓雾，这件事自始至终都让人摸不着头脑。

绯绡冲王子进使了个眼色，王子进会了意，忙问沉星："你怎知这不是你要找的东西？你不是连自己要找的是什么都忘记了吗？"

沉星拿着那面镜子说："我只知自己见了那东西应该会有很伤心的感觉，看了它却没有，有的是一种爱惜的感情。"

她又拿起镜子照了照，月光不甚明亮，镜子里的影子越发模糊："我好像也在哪里照着这面镜子，"又偏头纳闷道，"就是镜子里的人，好像不是这个样子。"

王子进听她一说，越发害怕："我们快走吧，不要理什么镜子了，不然明日白天再来找吧。"

他连忙拉着沉星就要走出柴房，沉星一个拿捏不稳，手中的镜子当的一声掉落在地，她不由脱口而出："我的檀木镜子！"

王子进不禁疑道："你全想起来了？"

"是啊，我怎么会知道这镜子是檀木做的？"沉星自言自语，再看那镜子，镜框变成了紫黑色，哪里能看出是什么材料做的。

绯绡忙出言提示她："你再想想，这里还有什么熟悉的地方？"

沉星望向窗外，偏着头说："我记得这里，春天时是一片桃花林。"

可是外面是一片在深秋时转黄的矮树，哪里有什么桃林？沉星恍恍惚惚地走出茅屋，眼光又变得迷离，仿佛面前真的有一片美丽的桃花，争芳夺艳。

王子进和绯绡忙跟她走出柴房，朦胧的月光中，沉星思索着在前面引路，嘴里嘟囔着："变了，怎么全变了？"

王子进见她辛苦，想要阻止她："别想了，我们回去再想办法。"

沉星却甩开了他的手："就差一点……就差一点就知道那个物事藏在何处。"

她跌跌撞撞地继续往桃林深处走去，又拐了几个弯，绕过几座废弃的假山，停在一株桃树旁边。

"我看她那个样子，取了东西也未必是好事，还让不让她取啊？"王子进望着她窈窕纤细的身影，甚是担忧。

"让她取吧，属于自己的东西，终究是要找回来的。"

王子进心中一惊，连忙看向镇定的绯绡："莫非你已经知道是什么？"

"八九不离十吧……"绯绡美目含光，波澜不惊，像是看透了命运的脉络。

"那是什么？能告诉我吗？"可是这如止水般的目光却让王子进害怕，忍不住连连追问。

绯绡却不回答，微笑着指向前方："沉星朝咱们招手呢，赶快过去看看吧。"

只见沉星停在离他们大概几丈远的地方，长发披肩，面若玉盘，眼若灿星，樱裙上披了一层淡淡的月光，明艳得让人不忍直视。

王子进看着她，眼睛竟潮湿起来，隐隐觉得她像是能驾鹤西游的仙女，不知何时就会离自己而去了。

九

两人走过去，见有一棵茂密茁壮的桃树，正立在泛黄的花木中，那桃树枝叶生得甚是茂密，连树根下的草也是郁郁葱葱。

此时已是晚秋，但是这棵树却没有丝毫枯萎凋落的迹象。

"我想起来了。"沉星指着桃树道，"我要找的东西就在这里。"

王子进抬眼看看桃树，树干大约少女的腰肢般粗细，枝叶伸展开来，足有两丈远，不禁愁道："这么大一棵树，要怎生将它带走？"

"不是这棵树啊。"沉星听了哭笑不得，"那物事便埋在树下。"

"啊，这个好办。"王子进拿起一片瓦片，弯腰掘土。

他想叫绯绡帮忙，却见他以扇掩鼻，远远地躲开了，显是不爱做这样的力气活儿。

"王公子，我来帮你。"沉星也找了一块木板，要帮王子进的忙。

"你快放下，不要伤了你的手。"

沉星听了甚为感动："王公子，你对我真好，待取了这物事，我们便一起回家吧。"

王子进看着她沾满泥土的俏脸，心底涌起一阵暖流，也许就这样和沉星快快乐乐地过一辈子，未尝不是一件好事。

只要拿到她心心念念的东西，便可以远离这繁华俗世，双宿双飞了。

他手下忙加快动作，可是挖了许久，土下面依旧是什么也没有。

"咦，你真的确定这下面有东西吗？"王子进望着脚下的深坑奇道。

可是沉星却吓得瑟瑟发抖，脸色苍白："快了，就快了！可是我好害怕啊……"

"怕什么？等拿到东西，我便给你买最美的喜服。"王子进见她惶恐，连忙安慰她。

"我有一种预感，挖出它，便不会见到你了……"

"怎么会，你我不都是活生生地在这里？"他心中却又想起沉星化作枯骨的样子，不由难过，忙躲开沉星的目光，埋头挖土。

"王公子，你可答应我，让我做最美的新娘啊。"沉星朝他回眸一笑。

"我答应你的事，何尝食言？"

又挖了三寸有余，终于见得一块碎布，王子进不由高兴，大喊一声："找到了！"

只见土一点一点地被挖开，那破布的样子也显出轮廓，里面竟包着一截截白晃晃的骨头。

王子进惊骇至极，双腿一软，坐在了地上："这……这莫不是人的尸体？"

十

王子进突然觉得脸上湿润，几滴水滴落在脸上，似乎天空中飘起了雨，抬头一看，却见沉星站在他身边，双眼直愣愣地望着深坑中的人骨，已然哭成了个泪人。

"莫要哭，莫要哭，我们挖错了，这一定不是你要找的物事。"王子进连忙柔声安慰她。

"不，我要找的就是它……"沉星哭得更大声了，似乎伤心至极。

"这具尸体就是你要带走的东西？"王子进嘴上诧异，心中却很平静，自从认识绯绡以来，带走什么他都不觉得稀奇。

沉星痛哭流涕地说："王公子，我全都想起来了，沉星，沉星不能和你走了……"

"为什么？不就是具尸骨吗？一起带走便是。"

"王公子，这……这便是沉星的尸骨啊！"

王子进听了胸中仿佛被大锤敲了一下，必须找到的、羁绊着沉星的，竟是她自己的尸骨？！

只见沉星在月辉中抬起头来，那倾城容颜却变成了一个少女平庸寡淡的脸。这样的面孔即便与王子进在路上擦肩千百次，他也不会有什么印象。

"啊！"他不由发出一声惊呼，皆因这脸比干尸的面孔更令他吃惊。

"王公子是不是嫌沉星丑了？沉星什么都想起来了，这便是我的本来面目。"

"不嫌，不嫌……"王子进直愣愣地看着眼前的女孩，如此陌生，又似曾相识，那眉眼虽然平淡，但是看向他的眼神，却依旧满含着掩不住的温柔。

"你找得到自己，便是一件好事。"绯绡见她想起一切，缓缓走了过来，白衣在夜色中仿佛会发光一般。

沉星见了绯绡，又哭了起来："胡公子，多谢你，我终于知道你并非凡人，如果没有你的帮助，怕是我再过多少年都想不起自己的过去。"

她一边流泪一边对二人道："我本是这牡丹园里的一个婢女，因姿色甚不出众，便做一些下人才干的活儿。"

王子进忙道："没有啊，你明明就很漂亮。"

"王公子你真会安慰我，可是别人却不似你这般好心。我后来被人虐待而死，便被偷偷埋骨在这桃树下……"她像是猫一般细细哭泣，"如果自己长得出众一些，便不会死了，那时真是不想死啊，桃花盛开的季节，一切都那么美，我才十六岁，人生有太多值得留恋的。太不甘心了，所以魂魄凭依在这棵桃树上，竟忘了自己已经死了，忘了自己的本来面目，变了个美人，又苟活了几年。"

王子进见她哭得伤心，忙说："我早知你是妖魅，并不嫌你，咱们一同回去吧。"

"王公子，沉星要爽约了，如今知道自己已死，又怎能继续留在这世上？"

王子进听到不由大哭，知道这次她是必定要离开了："沉星，你我约好的，要一起游戏人间，双宿双飞啊。"

沉星见他痛哭，也哭得十分伤心："我亏欠王公子的，来世再还吧。沉星成妖之后，唯一的快乐便是认识了王公子。"

她哽咽着垂首道："可惜，沉星的本来面目让你失望了……"

"不不不。"王子进捧着沉星的泪颜，"你是我见过的，最美的女孩子。"

"真的？"沉星平庸的脸上绽放出一丝笑容，竟是增色不少，"王公子莫要骗我，叫我小星吧，这才是我本来的名字。"

"好的，就叫你小星。"王子进哽咽道。

"那王公子答应小星，莫要将我忘了……"她泪眼婆娑地去拉子进的手。

"不会，永远不会，我答应你……"王子进也去拉她，这一拉，却拉了个空，只觉手中多了一枝桃枝，地上是一摊脓血，佳人樱红色的长裙委顿在自己怀中。

那锦绣绫罗上依旧有沉星的香气，人却已经不在了。

"绯绡，绯绡，她可是走了，再不会回来了？"王子进慌忙问绯绡。

绯绡并不答话，脸上却挂着悲哀。

"是吗？是真的吗？"王子进不依不饶地问道。

"我又何尝骗过你？"

王子进听了，忙跑到绯绡身边，两手摇他："你不是有很大的本领吗？快让她活过来啊，她是那样可怜啊……"

"子进，你真的想让她活过来吗？让她以饮血啖肉为生吗？"

王子进绝望地望着眼前的绯绡，坚决而冷漠。

"子进，该放手的时候就放手吧，她这样未尝不是好事，倒是活着的人，还要在这世上承受诸般苦厄。"绯绡说着，抽出腰间玉笛，盘膝坐在地上吹奏，乐曲悠扬动听，却是《春江花月夜》。

王子进虚脱一般地坐在了地上，愣愣地望着眼前的桃树。

失去了妖力的庇佑，那桃树的枝叶竟在一瞬间枯萎凋零，纷纷扬扬地飘落离枝，在飞扬的金色落雨中，仿佛有一位红衣少女，眸如晨星，雪肤花貌，随着笛声翩翩起舞。

七日后，王子进在东京城郊外买了一处坟地，给沉星做了一个墓碑，将枯骨埋葬。

入土之前，他拿出一件锦绣成堆的喜袍仔细罩在那堆枯骨之上："我答应过你，要买最美丽的喜服给你穿，怎能食言……"

他望着罗衣中的白骨，眼泪又禁不住流了下来。

"子进，莫要伤心，时辰到了，快立墓碑吧。"

王子进忙招呼工匠把墓碑抬出来，立在坟前，只见那冷硬的石碑上写着：江淮王子进之妻小星之墓。

字体龙飞凤舞，煞是好看，王子进一个一个摸去，口中念道："小星，小星，可怜的小星，却是连自己姓什么都不晓得……"

二人料理了一切，缓缓离去，王子进才走不远突然又想起什么，又跑回坟前，从袖中掏出一枝桃枝，小心地将它插在坟前。

正是小星的灵魂依附过的那枝。

"这样，你便年年看得到桃花了……"他忍住眼泪，朗声道，"我王子进，没有食言吧？"但见绯绡长身而立，白衣翩翩，正在不远处等他，忙擦干眼泪，随他去了。

身后的桃枝立在荒野中，枝叶随风摇曳，似是在与二人话别，戚戚无语。

问花花不语，为谁开、为谁谢？

算春色三分，半随流水，半入尘埃。

第四夜

无妖城

旷野茫茫，落雪缤纷。

一名过路的旅人，在雪夜中叩响了驿站的门，门里走出一个身穿差役服装的年轻人，看了看他的通行文书，便将他让了进来。

驿站中温暖如春，炭火烧得足足的，让旅人十分满意，而且虽然是大雪飞扬的冬夜，饭堂中仍有不少客人在饮酒作乐。

他叫了一斤炙牛肉，一坛黄酒，也尽兴地吃喝起来。可是吃着吃着，这位中年商人却觉得其余的客人都异常刺眼，因为他们在寒冷的冬季，竟然都穿着夏日的衣袍。

甚至还有一名年幼貌美的卖花少女，挎着竹篮，在客人中穿梭。

时人喜欢簪花，少女的篮中盛放着艳红的芍药，鲜嫩欲滴，惹人喜爱。他好奇地叫住了卖花的少女，想要买她篮中的一枝花。

"客人拿好，这花有点重哦。"

他伸手接过，那花确实很重，红艳艳的刺目，他单手几乎无法拿住。

女孩妖媚地看了他一眼，几缕青丝垂在颊边，而就在这时，旅人从她漆黑的瞳仁中，看到了另外一番景象。

客栈里的灯笼早就破败不堪，跑堂的小厮和客人都是一具具衣衫褴褛的白骨，骷髅们黑洞洞的眼，正无声地凝视着他。

他望向手中的花朵，只见红花萎谢，现出白惨惨的花枝，竟然是一根人的上臂骨。

"啊啊啊——"他惊恐地叫，这哪里是驿站，分明就是妖怪的巢穴。卖花女妖冶地笑，伸出纤细的手，一把掐住了他的脖颈。

雪纷纷而落，幕天席地。

一

自沉星死后，王子进在东京城逗留了几日，每天借酒浇愁，总是打不起精神。

此时已是深秋，窗外飘飞着凄凉的秋雨，丝丝雨线，似乎浸凉了人的心底。绯绡却依旧笑眯眯地坐在窗边饮酒吃鸡，一袭绫纱白衣，领口衣袖还别致地画了几枝墨竹，更显俊美。

王子进见他这轻松姿态，心中一片凄凉。

难道真的是自己太过幼稚？人终有一死，本是难免，却又何必难过？可他心中想着，眼中却愣愣地流下泪来。

沉星的笑靥，似乎又在雨帘中浮现。

正在发呆，却听客房的小厮叫道："王公子，有家书到了。"

王子进急忙跑到门口，给了那小厮几个打赏的钱，拆开了家书，绯绡也好奇地伸长了脖子看。

王子进只看了两眼，便将那家书放在一旁，一脸颓然。

"子进，信上说什么？"

"还能有什么？叫我科考完毕，不要在东京城逗留太久，回去速速成亲。"王子进无精打采地回答。

"什么？"绯绡瞪圆了眼睛，"他人像你这般年纪，已经都是儿女绕膝了，你却连一门亲事都没有定下。"

"那是当然，"王子进得意扬扬地说，"一般的庸脂俗粉，怎生得我的眼？"

"子进，我问你，你可有潘安之貌？"

"没有。"答得倒是干脆利落。

"那你可有宋玉之才？"

"这更没有，看我答的卷子就知道了嘛。"王子进一脸不耐烦。

"那你如何能觅得绝代佳人？"

"反正宁缺毋滥，要我娶一位寻常村姑，我倒不如一生不娶了。"

绯绡见与他说不通，摇摇头不去理他，看来自己还要帮他寻得一门亲事才好安心离开。

放榜的日子转眼即至，王子进自是榜上无名，倒是同窗的道然，真如绯绡所说，高中解元，可衣锦还乡。

王子进看榜回来，甚是高兴："绯绡，绯绡，你说得好准啊，道然前途无量。"

绯绡奇道："那榜上应该没有你的名字吧，你如此高兴作甚？"

"你可记得那日在渡船上你对我说过什么？"

"渡船？"绯绡拿扇子蹭蹭脑袋，显是全忘光了。

"你说我今生必能觅得一位如花美眷，看来此言不虚啊。"王子进的脸上挂满了憧憬的笑容。

绯绡听了心中一凉，当日不过是安慰他才这样说，哪想这呆子竟然当真了。

"子进，那个算命之事只是儿戏而已，当真不得……"

话还没有说完，便见他已在收拾行李了："也许我的桃花运也不远了，你我这就速速启程，我要离开东京，游玩一番，或许能遇到位佳人呢。"

王子进雷厉风行，刚过晌午便退房起程。两人临走之前，又到沉星的墓前去拜别。

但见那桃枝萎靡困顿，显是不能活了，王子进见了不由伤心，小声说道："我就要离开东京城，将来安定下来，定会来接你，你要等着我啊。"

"子进，你莫不是怕伤心，才走得如此匆忙？"绯绡见状问道。

"哪里，我只是想趁年轻去见见世面。"王子进说着，提起行李就走，并不回头，冷风中背影单薄，落寞悲伤。

离开东京城，王子进精神渐好，两人行了十几日，这一路相安无事。天气却日渐转凉，坐船甚是寒冷，只好改走陆路回去。

绯绡掏钱买了两匹骏马，两人日夜兼程地赶路。

一日，行得天色已晚，还找不到投宿的地方，只见旷野苍茫，冷风萧瑟。王子进不禁焦急起来："按说这驿站应该就在这附近啊，怎么无论如何也找不到？"

"总是这样转圈不是办法啊，我们找户人家打听。"绯绡掉转马头，向前奔去。

王子进见绯绡的坐骑跑得甚快，一会儿便变成一个白点了，周围夜幕深沉，阴风阵阵，不由害怕，忙喊了一声："等等我啊。"急忙策马追去。

追了一会儿，见绯绡牵着马正在一间破败茅屋前等他，不由松了口气，总算找到一处人家。

两人一起去敲那茅屋的门，哪知敲了半天却无反应，门却没有上锁，伸手一推即开。

只见茅屋中落满了灰尘，像许久没人住过的样子，王子进不由高兴道："绯绡，你我今日竟寻得免费住宿的好地方。"

话音刚落，就听暗处传来一个苍老的声音："谁说可以免费住宿了？当老夫不曾存在吗？"

声音缥缈虚幻，像是从很远的地方传来，将王子进吓了一跳，忙说："江淮王子进，这厢有礼了。"

老人很是不愉快的样子："另一个怎么不说话啊？"

王子进忙扯了扯绯绡的衣袖，却听绯绡道："一个蜉蝣小妖，还要讲这许多礼数？"

二

怎么又是妖怪？王子进的心不由凉了半截，自认识绯绡以来，便几乎没有和活人打过交道，也不知是自己的八字不好命里犯煞，还是如此多的鬼怪都是绯绡招来的。

"呵呵，好眼力啊。"角落里的声音笑呵呵地说。

王子进忙打亮火折，发现那屋中空空，只有几件破烂家具，根本没有半个人影。

"你那小子，没事打什么火，想害死老夫吗？"那声音很是生气。

绯绡急忙一口气将那火吹灭："他是道行尚浅，无法见光，莫要扰了他。"说毕拱手问道，"我二人行路至此，无意叨扰，只是想找一个投宿的所在，可否指明方向？"

"对啊。"王子进好奇地问，"这里明明有个驿站，怎的不见了？"

"驿站？是啊，过去是有个驿站啊……"那声音听起来甚是苍凉，还带着几分哭腔。

"那驿站哪儿去了？"绯绡问道。

"公子如此明慧，还会不知道那驿站哪儿去了？公子所站之处，便是那驿站了，而我，便是驿站中看门的守卫。"

王子进不由遍体生寒，看来这驿站的下场定然不妙，果然那声音接着道："三年前，匪贼横行，将这个繁华的驿站一夜之间踏平了，所有的官兵居民，都被那帮土匪杀了。"

"然后呢？那官府便不管此事？"

"当然管了，如此大的一件事，怎可不理？后来又派出官兵剿匪，可是这山如此之大，怎是一件容易的事？又花了一年多的时间才将这匪乱平息下来，将那土匪逮了，在这里就地正法，以泄民愤，可是这里，死了太多的人，煞气太重……"说着，不禁哽咽起来。

"你莫要伤心，再说下去。"王子进急忙道。

"后来又在此地重建驿站，却总是有妖孽作祟吃人，便不了了之了……"

"什么？"王子进和绯绡不由心中焦急，眼见天色已晚，这茅屋中又甚是简陋，要他们到哪里去投宿啊？

　　"二位莫要着急……"老守卫接着说，"西南方向五里有一处小城，二位可去那里歇息。"

　　绯绡听了，连忙道了声谢，眼见天色甚晚，就要出门牵马。

　　"公子，可要考虑清楚，那城中可没有任何不干净的东西……"

　　"你这话是什么意思？"绯绡听了不悦。

　　"公子与我，本是异类，那城中有一个甚是有名的道观，观中道长极为厉害，就因为有他在，这座城才免受妖孽之祸。而公子一旦进城，只怕凶多吉少……"

　　"呵呵，你也忒小瞧我了。"绯绡轻笑一声，拉上王子进，推门便走。

　　他又回头冲那茅屋中人说道："你也莫要留恋此地，赶快去投胎，下世再做人吧。"

　　茅屋中传来朗朗笑声："我要走了，谁来给过客们指路呢……"

　　之后只闻夜风轻响，再无声息。

　　"子进快走吧。"绯绡见夜幕深沉，不耐烦地催促他。

　　"哎？你当真要去那无妖城？不怕人把你收了？"王子进担心道。

　　绯绡在马上朝他扬眉一笑："收我，有那么容易吗？还不知道是谁收了谁呢！"说罢一马当先，跑在前面。

　　王子进望着他白色的背影，在墨色浓夜中格外醒目，仿佛是在深海中流离的小船，似乎随时都能被旋涡吞噬。

　　不知为何，心中竟升腾起一丝不祥的预感。

三

　　两人快马加鞭，不到一刻钟的工夫，前面已经出现一簇簇跳跃的灯火，果然有一座小城矗立在夜色中。

　　"到了。"绯绡勒马停住。

　　只见两人面前出现一个高大的门楼，砖墙上写着"都丰"两个大字，气势磅礴，颇为气派的样子。

　　"这城名委实有趣。"绯绡不由摇头笑道。

　　"如何有趣法？这是祈愿万物丰盛的意思吧？"王子进倒觉得这名字甚是吉祥。

　　"子进莫不是没有听过传说中的鬼城便叫'丰都'吗？这城名叫'都丰'显是反其道而行之，暗示此城中没有鬼怪。"

　　"哦。"王子进这才恍然大悟，只见都丰城确不一般，夜色阑珊中，城门大开，也不见有守卫，一副有恃无恐的姿态。

"如此托大，我倒要看看这里有什么人坐镇。"绯绡桀然一笑，策马奔入城中。

王子进见了，也急忙跟了进去。

只见城中街道灯火通明，繁华热闹，夜市中有小贩在出售当季瓜果蔬菜和自家产的布匹，如果说东京城的繁华是天上宫阙，那这番热闹则更接近寻常人家。

王子进和绯绡见了不由惊叹："没有想到这小城之中竟是如此繁华。"

旁边一个小贩听了，笑着说："二位可是新来，对此有所不知。"

"这里莫非有什么明堂不成？"王子进连忙问。

"明堂倒是没有，只是这里风水甚好。"那小贩伸手指了指两人来的方向，"那边原是个驿站，以前出了太多凶事，所以周围的城镇也跟着衰败下去。"

"只有这城例外吗？"绯绡问道。

"不错，因这城中有一个很著名的'青云观'，里面的道长很厉害，寻常冤鬼不敢来犯，甚是安全，做生意也是一帆风顺，所以这城中的首富，便将周围的城镇都组织起来，这里便日渐繁华，成了这一带出名的物品集散地。"

"原来如此。"两人听了，才恍然大悟，原来这都丰城是借那驿站之祸才发了大财。

两人见天色已晚，忙向小贩打听了客栈的方向，要去投宿。

绯绡照例又寻了间昂贵的客栈，依旧要求有锦缎被褥的床铺，看得王子进连连摇头，明明只是一只狐狸，却如此乐于享受。

"明日我们便去周围转转吧。"当晚明月高悬，绯绡又在喝酒吃鸡。

王子进惊讶道："咱们不抓紧赶路，在这里逗留什么？"

"这城委实邪门，我想去那道观探探虚实。"

王子进不由暗自捏了一把汗："绯绡，我们还是速速起程吧，你何必和那些牛鼻子牵扯不清呢？"

"我只是要看看如此厉害的人到底长什么样。"

"这城市繁华还不好，你偏说这里邪门，难道一片破落才不是邪门了？"

绯绡扬眉浅笑，俊脸在灯下熠熠发光，笑容俊秀中透着狡黠，也不知肚里又在打什么算盘。

王子进见说服不了他，只能失望地去休息了。但见窗外月影朦胧模糊，宛如二人莫测的前途，心中极不踏实，只希望两人能平平安安地走出这人间净土。

次日晌午时分，王子进和绯绡才走出了客栈，但见外面阳光明媚，照得暖意融融，没有半分秋日的样子，要不是周围都是卖成熟瓜果的小贩，还会让人以为这是暖春呢。

两人在街上信步，一路上看到几个小道士，看来这城里那道观确有很大的势力。走了一会儿，并不见有异状发生，便找了间茶肆休息。

"绯绡，你不是要去看道观再走吗？要何时去啊？"王子进一落座便问。

"这个不急，我要等那老道亲自请我才去。"绯绡边喝茶边笑着答。

王子进连忙压低声音说："你是个狐妖，他怎会请你？还是别让人发现才是正经。"

"嘻嘻，已经来不及了，这城中早就被那老道布了结界，我刚一踏入，便已为他所知。"绯绡还甚为得意地扬了扬眉毛。

"啊？"王子进听了不由心急，"那该如何是好？我们还是赶快走吧。"

哪知绯绡微微一笑，玉手向前方一指："快看，迎接我的人来了。"

王子进忙回头看去，见几个年轻的小道士，身穿蓝灰色道袍，正风风火火地向他们走来，心中不禁暗叫糟糕。

四

那几个年轻道人走到二人面前，双手抱拳："我家道长请二位到观中小叙。"

倒是毕恭毕敬，有礼有节。

王子进心中不免担忧，他倒没什么，要是绯绡出了事可怎么办？那道士如果真对绯绡不利，自己便是拼了命也要救他出来！

哪知绯绡却大大咧咧地坐在椅子上，连屁股都没动："请我怎么不叫你家道长自己来？就凭你们几个，还想请我吗？"

"你……"几个小道士很是生气，握紧拳头，却不敢发作。

"嘻嘻，必是你们出门的时候，那老头关照了你们不要和我正面冲突吧。"绯绡凤眼微斜，又得意地笑了。

哪知他话音刚落，便听一个清脆的男声传来："谁说我是老头了？"

王子进连忙看向道士们身后，只见一位面容俊朗、英姿勃发的紫衣道人，正站在秋阳之下。

他笑容谦和，眉目含英，却是一位青年才俊，年纪不过二十七八。

"贫道便是青云观的道人，道号紫阳。昨夜得知二位前来，有失远迎，现请移步到寒舍一叙。"他拱手朝二人道，姿态甚为谦恭。

王子进不由大惊失色，本以为道长必是个老头，哪想却如此年轻。

绯绡瞥了他一眼，扑哧一声笑了出来："这么大一把年纪，还偏偏不服老，真是好笑。"

紫阳听了异常愤怒，连端正英俊的五官都抽搐扭曲，急道："你……你这狐狸，莫要瞎说！"

"咦，谁说我是狐狸了？有本事你便将我变作狐狸啊。"绯绡捋了捋黑发，得意扬扬地调笑。

"看你修炼了这么久，我就不破你修行了，快快离开都丰城，莫要惹事。"

"好大的口气，若我非要惹事呢？"

紫阳不愿与他斗嘴，拂袖便走："到时就莫怪我不客气了！"

几个小道士急忙跟上紫阳的脚步，一行人转眼便消失在闹市中。

王子进见状暗暗松了口气，总算绯绡没有惹出什么祸事。

"奇怪！"绯绡摇着折扇，剑眉微皱，甚是疑惑的样子。

"奇怪什么？"王子进见那紫阳气宇轩昂，不似凡人，确有仙风道骨的风范。

"奇怪的是这个紫阳，好像不是有可以将一座城布满结界这样大的本事啊……"

"咦，那又是谁布的结界呢？"

绯绡偏头沉思，只是喃喃道："难道是桶井之术？应该不会，不会有人这么傻。"

"咦？桶井？那是什么意思？"王子进是第一次听到这样的名词。

"可能是我多虑了，你看那边好多人啊，我们去看热闹吧。"

王子进一看，前面确是有好多人围在一座楼台下面，他一向爱凑热闹，忙拉着绯绡跑过去。

只见那三层小楼下被人群挤得水泄不通，难以接近，楼台上装饰华丽，屋檐上还挂着红色的绸缎，像是哪个富户在办喜事。

"哎呀呀，我还以为有什么好看，原来不过是有钱人在摆阔，好好的一座楼台，硬是弄得像新房一样。"王子进甚感失望，拉了绯绡抬腿要走。

旁边一个人接道："可不是新房嘛，本地首富张谦富的女儿就要抛绣球招亲了。"

王子进听了"招亲"二字，刚要迈出的脚又收了回来："我们再看看吧。"

不一会儿，楼台上出来一个婢女模样的少女，拿出一张红纸，朗声念起来："下面接绣球的人听了：年过三十五的，请站出线外。"

她这一说，王子进才发现地上竟真有绿色绫罗铺的线，还不止一条，倒是极尽奢侈。

看客中有一些人摇头离场，接着那婢女又道："已定亲的也请离线。"

这次又有几人摇了摇头，走了出去。

"现下请家有千顷田或有官职的站在第一条线内。"有两个肥头大耳的年轻人急忙站在第一排，那两人身材极像，只是一黑一白，见了对方，都是互瞪了一眼，甚是仇视的样子。

接着那婢女又道："书生学子请站在第二条线内。"

王子进听了暗喜，忙拉着绯绡站了过去，可是那线内空间甚是狭窄，一时你推我，我推你，挤挤攘攘。

王子进心中不由凉了半截，原来和他一样的竟有这许多人，忙对绯绡道："绯绡，你又不想婚娶，还是出去吧。"

心中暗道：挤出去一个是一个！

绯绡看也不看他一眼："我若走了，谁助你接那绣球啊？"

王子进立刻大喜过望，是啊，有绯绡在，不过百人而已，纵使是有万人，这绣球也是自己的囊中之物，当下安了心，看着周围争得面红耳赤的人，不觉好笑。

接着听那婢女指令，一干平民布衣，还有地痞流氓站在了第三条线内，那些人更是热闹，还没等站定就要动起手来。

接着便听小婢女脆生生地说："吉时到，有请娘子。"

只见楼上两个婢女扶着一位戴红色盖头的女孩出来，下面的人一见，一起起哄，声音大得震耳欲聋，那姑娘听了，转身欲走，下面的人这才逐渐安静下来。

"这姑娘看起来甚是托大，不好伺候。"王子进悄悄对绯绡说。

"那可不一定，美女多半骄纵，若是温顺可人，则姿色平庸者为多。"

王子进听了这话，立刻又来了精神。

只见那姑娘身量不高，身材却如弱柳扶风，窈窕动人。这华服少女站在楼台上，纤手执了绣球四处打望。

但见她环顾了两圈，面朝他们的方向停了下来，王子进见了，心中怦然一跳，仿佛看见喜帕之后，两道炽热的目光正向着自己。

绯绡也很是欣喜，看来子进这次的婚事是有望了，没想到这呆子居然这么快就觅得幸福。

两人正自高兴，锦绣的绣球已经从少女手中脱出，飞舞在天空，下面的人一阵推搡，个个争先恐后去抢。

绯绡见了，忙道："子进接球。"

凭空引着绣球飞向王子进怀中，哪知那绣球眼看就要扑到王子进的双手中，却如有生命般，一个转弯，直撞到了绯绡的怀里。

两人见这变故，相视一望，不由傻了！

五

绯绡手捧绣球，似是不敢相信自己的眼睛，可那镶着金字，缀着流苏的绣球却又如此华丽真实，不由得人不信。

王子进也惊讶无比，刚刚眼见那绣球凭空拐弯，委实奇怪。事已至此，两人懵懵懂懂地跟着引路的婢女离开了楼台，来到了不远处的一处宅邸中。

那大厅中的屋檐上都画着繁复的花纹，红色、绿色、蓝色，虽然豪华气派，却不免流俗。

接着几个婢女伺候着两人入了座，又沏了茶水过来，甚是周到。

"绯绡，你莫不是看上这姑娘了吧？"王子进打趣道。

"没有啊，本已引了绣球到你怀中，哪知它突然转向。"绯绡纳闷道，"莫不是有什么厉害的人陷害我？"

王子进调笑道："绯绡，君子无妄言啊，哪有人能陷害得了你啊？"

两人正说着，从内室里走出一个四十余岁的中年人，身形很胖，须眉皆灰，一张脸红光满面，身穿宝蓝锦袍，绣了金丝的万字纹，富贵俗气的打扮与这大厅极为和谐。

他见到绯绡，一阵兴奋，忙过来拉他的手："贤婿啊，果然一表人才，怪不得小女看上你了。"

绯绡俊脸扭曲，忙甩手道："老丈误会了。"

那中年人笑道："贤婿莫怪，老夫唐突了，实是情难自禁啊。"接着清清嗓子道，"老夫姓张名谦富，以经商为生，这次给小女招亲，你接到绣球，自是我的女婿了。"

他又将绯绡打量了一番，眼中尽是欣喜之色。

绯绡忙鞠了一躬："小生姓胡名绯绡，此番有礼了，可是近年来并没有成家的打算，实在愧对老爷的美意。"

张谦富听了这话，脸色立即沉了下来："可是嫌小女貌丑？"

他回头对丫鬟道："赶快叫姑娘出来。"

"不是，小生是不小心接到花球的啊。"

"不小心，那你为何要去排队？这岂不是戏弄人吗？"

一句话问得绯绡语塞，总不能说是帮王子进作弊吧？

正说着，只听厅堂后传来了一个清脆的声音："爹，这位公子不愿意，就不要勉强人家了。"

王子进和绯绡一齐向那边望去，只见一个身穿柳色襦裙，湖水绿纱衣的少女款款走来，这便是张家姑娘。

她生得眉目清秀，一双大眼灵动喜人，如葡萄一样镶嵌在小脸上，看模样不过十二三岁的年纪。

"这……这位姑娘如此年纪便招亲，未免太急了些吧？"王子进奇道，同时心中暗暗为自己没有接到绣球而庆幸，不然真娶了个女娃回去可怎么办？

"哪里年轻，小女芳龄已经十七，早就到了该许配人家的时候。"张谦富甚为不满，冷哼着瞪了王子进一眼。

王子进尴尬地看着周围，他们当真瞎了不成？这女孩哪有一丝十七的模样？

那女孩却落落大方，朝二人作了个万福："小女姓张名宝云，见过二位公子。"

王子进听了在肚中偷笑：这老头想钱想疯了，女儿居然也起了这么个俗气的名字。

宝云看着绯绡道："小女见公子，一时惊为天人，现下公子不同意这门亲事，也不好勉强……"语气甚是落寞，看来这小小女孩是对这美貌狐妖一见钟情了。

又听她继续说："能否让我为公子作一幅画珍藏呢？也算是对小女的补偿？"

绯绡知道这次确是自己不对，忙道："好好好，只要姑娘不介怀便好。"

宝云望着绯绡的脸，正在失神，听他了，才急忙收回目光，吩咐丫鬟去准备笔墨，要为绯绡作画。

那些婢女一边伺候着，一边还道："我们家的小娘子擅长一手好丹青，好多人掏钱请她画画都请不来呢。"

宝云被说得羞赧地埋首作画，一边画，一边偷眼瞧着绯绡，稚嫩的脸颊遍布绯红。

不到一个时辰，肖像便画好了，那画如真人般大小，甚为传神，里面的人面如玉盘，眼带桃花，剑眉入鬓，风流倜傥地执了扇子，站在树下，宛如仙人般俊美飘逸。

一看便知那画的人，投了全部的感情进去。

绯绡见了，心中不由生出怜意，眼见天色渐晚，他急忙拉了王子进告辞离开，感觉宝云深情的目光，如丝如絮，恋恋不舍地黏在自己身后。

路上绯绡难免被王子进取笑一番，两人回到客栈便早早休息了。当晚，王子进正睡得酣香，却被旁边的绯绡摇醒，但见月光朦胧，他白玉般的容颜上遍布冷汗，似乎非常痛苦。

"你怎么了？"王子进从未见过他这般模样，急忙扶住他的肩膀。

"子进，子进，我受了咒了。"豆大的汗珠从他的额头上滑落，他咬着红唇，艰难地回答。

"怎么受的？要如何解开？"王子进忙手忙脚乱地帮他擦汗。

"不知道……有人要将我的元神抽走，那人甚是厉害！"绯绡艰难地说，"在这结界之中，我的力量只能使上七八分……"

"不要紧，绯绡，你那么有本事，一定会好起来的。"王子进见他脸色越来越白，心中惶恐不安。

"子进，我可能不会陪你了，我会将最后的灵力都放在这玉笛之上，你要好自为之啊……"绯绡一把将那玉笛放在王子进手中，他的手冰冷冰冷的，没有温度。

"绯绡，你不要离开我啊，要如何才能救你？"王子进急得快哭出来，早知如此，哪怕在荒郊野外迷路，也不要来这个鬼地方。

"找到那施咒之人，将法术破除便可……"绯绡漂亮的脸上已经长了毛，头上一双耳朵一晃一晃，王子进知他是要变作狐狸了。

"你放心，我一定会将那人找出来……"话还没有说完，眼前绯绡的身形突然变小，化为一只白狐，躺在了自己怀中。

白狐伸出粉嫩的小舌，舔了舔他的下颌："子进，你要辨清真假啊，有的时候越是假的便是越真，越是真的便是越假……自己的眼睛，莫要完全相信……"说罢便伏在他臂弯里，连人话都不会说了。

王子进怀抱狐狸，一个人坐在床上失声痛哭，先是沉星，现下连绯绡也离开了，只剩下自己，要怎么办才好？

怀中白狐却甚不耐烦，要挣脱他怀抱，王子进一松手，它便一溜烟地窝到床角，与寻常小兽并无分别，哪还有绯绡半分睿智的影子？

王子进望着它那雪白的皮毛，与锦缎的被子辉映，煞是好看，绯绡的一张俊脸，恍若就在眼前。

但那狡黠的绯绡、聪明的绯绡、英俊的绯绡，已是不在了，王子进痛哭流涕，双手抓着玉笛，下定决心要将施咒之人找出来，将绯绡变回人形。

窗外，夜色阑珊，偌大的都丰城，正在寂夜里沉眠，哪里有一丝线索？

六

王子进一夜未眠，眼见着窗外的天色渐渐转亮，像他这样的凡夫俗子，要找出那下咒之人，谈何容易？

回想二人昨天的经历，最有可能的便是那个叫紫阳的道士，可是那时他不是说只要绯绡不惹是生非，便不会为难吗？

等等，惹是生非？昨天那个抛绣球的娘子，便是这城中首富的女儿，莫不是那老头嫌面子过不去，跑去和那紫阳告状了？

想到这里，他匆忙去青云观找那紫阳理论。

他临走还没有忘记窝在床上的绯绡，拽着尾巴，将它拉出来抱在怀里，虽然现下它只是真正的一只狐狸了，可心里还是不舍。

那狐狸在王子进怀中手蹬脚挠地挣扎，他只好买个竹篓背着它走，暗想：绯绡啊绯绡，我千年以前背过你，哪想千年以后又是如此。这人生轮回，委实有趣。

王子进一路边问边走，一个时辰的工夫便到了青云观，那道观没有想象中大，可是香火鼎盛。

他急忙和别人一样买了香烛要去参拜，里面有几个小道士为香客引路，并没有看到紫阳的影子。

王子进急忙探头问其中一个："何时能见到你们的紫阳真人啊？"

那小道士听了好笑："真人很少面客的，尤其这几日，正忙于琐事。"

"琐事？什么琐事啊？"王子进暗暗心惊。

"还能有什么琐事，这四周魑魅魍魉无数，自是忙着捉妖拿鬼去了。"说完，便不去理他了。

捉妖拿鬼？捉妖拿鬼！莫非拿的便是绯绡？他一时呆立在庭院，不知如何是好。

王子进孤身在道观里晃悠了一天，也未见那紫阳回来，眼见暮色四合，只好去山下买只鸡喂狐狸，打算晚上再想办法。

他在道观旁边的一个小茶肆里等到太阳落山，才又背上竹篓去青云观。此时夜幕降临，月朗星稀，道观的大门已是紧闭。

只见那围墙有一人多高，他却只想着天黑，却没有进门的本领，忙去周围寻了几块砖来垫脚，好不容易抓到围墙上的瓦片，蹬了几脚，没有爬上去。

才觉那竹篓甚是碍手碍脚，心中嘀咕：绯绡也真是，每日只知道吃，现下吃得这么重，如此累赘。他只好摇摇头，除了那背篓，藏在草丛中。

这次没了负担，他总算是手脚并用地爬到墙头，王子进心中一阵高兴，但是看看脚下，心里又是凉了半截。

那围墙足有一人多高，又该如何下去？正想着，听里面的人叫道："真人回来了，快出门迎接。"

只见那房里人影交错，一阵忙乱，接着内房里跑出几个小道士，王子进慌忙中竟一脚踩空，扑通一声掉下围墙。

那几个小道士忙收住脚步，往这边望来。

王子进只好忍住疼痛，"喵……喵……"张嘴学了几声猫叫。那几个道士听了，心下释然，放心地走了，边走边笑道："这猫也忒重了，估计是供品吃得多了……"

王子进羞辱难当，忙爬了起来拍拍身上的灰尘，去寻紫阳了。

紫阳倒是很好找，走了一会儿便见一帮道士垂手立在大门两旁迎接。

他一身紫色道袍，金色道冠，意气风发地进了大门，坐在前厅喝口茶水，从袖中掏出一个白瓷的瓶子，交给旁边的小道士："把这个拿到后堂那个房间去，昨夜好辛苦才将它收了，莫要打破了。"

那小道士低头领了瓶子走了。

王子进趴在草丛中，听到这话，顿时欣喜得按捺不住自己的心跳。

昨夜？绯绡也是昨夜出的事，看来就是这紫阳所为。那瓶子中想必装的就是绯绡的魂魄，他连忙站起身，跟踪着那拿瓷瓶的小道士而去。

那小道士在走廊上七拐八拐，走到一扇门前停了下来，王子进见他开了锁进去，一会儿便出来要将锁扣上，心中暗叫不妙：那门要锁上了，自己要如何进去？

他急中生智，忙从草丛中蹿出来，捡起一块石头就砸向那道士的后脑，那小道士应声倒地。

王子进吓得浑身发抖，这是他第一次打人，见那道士只是晕了，才放心地潜进房间。

室内黑暗而狭窄，三面墙都是高高的木架，被分了无数格子，放满了五颜六色的瓷瓶。

王子进很快就找到那只白色瓷瓶，只见瓷器细腻温润，瓶口上贴了一张黄纸封印。

他见得了手，连忙转身要走。哪想黑暗中突然有人一把抓住了他的脚踝，王子进吓出一身冷汗，低头一看，却是刚刚被自己打晕的小道士醒了。

"小师父啊，你松手吧！我是来救我的朋友，无意害人啊！"

那道士却不理他，张嘴便喊："来人啊，来人啊，有人偷东西……"

王子进见状不妙，甩开他的手，发足疾奔，只见身后灯火通明，一干道士举着火把追来，他气喘吁吁地跑到围墙下面，但是围墙甚高，眼见是爬不上去，追兵却越来越近。

他忙又沿着围墙奔跑，火光明灭中可见面前出现一个上锁的小门。

眼见追兵就在身后，情急中，王子进忽然摸到腰中的玉笛，也不管三七二十一，拿起玉笛去撬锁。

说来奇怪，那玉笛一碰到门锁，门锁便应声而落，他推门发足狂奔，也不知奔了多远，直到后面的人没有再追过来，这才停了下来。

他坐在草丛中，气喘吁吁，大汗淋漓，从怀中掏出那瓷瓶，只见那瓷瓶洁白温润，似是透着一丝灵气，与绯绡的感觉极为相似。

不由心中满足，他躺在草坡上，长长地松了口气。

王子进一路拖拖拉拉回到客栈，忙关了房门，手中捧着瓷瓶，心中一阵激动。又要和绯绡见面了，虽然与他分离不过一日，但是自己便像没了依靠，甚是落寞。

绯绡见了自己会说什么呢？这次应该不会骂我笨了吧？想是会赞扬我一番吧？

心下高兴，便去开那瓷瓶，哪知那封印甚是牢固，撕了半天也没有撕开，情急之下，他取了蜡烛，将那封印点燃。

那纸符一燃尽，瓶盖便突的一声飞了起来，里面似有东西迫不及待地要出来，王子进鼻中不觉一酸，大喊一声："绯绡，你可回来了！"

哪知却听一个苍老的声音道："谁是绯绡，是与你一起的那个美貌少年吗？"

王子进听了，不由一愣，腿一软坐在地上，自己此番是救了个什么东西回来？

不觉万念俱灰，浑身无力。

七

"呆书生，你怎么了？"那声音好奇地问。

王子进呆坐在地上，耳听得那声音甚是熟悉，不由回过神来："这位可是在哪里见过？为何迟迟不现身？"

"你和你那朋友是怎么来的都忘记了吗？"

王子进这才想起来，这好像便是那个在茅屋中给二人指路的小妖。他想起过去种种，不由悲从心来，那时还是和绯绡两个人，现下却变成自己形影相吊，不禁哭出声来。

"咦，你这样一个七尺男儿，怎么动不动就哭？"他语含轻蔑道。

"绯绡变成狐狸了，现下就剩我一个人，跑去青云观，却也没有救出他……"

那声音听了，许久没有说话，过了一会儿道："你那朋友，应该不是被那紫阳设计的。"

"啊？"王子进听了不由纳闷，"此话怎讲？"

"那紫阳据说法力通天，但是前日见了却并非如此……"

王子进听了仿若坠入迷雾之中，除了紫阳，这城中还有谁有如此能耐？

那声音突然急道："不与你说了，晚上就劳烦你将我送回那茅屋吧，这天就要亮了，好生难受。"说完，便没了声息。

"喂喂喂，再多告诉我一些事情啊。"王子进拿起瓷瓶晃了又晃，见与一般瓶子无异，知他是躲进去不愿出来。

这次又是不行吗？王子进不由心下颓然，绯绡啊绯绡，我要何时才能救你出来呢？

正想着，觉得心中空落落的似乎少了什么东西，却想起自己只顾逃命，把装着绯绡的竹篓忘在那青云观外，忙一溜烟又跑到青云观去取竹篓了。

白天王子进又买了两只鸡喂了绯绡，自己在房里睡了一天，就等晚上了好将那茅屋中的妖怪送回去。

太阳刚一落山，那苍老的声音就吵了起来："快快快！我们起程吧，在这城里待着，当真难受。"

王子进被他吵醒，甚是不快地道："送你回去是没有问题，可是你要把你知道的东西全都告诉我。"

"废话少说，出了这都丰，我自会与你细说！"

王子进见他确是难受，忙将绯绡抓进竹篓里，负在肩上，跑到楼下，牵了马一阵疾驰，不过一刻钟工夫，便出了都丰城。

到了城外，那声音便甚是高兴，开始说个不停："其实我也忘了自己的名字了，你看不到我，就叫我如墨吧。"

王子进听了答道："我叫王子进。"

"我知道你叫王子进，来来往往就那么几个人，我还是记得的。"

"那么如墨，这件事你可有什么眉目？绯绡消失以前，叮嘱我一定要辨清真伪，可是我只是凡夫俗子一个，哪有本事辨清这里的真伪啊？"

"这世上真真假假，假假真真，岂是你一个人能弄得明白的？不过这三年来，倒是真的发生了一些古怪的事情。"如墨叹道。

"什么古怪的事情，快说来听听。"

"三年以前，那驿站本是妖孽丛生，噬人无数，可是后来不知何人在那里埋了个物事，那些冤鬼便都被压了下来，而都丰城的结界，也是在那之后，慢慢产生的……"

"那是什么，你知道吗？"

"自然不知，若不是我心中没有怨念，与世无争，怕是现在我也无法与你说话，只是足足成妖三年，却因了那物事，现在还是无法拥有身体。"声音中满是无奈。

想来那东西，必是极厉害的法器之类。

王子进一路走着，天色渐黑，夜色如墨，只见一个破败的茅屋呈现在夜色中，如墨见了甚是高兴，叫道："又回家了，太好了！"

"慢着，"王子进道，"可是我将你从那紫阳手中救出的？"

"是啊。"

"可是我费尽辛苦送你回家的？"

"此言不虚。"

王子进见他一一认了，又接着道："现下求你一件事，你可会帮忙？"

"耶？"如墨迟疑道，"只要不让我带你去找那物事便行……"

"嘻嘻，"王子进笑道，"你真是知我心意啊，我就是要看看那个三年前被埋在驿站中的究竟是什么。"

如墨听了，凄厉哀号："你是人，还没有什么，我可是个蜉蝣小妖，如果消失了可是万劫不复啊！"

"你只要指引我去便行，若有危险，你便逃命去吧。"

如墨听了，只好依了："往前走一里路，便是驿站了。"

王子进按他指点，纵马往前奔去，越往前走，四周越是荒凉，依稀是一座城市的模样，现下只剩下断壁残垣在黑夜中立着，如魅影幢幢。

王子进见了不禁害怕起来，那如墨叫道："这儿什么也没有，你怕个什么劲，待会儿有你怕的时候。"

王子进听了，心中更是害怕，背篓中的绯绡，似乎也感觉到了危险，不停地蹿来蹿去。

"这地方也太邪门了吧，怎的连草都比别处少？"

"不错，快到了……"

王子进这才发现周围的草都是以一个圆圈的方式逐渐减少的。

"那你快走吧，估计再往前，走到没有草的地方，就是埋那物事之处吧？"

如墨声音发颤道："我还是陪着你吧，我也想看看埋的是什么。"

王子进只好继续往前走，只见周围都是石头瓦砾，两旁几处断壁，前面竟有一处被绳子围起来。

"就是那里吗？"王子进没有发觉有什么不对，用手一指道。

"不错，就是那里。你那位俊哥儿真是该好好关照你，如此吓人的东西你竟一点也感觉不到危险……"

"嘿嘿嘿。"王子进挠了挠头，已经不是一个人这么说了，看来自己的八字确实有待商榷。

还没等两人靠近，如墨居然大喊一声："我走了！"

瓷瓶在王子进怀中竟啪的一声碎了，看来他是实在抵受不住逃走了。

王子进本来是不怕的，现下叫他这样一折腾反而害怕起来，硬着头皮纵马过去，只见前面一小圈空地，被人用绳子围起来，还贴了好多符咒。

他翻身下马，钻到绳圈里面，夜色之中，只能看清地面似乎埋过什么东西，荒芜的土地上有个圆圆的黑色痕迹。

身后的背篓里，绯绡蹿得更厉害了，王子进蹲下身去，掏出玉笛，指着那圆圈叫道："开！"

等了半晌，却没有丝毫动静。

他失望地摇了摇头，倒转了玉笛，用来掘土，只掘了两下，便碰到了一个硬硬的东西，不由大喜："这东西未免太好挖了！"

黑暗中看不清是什么，他伸手摸了一下，似乎是一个桶的边缘。

桶？桶？那日绯绡似乎也提过什么"桶井之术"？是叫这个名字吧？

王子进突然想起那日绯绡一脸凝重的神情，心下不由紧张，看来这"桶井之术"未必是什么好的法术。

正想着，却听耳边有人道："有人来了，快走！"是如墨的声音，看来他是看到什么，特意给自己报信来了。

王子进连忙将土铺平，牵着马躲到一旁偷看，他倒要看是谁，这么晚了还来这死地？

只见惨淡的月光下，一个黑影晃晃悠悠地走过来。

那人披着带风帽的斗篷，也未骑马，看不清面目。他走到那绳子做的圆圈外面，站了良久，似是有什么心事。

这下离得近了，能够看到那披风在夜色中闪着光辉，似是上好的绫罗，王子进心中不禁一惊：这都丰小城中，穿得起如此绫罗的恐怕只有张谦富一人。

可他来这里干什么？

八

只见张谦富呆呆地站在绳圈外，黑暗中看不清他的表情，似乎掏了手帕抹抹眼泪，过了一会儿，竟号啕大哭出声。

那哭声甚是凄惨，在夜空中回荡，宛如鬼嚎。

王子进躲在断壁后，本就心惊胆战，经他一哭，不由头皮发麻。张谦富哭了一会儿，便坐在地上喘涕，肥胖的身躯，在夜色中微微轻颤，甚是可怜。

王子进不由心下恻然，那日看他年纪，已逾不惑，现下又有何事让他如此伤心，跑到这荒郊野外来痛哭？

看来人生在世，任谁也逃不出悲欢离合。

正在出神，张谦富却费力地挪动着肥胖的身躯，缓缓站起来，拍了拍身上的土，慢慢地走远，王子进这才又牵马走到那绳圈前。

眼见着那黑色的圆圈，王子进心中的疑问却越来越深，那桶中到底埋的是什么东西，张谦富又为何要跑来哭？

那日绯绡的话又在耳边回荡：没有人这么傻吧？没有人？

王子进心里又是一阵发毛，人？再低头看那圆圈的大小，以那桶口来看，确是可以装下一个人。

他心中一阵害怕，忙上了马，一阵疾驰。

莫非？莫非那桶中装的不是什么厉害的法器，而是一个人？那人是死的还是活的，还是被活活地埋了？那桶中埋的又是谁？

王子进想得吓出一身冷汗，再抬眼时，又到了如墨所在的茅屋，忙对屋里喊："刚刚真是多谢了。"

如墨苍老的声音响起："那老儿是坐了马车来的，现下已经走远了，你可以安心地回去了。"

安心回去？自己又岂能安心？王子进纵马又回到了都丰城，此时天色破晓，又是新的一天开始了。

他望着那初升的太阳，不由叹息：又是一天了，已经三日了，自己还是摸不到一点头绪，反而像走入了迷宫，越往前走，越不知道出口在哪里。

白日里，王子进买鸡来喂绯绡，看着地上的白狐，心中不免难过："绯绡啊绯绡！你就不能再多帮我一些吗？现下我实在是不成了，这里有太多事情想不清楚啊。"

狐狸却只知大吃，吃完了便掉转身子不去理他。王子进见它晶莹雪白的尾巴，不由伤心至极，觉得是无能为力了。

他疲惫地爬上客栈的床，刚刚闭上眼睛，那门便发出吱呀一声轻响，缓缓而开，显是有人进来。

王子进听得真切，身体却无论如何都动不了。

只觉有人走到床头，看着自己，他努力地抬了抬眼皮，映入眼帘的是雪白的袍裾，不由心下一动：是绯绡回来了吗？

可是无法看清那人面孔，只听那人开始张口说话："子进，辛苦你了。"

声音洪亮清脆，不是绯绡是谁？

王子进听了，一时觉得伤心，好多话要对他说，但是苦于无法张口。

但听绯绡继续道："那桶井之事我也猜到一点，你一定要好好想一下，为何要将那桶埋在那里？这城中为何没有一只鬼怪？没有鬼怪有可能是有极厉害的人镇压，可是现下紫阳并无那本事，又是谁在庇护这座小城？"

王子进听他一句一句说下去，心中是一阵紧似一阵。

又听绯绡道："子进，我要走了，你一定要好好想想，辨清真假啊……"说完，绯绡一步步退了出去，又将房门轻轻带上。

他这一走，王子进倒是能动了，一下从床上爬起来，再看周围，哪有半分人影，原是南柯一梦。

他抹了抹头上的汗，这才发现，手里拿着那支绯绡留给自己的玉笛。

绯绡，是你来过吗？你的灵魂，附在这玉笛上，特意来告诉我这些吗？

窗外已是黄昏，云霞流光。今夜，就要去张谦富家一探究竟，不知是会水落石出，还是会陷入更深的迷雾？

九

当晚夜色深沉，王子进又背着绯绡出发了。

张谦富的家倒很好找，在城中最繁华的地带，大门外挂着两只大大的灯笼，华丽而气派。

这次王子进学乖了，并不从大门进去，顺着高墙，摸到后面的小门，抽出那玉笛，轻敲了一下门锁，那门锁便应声开了。

他心想：果然是绯绡的东西，别的不行，这种偷鸡摸狗的事情就能派上用场。

王子进推门进去，只见后院是一个很大的花园，旁边有一栋两层的房子，看来便是用人住的地方了，他踩着草蹑手蹑脚地潜了进去。

他顺着回廊不知走了多久，还是没有发现像是主房的地方，自己的腰倒是酸了，不由暗骂：那张老儿也太爱摆阔，没事将这房子盖得如此之大干吗？

正在气愤，前面出现一排灯火，却是一个很大的厅堂，两旁一排的房屋，屋外都挂着灯笼。

王子进见了，心下高兴，忙贴着墙根悄悄过去。他挨门看去，那些屋子里的人大都已经就寝，没有几扇窗户亮着烛火。

前面正有一个房间，装点得很是美轮美奂，他就悄悄摸到窗根下，偷偷看向室内。

只见屋子里一个女孩，穿着淡粉色绣花衣裙，正一人在抚琴唱曲，看那模样，便是张谦富的宝贝女儿宝云了。

"青青子衿，悠悠我心。纵我不往，子宁不嗣音？青青子佩，悠悠我思。纵我不往，子宁不来？"

声音如泣如诉，百转千回，甚是好听，仿佛在倾诉着得不到心上人眷顾的苦恼。

这隐忍的爱意令王子进心酸，脑海中又浮现出沉星曼妙的身影。或许世间的情爱皆是如此，让我们彻夜难眠的，永远是那个不在身边的人。

窥探少女的心事，终究有些无礼。王子进扭头要走，却发现宝云面前的墙上竟挂了一幅画，那画中人长身玉立，白衣胜雪，一张兼具男性英俊与女性柔美的面孔，令人见之难忘，正是绯绡！

王子进看着画像，眼眶不由湿润起来，他想念极了绯绡，也终于明白那宝云姑娘思慕的是谁。

"斯人如玉隔云端……"宝云一曲奏毕，轻叹一声，言语中极尽哀怨。王子进跟着难过，斯人如玉，哪里是隔了云端？怕是隔了生死，人鬼殊途，再也见不到了。

他忙快步走了，怕再看下去自己便要哭出声来。

前面还有几个房间有光，住着张谦富的家眷，并没有什么异状。再里面的大屋，便是张谦富的房间，那老儿正在挑灯夜战，手边的账本堆得一人多高，旁边一个管家，在垂手伺候着。

王子进不由暗自好笑，这对父女，实是有趣得紧，一个是钱虫，一个是情痴，大相径庭，又如此相似。

他转了一圈也未见有何异常，不免失望，眼见厅堂里灯火通明，不是久留之地，他心中又有一些不舍，想再去看看绯绡的画像，哪怕一眼也好。

他只好又悄悄地折返，趴到宝云的窗子底下，继续偷看。这一看竟将他吓了一跳，那画中的绯绡，居然换了个姿势站立。

王子进不由呆了，这事大大的不妙，可是又想不通为什么，这个赢赢弱弱、永远长不大的宝云，究竟藏着怎样的秘密？

只听宝云对着画幽幽地说："胡公子，你可有一丝思念宝云？"

画中人颔首微笑，竟是会动。

不对，从那日接绣球起便处处透着古怪，绣球明明是要落入自己怀中的，绯绡也不会弄错，哪想却拐了弯，难道就是这宝云所为？

现下画里的人却会动，自己背篓中的绯绡却变作狐狸，难道？绯绡的灵魂被关在那画中？

看来要救绯绡，就要先拿到画！

他又打量着弱小的宝云，估计自己一个人就能将她制伏，便鼓起勇气，一把就推开了宝云的房门。

宝云听有人进来，不由一惊，见是王子进，便笑着问道："公子怎么这么晚来此？"

王子进见她并不害怕，点了下头道："我是来接我的朋友的。"

"哪里的朋友？"宝云并不承认，小脸上仍挂着虚伪的笑。

"姑娘也不必知道，只要将那画给我便是。"

宝云听了，脸色一变，眼中寒光闪烁："这画是我画的，你凭什么拿走？"

"就凭你擅取别人魂魄……"

一句话还没有说完，宝云长臂一展，抓向他的面门。王子进没有想到她会突然发难，情急之中拿玉笛一挡，玉笛竟然呼地变成了一把长刀，刀刃是鲜红的血色。

两人俱是一惊，王子进不由欢喜，看来绯绡的东西不仅是做撬门之用，原来还有这般用法。

"你到底是什么人，干吗要坏我好事？"宝云带着哭腔，"我是很仰慕胡公子的，才会这样……"

王子进见她可怜，却也管不了那么多，举着刀就要冲过去拿画，可是刚跑了几步，突然觉得脚下一软，一头栽倒在地，回头一看，宝云冷冷的目光正在注视着自己。

那目光如丝、如絮、如棉、如雾，一圈一圈地缠绕着自己，将精气从身体中抽离。

王子进不由冷汗直冒，仿佛坠入冰天雪地，想不到这瘦弱的女孩如此厉害，不过一个眼神，便要夺走自己的魂魄。

绯绡的笑靥近在眼前，他却手足麻痹，再也无法接近，只觉意识渐渐模糊，魂魄正如花飞雪，缓缓飘离，眼前越来越不清楚。

绯绡，好像在笑啊？

我如此难过，你还笑得出来？

突然耳边响起绯绡的叮嘱：子进，子进你要辨清真假啊……越是真的东西，有时越是假的！

王子进想到这里，大喝一声，把心一横，用尽最后的力气举起长刀，将那画劈成两半。

这一劈下去，宝云立刻惊呆了，似是没想到他会如此决绝。只见在飞扬的残画中，一张符纸飘飘扬扬地掉落而出。

王子进心花怒放，突然觉得背上一沉，压得他一头趴在地上，想必是那宝云又使了什么邪法。

他不由暗叫：此命休矣！

哪知他正引颈等死，有人一把夺下了他手中的长刀，还欣喜地叫道："子进，你没事吧？"

他连忙回头，只见绯绡一身白衣，正蹲坐在自己身上，头上顶着一个竹篓，甚是滑稽，刚刚便是他将自己压倒在地。

"绯绡，绯绡，你可回来了！"王子进欣喜莫名，"你这般坐在我身上，怎会没事？"

"不说了，我们快走。"绯绡拉着王子进便走。

宝云见到绯绡，立刻像一个做错了事的孩子，绞着衣带赔礼道歉："胡公子，你不会怪我吧？"

王子进只觉她很是可怜，哪想绯绡突然拉了他一把："子进，别看她眼睛。"说罢他英气勃发，手上长刀一挥，骤然将门劈成两半，拽着王子进便冲出房间。

那门外明明该是那张谦富家的庭院，竟变成了一片苍茫旷野，王子进惊讶地环顾四周，只觉眼前一个茅屋很是熟悉，正是如墨寄居的那间，不由脱口而出："这就是那驿站！"

"不错！"只听绯绡朗声道，"我们这就去看看那桶井之术的把戏！"

十

"绯绡，绯绡，你总算是回来了……"王子进带着哭腔，"这几日，可急死我了，一个人什么都做不成。"

绯绡见他是真的关心自己，笑笑说："是我自己太不小心，才会中了别人的圈套，你一个凡人，能将我从画中找出来，已是不易。"

"绯绡，现下我们该怎么办？"王子进虽然找回绯绡的魂魄，可是这事实在蹊跷，一直都摸不到头绪。

绯绡笑道："很快就会知道了，那个宝云，的确不是一般的厉害，倒不知她是什么来头。"说罢，便和王子进一起往前走去，空荡荡的旷野上，没有半个人影，飘浮着一股死亡的气息。

两人路过茅屋，王子进想起如墨，忙得意扬扬地喊道："如墨，如墨！你看到了吗？我把绯绡找回来了。"

哪想屋里竟没有半点声息，一扇木门半掩，黑洞洞的一片，不似有人。

"奇怪，他跑到哪里去了？莫不是又被捉了去？"王子进不由挠头。

绯绡看了看那茅屋："他已经走了，怕是感觉到危险，自己先躲到了安全的地方。"

"危险？什么危险？"王子进纳闷地问，自己也到过这里，没有发生半点事情，又哪里来的危险？

"我们快走吧，此地妖气冲天，不宜久留。"绯绡白衣翩翩，宛如飞鸟，快步走在前面。

妖气？那是什么味道？王子进好奇地嗅了嗅周围，只闻到清冽的干草气息，没有一丝异味。

绯绡回头对他道："子进，这城中的古怪你可想清楚了？"

"古怪？最大的古怪便是这小城如此接近那驿站，却没有一只妖怪。"

"不错，现下看来这并非紫阳所为，你可知是为什么？"

王子进听他这样说，背后不由发凉，其中似乎暗藏玄机。再看看夜色中的断壁残垣，破败而狰狞，不由得咽了口口水，说不出话来。

只听绯绡继续说："如果一片树林里没有一只猎物，可能会有一个极好的猎人，还有就是……"

"还有就是有一只最凶猛的猛兽！"王子进接道，手上暗自发抖。

难道这城里有一只极厉害的妖怪，将那些孤鬼野鬼都压了下去？那鬼怪又在哪里？

话音刚落，王子进就觉得有人拉他的脚踝，低头一看，竟是一只半截的断手。

"啊啊啊啊！"他吓得连连惨叫，忙要叫绯绡帮忙，见竟又有一人站在自己和绯绡之间，衣衫破碎，竟没有头颅。

"绯绡，绯绡，这是怎么了？"王子进吓得瘫倒在地，这才发现偌大的旷野上，竟有好多魑魅魍魉一点点显现出来，有的是从地下爬出来，有的是从墙后走出来，都是肢体不全，一看便全是妖孽，竟有数百之多，慢慢向他们靠拢。

"子进，莫要害怕，是那怪物发现我们在这里了，只是弄了一些小喽啰来阻止咱们。"绯绡说着抬脚踢飞了桎梏着王子进的断手。

"你……你管他们叫小喽啰？"王子进指着周围那百余名妖怪，这阵势如此之大，怎么看也不小。

"嘻嘻，"绯绡笑道，"有我在，它们就是小喽啰。"

王子进没心情听他吹牛，忙道："你有什么办法就快点使出来吧。"

绯绡朝他伸出手："子进，快把火折点燃，我不想乱费力气。"

王子进忙哆哆嗦嗦地摸火折，又有一个断了脚的艳女匍匐着来拽他的衣角，他连忙一下甩脱了她。

浑身颤抖着试了几次，总算是将火折打着。

绯绡将长刀挥舞成一弯弦月，对准王子进手中那跳跃的火砍去。王子进只觉肃杀罡风扑面，接着热浪滚滚而起，灼得他睁不开眼睛。

只见那火折的火腾的一下蹿起，化为一条巨大火龙，足有两丈来长，以迅雷不及掩耳之势咆哮而出。

王子进哪见过这场面，既惊惧又激动。只见那火龙蜿蜒十几丈，眨眼工夫便将旷野上的妖怪烧得精光，鬼哭狼嚎之声不绝于耳。

而他手中的火折，依旧跳跃着拳头大小的火光。

"这是怎么回事？"王子进望着那些在火中打滚的妖怪道，"它们也太可怜了。"

绯绡一口吹灭了火折："没什么可怜不可怜，它们不会就此消失，吃痛走了而已。"

过了片刻，火势渐熄，荒园上的枯草丝毫没有被烧焦的迹象，只有一条焦黑的痕迹，足有一丈宽，像是一条巨蟒，蜿蜒向前。

"子进，我们走吧。"绯绡整了整衣襟，沿着黑痕向前走去。两人走了一炷香的工夫，终于来到了蟒首的位置。

王子进见了不由一惊，因为尽头竟是他昨晚来过的埋桶之地。绳圈像是纤细的手臂般守卫着桶，写着符咒的黄纸在夜风中飘摇，发出哗哗的诡异轻响。

"接下来该怎么办？"王子进不敢再走，只等绯绡的动作。

"还能怎么办？自是将那桶打开，看看里面有什么。"绯绡说着，已经弯腰钻到绳圈里面。

王子进也只好跟上他，看着地面上焦黑的土地，颤抖着问："这里面不会有好的东西吧？"

"能有好的东西才怪。"绯绡说罢，就动手挖起土来。

王子进见了，急忙也找块木片帮他，桶埋得甚浅，两人只挖了几下便露出了桶盖。

借着朦胧的月光，可见那是一只上好的楠木桶，桶盖上的箍圈严丝合缝，王子进忙用袖子将浮土扫去，这才发现上面竟贴着一张符咒的封条。

那只巨大的桶，默默地在黑色的焦土里狰狞着，散发着死亡的气息。

"绯绡，我们还是不要打开这只桶了，我怕……"王子进小声道。

"你怕什么？"绯绡扬眉问他。

"我怕里面埋的是一具尸体。"他的声音越来越小，生怕大声会将自己吓着。

绯绡领首微笑："你和我想的一样，这里恐怕是埋了一个人！"

"那我们还是不要开了。"王子进几乎要吓得瘫软在地。

"不行，不开这桶，便不会知道真相。"绯绡挥手舞起长刀，去砍那桶盖，"一切秘密，都在这桶里。"

十一

那桶盖的封条遇到利刃，竟迸发出一道刺眼的白光，晃得王子进睁不开眼睛。

再睁眼时，只见桶盖已经破了一个大洞，封条仿佛被火烧焦了一般，冒着缕缕白烟。

王子进胆战心惊地向桶里看去，只见里面一层一层铺满了黄色纸符，宛如秋天的落叶般华美绚丽，只是一股腐败的味道直冲鼻翼，让人无法忍受。

"这股味道也太难闻了一点……"王子进拿手掩住鼻子。

"等一会儿散了就好了。"绯绡凝神端详着桶内。

过了一会儿，他衣袖招展，将黄纸一片片拿开，转眼焦黑的土地上便铺满了符咒，真如落叶翩翩，零落了一地。

符纸被捡光，露出一副淡紫色的绫罗衣袖，上面绣满了牡丹，精致华美。王子进拿了一根树枝挑起那副衣袖，衣袖竟一丝一缕地破败了。

"你说这里埋的是谁？"王子进问道，这上好的绸缎已经让他想起一个人，那个半夜披了绸缎的披风来这里痛哭的人。

绯绡却并不答话，将上面盖着的那件华服一把抓起来，只见一具尸骨穿着极为华美的衣服蜷缩在里面。那尸骨已经看不清眉目，看那衣服和身形，依稀是个十三四岁女孩的尸体。

虽然早有准备，王子进还是被吓了一跳，一下坐在地上："这……这是谁？"

"你看这像谁？"绯绡问道。

王子进忙壮胆探头看去，那身形，那姿态，像极了一个人，不由脱口而出："宝云！"

"不错！就是我！"他话音刚落，身后便响起娇脆的呼声。

王子进吓得打了个哆嗦，只见宝云正站在他们身后，小小的身影，在夜色中看来竟有些飘忽不定。

"你可来了，我等你好久了。"绯绡扬起俊美的面庞，轻轻地说。

宝云一见到他，目光就变得凄婉迷离："胡公子，你的魂魄在我身边也有数日，怎么就是不能体会我的苦处？"

绯绡摇了摇："你这般下去不是办法，要到何时才是尽头？"

王子进听了他们的话，更是丈二和尚摸不到头脑，忙拉了拉绯绡的衣袖："这是怎么回事？"

绯绡看了看宝云道："这桶井之术便是制造一个强大妖怪的法术，将人活活地埋在一处怨气极深的地方，下了咒语，待那人满含恨意地死去，便是一个人为的妖怪了。"

王子进听得发冷，看了看那桶中的尸体，死时确是十分痛苦的模样，不由心中一寒，这女孩对自己竟也如此狠毒。

"胡公子，我庇佑这城，又有什么错吗？干吗总是几次三番和我过不去？"

"姑娘，你也别要留恋了，赶快超升走了吧。"王子进见她可怜，连忙插口道。

"超升？"宝云抬眼看了看天，苦笑着说，"你没有看到那么多的符咒吗？那便是不让我超升的，超升，谈何容易？"

话刚说完，她扑向王子进，一只手突然暴长就要去抓他面门。

王子进毫无防备，只见一只青色的鳞爪直冲自己而来，不由吓得呆立原地，不知如何是好。

"干什么？"绯绡凤眼含威，怒喝一声，随即长刀挥手而出，那手当的一声，抓到刀面之上，又缩了回去。

绯绡连忙将王子进推到一边，板着脸道："我们是来助你脱离这困境的，你怎的如此凶狠？那下咒之人是谁？"

宝云却不理他："要是我走了，这城又该如何？"两只手长满青色鳞片，再次向绯绡袭去。

王子进见他们二人一会儿便斗在一起，不由捏了把汗。他正看得出神，颈上突然一凉，却是一把钢刀架在自己脖子上。

王子进心中一惊，急忙回头一看，只见拿刀的是个身穿紫色道袍，英气勃发的道士，居然是青云观的道长紫阳。

"那位狐妖，莫要斗了，现下你的朋友已在我手中。"紫阳一把揪住王子进的衣领，将刀刃贴在他脖颈的血管上。

"紫阳，你不是捉妖拿鬼的吗？怎会放了这样大的妖孽在旁边不理？"王子进一边叫一边挣扎。

哪知话音刚落，自己的脸上就挨了一巴掌，火辣辣地疼。

只见不知从何处冲出了一个身材肥胖、身穿锦袍的中年人，竟然是小城的首富张谦富。

他原本就冒着红光的肥腻的脸，此时因愤怒变得越发涨红，结结巴巴地说："谁……谁说我女儿是妖怪？她分明只是个孩子而已……"话未说完，眼泪已顺着皱纹的沟壑流淌而下。

王子进见他如此哀伤，安慰的话也卡在喉间，无法出口，只觉一头雾水，不知他怎么竟和紫阳结成同伙？

绯绡见王子进遇险，忙收起长刀，白衣随风飞舞，如夜昙初绽般站在风中，美不胜收。

"宝云，快将那妖孽杀了！"紫阳连忙嚷道。

但宝云并不理他，漆黑的大眼中满含深情，痴痴地望着绯绡潇洒俊逸的身影，眼中满含悲哀与不舍，便是瞎子都能看出她喜欢这白衣的美少年到了极致。

"宝云，你怎么这么傻，你自己是什么都不知道吗？"紫阳见状急得连连跺脚。

宝云却对他愤怒的叫喊充耳不闻，仿佛这苍穹天地都化为一片虚无，她的世界中，只有绯绡一人。

几人陷入僵持，王子进突觉脚下一软，只见坚硬的地面竟变成沼泽。转眼他的双膝就陷入了烂泥中，他吓得急忙拼命挣扎，哪知竟越陷越深。

紫阳也受惊不小，连忙跟他一起挣扎。哪知烂泥中居然又长出藤蔓，越长越快，转眼便将二人紧紧缚住，紫阳挥刀拼命砍了几下，却无济于事，转眼便被拖入沼泽深处。

泥水漫延到了王子进胸口，而他身后的紫阳已经陷至没顶，他正吓得失魂落魄，耳边却响起绯绡的声音："子进，子进，这只是幻术，保持心中空明，趁现在快逃吧，我也不知能拖他到何时。"

王子进连忙镇定心神，再睁眼一看，哪有什么沼泽藤蔓，只有站在他旁边的紫阳面色痛苦，正费力地呼吸，仿佛真的被沼泽淹没了。

王子进急忙将他一把推开，拔腿便逃。

紫阳被他一推，立刻回过神来，见王子进逃了，不由气急，指着绯绡骂道："你这死狐狸，还不快快受死？"

"嘻嘻……"绯绡见计谋得逞，调皮地朝他吐了吐舌头，"你又能把我怎样？"

"怎样？你说呢？"紫阳英俊的面容变得阴狠，微笑着从道袍中拿了一个纸人出来，双眼紧闭，口中念念有词。

绯绡歪着头看他，不知他在耍什么花招，站在他对面的宝云却突然哇的一声哭了出来，痛苦地哀号："不要，不要，我不要在他面前变成这个样子……"她边说双手还不停地抓着自己的身体。

张谦富见了，急忙关切地跑过去："宝云，宝云？你这是怎么了？"

宝云却一挥手就将他推在一边，再抬脸时，只见那张清秀的脸竟已变得血肉模糊，令人一见之下，触目惊心。

"很怕人吧？这就是我死时的样子，那桶里好闷啊，无法喘气，便将自己抓成了这个模样……"宝云说着，眼泪顺着皮开肉绽的脸流了下来。

紫阳恶狠狠道："赶快将他杀了！"说罢又动了一下手中的纸人。

而随着那纸人的动作，宝云突的一声跳到半空，跃过王子进的头顶，伸手朝绯绡抓去。

王子进只觉天空中掉下几滴血雨，不知是她的眼泪还是鲜血，不由黯然神伤。

这泪，是为谁而掬，是为她自己？抑或是她可怜的爱情？

十二

绯绡见她来势汹汹，急忙闪身躲过，宝云的利爪噗的一声抓在了地上，深达半尺。

"宝云，你不听我的话了吗？"紫阳见她未使尽全力，恶狠狠地道。

宝云满脸都是泪水，甚是可怜的样子，手却未曾停下："胡公子，你快走吧，我要是使出全部力气，你不是我的对手。"

绯绡的身子甚是轻巧，辗转腾挪，边躲边道："宝云，那紫阳便是下咒之人吗？"

宝云却并不答话，一张脸上血肉模糊，只有眼睛美丽清澈，看不清什么表情，眼泪却不断婆娑而下，混着血水，滴在绸缎衣衫上，宛如红梅初绽。

王子进见她这可怜的样子，再也看不过去，一把捡起地上的钢刀冲向紫阳："你这狠心的道士，赶快受死吧！"

手腕一翻，手起刀落，便朝他的胳膊上砍去。

紫阳却不惧刀锋，嘴角牵出一丝微笑："你这笨蛋书生，刚刚被你逃了，现在又自己跑来送死。"

他闪身躲过刀锋，回手一掌击中了王子进的手腕。

王子进手中钢刀拿捏不住，脱手而飞，还没有明白怎么回事，后脑又被人用手肘打了一下，这一下打得他眼冒金星，趴在地上，再也爬不起来。

紫阳冷笑着抬脚踏在他胸口上，王子进只觉胸口似有大石压着，喘不过气来，本以为这紫阳很好对付，哪想竟是这样厉害。

只见紫阳居高临下地看着自己，英俊中透着残忍："你知道吗？呆子，我这脚上的力多使几分，你便会肋骨碎裂而死。"他冷笑着说，"可是我不让你死，我要让你看着那狐狸被活生生杀了再踩死你！哪怕是一只臭虫，我也要让它在最痛苦的时候死去！"

"你有毛病，哪有你这样狠毒的道士，简直就是……"王子进刚骂了两句，便觉踏在自己身上的那只脚力量骤增，一口气上不来，差点晕死过去。

而绯绡被宝云死死缠住，却是无暇再去救他，只是两人一进一退，一守一攻，在夜色中曼妙起落，恍如舞蹈般好看，只见两人都是处处手下留情。

紫阳见了，气急败坏地说："宝云！你还真的以为他会喜欢你吗？你看看你的样子，谁会喜欢你？"

宝云听了，哭得更加伤心："我知道他不会喜欢我，只是我喜欢他还不行吗？"

绯绡听了忙停手道："宝云，你别这样，等此事了结，我便带你和子进一起走。"

"此话当真？"宝云听了很是欢喜，皮开肉绽的脸上，显出小女儿的娇态。

紫阳见她心软，急忙叫道："他怎会带你走？你的身躯还埋在桶里，你又怎能和他走？他是在骗你！"

宝云慌忙问："他说的可是真的？你是在骗我？"

绯绡不知如何回答，支吾道："我会想办法带你走的……"

宝云愣了一会儿，向着天空苦笑起来："你们个个都在骗我！父亲说让我去当圣女，却让我变成了妖怪，我当时才十三岁啊，便被活埋在了桶中。什么幸福和快乐都不知道，就失去了生命，现下你也来骗我，你们都在骗我！"

紫阳见她生气，很是高兴："宝云，我不会骗你，何时都不会遗弃你，我现下做的一切，都是为你好……"

他说罢双掌合十，将纸人放在手心当中，念念有词地再次催动咒语。

王子进心急如焚，却根本使不上什么力气。

过了一会儿，紫阳猛地睁开了双瞳，阴狠低沉地说："宝云，快恨吧！你越是憎恨，力量就会变得越大。"

只听宝云突然哀号一声："胡公子，你快走吧，便是你如何对我，我也不能杀你。"

绯绡却站着不动："宝云，我要陪着你，不论你怎样，我都会陪在你身边。"

宝云听了，脸上牵出一丝幸福的笑容："此话当真？可是晚了，宝云不再是宝云了，你快快逃吧……"说罢，这小小少女便低着头，悄无声息。

王子进不由纳闷，不知她葫芦里卖的是什么药，但是四野里突然响起了哀号声，一阵强似一阵，一种不祥的预感涌上他的心头。

只见不知哪里凭空冒出许多妖怪，围在宝云周围，宝云抬起头，眼中精光闪烁，指着绯绡恶狠狠地道："吃了他！"

那狠毒凶恶的模样，与方才相比简直像是换了个人。

几十余名怪物听了指令，都朝绯绡冲了过去，张着大嘴，口涎直流，似要在他身上咬下一块肉来。

绯绡并不躲避，长刀一挥，便砍倒了一排。

可是那些怪物却并不害怕，前仆后继地冲上去，一拨倒下，又有一拨接上来。绯绡连着砍了几刀都不能完全驱散，而这些恐怖的妖怪却只见多，一点都不见少。

绯绡跟妖怪们斗得正酣，突觉头顶一黑，月光被人挡住，只见宝云正被几名生翼的怪物托着，悄无声息地飞到自己头顶。

他心下不由一惊，却见宝云大叫一声："受死吧！"

一只生满鳞片的青爪直抓向他的头顶，绯绡忙伸刀一格，胸前却露出缝隙。宝云见状嘴角牵了一丝笑意出来，下面的冤鬼见有机可乘，都张着大嘴扑了过来。

"哪里有那么容易？"绯绡说着，纵身一跃，一刀便砍向宝云脖颈，宝云吃了一惊，躲避不及，竟被他砍中胳膊。

王子进见绯绡占了上风，不由高兴，哪知情势突变，只见绯绡脸色一僵，长刀竟然砍在她的胳膊里拔不出来。

绯绡见了，不由一惊："绞粘咒！"

他慌忙看向紫阳，果见他在那边念念有词。

宝云见他受制，另一只手便朝他胸口抓去，绯绡脚下无处着力，这一下眼看是躲不开了，忙一闪身，让开了要害部位。

那爪生生地抓到了他的左肩，透肩而过。

王子进急得拼命挣扎，眼见绯绡刹那间便被血染红，知他是受了重伤。哪知绯绡抓着宝云的手，眼中却闪烁出狡黠的笑意。

宝云小脸绷紧，只觉得自己的手像是被岩石夹住，半分动弹不得。正惊惶间，只听绯绡笑吟吟道："这绞粘咒，比起你的如何？"

他话音刚落，砍在宝云手臂上的刀竟呼的一声凭空消失，宝云和紫阳俱是一僵，不知他在玩什么花样。

接着只见夜色中红光一闪，宝云夹在绯绡身体里的胳膊竟活生生地被砍了下来。

绯绡的那把刀，不知何时又出现在他的左手上。

两人都受了重伤，同时掉落在地，宝云身后的妖怪们也跟着消失，估计是她无力驾驭这些喽啰了。

紫阳见状不妙，拼命喊道："宝云，还不快趁此将他杀了。"

宝云却昂着小脸，朝绯绡一点一点地爬了过去，伸出仅存的一只手，慢慢地抚上了绯绡的伤口："胡公子，这是宝云伤的吗？对不起……"

她哭得伤心难过，似是恢复了神志。

王子进见她肢体已残，却仍惦记着绯绡，不由被她感动。这小小女孩，一番爱意似波涛洪水，要将周围的人都淹没了才行。

紫阳又气急败坏地道："宝云，你这是干吗？你只是一只冤鬼而已，还奢望些什么？"

然而他话音刚落，只觉胸口一凉，还来不及感觉到疼痛，便见一柄钢刀透胸而过，那刀尖上淋淋漓漓地滴着鲜血。

血滴到了王子进的脸上，尚余温热的气息，令他目瞪口呆。

只见张谦富正站在紫阳身后，他手持钢刀，穿透了紫阳的心口。中年富商老泪纵横，痛哭流涕道："不许……不许任何人说我的女儿是鬼！她不是鬼，是我的女儿啊！"

紫阳似是不敢相信这个事实，捂着胸口，瞪大眼珠，慢慢地倒了下去，血水将地面染成了一摊浓腥的鲜红。

十三

这变故太过突然，所有人都惊诧不已。王子进翻身从地上爬起来，一把夺走紫阳手中的纸人，跑到了绯绡身边。

只见绯绡面白如纸，左肩被贯穿了一个大洞，黑发被冷汗浸湿，黏在前额，更显得他清俊可怜。

王子进急忙撕下衣袖，帮他裹住伤口，无奈血水竟如泉涌，一会儿半副衣袖便湿透了。

"绯绡，绯绡你不要死啊！"王子进哭道。

绯绡抬起一只满是鲜血的手摸了摸王子进的头，怜惜地望着他："呆子，我不会就这样死了的，我若死了，谁来保护你啊？"

"胡公子，你很疼吗？都是宝云害的……"宝云见状，捂着脸嘤嘤哭泣。

"不关你的事，我还砍掉你的一只胳膊，你不恨我吧？"绯绡咳嗽着坐起身，血水已染红了他半边白衫。

"不恨，宝云本就是妖怪，并无实体，少了胳膊也没有什么……"

"那就好，现下紫阳已死，我想个办法将你的魂魄带走。"他一边说，一边艰难地将宝云的断手拉出来，掷在地上。

王子进连忙去帮他包扎，血总算渐渐止住了。

宝云立刻欣喜若狂地看向张谦富："爹，我同胡公子走了，你可答应？"

张谦富瘫坐在紫阳旁边，已经吓呆了，听她这样一喊，才回过神来。

只见自己的小女儿断了一只胳膊，长发散落，脸上全是狰狞的抓痕，如此可怜，却又笑得幸福喜乐。

张谦富看着，泪水又模糊了双眼，忙点头道："走吧，不要挂念爹了，爹对不起你……"说罢，又哭了起来，"都是爹不好，财迷心窍，被这妖道所骗，哪知却断送了你一生的幸福……"

"这是怎么回事？"王子进好奇地问。

张谦富一把扔下钢刀，抱头痛哭起来，声音甚是凄惨。

他哭了一会儿，才娓娓道来："三年前，这里突发祸事，几个月之间便变成一座妖城，我的生意也越来越惨淡。可是我已经老了，再也不想像以前一样背井离乡地奔波。"

他指着紫阳，愤怒地说："这妖道便跑来找我，说有办法让我的生意兴隆，但要我帮他盖一座道观。"

"你便答应他了？"王子进眼见事实如此，但又无论如何也不相信亲爹会把女儿活活杀死。

"他骗我，说是会为我造一个圣女，我便让宝云跟他去了。哪知宝云这一去便没有回来，倒是那道士留在我这里的一只木刻的小人，慢慢地长出皮肉，变成了宝云的样子。我开始也是十分欢喜，可是她却不会长大，长了两年还是一副小女孩的模样。"张谦富痛哭流涕地回忆着往事，甚是凄苦。

"直到有一天，那晚夜黑风高，甚是吓人……"他说着，目光出神，仿佛又回到那个黑夜，"我来到这里找事情的究竟，可是我找到了什么啊……"他边说着，肥胖的身体摇摇晃晃地站了起来，向埋桶的所在走去，"我找到的是已经死了两年的，宝云的尸体……"

王子进见他的模样可怖，不敢再问，急忙跑回了绯绡身边。

宝云却悠悠笑道："爹，我从未恨过你，那日紫阳拉着我的手，说要带我去找死去的母亲，我便知道自己不会再活着回来了！我自愿钻到那个桶里，是为了能见母亲一面，是为了能让你重拾雄心，这一切，都不关别人的事……"

"你说这事可怎么办？"眼见这对父女好像都伤心欲绝，王子进小声问绯绡。

"我言而有信，自是要想法将她带走……"

话还没有说完，只听冷风中一个声音幽幽地说："将她带走，却又谈何容易？"

王子进听了吓了一跳，回头一看，却是紫阳尚未死透，居然再次从地上爬了起来。

"你这妖道，怎么还没有死？"王子进气急败坏地大骂。

紫阳却仰天长笑，笑声隐含苦涩："没错，我是妖道啊！可是没有我这个妖道，那都丰城又怎会有今天？"

"你这是什么意思？"绯绡冷哼着说，"以为我破不了你那邪门的法术？"

紫阳却幸灾乐祸地看着他："那桶井之术好破，只要我死了，法术也就没有什么效力了，可是之后呢？"

"之后又怎样？"王子进问道。

紫阳笑着干咳起来，吐出两口血沫："你说会怎样？这城中，就会冤鬼横行……哈哈，冤鬼横行……"

他说完这几句话，身体便缓缓地倒下，双目圆睁，再无气息，这次是彻底死了。只见他满头青丝变成了白发，英俊的脸上皱纹横生，竟成了个八旬有余的老人。

"这……这是怎么回事？"王子进问道。

"道家追求长生不老者为多，看他这样子，也是将自己的法力都用来驻颜了。"绯绡惋惜地看了紫阳一眼，连连摇头，"便是永葆青春又能怎样？到头来不过是枯骨一堆……"

"那他方才说的话可是真的了？"

"我们且行且看，先试试再说。"他走过去扶起宝云，柔声道，"宝云，我们先带你回家，以后的事我来想办法。"

哪知宝云却捂着脸哽咽起来："胡公子，方才的话我都听到了，宝云无法和你一同走了。"

"莫要听那紫阳的话，我会帮你想办法。"

"胡公子，我已经化妖许多年，如果有别的办法，早就不会再被他所制。"宝云笑中带泪，凄婉地摇了摇头，"胡公子待我如此，我已再无遗憾。"

"那你要作何打算？"绯绡问道。

宝云却是不答话，走到那埋葬了自己的桶旁，桶里有一个小女孩的尸体，已风化为枯骨。

"这是我吗？一直没有勇气看一眼，原来竟变得这般丑陋……"

王子进望着她纤细消瘦的身影，也不由心伤，忙道："别看了，看一眼，便平添一份伤心，和我们一起走吧。"

"走？"宝云回头看着绯绡和王子进，微笑着说，"是到了该走的时候，只是，无法和二位同行了。"

"你不是很喜欢绯绡吗？干吗不随我们同去？"王子进看到她温柔慈悲的笑容，又想起了沉星，当时她跟自己作别时，也是一样的表情。

"王公子，宝云要去一个很远的地方，若是有缘，来世还能相见。我只希望爹能平安地活下去，其他的都没什么。"

"宝云，你要做什么？"绯绡急切地问，"难道是要舍弃妖力？"

"不，我要用自己所有的力量，将这些可怜的被自己的恨意羁绊的妖怪全部送走。"

宝云昂起小脸，坚定地笑了，"他们跟我一样，怀着恨意死去，才成妖成魔。我不能将他们丢在旷野中继续哭泣，而这世上，只有我才能做到这一点。"

"你当真要这样？"王子进鼻中不由一酸，这小小少女，境遇如此凄惨，竟还有悲天悯人之心，令人感动至极。

"胡公子，可以让我再拉一下你的手吗？"宝云转过身，走到绯绡面前，满含爱慕地望着他。

绯绡伸出手，递到了她的面前，宝云用仅有的手臂握住他的玉手，放在脸颊旁，十分幸福地笑了。

"那日你站在楼下，我真的好欣喜，便让绣球飞到你的怀中。可是你偏偏不要我，我无法压抑住相思，便偷偷夺走了你的魂魄，你不会怪我吧？"

"不怪……"绯绡只觉自己手上一凉，是她的泪水滴落在了手背上。

"现下我又将你伤成这样，你不怪我吧？"宝云抬起头，满含爱意地望着他，像是恨不得将他装在眼中带走。

"不怪……"绯绡摇了摇头。

他虽身受重伤，却无损飘逸俊美，整个人似在寂夜中散发着淡淡光华。宝云看着这个如玉的美少年，记忆似乎又飘到了几日前的那个午后。

秋阳绚丽，彩绸飘飞，她站在高楼上，看到了他仰望的目光，一瞬便是永恒，那是她一生中为数不多的，幸福而美好的时刻。

"那我就放心了。"宝云缓缓放开了他的手，"其实我真的很想跟你一起游山玩水，哪怕只有一天，我也会很高兴。"说着，眼泪又流了下来，"可是这对于我，只是一个无望的梦而已。"

王子进听她依依话别，知道她决意赴死，心中甚是酸楚。只见这单薄少女单手一招，立刻有无数魑魅魍魉从她身后跃然而出，声势浩大，极为吓人。

宝云微笑道："胡公子可否送我一程？"笑容带泪，却甚是明媚。

"好！"绯绡缓缓抽出血色妖刀，朝王子进伸出手，"子进，将火折给我。"

王子进霎时明白了他的心意，将火折抛了过去，转过身体，不忍再看。

刹那之间，身后卷起一阵滚滚热浪，像是谁满含相思、热辣多情的目光，灼得人难过，灼得人想哭，令人心都要在爱火中焚烧。

过了半晌，待他再睁开双眼，眼前只有一片空旷苍茫的原野。绯绡白衣如雪，黑发如墨，正站在旷野之中，身姿翩然如白鸟。

"她可是死了？"王子进泪眼婆娑地问。

绯绡并不答话，只将手递到他的面前，只见他掌中正躺着一个木雕的小人，那小人少了个胳膊，栩栩如生，依稀是个清秀勇敢的少女。

只是她面目已被灼得焦黑，脸上却仍隐约挂着一抹笑容。

天边现出黎明的光辉，绯绡衣袂当风，冷峻地朝王子进道："子进，我们也该走了。"

王子进恋恋不舍地望着这荒芜的原野，冬去春来，明年此处是不是会开满鲜花？没有妖怪作祟的小城，也会迎来自己的春天吧。不知是否会有人知道，是一位少女带着群妖投身于烈火，才换来这座无妖之城？

他们二人大步离去，只余下张谦富坐在桶边，望着女儿的尸体哀哀哭泣。痴迷于欲望的人，早晚会付出惨痛的代价，并不值得同情。

两人走到茅屋旁，只听里面传来一个苍老的笑声："书呆子，你找到你的妖怪朋友了？"

"如墨，你怎么没有被带走？"王子进又惊又喜，这声音正是如墨。

"我本没有怨气，有谁能带得走我？"如墨哈哈大笑，甚是爽朗开心，只见茅屋中走出一个老人，身穿守卫的衣服，头上扎着一条红巾，朝王子进挥手道，"再见了，书呆子，继续赶路吧！"

王子进知是无人镇压他，所以有能力幻化为人形，不由替他高兴。

"子进，我好累啊，负我走一段路吧。"待远离了如墨的茅屋，绯绡变成了一只白狐，缩在他怀中。

王子进见他雪白的皮毛上尽是斑斑的血色，知他受伤极重，便如千百年前一样，抱着他向前走去。

白狐昏昏欲睡，爪间却始终抓着一只焦黑的木雕人偶。王子进望着人偶那慈悲的笑容，不由悲从心来，又想起了那勇敢而深情的少女。

晨风涤荡而过，吹起旷野上的荒草，几如呜咽。王子进瘦削疲惫的身影，很快便被金色的晨光吞没。

春心莫共花争发，一寸相思一寸灰。或许那些奋不顾身，过于炽热的爱，从它诞生之时开始，便注定会化为飞灰。

第五夜

凤来仪

　　"夫君，我昨晚做了一个梦。"寒天冻地，在破败的草棚中，容貌清丽的少妇轻轻地对自己的丈夫说。

　　"梦里有什么？"答话的是一位埋首磨刀的男人，昏暗的烛火中，可见他眉目俊秀，透着书卷气。

　　"我梦到了最吉祥的鸟儿，有五只之多，不停地绕着我飞，它们的叫声很好听，我从来没有听到过那么悦耳的声音。"

　　"最吉祥的鸟儿？是凤凰吗？"男人放下手里的活计，开心地坐在妻子身边，拉起她的手道，"那我们的孩子，就起名叫'凤仪'吧，不论是男娃还是女娃。"

　　少妇听到这里，羞涩地低下了头，在摇曳的烛光中，隐约可见她小腹微隆，显是有几个月的身孕了。

　　"阿湖……"她的丈夫怜惜地把她揽在怀里，"你为了我放弃安逸的生活，真的不会后悔吗？"

　　"不会。"阿湖摇了摇头，"你不是也为了我，放弃了大好前途吗？明明可以走仕途的你，现在失去了家里的支持，只能弃笔从商，做小本生意。"

　　"为了和你在一起，这点小小的牺牲又算得了什么？"

　　"是吗？"少妇抬起了头，一双美丽的眼睛里，闪烁着冰冷的目光，"母亲总是说，男人皆不可信。你可敢发誓，一辈子都不会背叛我？"

　　男人连连点头，当着娇妻的面，发下了毒誓。

窗外北风呼啸，那尖厉的风声，瞬间就吹散了他脱口而出的誓言。

一个风雪之夜，一对贫贱夫妻，渺小而平凡，如纷乱的细雪，瞬间就淹没于这苍茫的尘世，却埋下了一段传奇的伏笔。

一

十七年后的秋天，在西京喧闹的菜馆中，小厮正面带窘色地站在一桌客人面前。

"这只鸡真的是新鲜的吗？"白衣如雪的绯绡，嫌弃地用筷子挑起一块鸡肉，颇为不满地问。

"客官，怎么可能不新鲜呢？"小厮满脸堆笑，努力撒谎，"您进门的时候它还在到处乱跑呢。"

"是吗？"绯绡剑眉一挑，"那我怎么闻到了腐败的味道？"

"绯绡，不要生事啦，大不了我们换一家去吃。"王子进急忙打圆场，他们自从离开了都丰小城，好不容易来到了热闹的西京，他也不愿意再惹是生非，浪费了游玩的时间。

"子进，我们刚刚从那无妖城里爬出来，我才想吃点好的，却碰上这种用寿终正寝老死的鸡来充数的黑店。"绯绡美目微转，横了他一眼，"就像你花了大价钱去听曲，结果却发现弹曲子的不是什么貌若天仙的歌伎，而是个满脸麻子的村妇，你能咽下这口气吗？"

王子进不断点头道："咽不下，咽不下，你想怎么办就怎么办吧。"说完还用袖子擦了擦汗，似乎满脸麻子的村妇的设想令他心有余悸。

"客官，这可是你不对啦。"小厮巧舌如簧地继续耍赖，"鸡都已经做出来了，你如何证明它不是新杀的？口口声声说我们这里是黑店，小心去官府告你。"

"呵呵。"绯绡潇洒地从怀里掏出几个铜钱，拍在了桌子上，"子进，我们走，大不了换一家去吃。"

王子进惋惜地看着桌子上丰盛的菜肴，跟着绯绡离席。可心中却甚是迷惑，绯绡一贯狡猾刁钻，兼脾气暴躁，怎么今日竟如此好说话？

"哇哇哇，鬼啊！"就在这时，身后传来那小厮凄厉的尖叫。

他连忙回头看去，只见那只皮肉酥烂、躺在汤盆里的鸡，居然扑着翅膀从盆里跳了出来。

不仅是跑堂的小厮，连食客们都被吓得瞠目结舌，连叫都叫不出声。

而汁水淋漓的鸡，居然如有生命般，伸出一只爪子，蘸着汤水，在桌面上缓缓地写着：我不是新鲜的！我是老死的！

小厮两眼一翻，吓得扑通一声晕倒在地。

炖鸡见完成了任务，也随着一阵噼里啪啦的声音，肢残骨折，变成一副骨架，委顿在饭桌上。

这闹剧充满孩子气，一见就是绯绡所为。王子进不由哑然失笑，拉了拉站在身边的绯绡："你下次能不能换个高明点的花样来玩？这也太幼稚。"

"已经很高明啦。"绯绡眨了眨眼睛，不知从何处掏出一只鸡腿，"看，我一点都没有浪费那只鸡，把好吃的部分都偷走了才做的。"

"你……你方才不是还嫌那只鸡肉老，不肯吃的吗？"

"谁说我是嫌鸡肉老呢？众鸡平等，无论生死。"绯绡轻笑一声，白衣飞扬，翩然走下楼梯，"只是人类的谎言，让我没有胃口而已。"

"咯咯咯，真是太有趣了。"两人刚要离开，就听楼上传来少女清脆的笑声。

那声音宛如雏凤初鸣，婉转动听，挟着秋日的凉风，入得耳中，说不出的舒服受用。

王子进当下便缩回了迈下楼的腿，转身又向楼上走去。

绯绡见他这副模样，知他花痴病发作，连忙要去阻止。

"子进，光天化日之下，哪有大户人家的姑娘来酒楼吃酒？多半是些流莺野花，不如避之为妙。"

"此言差矣，你说众鸡平等，在我心中美人也是一样的。身份高贵与否，并不妨碍我欣赏美色。"王子进说着，又想起了被葬在东京的沉星，竟祈望起这少女也是风尘中人了。

绯绡拿他没有办法，只能眼睁睁地看着他走上了二楼的厅堂。

王子进只见在秋日微寒的凉风中，站着一个梳着双环髻的锦衣少女，她身穿绿色纱裙，淡紫半臂，婀娜多姿，宛如一朵解语花在风中绽放。

"小生江淮王子进，不知这位姑娘为何笑得如此开心？"王子进好奇地踏上一步，向少女打听。

然而周围是死寂般的宁静，只见方才还有说有笑的客人，都像是见了鬼魅般盯着这位紫衣绿裙的娘子。

"这把戏好有趣啊，笑杀我了。"少女拍着手，指着桌上零落的鸡骨，而她身后的婢女则吓得一声也不敢吭。

"这只是我朋友的雕虫小技，姑娘要是喜欢，我让他变更好玩的博你一笑。"王子进见她双眼又黑又亮，虽无倾城之姿，却胜在明丽可爱，只愿她多笑笑才好。

"姑奶奶啊！求求你，不要再笑了……"只见不知从何处走出一个店主打扮的肥胖老头，突然跪在少女脚下，磕头如捣蒜。

少女见他滑稽的模样，却笑得更加欢畅开怀。

而肥胖的掌柜似乎吓得肝胆俱裂，完全不似假装，头磕得一个比一个响，老泪纵横。

两人一哭一笑，单看还没有什么，凑到一起，令人觉得无比诡异。王子进心中害怕，连连后退，但听几名看客正在窃窃私语。

"天啊，这刘家的女儿又笑了，一定又有祸事发生。"

"上次她笑，就恰逢山洪暴发，淹死了百十个人，不知这次又是谁倒霉？"

王子进听到此处，不由头皮发麻，但见绯绡长身玉立，白衣胜雪，正站在楼梯前看热闹，便急忙奔到了他的身边。

"绯绡，这女孩颇为古怪，好像我遇到的又是一个不正常的人啊？"

绯绡则摆出一贯高高在上、超凡脱俗的姿态，回应他以了然的眼神："你说呢？"

二

事已至此，当然是脚底抹油，走为上策，然而他拉着绯绡，刚转身要下楼，却听身后响起了一个俏生生娇滴滴的声音："这位公子，请留步。"

那好听的声音中似生出一只曼妙的手，攫住了王子进的心，他只能停下脚步，看着那紫衣少女。

"请问公子如何称呼？"少女款款地走到他们面前，却是朝绯绡福了一福。

但见她长得机灵美丽，双环发髻梳在她的头上，倒像是小动物的两只耳朵，可爱至极。

"光天化日之下，打听陌生男子的名讳，怕是不好吧？！"绯绡早已习惯了人们对自己惊艳欣赏的目光，连连摆手。

"小女打听公子的姓名，其实另有深意。"少女眼珠滴溜溜地在两人身上转了转，讳莫如深地说。

"有何深意？"王子进奇道。

"怕是这位公子近日要有血光之灾，所以才特意出言提醒。"她边说边笑，宛如花枝在春风中舞动。

但这厅堂中哪有那么多趣事？王子进此时方觉，她灿烂的笑容是如此恐怖而诡异。

"血光之灾？"绯绡红唇一抿，露出不以为然的骄傲笑容，"多谢姑娘提醒，小生自会拭目以待。"

"咯咯咯，你可要小心身边的物事哦。"她天真烂漫地继续笑着，带着婢女走下了楼梯，只听楼下传来她银铃般的笑声，"尤其是，跟狐狸有关的东西。"

她这话一出口，王子进和绯绡俱是一愣。

"喂，你是不是不小心被她看到了狐狸尾巴？否则她为何会这样说？"

"她只是一个人类的少女，应该不会看到我的真身，只是有一点很奇怪……"绯绡皱着眉，漂亮的眼睛中闪烁着疑惑的光。

"哪里奇怪？"

"这姑娘的身后，似乎跟着某种影子……"他边说边看向少女的背影，俊俏的面庞上满是疑惑，显是不敢肯定自己的判断。

"二位公子，今日真是多谢了。"两人正在倚栏说话，却见方才跪地磕头的胖掌柜爬起来，如一只圆润的球一般滚到了二人面前。

"此话怎讲？"王子进一头雾水地问。

"这是公子的饭钱，公子玉树临风，俊美出尘，如若仙人之姿。"那掌柜掏出一锭银子塞在了绯绡的手中，满面红光地说，"今日若没有公子，小店必然前途堪忧，如今公子替我们挡灾，我终于可以安心了。"

"喂，你果真魅力无边，如今连男人都吸引了。"王子进挤眉弄眼地捅了捅绯绡，但见他手中的银两远远比他们付的饭钱多了几倍。

"管他男人女人，有钱便好。"绯绡得意地扬了扬俊脸，将银锭收入怀中，"子进，我们这就去找间舒服的客栈吧，要有锦缎被褥，熏香纱帐，真是再好不过。"

"可你不怕血光之灾吗？"王子进跟在他身后走出饭馆，不由为他担心。

"只要老天爷不落雷劈我，谁又能伤我毫发？"绯绡朝他抛了个眼风，得意扬扬地说。

王子进不由摇头叹息，狐狸就是狐狸，完全不知谦逊小心为何物，只希望他不要遇到危险便好。

当夜月朗星稀，王子进跟绯绡正在客栈中吃鸡喝酒，但见窗外南方火光冲天，似乎有什么地方走水了。

"我说绯绡，这方向怎么依稀相识啊？"

"当然啦。"绯绡目光如丝，端着酒碗望向窗外，"不就是白日里去过的那家酒馆吗？"

"看来那少女果然邪门，可是掌柜的不是还指望你替他挡灾？"

"嘻嘻嘻。"绯绡听到这里，笑嘻嘻地答，"所谓挡灾，向来要找个大富大贵之人，他找只千年妖精来挡灾，能挡住才叫奇怪，只能让火烧得更旺几分。"

王子进从未见人自夸为扫把星，还如此扬扬自得，不由暗为那饭馆的老板掬了把热泪。

然而就在火势越烧越旺，一发不可收拾之时，天空中骤然响起一声闷雷，毫无预兆地，豆大的雨点劈头盖脸地砸了下来。

落地生尘，声势浩大，王子进眼见着远方的火光在暴雨中一点点熄灭。

"太好了，这雨真是来得及时。"王子进兴高采烈地伸手接着雨水，"那饭馆的掌柜虽然把老公鸡卖给我们，却也不至于遭到倾家荡产的报应。"

他嚷了半天，却无人回应。

只见绯绡身穿白绫绣红梅衣袍，正端坐在灯下，手持瓷杯，向松树盆景中浇酒。他长睫低垂，玉手微倾，杯中的酒水如取之不尽般倾洒在盆景中，久久不绝。

"你在干吗？"王子进奇道。

"当然是在浇花。"绯绡朝他扬眉浅笑，无限风流。

"用烈酒浇花，它会被酒水烧死的。"王子进连忙跑过去夺走了绯绡手中的酒杯，在灯下一看，杯中空空如也，哪有半滴酒水？

"生命自有生，便会有死，以小换大，也算是死得其所。"绯绡眼中带笑，又自顾自地去吃鸡腿了。

而窗外雨势随之变小，不过片刻，便云涌月出，连半滴雨都没有了。

王子进手持空杯，望着窗外朗朗秋夜，似乎明白了什么："绯绡，刚刚那场雨，是不是你唤过来的？"

"哪里，我只是吃鸡之余，用一壶美酒浇了浇花。"

王子进见他不认账，只好将空杯斟满美酒，与他在灯下对饮。

"绯绡，你真是个好人。"两杯酒下肚，王子进脸色酡红地说。

"哈，被你这个呆子指派为好人，可前途堪忧。"绯绡却不领情，凤眼含笑道，"我糟蹋了这漂亮盆景，怎么看也不该归入好人之列。"

"呵呵……"王子进挠了挠头，笑着说，"不管你做了什么，在我王子进的心中，都是一个善良的好人。"

"哎，子进，你真是太过迂腐。"绯绡笑着连连摇头，但是一双美目灿若朗星，却分明闪烁着喜悦之色。

明月高悬，照亮天际。

两人在月色中把酒言欢，于是漫长而凄凉的秋夜，都变得温馨而热闹起来。

三

而就在同一时间，在西京的一处大宅中，一个身穿华丽衣袍的巫师，正在高大明丽的厅堂中驱邪作法。

烛火昏暗，只见巫师跳了半天舞，停在了一位身材颀长、气宇轩昂的中年男人面前。

"小民刘居正，静候仙人指示。"中年人弯着腰道。

"你家中有恶灵作祟，所以你的女儿只知笑，不知哭，必须要驱逐恶灵，才能换得一家平安。"

"要如何才能驱逐恶灵？"

那巫师将一碗水递到了刘居正面前："明日午时，让令千金捧水到闹市中，谁打翻了水碗，便是能送走你家恶灵的贵人。"

刘居正捧着水碗，想到女儿尚未出嫁，如此抛头露面，不知该如何是好。

然而就在这时，夜风中传来一阵欢快的笑声，声音在冷风中飞扬，如游魂般在偌大的宅院中游荡。

他再也抑制不住心中的恐惧，连忙带着几名家仆来到了女儿的房前。

只见一位身姿曼妙的紫衣少女，正端坐在一个雕花的镜台前，像是见到了什么趣事般，笑个不停。

"凤仪，你不要再笑了。"他愤怒地推开了房门，但笑声并未因他的打扰而停歇。

"爹，我看到娘亲了，为何不能笑呢？"少女回过头，笑靥如花。

"你的娘亲已经死去多年，莫要如此胡言乱语……"他胆战心惊地说，只见身后的仆人婢女早已吓得脸色惨白。

"谁说的，她好端端的，怎么死了？"她边说边笑，身边的古朴铜镜中，映出一张秀美靓丽的脸庞，只是她的唇边，始终挂着一抹邪恶的微笑。

令人望而生畏。

次日午时，王子进又跟绯绡来到了人来人往的大街上，西京是大城市，热闹繁华的程度，丝毫不比东京城逊色。

但王子进却苦着脸，一副不高兴的样子。

"古人云，三日不读书，面目可憎，为何要拉我出来，不让我在客栈中读书？"

"你摸一日书，再抱三日酒瓶，这样的读书人，普天之下估计只有你一个。"绯绡仍穿着白绫长袍，黑发乌亮，风姿绰约，颇为不满地白了他一眼，"与其躲在客栈中装模作样，还不如陪我出来玩。"

两人边走边说，刚来到最热闹的瓦肆中，便见人潮汹涌，无数男女老少狂奔而来，似乎被什么洪水猛兽追赶。

"刘家的瘟神出来啦，快点避祸吧。"

"那娘子朝谁笑，谁就要倒大霉了。"

百姓们边跑边说，转眼间便万人空巷。

"这是怎么回事？难道西京人都喜欢在路上乱跑？"王子进纳闷地说。

可是他话音未落，就见眼前紫衣翩然，接着耳边传来一声愤怒的高叫。他急忙看向身边的绯绡，只见他被人泼了一身青绿的水，白袍尽被弄脏。

而一个身穿紫色襦裙、白色绣青梅上衣的少女，正捧着一只空碗，笑意盈盈地站在二人面前。

"这位贵人，可找到你了，我走了一路快累死了。这些人也不知为什么，见到我就跑……"少女怨声不断，但是定睛看到板着俊脸的绯绡，突然瞪圆了美目，"咦？我好像在哪里见过你啊？为何如此面熟？"

"这位姑娘，我们昨日是不是在城南的酒楼中见过？"王子进一见到她立刻头大如斗，哭丧着脸回答。

"果然是你，"少女兴奋地高叫，"这定是命运的安排。"

"去你的命运的安排！"绯绡咒骂着，一张无可挑剔的俊脸被气得铁青。但还没等两人拒绝，不知从何处蹿出一群仆人，足有三五十人之多，簇拥着他们离开了瓦肆。

不过半晌，两人便被众多家仆挟持着，走入了一栋明亮奢丽的大宅。只见厅堂中烟雾萦绕，正有一位头戴金冠、蓄着美髯的中年人跪坐在香炉前，念念有词地祈祷。

王子进一见这阵仗，立刻明白，这家多半是被怪事困扰，才不得不出此下策，当街上演了一出抢人闹剧。

"爹。"紫裙少女一见到这中年人，立刻雀跃着跑到他面前，指着绯绡道，"看，我寻到的贵人，是不是位美人？"

"爹让你去找贵人，又不是让你去招亲！你光选漂亮的有什么用？难道不知道皮相好看的人最不可靠？"中年人被她气得直翻白眼。

这话一出口，但见绯绡俊脸抽动了几下，显是在强压怒气。

"女儿自然也明白这个道理，可你怎知这位公子不是色艺双绝？"

"你懂什么叫色艺双绝吗？女孩家不要随便乱说话！"中年人终于忍无可忍，厉声训斥她。

而深谙"色艺双绝"为何意的王子进，则掩嘴偷笑地望着绯绡，似在等着看他的笑话。

"子进，是不是很久没有遇到倒霉事，觉得人生乏味？用不用我助你丰富时光？"绯绡斜着眼瞪他，面现狡黠之色。

王子进将头摇得似拨浪鼓，远远地跑开了。

此时那中年人教训完女儿，恭谨地朝二人行礼，邀他们入内室说话。而一贯懒得管闲事的绯绡，仿佛是为了证明自己并非绣花枕头，居然配合地随他进去。

"在下姓刘，名居正，经商为业。"中年人遣退家奴，痛苦地道，"打扰二位，实属无奈之举。因为我家多年来被棘手怪事困扰，实在毫无办法，才出此下策。"

"是何怪事？不妨说来听听。"王子进好奇地问。

"怪事都发生在小女凤仪身上，每当她笑的时候，必有祸事发生，且自从她出生以来，只见其笑，未闻其哭。"

"哦？"绯绡剑眉一挑，轻轻道，"听起来像灵魂被什么东西纠缠，果然棘手。"

"公子真是明慧啊，一语中的。"刘居正钦佩地说，"可是怪事并不止一桩。"

"还有？"王子进不由失声叫道，"这一桩已经足够难办。"

"小女每逢月圆的几日，晚上都似变了个人，时常会说些奇怪的话，像极了在下的内人。"

"女儿像母亲，再正常不过。"绯绡奇道，"她言行举止受母亲影响，又何足为奇？"

"那……那个……"刘居正结结巴巴地说，"其实早在十几年前，小女未满周岁时，内人便已仙去。母女俩根本没时间相处，又如何模仿呢？"

这话一出口，顿时令王子进觉得害怕，连着华丽的大宅都被笼罩上阴森的氛围。而绯绡双眸清澈如水银，红唇边始终勾着一抹笑，似乎毫不畏惧。

四

当晚两人便留宿在刘家大宅中，因为这离奇古怪的事情以及刘居正承诺的丰厚报酬，绯绡一改平日的清高冷漠，意外地答应帮忙。

在得到全鸡宴款待之后，绯绡似乎忘记了白日里的不快，眯着眼睛，躺在床上休息。

"绯绡，你怎么如此轻松愉快呢？要知道这大宅中可有妖怪作祟。"王子进抱膝坐在床角，警惕地望向四周。

"你何必如此紧张？我一踏进这家的大门，就知道没有邪物徘徊，倒有股亲切熟悉的味道，让人好不自在。"

"如此说没有什么值得担心，皆是他们大惊小怪？"

"非也，非也！"绯绡红唇微翘，笑嘻嘻地纠正他，"要知道我并非人类，如果这里的氛围能让我如沐春风，未必是好事。"

王子进抱紧膝盖，更加惶恐。

"而且这位刘姓老爷，分明有所隐瞒。"绯绡眼珠一转，轻轻地说。

"哪里有隐瞒？我怎么觉得他情真意切，句句出自肺腑？"

"他若是遇到了别人还好，遇到我这撒谎的祖宗，自是原形毕露。每次提到他的内人，皆是一笔带过，就连死因都没有说过，而且他女儿像他妻子，为什么会把他吓成那样？稍微痴情点的人，大概都会想到宿命轮回，而觉得忧思无限吧？"

"你说得不错。"王子进听了连连点头称是。

"所以我们静观其变，不可偏信一面之词。"说罢绯绡就吹熄蜡烛，二人和衣而睡。

王子进本就胆战心惊，睡眠甚是轻浅，到了后半夜，似有乖戾的笑声，此起彼伏地在梦中回荡。

那笑声似鬼怪的尖叫，格外刺耳难听，带着阴森的寒意，直冷到人的心里。

王子进再也忍耐不住，眼睛一睁，就一身冷汗地醒了过来。

只见窗外圆月如盘，莹白美丽，正是个满月之夜，而深沉的黑暗中，正有一阵阵笑声，自后院传来。

原来那声音并非噩梦，而是现实中真实存在。

他再也按捺不住心中的好奇，手持烛台，推门走了出去。

而他身后松软的床上，厚厚的帷帐之中，正有一双狡黠的眼睛，望着他离去的背影，流露出意料之中的笑意。

夜露沾身，凄凄冷冷。回廊里花木扶疏，树影飘摇，摇晃的烛光中，映照出一个书生单薄的身影。

王子进循着断断续续的笑声，很快就来到了后院，那声音似蛊惑住他的灵魂，牵引着他的脚步，一步步接近危险的旋涡。

最终他停在了一扇门前，看院外清雅的布置，似乎是少女的闺房所在，正有点点滴滴的光，自门缝中流淌而出。

王子进凑近门缝看去，只见一个紫裳少女，身姿窈窕，正背对着大门坐在房中。

"长夜漫漫，是哪位客人，深夜前来拜访呢？"少女柔声问，而与此同时，笑声戛然而止。

王子进见形迹败露，不由大窘，只好轻咳了一声道："小生王子进，叨扰姑娘了。"

他刚刚要走，却听屋子里传来柔媚的声音："王公子，既然来了，何不进来坐坐？"

"啊？这万万不可……"即便他再花痴，也知道深夜进入少女的闺房，是大大的不敬。

可是那扇大门转眼便被拉开，紫裙少女背对着他站在门前，烛光摇曳中，只见她脑后一个同心髻，小巧漂亮，看身形正是凤仪。

事已至此，他只好硬着头皮走了进去。

"公子请坐。"凤仪依旧侧着脸，背对着烛光，坐在了桌边。

王子进惶恐不安地坐下，注意力立刻便被木桌旁一个黑黝黝的物事吸引。

那是一个雕花镜台，做工繁复，精美绝伦，在烛光下发出淡淡的光泽，美到让人忍不住想去摸一下，看看此物是否为凡间所有。

"王公子，这镜台很漂亮吧？"凤仪似留意到他的目光，轻轻地问。

"很美，很美，最难得的是端庄优雅，毫无扭捏作势之态。"

"这是我的陪嫁呢。"她又发出一阵诡异的笑声，"所以我始终舍不得扔掉它，把它留给了我的女儿。"

王子进听了一愣，笑道："姑娘不要说笑了，你一个未出阁的姑娘家，哪里来的女儿呢？"

少女听到这里，在灯下转过脸来。

王子进一看到她的脸，顿时吓得七魄都飞走了六魄。那不是一张恐怖的脸，甚至十分美丽，但却分明不是凤仪，而是一个，风韵犹存的少妇的面孔。

阴气森森，带着怨毒表情。

"啊啊啊啊——"这一吓非同小可，他爆出无限潜力，一把推开木桌，拔脚就跑出了房门。他跌跌撞撞地穿出庭院，来到了九曲八弯的回廊上。

湿冷的夜色里，树影婆娑，似乎随时都会有鬼怪从深深浅浅的暗影中跳出来。

他手舞足蹈，边叫边跑，突然一只冰冷有力的手，紧紧扣住了他的手腕。

"子进，子进，你别如此慌张。"却见黑暗中一袭雪白的袍裾白得刺眼，绯绡精致美丽的面孔，已出现在他的面前。

"绯绡，可吓死我啦。"他一颗心这才落了地，恨不得生出七八个舌头，绘声绘色地描述方才所见。

"子进，我都看到了。"绯绡放低声音，似在安慰他，"她被什么厉害的东西纠缠，月圆之夜，阴气极盛，才会变成那副模样。"

"你……你从何时开始跟踪我？"此时王子进再笨也想明白原委，气愤地问。

"从你拿着蜡烛出门，我就一直跟在你的身后。"绯绡含笑望着他，"我妖气强盛，如果亲自出马，必会惊动她。只能借你的双眼，才能看到那少女的变化。"

末了，他伸出修长玉手，轻轻拍了拍王子进的肩膀，柔声道："辛苦啦，子进。"

王子进望着他谪仙般俊美出尘的面孔，听着他轻缓如水的声音，一腔怒火顿时烟消云散。

面对绯绡，他永远都没有脾气。

他只能沮丧地摇了摇头，跟在绯绡身后，走回了两人所住的客房。漫漫长夜中，似乎仍有若有若无的笑声，在夜风中徘徊。

五

次日王子进睡到午时才被叫醒，刘居正坐在厅堂中等他们，但昨日还气宇轩昂的中年商人，此时面色憔悴，神情萎靡，比王子进好不到哪里去。

"二位公子……"他放下茶盏，压低声音道，"昨晚可曾听到小女的笑声？"

"隐约听到一些。"绯绡点着头装傻。

"但昨晚比以往更加可怕。"刘居正哆哆嗦嗦地道，"她的笑声中夹杂着一声尖叫，令我一夜都没敢睡觉，是不是小女又有所变化？"

王子进听他这么说，一口热茶就喷了出来，因为他所说的尖叫，正是自己发出的。

绯绡却面色如常，也如平时般自然地撒谎道："昨晚有野猫打架，想必被老爷误听了，叫声并非令爱发出。"

"确实如此，我方才还看到墙头上趴着一只野猫。"王子进连忙说，生怕被刘居正知道自己闯入他女儿的闺房，会将他生吞活剥！

刘居正听他二人一说，面色变得舒缓，似乎不再担忧。

"刘老爷，小生有个不情之请。"绯绡板起俊俏的面孔，目光灼灼地问，"请问刘夫人是如何仙去的？"

"阿湖是病死的，那时我的生意刚刚起步，没有钱给她治病，她就活活地病死了。"刘居正犹豫了一下，面现悲戚地回答。

王子进望着他眼中闪烁的泪光，悲伤溢于言表，似乎不像假装。

"那能否带我到夫人的房间一看？或许是她的魂魄滞留此地，不愿离开。"

"她的灵魂，一定不会在这里徘徊。"刘居正凄婉悲伤地说，"她恨我入骨，此生都不想再多看我一眼，怎么会流连不去？"

王子进和绯绡听到这里，不由面面相觑。

刘居正不愿多说，喝完了半盏残茶，便起身离开了厅堂。他走后一炷香的工夫，便有一位男仆，带他们来到那位过世的刘夫人的房间。

只见室内片尘不染，布置得素雅整洁，只是人去屋空，平添了一丝阴冷之气。

绯绡仔细地查看房中的一切摆设，从雕花的床梁，到高大的衣橱，甚至连胭脂水粉也不放过，直至夕阳西下，才心满意足地离开。

"怎样，有何发现？"王子进一回到客房就关上门，好奇地问道。

绯绡斜倚在床上，得意地一挑眉："刘居正果然在撒谎。"

"你如何得知的啊？我看那房里的摆设并无奇突之处，精致奢丽，跟这大宅十分搭调。"王子进挠了挠脑袋，一头雾水。

"他口口声声说妻子十几年前就死了，所以我刚才问他的时候，还以为这大宅里不会有他妻子的房间。"

"或许是他念及故人，又特意布置出来的？"

"那死去的女人，怎么会用梳妆台上的胭脂？"绯绡伸出长指，只见白皙的指腹中沾了一点红痕，"我特意查看了，脂粉盒中，只余半盒胭脂。"

王子进顿时脊背发冷，只觉刘居正的心机简直深不可测。

"这件事其实很简单，那位业已仙去的刘夫人是关键，只要将她找出来，自可水落石出。"绯绡懒洋洋地躺在床上，笑意盈盈地说。

"把她找出来？一个死人，你要去哪里找她？"

"谁说她死了呢？"绯绡冷冷地说，"你见到尸首了吗？可见到家中有祭祀她的物品？只是一个她的官人，口口声声说她死了而已。"

王子进连连点头，看他们夫妻情深，却没有任何祭祀的东西，确实极为奇怪。

"子进，别想了，先好好睡一觉，晚上还有事要做。"绯绡说着睡眼惺忪，已经如狐狸般窝进了锦被中。

"喂！你先说明白再睡啊，晚上我们要去做什么？"

然而他的话却得不到回答，只见绯绡双目紧闭，眼睫微颤，似乎已经睡着多时了。

王子进心中忐忑，根本无法休息，只好去刘家大宅的庭院中闲逛。远远只见回廊上一位身穿月白色襦裙和淡紫色绸缎上衣的少女，脚步轻捷地朝自己走来。

"王公子，原来你在这里。"凤仪一见到他，就欣喜地走了过来。

"那……那个，姑娘，小生突然头疼，要告辞休息一下。"王子进一见到这个瘟神，吓得连连闪避。

"有件事情想跟你说。"凤仪难得严肃地堵住了他的去路，一字一句地道，"是关于我娘亲的事。"

王子进的心突的一跳："你等等，我去把绯绡叫起来。"

"不……不！"凤仪听了连连摆手，"那位公子虽然长得俊俏，却似高高在上，拒人于千里之外，我不想跟他说心事。"

这话令王子进如沐春风，索性跟凤仪并肩坐在栏杆上，听她娓娓道来。

"虽然爹说娘是病死的，可奇怪的是，每到月圆的几日，我都会梦到我娘。"凤仪望着秋高气爽的天空，不无哀伤地说，"她会拉着我的手跟我谈天，我所有不愿对别人说的心事，都可以对她倾诉，因此我总觉得她根本就没有死，依旧陪在我的身边。"

"那又有什么奇怪？这不是一桩好事？"王子进强自镇定地笑，想起昨晚所见，额上已吓出冷汗。

"可她总说爹收了一房名叫元儿的小妾，每次提起，都极为愤怒。"

"可是令尊对令堂看似情深义重，根本没提到妾室啊。"

"是啊，所以我才觉得奇怪。"凤仪偏着头，含笑望着王子进，一双灵活的大眼睛如黑葡萄般剔透喜人，"王公子，你知道什么是眼泪吗？我总是听人说到这个词，但在这个家中，却无人肯回答我。"

王子进望着阳光下玉雪可爱、活泼伶俐的她，不由有些难过。

"眼泪是心的语言，当心感觉疼痛时、迷茫时，有时甚至是喜悦时，便通过泪水表达，所以多情之人，往往容易落泪。"

凤仪似懂非懂，轻轻地点了点头："我知道了，原来这世上最多情的是蜡烛，它不是天天饮泣？"

王子进被她逗得捧腹大笑，一腔恐惧，点点愁怨，似乎都化入凉爽秋风中，消失不见。

六

当天子时，王子进正睡得酣畅香甜，却被绯绡摇醒，只见他一袭白衣不染片尘，正坐在床边看他。

"子进，起床了，快去陪我做件事。"绯绡笑吟吟地说，俊美而风流。

"什么事？偏偏要现在去做？"王子进万般不情愿地套上外袍。

"当然是好事。"

"你嘴里的好事，多半名不副实。"

两人一边拌嘴，一边走出了房间，而门外的地上正放着一把镐头，一把铁锹，绯绡将它们尽数塞进王子进手中，带着他走出了刘家大宅。

这晚秋雨将至，月色朦胧。王子进扛着工具走在万籁俱寂的西京中，不知要去往何方。

"这么走太慢了，得用缩地之法。"绯绡走了一里路，连连叹息，只见他口中念念有词，一把扣住了王子进的手腕。

"我们要去哪里啊？"王子进只觉景物飞快地后退，绯绡虽生得冰肌玉骨，飘逸俊美，力气却大得如同野兽。

他根本甩不脱他的桎梏，只能眼睁睁地看着景色越来越荒僻凄凉。

"当然是去掘墓。"

"哇。"他使尽全身力气一把推开了绯绡，只见两人已经离开西京，来到了郊外的山林中。

王子进呆呆地拿着镐头，望着长草飞扬中，绯绡白色的衣襟，黑色的长发，流动的眼波，似是不敢相信自己的耳朵。

完了、完了，果然误交损友，贻害终生。

他终于由谎话连篇、偷鸡摸狗，进而达到挖坟盗墓的化境了。

"还愣着干吗？要知道一个人死没死，掘墓当然是最简单的方法。"绯绡凤眼一瞥，瞪了他一眼，"都怪你打断了我的缩地之术，剩下的路只能慢慢走了。"

"我……我能不能不去啊……"王子进望着荒山野岭，树影幢幢，几乎要哭出声来，"呜呜呜，想我王子进饱读圣贤书，虽然登不上天子之堂，但是也不能去做盗墓挖坟的不齿之事啊……"

"哎呀，你真是烦人。"绯绡听他哭叫，不耐烦道，"除了读出一身酸气，没见你有半分用处。"说完连拖带拽地把他拉走了。

王子进万般不愿地跟在他身后，很快露水便打湿了袍角，让他在崎岖的山路上越走越累。

"绯绡，你知道那家夫人的墓在哪里吗？"他气喘吁吁地问。

"当然知道。"夜色中绯绡的衣服似洁白银练，摇曳出无尽光华，粲然一笑道，"就在你跟凤仪描述泪水时，我跑到刘居正的房间里，从他惯用的物品上，读出了几缕思绪……"

"你……你又偷听我和别人说话。"王子进气急败坏地道，"不是君子行径！"

"嘻嘻嘻……"绯绡却也不生气，俊脸微扬，眯着眼睛笑道，"子进，不是我愿意偷听啊，实在是你们说话的声音太大，不小心吵醒了我。"

王子进也不愿跟他拌嘴，气鼓鼓地扛着工具，深一脚浅一脚地跟在他身后。

"其实这世上最多情的不是蜡烛。"走在前面的绯绡突然莫名其妙地迸出这么一句话。

"什么？"

"要令红烛流泪，尚须灼灼火焰，而令王子进伤怀，只需美人颦眉。"

"绯绡！"

凄凉的夜色中，疯长的荒草里，传出谁一声怒吼，惊起了蛰伏的秋虫和疲倦的鸟儿。

不过片刻之后，只见绯绡停在了一座位于半山腰的坟墓前，坟墓依山傍水，显然风景极佳。

"张氏？应该就是她。"绯绡拨开墓碑前的荒草，仔细看了看碑文，对王子进道，"子进，接下来就看你的了。"

"什么？"王子进张着大嘴，抱着沉重的工具，"什么叫看我的？"

"挖墓啊。"绯绡白衣胜雪，身姿翩然地指着坟头，"你不是要为佳人排忧解难吗？不亲自动手怎么行？"

"那你呢？难不成要我一个人挖？"

绯绡懒洋洋地找了一块大石坐下，双手抱怀，显是不打算动手了："又没有美丽的女孩子拉着我的手，将我引为知己，跟我探讨泪水的真谛，凭什么要我动手？"

王子进再也无话可说，只能卷起袖子，抡起镐头挖了起来。

黄土松软，每一锹下去，都能深入寸许，很快荒草被挖掉，积土宛如新娘的头纱，又像是层层叠叠的帷幔，被一点点地拨开。

褪去遮掩，露出尘封已久的秘密。

他挥汗如雨，挖了半个时辰，突然听到当的一声闷响，镐头碰上了一个坚硬的所在。

"绯……绯绡，我好像挖到棺材了……"他说完这句话，腿几乎都要吓软了。

一直懒洋洋的绯绡立刻来了精神，探头看了看道："子进，真是人不可貌相，你再挖几下，就能把这具棺木全挖出来了。"

"什……什么，还要挖？"

"当然，"绯绡点头道，"你认为我透过这露出的一角，就能够看到里面是不是装了副尸骨吗？"

王子进听到"尸骨"二字，心惊胆战地拿起手里的工具，慢吞吞地继续努力。

黄土在冰冷铁器的攻城略地之下，如败絮般绵软无力地溃退，尘土飞扬中，一副上好的黑色棺木渐渐显露。

在月光的辉映下，宛如凝聚的漆黑死亡，躺在冰冷的泥土中，默默注视这繁华人世。

"我……我不挖啦，实在太可怕了！"王子进再也忍受不了，一把扔掉了手上的铁镐，连滚带爬地跑到一边。

"有什么可怕的？"绯绡嗤之以鼻，拿起尖利的铁锹，走到棺木前，将铁锹准确地刺入了棺盖下的缝隙。

他玉面一沉，握住铁锹，用力往下一压，只听棺木发出咯吱、咯吱的轻响。

在如泼墨般的黑夜中，在影影绰绰的坟地里，听起来直令人毛骨悚然。王子进压抑不住心里的恐惧，捂着耳朵站在一边。

只见绯绡白色的影子，似是投映在水中的弯月，在黑夜中摇摇晃晃，接着传来砰的一声巨响，似乎某种坚硬的东西破裂了。

　　"子进，快点来帮我推开棺盖。"

　　他被吓得心胆俱裂，绯绡却不放过他，叫他过去帮忙。

　　他只得万般不愿地走过去，用手抠住了棺盖下的缝隙。两人一同发力，沉重的棺盖被缓缓推开，迎面扑来一股酸臭之气。

　　王子进鼓起勇气睁开眼睛，只见在朦胧的月辉中，棺材中居然是空荡荡的，根本没有尸骨，只零落地堆放着一些杂物，有成匹的绫罗、女子用的首饰，还有一些书卷草稿。

　　"果然如此。"绯绡眯着眼睛看着空棺，了然地说道。

　　"怎么会这样？难道刘夫人真的没死？"

　　"看起来就是这样。"绯绡掏出玉笛，挑起一件朱红色的锦袍，华服顿时化为败絮。

　　"但……但他为何要骗我们？"

　　"你说呢？"绯绡斜眼看着他，"你会在什么情况下说出这种谎言？"

　　"难……难道？"王子进舌头打结，脑海中诞生出一个可怕的猜想，"刘夫人身上有什么不可告人的秘密？而这个秘密，只能用死亡掩埋？"

　　"虽不中，亦不远矣。"绯绡说罢从棺木中挑出一卷书稿，盯着在飞扬的纸屑道，"永远都不会哭的女孩，到处寻求帮助，无法说出真相的父亲，每到月圆之夜就会出现的母亲……"

　　接着洁白的手掌一翻，从他的手心中跳出一簇青蓝色的狐火："当我们没有办法去问人的时候，就只能问不会说话的它们了。"

　　他长指一弹，那簇狐火蹿向地上残破的纸屑，燃起了点点火光。

　　青烟袅袅之中，生出了一只白色的鸟，清鸣一声，振翅而飞，在苍茫的夜色中，燃起一颗闪烁的明星。

　　"子进，我们跟着它走吧，看它要飞到哪里去。"

　　王子进一撩袍裾就跟着跑了过去。

　　黑夜中的长草，湿冷而绊脚，丝丝缕缕，纠缠不休，仿佛隐藏在死亡面纱下的真相，虽然看似清晰，却又混沌一片。

七

　　绯绡再次使出缩地之法，很快便跟着白鸟再次回到了西京，沿途街巷极为熟悉，王子进这才知道，他们居然原路折返了。

绯绡朝他笑道："子进，我们来猜一猜，这只鸟儿会飞到哪里去好不好？"

王子进仰头望着夜空中的白点："看它的去向，我估计刘夫人并没有死，而是在城里找了个房子，日日守着女儿，毕竟母女连心，哪有母亲会抛下自己的亲生骨肉？"

"嘻嘻嘻……"绯绡掩嘴笑了起来，"子进，你真是比红烛还多情。"

"不要再拿我打趣！"

"要是我猜呢，这位夫人就躲在刘家的大宅里。这家里出现的怪事，怕都是她在装神弄鬼，今日此事定可水落石出。"

而那只白鸟，果然如绯绡所说，飞过宽阔的街道、鳞次栉比的屋舍，一头扎进了刘家大宅中。

只见白鸟往深深庭院中飞去，在空中轻鸣一声，居然一头钻进了凤仪的闺房。

这下却让两人都大吃一惊，显然连绯绡都没想到它的终点会在这里。那晚见凤仪的房中家具俨然，一览无遗，哪里有第二个人居住？

"难……难道那女子真的已经死了，而怨念不去，依旧徘徊在她女儿的左右？"

"也有可能啊……"王子进想起那晚所见，心有余悸，"我曾亲眼看到凤仪变成了另一张脸。"

"不对，大大的不对。"绯绡伸手按着额角，拼命地摇头，似乎在努力串联着线索，"让我好好想想，事情不会这么简单。"

"有凤来仪，有凤来仪？"绯绡蹙着秀眉道，"子进，你不觉得这个名字里，似乎暗示着什么吗？"

"凤凰是天上的神鸟，据说飞落凡间，只会栖息于梧桐之上。"王子进摇头晃脑地为他解释。

绯绡在院外边踱步边思考，轻轻地说："你说，这是不是在暗指，曾有不属于凡间的人或物，在此停留过？"

"你不要再想了。"王子进却没有他那么心思缜密，一放松下来只觉得疲惫不堪，"一定是刘夫人的怨灵作祟，你想办法把她超升了不就完了？现在我只想好好睡一觉。"

说罢他揉着酸痛的手臂离去，只剩下绯绡一人，望着凤仪居住的庭院陷入了沉思。

月光在他白色的长袍上，漆黑的长发间流动，令他美丽得不似真人，却又透着令人无法捉摸的神秘。

王子进这一觉睡到日上三竿，再醒来时，只觉整个大宅都变得空旷了许多，既不见刘老爷，也少了年轻力壮的仆人，只有婢女仆妇在忙来忙去。

"咦，这人都去哪儿了？"他好奇地来到厅堂，却见凤仪坐在了主人的位子上，笑嘻嘻地望着他。

"我爹有急事出去啦，今天终于没人管我。"今日她穿了件淡粉绣紫色花朵的衫裙，头上缀着紫藤花装饰，娇俏美丽，"咦？怎么不见那位爱吃鸡的胡公子？"

"啊，他也有事要办。"王子进端起热茶喝了一口，"不知刘老爷有何急事？"

"我娘的坟昨晚被人挖了。"

"噗！"王子进一口热茶喷了出来。

"王公子怎么如此惊讶，难道这事你早就知道？"凤仪眼珠一转，笑吟吟地问。

"当然不是，小生怎能未卜先知……"他擦了擦嘴角，尴尬地笑，"只是觉得盗墓贼实在可恶，为了些蝇头小利，连死了的人都不放过……"

可他越说越心虚，但见凤仪瞪着一双黑葡萄般明媚可爱的大眼睛，在他身上转来转去。

"王公子，我喜欢跟你一起说话谈天。"凤仪端着茶杯，微笑着说，"因为你不害怕我笑，别人只要见我一笑，多半落荒而逃。"

王子进被她赞扬，腼腆地说："姑娘笑靥如花，美艳不可方物，原该多笑笑才是。"

"对了，忘了跟王公子说一声。"凤仪起身离去，临走还朝他报以狡黠的微笑，"王公子会有血光之灾，时辰大概就在今晚。"

"什么？"他吓得手一抖，几乎把茶杯扔在地上。

凤仪见他狼狈的模样，一路大笑着走出厅堂，笑声诡谲而凄厉，似乎一转眼间，刚刚那个巧笑倩兮的少女就变成了另一个人。

血光之灾？到底会是什么？

他抹了抹额上的冷汗，望向深秋略显颓势的阳光，只盼太阳永不落山，夜晚永远不用到来。

八

王子进胆战心惊地过了一天，傍晚时刘居正带着家仆回来，脸拉得老长，但似乎没识破是自己挖的坟，他总算暗自松了口气。

哪知当天亥时，一直在外游荡的绯绡突然兴冲冲地推门而入，他一见到王子进窝在床上避祸，就眼睛晶亮地冲了过来。

"子进，快把你的血借我一点。"他一把拉住王子进的手，兴高采烈地说。

"哇哇哇，为什么非要我的血？狗血猪血都不行吗？你干脆亲自动手，去鸡笼里偷两只鸡杀掉。"王子进一把推开他，尖叫连连。

"子进，只有你命里带煞，八字极其凶险，你见哪个畜生有生辰八字的？"绯绡瞪着凤眼望着他，目光楚楚，我见犹怜，"只要一点血为媒介，你就能去妖怪的世界转一圈了，真的不想看看吗？"

"我连人间都没待够，去什么妖界？"

"那里连美女的姿色都是人间的两倍。"绯绡整理了一下白衣，漫不经心地说。

王子进抬起头，心弦似乎被只看不见的手撩拨了一下。

于是半个时辰后，绯绡就将一柄尖利的小刀放在了他的手腕上，此时他们正坐在一个圆圈中，王子进怀里揣着只稻草小人，里面还放着他一缕头发。

"子进，我们起程吧。"绯绡红唇微翘，在灯下露出妖冶的笑，接着他手起刀落，一下在王子进的手臂上划了个口子。

"啊！"王子进大叫一声，鲜血飞溅，不偏不倚地落在他怀中的稻草人身上。

王子进眼睁睁地看着一片黑暗之中，那草人灵巧地跃出衣襟，掉到地上的时候，已经变成了自己的模样。

青衣襦带，大步飞扬地走在前面。

"成了，我们跟上他！"绯绡一声欢呼，雀跃地拉着王子进跑了过去。

王子进大呼小叫地道："我是不是死了啊？为什么草人会变得和我一模一样？"

"嘘……"绯绡示意他收声，"在这里切忌大呼小叫，这里并非人类的世界，那草人只是一个傀儡！你要是再这样叫下去，才真是会死。"

王子进急忙打量四周，只见周遭荒草丛生，当空一轮朗月熠熠生辉，又哪里有半分鬼蜮的样子？

但是却也不敢大肆张扬，只好低着脑袋，屏住呼吸跟在草人的身后。

一路上只有微风阵阵，萤火飞舞，不见任何怪事，而草人也和王子进一般神态，左顾右盼的似在寻找什么。

三人沿着小路前进，走了一会儿，迎面走过来一个穿着素色衣裙的女人。

这么晚了，又会有谁家的娘子单独外出？

王子进不禁多打量了那女人几下，哪知不看还好，一看几乎吓丢了半条小命。

只见她芙蓉如面柳如眉，秀发绾成个松松的堕马髻垂在脸侧，但她纤细的脖颈上，却生出了两个头，活似两朵鲜花开在了一枝花茎上。此时他终于明白绯绡所说的，姿色是人间女子两倍的含义。

"娘子，小生想跟你打听一件事情。"那稻草人毫不畏惧地走上前，朝她笑眯眯地说。

"好个俊俏的后生，可我回答你又有什么好处？"她四只眼睛落在稻草人身上，闪烁出贪婪的目光。

"我想问问住在这里的刘姓人家，前几年是不是发生过怪事？"草人嬉皮笑脸地说，那神态倒有几分像绯绡，"如果娘子能告诉小生，就可以把小生吃掉。"

"我不知道。"那女人惋惜地回答，"虽然看你细皮嫩肉的甚是可口，真是可惜了。"

说完，她又摇曳生姿地继续走路，与王子进和绯绡擦肩而过。

夜风送来她身上的气息，脂粉的香气中隐含血腥，令王子进几欲作呕。

稻草人又脚步轻浮地向前走去，一路上又遇到了独眼妖怪，还有蹒跚的小孩子变成的怪物，每次它都乐不可支地跑过去，却都一无所获。

"真是糟糕，看来只好明天再来。"绯绡望着天上的明月，面现焦急，"眼看就要过午夜了，在此地徘徊极是凶险。"

"啊？明天难道还要我贡献鲜血？"王子进大声抗议。

"嘘，又来一个，这次是个大家伙！"绯绡白衣一闪，灵敏地拉着他趴到路边的草丛中。

只见小路尽头传来簌簌的脚步声，似乎有人正在踏草而来，渐渐一袭袍裾在黑暗中摇曳出现，只见来人眉目温良，居然是个人类的书生。

"他看起来一点也不可怕嘛。"王子进见那书生风吹就倒的模样，似是比自己还弱，"我还以为是什么恐怖鬼怪。"

"以貌取人，失之子羽。"绯绡附在他耳边小声说，"有时越是看上去温良无害的人，越是穷凶极恶。"

王子进看了他一眼，但见他眉目如画，白衣胜雪，在黑夜中看来，更有一番超凡脱俗的风流，不由连连点头："不错，你所言极是。"

那草人见书生过来，殷切地迎了上去："这位公子，想跟你问一件陈年旧事。"

"什么事情？"病恹恹的书生不耐烦道，"我很忙，不要耽误我赶路。"

"是有关这附近的刘家的，几年之前，可有怪事发生？"

那书生的嘴突然咧得极大，眼睛也迸射出精光："如果我知道，你会付什么报酬给我？"

"公子大可将小生吃掉。"

"那你真是问对人啦。"书生的嘴越来越大，嘴角几乎要扯到耳根，"我做妖怪一百多年，徘徊不去，附近的事情我都知道，不过那家发生怪事的时间不是几年前，而是十几年前。"

"哦？竟然有这么久啦？！"

"俗话说，人心不足蛇吞象。"那书生声音嘶哑，笑眯眯地道，"身为一个读书人却耐不住读书的清苦，偏偏要去以经商为业，而且为了生意昌达，居然娶了个妖怪做妻子。"

"妖……妖怪？什么妖怪？"

"这我就不清楚了，总之娶了妖怪之后，刘姓书生的生意越来越好，但是他曾经向妻子发下誓言，殊不知，这世上最可怕的就是跟妖怪定下誓约。"

王子进伏在长草中，只听得胆战心惊，这故事里书生指的分明就是刘居正。

难道他口中的妖怪妻子，就是假死的张氏吗？

却听书生继续道："可是人类终究胆小，两人养育了一女之后，眼见妻子依旧芳华不老，居然心生惧意，对妻子敬而远之，反而娶了一个小妾进门，还让她住进了正房的房间。"

"既是妖怪，怎能忍下这口气？"

"当然了，换了寻常女子都不干，何况是千年妖怪。"书生继续绘声绘色地描述，似乎极其兴奋，"于是她就使了个小伎俩，把小妾吓得疯疯癫癫地离家而去。那男人也被吓得半死，便找了位异人来降伏她。"他继续冷哼道，"可是却不知道，自己跟妖怪定下过契约，即便那人再厉害，也无法伤这妖妻的元神。这女人便躲起来，通过继承了她骨血的女儿报复他，令她终日只会笑，不会哭，每逢他爹有灾，则笑得更加开心。"他说罢一声叹息，"说来说去，无论人鬼，都过不了情这一关。"

"这位妖妻，到底躲在哪里啊？"草人连连追问。

"还能有什么地方？"鬼书生阴恻恻地惨笑，"自然是能通达人世和阴间的物事里。"

"啊？那又是哪里？"

"镜台啊！"书生的嘴咧得更大，宛如血盆，"就是她留给女儿的镜台，她通过铜镜，日日遥望着人间。"

王子进和绯绡听到此处，心中都是一紧。

就在这时，原本病恹恹的书生大嘴一张，一下就把草人吞到了肚里。

接着黑暗中传来巨大的咯吱、咯吱的咀嚼声，还夹杂着不迭的抱怨："不好吃，没有味道，白费我这番口舌。"

"啊！"王子进被这恐怖的场面吓得失声尖叫。

"谁在那里？"书生吐出满嘴草末，朝他们隐身的所在看来，只见他的面孔已经变成了一只青面獠牙的妖怪。

"还不快走？"绯绡立刻拉起他便跑，王子进只觉身子一轻，已在两丈开外。

但此番举动惊动了所有的妖怪，无数妖火和怪异的影子朝两人追来。

"绯绡，这可怎么办啊？"王子进眼见数不清的妖怪如浮云般聚拢，开始绯绡还能招架得住，奈何数量众多，他雪白的身影几乎要被奇形怪状的怪物淹没。

"你快跑，别管我！"

"那怎么行？我们既是朋友，当然要同生共死！"

"呵呵呵……"绯绡在百忙中转头朝他一笑，"你刚刚没有听到吗？这世上最忌是和鬼怪定下誓言？"

王子进刚刚要张嘴回答，突然觉得有人扣住他的手臂，那只手冰冷而坚硬，似有无穷的力气，一下就拽着他遁入了沉沉黑暗中。

在惊鸿一瞥间，只见群妖正围成一圈，口涎直流地大啖一件沾了刺目鲜血的白衣："太好了，千年狐妖也能吃到。"

"这血真是美味，吃了搞不好可以变得更厉害。"

但这景象转瞬即逝，再睁开眼时，王子进只见灯花摇曳，帷帐重重，绯绡拉着他的手，正端坐在圆圈之中。

他惊魂未定，环顾了一下四周："绯绡，我……我们回来了是吗？"

"嗯！"绯绡面色阴沉，似乎极为不高兴。

"既已回来，你为什么摆出这种死人脸色？"王子进不由好奇道。

只见绯绡举起左手，赫然可见，白皙的手臂上多了条伤痕，夜晚中看来分外触目惊心。

他剑眉倒竖，似气到极点："因为你瞎嚷嚷，我不得不牺牲了鲜血外加一件绫袍，才换得逃生的机会。你是不是跟女人在一起待多啦？胆子越来越小，遇到事情只会瞪着眼睛叫！"

王子进被他骂得抬不起头，只得连连垂首道歉。

心下却暗道，这次又被凤仪说中了。

九

既已得知刘夫人躲在何处，绯绡简单包扎了一下伤口，就拉着王子进向凤仪的住处走去。

"这么晚了，去姑娘的闺房不好吧？不如我们明日再去。"王子进望着天心中的明月，不情愿地挪动着脚步。

"你以为她那里很清静吗？"绯绡笑着瞥了他一眼，"发生了昨晚的事，恐怕比我们想象中的更热闹。"

王子进跟在他身后，走向后院。果然还未到凤仪的门前，便听室内传来激烈的争吵，听男人的声音，正是刘居正。

"为什么仆人跟我说，棺木里是空的，里面根本就没有尸骨，是不是我娘还活着？"只听凤仪义愤填膺，厉声质问她的父亲。

"我也不知道啊……"刘居正的声音嘶哑而难听，似悲伤到了极致，"爹曾经做过一件无法挽回的错事，你娘就突然凭空失踪了，生不见人，死不见尸。"

"可是因为那小妾？我好像在梦里听到娘说过。"

刘居正沉默了半晌，终于哽咽着道："而且还不止如此！可是人都是这样，要失去之后才懂得珍惜，现在我最期望的，就是有生之年能够得到阿湖的原谅。"

王子进听他满含悲怆，情深义重，心情跟着低落。

"绯绡，人做了错事，真的就无法回头了吗？"他低低地问。

"从来覆水难收，即便破镜重圆，也会留下不可弥补的裂痕。"绯绡说罢，居然毫不避讳地推门而入。

"胡公子，这么晚了，你闯入小女的闺房是不是太过失礼？"刘居正气得脸色通红，厉声质问。

"可小生是特来请尊夫人露面的，令人死而复生，自然要月黑风高之时。"绯绡毫无惧色，淡定地回答。

父女两人听到他的话，都欣喜得不能自已。凤仪红着眼眶，而刘居正则一把拉住了绯绡的手："公子，如果你能让我见到内人，要我付出再大的代价都可以。"

"她并没有走，十几年来，一直藏身在这个房间里。"绯绡走向那放在床边的精致镜台，只见镜台前放着胭脂水粉，镜光如水，恍如在夜色中凝聚了一湾秋泓。

他从衣袖中取出一张纸符，贴在镜面上，口中低吟着古老的咒语。

那咒语如同《摇篮曲》，静谧中透着神秘，几人的情绪似乎都得到了安抚。接着只见那坚硬的铜镜上泛起一丝涟漪，像是谁抛下石子，击碎了平静的水面。

一张女人的脸，缓缓地出现在了涟漪之中。

凤仪被吓得失声尖叫，女人妩媚的双眼一转，朝她微微一笑，似在让她放心。

随即一只素白的手从镜子里探出来，然后是漆黑的长发，曼妙柔软的身姿，不过转眼间，一个清丽高傲、衣饰简单高贵的女人，便站在了他们面前。

"你是从哪里来的？多管什么闲事？"她不耐烦地瞪了绯绡一眼，语气满含嗔怨。

"夫人，在下只是不忍见一个少女的如花年华被仇恨糟蹋，这才出手的。"

"哼！糟蹋不糟蹋，岂是你说了算的？"

然而她话音未落，刘居正就颤抖着走了过去，神情激动地哭道："阿湖，阿湖。过了这许多年，我终于又见到你了。"

"你还有脸出现在我的面前？如果不是你请来道士，令我受了重伤，我怎么会躲在这铜镜中苟且偷生？"阿湖别过头去，不愿理他。

"你一直这么年轻，我一点点地老去，实在是害怕，才出此下策。这十几年来，我日日后悔，没有一天睡过好觉。"

"人类总是花言巧语，我再也不会信你。"

"那你说要怎么办？哪怕杀了我也行！"

"为何我娘如此可怕，是不是错了？"凤仪躲在王子进身后，战战兢兢地问，"在我的梦里，她明明是那么和蔼可亲，温柔优雅。"

王子进望着灯下怨气冲天的美女，不知该如何回答。

从来憎恨能令人变成魔鬼，即便是妖怪，也不能例外。

"求求你不要再离开我。"刘居正拉着妻子的手，苦苦哀求。

"那我令凤仪只会笑，不会哭，你也不恼我吗？"阿湖眼中闪烁出诡异的光，柔声问。

刘居正顿时语塞。

"我吓疯了你的小妾，你也不怨我？"

这次他脸色煞白，手脚轻颤，显然想起了极为恐怖的往事。

"果然人妖殊途。"阿湖凄婉地说，"我为什么会鬼迷心窍，嫁给了一个凡人？"

"可是，这么多年，你不是也从未离开我和凤仪半步？"刘居正眼中含着一线希望，看向风华正茂的妻子。

"你以为我愿意吗？"阿湖轻蔑地看了他一眼，似在嘲笑他的愚蠢，"如果不是我们许下的誓言束缚着我的灵魂，我早就带着凤仪走了！"

"原来如此！"刘居正仰天长哭，悲怆地说道，"还以为你对我旧情难忘，原来只是我这个凡人一厢情愿的痴想而已！"

"那可未必，"绯绡突然插了一句，"只要她狠得下手杀了你，自可逍遥自在。"

阿湖再次瞪了他一眼，苍白的脸颊上却浮上红晕，似被说中心事。

"只要我死了，你就能自由自在地生活？"刘居正颤抖地松开了妻子的手，微笑着说，"你为什么不早说？如果我死了就能换来你的快乐，那我还活着干吗？"

说罢他手一扬，从腰间拔出尖刀，飞快地划向自己的脖颈，只见刀影一闪，鲜红的血水便溅了满地。

王子进顿时被吓得连连后退，而一直躲在他身后的凤仪，却像是见到了什么有趣的事情，望着奄奄一息的父亲，发出了尖厉的笑声。

笑声凄厉诡异，却又暗含悲怆。

父亲躺在血泊中，女儿却笑得花枝乱颤，这可怕的景象，简直是人间地狱，令人心寒冷至极。

"你这是何苦呢？其实我在很多年前就原谅了你，你只要哄哄我，我就会像过去那样守着你过日子。"阿湖再也顾不上骄矜愤怒，伏在官人身上，痛哭流涕地说道。

"要是时间能够倒流该多好……"刘居正抚摩着她乌黑美丽的秀发，目光涣散。他的意识仿佛飘飞到了十几年前的那个春日，他正在房中苦读，窗棂传来一声轻响，一个貌美的少女，正躲在窗后瞧着他。

从那天起，他的心便不是自己的了，被这少女轻而易举地偷走。

"让凤仪像个普通的姑娘般生活，我们的恩怨……不能葬送她的一生。"他断断续续地交代遗言。

"好，我答应你。"阿湖几乎泣不成声。

刘居正英俊的脸上挂着笑，长舒口气，再无声息。他的生命似乎定格在了那个遥远的春日，那天他拉住了女孩的手，而窗外的紫藤花，盛放如烟霭。

十

"绯绡，他就这样死了，你怎能坐视不理？"王子进眼见刘居正即将死去，连忙催促绯绡。

"子进，你可曾听过苦肉计？如果没有刘居正的自刎相报，这位一根筋的夫人不知何时才能原谅他。"绯绡眼波流转，朝他微微一笑。

"啊？这么说你有办法令他复活？"王子进见他胸有成竹的模样，顿时欣喜若狂。

"你且带凤仪出去，我自有办法完美地解决此事。"

王子进连忙将凤仪带出了房间，可怜这少女已经伤心之至，仍然不断地发出诡异的轻笑，让人见了既觉得害怕，又替她可怜。

他站在院外，听到室内传来尖厉的鬼哭狼嚎的声音，仿佛有无数妖怪聚集其中。这声音令他心惊胆战，瑟瑟发抖，急忙捂住了耳朵。

直至天边泛出蟹壳般的淡青，恐怖的声音才渐渐停歇，房门被缓缓地拉开，走出一个笑靥如花的白衣美少年。

"绯绡……"王子进见他平安无事，不由有些哽咽。

"子进，你是在为我担心吗？"绯绡笑意盈盈地走来，"虽然费了些力气，但还是解决了。"

"我听到那些妖怪的叫声，害怕你被它们吞吃了……"王子进抹了抹眼角的湿润。

"只是做了个交换的法术而已，"绯绡红唇微抿，"用千年道行和万贯家财，换得刘居正一命，只是千金散尽，富贵成空，一切又回到了他们初识时。"

"谁的千年道行？"

"当然是它的！"绯绡怀抱一张，从里面蹿出一只毛发火红的狐狸来，那红狐眼角似挂着泪痕，憔悴而美丽。

"啊？"王子进一见这狐狸，颤声道，"难……难道……"

"不错，这就是刘夫人的真身。"绯绡把狐狸往地上一放，它迫不及待地转身跑回屋里，"阿湖，原来竟是阿狐。"

"那么有凤来仪，也是暗示狐狸精在这个家停留过？"

"多半如此。"绯绡颔首微笑。

而就在这时，一直笑个不停的凤仪，突然哇的一声嚎大哭起来，泪水自她指缝间不断流下，似乎伤心欲绝。

当日傍晚，王子进便跟绯绡拜别了刘居正夫妇，刘居正刚捡了条命回来，只能由刘夫人和凤仪代为送行。

凤仪的两只眼睛哭得像个桃子，甚是滑稽可爱。

"王公子，想不到你也骗我。"临别时凤仪拉着他的衣袖抱怨，"什么眼泪是心的表达？明明又是鼻酸，又是眼涨，难过得要死，我宁可不表达。"

王子进被她这么一说，先是一愣，继而仰天大笑。

奇怪的是，他本想再多跟凤仪说几句，却见绯绡挤眉弄眼，不断催促他动身。以他平时对绯绡的了解，他做点好事，恨不得吃光了人家家中所养的鸡，从未着急离开过。

他无法忤逆他，只能一夹马腹，两人一路疾驰着跑出了西京。

但刚出城门，绯绡就变成了一只狐狸，让王子进背着他走。

"我说你怎么像是见到了猎人的兔子似的跑得飞快？原来是使尽力气，要打回原形了。"

迢迢官道上，王子进一手拉着两匹马的缰绳，一手还要抱着只毛发发亮的白狐，狼狈不堪地前进。

"子进，昨晚我累得半死，只是让你出这么一点力气，你又有什么可抱怨的？"狐狸懒洋洋地瞥了他一眼，不满意地说。

"叫你平时少吃点鸡，你偏不听，现在几乎比猪还要重！"

狐狸似乎极为愤怒，黑眼珠一转，王子进就哎哟一声，重重地摔到了路边长草中。

"子进，我们不要着急赶路了，看看这夕阳美景，又有什么不好呢？"

但见一轮如火的红日，正渐渐隐没万丈余晖，照得天边红霞飞舞，光芒流动，美艳不可方物。

王子进见这人间胜景，不由烦恼顿失，胸中畅快。

"春有百花秋有月，夏有凉风冬有雪。若无闲事挂心头，便是人间好时节。"歇了半晌，王子进摇头晃脑地吟道。

"子进，你所言极是，所以你觉得我重，皆是心有不甘之故。"

幽静的山谷中，传来两个少年你一言我一语的闲聊声。

但是倘若仔细看去，却能见到，万丈红霞之中，只有一人一狐，在欣赏着这天地间的美景。

不知过了多久，长日渐渐隐没，星辰挂满天际，官道边又恢复了往日的静谧。

只有纷乱的杂草，点点的野花，飞舞的流莺，见证了属于他们的传奇。

求籤言

"佛祖赐我一字籤言，引我摆脱业障，上下求索而不得知，思量心间而不得悟，思量心间而不得悟，不得悟……"

一个婀娜的少女走在江宁府的街市上，她蛾眉微蹙，嘴里说着奇怪的话，似乎在为心事苦恼。

可更奇怪的是，她身穿大红色的新娘喜服，招摇过市地在路上行走，居然没有一个人对她多看一眼。

这美丽的新娘穿过闹市，最终走进了一家绸缎铺中。后院的染坊里正绽放着比花更美的颜色，长长的竹竿上，晾晒着红的、绿的、粉的各色的绸缎，如天边云霞，在阳光下绽放出刺目的光彩。

今天阳光大好，正是晒布的好日子。

灿烂的阳光下，连街边的垂柳都被晒得低了头，却有一个小女孩，不过四五岁的模样，正穿着樱红色的小褂子坐在家中的台阶上。

阳光是那样强烈，投射在女孩的脸上，使她玲珑的小小五官，在小脸上投下或明或暗的沟壑。

那孩子没有表情，既不笑也不哭，只是抱膝坐在门槛上，如果这艳阳天下真的有阴凉的话，那阴凉就在那女孩的脸上，不过四五岁的模样，阴沉的颜色却让人害怕。

新娘袅袅婷婷地走到女孩面前，笑眯眯地看着她，眼中没有一丝嫌弃。

"你是容儿吗？"

"我是。"女孩阴郁地回答。

"和我走吧。"新娘伸出了一只手，腕上的金镯子闪闪发光。

女孩点点头，阴沉着脸拉住了那只白白的手，和她走了。

两个人渐行渐远，慢慢地消失在一片灿烂的阳光中，仿佛被这艳阳吞噬了一般。

这样热的天气，正适合午睡，所以没有任何人发现这女孩被人带走了，也没有人知道，带走她的人是谁。

一

半年后，扬州府，正是夕阳西下的时候，王子进跌跌撞撞地从一个刚刚建好的花园里走了出来。

今天是这园子建好的头一天，这家主人就把周围的文人全都请来，一起在花园中吟咏诗歌，题送匾额。

王子进岂能落了这样的热闹不凑，他一大早就来了，诗是没有作一首，酒倒是喝了不少，直喝到黄昏才想起回客栈。

客栈里绯绡还在等着他呢。

他迷迷糊糊地一路走下去，直从繁华的街道走到大路，又从大路走到小路，最后竟走到一片野草丛生的山路上。

"醉里藏乾坤，酒中有天地。谁知饮者意？豪气满云天。"他一面说一面走着，完全没有发现自己走到了荒僻的郊外。

"咦？那是什么？"王子进见不远处有两个人正坐在杂草丛生的小道边。

他又揉了揉眼睛，没有看错，确实是两个人，其中一个还穿着新娘的嫁衣。

这个世道，怎么什么怪事都有？

他挠了挠头，走近二人，是一个十几岁的新娘和一个不过四岁大的小姑娘。

这两个人的衣服和荒山中的景象形成鲜明的对比，在太阳余晖的照耀下诡异异常，王子进的酒也吓醒了一半。

他暗觉不妙，急忙转身就往回走。

哪知还没走几步，就听那女子在身后叫他："公子，公子请留步。"

"耶？"王子进心下暗暗叫苦，只好回过身朝她作了一个揖，"姑娘有事吗？"

"公子，公子可一定要帮我。"新娘急忙站起来和他行了一个万福。

“小生不才，不过如果能加以援手，定当尽力而为。”王子进见这二人模样，八成是迷了路，虽然自己方向感也不好，不过估计送她们回去应该不是问题。

“公子，”那女子说，“我一直召唤求助，可是只有公子一个人来了，所以公子必是我的贵人。”

“贵不贵人还是先说了你的麻烦才能知道。”

那女子低下头，思量了一番道：“公子，实不相瞒，小女子已经死去了多年，现在……”

还没等她说完，王子进就浑身发软，酒是彻底地醒了，他急忙面上挤笑：“这个忙小生怕是帮不了了，毕竟人鬼殊途，还望姑娘珍重。”说完，脚底抹油，撒开脚步就沿着山路跌跌撞撞地跑了下去。

那女子拉着小女孩，望着王子进渐渐远去的背影，脸上一副忧心忡忡的神色。

也不知跑了多久，王子进才回到客栈，此时天已经转黑。

“绯……绯绡。”王子进气喘吁吁地拉开房门，“我终于回……回来了。”

绯绡此时正在摇着扇子纳凉，手中端着茶杯坐在八仙桌旁，见他回来了，面露微笑道：“子进，不是一个人回来的吧？”

“怎么不是一个人？”王子进听了这话，连汗毛都竖了起来，急忙回头看去，脸上的表情一下就僵硬了。

只见阴暗的走廊里，正有咯吱、咯吱的脚步上楼的声音，过了一会儿，一个穿着红色衣服的女子就从楼梯拐角的阴暗处走了出来。

那女子穿着喜服，面露微笑，手里正牵着一个四五岁的女孩，女孩面色阴冷，五官凶恶，正是方才在山上见到的那两个人。

王子进见了只觉得心脏都要停止跳动，那女子见了他倒是异常高兴，朱红的嘴角一牵，柔柔地吐出两个字：“公子……”

这声音像是招魂的呼唤，在黑暗的走廊中回荡，连绵不绝。

二

“子进，快点进来。”绯绡见他吓傻了，一把把他拉进了客房，随后就将手中的半碗茶倾倒在门外，急忙关上房门。

“这是怎么回事？”王子进靠在床沿上瑟瑟发抖。

“嘘。”绯绡伸出一只长指按在唇边，示意他收声。

只见房门的薄纱上，映出一个女人的影子来，可她只站在门外，并不进来。

只听她柔声道："公子，公子请开门，这儿有一汪水潭，我无法越过。"

王子进不由纳闷，门口哪有什么水潭了？转念一想，刚刚绯绡泼了一杯茶出去，估计是用幻术造了个水潭出来。

再看绯绡，一张俊美脸庞挂满了笑意，估计猜得八九不离十了。

他急忙颤声道："姑娘，你有怨报怨，有仇报仇，小生与你素昧平生，你这样纠缠我干吗？"

"公子，公子，小女子实在是没有办法了。"门上的影子低头拭泪，似乎很伤心的样子，"我遇到一个很苦恼的难题，百思不得其解，这才在荒僻处召唤求助，哪想着公子就过来了。"

"都说你八字不好，所以不要到处乱闯，你偏偏不听。"绯绡说着一记扇子就打到王子进头上。

"绯绡啊，你不要埋怨我了，赶快把这女鬼打发了是真。"王子进简直要哭了。

"真是的，每次你闯祸都要我替你善后。"绯绡狠狠地瞪了他一眼，走到那门前，清了清嗓子道，"这位娘子，若再纠缠不休就不要怪我不客气了。"

那女子在门外听了这不是王子进的声音，便不再言声。

"是走还是不走？"绯绡怒声喝道，对这般固执的灵体，万万不能生怜惜之意。

"还望公子可怜，帮个忙吧。"她依旧哀求不绝。

绯绡却不言语，低首嘟嘟囔囔地在说什么，似乎在念什么咒文。

还没等他念完，就听门外有女孩的哭声，接着是一声女人受惊的叫声，那声音尖厉刺耳，接着那门外的人影呼的一下就不见了。

"真是抱歉。"绯绡对着那门的方向说，"只是人有人道，妖有妖道，在下也是为了至交而不得不为之。"

过了许久，也不见再有声息，王子进从床上爬起来，欣喜道："走了吗？"

"你自己看看不就知道了？"绯绡笑着对他说，自己又坐在桌旁，倒了一碗茶喝，撩了撩白色衣袖，甚为悠然的样子。

王子进听了蹑手蹑脚地走到门前，小心地拉开门，只见眼前烈火熊熊，热浪滔天。

"哇！"他急忙关上门，叫道，"着火了，着火了，绯绡，快点收拾东西走路。"

绯绡却笑着说："你再把门打开看一下。"

"还用看？那火都蹿到房顶了！此时不跑，更待何时？"王子进说着回身一把拉起绯绡，神色慌张地要去逃命。

"我走在前面，你跟在我后面吧。"王子进说着把绯绡的衣袖抓起来遮住他的脸，"你最爱臭美了，当心烧坏脸。"

说完，他一把推开门，视死如归般冲了出去。

这一冲，只觉得脚底打滑，差一点坐在地上，他急忙抓住门框，总算是站住了。

再一看，哪里有什么火焰？脚下是一汪茶水，里面还有少许茶叶的渣子。

王子进望着空无一人的走廊，又想了想刚刚的火焰，方始明白那二人为何走了。

他回头看去，身后绯绡穿着白衣，正悠然地坐在灯光下喝茶。

客栈的楼下，月朗星稀，一个穿着喜服的女子正用幽怨的眼神看着那客栈的大门。

"容儿，容儿。"她对那女孩说，"这两人不想帮咱们，咱们再去找别人，就算是多久都可以。"说罢语带呜咽，"为了你，我什么都愿意做。"

那个女孩却一脸的阴郁，用痛恨的目光看着眼前的女人，比黑夜更深沉的，是这幼女满含悲愤的眼。

三

"子进，吃了这次教训，你要小心。"绯绡在客栈内对王子进道，"你八字不好，极易招惹妖孽，我也不能日日跟在你的身边。"

"知道了。"王子进说着伸手入怀，从怀中掏出一个油纸包来，凑到绯绡鼻子下面，"你看，这是什么？"

绯绡的一张面板脸见了这东西一下就瘫软下来，脸上写满了馋相。

"这是烤的鸡腿，很难得的，用炭火烤了一个时辰，又撒上麻油和辣椒，再辅以艾叶、肉蔻等香料，入口就是焦、香、松、脆，实属人间美味啊。"

还要继续说下去，就见绯绡的身后一个雪白的尾巴已经伸了出来，晃啊晃啊，不停地摆来摆去。

"算了，给你吧。"王子进实在是不忍心再吊他胃口，把那包鸡腿递了过去。

"子进啊，知我者莫过你也。"绯绡说着一把抢过鸡腿，拿到一边大快朵颐去了，还边吃边赞叹，"好吃，好吃！"

王子进望着他灯光下贪吃的背影，不由微笑起来。

是的，这种事在他们的生活中不过是一个小小插曲，不过一宿过去，王子进和绯绡都已经把昨夜的经历忘得干干净净了。

三天后的一个黄昏，王子进又醉酒回来，今日和绯绡约好了要去逛夜市，可不能食言，所以他早早就和同僚告别，一个人摇摇晃晃地踏上了回家的路。

"古来圣贤皆寂寞，唯有饮者留其名……"他一边吟着诗，一边走在回家的路上。可是他脚一歪，身一斜，又走上了通往山间的小路。

简直就像是有人在为他带路一样，不过王子进却全然没有发觉，晃晃悠悠地一路往前走着。

不知走了多久，又见山间绿树，叠映成翠。

"咦？这是哪里？"王子进这才发现不妙，刚刚要折返，就见不远处一个穿着红色新娘衣服的女子带着一个小女孩坐在路旁。

几日前的事又涌上他的心头，王子进只觉得心中一冷，这可怎么办才好？

但是还没有等他想好托词，就见那新娘望着自己的脸色由欣喜转为失望，最后竟然抽泣起来，声音凄厉而伤心。

"姑娘你不要哭啊。"王子进挠着头走了过去。

只见那女子指着他，伤心地说道："我一直用异术召唤能人相助，哪想来了这十几天，两次都召来了你这个……这个……"

"我什么啊？"

"你这个呆头呆脑的书生。"

王子进听了心下不快，但又不好说什么，只有挠头的份儿。

"我问你，"她说着抹干了眼泪道，"这扬州就你一个人吗？"

"不是啊，马路上人来人往，好不热闹。"

"那怎么来来去去就你一个人？"

"这我怎么知道？"王子进也是满腹牢骚，他又不是自己愿意到这鬼地方的。

"那你可是身负异能？"

"……"

那女子望着王子进茫然的脸，似乎更加伤心，又哭了起来，只觉得前途无望了。

"算了，你不要哭了。"王子进被她哭得心烦，摆摆手道，"我的朋友能够帮你也未可知，你跟着我来吧。"

"真的？"那女子听了展颜一笑，"那我先谢谢公子了。"

"不要谢我，还不知道能不能帮你解决呢。"王子进只是觉得自己今后每次出门游玩归来，回家的时候都要在这山里转一圈也不是长久之计，所以一定要将她快快打发了，自己才能逍遥自在地玩乐。

那女子却很开心，一路上牵着小女孩乐颠颠地跟着他。

"咳！你叫什么名字啊？"王子进走了半天的路才想起来。

"小女子名唤兰香，公子可叫我小香。"她低头又笑了一下，王子进这才发现这个兰香年纪不大，眉眼媚人，姿容清秀，只是脸上有一股忧愁之色，倒是平添了几分美丽。

看她小小年纪，就变成了灵体，怕是生前的身世也是可怜的。

他想到这里，突然觉得她也不是那么可怕了，倒是她手上牵的孩子，却是阴气森森，令人望而生寒。

"子进，你又带了什么东西回来了？"王子进一推开客栈的大门，就看见绯绡满脸不悦地望着他。

"嘻嘻，绯绡，帮个忙吧。"王子进嬉皮笑脸地说，身后正站着兰香和女孩。

"公子，小女子实在是无能为力，望公子能帮帮我吧。"兰香低着头，怯生生地从王子进的身后走了出来，朝绯绡作了一个万福。

才一抬头看眼前的人，她立时便呆住了，半晌才道："想不到公子是这般神仙似的人物啊……"

这一句听得绯绡极为受用，只见他伸手抚着自己的长发，甚为得意地清清嗓子道："娘子请说吧。"

"公子。"兰香坐在八仙桌前娓娓道来，桌子上的烛火忽明忽暗，"我本是一个枉死的女子，已经死了五年，活着时候的事情我早已忘记，可是却不能得到解脱。"

"为什么不能解脱？"王子进好奇道。

兰香婉然朝他们一笑，甚为凄苦地说："因为我执念太深，成为蜉蝣灵体，是幸运也是不幸。"她在灯下看了看手掌，"佛祖给了我一字箴言，助我脱离苦海，我却因为这一字箴言，陷入了真正的苦海中。"

她长叹了口气："可惜我游荡五年，尚未参透，所以才在闹市边向人求助，只希望能遇到绝顶聪明的人帮我解答谜底！"

"那是什么字？"

"就是这个字。"兰香说着把手掌凑到烛光下摊开，细嫩的手心中，清晰可见一个隐隐发光的"如"字！

王子进和绯绡见了相视一看，脸中全是迷惑的表情，都不知这字蕴含着什么深意。

四

"这不就是个'如'字吗？"王子进好奇地问道。

"不错，就是'如'字。"兰香把手缩了回去，"当初佛祖指引我用心思量，待我悟得这字间真义的时候，就是我完全转生之日。"

"完全转生？"绯绡听了一脸疑惑，"这么说你已入了轮回？"

"对，但不完全。"她说着指了一下那个在床沿上坐着的小女孩道，"她叫容儿，就是我转生的孩子，现在已经四岁了。"

"什么？"王子进望着灯光下那小女孩阴沉的脸，只觉得身上的汗毛都竖了起来，这孩子总是阴着脸，不言也不语，他还以为也是一个灵体，哪想到是个活生生的人。

"这事可棘手了。"绯绡望了望兰香，又望了望那个小女孩，"你还在这世上，那么说转生不完全？"

"不错，"兰香泪水又涌了上来，"所以容儿她不会笑，也不会感到快乐，当我从这个世界上真正消失的时候，她才会与一般孩子无异。"

"因为你一直悟不透那个字的含义，所以才一直没有消失？"

"公子明慧，"兰香又哭了起来，"我年纪轻轻就死了，虽然不知道是为什么，估计也是枉死，我不能再因为自己的驽钝，耽误了容儿的一生啊。"

"绯绡，绯绡，怎么办啊？你快点想想办法吧。"王子进在一边急得跳脚，早知道是这样大的麻烦，他就不带这两个怪人回来了。

只见绯绡剑眉紧锁，拿着笔，蘸了墨汁在白纸上写了个"如"字，不知在思量什么。

他过了半晌才道："这字里有一个'女'字，一个'口'字，我们先从这'女'字入手看看。"

"从'女'字入手？"王子进纳闷道。

"我们要先弄清她是怎么死的。"绯绡指着兰香道，"她身穿喜服，怕是成亲的当天就死了，只要找出这附近五年前哪家办喜事的当天死了新娘不就好办一些？"

"喜事当天死新娘的太少了，这个确实比较好找。"王子进听了就要收拾东西，"事不宜迟，我们这就收拾东西出发吧，明天一大早就出去打听。"

"子进，"绯绡急忙站起来按住他，"我自有办法，今日太晚了，要明日再安排。"

"要怎么安排？"

绯绡却故意卖着关子不说，伸了个懒腰，打着哈欠道："现在天色已晚，我要去睡了，明日再说吧。"

"绯绡，绯绡，你告诉我吧。"

绯绡却眼波流转，朝他笑了一下，根本就没有回答，拉开自己的房门，进去睡了。

王子进待在门外，知道他一向爱卖关子，今晚怕是问不出什么结果了。

"那个，那个兰香姑娘……"王子进支支吾吾地对她说。

"王公子叫我兰香吧。"

"兰香，"王子进继续挠着头道，"你不用着急，我这个朋友本事很大，定会助你的。"

兰香见王子进憋了半天才说出这样的话，突然觉得感动莫名，只觉鼻子酸涩，甚是难受："王公子也早些安歇吧。"

"你睡我这里吧！"王子进笑道，"我在长椅上将就一夜。"

是夜，月光如水，王子进望着窗外的圆月，只觉得头脑中一团迷雾，不知这一字箴言到底蕴含着什么意思，辗转反侧，百思而不得其解。

屋子里传来兰香轻声唱歌的声音，估计是在哄容儿入睡，那歌声婉转好听，只听清最后几句是：柳外重重叠叠山，遮不断，愁来路。

王子进听着这唱词，只觉得心中难过，一腔思乡之情全被勾起来，离家已经快一年，不知母亲现下如何了。

窗外子规夜啼，声音凄苦，似乎知晓人事般，一声声直能叫到人的心里去。

是不是这世间万物皆有愁思呢？

不论是人，是鬼，还是这夜啼的鸟儿，在这月光的照耀下，皆有一腔心绪，无从寄托。

五

第二日一大早，王子进便把绯绡从松软的被子里拉出来。

"绯绡，昨日不是说好的？快点出发吧。"

"去哪里啊？"绯绡头发披散着，睡眼惺忪，显是不愿起来。

"不是去打听新娘的消息吗？"

"谁说我去了？"绯绡说着又躺了下来，"子进，你不用着急，现在养足精神，黄昏的时候我自有办法。"

"还要等到黄昏？"王子进望着外面的天色，正是艳阳高照的白天，他长长地叹了口气，却又无可奈何，只好也去睡了。

不知睡了多久，只觉得有人摇他："子进，子进起来了。"

"嗯？"他睁眼一看，绯绡穿着白色的衫子，黑发也用白绸束了起来，面如满月，一双美目中正带着笑意望着他。

"你这是？"王子进见他已收拾停当，显是一副要出门的模样。

"我们去捉仆人。"绯绡说着扬了扬手中一个竹篾的笼子，笑着走在前面。

王子进一头雾水，赶快爬起来跟在他后面出门，兰香见了也跟着出去，两个人跟在绯绡身后，都是一脸疑惑表情，不知他葫芦里卖的什么药。

只见绯绡白衣飘飘，身材纤瘦，一路在前面走着，路旁景色越来越荒僻，三人已经来到了一片荒草中。

"到了。"绯绡回头朝两人笑了一下，"就是这里。"

"我们到这里干吗？"王子进望着荒草丛生的周围，不由纳闷。

"这里有好多的仆人啊。"绯绡一伸手已经从草丛里捉了一个东西出来，凑到王子进眼前道，"你看，就是这个。"

王子进见他纤长的两指间捏了一个绿色的小虫子，那虫子通体碧绿，翅膀如薄纱一般，倒也好看。

"这是什么？"

"这是螟虫。"绯绡说着把虫子放入竹笼中，"它们能够带了信息回来，不管是阴间还是阳间，皆能自由出入。"

"还有这般好事？"王子进在一边听了乐得直搓手，"这么说我们只要将虫子放出去等消息就可以了？"

"不错。"绯绡嘴角一牵，甚为得意，"所以我说你不要着急嘛。"

"绯绡，你太厉害了。"王子进欢呼着就去捉虫子了。

绯绡望着他雀跃的背影，嘴边挂着笑意，一转眼就看到同样一脸笑容的兰香，眉头不由皱了起来。

这次放螟虫出去，很多事皆可真相大白，希望这个小小女子，能得一个善终吧。

"王公子，多谢你助我。"兰香一边捉虫，一边对王子进说，"我这五年来，终于看到一丝希望了。"

王子进见她一身红衣，被夕阳染成金色，真正是美丽异常，又有谁能想到她这样一个妙龄女子仅是一缕微薄的灵体呢？

正如谢了的花，现在留下的仅是一缕芳魂，一丝余香。

"不，不用谢我。"王子进急忙在草中翻着虫子，低首道，"第一次见你的时候，我还把你撵了出去，你不会怪我吧？"

"不会，"兰香含泪笑道，"王公子这般助我，我怎会记恨于你？"

王子进见她不开心，急忙逗她："你说佛祖给了你一字箴言，你可还记得佛祖是什么样子？"

兰香听了笑了一下："佛祖吗？好像在凡人来看，就是你心中记挂的人的样子，所以佛教里的诸神皆有很多化身。"说罢低首含笑，"我眼中的佛祖，是一个慈眉善目的老妇人。"

王子进对这答案甚感失望，也不好再继续问下去，只有低头捉虫。

两人捉了足有两个时辰，天色已经完全黑了下来，虫子也越来越难捉了。

绯绡手中那个小小的竹笼里，已经装了百十只虫子，在黑夜里散发着幽幽的绿光。

"差不多了，这些虫子应该很快就能给我们带来好消息。"绯绡说着，把竹笼托在手上，口中念念有词，不知在说些什么。

只见那竹笼中的飞虫，似乎对他说的话有感应一般，绿光一会儿暗一会儿明，把绯绡的一张脸，也映得如大理石般光洁好看。

"好了。"绯绡笑意盈盈，伸出两指，打开了笼子的门，里面开始稀稀落落地飞出点点的青光来。

渐渐那青光越来越多，直如一把繁星撒在黑暗中，消散在遥远的天空。

王子进被那荧光包围，只觉得像是踩在云端，正与繁星朗月为伍，不由心中喜乐无比。

过了许久，那光才散去，周围又陷入了一片黑暗，只有荒草遍野，晚风萧瑟，无限凄凉。

"好美啊。"王子进这才敛回心神，只觉得方才似乎到太虚游历了一番，是不是人生也是如此，弹指芳华，转瞬即逝？

正自悲哀，只见晚风中，绯绡白衣如雪，袍裾随风飘扬，正面朝他微笑，似乎已经明白他的心事一般。

"子进，我们回去了。"

"绯绡，做人好累，我刚刚也想变成那青虫飞去了。"

"你别看那青虫美丽，"绯绡笑道，"它们现在都要受我指使，怕也没有那么好过。"

"嗯？你怎生指使它们？"

绯绡朝他坏笑了一下："我先把它们捉到笼子里，再用自由要挟它们，和它们定下契约。"他说罢又摇头补充，"它们为了自由，自然要帮我的忙了。"

"你、你这不是乘人之危吗？"

"那现在你还羡慕那青虫吗？"

王子进急忙摆摆手道："不不不，我还是自由自在地听歌赏曲比较好。"说罢，疾步走在头里回客栈去了。

绯绡笑着跟在他后面，只觉得有趣。

只有身着喜服的兰香，站在荒原中一直愣愣地望着满天繁星，似乎那点点星光，都化成她那小小的微薄的希望。

六

过了没有两日，王子进就不觉得那些虫子有多美了，回想起那夜美丽的光辉也只有头痛的份儿。

因为在这草长莺飞的暮春，他们每天都要把窗户全都打开。

这也不算什么，最可怕的是每天在这窗户里进进出出的都是虫子，一只只，一个个，络绎不绝，比酒楼的门庭还要热闹几分。

而绯绡就端坐在客厅里，摇着折扇等着各路消息的到来，那模样就像接受大臣朝拜的天子。

"子进，赶快把这两只捉住扔出去。"绯绡急忙指使王子进。

那些虫子完成任务以后，便与一般虫子无异，丝毫没有灵性，爬得满屋都是，王子进每日就是不停地捉虫子，再把它们扔出窗外。

这一天下来，累得他连腰都直不起来。

"王公子，我帮你捶捶背吧。"兰香见了甚是过意不去。

"不，不用了。"王子进趴在长椅上，望着烛光下的绯绡，现在已经是晚上了，总算是没有虫子再飞进来，"我说绯绡啊，这样的日子已经有三天了，到底有没有消息啊？"

"当然有消息。"绯绡笑道，面向兰香道，"兰香姑娘……"

"公子请叫我兰香吧。"兰香听他这样称呼自己，面色一红。

"兰香，"绯绡朝她笑道，"你对于江宁府有什么特别的记忆吗？"

"江宁？"兰香听了眼神迷离，似乎勾起她的心事，"容儿就是江宁人士，而我也总在江宁附近徘徊。"

绯绡听了这话含笑道："也许我们快要知道你活着时的事了，昨日一只青虫带回消息，五年前有一个新娘，刚刚结婚就死了，正是江宁人士。"

兰香听了这话面色一下就僵住了，似乎是平地里响了一个炸雷，只炸得她的心里既没有喜也没有悲，一时头脑中一片空白。

"怎么死的啊？"王子进没心没肺地趴在长椅上问。

"不知道，"绯绡摇头笑道，"时间过得太久，这是青虫带来的隐隐约约的消息，还要我们确认再说。"

"那我们明日就出发吧。"王子进说着望向兰香，"坐船从长江顺流而下，两日就能到达。"

只见兰香面色凄婉，点了一下头道："好。"一点也不见喜悦的颜色。

"她这是怎么了？"王子进悄声问绯绡。

"就是仅剩一缕思念，听着自己已经死了的消息也不会好受吧？"

王子进望着兰香的侧脸，似懂非懂地点了一下头。

次日，几人就收拾一下东西出发了，绯绡一到渡口就雇了一条最华丽舒适的船，还特意去集市买了两包鸡腿才上了船，真是半点也不能委屈自己。

王子进对于他的行径已经见怪不怪，只当他是一只狐狸，在山里待了久了受了不少的苦，现在好不容易到了繁华人世，要把以前没有享受到的都找回来。

"容儿，容儿，吃鸡腿啊。"王子进拿起一只鸡腿在甲板上逗弄那女孩。

那女孩也不说话，伸手接过，眼神凶恶地啃了起来，好像在吃自己仇人的骨肉。

王子进见了她的表情，不由打了一个寒噤。

看来是该早早悟透那一字箴言，这简直就是恶魔的孩子。

"王公子，两日以后就要到了吧？"

"是。"王子进见兰香过来，急忙站了起来。

"王公子，此番多谢你了。"兰香低首道，"希望兰香化为烟尘后，公子还能记得我吧。"

"兰香，"王子进笑着拍了一下心口道，"不会化为烟尘的，因为我的心中有你，绯绡也会记得你，你只要留在我们的心中，就永远都不会消失。"

说罢他又望着滔滔江水道："人生便如这长江送流水，又有何人不会化为烟尘？但这长江后浪推前浪，生命也是如此生生不息，死了的人会在活着的人的心里继续存在，就是在这前仆后继中，人生才如长河般源远流长。"

他又笑道："你不也是为了容儿才这般努力吗？"

兰香听了这一番话，不由愣住了，望着滔滔江水，似乎有无限哀思。

月上中天的时候，绯绡雅兴突发，盘膝坐在甲板上合着和煦的春风吹起了玉笛。
那笛声悠扬动听，在长江上随着流水奔流不息，正是一首《春江花月夜》——
江畔何人初见月？江月何年初照人？
人生代代无穷已，江月年年只相似。
不知江月待何人，但见长江送流水。

兰香在舱里见甲板上的人白衣飘飘，仙乐缥缈，想着长江流水，人生轮回，何其相似，又望着容儿的脸，突然觉得心中豁然开朗，对于前途再无畏惧。

七

两日后，几人到了江宁府。

绯绡却并不下船，指引着船夫继续走下去，终于在日暮的时候停在一个小小的村庄。

"是这个村子里吗？"王子进不由失望，他一向在繁华闹市里游玩，根本就没有来过这样荒僻的地方。

"这村子里有一个叫黄大的人，好像五年以前死了新妇。"

"黄大？这名字好生奇怪。"

"估计是他娘起名的时候图省事，老大就叫黄大，老二就叫黄二吧。"

王子进瞟了一眼兰香，觉得她像是哪家的小家碧玉，虽然不是豪门之女，但是好像也不能和这样的"黄大""黄二"扯上关系。

但世间有无限可能，不能妄下结论。

几人就踏着夕阳，从小路走到田埂，去找那个叫作黄大的人去了。

不知行了多久，看见一群村夫扛着锄头回来，王子进连忙快跑两步，朝他们作了一个揖道："请问哪位是黄大？"

"我就是。"从那群村夫后站出一个魁梧的汉子，身材高大，面目却生得甚为丑陋。

王子进一见这人立刻呆住了，感觉像是蚍蜉遇到了大象，他现在觉得黄大这个名字倒是在形容一个人很大。

"找我什么事啊？"黄大居高临下地望着王子进道。

"我……我……"

"我们是夫人的娘家人，这次是来祭拜她的！"绯绡急忙在后面抢上一步道。

这话一出口，那些村夫都愣住了，黄大则是一脸怒容："谁说我娘子死了？她还好好地活着，你们是哪里来的穷酸书生，来诅咒我娘子？"

绯绡和王子进听了这话，都是一愣，相视看了一眼，不知该如何是好。

"不会有错，那青虫可直达阴间，我们回去再从长计议。"绯绡说完就朝黄大作了个揖道，"我们弄错人了，请壮士不要放在心上，在下这就告辞了。"

说罢，他拉着王子进，急急忙忙地走了。

身后的那帮村夫还在不停地起着哄。

"我家娘子好着呢，晚上还经常织布，这些你们都是知道的。"那个黄大提起自己的妻子，一张丑脸上露出了羞涩的笑容。

"绯绡啊，你这消息是不是不对啊？"王子进急忙问他。

"不可能。"绯绡歪着脑袋不知道在想些什么，过了一会儿道，"今天晚上，我们就想办法去他家看看，看这个粗人，到底藏了什么古怪。"

"你去？"

"不，子进，你去。"

王子进听了又哇哇哇地叫起来："为什么又是我？"

"我还有别的事要做啊。"绯绡拿扇子掩嘴，笑得得意。

王子进见他这一脸坏笑，就知道今夜没有什么好事，不由长长地叹了一口气，眼见夕阳西下，夜晚就要来了。

当晚月上中天，王子进一个人走在村庄的土路上，天空中的月亮残了一角，一把细碎的月光洒在地上，宛如细碎的宝石。

"村里墙最高的那家即是黄大家。"白日里问过一个乡间的老汉，是这样回答的。

"最高的墙？最高的墙？"王子进一边思量一边寻找着。

果然又走了两步，就见到前面不远处一个类似于堡垒一般的东西立在月色中。

王子进远远地望着那围着黑色高墙的人家，不由吞了口口水。

那高高的围墙，夜里看去分外诡异，似乎有什么洪水猛兽要从那堡垒中喷涌而出。

"算了。"王子进一想到兰香的脸，只好硬着头皮又往前走去，"不入虎穴，焉得虎子？"

待走到高墙外面，他这才发现这墙筑得足有两个半人高，而且两旁几十米内都没有一户人家。

"真是奇怪。"王子进一边搬石头垫脚一边嘟囔着，这种村庄气氛和睦，一般都是左邻右舍的互通有无，哪里有自己搭个堡垒住得离别人那么远的？

足足花了半个时辰，王子进才手脚并用地爬到墙头，只见高墙里是一个小瓦房，有三四间屋子，其中一间屋子亮着昏黄的灯光。

咔嚓、咔嚓，织布的声音从屋子里传来，清脆响亮，在夜色中悠扬地飘向远方。

王子进趴在墙头，只觉得这景象古怪无比，天上一轮明月高悬，此时已近丑时，哪家的妇人又会在这深更半夜摆弄织机呢？

八

他见旁边一株大树枝叶繁茂，郁郁葱葱，想也不想，就伸手抓住树枝，小心地溜了下来。

这种偷鸡摸狗的事情干得多了，自然也就轻车熟路！想他一个熟读圣贤书的书生，竟然沦落到这种爬墙越户的地步，真是欲哭无泪。

可是也没有多少时间能让他伤感了，他急忙拍拍身上的泥土，蹑手蹑脚地往那亮着灯的屋子里看去。

只见屋内一灯如豆，窄小的斗室中摆着一架木质的织机。

正有一个妇人，体形健硕，盘着乌黑油亮的发髻，穿着粗布印花的衣服在织布，一只手拿着织梭上下挥舞着，倒是十分忙碌的样子。

这家的女主人看来真是尚在人世啊！

王子进不由纳闷，绯绡为什么偏偏说人家已经死了呢？

他又看了一眼那在深夜织布的女人，突然觉得身上的汗毛都立了起来。

在那昏暗的灯光下，依稀可见那织梭上下翻飞，如舞动的蝶。

但是那却是一只没有线的织梭，没有线的织梭又怎么能织布？

她不是在织布？

那为什么要在半夜里坐在这儿摆出织布的样子？

王子进只觉得这事情诡异至极，自己实在不敢多待，刚刚要走，哪想着脚踏在石砖上发出嗒的一声脆响。

那屋子里的女人听到声音，缓缓地回过头来。

万事休矣！王子进心中暗叫，急忙拔脚要走，哪知见了那女人的面目，他一时竟愣住了，久久都回不过神来。

只见在幽暗的灯光下，一张丑陋的脸正面向着他，那人顶着黑亮的云髻，穿着碎花的衣服，面孔被忽明忽暗的灯光晃得分外狰狞。

这张脸是如此熟悉，白日里在田埂上还见到过，正是那个丑人黄大的一张脸。

"是什么人在外面？"只见屋内突然一片漆黑，估计是里面的人吹灭了油灯。

"天啊，天啊！"王子进手脚发软，但还是摸摸索索地往大门跑去，伸手一推，门却纹丝不动，一把锃亮的铜锁正在夜色中闪着光。

"怎么在里面还锁着门啊？"王子进哭丧着脸又望了一下眼前的高墙，现在垫石头逃跑已经来不及了。

正在走投无路间，只听身后吱呀一声，有人从屋里出来了。

王子进听了这声音，七魄吓走了六魄，急忙慌不择路地回身钻到了一间屋子里。

那屋子里堆满了柴草，似乎是个柴房。

他急忙钻到柴草堆里，连大气也不敢喘一声。

隐约可以听到有人走路的声音，那人也没有点灯，在院子里转了一圈就又折返回来。

脚步声越来越近，门嗒的一声被打开了。

王子进的一颗心已经提到了嗓子眼，屏住呼吸生怕被人发现。

他从干草的缝隙里，可以看到一个粗壮的人影走进来，环视了一周，似乎没有发现什么变化，那人又蹑手蹑脚地退了出去，去查看别的屋子了。

王子进见他走了，不由松了口气，哪知一回手就摸到一把柔软的丝一样的东西。

很长的、很滑的、柔软的丝线。

黑暗中看不分明，那东西上似乎还带着一丝腐败的气味。

他把手上的东西举起来，借着月光仔细地看了一下。

这东西看得分明，王子进只觉得心脏停止跳动，恐惧已经完全地操纵了他。

这比刚刚看到男人穿着女人的衣服在夜间纺纱更让人害怕。

因为他清晰可见，手上纠纠缠缠的，在夜光中发着幽蓝光泽的，分明是一把女人的长发！

九

"哇！"王子进再也控制不住了，大声尖叫，一下从柴草堆里跳了出来，拼命地甩着自己的手。

可是那长发竟如海藻般纠缠着他，怎么甩也甩不脱。

正在慌乱间，只见柴房的门被人一把推开，一个高大的人影拿着一柄闪亮的斧子冲了进来。

"救……救我啊！"王子进也顾不得那么多了，这人虽然凶恶可怕，总比死人要好。

那冲进来的人正是黄大，见王子进的手上攥着一把头发，立刻明白了几分："你……你居然打扰我娘子休息？！"

"这……这是你娘子？"王子进哆哆嗦嗦地问道。

"不错，她一直在这里好好的，偏偏你闯进来打扰她！"

"既然是你娘子，你就和她说说，不要纠缠小生了。"王子进边说边用手拼命地解缠在手上的头发。

只是两只手都在发抖，折腾了半天那头发似乎是长在他手上一般，怎么弄也弄不下去。

"这可怎么办啊？怎么办？"

还没等他哭完，就觉得耳边一阵凉风拂过，王子进以为是女鬼显灵，吓得一下就抱头蹲在地上。

这一蹲不要紧，紧接着只觉得头上当的一声，是金石之声，墙上还溅出少许火花。

一把板斧正砍在离自己的头颅仅几寸的墙上，深入寸许。

王子进立刻就傻了眼，回头一看，那个黄大正在看着自己狞笑，一排黄黄的板牙，在夜色中看得清晰，简直就是如鬼一般的面孔。

"所有打扰到我娘子的人都要死！"那黄大一字一句缓缓地说道，说完又一板斧朝王子进挥过来。

"哇！"王子进急忙躲开，眼见这村夫已经神志不清醒，也不知绯绡到哪里去了，这种时候也不来帮他。

两人正在斗室中搏斗，院落里那锃亮的铜锁像是有人拿钥匙打开了一般，锁簧发出轻响，接着啪的一声就掉落在地上。

院子里没有风，但是门却徐徐地开了。

一只穿着绣鞋的脚踏进来，绣花的红色裙裾掠过门槛，那是新娘才会穿的喜服的裙裾。

"我与你无冤无仇，你干吗要取我性命啊？"王子进哀号着。

"我娘子那么辛苦，晚上还要纺纱，所以打扰她的人都要死！"黄大说着更有搏命之势。

王子进见他神志不清，急忙钻了个空子要冲出门外。

哪想着手上的发丝还没有解下来，刚刚跑了几步就觉得后面似乎有什么东西拉了他一把，把他拽了个跟头，接着是哗哗啦啦的一阵声响。

王子进急忙回头一看，那柴草堆被他这么一拽立刻崩落倒塌，里面一个尸骨歪歪斜斜地露了出来。

那是一个几乎只剩白骨的尸体，身上的衣服都已经破烂成条，但是隐约可见那是红色的布料，正是一具穿着喜服的尸体。

骷髅头上的发丝，有几缕正缠在王子进的手上，一双黑洞洞的眼窝，直直地望着他的方向。

似乎在求救，又似乎有满腔怨恨。

王子进坐在地上，见了这骷髅，不由得吓傻了，慢慢地往外移去，拼命地摇头："不，不要来找我，不是我害的你。"

那黄大见尸骨露了出来，一把扔了斧子，几步过去把那尸骨扶正坐好，又爱怜地捋了捋它的头发，柔声道："娘子，娘子，是我不好，可是摔痛你了？"

一张脸上挂满柔情蜜意，配着凶恶的五官，让人看着说不出的毛骨悚然。

王子进急忙一把捡起地上的斧子，手一挥就剁断了缠在手上的头发，跌跌撞撞地往外跑去。

才跑了没有两步，他面色惊恐，又一点一点地退了回来。

只觉得浑身大汗淋漓，似乎做了一个可怕的噩梦。

他的面前，正有一个女人，穿着新娘的嫁衣，脚步徐徐地往前走着，那个女人面色苍白，嘴画得分外红，似乎刚刚从花轿上走下来的一般。

她头发披散着，面无表情，在夜色里像是凝固的一幅可怕的画。

夜是背景，红是底色，泛着幽怨的鬼气。

十

王子进一步步地后退，终于一脚绊在门槛上，一屁股坐在了柴房的门边。

那个女人却看也没有看他一眼，拎着裙角，迈过了柴房的门槛，直接朝着那副骷髅去了。

只见她缓缓地蹲下，似乎在看一个好玩的东西一样仔细地打量着那具尸骨，脸上全是惋惜的表情。

"我生前是那么美啊，没有想到只有五年，就变成了这般模样。"她说罢轻笑一声，"人说红颜最易老，真是不错，真是不错！"

黄大也看到那个女人，脸上露出欣喜的表情："娘子，娘子，你回来了？"说罢声音竟带着呜咽，"我就知道，你没有死，你一定会回来。"

"夫君，"那女子缓声道，"我知道你喜欢我，可是这世间的事，不是你喜欢就可以的。"

"娘子，娘子，你还要抛弃我吗？"

"我结婚那天就已经自缢而死，哪想到我做鬼你还不放过我，让我暴尸了五年。"

"娘子，娘子，我错了，娘子。"那黄大立刻磕头如捣蒜，"你说我要怎么做，只要你回来，怎么样都可以！"

那女子却轻笑一声："水倒在地上又怎么可能再收回去？话说出来又如何能吞回去？"说罢，她顿了一顿，"同样，人死了又怎么能复活呢？"

黄大愣愣地望着眼前的人，似乎在努力地思考着什么，又好像在反复地咀嚼着这话。

只听那女子道："谢了的花要它留在枝头是不可能的，同样，人死了也是如此。你又何必为了那些谢了的花，那些死了的人，赔上自己的幸福与快乐？"

黄大喃喃念道："谢了的花？死了的人？"

似乎在思索一件极为重要的事。

"爱何其深？恨何其深？这世上的事，一旦执着就会陷入魔障。"

"爱何其深？恨何其深？"黄大又重复了一遍，似乎要急于把这话参透。

外面依旧是圆月清风，王子进见那两人全情说话，急忙悄悄地爬了起来，往门外走去，刚刚走到大门，就看到一个人白衣如雪，正站在门外。

王子进见了这人，不由浑身虚软，一下安心下来，哭丧着脸道："绯绡啊绯绡，吓死我了，你怎么才来啊？"

绯绡见他受惊不小，急忙安慰他："我也没有想到会这样，我设了个法术，把黄大妻子残存的思念召出来，希望能解脱这人的心魔吧。"

"这是怎么回事？"王子进急忙问道。

"这黄大面目丑陋，偏偏娶了一个略读了些诗书的美貌女子为妻，这女子在结婚当天看到丈夫后，后悔异常，自缢而死。"

"是这样啊，那他为什么和别人说自己妻子未死？"

"那黄大仅见了妻子一面，竟然不能忘情，就对外说自己的妻子没有死，尸骨也未下葬，一个人搬到远处居住，又筑了围墙，唯恐别人发现他妻子已经死了，只期有朝一日他的妻子能够复活。"

"这根本就没有可能啊……"

还没等说完，王子进就见屋子里面大步地走出一个人来，那人高大魁梧，跌跌撞撞的腿脚不稳，目光呆滞，口中还喃喃念着："爱何其深？恨何其深……"

绯绡见他出来，急忙一把把王子进拉在身后，可那黄大似乎没有看到二人一般，转眼间消失在一片漆黑的山幕中。

王子进和绯绡对望一眼，都想不通其中缘故，两人好奇地穿过庭院，走进柴房。

只见如水的月光倾泻在那斗室中，一具穿着喜服的尸骨，正端坐在柴房中央，似乎有生命一般，坐得直直的，一袭长发，在黑夜中闪着幽蓝的光。

绯绡和王子进见了那尸骨，只觉心中有说不出的难受，这个连名字都不清楚的女子，生前就受到命运的捉弄，哪想死了还不能入土为安。

两人想着就朝那尸骨拜了一拜。

"姑娘，承蒙相救，小生定会让你早日入土，得偿心愿。"

王子进刚刚说完，那尸骨似乎得到感应一般，一下委顿在地上，跌得七零八落，尘土四起。

"她心愿终于了了，这个女子，也是可怜的……"绯绡长长地叹了一口气，回头望向圆月，耳边松涛声起。

似乎风中有人在窃窃私语，是谁？

悠长的叹息。

过了几日，王子进和绯绡择了一个好日子把黄大妻子的尸骨安葬了。

那碑上连个姓名也没有，一个早早就死了的女子，一个五年都没有入土的尸骨，最终又得了一块没有名字的石碑。

王子进只觉得这人生苦短，朝生暮死，正有无限感慨，只见远方走来了一个高大的穿着灰色衣服的僧人，那僧人面目丑陋，身材魁梧，缓步走了过来。

只见他朝那石碑拜了几拜，面露凄凉之色，然后挥了挥袖子，迈开大步就走了，且行且歌：由爱故生忧，由爱故生怖。若离于爱者，无忧也无怖……

"那人是谁？"王子进在夕阳中望着那僧人远去的背影问绯绡。

"我不认识。"绯绡笑道。

"你不认识，那我也不认识！"

两人只觉得做了一件很好的事，心中舒畅，比肩回了客栈，夕阳如血，映照着那光滑的石碑，给冰冷的石头镀上了一层粉红的颜色，像是女子含笑的桃花脸。

而几里之外，正有一只青虫，翅膀残破，挣扎着往江宁的方向飞来。

十一

两人走在土路上，远远就见那被夕阳染得发红的路尽头站着一个人。

那人的衣服，随风飘曳，比这落日，更红几分。

王子进和绯绡见了这人，相视一望，心中皆是一沉。

他们要怎么和兰香说，那个死去五年的新娘并不是她呢？那一字箴言所蕴含的真义，似乎越发扑朔迷离了。

"公子，"兰香见二人回来，嘴角牵出一丝苦涩的微笑，缓缓道，"我都知道了。"

王子进望着她凄楚的面容，心中难过，实在是不知该说什么才好，半晌才挤出几个字："不要着急，我们再去找找……"

"王公子莫要挂怀……"兰香摇头苦笑，"若是真的如此简单，我就不会思索五年也不得其意了。"

"这事情还有转机也未可知。"绯绡在一边说道。

"还有什么转机？"王子进听了又来了精神，难道还有别的新娘死了？

"公子别多虑，我实在是不想二位和我一样陷入苦恼中，公子的恩情兰香领了。"兰香说罢泪盈于睫，"我也实在不想再拖累二位了……"

话还没有说完，王子进便叫了起来："这是什么话？帮人自然要帮到底，万万不可半途而废。"他转头又向绯绡道，"绯绡，你刚刚说的转机又是怎么回事？"

只见绯绡面色冷峻，似乎在思索一件极为重要的事，听到他这样问，又回首上下打量了一下兰香的装扮，缓缓道："我刚刚就一直在想，有一种新娘，是一结婚就注定要死的。"

"什么？"王子进听了吓了一跳，"自古以来洞房花烛夜就被誉为人生快事，哪里还有这样的新娘？"

兰香也是一脸的迷惑，只是直直地望着绯绡，祈望求得一个答案。

可是绯绡说到这里却不说了，一摆手笑道："我也不大确定，还是回客栈吧，现在天色也不早了。"

王子进望着他白色的背影，知道他又在卖关子，只好摇摇头，跟在他后面回去了。

"你说的新娘是怎么回事啊？"王子进发挥锲而不舍的精神，一路追问。

"哎呀呀，你烦不烦？"绯绡歪在简陋客栈的木床上道，"自古以来就有那种新娘，只是现在不能确定她是在哪里死的。"

"自古以来？"王子进挠着脑袋道，"是不是'阴亲'啊？"

"子进，"绯绡听了俊脸上露出笑容，似乎对他颇为赞许，"所去不远矣。"

"到底是什么嘛……"还没等说完，就见绯绡眼中突然精光大盛，接着一翻身就从床上站了起来，伸手拉开了木窗。

"你这是要干吗？"王子进话音还没有落，就见窗外的黑夜中，一点荧光划着弧线慢慢悠悠地飞了过来。

绯绡朝窗外伸出手去，那荧光一下落在他的手掌中，不再动了。

那是一只翅膀破损，奄奄一息的青虫。

"怎么还有？"王子进见了那青虫纳闷道，"这只好像去了不好的地方啊，怎么这样狼狈？"

绯绡却不理他，剑眉紧锁，似乎遇到了什么非常棘手的事。

过了半晌，他方缓缓地说道："子进，我们明天就出发吧。"

"去哪里？"王子进见他突然这样说，感到非常意外。

"去一个，"绯绡缓缓地转过头看着他，王子进见他嘴角挂着一丝笑意，眼中却全是忧虑神色，薄唇微启，轻声道，"人间地狱。"

王子进听着这话不由一愣，只觉得这烛光忽然都不甚明朗起来，颤声道："你不是开玩笑？"

绯绡不再理他，笑而不答。

王子进见他这模样，八九不离十已经找到了事情的根源，再看绯绡掌中的青色虫子，完成任务后，翅膀微颤，触角也耷拉下来，显是活不了了。

王子进望着那濒死的虫子，只觉心情无比沉重。

十二

次日，几个人就出发了。

王子进和绯绡皆是一脸忧虑，不知这前途有什么在等着自己。

只有兰香见事情有了转机，异常的开心，一路上净是逗弄容儿，那女孩却一点也不领情，笑也不笑，只是阴沉着脸，啃着自己的手指。

绯绡去雇了一条船，几人又顺着长江顺流而下，王子进几次问他，他却都不说目的地是哪里。

在船上行了几日后，又换了马车，几人一路颠簸，只觉得这路程似乎没有尽头一般，而且所行之处，人烟越来越荒僻，触目所及，一片萧瑟凄凉，简直让人无法相信此时是春末夏初。

行了十几日，王子进终于看见前面简陋的道路上，出现了一个石头的界碑，上书三个红色大字：沅州界。

那红色大字衬着满地黄土，分外醒目。

王子进方知道这是到了沅州了。

"绯绡，绯绡。"王子进见了急忙纵马过去，赶上前面带路的绯绡，指了指这满地黄土说，"这里是沅州？沅州不是靠近沅水吗，怎么这般萧瑟？"

"不错，"绯绡道，"这里正是沅州，沅州西部大旱，已经不是一年两年的事了，所以此处民不聊生，稍微有体力的人都远离了这里。"

"那我们这是要去哪里？"王子进听了不由咋舌。

绯绡望着满目黄沙，似乎四野无人，无奈道："我们要去旱情最严重的地方。"

王子进听了，只觉得前路艰难，但又无法打退堂鼓，只好硬着头皮跟上去。

又行了一日，到了集市上，绯绡将骏马卖了，换了水和少许干粮，又带着一行人继续赶路。

一路上兰香愁眉苦脸，似乎有非常不高兴的事情。

"兰香，我来帮你抱着容儿吧。"王子进见她似乎力不从心，急忙去帮她。

"王公子。"兰香笑道，"你不要忘记我已经死了，现在只是一缕灵体，又没有肉身，怎么会累？"

"哦。"王子进讨了个大大的没趣，看着头上如火如荼的太阳，只觉得自己的脚步倒是越发艰难了。

四人在烈日下走了整整一天，眼看日头西沉，绯绡还没有停止的意思，王子进不由心中暗暗叫苦。这两个人一个是没有肉身的鬼，一个是千年狐妖，只有自己是凡夫俗子一个，怎么能和他们相提并论？

"绯绡啊，我们歇歇吧。"王子进在后面哀号道，只觉得两条腿像是灌了铅一般沉重，而且口干舌燥，被太阳晒了一天，浑身简直能冒出火来。

"快到了。"绯绡说着指着远方的一个村庄，"就是那里！"

王子进在夕阳中远远望去，只见那村庄的土地因为太过干旱，沟壑纵横，几棵如木雕一般干瘦枯萎的树立在周围。

还有几户人家，都是泥砖的房子，似乎没有半分人气。

王子进万万没有想到目的地竟是这样的地方，一时心灰意冷，一屁股就坐在地上。

而他身后的兰香，拉着容儿，望着这贫瘠的村落竟然痴了，似乎在很久以前，她曾经在这里居住过，这里的一草一木，竟然如此亲切。

那个时候，她仿佛还在哪家的门槛上坐过，面前还是绿草葱葱，溪水汩汩，然而好像一瞬间，天堂就变成了地狱。

"兰香？兰香？"王子进见她发呆，急忙拉她一把，"你在想什么？绯绡说天黑的时候最好能够到达。"

"没有什么。"兰香望着王子进憔悴的模样，心下不由愧疚，"王公子，此番真是多谢你了。"

"兰香，你不要苦恼，我都想好了。"王子进笑道，"如果你真的找不到那一字箴言的含义，我就把容儿交给我娘照顾，待她与一般孩子无异。"

"王公子……"兰香听了这话，心中感激，却又不知该说些什么。

"你高兴的时候还能来看看她。"王子进接着道，"也许那字里也不是蕴藏着什么真义也未可知，字的含义都是人赋予的，对于任何事，过分执着都是不好的。"

"我明白了。"兰香说着低下头，"王公子是要我不要过分追究，能够潇洒地生活。"

王子进挠着脑袋笑道："我的意思只是说我能够帮你看孩子，如果你不想找这字里的含义，也尽可以放心去玩。"

兰香听他这么一说，一时哭笑不得，拉着容儿的手，继续赶路去了。

十三

天色一片漆黑之时，三人才走到村庄里。

只见偌大的一个村庄，有几十户人家，偏偏如死寂般沉静，没有一丝人的声息。

"有人吗？"王子进见这场面，不由害怕，随手敲起一户人家的大门。

"有人吗？"他见没有人应声，更加卖力地敲了起来，那门板却不甚结实，被他这么一敲居然砰的一声倒在了地上，砸起一地的灰尘。

"这是什么鬼地方？"王子进问绯绡。

绯绡甚是爱洁，急忙扑掉落在自己身上的灰："这里几年大旱，早就变成了人畜都不愿居住的地方，说是人间死地也不为过了。"

"你说的人间地狱，就是这里？"王子进望着周围的栋栋空房，萎败垂柳，突然觉得如果真有地狱的话，也不过这般模样。

"不是的，不是的，不是死地……"兰香听了眼中突然冒出异样的光辉道，"我记得，我知道，这里曾经绿水长流，因为紧靠沅水支流，所以年年丰收，是少见的富庶之地。"

"兰香，兰香？"王子进见她有些不对劲，急忙拉住她问，"你怎么知道，你怎么知道这些的？"

"我知道……"兰香说着回眸一笑，也不管容儿了，几步走在前面，脸上似乎挂着幸福的表情，"这里就是我长大的地方。"

"喂！你往哪里走啊？"王子进急忙要把她唤回来，却被绯绡一把拉住。

"这次看来没有错，我们且看她要去哪里。"

兰香在黑暗的、空无一人的房子间穿梭，似乎非常熟悉道路。

走了一会儿，只见她停在一户人家前，低头说道："就是这里了，我曾经天天坐在这门槛上看这街上人来人往。"说完，一推门就走进院落。

王子进和绯绡紧紧地跟在她身后，见她一推开大门，脸上就是一副惊恐表情，似乎看到了什么非常可怕的事。

王子进和绯绡见了，急忙冲了过去，探头一看。

门里一个衣衫褴褛的老妇，枯瘦如柴，坐在自家地上，手里抓着一截树根，正在往嘴里塞，眼窝完全地凹陷下去，脸上已经分不出什么颜色，这老妇怪异的模样在夜晚看来分外可怕。

兰香一看到这老妇，却立时如石头一般僵住了。

"你认识她？"王子进见她不言语，急忙悄声问道。

"佛……佛祖……"兰香声音发颤，小声道，"我看到的佛祖就是这个样子的。"

王子进听了这话，更加惊讶，地上坐着的老妇一副落魄模样，怎么会是兰香所见的佛祖？

"当日，就是她，在我的手心上写的字。"她说着摊开手，掌心上的一个"如"字在黑暗中发着光。

王子进望着这字，又望了望那老妇，心中突然觉得一阵失落，他万万没有想到这事情的谜底就是这样。

难道这字根本就没有任何含义？难道佛祖只是指引她来见这老妇一面？

兰香见了这老妇，突然觉得万念俱灰，一下蹲坐在地上哭了起来，只觉得五年以来一直魂牵梦萦的一字箴言终于化为泡影。

就在几个人都要失望的时候，那老妇干瘪的嘴却突然动了一动："是香儿回来了吗？我是娘啊。"说完，干瘦的手又向前摸索了一下。

兰香听了这话突然呆住了，这黑夜中，一下寂静得可怕，连大气也没有人喘一下。

那老妇又侧着耳朵听了一下，不见人声，自己喃喃道："香儿怎么会回来？香儿五年前就被他们捉了祭河神去了。"

王子进听了这老妇的话，突然觉得一切问题皆有了答案，那与死亡牵系的婚姻，那结婚就必须死的新娘，那穿着嫁衣的兰香。

因为新娘本来就不是要嫁给人的，是要作为河神的祭品而被杀掉。

他想到此节，只觉得浑身发颤，急忙用询问的眼神望着身后的绯绡。

只见绯绡的眼睛里一丝表情也没有，只是缓缓地点了一下头。

"你早就知道了？"王子进颤声问。

"只是不知道到底祭的是什么地方的神而已。"

"那你还瞒着我，还带她来这种地方？你真的这般无情吗？"王子进只觉得心中难过，一时口不择言。

"子进，你认为让她千百年这样漂泊就是幸福吗？"绯绡也不生气，只是淡淡地回答。

王子进听了一时语塞，只觉得心里一股郁气，不知该如何发泄。

正在这时，只见兰香目光迷茫，跌跌撞撞地跑了出去，只留给两人一个红色的背影，像是彩蝶一般舞在夜色中。

"你去哪里？等等我啊。"王子进急忙一把抱起容儿，跟在她后面追去了。

地上全是干旱造成的沟壑，王子进深一脚浅一脚地跑着，怀里抱着一个如鬼似妖的孩子，只觉得像是在地狱里狂奔。

兰香奔了一会儿，突然在不远处停了下来。

"兰……兰香。"王子进气喘吁吁地道，"你要去哪里？"哪知话还没说完，就觉得有人拉了一把他的衣领，王子进收脚不及，一下坐在了地上。

只见脚下是一条深深的沟壑，有十几丈深，里面有厚厚的一层泥沙，正是一条干枯的河床。

王子进见了，心有余悸，若是自己刚刚往前再跑两步，怕是现在早就没有命在了。

拉住他的正是绯绡。

十四

王子进没有时间和绯绡道谢，急忙看向兰香，只见兰香一袭红衣，无限哀怨地站在干枯的河床边。

"兰香，我们回去吧。"王子进叫道，生怕她再做什么傻事。

"当日，我就是在这里被人砍了头的……"兰香望着那河床幽幽地道，"我的血流到河床里，可还是没有水流过来。"

"兰香，过去的事就不要再想了，我们一起回去吧。"

"不，"兰香缓缓地摇了摇头，回首朝王子进凄然道，"我回不去了。"

"为什么？"王子进听了心下一凉，"不是没有什么一字箴言吗？为什么不能回去？"

兰香却望了望绯绡与王子进二人，眼波流转，凄苦地笑了一下："谁说没有？我已经知道了。"

王子进听了急忙望向绯绡，却见他也是一脸的茫然，估计也是不得要领。

"多谢二位了。"兰香像初次相见一般朝他们作了一个万福，"可惜兰香无以为报。"

"那一字箴言是什么？"王子进急忙问道，"为什么你不能和我们回去？"

哪知兰香却并不回答，只是望着那干枯的河床，面带安然之色："我这个人，多么可笑，是作为神的祭品死的，却又要神来指引我解脱的道路。"

说是可笑，言语中却有无限凄凉。

兰香说罢，缓缓地走到王子进面前，用手摸着容儿的小脸道："容儿，容儿，你日后可会记得姐姐？日后你要好好地活下去，不要像姐姐这般薄命。"

王子进听了，鼻中一酸，知道她这是在向他们道别了。

"王公子，"兰香望向王子进，"你是个好人，我多么想像你说的一样，潇洒地生活啊！可是你瞧，我这个没有用的人，"两行清泪顺着她洁白的脸庞流下来，"连潇洒一些的事都做不了。"

"你……你不要再说了……"王子进呜咽着回答，不知该怎么宽慰她。

只见兰香的一双明亮的眼睛，饱含着泪水，在夜色中闪着动人的光芒："王公子，兰香最后求你一件事，你可答应？"

王子进听了狠狠地点了一下头。

"容儿是江宁俞家绸庄的孩子，我以后不能再送她回去了，还望王公子代劳。"

"你放心吧……"王子进脸上泪水横流，泣不成声。

"那我就放心啦。"兰香说着朝两人笑了一下，身子一歪，那红色的喜服像是一朵谢了的花，在黑暗中划出一道美丽的弧线，隐没在那干涸的河床中。

"兰香，兰香！"王子进急忙跑过去看，只见河床中黑黑的一片，俱是泥沙，哪里有人的影子。

"她这是怎么了？"王子进急忙回头问绯绡。

还没有得到答案，就觉得一股冰凉潮湿之意从河床里泛出来，似乎是一团水汽，那水汽渐渐地扩大，王子进只觉得一下从炼狱中掉入湿凉的水雾里，极为舒服受用。

"她这是在舍身求雨。"绯绡缓缓道，望着那深深的河床，心中有无限感慨。

果然，过了半个时辰，天空中开始下起了绵绵的细雨，那雨如绢似纱，又像女人温柔的手。

王子进背负着容儿，跟着绯绡走在回去的路上，那雨水细细的如雾一般围在两人的周围。

像是谁？细细的眉眼？浅浅的笑？

夜色迷茫，细雨如丝，王子进背后的容儿在这炎热的地方待得久了，突然得了凉爽，竟然在黑夜中发出咯咯的笑声，那是欢快而愉悦的笑声，那是一个孩子欢乐的表达。

王子进听了这银铃般的孩子笑声，突然觉得眼中湿润了。

那落日中，那荒草旁，那曾经着了红色的嫁衣，坐在一片青绿中等他的少女哪里去了？还是那只是一个久远的海市蜃楼，从此只能存在于他的脑海中？

沅州那场及时好雨足足下了一个月才停，不知解救了多少生命，王子进和绯绡乘船而下，把容儿送回了家。

那容儿与一般孩子无异，笑起来还有甜甜的两个酒窝，经常牢牢地拽着绯绡黑色的长发不放手，藕一般的手臂上会透出嫩粉的颜色，与先前那阴沉模样简直判若两人。

在回来的路上，两人租了一条带凉棚的船，赏着湖光山色，品着陈年美酒，要多惬意有多惬意。

"绯绡，"王子进望着远山如黛，问旁边悠然自得的绯绡道，"我一直没有明白，那一字箴言到底是什么意思？"

绯绡听了，朝他眨了眨眼睛："开始我也没有明白，后来见她跳到河床中方始明白了。"

说罢，他拿出笔墨，又找了一块白绢，铺在桌子上，提笔写了一个"如"字。

"你看，这就是那一字箴言。"绯绡接着道，"你还记得兰香是怎么说那佛祖的吩咐吗？"

"用心思量，自会悟得？"

"不错，正是用心思量！"绯绡说着又提笔在纸上写了什么，王子进一见那纸上的字，立时呆了。

只见白白的绢布上，赫然写着一个"恕"字。

王子进见了这字，突然觉得心中豁然开朗，只有宽恕了别人的罪孽，自己才能得到真正的解脱。

所以兰香化为春雨，带给了曾经杀死她的人一片生机，所以容儿才不会带着阴沉表情继续活着，皆因她心中恨意已除。

他想到这里，突然笑了起来，所谓诸事无常，寂灭为乐，不知自己死后，看到的佛祖又是怎么一番模样？

"绯绡，绯绡！你看这湖水清澈，风景如画，是不是差了点什么？不然就真是人间仙境了。"

绯绡听了浅浅一笑，长身而立，笑道："子进，是不是差了一道彩虹啊？"

"不错，不错，"王子进拍手道，"要是此处再添一道彩虹，就是有再美的佳人我也不愿意离去了。"

只见绯绡一身白衣，立在船舷，清瘦的身影在阳光的折射下甚为刺目，他一躬身，从桌子上拿起酒杯，一抬手就将杯中的酒洒向天空。

那酒水所到之处，化为一片蒙蒙的细雾，在晴空中添了一道亮丽的彩虹。

"如何？"绯绡回首朝王子进笑道。

王子进见眼前风景如画，远山如黛，碧波如玉，一道七色彩虹映在天际，绯绡一身白衣，长发及腰，一双美目中满含着笑意正望着他。

他见这人间仙境，斯人如玉，不由一时失神，竟然痴了。

归去来

雪夜，寒星点点，风冷如刀。

几个身着棉衣、背着柴架的年轻人脚步匆匆地在夜色中赶路，为首的一个停在小巷尽头的一户人家前，用力拍打房门。

"周大哥，周大哥，快开开门啊。"

冷风萧萧，送来窸窣的细响，接着木门被人拉开，漆黑的门缝中，露出一个男人憨厚朴实的脸。

"周大哥，找到大嫂了。"年轻人冻得脸庞通红，难掩欣喜之色。

"什么？"门里的男人一把拉开大门，颤声问道，"在哪里找到的？她怎么样了？"

"就在你们曾经走散的那道悬崖前。"年轻人见做了一件好事，兴奋溢于言表，"快点跟我们去看看吧，现在嫂子正在我家休息。"

男人急忙回去穿上棉衣，戴上斗笠，急匆匆地跟上几个年轻人的脚步。一行人越走越快，转了几个弯，便消失在纷乱的风雪之中。

只余点点昏黄灯火，在夜色中婉转徘徊。

一

白雪皑皑，将整个园林装点得银装素裹，而在这红梅绽放的幽美园子中，正坐着两位少年书生。

他们一个身穿蓝色棉袍，眉清目秀；另外一个身穿白色锦袍，衣角袖口都绣着金丝花纹，更衬得他面如美玉，眸如星子，如女人般俊俏美丽。

两人看起来极不协调，却有说有笑地在饮酒吃鸡，当然，这两人正是结伴游玩了几个月的王子进和绯绡。

"我娘又给我写信了，催我回家……"王子进长叹一声，"她一定为我找了好多村姑，让我速速成亲。"

"鸟儿都成双成对，你确实该定门亲事了。"绯绡朝他挤眉弄眼，指了指落在梅枝上，吃着花苞的两只翠鸟。

那翠鸟羽毛鲜艳，被白雪一映，越发漂亮可爱。

"今日我王子进定要赋诗一首，不然岂不是愧对此等美景？"王子进兴致大发，就要挥毫泼墨。

"你对不起的多了，也不差这点。"

红梅映雪翠色新。

王子进写罢这一句，诗兴顿时艰涩起来，无论如何也想不出下一句，开始仰头望着鸟发呆。

"这鸟真是不错……"绯绡一边自斟自酌，一边连连点头。

"难得你如此有眼光。"王子进颔首微笑。

"吃起来估计味道更不错！"

王子进立刻对他怒目以向，骂声刚要出口，却听头顶传来呼呼的风声，一道乌光从墙外飞来，瞬间就欺上梅枝。

而碧绿的翠鸟，王子进灵感的源泉，连叫都没叫一声，就啪的一声被打落枝头。

"是谁干的？"王子进顿时气得跳脚，"怎么这么狠心，那鸟碍你什么事了？"

而绯绡则面带笑意，似乎对该人的所作所为甚是赞许。

只见那乌光打落小鸟，居然并不落地，在半空中划出一个漂亮的圆弧，又顺着来时的轨迹飞了回去。

王子进从未见过此等异状，连叫骂也顾不上，只瞪圆了眼睛看热闹。绯绡也没有见过如此奇怪的东西，也看个不停。

两人眼睁睁地看着那道乌光飞向围墙，朝坐在墙头上的一位年轻人飞去。那少年身着布衣，做村夫打扮，伸手一抄，就将那物事稳稳抓住。

"二位公子，麻烦帮我把那只鸟扔过来。"少年毫不避嫌，微笑着朝他们喊道。

"你是谁？怎么随便滥杀生灵？"王子进正气凛然，似乎无论如何都要为这只冤死的鸟讨个公道。

"算了吧，子进，鸟死不能复生，何必大动肝火？"绯绡弯腰把死鸟捡起来，走到围墙下，对那少年道，"你方才用来打鸟的是什么家伙，能不能让我看看？"

那少年原本是偷着翻墙进来，打算抓两只鸟回去充饥，但见皑皑白雪中，墙下之人生得冰肌玉骨，比雪更晶莹剔透，宛如画上的神仙，顿时生出好感，翻身滑下围墙。

"你想看这个？"他从腰间解下一个黑色的东西，递到绯绡面前，"是我认识的一个木匠做的。"

"哦？这木匠真是聪明，竟能做出这般物事。"绯绡把玩着那工具，只见它呈弯曲的弧状，两端磨得圆滑平整，摸起来温润舒服，手工精湛至极。

"这是什么物事？"王子进也探过头来。

"这个叫'归去来'！以巧劲扔出去还能自己飞回来，用来打鸟捕猎最好不过。"

"归去来？"王子进拊掌笑道，"这名字倒是有趣，不知道做出这种工具的木匠是什么样？"

"这个我也很想知道。"绯绡眼角带笑，眉梢轻扬，"不如我们这就去看看？"

"还是别去了……"少年突然神色黯淡，将工具往腰中一插，夺过绯绡手中的死鸟，转身便走。

"怎么啦？为什么不让我们过去？是不是那木匠不在人世啦？"王子进一根筋脾气发作，问个不停。

"那倒也不是……"少年灵活地攀上树梢，再次骑在墙头上，俯首朝王子进道，"只是周大哥再也做不了木匠活儿了，他一年前就关门不干了。"

"啊？"王子进诧异道，"真是可惜，这么一个能工巧匠。"

"我们也是这么说的，四周的邻里也不停地劝他，但是他一直疑神疑鬼，惶恐不安，别人又有什么办法呢？"

"他为什么会疑神疑鬼？"王子进更加不解。

"其中缘故，我也不是很清楚。"那少年挠了挠头，朝二人摆手道，"我要走啦，不能再跟二位说下去了，如果被这园林的主人抓住，一定吃不了兜着走。"

他说罢轻轻巧巧地从墙头溜下，矫健灵巧的身影，转眼便消失在一片洁白之中。

"唉……"王子进手搭凉棚，长叹道，"难得碰上这么有趣的事情，却又不了了之。"

"谁说是不了了之呢？"绯绡凤眼一斜，微微笑道，"也许真正的好戏，还尚未开场。"

"你这话是什么意思？难道这里面还暗藏着什么玄机？"

"我可没有那么说，只是想见见这个心灵手巧的匠人。"

"啊？你怎么不早说？那少年已经走远，我们要如何去追他？"王子进也有此心，奈何自己八字不好，总是惹出事端，方才才强忍着没张口，现在恨不得插翅去追。

绯绡却并不在意，微微一笑，盘膝坐在桌旁，掏出腰间玉笛，轻轻放在唇边。

一阵婉转悠扬的曲调开始缓缓流淌，如清凉的山泉，霎时消融冬日的冰雪，在风中跳跃着、奔涌着，流向苍茫无际的远方。

王子进久未听到绯绡的笛音，只觉心旷神怡，索性也坐在他身边闭目欣赏。

只听笛音忽高忽低，时而如登临名山大川，时而如瀑布直泻九天，不知过了多久，才终于戛然而止。

"好曲子啊。"王子进拊掌笑道，"怎么之前没见你吹过？"

"因为之前不想找人。"绯绡一跃而起，将玉笛往腰间一插，指着天空道，"子进，你看那是什么？"

王子进顺着他手指的方向望去，只见冬日灰蒙蒙的天空中，浮荡的冷风里，竟然多了一条银白色的丝线。

那条线白得耀眼，在风中飘摇不定，却直通向墙外。

"这是什么？"王子进奇道。

"是那少年的思绪，我使了个法术，将它形象化了而已。只要人活着就不能停止思考，我们只需顺藤摸瓜便能找到他。"

"妙招，妙招，怪不得每次我出门散心你都能知道我的行迹，原来如此。"

"子进，这个法术用在你身上实属浪费。"绯绡笑嘻嘻地道，"只需去花街柳巷转一圈，必能有所收获。"

王子进刚要出言反驳，却见绯绡抓着自己，急匆匆地穿墙而过。

泥土的味道顿时充斥了他的口鼻，难受至极。他急忙闭上双眼，却见黑暗中有一个窈窕的身影，渐行渐远。

二

"绯绡，刚才我好像看到了奇怪的景象。"此时已近黄昏，王子进跟绯绡顺着少年的思绪追到集市上，干脆找了一家饭馆歇息吃鸡。

"什么奇怪的景象？"绯绡抓着一只鸡腿大快朵颐，十指沾满油水，完全不似平日出尘脱俗的模样。

"我看到了一个女人。"王子进挠头道，"而且周围都在下雪，那个女人就站在雪地里，穿着厚重的衣服，似乎要出远门。"

"什么时候看到的？"绯绡仍埋首吃鸡，毫不在意。

"就在穿墙的那一瞬间，我一闭上眼睛，就看到了那个场面。"

"可能是那个少年曾经经历过的一些事情，被你不小心捕捉到了而已。"绯绡飞快地吃光鸡腿，又端起碗喝汤，"不过我估计更大的可能是你太久没有见到美人了，是不是想出癔症来了？"

"谁说的？我昨晚还去歌楼听琵琶来着，弹曲的歌姬比她美多了。"王子进拼命证明自己的清白，不小心却暴露本性。

两人一个花痴，一个鸡痴，居然毫不冲突，相谈甚欢。

待到一顿饭吃完，只见一轮朗月当空，银白色的丝线在夜色中更加醒目。

"快到了，那少年的家定然在这附近。"

这次不用绯绡解释王子进也知道为什么，因为那条线越来越粗，由起初的丝线般粗细变得足足有成年人的拇指粗。

蜿蜒缠绵到远方，还有扩散分流之势，似乎这里的一草一木、一砖一瓦，都留下了那少年思考的痕迹。

两人从集市出来，方拐了几个弯，就来到了一片瓦房前。瓦房有的残旧破败，有的簇新整齐，一看就是寻常百姓的聚居之地。

那丝线蜿蜒曲折，如山涧中的曲水，在这些或旧或新、高矮不同的房屋间流动，最终停在了一户人家的院外。

只见那家柴门半掩，正有一个少年在院子里挥汗如雨地劈柴。

他一见到他们二人，顿时吓了一跳。

"你们怎么找来了？"少年哆哆嗦嗦地道，"难道那园子是你们的？找来要我赔那只鸟？"

"不是。"绯绡摇了摇头，手微微一扬，天空中的那条白线便嗖的一声被他卷入袖底中，消失不见。

"小兄弟，你不要害怕，我们只是想见见那个你所说的木匠。"王子进笑嘻嘻地道，"想看看能做出那种工具的人，到底是什么样的。"

"原来是这样，吓死我了……"那少年如释重负地放下斧子，擦了擦手，"我叫阿阳，这就带你们去周大哥家。"

"在下王子进，这是我的朋友，你叫他绯绡便可。我们俩游学来到此地，见到如此奇人异事，不探访个究竟实在是不安心，多谢小兄弟带路了。"

王子进啰啰唆唆地说了一大堆，估计阿阳一句都没听懂。他挠了挠脑袋，就利落地为他们带路。

"到了周大哥家，如果见到了什么奇怪的事情，千万不要说出来。"阿阳边走边说，脚步轻快地在小巷中左拐右拐，虽是黑夜，却如同在白昼中穿行。

"哦？他家有很多奇怪的物事？"绯绡也双目灼灼，步履如风。只有王子进跌跌撞撞地跟在后面，一会儿踢到只罐子，一会儿被砖块绊个趔趄，连嘴都插不上。

"奇怪的东西是很多，但主要是周大哥性情大变，天天怀疑自己的娘子是鬼怪。"

"他的妻子难道有那么可怕吗？"绯绡哑然失笑，"我倒知道有人不小心娶个悍妇进门，活像是母夜叉托生，委实吓人。"

"谁说的？周大嫂温柔贤淑，可是自从回来之后，周大哥就再也不认她，天天嚷着这个回来的女人不是他的妻子，最后连性情都大变，连手艺都做不下去了。"

"回来之后？他的妻子失踪过？"

"对，两年前的事情了，他们夫妻二人要回老家省亲，结果刚刚走到山里，就因为突然下了大雪，马车再也前进不了。夫妻二人打算原路折返的时候，周大嫂不小心失足掉到了悬崖下。"

"那……那不是死定了？怎么还能活着回来？"王子进哆哆嗦嗦地说道。

"可是她就是回来了啊！"阿阳大声道，"去年我跟几位兄弟去山里捡柴，就分明看到一个女人站在悬崖边上，她穿着厚厚的棉衣，戴着防风的帽子。我们几个一下就认出来了，她就是失踪了一年的周大嫂。"

"活人？"

"是活人，手温得很，还会流血流泪。"

"那她还认得你们吗？"绯绡继续问道。

"认得，过去发生的事情她都能一一重述，连我喜欢打鸟她都记得。"

"真是太可怕了，一个掉到悬崖下，失踪了一年的女人，突然又活生生地回来了，要是我也会吓得睡不着觉。"王子进大呼小叫道。

"但周大嫂只说她像是闭了一下眼，再睁眼时还站在原来的地方，只是时间已经过去了一年。"阿阳笑嘻嘻地说，"我们都说她可能是被神仙救了，否则怎么会有这么奇怪的经历？"

三人边走边说，阿阳拐到一处小巷深处，指向尽头的一处人家。

"到了，就是这里，不知道周大哥在不在家。"阿阳说罢就以手叩门，不大一会儿，木门就被人从里面打开了，门缝里露出一张女人光洁的脸，她看起来二十出头，美貌而贤淑。

"是阿阳啊，怎么突然过来了？"她警惕地看了看绯绡跟王子进，似乎心存犹疑。

"这是我的两个朋友。"阿阳指着二人道，"他们看我用'归去来'打鸟，觉得十分方便，也想跟周大哥买两把。"

"原来是这样，先进来吧，我跟他说说看。"女人笑眯眯地把三人让进来，让他们坐在庭院中，奉茶招待之后，就到内室找人去了。

王子进跟绯绡见这院落设计得甚是别致，角落里有一个小小的木制水车，不停地卷出纷乱的水花。

高大的松树虬枝伸展，树下挂着一只木雕的鹦鹉，只要有风吹过，那鸟儿便会发出清亮的叫声，好玩至极。

"这家的主人真有本事，虽然只是个工匠，却能过着神仙般的生活。不十分富裕，却是女子的良配。"王子进看了一会儿，附耳对绯绡说道。

"良配不良配，可不是看这种新奇的玩意儿能看得出来的。"

好像是为了印证绯绡的话，他话音未落，便听屋子里传来一个男人的叫骂，似乎十分气愤。

"谁让你随便放人进来的？我都说过多少次？我再也不卖东西了，你怎么还要做生意？"

那人一边嚷着，一边怒气冲冲地走出来，见到三个人像是见了杀父仇人，手脚并用地要推他们出去。

"喂，这是干什么？不卖就不卖，有你这么撵人的吗？"王子进大呼小叫地跳脚。

"王大哥，我们走吧，我不是都说了，千万不要惹周大哥生气吗？"阿阳也拉着二人往外走。

夜色阑珊，时间短促，还没来得及看清那周姓木匠的嘴脸，三人便已经被赶到了门外。

王子进愣愣地望着眼前紧闭的大门，只依稀记得他似乎是个三十岁左右的中年人，面目端正，神色憔悴，仿佛有什么压抑的心事。

"真是对不住了，我就猜会这样，才不愿带你们过来。"阿阳连连道歉。

"不要介怀，是我们叨扰了。"绯绡对他抱拳道谢，拉着王子进便走。

"喂！你走这么快干吗？难道后面有人追你吗？"王子进被他拽得脚不点地，耳边生风，转眼就走出了小巷，来到了集市前。

"嘿嘿嘿，子进，难道你没有发现吗？"绯绡笑嘻嘻地望着他，眉目含春，"那个木匠有古怪。"

"啊？他有什么古怪？"

"他在你的袖子里塞了东西，我不想被别人知道，才特意把你拉到这里。"绯绡说罢伸手抓住他的衣袖抖了抖。

果然，一片洁白的东西掉落出来，轻轻落在雪中。

"这是什么？"王子进弯腰把那个东西捡起来，却是一团揉皱了的纸。

"打开看看不就知道了？"绯绡伸手就夺过去，小心地展开，只见在迷蒙的夜色中，那张纸上只写了两个触目惊心的墨字：救命！

三

两个字写得张牙舞爪，狰狞恐怖，似是在仓促之间写的。王子进看了一眼，立刻觉得脊背发寒，许久没有言语。

身边的绯绡也凝眉不语，只有清冷的夜风在二人身边回荡，似是莫测的前途，捉摸不定。

"这……这是怎么回事？"过了半晌，王子进方哆哆嗦嗦地问道，"如果他真的想向我们寻求帮助，为什么还要赶我们走？"

"可能他所畏惧的，就是身边的人吧。"绯绡将那张纸放入袖中，望着集市后那片黑漆漆的暗影道，"所以才出此下策，在忙乱中将字条递给我们。"

"那我们该怎么办？"

"先回客栈再说，待到午夜，我自有办法。"

绯绡说罢，面带笑意，从容自若地挥了挥衣袖，转身便走。

王子进与他相识已久，知他一向爱卖关子，也不愿多问。

可是绯绡从来面热心冷，对他人的生死从不挂怀于心，依照他的脾性，就算那个男人写一千个求救的字条都不会多看一眼，今日怎么会突然如此热心？

王子进一头雾水地跟在他的身后，两人脚步匆忙地回到了客栈。

"还有一个时辰就到午夜了，你到底有什么办法？"王子进在灯下捧着一本书读，奈何一个字也看不进去。

"只是想施个小法术，把那个木匠引出来。"绯绡悠然自得地窝在床上吃鸡，与平时并无二致。

"为什么非到午夜不可啊？我现在心中焦虑，一个字也看不进去，就不能提前施展你的把戏吗？"

"这二十多年来你有几日看得进去书？"绯绡剑眉一扬，朝他嬉笑道，"就算没有热闹可看，你也天天想着美人。"

王子进被他说中痛处，立刻把嘴闭得死死的，俯首埋头苦读。

所谓佛争一炷香，人争一口气。

在绯绡的嘲讽之中，王子进居然难得用心地读了一次书，一时之间，狭窄的房间里，仅余灯花破裂的噼啪声和书页翻动的沙沙声。

不知过了多久，突然有人走到他的身边，轻轻拍了一下他的肩膀。他此时正在全神贯注地看书，顿时被吓了一跳，却见绯绡白衣飘飘，眉目含笑，正站在自己身后。

"子进，时间到了。"绯绡伸手夺过他手中的毛笔，"我们来让那个木匠做个有趣的梦吧。"

"什么有趣的梦？"

"稍后你就能看到了。"绯绡说罢掏出那张皱成一团的纸，蘸满墨汁，在纸上写了几个小字。

王子进急忙探头去看，只见白纸上写着时间跟地点，跟他约会佳人时互传的锦书极其相似。

"你要约那个木匠出来？"他立刻心如明镜，"那为什么方才不做？"

"方才时间还早，不能确保他一定会睡觉。"绯绡待墨迹干透，将白纸凑向火烛，口中念念有词。

只见轻纸遇火，瞬间焚烧化灰，跳跃燃烧的纸灰中，升腾出一只白鸟。白鸟在室内盘旋了几圈，发出一声悦耳的清鸣，钻出窗外，振翅而去。

"这样就完了？"王子进手搭凉棚，望向窗外的苍茫夜色，乾坤朗月，似乎意犹未尽。

"完了，明天我们去茶楼等他便可。"绯绡得意地拍了拍手上的纸灰，窝到床上睡觉去了。

"我等了大半夜，就等了这么个结果？"两个时辰的漫长等待，只看到眨眼间的幻象，怎么想怎么不值。

"子进，不要失望，我向你保证，明天一定有好戏可看。"迷蒙的夜色里，传来绯绡清冷却又笃定的声音。

王子进困倦至极，也回到自己的房间睡觉。

只是睡梦中，他好像又看到了漫天飞舞的白雪以及站在白雪中的女人。

次日中午，二人便早早赶到约定的茶楼喝茶。不知等了多久，直至日头偏西，冷风萧瑟，仍没有见到那木匠的身影。

"绯绡，你那个法术是不是失败了？"王子进望着街上来往的人群道，"他怎么还没有来啊？"

"不可能。"绯绡轻摇折扇，信誓旦旦地道，"如果口信没有递到他的梦中，自然就会飞回来，可是那只鸟分明没有折返。"

然而刚刚说到此处，便见绯绡嘴角微扬，指向远处一个急匆匆的人影说道："说曹操曹操就到，我们等的人来了。"

王子进急忙抬头望去，只见一个人正脚步如风地朝二人跑来，他身着蓑衣，头戴斗笠，在这个艳阳高照的午后，看起来有说不出的别扭。

"请问，二位是胡公子和王公子吗？"那人走到二人面前，一揖到底，王子进这才看清，他正是昨晚那个凶神恶煞的木匠。

"这位一定是周匠人？"绯绡朝他行礼道，"在下昨晚略施法术，将周匠人召唤出来，实在是叨扰了。"

"如果不是远远地看到你们，我真是不敢相信自己的眼睛。"木匠摘下斗笠，坐在桌前道，"我昨晚做了一个梦，梦到的就是这番景象，连我们说的话都一模一样。"

"小生姓王名子进。"王子进好奇地问道，"不知昨晚你塞给我的那个字条是什么意思？"

"你我既然相识，自是有缘。我姓周名天望，你们叫我周大哥就好，我本是个木匠，平日喜欢做些新奇的玩意儿，虽然生活清贫，但是和我娘子琴瑟相和，日子倒也过得逍遥快活。"周天望刚说了两句，就神情激动，声音哽咽，"哪知……哪知后来竟发生了那么可怕的事情……"

这个看似壮硕的中年汉子，说到此处竟脸色惨白，显然是受到了某种严重的惊吓。

王子进跟绯绡对望一眼，心中都觉得不妙。

"可怕的事情，是指你娘子失而复归吗？"绯绡微笑地望着他，双眸中却没有半点笑意，"这等好事，怎么能说是可怕？"

"胡公子，你有所不知……"周天望哆哆嗦嗦地道，"回来的那个女人，根本就不是紫陌。"

"紫陌是谁？"

"就是内子的闺名，我一直这么叫她。"周天望双目失神，思绪似飘至远方，"我永远不会忘记，两年前的那个晚上，紫陌就在我的眼前掉落到了悬崖下……"

"除了你还有别人看到吗？"绯绡好奇地问道。

"当然有，我们坐的那辆马车上有七八个人，还有两个人是我的邻居。"周天望突然像是想起什么，"对了，其中一个你们还认识，就是带你们过来的阿阳，当时他才十四岁大！"

"那悬崖很高吗？"

"掉下去必死无疑！"周天望惶恐地看着二人，"可是一年之后，同样是在冬天，紫陌居然被找到了。她就像以前一样，站在曾经失足的悬崖边上。"

"听阿阳说她是被神仙藏起来了。"王子进神往道，"如果有如此奇遇，我倒也希望经历一番。"

"根本不是那么回事，回来的不是紫陌。"周天望突然神情激动，大声叫喊，"她是我的妻子，难道我还不认识她吗？虽然长得很像，但完全是两个人，紫陌手上的胎记她也没有，年纪也比紫陌小，但是无论我怎么说，所有人都不信，他们甚至以为是我得了失心疯。"

"'他们'是指你的邻里吗？"绯绡眼珠一转，似想到了什么，"为何会不信你的话？难道有什么凭据？"

"因为这个女人跟紫陌的行止很像。"这个朴实的中年汉子突然失声痛哭，"而且周围的人她全都认识，甚至连那些人跟她有过的往来她都记得清清楚楚。有这样一个既陌生又熟悉的女人在身边，我真是太恐惧了！"

"绯绡，"王子进附耳对绯绡道，"你说会不会是借尸还魂？他妻子的灵魂依附到了一个新死的女人身上，又跑回来了？"

"借尸还魂？"绯绡红唇微翘，抿嘴笑道，"也许吧，可是为什么偏偏要在一年之后的同一时间、同一地点呢？巧合太多，难免刻意。"

四

"啊？你难道在暗指其中并无怪力乱神，一切都是凡人所为？"王子进顿时吃了一惊。

"我可没有这样说。"绯绡缓缓摇头，看着周天望道，"你向我们求救，到底想让我们如何帮助你呢？"

"我……我昨晚只是想试一试，因为邻人都不相信我，无奈之下，只能求助于陌生人。"他惶恐地回答，"我并不想报官，万一那女子是一时被什么东西迷了心智，怕对她名声有损，只想想个办法让她恢复神志，不要继续留在我家了。"

"她在你家会给你带来困扰吗？"

"当然了，同一个陌生人睡在一个屋檐下，难道你不会害怕吗？"木匠紧张地道，"而且有时夜深人静，她还会在屋子里、庭院中走来走去，简直是可怕至极。"

"好！既然如此，我们便好人做到底，今晚便去你家看看。"绯绡皱眉凝思了一会儿，突然一拍桌子站了起来，"在下不才，正巧会一点小法术，或许能够替你排忧解难。"

周天望听了顿时喜不自胜，千叮咛万嘱咐，拜托他们一定要再去找阿阳带路，以免家里的女人心生怀疑。

随即他就戴上斗笠，匆忙离去。

此时天色已经渐晚，一弯朦胧明月挂在天际，像是被冷风冻凝了的水痕。

"绯绡，这事真是奇怪。"王子进一边走一边琢磨，"难道这个女人真的是被他妻子的灵魂附身？心神混乱，把自己当成了别人？"

"不知道，"绯绡皱眉道，"还要看看她才能下定论，但这里面有两个问题我一直想不通。"

"哪两个问题？"

"第一就是周围的邻里都没有发觉回来的妻子是假的，而且她对过去的事情记忆犹新，宛如亲身经历，证明她跟之前的妻子长得很像。"

"确实，即便被冤魂附身，相貌也不能变化。"

"第二就是周匠人提过，夜深人静之时，他的冒牌妻子还会在屋子里走来走去。"

"这？会不会是梦游呢？"

绯绡望着天空中的明月，沉吟着道："我猜她不只是走来走去而已，很有可能是在找什么东西。"

王子进望着月光下他清冷而俊美的脸庞，心中顿时一紧。

不知为什么，在绯绡的提示下，他竟隐隐有种预感，这件事完全不是冤魂附体那么简单。在种种离奇的事件背后，似乎隐藏着某种可怕的玄机。

两人很快就又找到了少年阿阳，此时他正在庭院里编捕鸟的笼子，一见到他们的身影，不由长叹口气。

"你们俩可真是执着，那玩意儿有这么好吗？"阿阳转身跑到屋子里，再出来时手里已经多了条乌黑的木头，正是"归去来"，"这个给你吧，我忍痛割爱，你们不要一趟趟地跑了。"

"君子不夺人所爱，我非君子，可是也不想跟一个少年抢东西。"绯绡微笑着道，"只是今晚还要麻烦你带一下路，我们再去拜访周匠人。"

"昨天刚进门就被赶出来，你怎么还敢去？"阿阳撇撇嘴，似乎甚不情愿。

"嘻嘻嘻，我敢保证，今晚一定不会被赶出来。"王子进在一边嬉皮笑脸地补充。

阿阳见他们如此笃定，也不好推托，又像前一晚一样，带着二人穿过暗巷，七拐八拐，来到了周天望家的门前。

照例是周天望的妻子，失而复得的紫陌出来招待客人。而与昨日不同的是，周天望并没有出来赶人，甚至在阿阳提出要两人借宿两晚的时候，他也没有提出异议。

"阿阳家确实太小了，住不下这两个人。"周天望的妻子一边笑意盈盈地看着他们，一边亲切地说，"难得阿阳能交上你们这样出色的朋友，多住几日也无妨。"

王子进到此时方仔细打量这个叫紫陌的女人，只见她眸如秋泓，唇似丹朱，虽然身着布衣，却不减艳丽之色，实在是个难得一见的美女。

面对这样一个美貌的妻子，即便来历不明，也不至于心生恐惧吧？

王子进想了半天也不得其解，奈何他痴迷色相，与常人的标准大相径庭，只要长得闭月羞花，即便是女鬼也敢娶进门，何况只是一个不知来处的女人？

因为天色已晚，紫陌又是个妇人，二人跟阿阳寒暄了几句，就进内室休息去了。在这期间，周天望始终装作与二人不识，连个面都没露。

"怎么样？"王子进坐在陋室中，好奇地问绯绡，"她有什么古怪？"

两人并没有点烛火，绯绡一身白衣，负手站在窗前，似有重重心事，良久方摇头道："真是奇怪，一点古怪都没有。"

"此话怎讲？"这话跟绕口令一样，听得王子进一头雾水。

"这位叫紫陌的女人，确实是个活生生的人。"绯绡苦恼地望着王子进，"也没有被灵魂附体，我看她心智清明，毫无浊气。"

"那所有的事情，都并非妖怪作祟？"

"不错。"绯绡点点头，无奈地苦笑，"掉下悬崖，又回到家的女人；完全不同，却又有着相同记忆的两个女人，这些奇怪的事情，都是人为的。我最讨厌的，便是算计人心，哪想却仍是避不过！"

"可……可是，她到底是什么人？为什么要这么做？这个木匠非贵非富，怎能令人有所企图？"

"也许不止这些，更远一些，两年前发生的事情，也是人为的也说不定。"

绯绡话音刚落，便听门外传来一阵极轻的叩门声，接着木门咯吱一声被推开，走进一个鬼鬼祟祟的人影。

王子进吓了一跳，刚刚要出声呵斥，便听那人低声道："不要怕，是我！今晚是想给二位看一样东西。"

"什么东西？"听这声音正是周天望。

只见他点燃烛火，将一个一尺多高的布包放在桌面上，面现眷恋之色："我想请你们看看我的妻子。"

"你的妻子？"王子进诧异道，"她不是掉到悬崖下了吗？"

"是我妻子的人像，自她失足之后，我一直忘不了她，就做了个人像以遣相思。"他说罢小心翼翼地解开布包，只见一个栩栩如生的人像呈现在昏黄的烛光下。

木像雕得精致细腻，头发以真人的发丝制成，脸色红润，目含春波，完全不似一尊人偶，倒像是个缩小了的活人。

"哦？这个人偶还能动？"绯绡眼尖，小心地拎起那个人偶的一只手，却见关节处缠着透明的细丝，轻轻一拉，人偶的手便抬了起来。

"是的，这是我全部的心血，当然把它做得跟真人一样。"周天望面带得意色，抓起那只人偶，扭了扭它身后的一个机关，那个人偶便咔嚓、咔嚓地走动起来，足足走了十几步之多。

"天下竟然有如此精妙的技艺，真是匪夷所思。"王子进看得啧啧称奇，刚刚想要再说两句，便见绯绡俊脸一冷，一扬衣袖，瞬间熄灭了烛火。

只听庭院里传来细碎的响动，三人小心地凑到窗前，透过缝隙向外看。只见银白的月光下，正有一个窈窕的女人，用锄头在院子里挖土。

"她……她这是在干吗？"王子进见到这诡异的景象，不由浑身颤抖。

"挖坑！她这是在挖坑，她要埋了我！"周天望比王子进更恐惧，脸色霎时变得惨白，"这屋子里就我们两个人，她不是要将我埋了是什么？"

此话一出，房间中顿时变成一片死寂般的沉默，三人各有心事，都不再言语。

只有绯绡，站在月光之下，望着窗外的恐怖景象，嘴边露出了一丝不易察觉的微笑。

五

月华如雪，夜风浮荡，屋子里的人全都屏住呼吸，连大气都不敢喘一口，静谧的夜色里，只余院子里的女人刨土的声音在轻轻回荡。

她先是把庭院仔细检查了一番，转而又去水车处翻找，这次连一向木讷的王子进都看出来了，她确实是在找什么东西。

不知过了多久，小小的院落都被她翻了一遍，她方长叹口气，把地面整理了一番，蹑手蹑脚地回到屋中。

此时明月西行，已然过了寅时，离天明不远了。

"二位帮帮我，即便不能替我解惑，把她劝走也行。"周天望双膝一软就坐在了地上，双手抱头，语气哽咽，"我实在太害怕了，这样的状况已经持续了一年，我什么都做不了，甚至连安寝一夜都求之不得。只要能让她离开我，要我付出再大代价都可以。"

"周大哥，你先不要焦虑。"王子进将他扶起来，"吉人自有天相，我们俩游学在外，一路上也见过不少奇人异事，比你的遭遇不知棘手多少倍的也有。绯绡天赋异禀，定能助你解惑。"

一番话说得周天望长长舒了口气，然而再望向绯绡，却见他正悠然地坐在桌前摆弄自己带来的玩偶，俊脸上挂着一副玩世不恭的表情，似对两人的对话充耳不闻。

"王公子，你指的可是他？"周天望顿时心灰意冷，茫然地看着王子进。

"绯绡，你在干什么？"王子进面上大大挂不住，几步跑过去，伸手拉了拉绯绡的衣袖，"快点说几句让周大哥安心的话。"

然而绯绡却不理他，看了看周天望，又看了看手中那个栩栩如生的人偶，美目顾盼，眼生秋波："这个人偶有点旧了，连关节都磨损得厉害。"

一句话说得毫无头绪，顾左右而言他。

"我每日思念妻子，总是忍不住拿出这个木偶看了又看，自然难免磨损，这些旧关节，也是该换了。"周天望说罢，小心翼翼地用布将那人偶包好，起身告辞，"还请二位公子多劝劝那个女人，在下并没有什么可以值得贪图的东西，还请她不要在我这陋居中耽误年华了。"

他说罢便紧紧抱着他妻子的人偶，拉开门走了出去。

此时正是黎明前最黑暗的时分，夜色如一团浓黑得化不开的墨，转眼就将他寂寥孤单的背影吞噬其中，不留痕迹。

"真是个可怜的人。"王子进走过去把房门掩好，对着凄凉的冷风，长叹口气。

"真是桩奇怪的事。"绯绡却丝毫不为所动，轻轻揉着额头，似乎十分困扰。

"你真是冷漠，怎么连半点恻隐之心都没有？"眼见他脸色严峻，冰冷如霜，王子进甚是失望，和衣上床休息。

"人类的感情就像是流动的水，瞬息万变，捉摸不定。"绯绡斜眼看了他一眼，漠然道，"对于那种不确定的东西，即便再打动人，我也没有什么兴趣。与其关注这些虚幻之象，倒不如多注意真实确凿的物事。"

然而王子进实在太过困倦，几乎是在沾上床的同时便进入梦乡，对于绯绡的自言自语充耳不闻。

只余绯绡一个人，皱眉坐在黑暗中，白衣胜雪，黑发如墨，如深夜中一抹奇异的亮光，孤单而迷茫地绽放着。

这一觉睡得王子进四肢百骸无不舒适，再爬起来时已然是冬阳和煦的中午，只见绯绡仍像是昨晚一样，孤身枯坐在木桌前，显是一夜未眠。

"绯绡，你怎么不休息？"他伸了个懒腰，理了理皱皱巴巴的衣服，晃晃悠悠地站起来。眼见庭院中被染上白霜，景色俨然，想起昨晚的所见所闻，竟恍似做了个噩梦。

"因为床又脏又硬，我睡不惯。"绯绡一改昨夜的冷淡漠然，朝他笑嘻嘻地道，"子进，今晚我们就跟那个周姓木匠告辞吧，我赶不及想去吃鸡睡觉了。"

"你就这样走了？再怎么也要问问他的妻子，看看她是真是假吧？"

"这个还用问吗？"绯绡甚为轻蔑地哼了一声，"当然是假的，至于她为何而来，我也已经猜到个七七八八，现在唯一要做的就是确认她的身份。"

"啊？你到底猜到什么？说来我听听？"王子进万万没有想到，一夜之间，两人所见所闻完全相同，怎么他都猜到了谜底，自己却连半点头绪都摸不到？

"天机不可泄露。"绯绡伸出一根手指在他面前摇了摇，"不过你说得也对，既然来了，确实有必要跟冒牌的妻子聊一聊，这件事情就要拜托子进你了，毕竟与美人打交道是你的专长。"

他话音未落，就从门外飘来一阵饭香，响起一个女子清脆甜糯的呼唤："二位客人，请移步出来吃饭了！"

周家并不富裕，桌上自然只有些清粥小菜，只是庭院中松枝如伞，水车辘辘。时而传来木鸟的叫声和水流飞溅之声，倒别有一番世外桃源的情趣。

周天望的妻子并不用餐，只是笑意盈盈地站在一边，等待着二人的吩咐。

"这菜真是好吃。"王子进努力煽动绯绡，"你快点尝一口。"

绯绡看了看桌子上的素菜，因为没有他喜欢吃的鸡，显然甚是失望，枯坐了一会儿就起身告辞，在院子里转了两圈，便回房休息了。

"周大嫂，你不要介意。我那个朋友很爱吃鸡，平日不沾素菜，并非是嫌弃你的手艺。"王子进急忙出言道歉。

"不要紧，天望也不吃我做的菜，一年来我已经习惯了。"紫陌无奈地摇了摇头，坐在王子进的对面为他倒水。

"有一句话，不知在下当不当说……"王子进望着她清秀美丽的容颜，欲言又止。

"王公子可是想问，我是不是他的妻子？"紫陌眼珠一转，便猜透他的心意。

"这个……周大哥一直对我们说你是冒名顶替的，我们才特意过来想劝劝你。"王子进见自己的意图被人一语道破，不好意思地挠头，"如果你真的不是他的妻子，何必滞留此地？不如早点走吧。"

"果然是为了这件事。"紫陌眼现寂寥，"我若不是他的妻子，怎么会忍辱负重在这里待了一年？而且周围的邻里都认识我，可是他还是不相信我。"

"我知道为什么，因为你还没有找到要找的东西，自然不会离开这里。"王子进一时情急，真心话竟脱口而出。

"你……你怎么知道我在找东西？"紫陌顿时吓了一跳，眉目中满含惶恐，"你还知道些什么？"

"这只是我的猜测而已。"王子进心知自己猜得不错，语重心长地对这美貌姑娘道，"你到底想要什么呢，甚至要冒名来到这个家？我看周大哥是个好人，你想什么他一定会给你，又何必出此下策？"

"不，我要的东西，他永远不会给我。"紫陌摇头叹息，"你跟我来，我让你看一件物事，或许你才会知道他是个什么样的人。"

说罢她便朝后院走去，王子进望着她窈窕的身影，一头雾水地跟在她的身后。

她到底要自己看什么？

为什么说要看了那样物事，才会知道周天望是个怎样的人？难道此事另有隐情？

六

　　紫陌走到后院的一处矮房前，左右打量了一下，见四周无人，才小心翼翼地拉开门闩，让王子进进去。

　　只见狭窄的房间里陈列着各式各样的木料石材，桌子上也堆满了凿刀磨具，几乎连落脚之处都没有。

　　"这难道是周大哥雕制木器的地方？"王子进打量了一下四周，满眼新奇。这屋子的角落里陈列了许多尚未完工的作品，有形色各异的飞禽，有栩栩如生的走兽，还有其他一些叫不出名字，猜不透用法的新奇玩意儿。

　　"对，可是他最近都不再做这些东西了。"紫陌小心翼翼地绕开地上的杂物，走到了一个巨大的木箱前。

　　"听他说是因为你的到来使他惶恐不安，夜不能寐，才中止了手上的工艺。"

　　"他在撒谎，他根本就从未停止过他的手艺。"紫陌突然面色阴冷，恶狠狠地道，"他之所以不做了，是因为一年以来都在偷偷摸摸地完成一件作品。"

　　"啊？是什么东西？为什么要瞒着别人？"王子进更加诧异，同一屋檐之下，这夫妻二人居然各有隐情，真是有趣至极。

　　"他的作品就藏在这个箱子里。"紫陌指着那个巨大的木箱道，"已经接近尾声，你看了就会知道。"

　　王子进将信将疑，走到那巨大的木箱前，伸手拉住把手，用力掀开箱盖。

　　哪知不掀还好，一掀开箱子，吓得他几乎魂飞魄散，因为在阴暗的光线下，分明可见，木箱中正蜷缩着一个女人。

　　女人身着粗麻单衣，长发及腰，露出的肌肤白到极点，连一丝血色也没有，在棕色木板的映衬下，格外诡异恐怖。

　　"这……这是什么？"王子进后退一步，只觉心口的血液在瞬间凝固。

　　"木偶……"紫陌冷冷地望着那个箱子里的女人道，"是不是很可怕？他居然用一年的时间做这种东西。"

　　王子进这才稳住心神，仔细打量着箱子里的女人，只见她容貌秀美，栩栩如生，脸型和眉眼竟与紫陌极其相似。

　　"这……这个木偶，我好像在哪里见过？"王子进想起昨晚周天望拿来的那个小小的木偶，两尊人偶确实相似到了极点，只是大小有差别，"这是不是周大哥为悼念亡妻所制？"

"我不知道，只是我看到这个木偶，就会觉得紧张。"紫陌颤声说道，"难道你不觉得它很可怕吗？尤其他总是在夜深人静的时候，偷偷来这个房间里做这种东西，真是越想越吓人。"

"怎么会呢？"王子进伸手扳过那个木偶的脸，"我只能看出巧夺天工，栩栩如生。这皮肤是什么东西做的？怎么跟真人一样，只是差些温度？可能是他想念亡妻心切，又对你有所畏惧，才做出这种东西的。"

"真的吗？"紫陌听他这么说，心中稍微宽慰了一些，"也许是我想多了，他确实是思妻心切吧。"

王子进嘴上虽然豁达，可是看着蜷缩在箱子里的木偶，也不由脊背发冷，忙合上箱盖，慌慌张张地与紫陌走出了斗室。

可是紫陌对自己的身份既不承认也不否认，王子进兜着圈子跟她说了半天，直至日头西斜，也没有劝动她离开这里。

"子进，我们快点走吧。"绯绡极其不耐烦地在庭院里转来转去，抓耳挠腮，似乎忍不住要吃鸡了。

"绯绡，你再等等。"王子进说得口干舌燥，仍不肯放弃，"我要再劝劝周大嫂。"

"子进，来日方长，又不急这一时半刻，如果你还有话说，可以明天再来！"

眼见长日将尽，夕阳映血，再留下去也不合礼数，王子进只得万般不愿地与绯绡一起起身告辞。

紫陌将二人送到门口，脸上仍挂着万古如一的谦和笑容，令人无法捉摸。

王子进心有不甘，一步三回首地望向身后紧闭的木门。在流动的夕光之中，那薄薄的两扇门板，映出淡淡的金红色，似隐藏着无尽的诡秘。

"绯绡，你怎么突然急着要走？只要再给我一点时间，我一定劝得动她。"王子进一出门就开始抱怨。

"因为如果你真的将她劝走了，事情才真叫糟糕。"绯绡突然停下脚步，回头朝他神神秘秘地笑。

"啊？为什么要这么说？我们此行不就是为了劝她离开的吗？如果她不走，那周大哥可怎么办？"

"你是说那个木匠？"绯绡仍然面上带笑，轻佻地道，"你不说我还差点忘了，我们已经约好今晚在集市上那家酒楼碰面，咱们这就过去等他吧。"

"你是什么时候跟他联系上的？"王子进张着大嘴，万分诧异，"他不是一直躲在屋子里没出来？"

"就在你跟那个女人去后院的时候。"

"可那不过是片刻的工夫。"

"如果不是我过去找他，你认为你们俩会如此轻易进出那个房间而不被发现？"绯绡得意扬扬地甩扇子，"有时片刻的工夫也能做很多事了，我们这就去酒楼吧，一日没有吃东西，简直饿得难过。"

绯绡似乎真是饿坏了，走起路来脚步如风，任王子进问他什么问题，他都能兜兜转转地扯到吃上。

直至两人在饭馆里坐定，伙计端上了热气腾腾的荷叶蒸鸡，绯绡才肯边吃鸡腿边跟王子进说话。

"子进，刚刚我一直没有问你，她为什么突然将你带到了后院的房间里？"

"她让我看一样东西，还说那样东西让她很害怕。"王子进就等他问这句话，不由兴致勃勃，"你猜她让我看的是什么？"

绯绡嘴边挂着油花，端起杯子喝了口酒，笑嘻嘻地回答："该不会是木偶吧？"

"啊？你怎么会知道？"王子进吓了一跳，"我分明连半点口风都没有露。"

"因为前一晚他让我们看过一个小的人偶，做得那么精致逼真的东西，有小的自然就有大的。"

"可是他为什么要做这么多人偶？"王子进一头雾水，"而且还要偷偷摸摸地做？"

可是他的疑问却没有得到回答，因为正有一个脚步匆匆的人，穿过蒙黑的夜色，朝他们走了过来。

正是木匠周天望。

"真是对不住了。"绯绡一见到他就起身道歉，"我们二人费尽口舌，也无法完成周匠人拜托的事情。"

"她不肯走是吗？"周天望急得摩拳擦掌，"这可怎么办？"

"这个假扮您妻子的女人似乎想要找什么东西，如果周大哥知道那是什么就不妨给她，将她打发走了，换个安心也好。"

"可是我并不知道她到底想要什么啊！"周天望立刻愁眉苦脸，"而且周围的邻里都认为她是我的妻子，我也不能毫无理由地将她赶到门外，这可怎么办？"

"那就只有一个办法了。"绯绡抿起嘴唇，微微一笑，"那就是拆穿她，找人指认她是假的。"

"我也正有此意……"周天望长叹一声，"不瞒二位，最近在下就打算带她回紫陌的娘家一趟，现在唯有紫陌的至亲才能判断真假。"

"虽然麻烦了点，但也只有这样了。"

王子进刚刚开口应和，便见绯绡露出了一个高深莫测的笑容，似乎这一切的一切，都在他的预料之中。

七

"如果周匠人不介意，可否让我们二人同行？"出乎王子进预料，绯绡突然冒出了这么一句莫名其妙的话。

"啊？我们俩没事去人家妻子的老家干吗？"

"子进，附近的山水都逛过了，你不想去别处走走吗？"绯绡定定地看着他，虽然是商量的话语，口气却坚定得不容置疑。

"如此甚好不过。"周天望立刻面露欣喜，感激涕零，"说真的，让我孤身一人跟着来历不明的女人上路简直太恐怖了。我早已有了这个想法，之所以这么久没有动身，也是因为此节。这次有二位相伴，周某终于可以安心了。"

王子进见他这么说，也不好推拒，只好不情不愿地点了点头。

周天望见天色已晚，跟二人寒暄了两句，便起身告辞了，至于何时起程，还要靠阿阳来传递讯息。

"绯绡，你不是一向讨厌跋山涉水，这次怎么如此热心？"王子进待周天望一走，便好奇地问道，"难道真的是为了那么个打鸟的玩意儿？"

"当然不是。"绯绡一边喝酒吃鸡，一边望向窗外的寒星点点，"只是想看看，这件事是不是真的像我想的那样。"

"你想到什么了？说来让我听听。"自昨晚起他就已经发现绯绡极其不对劲，似乎在背着他谋划什么计策。

"现在跟你说了反而会坏了大事，反正过两日你自会知道。"绯绡一向爱卖关子，这次自然也不例外，突然又顾左右而言他，"对了，你今日看到的那个人偶做得怎么样？"

"栩栩如生，活像真人。"王子进面现钦佩之色，"以至于第一眼看到还被吓了一跳。"

"已经完工了吗？"

"即便没完工也已接近尾声,一眼看过去就是个活人。"

"如果我没有猜错的话,我们起程的日子就要到了。"绯绡再次露出了一副了然的笑容,埋首吃鸡,无论王子进怎么打探都不再应声。

果然绯绡一语成真,不过三日后,阿阳就找上门来,说周天望雇了辆马车,邀他们明早一起上路。

"真是的,冬天山上积雪路滑,怎么偏偏要挑这个时候上山?"阿阳一边喝茶水一边嘟囔,"周大哥两年没上山,也不至于健忘成这样。"

"山上会下雪吗?那我们可要买两件蓑衣。"

"对,但以前我们上山的时候都是跟周大哥问天气的,他会看一些天象。也许他这次是看过了,才特意挑的明天。"

阿阳传完这两句话,便又兴高采烈地去打鸟了。

只余下王子进一个人站在客房中发愣,窗外雪山巍峨,云雾笼罩。不知为什么,他望着那座遥远险峻的苍白高山,竟有一种不祥的预感。

次日一大早,王子进正睡得迷迷糊糊,便听到有人在用力地拍门:"子进,子进!快点醒醒,我们该上路了。"

王子进急忙睁开眼睛,只见天色漆黑,仿若午夜,鹅毛般的大雪漫天飞舞。

"是起程的时间到了吗?"王子进慌慌张张地穿好衣服,拉开房门,只见绯绡身披蓑衣,头戴斗笠,遮住了大半张脸。

"从昨天半夜就开始下雪,现在还没有停,所以虽然是清晨,看着却像夜晚一样,我们快点出发吧。"

王子进推窗一看,果然地面已经有一层厚厚的积雪,天空阴暗深沉,不见星月。

他急忙穿上蓑衣,刚要收拾文房四宝,绯绡却伸出手,一把按住他的手腕。

"子进,不要这么麻烦,我们一定还会回来,连客房都不用退。"

"你这是什么意思?"王子进疑惑地望向绯绡,但是那宽大的斗笠却挡住了他的眼睛,只露出一个尖尖的下颌,让人看不清他的表情。

"因为我们根本不会到达目的地,一定还会再回来。"绯绡嘴角微翘,似是预料到了什么,接着他伸出手,往王子进的手里塞了一个硬硬的东西,"拿着这个,在山上可能用得到。"

他翻手一看,手里的竟是一把带鞘的短刀,一时更加迷惑。

难道这次出门不是去旅行，而是去劫道吗，否则怎么能用上这种东西？

但是绯绡却不跟他解释，脚步匆匆地走出客栈，十分着急。

王子进只好将那把短刀收入怀中，跟在绯绡的身后，离开集市，往周天望的家里走去。

周遭乱花飞雪，转眼便浸湿鞋履。

虽然此时正是初冬，却寒气逼人，给人阴寒绝望之感。在飘摇的风雪中，王子进望着绯绡瘦高轻盈的身影，竟然产生了一种奇怪的陌生感觉。

这个人真的是自己的朋友吗？但是为什么，他竟恍惚觉得，两人的距离越来越远，远到自己几乎无法跟上他的脚步？

"到了。"不知走了多久，王子进已经被冻得瑟瑟发抖，前面的绯绡才终于停下来，只见集市后的矮房前正停着一辆马车，赶车的是个戴着斗笠的老人，见到他们笑着摆了摆手。

"今天进山可真是不好。"老头忧心忡忡地望着将明未明的天空，"希望等会儿到山上时雪能停。"

"这是周匠人雇的马车吗？"王子进仰头问道。

"是，我跟他很熟，每次车出了问题，都是他帮我修好的，所以他每次出门都到我这里来雇车。"

"子进，快上来，我们好早点出发。"绯绡身姿轻盈，掀开车帘就跳了上去。

王子进见他如此着急，也不好耽搁，跟着手脚并用地爬上了车。

只见狭窄的车厢里，已经坐着两个身披蓑衣、头戴斗笠的人，其中一人见他上车，朝他点了点头："王公子，你们二位来了，那我们现在就起程吧。"

听声音正是木匠周天望。

而另一个人身材娇小，始终不好意思地低着头，跟绯绡一样，仅露出一个下颌的轮廓，看起来就是自称是他妻子的女人。

因为多了个女眷，王子进跟绯绡也不便像平日一样肆无忌惮地攀谈，只好跟周天望有一搭没一搭地闲话家常。

马蹄如飞，一路颠颠簸簸，转眼便驶出了市镇，来到了荒凉凄冷的山脚下。

茫茫落雪依旧没有半点要停的样子，仍飘飘荡荡地挥洒而下。天色昏暗，路途颠簸，没一会儿王子进便觉得眼皮沉重，昏昏欲睡。

然而就在这时，身下突然传来一阵剧烈的颠簸，接着马车毫无预兆地停了下来。

王子进吓了一跳，睡意全无，急忙掀开车帘，却见赶车的老人正愁眉苦脸地蹲在地上修车，似乎是一个车轮掉了下来。

八

"这可怎么办？"周天望跳下车，急切地问，"我随身没带工具。"

"一时半会儿是修不好了，这里也没有什么人家，真是倒霉。"老头长叹口气，"而且就算你带了工具也没有用，是车轮裂了。"

"那我们赶快回去吧，或许还来得及。"王子进到此时不由暗叹绯绡料事如神，看来他早就预料到车轮会坏，早上才说了那些奇怪的话。

"与其回去，你们还不如一口气翻山过去，反正路程也差不多。"老头懊悔地爬到车厢里，"到了那边找两个人过来帮忙，我在这里等着你们。"

周天望见马车无法修好，只好拉着紫陌下车，朝王子进道："王公子，要委屈你们了，我们今天可能要徒步翻山。"说罢他便拉着紫陌，沿着狭窄的山道走入荒林当中。

绯绡居然也不言语，一声不吭地跟在他们身后。只有王子进满腹抱怨，望着风雪笼罩的大山，长叹口气，脚步趔趄地跟在最后。

"唉……真是的，怎么跟两年前一样啊？"那个赶车的老人坐在车子里，望着飘扬的落雪，怨声连连。

王子进听到他的话，心中顿时一紧，急忙回头问道："什么跟两年前一样？两年前发生过什么事情？"

"就是上次周匠人带夫人回家的那次啊，那次也是冬天。我的马车刚到山脚下就坏了，真是奇怪，车轮也是一样莫名其妙地裂开，连一点预兆都没有。"

王子进听他这么说，心中立刻清明，脊背上不由渗出层层冷汗。

错了！原来他们都错了！

什么失踪又回来的奇怪妻子，根本不是所有事情的根源，而是一个意外的枝节，真正导致这些怪事发生的，竟是两年前那次意外！

他想到此处，探手入怀，紧紧地握住手中的短刀，追上几人的足迹，向密林深处走去。

“二位小心脚下路滑。”山道崎岖，周天望一边领着紫陌在前面引路，一边回头叮嘱着他们。

此时雪已经停了，可是深山之中白雾茫茫，几乎不能视物。

王子进心中惴惴，握着怀中的匕首，一边走一边与周天望攀谈：“周大哥，我们爬到哪里了？”

“就快了，走过前面那条断肠崖，我们就能下山了。”

“周大哥，这是你故意的吧？”王子进望着前面弯腰爬山、朴实忠厚的木匠道，“两年前那次意外是你一手策划的，今天也一样吧？”

“王公子，你在说什么啊？”周天望回头看了他一眼，语气中充满惊诧，“既然是意外，怎么可能是人为的？”

他说罢加快步伐，与其说是在赶路，倒像是在逃命。

“因为是你亲手把自己的妻子推下了悬崖，所以当她回来的时候，你才害怕成这样，不是吗？”王子进毫不让步，紧紧尾随。

“谁说的？你不要血口喷人。”周天望跑得气喘吁吁，终于停在了一处险峻的断崖前，他伸手指着那崎岖的山石道，“那天很多人都在场，他们都眼睁睁地看着紫陌一步一步走到了悬崖边上，脚一滑就掉了下去，不信你去问阿阳，去问别人，看他们是不是这么说！我根本就来不及拉住她。”

但是他话音未落，便见一直站在他身边的女子似受到了强烈的刺激，突然悲鸣一声，撒腿就往悬崖边跑去。

“周大嫂！你要干吗？”

王子进急忙伸手要去拦她，奈何她速度太快，一头就把同样要拦的周天望撞了个趔趄，纵身跃下高崖。

“绯绡，快点帮我！”王子进高叫一声，纵身一跃，一下就抓住了那个女人的手腕。

但是下坠的冲力太大，饶是他一个大男人，仍被紫陌带得掉下了悬崖。

就在这千钧一发之际，斜斜伸出一只白色的手，一把就拉住了即将掉下去的王子进。那人戴着宽大的斗笠，只露出一个尖尖的下颌，看起来正是绯绡。

“子进，放手吧，只有放开她你才能爬上来。”绯绡垂首对他说，语气冰冷，毫无感情。

“不行，我知道你的本事，你能拉我们两个上来的不是吗？我不能眼睁睁地看着一个活人死在我的手中。”

“我现在的力量，只能拉一个人上来。”绯绡似力有不逮，手一松，王子进又往下掉了一寸，"况且你回头看看，那真的是个活人吗？"

王子进心中一冷，顿觉毛骨悚然，急忙低头看去。

山涧中云雾缭绕，看不大清楚，可是仍隐约可以看到，自己的手上正抓着一个跟真人一样大小的木偶。

她黑发飞扬，目光炯炯，只是脸上带着一种似笑非笑的表情，诡异至极。

正是前几日他所看到的蜷缩在木箱中的那个人偶。

他吓得连话都说不出，手一松，那个木偶便带着诡异的微笑，跌落在悬崖下，云雾深处，久久没有回音。

"你们为什么要坏我的好事？如果没有你们，一切的计划都会很顺利。"身后的周天望见把戏被拆穿，凶神恶煞般站了起来，捡起一根木棍便朝二人走了过来。

"坏你好事？"绯绡抓紧王子进的手腕，双臂一扬，便将他拉上了几分，"周匠人，你不是正缺目击者配合你演这出好戏，才找上我们的吗？"

"现在我不要什么证人了，我这就送你们去阴间见紫陌。"周天望冷冷地说了一句，从怀中掏出一把短刀，便朝绯绡扑了过来。

"绯绡！小心身后！"王子进大声提醒他。

"子进，你快点爬上来，我撑不了多久！"绯绡却不顾自身的安危，双手并用，只想把他尽快拽上悬崖。

便在此时，只见银光一闪，周天望的短刀已经插入了绯绡的脖颈中。

王子进只觉抓着自己胳膊的手顿时一松，无尽的力量随之远去，绯绡便在他的注视之下，嘴角带笑，身子一歪，软软地倒在了地上。

"没想到这么容易就得手了，接下来就是你了。"周天望提着短刀，一步步地走向了匍匐在悬崖边的王子进。

"绯绡——绯绡，你不会这么容易就死的是不是？"王子进慌慌张张地爬到绯绡身边，只见他唇角微扬，仍是平日玩世不恭的表情。

他一把掀开绯绡头上罩着的斗笠，却被吓得哇的一声大叫。

这一下不但是王子进，连周天望都忘记了行凶。

因为隐藏在斗笠之下的根本就不是一张人脸，那张脸上半部分没有五官，恰似一张平平的案板，只有嘴巴活像真人，看起来分外吓人。

也是一具木偶。

"怎么会这样？怎么会这样？除了我，怎么还有人会做这样的人偶？"周天望顿时吓得脸色青白，浑身颤抖。

王子进一见便知绯绡安然无恙，顿时松了口气，掏出怀里的短刀，转身便朝周天望扑了过去。

可惜他虽然勇气可嘉，平日却缺乏锻炼，手无缚鸡之力。两人厮打了一会儿，他便被牢牢地掐住脖颈，连气都喘不过来。

"就凭你这副模样，也想跟我斗？"周天望双目充血，头发蓬乱，宛如地狱中的恶鬼，手起刀落，就往王子进的胸口刺去，"老子这就送你下地狱！"

只见寒光闪烁，刀冷如霜，眼看就要扎到自己的心窝，王子进不由暗暗叫苦。

哪知就在这个时候，斜里飞出一道乌光，啪的一声，准确地打中了周天望的脑袋。他眼白一翻，身子一软，哼都没哼一声便晕倒在地。

他手中的短刀哧的一声贴着王子进的肋骨，重重刺入了潮湿的泥土。

九

王子进好不容易捡了条命，急忙手脚并用地把压在自己身上的周天望推开，双腿发软，哆哆嗦嗦地站了起来。

那道乌光击中目标，在空中盘旋了半圈，即刻飞回雪雾深处。

他望向那乌光的来处，只见正有一个半大的少年从苍茫中走了出来，皱眉看着地上躺着的周天望。

"阿阳？"王子进看到这少年不由一愣，越发摸不着头脑。

"是我，"阿阳朝王子进点了点头，把"归去来"插入腰间，"是胡公子让我来保护你的，我一直跟在你们的马车后面。"

"绯绡？他并没有跟过来？他到底在哪里？"原来这趟凶险的旅程，除了他跟杀人凶手周天望，就再也没有活人。早知如此，他说什么也不会上山。

"他在周家，从昨夜起，就一直在为香陌招魂。"

"香陌？"王子进立刻明白他指的是谁，"那个女人，她是紫陌的亲人？她是为了找自己的亲人，才冒充紫陌住进那个家的？"

"对，"阿阳点了点头，年少的脸上露出得意的笑容，"而且一直是我在帮助她。"

"你？帮助她？"

"香陌是周大嫂的亲妹妹，因为与姐姐失去联系就找上门来，正巧遇到了我，我便把周大嫂过去的事情一一说给她听，助她演了这场戏。"

"那你为什么要这么做？"王子进越听越觉得心寒，想不到他小小年纪，竟如此心机深沉。

"因为两年前的那个雪夜，我也在场。"阿阳脸色凝重，一字一句地说道，"而且我不小心发现了，那个跟我们同车后来又掉落悬崖的根本就不是一个活人，而是一个木偶。"

"啊？这又是为什么？"

"我猜是他早就杀了他的妻子，但是一个大活人平白无故地失踪必然会引起怀疑，所以才做了个逼真的木偶，上演了这出失足落崖的好戏。"阿阳说着眼中含泪，"周大嫂是个好人，她待我就像姐姐一样，所以我才出此下策。我跟香陌计划得很好，只要她假扮周大嫂，潜入周家，找到那具被藏起来的尸身，那真相就会水落石出！可是万万没有想到，足足找了一年，她仍一无所获。"

"啊呀！我知道了！"王子进顿时恍然大悟，"所以周天望想故技重施，用一年的时间做了个木偶，也想用一样的手段把香陌杀死？"

阿阳哽咽着点了点头。

"那香陌现在已经有了生命危险是吗？我们快点回去。"

王子进跟阿阳架着晕倒的周天望，一步一滑地走出深山，直至夜幕降临方赶回了镇上。

只见周家灯火飘摇，绯绡一身白衣，正端坐在偏房的床前，床上躺着一个美丽的年轻女人，呼吸平稳，面色红润，似乎已经没有大碍了。

"子进，你回来了？"绯绡见到一身烂泥的王子进，朝他点点头，微微笑了一下。

"你什么时候知道的真相？居然瞒我到最后关头？！"王子进一见到他就气不打一处来，为什么兜兜转转，他总是被骗的那一个？

"从他拿来那个小人偶给我们看的时候。"绯绡得意扬扬地回答，"人偶分明不是近期做的，看关节的磨损程度和修改的痕迹，起码做了几年，改了上千次不止。"

"为什么我就没有看出来？"

"因为你没有用心去看，只注意人偶表演的那些花哨把戏了。"绯绡揶揄了他一句，继续道，"周天望是个木匠，花这么多心思做一具肖似他妻子的小人偶，到底是为了什么呢？况且那时他的妻子估计还在世，自然不是为了凭吊故人。"

"我明白了！"王子进一拍巴掌，恍然大悟，"那是雏形，他做出个小的，是为了方便做一个与真人一模一样的大的！"

"对，所以我就想，那个掉落悬崖的，到底是不是他的妻子？如果真的是的话，没有找到尸体，自然也有生还的可能。可是一年之后，他看到妻子回来，怎么不见欣喜，却吓成了这样？"

"因为他心知肚明，他的妻子根本就不可能生还了。"王子进顺着他的思路去想，也恍然大悟，"他的妻子多半是被他亲手所杀，更不是掉落悬崖而死，所以他见到一个与妻子长相举止相似的女人就开始惶恐不安了。"

"换成任何人都会害怕吧。"绯绡冷哼一声，"可见真正的鬼怪，多半藏在人的心中。"

"然后他就酝酿第二次杀妻？"

"但是需要证人，恰巧我们在这个时候来了，既是陌生人，又是看起来手无缚鸡之力的书生，换了我也不会放过这个机会。"

王子进望着摇曳的烛火，沉默了半晌，突然听到床上的女人轻轻哼了一声，居然醒了过来。

她环视了一下四周，表情茫然："我还活着吗？"

"香陌，你还活着，是这位公子救了你！昨夜那个周天望本来已将你掐得将死，是他召回了你的魂魄。"阿阳见状扑上去，一把握住她的手。

"真是太好了……"女人笑了笑，有气无力地望了望王子进与绯绡，"从你们来的那天，我就有种预感，可能很快便能真相大白，现在看果然如此。"

"现在就剩下找到你姐姐的尸体了。"绯绡点头笑道，"只要找到那具骸骨，就可以惩治凶手。"

"我知道在哪里了……"香陌突然失声痛哭，以手掩面，泪水不断地从指缝中流出，"她就埋在周天望床下的石板里，我昏迷的时候好像看到姐姐了，是她亲口告诉我的。"

怪不得这个少女找了一年都一无所获，哪想这个凶手竟然如此大胆，将死人藏到了自己夜夜安寝的床下。

王子进回想着周天望那张朴实憨厚的脸，凭空打了个冷战。

人心难测，世情如霜。

谁又能够想到，这个看似本分朴实，如惊弓之鸟般惶恐的男人竟有如此狠毒的心肠。

他望着灯下绯绡冷漠俊美的侧脸，终于有一点了解，为什么绯绡不愿与人类打交道了。

之后的几日，官府的捕快在周天望的床下挖出了一具腐烂的女尸，而周天望也被逮捕入狱，据他所说，是因为妻子不喜欢他日日窝在家里做木匠活儿，两人频生口角，他才起了害人之心。

阿阳带着香陌远走高飞了，而那把引出这一切事端的"归去来"现在则到了绯绡的手中。

"哎，传说鲁班曾造出木鸟，翱翔天际，三日三夜不曾落下。"此时王子进跟绯绡又踏上了旅途，两人一边赏着冬日雪景，一边闲话家常，"传说孔明的妻子也是个中高手，做出的木人能替人挑水担柴，方便了无数百姓。同样都是心灵手巧的人，为什么会有人利用自己的手艺，做这么残忍的事情呢？"

"这我怎么能够得知？一样的工具，到了不同的人手中，就会产生不同的作用。"绯绡一扬手，将手中的"归去来"丢了出去，"不过有一件事我却从无怀疑。"

"什么事让你如此笃信？"王子进好奇地问道。

只见那道乌光在半空中画了个圈，又稳稳地飞向绯绡的怀里。绯绡伸出手，轻轻巧巧地将它抓住，冷冷道："罪孽，就像这把'归去来'。世人将它远远地抛出去，以为它离开了自己，其实总有一天，它会再回到身边。"

春日宴

冰雪初融，春寒料峭。

是夜，夜风萧瑟，树影婆娑，在一个漆黑的树林里，几个黑影围着跳跃的篝火密谋。

"嘿，好像这次的聚会，那个家伙也要来参加吧？"一个老人边拨着火堆边说，声音里饱含忧虑。

"是，我也听说了，它很喜欢凑热闹，前几次都被我们刻意甩掉了，如果这次再这样做的话，估计它会生气。"接话的是一个貌美的少女，跳跃的火光照亮她的脸颊，可见她如玉般的脸颊上，竟有一道长长的红色疤痕。

"哎，那玩意儿生气了可不好办啊！"另一个壮汉也长长叹息，"要不然我们想个办法，转移它的注意力吧？或许它一分心，就不会折磨我们了。"

"这个世界上，还有什么能让它分心啊？"老人缩了缩头，似乎更加忧虑了。

"投其所好，是万试万灵的方法。"

"它喜欢的东西倒是尽人皆知，不过要能一直为它提供那玩意儿，可不是一般的凡人能做得到的。"

"那我们去找不一般的凡人不就行了？"少女隐秘地笑了，红唇微启，露出两颗雪白而尖利的牙齿，"反正我们要的东西，也从未被人类珍惜！"

一

二月的扬州，正值初春，虽然天气微寒，却挡不住荡漾在人们心中的融融暖意，早已有小舟荡漾在碧水之间，也有歌姬软糯的小曲随着河水缓缓飘来。

扬州这样的城市，在大多数朝代都是美好的，否则也不会有"天下三分明月夜，二分无赖是扬州"以及"十年一觉扬州梦，赢得青楼薄幸名"这样的诗流传下来。

当然，如此美好的城市，对它怀有深深眷恋的，远远不止人类而已。

此时此刻，绯绡就懒洋洋地坐在高高的栏杆上，欣赏着红花绿柳，无尽春色。他一袭白衣随风摇曳，加上貌美无双，导致楼下无数人仰脖围观。

"这位大爷，算是我求求你了，麻烦你让他下来吧！"身后站着一个店小二，像是受了委屈的小媳妇一样，朝一个书生打扮的人不断作揖行礼。

这个倒霉的跑堂，在绯绡刚一爬上栏杆时，就热心地跑去阻止，结果不但没有把他拉下栏杆，自己倒平地跌了一跤，差点摔下楼去。

他一次失败，居然不言放弃，直到不知吃了多少次亏，才终于觉得有点邪门，打死都不敢再碰绯绡的一片衣角了。

"我也拉不下他啊。"王子进看绯绡跷着二郎腿，歪靠在不足一尺宽的栏杆上撒酒疯，顿时觉得颜面尽失，恨不得在地上掘个窟窿钻进去。

"你们俩不是一起来的吗？求求你让他下来吧，再这样下去，我们的生意都没法做了！"那小二急得满脸通红，显是害怕受到老板的责骂。

"他一旦喝醉了，就是神仙也拿他没有办法。"王子进长叹一声，拂袖而去，干脆走到楼下，站在围观的人群中看热闹，总算是少丢一点人。

在春日阳光的映衬下，绯绡的白衣变得格外刺眼，远远看来，竟像整个人都在闪闪发光一般。

王子进看着他惺忪的醉眼，轻狂的浅笑，竟想起了两人初次相识的场景。那个时候，绯绡也像今天一样喝醉了，结果才不小心现出了原形。

为什么越是不胜酒力的人，越是喜欢喝酒呢？

他百思不得其解。

然而还没等他想出个眉目，便听耳边传来一阵惊呼，只见楼上白影一晃，栏杆上迎风而笑的少年竟在刹那间消失了。

与此同时，楼下传来砰的一声轻响，周围的男女老少急急循声望去，却见地面上仅有几许飞舞的烟尘和一团杂乱的痕迹，哪里有什么白衣的少年。

大家都丈二和尚摸不着头脑，交头接耳说了一会儿，越说越觉得诡异，最后都吓得作鸟兽散了。

只有王子进一人仍站在原地，待众人走尽之后，才小心翼翼地沿着酒楼四处寻找。不知转了几圈，他才终于在酒楼的台阶后，找到了自己要找的东西。

那是一只白色的狐狸，正眯着眼睛蜷缩在灰尘满布的楼梯后。它舒舒服服地趴在地上，口角流涎，脖颈松软，显然是睡得不省人事了。

王子进见到这只狐狸，急忙把它抱起来，用袍角一裹，撒腿便朝客栈奔去。绯绡一向最爱臭美，今天自己看到他这副模样，无异于多了个敲诈的把柄。

将来倘若自己手头银子短缺，或者被绯绡贬损之时，便可祭出这个法宝，保管万试万灵。

他越想越是开心，连步履都轻快起来。

可惜天算不如人算，王子进的如意算盘还是落了个空。

因为他太高估绯绡的酒量了，绯绡这一睡就是几个时辰，足足从午后睡到了天黑，时不时还翻个身打两个滚，根本没有醒来的意思。

王子进拿了本书，在灯下枯坐，眼见月上中天，他再也坚持不住，跌跌撞撞地走回自己的房间，一头栽倒在床上，沉沉睡去。

"子进，子进，快点醒来！"当晚他正睡得迷迷糊糊，忽觉有人轻推自己的肩膀，他急忙抬头一看，只见朦胧的月光下，一人白衣如雪，正望着自己浅浅微笑，正是绯绡。

"让我再睡会儿……真是困死我了……"王子进痛苦地看了他一眼，便又倒入松软的床铺中。

"子进，我是来跟你告别的。"绯绡却并不离去，负手站在他的床头。

"告别？你要去哪里？"

"我要去参加一个聚会，可能会离开几天。"绯绡朝他颔首微笑，俊秀的五官温润如玉，"在这几天中，你要小心些，千万不要乱闯祸。"

"什么聚会？我也要一起去！"王子进立刻来了精神，一下就从床上坐起来。大凡聚会，多半有歌有酒，他怎么能错过这样的好事？

"嘿嘿嘿，子进，这个聚会，你可不能去……"绯绡笑嘻嘻地边说边退，身影像是迷蒙的夜雾般，越来越淡。

"为什么啊？"

"因为，那是妖怪的盛宴啊……"待说完这句话，他白色的身形已经完全融化于夜色之中，只余一抹清冷的声音在空气中回荡。

王子进凭空打了个寒战，猛地睁开眼睛，却见四周漆黑一片，床边未见有人，门也牢牢紧扣。

显然方才发生的一切，不过是午夜梦回的一个插曲。

他打量了一下四周，未见异样，便又放心地一头栽倒在松软的被褥中，复又陷入香甜的梦乡之中。

然而到了次日清晨，他便无法如此坦然了。

因为等他从床上爬起来，找遍了整间客栈，也没有找到绯绡的踪影。

"掌柜的，请问前天跟我一起投宿的那个穿白衣服的公子什么时候出去的？你可曾看见？"

"不就是昨天下午吗？"肥胖的老头白了他一眼，不耐烦道，"我清清楚楚地看到你们俩是一起出门的，但是只有小哥你一个人回来，你倒跑来找我要人？"

"抱歉，抱歉，我记错了……"王子进这才想起昨天的那场闹剧，连忙作揖道歉。

他失魂落魄地回到客栈的房间，回忆起梦中所见，气得一拳就砸到了大门上。

真是太令人气愤了！

绯绡居然连个招呼都不跟他当面打，就这样鬼鬼祟祟地走了，甚至连去哪里，要出去几天都没有告诉他。

当然，最气人的是：他居然连一个铜板都没有给自己留！

想来想去，他定然是怕自己敲诈勒索，所以才先发制人！而且绯绡一定认为，只要没有了银子，自己就不会在这几日趁机去烟花酒肆流连。

这真是太小看他花痴王子进了！

要看美女，又何必去那些花柳之地？他得意地跑到房间里换了件青白色的衣服，扎着一方头巾，使自己看起来与任何一个在读的学子没有任何不同。

接着他就面带微笑，大摇大摆地走出了客栈。

外面阳光大好，行人如梭，只偶尔有冷风拂过，昭示着此时正是早春二月时节。

他在街上转了一圈，很快就找到了一家售卖胭脂水粉的店铺，从容地站在了门边。

二

"这位公子，请问你要买点什么？"他刚往那脂粉铺前一站，柜台里一个脸色红润的中年女人便斜眼盯着他，眼白多于眼仁。

"老板娘，小生不是买东西的。"他摇头晃脑地回答，一伸手，从怀里掏出一本书，"而是来读书的。"

"读书为什么不去学堂，而跑到闹市里来了？"老板娘惊诧地瞪圆了双眼，仿佛在看一个三头六臂的怪物。

"因为夫子教导我们，凡是成大事者，必要心无旁骛，专心致志，不能受到外界的干扰。"王子进得意扬扬地举着书本，"如果在学堂里读书，怎么能锻炼这种定力？所以我特意跑到贵店门外读书，以磨炼自己的意志。"

"不就是识几个字嘛，还搞出这么多花样？你想读书就去对面的肉铺吧，不要站在这里影响我的生意。"中年女人越发不耐烦，恨不得立刻把他赶走。

"那可不行。"王子进回头瞅了瞅那浑身油腻，杀猪卖肉的屠夫，小声道，"那人满脸横肉，一看就是个俗物，哪比得上您面善可亲？而且贵店客流如云，明明比那边热闹许多。"

老板娘听他赞美自己，也不好再说什么，只得厉声呵斥他几句，命他只许站在附近读书，千万不要打扰到自己的客人，才愤愤地继续打理生意去了。

王子进是何等人物，虽然双眼不离书本，看似眼观鼻、鼻观心地用心读书。实际上每来一位女客，他都用眼角余光偷偷打量人家，并暗暗在心底评定等级。

"哎，这个女子，牙黄口大，给她个九等已是宽容……"他一边摇头晃脑地读书，一边在心底默念。

"这个不用看就知道是个丫鬟，品位如此粗鄙……"不过一会儿，又有一名女客上门，随之带入的是一股刺鼻的熏香。

这次他翻动了一下书页，连头都没抬，这样庸俗的女子，连貌丑的都不如，是根本入不了花痴王子进的眼的。

就这样，一个上午的时间转瞬即逝，也有几个稍有姿色的女子上门光顾，不过多半都是末流女子，鲜有绝色佳人。

他这才终于明白，在这扬州城里，能抛头露面，亲自来买胭脂的佳人实在是太少了。

即便是小户人家，家里仅有一两个奴仆，也是万万不肯让闺阁少女上街乱晃的。

他想到此处，忍不住仰天长叹一声。

"喂，你作死吗？我让你站在店门口读书已经不错了，你长吁短叹给我招什么晦气？"老板娘一拍桌子，两道犀利的目光朝他直射而来。

"知我者谓我心忧，不知我者谓我何求！"王子进此时已做好了打道回府的打算，干脆对她的叫骂置之不理，故作悲愤地吟道，"悠悠苍天，此何如哉？"

然而还没等他那拿腔作调的声音落到地上，便远远地从街边走过来两个人。

那两个人相依相偎，挨得极紧，如果不是衣服的颜色不同，乍一看简直就像一个人逶迤而行。

不过虽然相距甚远，也能看出其中一个身姿窈窕，面若釉瓷，黑发如云，看体态便是个一等一的美女。

王子进立刻像是被掐住了脖子的鸭子，连半个字也说不出，直愣愣地望向两人来的方向。

在这短短的一瞬，似乎连时间都随之静止。

来人的黛眉、杏眼、红唇，一点点清晰，最后他终于看清，那是一个不过十四五岁大、姿容秀丽的少女。

少女身着布衣，头戴荆钗，虽然打扮朴素，却难掩绝代芳华。唯一美中不足的，就是她的脸色略显苍白，缺乏年轻女孩应有的灵活生动。

"喂，你看什么看？"王子进正拿着书本，直勾勾地看着那个少女，耳边就响起一声娇嗔。

他定睛望去，却见面前正站着一个布衣女子，看年龄似乎比那少女略大几岁，面孔圆圆，眼睛晶亮，正满带嘲意地瞪着他。

他这才想起来，她就是一直紧挨着那美丽少女，牢牢搀扶着她的婢女。

"又没有看你，何必朝我嚷嚷？"王子进自知理亏，低头看书。

"哼！读圣贤书还读到这里了，谁还不知道你葫芦里卖的什么药？"小婢女瞪了他一眼，正巧她的主人已经挑好了东西从店里走出来。

她再也顾不上与王子进拌嘴，紧紧扶住主人的胳膊，两人便如来时一样，紧紧地依偎在一起，慢悠悠地走远了。

"有这等明媚的芳华，为什么还要买胭脂呢？难道不怕那红红翠翠的俗物污了颜色？"王子进目送着两人离去，一边摇头，一边惋惜地说。

"喂，你这傻乎乎的书生又在说什么呢？"店里的老板娘立刻对他的话嗤之以鼻，"那朱家的女儿，也就靠我店里的胭脂，看起来才有点活人的样子。"

"什么？难道你认识她？"王子进立刻来了精神，几步跑到柜台前，"那快点告诉我这女孩姓什么，家住何处。"

这少女虽然年纪尚幼，但已是丽色难掩，他生怕一犹豫，便错过了。

"我……我没有听错吧？"老板娘立刻惊道，"你方才难道没有看到她的模样？她连走路都那么费力，显然是没有几日可活，你的胆子也未免太大了点。"

"怎么会？"王子进干笑两声，"我又不瞎，当然看到了她的样子，不是长得很美吗？至于体弱，确实是有点，但不是什么大问题。"

"这世上真是什么怪人都有……"老板娘嘟嘟囔囔地说，"那小娘子叫什么我不知道，我只知道她姓朱，从小死了父亲，母亲改了嫁，但是继父对她一点也不好。她娘没有办法，只好把她寄养在亲戚家。不过这孩子自小就体弱生病，我几乎就没见过她不生病的时候。"

"哦？那又有什么？反正我认识一个厉害的朋友，什么疑难杂症都能治。"王子进根本为美色迷惑，将老板娘的话当作了耳边风。

"总之我见你是个好人，你千万要小心便是。"

"只是她身边跟着的小婢，似乎十分厉害，刚才还恶狠狠地瞪着我……"王子进边说边走出大门，心里盘算着将来要如何请求绯绡。

"你……你说什么婢女？"街上冷风轻拂，身后传来老板娘颤抖的声音。

"就是一个十几岁大，脸庞圆圆的丫鬟啊，可真是凶死了，女孩子像她那样可不是好事，将来可能会嫁不出去。"王子进回头对她说了一句，作了个揖便走了。

扬州城中，车如流水马如龙，依旧像是他来时一样热闹。

可是他只顾赶路，根本没有发现。

胭脂铺的老板娘突然变得面如死灰，并且在他走后，飞快地关上了门板，锁紧了窗户，似是躲避洪水猛兽一般，提前打烊关店了。

三

哎，今天到底是怎么了，竟然会轻浮若此？

转眼夕光西照，晚霞满天。王子进回到客栈，想起白日里发生的事情，不由一头雾水。

他虽然贪恋人间美色，但一向自持守礼，即便对那些青楼里卖唱的女子，也很少表现出半点不敬。

怎么今天仅仅是个略有姿色的小家碧玉，就让自己说出了一箩筐的蠢话？

而且更要命的是，现在他手捧晚饭，两眼望天，居然无论如何也想不起来少女长得什么样。倒是她身边厉害得要命的小婢女，娇蛮生动的模样却烙印在他的心里，即便闭上双目，也似能看到她一双圆溜溜的大眼睛在眼前滴溜打转。

他越想越是迷惑，怎么也弄不清自己的感觉。

仿佛白日里在那小小杂货铺中发生的一切都是南柯一梦，缥缥缈缈，带着强烈的不真实感。

如果绯绡在身边就好了，他一向喜欢对自己冷嘲热讽，或许只是几句尖酸刻薄的话，便能打消他心底的痴心妄念。

但是此时绯绡却偏偏不在。

当晚月色阑珊，夜风轻拂，王子进在灯下持书枯坐苦读。

不知过了多久，眼见已是月映天心的午夜时分，他这才合上书本，望着紧闭的大门，长长地叹了口气。

想到绯绡一定在某处开怀畅饮，喝酒吃鸡，而他自己只能独对清夜，对影成双，这番落差，不啻天上人间。

念及此处，他不由悲从心来，奈何荷包干瘪，只有边叹息边摇头，满心疮痍地上床睡觉去了。

哪想他刚一合眼，脑海中便出现了一条寂落的街景，小街上老树横枝，断垣掩映，真实得简直不似在梦里。

王子进迷惑地站在街心，望着身边擦肩而过的行人。

看路人的打扮，自己似乎还在扬州城里，但是他明明没有来过这个地方，怎么会梦到如此清晰的场景？

眼见行人越来越少，天色渐渐昏暗，他却仍然没有清醒过来的迹象。

王子进干脆沿着这条小街信步而行，只见街边的房子多半古旧破败，阶前长满青苔，显然是扬州城里平民百姓的聚居地。

他一向粗心大意，无所畏惧，倒悠然自得地在梦里欣赏起周围的景色来了。

不知走了多久，天色渐黑，只见不远处的一扇门后，伸出了一只手。

那分明是一只女人的手，五指纤长，莹白如雪，在朦胧夜色的衬托下，显得分外刺眼。

王子进见了一愣，不由停下了脚步。

他这一停不要紧，那手却轻轻招了招，似是在暗示他过去。

他踌躇了一下，最终硬着头皮走上前去，昏暗的天色中，只见门后是一条狭窄的小巷，一个身姿窈窕的女人，正快步走到小巷深处，一个拐弯就不见了。

女人身着布衣，步履轻盈，看打扮似乎是个年轻的姑娘。

王子进依照指引而来，却只见到一个背影，难免不甘，急忙拔足向前追去。直至跑到小巷尽头，这才发现身边竟有一扇虚掩的破旧木门。

门里是一个小小院落，里面杂草丛生，门窗破败，似乎很久没有人居住了。

"请问家里有人在吗？"这一年之间，他跟绯绡走遍大江南北，胆子也比以前大了很多，深呼吸了几下，就推门走了进去。

穿过小小庭院，是一间矮小的瓦房，房门依旧没有锁，在暗夜里露出一条黑色的缝隙，仿佛是主人在刻意迎接客人的到来。

这次他已经知道，门里的多半是方才朝自己招手的女子。既来之，则安之，他干脆快走几步，推门就闯入了内室。

然而万万没有想到，这户人家的构造十分奇怪，推开房门，直直映入眼帘的居然是一张书桌。

书桌上放着一张暗黄的宣纸和饱蘸着墨汁的毛笔，仿佛主人在舞文弄墨，此时才刚刚离去。

屋子里并没有蜡烛，一盏煤油灯也没有点燃。王子进本就是个读书人，一见到文房四宝，自然格外亲切，想看看那纸上写着什么。

然而这一看，顿时令他目瞪口呆。

因为那粗糙的纸张上，墨迹笔走龙蛇，纠结交错，竟没有一个字是他认识的。

这是怎么回事？怎么这些字比绯绡画的鬼符还难懂？在这个陋室中居住的，到底是什么人？

"是谁来了？"就在他疑惑不解的时候，房间里突然传来一个娇嫩清脆的声音，听起来似乎是个年幼的女童。

王子进误闯民宅，突然被人撞破，正显窘迫，却见书桌后的一扇木门被人拉开，走出来一个身体瘦弱的少女。

少女长发披肩，并未梳髻，透着恹恹的死气。

王子进一见到她，顿时惊得连连后退，因为这正是自己白日里在胭脂铺见到的少女。

"是伯伯回来了吗？"她睁着漆黑大眼，轻轻问道。

"姑娘，请恕在下失礼，在下只是来此处拜访熟人，没有想到竟误闯姑娘的宅院，我这就速速离去。"王子进的脸顿时羞愧得红中带紫，同时暗自庆幸天色已黑，这少女看不清自己的面貌。

"这位公子请留步……"少女为难地说道，"请问能不能帮我个忙？"

"姑娘想要小生做什么，请尽管说。"虽然受到多次教训，王子进爱管闲事的本性还是一点没变。

"这间屋子里，有一些东西……"她摸索着走进内室，指了指屋里，幽幽地道，"我眼睛不好，总是摆不好它们的位置，能不能劳烦公子帮我整理一下？否则我要被他们吵得日夜不得安宁。"

一听只是整理东西，王子进二话不说，将宽大的袖口挽了挽，拉开木门，便走进了那狭小的房间。

屋子里昏暗一片，只有淡淡的月光自窗口倾泻而下，他摸了半天也没有找到照明的火烛。后来便索性朝墙壁前的一张木桌走去，借着朦胧的月光，隐约可见，上面确实放着一些东倒西歪的物事。

"就是它们，在桌子上的东西，麻烦公子帮我整理好吧……"女孩幽幽地说了一句，也摸索着走到王子进身后。

"这还不好整理？"王子进咧嘴一笑，将倾倒的东西竖起来，触手温润坚硬，似乎是某种木牌。

"不仅要扶正，还要注意顺序，如果位置被打乱了，他们会生气的。"

"嘿嘿嘿，我还没听过什么木牌子要注意顺序的……"王子进干笑两声，突然越想越觉得不对头，甚至连背上都随之泛起一层冷汗。

他装作不经意的模样，随手抓起一个木牌，借着朦胧的月光，仔细打量。只见上面写着几个龙飞凤舞的大字：朱堂中历代宗亲昭穆考妣之神位。

他吓得一个哆嗦，木牌便咚的一声砸到了木桌上。

"咳——"与此同时，在狭小的房间里，突然响起了一声轻咳，声音听起来分明是个上了年纪的老人。

可这屋子里仅有他和那孱弱少女，又是从哪里冒出来个老头？

四

"嘿嘿嘿，年轻人，你要轻一点，摔得我好痛啊……"老人的声音越来越清晰，飘飘荡荡，顺着夜风传来。

王子进再也抵受不住，惶恐地回头看去，只见这狭窄简陋的房间内竟站满了人。

这些人有男有女，都头发花白，脊背伛偻，无一例外，全都是年过花甲的老人。他们目光涣散，似有生命一般，正紧紧地跟在少女的身后。

"这……这位姑娘……"王子进只觉汗如雨下，仍强自镇定，皮笑肉不笑地道，"我……我可能不能帮你整理这些东西了。"

"为什么？"少女惶恐地道，"如果你不帮我，那还有谁会帮我？"

"因……因为这是祖宗牌位，我一个外人，不好出手整理。"王子进飞快地朝她抱拳作了个揖，脚底抹油，拔腿便跑。

"大哥哥，你不要留下我一个人在这里，我好害怕！"女孩急忙伸手拉他，奈何王子进逃命的本事已臻化境，她这一把就拉了个空。

她身体孱弱，即刻跌倒在地上，长发委地，肩膀一耸一耸，似乎在无声地悲啼。

王子进跑到杂草丛生的院子里，好不容易才舒了口气，见那女子趴在地上痛哭，他突然于心不忍，急忙踏上一步。

哪知就在这时，从那扇半掩的门里，居然露出了十几张苍老的面孔。他们如鬼魅般紧紧地缠绕在少女的身后，昏花的老眼里，竟无一例外地流露出贪婪的目光。

王子进顿时被吓得再也不敢前进一步，撒腿便往外跑。

长长的小巷似没有尽头，他脚步趔趄，连滚带爬地奔出窄巷。但见漆黑得不见星月的天空中竟然闪出一抹亮色，那亮色越来越大，越来越刺眼，仿若清晨初升的太阳。

"真是天助我也！"他见到这亮光，心中顿时一宽，忍不住高声大喊，腾的一声便从床上坐了起来。

哪想一睁眼，却见窗外天光大亮，正有一个送热水的小厮目瞪口呆地望着他，似乎对他的举动甚为诧异。

王子进死里逃生，哪里还管得了这些，忍不住坐在床上朗声大笑，笑过之后，不知为何，心底却涌起一丝难言的落寞。

如果绯绡在的话，他一定不会令自己陷入这样的梦魇之中。

但或许仅是个噩梦，并没有遇到威胁到生命的险情，绯绡一天也未见回来，王子进自离家以来，第一次孤身一人。

想起赶考时与众多好友的把酒言欢，慷慨激昂；与绯绡云游时所遇到的奇事逸闻，光怪陆离，难免有些落寞寂寥。

客栈舒适简单的房间，在他的眼里，也变得分外冷清。

眼见日头西斜，已经又近黄昏，他闲来无事，套上外袍便走了出去。

天气日益温暖，虽然夕阳西下，街上仍有不少人在流连忘返。微醺的春风，送来运河上歌女软软糯糯的歌声。

看着杏花如云，绿柳吐翠，听着优美平和的声音，他很快就把昨夜的噩梦忘到了脑后。踏着扬州城的青石板路，不知不觉中，竟越走越远，走到了昨天曾到过的那条繁华街道。

等他再有意识时，一抬头，却见眼前是个卖胭脂的小小杂货铺，柜台后站着一个粗壮的老板娘，那中年女人正像是见了鬼一样，瞪圆眼睛望着他。

"你这个书呆子，不会又要跑到我的店门口读书吧？"老板娘把眼睛一瞪，厉声喊道，"你别做美梦了，你要是敢在门口停留个一时片刻，我用扫帚赶也要把你赶走。"

王子进朝老板娘尴尬地笑了笑，刚刚要说些什么，突然觉得手臂一沉，似乎有人在拉他的衣袖。

他转头望去，只见半明半暗的天色中，竟站着一个布衣红裙的少女。少女长着圆圆的脸庞，眼睛也是又大又圆，正满含笑意地望着他，却是昨天跟他拌嘴的小婢。

"姑娘，所谓男女授受不亲，如果有事就直说，何必在街上拉拉扯扯？"王子进皱了皱眉，不耐烦地拉回了自己的衣袖。

"哎哟，这位大哥，昨天真是对不住了……"婢女顽皮地吐了吐舌头，笑嘻嘻地道，"不过今天我确实是有急事，想要找你帮忙的。"

"什么事？"王子进故作托大地挺了挺胸脯，"那也要看我有没有工夫。"

"就是关于我家小娘子啊……"她撇了撇嘴，伤心地说道，"我叫朱羽，我家小娘子就是昨天来买胭脂的女孩子。"

"噢……"王子进再次回想昨天的情景，却只记得那瘦弱的少女给他带来的惊艳感觉，却始终想不起她的长相。

"公子应该也能看出来，她已经没有几天好活了……"朱羽叹息道，"她自小疾病缠身，大限可能就在这几日了。我们是小户人家，家境贫寒，没有钱去请和尚给她做法事，能不能请公子跟我走一趟？"

"啊？"王子进诧异道，"我又不是和尚，怎么给她超度？去了又有什么用？"

"我看公子是个读书识字的人，想请公子在家里抄写三天的经文，等姑娘升天之后，我好把经文给她烧过去，也好让她走得不那么寂寞。"朱羽说着，泪盈于睫，似是牵动真情。

"唉……"王子进本性善良，心中酸楚难当，立刻点了点头。

"这么说你是答应了？"朱羽立刻破涕为笑，拍手道，"那快请跟我来吧，我们今晚就开始。"

"怎么这么急？现在天色已晚，难道不能等到明天吗？"

"时间不等人，我怕姑娘连三天都坚持不下去，我们还是快点走吧。"朱羽说罢，急匆匆地带着王子进沿着长街走了下去。

两个人渺小的身影，很快便被来往的人潮吞没。

"唉……每年每月，总有人被妖怪迷住了心窍……"只余下卖胭脂的老板娘，在如血夕光中，望着王子进的背影，发出了一声叹息。

王子进跟在朱羽的身后，渐渐偏离了大路，左拐右拐，来到了一条偏僻的小街上。在昏暗的天色中，可见街上建筑老旧，门窗破败，竟与昨晚梦中所见极为相似。

看着这熟悉的街景，他原本平复的心情，又变得忐忑不安起来。

"王公子，这边走，我们家住得还要靠里一些……"朱羽微微一笑，带着他向一条狭窄的暗巷走去。

"这……这里……"这条可怕的小巷，也似曾相识，他踌躇地站在巷口，面带难色，不知该不该前进。

"公子，请随我来吧，没有什么可怕的。"朱羽柔声说道，"如果你真的害怕，可以看看景况就走，我们是不会强人所难的。"

王子进一咬牙，一跺脚，跟着她便走进了暗巷。

五

两人走到小巷的尽头，果然出现了一扇破败的木门，朱羽推开大门，客气地让王子进先行。

王子进站在门口，仔细打量这个小小院落。

院落依旧狭小局促，唯一不同的，是里面干净整洁，并没有荒凉的枯草，连那片破败的瓦房，也被早春的夕阳，染上了一层温暖的淡棕。

隔壁的房屋中炊烟袅袅，饭香袭人，这番生动的人间烟火，与昨晚梦中的冰冷诡异，截然不同。

　　他稍稍放下心，跟着朱羽走进了房间。

　　只见客厅中，正端端正正地摆放着一张木桌，桌上已备好砚台和笔墨，简陋的地板上则放着一个圆形的坐垫。

　　"王公子请……"朱羽朝王子进做了个手势，示意他过去。

　　"真的现在就要开始吗？"王子进为难地挠了挠头，"我能不能明天再过来抄？"

　　"公子有所不知，我们家境贫寒，根本点不起油灯，所以想让您借着今天的夕阳，能写一个字便是一个字，待到夕阳西下，我自会送公子出去。"朱羽说着眼眶微红，似乎甚为伤心。

　　王子进一向心软，见她这么说，也不好推辞，只有端坐在地上开始抄佛经。

　　朱羽则自桌下取出一本书，恭恭敬敬地在他面前摊开，只见泛黄的书页上，开篇便是"观自在菩萨，行深般若波罗蜜多时"几个大字。

　　王子进看了一眼，便知是《般若波罗蜜多心经》，这才放心地饱蘸浓墨，一笔一画地抄了起来。

　　他一边抄着，身后的薄薄木板门里，还不时传来断断续续的轻咳，看起来那娘子果然生命垂危，命在旦夕。

　　"诸法空相，不生不灭。"

　　此情此景，令他抄到这几个字时，深切地感受到生命如露如电，脆弱易逝，不由感慨良多。

　　随着时间的流逝，夕阳渐渐隐没，周围变得一片昏暗。

　　朱羽见状将书本一合，朝王子进笑道："真是多谢王公子帮忙了，小婢这就送王公子出去，还要劳烦王公子在明日的傍晚过来一趟。"

　　"为什么非要傍晚？"王子进奇道，"白天不是更好些？"

　　"因为傍晚时，我家姑娘才能休息下，白天她还要梳洗吃药，不大方便与公子见面。"

　　王子进一听便已明白她的意思，闺中少女，本就不该随便抛头露面，更何况是在自家与陌生男子相会？

　　他抱歉地笑了笑，便与朱羽一起走出小巷。

　　这晚再也没有奇怪的事情发生，甚至他警惕地不断回头探望，也未在身后发现可疑的影子。

看来那真的仅是一个噩梦，他果然太杞人忧天了。

再说一个病弱得即将死去的少女，一个手无缚鸡之力的丫鬟，又能对自己做些什么呢？

他暗暗嘲笑着自己的愚蠢，在街边随便吃了碗面，便回到客栈休息了。

次日依旧不见绯绡回来，也不知他去参加什么聚会，居然一去便是三日。

王子进一人在屋中枯坐至午后，才慢悠悠地晃到街上买了点米面肉菜，朝那条破旧的街道走去。

等他来到那条小巷前，正是夕阳西下的黄昏时分，朱羽已经站在巷口翘首等待。

王子进将方才买的一点生活必需品送给她，就像昨天一样，借着夕阳瑰丽的光芒，端坐在书桌前抄佛经。

今天仍没有见到病弱的姑娘，只时不时从他身后的房间里传来一两声痛苦的呻吟，听得他心中难过。

甚至有几次他想拉开那薄薄的木板门看个究竟，但碍于朱羽在旁，只得强自忍住了。

昨日抄完了《心经》，今天朱羽拿的是一本《金刚经》。王子进抄着抄着，开始觉得不对劲。

这本书前面两页确实是《金刚经》的内容，后面则是一个个扭曲的怪异文字，如虬如蛇，他瞪眼看了半天，居然没有一个认识。

"这……这也是佛经？"王子进指着那书页上的字问道，"这是哪国的文字？我怎么一个都不认识？"

"这本书是小婢从老爷的书房里偷拿出来的，请王公子不必介怀，继续抄吧，可能是天竺文字。"朱羽打量了一下桌上的书本，只是皱了皱眉，似乎并不在意。

"就这么抄？"

"对啊，不要紧的，只要依样画葫芦即可。"

朱羽都这么说了，他也不好辩驳，只得摇了摇头，提笔继续书写。

大概是一直看着他抄书太过无聊，不到一会儿工夫，朱羽便忙着收拾家务去了。窄小的客厅里，只余下王子进一个人，对着天边的夕阳誊写佛经。

说来也奇怪，那些扭曲的文字初写时甚难，但是大概抄了十几个字之后，他便已掌握到其中的门道，已经能笔走龙蛇，流利地书写了。

时间过得飞快，寂静的黄昏中，只有沙沙的写字声在斗室中回荡。

不知过了多久，天色转暗，然而就在这时，王子进竟听到身后传来咔嚓一声轻响。

他停下笔，好奇地回头打量，却未见任何异样。

于是他便放心地继续书写，哪知这次刚刚抄了两个字，身后又传来咔嚓一声响动，这次的声音比上次大得多，顿时将他吓了一跳。

他回头望去，只见那扇薄薄的木板门，居然被人拉开了一条缝隙。

"姑娘？朱羽姑娘，是你吗？"王子进好奇地顺着缝隙望去，只见窄小的房间里窗户紧闭，漆黑一团，地上正躺着一个单薄的人影，也不知是死是活。

他想到那晚梦中所见，吓得凭空打了个冷战，飞快地将门关上，装作若无其事地抄书。

还好这次他刚刚又抄了一个字，朱羽便笑眯眯地走了进来，为他泡了一壶茶。待他将茶水喝完，天色已然全黑，朱羽又像前一天一样，将他送到了弄堂口。

夜晚的扬州城，华灯初上，火烛流光。

他一个人寂寞地在街头徘徊了一会儿，便朝客栈走去。哪知他刚刚踏上客栈的木板楼梯，便听身后传来咯吱——咯吱——的长音，似乎有人跟着他缓缓而行。

他警惕地回头一看，只见身后的楼梯上正站着一个衣衫华贵、满脸皱纹的老头，那老头似捕捉到了他的目光，抬头便朝他微微一笑。

不知为什么，这老人的笑容也未见怪异，却在一瞬间让他觉得分外恐惧，他急忙慌慌张张地朝老人点了点头，快步走回自己的房间里。

然而老人却没有追上来的意思，仍站在楼梯上，久久不肯离去。

六

这到底是怎么回事？

虽然这种锦衣的老人随处可见，可是不知为什么，王子进总觉得他十分面熟，竟像极了那晚自己在梦中所见的老头。

当夜他辗转反侧，无论如何也睡不着，回想这几日里发生的事情，除了每天要去朱家抄一小段经文之外，便没有半点可疑之处。

不过朱家家境贫寒，只有一主一仆相依为命。屋子里连一处多余的摆设都没有，自己却又是如何被算计的呢？

他想到朱羽亲切的笑容，躺在小黑屋里那位姑娘单薄的身体，不知为什么，无论如何也不愿怀疑她们。

到了此时，他方第三次怀念起绯绡来。之前每当他遇到窘境，绯绡都会第一个跳出来替他化解，可是这次绯绡居然这样沉得住气，连一点异动都没有。

或许只是自己庸人自扰？如果自己有危险，绯绡一定不会放任不管！

他这才放下心来，迷迷糊糊地安心睡去。

次日黄昏，王子进仍如约前往朱家，替朱羽抄写经文。只是这次那厚厚的一本经书抄完，朱羽又拿出了新的经书，里面居然密密麻麻全都是奇怪的文字。

王子进问了她好几次，她始终说不出个所以然，最后只推托不识字，便找借口跑开了。只余下王子进一个人，孤零零地坐在狭小的客厅里。

他只好摇头长叹一声，提起笔继续抄写那些古怪的字符。不知写了多久，突然又从身后的小屋中，传来窸窸窣窣的响动声。

"是朱家姑娘吗？"王子进放下笔，好奇地走过去，轻声道，"男女授受不亲，如果姑娘需要什么，请尽管跟我说，在下会替姑娘找人。"

"救……救命……"房间里传来微弱的呼救声，那声音有气无力，几近呻吟。

"姑娘？你不要紧吧？"王子进心中一急，一把推开拉门，好奇地向房间里望去。

只见昏暗的房间中，原本躺在地上的少女正挣扎着要坐起来，她长发披肩，脸颊消瘦，在半明半暗的光线下，看起来与骷髅无异。

"你……你这是怎么了？"王子进小心翼翼地走进去，惊讶地望着少女。她的五官眉眼与前几日所见一模一样，但是皮肤晦暗无光，两颊凹陷，已经全然不似之前的艳光逼人。

"大哥，救救我……"一见到王子进的身影，她的眼中立刻冒出希翼的光芒，朝他拼命地伸出手去。

"如果有什么困难，请尽管说。"王子进踏上一步，紧紧握住了她的双手，只觉触手冰凉，又干又瘦，简直与枯枝无异。

"快带我离开这里……"她艰难地说道，"这里有很多徘徊不去的人……他们都想吃了我……"

"别……别说傻话！"王子进故作轻松地干笑了几声，"你看看这屋子里哪有人？我怎么一个都看不到？"

"他……他们都在那里……"少女艰难地伸出手，指着房间尽头的一方木桌，"我知道，他们每晚都在觊觎我的生命，都在等着我死……"

王子进顺着她手指的方向望去，只见木桌上整齐地摆着大大小小十几个木牌，与那晚他在梦中所见的一模一样。

他看到这些木牌，顿时被吓出一身冷汗。

就在这时，突然从院子里传来开门的声音，他再也不敢逗留，甩脱那少女的手，飞快地跑出房间，端坐在桌前，摆出一副认真写字的模样。

但只有他自己知道，连执笔的右手，都在微微地颤抖。

"王公子，真是太感谢你了。"朱羽见状朝他微微一笑，"不过今天可能是最后一天了，这本书抄完，王公子就再也不用来了。"

"啊？这么快？"他想起房间中濒死的少女，总觉得这件事里玄机重重。虽然他已经嗅到了危险的气息，却无论如何也不愿把那少女扔下，独自抽身离开。

"因为我估计，姑娘可能活不过今晚……"朱羽说着眼眶一红，两行清泪顺着脸颊便流了下来，"王公子这三日来帮我抄的佛经也够用了，我实在不愿王公子也卷入这件事里，就让我一个人送姑娘离开吧。"

"你……你家的姑娘，真的只是生病吗？"王子进踌躇了半晌，终于挤出了这么一句话。

"啊？公子何出此言？"朱羽奇道，"难道方才你见过姑娘了？"

"没有没有，我怎么会闯入少女的闺房？"王子进连连摆手，尴尬地对朱羽道，"如果有用得到我的地方，请尽管说。"

"王公子该帮我们做的事，已经全都做了，怎么可以再麻烦你？"朱羽朝他微笑道，"只是我们家境贫寒，今生无以为报，公子的恩德，只能等来世再还了。"

王子进被她婉转拒绝，也不好再说什么，只好快快地走了。朱羽像以往一样，殷切地将他送到了巷口。

此时天色已晚，天空中满布着璀璨星斗。王子进想起傍晚时发生的事，也无心休息，只有垂着头在街边流连。

直至饥肠辘辘，他才随便找了一家小饭馆，打算吃些饭菜果腹。

"这位客官，快请进，我这就给你开一个大桌！"热情的店小二见到他，活像是揽到了大生意，笑得一张脸都开了花。

王子进正恍恍惚惚，完全没有听到他在说什么，待在店里坐定，才发现自己竟坐在一张足足能容纳十几人用餐的大桌前。

"喂，小二，你是不是给我安排错位子了？"他高声叫道，"我一个人吃饭，哪用得着这么大的桌子？"

"嗯？我刚才明明看到客官你的身后跟了十几个人，怎么一晃眼就不见了？"小二也是一头雾水，急忙替他调换了座位。

"什么十几个人？真是想钱想疯了！"王子进一边吃饭一边暗骂，同时望着漆黑的天色，暗暗下了个决心。

今晚无论如何，他都要再去朱家走一趟！

七

当晚月上中天，鸟眠花宿之时，王子进才偷偷摸摸地从客栈里溜出来，向那条破旧的小街摸去。

借着淡淡月光，可见街道两边的房屋陈旧破败，被朦胧的夜雾笼罩，竟与那晚梦中所见极为相似。

只是此时王子进被强烈的好奇心蒙蔽了头脑，根本没有发现这一点。

他一路疾步而行，行色匆匆地向前走去，很快便来到狭窄的小巷前，小巷里一片漆黑，只在尽头有一抹昏黄的亮色。

他在巷口犹豫了一会儿，但想到傍晚时向他求救的病弱少女，还是深一脚浅一脚地走了进去。

待来到朱家的门口，他才注意到，原来那抹亮色竟是一盏昏黄的油灯，正端端正正地挂在大门上方。

他抬头看了一眼头顶的油灯，心中不由一紧。

因朱家家贫，为节省银两，甚至连晚上都不曾点灯。莫不是自己来晚了，那少女已经死了？

王子进心中着急，忍不住伸手便去推门，哪想大门竟然没锁，居然发出咯吱一声轻响，应声而开了。

他站在门口，望着月色下的小小院落，只觉满头雾水。

这是怎么回事？仅有两名女眷的家庭，居然会夜不闭户？！难道她们是在等着客人的到来？

他越想越是好奇，蹑手蹑脚地穿过院落，来到了客厅里。

只见客厅中空无一人，木桌上放着一张白纸，上面写满了扭曲的文字，正是白日里他所抄写的佛经。

"朱姑娘？朱姑娘，你在吗？"王子进再也按捺不住，小声喊道。

"咳咳……"似乎是在回应他的呼唤，房间里传来一阵断断续续的轻咳。

"你没事吧？"王子进听到这声音，知道那少女尚在人世，心中不由一喜，拉开木门便走了进去。

果然，房间里漆黑如墨，正有一个虚弱的少女躺在地上。

"大……大哥哥……"那少女见他进来，艰难地说道，"你怎么来了……"

"你不能一直在家里躺下去，一定要去看大夫！"王子进急道，"事不宜迟，我们现在就走吧。"

"我……我这个病，大夫治不了的……"少女苦涩地笑了笑，慢悠悠地说道，"你可曾看到那些木牌？我的任务，就是用自己的生命供养这些祖先……"

王子进听到"木牌"两个字，心中顿时一冷。

"我娘嫌我是个累赘，不要我了……"少女似看出他眼底的迷惑，小声道，"继父又是个商人，他不喜欢我，便要我看守这些祖先的牌位……"

她说着便无声地抽噎起来，连话也说不下去。

王子进长叹一声，不知该说什么。天下之大，这样悲惨的事情，这样可怜的少女，不知有几千几万，以他一己之力，又能做得了什么？

"可……可是我住进这里之后，身体越来越不好……"少女继续哭泣，"但是继父的生意却日益兴隆起来，后来我才知道，原来他竟是用我的生命来供养他的先人，好让他们庇佑他的生意。"

"怎么会有这样的事，你不要多想了……"王子进见她哭得上气不接下气，口舌钝结地安慰道，"你今晚先好好睡一觉，明天我就去找个大夫给你看看，省得连你的婢女都以为你要死了，忙着准备后事。"

"这位大哥，你……你在说什么啊？"她听到这话，即刻瞪圆双眼，仿佛受到了惊吓。

"啊？我说你的婢女一直替你担心，甚至都开始着手准备后事了。"王子进答道，"难道你还不知道，我就是因为抄经书才来到这里的啊？"

"可……可是我……"她又小又弱，抖得活像个筛子一样，"我并没有什么婢女啊？这里一直是我一个人住，倒是有一个仆人伺候我，但是她并不是每日都来，而且在傍晚时便会准时回去。"

"那……那她可是个面孔圆圆、眼睛晶亮的少女？"王子进的心猛地往下一沉，涌起了一丝不祥的预感。

"不，那是一个年过四旬的妇人。"

"那前几天你去买脂粉，不是有个女孩与你同去吗？我记得她一直搀扶着你，生怕你摔倒！"

"可我那天明明是一个人出的门……"

王子进听到这里，终于明白，原来自始至终，都只有自己一人见过那个叫朱羽的女孩。

那她到底是谁？那个笑容亲切，一直替主人着想，恳求自己替她的主人抄佛经的少女又在哪里？

难道这件事，从头至尾就是一个骗局？

但是她想要骗的，却又是什么？

哪知还没等他想完，便听到身后传来咣当一声轻响，只见一个身着布衣红裙的少女正站在门前，紧紧堵住了大门。

"朱……朱羽？"王子进望着这个少女，结结巴巴地说道，"为什么你家的姑娘说不认识你？"

"嘻嘻嘻，这还不简单？"朱羽狡黠地笑了笑，不知为何，她原本明丽青春的脸庞，竟平添了一丝诡谲之气，"因为，她根本就没见过我啊！"

"你……你在骗我？"王子进一跃而起，愤怒地道，"你到底想要什么？"

"我想要的东西，其实你早就已经给我了！"朱羽将手一扬，手上凭空多出一沓厚厚的纸张，竟然是他这三天来誊写的佛经。

王子进望着这些泛黄的纸张，更加迷惑不解。

"你知道你每天抄写的那些奇怪的字符是什么吗？"朱羽高声大笑，声音尖厉刺耳，"那是召唤灵体的符咒啊！这些都是你一笔一画亲手写下，他们早就已经应召来到了你身边，不信你就看看自己的身后！"

王子进被她这么一说，顿时脊背发凉，急忙回过头去。

只见在弥漫的夜色中，正影影绰绰地站着十几个人，那些人都头发花白，年纪苍老，穿着华贵的寿衣，一看便知并非凡人。

饶是王子进经历过大风大浪，也没有见过这样的阵仗，顿时吓得连话都说不出来，连连后退。

"嘻嘻嘻，你不要怕，我不会害你的。"朱羽笑嘻嘻地道，一把扣住了王子进的手腕，"还好你心地善良，听我说这女孩要死，今晚还特意跑来救她，否则你就死定了。"

"还说不会害我？那你现在是在干吗？"王子进拼命挣扎，奈何她腕力奇大，竟无论如何也摆脱不了她的钳制。

"这不就是在救你，还不快走？"朱羽说罢，拉着王子进撒腿便跑。她脚程迅速，边跑边笑，转眼二人便已经奔出了小巷。

王子进只觉耳边生风，脚不点地，好奇地回头一看，那些鬼魅般的老人仍紧紧跟在他们的身后。

"你……你到底要干什么？"

"哎呀，因为那姑娘体弱多病，偏偏屋子阴气重得很，还有一帮恋旧的老家伙徘徊着不肯离去。我才好心想救她一命，虽然利用了你，却不失为一举两得的好办法。"

"你的意思是说？我带走他们，就能救那女孩的命？"

"当然，没了这些老家伙的纠缠，假以时日，她一定会逐渐康复。"朱羽说笑着，脸上渐渐起了变化。只见她原本白嫩的脸颊上，竟平添了一道深深的疤痕，嘴唇也变成了血腥的红色。

王子进被她的变化吓得一愣，急忙低下头，连一句话都不敢说。

"你这个书生，怎么不问问我，既然是一举两得，另一得是什么？"朱羽见他吓得噤声不语，忍不住出言调笑。

"对了，那是什么意思？"他半惊半疑地问。

"嘿嘿嘿，等下你就知道了。"朱羽奸笑着，脚下发力，奔跑的速度更快了。

与此同时，却见不远处的荒地上，竟然出现了一个灯火通明的巨大宅院。

八

"就是这里，我们快点进去！"朱羽转眼便拉着他站在大宅前，只见那宅院金碧辉煌，华美壮丽，简直不似人间的建筑，倒像是天庭里的宫殿。

朱羽微微一笑，朝半空中潇洒地打了个响指，两扇高大雄伟的大门便应声而开。

然而这么一耽搁，紧紧跟在王子进身后的那些游魂已经接踵而至。

"哇哇哇！我们快点跑，他们追上来了！"王子进这次居然甩开朱羽，撒腿便往门里跑去。

只见门中乐声缥缈，丝竹阵阵，空气中飘荡着浓郁的酒香，似乎有人正在这宅院中举行一个盛大的宴会。

但是王子进已经管不了这么多了，飞快地奔了进去，只见面前出现了一个装饰得富丽堂皇的大厅，里面有足足一百多人盘膝而坐，边饮酒边说笑，玩得不亦乐乎。

中央一个高台上，还有几个迤逦多姿的美貌女子在随着乐声起舞，舞姿优美动人，面容羞花闭月。

此情此景，仿佛不似人间！

王子进望着眼前的景致，竟惊愕得连逃命也忘了，呆呆地站在大厅前，连一步都前进不了。

就在这时，突然斜里传来一阵腥臭之气，瞬间冲淡了浓郁的酒香。

他连忙向身边看去，只见大厅的门后，居然正匍匐着一个全身漆黑、浑身长毛的巨大怪物。怪兽长得很像平日惯见的猪，但是却比猪庞大了十几倍。

它一双闪着绿光的小眼一瞄到王子进，立刻闪烁出兴奋的光芒。

"救……救命啊！"王子进凭着本能，立刻发现不妙，撒腿便往大厅里跑去。怪兽则紧追不放，嘴巴一张，便把跟在王子进身后的一个游魂吸入了腹中。

王子进哪里见过这样的景象，吓得连跑都跑不动了，腿一软便坐在了地上。眼见那些恐怖的鬼魂一遇到那怪兽，便如青蛙见了蛇一样，连逃命的力气都没有，很快便被那怪兽吃得一干二净。

他干脆闭上眼睛，躺倒在地上等死，只等那怪兽把自己也吃入腹中。

然而这一等便是许久，仍不见有东西来吃他，他正惶恐不安，耳边却响起一个清朗熟悉的声音。

"子进？你怎么会来这里？"

王子进一听到这声音，仿佛是见到了救星，腾地一下从地上坐起来。却见绯绡一身白衣，美目流转，正好奇地看着自己。

"我……我还正想问你呢，你一去几日不回，怎么竟来到这里？"王子进放心地从地上爬起来，却见那巨大怪兽仿若吃饱喝足，又蹲到大门口休息去了。

"有人请我来做客，我不在这里，又在哪里呢？"绯绡笑意盈盈地打量了他一下，似乎已经知道他为何而来，朝他招了招手道，"真是辛苦你了，快点过来喝酒。"

王子进仍一头雾水，不明所以，然而莫名其妙地转危为安，还有美酒可饮，歌舞可赏，他便不再计较方才发生的一切了。

两人一边喝酒一边说笑，正在兴致高昂时，却见人群中走过来一个身着水红色衣裳的少女。她笑容妩媚，姿色动人，只是脸颊上有一道深深的疤，破坏了她的清丽姿容。

王子进一见到这少女，立刻气不打一处来，就要上前理论。

然而还没等王子进发难，朱羽便谦和地朝他福了一福："王公子，小婢真是多谢你了。"

于是王子进一肚子气无处发泄，只得冷哼了一声，转头不去理她。

"王公子可真是小气，但我并不知道王公子是绯绡的朋友，否则也不会找上你了。"朱羽掩嘴轻笑，"小女子现在跟你道歉啦，王公子你就不要生气了。"

"是啊，子进，说起来我们都要感谢你呢。"绯绡也笑吟吟地补充，朝王子进一本正经地行了个谢礼。

"这是怎么回事？能不能给我说清楚？"王子进也不好拂绯绡的面子，只得出声搭茬。

"子进方才看到那黑色的怪兽了吗？"绯绡伸出长指，轻轻指了指那匍匐在门边睡觉的怪物道，"那就是'貘'啊！"

"'貘'？好像是古籍上记载的怪物啊，它不是以吃噩梦为生？"王子进更是一头雾水。

"它不光吃噩梦，还喜欢吃活在阴暗之处的灵体。如果吃不到就会发狂，每次聚会都令我们十分头疼。"朱羽也为他解释。

"对，所以我们这次就商量着想个办法，看看能不能从外面带些滞留不去的灵体来，将它喂饱，我们便可安心玩乐。"绯绡笑着说。

"还好我幸运，一出门就遇上了王公子。"朱羽拍手笑道，"话说回来，王公子的八字可是百年难得一见，实为吸引妖魔鬼怪的上上之品。"

王子进听到这话，被他们气得差点一口气背过去。

他到此时终于明白，一举两得的另一得到底是什么了。原来自始至终，他都是被利用的那一个！

席间朱羽又是给他敬酒，又是逗他发笑。王子进一向不喜记仇，几杯黄汤下肚，就已经把过去的不愉快忘了个精光。

这场宴会直持续了三日之久，王子进喝得迷迷糊糊，不知所以，等再醒来时，已经躺在了客栈的床上。

窗外艳阳高照，正是一个温暖而明媚的早晨。

那些金碧辉煌的宫殿，载歌载舞的艳女，仿若南柯一梦，连一丝痕迹都不曾留下。

他好奇地闻了闻衣袖，也没有分毫的酒气，急忙披上衣服就去找绯绡。

客栈的客厅里，只见绯绡一身白衣，手持鸡腿，正像往常一样大快朵颐。

"绯绡，你告诉我，这到底是怎么回事？"王子进坐在他面前，皱眉凝思，"我做了一个既长又奇怪的梦，先是被鬼附身，又被怪物追杀，还好最后皆大欢喜，你说这真的只是一个梦吗？"

"哦，可能是春天到了，你睡太多了。"绯绡扬了扬眉毛，不以为意，继续埋首吃鸡。

然而就在这时，突然从树梢上飞下来一只朱红色的鸟，停在窗沿上，朝二人不断啼叫。那鸟儿的叫声悦耳动听，仿若乐师奏出来的华章。

"这鸟叫得真好听，是夜莺吗？"王子进好奇地看着那只鸟，只觉得它漆黑溜圆的大眼睛似乎在哪里见过。

"不是，这鸟叫朱羽。"绯绡看着那只美丽的鸟，嘴边露出一丝若有若无的微笑。

"喂，那真的是梦吗？"王子进即刻扭头问他，"好像不是春天的原因。"

"当然是真的，我何时骗过你？"绯绡朝他笑了笑，欣赏着无尽春色，婉转鸟鸣，"在这样的春光里，我们何必提那些俗事？只需欣赏这美丽的景色便好。"

"唉……或许真是春天到了……"王子进只好长叹一声，托腮跟他一起听着朱鸟轻啼。

窗外，春光正好，花红柳绿。

第九夜

梦中人

夜色阑珊，轻风浮荡，在这个夏日的夜晚，一个年轻的母亲正坐在床边，手持蒲扇为孩子驱蚊纳凉。

孩子双眼紧闭，眉头微皱，似乎做了噩梦。

"仲儿，不舒服吗？"母亲定定地望着孩子，神情紧张。

"来了两个人……"他迷迷糊糊地嘟囔，轻得似迷离的梦呓，"那个穿着白衣服的，是个狐妖……"

"你在说什么？娘听不清。"母亲把耳朵凑到儿子嘴边，可是就在这一瞬，或许是她的发丝拂到了这个小男孩的脸颊，他突然睁开了眼睛。

"娘，我又做梦了吗？"男孩不过五六岁大，满头冷汗，虚弱地望向母亲。

"你又说梦话了……"母亲从身边的罐子里掏出一些粉末，搅到茶水里，递给孩子，"仲儿，把这个喝了吧，病会好的。"

"能看到未来，也是种病吗？"男孩空洞的大眼望着茶杯中晃动的水，仿若失去了灵魂。

"所有与别人不一样的，就都是病。"母亲长叹一声，"你太小，还不明白，快点喝药吧。"

男孩沉默了良久，一仰头，将漂着肮脏渣滓的茶水一饮而尽。

他没有忘记，梦境如这晃动的杯水，缥缈而模糊。遥远而朦胧的画面中，有一个身穿白衣的美少年，衣裾当风，姿态飘逸，带着俊逸的笑，向他走来。

一

"绯绡，我们为什么要到这种地方来？"王子进一边赶路一边抱怨，春日阳光普照，令他汗流浃背。

眼前是一条狭窄的土路，反射着晃眼的阳光，如一条雪白的蛇，蜿蜒到远山深处。

"因为百年前，我曾经跟人打过一个赌。"绯绡汗不沾衣，眺望着青翠山色，"我今天就是特意为这赌约而来。"

"谁那么想不开，会跟你打赌？"这人一定非傻即疯。

"是个修仙之人，当初他还是个年轻的道士，功力不够，想捉我却没有捉到。"绯绡说着，思绪似回到了很久之前。

"他为什么要捉你？一定是你先惹到了他吧。"王子进听了一点，已经猜出端倪。

"这道士忒小气，我不过是偷了这村子里的几十只鸡而已。当时我在山上修行，不便下山找吃的，才每晚顺手牵点鸡吃，哪知他就像跟我结了杀父之仇，总是跟在我的屁股后面嚷着要打要杀。"

"然后呢？"

"我在山上待久了，对那些猎人挖的陷阱土坑可谓如数家珍。"绯绡凤眼含笑，徐徐道来，"于是我就在一个没有月亮的晚上，轻而易举地把笨道士骗进陷阱里，连半分多余的力气也没费。"

"绯绡，你确定他是跟你打赌？"王子进越听越是心凉，"不是为了找你报仇？"

"他哪能找我报仇呢？"绯绡得意扬扬地道，"我虽然一向冷漠，但也不爱害人，当晚他吃了点苦头，我就又把他从土坑里捞了出来，他还口口声声地感谢我呢。"

"这人心胸倒也宽广，不愧是个修仙之人。"王子进不由对这道士的风度甚为赞赏。

"他指着我的鼻子说：臭狐狸，你给我等着，这件事绝不会到此为止！"绯绡捏着嗓子，学得惟妙惟肖。

王子进听了沉默良久，不知该如何作答。

却听绯绡继续道："为了回报他的美意，我就在他下山的时候，往他的包袱里塞了半只烧鸡。结果当天他回去，就被村子里的人狠揍了一顿，村民都说他监守自盗，实在是冤枉。"

王子进再也不发一言，只觉那道士可怜至极，居然遇到了他这么个对手。

"这真是太可怜了。"绯绡假惺惺地叹了口气，"我看他被揍得鼻青脸肿，实在于心不忍，就出来阻止那些村民，说他是我的朋友，怎么能不问就里就向人施暴？结果我不说还好，说完了那些人揍得更狠了，这次又给他加了一条罪状：勾结妖怪。"

王子进斜眼看着他，眼白多于眼仁。

"人世间的事情，真是说不清也道不明，我分明是好心，为什么总是做坏事？"

"你明明比谁都明白！"

"经此一事，他就被村民赶出了山坳，这个山清水秀之地，只余下我一个人孤零零地修行，真是分外寂寞啊。"绯绡继续长叹。

王子进这才明白，原来这家伙是为了争地盘，把道士挤走，这个山头就全是他的了。

"他走的时候，就站在通往山下的那条土路上，跟我打了这个赌。"

"哦？他赌的是什么？"王子进见他说了这么久方转到正题，不由十分好奇。

"他说：老子一定要报这个仇！哪怕要用一百年的时间，我也要亲手把你捉起来！否则我的姓氏就倒着写！"

"那他姓什么？"

"'田'。"绯绡无奈地看了王子进一眼，"倒过去，翻过来，都还是个'田'字。"

"绯绡，我们回去吧！累得半死就为了这么一个泼皮道士吗？"王子进叉着腰开始哀号，"现在下山还来得及，你不想念馆子里的麻油酥鸡我还想念昨晚见到的美人呢！"

"既然来到了这里，就要去看看，怎能半途而废？"绯绡却不理会他，执意前行，几步就蹿出去老远。

"等我一下啊，我跟你走还不行吗？"王子进一个人站在空旷的土路上，心底难免发虚，撒腿就追了上去。

两人一前一后，很快便翻过山坳，来到了一处小镇。镇上绿水环绕，田垄整齐，几缕炊烟冉冉升起，一片祥和静谧的景象。

"你要去哪里找人？"王子进指着眼前的村落道，"这里已发展成集镇，一百年过去，那道士也早已化为枯骨。"

"不，修仙之人追求长生不老，他怎么也该有点成就。"

"追求仙术的人多了，但是他们无一例外地都躺到了地底下。"王子进立刻嗤之以鼻。

"二位公子，可是初来乍到？"他俩正说着，就走过来一个牵牛的老汉，好奇地问他们。

"我们想找一户姓田的人家，请问这镇上有人姓田吗？"绯绡难得谦恭有礼地问。

"当然有，姓田的在这里可出名了。"老汉突然像是想起了什么，满脸堆笑道，"早在七天前，我们村就已经有人说二位要来了，那人十分准确地说出了二位的容貌，还说出这位公子衣服的颜色。"

"哦？"绯绡眼珠一转，似猜到端倪，"难道姓田的就是他？"

"不错，田先生特别关照过，如果有人遇上二位，一定要将二位带到家里。"老汉拿柳枝赶了赶牛牯，朝他们笑道，"快点跟我走吧。"

"绯绡，你这次惨了……"王子进小声对他说，"一百年不见，你的对手已经修炼成先知了。"

"你刚才不是才说他该躺在地底下吗？"绯绡不以为然地摇头，"怎么现在又说他是先知了？"

"凡事都有例外嘛，在没亲眼看到之前，所有的猜测都不作数。"

"子进，我认识了你这么久，终于听你说了一句聪明话。"

两人跟在老汉身后，刚刚走了一刻钟工夫，就停在了一个门户簇新的人家前。

"快点去告诉你们家先生一声，就说他等的人到了。"老汉扬起手中的柳条，一下就打醒了在门口打盹的仆人。

那仆人揉了揉眼睛，看了他们一眼，就像受到了惊吓的兔子一样，嗖的一声钻到门里去报信了。

过了一会儿，大门被人拉开，走出了一个仆人，正是方才那个。不过此时他已经变得恭恭敬敬，朝二人行礼道："二位辛苦了，先生已经恭候多时，请随我进来吧。"

这些都还没有什么，关键是王子进一踏进大门，就立刻看到了一幅怪异的景象。

因为这家宅院狭小，从大门前一眼就能望到简陋的客厅。

只见主位上坐着一个容貌端丽的妇人，她怀里抱着一个五六岁大的男童，正望着二人的方向颔首微笑。

二

"这位便是先生？"王子进愣了半晌，不知道该怎么称呼这个妇人，便对绯绡说，"没想到是个女人。"

绯绡望着妇人，剑眉微蹙，显然也甚是迷惑："只是我根本没有见过她啊？"

"是不是你眼神不好？当时跟你打赌的其实是个女扮男装的佳人？"

"那更不可能，彼时我已经修炼了几百年，字倒是认不大全，可是男女还是能分清的！"

两人还站在大门口嘀嘀咕咕，就见带路的仆人走到那妇人面前，恭谨地鞠了一躬：

"先生，客人来了。"

"知道了，你先下去吧。"回应他的居然是一个清脆的童音。

王子进立刻瞠目结舌，只见那妇人怀里的男孩像是大人般挥了挥手，风流大度，颇有名士风范。

原来他们口中所谓的先知，姓田的先生，居然是个连乳臭都没褪尽的娃娃！

"小生姓胡，名绯绡。路经此地，叨扰二位了。"绯绡也是一愣，但很快便面色如常地朝那两个奇怪的人抱拳行礼。

"大哥哥，我知道你，前几日曾经梦到过。"男孩偏头望向王子进，面带笑意，"这位是王大哥吧？"

"你……你怎么知道我的姓氏？"王子进立刻由惊愕转为恐惧。

"只是知道姓氏而已，名和字都不得而知，因为我在梦中曾与二位见过。"男孩朝王子进笑了笑，稚嫩中透着与年龄不符的成熟。

"这位小公子，便是先知？"绯绡向妇人打听。

"对，这孩子的全名叫田仲仁，你们叫他仲儿就行了。"妇人说着双目垂泪，"此事说来话长，还要拜托二位相助，因为仲儿说这次在梦里见到了不一样的经历。"

二人听这夫人和男孩都口口声声地提到梦，更是十分疑惑，不由相互对望了一眼。

赶了大半日的路，此时已是夕阳西下，天色渐晚，一轮血红的残日挂在天际，如赫赫耀目的死亡，昭显着几分诡秘。

当日用过晚饭，王子进跟绯绡便被请入了仲儿的房间。

天色刚刚擦黑，他就孱弱地躺在了床上，一张脸白得没有血色，豆大的汗珠不断地自额头流下。

"小弟弟，你这是怎么了？是不是发烧了？"王子进好奇地走过去，伸手就要碰他额头。

"王公子，仲儿每晚都是如此，他得了一种怪病，我找二位帮忙，也正是为了此事。"妇人拦住王子进的手，拉出一床被子给男孩盖上。

"这病是什么症状？可否请夫人告知一二？"绯绡也走过去看了看仲儿的脸色，谨慎地说道，"毕竟我们并非郎中，怎么能轻易治病呢？"

"他这个病，郎中治不好。"他母亲长叹口气，"因为这是他做预知之梦的先兆。"

"预知梦？"

"不错，我怎么能跟郎中说这个？告诉他这孩子晚上会莫名其妙地说梦话？而他模糊的呓语，都会在不久的将来成为事实？郎中大概会认为我是在胡言乱语，或者认为我们是在行巫蛊之术吧。"

"可……可是这种怪病，叫我们怎么医？"

"不，你们一定可以的。"她激动得热泪盈眶，一把拉住绯绡的手道，"因为这位公子，他的容貌我已经听人描绘过无数次。"

"谁知道我的容貌？"绯绡也吓了一跳，伸手抚摸着脸孔，"难道也是这个孩子梦到的？"

"不是仲儿，是仲儿的曾祖父！"那妇人哭道，"祖父他也算得上是人瑞了，能洞察到许多未来的东西，从仲儿得这个奇怪的病开始，他就不断地跟我们描绘公子的容貌举止，说只有公子能治这个病。"

"他的曾祖父，年轻时可曾当过道士？"

"后来在战乱的时候还俗了，不过仍执着于成仙长生之术，这村子里的人见多了，都叫他田老道。"

"那他现在在哪里？"看来这人多半就是跟绯绡打赌的那个无赖道士，王子进不由大惊，没有想到他仍活在世上。

"祖父已经仙去了，是两年前的事。"

"唉，已经去了啊……"她的话一出口，便见绯绡眼现落寞，望着窗外的明月长叹口气，神色恻然。

王子进见他如此伤怀，顿时明白，绯绡虽然口中不说，但仍期望昔日跟他打闹的小道士尚在人世，所以才眼巴巴地赶来。

与其说是打赌斗气，不如说是想见见曾经记得自己存在的人，但是这一点小小的奢望，仍被岁月的洪流无情地卷走，连一丝痕迹都没有留下。

"公子，明天我带你去祖父坟上看看吧。"仲儿的母亲见他神色落寞，轻轻地道，"只要你能治好仲儿的病，要我怎样都可以！"

"我自当尽力，不知这孩子的病是从何时开始发作的？"绯绡定睛看着床上的孩子，复又变得坚毅冷淡。

"在他四岁的时候，得了一场大病。"她娓娓道来，"两天两夜，连最后一口气也没了，于是仲儿他爹就找了个老头，要他背着孩子的尸体扔到山上。"

王子进也听过这种风俗，长不大的孩子通常不能立坟，如果死了就找一个无儿无女的老人背到山上扔掉，到时候只需给这老人几文钱就行了，甚至还有孤苦的老人以此为生。

"但就在这老人出门之后，祖父也跟着出去了，无论我们怎么拦都拦不住……"仲儿的母亲泣不成声，哭了一会儿继续道，"但是那天后半夜，祖父却不是一个人回来的，他身后还跟着一个人。"

"那人是谁？"在摇曳的烛火下，听着这种故事，简直是恐怖至极，王子进实在按捺不住心中的好奇。

"就是仲儿啊！他就像生的时候一样，笑眯眯地跟在曾祖父的后面回来了！"她面现惶恐，"当时我们也很害怕，因为孩子明明咽气了，怎么还能活蹦乱跳地回来？"

"之后就得了这种怪病？"

"是，吃什么药都不行，后来祖父的身体也越来越不好，在第二年的春天逝世了，他临走的时候留下了很多的符咒，说烧成灰给仲儿吃，可以暂时控制他的病，直到公子你的到来。"她说着自床下取出一个木盒，轻轻打开盒盖，"看，这个月底符咒就要用完了，而你们就正巧来了。"

两人齐齐看过去，只见盒子里仅剩下几张薄薄的黄纸，怕是连十天的分量都没有。

"雨……好冷……"几人正说着，便听黑暗中传来一个孩子稚嫩的梦呓，"太爷爷在山上……好孤单……"

他边说边痛苦地摇头，小脸惨白，淡淡的眉毛皱成一团，似是做了噩梦。

"他在说什么？"王子进急忙凑过去听，偏偏仲儿此时闭嘴了。

"大概是在说明天会下雨，天气会变冷。"仲儿的母亲将被子给他盖好，轻轻地回答。

可是那句"太爷爷好孤单"又是什么意思？

王子进原本想问，但又觉得这话似乎蕴含着十分可怕的含义，无论如何也问不出口。

窗外，一轮明月高悬，清朗而圆满，深蓝色的天幕上，连一丝云影也没有，哪里有半分要下雨的样子？

三

次日一早，王子进却被淅淅沥沥的雨声吵醒，晶亮的雨线连接了天地，压抑而凄凉，让人无论如何也提不起精神。

"子进，我们要上山，你要同去吗？"他正迷迷糊糊地窝在被子里打瞌睡，便听绯绡在门外催促他。

"上山？你没看到外面在下雨吗？"王子进手忙脚乱地穿好衣服，打开房门，却见绯绡已经戴上了斗笠，做好出门的准备。

"我想去看看那个跟我打赌的人啊。"绯绡笑嘻嘻地说，"他已经在地下躺了两年，如果知道我仍活生生地存于世上，不知会不会气得从坟里跳出来！"

"可是今天的天气……"王子进看了看窗外的雨帘，面带忧色。

"不要紧的，这么小的雨，只是路难走一点，山上不会发生滑坡。"绯绡信誓旦旦地道，"我在山里生活多年，这点经验还有。"

王子进听他这么一说，匆匆穿上蓑衣，戴上斗笠，跟着田家的仆人向山上走去。

道路泥泞，行走不便，仲儿与田夫人无法陪伴二人，只好吩咐仆人带路。

仆人对山路极其熟悉，虽然山高路滑，他仍健步如飞，如履平地。路上时而遇上采参的人、进山采菇的乡民，都亲切地朝他打招呼，态度十分热情。

"这都是托了我家小先生的福。"他得意扬扬地对二人说，"无论是刮风、下雨，还是山上发洪水，甚至谁家的人要死了，得的病能不能治，先生都了如指掌。时间一久，镇上居民都对田家格外好。"

"你是指仲儿？"王子进只觉这称呼听起来格外别扭。

"当然是他，不过真正的田先生，也就是他的父亲却为了儿子的病出门求医，已经半年没有回来了，还好母子俩略有薄产，镇上的人又刻意照顾，日子倒也过得去。"仆人絮絮叨叨一路走一路说，指着山脊上的一处坟头道，"我们到了，这就是太老爷的埋骨之处。"

王子进虽然不懂风水，也知道那必是个极佳的坟头。

坐北朝南，正对着山涧里的一条小溪，溪边野花点点，芳草依依，周围的景色美不胜收。

三人很快便来到了那座坟前，只见被细雨染成黑色的墓碑上龙飞凤舞地写着几行小字：

春寒客古寺，草草过莺花。

小榼供朝酒，温炉煮夜茶。

柏庭鸣晓吹，楼角丽朝霞。

莫叹萍蓬迹，心安即是家。

"好一个'心安即是家'。"王子进将碑文看了两遍，朝绯绡笑道，"看这首诗，他似乎豁达得很啊，一点都不像斤斤计较的人。"

"哼，你也被他骗了。他一贯小肚鸡肠，子进你若是亲眼见过就知道了。"绯绡一撩衣摆，蹲在地上就开始仔细检查。

"你在找什么？"

"找机关啊，我才不信他两腿一蹬就死了，他若不给我留下点陷阱，一定死不瞑目。"绯绡咬牙切齿地回答，仔细检查坟墓周围的地面，甚至连大点的石头都要翻开，看看是不是写了咒文。

半个时辰之后，王子进见他上蹿下跳，却仍毫无收获。

"看来这死道士真的转性了……"绯绡皱眉凝思，考虑了良久，"算了，我们下山吧，也许他指望我救他的重孙子，所以不敢陷害我。"

他的俊脸上却满含失望，在凄风冷雨中看来，竟有些可怜。

看来他以为死去的老道会留下一两手计策对付他，所以才雀跃地跑到坟头前来看个究竟，哪想又落了个空。

"绯绡，你不要难过了，人都是要死的，何必如此伤怀？"

"我哪里是难过？"绯绡看了他一眼，长叹一声，"如果你像我一样等了这么久，就是为了一个极好玩的游戏。可是百年之后应约而来，却发现对手已经死了，那是什么感觉呢？"

"我觉得……"王子进纳闷地挠了挠脑袋，"多半是失落吧。"

绯绡并不答话，美目流转，朝他笑了笑，招呼仆人就往山下走。

"公子，"仆人后退几步，跟王子进并肩而行，面色严肃地叮嘱，"等会儿我们下山的时候，千万不要回头。"

"有什么忌讳吗？"

"因为我们是来上坟的，如果在回去的路上回头看了，就会被先人误认为恋恋不舍，他们就会跟着你的脚步来到阳间……"

"我知道了，真是太感谢了！"王子进不待他说完就连连点头，他一向倒霉无比，见鬼比见人还多，这些话对他来说不啻于金玉良言。

此时雨势渐歇，只是山风乍起，吹到湿冷的衣服上，立刻带走身上的热量，简直与晚秋无异。

绯绡认路的本领极佳，尤其是在这种荒山野地里，凭着野兽的本能走在最前面。

带路的仆人腿脚不如他灵便，紧紧跟在他的身后。

只有王子进，越走与二人的距离越大，最后绯绡的背影竟淹没在层层叠叠的绿色之中，变成了一个刺目的白点。

"喂……"他刚想叫他们两个等一下，就想起那个仆人所说的话，万一他们听到自己的呼唤回头了可不妙。

于是他只好硬着头皮，努力追赶二人的脚步。

哪知就在山脚在望时，斜里伸出一根树枝，牢牢地挂住了王子进的袍角。

他扯了两下，树枝居然纹丝不动，于是他只好转过身，埋头解自己的袍子。

"天老爷啊，你可看到了，我虽然回了头，可是连一眼都没有往后望！"他哆哆嗦嗦地嘟囔。

终于将那树枝折断，他站起来转身要走。

然而在这一瞬间，不远处的灌木丛突然动了一下，似乎有什么东西躲藏在里面。

"是谁？"他好奇地看向那丛灌木，"是谁躲在那里？"

他话音刚落，灌木丛中就跳出一个黑影，那人身着洗得发白的道袍，蓬头垢面，咧开缺了门牙的嘴，朝他阴森森地笑了一下，便消失在丛林深处。

王子进顿时被他吓得两股战战，魂飞天外，连逃命都忘了。

这个奇怪的老人到底是谁？看那打扮，倒像是个落魄的道士。

太爷爷在山上……好孤单……

不知为什么，他的耳边开始不断地回响着一个孩童的呓语。

是预言还是巧合？无人得知！

四

当日回去之后，王子进忐忑不安，不知该不该把下午的所见说出来，但又怕万一是自己的幻觉，说了反会遭人耻笑。

他这厢模棱两可，犹豫不决，绯绡却一刻都没闲着。他调起朱砂，在仲儿的房间外仔仔细细地画起了符咒。

房檐下滴着淅淅沥沥的雨，似离别的眼泪。

绯绡一手端着盛朱砂的碟子，一手持一支狼毫小笔，在棕色的窗棂上描绘出醒目又怪异的花纹。

"你这是在画什么？鬼符吗？"王子进一边帮他撑伞，一边好奇地问道，"你不是一向遇妖斩妖、遇魔杀魔的吗？怎么突然这么有耐心画这些东西？"

绯绡瞥了他一眼，颇为不满："你是在变相说我鲁莽？"

"哪里，哪里！只是在夸你有男子气概！"王子进拍马屁的功夫向来高超。

绯绡这才面色稍霁，一边画画一边道："你昨晚有没有注意到孩子做梦之前的表现？"

"好像浑身发冷，额上却烫得惊人，跟得了一场大病一样。"

"正是如此，"他抬头望了一眼王子进，眼底暗含着深深的忧虑，"如果没有猜错的话，在那一段时间，可能有什么妖怪附到了他的身上。"

"附身？"王子进顿时倒抽一口冷气，"该……该不会是死灵吧？"

"不知道，如果是死灵的话，昨晚我居然没有看到它的踪迹。"绯绡轻轻摇了摇头，双眉紧蹙。

"所以你才画这些古怪的符咒，想让它现形？"

"对，今晚我一定要看看，在暗地里捣鬼，让这孩子生不如死的到底是怎样的怪物？"他运笔如飞，转眼窗棂和门框上就被密密麻麻地画满了红色的符咒，乍一看像是爬满了扭曲蠕动的红蛇。

"大哥哥，你们在干什么？"就在二人专心致志地忙碌时，屋檐下突然响起一个清脆的童音，从院外跑过来一个小男孩，正是仲儿。

"仲儿，你睡醒啦？"王子进急忙将他拦住，"不要去打扰那位大哥哥，他有很重要的事情要做。"

"什么重要的事情？"仲儿偏着头问，小脸上写满好奇。

"就是治你的病啊！"王子进甚少跟孩童打交道，拼命摆出一副耐心和蔼的模样，"或许过了今晚，你就再也不会发烧，也不会说梦话。"

"是吗……"那男孩遥望着绯绡白色的背影，眼底竟然闪现出一丝失落，"知道未来，真的是一种病吗？"

"那是不是病我不能肯定。"王子进严肃地对他道，"不过我知道如果一个孩子已经八岁，但看起来却只有五六岁的模样的话，绝对是很可怕的病。"

"你……你都知道了？"男孩的脸上显出一种痛苦的神色，低头扭着手指。

"是你母亲告诉我的，她说自从你四岁时生过那场大病后，就再也没有生长过。"王子进伸手拍了拍他的头，"难道你不想像别的孩子一样，身体健康地长大吗？"

仲儿却把头一偏，恶狠狠地瞪了他一眼，撒腿就跑出了檐下，冲到了院子里。

"这个小孩，怎么如此古怪？"他纳闷地走回绯绡身边，"到底在想些什么？"

绯绡头不抬眼不睁，仍专注于手上的工作，许久方冷冷地说了一句："可能是怕失去关注吧。"

"你说什么？"王子进更是一头雾水。

"我说他可能是怕自己的能力消失，镇上的人不再像以往一样崇拜他。"绯绡说罢拍了拍手，得意地笑道，"终于画完了，如果顺利的话，今晚可能就能水落石出。"

王子进看了一眼那被他画得满目猩红，如鲜血染过的大门，背上不由蹿起一股寒意。

当日二人忙完已是傍晚，再加上乌云罩顶，细雨淋漓，刚刚到晚饭时分，就已经黑得如同深夜。

"这雨可真烦。"用毕晚饭，田夫人忧心忡忡地看了看天色，"估计近日是晴不了了，二位如果不介意的话，就留下来多住两天。"

"即便夫人不说，我们也正有此意。"绯绡在灯下笑意盈盈地道，"而且正好可以观察下令郎的病情。"

"公子终于肯给仲儿治病了？"她立刻激动得热泪盈眶，连连鞠躬，"真是祖父在天有灵。"

"我治不治病，关那个老道什么事？"绯绡立刻面现不快，但转瞬便又换作一副从容大度的脸孔，"不过还有一事跟夫人相求。"

"就请公子尽管说。"

"希望夫人能将余下的符咒交给在下。"绯绡笑眯眯地继续道，"而且今晚只许我跟子进陪伴在小公子的身边，无论房间里传来什么声音，都不许外人进来。"

"这……这？"田夫人踌躇道，"可是符咒很重要，放在我这里不是更好？而且为什么不让我照顾仲儿？"

"因为你是孩子的母亲，关心则乱，我不能保证今晚会发生什么事情。"绯绡面色清冷，伸出一只雪白的手，"夫人，把符咒给我吧，为了仲儿。"

田夫人听到他最后说的四个字，终于泣不成声，回到房间里拿出一个木头盒子，塞到了绯绡的手里。

"胡公子，孩子就交给你了，无论今晚听到什么，我保证都不会踏进房门一步。"她说罢看了二人一眼，就含泪走出了客厅。

但是不知为何，王子进在跟她对视的一瞬，竟然感到了一股深沉的寒意。

那双慈爱的、布满泪水的双眸之后，似乎隐藏着另一些深不可测的东西。

当晚夜色深沉，冷雨欺人，仲儿的房间外，白日里狰狞刺目的符咒已经隐遁于黑暗之中，窗外只流露出淡淡的温暖的烛光。

田夫人见二人进来，便匆忙将他哄睡了，垂泪拜别。

"我要做什么？"王子进紧张地问。

"你只需帮我看着孩子即可，如果有什么情况，一定要告诉我。"绯绡说罢，伸手将门窗关紧，一撩袍角，席地而坐。

面朝的方向，正是房门。

"绯绡，绯绡！"过了许久，仍毫无异状，寂静的房间中仅余灯花爆裂的噼啪声，王子进开始沉不住气，低声唤他。

然而却见绯绡双目紧闭，长睫微颤，似已经陷入了深沉的梦乡。

"这个死狐狸，居然偷懒睡着了！"他刚刚咒骂了一句，却见躺在床上的仲儿突然浑身抽搐，呼吸立刻变得急促而紧张。

五

"这……这该怎么办？"王子进立刻手足无措，想找手巾还找不到，只得卷袖而上，撩起袖就往男孩脸上抹去。

然而他使尽浑身解数，仲儿仍脸色发白地抽搐不止，豆大的汗珠接连不断地从额上滚落下来。

就在这时，突然从房门处传来细小的声音，门似乎被什么人推开了。

他急忙回头看去，却见绯绡依旧端坐在门前，只是双眸已然睁开，嘴角酝酿着一丝笑意，完全不似方才慵懒昏睡的模样。

而在绯绡对面，房门露出了一条漆黑的缝隙，正有一条黑线，蠕动着爬向房间里。

那黑线有碗口粗细，初看似一条大蛇，然而再定睛看去，却发现是一个人的手臂，它缓慢地绕过桌椅屏风，直朝仲儿的床上爬来。

"哇！这是什么鬼东西？"王子进眼见手臂就要抓到他的袍角，吓得大叫一声，手忙脚乱地爬到了床上。

"子进，不要慌，这是寄居在山上的一种妖怪。"绯绡说罢闭上双目，面对着房门，口中念念有词。

随着他口中不断念出的奇怪的咒语，屋外突然红光暴起，似燃起了熊熊烈火。

与此同时，细长的黑色妖怪突然发出了凄厉的哀号，在地上扭曲抽搐，不断打滚，将桌椅悉数撞翻，身上汁液四溅，恶心无比。

王子进一把抱起仲儿，躲到了床上的帷帐之后，然而饶是如此，仍有很多黑色的汁水溅到了他的衣服上。

闻起来又腥又臭，再一摸滑腻黏手，居然都是烂泥。

"绯绡，好像起作用了，它就要断成几截了。"王子进眼见着那黑色的手臂在红光中越来越细，皮肉不断剥落，兴奋地大声叫好。

然而他的耳边竟响起一串急促的喘息声，还夹杂着痛苦的呻吟。

他急忙低头朝床上看去，却见仲儿脸如金纸，双眼泛白，口吐白沫，似乎马上就要断气了。

完了！他心中暗叫不好，伸手就去按摩那孩子的心口，哪知触手冰冷，竟完全没有了温度。

"绯绡，快停下！"不知为什么，他的脑海中突然闪现出一个可怕的想法，大声朝绯绡喊道，"这孩子快断气了！"

"果然如此。"绯绡身影一闪，迅速从地上站起来，快步跑到床边，皱眉望着那个抽搐不止的孩子，"看来还真是最坏的情况。"

"你这话是什么意思？"王子进定定地望着他，心中寒冷如冰。

"你不是也猜到了吗？"绯绡一把按到仲儿的心口，"他根本就是一个已经病得快要死去的孩子，但是因为某种法力还活在这个世界上。"

"是……"王子进缓缓地点头，"刚才我一接触到他的身体，立刻就明白了，怪不得前日那位夫人不让我碰他。"

两人正在说着，却见地上黑色的怪物扭曲挣扎着蠕动到床边，像是哺乳般将树枝模样的手指伸入仲儿的嘴里。

渐渐仲儿停止了抽搐，呼吸平稳，脸上也有了血色。他静静地蜷缩在床角睡去，看起来与正常的孩子没有分别。

手臂完成了任务，又悄无声息地退出了门外，如果不是桌椅狼藉，墙上泥浆点点，简直就像它根本没有来过。

"它是来救他的？"王子进攥紧拳头，指节青白，"这可怎么办？如果只是怪物害人还好办，只要驱走它就可以，可是现在要如何代替它救这孩子？"

绯绡也极为颓唐，神情低落地坐在床边："幸好我方才没那么鲁莽，不然一刀将它斩断了，才真是坏了大事。"

"不过它到底是什么？"

"如果没猜错的话，那可能是山里的一种低等妖怪，它负责吸收天地间的精华之气，再在夜深人静时，将灵气悄悄输送给这孩子，这男孩就靠着每晚得到的这一点点的灵气活到现在。"绯绡拿起那个木盒，掏出一张纸符，仔细看了看，"这符咒，其实就是助他将灵力化为血肉的媒介。"

"那他之所以会做预知的梦，也是因为得到灵力的缘故？"

"不错，他一直靠吸收天地灵气为生，也难免会洞悉一些未来的事情。"

"那我们能做些什么呢？难道要再画几千张符咒给他，让他继续这样半死不活地生活下去？"

"当然不能，一定有一个两全其美的办法。"绯绡望着跳跃的烛火，嘴边露出一丝诡异的微笑，"否则，那个老道士怎么会想到我呢？"

就在这时，熟睡中的仲儿居然翻了个身，嘴唇微颤，吐出了几句模糊的呓语："太爷爷……要回来了……"

王子进听到这话，想起白天在林中所见，立刻吓得冷汗涔涔，头皮发麻。

一边坐着的绯绡也屏气凝神，专心地听着他的梦呓。

"好累……"然而男孩又皱了皱眉毛，开始念叨他的母亲，"娘……手里拿着不该拿的东西……"

"只是梦话而已吧。"王子进半晌才回过神来，拼命安慰自己，"白天我们俩都去那老道的坟头看过，他确实死了，怎么还会回来？哈哈，哈哈……"

他干笑两声，却越笑越是心虚。

"不错，他确实是死了。"绯绡沉默了半晌，肯定地点了点头，"如果他没有死，就不会有方才那个夜夜到来的妖怪了。"

"你……你的意思是说，那恶心的玩意儿是那老道用命换来的？"这实在太出乎他的意料。

"当然，否则一个山妖，怎么会用自己的精华之气，夜夜喂养一个人类的孩子？"

绯绡见仲儿眼皮微颤，有要醒转的迹象，急忙从木盒里掏出一张纸符，烧化成灰，兑在茶水里喂他喝下。

"胡大哥，这房间怎么这么乱？你们方才跟人打架了吗？"仲儿虚弱地喝下水，好奇地问道。

"不是，你放心睡觉吧，只是我们不小心碰倒的。"王子进心生怜悯，连声音都放低了几分。

"我刚才梦到太爷爷了……"他小声嘟囔着，脸上满是眷恋。

"他……他说什么了没有？"王子进现在最恐惧的就是他太爷爷，听到这几个字就像是听到了阎王的召唤。

"没有，他就站在门边对我笑来着……"仲儿毕竟年幼，说完这句，就又迷迷糊糊地陷入了梦乡。

绯绡见他沉沉入睡，就唤仆人来接替他们。

此时正是后半夜，窗外的雨已经停了，冷风浮荡，空气清新。二人心情沉重，跟田夫人交代了事情的经过之后，便各自回房休息。

然而就在王子进经过院子时，却见黑暗之中，正有一个身着破旧道袍的老人站在大门边。

老人蓬头垢面，看到他似十分开心，笑得脸上的皱纹都开了花。

"绯……绯绡……"他吓得一口气差点没上来，哆哆嗦嗦地拉了拉走在前面的绯绡，"你……你看……那……那是什么……"

"嗯？"绯绡应声回过头来，老道却已经不见了。

夜黑如墨，只有婆娑的树影，在风中摇曳出诡异的姿态。

六

因为半夜里的那惊鸿一瞥，王子进吓得辗转反侧，无论如何也无法入睡。

但出乎意料的是，耳边只有山风轻拂，虫鸣阵阵，连一点多余的声音都没有，他终于迷迷糊糊地陷入了梦乡。

次日依旧是个阴沉的天气，不过比天气更阴沉的，是绯绡的脸色。

一大早就见他面色阴沉地坐在饭桌前，剑眉紧蹙，抿着嘴唇，仿佛所有的人都欠了他一吊钱。

王子进自跟他认识以来，一向见他风流倜傥，玩世不恭，哪里有这么严肃的时候。唯有明哲保身，端起饭碗猛吃，多余的话一句也不说。

"胡公子是怎么了？"田夫人显然也感受到了极大的压力，附耳对王子进悄声道，"是不是我们招待不周，惹他生气了？"

"估计是昨晚累着了。"王子进信誓旦旦地回答，"不过我敢保证，今晚做一锅香喷喷的鸡汤，包管他的脸色马上就变好。"

他这话一出口，那纯朴的妇人活像是领到了圣旨，急忙吩咐仆人去后院捉鸡。

一时之间，院子里鸡飞狗跳，好不热闹。

然而绯绡的表情却始终冷冷的，甚至连眼皮都没有抬一下。

用过早饭，绯绡又信步来到庭院中，看仲儿跟着仆人在院子里玩耍，忧心忡忡，愁眉不展。

"阿福，我害怕……"仲儿毕竟是个孩子，在这种目光的注视下哪里还玩得下去，捡起毽子就躲到仆人的怀里，"我们不要玩了，我要去跟娘学认字。"

顷刻之间，庭院中就只剩下绯绡一个人站在松树旁。白衣如雪，面带愁容，在阴沉天色的映衬下，显得分外单薄寂寞。

"绯绡，你这是怎么了？"王子进蹑手蹑脚地走过去，"是不是有什么心事？说出来可能会舒服点。"

"就剩下五天了……"他看都不看王子进一眼，仍注视着空旷的场地，轻声说道。

"什么就剩五天了？"

"就是那符咒，你昨晚没有注意吗？"绯绡似乎终于感受到了他的存在，长睫微颤，冷冷地注视着他的眼睛，"也就是说，那个孩子还有五天的命。"

"你不是会画符吗？画两张给他不就成了？"王子进甚是纳闷，"只要时间足够，什么样的办法想不出来？"

"那怎么可以？我又不是他的太爷爷。"绯绡苦涩地笑了笑，"那是老道用生命召唤来的妖怪，用心血画的符咒，我怎么能轻易仿制？稍有差错，搞不好还会送了孩子的命。"

原本王子进的想法就是实在不行留下一大堆符咒走人，反正他们二人又不是神仙，怎能令濒死之人起死回生？

但是听绯绡这么一说，他立刻觉得胸口一滞，心头发冷。

他到此时，方明白绯绡为何心情郁结，愁容满面。

他愣愣地望着空旷的院落，满心酸楚。天边是乌云密布，压抑而沉重，似乎一场山雨又要来了。

"子进，你说一条人命，到底有多宝贵呢？"绯绡仰望着无尽苍穹，突然莫名其妙地问。

"我不知道，只知道每一个我认识的人死了，我都会十分难过。"王子进完全没有去想他为何有此一问，只静静地答道，"开始会以为他们只是短暂地离开，可是过了很久，却发现他们再也不会回来了，那种感觉真令人生不如死。"

"哦，原来是这样……"绯绡低下了头，若有所思。

当晚虽然饭桌上有丰盛的菜肴和香喷喷的鸡汤，绯绡却没有出来吃饭，看得王子进啧啧称奇，眼睛差点脱窗。

"王公子，这到底是怎么回事？"田夫人急得直搓手，"你说胡公子他是不是找到了治仲儿的病的办法，所以才茶饭不思呢？"

"大概是吧，他这个人总是过分认真。"王子进一脸严肃地撒谎，心知即便是天塌下来，绯绡仍会惦记他的鸡，这次必然有什么大事发生。

然而绯绡的绝食显然不是一时性起，次日的饭桌上仍不见他的踪影，等到第三天的时候，他甚至把自己关在房间里，无论如何也不肯出来。

"子进，不要打扰我，我做事自有分寸，该出现的时候我自然会出现。"王子进实在担心他，特意拿着一碗鸡腿送到他的房门口，却只得到了这么一句不咸不淡的话。

眼见时光飞逝，木盒里的纸符只剩下一张，第五天的夜晚如期降临。王子进望着窗外阴沉漆黑的天色，只觉心中绝望。

今晚可能就是仲儿在这世上存活的最后一个夜晚，过了今夜，将再也没有怪物肯来用灵气哺育他。

那小小男孩，便会如浮萍，如残蝶，像是世界上所有无根无主的生灵一般，悄然而逝。

然而就在王子进一筹莫展之时，门外突然响起了急促的敲门声。

他急忙跑到房门前，一把拉开大门，却见绯绡正笑意盈盈地站在门外。

三天不见，他原本丰神俊秀的面容憔悴了几分，透着一丝失血的苍白，但一双眼睛却像是深夜的野兽，亮得神采四溢。

"绯绡，你可是想到办法了？"王子进看到他的笑容，心中顿时狂喜，"太好了，小孩终于有救了！"

"办法早就想到了，这几日只是在准备，为了让我的气息变得清澈而干净，不得不辟谷一段时间。"绯绡说罢朝他招招手，"跟我来，我们这就去救仲儿。"

"辟谷？"王子进纳闷地跟在他的身后，突然心中一惊，失声叫道，"你……你该不会要牺牲自己来救他吧？"

"除此之外，好像没有别的法子。"绯绡毫不在意地说道，"只是损失我的一些道行，可是却能拯救一条人命，也不失为一桩划算的买卖。"

王子进知他一向游离世外，对人类的生老病死毫不挂怀，难得他会有此善举，不由大为感动。

然而两人还未走到庭院中，便从屋檐下冲出一个人影，一头就撞到了绯绡的怀里。

那人慌慌张张，神色激动，却是仆人阿福。

"公……公子，不好了。"阿福结结巴巴地道，"先生，不！是小公子他不见了！"

"怎么会这样？"王子进顿时一惊，"难道他不知道今晚至关重要吗？"

"胡公子跟夫人说好了晚上要替小公子治病，我刚刚要来找他过去，就发现房间是空的，他甚至连晚饭都没有用。"

绯绡眼珠一转，似乎猜到了什么，转身朝王子进道："子进，你快去把那孩子找回来，如果没有猜错，他必定是一个人偷着跑出去的，估计不会跑远。我这就跟夫人准备做法事要用的东西，待他一回来，就马上为他治病。"

王子进心急如焚，不待他吩咐就撒腿穿过庭院，直往大门外跑去。

此时天边突然响起一声压抑的闷雷，豆大的雨点应声落下，顿时砸得地上烟尘四起，前路茫茫。

七

天色渐黑，山路泥泞，王子进跟阿福跑在风雨飘摇的山林中，不一会儿便失了方向。

"这可怎么办？"阿福急得直搓手，"雨下这么大，万一今晚找不到可就危险了。"

"他只是一个小孩，应该不会跑远。"雨水如瓢泼而下，迷蒙了王子进的双眼，他艰难地睁大眼睛，指着一条小路道，"我去那边找找看，你在这附近仔细搜索一遍，如果找到了孩子就尽快回家。"

说罢他就一步一滑地走到长草深处，衣服被雨水浸湿，尽数贴在身上，冰冷而沉重。

他越走越觉得头脑发昏，只觉天地间充斥着冷冷的雨水，很快便失去了方向。

这可怎么办？男孩还那么小，难道就要丧命在这大山之中？

就在他一筹莫展，不知所措的时候，突然密林中人影一晃，站出来一个身着破旧道袍、头发花白的老人。

老人正咧着缺了门牙的嘴，朝他露出一个阴森森的狞笑。

"哇——"在这漆黑的雨夜之中，突然出现这么一个可怕的老头，顿时吓了他一跳，他一个趔趄就跌坐在地上，腿脚虚软，怎么也爬不起来。

然而老人却并不走近，只伸出如枯柴般的手臂，指向一个方向。

这老头是什么意思？是在指路吗？

他哆哆嗦嗦地从地上爬起来，疑惑地按照老人指点的方向走去。老人站在他的身后，朝他微微颔首，似对他极为赞许。

或许这个老人，也不是什么害人的鬼怪？

然而他刚刚有此想法，就看到那老道失血的脸色和微微发红的眼睛，顿时背上蹿出一股寒意，像是受惊的兔子般蹿到远处。

但他不跑还好，刚刚跑了几步，便见正有一团青白色的东西蜷缩在大树下，隐约是个孩子。

"仲儿，是你吗？你怎么不声不响地跑到了这里？"王子进欣喜若狂，几步跑过去，但见小孩面色萎黄，身体羸弱，果然就是离家出走的仲儿。

"王大哥，你怎么知道我在这里？"

"我……我顺着山路上来，碰巧就看到你了。"他本想说是他那死去的太爷爷给自己指的路，可是此时天色昏暗，树影飘摇，说出来多半会将小孩吓个半死，还是闭嘴为妙。

"我不想治病……"仲儿哀怨地看了王子进一眼，将头埋到双膝间，竟小声地哭泣起来。

"为什么？你难道不想长大吗？"

"因为我不想失去梦到未来的能力……"仲儿突然放声大哭，"如果我失去了能力，娘该怎么办呢？镇上的人一定不会再接济我们，娘一定会活得很艰难。"

"怎么会呢？不是还有你爹吗？"王子进不由暗笑这小孩杞人忧天，"他知道你病愈了，一定不会继续在外奔波，一家人团聚之后，还有什么苦挨不了？"

"王大哥，其实我一直没敢说……"仲儿望着王子进，眼神飘忽，"两个月前，我曾做了个梦，我梦到了我爹，在另一个地方已经有了新的家。"

王子进心头一沉，喉咙艰涩，想说些安慰的话，却发现无论如何也说不出口。

"那个家里有个健康的小孩，跟我完全不一样。"仲儿黯然神伤，轻轻地说道，"从那个时候开始，我就知道，爹他再也不会回来了。"

想不到他小小年纪，就已经背负了如此多的忧愁，可是这世间的事情大多如此，知道得越多，快乐便越少。

"快点跟我回去，不管你爹是不是真的在外面有了家，那只是梦而已。"王子进二话没说，一把就将他挟了起来，"梦中的东西有可能是假的，现实却根本骗不了人。我只知道，如果你今晚不回去，就会一命呜呼。"

"我不要回家，死了也比这样半死不活的好！如果我死了，我娘还能改嫁，我活着只能拖累她一辈子！"男孩边说边挣扎，奈何他人小体弱，还是被王子进像是扛麻袋一般扛下了山。

在崎岖的山路上，王子进冒雨而行，一边走一边好奇地回头望。

但是说来奇怪，这次他竟无论如何都看不到老道士的身影，他就像一个缥缈的魂魄般，消逝在雨幕之中。

等他浑身净湿，气喘吁吁地奔回家，绯绡已经将仲儿的房间布置得像是个跳大神的所在，门框上贴满了乱七八糟的黄纸符，飘摇不定，在雨夜中看来分外触目惊心。

"你这是在干吗？"王子进将孩子交给田夫人，被这场面吓得目瞪口呆。

"都是为了阻止那个妖怪的，这是它履行义务的最后一晚。完成任务后难保不会做什么怪事，所以今晚要尽量阻止它进来。"绯绡说罢走向在母亲的怀里不停哭闹的仲儿，伸指在他额上一点，便令他沉沉睡去，回头朝王子进笑道，"时间不早了，我们快开始吧。"

"今晚，还不要我留下吗？"仲儿的母亲望着二人，忧心忡忡。

"夫人请放心，明早在下一定会交给你一个活蹦乱跳的孩子，今晚尽可放心安睡。"绯绡朝她伸出手，"最后一张纸符，现在可以给我吗？"

"仲儿就拜托你们了，可千万要救活他。"她边说边从怀中掏出一张折叠的纸，递到绯绡的手中，只是这张纸符却与之前的不同，居然是鲜红的血色。

"咦？怎么是这个颜色？难道这张符有什么特别的用处吗？"

"我不清楚，这些符都是祖父留下来的。"仲儿的母亲也面现疑惑，"说起来我也是昨天才注意到的，之前全部的精力都放在仲儿的病上，根本没有留心纸符的颜色。"

"没什么，只是作用可能会强一些。"绯绡将血红色的符咒放在指间翻看了一下，似乎没有发现什么可疑，顺手将它放入怀中。

过了一会儿，田夫人打点好一切，带着仆人尽数退去，只余下王子进和绯绡两个人看护着昏迷的男孩。

窗外的雨依旧淅淅沥沥，时而还夹杂着震耳的雷声，王子进跑了半天，身倦体乏，不知不觉竟趴在桌上睡着了。

不知睡了多久，耳边突然听到咣、咣的闷响，似乎是什么重物相撞之声。

他吃了一惊，急忙抬头去看，却见床上已经乱成一团。

仲儿两眼翻白，口吐白沫，似乎痛苦难忍，身体时不时发生痉挛，以头用力地撞着床板。而绯绡则手持一把尖刀，拼命用手肘按着悸动的孩子，面色冷峻。

"绯绡，你这是要干什么？"王子进望着这灯影烛火下的恐怖一幕，顿时吓得魂飞魄散，冲上去一把拉开面如修罗的绯绡，"难道你想杀了他？"

八

"当然不是。"绯绡面现难色，"我只是想让他喝我的血，怎奈他的牙关咬得太紧，根本就不肯喝。"

王子进急忙低头看向他的手掌，已是鲜血淋漓，连白色的衣服上都被染上斑驳的血色，这才知道自己确实是误会了他。

"我来帮你。"王子进伸手去掰仲儿的牙齿，但是男孩痉挛之中牙关紧闭，根本就掰不开。

绯绡看着在床上打滚，痛苦不已的孩子，皱眉凝思，似在思索着什么。

"根本不行，再拖个一时三刻可能就会有生命危险。"王子进焦虑地看了看房门，"难道要放那个妖怪进来吗？"

"不用妖怪，我知道有人可以帮我们。"绯绡说罢轻轻巧巧地从床上跳下来，几步走到房门前，一把拉开大门，朝门外喊道，"快点出来吧，我知道你躲在那里多时了。"

是谁躲在暗处？王子进不由一头雾水，好奇地看向门外，只见夜色中雨线晶莹，哪里有半个人影。

"我需要你的帮助，如果再不出来，孩子可能就会死了。"绯绡面朝着空气，又朗声喊了一句。

这时从檐下开始传出窸窸窣窣的声音，走出一个身披蓑衣、头戴斗笠的人。

王子进望着这个突然出现的人，吓得目瞪口呆，不知为什么，他竟不由自主地联想到了那个见过几次面，如鬼魅般恐怖的老道。

"事已至此，我们就不要互相算计了。"绯绡见那人进来，一把将房门关牢，柔声对他道，"我是真心想救你的孩子，又何必如此防范我？齐心协力不是更好？"

这话听得王子进更是头昏脑涨，然而还没等他想明白其间原委，那个人已经脱下了斗笠，露出一张端庄却又慈蔼的脸。

居然是仲儿的母亲，田夫人！

"夫……夫人，怎么是你？"王子进过于惊愕，说话都结结巴巴。

"已经不是一天了，五天前的那个夜晚，她也曾躲在窗外偷窥，只是我没有拆穿她。"绯绡望着她道，"你早知道仲儿的病是怎么回事吧？否则的话，一般人看到怪物现形，一定会吓得失声尖叫，我就是从那时发现你的反常。"

"因为祖父曾经嘱咐过我，如果你不肯救仲儿，他就会与你同归于尽。"仲儿的母亲抬起头，定定地望着绯绡，眼神阴冷，"所以我才躲在窗外观望，万一你见死不救，我也不会让你好过。"

"这个老道士，果然留了一手呢！"绯绡仰天长笑，"可是他已经死了，又打算怎么与我同归于尽呢？"

王子进也甚是疑惑，听这女人的口气，老道似乎尚在人间。

"等等，让我想一想……"绯绡突然似想起什么，凝眉说道，"他虽然肉身已经死了，但是一定是想了个办法，让自己的魂魄留在了人世上。"

田夫人听了这话面色一僵，显然绯绡猜得八九不离十。

"给我吧，我来叫他出来，有要事与他商量。"绯绡突然伸出一只手，朝田夫人道，"凭依他灵魂的东西，不是一直放在你的身上吗？"

"你……你怎么知道？"这次她吓得连连后退，惊恐地看着这个俊美的白衣少年，活似看到了恐怖的鬼怪。

"因为你看到山妖时太镇定了，定然是老道士之前告诉过你，他连这话都跟你说了，自然最信任你，如果不在你的身上才叫奇怪。"

田夫人踌躇了一下，瞄了一眼在床上喘着粗气的仲儿，哆哆嗦嗦地从怀里掏出一个布包，塞到了绯绡的手里。

"这是什么？"王子进好奇地凑过去，眼见绯绡一层层地打开布包，里面露出一缕银白色的东西。

"是头发，老道的头发。"绯绡摇头笑道，"亏他能想出这个法子。"

王子进望着这缕银发，想到这几日的所见，看来自己屡次遇到的确实是这死去老人的灵体。他肉身虽死，却放心不下自己的小孙儿，所以仍在这附近徘徊，偏巧都被自己撞见了。

"太好了，有了这东西，我就能召唤他过来。"绯绡说罢将那缕头发夹在指间，口中念念有词，过了一会儿，门外便吹过一阵轻风，将大门缓缓吹开。

雨幕先分后合，地上水花四溅，似乎有一个看不见的人，正大步流星地踏雨而来。

王子进望着这奇异的一幕，顿时吓得两腿虚软，牙关打战。

只见随着距离的拉近，那个人影从无到有，渐渐清晰，残破道袍，花白头发，血红的眼睛，正是跟他有过三面之缘的老道。

田夫人似乎也是第一次见他现形，突然惊叫了一声，就晕倒在了地上，也不知是惊喜过度还是惊吓过度。

"我这孙媳还是胆小。"老头进屋就指责着晕过去的女人，"叮嘱她那么多遍，见到我还是吓晕了，真不是能成大事之人！"

"真是好久不见了。"绯绡一见到这老道就眯着双眼，状似狐狸，似乎激发出不少本性，"你怎么老成这样了？"

"当然不能跟你一样年轻，否则不是也叫妖怪了？"老道朗声笑道，"不过百年不见，你比过去也多了不少人味。"

"果然十年河东十年河西，你如今却妖气十足。"绯绡好奇地问道，"如果今晚我不救你的曾孙子，你要怎么对付我？"

"还能怎么样？"老道士继续爽朗地大笑，"当然拼着我田老道魂飞魄散，也要你这狡猾的狐狸吃点苦头！"

"不过现在不是叙旧的时候，我们还是去看看孩子吧。"绯绡指着床上抽搐不已的仲儿道，"我要喂他喝我的血，或许还能捡条性命，可是他牙关紧闭，不能吞咽，这该如何是好？"

老道士笑嘻嘻地说："这还不好办？只需我附到他身上即可，正巧这孩子身体不好，阴气极盛，是附身的好材料。"

他说罢往床上的仲儿身上一扑，身体竟呼的一声凭空消失。与此同时，仲儿虽然仍大汗淋漓，却停止了痉挛，显然平静了许多。

"快……快点……"稚嫩孩子的喉咙里竟突然响起苍老的声音，分外诡异可怕，"我支撑不了多久……"

"血已经干了，子进，你帮我再割一刀。"绯绡说罢撩起衣袖，将尖刀递到王子进手中。

"我……我下不了手。"王子进望着他青筋隐现的白色手臂，双手微颤，无论如何也划不下这一刀。

"快点！不然就来不及了！"

"真是麻烦！"两人还在争执，却见躺在床上的仲儿一脸不耐烦，突然暴起，一口就咬在了绯绡的手臂上。

"哇——你这个该死的臭老道！你是不是借机在报百年之前的仇？！"

倾盆大雨之中，一声尖叫瞬间冲出屋顶，划破了层层雨幕。

九

次日天光大亮，雨势渐歇，王子进见仲儿呼吸平稳，脸色红润，急忙将纸符烧化成灰，喂他喝了下去。

而绯绡则脸如金纸，手臂上鲜血淋漓，虚弱地靠在床上。

"如果太累的话就不要坚持了，我会带你出去的。"王子进看着他有气无力的模样，不由心中酸涩。

"不行，我要再坚持一下，不能让死道士看到我狼狈的模样。"绯绡知道他在暗示自己可变作狐狸，可是仍强撑着要争这口气。

"天已经亮了，他不会看到的。"

"那也不行，我要把他送走再说。"绯绡说罢伸手抹去仲儿嘴角边的鲜血，趔趔趄趄地走到屋中，捡起那缕银发，脚步虚浮地向门外走去。

"喂，你要去哪里？"王子进不明白他要做什么，只好跟在后面追了出去。

只见他深一脚浅一脚，走出了房门，穿过庭院，直往大山深处走去。待拐了几个弯，王子进方才明白，他是要去老道的坟前。

因为他失血过多，身体虚弱，这段路足足走了半个多时辰，待二人来到坟前，天色已然放晴。

天光云影，微风浮荡，是一个明媚的早晨，完全不似前几日的阴雨绵绵。

"臭老道，你的孙子估计能活下去了。"绯绡一下坐在地上，面对着坟前石碑，喃喃地说道，"而且他可能跟你一样，会活上一百多岁，因为喝的血太多了，搞不好还会变成跟我一样的妖怪。"

"绯绡……"王子进低头看着狼狈不堪的他，不知为什么，鼻中竟有些发酸。

"我这就送你走，这下什么都不欠你的啦……"绯绡颤颤巍巍地从怀中掏出一缕白发，手指一捻，一团青火跳跃而出，转眼就将那白发烧成灰烬。

飞扬的烟灰之中，渐渐浮现出一个老人大笑的身影。

"哈哈哈哈，其实我只是想赌一下，你是不是真的有一颗人心。"那老人每说一个字，脸上就年轻一分，"这下看起来，终究还是你赢了，因为你的人心，我不能再出手捉你。"

此时道士的脸已经与二十几岁的青年无异，身体健硕，脸冒红光。

"老道我这一生，并不后悔认识了你。"他朝绯绡笑了笑，就快步穿过坟头，走到青翠纷叠的密林之中，甚至连头都没有回一下。

缥缈轻盈的背影，转眼就隐没在密林深处。

"他这是去哪里了？"王子进望着无限远山，不尽朝阳，只觉心情激荡，不能自已。

"可能终于能放下心，赶不及地投胎去了……"绯绡微微一笑，望着道士消逝的方向，朝王子进道，"子进，你知道吗？其实这场赌局，还是他赢了。"

"哦，为什么会这样说？"

"因为我的一部分灵力，已经永远地给了他的曾孙子，化作那孩子的血肉，这跟捉到我又有什么分别？"绯绡朗声大笑，那样子根本不像吃了亏，倒像是捡到了个大便宜。

王子进看着笑得浑身发颤，坐都坐不稳的绯绡，竟突然有种无法理解的感觉。

看来人跟妖怪，果然千差万别，一辈子都无法沟通。

当天绯绡笑过之后，便打回原形，变作一只白狐，王子进只好又从村民的手里买了一只竹筐，背着他上路。

只是临走之前，他特意又返回了田家，叮嘱仲儿的母亲，万一孩子长大之后有什么奇异的变化，很有可能是因为喝了绯绡的血。

"会有什么变化？会变得越来越像胡公子吗？"田夫人说着，眼中竟充满了期盼，"如此真是甚好啊，胡公子姿容俊美，又神通广大，将来仲儿若是像他，我死都能瞑目了。"

"这……这个我也不清楚，还要等孩子长大之后才知道……"王子进越说越是心虚，急忙告辞。

而且怕绯绡露出原形，面上挂不住，即便田家百般挽留，他仍坚持己见地上路了。

在崎岖的山路上，王子进踏着夕阳，哼着小曲，轻快地走下山岭。山路的另一端，正有一个中年人，背着一个包袱，步履艰难地爬上山来。

"我帮你一把吧。"王子进见他举步维艰，急忙托住他的背包，将他送到了山上。

"多谢你啦，真是个好人。"中年人朝他无奈地拍了拍背上巨大的包袱，"这里面装的全都是药，希望这次能治我儿子的病。"

王子进看着他冒着红光的面孔，竟越看越眼熟，试探地问："请问，先生可是姓田？"

"嗯？你怎么知道我的姓氏？"中年人顿时吓了一跳，"你分明不是我们镇上的人，又是如何得知？"

"只是猜测而已，只是猜测而已……"他急忙边打圆场边撤退，"我认识的一个姓田的人，跟先生长得极为相似，没想到你们不但长得相像，居然连姓氏也是一样……"

他边说边走，转眼便跑得不见了踪影。他想到了那个暴风雨之夜，一个小小男孩的无端揣测，想到了所谓看到未来的梦。

看来梦境即是梦境，现实即是现实，一旦混淆，便会酿成可怕的后果。

一个月后，绯绡的体力已经彻底恢复，只是他又多了个毛病，没事就喜欢坐在窗前发呆。

"你又在想什么？"王子进起初还能习惯他的冥想，现在越来越不耐烦，因为他一想起来就是一天，连半句话都懒得说。

"子进，你说仲儿长大了会变成什么样呢？"绯绡面露得意色，陶醉得不能自已，"他会不会像我一样容貌出众呢？就算相貌不像，也起码能精通异术，名扬天下吧？"

王子进听了两句就差点将早饭贡献出来，但碍于情面，仍连连点头，顺着他的意思吹捧，顿时令绯绡心花怒放，溜下楼就去饭馆里叫了两只鸡吃。

所谓海上生明月，天涯共此时。

同一时间，山上小镇中，正有一个男孩，精神饱满地坐在饭桌前，手持鸡腿，狼吞虎咽。

他的母亲则在一旁看得哽咽流泪，不停地对孩子的爹道："我真的没骗你，那位胡公子真的是人中龙凤，仙人之姿。可……可是不知为什么，仲儿没有得到他一点好处，倒把他的贪吃劲学了个十足十！"

"唉——"他的父亲望着碧蓝天空上的朗月，长长地叹了口气。

月亮尚有盈有缺，人生，也注定不能十全十美。

第十夜

狐狸乡

风雨飘摇，夜黑得如一块化不开的墨锭。

在这个漆黑的夜晚，两名农夫打扮的人，在竹林中起了争执。竹枝摇曳，在风雨中发出沙沙的轻响，掩盖了两人的对话，让人听不清他们在说什么。

他们越吵越凶，最后竟动起手来。身材高大的那人将另一人一把推在地上，拿起一块石头就向他额角砸去。

恰在此时，天空中响起一声闷雷，掩盖了人临死前绝望的呼唤。闪电将竹林照得如同白昼，也照亮了行凶人的脸。

他长相粗陋，表情凶悍，一看就是个凡人。

血花四溅，却又很快被雨水冲走，瓢泼大雨淹没了罪恶的证据。他喘着粗气，见那人再无声息后，嘴边露出一抹邪恶的笑容。

在临走之前，他从衣袋中掏出一缕动物的毛发，塞进了死人的口中。

"就说是狐狸做的吧，反正这附近狐妖横行……"他嘴中嘟囔着，扬长而去。雨下得更大了，那棕色的毛发却被尸体紧紧咬在嘴中，成为杀人的证据。

一

"子进，子进我们去桂州如何？"

王子进趴在窗户边，本是一副懒洋洋的模样，听了这话立刻来了精神，"如此甚好，正好在这里也玩腻了。"

绯绡听了摇着折扇笑道："没有想到花痴如你，也有对美色厌倦的时候啊？"

"你不要打趣我，实在是一般的庸脂俗粉无法入我的眼。"王子进说着推开窗户，望着大好时光，良辰美景，一脸愁容，"踏遍天涯，不知要去何处才能寻得人间绝色！"

"子进，即使你的心中有天下的蓝图，怕是图上标注着的也都是各处美女的水准吧？"

王子进听了，双眼恍惚，过了许久方道："不错，也许我应该画一幅这样的图。"

绯绡不禁轻笑摇头，没想到这个花痴居然把玩笑当了真，哪知还没等笑出声，就听见王子进继续说道："我现在只后悔一件事……"

"什么事？"绯绡好奇地问。

却见王子进望着他坏笑道："我后悔过去救狐狸的时候，为什么没有看清是男狐狸还是女狐狸……"

话还没有说完，迎面一把扇子就扔了过来，那木质扇柄一下就打中了他的鼻梁，直把他打得哇哇直叫。

这良辰美景转瞬即逝，皆是因为一阵杀猪一般的哀号，直冲云霄。

第二天，绯绡去退了房，两个人就打算顺着湘水而下，直去桂州。王子进的鼻梁上还挂着一片青紫瘀痕，不与绯绡说话。

可是一到了船上，他就又开始活跃起来，早就把昨日的仇怨忘得精光。

"绯绡，你看这大好风光，山水如画，真是赏心悦目。"

湘水两旁多为青山，因此风景甚为优美，与长江的浩浩荡荡相比，虽气势略逊，却多了几许秀丽。

山上烟雾缭绕，远看形象各异，有的像是龙腾虎跃，有的像是春笋抽芽，王子进一时看得浑然忘我，乐不胜收。

"所以不要总是在那繁华闹市待着，出来走一走也是好的。"绯绡见了这美景也觉得心旷神怡，神清气爽。

"绯绡，"王子进听了这话脑中突然灵光一闪，"依你贪慕人间享受的性格，怕是来这偏远地方不是没有道理的吧？"

绯绡听了笑道："子进，你真是了解我啊。"说罢，从怀里拿出一样东西，"我就是为了这个才特意走一趟的。"

王子进看了那东西，不由纳闷，只见绯绡的手上正托着一只小小的纸鹤。

"这是什么东西？"王子进见了一把就抢了过来，那个纸鹤折得甚是粗陋，似乎是哪个笨手笨脚的庄稼汉的作品。

"是别人带给我的口信，你稍微用心看一下。"

"用心？"王子进听了暂时忽略那纸鹤皱皱巴巴的外形，方始隐隐约约看到那纸鹤上面的一行小字：登高望远处，不见故人影。山茫茫，水渺渺，弦管呜咽如泣语，何日君再来？

王子进望着这词，又望了望绯绡白色的身影，突然觉得心中一冷，已经明白了七八分。

"如何？"绯绡正满脸笑意地等着他的评价。

"绯……绯绡……"王子进颤声道，"你有恋人？此番是不是要与我作别了？"

"嗯？"绯绡听了两条剑眉拧在一起，一把夺过纸鹤，"不是啊，这个是我的一位旧交给我的。"

"你的旧交不是一位女子吗？这明明是一首闺怨怀春的诗啊。"

"怎么会？"绯绡听了笑道，"是个男的。"末了又问，"子进，你是从哪里看出来这是一首女子怀春的词啊？指点一二！"

王子进听了立时哭笑不得，又看了看绯绡的神情，不是假装。

看来狐狸就是狐狸，它们好像分不太清楚感情的差别，如果对别人好，那似乎就是它们的全部心意了。

王子进望着绯绡站在甲板上对着阳光苦苦思索那字中含义的认真模样，心中不由一片温暖，微笑起来。

眼见这湘水九曲三折，旖旎秀丽，不知要通向哪里，心中竟隐隐希望这旅途永远都没有尽头。

二

这趟水路一直行了几天，王子进终于从开始的兴奋异常转变为闲极无聊，而且这几日都是吃鱼，嘴里简直能淡出鸟来。

"绯绡啊，什么时候才能到地方啊？"王子进躺在船舱里抱怨。

"哎呀，什么时候才能再有鸡吃？"绯绡也坐在一边叹气，两人各自有各自的苦恼，直要把这浅浅的湘水填平。

行了不知多久，只听江面上传来一阵洞箫的声音，那箫声悠扬好听，婉转着缠绵在山谷间。

瞻彼淇奥，绿竹猗猗。有匪君子，如切如磋，如琢如磨。

正是《诗经》中的《淇奥》，讲述一位女子思慕君子的情怀。

王子进听了这曲子，突然间头大，他还从来没有在除了乐坊以外的公众场合听到过这样露骨的曲子。

绯绡听了这箫音，却急忙一跃而起，走上甲板，王子进见了，也赶快爬起来跟着他出去。

只见湖光山色中，有一叶扁舟，正在湖心荡漾。

小船甚是狭窄，也没有船舱，可见一个身穿青绿衫子的人，一把长发高高地扎在脑后，直泻而下，正闭目吹箫。

王子进远远望着那人的模样，只觉得美不胜收，虽然看不大清晰，但也知道是一位绝色。

"船家，把船划过去。"绯绡忙吩咐艄公。

两人的小船随即掉转船头，破水而去，直往那小舟的方向靠近。

王子进见那人眉目越来越清晰，心中简直笑开了花，这人与绯绡风姿不相上下，看来此番是交了艳福，若能娶得此女进门，他这一生就再无所求了。

等会儿一定要让绯绡好好撮合一番。

正在摩拳擦掌之际，两条船已经靠在了一起，青衣人朝二人笑了一下，将洞箫往腰中一插，一跃就跳到二人船上。

王子进见这人矫健的身影，突然有一种不妙的预感。

果然就见那人非常高兴地朝绯绡打了个招呼，接着就朝王子进作了一个揖，"在下胡青绫，有失远迎，让二位久等了。"

王子进听着他一道男人的声音，身材也甚是高挑，突然觉得心一下就凉得彻底，只好有气无力地还礼："在下王子进，得识兄台，不胜荣幸！"

看来这些狐狸不但分不清男女之情，好像连男女的差异都不大分得清，怎么一个个都是雌雄莫辨？

难道他们都有这种追求模糊之美的癖好？

一路上青绫引着二人的小船择了一处靠岸，接着就是连绵不绝的山路。

王子进一边走，一边望，走了一会儿连自己是从哪里进的山都忘了，只觉得周围是郁郁葱葱的树林，自己简直是进入了一片绿色的海洋，要被这草和树淹没了。

"绯绡，绯绡，我们这是要去哪里？"王子进见了这景致不由害怕。

"我们这就要去一个很久远的村落。"

"哦。"王子进望着青绫几乎要与绿色融为一体的背影，又想起绯绡的名字由来，莫不是这位狐狸老兄也在哪里看到了让他流泪的像是绿绸缎般的物事，怎么起的名字和绯绡如出一辙？

"你可是在想他的名字和我的相似？"绯绡见王子进发呆，朝他眨了一下眼睛。

"是啊，"王子进点了点头，"要是初识的人一定会以为你们俩是合伙开绸缎铺的。"

"他见我的名字好，就取了一个相似的。"

王子进听了不由暗自摇头，这样雌雄莫辨的名字也叫好？他实在是不想再评论这些狐狸的品位。

正在偷笑间，绯绡回头朝他正色道："等会儿进去了，千万不要吃任何东西，也不要喝酒。"

"为什么？"王子进纳闷道。

"子进，"绯绡面色一沉，"此次青绫叫我回来，怕是有什么要紧的事。我一心只牵挂着你，若是连你也失了心智，怕是我们就再也不会从这乡村出去了。"

王子进听了心中一凉，不明白他这话是什么意思。

还没等发问，就见青绫往山下一指："到了。"

王子进只见一片郁郁葱葱中，几道炊烟袅袅，竹屋碧绿，是一个祥和的小村庄。

旁边的绯绡面色冷峻，仿佛这小村庄中藏着什么机关，倒是青绫很是热情，又接着引路去了。

王子进只顾一脑门子疑问，根本就没有发觉，自己走了这么久的路，却连一丝疲惫都没有。

三

村庄里布置得甚为雅致，家家都是小小的竹楼，依山傍水，简直是画上的景色。

村里的人见了三人，表情各异，王子进也像是呆鹅一样四处望着，眼见这村子里的人或老或少，与其他的村落并无不同。

青绫引了二人直往一处竹楼走去，待到大厅里，三人席地而坐，地上是竹子的凉席，一坐上去立时凉爽了许多。

"这位王兄就是你一直记挂的人？"青绫指着王子进道。

"我应该没你大吧？"王子进听了挠头道，"还是叫我子进吧……"

绯绡只缓缓道："青绫，此番是不是发生了什么事？这般急着叫我回来？"

王子进现在是越来越佩服他了，他是怎么从那首慢悠悠的闺怨诗里读出十万火急的？

"先不说这些。"青绫拍了一下手，"我们先喝酒吃鸡。"接着就见几个穿着粉色、紫色衣服的十几岁少女托着酒坛和烤鸡进来了。

几名少女甚是娴熟，很快就把火生了起来，一会儿屋子里就异香扑鼻，全是那烤鸡芬芳的香气。

王子进在船上吃鱼吃得久了，哪里挨得住这样的诱惑？恨不得一把就把鸡从烤架上拽下来大快朵颐。

可是又想起绯绡的吩咐，只好咽了咽口水。

旁边坐着的绯绡似乎也并没有比他出息多少，眼见他的手伸起来又放下，再伸起来，又放了下去，一看就是内心在苦苦挣扎。

"公子，请用。"少女说着用银制的刀子切下来一块鸡腿，递到绯绡面前。

只见绯绡一脸庄严地望着他："子进，一切就看你了！"说完，一把接过盘子就开始狼吞虎咽。

王子进见了他那贪婪的吃相，突然有一种受骗的感觉，眼前正有一杯美酒，清澈见底，泛着绿绿的光，显是陈年佳酿。

不管了！王子进一咬牙，端起酒杯一饮而尽。

这酒喝下去，忽然觉得天旋地转，不知自己身在何处，迷迷糊糊中见绯绡还在津津有味地吃着鸡。

他急忙要伸手求助，哪想身体一歪就倒在地上，失去了意识。

一边的青绫望着王子进轻笑了一下，对绯绡道："绯绡，我找你正是有事商量……"

"你快说吧。"

"对了，此人你认识吗？"青绫指了指在地上昏睡的王子进。

"不……"绯绡的俊脸现出迷茫表情，"不过有些面熟而已。"

青绫满意地点了点头："此时乡村陷入危机，我这也是不得已而为之，只怕你心有旁骛，不能竭尽所能。"

"青绫，是有人发现这里了吗？"绯绡正色道。

青绫没有回答，带着书香的脸上，却突然显出了悲哀的神色。

不知过了多久，王子进才悠悠转醒，一抬眼，却见深色帷帐，是客栈惯用的那种。

可是在那小村落里的客栈？但是这房子一看就是木头的，似乎又不像。

王子进迷迷糊糊地爬起来，见外面日上三竿，急忙叫道："绯绡，绯绡！"

空落落的屋子里哪里有人应声。

绯绡哪里去了？他一时心急，又把屋子翻了个遍，可是除了他自己，哪里还有半个人影？

王子进想起绯绡昨日吩咐，突然心中有一种不祥的预感，急忙跑到楼下去问店家。

"这是哪里？我这是在什么地方？"

那算账的掌柜眼皮也不抬一下道："此处是桂州的一个小镇，这里是我开的客栈。"

"那和我一起的有没有一个穿着白衣服的美貌少年？"

掌柜打量了他一番道："客官，来投宿的就你一个，哪里有什么美貌少年？"

王子进心中顿时一片冰冷，失神落魄地走出客栈，只见那太阳白花花地照在小镇的路上，街上行人稀少，一片祥和景象。

他望着这陌生的景致，突然觉得一片茫然，真的只剩下自己一个人了吗？

不论是开心还是生气，身边都会有绯绡，一身白衣，一张俊脸，一抹坏笑，在一旁打趣他，揶揄他，嘲笑他，帮助他。

可是，怎么只是一转眼，曾经的快乐都变成一张张的剪影了呢？

想到这里，他鼻中一酸，刚刚要流下泪来，却突然有人拍了一下他的肩膀。

"绯绡？"王子进愉悦地叫了起来，回头一看，整个人却呆住了。

只见身后站了一个年轻的道士，方面阔口，腰悬一柄长剑，手中拿着一把拂尘。

"你可是在找狐狸村庄？"

王子进闻言点了点头："你是？"

"在下道号明月，我也正在找那狐狸村庄，或许我们可一路同行？"

王子进望着明月方方的一张脸，突然迷惑了，不知这个莫名其妙的道士葫芦里头卖的什么药。

四

正午的阳光把道士杏黄色的道袍晃得刺眼，王子进望着明月的一身打扮，倒像是说书的口中的人物，又像是个唱大戏的。

他笑着摇摇头，转身要走。

"这位书生。"明月却不依不饶地追了上来，"我不是在开玩笑，我真的在找狐狸乡！"

"你为什么要去找那样的一个地方啊？"王子进还是不信他，反问道。

"我……我的一个重要的法器被它们偷去了，这才要去算账。"明月的一张方脸上，现出焦急的神色。

王子进见他的神情也不似假装，摇摇头道："可我也不知那村落在哪里。"

"这里盛传着狐狸的传说，因此我才到这小镇上寻找。"

"是什么样的传说？"王子进听了急忙问。

"据说狐狸们都贪图享受，又不事稼穑，又偏偏喜爱人类的生活，因此经常偷盗或者施法骗人，搞得此处人心惶惶。"

王子进听了面色一红，这话倒是没有错，他与绯绡在一起多时，这简直就是对绯绡的形象描述。

一个绯绡倒还可以，毕竟他喜欢在繁华闹市居住，就算真的去偷盗估计也拣富户，倒也没有什么。

可要是有一个村子的绯绡住在这样一个偏远的地方集体玩乐，那简直就是人间惨剧，估计这里的老百姓养完了自己就去养狐狸了，哪里还有多余的银两去缴纳朝廷的税金。

王子进想到这里，又看了看眼前的萧条小镇，点点头道："你说得倒也有道理。"

明月听了，脸上露出笑容："实不相瞒，我刚刚老远就闻到你身上有狐狸的味道，这才与你打听。"

王子进一愣，望着他的脸，这人莫不是狗儿变的，怎么鼻子这般好用？

"你是不是刚刚从狐狸乡出来？"

"刚刚？"王子进回忆道，"我也不知何时出来的，进去只喝了一口酒，就什么也不知道了。"

"你还喝了酒了？这样说你与里面的狐狸交情甚深啊！"

王子进见说漏了嘴，急忙摆手道："不说这个，你我进房间细聊。"说罢，带着明月走到自己居住的客栈。

门口的掌柜见他带了这样一个花哨古怪的道士回来，两只眼睛像苍蝇一样直直地黏在二人身上。

"实不相瞒，"王子进关了房门就与那道士说，"我有一个好友正在那村落里被困，我此时正急着去找他。"

"那可糟糕了。"明月听了腾的一声就站了起来，"我们要快点救他出来。"

王子进见他心地倒还善良，忙问："为什么要救他？"

"若是寻常人，在里面待那么久的话，就算出来也是一具死尸了。"

王子进听他这么一说，心中一冷，绯绡应该没有事吧？他那么有本事，而且青绫是他的朋友，应该不会伤害他吧？

却听明月继续说道："你可知这世间最大的杀手是什么？"

"杀手？"王子进纳闷他怎么越扯越远？看来精神确实不正常。

"是时间啊！"明月继续道，"前两日有个年轻人进了狐狸乡，说是里面有美貌的少女，有潇洒的男人，简直就是世外桃源，流连忘返了几日，可是待得他出来，家里只有为他抓紧做棺材的份儿了。"

"为什么要做棺材？"

"因为此人已经和八十余岁的老叟没有什么分别。"

王子进听了，心里难过，倒不担心绯绡会变成老头，就怕两人就此天人永隔，再也见不到了。

他急忙道："我叫王子进，你叫我子进即可，你我快快去找那要作古的老儿去。"说罢，一把拉开房门就冲了出去。

"喂，你等等我啊！"明月忙提着道袍追了出去，也不知文弱清秀的他为何突然发急。

掌柜的老板看着两人像是旋风一般一前一后地出了客栈，又缓缓地摇了摇头。

此时日正当午，王子进想着绯绡的笑脸，又想起明月的话，突然觉得事不宜迟，怕再有耽搁，自己就永远也见不到绯绡了。

五

"青绫，你我就不要隐瞒了，到底是什么人要找到这里？"

在那绿竹猗猗的村庄中，绯绡席地而坐，边喝酒边对青绫说。

青绫听了，双眉一皱道："绯绡，也许我一开始就错了。"

"此话怎讲？"绯绡听了抬起头，脸上挂满了疑问。

青绫望着窗外的远山道："你我努力修行，最后求的又是什么？就算真的变成了人类的样子，也不能被人类所容。"

绯绡听了沉默不语，似是默认。

青绫又缓缓道："哪怕在这么远的地方，建了村庄，本想像人类般生活，却依旧不能融入人类的生活。"他又摇头继续道，"这周围的人，都将那祸事扯到我们身上，哪怕人类为了利益彼此残杀，最后也要在尸体上放两根动物的毛发，说是狐狸干的。"

绯绡又喝了一口酒，还是沉默不语。

"现在有风声说官府的人要派官兵来拿我们了。"青绫笑道，"因为这里的地方官说缴不上贡税也是狐狸的原因。"

"他们还没有找到这里？"

"应该快了。"青绫也端起酒杯喝了一口酒，接着道，"不过就是几日的时间。"

绯绡听了眼皮一抬："最好的办法就是趁这几日快快离开这里，哪一方有伤亡都是不好。"

青绫轻笑了一声："我已经这样做了，这里的居民大多已经离开了，只有一些无法移动的花妖还在。"

"那你这番叫我来是？"绯绡问道。

青绫棕色的眼珠转了转，缓缓地说："你不认为应该留下两名战士殿后吗？"

绯绡始从嘴角牵出一丝笑意："不错，不错，那些官兵没有收获，定当继续追寻，还不如迷惑他们的视线。"

"绯绡，又要劳烦你了。"青绫说着望向天外，只见一缕残阳如血，把天际云彩都染成红色，大战在即，这种平静又能挨到几时？

"那人就在这里住吗？"

"不错，那人正是乌江镇人氏。"

王子进这才知道这个小镇叫作乌江镇。

明月引着他一路前行，终于来到一间瓦房前，那家的院子里，赫然摆着一副黑色的棺木。

"就是这里。"明月说着就走了进去。

那家人看到道士非常高兴，都要求他给将死的人作法洗尘。

本来两人还在挠头怎么才能见到弥留之际的人，哪想到这样容易。

"好好好。"明月一甩拂尘，摆了个样子，点头答应了。

王子进见他装腔作势的模样，不由想起一个人来，心中不免难过，绯绡也是这般爱骗人的，不知他现在怎么样了？

两人走入黑黑的内室，一进屋就闻到一股腐朽之气，只见那卧榻上，正躺着一个眉须皆白的老人。

老人骨瘦如柴，面色灰暗，显是没有几日可活了。

"老人家！老人家！"王子进见了急忙过去将那老人摇醒。

"不，不要叫我老人家，我现在方二十有二……"老人轻声说，却只有出气没有进气。

"我们此番来是有事请教的。"王子进忙给他行了个礼，"我的一位至交在一个绿竹村庄受困，希望您能指点一二。"

"不错，我也有东西被他们拿走了。"身后的明月急忙说道。

"你们，去千山镇……"床上的老人伸出干瘦的手，指向门外。

"然后呢？"王子听了急忙问道，终于有村庄的线索了。

"小孩……"老人又缓缓地吐出几个字，"注意，小孩……"

"小孩？"王子进和明月互相望了一眼，都没有明白这话的意思，待要再问，却见那老人已经陷入半昏迷状态，口中喃喃地说着什么："水中月，镜里花，不思量，愁年华。"

倒像是一阕词？

王子进见了，默默地退出门外，此时天色已晚，夕阳如燃着的火焰，烧红了半边天，自己的心境，何尝不是如火焚烧一般焦急。

忽听那斗室内传来明月平静的诵经声，他身为一个道士，会念佛经，倒也稀奇。声音悠扬浑厚，似乎能直入人心底，带来一丝寂静。

王子进听着那诵经的声音，一时失神，忽然道："绯绡，你听这经文，好久没有听到了。"

却久久得不到回答，再一抬头，院落中只有自己一个人的影子，哪里有第二个人？

他忽然心酸，一时难过，空气中只有诵经声飘过：一切皆迁动，寿命亦如是。众苦轮无际，流转无休息。三界皆无常，诸有无有乐。有道本性相，一切皆空无。

六

当晚，两人不敢稍做耽搁，买了两匹马就出发了，千山镇名为千山，却是靠近湘水旁的一个小镇。

两人连夜赶路，却还是两天以后才到达。

"你真的一点都不记得当初是怎么走进去，又是如何出来的吗？"这一路上，明月不停地追问，王子进的回答永远都是忘记了，可他还是不依不饶，搞得王子进一见到他那黄色道袍就头疼。

终于明月一拉缰绳道："千山镇到了。"

王子进只见前面郁郁葱葱中，可见一个小镇，里面盖的都是石头房子，与乌江镇相比，更为精致一些。

镇里的人来来往往，甚是悠闲，不远处就是湘水缓缓流过。

王子进踏着小镇的石板路，不由迷惑，眼见这阡陌交通，鸡犬相闻，一派祥和景象，不知那老人指引二人来这里是何用意？

"我们先去休息，明日再说吧。"

那小镇中竟然连客栈都没有一处，两人只好找了一间破败的屋子暂住。

由于旅途劳顿，这一夜，竟然无梦。

"子进，子进，起来了！"王子进迷迷糊糊中听见有人叫他，是绯绡吗？

他欣喜地睁开眼睛，却见面前的人一张方脸，阔口阔鼻，却是明月，不由心下失望。

"我们这就去看看这小镇有什么古怪。"明月说着就整理了一下道袍出发了。

二人走在街上，只见那镇里的人甚为悠闲，叫卖的叫卖，烤鱼的烤鱼，有男有女，更有白发老人，一片欣欣向荣的景象。

王子进与明月走了半天才见到一个穿着绿色褂子，扎着两条小辫的男孩，拿着一个果子，坐在门槛上。

"你说那小孩指的是什么？"王子进看到那个小孩问明月道。

"不清楚。"明月也看了一眼那孩子，与寻常孩子无异。

就这般慢慢悠悠地逛到天黑，整整把小镇走了个遍，还是没有收获。

"明天去这小镇周围看看吧。"明月叹道。

"也好……"王子进失望至极，还以为这小镇中藏着玄机，哪想竟是再普通不过。

剩下几日，两人连这千山镇的草皮都要翻了起来，还是没有收获。

"回去再问问那个老人吧，希望他还没有归西。"明月无奈地摇头叹息。

王子进跟着点头，也只有这样了。

两人垂头丧气地牵着马，走在回去的路上，王子进又回头看了一眼那小镇，又看了看那湘水，小镇对面的一个小小石墩，正是当初他们上岸拴船的地方。

这一瞥间，他又看到那个穿着绿色衣服的小孩，正在街心拿着一个彩球玩耍。

他突然脑中灵光一闪，想起那老人最后说的话来，喃喃道："水中月，镜里花，不思量，愁年华。"

"你在干什么？还不快赶路？"明月见状催他。

"不，不对……"王子进又环顾一下这个小镇，这镇上也有百十号人口，怎么几日所见，只有这么一个小孩？

"有什么不对？"明月问道。

"这里没有小孩！"王子进又想起那日的绿竹村庄，也是一个小孩都没有。

"那里不是一个？"明月听罢指着那男孩道。

"只有一个小孩！"王子进忙道，"我去过的狐狸乡，也是一个小孩都没有的。"

明月听了似乎开了窍："能变成人的妖精少说也有百年道行，又怎么会有小孩？他们幻化为人形也喜欢变作俊男美女。"

"不错。"王子进接着道，"那老人说的水中月、镜里花怕就是暗示我们此节。"

明月听了眼中发直，颤声道："你是说这、这千山镇就是狐狸乡？"

"只怕这一切皆是幻术。"

"幻术？"明月低头道，"只要找到下了咒的地方，自然就可破解。"

"可是那下了咒的地方在哪里？"王子进望着这镇里来来往往的人，不知到哪里去找那一条符咒。

"就在这里！"明月突然翻身下马，一伸手就把小孩抓在手中，嘴中念念有词。

孩童初被他抓在手里还哭叫，他这一念之后，只见手中哪里有什么孩子，只有一截刻满了扭曲咒文的竹子。

竹子一显原形，突然周遭一切都发生了变化，道路两旁的石屋都变成了碧绿的竹屋，里面溪水环绕，简直就是人间仙境，正是那日王子进所去过的村庄。

王子进见了这变化，急忙从马上下来，瞠目结舌道："天啊，谁又能想到这千山镇就是那狐狸乡？"说罢转头问明月道，"你怎么知道那咒文在哪里？"

"村里只有一个小孩，自是最与众不同的地方了，所以我想那孩子就是咒文，果然没错。"

还没等两人说完，就见一栋竹楼中走下一个人来，那人穿了一身白衣，黑色长发如瀑布般直泻而下，只在脑后束了一个白色方巾，眉目温润，皮肤如白玉般晶莹剔透，双眸如星，散发着冰冷的辉光，却一点感情也没有。

那人望着王子进与明月，并不说话，只是淡淡地站在绿竹中，白衣飘飞，如世外仙人一般脱俗出尘。

王子进望着这人，竟然愣住了，只觉得鼻中一酸，双眼湿润，隔了这许多日，终于又见着他了。

他静了静心，颤声道："绯绡……"

那人却依旧一副冷冷落落的模样，淡淡问道："你是谁？"

七

这是开玩笑吗？王子进只觉得荒唐，忙道："我是子进啊，你不记得了吗？"却见绯绡双眉一皱，"子进又是谁？"

"子进……子进又是谁？"王子进愣愣地重复了一遍他的话，是啊？子进是谁？子进不过是千年以前曾经救助过你的一个男孩，不过是千年以后又被你庇佑的一个花痴书生！

可是这话到了嘴边却怎么也说不出口，王子进又望了望绯绡，仰天长叹了一口气，只觉得心中郁结，缓缓地说："明月，我们走吧。"

这里是狐狸的村庄，他怎么会不知道，同类还是和同类在一起最快活，他又怎么能因为一己之私，去拖累了绯绡这样不羁的人呢？

想到这里，眼泪终于忍不住要落了下来，他万万没有想到，最后的分别竟然会是这样。

哪知在泪光中一瞥，就见明月从衣袖里掏出一个竹管。

"这是什么？"王子进心中突然有不好的预感。

"子进，"明月愧疚地看了他一眼，"我根本就没有法器被盗，真的很抱歉，从一开始就骗了你。"

王子进望着明月朴实的脸，那滑稽的杏黄道袍，心中一震："你为什么要骗我？"

"我受此地官府所托，特来剿灭狐妖。"他叹了口气说，"这些家伙现在越来越放肆，连杀人越货之事都做。"

"不！你错了！"王子进急道，"我听青绫说有很多人类做了坏事，都推到狐狸身上。它们跟人类无冤无仇，偷两只鸡果腹还能理解，又何必杀人呢？"

"晚了，太晚了，我已经没时间搞清原委了……"

明月说罢，把手中的竹管一拉，就砰的一声从里面射出一个闪亮的东西，此时天色已经渐晚，那东西飞到高处一下炸开，照亮了半边天空，竟是一只烟花。

"烟花？"王子进抬头望了望那烟花，又看了看绯绡，再看看明月，这两人都是他的朋友，怎么今日都像陌生人一样？

"在招救兵？"绯绡见了烟花轻笑一声，那美丽的烟火，正是地狱的起点。

王子进听了绯绡的话方始明白这是怎么回事，他望着明月缓缓地道："你要叫谁过来？"

还没等得到回答，耳边就听见湘水中传来破浪的声音，王子进望向河中，却见远远地有几排木筏正快速地破水而行，上面站满了穿着红灰二色衣服的官兵还有马匹，显是有备而来。

"我是受人所托，来斩妖除魔的。"明月尴尬地朝王子进笑了一下，脸色却甚为难看。

绯绡显然也看到了那声势浩大的一连排木筏，一转身竟从竹林里牵了一匹马出来，一跃而起，跨上马背就走。

王子进当然了解绯绡的脾性，知他要到有利的地形再做打算，也急忙上马就走，跟着绯绡的马就往深山中去了。

"子进！"明月见状叫道，"不要中了他的计啊！"也纵马往前奔去。

河岸的竹叶中，有个青色的影子闪了出来，望着已经渐渐远去的三骑，嘴角扬起一丝轻笑。

正在这时，那人的身后传来一声厉喝："什么人？还不让路？"

正是那些官兵到了，青绫回眸笑了一下，指着河水道："官爷，且看看这是什么？"

那为首的虬髯士兵看了看他，眼见拴船的石墩被他挡住了，气不打一处来，道："当然是河，不要耽误我们办公事！"

"哪里，这是海。"青绫说完，笑了一声，已经不见了踪影。

满船的士兵见了，身上都吓出一身冷汗，只见眼前竹影婆娑，哪里有什么人？

正在这时，平静的水面开始波动起来，似暗潮汹涌，摇晃得船上面的人站立不稳，受了惊的马匹不停地嘶叫，胆小些的士兵已经跳下去往岸上爬去。

水波动得越来越厉害，转眼间，就有一个滔天巨浪从水中翻了起来，真如澎湃大海。

巨浪足有十几丈高，夹着雪白的浪花，蛟龙般一下就砸到木筏上，几个连排的木筏顿时就被这浪头砸得散了架，一时几百号人马同时落水。

窄窄的河中，像是煮沸了一锅饺子，一时间人声、马声、救命声不绝于耳。

还没等人爬上岸，又一个巨浪翻了起来，当头就砸了下去，这一下就有几十人顺水而下，被冲到了下游。

明月正在纵马追逐着前面的王子进，眼看就要追上了，哪想身后传来不绝于耳的哀号声。

他一把就拉住缰绳，立马回望，却见水边一个大浪翻了起来，迎着落日的余晖，比竹林还高了一倍不止，心中不由一惊。

再一回头，王子进和那白衣人已经一前一后地走远了，他没有办法，只好折返回去。

待到湘水边，只见一片人仰马翻，上岸的士兵寥寥无几，而水中正有一个大浪又翻了起来。

"道长，快点想个办法！"上岸的士兵一时哀号不绝。

明月见了，抽出身后的桃木剑，剑尖挑水，飞快地在水中搅动起来，只见水中形成一个旋涡，越来越大，能有几丈宽，巨浪只转了几下就被绞了进去，水面恢复了平静。

只见平静的水面上哪里有什么惊涛骇浪？木筏依旧是好好的，倒是人横七竖八地躺在水中挣扎的有几十名。

"这帮狐狸，真是奸诈。"

眼见出师未捷，倒损失了几十名兵士，上了岸的人也都耷拉着脑袋，完全没有了刚刚开始时的气势。

"道长，我们这是要去哪里？"为首的虬髯官兵问道，他们奉命来剿灭狐狸，本以为是个轻巧差事，哪里想到这么费力。

"不知道。"明月阴着脸答道，追丢了王子进和那白衣人，这茫茫林海中，叫他到哪里去找？

此时天色已黑，突然在树林深处传出一道白光，明月见了，立时来了精神。

这只狐狸，如此胆大，居然对他们发出了挑战的信号，便纵马往那白光的方向奔去。

八

待得一行人马奔到白光附近，天已经完全黑了，此时天上竟有风云际会，似乎有一场倾盆大雨就要来了，挡住了空中的朗星与圆月。

明月领着一帮官兵远远见林中一片草地上，站着一个白衣美少年，正拿着一把长刀，在地上认真地画着什么。

他面色严肃，神情专注，似乎在写书法一般，手上每在地上划一下，就从地里冒出一道白色的光，那光晃得地上的草如翡翠般好看，拿刀的人玉一样晶莹。

只见那人缓缓地抬起头来，笑道："修罗场已经布好了，谁要来挑战？"

"你这妖孽，这般托大，看我怎么收拾你！"这人正是引走他的那个白衣人，他见了立刻燃起斗志，就要往那白光中走进去。

哪知刚刚迈了一步，就见眼前闪出一个人影，伸开双臂挡住了他的去路，正是王子进。

"不要拦我。"明月不耐烦地说，"我今日就要和这妖孽决一胜负。"

"他是我的朋友。"王子进道，"你要过去，就从我的尸体上踏过去！"

"子进，"明月见了，不由气急，"这般妖孽，你怎么能和他们做朋友？终有一日会被他们剥骨吸髓，怎么死的都不知道！"

王子进听了一愣，又望了望身后的绯绡，坚定地摇了摇头道："你们放他们一马，他们自会走了，怎会与你们为难？"

"兀那书生，在搅和什么？"正是那白光中的绯绡耐不住性子，指着王子进叫道。

"绯绡，你快点走吧！"王子进听了他的声音，不由难过，"去和青绫一起，快活地生活吧，我不会让他们伤害你的！"

"你？就凭你？"那帮士兵像是听到了一个好笑的笑话，立刻哄笑一团。

"保护好道长。"其中一个虬髯士兵说罢，唰的一声抽出腰间的刀，手一扬，一帮人就声势浩大地往那白光中冲了进去。

王子进被两旁不停前涌的士兵撞得一下就坐在了地上，更有士兵是骑了战马过去，踏得地上泥土飞溅。

王子进一脸的污泥，趴在地上，只见那马匹奔腾，人声喧嚣，林中影影绰绰，衬着那些士兵狰狞的面孔，真正是人间地狱，如果有修罗场，也不过如此。

错乱人影中的绯绡，身形单薄，白衣翩翩！

他望着这好像转眼即逝的人，眼中一下就涌出泪来，声嘶力竭地叫嚷："绯绡，绯绡，你不能死啊！"

此时天空中一场滂沱的大雨夹着雷声，轰轰隆隆地就下来了，豆大的雨点砸得地上泛起一阵烟尘。

只见白光中的绯绡，浑身尽湿，手中长刀一挥，就砍倒了几匹前跃的战马，血一下就飞溅在他素色的白衣上。

"你的朋友还挺厉害的。"明月见状对王子进道，似乎有冷眼观战的打算。

王子进呆呆地望着雨中的明月，他那阔口阔鼻，被雨水一冲添了几许狰狞的味道。

"明月，"王子进从地上爬起来，缓缓地问道，"你不打算制止吗？"

"我要再等一下，看这个妖孽布的古怪场地到底有什么名堂再说。"

王子进见那白光中血花纷飞，一片人间惨剧，绯绡身上的白衣已经看不清是什么颜色，泥水飞扬中，模糊了王子进的视线。

他缓缓道："明月，你说得没有错，妖孽就是妖孽……"

"把刀给我！"王子进朝那保护明月的士兵道。

"你要去干吗？"那士兵厉声喝道。

"我要去杀我的一个朋友！"

明月听了，朝士兵点了点头，那士兵解下佩刀，扔到王子进手中。

王子进伸手接过，只觉得手上一沉，望着在雨水中搏命的绯绡，眼泪又涌了出来。

当初去赶考，初见绯绡之时，水是那样绿，天是那样蓝，绯绡巧笑嫣然，白衣如雪，是多么美好的一幅画卷。

那时哪想过有一天会对绯绡拔刀相向？他轻笑一声，伸手拔出了刀，刀光如水，映照在他的脸上。

早知道这样的话，还不如平时多练一练怎么拿刀了。

明月见他拿着刀沉思，笑道："你终于想通了，打算什么时候上场？"

"不错，不错，我想通了……"王子进点了点头，望那白光中如灵狐般舞动的绯绡。

绯绡啊绯绡，如果命运真的要让死亡将我们牵系在一起的话，就让我们一同向死亡挑战吧！

他接着回转刀锋，身子一转，手一翻，一把钢刀已经架在了明月的脖子上。

九

"你要干吗？"士兵见状就要扑上去，苦于手中没了兵刃，不知该如何是好。

"子进，你怎么会这样？"明月被他挟持，一时没了主意，慌张地问。

"明月。"王子进紧紧地箍着他的脖子，浑身不停地颤抖，"你想知道我对妖的定义吗?"

他拖着明月又往后走了几步,大声叫道:"不错……这世上确实群魔乱舞,那是因为,如果妖有了善心……那么它就是人!相反,如果人……心存杀戮,那就与妖无异!"

说完只听他呜咽道:"明月,明月,亏我还把你当作朋友看待,为什么你见这些人互相残杀,却连制止都不想呢?"他大声哭喊道,"明月,你已经不是我的朋友了,你已经是一个活生生的妖了。"

明月本就心存迟疑,他自进入狐狸乡以来,只见互斗的两派都毫不心慈手软,官兵追打起狐妖也形如豺狼。

听了这话,浑身不由一震,望着杀戮场中一个个枉死消失的生命,缓缓道:"修罗场是不能被破解的,一旦进入白光范围就会迷失心智,战斗到死。"

"这我都知道。"从一开始,看到绯绡邀战的时候他就已经有预感。

"不过,也许我可以试一试……"明月站在雨中笑着说,"子进,你先把刀放下。"

王子进心中将信将疑,但还是缓缓地放下了手中的刀。

明月望着白光中那群杀戮的士兵,抽出了背负的桃木剑。

是从什么时候开始学习法术的呢?一开始学的时候就是想斩妖除魔,做个能够帮助别人的人就够了。

可是随着自己力量不断提高,最后竟变成了替天行道的意味。

他抬头望着天上的倾盆大雨,雨水像是利剑一般从天上笔直地洒了下来,苍穹之下,无人能不沾身。

天地的力量是如此伟大,而自己又何等渺小?居然会想着代替老天去主持正义,所以才在官府委派他的时候一口就答应了。

答应的时候却忘记了,纵使是丛林中的小兽也有它们生存的权利,没有什么人能够剥夺。

正是因为这样,那个白衣的少年,那个已经不知努力地活了多少年的狐狸,此时才会不惜一死,布下战场,只求同归于尽。

只因为人类,根本就没有给它们退路!

明月想到这里,嘴角含笑,从怀中抽出一张符纸,用剑尖挑着就冲了上去,口中喃喃念咒,他杏黄色的道袍在黑夜里划出一道刺目的弧线。

王子进呆呆地望着明月,不知他此番是要干什么。

只见明月的剑一碰到那白光，就像是遇到一个看不到的屏障，突的一声就弹了回来，剑尖上挑着的符纸一下就被烧成灰烬。

明月见状又拿出几张符纸，再次冲了上去。

"破！"只见他竭尽全力，一剑就刺了进去，接着整个人就被弹了回来，身子像是败絮一样倒在了草地上。

"明月！"王子进见了急忙扔了刀就过去扶他。

只见明月的脸一片焦黑，似乎被什么东西灼伤了，他缓缓地坐了起来，一口血就喷到了胸前，颤声对王子进道："你……你看我做得好不好？"

王子进见那白光渐渐消失，四野恢复一片漆黑，草地上只有受伤的官兵在呻吟打滚。

绯绡显然也受了伤，手上也不见兵刃，只是站在人群中喘着粗气，似乎也神志不清。

王子进见了，将明月小心地放在地上，往绯绡的方向走去。

绯绡只觉得那日在青绫的屋中喝酒吃鸡，随后发生的事好像就没有了印象。

此时再有意识时，却是自己站在大雨中，周围一片死伤的人。

他茫然地环顾了一下四周，不知道到底发生了什么事。

远处缓缓地走来一个跌跌撞撞的书生，看那糟糕的走路样子，就不会有第二个人了，他想着笑了起来。

可是，可是子进为什么满脸都是泥，还要用一副死了爹娘的哭丧脸对着他呢？

"子进？"绯绡捂着身上的伤口，茫然地问道，"你怎么搞得这样狼狈？"

王子进听了突然觉得心中一阵温暖，笑道："你又何尝不是如此？"说罢，快步走了过去，"我们回去吧，绯绡。"

"去哪里啊？"

"繁华闹市虽然庸俗了些，但还是比这里好一些吧。"

"哎哟，说到这里，好像好久没有喝酒吃鸡了啊……"绯绡笑着回答，捂着伤口的手中却不断地渗出血来。

"绯绡，"王子进望着他坚定地说，"我们回去吧，回扬州吧。"

绯绡听了笑着点了一下头。

"怎么办？"那余下的十几名能够站住的士兵，看到满地哀号打滚的人，颤声道，"如果就这样回去，也一定会被处罚的，没有完成任务，倒死伤了这么多的人。"

"把他们杀了，起码能够回去复命吧。"

那些士兵望着雨中站着的王子进和绯绡道："实在不行就砍掉那个书生的脑袋，反正没有人知道狐狸长成什么样！"

其中一人伸手就从背后拿出一把弯弓，他们不敢再去硬碰硬。

弦如满月，箭在弦上。

"兀那书生，去死吧！"兵士怒吼一声，箭就带着风声一下就冲了出去。

王子进听到叫喊，一回头就见一支翎箭冲破雨帘，带着破空之声，直往自己的方向飞来。

他万万没有想到这些官府的士兵会暗算自己，一时不由呆了。

十

就在此时，斜里一个人骑着马冲出来，一弯腰就把那箭抄在手中。那人拿着一支翎箭，正骑在马上微笑，一身青衣，也已经尽被雨打湿。

青绫见了王子进，朝他笑了笑，翻身下马，对他们道："你们走吧。"

"我走了，你怎么办？"绯绡见了他问道。

"这些人不会罢休的，不能让他们空手回去复命。"青绫说着指了指那些在远处观望的士兵。

"那你要如何打算？"绯绡面色苍白，一脸疑问。

青绫笑了一下："其实我一开始就已经打算好了，本来不想把你卷进来，但是又怕一个人不能胜任。"

王子进和绯绡都没有说话，此时雨已渐小，山风一起，带出一阵凉意。

只听青绫继续道："事情闹得这么大，如果没人牺牲的话，他们也不会善罢甘休，再有官兵不停扰民，就连这里的百姓都会遭殃。"

他面色凄凉，缓缓地道："此事因我而起，如果不是我奢望与人类共同生活，如果不是我带他们下山，又怎么会有这些祸端？"

"青绫……"绯绡话到嘴边，却不出口。

"我心意已决，你在这红尘中尚有眷顾，快快走吧。"

绯绡听了点了点头，眼下只有这样方可换得此处的太平安乐："子进，我们走吧！"

他说着趔趔趄趄地抓着青绫的马，费力地爬了上去。

"我们去哪里？"王子进不知所措地望着两个人，不知这二人在说些什么。

"上马，和我一起走。"

王子进听他语气不容置疑，虽然一头雾水，也只好翻身上马。

只见青绫着了一身青衣，带着青草的香气，在朝他们微笑。

"去！"绯绡说着，腿上加力，那马就开始小跑起来。

"绯绡、绯绡，青绫要干吗？我们要去哪儿？"

王子进只觉得绯绡心中似乎很难过，但是看不到他的脸，却也无法得知。

"子进，不要回头，我们走吧。"

王子进听了，却还是回头望着青绫，青色衣服渐渐遥远，渐渐模糊，青绫的背影，似乎在向他们诀别一般。

明月撑着爬了起来，抖动木剑，他毫不后悔方才放王子进和狐妖离开，那几个官兵要射杀王子进领功的丑恶面目他已经看得一清二楚。

但草坪上那青衣狐妖却并未离开，如春枝的嫩芽般俏生生地站在雨中，不知有何意图。

他却并不攻击，只是往前走了几步，嘴角一直含着笑意。

只见他躬身从地上捡起一把刀，对着那一干官兵说："今日之事，以我青绫之死而做一了断，希望各位能够回去复命，日后能不再叨扰此处。"

说罢，他刀身一横，鲜血就飞溅上天空，那点点血花，又从空中溅落到芳香的草地上。

青绫的脖子上一道深深的伤痕，汩汩地冒出血来，他身子一歪，倒在了沾满雨水的草地上。

这草地是多么的柔软，以前自己起名叫青绫的那一天的时候，也是迷恋这自由的绿色。

可是，怎么连想要的生活都不能得到？

绿色的村庄，又会在哪里重建呢？

他的泪水缓缓地流了下来，眼前仿佛有一幅美丽的画面，那画里有绿竹的房子，有环绕的溪水，那是人间天堂，那是他一生的追求。

多么可惜，他不能再看一眼那村落重建的模样，不能再用手去汲取那清澈的溪水了。

多么可惜啊！

明月望着这美貌少年的尸体渐渐委顿，最后变为一只棕色狐狸躺在草地上，突然心中难过。

舍身以取义，杀身而成仁。

兽犹如此，人何以堪？

他拂尘一甩，缓步走入那林中。

人生情恨，何以免？命运轮回，变幻莫测，谁又能摆脱它的操纵。

"道长，道长，你要去哪里？"官兵们见了，急忙喊他。

明月却并不回头，过了许久，一阵浑厚的诵经声缓缓从树林里飘来：三界皆无常，诸有无有乐。有道本性相，一切皆空无！

十一

绯绡在马上行了没多久，就变成白狐，而且几天也不见他变回人身。王子进只好在附近的小镇上找了一个客栈休息，待他能够赶路的时候再出发。

"老板，要两只烧鸡。"王子进抱着两坛黄酒，正在买鸡。

鸡还没有拿到手，就听旁边几个村妇议论。

"你听说了吗？剿灭妖孽的事。"

"当然听说了，据说妖孽非常厉害，伤了很多的人，不过最后还是咱们的人胜了，杀死了一只千年狐妖。"

"我怎么听说狐妖是自杀的啊？"

"怎么会？那种妖怪，也知道要自杀吗？"

王子进听到这里，手中的酒坛砰的一声掉落，摔得粉碎，酒水一下肆虐了满地。

"哎呀，你这个人怎么这样？"几个村妇尖叫着躲开了。

王子进却懵懵懂懂，浑然不觉，呆呆地望着满地的酒水把地上冲出一条条小溪。

怎么会？青绫死了？青绫怎么会死？

与青绫初见的景象，还历历在目，他就着了青色的衫子，坐在扁舟上，吹着一支洞箫，那箫声犹自缠绵在耳，青绫怎么会死呢？

他丢下烤鸡，跌跌撞撞地跑回客栈，一把推开客栈的大门。房内正有一只白狐，两只前爪搭在窗户上，正看着外面的夕阳。

"绯绡，绯绡，你告诉我。"王子进只觉得心中难过，似乎有一块大石重重地压在心口，"青绫是不是没事？是不是啊？"

狐狸回过头，精亮的眼睛哀怨地看了他一眼，并不说话。

　　王子进见它的表情，似乎心中疑问得到了确认，一下歪在门上哭了起来。

　　他自此知道，那吹着箫的少年，那总是在笑的人，已经永远地从这个世界上消失了，哪怕天上地下，哪怕云里雾中，都不会再有他的身影。

　　几日以后，两人顺着湘水，又踏上了归去的道路。湘水依旧美丽宜人，两岸山色秀丽，可是一样景色，两种心境。

　　王子进无论如何也高兴不起来，一个人闷坐在甲板上。

　　绯绡歪在船舷边喝酒，水中波光映照在他的脸上，不停地跳跃，流光飞舞，煞是好看。

　　王子进见了他那悠闲模样，不由心中难过，这人似乎完全不关心他人生死，悲欢离合在他眼中竟像空中浮云，过眼即逝。

　　两人又行到初见青绫的所在，突然一缕洞箫的声音自远处飘来，婉转悠扬，在水面上，山谷中，回荡不绝。

　　王子进听了这箫声，一下就站了起来，却见碧波如镜，水面上没有半个人影。

　　箫声却兀自飘荡着：瞻彼淇奥，绿竹猗猗。有匪君子，如切如磋，如琢如磨。

　　这样的曲子只有一个人敢吹！

　　他听了欣喜若狂，回首对绯绡道："青绫，青绫是不是没有死？"

　　绯绡依旧歪着身子，抬了一下眼皮："你难道不知道狐狸是最会诈死的？"

　　"哇哇哇，"王子进听了叫道，"你骗我流了那么多的眼泪，伤了好几日的心。"

　　"子进，我那日什么也没有说啊，你就抱着门柱鼻涕一把、泪一把地哭了起来，这又能怪谁呢？"

　　王子进听了一愣，只觉得自己像个傻瓜一样被他蒙在鼓里。

　　"喝酒吧。"绯绡伸出长指弹了弹酒杯，发出清脆好听的声音。

　　王子进气鼓鼓地给自己斟了满满一杯，一饮而尽。

　　"哎呀，这湖光山色，还有人给我们吹箫，你慢一点喝行不行啊？"绯绡在一旁调笑。

　　王子进听了，耷拉着脑袋，又觉得他说得没错，慢慢地品起酒来，两人你一言我一语地又开始嬉笑，王子进心中豁然开朗，几日积攒下来的郁气不觉烟消云散。

　　只见阳光渐渐隐没，长日将尽，不觉暗自希望这落日永远不要沉入那连绵的群山中。

Best Time

白 马 时 光

〔珍藏版〕

春江花月夜

〔田〕

多多——

著

百花洲文艺出版社
BAIHUAZHOU LITERATURE AND ART PRESS

目　录

目录

第一夜

井中村

井，给予人们生命，却又掩藏着深深的秘密。

每个人心中都有一口井，深沉漆黑，水光潋滟，埋葬着我们不为人知的过往和不堪回首的经历。

但是有些人的心井中，却困着更为可怕的存在。

"你拉脚……我来拽头。"寂静的村落里，夜色深沉，有两个黑色的人影，正在月色中鬼鬼祟祟地移动。

"这……这样真的可以吗？"另外一个声音颤抖地问，"真的不会被发现吗？"

"扔到里面去。"

"可……可是这口井是活的，并不是枯井……"

"那可未必，只要能掩盖住秘密，这口井就是枯的。"

随着扑通一声闷响，沉重的物事落入了深井，巨大的冲击，溅起了井水，洒在了井台旁的青草上。

一双眼睛，透过荡漾的冰冷的井水，愣愣地望着头顶飘忽不定的璀璨星空，发出了绝望的呻吟。

我，不想死！

不想就这样死了！

还有太多的事情没有做，怎么能就这样被埋葬？

但是头顶的星空转瞬即逝，井口被人严严实实地堵住，井中变成一片黑暗，宛如绝望的人生。

一

在灿烂的阳光中，从一条羊肠小道中，走过来两个蹒跚的人影。

"哎呀，我好饿……"王子进边走边哀叫连连。

"闭嘴！如果不是你丢了荷包，我们怎么会沦落至此？"绯绡一袭白衣片尘不染，不耐烦地瞪着他，漂亮精致的面孔，已因愤怒而扭曲。

"你不是会偷吗？那点银子根本不算什么是不是？"王子进期盼地望着他。

"那也要有人能偷才行啊！我们一路上沿着驿站赶路，过往行人都风尘仆仆，哪有人腰缠万贯，像个有钱的金主？"

"唉……"王子进叹了口气，探头望了望头顶的天光云影，"果然报应不爽，你做了这么多偷鸡摸狗的事情，终于也被人光顾了。"

"你给我闭嘴！"绯绡厉声道，"银子明明是你弄丢的，不然我们怎么会沦落到卖马赶路的悲惨境地？"

"前面有一家客栈啊。"王子进见他怒不可遏，忙手搭凉棚，极目远眺，迅速转移了话题。

"这种荒郊野岭，怎么会有客栈？说谎也要有个边际……"但是他话音未落，就有一道炊烟袅袅地从树林中升起。

"鸡……"他立刻停止了抱怨，俊美的脸上显出馋相，"我闻到鸡的味道，有人在炖鸡！"

"是……是吗？你……你真是天赋异禀啊，这么远也能闻到鸡味？"王子进叹为观止地道。

绯绡脚下生风，飞快地赶路："我们快走吧，长路漫漫，何时方休？我们要在日落之前，找个地方落脚。"

哎，说得如此动听，是看到了鸡在朝你招手吧？

王子进无奈地摇了摇头，跟在绯绡轻灵雪白的身影后，往层峦叠嶂的深山中走去。

此时正是初春时节，草木茂盛，万物复苏，碧绿阔叶连成无边无际的绿海，随山风的吹拂波澜起伏。

偶尔有深深的暗影，鬼鬼祟祟地在这青绿色的世界中，探出他们诡异的头来。

二

两人在崎岖的山路上足足走了一个下午，直至黄昏时分，才到达那炊烟升起的村落。

只见山林中出现了一片宽阔的空地，零零散散地分布着十几户人家，有小桥流水，有阡陌交通，更有一垄垄碧绿的麦子，一棵棵盛放的木棉。

炊烟随着轻风摇曳，袅袅地升到天空，染红了天边的夕阳，为这个小小的村庄平添了一丝生活的气息。

王子进走得腰酸背痛，怨声连连，但是看到眼前的景象，仍不由一呆。

他顿时觉得疲惫一扫而空，摇头晃脑地感慨道："人说山重水复疑无路，柳暗花明又一村，我以前一直不信，今日才明白，古人诚不我欺也。"

"唉，你这个呆子……"绯绡眯起细长的凤眼，唰的一声展开手中的折扇，轻轻摇了摇头，"永远只看到表面的东西，也不知道算是幸运还是不幸。"

"啊？"王子进脸色顿时灰白，"你……你该不是又看到了鬼影幢幢，群魔乱舞吧？"

"那倒不是……"绯绡眯起细长的狐狸眼，露出狡黠的笑容，"这里毕竟不是坟场，只是看到了一个黑色的蛛网而已……"

"蛛网？"王子进望着他俊美的脸庞，一头雾水地问，"我们又不是蝴蝶和小虫，应该不碍事吧？"

"只是住一晚歇脚的话，应该不会有麻烦。"绯绡说罢自信满满地走在前面，一身白衣如雪，飘逸出尘，点亮了周遭浓翠的青绿。

"喂，你等等我……"王子进提着袍角，跌跌撞撞地追上他，"真是狐狸变的，怎么一到山里就脚步如飞？"

"有道是：我不入地狱，谁入地狱？"绯绡也学他的样子，装模作样地吟道，"面对危险而毫不畏惧，这才是君子作风。"

王子进听着他的自我褒扬，不由暗自好笑。

什么君子啊？只要美食当前，不要说是地狱，让他上刀山下油锅，眉毛都不会皱上一下！

不过片刻，绯绡脚步蹁跹，轻车熟路地走过了一垄垄麦田，穿过灰尘飞扬的土路，直奔山脚下的一户人家去了。

这一路上有采桑归来的妇女，有下田归家的农夫，都诧异地望着二人。

王子进在炯炯目光的注视下，只觉浑身难过，仿佛是在东京大街上被耍弄的猴子，努力想隐藏自己，却偏偏无所遁形。

他暗自打量了一下自己的衣服，青衣襦带，分明没有奇装异服。

不过或许是民风淳朴，见来了外人分外热情也说不定？

想到这里，他刚刚想张口跟前面的绯绡商量一下，却见他眯着凤眼，红唇微翘，一会儿搔首弄姿，一会儿踱着方步，非但不觉得诡异，反而乐在其中。

王子进见状不由脸色一黑，长长地叹了口气。

如果跟他去说，无异于与夏虫语冰，不会得到任何有用的答案。

还好村子不大，这条难熬的道路也不长，只有一会儿工夫，就见绯绡停下脚步，站在一户人家的木门前。

有淡淡的山风拂过，带来浓郁的肉香。

王子进闻到这味道，脸色更加黑了一分，伸手拉了拉绯绡雪白的衣角："喂，这里面是不是在炖鸡？"

"子进啊，你真是我的知己。"绯绡眼中发光，神色亢奋，雀跃地回答，"两里外我就闻到这股香味啦，果然诱人是不？"

哪里还有什么翩翩佳公子的模样？分明是一只流着口水的狐狸！

三

王子进本以为绯绡在这村落有旧交好友，才如此熟门熟路，原来他竟是循着鸡的味道，摸到了这户人家的门前，不免失望。

但是绯绡完全没有意识到他神情沮丧，抬起手就上去敲门，大门发出沉沉闷响，在空旷的院落里回荡。

此时西天红霞满天，林中树影缠绵，树枝掩映下的院落，渗透出一种阴冷的味道。

或许是阳光即将隐没，周围的温度都跟着低了几分，平地一股凉风卷起，令王子进平白打了个冷战。

"来啦，来啦。"门里传来一个苍老的声音。

门缓缓打开，一个穿着粗布衣服的老汉，在门后露出半张脸来。

"深山野岭，不知二位有何贵干？"老人上下打量了他们一下，眼光中满含犹疑。

"在下……"王子进刚刚要自报家门，就被绯绡一把拦住。

只见他弯腰行礼，谦恭地说："这位老丈，我们是回家省亲的学子，哪想丢了盘缠，又在此处迷了路，想借老丈的宝地住一宿。"

"呵呵，什么宝地啊，穷乡僻壤而已。"老头听到这里，摆摆手笑道，"进来吧，不知二位公子如何称呼？"

"小生姓胡，名绯绡。这是我的兄弟，名唤莫知。"王子进刚刚要张口，绯绡就擅自改了他的姓氏。

"哦，你们真的是兄弟？"老头打量了他们二人一番，笑道，"不像，完全不像嘛。"

王子进被他笑得一愣，半天才明白他是指自己面目平庸，而绯绡却有仙人之姿，不由平添一份沮丧，垂头丧气地走进了茅舍，甚至连被绯绡改了名字的事情他都忘了追究。

屋子里没有任何奇异之处，就是平常的乡里人家，摆设虽然简陋，却不乏整洁。

一个腰背佝偻的老妪，正拿着一把蒲扇，扇着灶台里的柴火。

而蹿着红亮火焰的炉子上，正坐着一只面盆大的砂锅，四溢的香气飘散开来，不用揭开锅盖，都能知道里面一定炖着金黄油亮的母鸡。

绯绡闻到这扑鼻的香气，立刻形象全失，死死盯着砂锅，死活也不愿挪动一步。

最后还是王子进费尽力气，连拉带扯，总算是把他弄到了屋子里。

"不知二位公子从何而来？"老头倒也热情好客，端了一壶茶水出来，让他们缓解喉中干渴。

"回老丈的话，我们从东京过来。"

绯绡则是喝一口水，看一眼院外，摩拳擦掌，恨不得立刻冲出去大快朵颐。

"那二位是在哪所书院求学呢？"

"这……"王子进被问得语塞，不知该如何回答。

"炖鸡，炖鸡……"绯绡长指敲着桌面，眼神飘忽，嘴里不停嘟嘟囔囔地念，显是馋得坏了。

"啊？我怎么没有听过这家书院的名字？"老人竟把绯绡的痴馋呓语当成了答案，一边擦汗一边问，"老朽真是孤陋了，什么叫沌机书院啊？"

"炖……炖鸡书院……"王子进脸涨得通红，硬起头皮开始胡扯，"就是混沌之中，暗藏天机之意，喻示这世间万物的真理，往往存在于看起来粗陋简单的事物中……"

他一边说，一边觉得额上冷汗涔涔，口沫横飞之中，只觉得自己离什么君子之道越来越远，这十几年的圣贤书，算是通通读到了狗肚子里。

然而或许是他口才绝佳，言辞激昂，老头居然连连点头，似乎佩服得五体投地。

"公子所言极是，《三五历记》里也有'天地混沌如鸡子'这样的话。"

王子进一时之间，只觉得哭笑不得，只得搜刮肚子里那点可怜的墨水，和他努力胡侃。

直到屋子里再无光线，院子里的老妪端来了黄酒和佳肴，他们才终于把话题从鸡子、盘古、蛋白和蛋黄中转移。

王子进见终于有机会闭嘴，急忙埋头苦干，吃菜喝酒，再也不敢多说一句话。

而绯绡更是馋坏了，要不是还有别人在，他恨不得用手抓鸡吃。

老人大概也没见过人这么吃鸡，再次瞪圆了眼睛，对王子进道："胡公子，你这兄弟真是饿坏了，你们定是赶了不少的路吧？"

王子进望了望身边大快朵颐、形象全失的绯绡，又望了望烛光下一脸诧异的老头，低头喝了口闷酒，不敢应声。

这要他怎么张口？难道要告诉他绯绡是只狐狸吗？而狐狸吃鸡，向来是手脚并用，狼吞虎咽，你见过哪家的狐狸用餐之前会先跟人行礼打招呼的？

四

绯绡以风卷残云之速，吃光了一锅香气扑鼻、油光四溢的鸡汤，他文质彬彬地用袖口抹了抹嘴角，斯文有礼地闲话家常，转眼间便恢复了翩翩公子模样。

"那二位明日就要起程吗？为何不多逗留几日？"摇曳的烛火中，老人热情地挽留他们。

"不瞒老丈，我们还有要事在身，无论发生什么事情，也不能在此地多留。"烛光下的绯绡，散发出一种诡异的美丽，一双凤眼中，似乎暗藏心机。

"如果……你们真的能走得了就好了……"老人听到这里，无奈地长叹一声，"老夫姓方，在此地生活已经二十余年，只见有人来，却从未见人能从这个村庄里走出去。"

"此话怎讲？"王子进不由一急，想起了丝竹歌舞和如花的歌伎。天下美女如云，他才窥见一斑，怎么能困顿于这偏远的山村里？

"不瞒公子，这村子有一个可怕的名字，"老人脸色越发阴沉，压低声音道，"叫'有去无回'！"

"呃……"王子进连酒都喝不进去了，这哪是名字，倒像是个诅咒。

"有去无回？怎么个有去法，又怎么算是无回？"绯绡微微一笑，眼角带风，用长指轻挑地把玩着手里的酒杯。

老人以手指沾了桌子上的汤水，在粗陋的桌面上写了一个"井"字。

"井？"绯绡奇道，"这是什么意思？"

"你们难道没有看过井吗？"老头苦笑了一下，面色凄然，"井中的水，又何尝流淌过？只能一辈子被困在深深的地底，永远得不到解脱。"

"这和村子又有什么关系？"

"当然有关系……"他神情激动，连脸上的皱纹都跟着颤抖，在灯下平添了几许诡异，"多年来，来到这个村子里的人根本无法走出去，我们尝试过各种方法，结果不是有人迷路死在深山中，就是从悬崖上摔了下来。村民们就像井里的水，被牢牢困在了山谷里，只能乖乖地等死，直到井水干涸，变成枯井的一天。"

王子进听着不由恐惧地咽了口口水，自己虽然不怕死，但是最怕看不到这世间春色、红花绿柳，倘若如此，虽生犹死。

"那可未必，还要看被困到这口井里的是什么人。"绯绡却不以为然，嗤笑着回答。

"哈哈哈……"老头听到这里，突然一反方才平静的态度，癫狂地笑了起来，"我们走着瞧，看你们能不能走出去！你们来的时候我是多么开心啊，终于又有人陪我们守在这个活棺材里了……"

他越说越不成样子，笑声也一阵比一阵凄厉。

王子进刚要上去阻止，就见昏暗的灯火中，一个弯着腰、穿着粗布衣服的老妪，正在门边朝他们招手。

"别理他，我来安排你们歇息……"老妪慈眉善目，拿了一盏油灯，把他们二人引到了后面的一间茅屋，"他一谈到这些事就会情绪激动，这也不能怪他，年轻时原本有飞黄腾达的机会，就这样被葬送了……"

她一边走，一边絮絮叨叨地念着，手中的油灯摇摆不定，照得漆黑的走廊里，都跟着变得阴气森森。

月光如水，春虫争鸣，隐约可见木棉如火，点缀着浓翠的山林。

而在这良辰美景，不尽芳菲之中，似乎有一缕视线，正紧紧地缠绕在王子进的后背上，如丝如絮，如影随形。

他回头向身后望去，却只见树影飘摇，月华流光，哪里有半个人影？

"那是什么？"他指向后院杂草中一个压抑的黑色影子，"看起来很是突兀。"

不知为什么，他这话一出口，前面的绯绡就回头朝他使了一个眼色，似乎在暗示他闭嘴。

而与此同时，前面引路的老妪，似乎也听到了王子进的话，手一抖，油灯里的油就泼出去几滴。

火光摇曳了两下，终于恢复了平静。

"那是一口井啊，后生。"老妪朝他笑了笑，一扫方才的和蔼慈祥，只见恐慌不安，"一口枯了的井而已，没有什么大不了……"

真的只是一口枯井吗？

王子进看了看枯井，又看了看绯绡坚定的眼神，只好硬着头皮，挪开了视线，继续往前走。

可是为什么？他会觉得那口井里，似乎有什么人正透过这如水的夜色，缠绵的春风，定定地注视着他？

五

是夜静寂无声，只有山风肆虐，时而轻叩门板。

王子进一个人躺在灰尘密布的房间里，只觉得极其无聊，方才绯绡的眼神，那个老妪莫名其妙的恐慌，分明在暗示些什么。

他无心睡眠，从床上爬起来，推开木窗，眺望着无边的夜色。

银色的月华倾泻流淌，庭院中的长草随风飘摇，一个漆黑而浓重的黑影，又赫然闯入了他的眼帘。

圆而粗糙的轮廓，确是寻常人家惯见的井台。

只是这个井台，似乎有生命一般，平添了一丝凄凉的味道，静静地立在长风荒草中，似有无尽的心事要诉说，却苦于没有口舌，欲语还休。

他正想得出神，却听到木门发出几声艰涩的清响，被人缓缓推开。

只见绯绡正斜倚在门口，眼角带笑地望着他，长发漆黑如墨，白衣赛雪欺霜，宛如一幅上好的写意山水。黑是黑，白是白，轻轻淡淡的，挥洒出无尽风流。

"原来是你。"王子进拍了拍胸口，"不声不响的，可吓死我啦！"

绯绡却像是猫一般轻捷，无声无息地走到他的身边，伸手就关上了残破的木窗，隔断了月华流水。

"你这是干吗？"王子进不由不快，"我夜不能寐，连看看窗外的风景也不行？"

绯绡微微一笑，嘱咐他道："子进，有些风景，不是说看就能看的。这世上有那么多的人，只为了一时兴起的好奇，就付出了巨大的代价。"

"你这是什么意思？"王子进见他语气凝重，不由提心吊胆，"到底什么样的风景是不能看的？"

"比如这个。"绯绡指了指窗外，灰白的窗纸上映出张牙舞爪的树木的影子，似乎有什么可怕的东西，呼之欲出。

"其实从看到这个村子的时候，我就觉得不对劲了……"绯绡望着朦胧的月光，似是对他说话，又像是在自言自语。

"但是你为了吃鸡，还不是勇往直前地走进来了……"王子进连连摇头。

"也不算是吧，活了这么久，只有在面对危险的时候，才能有那么一点点兴奋的感觉，让我能够知道自己还活着。"绯绡苦涩地笑了笑，"这算不算是一种悲哀呢？"

"哪里悲哀？君不见，这世上有多少人羡慕你的不老不死？想想这世上千变万化的鸡的吃法，你就没有时间悲春伤秋了。"王子进见他伤怀，忙挤眉弄眼地逗他。

绯绡听了他的话，顿时发出爽朗笑声，似乎心中抑郁一扫而空。

"子进，你真是我的知己！你说得没错，人之一生，不分长短，只要得己所求，便是此生无憾。"

"然也！所以我王子进一生，便要阅尽天下春色，看遍世间佳人，哪怕真的命中带煞，活不到而立，也不会有一丝懊悔。"

"对了，说到命中带煞，我有事要嘱咐你。"绯绡似乎想起什么，脸上的笑容迅速地退却，神秘兮兮地道，"你还记不记得，我进来的时候，曾经说过这村子里有一张蛛网？"

王子进连忙点头。

"所以，千万不要告诉任何人，你叫什么名字。"绯绡红唇微启，居然吐出了这样奇怪的话。

"为什么？"他更加不明白，"所以你才替我改了名字？"

"没错，只要不被别人知道你的真名，我们就能离开这个村庄。"

绯绡说罢，脚步轻巧地走出了房门，只留下他一个人，愣愣地站在黑暗中，完全摸不到头绪。

不过片刻，隔壁的房间就传出悠扬而清冷的笛声，丝丝入耳，让人听了甚是受用。

王子进知是绯绡不擅言辞，正以笛声安抚自己恐惧的心态，竟慢慢地心绪平稳，坠入了黑甜的梦乡。

只余下一缕如泣如诉的轻歌慢引，在寂静的山谷中回荡。一弯新月，挂在天际，朦朦胧胧，宛如剪不断理还乱的愁绪。

六

哪想这一觉睡去，竟像是悬崖失足，一头栽入梦境之中。

梦里有黄叶缤纷，秋霜清冷，似乎瞬间换了天地，把热闹的暮春换成了凄冷的深秋。院落还是那个院落，景物却已大大不同。

王子进在弥漫的夜雾中前行，踏着松软的黄叶，走进雾气深处。

只见不远处出现了一口井，厚实的井台由青砖砌成，井中清波荡漾。不必拘一捧井水入喉，只是这样趴在井沿上看着，似乎都能感受到那股清澈的甘甜。

这是怎么回事？自己为什么会做这样的梦？他从井沿旁抬起头，望着周围的茅舍俨然，枫叶似火，更加确定了这是自己和绯绡投宿的那户人家无疑。

可是这井，不是枯井吗？怎么会有如此生机盎然的一波碧水？

他还没有理清头绪，却听身后有脚步声沙沙作响，似乎有人正在蹑手蹑脚地靠近。

万万没有想到，自己的梦中还会出现第二个人！他吃了一惊，急忙向身后看去。

这一看，不由呆立在原地，张口结舌，连话都说不出来。

只见银白月光下，金黄落叶中，站着一个柳眉秀目，穿着淡蓝色衣裳的少女。眉宇之间蕴着一丝淡淡的哀愁，正睁着剪水双瞳，定定地注视着他。少女的衣服虽然是粗布制成，但是却没有掩盖她半分风韵，倒衬得她色如春花，灵动秀美。

"那……那个……"王子进万万没有想到，深山之中竟有如此佳人，立刻紧张得手足无措。

"咯咯咯……"她见了王子进的呆相，用手掩着嘴巴，发出了银铃般的笑声，"你这书生，到底是从哪里来的啊？这么见不得世面？"

"小……小生是从湘水而来，不巧迷路，才在宝地借宿一宿。跟我同来的还有一位公子，你应该见过，就是那个长得极俊俏的……"他一边流汗，一边结结巴巴地回答，哪知越想在佳人面前留下印象，就越是不知所云。

"算了，算了。"少女不拘小节，大大方方地往井沿上一坐，"听你文绉绉地说话可真累，告诉我你的名字，我们就算是认识了。"

"这……"王子进想到绯绡的提醒，隐隐觉得有些不妙。

"你连自己的名字都记不住吗？真是个呆子，读书都读傻了！"少女笑得花枝乱颤，似乎见到了极好玩的事情，"我叫莲生，不要忘了哦，以后我就叫你'呆子'吧。与你相得益彰！"

王子进见莲生一笑起来更是明媚无边，梨涡深深，粉面桃腮，似乎七魄都给勾走了六魄。顿时把绯绡的叮嘱完全都抛到了脑后，整了整衣服，像是个谦谦君子一样，一揖到底。

"小生江淮人氏，姓王，名子进。"

"哦？"莲生眯着眼睛看着他，笑容隐含深意，"你不是姓胡，名莫知吗？难道是个假名字？"

王子进突然觉得浑身一冷，呆呆地望着坐在井沿上，悠闲地荡着双脚的少女，竟像是见到了地狱的恶鬼，不由自主地后退了几步。

"你……你怎么会知道这个名字？"绯绡当时说起时，除了方姓老人，周围明明没有他人在场。

"这有什么奇怪，我听到了啊。"莲生不以为然地看了他一眼，面色如常。

或许只是自己多心了？可能她躲在屋子的哪个角落？

王子进擦了擦头上的冷汗，笑着问道："呵呵，那个名字是我那个朋友信口胡说的，不知道小姐是在哪里听到的？"

"就在这里啊！所有过路的人的对话，我都能听得到。"她伸出纤纤玉手，指了指自己坐着的那口井。

"在哪里？"王子进不敢相信自己的眼睛。

"这口井里，不信你往下看，可以看到很多很多的东西，如果浸在水里，更能感觉到天地万物的呼吸。"莲生从井沿上轻巧地跃下来，朝他招了招手，示意他过去。

他意识惛惛懂懂，明明心中恐惧万分，却像受到了蛊惑，慢慢地走到了那口井的井沿前，壮起胆子往下看去。

只见方才还清澈平静的井水，此时正一荡一荡，似乎有什么东西呼之欲出。

他再定睛一看，不由面色惨白，发出哇的一声尖叫，双腿一软就坐在了地上。借着清冷的月光，可以清晰地看到，井里面，随着涟漪扩散的，是一缕缕漆黑的长发。

如丝如絮，缠缠绵绵，几乎充满了整口深井。

七

王子进惊出一身冷汗，猛地睁眼一看，却见自己仍躺在茅屋简陋的床上，只见破败家什的暗影，哪里有美貌少女，又哪里有恐怖的深井？

但是被噩梦吓了一下，他是再也睡不成了，缩在被子里盯着被山风吹得咯吱作响的木窗，直至天明。

第二天天刚刚蒙蒙亮，绯绡就神采奕奕地跑过来找他。

王子进望着他白里透红的好气色，按了按发涨的脑袋，摇头叹道："绯绡，我永远都搞不懂，为什么你每天都这么精神呢？"

绯绡得意地捋了捋雪白的衣襟："心无红尘俗事，自然一夜好眠。"

哪知他话音刚落，就听院子里传来老妇人苍老的喊声："鸡粥好了，二位后生，快来喝粥。"

王子进只觉眼前一花，白影一闪，门前已经是空落落的一片，早就不见了绯绡的人影。

他见状不由气结，什么心无红尘俗事！什么卓尔不群！明明是为了鸡粥起了大早，居然还有脸跑来冠冕堂皇地教育他！

不过饶是如此，他还是顶着发青的脸色，讪讪地走出了茅屋，穿过荒草丛生的庭院，往前院走去。

院子里草长莺飞，野花点点，在清晨的灿烂光辉下，呈现出一片生机盎然，万物争春的热闹景色。

他踏着枯草走在小路上，微风拂面，隐约送来哪家少女银铃般的笑声，令他的嘴角边不由荡漾起一丝向往的微笑。

如果不是那井里的东西太可怕，其间有枫叶如火，有美人如花，未尝不是一个旖旎美梦。

他仿佛受到了牵引，视线不自觉地飘向院子里的那口枯井。

井台高高，青石磊磊，和梦中的一样。唯一不同的是，井口被人用一块巨大的石板压住。

王子进仿佛又见到昨夜那美丽的莲生，依旧娇俏地坐在井沿上，朝他露出浅浅的微笑。

他的灵魂似受到了旖旎梦境的蛊惑，无限怀恋地走到枯井前，看着石缝里的点点青苔，不由心生疑惑。

如果有青苔的话，这定然不是一口枯井，但是为什么要用石板封住井口？

他顿时好奇心大起，把折扇往腰间一别，伸手就去搬那沉重的石板。

石板粗糙而冰冷，而且比想象中更加沉重，他铆足力气，足足推了三四次，才终于挪开了一条狭窄的缝隙。

一股清冷的潮意，从黑暗的窄缝里传来，似乎能看到里面荡漾的井水。

他刚刚要继续推下去，就突然觉得腕上一紧，一只冰冷而坚硬的手，已经牢牢地扣住了他的手腕。

只见绯绡一身白衣，身披晨光，正眼含责备地望着他。

"那……那个……"王子进顿时像是做错了事被抓住的孩子，不好意思地挠了挠头，"我只是想看看，井里面到底有什么，不是把你的话当成耳边风……"

"算了。"绯绡却眯起眼睛，露出一抹清澈的笑容，"我只是过来叫你，桌上的饭菜就要凉了。"

王子进只好抱歉地笑了一下，跟在他的身后，快步往前院走去。

而与此同时，沉重的石板下，狭窄的缝隙里，正有一个宛如游蛇的黑色东西，沿着青石砌成的井沿，蜿蜿蜒蜒的。

如果仔细看去，可以看出，那是一缕长长的黑发，满浸着井水的潮意。

八

一顿早饭吃得压抑又沉重。

方姓老人身体不爽，一直躲在屋子里不愿见人，而苍老的妇人却只知埋头吃饭，连一个字也不说。

他只好有一搭没一搭地和绯绡闲聊，可惜绯绡见了鸡就把什么都抛到了脑后，对王子进的话充耳不闻，确实做到了他口中的"心无凡尘俗事"！

好不容易吃完了一顿难熬的饭，王子进和绯绡起身作揖，准备告辞。

哪想老妇人只顾低头收拾东西，看都不看他们一眼。

"多谢老人家款待，只是我们还有要事在身……"王子进硬着头皮刚刚说了一半，就见她回过头，用浑浊的眼睛，定定地看着他。

"反正你们还会回来的，又何须作别……"她竟然露出一个十分愉悦的笑容，只是嘴里没有几颗牙齿，衬着她那皱巴巴的老脸，平添了几分恐怖。

王子进刚刚要跟她分辩几句，旁边的绯绡就扯了扯他的袖管："子进，多说无益，我们快点走吧。"

他只好摇了摇头，跟在绯绡身后，走出了这户奇怪人家的大门。

山上茂密的树木，随着春天的微风，发出沙沙的清响，王子进只觉极其难过，恨不得掘个洞钻到地底。

因为田间的小路上，有许多村民围拢过来，他们或男或女，或老或少，却没有一个人说话，只是站在道路的两边，用探询的眼神，默默地注视着他们。

"绯绡……"王子进走在这如刀似剑的目光中，似乎身上被戳了无数个窟窿，"他们这里有什么毛病？怎么都这样看人？"

绯绡倒是毫不在意，冷冷地回答："你要是在一个地方生活了二十年，未曾走出去一步，估计比他们的眼光还要凌厉几分。"

"啊？昨晚那老头说的竟是真的？！"

"是不是真的，还要试试才知道。"绯绡说着一甩扇子，潇洒万分地走出村庄，沿着崎岖的小路，往浓翠的深山中走去。

两人脚步轻快，转眼就翻过了一个小小的山头，临风而望，一条笔直的官道就在脚下，隐约可见过路的马车匆匆而过。

"绯绡，你看！"王子进见状心中狂喜，大呼小叫地说，"什么走不出去的村庄，都是骗人的，官道不就在这座山的下面？"

绯绡却默不作声，一撩衣摆，加快脚步走向山下。

漆黑的长发随风飘扬飞舞，遮住了大半边脸，让人无法看清他的表情。

而王子进的心中早就被喜悦充斥，根本没有意识到他的沉默，一路哼着歌，踏着碧绿的青草，走入了浓翠墨绿的树荫深处。

哪想越走道路越崎岖，最后周围矮树丛丛，几乎到了寸步难移的程度。此时长日将尽，阳光隐没，连山里的轻风，都变得阴冷了几分。

"这是怎么回事？"王子进惶恐地望着头顶遮天蔽日的绿叶，"道路不就在山脚下？怎么走了这么久还没到？"

绯绡用了然的眼神看了他一眼，伸出一只长指，放在嘴边："子进，不要说话，后面有奇怪的东西跟上来了。"

"啊？什么奇怪的东西？"王子进一头雾水，急忙往后看去，却只见树枝掩映，哪里有半个人影？

可两人又走了一会儿，却几乎无路可走，长草上似乎都长出细细的钩子，绊着两人的脚步。

"怎么办？难道我们真的只有回去？"王子进望着四周阴森恐怖的树林，想起村庄中村民渴望的眼神，不由万念俱灰。

"还要试试才知道。"绯绡说着一撩衣摆，凤眼一眯，嘴角微翘，开始轻轻念起咒语。

朦胧的月光笼罩在他的白衣上，不染片尘，清雅得不似凡人。

王子进望着他如水的长发，透着妖异的眼睛，只觉得神志飘摇，似乎连灵魂都被吸引。

而随着那咒语低吟，身后的草丛里传出沙沙轻响，仿佛有什么人，正在分枝拨叶，踏草而行。

"什么人？"王子进听到声音，立刻回头看去。

"子进，快闪开！"绯绡突然呵斥一声，接着以迅雷不及掩耳的速度一挥手，一道血红的光芒闪电般擦过王子进的脸颊，往他身后一个黑色的东西上砍去。

紧接着是扑哧一声轻响，王子进突然觉得脸上一冷，似乎有液体溅到他的脸上。

而一个黑色的毛茸茸的东西，还带着黏腻的汁液，一下就掉到了他的怀里。

"哇——"他吓得尖叫了一声，急忙后退了两步，把怀中的物事扔到了地上，却是一截如手臂般粗的巨大藤条。

但最可怕的是，这种原本应长在树林中的植物，却像是有生命一样，在草地上不停地翻滚扭动。

绯绡却脸色如常，手一翻，血刃长刀变成了一根碧绿的玉笛。

他一脚就踏在那根藤条上，反复查看，似乎仔细地在那根恐怖的藤条上寻找线索。

"绯……绯绡……"王子进吓得几乎魂飞魄散，哆哆嗦嗦地擦着脸上的绿色汁液，"这……这是树吗？怎么会有这么吓人的树？"

绯绡却不理他，纤手一扬，从那截断了的藤条上抽出了一根细细的东西。

随即他眼角带笑地走到王子进的面前，摊开了手掌，只见他白如玉雕的掌心中，正放着一根长发。

"这……这是什么？为……为什么要给我看？"王子进望着绯绡俊美的脸庞，不知所以。

绯绡红唇微翘，凤眼含威，似乎直直地看到他的内心深处。

"子进，这是一根女人的头发。"

"啊？这和我又有什么关系？"

"当然和你有关系。"他手指一搓，指尖泛出淡蓝色狐火，长发瞬间化为灰烬，"你是不是把真名告诉了一个女人？"

"这……这个……"王子进被他一语道破，只觉得羞赧无比，脸涨得通红，"只……只是在梦里对一个漂亮的少女说过……"

明月下的绯绡，听到他的回答，不怒反喜，露出了一丝不易察觉的微笑。

九

王子进呆呆地望着他狡黠的坏笑，心中突然升起一种不妙的预感，指着他的鼻尖颤声道："你……你难道早就知道了这件事？"

绯绡微笑着将手中的灰烬放入怀中："当然，如果不是我刻意装作不知，又有哪个妖怪能接近你的身边？"

"什么？妖怪？你说莲生是妖？"王子进听到此处，脸色立刻变得惨白。

"自然是妖。"绯绡边说边环顾着四周茂密的丛林，"不是妖的话，又怎会操纵山上的林木来扭曲道路？"

"那我们该怎么办？现在还能下山吗？"

"子进，我们不下山。"绯绡眨了眨眼睛，在清冷的夜风中，伸手指向他身后的道路，"我们要反其道而行之，回到村庄里。"

"什么？"王子进不敢相信自己的耳朵，望着月光下绯绡如雕如刻、如琢如磨的脸，完全理不清头绪，"我们好不容易走到了这里，为什么要回去？"

"子进，你有没有听过一句话，叫知己知彼，百战不殆？"

"自然听过……"他万分不愿地答道，"可是这跟回不回去又有什么关系？"

"关系可大得很。"绯绡笑得更加开心，细长的美目眯成了一条缝，"多亏了你如此好骗，我才将计就计，找出了这个村庄中埋藏的秘密。不然怎么会有十足的信心，走这条回头的路呢？"

王子进这才明白自己再次被他设计利用，不由气恼万分，转身就气鼓鼓地走在了前面，任绯绡怎么逗他开心，他都不说一句话。

说来也奇怪，方才还崎岖坎坷的道路，突然就变得平坦起来。

长草不再绊脚，树枝也不再毫无章法地胡乱伸展，明明是山间的小路，倒像是坦荡的官道一般好走。

两个人一前一后，似乎只用了不到一个时辰，就走到了村庄之前。

夜晚的村庄，与白日里看起来截然不同，一片漆黑之中，偶尔有点点灯火，在山风中闪烁，宛如鬼火。

王子进望着眼前恐怖神秘的景象，不由胆怯，拉了拉绯绡雪白的袖管："绯绡，我们不要再回去好不好？你的本事不是很大吗？一定能走出那片山林的。"

"那怎么行？"绯绡冷冷地看了他一眼，"如果我们拂袖而去，这里的村民又该怎么办？"

"过去怎么不见你这么悲天悯人？"

"而且我倒要看看，到底是什么样的妖怪，敢在我的眼皮底下如此明目张胆地作祟！"这次他说得义愤填膺，似乎甚为愤慨。

王子进望着他难得严肃的俊脸，不由暗自叹了口气，怎么听都是后一个理由比较靠谱。

看来"冤家路窄""狭路相逢"这样的话，不仅适用于人类，更加适用于妖孽。

"难道我们还要回到那方姓的老人家吗？"

"当然不是。"绯绡长身而立，白衣胜雪，没有半分要进入村庄的模样，一双丹凤美目不停在他身上扫来扫去，"有个更好的办法，你直接登门去造访那个妖怪。"

"为什么是我？"王子进听到这里，几乎要吓得哭了，哇哇叫道，"你明明比我更加合适。"

绯绡一脸坏笑，走过来拍了拍他的肩膀，大有委以重任之意："谁让你美色当前，被迷乱了心智，告诉了人家大名呢？我是想去啊，可惜那位漂亮的妖怪娘子一定不认识我。"

王子进顿时语塞，自己确实是没有听从他的忠告，才落得今日的下场。

古人说，一步错，步步错，果然一点都没有错！

他只好硬着脖子点点头，脸色比哭还难看："绯绡……要如何去拜访那妖怪？难道要我去跳井？"

"十分简单。"绯绡说着从怀里掏出那一根长发燃烧的灰烬，用纤长指尖蘸了一点，伸手按在他的额心，"她留了这种东西给我，我自然要善加利用……"

王子进站在如水的夜色中，只觉得额头冰冷，望着绯绡似少女又像少年的一张脸，凄凄惨惨地哀号："绯……绯绡，我要是遇到了危险，你可要来救我！"

"如果情况有所不妙，只要呼唤我的名字即可，那样我自会入得你的梦中。"绯绡说完嘴角微动，露出一个安慰的笑容，"准备好了？要去了！"

"等……等一下，我还没准备好……"

他话音未落，突然觉得脑中一冷，一股冰冷的寒气，如清泉一般，顺着绯绡纤长的手指，淌到了脑髓深处。

接着他身体一软，趔趄倒地，似乎有人在这时扶了他一把，把他的身体轻轻地放到柔软清香的草地上。

与此同时，他的眼前又出现了一个红叶缤纷的庭院，正有一个蓝衫的少女，像是前晚梦中所见，跷着雪白双足，坐在井沿前吹着哀伤的曲调。

十

那曲子如泣如诉，婉转动听，蕴含着哀伤，又像是轻轻的叹息。

王子进见眼前枫叶似火，佳人如玉，又有这样悦耳的乐曲，顿时连自己身处何方都忘得精光。

不自觉地受到这人面桃花的吸引，失魂落魄地往前走去，只求沉浸在这温柔乡里，不愿有醒来的一天。

他的脚踏着枯叶，发出沙沙的细响，或许这声音惊扰了吹着草笛的少女，细细的曲调戛然而止。

少女缓缓回过头来，正用惊诧的眼光，难以置信地望着他，眉目如画，双眸清澈，正是莲生。

"你怎么会来这里？"莲生显然还记得王子进，从井沿上跳下来，诧异地跑到他的面前，"如果没有它的允许，我是不会进到任何人的梦中的。"

"这……这个……"王子进不好意思地挠了挠头，"自我见姑娘一面，日思夜念，辗转反侧，哪想今日刚刚睡着，就又见到了姑娘。"

自从他跟绯绡在一起以后，谎话说得炉火纯青，已经达到了见人说人话、见鬼说鬼话的化境，只是今日的这番谎言，似乎还掺杂着他几许真情。

莲生不由一愣，接着脸上飞出红霞，笑道："王公子，莫要开玩笑了，莲生哪里有那么好？"

看那表情，嘴上虽然否认，心中却是极为受用。

王子进望着她小女儿的娇态，一时竟也受到感染，心中荡起点点柔情，便是打死也不相信这样一个清秀单纯的佳人会陷害自己。

"王公子，你来陪我，真是太好了。"莲生也不避嫌，拉住王子进的手，往那口井边走去，"我一个人孤零零地在这里，真的很难过。"

"为什么会孤零零地？"王子进和她并肩坐在井台之上，指着庭院中的茅屋道："那里面不是住着两位和蔼可亲的老人吗，你怎么会觉得孤单寂寞？"

哪知他不说还好，话一出口，莲生原本喜笑颜开的脸庞，顿时布满阴郁："什么和蔼可亲的老人，怕是连禽兽都不如。"

"啊？此话怎讲？"王子进不由一愣，隐隐觉得她话中暗藏玄机。

"我们不说这种不开心的事情。"莲生粲然一笑，欢快地道："王公子，我一个人在这里真的很无聊，你能不能时不时地来看看我，陪我说说话？"

王子进望着她天真烂漫的笑颜，忙不迭地点了点头："反正我再也走不出这村庄，自然会夜夜陪你，看这春华秋实，夏花冬雪；看四季更迭，人世如云。"

莲生神色一黯，扭着手指道："你是不是在恨我？如果不是因为我，你就不会被它知道真名，就可以走到这山谷外广阔的天地里。"

"它？是谁？"王子进听到此处，不由纳闷，"你说孤单寂寞，难道不是一个人吗？"

莲生呆呆地望着王子进的脸庞，咬了咬嘴唇，一双漆黑的大眼睛里，竟有泪光闪烁。

"哎呀，你莫哭，莫哭！就当我没有说过还不行？"他一向最见不得眼泪，尤其是美女的眼泪，更会让他心如刀割。

"王公子，你是个好人……"莲生擦干脸上泪水，"只是莲生想起旧时心事，难免心怀感伤。"

"那就不要想了，能让我们流泪的过去，还是速速忘掉！人生这么长，怎么能永远拘泥于往事，浪费大好光阴？"

"拘泥于往事，浪费大好光阴？"莲生若有所思，拿起手中的草笛，又轻轻巧巧地吹了起来。

曲子依旧哀怨缠绵，惹人心碎。

王子进只觉得心潮澎湃，低头捡起地上的枯枝，坐在井沿之前，随着她的草笛声声，扯着嗓子击节而歌。

"风摇枯竹不成声，雨打衰荷不胜情。何处漏舟堪载酒？何处琵琶不忍听？争奈风雨连秋夏，唯有江天万里明。"

"争奈风雨连秋夏，唯有江天万里明？"莲生纤手移开嘴边，似乎心有所感，"没错，任世间万物生老病死，更迭不停，又有什么值得悲哀？君不见这一天一地，一顷江水，无尽明月，万古如一地存于世上，且是何等壮观美丽！我们生于世，并不能拘泥于那些小小的失去。"

"啊？"王子进万万没有想到自己胡诌的话居然会引出她这样多的忧思，挠了挠脑袋道，"姑娘真是聪慧啊，我怎么从来没有想到这些？"

莲生朝他露出灿烂的笑容，朝王子进伸出一只纤白玉手："王公子，我们走吧，我带你去看一样东西。"

"什么东西？"

"是一个我最珍爱的物事。"她说完指指两人坐着的深井，"它就在那里，沉浸在冰冷的水中，深深的地底，永远也不能超升。"

王子进心头不由一紧，急忙向井里看去，只见清冷的井水中，映出一轮明亮的月影，随着水波碎了又聚，聚了又碎。

似乎有一个黑色的影子，正在里面摇曳游动。

十一

可是他还没看得真切，就有人在他背后推了一把，他连呼救都来不及，就一头栽到了深井之中。

井水冰冷冰冷，寒彻刺骨，周遭是伸手不见五指的黑暗，只有圆圆的井口，映照出生命的光辉，满天的星空，高悬在遥不可及的头顶。

他只觉得脚底根本踩不到实地，衣服被井水浸湿，变得厚重而黏腻，他只好拼命挣扎，生怕一停止游动，就会被拖向死亡的深渊。

"救……救命啊！"他吓得坏了，急忙张口呼救，"绯……救我……"

这不喊还不要紧，一张嘴，立刻有汩汩冷水灌入他的胃肠。

"不要怕。"就在他以为要葬身井底的时候，突然从旁边伸出一只柔软的手，紧紧地拉住了他，"王公子，我们只是在梦境之中，只要你不要去联想，再多的水也不能奈你何。"

只见莲生不知何时也随他下来了，纤巧的身体，正轻轻地一沉一浮，一头墨黑的头发，随着水波在不停荡漾。

他看得不由痴了，呆呆地道："莲生，你真是不愧于这个好听的名字。"

"为什么？"莲生朝他一笑，脸上沾着水珠，如鲜花凝露，"是因为我水性好吗？其实我一点也不会游泳，只是这水都是假的。"

"不……不是。"王子进立刻巧舌如簧，得到机会开始大拍马屁，"是因为你面如芙蕖，美不胜收。"

莲生听到此处，偏头问道："什么是芙蕖？很美吗？我们这村落地处山谷之中，根本看不到那种花。"

"很美很美……"王子进心中一沉，只觉得这少女甚是可怜，"如果有机会，我一定会带你去苏杭看莲花，看接天莲叶无穷碧，看映日荷花别样红。"

"如果真能离开这里，自是再好不过。"莲生突然面现凄凉神色，无奈地摇了摇头，"我们走吧，带你去看我的弟弟。"

"弟弟？"王子进在冷水中诧道，"你还有弟弟，他在哪里？"

"他就在这里……"莲生猛的一拉王子进的手，两人就相携着向深深的井底潜去。

这次王子进也学乖了，饶是吓出一身冷汗，也不敢再大声呼救。

冰冷的水铺天盖地地挤压过来，像是要把人的五脏六腑都压得变形，头顶的水瞬间合拢，隔断了星辉满天，明月高悬。

以及唯一的一条生路。

原本以为井底会是层层的泥藻，哪想却出现了一条水道，阴暗而深沉，直通向更加漆黑的地底。

莲生灵活得像是一尾鱼，明艳得像是一朵开在水中的花，轻轻巧巧地拉着王子进，顺着水流，往水道的深处游去。

道路像是没有尽头，漆黑一片，偶尔有黏腻的水草，会缠住人的发丝。王子进像是被恐怖攫住了心神，完全忘记了自己所处的环境，连大气都不敢喘。

只见水道尽头有一团巨大的黑色的东西，宛如棉絮一般，随着水流四处漂散。

而再仔细看去，棉絮像是动物的触角，丝丝缕缕地伸向更加遥远的地方，居然是一个活着的生物。

"这……这是什么？"王子进从来没有见过这么可怕的妖怪，不由瑟瑟发抖，一时居然忘了心中的顾虑，如常地说起话来。

莲生望着眼前的怪物，神色凄然："这就是我的弟弟，他不到七岁，就落入河中死了，因为年纪太小，在这世上有很多舍不得的东西，灵魂不愿得到超脱，久而久之，就变成了这副模样。"

"它……它明明不是一个人了……"王子进颤声道，"妖怪我也见过，它们大都是因为对人世有所留恋，才会继续存在于这个世上，但是大凡有人心，就会维持人的模样，怎么会变得面目全非？"

"不许你这样说它！"莲生听到这里，似乎甚为恼怒，缓缓地游到那团黑色的雾气面前，伸手抚摸着如丝如絮的触角，"它确实不是人，但是却比很多人的心好得多。它没有人的形状，是因为已经舍去一切，变成了这个村子里的神。"

"神？"

"不错，"莲生笑着对王子进说，"它在死的时候，骨血就托付给了井水，顺着地下的水脉，蜿蜒流淌到整个村落，所有喝了它的骨血的生物，都要受到它的支配。"

"难……难道？"王子进心中隐隐觉得不妙，想到了这个永远也走不出的村庄，想到了那狰狞扭曲的恐怖藤条，心中一个可怕的答案呼之欲出，"这……这个村子里的人，都是被它困住的？"

莲生站在漆黑的冷水中，面目变得狰狞起来，阴森森地回答："那是他们应该得到的报应。"

"什么报应？难道他们做了什么坏事？"

"呵呵呵……"莲生的脸色越来越可怕，渐渐变得白里泛青，宛如死人的颜色，"当然做了，他们把我困在井里，活活淹死。我就要把他们困在这个村庄中，一辈子埋在坟墓里！"

王子进眼见她由一个天真烂漫的少女，变成面色狰狞的女妖，不由暗自心惊。

"莲生，快点过来，想想江天碧波，想想月光万里，你刚刚不是还说过，比起这些亘古长存的东西，我们的那些爱恨又是何其渺小……"

可是还没等王子进说完，莲生身后那团黑色的雾气就一下暴起，一道黑线，瞬间击破水流，如蛟龙出洞一样，直奔他面门而来。

他万万没有想到这妖怪会突然发难，不由心头一紧，闭着眼睛大叫："绯绡……快点救我！"

这一喊不要紧，手腕顿时被一只冰冷而坚硬的手紧紧拉住，接着被迅速拽离了水面，带出了井口，夹着缤纷的水花，直往璀璨的星空飞去。

王子进只觉得身体像是柳叶一样轻盈，随着春日的微风，在天空中缓缓地飞舞。

不知飞了多久，才终于有了落到地面的感觉，身下冰冷而潮湿，似乎是躺在布满露水的草地上。

他急忙睁开双眼，却见头顶一轮明月悬空，微风拂面，送来淡淡花香。

而绯绡正一脸笑意地坐在他的身边，伸出一只玉手，雪白的袖下，紧紧地拉着他的手腕。

十二

王子进见到绯绡明月下俊秀的脸，唇边自信的微笑，顿时心安。

他连忙从地上坐起来，揉了揉发痛的额角，哀号道："真是太可怕了，我做了一个非常恐怖的梦！"

绯绡听到他怨声连连，点了点头："我当然明白，子进，你们吹笛唱歌，入井探险，我都在这里看到了。"

"什么？"王子进不由大窘，"你可真是不地道，难道不知道非礼勿视，非礼勿听吗？我好不容易找到一位佳人说说体己话儿，却都被你在一边听了去。"

"真的吗？"绯绡听到这里，又开始调笑他，"子进，你确定那是一位佳人？如果把所有接近你的僵尸妖怪都算上，你的桃花运还真是大盛。"

"那又怎样？这世事无常，今朝美人，明夕白骨。只要是美丽的，无分死活，我都乐于欣赏，总好过一辈子对着一个面目平庸的女子强。"

或许他这话太过惊世骇俗，一向伶牙俐齿的绯绡，居然也哑口无言，不知该如何回答。

王子进的花痴境界，显然已经达到了一个前无古人、后无来者的高度。

但嘴上虽然这样说，王子进还是觉得心中惋惜，如果自己好奇心不那么强，非要去追根探底就好了。

那样的话，他一辈子都会记得那火红的枫树，枫树下蓝衫的少女，忘不了她清亮的草笛，感动于自己豪放而歌的那一瞬。

可是偏偏造化弄人，似乎只是一转眼，那清秀的佳人就变成了狰狞的水妖。

他想到这里，不由摇头叹息。

"子进，你叹什么气啊？是不是在感慨美人虽然如玉，可惜却已如谢了的花，零落成泥，只余清香绕枝啊？"绯绡一边拉着他的手赶路，一边不忘调笑。

"唉……"王子进听他这么一说，只觉得心中空落落地难过，"绯绡，知我者莫若你也。为什么美丽的东西总是这样不长寿呢？"

他说罢抬头仰望天边明月，摇头晃脑地道："真是我将此心向明月，奈何明月照沟渠……"

绯绡没想到他会把这首诗理解成这样，但是见惯他花痴模样，也只有低头浅笑，生怕这个呆子说出更加惊世骇俗的话来。

哪知他耳根还没有落得片刻的清净，就听王子进又在他身后大呼小叫地使劲叫嚷。

"哇哇哇，你这只该死的狐狸，要带我去哪里？"却是王子进感慨完美人如花，刹那芳华，终于后知后觉地发现自己被绯绡拽着前进，居然再次进了村子。

绯绡是狐狸变成，生平最恨的，就是有人用"这只""那尾"来称呼他。

但是今日他听到这样的话，居然不怒反笑，眼角带风地看着王子进道："子进，你怎么不感谢我？我这就要带你去见你的佳人呢。"

"哇哇哇！"王子进在他身后大声抗议，"那么可怕的佳人，还是不要再见了。"

"你不是还要带人家去苏杭看荷花，怎么这么快就变卦了？"

王子进脸色一僵，被他一句话戳到软肋，只好耷拉着脑袋，讪讪地跟在他的身后往前走去。

只见明月当空，月光清冷，一座小小院落，正矗立在如水的光华之下。

那院落中树枝掩映，木棉胜火，大门紧闭，正是两人前日投宿的那方姓老人的家。

绯绡毫不畏惧地踏着月光，伸手推在门上，稍一使力，大门的锁就咯的一声，轻轻地掉到了地上。

"喂，绯绡。"王子进见他这副架势，知道进去必无好事，"我们打个商量好不好？我们又何必去惊扰她？让她当个妖怪存在于世上，难道真的是错？"

"子进，你怎会做如此想？"绯绡眼神清澈，在月光下打量着他，"你认为她这样活着，真的会很快乐吗？心怀恨意的人，不论走到哪里，都无法找到真正的幸福。"

王子进不由语塞，缓缓松开了拉着绯绡衣袖的手。

而就是这么一犹豫，绯绡的白衣翩然一闪，已经顺着半开的大门，身姿轻盈地溜到了庭院里面。

两人一前一后，很快就来到了杂草丛生的后院。

院子里草长莺飞，树木俨然，显是很久都没人修葺过。而王子进见了多次的那口井，正孤零零地立在冷风荒草中，散发着阴森清冷的味道。

"我们过去看看！"绯绡说着一拉他的衣袖，"先把井口那块石板搬开。"

"什么？"王子进吓了一跳，"你难道不知道那井里的妖怪有多么骇人？"

"可是白日里看你不也在卖力地搬石板，连扇子都别到了腰里，现在却教训起我来了！"

"绯绡，我们不要过去了好不好？"他的声音里已经带着哭腔，"我那个时候，不是还不知道井里会有那么可怕的妖怪嘛……"

但绯绡是永远不会受人指使的，尤其当这个命令是已经被吓得神志不清的王子进发出的时候。

于是一时半刻之后，王子进只好又把袍裾别到腰带里，龇牙咧嘴地上演着早上刚刚表演过的精彩好戏。

"你倒是用点力气啊，不能全指望我一个人。"眼看绯绡只是象征性地伸着手，懒洋洋地搭在石板上，他的气立刻不打一处来。

虽然知道绯绡向来爱耍滑头，但是万万没有想到他竟然滑头到这种地步，居然连一分力气都不想出。

"子进，有你这样的劳力在，又何须我动手呢。人说大凡头脑不好用的人，力气都会格外大。"

"你给我闭嘴！"王子进怒吼一声，化愤怒为力量，眼睛一瞪，腿一蹬，居然把石板硬是推开了一半。

他推完了得意地偏过头，想听到绯绡赞许的夸奖，哪想月色中的绯绡望着自己的身后，一下就瞪圆了眼睛。

"喂，你怎么了……"他的话还未问出口，只见绯绡用力推了他一把。

那突如其来的力气格外大，推得他一个趔趄就坐在了草地上。

与此同时，眼前滑过一道闪亮的弧线，像是天边的流星，当的一声就掠过他的天灵盖，击到了沉重的青石板上，迸射出精亮的火花。

王子进劫后余生，急忙定睛一看，但见那竟是一把寒光森森的板斧。

十三

"哇哇哇！"他被吓得不轻，连滚带爬地起来便跑。

但见月光中有一人如鬼似魅，握着锋利的板斧，白发披散，正定定地望着他。

"你……你到底是什么人？"王子进急忙后退两步，无论如何也想不起在哪里见过这号人物。

"不……不要拿开石板！"老人朝他大声威吓，布满血丝的眼睛也睁到了极致，看起来分外吓人，"石板下有很恐怖的东西。"

王子进听着他沙哑的嗓音，看着他凌乱的白发，终于认出，这就是前日还与他们谈笑风生、把酒言欢的方姓老人。

不过短短的一天，就变得状如恶鬼，面目全非。

他越看越害怕，溜到绯绡的身后，小声道："绯绡，怎么办？这人怎么变成这样？"

绯绡却毫无惧色，一身白衣赛雪欺霜，被凄凉的山风吹得斜斜飞舞，更衬托得他卓尔不群，灵气逼人。

"你们……给我滚开！"方老头怒气冲冲地指着他们叫道，"离我们家远点，再也不要想靠近这口井！"

嗓门洪亮而霸道，令躲在绯绡身后的王子进都被震得抖了几抖。

绯绡一双狭长的眼睛中，依旧蕴含着春风般的笑意，满不在乎地捋了捋漆黑的长发，轻轻巧巧地问："井里面有什么吗？竟让老丈你如此紧张？！"

这一句话问得方老头语塞，结结巴巴地回答："没……没有什么，只是据说前朝有人把一个害人的妖怪封到了井里，我这才好心阻止你们。"

绯绡嘴角边荡漾出一丝笑意，依旧心不在焉地玩弄着头发："这世上的人，可真是奇怪得很，为什么大凡有害人之心的人，却都偏要口口声声地标榜自己是出于好心？"

老人立刻面色一沉，眼中精光四射："你这么说，到底是什么意思？"

"没什么，只是这井里，怕埋葬的不是什么妖孽，而是一具少女的尸体吧！"

这几句话轻得仿佛随时都能融入清冷夜风，消失无踪。

老人却像是听到了地府的魔音，浑身一震，脸色惨白，几乎全无人色，过了一会儿，脸上竟然现出一副平和安详的表情。

王子进躲在绯绡身后，看得一惊一乍，他长这么大，从来没有见过哪个人的脸孔能像这老人般瞬息万变。

"唉……"方老头似乎满腹哀伤，仰头长叹，"既然你们都知道了，请随我入室小坐，老夫自会把事情的来龙去脉，与你们一一讲解。"

看他模样，似乎又恢复到初见时的理智和沉稳。

王子进看了看古怪的老人，又回头望着漆黑深井，只觉得心情忐忑不安，所谓前怕狼，后怕虎，大概就是指他现在的处境。

"子进，我们走吧，且听听他要怎么说。"绯绡似乎预见到了什么，朝王子进使了个眼色，"看他能玩什么花招。"

王子进虽然百般不愿，也只好抬着虚软的腿往老人身边走去。夜风吹得老人的白发四散飘扬，衬着皱纹密布的发红脸膛，几乎没有半分人的模样。

他鼓足勇气，哆哆嗦嗦地往前走了两步，却见老头也抬腿往他们的方向走来。

"哇——"王子进生怕他再发难，大喊了一声，"你……你不要过来！"

老人见状立刻朝他露出安抚的笑容："公子莫怕，老朽只是要过去把井口的石板盖上。"

王子进讨了个没趣，只好低着脑袋，亦步亦趋地往前走去。任老人与他们擦肩而过，他都没有勇气再回头看一眼。

脚下的长草绊着他的袍裾，像是有生命一般，似在步步挽留。

"这些草真是讨厌，怎么竟绊着人的脚？"眼见自己的长袍又被杂乱的野草挂住，王子进只好躬身去弄自己的袍角。

哪知这不弯腰还不要紧，一低头，却见清冷的月光投射在地上，映出一个恐怖的黑影。

那个影子头发四散，短衣随风飞舞，拿着一把板斧，正要往他的头上砍去。

他立刻吓出一身冷汗，急忙回头去看。

只见身后的方姓老人，睁着血红的双眼，扭曲着嘴角，露出一抹狠毒的微笑。

接下来还没等王子进反应过来，老人就抡起双臂，将板斧向他头上砍去，他被吓得愣住，甚至连叫都叫不出来。

就在这时，眼前突然一花，身后瞬间蹿出一道白影，一只手稳稳地越过王子进的头顶，抓住了那把沉重的斧子。

十四

"人心真是禁不住考验……"绯绡俊脸含霜，似乎真的生气了，"亏我还想给你一个机会，没有想到，你竟执意要杀我们灭口。"

"不错……"方姓老人声嘶力竭地喊道，"原本你们是不用死的，可是谁让你们知道井里的秘密……"

他想抽回斧子，却发现凶器像是嵌入石缝之中，纹丝不动。他诧异地望着绯绡，似乎不明白这体不胜衣的美貌少年，为何会有如此大的力气。

绯绡红唇含笑，居高临下地睥睨着他，突然一松手，这老头就一个趔趄跌倒在地。

"你……你是不是也被妖怪附了身？"方姓老人惊悚地连连后退，后背靠在井沿上，望着绯绡说，"就跟她一样……"

"她是谁？"绯绡剑眉一翚，好奇地问道，"是莲生吗？"

"不错，就是莲生……"方老头神色悲怆地说，"她是我的养女，生父是我那从商的哥哥。如果她还活着，整个村子的人都不会幸福快乐。"

"这到底是怎么回事？"王子进急忙从地上爬起来，他见过的莲生，明明是个明媚的少女，怎么会如他口中所说的那么可怕？

"那……那个孩子，自从她的弟弟淹死在山涧中后，就突然疯言疯语起来……"方老人掩面痛哭着说，"说弟弟没有死，变成了水中的神，还说弟弟是被村民杀死的，总有一天那个男孩会回来找我们报仇……"

他喘息了一会儿，垂下头说："在一个月圆之夜，在争吵中，我失手将她打死，我跟老伴害怕到极点，不敢为她立坟，就将她扔到了井中……"

王子进看着这个痛哭流涕的老人，心中不免难过，归根结底，终究是人的心魔，造就了这世间的妖怪。

"老人家……"王子进心生恻隐，想出言安慰他，却又不知该如何说起。

方老头却哭得更加凄惨："但……但是……更可怕的事情还在后面……"

"后来发生了什么事情？"绯绡立刻踏前一步，似乎对他的话十分感兴趣。

"后来……后来我和老伴每天都沉浸在后悔中，便到井里寻找莲生的尸骨，打算将她葬在山里……"老人脸色惨白，仿佛想起了十分恐怖的往事，"但是井中却一无所有……那具尸骨，居然凭空消失了！"

他说到这里，似有一股清冷的山风拂过，令王子进平白无故地打了个寒战。

"那孩子变成了厉害的妖怪，我知道的，所以她惩罚我们，让我们膝下的子女悉数暴死，让整个村子里的人，再也走不出这口活棺材。"

"不会的，莲生不是那样的女孩……"王子进想到梦中少女的温言浅笑，细细的眉眼，无论如何也不愿相信老人的话。

"怎么不会？你莫要被她骗了，她这个孩子，最擅长的就是编些谎话骗人……"然而他话音未落，突然双手抓着脖颈，脸色酱紫，似乎无法呼吸。

王子进被这变故吓了一跳，定睛一看，才发现老人的脖子上竟然缠着一缕黑色的长发。

犹自沾着湿湿的井水，蠕动着从那半开的井口中蜿蜒而出。

"子进，快点让开！"身边的绯绡见了，一把就把他推到一边，接着手一挥，一道红光闪过，那缕头发应声落地，碎成一截一截。

方姓老人脖子一松，急忙喘了口气，手脚并用地就要逃命。

哪想却从井中涌出更多的头发，像是流泻的水，源源不断地奔涌而出，带着井水的潮意和死亡的冰冷，一缕缕地缠住了他的身体。

老人开始还在挣扎呼救，渐渐整个人都被黑色的头发死死缠住。

王子进从来没有见过这么恐怖的事情，顿时吓得呆若木鸡，连话也说不出来。

就在这时，突然有一个人影趔趔趄趄地跑到了那口井前，扑通一下跪在地上，磕头如捣蒜："阿莲啊，饶了你干爹吧，他毕竟是你的亲叔叔，你怎么能忍心看他这样……"

那人佝偻着腰，脸上老泪纵横，甚是可怜，正是曾为二人引路熬粥的老妪。

王子进见她哭得凄惨，一个劲对着井台磕头，悄悄拉了拉绯绡的胳膊："这可怎么办，你倒是想点办法啊！"

哪想绯绡却毫不在意，眼光一斜，嘴角带笑道："正主已经出来了，哪里轮到我出手？"

王子进突然觉得周围的空气都冷了几分，急忙顺着绯绡的目光看去。

只见深井之后，木棉之下，正站着一个蓝衫的少女，犹似记忆中一般，笑靥如花，眉目如画，望着眼前上演的闹剧。

一双美丽的眼睛里，却含着怨毒阴狠的目光。

十五

"莲生，求求你放手吧，你这样做，又有什么意义呢？"王子进见她出来，急忙跑到她的面前劝慰，"人死并不能复生，如果你总是拘泥于往事，要到何时方能超脱？"

"干娘求求你，放了你干爹吧……"那老妪见她出现，哭得撕心裂肺，"我们确实做过对不起你的事情，但也是意外失手啊……"

"什么意外？你敢说没贪图过父亲留给我们的财产？弟弟就是被你家的儿子推进山涧中，只要我们死了，那些钱自然会落入你们的荷包。"莲生说着，两行清泪顺着白玉般的脸颊滑落，"你以为我想继续这样吗？弟弟已经变成了妖怪，我又怎么能撇下它，一个人去超升呢？"

"阿成他真的不是故意的，你弟弟死时，他才七岁，怎么会去杀人……"老妪哭泣不止，"而且他早在几年前就失足跌下悬崖，现在连尸骨都找不到，你怎么仍在怨恨？"

哪知她这话刚刚出口，绯绡却皱了皱眉，诧异道："弟弟，哪里来的弟弟？"

"他变成了水中的神，就躲在这井水之下和山里的水脉之中……"莲生从井口往里看，"从他死了的那天，我就听到他每日在我的耳边哭泣。现在他日日夜夜地受苦，我怎么能抛下他一走了之？"

"莲生……"绯绡望着这执迷不悟的少女，神色冷峻，一字一句地道，"你的弟弟根本没变成妖怪，留在井下，化身为妖的是心怀怨恨的你。"

"不……不可能……"莲生拼命摇头，无论如何也不愿相信这残忍的话，"他还会跟我说话，永远跟我在一起，他甚至为了我，把这整个村子都活活困住。"

"要不要我证明给你看？"绯绡红唇微翘，手掌一翻，就从掌心中跳跃出一簇青蓝色的狐火，那簇火焰就如有生命一般，一下就飞到了那连绵不尽的长发上。

头发立刻剧烈地燃烧起来，空气中瞬间充满一股难闻的臭味。

而那烧焦的头发中，竟传出一个女子无助的哭声，哭声随着青烟散入无边的夜色之中。

"你听到了吗？如果水妖真的是你弟弟化成，为什么当它们消失，会传出女子的哭声？"

莲生明白了一切，双膝无力，缓缓地坐在了地上，喃喃道："我怎么会这么傻？居然因此结束了自己的生命，又苦苦地在井里守了二十年……"

"莲生……"王子进急忙扶她起来，"不要想了，当我们惩罚了别人的同时，往往也会害了自己，现在你恨的人也付出了巨大的代价，你又何必执着于往事，断送了自己的将来？"

莲生纤手捂脸，悲伤地痛哭起来。

过往的一切，如潮水般涌进她的脑海。当父亲去世之后，是她的叔叔婶婶收留了他们姐弟，无微不至地照顾他们。

那时的光阴都晕染着幸福的颜色，在小小的山村里，到处都留下他们几个孩子欢快的笑声。

但是为什么？因为贪婪和自私，他们渐渐变成了狰狞的恶鬼。

或许自己从看到弟弟被推落到山涧的那天，就变成了妖怪，从此满怀怨气地生活，才导致了人生的悲剧。

"王公子……"莲生抹干脸上的泪珠，对王子进道，"我想通了，弟弟那么小，从来都不懂得什么叫恨，他既然已经走了，我在这凄凉的井中也没有任何留恋。"

"嗯，我知道……"王子进紧紧握着她的手，哽咽着点点头，知道她去意已决。

"莲生只希望，王公子能把我的尸骨从井中捞出来，让我与这青山同在，看四季更迭，花开花落。"

"好的，我答应你。"王子进连忙点头。

"那到时候你要轻一点哦，我很怕疼的……"莲生说着，撒娇似的倚在王子进的怀中，"王公子，你吟首诗给我听吧，我想最后再听一次……"

王子进想她这样一个娇滴滴的姑娘，也会怕疼，也会撒娇，又做错了什么？为什么上天会如此不公，不但让她失去了生命，更让她在这深深的冷水中，承受了二十年的煎熬？

不由心中郁结，他紧紧地拉着莲生冰冷的手，哽咽着开始吟道："风摇枯竹不成声……雨打衰荷不胜情。何处漏舟堪载酒？何处琵琶不忍听……"

他念着念着，突然觉得手中一空，肩膀一轻，似乎有哪个少女悄悄遁入微风，一去不复还。

清冷的月光之下，默默的山风之中，只余他悲怆的声音，在寂静的山谷中轻轻回响。

"争奈风雨连秋夏……唯有江天万里明……"

十六

次日，绯绡找了几个村民来帮助打捞井中的尸骨，而王子进居然一反常态，自告奋勇地要亲自下井。

于是村民就用绳子系牢他的腰，慢慢地把他自井口垂下。井水冰冷而凄凉，一下就没上他的胸口，令人呼吸困难。

他借着阳光朦胧的光辉，在井中来回地摸索，居然一无所获，只有滑不留手的青苔，又哪里有什么尸骨？

就在他万分焦急之时，就见绯绡伸着头在井口朝他喊道："子进，那样找不行，你要仔细地回想，想想她的笑，想想她的好。"

王子进又红了眼眶，浑身湿透地站在冷水中。

想到昔日旖旎的梦境，同样是在这口井中，莲生笑靥如花，拉着自己的手，轻易地就驱走了盘亘在他心头的恐惧。

但是物是人非，不过一夕之间，佳人芳魂已逝，却只余下自己，孤零零地站在这幽深冷水中。

"莲生，莲生……"王子进一边回想，一边不自觉地念道，"就在这口井中，我答应过要带你去看荷花，却没有想到，最终还是食言了……"

他刚刚说完，突然就觉得手中一冷，似乎水下有什么东西，轻轻地牵住了他的手掌。

隐约是一个女子的指骨，已经没有了皮肉，却小心翼翼地握着他的手，似乎生怕惊扰到他。

"莲生……"王子进又伸出一只手，弯腰从井水深处架出一具骸骨，轻轻把它抱在怀里，哽咽着道，"我可找到你了，可找到你了……"

骸骨上皮肉皆已腐烂，却没有任何腐败恐怖的气息。

它靠在王子进的身上，似乎解脱一般轻松而愉快，一身水蓝色的衣裙，在井水中缓缓荡漾开来。

开出一朵美丽的莲花。

几日后，王子进和绯绡又上路了，只是这次，和他们同行的还有村庄中被困了二十年的村民。

一群人往官道走去，他们待绯绡如座上宾，一路上不停地有人送他各式的鸡吃，更有几个年轻力壮的小伙子，用滑竿抬着他下山。

"哎呀，子进，你真是煞风景……"绯绡躺在滑竿上啃鸡腿，不耐烦地望着走路的王子进，"好好地走路，你扬什么骨灰？让我如何吃鸡啊？"

王子进却置若罔闻，一边走，一边把泥坛中的灰烬细细撒到缤纷春花里，碧绿青草间，生怕不小心漏了哪处美景。

"莲生，莲生……"王子进眼望天空，默默念道，"我王子进不才，虽然不能信守诺言，带你去看荷花，却要你年年月月，与这秀美风光同在，要你春荣、夏华、秋实、冬雪，所有磊落红尘，无一错过。"

"哎呀，子进，你扬骨灰也就罢了，还要卖弄什么文采？"滑竿上的绯绡，懒洋洋地朝他摆摆手，似乎不堪忍受他的酸腐之气。

"对了，绯绡！"待走到山下，王子进突然望向绯绡俊俏的脸庞，"如果每个人心中都有一口井，你的心井中，又藏着什么秘密呢？"

绯绡眯了眯眼睛，笑意盈盈道："子进，你先说自己的，所有的秘密，都需交换而来。"

"我？"王子进为难地挠了挠脑袋，"大概是每一个美女，每一次回眸，每一个似嗔还怨的眼神吧……"

说罢，他急切地对绯绡道："该你啦，快点说。"

"呵呵呵……"绯绡凤眼微眯，像只狐狸一样，懒洋洋地趴在滑竿上，"你要是心怀天下春色的话，那我就是陶然共忘机。"

"什么？什么叫陶然共忘机？那怎么算是秘密？"

"当然算。"绯绡说着伸出一根又白又长的手指，指着连绵远山，不尽斜阳，"难道你没有听过，我醉君复乐，陶然共忘机。有道是，不如归去。"

王子进听到这里，望着山下美景，旖旎风光，突然觉得心中无尽满足，他迈开大步沿着尘土喧嚣的小路，开心地往前走去。

似将那万丈红尘，夙事恩怨，都要通通抛到这僻静的山谷之中。

有道是，不如归去！

第二夜

饿殍记

早春的夜晚，月华如水，照亮了杭州府一个大户人家的门，门前悬挂着黄色的灯笼，在夜色中散发着金色的光辉。

一位腹大如鼓的中年商贾，正躺在床上拼命挣扎，他手脚皆被困住，布满血丝的双眼，怨毒地瞪着床边的一位锦衣妇人。

"夫人，我们都施了十日粥了，还要继续施下去吗？"一个仆人跑进来，弯腰请示。

"继续，哪里有人挨饿，就在哪里施粥，哪怕倾尽万贯家财，我也要让这杭州城中，无一人挨饿。"

妇人咬牙切齿地说，而床上的富商更痛苦了，他口中含着个麻核，发出嗬嗬之声，状如野兽。

此后十日，杭州的街巷庙宇前，都有富贾崔家的仆人在当街施粥，排队的人蜿蜒十几里，络绎不绝。

百姓交口称赞，都说崔家老爷是个大善人，发誓让杭州城没有一个饥饿之人，而就在美誉传遍杭州，连知事都要给崔老爷送去表彰的匾额时，布施却停止了。

后来有人见到半月不曾外出的崔老爷脸色蜡黄地出现在街上，而最奇怪的是，一贯热爱美食的他，一听到"吃"字，居然跑得比兔子还快。

没人知道崔老爷为何性情大变，可杭州城太大，新鲜事太多，这桩发生在初春的怪事，很快便随春雨被雨打风吹去。

一

一片飞花减却春，风飘万点正愁人。且看欲尽花经眼，莫厌伤多酒入唇。

暮春时节，杭州城里飘起一阵蒙蒙的细雨，那雨初时还像烟尘，细细的迷人眼睛，后来却越下越大，令街上的路人都开始小跑起来。

就连摆小摊的小贩也收起摊子，卖蓑衣的老汉赶紧从家里担了蓑衣出来，站在人多的路边，想借这场好雨做笔买卖。

此时，在这淋漓雨幕中，王子进正在赶路，他脚步轻快，披着蓑衣，拿着一把伞，似乎要去接什么人，嘴里还念叨着奇怪的话。

"姑娘……请等一下……"他的话一出口，就被雨水打散，令人听不清楚。

一个身穿粉色衣裙的美貌少女正小跑着为他引路，听到他的呼唤，停下脚步，回眸嫣然一笑。

笑靥如花，人美如画，令他神魂颠倒，此时哪怕少女要将他带到地府，他也会追随而去。

"公子，我们就要到了。"少女说着停了下来，指了指酒肆的横幅，"他就在这里等你。"

"不知姑娘如何称呼呢？"

"你就别问了，再来这杭州府，年年春天得见我。"

"年年春天？"王子进听了不由心神一荡，这是与我定下约会之期？

还没等得到回答，只见她柳腰一摆，已经飘然上了二楼。

"等等我啊。"王子进急忙追了上去。

一爬上楼梯，他就傻眼了，由于大雨，这家酒肆空空落落，客人稀少，整个二楼只有一个身穿白色锦袍的美少年坐在窗边喝酒，哪里有什么窈窕美女？

俊美少年见他非常高兴，一张俊脸上挂满了笑意："子进，你终于来了，等了你好久。"

"绯绡，只有你一个人吗？"王子进茫然道，"刚刚那个引路的少女呢？"

"什么样的少女，坐下说。"

王子进一边四处打量，一边落了座："是一个身穿粉色衣服的少女，袖子上还有嫩黄色的镶边。"

"你说的是它吗？"绯绡说着摊开手掌，只见掌心中有一朵粉色的透着黄色芯子的桃花。

王子进看着这花，心中的一团热火顿时就冷了下去，颓然道："你又耍弄我。"

"这是今年的最后一个桃花妖，她正好随风飘落在这桌子上，我便驱她去叫你。"

王子进想起那少女的话，又笑了起来，年年春天得见我，原来是这个意思。

"不是白叫的吧？"王子进问道。

绯绡听了笑道："今年的春天已经结束了，她从树上谢了下来，可是又生性爱洁，不想零落成泥，被人践踏，求我帮她找个幽静的地方埋了。"

王子进没想到一朵桃花还这般风雅，洁身自好，不由会心微笑："那明天我们就一起埋了她吧。"

"好啊！"绯绡笑着站了起来，"可是现在我们还是回家吧。"

"啊？你不喝酒吗？"王子进惊叫道。

"我喝完了啊。"

"什么？那你大老远的叫我过来干吗？"王子进本以为佳人没了，还有美酒。

"叫你送伞啊。"

"……"

绯绡坏笑一下，抄起王子进放在桌子上的伞就走下楼去。王子进没有办法，又穿上湿淋淋的裹衣，跟他一起离开酒楼。

此时天已渐黑，路上行人稀少，绯绡和王子进一前一后地往客栈的方向走去。

由于心下不快，王子进气鼓鼓地不再言语，二人一路无话。

正巧迎面就有一个穿着灰色土布衣服的妇人，蓬头垢面地就奔了过来，一下就撞到王子进的怀里。

他躲闪不及，被妇人撞了个趔趄。

"你不要紧吧……"他伸手要去扶那个人，哪知手伸出去，却空落落的没有人影，触手一片湿凉，却是天上的雨掉到了他的掌心。

刚刚莫非是自己眼花了？

王子进还在纳闷，就见前面的绯绡执了一把竹伞，正在雨中站着等他，急忙加快脚步，跟了上去。

雨还在下着，淅淅沥沥，打散了一片暮春。

二

这天正睡到半夜，绯绡在迷迷糊糊间被一阵声音惊醒，吧唧、吧唧的好像是什么人咀嚼的声音。

他听力感官都较常人敏感许多，这噪声实在搅得他不能入睡。

他执了蜡烛推开房门一看，桌旁有一个人，抱着装饭的木桶，拿着一只大勺子，正在大快朵颐，原来是王子进。

"子进，子进你怎么了？很饿吗？"绯绡见了他的模样不由担心。

王子进听了回过头来，与平时未见什么不同，两颊鼓鼓地塞满了饭："我好饿啊，就去下面拿了饭来吃。"

"你少吃一点吧，这么晚了。"

"知道了，我吃饱了就睡。"王子进嘟嘟囔囔地答应着，又埋头去吃。

绯绡见了，只觉得好笑，只好回去继续睡了。

次日一早，天已破晓，还不见王子进从房里出来，只见客厅的桌子上放着一个大大的木桶。

绯绡走过去，一见那桶，不由呆了：只见那硕大的桶中空空如也，就连饭粒都没有剩一粒。

王子进的饭量什么时候大了这么多？

还没等他想完，房间的门居然一下就被人推开，把他吓了一跳。他再一看，又是王子进回来了，手里抱着一大包刚刚出锅的馒头，足有十几个，正冒着热腾腾的蒸气。

"子进，你这是干吗？"绯绡见了那蔚为壮观的馒头，吓得嘴都合不上了。

"我好饿啊……"王子进说着把那馒头往桌子上一堆，拿起一个就往嘴里塞去。

绯绡见了，一把夺过他的馒头道："你不是刚刚吃过一大桶饭吗，怎么还饿？"

"我就是饿啊。"王子进哭丧着脸，只觉得五脏六腑空落落的，无论如何也填不满，这种空虚搅得他觉也睡不好，什么事情都干不了，一门心思就是想吃。

"这么说你一宿都没有睡？"绯绡见他两颊塌陷，眼圈乌青，一看就是没有休息。

"吃都吃不饱，还睡什么睡啊！"

绯绡又上下打量了他一下，面色越来越难看。

"你怎么了，这样哭丧着脸对着我？"王子进说着又拿起一个馒头，一口咬掉一半。

"子进……"绯绡似乎很无奈地说道，"你好像被饿蜉附身了。"

"哈哈哈哈……"王子进笑得连馒头渣都从口中喷了出来，"我天天和你在一起，你就跟鬼怪的风向标似的，怎么会让我被饿蜉附了身？"

"子进，我只能对有妖气的妖怪有感觉，像是饿蜉这样低级又无脑，只知道吃的妖怪，我根本就感觉不出来啊！"

"你说笑吧……"王子进嘴开始合不上了。

"打个比方，"绯绡和他解释，"就像你走在大路上，到处都是人的时候你是会被美女吸引还是会被老太太吸引？"

"美女！"

"这就对了，低级别的妖怪根本就不能吸引我的注意力啊。"

"呜呜呜，那我该怎么办？"王子进一边往嘴里塞着馒头一边不停地流着眼泪。

绯绡郁闷地看了他一眼，叹了口气："你先吃吧，我慢慢再想办法。"

"我这样要吃到什么时候啊？"

"吃到饿蜉吃饱的时候。"绯绡只觉得一筹莫展，这种讨厌的小妖最是缠人。

"它什么时候能够吃饱啊？"王子进又往嘴里塞起菜来了，此时二人正在吃午饭，桌子上堆着十几个空碟，王子进嘴几乎没有闲着，从昨天晚上一直吃到今天中午。

"一般的饿蜉都是临死之前执念于吃的人变的，有的灵魂虽然转了生，但是对于吃的执着还留在这个世界上，就会变成饿蜉，一旦沾上，除非让它吃饱，没有别的办法。"

"不要讲大道理啦，"王子进一边夹菜一边哀号，"赶快赶走它吧。"

"赶走它就靠你了，这是你第一次除妖吧？拼命地吃吧，让它满意为止。"绯绡说着喊来小二，把二人的饭钱结了。

"喂！我还没有吃饱！"王子进见了拼命地嚷嚷。

"我们出去给你买馒头吃，你这般吃饭馆，我的银子受不了。"

"你没有人性啊！"王子进哀号着被他拖下了酒楼，但是一见到馒头，他还是没有选择地拿起来就吃。

王子进也顾不上书生的风度，一边走一边吃回了客栈。

路边好多小乞儿，望着他手中一大抱的馒头，垂涎欲滴。

三

这般过了三天，王子进怎么吃也不见饱，人不但没有胖，反而消瘦了下去。

"绯绡，有没有简单一点的办法啊？"王子进哭丧着脸，嘴里嚼着饭来找他，"这般除妖好辛苦啊……"

"哪里辛苦？"绯绡见他连楼都不下，根本不知道他辛苦在哪里。

"我的牙啊，腮啊，又酸又痛，太痛苦了。"

绯绡望着他憔悴的模样，知道这般不停嘴地吃下去是很不容易，他能坚持三天已经很了不得了，普通人怕是一天就累得半死。

"你还记得是什么时候开始饿的吗？"绯绡道，"附在你身上的这只饿蜉好像和别的还不一样，没有满足的时候啊。"

"什么意思？"

"就是说可能是吃错了地方？"

"什么叫吃错了地方？"王子进说着又舀了一大勺饭塞到嘴里。

"不知道，也许它死的时候只是惦记着吃，但是惦记着的是别人还是自己就不知道了。"

"那我怎么办？"难道要在这杭州城里一个一个地给这些人喂饭吗？

"所以才让你想啊。"

王子进抱着饭桶，翻了翻眼睛，想了一下："前几天下雨的时候回家，好像有个妇人撞到了我怀里，但是一看又没有人，回来后就开始饿。"

"是个怎样的妇人？"

"好像穿着灰布的衣服，蓬头垢面。"

"在哪里？"

"就是在最繁华的那条大街。"

绯绡听了，眼睛转了一下道："明天白天是不是那里有集市？"

"是的。"王子进又舀了一勺饭，不知道这关集市什么事。

"子进，"绯绡语重心长地说，又伸手拍了拍他的肩膀，"再坚持一天吧，明天我们去那里找找看。"

王子进听了哭丧着脸，抱着饭桶无奈地点了点头。

次日王子进和绯绡急忙赶去集市，王子进依旧抱着一大堆的馒头。

集市上叫卖的叫卖，还价的还价，各色人等，全都集中在这一条街上，好不热闹。王子进望着这人山人海，只觉得莫名其妙，不知道绯绡在搞什么名堂。

两人刚刚走入人群中，就被一个小乞儿挡住了道路。

那乞儿面色乌黑，看起来也不过十岁的样子，干干巴巴的没有几两肉，头磕得和捣蒜一样："行行好啊，两位大爷，赏口饭吃吧。"

王子进见了，赶紧抱紧自己怀中的馒头，真是被饿蜉附身，最先想的就是护食。

"小兄弟，"绯绡见了他笑道，"这个铜板给你，我有事问你。"说罢从怀中掏出一枚大钱。

"这位漂亮的大爷，你想问什么就问吧！"一见钱，那小孩立刻口吐莲花。

绯绡听了甚为得意："你们这附近有哪家死了妇人？"

"妇人？"那小孩纳闷，"杭州城这样大，死了妇人我怎么会知道？"

"那妇人周围可能有人挨饿，估计景况不是很好，你再好好想想。"

"有可能是瞎老太的女儿，她前几日刚去世，留下了一个吃奶的娃，天天在窝棚里饿得直哭，吵得人无法入睡……"

绯绡听了，嘴角一牵，带出一丝笑意，果然没错，被他找到了。

他立刻拉住王子进，对小乞儿道："带我过去。"

"这是要干吗？"王子进一路吃一路追问，眼见小乞儿穿过一条窄巷，又扭扭曲曲地拐了好几个弯，终于领着他们来到一片破败的瓦房前。

瓦房周围臭水横流，还有两个要饭的躺在地上睡觉。王子进见了，突然间觉得馒头都不那么可口了，这简直就不是人待的地方。

一声声婴儿的哭声正自瓦房旁一个小小的油布搭的窝棚里传来，嘶哑而微弱。

四

"我们进去看看。"绯绡说。他带着王子进入那小小的窝棚里，只见里面坐了一个衣不蔽体的老妇，正抱着一个孩子，脸色木然。

孩子好像刚刚出生没多久，小嘴张着一下下地啼哭着，苦于没有力气，又哭不出声。

"这孩子多久没有吃东西了？"绯绡悄声问道。

"有三天了……"老妇人听到男人的声音，面现窘迫，急忙抓起那几根破布条遮盖自己枯瘦的身体。

"去买一碗白粥。"绯绡又掏出一枚大钱扔给带路的乞儿。

小男孩拿到钱，连跑带颠地出去，没一会儿就捧了一碗热腾腾的粥回来了。

绯绡接过粥，递给瞎眼老妇道："喂给这孩子吃吧。"

瞎眼老妇颤颤巍巍地伸手接了，用小勺舀了一点粥，以嘴吹凉，一点点喂到那婴儿口中。

等到半碗粥喂下去，婴儿终于不再啼哭，满足地在老妇温暖的怀中打起鼾来。

一边抱着馒头的王子进，突然惊叫一声："咦？我吃饱了！"

"因为饿蜉已经走了啊。"绯绡听了笑道。

"为什么啊？"王子进把剩下的馒头用布包了，仔细地放到瞎眼老妇的身边。

"因为孩子的母亲死了，她最惦记的就是孩子吃不饱，所以才在这世上留下了一缕执念，现在她心愿了了，孩子吃饱了，她自然就走了。"

王子进听了，只觉得心中感动，又从怀里掏出银子递到老妇手中。

在她的千恩万谢声中，两人走出了那简陋的窝棚，此时已经是黄昏了。

"绯绡，"王子进叹道，"母爱真的是很伟大啊，即使自己已经不在这世上了，还是牵挂着孩子。"

绯绡低头笑而不语。

王子进望着那天边的彩霞，有多久没有见到自己的老母了呢？自己此番在外游历，她是不是也一样地惦记着自己呢？是不是也会担心自己吃不饱穿不暖呢？

还没等他想完，旁边的绯绡就拿起折扇敲了一下他的肩膀，笑嘻嘻地道："子进，晚饭时间到了，我们去下馆子吧。"

王子进望着他坏笑的一张俊脸，只觉得那是恶魔化成，脑袋摇得和拨浪鼓一般。

"不要和我提吃，我近三日不打算吃东西了。"说罢，他急忙加快脚步走了。

绯绡一身白衣，面带微笑地跟在他后面，也许让他偶尔被饿蜉附身也是一件好事呢！

毕竟馒头比酒菜要便宜得多。

半掩门

　　"斗啊! 青壳将军,快点上! "更深露重,一个身穿花衣、头戴纱帽的青年正在灯下小声吆喝着。

　　他面前摆了只陶罐,罐中两只蟋蟀斗得正欢。这男人便是富贾宋家的大公子宋文奇,他年逾二十却不学无术,是城中有名的浪荡公子。虽然屡次落榜,却对花鸟鱼虫无一不精,谁家的鹦鹉积了食,谁院子里的桃花生了虫,请教他管保没错。

　　近日这宋大公子又迷上了促织,养的斗虫屡战屡胜,让他收获颇丰。

　　一阵风吹开了花窗,在晦暗的月光中,只见庭院中一扇小门被悄无声息地推开,里面有一双眼,贪婪地望着窗内投入地玩耍的宋文奇。

　　望着他年轻生动的脸,那双眼中流露出怨毒神色。

　　为什么他拥有大好生命,却不懂得珍惜? 为什么欢乐玩耍的是他,而不是自己? 明明自己也是宋家的儿子。

　　风吹动了微敞的门,发出咯吱一声轻响,惊动了忙于玩乐的宋文奇,他好奇地推开窗,向庭院中望去。

　　只见花木扶疏中,一扇柴扉半掩,门缝中黑漆漆的空无一物,宛如地狱中的鬼怪,咧开了空洞的嘴。

一

　　暮春的杭州,阳光渐盛,闷热的天气中,路上行人寥寥无几,只有虫声肆虐,令人听了更加心烦。

　　一间豪华的客栈中，王子进正坐在窗旁拼命地扇着折扇，无奈那扇子太小，还是制造不出多少凉风。

　　他的脚边，放着一只盛满清水的木盆，里面有一只通身雪白的狐狸，正悠然自得地泡在满盆的凉水中。

　　"我说子进啊，你莫要扇了，我的头都快被你的扇子晃晕了。"狐狸抱怨道。

　　"绯绡，你真是站着说话不腰疼，你自己在外面试试？"

　　"那边不是还有洗澡用的木桶吗？又没有人和你争。"

　　王子进望了望那空着的木桶，又回头看了看惬意地泡在水里的白狐，拼命地摇了摇头："我是读书人，怎能如此没有风度？这般不拘小节的事，万万做不得。"

　　绯绡见他如此迂腐，也不去理他，又摇了两下尾巴，在水盆里溅出少许水花。

　　"王公子，有请柬到了。"门外有小厮叫道。

　　王子进听了，去门外拿到请柬，一边拆一边纳闷，这会是谁？自己到了杭州，只有母亲一个人知道，怎会有人邀他做客？

　　"是什么？"白狐见了，一下从凉水中蹿了出来，蹲在地上抖落了一下身上的水。

　　王子进只看了一眼，立刻露出喜悦的表情："今日有免费的大餐吃了。"

　　"有人请客？"狐狸一边说一边往里屋走去，再出来时，已经变成一个穿着白衣的俊美少年，唇红齿白，一头黑发尚有水滴落。

　　"是我的一个远房亲戚，论辈分我该叫她姨奶的，她的孙子中了举人，现在要宴请宾客。"

　　绯绡完全不关心是什么原因，一把抢过请柬，仔细地看了看："会不会有鸡？"眼神专注，似乎要把那印着素雅花朵的请柬看穿。

　　"那是请柬，又不是菜谱，我们去了不就知道了吗？"

　　绯绡拿着请柬，又看了看外面毒辣的太阳，一双美目中现出迷茫之色，俏脸上满是严肃，显是在踌躇要不要在闷热的天气出门。

　　王子进看穿他心意，连忙在他耳边吹风道："一定会有鸡的，请客没有鸡鸭鱼肉的话未免太过小气，而且估计还不是一只鸡，怎么也要两三只……"

　　"我去！"绯绡说着一拍窗棂，似乎是下了很大的决心，估计他晚上是打算泡在水盆里吃鸡的，现下让他出去，自是百般不愿。

　　于是当日中午，闷热的暑气中，有两名书生走在几无行人的街上。阳光如海，吞没了他们的白衣青衫，热风中仅余有一搭没一搭的闲聊。

"子进啊，真的会有鸡吗？"

"一定会有的！"

"你敢保证会有吗？"

"……"

半个时辰后，两人便来到了请柬上标注的大宅前，远远看去，宾客络绎不绝。

此时酒席尚未开始，客人大都与主人打过招呼，已经入席。主位的桌子上坐着一个白发苍苍的老夫人，穿着亮蓝色的裙子，满面皱纹，额上佩戴镶金发带，甚是雍容华贵。

"姨奶，你还记得我吗？我是子进啊。"王子进走上前去，和老夫人攀谈。

"子进啊，好久不见了，有十年了吧，出落得如此俊俏……"那太太说着伸出一只干瘦的手，却往绯绡的头上摸去。

"小生姓胡，这位才是王子进。"绯绡见了微笑道。

老太太听了，又看了一眼王子进，似乎稍有些失望，但仍拉过他的手跟他闲话了半天家常。

说到动情处，居然泪眼婆娑，王子进怕再说下去老人家情绪激动，连忙拉着绯绡离开主桌，入席吃饭。

绯绡一落座，便吸引了众人惊艳的目光，他颇为自得地展开折扇，忙着摆漂亮的姿势去了。

这自恋狂，跟公孔雀似的，见到人就开屏！

王子进在心中暗道，忙装作不认识他，跟身边的一位客人攀谈起来，聊了几句，却发现这中举的，居然是年方十六的小公子。

他只记得自己小时候跟姨奶家一位叫宋文奇的孩子玩耍过，对这名唤宋文俊的小公子毫无印象。

"那宋文奇又是谁？"

"自是这家的大公子。"客人热情地答道。

"那他现在怎样了？"王子进打听到儿时玩伴的消息，甚为开心。

哪想那客人却摇头不语，长叹了口气，又压低声音道："说来可怜，他已疯了好几年，宋家像是关怪物一样把他关起来，根本不让人探视。"

菜流水般上来，果然有绯绡喜欢的鸡，他发出一声欢呼，将盘子端到自己面前。但王子进却觉得意识飘忽，只记得很久前那个跟自己玩耍的男孩。

五官俊朗，乖巧伶俐，怎么也不像偏执之人，为何会得了疯病？

"是如何疯的？"王子进回过神来，继续追问。

"说来奇怪，"那客人又左右望了一下，"据说是一夜之间疯的，疯了以后只会说一句话。"

"是什么话？"

"好像是关于门的，半掩着的门！"

二

"半掩门？"这话莫名其妙，确实是一句疯话。

或许心中记挂着宋文奇，酒菜吃下去皆毫无味道，他便离席走到了身穿锦衣的老夫人身边："姨奶奶，不知文奇在哪里？能不能让我见上一面？"

"是福儿吗？"老夫人年事已高，片刻工夫便将王子进忘了，没头没脑地说，"你想念文奇了？"

"我是子进啊，刚才不是还说过话？"

"子进？哦，对了，是子进！"老夫人笑眯眯地答，"文奇很好，我这就让人带你去见他。"

她说罢召唤了个家丁过来，让他为王子进带路。

王子进跟着仆人向后院走去，而席间一位中年男人，长须微动，十分紧张地瞧着他，看见王子进发现，迅速移开了目光。

王子进纳闷地跟在家丁身后，沿着九曲回廊，来到内院。

只见院子中假山错落，布置得甚是考究，可是现在他已无心欣赏，一心只惦记着儿时的玩伴。

"公子，大少爷就在里面。"家丁带他过了一个月亮门，来到了一间雅致的房子前。

只见院子里种满了桃树，此时桃花虽然凋谢，但是树枝婆娑如舞，与夏花相映成趣，显然种树之人花了不少心思。

王子进心中激动，踩在鹅卵石铺就的小路上，来到房门前。身后桃叶繁密，日光似乎在这庭院中也渐渐隐去，但是他轻敲了几下门，却毫无声息，无人应答。

"这是怎么了？"王子进回头问家丁，却见月亮门旁空无一人，家丁不知何时回前院忙活去了。

他看着紧闭的雕花木门，心下不由害怕，不知为何，这静谧而美丽的院落令他紧张。

"文奇，你在吗？"他试着推门，门竟未上锁，应声打开。

屋里一片漆黑，窗子被人从内侧用木板钉死，充溢着刺鼻的酸臭味。

他忙用袖口掩鼻，待眼睛适应了黑暗，才发现这是一间书房。房中没有寝具，只有一排排的书架，上面堆满了书籍，都是灰尘满布。一张桌子上寥寥地放了几张纸，从积灰看来，已经多年没人用了。

正在这时，从屋子的暗处传来一个细微如呻吟的声音，说的却是："门啊……"

顿时将王子进吓了一跳，他循着声音找去，只见书架后面坐着一个人，隐约可见穿了一件绸缎的衣服，长发凌乱，遮住了面孔。

但那粗粗的浓眉，挺直的鼻梁，仍让王子进找到了文奇的影子。怎么转眼间，昔日那活泼伶俐的孩子，就成了这副不人不鬼的模样？

"文奇，我是子进啊，你还记得我吗？"他轻声问，生怕吓到了文奇。

文奇迷茫地看着他，似乎在努力回想对他的印象。王子进见他原本白净的脸上尽是泥垢，心中更加难过。

就在这时，文奇突然眼冒精光，看向王子进身后，大声叫道："赶快，赶快把门关上，不要让它进来！"

王子进被他吓得不轻，连滚带爬地逃出了书房，文奇随后一跃而起，一把就把门砰地重重关上。

"门，门要关上！它们才进不来！"

惊悚的叫声不断从门里传出，让暮春的艳阳都变得阴气森森。

王子进见他这样子，确是完全疯了，只觉心中失落难过，一个人怏怏地走出了幽静的小院。

身后还隐约可以听到文奇的叫声："千万不要让门半掩啊，半掩门啊……"

像是哀号，又像是控诉，飘荡在炎热的风中。

王子进踏着渐长的夏草，再次来到了月亮门前，但见不远处有一间茅屋，离文奇的书房非常近，而且茅屋柴扉半掩，露出一条黑漆漆的门缝，似乎有什么东西呼之欲出。

王子进心中好奇，难免多看了两眼，不看还好，一看之下，立刻吓出了一身冷汗。只见门内竟有一张洁白的脸，依稀是个女人，秀发披肩，身穿桃红色衣裙，正透过门缝望着自己。

耳边仍浮荡着诅咒般的哭号：千万不要让门半掩啊……

三

王子进只觉得脊背发冷，揉了一下眼睛，却见那门缝中漆黑一片，哪里有女人的影子？

他正在发愣，突然有人拍了一下他的肩膀，立刻吓得他哇哇大叫。只见绯绡不知何时站到了自己身后，俊俏的脸上挂着玩世不恭的表情，正笑意盈盈地望着自己。

"哎呀，你可吓死我了……"王子进见是他，不由松了口气。

"鸡都吃完了，我们可以回去了。"绯绡环视了一下四周景色，赞叹道，"这院子倒是幽雅别致，难怪你会躲到这里。"

他姿态飘逸地环顾了一周，目光落在那奇怪的茅屋上时，脸上的笑容顿时僵住了。

"有什么不对吗？"王子进见了他的表情问道。

"没有什么，我们回去吧。"绯绡凤眼微眯，转身就走。

王子进跟他走在园林中，只觉心中憋闷，便将自己看到的文奇的疯相说给他听，边说边感叹世事无常。

"他是如何疯的？"绯绡剑眉紧锁，似乎听出端倪。

"似乎在一夜间疯了，一点预兆也无。"

"真是蹊跷啊。"绯绡摇头道，"大凡疯者，必是经历了伤心之事或是受了强烈刺激，哪有无缘无故疯的。"

王子进并不傻，立刻听出他话里有话，好奇地问道："绯绡，你是不是瞧出了什么？"

绯绡红唇一弯，微笑着道："似乎有妖怪作祟。"

"这么说文奇有机会痊愈？"

"所谓道高一丈，魔高一尺，要看这救人的人本领如何了。"绯绡得意地展开折扇，扇了又扇。

"妖怪为什么要害文奇？"王子进更加不解。

"哪有妖怪没事害人，你以为我们很闲吗？法力高强者享受这花花世界还来不及，弱点的都忙着拼命修行。"

"听你的意思，是有人借用妖怪之力害人？"他更加心凉。

却见绯绡笑而不语，显然是默认了，他再也按捺不住心中愤怒。

绯绡美目一斜，眼光如刀似剑，分外冷酷："你以为这世上蹊跷的事有如此之多？"

王子进听了这话，只觉得心中冰冷，连忙道："我们快救他吧，不然他疯疯癫癫终此一生，不是太过可怜？"

"子进，还是从长计议吧……"绯绡一贯不爱管闲事，忙别过脸去。

"不不不，见人受困，怎可坐视不理？"王子进却拉着他穿庭过院，转眼就来到了宴请宾朋的大厅。

只见桌上酒菜狼藉，客人差不多都已散尽，只有主人一家还在把酒言欢。

他一撩袍角，走过去朝宋家人鞠了一躬："叨扰各位用餐了，在下有话要说。"

"福儿啊，你有什么话就说吧。"老妇人和蔼地道，转眼又忘了王子进是谁。

王子进也无心跟她解释，连忙道："我刚刚探访文奇回来，正好有一位至交，可解文奇的病症。"说罢，回头望向身后的绯绡。

绯绡没想到他竟如此冒失，只好硬着头皮走上前："小生姓胡，略懂一些医术，或许可以助大公子康复。"

哪知这话一出口，一直坐在主座的一个蓄着美髯长须的中年男人一下就发起急来，道："看你这人也文雅有礼，怎的满嘴妄言！"

绯绡并不答话，凤眼含笑，清澈的目光游走地打量着他。

"我的儿子根本就没有病，你又从何医治？"中年人愤愤不平地道。

王子进知道这人正是只见过寥寥几次的舅父，忙解释道："可……可是我见文奇兄……"

"不错，是我们弄错了。"绯绡一把拉住了他，"在下这就告辞。"

"我说文奇不会有事嘛。他怎么会有事呢？"老夫人含含糊糊地说，眼神浑浊。

王子进只觉这一家人都如妖魔般可怕，亲人变成了疯子，他们却不闻不问，如此冷漠，便是连禽兽都不如。

"子进，我们走吧，日后再做打算。"绯绡拉着王子进离开了大厅。

"他们竟如此冷血？！我还要与他们理论。"王子进却不愿离去，大声嚷嚷。

然而他刚叫了几句，便如被谁掐住脖子般，再也说不出话。只见走出大厅，一间厢房的门被打开了一半，正有一人躲在门后观察着二人。

那人十六七岁，文秀清俊，头戴发冠，一双眼睛却如钩子般犀利有神。

绯绡也留意到他的存在，他与绯绡对视了一下，匆匆别过视线，缓缓关上了房门。

此时已近黄昏，树影婆娑，王子进望着紧闭的雕花房门，只觉在这疯魔时刻，一扇扇的门后，似乎躲着什么魑魅魍魉，在贪婪地偷看这繁华的人世。

四

两人回到客栈时，天已经变得蒙蒙黑，王子进呆坐窗边，望着外面初上的华灯，只觉心中压抑难过。

绯绡知他不痛快，也不理他，一个人坐在烛光下对酒独酌。

"绯绡，文奇兄到底是怎么回事？他家人为何不救他？"

绯绡抬头道："事情不似你想的那么简单，似乎有厉害的东西在大宅中盘桓，所以我才让你尽快离开。"

"那会是什么？"

绯绡听了垂下眼帘，冥思了一会儿，摇头道："今日人太多了，生气太足，我看不出是什么，待得过几日，我们再去打探。"

"啊？"王子进听了叫道，"还要过几日啊？文奇兄不是还要遭几日罪？"

"知己知彼，百战不殆。"绯绡轻声笑道，"贸然出手，反而会给对方得胜的机会。"

王子进听他说得头头是道，便不再催促，叫小厮买来黄酒，两人在夜色中酣畅淋漓地对饮起来。

月华如水，照亮了宋家大宅，也照亮了后院的桃树，树枝随风轻舞，婀娜多姿，如少女在夜色中舒展着四肢。

树下正站着一个蓬头垢面、身穿破衣的年轻男人，他以手轻抚着桃树的树干，似乎想起了什么。

这是他自小亲手栽种的树，多年过去，他精心培植，如今即便失去意识，他每天还是会依循习惯来树下看看。

而在此时，位于书房旁的茅屋中，门传来吱呀一声轻响，缓缓打开。凉夜之中，芳草含露，却似被人践踏般歪倒在一边。

似乎有人从门中走出，正踏草而行，可是这漫天银辉中，庭院里空空如也，哪有半个人影？

是夜，王子进喝了几杯黄酒，正伏桌酣睡，只觉有人在轻轻摇他。他睁开惺忪睡眼，见绯绡白衣如雪，眸如点漆，正笑眯眯地看着他。

"这么晚了，叫我有何事？"

"有人刚刚叫门，你去看看。"

王子进仔细一听，果然暗夜中回荡着彬彬有礼的叩门声。

他急忙跑去开门，拉开门一看，却见到一副桃红色的衣袖和一张白得失血的脸。

他不由心中一紧，这人竟像极了午后躲在茅屋中偷窥自己的影子。

那少女却落落大方，朝他微笑着作个万福道："小女子春桃，是宋家的婢女，现在是特来请二位公子助我家大公子康复的。"

她礼数周全，头上绾了两个小髻，确实是婢女打扮。

"可舅父不是说不用医治？"王子进这才放下心，将门完全打开。

"公子有所不知，大公子的病只有少数人知道，在大庭广众之下，无人承认隐疾，所以夫人特意派我来请二位公子。"

"今夜就过去？"绯绡双眉微蹙，似乎不想夜晚出门。

"事不宜迟。"春桃朝他深深鞠了一躬，"希望公子随小婢走一趟，否则小婢必会被主人责罚。"

王子进本就不想推托，立刻拉起绯绡便出发了。

"我是不是在哪里见过你？"午夜的杭州城空无一人，王子进仍对下午的经历放不下心。

"我是伺候大少爷的侍女，大少爷酷爱桃花，就给我起了这个名字。"春桃接着道，"下午的时候我在茅屋清扫，估计就是那时与王公子有了一面之缘。"

王子进听她说得合情合理，心中暗暗放心，径直与她向宋家大宅走去。

但跟在他们身后的绯绡，却白衣蹁跹，望着春桃婀娜多姿的背影，心中满是疑惑。

此时已是亥时，连瓦肆都关门了，哪家的侍女可以随意走出院落，往来外界呢？

五

三人踏着月光来到了宋家大宅，春桃带着二人直奔后院。

她对宅内的道路十分熟悉，东拐西拐，不过片刻工夫，便来到了宋文奇居住的，有个月亮门的庭院。

庭院中绿树葱葱，在黑夜中看起来甚是恐怖，一栋房子立在院中，乌漆漆的一片，宛如一具巨大的棺木，正是他白日里进去过的，宋文奇的居所。

王子进只觉得浑身发冷，白日里怎么没有发觉这里如此可怕？

绯绡一双美目根本看也不看住屋，倒是死死盯着那间破败的茅屋，茅屋的木门此刻大敞四开，仿佛有人走出来时忘了关门，可见里面堆满了杂物。

"这是什么地方？"他凝眸问道。

春桃脸色一变，过了一会儿才缓缓道："据说是个佛龛，以前供奉过菩萨，后来就荒废了。"

绯绡不再打听："我去看看你家少爷。"

"公子替少爷诊病，我在门外伺候着，有事叫我即可。"春桃垂手站在门外，乖巧顺从。

王子进望着那棺材般的房子，心又提到了嗓子眼，颤抖道："绯绡，我们真的要进去？"

绯绡瞪了他一眼："你自己充英雄，闹着要救你朋友，怎么现下如此胆小？"

王子进被他一激，立刻豪气万丈，伸手就推开了房门。

门里是伸手不见五指的黑暗，比白日里更加吓人，酸臭的腐败气息弥漫不散。绯绡伸出手掌，一簇青色火焰突的一声就跳了出来，照亮了大半个房间。

"这是什么味道？这般难闻？"他拿袖口掩鼻，似乎不堪这酸臭气息。

哪想话音未落，就从斜里蹿出一条黑影，一下推开二人，扑到门上，双手齐用，一把就关了大门。

那人回头朝二人阴森森地笑道："门啊，门要记得关好。"

"哇！"王子进大叫一声，便躲到绯绡身后。

在青色火焰的映照下，只见那人蓬头垢面，目光迷离，似乎不大清醒，正是疯疯癫癫的宋文奇。

绯绡并不害怕，眯着妙目，定定地看向宋文奇，似看出了些门道，他小声对王子进道："子进，这人怕是元神被什么厉害的东西占去了。"

"啊？那我们要怎么办？"

"你且去问问他，门后有什么？"

"为什么是我？"王子进哭叫道。

"你与他相处过，且去试试！"

王子进见推托不掉，只好硬着头皮上阵，颤声道："文奇兄，你还记得我吗？我是子进啊！"

"是福儿吗？"

为什么这家里的人都说福儿？王子进只觉得他和老夫人如出一辙，不过现下也管不了这么多了，他轻声道："我是子进啊，你还记得我吗？小的时候我们曾一同玩耍过。"

宋文奇目光更为迷离，似乎在回忆着什么。

"文奇，我想问你……"王子进说到这里，吓得咽了口口水，"门后，你在门后看到了什么？"

宋文奇听了，环视一下四周，似乎怕别人听到一般，小声道："我……我那天夜里看到了……"

"看到了什么？"

"看到了有人从门后出来……"

这话王子进听得一头雾水，门后走出人，不是再正常不过？

却听他继续道："那夜好黑，一个人就那样从没有人的茅屋中走了出来！"

听他这样一说，王子进只觉得背后渗出冷汗来，破败茅屋的模样，那微敞的门，又浮现在他的眼前。

正害怕间，突然眼前一黑，什么也看不到了，原是身后的绯绡一把合上手掌，熄灭了青色火焰。

"绯绡，你莫要吓我啊。"王子进急忙叫道。

哪想绯绡伸出一只冰冷的手掌，一把按住了他的嘴，轻声附在他耳边道："子进，不要说话，有人来了。"

王子进大气也不敢喘，只见那唯一能透过月光的雕花门上，恍恍惚惚地映出了一个人的影子。

六

这人是谁？在这样的半夜探访一个疯了的人？二人都是一头雾水，只好躲在阴暗的角落里，不敢出声。

只听门外传来一个男人压抑的哭泣声，声音嘶哑而悲痛，在暗夜里听来分外吓人。

那人哭了一会儿又用手拍着门板，似乎心中十分难过，只听他哭道："奇儿，奇儿，爹对不起你……"说罢叹了一口气又道，"爹也是没有办法才这样的，谁让你不专心向学，屡次不能中举……"

是舅父？王子进听了他哭诉，更是纳闷，这又关科举什么事？这家人当真古怪得紧。

却听舅父继续道："你再等一等，反正那屋子还在，我们就有制它的法宝，到时候爹自会还你神志回来！不会再让你这般糊涂下去！"

又提到那间茅屋了，王子进听了心中一紧，难道那不是废弃的神社吗？

却听舅父在外面又哭泣了一会儿，甚是伤心，过了良久，没了声音，似乎走了。

绯绡又祭出青火，两人见宋文奇竟然在这半个时辰中歪在屋子的角落睡着了，似乎真的疯了。

王子进望着他香甜的睡脸，不由摇头，估计在他的身上是问不出什么了。

绯绡推开房门，一股清冽夜风涌入，吹散了屋子的浊气，使人心旷神怡。

"咦，春桃姑娘呢？"王子进见门外一个人也没有，不由诧异。

"估计走了。"绯绡说着看了看天色，"今天天快亮了，你我先回客栈，明晚再来。"

"可是我们什么都没查出来！"王子进见天色只是有一些蒙蒙亮，实在是心有不甘。

"子进，莫要打草惊蛇。"

"你看出了什么端倪？"王子进问道。

"只有一点点，所以明晚我们再来。"绯绡唇边含笑，望向院中的桃树，桃树枝叶繁茂，生长得甚为茂密，"此事我是管定了，你大可放心。"

王子进听他这样说，心中一宽，眼光却又溜到了那破败茅屋上，敞开的木门不知何时已紧紧关上，似乎有人走了进去，带上了房门一般。

他凭空打了个激灵，急忙跟着绯绡走了。

两人回去睡到日上三竿才醒，昨日所见，宛如一场噩梦，在明媚的阳光下烟消云散。

"子进，你且仔细回想一下宋家有什么怪异。"

"怪异？"王子进歪着脑袋拼命想，"就是文奇疯了。我那姨奶上了年纪，自然糊涂，别的倒没有什么。"

绯绡坐在窗旁，白衣在熏风中飘飞，似乎在思考事情。

"有什么不妥吗？"王子进见他面色难看，急忙问道。

"有件事我不明白。"绯绡凤眼流转，望着他道，"宋文奇疯了，元神被人夺走，又是谁干的？那人为何偏偏要他的元神不可？"

王子进望着绯绡无可挑剔的俊脸，听他清冷如水的声音，只觉事情的真相就快水落石出，但偏偏只差一个环节。

"夺走元神的恐怕就是茅屋中出来的妖怪，可是为什么你的舅父会知道这事呢？"绯绡说着，似乎又面临难题，望着窗外道，"子进，你没有发现他们家的人都很熟悉一个人吗？"

王子进听了脑中响起一个简单的、宛如初生婴儿的名字，不由脱口而出："福儿！"

初时听到，还以为是老夫人糊涂，随口瞎说的，后来在文奇嘴中又听到，他才注意到这个名字。

"是啊，"绯绡听了笑着喝了一杯茶，"好像上上下下都知道这人啊，似乎甚有身份，可是又没有见过他。"

"那他便是这些怪事的关键所在？"

"子进，"绯绡笑道，"现下还不能判断是否真的有这样一个人呢，不可妄下结论！"

王子进听了，只好点了点头。眼见太阳正高悬在头顶，心中不由焦急万分，隐隐希望这日头早些西沉，好再去宋家大宅。

隐藏在门后的，半夜中走出来的，吓疯了宋文奇的人，到底是谁呢？

王子进吹散了笼罩在热茶上的雾气，倒是笼罩在心中的迷雾，要如何驱散？

七

好不容易挨到天黑，两人又去了宋家大宅，今日春桃却不知所终。

此时夜雾弥漫，空气低沉，月亮也隐藏在厚厚的云层后面，是个阴郁的夜晚，不同于前日的云淡风轻。

王子进心情沉重，衣服上又沾了雾气，似乎也比平日重了几分，倒是前面的绯绡，白衣依旧翩然若舞，似乎这夜雾半点也没有沾到他的身上。

"到了。"绯绡说着停下脚步，眼前一扇红色大门，正是宋家的后门。

"我们进去。"他伸手一推，门应声而开，门里的木销已断为两截，他一撩袍角就走了进去。

王子进知他干这种偷鸡摸狗之事最是在行，见他这骄傲模样，只好摇头轻笑，跟着他进去了。

"绯绡啊，你说今晚能不能查出什么？"王子进望着重重树影，又开始害怕起来。

"不知道。"绯绡轻车熟路地走在前方，"先去那茅屋，且看里面有何古怪。"

"啊？"王子进听了不由哀号，"真的要进去啊？不能白天再来吗？"

绯绡冷冷地瞪了他一眼："大凡妖怪都是夜里出现，你白日里去除了一堆尘土以外还能找到什么？"

王子进不敢再说什么，只好硬着头皮随他走。

两人又走了一刻钟，便再次来到宋文奇居住的小院，此时院落里树影婆娑，漆黑一片，今夜不见月光，黑暗似乎比昨夜更加浓重。

绯绡一马当先，走向那阴影中的破败茅屋，茅屋的小小木门又变为半掩，留下窄窄的一条黑缝，似乎有人在里面观望着这大千世界。

王子进心如打鼓，害怕万分，一边走一边四处观望，生怕草丛中蹿出什么可怕的东西来。

夜草沾了露珠，湿湿凉凉，他不由暗道：王子进啊王子进，这只是一个梦，不要怕，等会儿醒了又会在客栈的床上，什么都不曾发生。

还没等他安慰完自己，就见绯绡白影一闪，已然推开木门走了进去。

"绯……绯绡，等等我啊……"他万万没有想到绯绡竟然这样冒失地进去了，把自己一人留在黑暗阴森的庭院中。

他就要去拉那茅屋的木门，哪想门上竟然没有拉手，光溜溜的无着手之处，而绯绡进去以后，竟然连门缝都没有留一个。

"绯绡，绯绡，快点开门啊，我进不去啊！"王子进拼命在外面拍打着木门，可是门里依旧毫无声息。

他心中更是害怕，忙把耳朵贴在了门上，想听里面的动静。

似乎有簌簌的声音传来，越来越近，他方才发现声音来自自己的身后，有人穿过月亮门朝庭院走来。

这么晚了，难道又是自己的舅父来哭诉忏悔？他想到这里，忙隐身到茂密的草丛中。

只见黑夜中一个人影甚为悠闲地走了过来，那人身形消瘦，身量也不是很高，头戴金冠，是个十五六岁的少年。

这人又是谁？王子进只觉这家人处处透着古怪，夫人命一个怪里怪气的侍女去请他们，男主人在三更半夜跑到自己疯了的儿子门外哭诉，这次又是一个少年公子在月黑之夜来到这庭院中，不知要干什么？

只见少年左右看了看，摸到宋文奇居住的屋子，一推门就走了进去。

王子进只觉好奇心起，也不去管兀自在茅屋中的绯绡，蹑手蹑脚地摸了过去。

他身后的茅屋，木门突然咯的一声，打开了一条门缝，里面露出一张俊美的脸孔，双瞳如漆，正万分焦急地望着在杂草中渐行渐远的王子进。

月亮依旧隐没在乌云后面，黑暗的天空中，连星光都没有半点。

八

王子进悄悄地摸到屋子外面，趴在门上往里偷看，哪想屋内太黑，根本就什么也看不到。

屋内一片寂静，过了一会儿，就听见里面传来桌椅翻倒之声，甚是响亮。

王子进再也待不住了，一把就推开了大门，借着微弱的月光，可见少年正捉着宋文奇脖颈的衣裳，已经将他按在了书案上。

他听到有人进来，急忙回头，这一回头，把王子进吓了一跳，只见他甚为清秀的一张脸上，一排门牙暴突，恍如林中野兽。

"哇，你是什么东西？"王子进见了惊叫道。

他笑了一下，嘴上的牙忽地一下消失，脸又恢复成常态，王子进这才认出此人正是前日黄昏时曾偷看他们的少年。

"在下宋文俊，是这家的二公子，倒不知阁下是何人，竟半夜擅闯我家的宅院？！"少年说话倒甚是得体，王子进见他那斯文模样，倒有些怀疑自己方才是否眼花了。

"我是王子进，文奇的远房亲戚，因为甚为挂念，所以才来瞧瞧他。"

"亲戚？"宋文俊冷笑道，"我这疯了的哥哥，竟然还有亲戚挂念。"

清秀的一张脸上，挂着的全是阴险的嘲弄表情。

王子进见他这模样，气愤至极，高声道："文奇兄是被人陷害，只要找到那吸走他元神的妖怪，自会恢复正常。"

宋文俊听了，居然一下愣住，缓缓道："你还知道什么？"

王子进见状甚为得意："我知道的多了，我还知道那怪物就是从茅屋中出来的，自有办法将他封印回去……"

还没等他说完，宋文俊突然两眼一翻，一下就冲了上去，掐住了王子进的喉咙。

"你……你这是干吗？"王子进慌忙叫道，这少年身量矮小，力气倒是不小，他挣扎了半天也动弹不得。

"看你好像也是读书的，吸了你的元神，是不是下次能金榜题名呢？"他说着手上加力，笑容甚是阴险。

王子进被他掐得两眼发黑，呼吸困难，正在这时，二人身后的宋文奇居然一跃而起，一下就撞到宋文俊身上，将他撞得一个趔趄倒在地上，王子进急忙手脚并用地爬出门。

只见月光中，疯了的宋文奇大呼小叫地往外跑去，脸上全是惊惧之色，真是吓坏了。

王子进也跟在他身后逃命，这到底是怎么回事？弟弟为什么要杀哥哥？那二公子到底是人还是妖？

正在慌乱间，就见那黑暗中的茅屋又露出一道门缝，门里正有一个人的脸，透过浓重的夜色，在直直地看着他。

那人面容美丽，秀丽中带着英俊，好像绯绡啊，怎么他不出来？

他正在纳闷，就觉脖颈一紧，一双冰冷的手掐住了他的脖子。王子进一时害怕，不知哪里来的力气，手肘一弯就打到了那人肚腹之上。

只觉得脖子上的手松了一下，他连忙跑开，但长草绊脚，根本就无法跑快。

"你这书生，不早早将你收拾了，你还要造次！"宋文俊狞笑一声，手臂一下暴长，就要抓王子进的后心。足伸展了两丈多长，一看便不是人类的手臂。

王子进被吓得呆立在原地，正在这时，就听身后有人叫道："接住！"

但见一道冷光划破黑暗，一柄钢刀被扔到了他的脚下。

他急忙在地上打了个滚，捡起钢刀，直直地往那手臂上砍去，眼看就要砍中，那手臂却突然拐了个弯，一掌就劈到他的手腕上。

王子进只觉手腕一痛，那刀拿捏不稳一下掉到地上，还不知是怎么回事，却见少年异常悲怆，望向自己的身后道："父亲，在你的眼里，我到底还是妖魅吗？"

王子进急忙回头看去，只见一个穿着绸缎外袍、美髯飘飘的中年人正站在月亮门边，一脸悲苦，正是自己的舅父。

只听他哽咽道："都是……都是我的错，让我的大儿子疯了，小儿子变成了妖怪！"

九

王子进夹在父子俩中间，越发迷茫，却听宋文俊柔声道："爹，你不要怕，只要把这书生杀了，就没有人知道我们的秘密，我再去参加殿试，金榜题名，自可光宗耀祖，这不是你的愿望吗？"

王子进心头一紧，拔腿要逃，宋文俊却一甩那长臂，捡起地上的钢刀，向他后心掷去。

"不要啊，绯绡救我！"王子进眼见利刃带着破空之声飞来，自己身上就要添个透明窟窿，顿时吓得魂飞魄散。

就在这千钧一发之际，斜里冲出一条白影，拉住王子进的衣领，一把将他拽到一边，刀挟着风声从王子进腋下掠过，当的一声砸到墙上。

"你怎么这时才出来，那茅屋有什么好啊，要在里面待那么久？"

"我出来不就好了？"绯绡望着茅屋摇头浅笑道，"那屋里有咒，如果没有人呼唤我的名字，就无法出来。"

"竟这般邪门，里面到底有什么？"

"先收拾了他再说。"绯绡一把推开了王子进，从腰间拿了玉笛出来，手一翻，玉笛已经变作一把刀刃血红的长刀。

宋文俊见了绯绡，双目圆睁，甚为气愤："你是什么人？来坏我的事？"

绯绡将刀一横，轻笑道："我是来渡死了的人去冥河彼岸的。"

"你说谁死了？"宋文俊说着一跃而起，双手带着腥风就往绯绡的身上扑去。

"舅父，这是怎么回事啊？"两妖相斗，王子进躲到一边，问他的舅父。

却见舅父面容沮丧，蹲在地上，抱头痛哭道："这都是我的错，我的错……"

"你有什么错？"王子进还没等问出答案，就见草丛中蹿出一个人来，疯疯癫癫地拿着一枝树枝唱道："半掩门啊，门半掩，妖啊怪啊，都出来……"

正是疯了的宋文奇，他衣衫残破，在寂夜中唱这种古怪的歌，诡异而可怕。

"文奇啊，父亲对不起你，你原谅我吧，我错了……"舅父哭得更加悲怆，一把将大儿子抱住。

这父子情深的模样，舅父说的话，令王子进看得更加迷茫。

而在另一边，绯绡与妖怪少年斗得正酣。两人爪来刀往，杀得罡风漫天，一时之间竟分不出胜负。

"你快快回去吧，此处不是你该来的地方。"激战中，绯绡冷冷地说。

"我回不回去，干你何事？"少年阴笑道，手上加力，一下狠似一下，长长的指甲在黑夜里泛着幽蓝的光。

却见绯绡一个转身，落到离他一丈多远的地方："我刚刚从那茅屋中出来……"

"那又怎样？"

"里面供奉了很多古代的土俑。"

"这屋子早就失修，以前就是用来祭神的。"少年貌似平静地说，脸却越发苍白。

绯绡却摇头轻笑："怕不是祭神那么简单，很久以前，死了主人都要家人陪葬，后来就以人形的土俑代替。这屋子，怕就是建了存放废弃土俑的。"

王子进听了这二人的对答，更加不明就里，只觉得暗夜中，那茅屋越发恐怖阴森。

却听绯绡继续道："但土俑五脏中空，慢慢被有灵气的东西侵占，只要有人叫它们的名字，就会有可怕的东西走出来。"

"哈哈哈。"宋文俊似乎听了一个很好玩的笑话，"这与我又有何干？我会是那些灰扑扑的东西吗？"

"不，你不是……"绯绡眸如寒星，顿了一顿道，"我在里面又发现了一具婴儿的骸骨，福儿，就是你吧！"

话一出口，抱着宋文奇痛哭的舅父，哭声戛然而止，一双满含泪水的眼瞪着绯绡，像是看到了可怕的鬼怪。

而少年也不再狰狞可怖，他似乎想起了很久以前的往事，过了一会儿，才缓缓道："不错，我就是福儿，因为没有长大，所以只有乳名。"说罢，连声音都变得哽咽，"哪家的孩子不想长大？我却连名字都没有就死了。"

一时间只有微风送爽，昆虫轻鸣，风里送来宋文奇疯癫的歌声："半掩门啊，门半掩……"

宛如诅咒般，在夜色中扩散。

十

可是夭折的孩子很多，并未见哪个变成妖怪啊？王子进无论如何也想不通其中环节。

却见宋文俊仰望着乌云密布的天空道："我确实是这家的二公子，不过生下来不到半年就夭折了。夭折的孩子不能有坟墓的，应该草草埋了……"说罢，他突然恶狠狠地望向舅父，"可是父亲你，为什么把我放在那供奉土俑的茅屋中呢？"

"因为我舍不得把你扔在荒郊野外，况且你娘因为你的死伤心过度，不久也离开了人世。"舅父擦拭着眼角的泪水，"我实在是想念你们，才这样做的……"

王子进只觉脊背上蹿出寒意，他想到昨晚请他们过来的春桃。她口口声声说奉夫人之命，可自己的舅母，竟然早就死了！

"不知为什么，我在那茅屋中一直有意识，竟然在那狭窄的空间里慢慢长大，不能走出去，只能透过门缝观望着这个世界。"他愤怨地瞪视着疯癫的宋文奇，"凭什么他就能潇洒地生活？养花种草，不学无术，我就要被困在方寸中，既不能超升，也不能像人一样生存？"

"是我的错，我也不知道这茅屋有诸多古怪。"

"哼！"少年冷笑着说，"你若当真不知，为什么在大哥屡次不中时，跑到门外叫我的名字？将我从这门中释放的不就是你吗？"

舅父的脸色刹那间变成了失血的青白，他结结巴巴地答道："我……我是发觉里面有人，而且长得像你娘，所以就去叫你的乳名试试……"

"哼，当时你可真开心，是因为有人接替兄长读书了吧？我目不识丁，可你即便让大儿子疯了也无所谓，只要有人金榜题名，光耀门楣就好。"少年却尖刻地拆穿了他的谎言。

王子进这才明白，一生从商的舅父，居然对功名有着强烈的渴望，费尽心思也想要家中出个状元。

见大儿子不学无术，竟把主意打到了妖化的小儿子身上。

"我错了，文俊……"舅父又怵哭起来，"你回到门里吧，这样你哥哥的疯病就会好，他读不读书我不会再管，我也不想再追求那些虚名了……"

"想让我出来就让我出来，想让我回去就回去吗？"宋文俊纵身一跃，长臂如爪，直向疯癫的大哥胸前抓去，"我今日就要吃了大哥，彻底地变成一个真正的人！"

"哇！绯绡！"王子进见月夜中的清俊少年，突然变得如妖似魔，犬齿尖利，散发着森森寒光。

他吓了一跳，不由失声尖叫起来。

但见一条白影凌空而起，宛如流星般轻灵耀眼地划破夜空，正是绯绡以迅雷不及掩耳之势，欺近少年身边，一把抓住了他的长臂。

十一

"又是你来捣乱！"少年愤怒地叫道，被他一阻，只能跌落在地。

"我说过要渡死了的人过河，怎能言而无信？"绯绡眼含笑意，轻佻地回答。

"想让我回去？没有那么容易！"少年并不死心，再次去抓宋文奇。

绯绡长刀一挥就砍向他的手臂，那利爪见了刀锋急忙缩回手去。接着他迎面就是一刀，刀光逼得少年连连后退。

绯绡轻灵曼妙的身姿化为一道白影，在浓黑的背景中快速闪动，攻势一招比一招凌厉。杀气四溢，将草叶残花纷纷卷在了半空中。

不过转瞬间，魔怪般的少年已经被逼到了茅屋的门口，只需再退一步，就可顺利地将他关进去。

"想逼我回去？没那么容易。"他狰狞一笑，身体纵跃到半空中，竟轻轻巧巧地从绯绡的头顶越过，落在了远处。

王子进见状不由暗自叹息，这大好机会稍纵即逝，不知绯绡还要花多少力气，才能再让他接近茅屋。

就在此时，只见夜风中传来咔嚓一声轻响，茅屋的门开了半扇，一张如花芙蓉面，正焦急地望向自己。

她身穿桃红色衣裙，面如敷粉，正是曾连夜请二人捉妖的春桃。

"王公子，快叫我的名字！"春桃急切地说，"只要我出去了，自会助你们。"

王子进见她目光流转，却一直笼罩在疯了的宋文奇身上，情深义重昭然若揭，当下就鼓足勇气道："春桃，出来！"

此时绯绡和宋文俊的比拼已陷入僵局，他举起长刀，横架在胸前，而宋文俊的利爪离他漂亮的面孔不过寸许。

冷汗自绯绡额上渗出，他美玉般精致无瑕的脸，也变成了铁青色。

王子进知他不擅长力量的比拼，此时已经辛苦至极，不由替他担忧。就在这时，门中飞出两条桃色衣袖，如蛇似蟒，一下就卷住了少年的脖颈。

少年站立不稳，一头摔倒在地，衣袖飞快收缩，将他在草地上拖曳了两丈多远，转眼就到了茅屋的门外。

"浑蛋，凭你也想关住我？"他眼中精光闪烁，就要去撕裂脖颈上的衣袖，然而绯绡一跃而上，一刀便砍向他的面门。

他不得不举手相隔，就是这么一分心，半个身体已经被拖入了门缝之中。

"父亲，救我……"他拼命地朝王子进的舅父伸出手，尖利的犬齿缩回口中，又变成了温文尔雅的少年之姿。

他泪流满面，期盼地望着自己的父亲，甚是可怜。

"舅父，不能去！"中年人身形微动，刚要去帮自己的儿子，王子进却从斜里冲出来，死死地抱住了他的腰。

"子进，不要阻我，那是我的孩儿啊！"

"舅父，他已经死了，早就死了，如今只是一个狠毒的妖怪而已……"王子进艰难地抱住了挣扎不休的舅父道，"而且文奇不也是你的孩儿？难道要让他一直疯下去？"

他顿时不再挣扎，整个人瘫软地坐在地上，面如死灰。

而少年已经被春桃彻底拽进了门中，在他身影消失的一瞬，还在厉声叫骂："你不过一个桃树变的妖精，跟我无冤无仇，至于如此两败俱伤？"

却听春桃柔声低语："大公子养育我十几年，这其中情义，又岂是你能理解？"

茅屋的门啪的一声紧紧关闭，庭院中只剩下绯绡一人，白衣如雪，衣袂当风地站在门外。

王子进放开他的舅父，急切地向他跑去，要看看他到底有没有受伤。绯绡手一翻，长刀变作玉笛，随手就将玉笛插在自己身后。

他站在清冷夜风中，如画中人般翩然优美，朝王子进露出了从容的笑。

十二

一个时辰后，天光破晓，王子进将舅父和文奇安顿好，却见绯绡仍站在茅屋门外，朝他招手。

"子进，你去屋中取一样东西给我。"

"啊？"他听了大惊失色，"里面不是有古怪吗，怎么还要我进去？"

"如今天色已亮，而且你是人，不会被这屋子的咒术禁锢，尽可放心。"绯绡眯着眼睛，望着金红色的晨晖道。

"好吧，那要我取什么？"事已至此，王子进只能耷拉着脑袋答应。

"是一只用锦缎包裹的木匣。"绯绡伸出玉手，比量了一下匣子的大小。

王子进只能硬着头皮拉开门，走进了茅屋中。

只见屋里尽是灰土，木架上累累摆放了上百个陶土人偶，做工粗陋，似乎有很久的历史了。

他找了许久，方在屋子的角落里找到了绯绡所说的木匣，暗红色绸缎因年代久远，已经如败絮一般，碎成一条一条。

红绸上面绣了一个白胖的桃子，圆润可爱，他才终于认出，这是一个婴儿的肚兜，估计这孩子生时定然得到了父母的万般宠爱。

他拿起木匣，准备离开，却忍不住回头最后看了一眼这古怪的房间。

只见一排排的人偶，整齐地站在木架上，五官扁平，四肢短小，似乎面带悲哀。

是不是这每一个人偶上面都寄托着灵魂呢？只等到漆黑的夜晚，让门外的人呼唤他们的名字？

他不敢再想，慌忙出去，却见绯绡正长身玉立，微笑着站在门外等他。

他接过王子进手中的木匣，轻声道："让宋家人将这孩子供奉了吧，请个和尚为他念念经，宋文奇自会痊愈。"他说罢揭开了木匣，露出一具蜷缩着的婴儿的骸骨。

王子进见那婴儿的模样，心中不由难过，想那少年满脸凄容，又何尝不是可怜的？

两人料理好一切，走出了宋文奇居住的院落，王子进却频频回头，好奇地问道："绯绡，那些人偶怎么办？会不会再被灵体寄生？"

"待会儿嘱咐宋家人将人偶用稻草填满即可。"绯绡唇边含笑地回答。

"这么简单？"

"任何空虚的存在都容易被入侵，不仅是有形的土俑，连人心都是如此。"绯绡一展折扇，风流万千地回答。

"我怎么觉得你这话极有深意啊？"王子进摸着下巴琢磨，"因为舅父望子成龙心切，所以才令妖怪有机可乘？"

"有吗？我可没这么说……"绯绡突然伸了个懒腰，叫道，"忙活了一宿，我也累了，待会儿让你家亲戚抓两只鸡给我吃啊！"

王子进见他这贪吃的德行，顿时面如土色，一人快步走出庭院，再也不愿理他。

当然，绯绡果然吃了他心心念念的鸡，而且不只如此，王子进的舅父还拿出大笔银两酬谢他们。

他们在杭州游玩了几天，绯绡再次提出去西京。

"过几日西京牡丹花开，正是最美的时节，我们可不能错过花期。"这天一大早，他就去骡马行买了两匹青骢骏马，着急上路。

王子进也甚是开心，上次去西京没看到牡丹，他也觉得遗憾，此时刚好开开眼界。

在离开客栈时，不知从哪里来了一阵风，吹开了走廊旁一间空房的门，门扉半掩，露出半张惊艳至美的面孔。

那人目若朗星，红唇含笑，身穿樱红色长裙，正含情脉脉地望着他。

王子进心中一震，鼻中微酸，急忙跑过去推开了房门，但见屋中只有家具俨然，春风涤荡，哪里有沉星的身影？

他走了大半年，游历山水，就是想忘记她。但无论是人是妖，都逃避不了自己的感情，那惊艳绝伦的神秘少女死后，他的世界也随之步入了深秋。

思往事，惜流芳，易成伤，拟歌先敛，欲笑还颦，最断人肠。

"子进，你还在磨蹭什么？"楼下传来绯绡不耐烦的催促。

他急忙跑下楼，却见绯绡牵着两匹骏马，在刺目的阳光下等他。他扔给王子进一条马鞭，自己纵身一跃，翻身骑上了马背，姿势轻灵优美。

金鞭美少年，去跃青骢马。

王子进的脑中不知为何想起了这样的诗句，他跟在绯绡身后，纵马向城楼驰去。

他疾奔而去，似要把哀愁都甩在身后，迫不及待地奔入如花似锦的前途，而半掩的门中，一只白如羊脂的手伸出来，咔嚓一声，轻轻扣上了门扉。

第四夜

红与青

西京的瓦肆中，牡丹竞相盛放，花店的老板纷纷摆出了自家最名贵的花朵，"魏紫""姚黄"也不少见，吸引了客人的目光。

而比花市更热闹的，则是杂耍卖艺的场所，其间最引人注目的是个天竺艺人。

他头上包着厚重的头巾，正摇头晃脑地吹着一个圆圆的古怪乐器，面前放着一只精美陶盆，里面正有一条蛇随乐声起舞。

蛇宛如绝色艳女，缓缓地从陶盆中爬出，每动一下都跟随着音乐的节拍。

"是毒蛇啊。"

"真的被咬到，百步之内便可丧命。"

围观的人纷纷起哄，而一个天竺小童也捧着陶碗走出来，跟看热闹的人要赏钱，还不断地吹嘘这蛇有多毒。

他转了一圈，收到的都是些铜板，难免有些失望。然而就在这时，银子的光芒晃花了他的眼，只见一位青衣美少年将绞碎的银角扔了进来。

"他真的不会被咬到？"青年长着一双狐狸眼，面容柔美中透着英气，介乎男女之间，气质不同凡俗。

"那当然，他会蛇语，所有的蛇都听他的。"小童将牛皮吹得震天响，因为那条蛇是用毒蛇皮做成的假蛇，以鱼肠线操控，又怎会咬人？

"是吗……"美少年细长的眼睛微眯，唇边露出一丝笑意。

就在这时，随着乐声舞动的蛇，突然间僵住了。周围的人还不明就里，就见乌光一闪，它一口就咬住了耍蛇人的鼻子。

"哇！"围观的人立刻吓得拔腿便跑，天竺人却一把将蛇揪下来道，"今日真是奇了，怎么假蛇也会咬人……"

他话说到一半，耳边已经响起嘘声一片，看客们纷纷叫嚷起哄，让他赔钱。

青衣的美少年见此情状，含笑而去，身姿宛如三江春水般清丽不凡，而让他没想到的是，他青衣飘飘，黑发如瀑的身影，已经尽数落入一位少女眼中。

那是一个坐在软轿中的娘子，她掀开轿帘，贪婪地望着他完美的侧面，根本无法移开目光。

这是她此生见过的最美的男子，如谪仙般俊逸的人物，她的魂魄仿佛被他吸引，突然两眼一黑，居然晕倒在软轿中。

"姑娘，姑娘你怎么了？"耳边传来婢女惊惶的呼唤，她却陷入黑甜的梦乡中不愿醒来。

梦中，一个身着青衣的美少年，渐行渐远。

一

这日骄阳似火，王子进和绯绡正在瓦肆旁的酒楼中喝新酿的杏花酒，吃胡商的盐烤鸡。

他们在西京已经游玩了几日，在郊外的庄园中看牡丹看得流连忘返，如果不是有好吃的鸡，恨不得一头扎进姹紫嫣红的花海中，再不出来。

楼下的街道上，一个卖艺的大汉在表演气功断石、口吞刀枪，甚为精彩，看得王子进移不开眼睛，连喝酒吃菜都忘了，连连叫好。

"那都是唬人的玩意儿，你也相信？"绯绡叼着只鸡腿，不以为然地道。

"这么多人在看，他要如何做手脚？也许是天生神力呢？"

"做手脚只在手段高明与否，有的时候人越多就越好欺骗，不然我给你表演一番？"

王子进见他眼含戏谑光芒，秀眉高高扬起，顿时心中升起一丝不祥预感："你要干什么？"

只见绯绡朝楼下大汉抛了个眼风，此时他正奋力举起一只石磙，累得表情狰狞，大汗淋漓。

然而他一运劲没搬起来，再一运劲石磙还是纹丝不动，不由心中一惊。这石磙是木头雕成，上面涂满了白灰装作石磙，今日怎会变得这么沉？

王子进望着大汉涨红的脸，不由暗自替他叫屈，今日真是该他倒霉，班门弄斧到了骗人的祖宗面前，怎么不会丢丑？

却听围观的人嘘声一片，更有人叫骂出声，绯绡斜倚在楼上看热闹，嘴边挂着一丝坏笑，甚为有趣的样子。

大汉见丢了人，正要离场，却有一把折扇搭到自己肩头，一个清亮动听的男声道："壮士且莫着急，小生来助你表演如何？"

只见自己身后多了个白衣美少年，绫纱衣袍上绣着一枝春柳，黑发如墨，唇似涂丹，长得比女人还俊俏几分。但身形瘦削飘逸，似弱不禁风。

"你不要嘲笑俺了！"他怒道，这简直是开玩笑。

却见美少年微微一笑，一把就抓起地上的石磙，单手抛到了空中，姿势如行云流水，潇洒优美。

"神力啊！"看客们连连惊呼。

只有二楼的王子进在楼上无可奈何地看他耍宝，为了表现，他连鸡都顾不上吃了，去楼下骗人。

因为在王子进的眼中，分明看到绯绡长手一挥，扔到天空中的是一柄折扇。

街上聚集了越来越多的人，里三层外三层地把街道围得水泄不通，更有少女少妇听到风声，来看美男子表演，一时叫好声、娇呼声连连，不绝于耳。

王子进托着腮，一个人喝闷酒吃闷饭。

此时在看热闹的人群中，正有一个长髯飘飘、穿着棕色丝缎衣服的老人，望着白衣少年翩然出尘的身影，眼中满含惊喜之色。

二

半个时辰后，绯绡出够风头，回来继续喝酒，眉眼中都含着笑意。

"郎君，看这边啊。"

"公子真是俊美无双。"楼下有几个轻佻少女流连不去，尖声呼叫，似要竭力引起他的注意。

"没想到西京的姑娘如此大胆。"王子进望着莺莺燕燕，颇为艳羡地说。

"店家，你这里可有葡萄美酒？这般天气，杏花酿太过猛烈了。"

葡萄美酒价值千金，寻常人家一年都沾不到一滴，王子进朝他翻了个白眼，只觉银子正长着翅膀，哗啦啦地飞掉。

店小二却像是见到财神，飞快地搬来一小只木桶，桶下放着块玄冰，在夏日里冒着丝丝的白气，凉爽喜人。

"葡萄美酒夜光杯，欲饮琵琶马上催。"绯绡却不满足，若有憾焉地摇头，"可惜没有夜光杯，不然就无可挑剔了。"

"你这般贪恋享受，真是无可救药……"王子进仿佛看到钱袋空空如也，叹声摇头。

哪知他话音未落，便听一个苍老的声音道："公子所言极是。"

王子进见有人附和，精神大振："老丈可是说我？"

"非也，非也……"只见一位身穿棕色绸缎长袍的老人走了过来，满脸笑意，瞧着绯绡道，"我说的是这位公子所言极是。"

说罢，他坐到二人旁边："喝葡萄美酒，就是要夜光杯才配得起，老夫已经令人回府取夜光杯去了。"

绯绡轻笑一声，朝他作了个揖道："无功不受禄，老丈怕是有事相求吧？"

"公子果然聪明。"老人摇头叹息道，"不瞒二位，我正有棘手的事无法解决，方才见公子小露身手，或许可以助我解决难题。"

"小生姓胡，还请先说一下事情原委。"

"胡公子，老夫姓刘，是西京都统苏将军的管家。"

王子进和绯绡听了面面相觑，不知这苏将军又有何事能找得上他们呢？

"说来惭愧，苏将军有一女，今年年方十七，尚没有许配人家。"刘管家眉头微皱，显然是陷入不好的回忆中。

"苏家娘子可是绝色？"听到有闺阁少女，王子进立刻来了精神。

"自是艳丽无双。"刘管家连连点头，似乎胡子都跟着翘了翘，"苏将军把姑娘看作掌上明珠，无比宠爱，可是姑娘最近却遇到了大麻烦。"

"什么麻烦？"王子进急道。

"唉……"管家叹了口气，"她被妖怪蛊惑，每日茶饭不思，身形日渐消瘦，请了好多的道士也无法驱走妖怪。"

"那妖怪是什么模样？可有人见过？"绯绡听了，秀眉一挑，似乎有了兴趣。

"自是见过。"刘管家上下打量了一下绯绡道，"如此说来，那妖怪和这位公子长得甚为相似啊！也是面如冠玉，俊秀无双，只是喜着青衣，总是笑眯眯的。"说罢又道，"可惜了那么好的皮囊，竟然做这样龌龊之事。"

绯绡听他描述，身子一斜，险些从椅子上跌下来，王子进则噗地喷出了一口酒，两人异口同声道："青绫！"

怎么他不去重建绿竹村庄，跑到这繁华都市寻花问柳来了？

三

"二位和那妖孽认识？"刘管家听了，顿时脸色大变。

"不认识！"王子进大义凛然地撒谎，"我们是问他穿的衣服是不是青绸做成？"

"是啊，老夫活了一辈子还真的没有看到过那么漂亮的料子，像是湖水，又像是翡翠一样的颜色。"末了又悄声问，"听说有一种蛇叫竹叶青，也是碧绿喜人，莫不是蛇妖？"

"不可妄下结论。"绯绡一听与青绫有关，一改热情，变得冷若冰霜。

王子进知道他们都是狐狸变的，又怎能自相残杀？看来这苏家娘子的困局，是无人可解了。

正在此时，一个小厮提着个锦缎包裹的盒子走上楼，刘管家见了，急忙接过，掀开盒盖，只见里面宝光流动，露出一对晶莹剔透的琉璃杯。

他爱惜地托起杯子，递给绯绡道："公子，请用。"

王子进眼见他一把年纪，却为了讨好绯绡使尽浑身解数，正在为他不值，却见绯绡伸手一挡，拦住了他递出的杯子。

"恕在下不能插手此事，老丈请回吧。"说罢，他便留下满桌的菜肴美酒，拂袖而去。

"喂，等等我啊！"王子进急忙追了上去。

刘管家却一把拉住他问道："他说不能插手，没说力不能及？是不是胡公子有把握驱走妖孽？"

"刘管家啊，你觉得呢？我们都只是区区书生，道士都棘手的事我们又怎么能解决？"他说完一路小跑着追上了绯绡。

回到客栈，绯绡阴沉着脸，不言不语，王子进知他是在为青绫烦恼，也不好劝慰。

直至夜晚时分，绯绡也未出一言，只是抱膝坐在窗沿上，清冷的月光照着他如雪的白衣，大理石般光洁完美的面颊，更如仙人般飘逸出尘。

见他安静若此，王子进只好掩上房门，先去休息了。

想着绯绡的身影，心中不由难过，本以为他是一只狐狸，时而狡猾贪吃，时而满腔热忱，没有想到他也有烦恼的时候。

窗外的圆月缺了一角，他突然觉得人生便如这明月，无法圆满，无论人鬼精魅，都有逃不掉的苦恼。

当晚他正睡得深沉，却听窗外飘来清亮悦耳的笛声。他披衣起身，却见绯绡依旧屈膝坐在窗沿上，正在吹奏碧绿的玉笛。

笛声悠扬动听，在西京澄明的寂夜中回荡。

王子进正听得心旷神怡，却听不知从何处飘来低沉的洞箫声。箫声宛如呜咽，游弋徘徊，但无论笛声多清亮高昂，却始终无法盖过箫音。

王子进听到洞箫之音，便知青绫就在附近，他刚想说些宽慰的话劝绯绡，却见他神清气朗地放下玉笛，从窗台上一跃而下。

嘴边带笑，面如朗月，已不见抑郁之气，他朝王子进笑道："子进，不早了，休息吧。"

"哎？你没事吧？"王子进刚想打听，绯绡却已将房门关上。

他郁闷地望着天心明月，此时已是午夜，只觉得自己奇蠢无比，也不知是哪根弦搭错了，居然在他的身上浪费善心。

四

次日晌午，绯绡在饭桌上告诉了他一个惊人的消息："我问过青绫，他甚是喜爱那个女子，不愿放弃。"

"那你打算怎么办？"王子进的心顿时一紧，却不知这二人怎么吹了一会儿乐器就交流了这么多。

"我们商量了一番，既然有此千载难逢的良机，不如来场比试。"

"什么？"王子进手中的茶碗差点翻到地上，"你们竟要为一个人间女子伤了和气？！"

绯绡却望着他轻笑道："子进，或许能够帮你觅得一门好亲事呢！"

"不不不！"王子进头摇得像拨浪鼓，"我宁可一辈子不成亲，也不想你们自相残杀。"

"恐怕现在已经晚了。"

他话音未落，就听门外传来店小二的声音："胡公子，楼下有客人找。"

王子进立刻明白了，拽住绯绡的衣袖道："是不是苏将军派来的人？"

绯绡但笑不语，整理好衣冠，就要出门迎客，似是默认。

王子进望着他俊美的笑脸，哀求道："绯绡，我从来没有求过你做什么……"

绯绡却面带笑容地望着他，那笑容缥缈而遥远，仿佛经过昨夜，他认识的绯绡已经不见了。

"这次就当我求求你，不要与青绫为敌，我们这就远离西京，不再回来！"

"子进，人妖殊途，我若是不管，那花样年华的苏姑娘又该如何呢？她又何罪之有？"绯绡摇头浅笑，推开了他的手，款款走了出去。

王子进跟在他身后走出房门，只见绯绡正谈笑风生地与刘管家商量什么，旁边有小厮捧着盒子垂首而立。

看盒子描金画凤，似乎装着贵重的礼品。

王子进见绯绡白衣如雪，笑语嫣然，一切都与平日无异，但又有天壤之别。他认识的绯绡，是不会为了区区几样贵重礼物与朋友为敌的。

他叹息着回到房间收拾东西，准备离开，实在不愿目睹同类相残的惨剧。

他刚拿出几件衣服，门就被人推开，却见绯绡姿态潇洒地走了进来，好奇地问："子进，你这是要去哪里？"

"我想回老家，出来了一年，母亲定是十分挂念我。"王子进沉着脸回答。

"要走也不急这一时。"

"你也不听我的，我不想看到你和青绫互相残杀也不行吗？"王子进听了怒道。

"我约了青绫决战，就在今晚，要你帮助我才有胜算。"说罢他语气悲怆地说，"如果你想我落败，命归黄泉，那你就走吧，怕是此生再也没有相见的机会！"

王子进呆呆地望着他如描似画的五官，突然心中难过，虽然自己不想见他们彼此互斗，但更不想绯绡有什么危险。

想着两人过往的一切，共同经历的种种，他缓缓地点了点头："我能帮你什么忙？"

五

当日黄昏时分，苏府派了辆漆得黝黑锃亮的车来接他们，车子宽敞舒适，有瓜果熏香，但王子进仍气鼓鼓地不愿说话。

"子进？"绯绡偏着头逗他，像是在哄孩子。

"干吗？"王子进没好气道。

"你可是在气我利欲熏心，为了小利与朋友决斗？"

"不错，我万万没有想到你会是这样的人，算是我王子进瞎了眼，与你做朋友！"这话虽是气话，语气中却夹杂着悲伤。

"子进，"绯绡朝他挤了挤眼睛，凑到他耳边道，"你要相信我，任何时候都不要怀疑我，好吗？"

王子进只觉得他话中另有名堂，待要再问，却见眼前突然灯火通明，已经到了苏将军府上。

只见一座灯火通明的大宅，似乎要将夜晚的天空点燃，一股寺院中才有的香火气息弥漫在夜风中，里面隐约传来和尚的诵经声，似乎这家正在做法事。

"哎呀，二位公子终于来了，老夫恭候多时。"从门中走出一个锦衣的老头，正是刘管家。

二人见了他，连忙走下车，一起抱拳还礼。

"不必多礼。"老管家急忙道，"二位随我去见老爷吧，这是后门，可能要多走一会儿了。"

王子进正心怀愤怨，听到是从后门进来，免不了又哼哼了几声。

刘管家何等老练，赔笑道："让二位委屈了，不过大门早就被道士贴满了咒符，现在打不开了。"

王子进听了心中一凉，看来这姑娘真的病得不轻，一时心下犹豫，不知哪边才是对的，哪边又是错的。

绯绡似是看透他心事，回眸朝他一笑，似乎是在对他说，这世间诸事无常，凡事没有绝对，不要过分计较正邪对错，否则只是自寻烦恼。

他点了点头，跟着绯绡一路走去，院落里香灰四处飘散，映得院落中的景物缥缥缈缈，既像人间仙境，又像熔炉地狱。

两人跟着管家不知行了多久，终于看见一个大厅，门旁放了两只巨大的火盆，正有一个灰袍道士，在火盆中间作法，舞着一把桃木剑，口中念念有词。

诵经的声音正从那大厅后面传来，此起彼伏，浑厚震耳，让人听了说不出的难受。

而灯火通明的大厅中，正端坐着一个虬髯大汉，穿着紫红色的绸缎衣裳，身材魁梧，偏偏脑袋上缠了一个画着八卦图案的黄布条，甚是滑稽。

"老爷，老爷，我请了贵人回来。"

大汉大概四五十岁的年纪，本来在椅子上打坐念经，听了下人汇报，看了一眼绯绡，身子一歪，差点从椅子上栽下来。

"你是不是老糊涂了？一个妖怪还没有撵走，怎么又找了一只回来？"他气急败坏地骂刘管家，口沫横飞。

"老爷，这位公子身负异能，定能助咱们渡过难关。"

苏将军又打量了一下绯绡，摇头道："不信，我怎么不觉得这个风一吹就倒的公子哥儿能有什么本事，你叫他回去吧！"

"先请将军遣散这些道士、和尚，今夜那妖孽就会来府上，在下还有事要交代。"绯绡不徐不疾地踏上一步，朗声说道。

王子进听了不由着急道："绯绡，这些人不是能助你一臂之力？干吗要遣散他们？"

"你这个呆子，这些人都是骗子，连我是什么都没有看出来，你还指望他们什么？"

王子进听他一说，顿时心如明镜，但见那煞有介事的和尚道士，不由心生感慨。看来骗子无处不在，不仅是街头巷尾，便是这将军府中，都骗子横行。

苏将军嘴上虽然强势，却仍下令将和尚、道士遣散，熄灭了熊熊火盆，一时间屋子里黑烟乱窜，人仰马翻，热闹非常。

"你真的能确定那妖孽今日就会来？"

"小生拿性命担保。"

"谁要你的性命。"苏将军气哼哼地道，"你要死了，他来了谁来抵挡？"

绯绡指了指王子进道："小生拿这位公子的性命担保。"

王子进听了差点气得七窍生烟，原来他是叫自己来做人质的，叫自己帮的就是这个忙？

刚要发作，就听绯绡悄声道："等会儿你就待在那姑娘身边，保护她左右。"

他听了面色一红，叫他保护姑娘？这是他最擅长的事，要怎样才能给佳人留下好的印象呢？心中立时如小鹿乱撞，早就把要他做人质的事忘到了脑后。

却听绯绡道："请将军把小娘子请出来，在下要为她做一番布置。"

苏将军瞪了瞪眼，吹了吹胡子，似乎不大情愿地对下人道："去把姑娘请出来！"

王子进一时来了兴致，已经忘记了青绫与绯绡的恩怨纠缠，抻着脖子就等着那苏家小娘子出来。

青绫倾心的、死死纠缠的是什么样的女子呢？定是人间绝色吧？一时如坐针毡，紧张得要命。

过了一刻钟，方从内室走出一个浓妆艳抹的少女，脸有些微方，敷满了胭脂水粉，一双丹凤眼倒有些秀丽。

只是目光涣散，穿着艳丽的绿色衣服，发髻上插满了金灿灿的头饰，一点也不像没出阁的闺女，倒像是哪里的媒婆。

王子进见了那苏家娘子，立时傻了眼，又看了看苏将军，两人的脸似是一个模子印出来的，一看就是父女。

怎么会这样？青绫为什么被此等女子所迷？难道他在山里待久了，辨不出美丑不成？

六

"子进，子进？"绯绡见王子进两眼发直，急忙叫他。

王子进听他呼唤，转过头哭丧着脸道："能不能不让我保护这位小娘子？我怕……"

"大丈夫当能扶危济困，舍生取义，这点牺牲算什么？"

王子进听了，又用眼角余光看了一眼苏姑娘，她正傻呵呵地笑着，只得点头道："说吧，要我做什么？"

"你拿着符纸，躲到她身后，她身上穿的褚子长裙足以掩盖你的身影，若青绫接近，就将这符纸贴到他的身上。"说罢，他又面色严厉地嘱咐道，"只有一次机会，只许成功，不许失败。"

王子进望着手中的一沓黄纸，上面扭扭曲曲地画满了咒符，也不知是做什么用的。

却见绯绡将姑娘请到屏风后面，掏出玉笛在她周围画了一个圆圈，接着令王子进踏入圆圈里面，蹲在她身后，就又去安排别的了。

王子进不知他葫芦里卖的什么药，只好依他吩咐，忍着苏家娘子身上呛人的熏香味道，心中不由暗暗叫苦。

片刻之后，只见绯绡熄灭了蜡烛，隔着薄纱屏风，可见屋子里一片漆黑，只有月光如水，倾泻洒入。

绯绡的白衣在黑色中甚是刺目，只见他端坐在屏风前面，双眼紧闭，面色严肃，口中念念有词，苏将军与管家分别站在他的两侧。

不知过了多久，已是寅时，还是没有一点动静，倒是绯绡念的咒文像是催眠曲一般，让人昏昏欲睡。

王子进刚刚要打盹，就听一个晴天霹雳的声音叫了起来："你这小子，是不是在耍弄本将军？"

原来是苏将军站了大半夜，站不住了，暴跳如雷。

"苏将军啊，为了令爱，暂且忍耐。"

王子进不用看都能想到将军吹胡子瞪眼的模样，刚刚要笑出声来，就听门外传来鬼哭狼嚎之声，哀叫不绝，是守门的家丁发出来的。

"你去看看怎么了！"苏将军急忙吩咐管家。

还没等刘管家应答，绯绡就一下站起身来，朗声道："二位保护姑娘，在下这就去会会那妖孽。"

王子进只见眼前白影一闪，屏风前面已经没有了人，两扇大门洞开，只有徐徐的凉风吹进来，树影摇曳，暗香浮动，哪里有什么妖魔？

难道是青绫来了？他心中暗自焦急，要如何才能阻止他们自相残杀呢？

还没等他想完，就见院子里的大门砰的一声被人打开，一个青绿色的、长满鳞片的爪子就伸了进来。

"哇！"刘管家一下就惊叫起来，苏将军虽然没有叫出声来，也僵在原地，估计受惊不小，饶是他骁勇善战，怕是也没见过如此异象。

青爪有半栋房子般大，鳞片在夜色中发出淡蓝的光辉，指甲锋利如刀，泛着金属色的光泽。

而且它掌心还有一个硕大的眼球，正直直地盯着站在门外的绯绡。

魔爪见了绯绡，并无顾虑，又往前探了一探，半面墙应声就塌了，一时瓦砾横飞，烟尘弥漫。

绯绡却毫不畏惧，轻轻一笑，闭目开始念咒，只见他剑眉紧锁，俏脸上全是冷酷的表情，刘管家和苏将军还在看热闹，突然就见院子里毫无征兆地燃起了一堆火，火越烧越旺，红舌燎天。

只见绯绡伸出一指喝道："去！"

跳动的火焰就像有生命一般，霎时拔地而起，竟然变成了一条红色巨蟒，张着血盆大口，一条红色的芯子一缩一伸，吐出灼人的烈焰。

蟒蛇一个匍匐，一口就朝魔爪咬去。

"老爷，怎么办啊？"刘管家吓得双腿发抖，眼前一切怕只是在噩梦中才能看到，怎么却又如此真实？

"你不用怕！"苏将军急忙安慰他，声音中却带着颤抖。

只见院子里火蛇与青爪斗得正欢，只打得风云变色，尘土飞扬，一会儿是那蛇缠住青爪，一会儿是那青爪按住了火蛇。

一个是青，一个是红，都在夜色中泛着骇人的光芒，光影舞动，就像红绸与青绸的交织融会，不是红吞没了青，就是青吞没了红。

终于，一刻钟后，眼见火蛇已经被青爪按在地上，兀自扭动，胜负就要见分晓。

王子进见了心中不由着急，开始还怕他二人斗起来，现在绯绡处于劣势，他又想着如何去帮他。

正在踌躇间，却见火蛇眼中闪过一丝狡黠表情，头突地一下暴起，一口就咬住了青爪掌心的眼球。

王子进见它反败为胜，手心不由捏了把汗，真是有什么样的主人就有什么样的妖怪，这条蛇的脾性和绯绡简直就是一模一样。

却见青爪呼地消失了，一个少年站在了庭院中，青衣若水，黑发如云，金色束冠闪闪发光，脸上挂着一副笑闹表情，正是两个月不见的青绫。

他朝门口的绯绡抱拳道："绯绡，几个月不见，别来无恙？"

绯绡一身白衣，朝他嫣然一笑，算是打了招呼，门里的将军和管家，眼见院子里一片静谧景象，树影幢幢，花香满庭，哪里有什么青爪与红蛇？就连大门都是紧紧地闭着，不似有人进来的样子。

一时心中迷惑，那刚刚所见又是什么？

七

"绯绡，你我本是至交，今日为何阻我？"青绫长身而立，站在庭院中问道。

"受人之托，忠人之事。红尘女子，转眼间就化为白骨，相对于你我的生命，又是何其渺小，你又何必自寻烦恼呢？"

"寻不寻烦恼，是我自己的事，你偏要阻我，那我也不客气了！"青绫说罢，身子往前一蹿，手中一把青锋长剑，挟着风势就连人带剑向绯绡刺去。

王子进眼见这二人又斗了起来，心下焦急，再看看身边的女子，更是扼腕叹息。

人说美女倾国倾城，眼见这两个朋友为了如此姿色的一位姑娘打起来，只觉得甚为不值。

"不行，我要让青绫知道真正的美女是什么样子，万万不能如此糊涂。"

刚要走出屏风，一直坐着的苏姑娘却一把抓住了他的衣角，叫道："我相公是不是来了？"

王子进见她疯疯癫癫，傻里傻气，不知该如何是好。

只见院中的绯绡与青绫斗得正欢，两人都是身影灵动，姿势飘逸，倒像是在表演舞蹈一般，看得人赏心悦目，心旷神怡。

苏将军醉心武学，看到极处居然大声叫好，拍起巴掌，好像把他女儿的事情都忘到了脑后。

"老爷，老爷，我们该怎么办？万一那胡公子落败，姑娘不是性命堪忧？"

"啊，你可提醒我了！"苏将军甚为豪迈地一脚踏到椅子上，手一抄，从靴筒里摸出一把匕首。

他手握匕首，单眼瞄准，似要掷出去，哪想那搏斗的二人，动作太快，忽上忽下，他握着刀的手渐渐地渗出冷汗来，明晃晃的刀尖都跟着颤抖，在夜色中泛出细碎的冷光。

正在这时，王子进眼前一黑，却是有人绕过屏风，走到苏姑娘坐着的椅子面前。

那人伸手道："姑娘，与我走吧。"

一直傻笑着的苏姑娘居然懵懵懂懂地伸出一只手来，就要递到那人手上。

黑暗中看不清那人眉目，眼见青绫还在与绯绡缠斗，这个要带走姑娘的人又是谁？

王子进急忙大喝一声，跳了出来，把那人吓得后退一步，借着月光，可见那人脸上皱纹横生，长须飘飘，却是刘管家。

他吃了一惊，拍着自己的心口道："王公子，你可吓死老夫了！"说罢又道，"苏将军说此地危险，不宜久留，让我带着姑娘去内室。"

说完又伸手过去，苏姑娘此时竟然站起身来，缓步朝他走去，面上带笑，嘴里轻声说着："夫君……夫君……"

王子进突然觉得不妙，一把就拉住半疯半傻的苏姑娘，伸手入怀掏出一张黄色咒符来："不对，你不是刘管家，你是青绫变的！"

刘管家面色愕然，指了指庭院道："那妖孽正在门外搏命，我怎么会是他变的？"

王子进心下犹疑，还是不敢松开苏姑娘的手，哪想她竟然一口咬到他手腕上，王子进吃痛，被她挣脱，却见她一身绿衣，似飞蛾扑火一般跑到刘管家身边。

"不，不要去。"王子进握着疼痛的手，望着管家皱纹密布的带笑的脸，突然有一种不祥的预感自心底升起。

就在此时，前厅突然传来一声惊呼，却是苏将军的匕首脱手而出，刺中了青绫的背心。

青绫负了伤，一双眼中全是惊愕，身子一斜就倒了下去。

"青绫！"此举大出绯绡意料，只见他眼神慌乱，上前一步抱住青绫的身躯。

哪想话音未落，怀中突然空空如也，却见一个破损了一角的纸片从自己的袖角飘落而下。

绯绡见了立刻面带笑意，这次，自己还是输了一筹吗？

"哎哟，被拆穿了！"只听刘管家叫了一声，脸孔跟着变化，皱纹在瞬间消失，王子进的眼前，出现了一张笑闹着的俊脸。

不是青绫是谁？

王子进见了拿着咒符就扑了上去，绯绡说只有一次机会，自己一定要成功。

哪想青绫身姿敏捷，一闪身就躲开了。

"青绫，你这又是何苦？"王子进望着他怀中的苏姑娘，心中不由难过，"人的寿命如此短暂，你又何必累她？过了百年，你依旧是一个少年，她又该如何呢？"

青绫面色凝重道："子进，你现下问我，你自己又何尝不是如此？"

王子进被他问得一愣，却见青绫伸出一根长指，点在苏姑娘的眉心，口中念念有词，她突然间浑身脱力，一下就坐在地上，眼睛也在瞬间变得明媚有神，秋水般的眸子打量着四周，轻声道："我……我这是在哪里？到底发生了什么？"

"成了！"青绫见了高声欢呼，身子往前一探，指着王子进抓着咒符的手道，"这可是绯绡给你的？"

王子进一时迷惑，不知他是什么意思，只好点了点头。

青绫嘴角浮出一丝浅笑，一把拉住王子进的手，将咒符贴在自己的额间。

王子进做梦都没有想到他会有此举，想要阻挡已然来不及，却见青绫面现悲哀道："子进，有缘再见了。"

说罢，整个人像烟雾一般，越来越淡，最后竟然凭空消失在夜色中。

八

此时苏将军与绯绡急忙赶来，王子进一见绯绡就扑了上去，急道："青绫，青绫哪里去了？"

绯绡面色沉重，却不回答。

"是不是你让他消失了？"王子进望着那朗朗夜空，只觉得心中郁结，又看向绯绡那张既像少年，又似少女，青春永驻的脸，耳边似不断回响着青绫的话：子进，子进，你又何尝不是如此？何尝不是如此？

他只觉得心中难过，苍穹浩瀚，广袤无边，却不知自己的出路在哪里。

而坐在地上的苏姑娘恢复了神志，柔声问道："爹，我怎么会在这里？"

"乖女儿啊，爹让你受苦了。"苏将军一个魁梧的汉子，见他女儿神志恢复，居然哽咽起来。

却听她继续问道："爹，我好像忘了一个人，我好喜欢好喜欢的一个人，只要一见到他，我就很开心，爹你能告诉我是谁吗？"

王子进望着她那充满探询的脸，幸福又痛苦的表情，满溢着期待的眼神，只觉得那是自己将来的写照。

他尖叫一声，拔足奔出大宅，黎明前的西京空无一人，只有他发疯一般奔跑在无人的街道上。

子进？子进？你又何尝不是如此？

我？我又该如何啊？

风的声音在耳边呼啸，夜雾在他的周围环绕，这美丽的夏夜，鸣叫的秋虫，芬芳的花朵，都无法告诉他该怎么办。

此时耳边传来丝竹声响，却是哪家的乐坊在夜夜笙歌，只听那歌伎柔美的声音丝丝传入耳中：聚散苦匆匆，此恨无穷，今年花胜去年红。可惜明年花更好，知与谁同？

知与谁同？

王子进游荡了几个时辰，方走回客栈，此时已然是正午了，想到昨夜经历，心中难过万分，又想起青绫的话，只觉得到了与绯绡告别的时候。

他买了一坛美酒，两只烧鸡，趔趔趄趄地走向客房。

哪想还没有走进房间的大门，就听到屋中传来笑闹之声，他推门一看，那八仙桌旁正坐着两个人，一个青衣，一个白衣，都是俊美无双，黑发如云，桌子中央放了一盘碎冰，两个琉璃杯子，盛了芬芳的红色液体，正是葡萄美酒。

王子进见了这二人，手中的东西一下就掉了下来。

"哎哟。"绯绡一弯腰就伸手抄住，"这般佳酿，洒了太过可惜。"

"这……这是怎么回事？"王子进一脸愕然，指着面带笑意的青绫。

"能有什么事？"绯绡回到桌旁，为王子进斟了一杯酒，"子进，快来喝酒，我们等你多时了。"

王子进懵懵懂懂地坐下，对青绫道："你不是暗恋苏家姑娘，被绯绡驱走了吗？"

青绫但笑不语，过了一会儿才说："子进，看来我们真是有缘啊，这么快就再见了。"

他急忙又问绯绡："你们不是已经反目了吗？怎么又在一起喝酒？"

绯绡拿着一只鸡腿，叼在嘴里，口齿不清地嘟囔："是苏姑娘喜欢上青绫了，意念太深，魂魄日日纠缠他，他想了很多办法都不能把少女的魂魄放回去。我们索性借此机会，演了场戏给他们看。"

他说罢指指地上一个箱子道："这是苏将军奖给你我的千两黄金，正好青绫重建村庄需要资金，这些金子可救急。"

绯绡笑意盈盈地喝了口葡萄酒："这岂不是一举两得的美事？"

王子进望着他们相似的脸，都挂着狡黠的坏笑，像狐狸一样眯着眼睛望着他，不由心中气急。

想他为了这二人的纠葛，几日以来郁郁寡欢，哪想他们联手诈骗，自己却像傻子一样被蒙在鼓里，他一拍桌子怒道："你……你们这不是骗人？"

"子进，你不要生气嘛！"绯绡笑道，"你看苏姑娘神志恢复，我们黄金到手，这是两全其美之事，怎么能说是骗人呢？"

王子进被他问得语塞，气鼓鼓地喝了一口酒，楼下又有卖艺的在敲锣开场，吆喝不绝。

真是小到街头巷尾，大到豪门深院，骗子无所不在，只看骗术高低，演技优劣。

他望着眼前这一青一白两个俊美的少年，笑意盎然，得意扬扬，就差尾巴没有露出来晃一晃了。

"子进，子进，你在想什么？"绯绡问道。

"没有什么。"王子进又喝了一口闷酒。

青绫在一边也跟着笑道："子进，子进，这样的好事，你怎么不开心呢？"

"嗯！"王子进应了一声，眼见微风中两人都一脸狡黠地望着自己，想到自己无处不被设计，又怎么开心得起来？

也许红绡与青绡的名字真是再适合他们不过，因为所有戏法的玄机，都要用绡子掩盖。

第五夜

不死药

"伸出手，这个是你的。"闷热的丹房中，头发花白的老人在分发药丸。他的面前端端正正地坐着五六个小童，全都恭敬地举着双手。

洁白干净的手心中，都放着一个闪闪发亮的棕色药丸。

"吃掉它，很好吃的。"老头咧开没有牙的嘴笑道，像是地狱中的恶鬼。

小童们犹豫了一下，还是端起水碗，仰头把药丸送入肚中。

世界在这一瞬间变得死寂，似乎连窗外雪花飘落的声音都听得清清楚楚。

"哎哟，肚子好疼！"不知过了多久，一个小童脸色铁青，捂着肚子满地打滚。

老人望了他一眼，把手中一个药盒扔到了火堆里。

接下来越来越多的孩子开始发作，他们或呕吐，或头疼，症状不一。但在这阴冷可怕的景象中，只有一个孩子仍端正地跪坐在地板上。

那是一个小女孩，梳着两个小髻，眼睛漆黑而明亮。

"六月，太好了，你没有事。"老人激动地抓着女孩的肩膀，"真是天助我也，我终于炼出了传说中的不死药。"

他喜不自胜地拿起刚才给女孩吃的那瓶药，倒出一个锃亮的药丸，一仰头吞落肚中。

女孩看到这里，面无表情地站起来，拉开房门，光着脚走入了苍茫的风雪中。

不过片刻，身后的茅屋里传出凄厉的惨呼："六月！六月！你骗我，这是毒药……"

但是风雪太大，呼声转眼就被乱花飞雪打散，一片银白之中，只有一串小小脚印，渐行渐远。

一

炎热的夏季似乎永无尽头，在一片闹人的蝉鸣中，王子进正跷着腿躺在轻舟上。

竹帘半卷，微风轻荡，可见窗外的碧绿河水和缠绵的翠柳。

"绯绡，你真是会享受啊，居然能想到这个避暑的好办法。"王子进忍不住高声赞叹。

"也不看看我是谁！活了这么久，连对付暑气的妙招都没有，岂不是太过失败？"绯绡一身白衣，汗不沾身，正端坐在饭桌前。

假如他的手里没有半只鸡，嘴上也不是油光锃亮，白衣翩然，眉目如玉，简直就似入了画中。

"唉……"王子进瞥了他一眼，长长叹息。

"子进，你为什么叹气啊？可是有什么心事？"

活了这么久，却每天一根筋地只知吃鸡，真是失败至极！

但是他怎么敢说出口？就在这时，只见碧蓝的天空中，有一个小小白点慢慢靠近。

鸟？王子进眯起眼睛，仔细观察。

哪只鸟这么不长眼，飞来找死？如果被绯绡抓到，一定会立刻送到后厨！他刚要挥手赶走白鸟，却见它轻轻巧巧地落在了自己的食指上。

"哇！"此时他才看清，那根本不是一只鸟，而是一只纸鹤。

"子进，你叫什么啊？是不是又看到美人啦？"

他迅速地从床上滚下来，把手递到绯绡的面前："你见过这样的鸟吗？"

"哦，纸鹤而已。"绯绡只抬了下眼皮。

"可……可是它会飞！"王子进一抬手，纸鹤就翅膀一挥，从他的手指上跃下，倒在桌面上一动不动。

"是谁在传递口信。"绯绡抹了抹嘴边的油，小心地将纸鹤展开。

"谁……谁会用这样的口信……"王子进嘴上问着，脊背却不住冒汗，脑海中浮现出一个青色的人影。

"青绫要来看我们啦！"绯绡看完字条欢呼不已。

"你这么激动干吗？"王子进不解地望着他，"青绫跟瘟神一样，每次找上门都必无好事……"

"子进，你忘了吗？"绯绡凤眼含笑，狡黠地望着他，"青绫为了重建村庄，正在四处募集钱财……"

"你不妨直说他在到处诈骗。"

"所以他找我们帮忙，必然与金钱有关。"绯绡望着蓝天碧水叹道，"最近生活奢靡，贪图享乐，我也有点入不敷出了。"

"什么？你没钱了？！"王子进惊诧地问，态度立刻变得诚恳真挚，"听你这么一说，我也真希望他早点到，毕竟许久没有去歌楼听曲了。"

"子进，你真是我的知己。"

"绯绡，天地之大，知我者唯你啊！"

于是当天夜里，在王子进和绯绡望穿秋水的企盼中，一向潇洒不羁、玩世不恭的青绫果然来了。

他刚刚推开客栈的房门，就迎来了两道如狼似虎的目光。

"绯……绯绡，多日不见，怎么这样看着我？"出于动物本能，在危险面前，他不由自主地退后了一步。

"青绫，需要帮忙就直说吧，不要跟我们客气。"王子进几步蹿过去，堵住了他的退路。

"连子进都这么说，我可不客气啦。"青绫捋了捋发巾，沉吟着说，"最近有件事极其让我头疼，但又找不到解决的办法，只好来找你们。"

"哦？普天之下，还有令你头疼的事情？"绯绡扬眉道。

"是不死药。"青绫坐在灯下，青衣宛如流动的春水，皱着眉回答。

"不死药？似乎历代帝王都竭力追求，却全一无所获，其中以始皇帝最为闻名。"王子进也十分好奇，"可是世上真会有这种药吗？"

"不可能！"绯绡连连摇头，"春夏繁茂，冬日凋零，有开始就有结束，怎么会有不死的生命？"

"那你呢？不是号称不老不死？"

"子进，那只是个噱头而已。"绯绡轻轻笑道，"我怎会不死？只是活得比人类久一点，只要我愿意，任何一天都可能是我的死期。"

王子进不由黯然神伤，这世上果然没有神话，即便神通广大如绯绡，也终有死去的一天。

"你别听他胡扯。"青绫看出王子进失落，朝他眨了眨眼睛，"我敢保证，这世上只要一日有活鸡，他就一日舍不得死。你投个七八次胎再回头看，他依旧快乐地活在人间。"

"青绫，你刚刚说的不死药是怎么回事？"绯绡见人揭他老底，急忙岔开话题。

"差点忘了正事。"青绫连忙道，"其实不光是皇帝，所有人都对不死药有着极端的渴望。前两天，就有一户人家找上我，为的就是它。"

"哦？那户人家是做什么的？"

"世代行医，也研制秘药，其中就有这不死神药。"

"他们成功了？"

"失败了就不会有诸多是非。"青绫端起茶杯，得意地抿了一口香茗，"不过这不死药却在一天晚上，不翼而飞了。"

"所以他们拜托你找回来？"绯绡将玉面凑到他面前，眼睛亮得好似偷到油的老鼠，"说吧，有没有报酬？"

"当然有，而且还是个不小的数目。"青绫烦恼地说，似乎为吃不到近在眼前的肥肉而难过。

飘摇的烛光下，王子进和绯绡心有灵犀地交换了个眼神，露出了然的微笑。

二

"此事说来话长，药已经遗失了一个月有余。"青绫望着窗外皎皎明月，长叹道，"而且其中还牵扯到一桩人命。"

"哦？是人类做的吗？"绯绡好奇地问。

"不好说……"青绫皱眉道，"虽然普通人类根本做不出来这样的案子，但我去藏药的房间探查过，却连一点妖气都没发现。"

"于是你逗留了一个月，实在没有办法，才来找我？"

"谁说我没有办法啦？"青绫怒道，"只是雇主给的期限快到了，我才不得已而为之。等你亲自查看，就知道此事有多么棘手！"

"哦？那户人家住在哪里？"王子进听说要去远行，立刻来了精神。

"就在杭州城外一个依山傍水的小镇，主人是个会享受的老郎中，挑的地方极好。"

"镇上可有美女？"这才是他真正关心的。

"子进，附耳过来……"青绫见他一脸痴相，朝他勾了勾手指。

"你真是小家子气，认识了这么久，有什么话不能明说？"嘴上说着，他还是没出息地凑了过去。

"他家有个漂亮的姑娘尚未出阁，貌若天仙，让人过目难忘。"

王子进听到此处，一拍桌子就站了起来，正气凛然地说道："身为君子，怎么能置朋友的危难于不顾？青绫，你的事就是我的事，这个忙我们帮定了！"

"子进，你要去一个人去，天这么热，我留守在杭州城等你们回来。"绯绡懒洋洋地斜靠在椅子上，似乎在等人张口求他。

"绯绡，小镇上还有一个妙处，你可知晓？"青绫又拿出三寸不烂之舌，开始游说。

"我对美女没有半分兴趣！"

"镇上山清水秀，最为难得的是，生出来的鸭子极为肥美，烹饪成菜肴，松嫩多汁，只要尝一口，便唇齿留香，难以忘怀……"

他这话还没有说完，就见绯绡凤眼微睁，眼睛里闪烁出贪吃的光芒。

次日清晨，三个人就起程了。

绯绡和青绫极尽奢侈之能事，雇了一艘舒适至极的小舟，买好酒菜，顺水而下。

"真是人生有情泪沾衣，江水江花岂终极。"烟波江水，让王子进想起了东京赴考时的奇遇，一样的荡漾碧波，轻舟如梭，自己跟沉星却已天人两隔。

"子进，小心书剑使人愁。"青绫见他郁郁寡欢，拿起一坛美酒招呼道，"快来跟我们吃鸡喝酒。"

"此话说得极是，来这世上只有一遭，哪有闲情愁眉苦脸？"绯绡递给他一碗美酒，扬眉笑道，"何不宝马轻裘换美酒，逍遥快活，笑看人生？"

王子进苦笑一下，接过他手中酒碗，一饮而尽。

或许做人就当如此，要时常想想自己所拥有的。想自己一个落魄书生，既登不上天子堂，也做不了田舍郎。

得友如此，何其幸也？

三人开怀畅饮，一路顺水而下，当晚霞布满西天之时，小舟已泊到了一个小小码头。一位身穿布衣布裙的老妇人，正在一个年轻人的搀扶下，站在码头等待他们。

"是程老夫人。"青绫纵身一跃，跳上码头。

"大概是看到了银子的光芒，不然怎么如此热心？"绯绡压低声音对王子进说，"可是看这老人的打扮，却似普通农妇。"

王子进和绯绡也跟着走下船，朝老夫人弯腰行礼。

"青绫，这位就是你的朋友？"老妇人淡淡地看向绯绡，"果然跟你一般俊朗出色，不知该如何称呼？"

"小生也姓胡，与青绫兄弟相称，不知道到底发生了什么事，令夫人愁眉不展？"绯绡善于察言观色，只是短短一瞬，已看出这老人家心情郁结。

老人并未回答他，只邀请他们去家中小住。一行人走出码头，向乡间的小路上走去。

集镇虽小，风景却极为明丽，曲水绕田，远山含黛，王子进跟在众人身后，欣赏着沿途美景，不知不觉便来到了一户人家前。

待入室坐定，老夫人才垂泪道："程家世代行医，说来让人笑话，老爷居然颇信仙术，四十几年来一直沉溺于研制不死药。"

"可听说不死药已经制出？岂不是好事一桩，夫人又有何苦恼？"王子进插嘴问道。

"原本是件好事，江南还有一家富商，愿以高价购买。"老人说到这里，昏花的老眼中闪烁出恐惧的光芒，"可就在富商验药的前一夜，发生了凶事。"

"哦？到底发生了什么事？"绯绡立刻来了兴致，剑眉微挑，似乎甚是好奇。

"为了保证药效，老爷把不死药放在了密封的蜡丸里，并且让一个女童留在房中看守。"

"为什么要个孩子看守？派两个大汉岂不是更好？"王子进甚是不解，压低声音问青绫。

"你有所不知，神药一般被认为是至纯之物，只有童男童女接近，才不会令它染上污垢，破坏药性。"

王子进这辈子第一次听到这种奇怪的说法，不由啧啧称奇。

"可……可是，当天午夜，突然从那个藏药的房间里传来一阵惨叫！"程老夫人心绪激动，手脚微颤，似乎回忆起极为恐怖的事情，"然……然后，我们全家都匆匆忙忙地赶过去，却……却发现……"

"药不见了？"绯绡接口道。

"是……而……而且……"老太太以手拭泪，"那个可怜的孩子已经被人杀了。"

"真是太过分了！"王子进怒道，"居然连一个小小女童都不放过，难道夫人没有报官？"

"当然报了，但是官府也查不出什么端倪，而我家老爷，也在神药丢失后一病不起。"

"这件事非常古怪。"青绫压低声音道，"藏药的房间里外都各上着几道锁，根本就没有任何破门而入的迹象，只有一扇小小的窗户通风，却十分狭窄，仅能容人手臂通过。"

"药不翼而飞，看药的人也死了？"绯绡听了秀眉微颦，似乎极为苦恼，"活了这么久，第一次遇到这样的怪事。"

青绫点头不语，望着窗外苍茫的夜色，似乎陷入了苦苦愁思。

三

几人又说了一会儿，程老夫人带着绯绡和青绫去探望程老爷。王子进不喜见个将死的老人，便一个人溜达到了后院的药圃中。

只见不大的一方药圃，密密麻麻地种满了药材，王子进对草药一窍不通，不由好奇地蹲下来看。

只见脚下正有一簇乱蓬蓬的、锯齿状的小草，毫不起眼，他情不自禁地伸手摸去。

"不要碰，那是剧毒的断肠草。"就在这时，他身后突然响起一个小孩子稚嫩的声音。

王子进吓了一跳，手一抖，总算及时缩回，没有摸到草尖。断肠草，这个名字听起来就很毒。

"你这个人真不小心。"一个女童快步走近，蹲在王子进身边道，"这药圃种的花草也敢随便乱碰。"

王子进上下打量她，只见她不过五六岁年纪，貌不起眼，脸上还带着少许菜色，但是一双大眼睛却漆黑明亮，目光炯炯，完全不似一个孩子该有的眼神。

"我救了你一命，还不快快道谢？"她无惧王子进的目光，如大人般含笑说。

"多谢小妹妹救命之恩，小生在此多谢了。"王子进颇为配合地对着她一揖到底。

"你这书生也真是有趣。"女童笑得乐不可支，"我叫六月，不知道你如何称呼？"

"我叫王子进，你叫我王大哥就行。"王子进听到她名字不由好笑，"你是不是六月出生，爹妈为了图省事，就给你起了这个名字？"

"不是……"六月神情寂寥，幽幽地答，"因为我是六月死的，所以才起名叫六月，好永远记得那一天。"

寒意从王子进脚底升起，他望着六月稚嫩的面孔，似乎猜到了什么。

夕阳西下，天边残阳如血，将整个庭院都笼罩在血海般的夕光中。王子进哇地大叫一声，拔腿就跑。

"子进，你在干什么呢？"他像是只受惊的兔子，刚跑出庭院，就撞上了来寻他的绯绡。

"鬼……鬼……"王子进哆哆嗦嗦地指着身后道,"我刚才看到鬼了,一个小女童,五六岁大!"

"你逛个花园也能撞鬼?"绯绡显然不信他,笑吟吟地说,"大家都在找你呢,快点跟我去看看程老爷。"

王子进见今日无论如何也躲不过见糟老头子的命运,不由暗自叹息,只好低头跟着绯绡走进大屋。

只见昏暗的卧房中,白烛的光照亮了床头的一角,卧榻前正站着几个模糊的身影。

整个房间弥漫着药香,在层层叠叠的被褥中,躺着一位形容枯朽的老人。

老人头发花白,皮肉松垮,整个人似一副活着的骨架,气息奄奄地望着床边的众人。

"药……我的药……"他浑浊的眼珠微转,望着绯绡跟青绫,似看到了缥缈的希望,"找到了药……我就能长生不死了……"

"老爷,你放心,药一定会找到。"程老夫人轻轻拍着他的手,安抚他的情绪,"即便有人出再高的价钱,我也不会出售。"

"那就好……"老头松了口气,脸上露出幸福的微笑,"长生不老,多少人求之不得,我却能得偿所愿……"

王子进见他皮肉都松松地挂在骨架上,似一副活着的骷髅,居然还心心念念地惦记着永生,只觉心中恐惧,不由后退了一步。

"哎哟!"哪知这一退,居然撞到了一个松软绵香的身体,只见一位身着华服的少女,正怯生生地站在自己身后。

"小生实非有心,望姑娘见谅。"眼见唐突了美人,他急忙鞠躬道歉。只见她十六七岁年纪,粉面桃腮,水杏大眼,一定是青绫口中所说的佳人了。

"嘻嘻嘻,望姑娘见谅?"少女却朝他一作揖,举止轻浮地模仿他,"真是有趣,嘻嘻嘻,有趣极了!"

明明是再正常不过的礼节,她却笑得前仰后合,似乎完全沉浸在自己的世界中。

"姑娘,我们走吧,快别笑了。"一位布衣荆钗的婢女忙走上来,将少女拉走,"那是外人,不能随便跟陌生男子说话。"

"嘻嘻嘻,有趣死了,陌生什么?什么男子?"她含混不清地重复着婢女的话,一边走还一边依依不舍地望向王子进的方向。

王子进眼见她走出房间,立刻怒气冲冲地跑到青绫的身边:"你这个骗子,那就是你说的佳人吗?"

"哦?我可没有骗你。"青绫笑嘻嘻地答,"你能说那娘子长得不美?"

"可……可是你没有说她是个……"王子进"疯子"二字刚刚要说出口，觉得少女甚是惹人同情，硬生生地咽了回去。

他在心底打定主意，从此再也不会信这骗子的一言半语。

"子进，不要失望。"绯绡见他不高兴，朝他眨眼笑道，"很多时候，你看到的东西，未必就是真的。不要过分相信自己的眼睛，世上有太多迷惑人的假象。"

王子进望着灯光下这两个少年，一个青衣潋滟，一个白衣胜雪，皆是飘逸出尘，仿若仙人，不由暗自叹息。

世间果然有万般幻象，程老夫人，你自求多福吧。请来这一对骗子帮你寻药，难保不会人财两空！

四

诸人相继退出程老爷房间时，天已经蒙蒙黑，一弯弦月挂在天际，明亮如弯钩。

"夫人能否带我们到藏药的房间一看呢？"绯绡没有丝毫疲惫之色，再次向程老夫人提出请求。

"几位远道而来，车马劳顿，难道不用休息吗？"老夫人面现欣慰之色，却推辞道，"明日天光大亮我们再看不迟。"

此话甚得王子进心意，今日舟车劳顿，刚刚又见了个瘦得皮包骨的老人，对他这个崇尚美形的人来说，不啻是巨大的打击。

他现在最想做的就是一头扎到松软的被褥中，好好休养生息。

"事不宜迟，我猜不死药尚在这座宅院里，并没有流落世外。"绯绡完全不理会王子进疲惫的脸色，毫不退缩。

"真是英雄所见略同！"青绫也附和着说，"我也是这么想的，如果真有不死仙药现世，一个月的时间，早就该在世上掀起轩然大波。"

"可是药房并未整理，晚上看来，会有些骇人。"程老夫人听了他们的话，似在漆黑的夜晚看到一线光明，"如果几位不介意的话，今晚去看当然无妨。"

谁说不介意？我明明就很介意！王子进不由在心中暗骂。

但饶是他痛苦万分，还是耷拉着脑袋跟在众人身后，往偏僻的后院走去。

其间又路过药圃，此时夜色如水，晚风乍起。望着黑暗中摇曳的药材草木，想起六月漆黑的瞳仁，他不由又浑身发冷。

前面引路的家丁带着他们穿过一片荒芜的草地，来到了后院一间偏僻小屋前。

小屋是石头砌成，虽然外表简陋，实则坚不可摧。一扇坚固而沉重的包铁大门，正沉默地把守着这唯一的入口。

"这是老爷炼丹的地方，他只要有空闲，就躲在这里钻研。"老夫人对家丁使了个眼色，示意他打开大门。

家丁忙跑了过来，掏出腰间挂着的一大串钥匙。

"难道这么多钥匙都是开这扇门的？"王子进见到壮观的钥匙串，暗自惊叹，"今日可真是开了眼！"

"这屋中放着程老爷毕生的心血，最珍贵的宝物，难免会格外珍视。"绯绡偏头笑道，"人类真是有趣！"

在两人说话间，只听叮当之声不绝于耳，家丁连开了五六把锁，总算打开了石屋的铁门。

门里漆黑一片，不见微光，几人找到根白烛点燃，相继摸索着进去。

"这就是丹房。"程老夫人走在前面，指着另外一个房间，"因为要通风换气，这间屋子有烟囱。"

王子进探头看去，只见那黑暗的房中正放着一个极大的香炉，香炉下还有草木燃烧的灰烬。

"最里面的那个房间，就是藏药的所在。"老夫人指着狭窄的走廊尽头道，"自从出了事，门只开过两次。"

只见石头的墙壁上镶嵌着一个方方正正的暗影，几乎要吞没蜡烛的点点余光，待到走近，才看清那是扇铸铁的大门。

"这……这简直就像是牢房。"王子进摸了两下，触手冰冷，坚不可摧，"药就是在这个房间中丢的？"

"不错……"老夫人似想起难过心事，以手掩面，示意家丁继续开门。

紧接着又是一阵叮叮当当的脆响，大门发出沉重的闷响，终于被打开。烛光昏暗而飘摇，但也足以让人能够看清房内景致。

王子进只看了一眼，顿时倒抽一口凉气，胃里面翻江倒海，几乎要把在船上吃的美食贡献出来。

只见狭窄的石屋中，桌椅翻倒，一片狼藉，地上布满了凌乱的脚印，似乎有人在此进行过殊死的搏斗。

但最可怕的还不是这个，而是房中的青石地板上，正凝固着一大摊深褐色的液体，即便只是惊鸿一瞥，也能看出那是干涸的人血。

"药当初是放在哪里？"绯绡毫无惧色，好奇地打量着这个房间。

"我们也不知道……"老夫人指着墙角的一处道，"但是那块石板被撬开了，里面露出一个空空的盒子，看那木盒的大小，似乎就是装药的！"

"我检查过了，这里除了大门没有别的入口。"青绫丈量了一下那狭窄的窗口，"能从这个窗户钻进来的，大概只有猫。"

"那……那块血迹，就是看药的女童留下来的吗？"王子进心惊肉跳地指着血迹问。

"是的……"老夫人听到他一说，忍不住低头垂泪，"那孩子脖子被人割断，根本就活不了了，可怜六月这孩子，为什么会遭此惨祸？"

"等等……"王子进耳边似响起一声炸雷，令他脑中嗡嗡作响，"死去的女童叫六月？"

"是的，她是老爷两年前收留的，炼丹只能用童男童女，就把她留下来帮忙……"

"她……她可是一个五六岁大的小小女童？"王子进颤抖地问道，"头上还扎着两个小髻？绑着青色丝带？"

"不错，王公子如何得知？"

"我看到她了……"王子进脸色惨白，心慌意乱地回答，"就在今日傍晚，那片药圃中。"

他这话刚一说完，就见程老夫人脸上的褶子颤了几颤，接着两眼翻白，头一歪就晕倒在了地上。

五

由于主人晕倒，大家再也顾不上检查房间，七手八脚地把程老夫人抬进了卧室救治。

待一切稍定，绯绡开始不满意地埋怨王子进："你自己八字不好，见到妖怪是常事，也不能对年纪那么大的老人家说啊。"

"这次有趣了，我看就算找到不死药也无济于事，都不够分的。"青绫幸灾乐祸地补刀。

"可是我真的看到她了！"王子进犹自沉浸在恐惧的回忆中，"她还为我讲解草药，跟一般小孩无异。"

"或许那女童心怀怨气，灵魂徘徊不去。"绯绡似想到了个好主意，"不如明晚我们把她的灵魂招上来问一问？"

青绫极为不屑地朝他翻了个白眼："你以为我没干过吗？不知是不是那孩子太小，

意志力不强，我招了半天一无所获，白费了一番力气。"

"哎呀，如此可难办了……"绯绡蹙眉咬唇道，"房间布置得滴水不漏，如果真的有人能穿门而入，一定非鬼即狐。"

"你我心知肚明，屋子里根本没有半分妖气。"

"这事真是奇怪。"绯绡抖落了一下雪白绫袍，朝王子进笑，"子进，忙了大半天，你有没有觉得腹中空空啊？"

"你怎么天天就记挂着吃？"王子进连声抱怨，完全忘记了自己也是为美色所迷才来到此地。

"我知道有一户养鸭子的，他家的鸭子最是肥美。"青绫听了立刻眼冒精光，"我们出点银子，让他抓一只烤来吃怎样？"

"天色已经晚了，事不宜迟，我们速速前去。"绯绡迫不及待地朝王子进道别，"子进，你自己保重。"

"赶快走吧，别回来了。"王子进见状怒道，"我要好好休息！希望你们能吃一整夜的鸭子！"

青绫和绯绡笑嘻嘻地走出房门，他们的脚步悄无声息，一青一白，像是两道飘摇的影子，转眼消失在漆黑的院落中。

果然是江山易改，本性难移！即便他们变出再美丽的皮囊，也时刻忘不了偷鸡摸狗！

王子进重重关上木门，倒在床上，蒙头便睡。

白日里车马劳顿，刚才又受了一番惊吓，他几乎是沾上被褥的同时，就陷入了黑甜的梦乡。

梦里有人，在渐渐接近，似乎就是白日里见到的女童六月。她瞳仁漆黑，毫无感情地望着他。

"大哥哥，大哥哥……"六月伸手按在他手背上，"快点跟我来。"

"去哪里？"王子进只觉得她手如寒冰，透着刺骨的凉意，一个激灵就醒了，颤声道，"而且你不是死了？怎么还在阳间徘徊？"

"呵呵呵，谁说我死了？"六月偏头笑道，"再说大哥哥不知道吗？生命永远短暂，只有死亡才能永恒。"

王子进见她生得活泼，与一般女童无异，对她的恐惧顿时大减："你要带大哥哥去哪里？我随你去便是。"

"你来了便知。"六月朝他一笑，推开房门，顺着阴暗的走廊往花园里走去。

王子进望着她小小的背影，几次三番想冲口问她，是否记得到底是被何人所杀，可是话到嘴边，却实在不忍提起。

只希望这个小女孩的美梦永远不会醒来，活在她构筑的甜美梦境中。

两人从后院走到前厅，居然又来到了白日相逢的药圃前。

"这是干吗？"王子进望着眼前的芳菲舞动，好奇地问，"你又要教我如何识别草药吗？"

"嘘……"六月伸手拽了拽他的衣襟，示意他伏低身体，"一会儿就会有人来了。"

王子进只好依照她的指示，矮身蹲在花丛中。

不知过了多久，只见月影西移，草木沾露。突然一阵细小的踏草声由远而近，似乎有什么人，正在小心谨慎地靠近。

接着回廊上响起一串急切的脚步声，另一个人影急切地从王子进藏身的地方掠过，甚至在那么一瞬间，他都能闻到那人身上的熏香气息。

"你来了……"黑夜中响起一个压抑的女声，"我等你好久，怎么现在才来？"

"书院的事情太忙，我一时脱不开身。"接口的是一个年轻男子。

"今天有人来查药的下落了。"女人接着道，"怎么办？会不会发现你曾进过那个房间？而且你真的没拿到药？"

"如果我拿到了药，早就把它卖了，带你远走高飞。"男人声音激动，似乎极为生气，"那晚我拿着你配给我的钥匙，走入石屋中，就发现药已经不翼而飞，而女童也横尸在地，如有半分虚假，让我天打雷劈。"

"我知道了，我信你还不成？"女人似乎被他的话感动，轻轻地说，"今日那二位公子说，药可能还在屋中，待我有了消息再告诉你！"

"我先走了。"男人柔声道，"你不要担心，没有人会识破。家里人都对你放松警惕，想到谁的头上也不会怀疑你。"

接着两人又低语了几声，轻轻道别，女人提着裙子又从王子进身边急急掠过。

王子进蹲得双脚酸麻，半天都站不起来。他望着苍茫的夜色，不由愣愣地出神，刚才那两人是谁？看来他们曾经计划盗药，却被人先行一步，并未得手。

可药到底是为谁所盗呢？

他想了半天也想不出端倪，再一看六月不知何时已经离去，只好腿脚发胀地走回房间。

绯绡跟青绫一去不复返，看样子吃得极其尽兴。他一夜几乎无眠，直到第二天在饭桌上，才看到了绯绡的影子。

"绯绡，等会儿有要事跟你商量。"人多嘴杂，虽然他心中疑团重重，还是不敢泄露半分。

"我也有事跟你说！"绯绡朝他得意一笑，似乎胸有成竹。

"说来听听？"王子进看他那脸色，就猜到事情必然有了进展，立刻欣喜若狂。

"嘻嘻嘻，天光明媚，小鸟飞飞，小鸟飞飞，真是有趣啊，有趣……"就在绯绡张口要回答时，走廊上突然传来一个疯疯癫癫的女声。

王子进立刻惊得手上的饭碗差点掉在地上，因为这和他半夜听到的女人声音，竟然一模一样！

"子进？"绯绡打量了他一下，微笑道，"你不是想听我的发现吗？"

"是……是，你又做了什么好事？"王子进压抑住紧张的情绪，故作镇定地问他。

只见绯绡和青绫相视一笑，交换了下眼色，似乎有暗潮涌动，诡计重重。

"我找到药了。"

"什么？"王子进不敢相信自己的耳朵。他不过出去吃了趟鸭子，就有这么大的收获？难道是在鸭子的肚子里找到的？

"就藏在药房中，根本没有被拿走，被盗的是假药。"绯绡悄声道，"今日午时，我自当公布给所有人知道。"

六

"昨晚我们不是看过？那盒子中分明空空如也！"王子进更加诧异。

"子进，你难道没有听过曹操的七十二疑冢？"绯绡喝了口茶，悠然地答道，"人类对于自己珍视的东西，往往最会花心思隐藏。程老爷也效仿古人，在房中埋了多个盒子，昨晚我跟青绫打开门锁，悄悄潜入，才发现了这个秘密。"

"既然被盗的是假药，程老爷又怎会急火攻心，一病不起？"

"估计是老眼昏花，一时看错。"绯绡得意地捋了捋长发，扬眉浅笑，"况且真有不死药现世，又怎么会隔了这么久毫无动静？我看多半是那贼一时失手，偷走了假药，现在正不知躲在何处懊悔。"

他多半是在酝酿第二次行窃！王子进想到昨晚偷听到的谈话，心头顿时一紧。

"绯绡，昨晚我有大发现，我们借一步说话。"

"哦？是什么样的事情，还不让我听到，是不是子进又看到了哪位美人？"但是还没等绯绡点头答应，青绫就嬉皮笑脸地凑了上来。

"为什么我一说什么你就只能想到美人呢？"王子进怒道，"难道我就不能寻得蛛丝马迹？"

"哈哈哈，因为你只有见到美女的时候才视力最佳！"青绫拊掌大笑，摇头晃脑道，"至于平日嘛，大半有眼无珠。"

王子进被他气得一口气差点背过去，刚刚喝口茶水顺气，便见绯绡朝垂首而立的家丁打了个响指。

"在下经过一晚的探查，已经找到了不死药的所在，能不能劳烦老夫人把所有人都集中到石屋之中？我有要事宣布！"

"公子，此话当真？"家丁立刻欣喜若狂，"夫人年事已高，可不能让她情绪再有剧烈波动。"

"我们若有半句妄言，定当天打雷劈。"青绫在一边信誓旦旦地保证。

王子进望着他满是正气，凛然严肃的脸庞，连连叹息。难道天上的雷公都去打盹了吗？他明明谎话比真话还多，怎么还能至今毫发无伤？

于是一个时辰后，所有人都集中在了后院，程老夫人挂着拐杖，勉力赶来主持大局。

王子进几次三番要找机会跟他说昨夜的所见所闻，苦于时间紧迫，青绫又寸步不离，让他一直无法开口。

"子进，等会儿就能拿到药了，你有什么话要跟我说吗？"绯绡见他似有心事，好奇地问道。

"没事。"王子进摆摆手，望着烈日下前往石屋的一行人，疑道，"怎么不见这家的姑娘？"

"果然江山易改，本性难移。"青绫不放过任何一个嘲笑他的机会，接口道，"程家的姑娘还未出阁，怎么会轻易抛头露面？"

"对了，这程家姑娘生来就疯疯癫癫的吗？"

"好像不是……"青绫偏头凝思，"似乎是在十五岁的时候，因为抗婚，心气郁结，一时转不过弯来，一夜之间就疯了！"

如此看来，这姑娘心气甚高，不像是鸡鸣狗盗之人。王子进想到昨夜在药圃中偷听到的对话，竟然越发迷惑。

他正在皱眉思考，却听耳边响起一阵叮叮当当的钥匙相碰的声音，抬头一看，只见一个家丁正在石屋前弯腰开门。

石屋在灿烂的阳光中也褪去恐怖，门扉前杂草丛生，郁郁葱葱，乍一看竟像书中描绘的世外仙人居住的小屋。

"二位公子，请进吧。"家丁替众人把大门打开，只见狭小的走廊深邃而昏暗，似乎弥漫着挥之不去的浮尘。

"公子啊，你真的没有骗我？"程老夫人眼见真相即将揭晓，激动地拉着绯绡的袖口道，"要是这次再落空，我真是再也承受不住……"

"请老夫人放心。"绯绡粲然一笑，大步走在前面，"在下定然不会令您失望。"

只见他白衣舒展，几步就走到了铁门前，伸手轻轻一推，那沉重的铁门居然应声而开。众人见他不用钥匙，如此轻松地打开了坚固的铁门，一时瞠目结舌。

果然这世上没有一扇大门能够挡得住他，王子进在摇头叹息，跟着绯绡走进了藏药的房间。

"人们都以为这盒子里藏的就是不死药。"绯绡指着前日见到的，被撬开一角的石板道，"其实那只是个逼真的幌子，真正的药还在房间中！"

"啊？公子如何得知？"程老夫人和一众家丁都面现迷茫，不知所以。

"因为方位。"青绫连忙补充说，"那块石板所在的位置是'坎'，而昨日我们一进来，就发现这房子盖得极正，炼丹的房间还挂着一幅八卦图，可见程老爷在风水上花了不少心思。"

"正是如此。"绯绡扬眉浅笑，快步走到房间的另一个角落，用折扇指着脚下的石板，"这下面，应该也有一个药盒。"

"快去挖，还站着做什么？"老太太激动万分，出口吩咐下人。

立刻有一个人冲上去，几下就撬开石板，果然露出一个棕色药盒。

"太好了，真是太好了！"程老夫人激动地打开木盒，只见深红色的绒布中，正躺着一个洁白莹润的蜡丸，"药，终于找到了……"

"夫人先不要急。"绯绡望着老泪纵横的夫人道，"这未必是真药，很可能是另一个陷阱。"

七

"啊？又是假的？"程老夫人的笑容顿时凝固在脸上，泪痕点点，甚是尴尬。

"如果没猜错的话，那边的墙角下，也应该埋有一个药盒。"

"不错，四个墙角下皆有一样的物！"青绫附和道，"这是疑兵之计，但我们也无法猜测哪个才是真正的不死药。"

"但……但是，你们为什么说被盗走的药是假的呢？"程老夫人好奇地问道，"你们不识药材，根本无从判断。"

"因为被盗走的药埋在'坎'位！"青绫言之凿凿地说，"'坎'位有阳陷阴中，险上加险之意，所以程老先生绝对不会把真药埋在这里。"

"那……那真药到底在哪里？"

"刚刚挖出木盒的是'离'位，有离散分别之意，埋的应该也不是真药。"绯绡若有所思地在狭小的石屋中踱步，"所以，唯有代表天象的'乾'位，最有可能掩藏不死之药。"

"绯绡，你就不要卖关子了。"王子进急得抓耳挠腮，"快说'乾'位在哪里？"

绯绡走到屋子的一个角落，回首朝众人笑道："'乾'位，就在我现在站的地方！"

众人见他自信满满，姿态洒脱，长久以来压抑在心中的大石顿时落了地。程老夫人再次喜极而泣，双手合十不断念经诵佛。

后来家丁们在绯绡指点的所在挖掘，果然又挖出一个木头盒子，盒子上还包着金边，一看就与之前的三个大相径庭。

"这次一定是不死之药。"程老夫人颤抖地把盒盖打开，只见里面端端正正地放着一个朱红色的蜡丸。

那蜡丸像鸡卵般大小，在午后绚丽的阳光中，散发出玛瑙般晶莹剔透的光。

"夫人，现在不好妄下结论。"绯绡眼见程老夫人要离开，急忙抢上一步阻止她。

"为什么？救命如救火，现在找到了药，定然要立刻给老爷服下。"

绯绡脸色一沉，俊脸含霜，一字一句道："我们只是通过假设推断它是真药，但是并无确凿证据啊。"

"但……但是它明明如此与众不同，外表光鲜华丽……"

"绯绡说得没错！"王子进脑中灵光一闪，跟着出言阻止，"这世上金玉其外、败絮其中的人都那么多，何况一颗药丸？并不能仅凭朱红蜡丸就妄下定论！"

"那……那到底该怎么办？"程老夫人迷茫地望了望绯绡，又看了看青绫，苍老的手紧紧抓着镶金的木盒，不知所措。

"为今之计，只有暂时把这三颗药丸妥善地收好，再派家丁去请个高明药师过来，是真是假，一验便知。"

"这主意倒是好……"老太太踌躇道，"只是，该把药藏在哪里呢？"

"就藏在这个石屋里。"绯绡打量了一下这密不透风的藏药房，扬眉笑道，"所谓最危险的地方最是安全，那贼人万万不会想到药仍然藏在丢失的地方。"

王子进看着绯绡谈笑风生的脸，心中升起不祥的预感。

对于外贼，绯绡的想法当然不错！可万一小偷是个内鬼，尤其是在有全套钥匙的情况下，这石屋就算再坚固，对他来说也如囊中取物！

"好，胡公子，这寄托了我们全家希望的药，就交由你来保管了。"

程老夫人伸出如树皮般皱皱巴巴的双手，把镶金盒子恭恭敬敬地捧到了绯绡的面前。

王子进一回到客房中，就匆匆忙忙地掩上房门，神色紧张地说道："昨晚我偷听到了两个人在药圃里说话，好像他们就是盗药之人。"

"哦？"绯绡折腾得累了，懒洋洋地靠在椅子上喝茶水，"他们说了什么？"

"一个人有全套的钥匙，还有一个是女人，依稀是这家的家眷，而钥匙就是她偷出来的。"

"很好，很好。"他话音刚落，就见青绫面带微笑地不停点头，眼角带笑，似乎想起有趣的事情。

"有什么好？"王子进一见到他就气不打一处来，"你们非要把宝贵的药藏在石屋中，不是给贼人送礼吗？"

"子进，消消气。"绯绡凤眼含笑，轻声对他说，"好好休息，去睡一觉，事情很快就能解决。"

"睡什么睡啊！"王子进急得像是热锅上的蚂蚁，指着乾坤朗日跳脚，"太阳还这么高，刚刚起来没几个时辰，怎么又要去睡觉……"

可是还没等他说下一句话，就见青绫朝他微微一笑，伸出一只纤长的手，轻轻地在他鼻端晃了晃。

"你要干吗……"他好奇地问，突然觉得睡意排山倒海般涌来，瞬间就把他淹没吞噬，令他一头栽倒在床上，呼呼大睡。

"青绫，你真是直截了当啊。"绯绡望着酣睡的王子进吐了吐舌头，"我还想跟他解释一下呢。"

"多说无益。"青绫负手笑道，"今日夜里，他自能得知一切，如果提前告诉他，难保不会怕得睡不着！"

"说到睡觉，我也有点累了。"绯绡懒洋洋地伸了个懒腰，出门往自己的房间走去，"昨晚折腾了一整夜，不知道我们撒下的网，到底会抓到怎样的一条鱼呢？"

"你不会失望的。"青绫跟着他走出去，缓缓地带上王子进房间的门，一片寂静之中，只有他清朗的声音回荡，"那，一定是条大鱼！"

窗外，阳光灿烂，翠鸟争鸣，恍如暴风雨前的海眼，在祥和平静中，酝酿着惊涛骇浪。

八

当日夜晚，王子进被绯绡从床上叫醒，只见绯绡色如春花，定定地看着自己，掩不住风流之气。

"子进，今晚有好戏，你要不要看？"

"什么好戏？当然要看！"王子进见他眼神，就知道必有好事，忙从床上跳起来，穿上外袍就走。

"跟我来，千万不要出声。"绯绡的脚步悄无声息，像是暗野中捕猎的野兽，轻盈迅捷地走在前面带路。

王子进也尽量放轻脚步，两人一前一后地走出房门，遁入沉沉夜色之中。

不知走了多久，绕了几个圈子，王子进终于知道绯绡在带自己前往石屋。

"是不是今日我的话让你坐立不安？"这个发现令他得意扬扬，"所以才要连夜把守？"

"其实不论你说不说，我也会整夜埋伏的。"绯绡回首朝他笑道，"那药是假的，不过是个引蛇出洞的诱饵。"

"什么？"王子进惊得失声尖叫，"三颗！全部是假的？"

"没错，那是我跟青绫连夜找来的药丸。那颗朱红色的，不过是普通的大活络丹，只是蜡丸被我们做了手脚。"

"把药丸埋在石板下的也是你们？"

"除了我们还能有谁？"

"然后编了一堆鬼话骗人，引我们上当？！"王子进越说越觉得自己真是天真，居然会相信这两个骗子。

"只有先骗了朋友，才能骗得了敌人。"绯绡见他脸色发青，忙出言安慰他，"而且你目前不是知道了？那盗药的人现在还蒙在鼓里，又有什么可生气的？"

王子进被他一句话说得语塞，只有跟在他身后。

夜露沾身，浸湿了松散的袍角。等二人走近石屋，才发现门边正站着一个青色人影，身姿如盎然春水，流淌着不尽风流，正在朝他们殷切地挥手。

"你们总算是来了。"青绫快跑两步，一把将王子进拉到树丛中，神色紧张地说，"估计时候差不多了，还是小心为妙。"

"你确定偷药的人今晚一定会来？"

"当然，白日里我和绯绡弄得尽人皆知，他要是今晚还不来，也太过驽钝！"青绫将一根木棍塞进他手里，"拿着这个，可以防身。"

"喂！那你要去哪里？"王子进举着木棍道。

"我负责把守屋后，大门就交给你跟绯绡了。"青绫说罢脚步轻盈地跳出树丛，身影一闪，就消失在暗夜的黑影中。

只剩下王子进一个人，心情紧张地蹲在树丛里。绯绡也不知所终，在这寂静的夜里，陪伴他的只有秋虫寂寞的鸣叫和草木沙沙的轻响。

哪知这一蹲守就是半夜，不要说人，连个猫影都没看到。他索性坐在地上，望着头顶的朗月，心有戚戚焉。

想他从小苦读，一心向学，虽然资质不高，没登上天子的朝堂，但是万万没有想到有一日会沦落到偷袭暗算的田地。

但是还没等他感怀完心事，就听到一阵踏草的沙沙声，似乎有什么人，正在轻手轻脚地接近。

来的会是谁？深更半夜，多半非奸即盗。

他不由呼吸急促，浑身发抖，紧紧抓住手中的木棒。

只见一个人影，正左顾右盼，鬼鬼祟祟地走过来，看那瘦高的身形，隐约是个年轻的男子。

男人见四周无人，从腰间掏出钥匙，开始叮叮当当地开门。但是他不似家丁那么熟练，在黑暗中试了好几次，才笨手笨脚地打开了大门。

王子进太紧张，浑身抖得跟筛子一样，居然带得周围的树枝都跟着沙沙作响。

"谁在那里？"男人似乎察觉到了有人，扭头望向王子进的方向。

"大胆贼子！居然敢深夜盗药！"王子进把心一横，握着木棍就从树丛中跳了出来。

"我说子进，你怎么就这么傻呢？"就在这时，黑暗中响起一个清朗的声音，"你等他进门之后，把外面的大门一锁，他就算长了翅膀都飞不走啦！现在还要费力捉他！"

男人见埋伏的不止王子进一个人，撒腿就往庭院的方向跑去。

"你往哪里跑！"王子进第一次如有神助，挥舞着木棍就追。

但是男人似乎非常熟悉路线，拐了几个弯就把王子进甩得远远的。

"子进，用你的棍子扔他。"就在王子进眼看要追丢目标的时候，身后突然响起了一个清脆的声音。他鬼使神差地一扬手，木棍就带着虎虎生风之势，直直地砸向前面的人影。

"啊！"只见男人应声倒地，在不远的前方发出闷响。

"我居然扔中了！"王子进高兴得手舞足蹈，"我自己也能抓到贼啦，看日后谁敢说我无用！"

"不过是一时得手，有什么好高兴？"绯绡白影一闪，越过王子进，跑到那摔倒的人跟前仔细地打量。

"你一定是嫉妒我。"王子进陶醉在自己的美梦中，"我只是用尽全力一扔，就把贼人打倒了！"

"子进你真是厉害，"青绫随之而至，朝他笑道，"不过下次你可以找个绯绡不在的时候扔，看看到底能扔多远。"

"青绫，好像错了。"只见不远处的绯绡面色凝重，似乎非常失望。

王子进也跟着跑了过去，只见地上正躺着一个家丁打扮的人，只是他两眼翻白，似乎已经晕倒，"果然是内鬼，但是没有想到是个家丁。"

"不是他……"绯绡伸手指着家丁的腰间道，"他没有钥匙，估计是听到嘈杂的声音，跑过来帮忙的。"

"难……难道……"王子进突然涌起一丝不好的预感，"我的棍子，打到的是他？"

"可能是在你出手的一瞬间，他也跳出来抓人，结果做了替死鬼。"

"啊？那要怎么办？我们说话的工夫，那贼人不是早逃了？"

"只要他已经现出身形，就没有逃脱的可能。"绯绡看了一眼青绫，微微笑道，"青绫，你觉得我们能把他抓回来吗？"

"好久没有捕猎了，不过猎物是个人的话，应该不会失手。"青绫突然一把拉住王子进的腰带道，"子进，小心啦！"

"小心什么……"王子进大喊一声，突然觉得脚不点地，身体几乎要飞起来，周围的景象飞速掠过，原来是青绫揽着他在暗夜中飞奔。

九

"你们抓贼，为什么要把我也扯上？"王子进跑得气喘吁吁，汗流浃背，不由怨声连连。

"没有你怎么行？"青绫在任何时候都不忘记逗他，"关键时刻还须靠你扔棍子呢。"

王子进只好闭上嘴巴，老老实实地跟着抓贼。

只见绯绡几个纵跃就翻过回廊，像是一道白色闪电，划破沉沉黑暗，瞬间就消失在围墙下的一处暗角中。

"那边有个后门，直通后山，绯绡一定是找到了贼人的踪迹。"青绫毕竟拖着王子进，腿脚微滞，两人赶到那处暗角，果然见一道小小的后门虚掩，只是锁头上都布满斑斑锈迹，似乎许久未曾使用过。

"看来他每次都是从这个不易察觉的小门进出的。"王子进连忙道。

"多半如此。"青绫推开小门，加快脚步追了上去，"已然现了踪迹，看他能跑多远。"

"喂，你等等我。"不知为什么，青绫不再揽着他跑，却让他惊恐莫名。夜晚的丛林中，阴风阵阵，似乎随时都能从树木的阴影中跳出个鬼怪。

后山是一大片郁郁葱葱的竹林，竹叶轻摇，在夜风中沙沙作响。

这程老先生真是会选地方，都说无竹令人俗，他把家安在这么大一片竹林旁，就算不去炼制仙药，也快成半个神仙了！

然而他在林中刚刚跑了几步，就听竹林深处传来一声凄厉的惨呼。王子进心中一紧，急忙掉转方向，往惨叫传来的地方奔去。

那里站着一个通身雪白的人影，另有一个青色人影，正站在他的对面。两人呈堵截之势，似在阻拦什么人的去路，再定睛看去，王子进才看清地面上正匍匐着一个瑟瑟发抖的人。

王子进快跑两步过去，指着地上的人道："他就是那个盗药的贼人吗？"

"应该是吧。"绯绡摊手笑道，"我听到他奔逃的脚步声，就追寻而至，哪知刚刚从竹子上跳下来，他就被我吓得瘫软不起了！"

王子进仔细打量地上的人，只见那人身穿灰色布袍，面孔斯文，竟然是个年轻书生。

"这……这就是盗药的贼人？"王子进见那人身形跟他差不多，不由瞠目结舌。

"多半是他，不然也不会仓皇逃命！"

"公子，这位公子，救命啊！"男人见到王子进，顿时回过神来，朝他伸手道，"看你就是读过书的，定然比他们讲道理。"

"怎么？他的意思是说我们俩看起来就像目不识丁的，所以不讲道理？"青绫鼻子一哼，似乎甚为不满。

"对哦，你是读过书的……"绯绡面带笑意，步步逼近，"难道书上没有说过，君子不夺人所爱？君子应行正立端？为何还会做贼？"

书生被绯绡一句话问得语塞，突然激动得满面通红，过了许久方垂首道："公子所言极是，可惜读了那么多的书，却没有一本能告诉我，当遇到一个朝思暮想的佳人，又该如何自处。"

这声音十分熟悉，王子进心中一颤，因为这正是昨晚他在药圃中听到的男声。

"哦？这么说，你是为了红颜才铤而走险？"青绫听了笑道，"难不成她命在旦夕？"

"不，是她家嫌我穷困，不肯把女儿许配给我，所以我才出此下策，打算偷了仙药卖钱，好风风光光地让她过门。"

"那个女子是谁？"王子进急忙踏上一步，焦急地问道。

"我不能说……"书生抱头懊悔道，"如果坏了她的名节，我不如去死。"

"子进，这还用猜吗？"绯绡指着他腰间挂着的一大串钥匙，"除了程家姑娘，哪里会有第二个人能弄到全套钥匙给他？而且他在程家轻车熟路，简直像走在自家的庭院中。"

书生听到他的话，立刻瞪圆了眼睛，似看到了恐怖的鬼怪。

"其实你们又何必如此费事？"绯绡摇头笑道，"我听青绫说，程家娘子当初为了拒婚，一夜之间变疯了，多半也是为了你。"

"不错，宁儿为了嫁我，每日装疯卖傻，受尽委屈！"

"可是今夕不同往日，你提亲被拒的时候，程家姑娘尚是佳人一名。现在程家人皆以为她真的疯了，你再去提亲，他们自会乐不得地答应，更不会看你是穷是富。"

绯绡这一句话点醒梦中人，只见书生突然一跃而起，似乎充满无穷力量，朝青绫跟绯绡不住道谢，喜悦溢于言表。

"对了，我们还有事问你。"青绫见他乐得手舞足蹈，出言问道，"药，真的不是你拿的？"

"如果我已经拿到药，今晚又何必铤而走险？"

"一个月前，出事那晚，你有没有去过石屋？"

"去了……"书生脸色突然变白，似乎想起了什么可怕的事情，"可是我去的时候，那女童已然横尸在地，装药的盒子也被人挖开，里面空空如也，我在屋里找了半天，却遍寻不获，只好又溜了出来。"

"不对啊……"绯绡听到此处皱眉道，"程老夫人明明说当晚传出一声凄惨尖叫，他们才闻声而至，发现了仙药被盗，女孩倒在血泊中……"

"等等，你……你方才说什么？"书生突然颤抖地问。

"他说女孩倒在血泊中。"王子进想到六月，难免有些伤神，叹道，"女童是被人割断脖子而死，难道你不知道吗？"

"不要说笑了……"他面色惶恐地望着三人道，"我去的时候，她的脖子根本就没有断，像睡着了一样倒在地上，但是却一丝气息也没有。"

风吹竹叶，发出沙沙的轻响，像是奏响了一曲神秘的歌谣。

十

"我们就这样放他走好吗？"烛光如豆，王子进斜卧在床上，摆弄着手里的一大串钥匙，正是挂在书生腰间的那串。

"他们也没有做什么，而且事关一个女子的名节，还是不要把事情闹大。"绯绡说罢望着青绫道，"这次我也无能为力了，这件事太过诡异，难道还有贼人盯上了这不死之药？"

"这么说在他之前就已经有人进去，拿了药，杀了人。在他之后又有人进去，那人没有拿到药，但却恰被没有死透的女孩发现，结果给了女童致命的一刀，空手而归？"青绫皱眉分析道。

"可能性太小了！"这次连王子进都听不下去了，"被发现的时候，石屋的门是从内部反锁的，而且那么坚固，怎么可能任人进出？"

"今日先好好休息吧，明日再做打算。"绯绡望着窗外的弦月长叹一声，俊脸上写满疲惫，与青绫走出房间，各自回房休息。

王子进从未见他这样寥落，知道他的苦心布置转眼成空，不免跟着黯然神伤，他望着窗外的朗月陷入了苦苦的凝思。

不死之药？不死之药！可到底是什么方法，才知道这药真能有令人长生不老的效果呢？

他慢慢地把自己带入情景，想象自己就是终年追求仙术的老头。每炼出一枚药丸，必定是雀跃兴奋的吧？可是拿着药丸，一定不敢亲自去吃。

但是还想知道药性，这时候该怎么办呢？最好的方法莫过于找人或动物试药！

他想到这里，脑中突然一片清明，一翻身就从床上坐起来，穿上外袍就往绯绡的房间跑去。

"绯绡，我知道啦。"他连门也不敲，一把就推开雕花木门，只见绯绡正端坐在烛火下，朝他露出温和的浅笑。

"子进，原来你也想到了。"绯绡缓缓地说，"每一颗不死之药的背后，必然有个不死之人，就是那个验药的人！"

"可……可是，这个想法过于凶险。"王子进结结巴巴地道，"我们要如何才能证实？"

"明天，去找那个女童的坟，如果她真的不老不死，定然会从坟里爬出来。"

王子进心中一凛，想到六月那双漆黑的眼睛，心中充满苦涩，一时竟然不知道是该期望着她的死，还是该期望着她的生。

次日天空中飘起蒙蒙细雨，终于为炎夏送来一丝凉爽。绯绡一大早问到了女童的埋葬之处，撑着一把竹伞，跟王子进走入竹林深处。

"程老夫人说，孩子太小，不能建坟，就把她埋在后山。"绯绡边走边说，"其实青绫招魂不成功的时候，我就该有所怀疑。你又屡屡看到她在家中进出，当时我们竟误以为她是鬼怪。"

"绯绡……"王子进突然有些恐惧，望着青翠欲滴的竹林道，"这世上，真的有不死的人吗？"

"不会，"绯绡的白衣似乎被竹林染上翠色，分外寥落，摇头苦笑道，"只要有生命的东西，皆会枯萎死亡，所谓不死的人，不过是活着的僵尸。"

王子进不再言语，跟他踏草而行，走了没多远，就看到了竹林深处有一处小小土穴。

周围草木歪斜，黄土凌乱，似乎掩埋过什么人。但是现在那寂寞的黄土中，只留有一个浅浅土坑，又哪里有尸体的影子？

王子进撑着竹伞，呆呆地望着脚下的土坑，一时失神。

原来他们都被骗了，这一切的一切，其实都是一个不到六岁的女孩，利用自己的特殊体质，自编自演的一出闹剧。

绯绡也是脸色凄然，不再言语。不知过了多久，身后突然传来沙沙的踏草声，似乎有什么人正在悄悄接近。

王子进跟绯绡回头看去，只见细雨中，竹林内，正站着一个小小的女童，朝他们露出清清淡淡的微笑。

"六……六月……"王子进望着那睿智的双眼，突然觉得无比的陌生。

"王大哥。"六月像是做错事的孩子，捏着衣角道，"对不起，我骗了你。"

"你真的不会死？难道那药是真的？"想到她冰冷的手，王子进更加确信。

"不是……"六月摇头苦笑，"我不是不会死，而是一直以死人的状态生存，永远脱离了生，永远也不会长大。"

"为什么？"王子进突然觉得心中揪痛，"那老儿竟然如此狠心，让这么小的女孩去试药？"

"不是爷爷让我试的药……"六月一字一句地道，"爷爷的药根本不是不死药，而是毒药，我为了不让他失望，才想办法把药藏了起来。"

她说罢伸手入怀，掏出一个滴溜溜的药丸，递在王子进的眼前。

"这就是那丢失的不死药，普通人吃了它，开始会精神焕发，但是月余之后，便会气衰力竭而死，根本没有回天之力。"

"那你只要明说就可以，为什么要这么做？"

"因为爷爷对我好……"六月的大眼睛里突然起了一层水雾，悄无声息地哭泣，"我活了几百上千年，唯有爷爷对我最好，我为了不让他失望，就在试药的猫狗身上做了手脚，让他以为自己做出了不死药！可是爷爷却说为了治姑娘的病，要把药高价出售，我怕事情败露，才想到了这个办法。"

"书生进去的时候，你刚刚把药从青砖下挖出来，受了打扰，才索性倒地装死？"绯绡问道。

"对，我本来想带着那药逃走的，但是他吓成那样，我就干脆将计就计，在他走了之后，把大门反锁，找了个利器割断了自己的脖子，又把凶器从窗户扔了出去，居然没有被人识破，就这样瞒天过海地被当成死人埋了。"

王子进听罢摇头叹息，那程家人见药丢了，程老先生又突然一病不起，慌乱之中，确实没有人仔细去看这小小女童的死活。

"王大哥……"六月拉着王子进的手道，"我求你件事，因为活得太久，我也能洞悉一丝天机，今日爷爷可能就要去了，能不能带我去见他最后一面？"

王子进看了看绯绡，又看了看她期盼的眼神，沉默地点了点头。

十一

于是在蒙蒙细雨之中，王子进领着六月一踏入程家的大门，立刻引起了骚动，大家见死人死而复生，都吓得脸色青白，双腿发颤。

但是六月却面容平静，无惧众人目光，径直往老人的卧房走去。

"六月……好孩子……"程老爷像是骷髅般躺在床上，看到她之后，布满死气的眼睛突然充满希望，"他们都说你死了，爷爷知道……他们在骗我……"

"爷爷……"六月拉着老人枯枝般的手说道，"我骗了你，我对不起你。"

"怎么会？傻孩子，爷爷何时怪过你？你活着就好……"老人伸手摸了摸她漆黑的头发，眼光中充满了怜爱之意。

"药是假的，从来就没有不死之药。"六月这话一出口，不但是床上的老人，连屋中的众人都跟着倒抽了一口凉气。

"那……那试药的，试药的猫狗……不是都活着？而且比以前更精神百倍？"

"试药的猫狗全都死了，那是我为了瞒你，偷着捉回来的。"

"原来如此，原来如此……"老头突然干笑了两声，望着窗外阴霾的天空，却比哭的声音还难听，"这世上果然没有不老不死的东西，为什么老夫一大把年纪却依旧执迷不悟，想要逆天而行呢？"

"老人家，你错了。这世上确实有不死药，你面前的女孩，就是吃了不死药长生不老的人。"绯绡望着六月道，"我说得没错吧？"

"不错……"六月掩面长泣，"我也不知自己活了多久，只记得在很久之前的一个六月，有人在华丽的皇宫中给了我一枚药丸吃掉，然后我就死了。但是再醒来的时候，却是在黑暗的地底，我从土里爬出来，就发现自己不会长大也不会死。无论我如何寻死，都能在假死一段时间后复苏。之后我就开始探访天下追求不死药的人，试遍他们炼制的丹药，只求一死！"

"为……为什么？难道不老不死不好吗？"老人颤抖地问她。

"一点也不好……"六月哭道，"无论我的灵魂有多么成熟，却永远被禁锢在一个小女孩的身体里，而且无论我有多么喜欢一个人，都要眼睁睁地看着他慢慢变老，最后离我而去。"

"我明白了……"老人目光浑浊，望着窗外的秋水长天道，"郁郁黄花，皆是般若。青青翠竹，尽是法身。生命有生有死，方能绵延不息，我又何必执着于那形式上的不老不死呢？"

他说罢望着天空，嘴边挂着一缕微笑，再也没有了生息。

六月伸出稚嫩小手，轻轻替他合上双眼，悄无声息地走了。

郁郁黄花，皆是般若。青青翠竹，尽是法身。

窗外，碧水洗净晴空，翠鸟争相鸣叫，是一片热闹喧嚣的人间胜景。在这片生机盎然的景象中，无人注意一个生命的悄然而逝，却见一行白鹭翱翔碧天。

"哎呀，这次可亏大了。"王子进回到杭州就不停地哀叹，"原来程家根本就没有钱，之前是想找到不死药卖了换钱，才许诺给青绫不菲报酬。"

"是啊，哪知不死药是假的。"绯绡跟着摇头叹息，"不过程家姑娘嫁给了自己的心上人，倒是好事一桩。"

"呜呜呜，为什么我竟如此可怜？"王子进想到此节就捶胸顿足，"所有我稍微看上眼的佳人，到最后都嫁给了别人。"

"其实这还不算什么，"绯绡望着他笑道，"关键是多次都是你做的媒人，这才是真正的可怜！"

两人正在说话，青绫过来辞行，只是这次跟他一起走的还有一个五六岁的小女孩。

"你要带她走？"绯绡惊诧地指着六月道，"难道不嫌累赘吗？"

"怎么会？"青绫看了看六月，笑道，"我一生的追求就是建造一个桃源仙境，在那里，没有人妖之分，没有世俗的斗争，无论是人是妖，都能和睦相处，其乐融融，却始终求而不得。"

说完他指着六月笑道："而她则只求一死，一样求之不得，我们又是何其相似？长路漫漫，有个人做伴也是好的。"

"是吗？那你们赶快上路吧，别再来找我们了！"绯绡一见到他们就头疼万分，急忙下逐客令。

"大哥哥，我走了，你闲下来的时候要想想我！"六月像是初识一样，开心地朝王子进摆摆手。

王子进望着她明媚的笑脸，想起那个阳光灿烂的午后，她是如何耐心地教他识别药材，心里荡漾出一丝温暖。

青绫带着六月作别而去，两人一大一小的身影，渐渐消失在不尽的曦光中。

王子进望着红霞满天，紫气朝阳道："绯绡，其实我觉得，不老不死并不可怕，最可怕的就是那难捱的寂寞和孤独。夜半清冷之时，想要说话，却发现身边连一个人都没有，那种感觉想来就很悲凉。"

他说了半天，却发现始终没有人回答他。再一回头，只见绯绡已经卧在床上，沉沉睡去。

王子进摇头长叹，跟他探讨人生，无异于与夏虫语冰。

只希望老天能早日赐他一个解语佳人，拯救他于水深火热之中。

第六夜

猴之爪

"年轻人，我就要不行了……"在寂静的深山中，一丛篝火跳跃燃烧，火光之中，正有一个形容枯朽的老人，以鸡爪般的五指紧紧抓着一个青年的胳膊，似抓住了一根救命稻草。

"老丈，你千万别这么说，坚持一下，明天我们一定可以从山里走出去。"

"能走出去的，只有你一个人……"老头奄奄一息，"我早知道，自己将命丧于此。"

青年刚要安慰他，便见老人呼吸越来越急促，似乎即将力竭而亡。

只见他布满血泡的嘴唇微颤，极其艰难地挤出了一句话："我……要拜托你一件事……你……你一定要答应我……"

"好。"年轻人知他命在旦夕，心生怜悯，急忙点了点头。

"带走我背囊中的盒子……"老头目光涣散，气若游丝，"不要交给任何人，要好好保管，直到你死亡的那天。"

"这里面装着什么？"青年打开了老人的背囊，除去一些生活杂物，确实有一个乌木做的盒子。

木盒年代久远，边角被磨得又黑又亮，狭长而窄小，似乎盛放着首饰之类的物事。

青年手持木盒，一瞬间恍然失神，从木盒中竟传来一阵心跳的悸动。他正被吓得发愣，老人突然扑过来，紧紧扣住了他的手腕。

"老……老丈，你……你还要我做什么？"他望着披头散发、如鬼似魅的老人，喉咙不由轻颤。

"这里装的本该是属于地狱的东西，你要向我保证，千万不能打开它，更不能看里面的东西，一眼也不行！"

"好……好，我保证不打开它，否则死无全尸。"

老人满意地点了点头，嘴边挂着一丝诡异的微笑，接着头一歪便倒在了地上。

青年伸手一摸他的脖颈，才发现他已然死去，再无声息。

篝火和着清冷的山风，舞出妖冶的光芒，映照在青年手中的黑色木盒上，平添了几分神秘和恐怖。

一

夏日，午后，夕阳西下。

王子进推窗看了看外面的天色，了然地点了点头。他似在酝酿某种计划，匆忙回到房里换了身干净衣服，又在铜镜前左照右照，端详了半天，才抬腿出门。

"绯绡，你在吗？"他叩响隔壁客房的门，一本正经地说，"我要出去一趟，可能晚点回来。"

"去哪里？"门推开了一条窄缝，可见昏暗的天色中，正有一个身穿白衣的人背对着他坐在桌前。

"去……去参加一个诗会。"王子进结结巴巴地道，"是当地富绅举办的，我想看看能不能遇上昔日的同窗。"

"什么诗会？"屋子里的人笑了笑，不以为然，"你是想去歌楼听琴吧？"

"我才不听什么琴呢，难道你没有听说过'十年琵琶一年筝'？相比起来，我更喜欢听琵琶……"他说到一半，急忙闭嘴，差点就泄露了自己真正的去向，"不跟你说了，现在天色已晚，我要快点出发，否则就要迟了。"

"子进，你要小心啊。"屋子里的人声音清朗，慢慢悠悠地说，"我掐算过了，最近你可能会有血光之灾。"

王子进听到这话，不由脊背发冷，吓得咽了口口水。

可是他犹豫了一会儿，仍毫无顾忌地拂袖而去，不就是血光之灾嘛，有什么可怕！

今晚听那首歌姬唱曲的机会千载难逢，况且甩掉了爱抢风头的绯绡，自己可能有幸得到佳人的垂青，怎能临阵退缩？

此时天色渐晚，夜色苍茫。他脚步飞快，一身青衫，转眼便消失在走廊的暗影之中。而他身后的客房中窗户大敞四开，竹帘被夜风吹得摇摆不定。

坐在桌前的白色人影，在结束了与他的对话之后，失去了依托，呼地一下委顿缩小，变成了一个纸裁人偶，飘飘忽忽地跌落在地。

而在遥远的地方，城里最大的一座酒楼中，正有一个白衣的青年端坐在饭桌前。他美目流转，贪婪地望着桌上的油炸鸡，忍不住要大快朵颐。

今天把子进甩脱，一个人出来真是太对了！他一边夹菜一边想，眼睛都笑得眯成了缝，终于可以独自享受美食。

而且自己临走前还施了个法术留下口信，那家伙一向胆小怕事，定然会被那些恐吓的话吓得关紧门窗，哆哆嗦嗦地躲在房里吧。

他越想越是得意，又端起酒杯喝了口美酒。

他果然是天底下最聪明的狐狸！

然而绯绡千算万算，却低估了王子进好色的动力。饶是他费尽心思，王子进仍无所畏惧地走出客栈，此时正在歌楼里喝酒听曲，时不时掉两滴假惺惺的眼泪，吟两句风花雪月的诗来讨佳人欢心。

或许今晚没有了绯绡的陪伴，他得到的关注格外多，弹琵琶的美人甚至肯走出屏风与他对饮。

两人一见如故，把酒言欢，最后临走时佳人更以头饰相赠，嘱咐王子进明晚一定要再来。

于是当晚夜风轻拂，星斗阑珊，王子进便飘飘欲仙，一步一颠地走在寂静的街道上。

这个南方小城并不像东京城般繁华热闹，一到夜晚，街上寂寞冷清，没有几个行人。

但是此时他满脑子绮望，完全没有注意到，越往前走越是黑暗，他不知不觉竟走到客栈后荒凉僻静的小巷中。

小巷破败狭窄，只有几户人家门口幽暗的灯光映照在残破的石板路上。

但是他却毫不介意，一边哼着歌一边摇头晃脑地走，如果没有记错的话，穿过这条小巷，再拐一个弯就能回到客栈，比走大路不知近了多少。

但是变故在一瞬间发生。

王子进刚刚走到巷尾，突然从对面冲出来一个身着黑衣的人，那个人看到他也吃了一惊，连停下脚步都来不及，一头跟王子进撞个满怀。

"哇！你是谁？"他被撞得一跤摔在地上，一直捏在手中的首饰盒也脱手而出，当的一声掉落在地上。

然而那人却并不回答，利落地一跃而起，抄起首饰盒，看都不看他一眼，拔腿便跑。

这是怎么回事？

这一下变故太快，他被撞得七荤八素，等他回过神来，却见夜色弥漫，灯光昏暗，只有自己一人坐在泥水满布的石板路上，哪里有什么过路的黑衣人？

"难道是撞鬼了？"他挠了挠脑袋，爬起来正抬腿要走，却见脚下竟有个黑色的木盒。

佳人相赠的首饰盒明明不是这样的！难道被那个过路的家伙给调包了？

他越想越气，弯腰捡起木盒。然而这一捡，盒子竟似有生命般，在他的手掌中跳了一下。

"哇！"他吓了一跳，酒气顿时全消。

可是再低头一看，木盒仍静静地躺在他的手中，没有半分异状。

王子进定定地看着手中的盒子，心中涌起一丝奇妙的感觉。盒盖上古朴暗沉的光芒，在黑暗中竟散发着诱人的魅力，似乎有一个声音，魅惑万分地直传到他的心底。

打开看看吧！

打开看看吧！

只是看一眼，不会有事的！

他的灵魂似受到了蛊惑，伸手打开了木盒。盒子似多年没有打开过，缝隙里满是灰尘，他费了好大劲，方用手指抠开了一条窄缝。

灯光昏暗不明，看模样里面似乎装着干枯的树枝。

就在这时，突然从巷口传来一阵急促的脚步声，接着一道银光飞驰而至，一下就划破了他的手背。

"哎哟。"王子进手上吃痛，木盒咚的一声跌落在地，而敞开了一条缝隙的盒盖则啪地发出一声脆响，紧紧合拢了。

"你是什么人？"脚步声稀稀落落地停止，王子进才发现自己面前正站着十几个凶神恶煞的大汉，他们都身穿仆人的衣服，似乎是富人家的家奴，为首的一人正恶狠狠地盯着他，一看就来者不善。

"你们又是什么人？素不相识，怎么出手就伤人？"他手背上鲜血横流，止也止不住，显然伤得不轻。

"你偷了我家夫人的宝物，居然还有理了？！明天就送你去见官。"

"这不是我偷的，是一个穿黑衣服的人掉下的，正巧被我捡到而已。"虽然只是惊鸿一瞥，也可以确定盒子里的东西又破又烂，他家的主人不知是什么癖好，居然把这种东西奉为宝物。

"李头儿……"旁边的一个年轻男子对首领小声道，"看他这模样也不能翻墙进来偷东西，而且咱们方才追的那个贼似乎不是这般打扮。"

"算了，这次不跟你追究了。"为首的男子脸色稍霁，捡起地上的木盒，对王子进道，"下次让我看到你在我家夫人的宅院附近转悠，非得抽你的筋剥你的皮。"

眼见对方人多势众，又孔武有力，王子进虽然一肚子气，却也只敢在腹中暗骂两句。

"不就是根破树枝子嘛，你以为我稀罕？也就只有你家神志不清的夫人才把它当宝物。"

"你说什么？你看到里面装的是什么了？"那帮人原本已经走出几步，听到这话，为首的大汉急忙问道，"难道你方才打开木盒了？"

"一个破盒子有什么打不开的？我只是看了一眼，那玩意儿脏成那样，扔在街上都没人要。"

大汉顿时脸色铁青，像是见到了什么可怕的事情，紧接着额上又冒出豆大的汗珠，激动得不能自已。

王子进见他磨盘大的一张脸，一会儿青一会儿红，瞬息万变，比天边的晚霞还瑰丽几分，顿时吓了一跳，不由自主地后退了两步。

"这位公子……"可是还没等他拔腿跑，大汉就一把抓住他的手，手心冰冷，满是潮意，"方才小人误伤了你，真是对不住了。明天请务必来一趟，我会说服我家主人，让她设宴招待，以示歉意。"

"啊？不用那么客气吧……"王子进受宠若惊，怎么也搞不清他为何如此热情，与方才竟判若两人。

"公子，我叫李青，我家夫人的宅邸就是这城中最大的那座，明天请公子务必前来。"

李青说完，又叮嘱了他好一阵，详细地说明了他家主人宅院的位置，才带着一千大汉呼呼啦啦地走了。

只余下王子进站在灯下，呆呆地望着自己的双手。

真是太奇妙了！不是今晚的奇遇，也并非李青瞬息万变的态度，而是手握着那个木盒时的一瞬。

竟然有一种权倾天下的错觉。

二

"子进，这么晚了，你去哪里才回来？"王子进捂着伤手，蹑手蹑脚地摸回客栈，刚要推开房门，就见身边的一扇门悄无声息地打开，闪出一张俊美无双的脸。

"我去参加诗会了，遇上几个曾经在东京城有过一面之缘的考生，就忍不住多聊了两句。"他早就编好的理由立刻脱口而出，"绯绡你呢？"

"我可没有你那么风流，一直在客房里打坐冥想，直到现在。"绯绡斜眼望着他，似乎对他的行为极为不屑。

"参加个诗会而已，何来风流一说……"他仍死不松口。

"你作诗能沾染上一身的脂粉味儿吗？"绯绡面色凛然，"别告诉我你的朋友中还有人喜欢涂脂抹粉，熏香满室。"

"嘿嘿嘿，喝完了又顺便去听了两首小曲而已……"王子进不好意思地挠了挠头，刚刚往前踏上一步，便闻到了一丝若有若无的酒气，他脸色顿时一沉，"绯绡，你打坐还能满嘴酒气吗？是不是背着我吃鸡去了？"

"哎呀！子进你的手受伤了，要赶快包扎一下，这股血腥味实在呛得人难受。"绯绡变脸像是翻书，立刻岔开话题。

两人心有灵犀地三缄其口，再也不追问对方的去处，改为咒骂那个出手狠辣的李青。

"如果不是我闪得快，我看他就要剁下我一只手来。"王子进气愤至极地跳脚，"他居然还要请我去他主人家做客，真是莫名其妙。"

"哦？你真的看到了盒子里的东西，确定那玩意儿不值钱？"绯绡凤眼微眯，一看就是贼心大起，对人家的家宝产生了莫大的兴趣。

"一根破树枝而已，能值钱吗？"王子进看到他的表情，倒抽一口凉气，"别告诉我你又没有盘缠了。"

"你夜夜笙歌，我贪恋美食。"绯绡痛苦地摇了摇头，"钱到了我们手里，就像流水一样一去不复还，哪里还能有剩？"

"唉，人啊，活着怎么就有这么多的无奈呢？"王子进仰望天边的明月，长长地叹了口气，"看来明天无论如何也得走一趟了。"

"希望那个树枝只是障眼法，其中另有玄机才好。"绯绡摩拳擦掌，似乎等不及要上门去看。

次日两人收拾停当，顶着夏日灼人的阳光，去李家登门拜访。

远远地还未走近，便见李青带着一众家奴心急火燎地站在门口转来转去，似乎在等着迎接什么人。

王子进一看到他那张横肉纠结的脸，手背上的伤口就不由自主地抽痛，活像是见到了猎狗的兔子。

"这位公子，你可来了，小人已经在门外恭候多时了。"李青一见到他立刻喜形于色，挥着手就跑过来。

"子进，恭喜你，倒霉如你也能让人如此欢喜。"绯绡一见到这大汉激动的模样，不由暗自好笑。

"如果将这蠢物换成美人还差不多……"王子进耷拉着脑袋，有气无力地回答，任李青带着一干人，前呼后拥地把他挤进了大宅中。

而绯绡在即将跨过门槛时却突然停了一下，打量了一下门楣和地面，似乎有所发现。

"绯绡，怎么了？"王子进见他远远落在众人之后，忍不住回来叫他。

"看来那确实是个好东西呢。"绯绡眯着眼睛笑了一下，"惦记它的还不只是我一个。"

"你怎么知道的？"王子进听到他这么说，猛然想起了昨晚的经历，似乎那个撞倒他的黑衣人就是来偷盗宝物的，如果不是倒霉遇上了他，现在那人一定已经得手了。

"因为这门上被人布置了很多玄妙的机关。"

"机关？做什么用的？"

"现在还不清楚，我们进去再说。"绯绡兴致大起，一撩衣摆，快步走入宅院中。只是每经过一道门，他都要仔细检查一番，双目饱含精光，似有重大发现。

王子进见周围人多嘴杂，也不好再问。二人来到客厅，只见桌上已布置了各色丰盛的酒菜，正有一个头发花白的老人，坐在席间笑意盈盈地望着他们。

"这位公子，昨晚老朽已经听过你的事迹，多亏公子仗义出手，才从贼人的手里抢回了那个木盒。"老人一见到王子进便弯腰行礼，态度恭谨至极。

"小生姓王，名子进，这位是我的朋友，今日是陪我一起来的，至于昨晚的事，实在是不足挂齿。"他这一番话说下来，王子进不由汗流浃背，什么仗义出手？他不过是跟那个贼撞了个满怀，碰巧捡到了被偷走的东西，这也叫仗义吗？

"在下有一事相问。"绯绡好奇地对老人道，"盒子里装的是什么宝物？引得人夜半偷盗？"

"这个，我也不清楚……"老人面现为难之色，"里面的东西只有我家的主人看过，二位先用餐，稍后我家主人还要当面对二人致谢，到时候尽可以问问她。"

"啊？老伯不是这家的主人？"王子进不由大惊失色。

"怎么会是呢？"老头热情地为他们斟满美酒，"老朽只是个管家而已，敝姓崔，叫我崔伯即可。"

"这李家的主人到底是个什么样的人？"绯绡也十分好奇，"能维持如此大的家业，必定是个精明强干的人吧？"

"精明强干是一定的。"崔伯一边陪他们喝酒一边道，"她比我还年长，并且是位夫人。"

这次王子进的一口酒差点喷出来。

看这老头也年过花甲，一个比他还老的老太婆居然没有痴呆，仍能操持这么大的家业，真是人间奇事。

之后二人再打听那位夫人的事情，崔伯却始终不肯说，直到酒足饭饱之后，老人才站起身，带他们去内室喝茶。

两人跟他的身后，穿过回廊，左拐右拐，来到一处挂满竹帘的清幽房间。

房外种着青翠的绿竹，偶有微风吹过，在叶片中奏出婉约动人的清响。一个穿着绿色衣裳的俏丽婢女，正垂手站在门边，笑意盈盈地望着他们。

王子进看着眼前的幽雅风景，佳人靓丽的容颜，一时失神，仿若陷入了一个美好的梦境中。

"王公子，胡公子，我已经听李青他们说过二位的事情了，多谢二位肯赏脸来寒舍品茶。"就在王子进飘飘欲仙之时，一个画着远山风景的屏风后传来一个娇美的声音。

"请……请问，李夫人在哪里？"王子进望着屏风上映出的窈窕身影，好奇地问道，"难道她不愿意见我们？"

"咯咯咯，怎么会呢？"屏风后的女子开心地笑道，"我就是李夫人啊。"

说罢她从屏风后款款走了出来，只见她云鬓花颜，容貌艳丽，身穿深紫色衣裙，完全不似一个上了年纪的老妪，倒像个豆蔻少女。

甚至在她走出来的一瞬，王子进竟觉得呼吸微微停顿，被她夺目的艳光搅住了心神。

李夫人朝王子进颔首微笑，算是打了招呼，然而见到绯绡的时候，却不由自主地一愣，连半分表示也没有。

王子进从未喝过这么不知滋味的茶，他如坐针毡，几杯茶下肚，不知是该紧张还是恐惧。

她确实是个老人，因为听她慢悠悠地说着几十年前的尘封往事，细节清晰，仿如亲见，完全不似杜撰。

只是这样一个老人，为什么拥有少女的容颜？

"二位公子一定是在好奇我的容貌吧？"李夫人完全不避讳，直截了当地切入正题，"其实说到这个，就不得不说说昨晚王公子夺回的宝物了。"

"哦？让我猜猜？"绯绡抿嘴微笑，眼珠一转道，"难道那盒子里装的，是猴爪？"

"你怎么知道？"李夫人极为诧异，"一般人根本不会有所耳闻。"

"因为子进说过那是树枝一样的东西，而且夫人已过花甲之年，还如此年轻貌美。综合这两点推测，除了猴爪，那还能是什么东西呢？"

"猴爪是什么？"王子进第一次听到这种东西。

"是一种巫蛊神物，据说它能满足主人三个愿望，而我的青春不老，就是通过它得到的。"李夫人很快恢复了平静，端起茶杯娓娓道来。

"什么愿望都可以吗？"

"都可以……"她肯定地点了点头，"富甲天下，青春永驻，长生不老，只要你能想到，它都能满足……"

王子进只觉满手冷汗，紧紧地抓住衣角。她为什么要告诉自己这些？是真的信任他们，还是另有深意？

他求助般地望向绯绡，却见他一身白衣，端着碧绿的茶杯专心饮茶，只是唇边始终挂着一丝若有若无的微笑，似暗含深意。

三

"在下有个不情之请，不知夫人可否借此宝物给小生一看？"绯绡摆出谦和儒雅的神态，微笑着道，"毕竟如此神物，世间难得一见。"

"我不知已经活了多久，对这些身外之物早就没有了牵挂。"李夫人大大方方地走到屏风后，取出一个狭长的黑色木盒，"至于能不能看到，还要看公子自己的缘分了。"

"哦？夫人何出此言？"

"公子自己试试便知……"李夫人玉手轻扬，将木盒放到桌上，推至绯绡面前。

她双眸如漆，黑得如一汪深不见底的潭水，嘴边始终挂着一抹若有若无的微笑，让人难以捉摸。

"多谢夫人成全，那在下便不客气了。"绯绡颔首致谢，伸出双手，紧紧地抠住了木盒的边缘。

稍一用力，盒盖居然纹丝未动。

王子进知道绯绡并非人类，手劲也异于常人，这看似轻描淡写的动作，实际上已经暗含了很大的力量。

然而他这一掀之下居然没有打开盒子，确非寻常。

"怎么？很难打开？"王子进好奇地探头过来，"要不你再试试？我昨晚打开它的时候也费了不少力气。"

绯绡抿嘴不语，双手再次用力，这次他显然使上了八成的力气，连指节都变得青白，但是木盒仍密不透风，连一丝缝隙也没有。

"在下无法打开这木盒，真是让夫人见笑了。"他摇头笑了笑，将木盒再次放到桌上，"如果不是亲手拿过它，我简直要以为是一整块玄铁铸就的，根本没有打开的可能。"

"可是我昨晚明明就打开了啊，不然怎么会知道里面装着的是树枝模样的东西？"王子进完全不相信他的话，伸手就要拿木盒一试。

"算了，还是我来告诉二位原委吧。"李夫人一扬手，将桌上的盒子拢入袖底，显是不愿别人再碰她的宝物，"这盒子看似普通，实则暗藏玄机。"

"难道有人在上面下过咒语？"绯绡略一沉思，低低地说了一句。

"不错，就是咒语。"李夫人颔首笑道，"这是我的夫君想到的法子，他怕猴爪落入歹人的手中，才遍寻千山，找到一位世外高人，在盒子上加了一道咒。只有心灵澄净，与这宝物有缘的人才能将它打开。"

"我……我就是少数能打开的人？"王子进激动不已，说话都结结巴巴，"所以夫人你才不让我看？"

"老身是为公子好……"李夫人娇俏地笑了笑，看起来与妙龄少女无异，"猴爪虽然能满足人的愿望，但却是蛊惑人心的魔物，如果你看到了它，就会一辈子惦记，除非三个愿望得到满足。"

"夫人你自己能打开吗？"王子进好奇地问道。

"我打开它的时候，它还没有被施咒呢。"李夫人将木盒妥善放好，微笑着看向王子进，"你这孩子可真傻，如果我没有打开过，怎么会拥有如此年轻的容颜和这么庞大的家业？"

王子进看着她秀美的容颜，面颊竟隐隐发热。

这个李夫人明明看着比他还年轻几岁，却一口一个"孩子"，说得他坐立不安，窘迫至极。

"夫人与我们说了这么多，定然不会是为了炫耀宝物吧。"绯绡见她说了这么久，却仍没有送客的意思，心中已然有了计较。

"当然，否则今日老身也不会请二位过来。"李夫人长叹口气，"你们都是读过书的人，想必也知道什么叫君子无罪，怀璧其罪。我虽并非高风亮节之人，却因为拥有这个宝物，招来了很多麻烦。"

"难道是有人上门偷盗？"这次不待她说，王子进已猜出原委，毕竟昨晚他恰巧碰到了一个梁上君子。

"那些毛贼还好对付，李青那一干家仆就能解决。"李夫人长叹一口气，"可是最近一个月，家里突然出现了一些奇怪的贼。"

"奇怪的贼？为什么会这么说？"绯绡顿时兴致大起，显然忘记了自己来李家拜访的初衷。

"那些贼来无影去无踪。每每要被抓到的时候，都会化作烟雾消失。"李夫人面现惶恐，"饶是我活了这么久都没有看到过如此可怕的事情，虽然他们并未得逞，也搅得我寝食难安，夜夜无眠。"

"所以夫人想让我们助你一臂之力？"绯绡边说边低头沉思，似在琢磨什么。

"因为昨晚得手的贼人被王公子拦下，王公子还恰巧打开了木盒，这未必不是天意！我觉得跟二位有缘，才想要寻求帮助的。"李夫人看了看绯绡，"而且如果没猜错，这位胡公子并非常人吧？我活了这么久，也能感知到一些人类无法察觉的东西。"

"夫人真是明慧。"绯绡谦和地笑了笑，"在下确实懂一些粗陋的法术，但还望夫人能把发生的怪事详细地描述一下。"

"这么说你答应我了？真是太好了！"李夫人开心得不能自已，不由露出一丝小女儿的娇态，"我终于可以放心了。"

王子进见她一眼就看出绯绡并非人类，心中不由添了一丝敬畏，"还请夫人详细告之。"

"那些贼来的时候，简直与强盗无异。"李夫人面现惶恐，颤声说道，"每到夜半子时，大门处就会传来拍门的声音，那声音很奇怪，即便捂着耳朵仍听得清清楚楚。"

"然后呢？"绯绡双目中精光大盛，显然是对这桩怪事十分感兴趣。

"第一天是李青带着一帮护院的武师开的门，他们开始还以为是过路的人遇到了困难，才焦急地上门求助，哪想一开门，却见门外竟然站着一个穿着黑衣服的人。"

"难……难道这天下还有如此有恃无恐的小偷？"

"李青他们见来者不善，自然兵刃相向，要将他赶到门外，可就在这个时候，更加离奇的事情发生了。"

"夫人快说。"这次连绯绡都忍不住催促。

"刀剑木棒一招呼到那人身上，他就立刻化成一团烟雾，消失在空气中。"李夫人面现惊惧之色，"而且等到他们再回头，却见这黑衣人已经穿过庭院，出现在了前厅的大门前。谁也没有看到他到底是怎么过去的，追上去再打，还会发生同样的事情。唯一不同的是，他每消失一次，就会前进一道门的距离，来无影去无踪，与鬼魅无异。"

"这是疑兵之计，贼人多半另有其人。"

"胡公子，我们想的一样。"李夫人赞许地看着绯绡道，"所以我立刻增加人手，看守存放宝物的房间，不许他们离开半步，至于院子里的人影，则放任不管。"

"那夫人还有什么好烦恼的？"王子进好奇地问道。

"可是夜夜如此，任谁都不堪其扰，最近更有仆人在暗传这个屋子里有妖怪作祟，虽然我不信鬼神，仍觉恐惧。"李夫人哽咽道，"如果真的有鬼怪的话，我好害怕是亡夫来找我报复。"

"他为什么要报复你？"王子进更加迷惑。

"因为他禁止我靠近猴爪，而我不仅背着他偷偷打开盒子，还许下了愿望。"李夫人脸色青白，颤抖地道，"他曾说过，死都不会原谅我！我越想越觉得这来历不明的妖鬼是他。"

"凡人怎能抵得住魔物的诱惑呢？"绯绡轻声安慰她，"夫人不必自责，这并不是你的错。"

此时已近傍晚，夕阳映血，照得绿色的屏风都变成一片血红，似乎有某种可怕的魔怪，正随着夜幕的阴影慢慢靠近。

四

由于李夫人的殷切挽留，二人也不好推辞，便留在李家过夜。

当晚用过晚膳，王子进望着摇曳不停的烛火，心中忐忑难安："绯绡，你说那夜夜敲门的到底是谁？真的会是李老先生化作的怪物吗？"

"要见过才知道。"绯绡坐在烛光下，突然轻佻地看向王子进，"子进，你有没有注意到李夫人身上的味道？"

王子进被他问得面色一红："当时本以为见我们的是个老太太，可是没想到竟是个比我还年轻的少女，我吃惊还来不及，哪里还有心思留意什么味道。"

"一个年纪那么大的人，应该心态很平和了，这点看她房间中的摆设就能得知，可是身上怎么还要熏那么呛人的香呢？"绯绡剑眉微蹙，似乎甚为不解。

王子进经他一提点，才想起李夫人身上确实散发着一股浓郁的香气，几乎令人无法呼吸。

"身为女人，哪有几个不喜欢熏香的？"王子进立刻嗤之以鼻，"不信哪天我带你去珊瑚那里听琵琶，她的屋子里还要香几倍。你既然有心研究女人身上的香味，还不如多留意半夜奇怪的敲门声。"

"那个不用留意，该来的自然会来。"绯绡笑嘻嘻地对他道，"只是我有点好奇，这个半人半妖的老太婆的葫芦里到底卖的是什么药？"

王子进对青春不老的李夫人颇有好感，只觉她身上既有女人的端庄，又有女孩的娇俏，甚是为之心折。

此时听绯绡如此称呼她，心下顿时不快，气得拂袖走回自己的房间。

反正在绯绡的眼里，美人一向与白骨无异，跟他说到半夜都说不通，与其多费口舌，不如借机休息。

因为白天的经历太过奇特，王子进几乎是和衣倒在床上的一瞬，便陷入深沉的梦乡。

梦境漆黑而幽暗，只有他一个人端坐在一个方桌前，桌上放着一个漆黑狭长的木头盒子，正是他前晚打开的那个。

那盒子仿佛有生命的灵物，传出一个细小的声音。

打开看看吧！

打开看看吧！

不会有事的！

甜美得令人无法拒绝，于是他又像前晚一样，伸手打开了盒子。但是这次还没等他看清盒子里面装的到底是什么，突然便觉得颈上一凉，一把锋利的长刀已然架在咽喉。

他吓得一哆嗦，手中的木盒咣当一声跌落在地，从里面滚出一个干瘪得没有皮肉的、棕色的爪子。

"哇——"他吓得尖叫一声，即刻从梦中惊醒。

环顾四周，只见夜色深沉，漆黑如墨，正有哐当、哐当的砸门声从前院传来，声声刺耳，无止无尽，甚是惹人心烦。

他从床上一跃而起，就要去大门口看个究竟。只见回廊上暗影重重，那些白日里晃来逛去的家丁护院居然一个都看不到了。

他顺着声音的来处，很快摸到大门，只见月光下，正有一人白衣如雪，长身而立，正是绯绡。

"绯绡，你什么时候出来的？怎么不叫上我？"王子进一见是他，心中顿时踏实了不少，快步朝大门处跑去。

"嘘——"绯绡美目流转，朝他微微一笑，指着大门道，"来了。"

只见大门被砸得尘迸土落，那人每敲一下门，铸铁的门闩便发出咯吱一声呻吟，似乎随时可能报废。

"子进，我就要开门了，待会儿无论看到什么都不要害怕。"绯绡说着伸手拉下门闩，利落地打开了大门。

在大门洞开的一瞬，一股腥风扑面而来。

那味道又腥又臭，活像是在烈日下暴晒了十几天的臭鱼烂虾，熏得王子进立刻屏住呼吸。只见洞开的大门外，正站着一个焦发长毛、青面獠牙的恶鬼。

"哇——"虽然心中早有准备，王子进还是吓得失声尖叫。

不是穿黑衣服的小偷吗？怎么会是一只这么恐怖的鬼怪？他拔腿便要逃跑，却见那鬼怪长臂一伸，一把就抓住了他的咽喉。

王子进立刻被它抓得呼吸困难，两眼发花，眼看就要赶赴黄泉。

便在这时，只见斜里伸出一只白色的手，速度奇快，手势狠辣，以同样的手法一把就掐住了那恶鬼的咽喉。

鬼怪连叫都没叫一声，呼的一下便化作一缕黑烟消失在凄冷的夜风中。

"这是怎么回事？"王子进死里逃生，慌慌张张地按着自己的脖子，"他们为什么会说是个小偷打扮的人？这分明就是恶鬼。"

"从来魔由心生，这家的人天天提心吊胆地防备盗贼，遇到幻术时看到的便是盗贼，而你畏惧鬼神，看到的自然就是恶鬼。"

"难……难道，这一切都是假的？"王子进刚结结巴巴地问了一句，便见绯绡拔腿就跑，身影如离弦的箭，瞬间便到达了前厅的那扇大门。

几乎在他跨过门槛的一瞬，门前呼地蹿出一个巨大的影子，居然就是方才消失的那个鬼怪。

"子进，快关上大门，千万不要让人趁机进来。"绯绡抬起一脚，准确地踢向那只鬼怪的脑袋，它就又像方才一样，悄无声息地凭空消失了。

王子进听了绯绡的吩咐，虽然吓得浑身发抖，仍迅速地关上大门，落下门闩，紧张万分地守在门前。

夜风轻拂，云影飘摇。

绯绡的身影如风驰电掣，转眼便又奔向了内院的大门，渐渐地他的脚步声越来越远，呼喝声也归于平静。

在这个深沉的午夜，只余他一个人孤身站在灯影之中。

他又紧张又害怕，也想追上绯绡去看个究竟，可是又唯恐有人乘虚而入，只好兢兢业业地站在夜风里把守大门。

不知过了多久，身后传来细碎的脚步声，似乎有什么人正在渐渐靠近。

"谁？"王子进吓得一哆嗦，急忙转身，却见长草中正匍匐着一个一身黑衣、形迹可疑的人。

那人见到王子进也是一愣，似乎没有想到这里会有人把守，立刻手脚并用，飞快地翻墙而出，消瘦的身影转眼便消失在夜幕中。

他身手灵敏，速度极快，以至于王子进在他逃逸之后还揉了揉眼睛，根本搞不清方才的惊鸿一瞥是真是幻。

"公子，王公子。"就在王子进仍仰头望着灰白色的高大围墙发呆的时候，一个身材魁梧的人快步从前厅走了出来，是护院的头目李青，"我家夫人叫你过去，请速速移步吧。"

"你们怎么才来？"王子进立刻急得跳脚，"方才我好像看到有贼人侵入了。"

"其实我们也不想这样的。"李青不好意思地挠了挠头，"可胡公子特意吩咐过，说今晚院子里不要留一个人，他要独自捉贼，否则我们怎么敢怠慢？"

王子进也不好再说什么，跟在李青的身后，七拐八拐便来到了一个偏僻的房间中。只见房中一灯如豆，有一个身着白衣、一个身着黄衣的璧人坐在灯下，正是绯绡与李夫人。

"子进，让你受惊了，这件事我原本想独自解决，但是没想到你听到敲门声赶了出来。"绯绡一见到他便连忙安抚，态度温柔可亲。

"没事，有没有找到什么线索？"王子进原本想指责他两句，现在却只有哑巴吃黄连，将种种不平咽入肚中。

"我检查了一下，确是有人在门上画了符咒、布置幻术，才搞出这些诡异的事情。"

"啊？那还不赶快把符咒拆掉？"

绯绡转头望了望李夫人，微笑着道："现在还不行，我刚刚与李夫人商量过，目前不是时机。"

"时机？你们到底在等什么？"

"这个布置符咒的人能将最后一道符贴在我所居住的院子前，多半是个内鬼。"李夫人蹙眉凝思，明艳不可方物，"所以我想将计就计，将这个人引出来。"

"你……你们早就想到了？所以今晚才没有让李青他们参与？"

"对，这院子里的人，除了我们三人，没有第四个人可信。"绯绡微笑着点了点头，"那些人固是忠仆，也难免暗藏祸心，万一被他发现我已识破他的诡计，则极其不利于之后的行动。"

王子进听到这里，再次闷声闷气地坐在桌前。

为什么总是这样？

无论什么事，他都是最后知道的那一个。就像现在，绯绡跟那个李夫人在灯下眉来眼去，他居然猜不出这两个人到底在筹谋着什么诡计。

五

"喂！你们到底在想什么？难道就不能说出来听听吗？"王子进一见二人的神情立刻气得跳脚，加上李夫人年轻貌美，完全不像个长辈，他连敬语都忘记用了。

"子进，现在太晚了，我们先各自休息，明天我自有安排。"绯绡朝他眨了眨眼睛，目光闪烁，灵动而狡黠。

"真的？这次不会再瞒我？"

"怎么能瞒你？明晚若要事成，还需要你助一臂之力呢。"

"如此甚好。"王子进终于放宽心，与绯绡二人拜别李夫人，各自回房休息了。

此时天边隐隐泛出青白的微光，新的一天就要开始了，王子进回到客房便蒙头大睡，时光在错乱的睡梦中飞快流逝，等到他再爬起来却见窗外暮色迟迟，已近黄昏。

"绯绡，绯绡你在吗？"王子进穿好衣服就去拍绯绡所住的房门，刚拍了两下，便见远处匆匆走来一个绿衫的婢女。

婢女看到他不由哑然失笑，边笑边对他道："王公子总算起来了，我家夫人跟胡公子已经等候多时了。"

"他们也真是，怎么不早点叫我起来？"王子进脸色涨红，一边嘟囔一边跟着婢女向内院走去。

此时夕阳照晚，春风拂面，吹得院子里绿色的竹林沙沙作响。他望着眼前的清幽景色，只觉心旷神怡，信步而行，不知不觉便在婢女的引领下穿过茶舍，来到了李夫人的卧室。

扑面而来的是一股刺鼻的香气，浓郁得几乎令人无法呼吸，顿时拉回了他飘摇的神志，这才发现自己正站在一个布置雅致、宽敞明亮的房间里。

房间中央立着一个绘制着花鸟图案的屏风，屏风后有人影若隐若现，似乎有一人坐在后面。

此情此景，与昨日午后相差无几，他想都没想便朝那人一拜，好奇地问道："晚辈见过李夫人，只是不知为何这房间中仅有夫人一人？绯绡他去了哪里？"

"王公子，别管你那个朋友了，快来陪我共饮一杯。"屏风后的人语气轻浮，边说边笑，还隐隐传来倒酒的声音。

"夫人，大白天就饮酒作乐，这不好吧？"他顿时一愣，因为这口气竟像极了酒馆里卖酒的女子，完全不似那个端庄优雅的李夫人。

"怎么？你不敢和我喝酒吗？"屏风后的人笑得更加妖冶。

"喝就喝，有何不敢？"王子进被她这么一激，踏上一步，就要去拿酒。

哪知还没等他绕过去，就从屏风后伸出一只冰冷坚硬的手，一把掐住了他的手腕。

"哇！你是谁？"王子进这一吓不轻，因为这只手骨节分明，力大无穷，根本不该是一个女人所有。

"嘻嘻嘻，子进，你再好好看看！我是不是夫人啊？"他惊魂未定，却见眼前白影一闪，从屏风后蹿出一个人来，那人身材颀长，俊秀中带着一丝英气，分明就是个男子。

"绯绡，原来是你，可吓死我了。"王子进一见到他立刻松了口气，之前虽然也见他假装别人的声音，可是没想到他骗人的功夫越来越高明，几乎连自己都分辨不出。

"如果连你也认不出是我，那别人更无可能。"绯绡一撩衣摆，利落地坐回屏风后，为王子进倒了一杯热茶，"怎么样？现在我不说你都能知道今晚要做什么了吧？"

"你要假扮李夫人，留在这个房间捉贼？"

"不错。"绯绡眯着眼睛笑了笑，如狐狸般狡黠，"今晚我们就将计就计，制造一场混乱，引那个贼人上钩。"

王子进想到昨晚在大门前看到的那个黑色人影，不由有点害怕："绯绡，贼人也有可能是外人，你要千万小心。"

"不管是什么人，今晚我都要令他现出踪迹。"绯绡说着，自信满满地喝光了杯中的清茶。

碧绿的茶水摇晃不停，映照出两张年轻的面孔，只是一个忧心忡忡，一个志在必得，形成了鲜明的对比。

当天王子进并未见到李夫人，想必她忙于筹谋布置，无法分身。他一边跟绯绡在客厅用餐，一边斜眼打量着周围的人。

无论是年老的崔伯还是年轻的李青，甚至连那些端茶倒水的婢女，都神色如常，没有半分异状，仿佛这个夜晚与过去的千百个晚上一样，并无不同。

然而王子进却知道，在这个姗姗而来的夜晚，隐藏在暗潮汹涌下的谜底，即将揭晓。

窗外天色渐黑，将高大的围墙，婀娜的垂柳染上深深浅浅的暗影，最终苍穹化作一片黑幕，天边最后一缕霞光也收敛了颜色，只余星辉点点，弯月如钩。

夜晚，终于来了！

"绯绡，接下来我们要做什么？"一回到房间，王子进便紧紧关上大门，紧张地朝绯绡道，"你打算什么时候过去？"

"等一下，她就要来了……"绯绡镇定地指了指门外，"我要先将你们送到一个安全的地方。"

"你说的她是谁？难道是李夫人？"王子进话音未落，便听身后响起笃笃的敲门声。

绯绡急忙踏上一步，将门拉开，门外迅速地闪进一个瘦小的家仆打扮的人。这人一进门，斗室中便香气四溢，不用猜便知是喜欢熏香的李夫人。

"夫人为何做此装扮？"王子进见她改换了男装，不由一愣。

"我装作她的模样守株待兔，夫人自然要带着宝物躲到别处。"绯绡朝王子进笑道，"子进，所以我说要你出一臂之力，就是在这段时间内保护夫人。"

"这是当然，男子汉大丈夫生来就该保护妇孺。"王子进见自己的任务艰巨，一股豪气自胸中油然而生。

"那老身还要多谢王公子。"李夫人眼若秋水，朝王子进盈盈一拜，风情万种，楚楚可怜，完全不似一个花甲老妪。

"我们这就走吧，不知夫人找没找到合适的藏身之地？"

"就是后院的那座小屋，房间很小，仅有一窗一门。平日是崔管家用来关不听话的仆人的，所以门窗分外牢固，如果从外面锁上，绝对无人能够进出。"

"如此甚好，我们这就过去。"绯绡皱眉想了一会儿，终于点了点头，"不过这道锁一定要我亲手落下，否则我无法安心。"

王子进知他一向谨慎多疑，也不再多说，迅速吹熄房中的火烛，一行三人蹑手蹑脚地溜出房门。

天边一弯明月，静静地挂在树梢上，三人踏草而行，穿过庭院，很快就来到了李夫人所说的小屋前。

那小屋貌不起眼，窗上装着铁栅栏，门上也架着两道铁梁，的确十分牢固。

"我们要在这里待上一夜？"王子进打量了一下木屋，心生抵触，这房子简直与监狱无异。

"也许用不上一夜。"李夫人却毫不在意，走进去点燃一盏油灯，"胡公子进行得顺利的话，可能只要两个时辰。"

只见油灯之下，方桌之上，还端端正正地放着一壶茶，两个茶杯。

"今晚不能喝酒，王公子，你我二人在这里只能以茶代酒，聊以遣怀了。"李夫人笑意盈盈地坐在桌前，从怀中掏出一个黑色的木盒，轻轻放在木桌上，"要是不小心喝醉，将宝物弄丢可就糟了。"

绯绡将斗室打量了一番，没有发现什么异状，叮嘱了王子进几句，便将大门从外面反锁。但是他走了几步又折回来，伸手入怀，从胸前掏出一支玉笛，自窗口递给了王子进："子进，你拿着这个。记住！若有危险，先要自保！"

"我知道了，你也要小心。"王子进伸手接过玉笛，坚定地朝他点了点头。

绯绡这才放心，故作轻松地笑了笑，快步奔入沉沉黑夜中。一抹银白色的背影，如寂寞的孤鸿，转眼便被浓墨重彩的黑暗吞没。

六

绯绡脚步轻捷，如兔起鹘落，一抹白影飞快地穿过了庭院，来到后院李夫人的卧房前。

他见四处无人，一探手便拉开了窗户的插销，悄无声息地跃进房中。

屋子里香气四溢，浓郁的芬芳，如漫延的潮水，仿佛要将人的灵魂也吞食淹没。他走在黑暗中，宛如在白昼穿行，很快便从窗口摸到了屏风后。

其间穿过了三道房门，门前各有一个伺候的侍女，居然没有一个人发现他的踪迹。

成败，便在今晚一举！

绯绡坐在明月之下，屏风之后，嘴角露出一抹自信的微笑，果然，还没有一时片刻，前院便响起了一片嘈杂喧闹之声。

"夫人，李青他们好像正依胡公子的指点，往门上洒狗血驱邪呢，大门那边可热闹了。"一个小婢子慌慌张张地跑了过来，语气暗含兴奋，似乎从未见过这样的事情。

"随他们去吧……"他一捏嗓子，从嘴里蹦出一句甜美的女声，"只要能让怪事不再发生就好。"

"我再过去看看，有什么进展再随时跟您通报。"小婢女说完，又连跑带颠地去看热闹了。

空旷的房间中，又只剩下绯绡一人。

还有两个时辰，时间似静止了一般，分外漫长。

他本性活泼，一向好动，坐了没一会儿便觉无聊，手开始不受控制地摸来摸去，摸过桌子下的一堆书卷笔墨之后，修长的手指竟意外地碰到了一个圆形的坛子。

这里面装的会是什么？无论怎么看，都不像是一个该出现在内室的东西。

绯绡一探手，将坛子搬到明处，只见那坛子有一尺来高，口小腹大，呈扁圆形，像极了寻常百姓家储存酱菜的器皿。

难道这个李夫人也跟自己一样贪吃，午夜梦回之时也不忘伸手捞点吃的？只是她偏好的是腌菜？

越想越是不可能，他小心翼翼地掀开盖子。

借着昏暗的月光，清晰可见，坛子里竟装满了白色的粉末，他好奇地伸出手指，沾了一点粉末，凑至鼻尖。

一股刺鼻的气息顿时蹿入脑际，这坛子里装的，竟然满满的全是石灰！

绯绡弹掉手上的石灰粉，望着月色出了一会儿神，将坛子封好，又放回原处。等到他再次坐在屏风后时，原本志在必得、玩世不恭的表情已经一扫而光，取而代之的是紧蹙的双眉、冷落的面色。

绝不会如此简单！

择人而开的木盒，能满足人愿望的猴爪，青春不老的女人，满室浓重的熏香，藏在卧室里的石灰。

这一切的一切，似乎都在指向一个可怕的谜底。

但是无论他怎么想，这些错乱的线索却始终交织在一起，无法理出头绪。

就在这时，院子外突然传来一阵呼喝叫喊之声，他急忙望向窗外，只见一弯弦月悬挂在深蓝色的天心，已经到了午夜时分。

如果没有猜错，李青此时应该按照他的吩咐假装逮到了一个入侵的贼人，故意令门庭守备空虚，给墙外的盗贼一个潜入的机会。

可是真的有那么一个人吗？内鬼确实存在，但是有了内鬼，就必然有一个在外面接应配合的人吗？

如果没有的话，这精心的布置，又到底是为了什么？

就在此时，房间中突然响起轻捷的脚步声，似乎有什么人偷偷摸了进来。

来得正好！

料定来人必定会先来擒拿自己，逼问猴爪的所在，为了诱使贼人靠近，他还故意捏着嗓子发出几声女子的轻咳。

但是他做梦都没有想到，他的声音方落，便见眼前寒光一闪，一柄利刃以追星赶月的速度袭向自己的面门。

那刀来得又快又稳，夹着凛冽的寒风，带着浓重的杀意。

要挡已经来不及，危急之中，他急忙将头一偏。只听哧的一声轻响，利刃穿透屏风，在他的脸侧划了一道寸余的口子，钉在他身后的木架上。

来人一击不成，居然并不收手，刀锋一偏，手腕划了个圆弧，竟由刺改砍，直砍向他的脖颈。

不过这次绯绡有了准备，手掌一翻，稳稳地捏住了那冰冷的利刃。

"你到底是谁？"他厉声问道，"为什么要取我性命？你早就知道今晚坐在屏风后面的并非李夫人，是不是？"

那人并不答话，双臂用力，想要抽回自己的兵刃。

但是在绯绡的钳制下，那薄薄的利刃便似嵌入了石缝中，他运了几次劲，居然纹丝不动。

两人就这样隔着一张被割破的屏风，一个在外，一个在内，过了许久，仍僵持不下。

那人见夺不回兵刃，突然扔下长刀，撒腿便跑。绯绡早已料到他会来这一手，将刀倒转，手持刀柄，嗖的一声便朝他掷去。

这一掷看似轻描淡写，甚至连瞄都没有瞄准，然而那把刀似有生命般，准确地飞向了逃跑的贼人，一下就划破了他的脚踝。

贼人发出哇的一声惨叫，捂着腿在地上打滚，脚筋已然被割断，无论如何也起不来了。

冰冷的利刃在完成任务之后，叮的一声钉在了房间的地板上，在暗夜中颤动不已，闪烁出纷乱的刀影。

绯绡蹿上一步，从屏风后跳了出来，只见那人一身黑衣，与李夫人描述的盗贼极其相似。

"你为什么要杀我？是谁授意你这么干的？"绯绡伸手就去拽那贼人，想看他的头脸，可是他却拼命捂着脸，喉中嗬嗬作响，似乎无论如何也不愿被识破真面目。

绯绡见此情状，眼珠一转，突然笑道："让我猜猜！你是李青吧？"

这次贼人不再躲了，全身一僵，缓缓回过头来，只见清冷的月色中，映出一张惊恐至极的脸孔，正是护院的头目李青。

"你……你怎么知道是我？"李青呆呆地望着月光下绯绡俊美无瑕的容颜，似见到了一个可怕至极的鬼魅。

"除了你，还有谁有这样又狠又准的刀法呢？"

"你将我交给夫人吧，其实这一切都是我做的，妄图盗取猴爪的是我，装神弄鬼的也是我，与他人无关。"李青艰难地从地上爬起来，努力挺直胸膛，想要承担责任。

"你以为我会相信？如果你真的要盗猴爪，为什么连一句话都不问，直接举刀相向？而所谓的鬼怪，不过是在门楣上贴了一些能导致人产生幻术的咒符，你有这个本事吗？"绯绡微微一笑，对他嗤之以鼻，抬腿便走。

"我没有撒谎，真的是我做的，快点把我捉起来啊。"李青脸上的肉跳动不已，激动地大喊，"你还要去找什么？"

"找什么？你说呢？"绯绡回头朝他冷笑道，"当然是这一切事情的始作俑者。"

说罢他大步流星地走向庭院，在经过一道月亮门时，脚刚刚踏过门槛，便传来呼的一声轻响，半空中凭空跳出了一个拦路的鬼怪。

他仰头盯着这个青面獠牙的恶鬼，脸上露出冷酷的笑容，长臂一展，一把就撕下了贴在门框上的纸符。

那张轻飘飘的黄纸，瞬间在他的手指下化成一片乱花飞雪。

与此同时，鬼怪连叫都没叫一声，硕大的身体便碎成一块块，鲜红的烂肉在地上蠕动不停，分外恶心恐怖。

原本门边站着几个想阻止他的家丁，见到这骇人的景象不由退避三舍，哪敢再上前一步？

他一袭白衣，如锋芒毕露的宝剑，就这样畅通无阻地闯出内院，直往后院的小屋走去。

七

王子进对外面发生的事情毫不知情，自绯绡离开之后，他便头昏脑涨地端坐在木桌前。

虽然明知事关重大，他努力让自己保持清醒，可是不知为什么，刚刚喝了几口茶水，意识就开始飘忽不定。

渐渐地，李夫人的笑靥在他的眼前碎成一圈圈的涟漪；渐渐他视线昏花，一头栽倒在桌上，沉沉睡去。

不知睡了多久，他方迷迷糊糊地从桌子上爬起来，却见不仅是他，连李夫人都耐不住辛劳，疲惫地趴在木桌上睡着了。

"夫人，李夫人，快点起来啊。"王子进透过布满栅栏的窗口看了看天边的明月，只见一弯弦月正挂在天心，正值怪事频发的午夜。

然而李夫人睡得格外深沉，被他推了两把居然还不醒，随着身体的摇晃，竟有一个黑色的木盒从袖间滑了出来，当的一声砸在地上。

王子进惴惴不安地望着那狭长乌黑的木盒，心跳如鼓，口干舌燥，不知是该捡还是不该捡。

自小巷遇贼的夜晚之后，他便再也没有碰过这个木盒，可是即便时隔三日，那种温暖而强悍的感觉仍留在掌中。

似乎只是那短短一瞬的接触，隐藏在他心底的野心便像是火山下沉寂多年的岩浆，霎时喷薄而出。

带着毁灭一切的力量和燃烧灵魂的灼热，无论如何都压抑不下去。

他内心犹做着天人交战，恍惚间耳边竟传来一个细小而柔媚的声音：

打开看看吧！

打开看看吧！

只是看一眼，

不会有事的！

声音如前几日一样，充满了蛊惑灵魂的力量，他再也无法抗拒，踏上一步，捡起那个黑色的木盒，用颤抖的双手打开了盒盖。

然而在盒盖开启的一瞬，他顿时目瞪口呆。

只见黑色的木盒里铺着软软的红色丝绒，鲜红如血的绒布上，正摆放着半截手臂。那手臂又干又瘦，几乎没有皮肉，五指佝偻，活像是一个风干的孩童的手，分外狰狞可怕。

难道这就是猴爪？

他哆哆嗦嗦地伸出手，抓起了恐怖的手臂。在他的手指碰到它的一瞬，突然从那干瘦的爪子上传来几下剧烈的跳动，仿佛是在响应他内心的召唤。

真的是活的！怪不得它能自己选择主人！

他仰头发出尖厉刺耳的笑声，似乎从未如此开心过。真是太好了！不死的生命，年轻的容颜，都将属于他王子进，他终于能跟绯绡一样，永远游离在时间之外，逍遥又自在了！

但是他笑声未歇，却突然觉得脖颈一凉，一柄短刀竟架在了脖子上。

他做梦也没有想到会发生如此变故，连理智都吓得恢复了几分，可是这房间自门外反锁，偷袭他的除了李夫人还会有谁？

"李夫人，在下知道错了。"王子进自然知道她的心意，长舒一口气，"多谢夫人拯救小生，不然非被这魔物引得许下愿望不可。"

然而他说完这番话，那柄架在颈间的尖刀不但没有拿走，还贴近了两分。

"夫人不要跟小生开玩笑了。"王子进隐隐觉得不妙，仍故作轻松地道，"我不会贪恋你的宝物，这就当着你的面将它放回去。"

就在这时，房门前突然传来了阵阵响动，接着咣的一声巨响，有人将大门一脚踢开。

那人身姿矫健，一袭白衣，脸上挂着似笑非笑的笑容，正是绯绡。

"绯绡，你来得正好，刚才我被这魔物迷惑了心智，差点就要许愿，李夫人才出手阻止我。"王子进焦急地朝绯绡道，"你跟她说说，让她放下刀，我再也不会碰那猴爪一下。"

"哼！"绯绡冷笑了一下，朝李夫人道，"夫人机关算尽，不就是为了让你许下愿望，怎能半途而废？"

"你这是什么意思？"王子进诧异道，"她明明千方百计阻止我接近猴爪。"

"那是因为时机未到，夫人原本打算利用你，可是却没想到我会跟过来。她身为凡人，居然能够感受到我是妖怪，真是难能可贵。"绯绡缓缓走近二人，慢悠悠地道，"那天初见的时候，她见到我的时候愣了一下，接下来连态度都变了几分，故意在我们面前示弱，引你入瓮。"

"胡公子，你不要含血喷人。"李夫人边说边绕到王子进面前，只见她秀发如云，目如点漆，明艳中透着一丝狠辣，"如果这一切都是我一手布置，那午夜时分出现的鬼怪又怎么解释？你该知道那并非是朝夕间可以完成的法术。"

"你是说时间来不及？"绯绡红唇微翘，轻蔑地看着她，"因为那法术早就已布下，而且是你一手所为。"

"哈哈哈，胡公子，你真是越来越会说笑了，我布置这么吓人的玩意儿吓自己吗？"李夫人仰头大笑，身体花枝乱颤，但是手中的刀却仍架在王子进颈间，丝毫没有偏离。

"布置这个机关，本来就不是用来威吓这个家里的人的，而是为了吓退那些半夜闯入的毛贼。"绯绡面孔一冷，缓缓地道，"你说是不是呢，李夫人？其实仔细想一想，你说的话里满是破绽，如果有贼能够将每一道门都贴上符咒，为什么不干脆潜入偷盗，何必用这么拙劣的方法打草惊蛇呢？唯一的可能就是主人家不堪其扰，在必经的门上设下机关，旨在吓走闯入者。"

这次李夫人不再辩解，微微低着头，沉默不语。

"不过在下对夫人的心机甚是佩服，从发现我是妖怪，到坐下喝茶的短短一瞬，就能利用已有的条件，编造出这么完美的谎言，并且还诱导我的思路，使我相信这个家里有内鬼。而在我假扮你坐在屏风后时，你就已经安排手下准备杀掉我，至于子进，也如你所想，与你一起被关在了这个没有第三个人能进入的斗室中。"

"绯……绯绡，她为什么要这么做？"王子进越听越觉得心寒，颤声问道，"我身无长物，夫人她年轻富足，为何要算计我？"

"因为她要你的愿望。"

"愿望？"王子进更加迷惑不解。

"是的，起初我也没有丝毫怀疑，但是我在她房中发现了满满一坛石灰，才觉得有些不对劲。"绯绡双目晶亮，定定地望着李夫人，"一个年轻漂亮的女人，卧房里为什么要石灰呢？而且你身上的熏香格外浓烈，综合看来，只有一个可能。"

"什……什么可能？"王子进嘴上问着，脑海中已经产生了一个可怕至极的想法。

"你说得没错……"李夫人面色一冷，露出了一个阴冷可怕的笑容，"我要的就是他的愿望，我等了几十年方等到一个能打开盒子的人，怎么能半途而废？昔日我曾经许下三个愿望，便是家境富足、容颜不老、长生不死，哪想却不小心出现了差错。"

八

"什么差错？"王子进被她鬼魅般的眼神盯着，不由自主地打了个寒战。

"我忘记了，猴爪毕竟是猴爪，它只是一个实现奇迹的工具，不能跟人一样思考。"李夫人说着单手拉开衣襟，"它只让我的容颜不老，却并未让我的身躯与容貌一般年轻。"

王子进望向她的胸前，顿时倒抽一口凉气。

只见原本光滑有弹性的肌肤被黑褐色的烂肉取而代之，自脖颈之下，皮肉全都烂成一团团败絮，胸口甚至还露出了森森白骨。

他多瞄了几眼，顿感胃中泛酸，差点将晚饭都吐出来。

"现在你明白了吧？"李夫人掩上衣服，苦涩地笑了一下，"自三十年前，我的身体便开始腐烂，为了不让它继续烂下去，我甚至每日以石灰擦身，这种日子我已经受够了。"

"所以你将身上熏得那么香，就是为了掩盖石灰的味道。"王子进到此时方恍然大悟，心中不由暗自佩服绯绡的谨慎细心。

"废话少说！现下我已与你说清原委，还不快点助我实现愿望？"李夫人突然神色凌厉，手臂一振，锋利的短刀立刻割破了王子进的脖颈，鲜红的血液即刻渗透而出。

"子进，猴爪在你手里，是杀她还是帮她，由你决定。"

"杀我？"李夫人眼若秋水，偏着头似笑非笑地看着绯绡，"你以为王公子说话的速度能快过我手中的刀？他若是说错一个字，我就会让他永远闭嘴。至于你，离我足有五尺之遥，怎么快过这毫厘的刀锋？"

"夫人，你这又是何苦？"王子进利刃在喉，心下却并无畏惧，只望着她美丽的容颜，语重心长地道，"像普通人一样衰老和死去不好吗？你这样勉强地活着，跟那些妖魔鬼怪又有什么分别？"

"还不快点许愿。"李夫人面色更加阴冷，手腕一振，"不要想跟我玩什么花样。"

"唉……我怎么会害你？"王子进摇头叹息，紧紧攥着那个干枯的动物爪子道，"说吧，你要什么愿望？"

"年轻的肉体，让我的肉体变得跟六十年前一样年轻！"李夫人发出尖厉刺耳的笑声，眼珠变得血红，兴奋得连五官都跟着扭曲。

"如果你真的能实现愿望，就让方才这个女人说的话变成现实吧。"

然而他话音刚落，便有一道白光嗖的一声从窗外射了进来，那光芒速度极快，绯绡眼尖，伸手就要去拦，终究还是差了一步。

那道白光带着迅雷不及掩耳的速度，瞬间欺至二人身前，当的一声将李夫人手上的刀震成两截。

"什么人？"李夫人吓了一跳，急忙望向窗口。

却见窗外黑夜苍茫，正有一个惨白色的人头悬浮在半空，那张脸孔面无人色，眉目英挺，似乎属于一个年轻的男子，但是因为这情景太过诡异，反而不见其美，更见可怕。

"哇！"不知为什么，一向沉稳老辣，连诡计被拆穿时眉头都没皱一下的李夫人，居然在见到这张面孔之后，发出了一声骇人的尖叫，显然是恐惧到了极致。

王子进也被吓得连连后退，而在这时，站在窗外的人影一晃，他才发现原来这个人穿着一身黑衣，只露出了一张惨白的脸。在黑夜的映衬下，乍一看便像个飘浮的人头。

"绯……绯绡！这人是谁？"王子进不再被李夫人钳制，撒腿便跑到了绯绡的身边。

"不知道，可能又是一个要夺取猴爪的，不要急，一会儿他便会进来自报家门。"绯绡甚是悠然自得，似乎有恃无恐。

他话音刚落，门外便响起一阵细碎的脚步声，走进来一个一身黑衣的男人，这人面貌英俊，缺乏血色，二十余岁。

"王公子，我们又见面了。"男人见到王子进跟绯绡并不害怕，落落大方地抱拳作揖，微微一笑。

"你怎么会认识我？我们在哪里见过？"

"当然，算起来这可是我们的第三次见面了。"黑衣人扬眉道，"第一次是在暗巷里，第二次是在李家的大门前，王公子真是贵人多忘事。"

"你……你就是那个偷东西的小偷？"

"正是敝人。"

"你？该不会是这家的主人吧？"绯绡打量了他一番，犹疑地问道。

"别过来！阿泉，我求求你，放过我吧，别再缠着我了！"王子进听到他们的对话，正一头雾水，刚刚张口要问，便见李夫人蜷缩在墙角，眼神惶恐，大汗淋漓，似乎受到了强烈的惊吓。

"晓枫，你这是何苦呢？"男人走到李夫人面前，柔声说道，"即便你将我杀害，身首异处，我也未曾恨过你啊。"

"不……不！你不是阿泉，阿泉他已经在地底下了，他不会再在这个世上！"李夫人突然笑嘻嘻地道，"快点说你是谁，为什么要装作阿泉的样子来骗我？"

"我没有骗你，我是阿泉，不信你看这个……"男人说着解开脖颈的衣服，清晰可见，他的脖子上缠着几层白色的纱布，似乎是为了固定头颅的。

王子进见到他的模样，不由倒抽了一口凉气，他终于明白这个英俊的男人为什么会面无血色了，原来他的头竟是被硬接上去的，几乎与行尸走肉无异。

"难……难道又是猴爪？"王子进低头看了看手上那个干枯狰狞的爪子，背上不由冒出一层冷汗。

"当然，如果那东西真的能带来幸福，怎么会被称为魔物？"绯绡抿嘴一笑，眼睛中满是不屑，"这些人总想通过捷径得到快乐，殊不知要付出更大的代价。"

王子进望着这一对夫妇，一个身首异处，一个全身溃烂，人不似人，鬼不似鬼，既不能享受到生存的快乐，也无法超然死去，虽尚在人世，却如同身在地狱。

一时之间竟心有戚戚，满腔悲怆。

"阿泉，我错了，我不该以为你死了。"李夫人的脸上突然绽放出夺目的艳光，仿若纯情的少女，一头扑至那男人怀中，"你只是像往年一样，出去置办货物，怎么会死呢？你看我多傻啊。"

"晓枫，你怎么了？"那个叫作阿泉的男人突然大声叫道，"突然胡言乱语些什么？你忘了吗？自从我们家境富裕之后，我几十年都没有再出过远门。"

"不对，你撒谎……"李夫人娇俏地笑道，"你不知道，每次你出门我都担心得紧，距离你快回来的日子，我就天天去村口打望，虽然外面冷得很，我还是忍不住出去，不过是想让你回家的时候第一个看到我。"

"晓枫，晓枫你到底在胡说些什么？"阿泉看着李夫人痴笑的脸，才发现她双目涣散，嘴角流涎，显然已经神志不清了。

九

"她疯了，人的脑子原本就寿命有限，她心思缜密，算计了这么多年，本就已经油尽灯枯。你又毫无预兆地突然出现在她面前，她再也抵受不住，终于选择了逃避。"绯绡冷冷地对阿泉道，"这次你回来，自然也是为了猴爪吧？"

"对，不过我不是为了复生。"他脸色落寞，抱着被吓得疯癫的李夫人，朝二人恭谨地鞠了一躬，"我想拜托二位，让我与内子一同赴死。"

"为什么？"王子进惊诧地问道，"长生不老不好吗？"

"一点也不好，它带给我的，只有无穷的寂寞与孤独……"阿泉摇头苦笑，"百年之前，我只是一个小小的商贩，跟晓枫相依为命，日子虽然清贫了些，倒也有不少欢乐。但是直到有一天，我在山上救了个老人，那个老人将猴爪托付给我，噩梦就开始了。"

"我知道了，你一定忍不住用它许下了愿望。"王子进扼腕叹息，"不过估计世间没有任何凡人能抵挡它的诱惑。"

"确实，虽然那老人叮嘱我千万不要打开盒子，我还是忍不住打开了。"阿泉长叹口气，"先是我，后来是晓枫，我们都变成了不会老也不会死的人。开始的几年我们确实过得很开心，可是后来痛苦就远大于快乐，而且怕这东西贻害后人，我遍寻世外高人，想办法将它封印起来，而就在我继续找人想要毁了它的时候，晓枫知道了我的心思，她害怕死亡，在一个下雨的晚上将我的头砍了下来，扔到山上。"

王子进听他轻描淡写地讲着自己被杀的经历，心中不由阵阵发寒，他颈上的白布条变得更加狰狞刺眼。

那布条之下是什么？一定是模糊的血肉和分离的骨头吧？

他想了个开头便不敢再想，甚至连直视阿泉的勇气都没有。

"可是讽刺的是，即便头断了，我仍然死不了……"阿泉苦笑着说，"万不得已下，我只得再次回来偷窃猴爪，本想一把火将它焚毁，却没有想到几十年来，这个没人打开过的盒子居然被王公子打开了。我才特意在今晚现身，求王公子赐我们夫妇一死。"

王子进望着痴痴傻傻的李夫人，又看了看面无人色的阿泉，心情沉重，缓缓地点了点头："好吧，我答应你。"

"多谢公子，但是希望公子能在我们走后三日再许下愿望，我要在这三日之间，替我们夫妻二人寻个好坟地。"阿泉说罢，朝二人深深一拜，抱着衣裾翩翩、香气袭人的李夫人，大步流星地走入苍茫的夜色之中，无尽的未知深处。

两人的身影转瞬即逝，遥远的夜风中传来李夫人梦呓般的歌声："来如流水兮，去如风；不知何处来兮，何所终？生死修短，不过朝夕。急急流年，匆匆逝水……"

王子进站在庭院中，遥望着二人远去的方向，只觉心神激荡，久久难平。

过了许久，他方回头问绯绡："绯绡，你说李夫人她真的疯了吗？为什么听到那首歌，我觉得她根本就没疯？"

"其实她是疯了的，从看到猴爪的那时起，只是直到今天，那疯癫的大梦刚刚醒了而已。"绯绡白衣如雪，风姿绰约地站在夜风中，俊俏的脸上露出了一丝欣慰的笑容。

"还有一件事我不明白。长生不死，真的如阿泉所形容的那样又寂寞又孤独吗？"王子进挠了挠脑袋，似乎百思不得其解。

"有机会你自可试试，反正即便满足了他们二人，你尚有两个愿望。"绯绡脸上的笑容突然一扫而尽，看都不愿看他一眼，转身负手而去，似乎对他的问题极为反感。

三日之后的夜晚，王子进依照阿泉的吩咐许下了愿望。

当晚月白风清，静谧安详，却没有一个人知道，有两个受尽折磨的灵魂，已经超然地离开了人世。

"还有两个愿望，你想要什么？"此时绯绡跟王子进坐在月下，面前摆着一壶酒，一只鸡。

"有酒有肉，快意人生，我还真不知道想要什么。"王子进了看绯绡，摇头道，"长生不死就算了，希望明天老天能赐给我们一百两纹银吧。"

"怎么只要一百两？"绯绡一下跳起来，"那只够我们花两个月。"

"不行，要提防点青绫。"王子进压低声音道，"万一被他知道我们有这么多钱，一定会找上门来抢。"

"那第三个愿望呢？"

"第三个愿望很重要，我早就已经想好了。"王子进闭目凝神，默念了许久，最终将那干枯的猴爪郑重其事地放回木盒里，紧紧盖上了盒盖。

"完了？"

"完了！"

"许的什么愿？"绯绡好奇地问道。

"不能说，一会儿你就知道了。"

王子进话音方落，便听院外传来小厮的叫喊："王公子，王公子！外面有个人送来了这个盒子，说是给你的。"

"居然这么快，难道是阿泉前几天就安排好的？"王子进喜形于色，撒腿便跑到前院，等再回来的时候，手里已经多了个狭长的木头盒子，只是这盒子以金丝掐边，透着一丝香艳的气息。

"这就是你许下的愿望？里面装的是什么？"

"你看看不就知道了？"王子进说罢打开了木盒，只见里面放着一根女子用的牡丹金钗，雕工精细，煞是好看。

绯绡看了一眼，立刻面如死灰。

"这是珊瑚姑娘赠给我的定情信物，前几天在暗巷里不小心被阿泉捡去了，心疼死我了。这次总算通过猴爪令它失而复得，否则我怎么有脸再去珊瑚那里听琵琶？"王子进边说边笑，一看就是高兴得不能自已。

"子进，你真是个没有欲望的人。"绯绡打量了他半天，确定他不是假装，方吐出了一句话。

"啊？你为什么要这么说？难道我要的东西都很不对头？"王子进听出不对劲，开始不依不饶地问他。

但是绯绡已经不愿再跟他浪费口舌，抓起鸡腿便塞到嘴里，边吃边仰望着天边的明月，发出悠长的叹息。

又过了几天，王子进雀跃地带着绯绡去歌楼听琵琶，只是那个曾信誓旦旦要与他分享人生的珊瑚姑娘已经完全将他忘到了脑后，倒是见到了绯绡之后眼冒精光，不断表现，一会儿端茶倒酒，一会儿弹曲献唱，最后竟从床下拿出了整整一小箱一模一样的金钗，要全部送给绯绡做定情信物。

"多谢姑娘美意，可是这么多的金钗，想必价值不菲，在下实在不敢收啊。"绯绡一边推辞一边拼命地抛桃花眼，欲拒还迎的手段使得比青楼的女子还高明。

"胡公子，你真是折杀我了，其实这些都是假货！我平常用来骗那些傻头傻脑的恩客的，可是没想到今晚却遇到了你，我又没有准备什么值钱的东西，只希望你不要嫌弃，一定要常来啊。"珊瑚边说边含情脉脉地望着绯绡，一时被他的风姿迷惑，不小心露了自己的老底。

而那厢王子进气得浑身发抖，伸手入怀，掏出一个锦盒便扔到了窗外。

笑春风

"王公子，等等妾身啊。"

王子进的梦中出现了一个柔媚的声音，似乎能酥到人的骨子里。

"小姐定是认错人了，怎么能把我认成你的夫君呢？这可是万万不能开玩笑的。"王子进急忙弯腰赔笑，即便是误会也不能丢了读书人的风度。

"不会，不会！"从黑暗中探出一个女人白白的脸来，云鬟高盘，唇色如血，偏偏脸色过分苍白了一些。

只见她嘴角一牵，笑道："我与你有媒妁之言，已等了你十几年，怎会有错？"

她伸手一把抓住王子进："快随我去吧！"

王子进只觉得手上似罩了个铁箍，无论如何也挣不开。

再定睛一看，牢牢抓住自己手腕的哪里是一双玉手，分明是枯枝，上面筋肉相连还沾了少许的泥土。

他吓出一身冷汗，大叫一声，拼命挣扎。

"媒妁之言啊，公子莫要忘了啊，奴家只能等你到正月里。"她拉着王子进就往那无边的黑暗中去了。

眼见身后的亮光就要消失了，王子进不由大喊一声："绯绡救我！"

这下喊得太急，竟然一下醒了，他坐在床上不停地喘着粗气，透过雕花床上的厚重帷帐，可见清朗月光挥洒而入。

只是一个噩梦！他擦了擦额上的汗，摸到桌边倒了杯茶喝，可是还没等他定下神来，就分明地看到地上有一段白色的东西。

好像是一副月牙白掐青边的女人衣袖。

他颤抖地拿起衣袖，只见上面绣了一朵百合，肉桂一般的花瓣，簇着红色的花蕊，像极了那梦中女人的脸，白白的，缀着猩红的唇。

"哇！"王子进恐惧至极，抓起那副衣袖就推门跑出去，边跑还边哭喊，"娘啊，娘！你帮我找了一门什么亲事啊？"

哭叫声凄厉可怜，在漆黑的走廊中回荡，久久不绝。

一

"王公子，您的家书。"客栈的小厮正在门外叫他。

王子进急忙接过家书，给了那小厮一点小钱，将他打发了。

"不知这女子是怎么回事，日日缠着我，要是娘真的帮我定了这样的亲事，要早日退了才好。"

他嘟嘟囔囔地打开信封，抖落出里面的信来看，不外乎是家长里短、嘘寒问暖之类。

可是王子进拿着家书的手却抖了起来，没有定亲？他娘根本就没有替他去寻亲事。

那梦中的女子又是怎么回事？媒妁之言难道都是假的吗？

此时外面天气阴郁，一场大雪将至，他环顾一下周围，木质的家具影影绰绰，在房间里投出怪异的影子。

想到近日的怪梦，他平白地打了个寒战，慌忙跑出去溜达了。

街上行人稀少，眼看年关将至，外来旅客都回去过年了。

王子进寂寥地信步而行，也不知绯绡去了哪里，他将自己扔在这里，说是要去探访青绫，结果竟一去不复还，转眼过去了十几天也没回来，要是两个人一起吃吃酒、喝喝茶，自己也不会无聊若此。

他正在发呆，就见一家酒楼里临窗坐着一个穿着白色衣服的人，正拿着一只鸡腿往嘴里塞，那见鸡不要命的模样，竟像极了绯绡。

王子进心中喜悦，急忙噔噔噔地跑了上去。

只见那白衣少年坐在一张小方桌前吃得正欢，一张俊脸上全是满足的神色。

吃到极处，他端着酒杯笑吟吟地吟了起来："有鸡有酒，有歌有曲，更有良辰美景，落花飞雪。快意人生，神仙生活，不过如此。"说完就要把美酒送到自己嘴边。

王子进一见那人，不由痴了，这样的俊美脸庞，如星朗目，不是绯绡是谁？

他急忙冲了上去，一把勒住绯绡的脖子叫道："绯绡，回来了也不先去瞧我！"

绯绡被他这么一扑，手上一个拿捏不稳，一杯美酒就洒在了地上。

神仙的生活再次泡了汤。

"子……子进。"他漂亮的五官又开始错位了，他旅途劳累，本想填饱肚子再回去做打算，哪想在这里遇到了他。

"绯绡，你喝酒也不找我。"王子进这几日一直在等他回来，心里空落落的不是滋味，现在心里不知道有多高兴，一屁股坐在对面，招呼店家。

"再拿一个酒杯和一副碗筷来。"一点也不客气。

绯绡见状，只好摇了摇头，两个人就说说笑笑地喝了起来。

"子进，我出去这几日，你没有遇到什么奇怪的事情吧？"

"哎？奇怪的事情？"此时酒过三巡，王子进连自己姓什么都快忘了，哪里还记得什么奇怪的事情？

"没……没有。"王子进急忙摆了摆手，头摇得和拨浪鼓一般，"我一个人每天去看看歌舞，也挺好的，就是可惜啊……"

"可惜什么？"绯绡急忙探头过去，神色紧张。

"可惜年关将至，稍有姿色的歌伎都不出来卖唱了。"

绯绡听了，一张俊脸气得都变了色，却不好发作。自己怕他有危险，连日赶路，他倒是逍遥快活，日日听歌赏曲？

他结了酒钱，连拖带拽地把王子进带回了客栈。

二

回到客栈，王子进倒头就睡，今日绯绡回来，他不知道有多开心，似乎一切的烦恼都被抛到了脑后。

可是烦恼还是自己找上门来了。

日日梦到的奇怪女人倒没有因为他的醉酒而例外，又出现了。

"王公子，你要奴家等到何时啊？"女人又拉着他的衣袖连声催促。

王子进此时方想起还有这件怪事，可是四周一片漆黑，一看就是在梦中，现在要怎么告诉绯绡呢？

他急忙拨开那个女人的手："姑娘你认错人了，我已经与母亲通过信了，根本就没有与你定亲。"

女人听了，白白的脸一下变得通红："王公子与我是私订终身，王公子怎么忘了？"

"啊？"王子进下巴都要掉下来，"私订终身？"

"不错！"她点了点头，"就在十年以前，人说痴情女子负心汉，果然没有错。"说罢，低首垂泪。

王子进立刻慌了手脚，十年以前自己刚刚十三岁，怎么会去私订终身了？

"小姑娘，你莫要伤心……"他急忙安慰那个女人，"请问贵姓芳名？"

"小女子姓颜名如玉。"

王子进一张脸突然惊得扭曲变形，他自读书以来就一直念叨着："书中自有颜如玉，书中自有黄金屋！"

颜如玉向来是他读书的最大动力，莫不是他用的功被哪个过路神仙听到，真的找了个颜如玉给他？

他斜眼看了一眼颜如玉，云鬟高耸，肤色雪白，眉眼之间有一丝媚色，倒也算是个美女。

"罢了，罢了！"王子进摆摆手，"你要带我去哪里？我随你去便是。"

"此话当真？"颜如玉破涕而笑，拉着王子进就走了。

唉！早知颜如玉是如此姿色，当初不用功苦读就好了。

他叹了一口气，耷拉着脑袋，若是自己还有机会出去，一定要告诫天下读书人：莫信妄语，书中何来颜如玉。可是不知自己还有没有这个机会。

王子进被颜如玉一路引着，不知走了多久，终于可见前方一片金光，在黑暗中绚丽夺目。他见了那金色光芒，心中一颤，这莫不就是黄金屋了？

难道自己用心苦读，颜如玉、黄金屋都自己找上门来？可是怎么今年的榜单上连他大名都没有一个？

眼前光芒已越来越近，金光的深处正耸立着一个屋子。那是一个圆圆的、白色的房子，像是一颗巨大的蒜头，门上还挂着轻纱的帷帐。

洁白温润，似是玉石雕成，他还从来没有见过这样的房屋，不过形状怪异，实在是谈不上有什么美。

他再次长叹一声，原想黄金屋起码也该黄金铺路，珠玉满地，哪想是这般光景。

如果真有机会出去，他一定要在后面再添上一笔，不要相信书中会有黄金屋！

"公子不要发呆，快随我进去吧。"颜如玉正在前面娇媚地朝他笑。

王子进心中百般不愿，可还是硬着头皮和她走入屋中。

"英兰，快来奉茶。"颜如玉眉开眼笑地叫来一个婢女模样的小姑娘。

那小姑娘穿着翠绿的衫子，扎了条红色的腰带，倒比她的主人打扮得喜庆得多，"公子请用茶。"

王子进只觉得那茶清香扑鼻，甚是受用，再一看碗里只泡着几片兰草，不知是什么茶。

颜如玉见他脸色疑惑，急忙道："这是神仙茶，据说喝了就可以忘却烦恼，和神仙一样快活自由。"

王子进听了刚刚把茶碗端到嘴边，正要尝上一口，就听一个清脆的声音在门边响起："这样的神仙好茶，怎么没有我的份儿？"

王子进心中一惊，手中的茶碗掉到地上，只见门边斜斜靠着一个高挑的男子，白衣若雪，黑发及腰，温文尔雅，折扇轻摇，一张俊脸上正挂着好笑的模样。

好像正在看一出闹剧，那似笑非笑的脸，不是绯绡是谁？

三

颜如玉见茶碗翻在地上，眼中露出凶光："这位公子怎么不请自到，坏了奴家的好事？"

"哪里是坏了姑娘的好事？"绯绡一撩衣袖，和她作了一个揖，笑道，"在下是来主婚的。"

王子进听了这话，差点被自己一口口水呛到。

他指着绯绡道："你，你，你到底帮谁？"

颜如玉听了这话，细细思量，便喜上眉梢："我怎么没有想到，这终身大事，原是缺了个主婚的。"

王子进听了不干了，跑过去抓住绯绡的胳膊："你今日是怎么了？真的要我与这妖怪般的女人成亲？"

"你先别急……"绯绡急忙安慰他，"和妖精结婚就像和人结婚一样，等一下咱们让她拿你的生辰八字，她自是没有，我们就可以以这个理由退婚了。"

"这是个好主意，我的生辰八字，她怎么会有？"王子进的心终于回到了肚子里。

只听绯绡朗声朝颜如玉道："就请姑娘拿了王公子的生辰八字来，就可以行礼了。"

"英兰，英兰，你快去将王公子当日给我的小匣子拿来。"

绯绡听了这话，脸色不由一变，急忙扯了扯王子进："你当真没有给过她生辰八字？"

"没有，"王子进连连摇头，"连她是哪里冒出来的我都不知道。"

"那就好……"绯绡长吁了一口气，"不然我们还要另想办法出去。"

这一口气还没有舒完，就见那侍女已经捧了一个盒子到他面前。

那盒子破旧不堪，还沾了少许泥土，似乎已经有了很久的年月。

绯绡伸出长指，嗒的一声打开了上面的搭扣，只见盒子里放了一只弹弓，一只竹篾编的螳螂，一看就是小孩子的玩具，在这些东西下面有一张泛黄的纸。

王子进在一边见了那盒子里的东西，心中不由一颤，这些东西怎么如此熟悉？好像很久以前，曾陪着自己度过许多快乐的时光。

绯绡面有得色地打开了那张黄纸，不过只看了一眼上面的字，一张俏脸就被气得变形！

上面歪歪扭扭地写了几个字，如虫爬一般，一看就是儿童的笔迹。

不过那上面写的字他再熟悉不过，过去他多少次为王子进卜算吉凶的时候都是按着这几个字掐算的。

正是王子进的生辰八字！

"这是什么？你不是说她不会有你的生辰八字吗？"他回头朝身后的王子进愤怒地叫道。

王子进也愣住了。这泛黄的字条他似乎很熟悉，好像很久以前，幼小的他曾经为谁提过笔，写下过这些字。

他那厢还在发呆，绯绡已经一把把他拉到身后，朝颜如玉道："姑娘，请多包涵了。"

"包涵什么，有什么不对吗？"她急忙把盒子夺过去，又看了一遍那字条，"这莫不是王公子的字迹？"

"是王公子的字迹……"绯绡笑道，"不过我们现下要悔婚啦。"

说完，他拽着王子进身影一飘，已经退到门外。

"你是哪里来的东西，这般与我过不去？"颜如玉一下双手就变成枯枝一般，一甩长袖就追了上去。

王子进被绯绡提携着往外逃命，心里却懵懵懂懂。

好像在哪一个初春，哪一个艳阳天，他曾经对谁说过："你这样美丽，将来长大了我定将娶你。"

可是那似乎是一厢情愿的感情，他始终没有得到对方的回答。

那些埋藏于过往云烟中的记忆又渐渐地浮现，他回头望着如妖似鬼，正在追杀他的颜如玉，那一张白白的脸，那一抹红红的唇，好像似曾相识！

在何时的春风中？也有这样的一张脸，带了一丝羞涩，随风含笑低首？

四

"快走。"绯绡急忙推了他一把。

"是，是，是。"王子进顾不上回头，急忙跑出了屋子。

身后的颜如玉已经张牙舞爪地和绯绡斗在了一起，可是才刚刚跑出大门，王子进就傻眼了，屋子外是一片没有边际的黑暗，连路也没有一条，不知归途何方。

"子进等我。"绯绡说着纵身一跃，从屋子里跳了出来。

然而紧跟着从屋内蹿出几十条如手臂一般的绿色叶子，直往两人的方向卷了过去。

只见颜如玉穿了月白的衣服，端坐在那一片绿色中央，阴笑道："奉劝这位公子还是将王公子交还于我，我自当引路送你出去。"

"你以为我当真出不去这里吗？"绯绡笑道，"这般雕虫小技，不要托大了。"

"那你倒是试试看？"她厉声一喝，那百十条叶子就如有生命般，万箭齐发地往绯绡那边裹去。

"绯绡。"王子进见状跳脚，却又帮不上什么忙。

眼见那叶子如毡布一般将绯绡裹了起来，瞬间就变成了一个巨大的绿色的球体。

"绯绡，我来救你。"他急忙扑了过去，伸手去扯那叶子，只弄得满手满身都是绿浆，甚是恶心。

"王公子不用心焦，"颜如玉已经袅袅婷婷地从叶子上走了下来，"他一会儿就会变成花肥，定然没有痛苦的。"

"你这妇人？怎的如此心地狠毒？"王子进见绯绡受困，指着颜如玉骂道。

颜如玉听了，脸上立刻现出悲哀的神色，低声道："我也不想的，可是奴家实在是没有几日可活，才出此下策，只望王公子能留下来陪我几日。"

"没有几日可活？"王子进见她神色似乎不是假装的，怎么会这样？

刚要出口问个明白，就闻到一股焦臭的味道，好像有什么东西着火了。

对面的颜如玉直直地望着王子进的身后，一张白脸唰的一下就青了。王子进急忙回头一看，只见缚住绯绡的巨大叶球冒出滚滚浓烟，正烧得热烈。

"绯绡？"王子进一见这状况不由心花怒放。

还没等他笑完，只见白影一闪，一个人已经晃到他的面前，不是绯绡是谁？

"绯绡，绯绡。"王子进见他平安，长长地舒了口气，"你这般可吓死我了！"

颜如玉指着绯绡的俊脸，气得说不出话："你！你居然烧了我的叶子？！"

绯绡轻笑一声，扬了扬眉毛："不光是叶子，连你也要烧。"

说完两根长指一弹，一股青色火焰如灵蛇般飞向颜如玉的身上，一下就点着了她的衣服。

"啊！"颜如玉顿时花容失色，急忙拍着身上的火，"恶贼，我定然饶不了你！"

"我们快走。"绯绡见状急忙拉着王子进狂奔。

"我们要往哪里走啊？"王子进只见四周一片黑暗，根本寻不到来路。

"顺着这云走。"绯绡伸手指了指头上的一道灰云，那如练一般的云彩，直往前方飘去。

"这云是？"王子进回身看了一眼身后着火的房子，立时明白了，"这云是那叶子冒出的浓烟？"

"不错，"绯绡笑着点了点头，眼睛里全是狡黠的目光，"这出路，可是她自己指给我们的。"

"绯绡，绯绡，你真是太厉害了，小生认识你真是三生有幸。"王子进捡回一条命，嘴巴立时像抹了蜜一般甜。

绯绡但笑不语，脸上全是得色，估计这马屁拍得他也不是一般的舒服受用。

眼见那浓烟越来越窄，最后竟如百川归海，都从一个小孔里出去了。

"这洞这般小，我怎么出去啊？"王子进见那不过钱币大小的洞，不由犯愁。

"哎呀呀，你不要耽搁了，现下是魂魄受困，就是比这更小的洞你都能出去。"

绯绡见他依旧犹疑不决，在他身后大喝一声："快走，有人追来了。"

"哇哇哇！"王子进心下一急，一撩袍角，一头就钻到那缝隙中。

这一钻立时头晕目眩，仿佛眼前掠过一个庭院的景色，那庭院中有高高的红墙绿瓦，还有四季常青的松柏。

其间布满了落雪，一时黑的黑，白的白，青的青，直如一幅上好的写意山水。

可是这景色转瞬即逝，他一睁眼，看到的却是客栈床上的帷帐，绯绡一张脸上挂满关切之意，正瞪圆了眼睛看着他。

"绯绡……"王子进挣扎着起来，只觉得浑身无力。

"子进？怎么样？"绯绡急忙问他，"可是伤到哪里？"

王子进张了半天的嘴，方吐出几个字来："我……我好饿……"

绯绡万万没有想到他挣扎了半天说出这样的话来，被他气得张口结舌，一时不知该说什么才好。

他望着面前王子进清秀木然的一张脸，只觉得业障重重，不知出路在哪里。

五

"这粥熬得好香啊。"王子进捧着一碗鸡粥在桌旁狼吞虎咽，"这么说我昏迷了三日？"

"俗话说：山中方一日，世上已千年，我若是晚了一时三刻去救你，现在你已经没有命在这里吃粥了。"

"我说怎么饿成了这样！"王子进最后舔了舔羹匙，"小二，再帮我来一碗！"

"你不要开心得太早。"绯绡见他吃得欢，忍不住要打击他。

"此话怎讲？"王子进听了不由一愣，难道那个颜如玉吃了教训还会再来不成？

绯绡面色凝重地说道："你的生辰八字我们还没有带走，她拿了那个自会再上门找你。"

王子进听了，手上一个拿捏不住，青花瓷碗掉落在地上："这么说我们还算是有婚约？"

"不错。"绯绡点了一下头，"你见过凤仪的父母，该知道跟妖怪定下的婚约只能以生命解除。"

"客官，你的粥送上来了。"门口的店小二叫道。

可是王子进现在实在没有心情吃粥了，眼前那白白的粥，都幻化成颜如玉的一张白脸，饱含着狰狞的神色。

"你倒是好好想想那个女人的来历。"绯绡急忙提醒他，"要是我们能够找得到她的真身，或许还有办法可想。"

王子进挖空了脑袋也想不起来他十年以前和谁私订终身，更想不起来自己是把生辰八字给了谁。

那盒子里装的玩物是如此熟悉，可是怎么又到了那样一个女人的手中呢？

这样一想就是几个时辰，转眼半夜过去，他禁不住困意，又歪在床沿睡着了。

"王公子，王公子……"王子进听了心中一凛，这不是那颜如玉的声音？

果然回身就看到颜如玉白着一张脸，穿着白色的绸缎衣裙站在他的身后。

"姑娘啊，小生不才，求你另觅佳偶吧。"王子进说话的声音都带着哭腔，这般难缠可怎么办才好？

"王公子误会了。"颜如玉已经没有了前一日嚣张的神色，一副凄楚模样，"我在世的时日不多了，正巧王公子又来到扬州府，这才急着见王公子一面。"

说罢，眼里还掉了几滴晶莹的泪珠。

"你，你不要哭……"王子进一见立时慌了手脚，"为何在世时日无多啊？说来听听？"

颜如玉低首垂泪："说了也只是给王公子平添愁绪而已，总之正月一过就是我的死期了。"说罢又展颜一笑，"我十年以前曾得到公子百般照顾，人说结草衔环，现在公子又正巧来了，这才想着款待公子一番。"

她又低首叹息了一声："哪想着人妖殊途，倒唐突了公子，希望公子莫怪吧。"

王子进见她这楚楚可怜的模样，对她的惧意减了一大半，急忙摆手道："哪里！哪里！我也有不对的地方，怎会怪你？"

"公子能这样说我就放心了。"颜如玉朝王子进作了一个万福，"这就与公子在此别过。"说完，眼泪又流了下来，"此生还能见得公子，我也该满足了。"

"喂，到底什么事啊？你为什么要死？"王子进急忙追去。

"若是有缘，就请公子在正月初一重游旧地，我定当盛装恭迎公子。"

紧接着人影一闪，已经不见了踪影。

"喂！"只余下王子进在黑暗中叫道，"你说的旧地，是哪里啊？"

可是空旷而悠远的黑暗中，哪里有人回答？

这一夜就再也没有梦到颜如玉，次日晨光破晓，王子进才悠悠转醒，发现自己的手中还紧紧地攥着一截绸缎，正是前几日从颜如玉的衣服上撕扯下来的。

那上面绣着的百合，在晨光中看起来分外娇艳动人。

十年以前吗？十年以前他好像是来过扬州，当时似乎是寄住在一个大户的亲戚家。

可是在那关于过往的记忆中，并没有什么女子啊？

十年的光阴，就像一团迷迷蒙蒙的雾，模糊了王子进的记忆，也挡住了他的前路，让他不知该何去何从。

六

眼见街上的人忙忙碌碌，各家店铺也张灯结彩，细雪中红的红、金的金，一片喜气洋洋的氛围，除夕之夜转眼将至。

王子进走在街上，只觉一筹莫展，与颜如玉约定的日子眼见就到了，可是他现在还是想不出来她口中所指的旧地是在哪里。

"子进，你在想什么？"绯绡见他愁眉不展，急忙问他。

"没……没有什么……"王子进无法说出口，绯绡处处为他着想，费了那么大的力气才把他从幻境中带出来，他怎么好意思说自己担心颜如玉的安危呢？

这偌大的扬州府，少说有几百户人家，要在这庭院深深中找出一个人，无异于大海捞针。

王子进望着眼前这俗世繁华，只觉得力不从心，长长地叹了一口气。

新年的那天热闹非常，各家都烹鸡煮肉，还有的放起驱逐鬼神的鞭炮。更有大户人家请来了戏班子，正搭着台子唱戏，咿咿呀呀，浓歌艳曲，一片喜乐氛围。

王子进拿着一把油纸伞，一大早就忧心忡忡地出门了。他徘徊在行人冷落的街道，现在没有别的办法，只有一家一家地去打听了。

他犹疑着敲开了一个院落的大门。

"是谁啊？"里面一个小厮急急忙忙地出来应声。

"那个……那个……"王子进结结巴巴地问，"请问贵府有没有一个女眷，喜欢穿月牙白的绸缎……"

话还没有说完，小厮就砰的一声关上了大门，震得檐上的积雪簌簌直落。

"看你这人也是读过书的，怎么这般不要脸，上门来问人家的女眷……"

只余下王子进一个人站在门外的细雪中，拎着伞，不知该往哪里去。

可是一想到过了今夜就是约定之日，他又疾步向前走去，伸手敲开了另一家的大门。

颜如玉那凄婉的神色，还在他心间萦绕，在这细雪纷飞、天寒地冻中，他又怎么能让她等太久？

也不知走了多久，挨了多少的骂，眼见天就要黑了，还是没有头绪。

正在迷迷茫茫之际，只见前面一个穿着白色衣服的人，也擎着一把伞，歪歪地靠在高墙边等他。

那人通身雪白，在飞扬的雪花中看来不似凡人，五官如玉石雕成，只一把黑发如墨，眉宇之间一缕愁色，正在忧心忡忡地望着他。

"绯……绯绡！"王子进见那人，心下不由感动，又看他伞上已经积了一层雪，显然出来不是一时半刻了，颤声道："你一直跟着我？"

绯绡点点头，缓缓地踏着雪走了过来，收了自己的伞，一躬身站到王子进的伞下，轻声道："子进，我们可是朋友？"

王子进听了狠狠地点了一下头。

"可是你在想什么为何不说与我听呢？"

"我……我怕……"王子进不敢看他，实在是怕惹他不快。

绯绡闻言轻笑一声道："子进，你向来是个痴人，荒唐事干了无数，也不少这一桩，当初你去找那沉星的尸骨，我不是还和你去了！"他说完又笑道，"你现下是要找那颜如玉吧？"

王子进见他知道了，也不隐瞒，将那晚的约定与他说了。

"找妖怪怎能用找人的法子？"绯绡听罢笑道，"快点将那绸缎给我。"

王子进急忙依言从怀里掏出那月白色的绸子来。

"给我火折。"

"在这里！"

"妖怪的东西大多是幻术而成，当它从这个世界上消失的时候，就会有魂魄出来，回到它们的主人那里去。"

说完，绯绡打火点着了那块白色绸子，那绸子越烧越残，转眼间就要烧没了，冒出淡淡的青烟。

"去……"绯绡说完，将手中残破的黑灰往天上一撒，只见青烟中蹿出一只白色的鸟来，轻啸一声就往天空中飞去了，在日暮的昏黄天空中划出了一道优美而闪亮的弧线。

"快，跟着它。"绯绡拉着王子进就跟在那白鸟后面，直往城西的方向去了。

眼见那鸟在日暮中如一颗启明星闪耀在天际，两人快，它也快，两人行得慢了，它也徐徐地缓慢低飞。

这般不知行了多久，王子进只觉得双腿酸胀，一直到月上中天，那鸟才如扑火飞蛾一般，钻到一个大户人家中，不见踪影。

那是一个冷清的后院，王子进望着这高高围墙，不禁呆住了，墙内有松柏的枝丫探头出来，衬着这红色的墙，绿色的瓦，清细的白雪，清幽怡人。

这景致是如此的熟悉，正是他还魂时曾经惊鸿一瞥的院落！

七

"就是这里了。"绯绡见那白鸟一去不复回，肯定地说。

"好像我真的来过这个地方。"王子进望着眼前的熟悉景致，十年前的记忆如潮水般缓缓地涌了上来。

"来没来过，要进去再说。"绯绡四处看了一下，"哎呀，这里离门太远，我们直接爬过去吧。"

"这……这不大好吧……"王子进说着整了整衣冠，"她说过要等我，不如找人通报一下再进去，这样未免……"

绯绡听了这话，不禁头疼，指了指天上："现在已是月上中天的半夜了，你还指望谁帮你通报啊？"他低声道，"你小心了，要进去了。"

王子进还没有反应过来，就觉得衣领被人提起，接着两脚离地，整个人就飞了起来。

"哇哇哇，你要干吗？"还没等他叫完，整个身子又开始往下沉，眼见那墙檐就在眼前，他急忙伸手扒住，吓得他一身冷汗，趴在墙檐上直喘气。

"你这是要我的命啊……"他回头一看，那墙足有两人多高，绯绡正站在下面抬头朝自己坏笑。

明知他行事一向如此，王子进也不想说什么了，急忙探头就往墙里看去。

这一看，王子进整个人都愣住了，鼻头跟着一酸。

只见黑夜中，庭院里，落雪间，正有一朵百合花迎着细细的轻雪，傲然绽放。

那花茎碧绿，花瓣雪白，白玉般的花瓣中簇着火一般红艳的花蕊。

似乎如一个娇羞的女子，在默默地等着他。

"王公子，我将盛装恭迎！"颜如玉的话犹然在耳，可是他万万没有想到是这样的方式，他不知道一朵应该在春天开的花绽放在雪中是什么滋味。

可是他知道看到这夺目芳华后自己心中的难过。

王子进见了那花，顾不上疼痛，从墙上连滚带爬地溜了下来，他缓缓地走过去，撑开自己手中的油纸伞，挡在那株百合上。

眼中全是爱惜之色，他口中喃喃道："对不起，对不起，我怎么能忘了你呢？"

想他十年以前曾随母亲来过这里暂住，那是一个有着温暖的杨柳风的春天，小小的他，懵懵懂懂地喜欢上一枝百合。

它是那么白、那么美、那么香，那是他所见过的最诱人的东西。

"如果你是女子该多好？我定当娶你为妻。"

他为了这花浇了一个夏天的水，除了一个夏天的虫，终于在分别的日子把当时最喜欢的玩具埋在花的旁边。

如今岁月如潮，他已长大成人，那陪伴了他一个夏天的花，那最初所迷恋的美，怎么就被他给忘了呢？

也许人就是这样忘恩负义，会在成长的过程中失去曾经拥有过的童真。

然而它竟然记得，所以才拿了他的生辰八字，变成女子，拼尽性命只为见他一面。

"就是它吗？"绯绡从身后走了过来，见王子进呆呆地蹲在那朵百合前面，不言也不语，听了他的话也只是缓缓地点了一下头。

"嗯？"绯绡看了一眼那在雪中绽放的百合，又看了看王子进的脸色，心下立刻明白了几分，笑道，"没有想到你那么小就是一个花痴。"

王子进也不生气，急忙问他："它说活不到正月，我们要怎生救它才好？"

绯绡环顾了一下四周："也不知是什么东西要它的命，我们把它带回去养在身边，看看再说。"

"好主意。"王子进听了一扫积郁，急忙动手挖起雪来。

两人几下就挖出了那花根，夜色中可见一个白白的如青蒜般的根，上面还纠缠了一些别的植物的须根，泥土相连。

王子进一见那花根形状，立刻笑了起来，他终于知道前几日梦中所见的黄金屋是什么了。

"子进，不要傻笑。"绯绡急忙拍了他一把，"赶快找一下那个盒子是不是在附近，拿了你的生辰八字要紧！"

"对，对，对……"王子进急忙拿着一截木头挖起土来。

两人又翻了半天，才在花根附近找到了一个破败的小小木盒，王子进累得一下坐在地上，心满意足地打开了盒盖。

可是里面只有一个弹弓和玩物，哪里有什么纸片？

"怎么会这样？"他急忙把盒子倒过来晃了几晃，果然再没有多余的东西，他急忙望向绯绡，"这是怎么回事？"

"看来它还想见你啊。"绯绡见状掩嘴偷笑。

还想见我？王子进听了这话，不由痴了，也好，他也很想见她，见见她花瓣般的面庞，红红的唇，他还有好多话要和她说。

王子进想到这里，又开始傻笑起来。

八

次日两人去买了一个花盆，又添了许多新土，将它摆在客栈向阳的地方，这才放心。

王子进从此日日早早上床，可是那颜如玉却再也没有在他的梦中出现过。

"可能是离你近了，了却一桩心事，所以就不再出来了吧。"绯绡懒洋洋地边吃鸡边回答他。

王子进回头看着那花盆，新土中吐出一个小小的翠绿幼芽。

外面春风和煦，不知不觉中，春天已经到了。

"过两日咱们去把这花再移回那个庭院中吧。"绯绡见正月过了，不由放心，"不然总放在咱们身边也不是办法。"

"好！"王子进点头答应，不管怎么说，一株花还是长在院落里比较幸福。

拣了个阳光灿烂的日子，两个人就捧着花盆信步回到那个院落，哪知远远地就见有人热火朝天地在搬运石头。

"这是在干吗？"王子进急忙拦住一个工人就问。

那工人擦了擦脸上的汗，气喘吁吁地答道："这家在翻修庭院呢，好像主人不喜这庭院的摆设。"

"啊？"王子进叫道，"已经干了多久了？"

"正月刚过就动了土，现在已经有两个月了。"

"原来如此。"王子进这才恍然大悟，与绯绡相视一笑，两人这才知道那颜如玉口中的死期是怎么回事。

回去之后，绯绡就找了一个老花匠，把那花埋在了一棵柳树的旁边。

"这花好啊。"那老花匠眯着眼睛望着新出的幼芽，"这是一种很美的百合，雅号叫'颜如玉'。"他回头又道，"公子真的不想卖出去换钱？"

王子进听了笑着摇了摇头，果然，只有这样美丽的花才能配得起这样的名字。

花匠于是拿起锄头，嘟嘟囔囔的一边念叨什么一边把花种了下去，罢了说："太美的花是有灵魂的，要一边埋一边诵经。"

他说完又摸了那花边的柳树，那树亭亭玉立，正吐翠绽芳，笑道："埋在柳树边再好不过了，柳树的落叶多，正好可做花肥。"

王子进却全都充耳不闻，只是呆呆地望着那在春风中摇曳的小芽："如玉，你看，我没有忘了你吧？"

那小芽似乎明白了王子进的一番心意，在含笑低首，娇羞不语。

"此生不知何时才能再见了。"王子进一时心酸，感慨一声，和绯绡回客栈去了。

但是没有两日王子进就再见了颜如玉。

"公子，公子可曾忘了我？"颜如玉一如往昔，站在黑暗中朝他笑。

"如玉，如玉，你近来可好？"王子进一时喜出望外，想道歉，又想诉衷情，一肚子的话不知该从哪里说起。

"公子请不要叫奴家的闺名嘛。"颜如玉竟娇羞地躲避。

"咦？"王子进听了一愣，只觉这话里有话。

只见她一摆手，不知从哪里走出来一个青衣的少年，那少年风度翩翩，身材瘦长，站立之中也有一番风姿。

"公子，这是柳郎。"颜如玉低头含羞道，"我和柳郎多亏了公子的撮合才能在一起，我们此番是来谢媒的。"

"谢……谢媒？"王子进一时目瞪口呆，自己怎么这么快就从她的如意郎君变成了媒人？

"多谢公子撮合，才能令小生觅得如此如花美眷。"那青衣少年一揖到底。

"不……不谢……"王子进不知该说什么话好。

"王公子，我要走了，咱们后会有期吧。"颜如玉说着往王子进的手里塞了一张字片，低声道，"王公子，这个还你，我家柳郎见了又该不快了。"

王子进低头一看，手中多了一张皱巴巴的小纸片，正是自己的生辰八字，再一抬眼，颜如玉和那青衣少年已经不知到哪里去了。

他捏着那张纸片，一个人站在黑暗中，一时哭笑不得。

"这茶可真是好喝啊。"绯绡捧着茶碗感慨。

那日颜如玉走后，两人在书桌上发现一罐兰草，绿色的叶子，中间一条红线，正是那日在颜如玉屋中不曾入口的神仙茶。

"是吗？"王子进抿了一口道，"这谢媒礼可不怎么样……"

绯绡知他因颜如玉的事吃醋，心中不快，便一伸手推开了窗户，一心想引他高兴。

只见下面的街道上人来人往，姑娘们都穿着花花绿绿的衣裳出来踏青，正是一幅热闹景象。

"子进，我说一个上句，看你这下句接得如何？"

"你说吧。"

只听绯绡摇着扇子道："三月三日天气新，绣罗衣裳照暮春。"

王子进想了一下，摇头晃脑道："雪肤花貌颜色娇，谁家玉人笑春风？"

"好！好一个'谁家玉人笑春风'！"绯绡听了不禁拍手叫好。

王子进听了夸奖，面露得意之色，只见窗外一片旖旎风光，不由觉得这大好春光似乎已照入他心底。

外面春意盎然，正是鸟语花香的好时节，院落里的柳树旁，一株百合迎风盛放，舞着如玉般雪白的花瓣，似在春风中轻笑嫣然。

死复生

初冬的夜晚，冷风萧瑟，细雪纷飞。

在一处大宅中，传出呜咽哭声，那哭声哀怨而凄凉，融入飘零细雪之中，转瞬即逝。

"爹，你快点醒醒啊……"宅院占地广阔，雕梁画栋，花木扶疏，显然是一户富裕人家。

然而主宅卧房中，正有一个身着华服的中年女人坐在床前哭啼，床上躺着一位头发花白，年逾古稀的老人。

在昏黄的烛光下，可见他眼窝深陷，面皮焦黄，显然已经死去多时了。

"淑英，别哭了，爹已经仙去了……"女人身后站着一个年纪比她稍大的中年男人，双眉粗黑，目光狭促，看起来并非聪敏之人。

"闭嘴，现在下结论还太早。"女子抹干脸上的眼泪，双目中精光大盛，狠狠地道，"还有最后一个办法，怎么也要试过再说。"

"妹……妹子，你到底在想什么？"中年男人看到妹妹的脸色，顿时被吓得后退两步，"难……难道你想让死人起死回生不成？"

"当然，爹万万不能死，如果他有个三长两短，商会要交给谁打理？你还是我？我们有这个能耐吗？"

两人正说着，只见厚厚的棉布门帘被掀开，走进来一个衣衫单薄的老和尚。他已逾花甲之年，头戴斗笠，光脚穿着草鞋，似乎完全感觉不到冬日的寒冷。

"大师，你总算来了，请你一定要救救我爹。"淑英一见到他就似见到了救命稻草，声泪俱下地扑过去，"多少银两都行，只要能让他活过来。"

和尚点了点头，走到床前，用手使劲掰死人的嘴巴，奈何人死得太久，尸体已经僵硬，只被掰开了一条小缝。

他只能从衣袖里掏出一把柳叶小刀，利落地割开了死去的老人的手腕，接着他似乎往伤口上塞了什么东西，口中念念有词，似乎是在诵经。

兄妹二人都屏住呼吸，默默地看着这和尚的一举一动。屋子里静得可怕，只有灯花爆裂的噼啪声在冷风中回荡。

大概过了有一炷香的工夫，僧人终于停止诵经，轻轻抬起了手。

与此同时，床上已经死去多时的老人双眼竟微微颤动，发出了一声悠长的叹息。

一

十日之后，在东京城的一处酒楼里，又发生了一件奇怪的事情。

这日中午，瑞雪初霁，酒楼里客流如云。一个身着青衣的美貌少年带着一个几岁的女童过来吃饭，就像大多数第一次来东京的人一样，两人点了一桌丰盛的酒席。

然而就在两人将酒菜吃得所剩无几之时，女童竟然一头栽倒在地，双目紧闭，脸色铁青。

"六月！你怎么了？快点起来啊！"青衣少年立刻将女童扶了起来，但是却无论如何也唤不醒她。

他顿时热泪盈眶，完全失去了方才的潇洒从容。

客人们都纷纷放下碗碟，好奇地过来围观。

"这位客人，可是出了什么事？我们到里面去说吧！"店里的掌柜见再闹下去势必影响生意，急忙从楼下跑上来，带着他们走入了内室。

"求求你，救救我妹妹……"那美少年哭起来如春柳在细雨中飘摇，令人为之心碎。

酒楼的老板身量肥胖，一见女童青白的脸色，顿时吓得连话都说不出，她分明已是个死人。

"不知为什么，吃了你家的酒菜后，她就突然死了……"青衣少年急道。

"讹诈！你们这是在讹诈！"胖老板立刻气得跳脚，指着他的鼻子骂道，"老子开店十几年，你们这样的见多了。我这就去请郎中过来，看你们怎么装！"

说罢他急忙吩咐店里的伙计去请郎中，不过片刻，郎中便提着药箱赶来。胖老板立刻似见了救星般扑上去，要郎中辨明女童是真死还是假死。

郎中一见床上女童的脸色，心知不妙，急忙快步走上前去，先是翻开了她的眼皮，又以手按了按她的脖颈。

"怎么样？我的妹子还有救吗？"青衣少年红着眼眶问。

郎中却凝眉不语，又从药匣里拈出一根银针，抓起女童的手，轻轻地往她中指指尖刺了下去。

眼见针刺入肉中，没入寸许，女童仍没有半点反应，他只好拔出银针，长长地叹了口气。

"完了，这个小姑娘已然死去多时了。"

"什么？你说这小孩真的死了？"胖老板顿时一屁股坐倒在地，几近虚脱。

"正是！她瞳孔涣散，已无脉搏，我以银针刺她十指，她也没有反应，是已经死了。否则十指连心，活着的人万万忍受不了这种痛苦。"郎中怜悯地看了看青衣少年，"这位公子，还须节哀。"

即便是再高明的骗子，也不会为了钱财置自己的生命于不顾，胖老板只好自认倒霉，赔了那青衣的男子一大笔银子了事。

然而青衣少年拿了银两仍不离去，在内室哀恸了半日，才抱着女童的尸身，自后门走出酒楼。

折腾了半天，此时已然是夕阳西下的傍晚时分。

"这位公子请留步。"他刚走到大街上，就有一个人自后面追了过来，来人蓝衣布袍，手拎药匣，居然是方才的郎中。

"这位先生，不知有何指教？"青绫眼珠一转，脑中已然设想了无数种可能。

"我看你们兄妹情深，这女孩小小年纪就遭此横祸，实在可怜，才想告诉你一件事，如果你是有心之人，不妨一试！"

"先生快请说。"这郎中果然有一副悬壶济世的好心肠，追出这么远，竟是为提供帮助而来。

青绫不由长舒了口气，对他敬佩地一揖到底。

"最近东京城里出过一件大事，就是关于人死而复生的。"那郎中小声道，"如果公子有足够的银两，或者可以买你妹妹一命。"

"哦？此事是真是假？"青绫剑眉微挑，似乎颇为惊诧，"死了的人，真的还能够活过来？"

"起初我也是不信的……"郎中缓缓道，"半个月前，我曾给东京城里一个姓包的富商诊病，那老人明明已经死透了，但是不知他女儿想了什么办法，居然让她的父亲起死回生了。现在包老先生身体硬朗，除了脑筋还不大清楚外，与生时无异。周围的邻里都说老人家的命是用钱买回来的，如果公子不信，可以亲自上门去问问。"

青绫仔细地询问姓包的人家住在何处，才拜别而去。

一与医生告别，他就抱着女童的尸身大步流星地走向客栈，风姿潇洒，嘴边含笑，一扫方才悲痛万分的模样。

"喂，青绫，你刚才回来的模样，可有点得意忘形。"两人刚刚走进客栈的房间，女童就一下从他怀里跳出来，笑嘻嘻地道，"万一被胖老板看到了，我们俩岂不是糟糕？"

"六月，你的手指痛不痛？"青绫关切地抓着她的手指反复查看。

"怎么会痛呢？就是把头砍下来都没有一点知觉。"六月依旧笑眯眯地说，"怪不得你提出要带着我一起云游，原来是为了方便诈骗。其实你想要钱，完全可以用更简单的方法得到，又何必这么折腾？"

"嘿嘿嘿，所谓君子爱财，取之有道，只有莽夫才去做那种偷鸡摸狗、打家劫舍的事。"青绫昂着头说，似乎甚为得意。

"喂！这句话说的好像不是这个意思。"

"六月，我们不说这个了……"青绫一把把这个扎着两个小髻，看似天真烂漫的女童抱到桌子上，严肃地问她，"你想不想真正地活一次？"

六月垂首不语，先是点了点头，紧接着又摇了摇头。

"为什么？"青绫剑眉微颦，似乎对她的反应甚为不解。

"那是不可能的……我已经死了这么多年，怎么可能再活过来……"

"只要有办法，我们就要试一试。"青绫朝她笑了笑，就转身去楼下叫酒菜了。

只余下六月一人，孤零零地坐在客栈的木桌上，嘴边挂着一抹凄楚的笑容。

二

次日一大早，青绫就去包姓人家拜访了。因为他容貌俊美，风姿不凡，仆人不敢拦他，竟极其顺利地进了大门，端坐在客厅里等待主人的到来。

"这位公子，不知所来何事？"他刚刚喝了半盏茶，就从内室走出来一个身形雍容、略显肥胖的中年妇人。

妇人看着他的目光迷茫，似想不通这个陌生少年所为何来。

"请问包老先生在吗？"青绫也故作懵懂，"在下姓胡，是来送还他遗落的单据的。"

"家父最近身体不适，如果有什么事，跟我说也是一样的。"妇人立刻亲切了许多，令仆人换上热茶。

"哦？只是身体不适吗？为什么我在坊间听说包老爷已经仙去了呢？"

"呵呵呵，不过是愚妇们瞎说的谎话，胡公子居然也相信？！"妇人微微一笑，丝毫不在意，"十天之后，包家会举行一次宴席，届时家父也会出席。如若公子不信，也可亲自前来看看。"

说罢她招了招手，令管家取了张请帖递给青绫，似乎信心十足。

青绫见她举止严谨，知她一点口风也不会露，干脆从怀里掏出一沓纸，递到了她的面前："既然如此，就把单据交给夫人保管了，这似乎是账本上掉下的账页，还请夫人交给账房仔细查看。"

"多谢公子特意走一趟，如果不介意，可否留在寒舍用午饭？"那妇人见青绫面如美玉，心中喜欢，想多留他一时片刻。

"不了，多谢夫人美意，待十日后我们再见。"如果再耽搁一会儿，等账房发现那账页不过是废纸，搞不好会坏了大事。

他说罢起身告辞，在与中年妇人错身而过的一瞬，手指微拂，已经在她肩上拈走一根落发。

待他辞别包家，走出门外，已是晌午时分。大街上车如流水，马似游龙，一扫入冬以来的阴霾。

他今日办成了一件好事，不由兴致大起，忍不住在闹市间多转了两圈。

哪知就在天色渐晚，他准备踏上归途之时，身后竟然多了一个人。那人身着灰色布衣，头戴斗笠，手持木钵，似乎是个年轻僧人。

只是这僧人衣裳单薄，在寒风中仍赤着双脚，一看就知并非泛泛之辈。

青绫回头看了他一眼，眼珠一转，嘴边含笑，突然拐了个弯，往城外走去。

僧人见状一愣，犹豫了一下，跟着他往荒郊野岭而去。

不知走了多久，太阳沉下西山，周遭变成冬日里特有的寒冷肃杀。身边冷风如刀，头顶星斗阑珊，每走一步都冷似一分。

僧人初时还抵挡得住，但是越走越冷，忍不住要打退堂鼓。

就在他进退两难之时，一直走在他前面三丈开外，不紧不慢赶路的青绫却突然停了下来。只见他懒洋洋地靠在小路边一棵歪脖子树上，看样子是要稍做休息。

僧人见状，也只好找到一处背风的所在，端坐在地上打坐。可是这一坐就是两个时辰，他手脚都冻得发麻，仍不见青绫有走的意思。

他再也耐不住好奇，小心地靠近那棵歪脖子树，只见一人青衫磊落，眉目如画，正闭眼靠在树上休息。

就在他离那棵树不过丈许的时候，青绫突然睁开眼，朝他笑了一下。

那笑容在寒冷的冬夜看来，像是笼罩了烟雾般缥缈而遥远。

和尚一见他的表情，顿时觉得不妙，果然，下一刻就见那青衫突然从树上掉下来，委顿在地。

周围只有冷风寥落，荒草遍野，哪里还有青绫的影子？

"青绫，你在想什么？怎么一边吃饭一边笑？"此时在客栈的房间里，六月捧着饭碗，好奇地看着自回来之后就一直笑个不停的青绫。

"嘿嘿嘿，我在想那个和尚啊，居然傻成那样还要跟踪别人。"青绫笑嘻嘻地吃着鸡腿，"我想个办法把他引到了郊外，如果没猜错的话，他现在可能连城门都进不来。"

"他为什么要跟踪你？"六月皱了皱眉，心底涌出一丝不祥的预感。

"估计是有点道行，看出我是个异类，不自量力地打算降妖伏魔吧。"青绫却不以为然，"六月，你还小，可能不知道，天底下总有那么一些不自量力的人，稍微有点能力，就到处去主持正义，其实这世界上哪有绝对的正义？"

"嘿，我们俩，还不知道谁比谁大呢！"六月冷哼了一声，"小心行得万年船，这是我活了上千年的经验。我总觉得，和尚绝不会无缘无故地跟踪你。"

两人吃过晚饭，六月就走入内室睡下了。昏暗的客厅里，只有青绫一人孤身坐在灯影下，只见他从怀里掏出一张请柬，小心地翻开，里面露出了一根卷曲的长发。

"哼，你不告诉我，就以为我真的无从得知吗？"他冷笑一声，将长发凑近火烛，头发顿时发出刺的一声轻响，冒出了一缕白烟。

青绫望着袅袅升起的烟雾，口中念念有词，渐渐那细不可见的烟雾竟扩散、加深，浓郁得宛如庙堂里的香火。

奇怪的是，在烟雾中，闪现出几个模糊的人影，其中之一正是中午接待他的妇人，衣着华贵，体态雍容。

她身后是一张床榻，锦被下有张形容枯朽的老人的脸。老人虽然双目紧闭，气若游丝，与死人无异，但是青绫还是一眼看出他神魂安稳，已经没有大碍了。

"多谢大师救了我爹的性命，小女实是无以为报。"在烟雾深处，仿佛还隐藏着另一个人，不过那人道行甚深，留下的痕迹太少，无论他怎么看也看不清这人身形。

"老人家的命确实是救回来了，但他会忘记很多事情，只能有一些基本的记忆，还望女施主包涵。"

"只要我爹能活过来，我就已经感激不尽了。"

"还有一件事，请女施主千万要注意……"那人不但身形缥缈，连声音都断断续续。

"大师请说。"

"千万不要让他照镜子，一次也不可以，如果不小心被他在镜子里看到自己的脸，所有的努力就都前功尽弃了！"那人说完，便一转身走了。

就在这瞬息之间，门外似吹进一股冷风，吹得他衣袂飘飞，刻意掩饰的身影也变得清晰起来。

只见这人头戴斗笠，身穿灰色僧衣，背有些微驼，似乎是个上了年纪的老和尚。

"怎么又是和尚？"青绫看到此处，一挥衣袖，打散了凝聚在半空中的烟雾，他只觉一头雾水，兀自坐在椅子上嘟囔着。

而且，为什么起死回生的人不能照镜子？这两者难道有什么冲突？

三

"六月，我好像知道掌握起死回生之术的是什么人了。"次日早晨，天光大亮，一直枯坐在窗边的青绫突然说道。

"那又怎样？"六月像是所有的孩童一样，扎着两个小髻，歪着头坐在桌前看书，连眼皮都没抬一下。

"你不想去试试吗？"

"试了又怎样？希望落空的话会更难过，还不如没有希望！"六月撇撇嘴，继续翻书。

"既然如此，我们何不去看看热闹？"青绫微微一笑，似看穿她的心思，"探查一下起死回生的奥秘？"

"逆天而行的手段，多半龌龊。"六月想了一会儿，合上手中的书本，颇为不屑地说，"不过你要是感兴趣的话，我倒是不介意陪你走一遭。"

青绫嘴角轻扬，知她早已动心，只是面上挂不住，不好意思说而已。

于是正午时分，两人便相携出发了。青绫找了个卖香烛的店铺，跟小贩打听了半天，才知道附近的山上有一座破庙，里面人丁寥落，香火稀少。

"看来多半就是这里。"他想起昨天所见的和尚，赤着双足，衣不蔽体，一看就不是什么名门大庙里的。

"你要去拜菩萨吗？"六月穿着绣花的棉袄，踏着积雪，笑嘻嘻地看着他道，"千年妖怪去进香，也不怕被雷劈。"

"我可不是去拜菩萨，而是去找和尚。"青绫得意地笑了笑，"我昨天得到些线索，好像会使那起死回生之术的人，就是个老和尚。"

"哦？又是个和尚？"六月敛起笑容，低头望着脚下皑皑的白雪，"昨天跟踪你的也是个和尚，你不觉得太巧了一些吗？"

"这有什么？只能证明那庙里的和尚还有点本事，与只知收香火钱的笨蛋不同。"

"但是你自己送上门去，就不怕被他们算计吗？"六月越说声音越低，似乎忧心忡忡。

"哈哈哈！"青绫似听到了一个极好玩的笑话，突然仰天大笑，笑得俊美的五官都几乎错位，"六月啊，你也忒小瞧我。那些秃驴就算一拥而上我也不怕，我唯一怕的就是官兵，因为他们人太多了，实在有些不好对付。"

"难得你也知道怕点什么。"六月见他如此托大，知他信心十足，不由稍稍放了点心。

两人在街上雇了辆马车，就往郊外赶去。

此时正是寒冬，草木凋敝，白雪皑皑，巨大的山石陡立在道路两边，平添了一丝肃杀的氛围。

两人一路无话，各想着自己的心事。

马车在颠簸的山路上前行，不知过了多久，突然减缓速度，慢慢停了下来。

"二位客人，你们顺着这条山路往上走，就能看到那座寺院了。"赶车的车夫朗声笑道，"不过两位一定要仔细看着点，因为那寺庙又破又小，一不小心就会错过。"

两人相视一笑，无奈地摇了摇头，相携向山上走去。

因为青绫本就是野兽变的，走起山路驾轻就熟，而六月虽然看似年纪幼小，却也比常人步伐轻盈。

因此不到一个时辰的工夫，二人就踏着积雪，来到了山顶。

只见山上树木掩映，荒凉阴森，只偶有寒鸦掠过头顶，连半点人烟都不见。

"我们是不是找错地方了？"六月打量了一下周围的景色，皱眉道，"这里别说和尚，好像连个会喘气的都没有。"

"应该不会错。"青绫停在一块歪斜的石碑前，以衣袖拂掉薄薄的落雪，只见上面依稀显露出三个大字：长生寺！

"这寺名倒是讨巧啊，好像就是那些追求不老不死的人起的。"六月一见这石碑立刻来了精神，"这样的人我不知见了多少个，他们大多数都被自己制造出来的仙丹给毒死了，你说有趣不有趣？"

"凡事都有例外，我们且去看看再说。"青绫却不以为然，嘴边依旧挂着一抹满不在乎的浅笑，向山林的更深处走去。

果然，两人行了不久，便见树林中有一角飞檐，似乎真的有一座寺庙。

只是寺庙又小又破，被层层树木包围，还好这是冬天，如果是在盛夏，难免不会被周围的树海淹没。

只见庙门半掩，周围荒草丛生，正有一个衣衫单薄的年轻和尚在扫门外的积雪。

和尚听到树林里有动静，一抬头，便见不远处站着一个身着青衣的俊美少年和一个看起来连十岁都不到的女童，不由一愣。

"这位师父，我们想拜见这长生寺的住持，不知能否代为通报一声？"青绫打量了一下这个和尚，似乎跟昨日跟踪自己的极其相似。只是他头戴斗笠，未见他真实面貌，却也不敢乱认。

"二位施主请稍等，我这就去叫师父。"小和尚阔口大耳，活像是做贼被抓了现形，飞快地扔掉扫把，一溜烟地跑到了寺院里。

"这和尚怎么见了咱们跟见了鬼一样？"六月诧异地叫道，"难道我们长得很奇怪吗？"

"嘻嘻嘻，你说得真是太正确不过，咱们俩又有哪个是人呢？"青绫面带轻佻，笑嘻嘻地说。

"二位请跟我来吧，师父已经知道二位所为何来了。"小和尚再出来时仍有些慌张，强自镇定地引他们进入寺庙。

只见寺院里狭窄破旧，与大户人家三进三出的院子差不多大。

只是寻常百姓家用来做客厅的地方供奉着一尊佛像，供案上放着香炉烛台，才有了一丝庙宇的氛围。

小和尚领着二人穿过庙堂，走入内室，推开一扇破败的木门，只见昏暗的光线中，正有一个老和尚盘腿坐在蒲团上。

形容枯朽，面黄萎瘦，乍一看活像个坐化的僵尸。

"二位施主，老僧在此恭候多时了。"老和尚看起来已年逾花甲，尖削的下巴上飘着几缕白髯，为他添了几分仙风道骨之气。

"在下姓胡，名青绫，这是我的妹妹，还没有大名，小名就叫六月。"青绫一听到他沙哑的声音，便知自己这趟是找对了人，因为这老和尚的声音竟与昨晚他从包家妇人的回忆中听到的一模一样。

"贫僧法号虚云，那是我的弟子德清，我们师徒二人在此地清修已久。很多人都毫不得知，二位长途跋涉而来，想必是有什么要事吧？"老和尚缓缓站起来，礼貌地朝二人合十道。

"大师父你既然已经早就料到我们会来，难道还不知道我们所为何事吗？"青绫眼中精光大盛，已在暗暗戒备。

"是为了起死回生的事情吧？"老和尚微微一笑，"可是这要看那人死了多久，还有死的时辰，如果肉体已经腐烂的话，即便是神仙也没有办法，何况我这个凡人呢？"

"肉体当然没有烂，还栩栩如生。"

"哦？如此甚好，不知胡公子可否带我走一趟，让贫僧去看看那死去的施主再说？"

"不用走了，就在这里。"青绫说罢将六月拉到身前，推她走了两步，"你看看这孩子，她已经死了上千年，能不能想法让她活过来？"

虚云打量了一下状如女童的六月，先是一惊，接着浑浊的老眼中竟流露出少许艳羡之色。

四

"孩子，过来让我看看。"虚云朝六月招了招手，示意她走过来，接着试了试她的脉搏，又捏了捏她的手腕，只觉触手冰冷，脉息全无，分明已死去多时。

但是眼见这女孩脸色红润，双目清澈，完全不似一个死人的样子，不由诧异地咦了一声。

"爷爷，我确实已经死了，不过因为吃了长生不老药，才保持着活人的姿态直到现在。"六月撇撇嘴，似触动心事，悲伤地答道。

"与其说是长生不老，还不如说是活僵尸。"青绫皱眉道，"这位师父，你看她还能不能变成个活人？"

"这个世界上，真的会有长生不老药？你们又是从哪里得到的？"

"此事说来话长。"青绫将六月在皇宫里试药，偶然吃到长生不老药的事一一向他道来，等全部说完，已然天色渐晚。

虚云沉吟了一会儿，似在思考什么，接着他又围着六月转了两圈，仔细试探她的脉搏跟呼吸。

"好，胡公子，贫僧见你心诚，这次就帮你一遭。可是我也从未遇到过这种情况，到时如有差错，还需胡公子助我一臂之力。"他做完这一切，坚定地对青绫说道。

"多谢大师了，需要我做什么，尽管直说。"

"这女孩已死去了上千年，我也不敢保证能让她复活，只是如果事成，还希望公子能捐些银子助我们修葺寺庙，给佛祖镀层金身。"

这些话似乎都在青绫的预料之中，他嘴角轻扬，露出一抹不易察觉的浅笑，轻轻地点了点头："到时候要多少钱，大师就请直说，这世上能用钱解决的事情，都是小事。"

眼见天色已晚，朦胧的月影挂上天空，小和尚德清急忙为二人准备床铺，让他们留宿。

"让这个孩子复活，跟刚死的人不同，贫僧可能要多准备两日，希望二位能在此多留两天。"

两人见他这么一说，只好答应，当晚就住进了这座简陋小庙的后院。

"青绫，你说这老和尚葫芦里卖的什么药？他是不是早就知道我们并非人类？"六月坐在肮脏简陋的床铺上，似乎忧心忡忡。

"嘿嘿嘿，那是一定的，只是我们彼此都以假面示人，又何必戳破呢？"青绫懒洋洋地歪坐在床上，眼角微斜，冷冷地道，"你看哪个出家人像他一样贪财？我看他多半是江湖术士所扮，而且很有可能是有什么难言之隐，才躲到这座破庙里当假和尚。"

"既然知道他们是骗子，那你还会给他们钱吗？"

"谁知道呢？"青绫闭目养神，懒洋洋地道，"到时候再说吧，想从我的手里骗到钱，简直难如登天。"

六月见他视财如命的模样，不由摇摇头，长叹口气。

原本就是只狐狸，活了这么久，居然连个"财"字都参不透，真是离奇之至！

山上的温度本来就比城里低，再加上这个破庙里炭火不够，两人聊了一会儿，就急急上床休息了。

哪想刚过午夜，便从院子里传来压抑的说话声。

青绫跟六月皆非常人，那声音方一响起，两人便不约而同地睁开眼睛，同时从床上坐了起来。

青绫身姿如春水般灵巧，悄无声息地走下床，将窗户推了个小缝，只见朦胧的月光中，洁白的雪地里，正站着两个人影。

两人身披着厚重的棉衣，手持一盏白色的灯笼，鬼鬼祟祟地说了几句话，便相携着走出了寺庙。

看那身形，分明就是老和尚虚云和他的徒弟德清。

"他们这是去干什么？"六月也爬起来，好奇地问道。

"不知道，我们跟上去再说。"青绫拉着六月的手，小心地走出了房间。

虽然早已不见了师徒二人的踪影，但是雪地上尚留着轻浅的足迹，他们追踪着断断续续的脚印，很快就来到了后山。

只见在后山的一处枯草遍野的空地上，老和尚手持一张白色的布幡，不停地挥舞着，而且口中念念有词，似乎是在施法布阵。

而小和尚则提着灯笼站在他的师父身边，一动也不动。

在银白色的月光下，只见周围荒草丛生，草丛中影影绰绰似立了几十个墓碑，看起来倒像是一片坟地。

"他来坟地里做什么？"六月跟青绫一起矮身藏在树后，虽然活了上千年，可是一见到这老和尚的架势，还是不免有些害怕。

"好像是在招魂。"青绫看了一眼即心如明镜，"看他招魂的方法，一看就不是出家人。"

"那他为什么大半夜的要来这里招魂？"六月更加迷惑，"难道他还想见某个死人不成？"

青绫沉吟了一会儿，似想到了什么，突然拉了六月一把。

"我们快走，先回去再说，我好像知道他在干什么了。"

六月见他这模样，知道他已想出端倪，但是不便在此时说，只好快步跟他沿着坎坷的山路走回了寺庙。

"如果没猜错，他们可能是在为你的复活做准备。"青绫回到房间便苦笑道，"我有点明白起死回生的法术是怎么回事了。"

"你知道什么就快点说吧，不要卖关子。"六月急得抓耳挠腮，始终也没有想出个头绪。

"所谓的起死回生，其实就是在人的身体已经死透、魂魄离体的情况下，在尸体里放入另一个魂魄，再以秘药辅助，吊出一口阳气。后来的魂魄多半是山间游荡的孤魂野鬼，所以求生能力极强，即便抓到一线生机也不会放过。"

"所以，那些魂魄在得到人的身体之后，就会拼尽全力复活，而虚云和尚再在一边助一臂之力，只要不是脏器损坏的尸体，大多都能活过来？”

"多半如此。"青绫想到昨晚所见，沉吟道，"所以那些活过来的人都被提醒不能照镜子，因为一旦照到镜子，里面居住的魂魄看到自己面目全非，就会想起自己已经死去的事实，失去了那一缕念力的支持，活过来的人还会再次死去。"

"可是那些灵体就没有记忆吗？"

"估计能记得自己生前长什么样就算不错了，它们寄居到新的身体里，自然渐渐会与肉体融合，得到的也都是这具身体的记忆。"青绫想了一会儿道，"可是这个方法好像对你不适用啊？为什么他还答应我们？"

"确实，我的灵魂从未离开过，而且因为不死药的缘故，身体已经变成了不老不死的僵尸，他又怎么能令我复原？"

"或许这老和尚有别的方法也未可知，毕竟此等贪财之人，为了钱什么都干得出来。"青绫信誓旦旦地说道，完全忘记了自己正是财迷中的翘楚。

两人正在说着，门外又传来阵阵轻响，似乎是两个和尚从外面回来了。

青绫与六月急忙蹑手蹑脚地摸上了床，六月望着窗外隐隐透进来的月光，长长地叹了口气。

不知为什么，她总觉得这件事哪里不对劲，如果那两个和尚要的只是钱而已，为什么前一天还要跟踪青绫呢？

但是她想了许久也想不出头绪，不知过了多久，终于陷入了沉沉的梦乡。

五

次日清晨，小和尚德清便彬彬有礼地叫二人起床，并准备好了干菜跟白粥，脸上丝毫不带疲惫之色，仿佛昨晚根本没有出去过。

青绫与六月见他举止有礼，进退有度，也不好直接逼问，只好滞留在这个破旧的小庙里，静观其变。

但是一有空闲，青绫就在院子里绕来绕去，还丈量好了那座佛像的高度，似乎在探查线索。

"青绫，你在干吗？是不是发现什么蛛丝马迹了？"六月好奇地跟在他的身后，见他面色严谨，双眉微颦，似乎正陷入深深的思考之中。

"哎……你先不要烦我。"青绫不耐烦地朝她道，"难道你没看出来，我是在计算这庭院的大小吗？"

"庭……庭院的大小？你为什么要知道这个？难道这院子里暗藏玄机？"

"笨蛋！我是在算钱啊！"青绫忍无可忍，朝她痛心疾首地道，"不算清翻新这院子所需的数目，怎能做这笔买卖？如果一不小心被那老秃驴占了便宜可怎么办？"

六月听到此处，已经无话可说，只有长长叹了口气，低着头走回了房间。

而在青绫忙着计算钱财的同时，和尚师徒俩也一刻都没闲着，白天整日闭门诵经，晚上出去捉鬼招魂，忙得不亦乐乎。

就这样，三日的光阴匆匆而过。第三天晚上，刚刚用过晚饭，德清便来敲二人的房门。

"二位施主，师父想请两位去内室一趟。"他手持着白色灯笼，在清冷的雪地上，映照出一丝不祥的光辉。

"好，多谢小师父了，我们稍后便过去。"青绫朝六月使了个眼色，伸手关上了房门。

"为什么还要稍后？我们直接跟他走不就好了？"六月自认识青绫以来，知道他一向磊落大方，很少这样婆婆妈妈。

"因为我有些话想对你说。"青绫矮身蹲在地上，直视着她的双眼，"这次的机会，不论真假，你都一定要努力抓住。痛痛快快地活一天，也好过做一万年的行尸走肉！"

六月见他情真意切，竟突然觉得鼻子酸涩，眼眶一红，两行清泪便不受控制地流了下来。

"六月，你有没有想过，那些死去的人，为什么能够奇迹般地生还？"

"当然是因为老和尚做了手脚。"

"不，是因为那些被注入尸体中的魂魄，有着极强的求生意识。"青绫伸手摸了摸她的头，柔声道，"你能答应我吗？今晚无论发生什么，你也要拿出一样的毅力！"

"好，我答应你。"六月顿时破涕为笑，方知道青绫看出她心绪不稳，才说这番话勉励自己。

"那就好，我们走吧。"青绫微微一笑，牵着六月的手，推门走出陋室。门外冷风萧瑟，月朗星稀。

淡淡的月光照在白茫茫的雪地上，仿佛映照出一个缥缈清丽而又无尘无垢的世界。

"二位施主，你们终于来了。"哪知两人尚未走到后院，便见老和尚虚云头戴斗笠站在门口。

只见他衣衫单薄，赤着双足，手持一盏白灯，后面则跟着同样打扮的德清。

"怎么？你们这是要出门吗？"青绫见状一愣，随即笑道，"该不会还要我们同行吧？"

"不错，正是要劳烦二位跟我们去后山走一趟。"虚云双手合十，行了个礼道，"在这三天之中，贫僧已经想出了一个能令这位小施主起死回生的方法，但是因为小施主已经死去多年，所以要比别人多费一番功夫，还望二位见谅。"

青绫见他这么说，也不好出言拒绝，只好与六月一起，跟着师徒二人向深山中走去。

这晚朗月皎皎，照得路面上雪光辉映，山路倒比平常的夜晚好走一些。

"因为满月之夜阴气比较强，所以师父才特地选的这一天。"在路上，小和尚德清一边赶路一边跟二人解释。

"如果要令死人复活，难道不应该找阳气大盛的日子吗？"

"不然，这位小施主与普通的死人不同，她只是因为某种药力，被变成了活的僵尸，但是灵魂从未与身体分开，而我师父就是想办法把她体内的药物驱逐出来。"

青绫一边听他说，一边缓缓点头。

看来这老和尚也并非平庸之辈，如果要令六月复活，确实只有这么一个法子。

而六月似乎也在他的只言片语中看到了希望，抓着青绫的小手都微微颤抖，似乎心潮起伏，激动不已。

四人边说边行，转眼就来到了荒僻的后山。

"就是这里。"德清指着荒草中的一片空地道，"近日我跟师父夜夜出门，就是为了布置这个法坛。"

青绫顺着他手指的方向望去，只见那片空地寸草不生，连积雪都被清理得一干二净。空地周围被一圈麻绳围住，绳子上贴满了黄色的符咒，在冷风中瑟瑟飘摇。

"孩子，过来吧。"虚云伸手解开绳子的一端，朝六月柔声道，"能不能成功，就看今晚了。"

"好！"六月毅然地点了点头，跟他走进了绳圈，端坐在空地上。

"这位施主，你也要进来。"然而虚云却不系牢绳子，又朝青绫招了招手。

"为什么还要我进去？"青绫诧异道，"难道我能帮上什么忙吗？"

"当然需要施主你的力量……"虚云嘿嘿一笑，"否则以贫僧一己之力，怎么能令活死人复生？公子你虽刻意隐藏，贫僧却早已知道你并非常人，不然当初也不会一口答应下这么困难的事情。"

"说了半天，原来还要我出力。"青绫一撩袍角，潇洒地跳进绳圈，朝那老和尚笑嘻嘻地道，"不过事成之后，费用可要打折！"

"青绫！"六月在一边听得忍无可忍，"你怎么时刻都不忘惦记着钱？"

而就在两人斗嘴时，虚云已经将绳圈围了起来，牢牢打了个死结。德清则留在绳外，手持灯笼，为三人照明。

"孩子，你坐在这里。"虚云指了一个方位，令六月坐下，又朝青绫说了几句，三人席地而坐，方位正成鼎足之势。

"可能一会儿开始的时候，会有点疼，所以你先把这枚药丸服下，好好睡一觉，等醒来时，一切都会好了。"虚云见两人坐好，从怀里掏出一个瓷瓶，倒出一枚药丸，递给了六月。

"大师父，我用不着这个。"六月并没接过，笑嘻嘻地道，"我的身体根本就没有疼感，就算再疼，对我来说也不过是挠痒痒。"

"那是因为长生不老药的药力在你体内滞留不去，如果我们真的能成功，失去了药力的庇护，你搞不好会疼得死去活来。"虚云仍坚持地伸着手，毫不让步。

六月听他这么说，也不好推辞，只好接过他手里的药丸，一口吞下。

"这才是乖孩子……"虚云朝她笑了笑，又对青绫道，"这位施主，我们也各服一枚丹药，敛住心神吧。"

说罢他又伸手入怀，掏出两枚蜡丸，捏去上面的黄蜡，露出里面红色的浑圆的丹药。

"为什么我也要吃？"青绫双眉微皱，显然甚是不愿。

"等会儿不知道会发生什么事情，我们还是护住心魂为妙！"虚云说罢，似是为了打消他的疑虑，自己先吃了一枚丹药。

就在此时，坐在对面的六月突然头一歪，便倒在地上，似沉沉睡去了。

"施主，我们要快点开始，否则便来不及了。"虚云急道，"难道你现在还不信任我吗？"

青绫看着双目紧闭、呼吸平稳的六月，又看向身边急得满头大汗的虚云，顿时不假思索，接过他手里的丹药，一口吞下。

"大师，接下来我们该怎么办？"青绫急忙问道。

但是这话问出去，却久久未得到回应，他猛地一转头，却见清冷的月光下，老和尚虚云正咧着仅剩几枚黄牙的嘴，露出一个诡异万分的笑容。

六

青绫见状心知不妙，心猛地一沉，脑海中似升起一团迷雾，神志竟越来越不清晰，仿佛魂魄正一丝一缕地离体而去。

"这是怎么回事？"他手腕一翻，一把抓住了虚云的衣襟，厉声道，"原来你自始至终都在算计我们，难道你想要夺取六月长生不老的身体？"

"嘿嘿嘿，谁要她的身体啊！那种生不如死的躯壳，不要也罢！"虚云突然仰天大笑，脸上的皱纹都笑得开了花，"我真正想要的，是你的身体！你以为我看不出来，能长生不老的，只是她一个人吗？"

"我……我的身体？"青绫突然想起前几天的夜晚，跟踪在他身后，戴着斗笠的小和尚，终于心如明镜，"原来几天前你们跟踪我，就是要伺机抢我的身体？"

"当然了，德清跟我说发现了一具上好的躯壳，开始我还不信，可是万万没有想到，你们居然会自己送上门来。"虚云阴森地笑道，"这么年轻的身体，这么俊俏的脸，是花了多少时间才渐渐修炼而来？现下我不费吹灰之力就能得到了，等你的魂魄被咒语球彻底打散，我就能取而代之了！"

"你给我吃的，是咒语球？"青绫到此时方知道自己为何会神志涣散了。

"当然，对付你这种厉害家伙，怎么能用蛮力？从内部破坏才是上上之策，就是修为再高的妖怪，都奈何不得吞到肚子里的咒语球。"

虚云说罢，朝德清做了个手势，厉声道："还等什么，快点启动咒术阵！"

而一直站在绳圈外，持灯而立的德清，听到这声命令，立刻盘膝坐在地上，口中喃喃念出含混不清的咒语。

那咒语似梦呓，又似鬼哭，在凄冷的山风中缓缓回荡。

与此同时，青绫只觉胸口的一丝热气开始不断升腾，如奔涌的江水，要从毛孔中四散溢出。

他再也顾不上对付虚云，一把将他推倒在地，伸手往自己的嗓子里抠去。

然而无论他怎么吐，都是食物跟胃液，无论如何也吐不出吞下去的那枚丹药。

渐渐地，他的意识越来越模糊，眼前的景物也变成了迷茫的一片，他到此时才终于明白，原来这个早就准备好的咒术阵，根本不是为了救六月而设，分明就是捕猎他的牢笼。

万万没有想到，他一人孤身旅行了这么多年，见过无数奇闻异事，居然只因为一念之差，便落到了这师徒俩的陷阱里。

可是如果自己就这样死了，六月该怎么办呢？

青绫悲从心来，双腿一软，再也无法支持，一下就跪倒在雪地上。

"对，这样就好，乖乖的，不要抵抗。"虚云从地上爬起来，微笑地站在他的面前，居高临下地道，"万一把这副身体弄坏了，将来我还要细心养伤，岂不是麻烦？"

"如果我死了……帮我照顾那个孩子……"青绫抬头看着他，目光已经涣散，眼见是撑不了多久了。

"嘿嘿嘿，没想到你这个妖怪居然还挺重情义？！"虚云得意地笑道，"你放心，我会把她送到一户好人家，找人收养她。"

"呸！谁要你的好心！"虚云的话音未落，夜风中便传来一个女孩的娇嗔。

接着一个人影突然从地上暴起，手持短刀，以迅雷不及掩耳的速度，一下跳出绳圈之外。

她手起刀落，一道银光便朝德清的咽喉刺去。

德清万万没有想到突然便利刃加身，连躲避的时间都没有，危急之中，只好猛地向后一躺，但是终究还是慢了一分，短刀仍划破了他的咽喉。

"青绫，快起来，念咒的人已经没了。"六月立刻跳过去，刀刃一横，紧紧地逼向虚云的脖子，"嘿嘿嘿，至于你嘛，则要小心，你敢吐出一个字，我就让你去见阎王！"

"你……你怎么没有睡着？那明明是强力的迷魂散！"虚云眼见这女孩正是被自己骗了吃下迷药的六月，一时竟吓得口舌钝结。

"迷魂散？那是什么？对我有用吗？"六月笑嘻嘻地看着他，"老和尚，如果我告诉你，在这一千多年里，我吃过鹤顶红、断肠草、砒霜、穿心丸，你就知道那点迷魂散为什么对我没用了。"

"这……这怎么可能？"虚云吓得后退了一步，然而还惊魂未定，突然觉得颈上一紧，一只冰冷坚硬的手已经紧紧掐住了他的脖颈。

他急忙定睛看去，眼前却是青绫惨白失血的脸。

"快滚！带着你的徒弟，给我远远地离开这里！"青绫冷冷地说道，五指成钩，已经在他的颈上掐出血痕。

"救……救命……"虚云只觉呼吸困难，意识模糊，他千算万算，万万没有想到这二人竟能在败局已定时扭转乾坤。

"青绫，不要手软，把这两个为非作歹的和尚杀了再说！"六月说罢，手臂一扬，便朝德清的心口刺去。

只见德清瞪圆了双眼，突然发出一声凄厉的哀号，就地一滚，居然躲过了这一下袭击。六月的刀刃落空，哧的一声，刺入深深的积雪中。

"不……不要杀我啊，这都是师父指使我的，跟我一点关系都没有……"他捂着血流不止的脖颈，突然手脚并用，飞快地攀上了身边的一棵高大的柏树。

他身体灵便至极，转眼就借助柔软的树枝，从一棵树跳到了另一棵树上。

只见他一边逃，一边脱下身上的衣服，身体变得越来越小，最后终于消失在茫茫的树海中。

"猿……猿猴？"六月也忘了追杀他，目瞪口呆地望着他渐渐消失，显然受惊不小。

"原来如此……"青绫看着化为原形消失的德清，微微一笑，"怪不得会起死回生之术，怪不得要隐居在这座荒山里，想不到你们竟是猴子变成的妖怪！那座破庙，根本就是人类荒废了，被你们俩占据用以行骗的吧？"

虚云见德清露了原形，也不再抵抗，突然身形一矮，佝偻着背蹲坐在地上，除了长了一张老人的脸，姿态举止与猿猴无异。

"你走吧，我不杀你。"青绫缓缓收回手，朝他冷冷地道，"如果真的想要什么，就要努力争取，巧取豪夺，总有一天会害了自己。"

虚云朝他作了个揖，似在感谢不杀之恩，接着纵身一跳，也灵巧地攀上了一根树枝，几个纵跃，便不见了踪影。

只余树枝摇曳，落雪纷纷。

"真是气死我了，你为什么要放过他？"六月在一边急得直跺脚，"杀不了小的，宰了老的也行，留他们在世上，难保不会继续为非作歹。"

"六月，不是我不想杀他……"青绫突然一下坐在地上，苦笑道，"而是我现在根本杀不了他。"

"青绫，你怎么了？没有人念咒语，你该好了才对啊？"六月立刻奔到他的身边，只见他脸如金纸，汗如雨下，原本俊俏美丽的五官已经憔悴得变了形。

七

"我不行了，那个咒语球，一直在我的体内，无论如何也吐不出来……"青绫头一歪便倒在地上，小声对六月说，"将来你自己一个人，一定要小心，这世上坏人很多，有时越是努力帮你的人，越是会算计你。"

"青绫，你不要死啊！"六月再也忍不住，突然放声大哭，"你一向那么聪明，一定有办法的，怎么会着了两只破猴子的道道？"

"嘿嘿嘿，所谓聪明一世，糊涂一时，就是在说我吧……"青绫苦笑了一下，"我这一生，从未受人骗过，还自以为聪明。待到现在才知道，原来我之所以清醒，是因为我心无所系。一旦心有所系，谁还能保持清醒的理智呢？"

"心有所系？心有所系……"六月喃喃地念道，一时竟百感交集，心如刀割。

青绫喘了几口气，继续道："我死了之后，你一定要好好看护我的尸体，不要让任何孤魂野鬼乘虚而入，我宁可死了，也不愿身体被别人占去……"

他说几句，便大口喘几下，似乎坚持不了多久了，然而六月却愣愣地望向天空，脸颊挂着两行清泪，似乎对他的话充耳不闻。

"不行，你不能死！"她突然猛地扳过青绫的头，伸手就往他的嘴里探去，"快点吐出来，只要把那个鬼东西吐出来你就有救了！"

她年纪幼小，手腕也比别人细小很多，这一抠，整只手掌竟然全部塞进了青绫的咽喉。

只见青绫干呕了几下，仍吐不出胃里的咒语球。

"我会救你，你不要死，千万不要死……"六月眼中噙泪，突然拔出短刀，"我还从未试过操纵离开身体的手，你说过，只要有毅力，就能做成很多事，现在我就想试一试。"

青绫双目含泪，已经知道她要做什么，奈何喉舌被六月紧紧塞住，连一句话也说不出来，只有虚弱地摇头。

"谁让我们都是妖怪？当然也不能用常人的方法……"六月微微一笑，突然手起刀落，一下就切断了自己的手腕，鲜红的血液顿时溅了两人一身一脸。

"去！"六月眼珠血红，突然大喊一声，接着那只断腕便如有生命般，顺着青绫的咽喉滑落进去。

"六月……你又何苦如此……"青绫只觉喉中一轻，似乎有什么东西顺着食道滑落，知道那是六月的断腕，已经被自己吞入腹中。

"从来置之死地而后生，不铤而走险，怎么能找到生路？"六月握着受伤的胳膊，眼中精光大盛，突然猛地一抬手。

青绫只觉胃中翻涌，似乎有什么东西要喷薄而出，嘴一张，便从喉咙里跳出一只蜷成一团的断手。

"成了……成了……"六月缓缓地爬过去，将断手的手指一一掰开，只见小小的洁白的手掌中，正牢牢握着一枚斑驳的红色药丸。

"你……你的手……"青绫只觉神志瞬间恢复，正有绵绵不断的力量，自身体的深处涌出，他急忙从地上爬起来，扶起倒在地上的六月。

"没事的，离体的时间很短，只要善加调养，应该还能长回去。"六月毫不在乎地捡起手腕，与手臂上的伤口相连，又撕下一截衣襟将二者绑好，简直就像接上断掉的花木。

青绫弯腰捡起地上的红色药丸，只见剥落的红衣下，竟然是个梨花木球，只是上面被人密密麻麻地刻满了蝇头小字。

那些字扭曲纠结在一起，如一团蠕虫，让人一见之下便顿生寒意。

"亏我还以为他们准备了三天，是为了让你起死回生，却没想到，他们是在闭门做这种东西！"青绫冷笑一声，稍一使力，圆球便在他手中化作纷乱的木屑，顺风而去。

"不过总算你平安无事。"六月将手腕接好，朝他笑了笑，"我们回去吧，这冰天雪地的深山沟，我连一刻都不想再待下去。"

"好。"青绫拉起她未受伤的那只手，两人相携着向山下走去。

"六月，谢谢你，我做梦都没有想到，你会为了我割断手腕。"青绫边走边说，只觉心下感动。

"哎……当人心有所系，自然就不能活得那么潇洒了，我实在不忍眼睁睁地看你死去。"六月蹦蹦跳跳，揶揄地说道。

青绫知道她在取笑自己，也拿她没有办法，只好摇了摇头，跟上她的脚步。

此时山谷空寂，冷风萧瑟，两个一大一小的人影，转眼便被清冷的雪光吞没，只余一大一小的两行足迹，淡淡地蜿蜒向远方。

五日之后，东京城里的富贾包家正在大宴宾朋，据说是在庆祝包老爷恢复健康。

当天酒肉满席，宾朋满座，一个年近古稀的老人正坐在主位上，微笑着接受宾客的祝福。他的眼神有些恍惚，似乎对这些人不甚熟悉，但是经人一提点，又能很快想起来。

客人中有人见他这副模样，知道老人已经意识不清了，不由摇头叹息："唉，这又是何苦呢？"

"叔叔，你为什么这么说呢？"客人一低头，只见膝下正站着一个五六岁大的女童，头扎两个小髻，大眼睛乌黑明亮。

"我是觉得老先生很可怜。"中年男人拈须叹道，"他虽然是商会会长，子女却无一争气，所以连死都不敢死，生了很重的病，仍要挣扎着活过来。小娃，你说人活到这个份儿上，是不是很可怜？"

"真的吗？那我也该去敬这爷爷一杯酒。"女童说罢，端起一个漆制海碗，倒了一碗酒摇晃着跑了过去。

"小妹妹，你是来给我爹敬酒的吗？"她刚跑到主位前，便被一个衣裳华贵的中年女人拦住，"怎么拿这么大一个碗啊？真是可爱。"

她开心至极，将女童带到老人面前，笑吟吟道："爹，你看这么小的孩子都要沾你这人瑞的光，给你敬酒来了！"

"好啊，乖孩子……"老人端起酒杯，对着女孩笑道，"可是你能喝得了这么多酒吗？"

"这酒不是用来喝的哦。"那女童偏头笑道，把碗递了上去，"爷爷你看，碗里有什么？"

老人心下诧异，探头向碗中看去。只见荡漾的酒水中，映照出一张鸡皮鹤发，满是褐斑的老脸。

"哦……原来……我已经这么老了啊……"他突然长叹一声，像是解脱了一般，微微一笑，便向后仰倒下去，再也没有了呼吸。

而女童则轻轻放下酒碗，趁着骚乱消失在人群中，见过她的人都说，她的右腕缠着一条白色的绷带，似乎受了很重的伤。

东京城里包家的主人，在一夜之间复活，又在一夕之间死去，各种各样的流言蜚语开始在坊间四处蔓延。

此时青绫已跟六月搭着马车，踏上了新的旅程。

"你为什么非要把那个老头弄死呢？要知道他女儿为了让他复活，可是花了无数的心思。"青绫坐在马车里，望着在一边摆弄着糖人的六月。

"闲潭云影日悠悠，物换星移几度秋。"六月小声吟道，"这世间的万物，都难免生老病死，甚至连天上的星星都不能例外，只有我知道，一直活下去，到底有多么可怜。"

青绫见触动她的心事，也不愿多说，正在此时，只见天边竟缓缓飞来一只小小的纸鹤。

那纸鹤满身霜雪，一落在他手上边立刻萎靡不振，变成了一张洁白的纸条。

"哦？这种把戏，只有绯绡爱玩啊，他递口信给你，是不是遇上了什么麻烦？"六月立刻将手中的糖人一扔，好奇地凑了过来。

"哼，还能有什么？"青绫展开纸条，只看了一眼，便将它扔出了车外，"他说最近手头紧，想跟我借点银子。"

"那你借是不借？"

"六月，你是知道的，我跟绯绡是相识了数百年之久的朋友，我们俩的友谊可谓坚如磐石，难以转移。"青绫皱了皱英挺的双眉，语重心长地道，"我怎么舍得令这样纯洁的感情，被肮脏的金钱玷污呢？"

六月摇了摇头，知道这个铁公鸡连一根毛都不会拔，只有望着窗外的雪景，长长叹了口气。

此时此刻，不知为何，她竟有点后悔，自己怎么会拼着命，救回了这么一个吝啬鬼？

第九夜

桃源居

夜色深沉，万籁俱寂。在一座宅院中，正有两人在灯下把酒言欢。他们喝的是时新的菊花酒，都青衣襦带，风度翩翩。其中一人年纪稍长，唇上胡须梳剪得整齐精致，而另一人看起来二十出头，面容俊美，是个英姿勃发的青年。

两人交情甚好，不过半晌便喝光了一坛美酒。

"兄台，如今我已有了温婉美丽的妻子，为什么心底还是空落落的？"英俊青年望着窗外的明月叹息，"昔日我的同乡已平步青云，我却屡次不曾考中，我也想要通达的仕途啊……"

"你真的想要高官厚禄？"中年男人眼中闪烁出精光，打量了他一眼，"可惜你的心缺了几窍，硬要开窍，怕会影响寿命。"

"我不怕，只要能一展抱负，少活几年又算得了什么？"青年激动地说。

中年人点了点头，放下酒杯："开窍后你会官拜侍郎，但须记得，二十年之后要回到故乡，否则就会暴毙而亡。"

青年连连点头，而那中年男子大袖一挥，他就一头栽倒在酒桌前，不省人事。

烛光摇曳，长夜漫漫。

方才还温馨的室内，已经变成了血腥的地狱，中年男子将青年放到了床上，剖开胸膛，掏出一颗跳动的心来。

他审视了那血淋淋的心脏一会儿，拿起一根钢针，在心上穿了几个洞，接着他满意地点了点头，又将心放回了青年的肚腔。

奇怪的是，心一放回去，青年敞开的胸腔就严丝合缝地合拢，肌肤上连一丝疤痕都没留，甚至连床褥上的鲜血都消失不见。

"记得我们的约定，二十年之后，你要回到我的身边……"中年男人望着呼吸匀畅的青年，以细不可闻的声音说道。

窗外鸟语花香，夜色静谧，在这美好的暮春夜晚，一个离奇的故事，方才拉开帷幕。

一

这日秋雨潇潇，冷风凄然，两匹马一前一后奔驰而来，在风雨中赶路。

"绯绡啊，我们歇一歇吧，我都要累死了。"其中一个容貌清俊的书生不停抱怨，他的衣襟被冷雨打湿，冻得脸色苍白。

"不行，我才不要在这荒山野岭中露宿。"另一匹马上是个穿着白衣的俊美少年，虽然也衣袍浸湿，却流露出惑人的美态。

"哎呀，我说你可真是……"王子进叫道，"以前你当狐狸的时候不是一直在山里跑来跑去，那个时候还有猎人拿着弓箭跟在你的屁股后面射你，这时候摆什么谱啊？"

"子进。"绯绡瞪了他一眼，这话似乎戳到了他的短处，"我之所以努力变人，不过是为了睡温暖的床铺，吃可口的烧鸡，且不被人到处追赶！"说罢似乎语气激动，"我努力了几百年，这其中的辛苦你怎么能知道？"

王子进听了愣了一下："你是为了这个才变人的？我怎么记得以前听的不是这个版本啊？"

难道他当初说是为了报恩都是骗自己的不成？

"哎呀，不说了。"绯绡叫道，纵马往一处茂密的大树下，"我们休息一下还不行吗？"

这树枝繁叶茂，亭亭如盖，遮蔽了落雨。王子进总算舒了口气，而绯绡却一点疲惫之色都没有，似乎不把这萧瑟秋雨放在眼中。

两人的坐骑一到树下低头就啃起草皮，看起来也是累坏了。

王子进歪靠在树干上，望着那欢快吃草的两匹马，无比艳羡地摸摸肚皮道："我好饿啊，要是此时有一顿佳肴就好了。"

这话一出口他就开始后悔，果然听到绯绡叫道："子进，我们去找吃的吧，我也想吃鸡了！"

"你杀了我吧！"王子进哀号道，"这荒山野岭你要到哪里找吃的？"

"怪不得人说百无一用是书生！"绯绡瞪了他一眼，"你在这里等着，我去看看附近有没有什么鸡可以吃。"

说罢他便顶着细雨，神采奕奕地走了，一会儿白色的背影就消失在蒙蒙雨雾中。

王子进累坏了，歪靠在大树上，在稀落的冷雨中，进入了梦乡。

不知睡了多久，迷迷糊糊中似乎从远处走来一个人，那人也穿着白色衣服，一步一步踏在微黄的衰草中，不紧不慢，似闲庭信步。

是绯绡吗？他张口想问，苦于睡梦中无法出口。

来人在王子进的面前停住，穿着一双青白缎子的绣花鞋，似乎是个女人，裙子里隐约有芳草的香气飘散。

这人是谁？这样的荒山，怎么会冒出这样的一个女人？

王子进半睡半醒，却听女人轻轻地抽泣起来："救救齐儿，救救齐儿……"

难道真是自己八字不好，在外面打个盹都会遇到灵怪哭丧？

女人哭了一会儿便离开了，可以看到她的背影窈窕，戴了一顶三角形纱帽，白纱甚长，笼罩了她的上半身，在雨幕中宛如烟霭般轻盈美丽。

轻纱随风飘摇，王子进的心随着轻纱微荡，女人的背影渐渐隐没在一片灰蒙蒙的背景中。

二

"子进，子进，你怎么在这里睡着了？"有人摇他起来，王子进迷迷糊糊地揉了揉眼睛，方才看清面前的是绯绡。

"我刚刚做了一个梦，休息一下，舒服多了。"他伸了一个懒腰，只觉得无限的精力又回复到他体内。

"我找到吃的了。"绯绡正用自己白色的袍裾兜了满满一包吃的，开心地站在他面前，笑得比春花更灿烂。

王子进望着自己眼前的俊逸美少年，几乎被他的风姿晃得睁不开眼睛，他忙道："什么东西？你找了野果回来？"

"当然不是野果。"绯绡双手一拽，把白色袍角铺开，展现在王子进面前的是一顿丰盛的大餐，有馒头，有烤鸡，有烧好的猪腿。

"绯绡，绯绡，你太厉害了！居然能找到这么多吃的！"王子进抓起一个馒头要填满空落落的肚肠。

绯绡已经扭了一只鸡腿，狼吞虎咽地塞到嘴里。

王子进一边吃一边说："前面有饭馆？"

绯绡只顾吃鸡，根本无暇回答他，只是连连摇头。

"这真的是野外的？"王子进望着烤鸡，瞠目结舌，他长这么大，只见过活鸡，从来没有见过烤鸡在草地上狂奔，况且这鸡还烤得外焦里嫩，美味无比。

绯绡叼着鸡腿含混不清地道："后山有风……"

"风？"王子进拿着馒头也不知该不该咽下去。

绯绡努力把嘴里的鸡咽下去："后山有坟墓啦，我看供品不错，而且又新鲜，就拿了一点回来。"

王子进听到这里，噗的一口把嘴里的馒头都吐到地上。

"绯绡，绯绡，你怎么能吃给死人的东西？会遭报应的。"

"会遭什么报应？"绯绡继续狼吞虎咽，一张俊美的脸硬是给撑得变了形，"况且那些死人根本吃不到这些，这些鸡啊、猪啊，如果不被人吃掉，化为骨血的话，它们不是白白被宰？由着它们在野外坏掉吗？"

王子进被他抢白得一句话也接不上，他歪理一堆，自己口舌笨拙，但是不管绯绡说得如何天花乱坠，他还是觉得这些食物吃不得。

王子进抱着膝盖坐在一边看着绯绡狼吞虎咽、大快朵颐。

转眼间白布上一只鸡就消失了，过了一会儿馒头不见了，再过一会儿连猪腿也变成了猪骨。

他只觉胃里火烧般难受，眼看着别人吃光食物，自己却连尝都不能尝，这是他出生以来吃得最痛苦的一顿饭。

绯绡吃完了东西，又要翻身上马，准备出发了。他一回头，望着王子进一张哭丧的脸，纳闷道："子进，你怎么了？有什么不高兴的事吗？"

"没有什么……"他只觉得饥肠辘辘，肚子里都能唱大戏了。

"那我们就走吧。"绯绡说着策马走在前面。

王子进只能忍着饥饿，硬着头皮跟上去。

两人行了不知多久，秋雨渐歇，天色逐渐昏暗，王子进也像一个皮影，饿得在马上直打晃。

他两眼发花道："绯绡，绯绡，我们要去哪里过夜啊？"

哪想这话问出去却没有得到回答，再一看，绯绡似乎面色痛苦，脸色惨白，抓着缰绳的手指都要嵌入肉中。

"绯绡，绯绡，你怎么了？是不是生病了？"王子进急忙伸手过去摸他额头，触手滚烫，像是摸到烧红的烙铁。

"是吗？"绯绡虚弱地说，"这就是生病吗？我还没有生过病……"漂亮的眼睛里已经没有了神采。

说完，居然一头要从马背上栽倒，王子进急忙一把扶住他，只见他面色惨白，状如金纸，紧闭的双唇微颤，吐了几个字出来："往南，五里处，有户人家……"

"绯绡，绯绡！"王子进把他扶上马，却见他身体软绵绵的，似乎失去意识。

怎么会这样？他不是一直很健康嘛，这病怎会来得如此突然？他把绯绡的身体横搭在自己的马上，自己下去牵着两匹马走。

野草疯长，阻碍他前行，王子进眼见天空阴云密布，路上泥泞湿滑，自己举步维艰，这路不知何时才要到尽头。

绯绡啊绯绡，为什么你不变成狐狸以后再昏倒呢？我不是能省很多力气？

可是无人能听到他抱怨了，偶尔长草中会飞出几只觅食的蝙蝠，在深蓝的天空中舞出诡异的影子。

三

不知走了多久，方看到前方有一户人家的灯火，那房子很大，似乎是个富户，只是不知为何把大宅建到如此偏僻的地方。

王子进走到那房子外面，身上力气已经所剩无几，他用仅余的力气敲了敲那乌黑的大门，门外红灯摇曳，空洞的敲门声在夜色里不停地回荡。

"来了，来了，不要敲了。"门里传来一个老管家的声音。

过了一会儿，门便被打开一个缝，里面露出一张苍老的脸，王子进一见这脸，似乎看到救星，他虚弱地说："我朋友……重病了，能否借老丈的宝地休息一晚？"

他说完，眼前一黑，浑身脱力，倒在大门旁边，两匹马一下失去牵制，发出了嘶鸣的叫声，撕裂寂静黑夜。

"老爷，这年轻人是怎么了？"

此时大屋中红烛摇影，王子进和绯绡被并排安置在地上，身下都铺了厚厚的棉被。

"嗯。"被叫作老爷的却是一个年纪不过三十余岁的壮年男人，"这个人奇怪得很。"

他把绯绡的手纳入被子中："脉搏和心跳比常人快了很多，不知是得了怪病还是天生如此。"说罢，他又指了指王子进道，"这个好治，得的是你我都无法避免的病，药方更是好拿。"

管家昏花老眼中闪出疑惑的神采，等待吩咐。

"他得的是饿病。"男人微微一笑，"药方只要甜粥一碗，小菜若干，最好有鱼肉壮体。"

管家听了，也跟着笑了起来，急忙去厨房吩咐侍女给王子进准备吃的。

中年人美髯飘飘，面如冠玉，可见年少时也是一个美男子，他目光满含疑惑，在绯绡的脸上扫来扫去，只觉他怪异无比。

而且脸庞虽然俊俏美丽，却糅合诸多矛盾，似男非男，似女非女，像是成人又像孩子，莫非这世上真的有妖怪？

况且这深山野岭中，他们又是如何找到这里？

还没等想完，昏迷的王子进的肚子突然发出咕咕的饥饿声，打破他的沉思，他轻笑一声，摇了摇头，也许是自己多虑了。

这两人大概与自己年少时一样，不过是出来游玩遇到困难。

他想着走出室外，拉上房门。

自己年少时是不是也有这样一位至交好友呢？那时是不是也曾与谁并驾齐驱，激扬文字，崭露抱负呢？

可是现在却连朋友的脸都记不清了，真是一场愁梦酒醒时，少年心事谁当云？

昏迷的王子进似乎又看到一个着白色衣服的女人，这次她是背对着自己，坐在墙角哭啼，声音摧人心肝，无限惆怅。

屋子漆黑，绯绡就躺在他身边，可是自己却怎么也无法动弹。

"你不要哭了，不要哭了啊。"王子进被她哭得心烦，想要出声制止。

女人戴着一个三角形的纱帽，缓缓地转过头来，王子进被她吓了一跳，刚要伸头去看，就有人一把摇醒了他。

"这位公子，饭好了，请起身用餐。"是个女子娇俏的声音。

王子进一下从梦乡中醒转，环顾四周，陌生的屋子，与刚刚梦中所见一模一样，再一看，绯绡正躺在自己身边，双目紧闭，剑眉紧锁，似乎痛苦万分。

他面前一张方桌，上面放满食物。

"怎么样？吃了这个就会好了，快点吃吧。"为他开门的老管家热心肠地对他说。

"多谢老丈相助。"王子进急忙行礼。

"哎呀，不过略加援手，何必言谢？"

王子进急忙拿起饭碗往嘴里扒饭，边吃边看那墙角，一片清朗的白月光洒在那里，根本没有什么女人。

难道是自己眼花？

"老丈，请问你们这里可有一位女眷？"王子进心中不安，急忙打听。

"什么样子？"那老人问道。

"是个苗条的女人，穿着绸缎的绣花白衣服，头上还戴着一块那样的帽子一样的纱。"他说着放下饭碗，连连比画。

老管家听了，脸色一变："你在哪里看到那个女人的？"

"刚刚做梦。"王子进指着那墙角道，"她就坐在那里。"

"天啊，难道是不祥预兆？"老管家面如死灰。

"怎么了啊？"王子进开始后悔起来，早知道会这样就不问了。

"那……那是我们这边死人入土才会穿的衣服。"管家声音中带着颤抖，"这边风俗就是如此，家里有女眷去世，都会做那副打扮钉棺入土。"

王子进听了，手中的饭碗一下就跌到地上，怎么办？他望着身边昏迷的绯绡，这次连绯绡也指望不上了，自己又该如何是好？

外面清朗的圆月，洒进室内一层淡淡的光辉，像是女人头上的白纱，朦胧而美丽。

四

"或许只是一个梦而已，不用担忧。"老管家见他害怕，连忙宽慰他，"老夫姓淮，叫我淮管家即可。"

"小生姓王名子进。"王子进吃饱了饭，说话都中气十足，"此番是与好友一同出来游玩的。"

"好。"淮管家听了笑道，"王公子，不瞒你说，在你推门而入的时候老夫就知道你是个性情中人，年轻时能觅得一位知心好友，再快乐不过，王公子要好好珍惜啊。"

他年纪虽长，却似乎十分理解少年间的情谊，望着王子进连连点头。灯下可见他衣饰古朴简单，眉须皆白，颇有几分出尘脱俗的仙人气质。

王子进想着自己和绯绡天天打打闹闹，吃吃喝喝，种种趣事，也挠着脑袋开心地笑了起来。

淮管家与他说了一会儿就要告辞了，王子进担心绯绡病情，没有搬到客房居住，留在这大屋中照顾他。

"淮管家，这家主人姓什么？"

"主人姓郑，现下太晚了，不必叨扰他了。"管家说着已经退出房去，当的一声关上了房门。

似乎不愿王子进打听主人的情况。

王子进一个人留在房中，望着那摇曳的烛影，只觉得心中空空落落，似乎少了什么东西。

绯绡依旧发着高烧，时而会发出低吟一样的梦呓，王子进不停地给他用凉水敷额，总算有点起色。

是不是今日他吃了坟墓上的供品，真的遭了报应？他刚刚有个想法就不敢继续想了，实在是害怕再有事情发生。

待到后半夜，王子进方迷迷糊糊地趴在棉被上睡着了。

秋夜凉爽的风从窗外吹了进来，带着桂花的香气，青草的芬芳，似乎是温柔女人的手，轻轻抚在他的脸上，这真的是一个甜美又痛苦的夜晚。

黎明时分，身边的绯绡发出痛苦的呻吟，王子进被他惊醒，再一看他的嘴上已经烧得起了水泡，那红若丹朱的唇，现在已经变成灰白的颜色。

王子进知他口渴，急忙爬起来给他找水喝。

他抱着一个空空的水壶，走在空无一人的走廊上，此时天色已经蒙蒙亮，尚有朦胧晨雾，笼罩在院子里。

王子进望着院子里的树木花草，突然间愣住了。

如果没有记错的话，此时应该是八月中，到了这个节气，夏花凋谢，冷雨纷飞，草木也该有了衰败的迹象。

可是那窄小庭院中，正是一幅春意融融的热闹景象，不仅是夏天的木槿和芍药，就是春天的桃花和杏花都在各自的枝头展露着芳姿。

他望着眼前花香满庭，绿意盎然，只觉时间仿佛凝固在这方寸间，不再前进。

春华与夏华齐放，秋虫与春草共舞，虽然美丽却也是可怕的景象。

王子进望着那庭院发了会儿呆，想到屋子里受苦的绯绡，急忙小跑着往厢房去了，一般大户人家的厨房都在西边，这家也不会例外吧。

他这一走起来，却听到身后似乎有细碎的脚步声，再回头一看，走廊上只有晨雾弥漫，自己身影修长，哪里有什么人？

可是再一抬脚，那脚步声却又出现了。

王子进被惊得头皮发麻，又想起绯绡曾与他说过，遇到妖怪就当没有看到他们，如果不是害人的东西自不会纠缠人，他只好硬着头皮继续走。

他几步跑到厨房前，推开木门，里面是黑暗的一片，屋子角落里一个棕色水缸清晰可见，他急忙掀起缸盖，拿起旁边的木勺就要舀水。

哪想刚刚要舀，就见粼粼的水光中映出自己的倒影，是个清秀书生的面庞，而在自己身后，清晰可见一个庞大的身影，穿着一件松松垮垮的袍子，正站在黑暗中。

那人身材高大，从水光中只能看到他的脖颈，根本就看不到头，王子进哆哆嗦嗦地回过头去，却见眼前一双碧绿的眼珠正紧紧地盯着自己，眼睛足有铜铃大，炯炯有神。

王子进被它吓得一下坐在地上，这不是人，哪有人长了这么大的头？

只见它的头比水缸还要大上几分，双眸大而明亮，鼻子和嘴却小巧玲珑，皮肤隐隐泛出木板般的棕色。

"不要害怕。"古怪的妖怪细声细气地说起话来，声音倒是像小孩子的一样稚嫩。

王子进见它会说话，恐惧之心稍减。

却见大头妖怪居然坐在厨房里的矮凳上，对王子进道："请坐。"

他急忙战战兢兢地坐在它面前，身上大汗淋漓，真是妖怪也分三六九等，脾性不同，怎的今日自己还遇到一个这样讲礼数的？

五

"我是守护这个屋子的宅灵。"妖怪晃了晃大大的眼珠，"任何东西存在久了都有灵气，我就是这老房子的灵气集成。"

王子进听它滔滔不绝，急忙道："在下还有朋友生病，他口渴得要命，我还要拿水给他，如果没有什么事我就要回去了。"

"当然有事。"宅灵又说道，"你朋友得的不是寻常疾病，是他吃了不该吃的东西，惹来灵魅跟着他，让他无法脱身而已。"

说罢，拿起王子进掉到地上的水壶，它的手像是猫一样的小，五指都蜷缩在一起，那水壶一到它手上，马上就注满了像是蜜一样黏稠的金色液体。

"拿着这个给他喝，应该就能好了。"

"这是什么？"王子进此时也不怕了，只觉得这妖怪性情直爽，很是有趣。

"房子久了，自然也会有很多宝物，这是我积攒下来的佛龛前的净水。"

"多谢，多谢。"王子进急忙朝他行礼。

宅灵却用小小的手托住硕大的脑袋，面带愁容道："可惜我白白有了人形，却无法走出这间房子，我变人不过为了能快活地、无忧无虑地去玩耍，不再永远地站在一个地方，却始终不能达成心愿。"

它的心愿竟与绯绡如出一辙。

王子进望着它的样子，上下打量，原来它变的是人啊。是不是因为房子太高大，它天天从上往下俯视，不然怎么会变出这样的畸形？

却听宅灵道："帮我个忙吧，这里已经很久没有外人来了。"

"你不会是让我拆房子吧？"王子进听它说了个开头，就知道它想干吗。

"这个自然不会。"宅灵继续道，"只不过这屋子被巨大的力量封住，屋子里的人不会衰老与死亡，就是院落中的花草也是如此，终年开放。"

"那你要我如何帮你？"

"我在这房中日夜生活，很多事也不大明白。"它摇头叹息，"只知道这其中似乎有许多古怪，最奇怪的当数一件事。"

它说这话的时候，滑稽的脸上居然挂出惊恐的表情。

"什么事？"王子进强自镇定道。

"你要注意，这家里的女人……"

它话还没有说完，厨房的木门就被人推开了，一阵强光投射进来，大头的妖怪居然一下就在光束中烟消云散。

王子进被这光刺得睁不开眼睛，那光后闪出一个粗壮身影，却是厨娘来做早饭了。

他急忙抱着装满了金色液体的水壶，跑回绯绡的房间。

一路上尚自疑惑，刚刚看到的是真实的事情吗？如梦似幻，可是自己手中的水壶却沉甸甸的，如此真实。

眼见院子里花花草草绽放得异常热闹，全然没有秋日的样子，也许大头妖怪说的是对的。

它要自己注意这家里的女人？王子进又想起前日做的梦来，那在角落里啼哭的女人，那奇怪的白纱头巾。

它说的，是她吗？

王子进回到屋里，绯绡还是没有醒转的样子，他从水壶里倒出一杯水，水散发着刺鼻的气味，让人无法忍受。

他一手托住绯绡的头，一手掰开他紧闭的双唇，把水倒入绯绡口中。

哪想刚刚倒进去，绯绡就一下子翻身坐了起来，把口中的水全都吐了出来，面色憔悴，但神志显然已经清醒了。

"子进，你……你拿了什么东西喂我？"他还在拼命地把手塞到嘴里干呕。

"是……是佛龛前的净水。"王子进见他似乎十分痛苦，说话不由心虚。

"是吗？"绯绡拿起那杯子闻了闻，俊俏的五官马上就扭曲到了一起，"这好像是变臭了的净水。"

"绯绡，不管怎样，你好了不就成了？"王子进声音中夹着喜悦，从昨日绯绡生病，他的心里就一直七上八下，无法放心，这次心里的石头总算是落了地了。

看来那大头妖怪还真的有些办法。

"谁说我生病了？"绯绡纳闷道。

"你……你明明高烧不止，面色憔悴，怎么不是生病？"

"说来惭愧。"绯绡似乎低头思量什么事情，"昨日因为吃了坟前的供品，被一个女人的怨念纠缠住，一直求我帮她。"

"那你答应不就好了？"王子进哀道，就是因为他这一坚持，自己昨日不知吃了多少的苦。

"关键是一缕如烟如雾的念想，记性能好到哪里？"绯绡面带愁色，以往只有没有鸡吃时才会见他如此痛苦，"她只说，要我救救齐儿，救救齐儿，却连齐儿是谁都说不上来，最后只告诉我她家就是这大宅……"

绯绡的话还没有说完，王子进便颤声问："是……是不是一个穿着白色绣花裙子的女人？戴着一个奇怪的白纱头巾？"

绯绡听了面色一冷，望着王子进道："你也看到了？"

王子进想起自己所见，缓缓地点了点头，心想自己八字果然不好，即便没吃东西都能看到这些牛鬼蛇神。

两人都心存疑惑，看来这女人早已去世，因绯绡吃了坟前的供品才缠上他，让他代为实现心愿。可她口中的齐儿又是谁？听这名字似乎是个孩子的小名，这屋子里，有没长大的孩子吗？

六

正在此时，咚咚咚的敲门声打破房间里的寂静，把王子进吓了一跳，却是这家的婢女来叫两人用餐了。

绯绡神志一清醒，身体也恢复了七八分。他打开房门，望着屋外的景致，突然愣住了，继而笑道："蓬莱仙境？"

"此话怎讲？"王子进不知他何出此言。

"你看这庭院布置，一池一幽冥，一花一风景，又有薄雾终日不散，便是草木都各成景致，不正是传说中的仙境吗？"

王子进经他这样一提醒，才发现确是这样，只差一只仙鹤在荷花池中翩翩起舞了。

"只是这仙境未免做得太假……"绯绡指向一只蝴蝶。

王子进顺着他的目光望去，只见蝴蝶飞过花丛，消失在院外，但很快又从另一边飞了过来。蝴蝶永远在荷花池旁转来转去，不曾飞到别的地方。一只青蛙扑通一声跳入水中，不过随即又出现在同样的地方，再次跳落。

与其说是仙境，这更像是一幅会动的画，虽然美丽，却透着诡异的气息。

"不知这家主人是个什么样的想成仙的人物？"绯绡在他耳边悄声坏笑。

王子进不敢搭腔，与绯绡跟着婢女往饭厅走去，只见院落后面似乎有一片乌云遮天，再一看，却是一棵极大的槐树，估计已有百年树龄。

这样的参天古树，大概只有这仙境似的庭院才配得上。

两人一路走走停停，终于来到饭厅。

只见长桌上摆了几副碗筷，一个颇有几分仙风道骨的俊美男子正端坐在桌前等他们。

他大概三十年纪，留着长长美髯，头戴碧玉金冠，穿着枣红色缎子衣服，正面带微笑地看着他二人。

"二位公子看来已经大好了？在下就是这家的主人，敝姓郑。"他说着顿了一顿道，"年轻时求取功名而不得，教书为生，二位叫我郑先生即可。"

王子进望着那郑先生，只觉得他自有一番脱俗风度，不能言说，他急忙上前一步行了个礼，"在下王子进，多谢郑先生相助。"

绯绡在一边行礼道："胡绯绡。"

郑先生笑着摆了摆手，面带歉意地望着绯绡道："举手之劳，何足挂齿？本来我也对医术略懂一二，可惜只学了皮毛，对于这位胡公子的病，无法加以援手。"

"小生天生体质比常人强壮许多，现在已经好了，劳烦郑先生挂心了。"绯绡一边说着，一边用眼角打量着郑先生，嘴边带笑，似乎完全恢复成以往的潇洒神态。

三人寒暄一会儿就开始吃饭，王子进坐在饭桌上，吃着清粥小菜，一边打量着郑先生，怎么也不信他以前是个教书的。

绯绡却只拣肉吃，对他轻笑道："我刚刚说什么来着？果然有想成仙的人物吧？"

"绯绡！"王子进怕人听到，忙叫他闭嘴。

三人坐在桌子上一直无话，绯绡见人声寂静，也不说什么了，一顿早饭吃得压抑而难过。

"两位看我的庭院如何？"郑先生指着窗外美景道，估计是想打破沉寂。

"很美！很美！"王子进连连应声，却不敢说这美分外地不真实。

"其实说来惭愧。"郑先生面有得色，"我几年以来一直探求得道成仙，长生不老之术，只想摆脱人世凡尘。"

"那又怎样？"王子进只知历代帝王皆追求不死之术，没有想到这荒山野岭里居然还有这样一个奇人。

"王公子，你看这院落就知道了。"郑先生笑道，"这里的花不会谢，树木不会凋零，就是生活在这里的人也能一样永葆青春。"

绯绡却轻笑一声，偏头看那庭院，阳光把他的一张脸映得晶莹剔透，如映月白雪，他嘴角一牵，不以为然："不老不死，就是得道成仙了吗？"

"怎么不是？"郑先生笑道，"你看古书中记载，仙人皆能长生不老，蓬莱仙境也无四季之分，仙人每日生活其中，岁月不会流逝，每日悠然度过，得道成仙，不过如此。"

绯绡又笑道："先生每日生活在这方寸间，对外界不闻不问，日子波澜不惊，不觉得寂寞吗？"

郑先生却不以为然："既然成了仙人，怎能再留恋凡俗尘世？现在我对皇上是谁做都没兴趣。"

他笑意盈盈，却不愿再与二人说话，拂袖离席。

王子进望着郑先生的背影，只觉得隐含愤怒，看来绯绡是一句话说中了他的痛处。

眼见那院落里薄雾缭绕，荷花池里金鲤戏水，来来回回在池中往返，一幅繁荣热闹景象，只是不知这是假的热闹，还是真的寂寞？

生活在这时光静止的仙境，真的就意味着快乐？

他又想起那大头妖怪的落寞表情，微笑道："连他家的房子都挨不住了，他也真是厉害。"

"你说什么？"绯绡凑过来问道。

"没有什么。"王子进恰好看到婢女在收拾碗筷，急忙问道，"请问这家可有小孩？"

婢女垂首道："老爷并无子嗣。"

那齐儿是谁？绯绡和王子进相视一望，满眼皆是疑惑。

"可有女眷？"

"夫人一直重病，老爷不让任何人靠近夫人，只亲自伺候她。"

夫人重病？王子进听了一颗心如打鼓般乱跳起来，婢女口中的夫人，可是那个穿着白色衣服的女人？是不是也是大头妖怪要他多加注意的女人呢？

待要再问下去，旁边伸出一只冰冷的手，一把掩住了他的嘴，王子进到了嘴边的话又咽到了肚子里。

只见绯绡面色严肃，眼角瞥着门外道："有人。"

王子进回头一看，饭厅的门旁站了一个满面皱纹的老儿，长须飘飘，一双眼睛正露着凶光望向二人。

正是那姓淮的管家。

七

两人用过早饭就回到房中，绯绡已经痊愈，一个人在院子里走了几圈，拔起地上的小草放在手掌中把玩，脸上全是专注的神色。

"绯绡，你又在干吗？"王子进见他在院子里大太阳下晃来晃去，头都被他晃大了一圈。

"假的，都是假的……"他一身白衣，在阳光下散发着金辉般刺眼的光芒。

"什么假的？"王子进从房里跑出来，也拔起地上的小草，沾了一手绿色的草汁，一切都是这样的真实，怎么会说这是假的？

绯绡一手遮着晃眼的阳光，笑看着他："今晚我们就去看看那生病的夫人吧，也许都会水落石出。"

"你已经知道这其中古怪了？"王子进问道。

"大概吧，只是不知道，那叫齐儿的到底是谁。"

"听起来，像是个小孩的名字。"

绯绡望着蔚蓝的天空道："我也知道，可是这家并没有孩子啊。"

王子进听他这样说，心里一阵发毛，颤声道："不会是那小孩死了吧？不然怎么会消失？"

绯绡却不答话，手里抓着几根嫩嫩的小草，似乎若有所思，神智刚刚集中，就感觉一股寒冷的视线如胶似漆，紧紧地黏在他背后。

他急忙回头一看，身后却是高大的房檐，一枝老槐的枝丫正探过头来，伸展着茂密的枝叶。

"怎么了？"王子进也回头看去。

"没什么。"绯绡弹落掌中小草，负手走入屋中，笑道，"子进，今日好好休息吧，晚上还有事情要做。"

王子进精神却很好，一个人在春意融融的院子里散步，等他回来的时候，却见绯绡已然伏在被子上睡着了，桃花的花瓣飘进房里，撒在他白色的衣襟与长长的黑发上。

王子进望着他几近婴儿的香甜睡脸，不禁摇头暗笑，他怎么在哪里都能睡着啊？哪怕是在这怪异的桃源仙境，也能安之若素。

此时屋外落英缤纷，轻雾缭绕，王子进抱膝坐在窗旁，望着窗外美景，旁边酣睡的绯绡，心中竟隐隐不愿从这里离去。

或许让时间静止，也不是一件坏事？

绯绡一觉睡到下午，晚上婢女端了晚饭过来给他们吃，显是郑先生不愿再见他们。

王子进只觉得快快的没趣，看郑先生一副仙风道骨的模样，没想到如此小气，只是因为绯绡一句话不合，连饭也不与他们同吃了。

绯绡却不在意，嫌弃地在素材中挑可口的："子进，你说今早偷瞧咱们的是谁？"

"是这家的管家，姓淮。"王子进一边吃饭一边答道，"昨夜看起来还是很和蔼的一个人老人家啊。"

"和蔼不和蔼，不是用眼睛瞧的。"绯绡笑道，"你看我和善不和善？"

王子进看他虽然俊美无双，眼睛里却写满狡猾，一看就不是善类，不禁摇头不语。

"可我生起气来也是很怕人的。"

"是啊，有人和你抢鸡吃，你是气得挺厉害的。"王子进抱着饭碗哈哈笑道。

两人说说笑笑，转眼就是半夜了，此时一轮明月高悬，偶尔有鸟儿夜啼的叫声在寂静的夜空中回荡。

漆黑的走廊中，仅有烛火忽明忽暗，庭院里的花木影影绰绰，似乎有什么东西要从里面蹿出来。

此时一扇雕花木门在黑暗中无声无息地打开，从门后走出两个人来，黑暗中依稀可见是两个男人的影子。

"夫人住在哪儿？"王子进伸手拿下走廊上的一盏油灯，用手端着照明，"我们为何要先去找她？"

"一个没人见过的女主人，你不觉得奇怪吗？"绯绡已经沿着回廊往内院走去。

王子进左右张望了一下，虽然心中害怕，也只好硬着头皮跟着他走。

两人又穿过一个庭院，眼前出现了几间房子，看布置似乎是收藏东西的地方。

"不是这里，去那边看看。"绯绡说着转身要走。

"等等。"王子进指着一扇微敞的大门道，"那里好像是书房，我想去看看。"

见绯绡不高兴，他急忙道："你先去找那位生病的夫人，我马上就过去。"

他说完，也不理绯绡了，端着忽明忽暗的油灯，往书房走去，房中漆黑一片，像是个等人踏入的陷阱。

可是好奇心还是驱使他要去里面看看，郑先生说他是读书人。

不巧王子进也是读书人。

天下的读书人，都喜欢把秘密藏在书里。

八

绯绡顺着回廊走到后院，在这大宅中，似乎有人布置下了机关，他不敢轻易展露法术，所以才用这样粗浅的法子找人。

后院的景致已经远远不如前面的庭院，他却像是有灵感一样，径直往一个有着琉璃瓦顶的房子走了过去。

在黑夜中，都能感觉到这屋子里飘来的死气，这家的夫人真的重病了？死亡的味道怎么如此浓郁？

他踏在青石砖上，环视左右无人，推门就要进入房中，哪想门却上了锁。真是奇怪！哪有人住在家里还要锁上自己的房门？而且还是从外面锁的？

他伸出长指拨了一下亮晃晃的门锁，门应声就开了。

里面一股浓郁的呛人的气息迎面扑来，似乎还夹杂着厚重的脂粉味道，他急忙用手掩鼻，走了进去。

那是一个有着帷帐的房间，厅里放着一张八仙桌，与别的房间并无不同，只是过分干净，似乎没有人居住一般。

这屋子的主人，会是那个穿着白衣的女子吗？

里面漆黑一片，伸手不见五指，他只好伸手唤出青火，托在掌心。忽明忽暗的火光中，帷帐重重，屋子里仅有家具，哪有人的影子？

他拨开帷帐，往内室走去，刚刚走了几步，就见眼前一张雕花大床，厚厚的深红色帷帐遮住了整张床，床下的踏脚凳旁，放了一双女人的绣鞋。

他蹑手蹑脚地走过去，这便是重病的女人？

绯绡轻轻地伸手掀开布帘，只看了一眼，脸上露出诧异的神色，过了一会儿，又轻轻地放下了帷帐。

这到底是怎么回事？

他望着窗外隐隐透过的月光，只觉得心中的谜团越来越多，本以为自己料到七八分，哪想事实却全然和自己想的不同。

这屋子里，有太多的事无法明白。

王子进拿着油灯摸到书房里，书房中棕黑色的书架靠墙而立，在黑夜中带来一种压迫的感觉。

他一进去，就关上了房门，点上蜡烛，急忙在书桌旁翻找东西。

怎么会没有？

如果没猜错的话，书房中应该有家书，虽然不是道德的行为，但从只言片语中，或许可以知道一些有关郑先生的事情。他手忙脚乱地翻着，把书桌前的书本都碰落在地上。书房里几乎全是有关药石灵丹的书，看来这家主人真是想成神仙想疯了。

他一本本地翻着散落在地上的书籍，终于从一本书里找到一张泛黄的字条。

他小心翼翼地展开字条，那泛黄字条似乎是一张花笺，上面写了两行字：未老莫还乡，还乡须断肠。

字迹清瘦端正，似乎是个男人的笔迹，下面的落款有些看不清楚。

王子进急忙将那花笺凑到烛光下，隐隐可见几个小字：礼部侍郎郑仕齐。

果然，郑先生哪像个普通的教书先生？那举手投足的高贵优雅，那傲于凡人的广博见识，确实只有朝廷中的官员，而且是专门负责迎来送往、司仪祭奠的礼部侍郎才该有的风度。

他望着花笺上的署名，脑海中似有电光闪过，似乎发现了什么可怕的事，连油灯也不拿了，匆匆忙忙地跑出门外。

可他想要拉开房门，却发现门被人在外面死死反锁了。

他急急推开书房的窗户，想要爬出去，哪知不看还好，一看只见庭院中的假山绿树飞快地发生了变化。

高大嶙峋的假山，摇曳的鲜花，都幻化为黑色瘴气，在月光下弥漫扩散。清静优美的蓬莱仙境，转眼就变成了幽森恐怖的地狱。

王子进吓得浑身一颤,急忙关上窗户,但却为时已晚。那黑烟宛如长了眼睛,看到了蜡烛的光芒,直朝他袭来。

窗棂传来咔嚓一声轻响,整扇窗都被烟气冲破。王子进站立不稳,连叫都来不及,就被笼罩在瘴气之中。

烛火一晃,转瞬便在黑暗中熄灭,而他眉头紧皱地倒在地上,陷入混沌之中。

王子进只觉自己脚下又湿又黏,周围冰冷黑暗,像是走在泥沼之中。他走了一会儿,只见不远处有昏黄灯火闪烁,似是有户人家。

他惊骇至极,连忙加快脚步,向那户人家走去,而他身后始终有簌簌轻响,似有人在追踪着他。

他哪敢回头,疾步向灯火处走去。果然,只见夜色中出现了一个茅屋,那昏黄灯光,正从茅屋的窗内透出来。

"请问有人吗?快救救我……"王子进急切地拍门。

柴扉缓缓打开,屋内走出来一个老迈的妇人,她见到王子进却毫不惊诧,将他让入室内。

王子进只见室内极其简陋,一盏孤灯如豆,老妇人正坐在灯下缝制新衣。那新衣的料子是灰蓝色锦缎,被她以银线细细钩边,低调中透着奢华。

"这……这到底是哪里?我怎么会来到这儿?"此情此景,让他想起了自己的老母,不由心中酸涩,他坐在桌边,好奇地问老妇人。

"这里是我的家,我已经等了二十年,却始终没有等来我的儿子……"老妇人抬眼望了他一眼,满含苦涩地说,"他走时,也就像你这般大的年纪……"

"那他为什么不回来?"王子进小心翼翼地问。

"听说他当官了,当了很大的官,每天交际应酬,好不热闹……"老妇人揉了揉酸涨的眼睛,"这么多年我缝了很多衣服给他,派人送过去都杳无音信,他不仅忘了自己的娘,连老朋友都忘光了。"

王子进望着这孤独的老妪,不由心下凄然,只见她伸手指向窗外,"还好他的旧友一直陪着我,你不想看看他的样子吗?"

就在这时,木门突然被人拍得震天响,顿时将王子进吓了一跳。

"不……不要开门……"他想起方才在夜色中独行,尾随在自己身后的奇怪的脚步声,连忙后退。

陋室窄小,他这一退不要紧,竟然退到窗边。两扇木窗居然无声无息地开了,凉风像是一只缠绵的手,搭在了他的后颈上。

他凭空打了个冷战，哆哆嗦嗦地向窗外望去。

只见窗外正立着一棵高大的槐树，树下正站着两个男人。其中一个身穿布衣，年纪尚轻，面容英俊，似乎正是这家主人郑先生。

"明日我就要赴京赶考，多谢兄台帮我开了心窍。"郑先生对另一个男人一揖到底。

那人比郑先生年长几岁，身穿靛色长袍，风度甚佳，唇边胡须修剪整齐，似是富贵出身。

"你这一去，定然会平步青云，只是你命中本无此福分，是我取巧为你强求。千万不要贪恋权势富贵，二十年之后，一定要回到这里，否则必有灾祸加身。"靛衣人连连叮嘱。

"好，我一定会回来的……"

郑先生以细不可闻的声音回答，显然十分心虚，随即他的身影虚晃，便消失在夜风中，再也不见。

王子进望着这诡异的景象，额上渗出丝丝冷汗，这似乎是发生在过往时光中的离别，不知为何，却让他十分害怕。

"什么人？"靛衣人突然双眸含精，直望向他的所在。

而在他话音响起的同时，他身后的高大槐树飞快地发生了变化，繁茂的枝叶、粗壮的树干，都化为蓬勃的黑烟。

黑烟幻化汇聚，转眼间就变成了一条张牙舞爪的黑色巨龙。

"去！"男人朝巨龙一挥手，那龙咆哮一声，直朝王子进扑来。

九

"哇！"王子进连忙后退，龙头却撞破了茅屋，灰尘漫天，屋脊塌落。

只见灯下缝衣的老妪消失了，那抹温馨的灯火也瞬间不见，只有一个大头的棕色妖怪，跟他并肩而立。

"你被人以妖法困住，我在你身后追了很久，你却不理我。"那妖怪细声细语地说，正是这座老宅的宅灵。

原来方才敲门的竟是它，亏他还以为是什么凶神恶煞。

黑龙却不容他细想，张开血盆大口，直向他们袭来。

"去！"大头宅灵双手一挥，从袖底洒出几滴水，那水沾到龙头上，顿时令森森鳞甲飞快瓦解。

王子进哪敢耽搁，急忙撒腿便跑。

他只觉脚下湿滑，像是没头苍蝇般在黑暗中乱转，身后狂风袭来，似那巨龙仍穷追不舍。就在他即将筋疲力尽时，只见眼前出现一线光明，同时耳边响起一个清朗动听的声音。

"子进，快抓住我的手！"

果然有一只冰冷坚硬的手握住了他，他想也不想，像是抓住救命稻草般，紧扣住那只手，一股大力瞬间将他拉住，向光芒之中拽去。

王子进只觉自己如腾云驾雾，身体轻飘飘地飞起来，再睁眼时，却站在书房门口。方才紧紧关住的大门被人打开，绯绡白衣如雪，笑靥似花，正站在月光下凝视着他。

而他的一只如玉长手，正紧紧扣着自己的手腕。

王子进见到他立刻长舒口气，只见庭院中假山俨然，景色清幽，哪有什么瘴气袭人？

"可吓死我了……刚才做了个可怕的梦……"他连连呼叫。

"并不是梦。"绯绡伸手拍了拍他的肩膀，几个黑影翩然而落。

王子进定睛一看，那竟是几片碧绿的树叶，更加不明所以。

"有妖怪要袭击你，想把你也困在这桃源仙境。"绯绡好奇地问，"是不是你发现了什么？"

"对了，我确实发现了不得了的事情。"他一拍脑门，突然想起了其中关键，颤声道，"你……你有没有想到小孩子的事？小孩子除了死了，还有一种方法可以消失。"

绯绡偏着脑袋，皱起眉头，似乎不明白他话中的玄机。

只听王子进瞪着眼睛小声道："小孩子，还能变成大人啊，他会长大的啊。"他继续道，"郑先生全名叫郑仕齐，名字中刚好有一个齐字，会不会是那白衣女人口中的齐儿啊？"

此时树影摇曳，似乎连月亮都隐去了光辉，两人在这时间停滞的院落间，只觉得有太多的事无法了解。

这里，真的是桃源仙境吗？

"子进，难得你聪明了一回。"绯绡朝他扬眉浅笑，甚为钦佩地说，"我在那夫人的房中，也发现了奇怪的事。"

"什么事？她是拜托我们救郑先生的女人吗？"王子进慌忙问道。

"似乎不是……我们这就去看看，等会儿你见了便知。"绯绡连忙拉着他便向夫人的房间走去。

王子进哆哆嗦嗦地走在他身后，只觉这桃源仙境格外恐怖，似乎一草一木随时都能化作瘴气，要了他的性命。

哪知他们在回廊上走了一半，绯绡突然眼角一斜，把王子进一把拉进树木的阴影里，一只手按在他嘴上。

王子进大气也不敢喘，只见眼前的回廊石阶上，有一双穿着缎子面靴子的脚从二人面前缓缓踏过。袍角卷起一阵风，夹着尘土扑面而来，他甚至能闻到灰土的味道。如果不是绯绡耳力了得，两人此时定会被发现。

那人脚步匆匆地往后院走去，看那颀长的背影，似乎是这家的主人郑先生。

绯绡松开按着王子进的手，一把拉住他，两人就借着黑暗的掩护，跟在郑先生身后往内院走去。

只见郑先生径直走到一个有着琉璃瓦顶的房前，看了一眼门上的锁，似乎甚为惊讶，又回头看了看自己的身后，确定没有人，一闪身就推门进去了，又小心地关上了身后的房门。

"哎，"王子进望着郑先生隐没的身影对绯绡道，"你看他身手如此敏捷，正当壮年，有什么要别人救助的地方啊？"

绯绡却摇头道："子进，现在不可妄下定论，我们肉眼所见的东西不一定是真的。"说罢又笑道，"你别忘了绿竹村庄，当时你看到的一切皆是幻象。"

王子进想起以前发生的一切，自己在千山镇遍寻不着的景况，心有余悸，颤声道："你……你说，我们看到的都是假的？"

"不识庐山真面目，只缘身在此山中。"绯绡回头对王子进道，"今晚是不成了，只能明天再来。"

说完，他就拉着王子进蹑手蹑脚地回到了两人的客房。

王子进惊魂未定，连连追问绯绡在那生病的夫人房间中看到了什么，绯绡却不理他，一进屋就蒙头大睡。

王子进只好回到自己的房间，却辗转反侧，难以入睡。直至天明时分，才打了个盹。哪想他刚刚睡着，就听到耳边响起一个细细的声音。

"起来啦，起来啦……"那声音像个小孩子，惊得他从床上一跃而起。

只见面前正有一个硕大的头颅，那比磨盘还大的脸庞上，嵌着一双如幽潭般碧绿清澈的眼珠，正定定地望着他。

居然是这老宅的宅灵。

"你不是想知道郑夫人的事吗？我可以告诉你。"宅灵细声细气地说，显然是听到了昨晚他跟绯绡的对话。

"快说，快说！"王子进立刻从床上坐起来，连连催促。

"她是很久之前回来的。"宅灵坐在他的床边，眯着眼睛回忆，"我不懂计算人类的时间，所以也不知是多少年之前。只知道她是个很漂亮的女人，但一进这大宅就得了重病，多年来一直被关在房间中，再也没有踏出过房门一次。"

"这么说她还活着，并没有死？那头戴纱帽，拜托我跟绯绡的女人到底是谁？"

"除了我竟然还有人拜托你们……"它话说了一半，身影突然消失在晨晖之中。

王子进正在纳闷，只听房门传来吱呀一声轻响，绯绡探进头来。

"子进，快点收拾一下，我们得上路了。"他双眸如星，俏皮地朝王子进笑。

"上路？要去哪里？"王子进迷茫地问，但见天边天光破晓，不知他何出此言。

"离开这桃源仙境啊。"绯绡懒洋洋、慢悠悠地答道。

十

而正如他所说，王子进还没反应过来怎么回事，就被婢女告知主人不希望他们久留，既然病已经好了，最好速速起程。

显然二人昨晚的探查，已得罪了这家主人。

眼见重重谜题就要解开，王子进当然不愿走，但绯绡却难得爽快地一口答应，于是用完早饭，王子进便快快地跟在绯绡身后，走出了郑家大宅。

送他们离开的只有两名婢女，不仅郑先生，就连淮管家都不曾露面。

一推开大门，只见门外冷雨霏霏，树叶飘零，正是一片秋日的肃杀景象，与高墙内春意盎然、鸟语花香截然不同。

事已至此，虽万般不愿，他也只能骑上马背，跑入秋雨之中。

"这下我们该去哪里？其实厚着脸皮，多赖一晚也无妨啊。"王子进垂头丧气地说，他本想今晚再在那宅院中探查一番，哪想计划就这样泡了汤。

"你多待几晚都没用，他们起了戒心，定会防备我们。"绯绡凤眼微眯，笑嘻嘻地说，"不如欲擒故纵，假意离开，反而更方便行动。"

"好吧，你说得也有道理，可现在下着雨，又这么冷，我们该去哪里歇息？"

"找棵大树避雨即可，待天黑我们就可以再进那桃源居。"

事已至此，王子进也别无办法，只能跟在绯绡身后找树荫避雨，所幸晌午时分雨便停了，太阳在积云后探出头来，阳光暖暖地洒在身上。

王子进又累又饿，歪靠在树上睡着了，绯绡却不知又跑去了哪里。他这一睡不要紧，居然又陷入了奇怪的梦境。

这次梦中人不再是戴三角纱帽的白衣女人，而是一位明媚娇艳的美丽少妇。她坐在妆台前对镜梳妆，身后郑先生身穿锦缎长袍，将一支精致耀眼的金钗插入她云鬓中。

两人一看就是夫妻，姿态亲昵，难解难分。

而就在这时，镜光一闪，美女的倒影已经变成了一个形容枯朽的妇人，她脸色灰败，口角挂着干涸的鲜血，只有鬓上凤钗华丽如故，仿佛见证了她昔日的绝色容颜。

"这就是代价啊，你没有遵守约定，所以要以全部的幸福来偿还！"不知是谁在室中喃喃低语。

铜镜中映出一张男人的脸，他唇边美髯修剪整齐，颇有几分仙气，正是曾追杀过王子进的奇怪男人。

他漠然地摇了摇头，抱走憔悴的妇人，而郑先生则双眼失神，宛如行尸走肉般跟在他身后离去。

斗室中陷入了一片死寂，但离奇的是，窗台上枯萎的花竟然再次开放，窗外阴霾散去，碎金般的阳光挥洒而入。

桌椅家什似都被镀上一层朦胧金光，一只仙鹤在庭院中翩翩起舞，将身影映在窗纱上。

桃源仙境，宛如梦幻般降临。

"子进，快醒醒，别睡了。"耳边传来清朗的男声，王子进立刻从梦中醒来，只见天色已然全黑，绯绡一张脸白如夜昙，正含笑望着他。

"我做了个奇怪的梦……"王子进疲惫地揉了揉眼睛，"似乎是关于郑先生的夫人的。"

"很快你就能见到她了。"绯绡带头打马而去，去的方向正是他们早上刚离开的桃源居。

两人怕惊扰到大宅中的人，将马远远地拴在别处，蹑手蹑脚地翻墙而入。有绯绡这偷鸡摸狗的行家，很快便顺利地来到了后院。

"快看，他怎么又来了？"王子进躲在长廊下的草丛中，只见郑先生正从远处走来，似乎目的地跟他们一样。

"不管了，我们跟他进去，今晚必须令真相水落石出。"绯绡毫不畏惧，一把拉着王子进，跟上了郑先生的脚步。

只见郑先生推门而入，门微微敞开了一条细缝，王子进双腿发颤，被绯绡连推带拉，才走进了这神秘夫人的闺房。

一股刺鼻的香粉味道扑面而来，只见房中挂满层层叠叠的纱缦，烟云般飘洒荡漾，颇有几分云深不知处的意味。

绯绡冰冷的手一直紧紧地拽着他，两人蹑手蹑脚地穿过大厅，却完全没有留意，身后的景致已经在悄无声息中发生了变化。

缤纷的鲜花，婆娑的树影，栖息的仙鹤，都化为重重瘴气，一缕缕地顺着门缝溜了进来，追随上他们的脚步。

王子进在黑暗中摸索，来到内室，只听在黑夜中传来一个男人温柔的声音。

绯绡伸出长指指了指自己的耳朵，示意他要听仔细。那男人声音浑厚低沉，语气中似乎夹杂哽咽。

"芸英，你听得到吗？我好久都没有听你说话了，我好想念你啊。"似是郑先生在对自己的妻子诉说衷情。

王子进只觉得听人说私房话不妥，却见绯绡依旧满脸认真地偷听，只好跟着他一起听了下去。

越往下听，越觉得不对劲，只听他说的话语中似乎隐约可以听到东京什么的，还有就是开宝年间的什么事。

王子进听他所说朝代，立时就惊呆了，此时已是景祐年间，距离郑先生所说的开宝年间，已经过了五十几年。

莫非郑先生真的有不死之术？

却见绯绡面色如常，显是人间年号，朝代轮换，在他那里都是没有意义。

"芸英啊，芸英。"郑先生继续道，"我的人生少了你，多活这许多年又有什么用呢？"说罢，他又无限温柔地说，"我今日已经与淮管家说了，让他尽力医治你，让你早日好起来，他是那样厉害的一个人，又有求必应，你定能好起来的。"

这话一出口，王子进和绯绡都听得清清楚楚，两人相视一愣，淮管家？这又关他什么事？难道那淮管家，才是这些怪事的始作俑者吗？

绯绡在黑暗中却突然面色一变，拉着王子进的手，迅速地向旁边一闪。

王子进一个趔趄没有站稳，坐在地上，还没等他出口询问，就听耳边一阵布帛撕裂之声，一团黑气化为利剑，居然撕裂帷帐，直取两人后心。

若绯绡慢上一时片刻，两人此时就成了一串糖葫芦了。

"来了。"绯绡说着一把把王子进拉到自己身后，只见暗夜里，层层叠叠的帷帐随风慢慢地飘摇出不尽的风情。

这样美丽婀娜的柔软帷帐中，又有什么隐藏在后面，又遮盖了怎样的恐怖？

十一

"谁来了啊？"王子进颤声问道，还没等得到回答，就见绯绡身子一蹿，就往屋子的一个角落去了，白色的身影立刻隐没在那重重叠叠的帷帐中。

王子进一个人坐在地上，只听黑暗中，耳边不停地传来布帛撕裂的声音，似乎有人正借着这帷帐与黑暗的掩护，在互相搏斗。

他吓得浑身颤抖，手脚并用地往屋里爬去，黑暗中看不清方向，帷帐又挡住他视线，再抬头时，却见眼前有个踏脚的凳子，那凳子上面放了一双女人的绣鞋。

绣鞋做得精致且小巧，缀满珠玉，看起来像倒像个摆设，而不是用来穿的。

难道这女人一直躺在床上？王子进站起身，抬头看了一眼，果然，自己面前正有一张雕花木床，床上也挂着厚厚的帷帐，透出暧昧的风情。

这就是那夫人的床吗？这床里的，会不会是拜托他们的女人？

王子进想到女人的白色头纱，身上冷汗直冒，颤抖地伸出手，缓缓拉开了挡在床前的帷帐。

一股腐败的气息随之扑面而来，他一眼看去，只觉得心脏停止了跳动。

借着黑暗中洒进来的点点月光，可以看到床上锦缎的被褥发出的淡淡光泽，上面躺着一个骷髅，穿着华丽的绣着繁复花纹的衣服，双手交叠，放在胸前。

而骷髅的云鬓上，插了一支非常精致的金钗，上面镶满珠玉，宝光流动，衬得那没有皮肉的白骨更是凄惨可怕。

"不……不是，不是她……"王子进颤声道，这个躺在床上的女人，这副骷髅，根本就不是央求他们拯救郑先生的女人，竟是他下午梦见过的美貌少妇。

梦中那倾世佳人，婉约明媚的容颜，此时已经化为枯骨。

这到底是怎么回事？这家夫人已经化作白骨，可是为什么郑先生却夜夜来瞧她，还对人隐瞒她的死亡，不让她入土？

正在这时，他只觉得颈上一凉，似乎有什么兵刃架在了自己的脖子上。

只见黑暗中一个人渐渐从床边的帷帐中显出身影，手中拿着一柄泛着冷冷光泽的长剑，那人面如冠玉，美髯飘飘，正是这家主人郑先生。

"你竟如此无礼！"郑先生眼睛里全是恼怒的神色，"为何夜探我夫人房间？"

"这？这是你夫人？"王子进指着床上的骷髅，这男人真的想成仙想疯了吗？

"不错。"郑先生答道，"她现在是这副模样，有一天一定会变成人的，她一定会复活。"

王子进用余光扫了一眼累累白骨，只怕东西就是真的复活了估计也不会是善类，他的胆子也未免忒大了一点。

只听郑先生继续说道："淮兄定有办法，她一定还会像以前一样与我吟歌唱曲，谈诗论画的。"

"真……真的吗……"王子进实在不敢多说，毕竟一把宝剑架在自己脖子上，争志气也不在这片刻。

"自是真的。"郑先生似乎非常生气，眼睛中冒出异光，王子进只觉得自己脖子吃痛，剑锋已经割破了他的皮肤，有温热的血流了下来。

"自我记事起，淮兄，那时他还不长这般模样，他本领很大的，我想要走仕途，他就替我的心开了窍，助我平步青云。我想要桃源仙境，他就让这庭院中时间静止，薄雾终年不散，这点小事又算什么？"

"是，是，不算什么……"眼见郑先生神志失常，他只好顺着他说话。心中却暗暗叫苦：绯绡啊，绯绡，你还在外面折腾什么？还不快来帮我？

刚刚想完，就见一个东西裹着一团红色帷帐打了几个滚儿就冲了进来，正停在二人脚边。

"这又是什么东西？"郑先生吓了一跳，急忙把剑从王子进的脖子上撤了下来，直指着地上的帷帐。

帐子中突然伸出一个人的手来，以迅雷不及掩耳之势，一把就夹住那闪亮的剑锋，再一抽手，郑先生手上的那把宝剑居然脱手而飞，一下就钉在了房梁上，剑柄兀自摇晃颤动。

王子进见了这人身手，知道必是绯绡无疑了，异常开心。

果然地上的人缓缓站起身来，抖落裹在身上的红色帷帐，露出一头如瀑黑发，一张桃花春风面，眼角带笑，正是绯绡。

"你……你到底是谁？怎么有这般身手？"郑先生颤声道。

"在下胡绯绡啊。"绯绡说着朝他行了个礼，"郑侍郎也太健忘了吧？"

这话一出口，郑先生面色一变，似乎受了很大的打击，浑身颤抖，一步步往后退去，目光涣散，口中喃喃念叨："对……对了……我……我是礼部侍郎来着，可我并未遵守二十年之约，贪恋权势，再也没有回到家乡。后来被同僚抓到错处，奏了一本，被贬了官不得不回来……"

"你记性终于好起来了，再仔细想想，后来发生了什么？"绯绡轻轻地说，他的声音似隐含魔力，充满蛊惑，能令碎片般的记忆浮现。

郑先生顾不上跟他争执，不断轻拍着脑袋，竭力回忆："就在同一时间，家乡传来了老母病重的消息，我们加紧赶路，却仍然来不及见母亲最后一面……"

王子进想到那在灯下缝制衣服的老妇人，不由心中酸涩，那大概就是他的母亲吧。

"而且不只如此，由于旅途劳累，芸英一到我的老家就得病死了，我在一个月间，失去了权势、亲人和爱妻……"他说罢声音哽咽，茫然四顾，"我的记性怎么这样差？好多事都想不起来。淮兄呢？我有好多事要问他，他在哪里？"

"你的朋友就在那里。"绯绡说着指着身后如堆云般的重重帷帐，"只是他不敢出来见你。"

"为什么不敢出来见我？"郑先生跳脚叫道，"淮兄，淮兄！你快出来，我有好多事要问你。"

却见帷帐缓缓飘动，似乎有什么东西要从里面走出来。

渐渐地，紫红色的帷帐中显出一个轮廓来，凸起巨大的一片，一个庞然大物渐渐显出轮廓。

接着布帛撕裂的声音不绝于耳，从里面走出一个狰狞的怪物，郑先生见了，一下坐在地上，颤声道："你就是淮兄？你怎么变成这副模样？"

王子进望着眼前出现的怪物，不禁也吓得呆了。

十二

只见那怪物身高两丈有余，头颅都要顶到房梁，身上疙疙瘩瘩，四肢如虬枝纠结而成，躯干上凭空多了一双眼睛，却是无头无脸，可怕异常。

"淮……淮兄？"郑先生指着眼前的怪物，死活都不敢相信这是那个风度翩翩的朋友。他一直保持着两人初见时的模样，但这桃源仙境建好之后，便迅速地衰老，只能以管家自居。

"不错，是我。"声音却还是一样的。

"这样说你一直没得道成仙？"郑先生惊愕道，"那我……我呢？我也没有成仙吗？可为什么这么多年过去，我没有死，也没有老呢？"

绯绡见他忘记往事，急忙插口道："你好好想想，你是真的没有死吗？"

这话一出口，庞大的妖怪突然喷出重重烟瘴，化为虬蛇，往绯绡身上缠去，怒道："我救了你们，你们就是这样报答我的吗？还不快快离开这里？"

绯绡纵身一跃，轻灵地躲开："你要瞒他到何时？让他在这里灵魂得不到超升，当一辈子糊涂神仙就是幸福吗？"

怪物听了，似乎触动心事，长长叹息："我……我本是这院子里的槐树，活得太久，成了精魅。因为好酒，跟这家主人的公子结为知己，后来又助他飞黄腾达，哪想他竟然违背约定，一去不复返，妖力反噬，令他家破人亡，不久后连自己也得暴病而死……"

郑先生听着，神情恍惚，在他的脑海中又浮现起儿时在这院落中玩耍的情景，那时是多么开心。

后来更结识了淮兄，两人每晚觥筹交错，以酒结缘。这仙风道骨的中年朋友，几乎能满足他一切愿望，不但帮他娶到了一直心仪的芸英，更助他踏上仕途。

可是那又怎样呢？纵使有荣华富贵，他一生中最美好的日子却是在这偏远庭院中度过。

那是纵使死去也不能忘怀的快乐时光。

却听树妖继续说道："如果不是我逆天而行，助他开了心窍，他是不是还会平凡而幸福地活着？他死前想脱离尘世，得道成仙，我为了弥补昔日的错误，就造出了这桃源仙境，困住了他的灵魂，令他以为自己还活着……"

"但令时间静止，造就这浩瀚的仙境，耗费了你太多妖力……"绯绡怜悯地望着这慷慨慈悲的妖怪，"你原本可以青春永驻，此时却老成了这般模样。"

"过多的给予，有时并不是帮他，而是在害他啊。"王子进难得睿智地点评。

树妖望着王子进，想说什么，却终究没有说出口，最终只能长叹一声，不再言语。

郑先生听着他们的对话，望着床上的骷髅，想起了全部的前尘往事。芸英死后，他伤心欲绝，不久也跟着殒命。

这一切都如此重要，他怎么全都忘了呢？

他回头朝王子进和绯绡行了个大礼，眼中却有泪水流出："多谢二位相助，不然郑某还迷途而不知返。"

他说罢看向槐树妖："谢谢你，我的朋友，是你让我有了如梦似幻的人生。虽然短暂，却知道了富贵如浮云，仙境不过幻境。人生最珍贵的，便是与亲人和爱人共度的时刻，而很多人到死都不明白这个道理。"

他望着树妖恐怖狰狞的脸，前尘往事，尽入脑海。他想到自己最快乐的时候，便是少年时意外地在槐树下结识了一位朋友。

他们以兄弟相称，每日去集市上买最昂贵的美酒喝，还会坐在高大的槐树上，眺望着长河日落。

那时凉风习习，美景尽收眼底，何等快意自由，宛如在天际翱翔。

原来人生中最珍贵的东西，自己在那么久之前就得到了。

"让我走吧，我已想起了过去的一切，不能再执迷不悟。"郑先生沉吟良久，似下了很大的决心，对自己的朋友道。

槐树妖似异常悲痛，颤抖个不停，身影忽然从屋中消失了，似乎不愿与他话别。

"拔掉那女人头上的金钗，一切皆可恢复如常。"

只留下一个沙哑的吩咐，在帷幔间浮荡。

王子进望向床上的骷髅，只见她秀发间一支金钗华丽耀眼，原来宅灵口中所说的女人就是指这具森然白骨。

一切关键，就在她的身上。

他刚刚要伸手去拔，郑先生却拦住了他，只见他眼角带泪，唇边却含着笑意："我来拔。"

王子进和绯绡缓缓退开，但见他无限怜爱地将了将死尸光亮顺滑的秀发，似是抱着最珍爱的佳人。

"芸英，昔日这凤头钗是我给你插上的，现在我要拿下来了，你不会怪我吧？"

骷髅黑洞洞的双眼似乎露出几许笑意。

郑先生见了，点了点头，伸手拔下白骨头上的金钗。

王子进只觉得脑中一阵眩晕，似乎突然间变了天地，屋中帷帐一下布满蛛网，破落得不成样子。

定睛一看，床上躺着两具骸骨，不知死去多少年，皮肉都已烂光。只余褴褛衣衫，挂在骨架上，其中一具枯骨的手掌中还抓着一支金光耀眼的凤钗。

王子进见了，吓了一跳，对绯绡道："这就是人间仙境吗？"

绯绡笑道："仙境与地狱，有时不过一线之隔。"

此时天色已经蒙蒙亮，两人往屋外走去，只见幻术一去，这庭院破旧不堪，房子几近倒塌，断垣残壁无处不在，池塘早已干涸，院落里杂草丛生，哪里还有一丝桃源居的样子。

王子进望着这破败房子，又想起屋子里的那两具干尸，不由心中郁结，这残屋破瓦，竟成了死人的仙境。

一个死后还在做的美梦，又是何等讽刺？

"绯绡，"王子进有所感悟，不由叹道，"我想岁月的美，就在于它的必然流逝吧。"

绯绡笑着连连点头："子进，说得有道理啊。"

"这样说来，我会变老，也是一件好事啊。"王子进满含笑意地向门外走去，只见大门外面似乎隐隐约约地站着一个戴着白纱帽、穿着白色衣服的女人。

王子进和绯绡见了这女人，都呆住了，只见她缓缓掀开白纱，脸上皱纹密布，似乎已六旬有余。

竟是王子进在意识被困时，见过的那位在灯下为自己儿子缝制新衣的老妇。

她朝二人鞠了个躬，转身就走，白色背影又消失在连天碧草中。

"绯……绯绡，我好像知道她是谁了，这是郑先生的母亲，前几日我差点被瘴气熏死时，曾见过她一面。"

"母爱真是伟大啊。"绯绡望着辽阔的草坪，叹道，"虽然生命已逝，仍惦记自己的骨肉被困于梦魇，四处托梦求助。"

两人刚走出不远，就听到身后突然传来一阵轰隆隆的巨响，原来是那座老宅的大梁年久失修，失去法术庇佑，终于坍塌。

尘灰四溢，呛得人睁不开眼睛。

灰尘渐歇，却走出一个头大如斗、棕色皮肤的妖怪，正是几次帮过王子进的宅灵。它仍穿着蓝色的破旧衣服，摆着小小的手，从废墟中走出来，一双碧绿大眼睛里全是喜色。

"多谢王公子啦，我终于能下山去玩了。"它忙不迭地跟王子进道谢，声音稚嫩，如孩童一般。

王子进朝它摆了摆手，那妖怪便大摇大摆地走出破落庭院，往山下去了。

绯绡望着它的背影奇道："子进，这是什么东西？"

"它说是这老房子中的灵气化为的妖怪，一直想出去看看，可是苦于被困，不能得偿心愿。"

"不，不是。"绯绡望着它棕色的蒜头一样的脑袋道，"我问的是它变的是什么？蒜头吗？"

"它说它变的是个人。"

"噢？"绯绡不由紧张地摸起自己的脸来，"我没有那么难看吧？"

"你？"王子进笑道，"你绝色无双，容貌无人能及，是古往今来第一美男啊。"

绯绡也不觉是讽刺，甚为得意地走出庭院，笑道："子进，你还磨蹭什么？莫非真的要在这仙境中做神仙不成？"

王子进见他白衣胜雪，负手在前面等他，急忙跟着他去了。

此时天色已然放晴，淋漓不止的冷雨也停了，两人找到马匹，一阵疾驰，将这桃源仙境远远地抛到身后。

"绯绡，绯绡，我想到一首诗，唱给你听好不好？"王子进在马上赶路，眼见秋风凉爽，不由诗兴大发。

"你唱吧，我听着。"

王子进朗声唱道："一个犁牛半块田，收也凭天，荒也凭天。"

绯绡笑道："你什么时候当农夫了？"

"粗茶淡饭饱三餐，早也香甜，晚也香甜。"王子进继续摇头晃脑，"布衣得暖胜丝绵，长也可穿，短也可穿。草舍茅屋有几间，行也安然，待也安然。"

绯绡在一边听他唱歌，不禁摇头浅笑。

却听王子进突然提高嗓门，继续唱道："雨过天晴驾小船，鱼在一边，酒在一边。"

这话甚得绯绡心意，他不由拊掌大笑。

"夜归儿女话灯前，今也有言，古也有言。"王子进提高嗓门，声音变得破锣般难听，却不失豪迈，"日上三竿我独眠，谁是神仙？我是神仙。"

"子进，恭喜你，得道成仙了。"绯绡听了这句，会心地笑了起来。

两人踏着秋阳和凉风，在官道上渐渐远去。虽然天气渐凉，道路崎岖，却丝毫没有影响他们的好心情。

谁说长生不老，锦衣玉食就是神仙？

所谓神仙，不过一时心境而已。

第十夜

鬼娶亲

冬天的夜晚来得特别的早，深山中更是如此，寒冷挟着山风，与夜幕一起慢慢降临，侵入骨髓。

一个破败的草房里，有人的生命之火正要熄灭。

仅剩败絮的褥子上躺着一个憔悴的妇人，她面色蜡黄，伸出干瘦的手，摸着一个小女孩的头。

女孩不过五六岁，大概此时也知道自己的母亲已是弥留之际，失声痛哭起来。

"珠儿，娘要是走了，你要好好地照顾自己，好好地听你爹和大娘的话。"

"娘，不要叫我珠儿，我不要和姐姐一样的名字……"她说着又哭了起来，好像不太懂她娘嘴里的走了是什么意思。

凄厉的哭声从茅屋里传出来，飘落到风里，被阴冷的山风撕碎。

"鬼叫什么啊？吵得大姑娘直害怕！"一个奶娘模样的粗壮妇人，手里拉着一个女童，女童比方才屋子里痛哭的女孩大了一两岁的样子，衣饰华丽，神态骄矜，手中抱着一个彩球。

漏风的木板门被缓缓拉开，门缝里露出小女孩脏脏的脸，她头发蓬乱，眼中居然冒着异样的神采。

在黑暗中看起来很是突兀，把门外的奶娘看得吓了一跳。

"姐姐，"小女孩笑道，伸出手掌，掌心中隐约可见精亮的珠子，"看，这是母亲给我的珍珠。"

大一些的女童却伸出手打了妹妹的手一下，珠子一下滚落在黑漆漆的地上，不见踪影，妹妹顿时伤心得哇哇大哭。

姐姐却开心地笑了，笑容诡异而阴险。

一

十年后。

"绯绡，你看这地图，我们是不是走错地方了？"王子进和绯绡自从走出那大宅，已经在山岭里转了几天还没转出来，二人不得不在一个简陋的茶肆里稍做休息。

"我来看看。"绯绡一把抢过王子进手中的地图，"啊呀，子进，我们走反方向了啊。"

"怎么反了？"王子进听了心下一凉，怪不得越走越远，原来二人一直背道而驰。

"我们去江陵应该一直往下走啊，这个怎么标记的是往上走的？"

王子进听他说得糊涂，急忙凑过脑袋，却见绯绡把地图拿反了，还在拼命研究，他一把夺过地图："还是我来吧！"

旁边卖茶的白胡子老人看了他们一眼道："二位可是要去江陵府？"

"不错，老丈知道该走哪条路？"王子进听了异常高兴。

"从这条小路下去，直走，上了大路就能直通江陵府了。"卖茶老人伸着茶勺为二人指路，仿佛指点江山，一副胸有成竹的模样。

"多谢老丈。"绯绡说着从怀里掏出几个铜钱，抛到老人手中，翻身上马，疾驰而去。

"哎，你等等我啊……"王子进连呼带叫地追上去，人说动物的血比人的热几分真是不假，他的行动力的确令人佩服，似乎完全不经过大脑，全凭本能。

两人的坐骑转眼间扬起一阵尘土，消失在简陋土路上。

旁边几个商人模样的人，望向两人消失的方向，瞠目结舌。

"老人家，你指路好像指错了……"其中一个说。

"啊？"那卖茶老人叫道，"我从来没有离开过这里，我还一直以为那条路是通向江陵的。"末了又抱怨，"你们知道怎么不说话？"

"我们还来不及说话，他们就跑了。"

此时王子进和绯绡的身影已经完全在小路上消失，绝尘而去。

其中一个商人望着那条小路，面现怪异神色，苦笑着说："这两个人，还走了一条特别难走的路。"

"你怎么跑得那么快？我还没有喝够水。"

"听说江陵有一种鸡非常出名，希望晚饭前赶到，能尝上一尝。"绯绡快马加鞭，风驰电掣般冲了出去。

两人又走了半个时辰，小路倒是越来越宽阔，可就是不见卖茶老人说的官道。

"这要到哪里才能上官道？"王子进眼见周围一片崇山峻岭，似乎越走越深入山区腹地。

"前面有好多人，我们去看看。"绯绡策马上前。

王子进只见离二人十几丈的地方，聚集了上百人，人头攒动，比集市还热闹几分。

等到二人走近，更是目瞪口呆，只见路口有几十个和尚和道士在相互对骂。

一拨是灰色僧服，一拨是蓝色道服，两队人互不相让，说得不亦乐乎。由于是出家人，倒听不到市井间的污言秽语，只听耳边"阿弥陀佛"不断，偶尔还夹杂着"太上老君"什么的。

"这……这是怎么了？"王子进长这么大从来没有见过这阵势，急忙问一个小沙弥。

"阿弥陀佛。"小沙弥道，"回施主，村子的人说是要驱邪，本来已经请了我师父来做法事，哪想着又请了道士过来，我们千里迢迢地赶过来，还没等进村就在这里遇到了这帮道士。"

"你们一起做不就行了？"绯绡居然神色坦然，毫无慌张之色。

"阿弥陀佛，施主有所不知，做法事这种事是万万不能起冲突的，怎么能一起做？善哉，善哉。"

王子进也略有耳闻，似乎佛家讲究一个净字，而道家讲究的则是驱字，一静一动，确实是互相冲突。

却见人群里有一个身材粗壮的老儿，穿靛蓝色绸缎长袍，正带着一干村民，夹在中间吵得脸红脖子粗。

"那是不是村长？"王子进问绯绡道。

"不错，看起来是。"绯绡已经纵马过去，"先问问他路怎么走，这些和尚和道士等会儿再说。"

"这里妖气冲天。"人群中一个道士拿着桃木剑正在叫嚣，"西南方向尤甚。"他说着转过剑尖，却见身后不知什么时候多了一匹骏马，上面一个白衣公子，面容端丽无双，正看着自己笑意盈盈。

"你说什么？"

"没有什么。"道士收回宝剑，暗骂今日邪门，刚才这里明明有妖气，怎么突然被冲散了？

"请问这位可是村里管事的？"绯绡朝身材粗壮的老儿道。

"不错，是我。"老儿仰头望去，眼中竟现欣喜之色，似乎是猎人见了猎物的表情，急忙笑道，"不知这位公子可有媒妁？"

"哎？"绯绡听了一愣，万万没有想到他会问出这样的话来，"在下只是问路，这又关媒妁什么事？"

"怎么不关？自然关的。"他似乎已经完全把和尚和道士忘在了脑后，热情洋溢地说，"请公子到舍下小坐。"

"小坐是可以，可是我还有朋友在那边。"

"你还有朋友？"他兴奋得直搓手，"赶快叫他一起来吧。"

说罢，叫过来几个家丁替二人牵马，异常殷勤。

一行人很快就走远，把和尚和道士抛在路旁，还在打着口水战。

"绯绡，绯绡，这是怎么了？"王子进在马上纳闷道，"你认识他们？"

"不认识。"绯绡倒似乎很享受，浅笑轻盈。

"这里的民风也太热情了吧。"王子进望着那一干家丁，似乎把他们当贵宾接待，如果问路都能问成这样，天下的学子都不必攻读书本，只需坐着问路即可。

"无事献殷勤，必有名堂，我们且去看上一看。"绯绡朝他眨眨眼睛，似乎等待着瞧好戏。

王子进懵懵懂懂地骑在马上，被一帮人前呼后拥地围到村子里，只觉得如英雄凯旋一般。

斜眼间却见先前所见那锦衣老儿正偷眼望着他们，眉眼中满含笑意，神情暧昧。

王子进与他一对视，不由起了一身的鸡皮疙瘩。

阿弥陀佛，善哉，善哉。

二

一行人走了一会儿，浓浓绿意中，出现几片瓦房的屋顶，又走了一会儿，屋子越来越多，俨然是一个颇成规模的村庄。

村里的人见来了外人，都跑出来看，还有的坐在自家房顶上不停地往二人身上打量。

"是男的啊""还是两个""赵善人这次真是捡着便宜了"……

王子进耳边听到闲言碎语，不由暗叫不妙："绯绡，这……这里的人没有见过男人吗？"

"不会啊。"绯绡指着十几名家丁道，"不是这么多嘛。"

王子进正在纳闷，那帮家丁却拥着两人停在了一个宅院前面。

那宅院是整个村里最大的一所房子了，有青石台阶、朱漆大门，似乎是乡下富户住的地方。

只是里面种的树似乎多了一些，白日里影影绰绰地投下许多阴影，把这富丽的宅院映得阴冷幽森。

绯绡一见这院子就呆住了，两人胯下的马到了院子前也突然直立了起来，发出嘶鸣之音。

"这……这是怎么了？"王子进坐不稳，差点摔下去。

"子进……"绯绡盯着院落道，"你有没有看到什么？"

"没有啊。"王子进只见眼前郁郁葱葱的树荫，碧绿喜人，哪里有什么奇怪？

"算我多说了。"绯绡说着翻身下马，"此地不可久留，等会儿找机会速速离去。"

"二位公子请进，请在客厅稍候片刻，老夫去去就来。"胖老儿引了二人进屋，自己一溜烟地往后院走去，也不知在搞什么名堂。

王子进和绯绡坐在客厅里等候，只觉得屋子里相对外面太过阴冷，只见窗外的参天大树几乎遮住了一大半的阳光。

"这树可真多，怎么不砍几棵？人住在这房子里多不舒服。"王子进嘟囔道。

"这位公子有所不知。"耳边传来一个人说话的声音，两人回头看去，只见那老儿换了一件赭色绸缎袍子出来了。

头上戴着一个便帽，完全不似方才冒失的模样。

"这话怎么说？"绯绡问道。

"我们这里盛传山鬼的传说，据说上了年纪的大树都是山鬼的耳目，万万动不得的。"

"哦。"绯绡听了点了点头，似乎若有所思。

却听他继续说道："在下是这里的村民，敝姓赵，外人都叫我赵善人，不过是个虚名。"

"在下王子进，不知赵善人叫我们二人到宝地有何事啊？"王子进朝他行了个礼问道。

赵善人却不答，两只贼溜溜的小眼一直饱含着笑意，在二人身上来回打量，王子进被他看得发毛，却不知该如何是好。

"如果没有什么事，我二人还急着赶路，这就告辞了，望赵老先生能帮我们指一条通往江陵的道路。"绯绡也着急要走，估计还惦记着江陵的烧鸡呢。

"怎么没事？"赵善人笑道，"老夫叫二位公子过来，就是要招婿的。"

"什么？"王子进听了，下巴差点跌到地上。

"不错。"他异常亲切地走过来，拉着二人的手道，"哎呀，这样仪表堂堂、风度不凡，我真是有福气啊。"

言语之间，这门亲事似乎已然定下来了。

王子进急忙甩脱他的手，颤声道："不，不，终身大事，还没有经过父母许可，怎能轻易下决定？"

赵善人突然面带失望之色，退了一步道："二位不愿意？"

王子进和绯绡从来没有这样心灵相通过，两人一起狠狠地点了点头。

赵善人似泄了气的皮球般，胖胖的身躯一下瘫在椅子上，悲哀地说："我怎么这样命苦啊！我的两个女儿要怎么办？可惜我那如花似玉、貌若天仙的女儿了。"

王子进听了这话，突然来了精神，等他再说下去。

却听旁边的绯绡问道："赵老先生如此匆忙招婿，甚至从大路上拉了陌生人回来，怕是有什么棘手的事情吧？"

赵善人抬眼看了绯绡一眼："贤婿啊，看来你不光长得一表人才，脑袋也甚为好用啊。"

绯绡听他如此称呼自己，一时哭笑不得，还没等出言否定，他却继续说道："说来话长，我们这村子在深山之中，真是靠山吃饭，一切物资皆来源于这大山之中。"

王子进听了点了点头，这种偏僻地方确实如此。

"可是山也是有灵魂的，而且还有妖怪潜伏在里面，我们就叫它们山鬼。以前还是好好的，它们大不了就是捉弄一些砍柴的人，可是……可是……"他说着语气激动，似乎不能自已。

"可是什么？"

"近十年来，山鬼们越来越猖狂，居然要一年进贡一个女孩给它们，不然就会闹山洪或塌方，不知死了多少人。"

绯绡听到这里似乎明白了，皱眉道："可是山鬼娶亲？"

"不错。"他说着竟哽咽起来，"那些姑娘，进了山就再也没有回来，后来尸体都在深山中被发现，还有的连送嫁的队伍都一起消失了。"说罢又抹了抹眼泪，"这村里只要一生了女儿，就急忙说媒，以至于有儿子的人家一下能娶上几个女娃。"

"你……你的两个女儿，都没有结亲？"王子进听到这里，已然明白了七八分。

"不错，这村里就连三岁的小男孩都结了几门亲家，我那两个女儿又不想找小相公，这才把二位拖了过来。"

绯绡和王子进听了面面相觑，万万没有想到是这个原因。

眼见这老儿哭得伤心，这亲事又万万结不得，如此拂袖而去也太过冷血。王子进一时之间也没有了主意，只有庭前大树郁郁葱葱，似乎有灵魂一般随风挥舞着枝丫。

山鬼吗？真的有这样的东西？

眼前崇山峻岭，连绵不绝，一个青面獠牙的鬼脸在他的脑海中浮现出来，似乎那碧绿的、深深的树林中，隐藏着不为人知的恐怖。

三

"绯绡，这该如何是好？"王子进悄悄拉了拉绯绡的衣袖。

绯绡脸上一副冷漠表情："我们也没有办法插手，况且这屋子也不宜久留。子进，我们还是赶快上路吧。"

"那……那我们走了，这家姑娘怎么办？"王子进不由急道，"难道眼见着她们去赴死？"

绯绡听了眼珠一转，立时明白他的心意，打趣笑道："生而为人，早晚都是要见阎王的，也不差这几十年。"

赵善人听了二人对话，似乎听出了名堂，也不抹眼泪了，一把拉住绯绡道："贤婿，贤婿，你是不是有办法救小女啊？如果能的话帮帮老儿我吧。"

绯绡见他老泪纵横，哭得甚是伤心，想他身为人父，又年事已高，这丧女之痛确实是无法承受之重，不禁调笑道："办法也不是没有，不过我也不敢保证能不能解决，还要看这位王公子了。"

"我？"王子进指着自己鼻子叫了一声，赵善人肥胖的身躯已然扑了过来，鼻涕一把泪一把地抓着他的衣襟哀号，"贤婿啊，你不能见死不救啊……"

王子进望着绯绡一张坏笑的脸，又看了看哭丧般的赵善人，知道绯绡是将这难缠的皮球踢到自己这边，无奈地点头答应："赵老先生你莫要伤心，我们定当尽力而为。"

"贤婿啊……你真是活菩萨转世……"

当晚，王子进与绯绡受到了贵宾一般的款待，虽然未到江陵，赵善人的厨子还是给他特意蒸了一只茯苓鸡吃，待得酒过三巡，王子进还是不见两位娘子露面，心下不由失望。

"绯绡啊，你说这家的姑娘长得美不美呢？"王子进回到客房，望着烛光浮想联翩。

"世间女子，美女本是少数，哪会恰巧在这山沟里遇到一个绝代佳人？"绯绡照例给他泼冷水。

两人正说着，却听庭院里有人走动，那人似乎穿着厚厚的衣服，在走廊里发出裙角曳地的声音。

"是不是这家姑娘出来了？"王子进心中暗道，将窗户推开一点，只见外面秋风乍起，树影婆娑。

天上一弯新月不甚明朗，庭院中青石板上反射出暗暗的光泽，哪里有什么人？

"子进，不要看了。"绯绡过来一把拉上窗户，正色道，"我刚刚进这屋子的时候就觉得不对劲，还是一切小心为妙，少惹事端。"

已完全不似刚才的调笑表情。

王子进缩了缩头，打消了猎奇的心思，两人又说了一会儿就各自睡去。

山里的夜晚异常沉静，窗外偶尔传来似野兽般哭号的声音。

王子进望着窗外摇曳的树影，只觉得心绪久久不能平静，这深山之中，真的会有山鬼吗？如果有的话，又是什么样子的呢？

他迷迷糊糊，伴着树枝摇动发出的沙沙声，进入浅浅睡眠。

不知睡了多久，窗外又传出人走动的声音，在寂静的夜里格外清晰，这次听得清楚，似乎是个女人，脚步碎缓，不徐不疾。

王子进想到绯绡叮嘱，缩在被子里不敢探头，这是什么样的女人？会在这夜晚里出来走动？

可好奇心还是战胜了害怕，耳听那声音越来越近，他急忙翻身爬了起来，刚好看到一个人影映到自己的窗前。

他小心地拉开窗户看了一眼，只见黑暗中一个女人的背影，正慢慢地在走廊里往前走，身影窈窕，衣着也甚是华美，在月光中泛着淡淡的樱红。

她黑发如云，一扭一摆地消失在黑暗的走廊尽头，似乎拐了个弯，不见了。

这里是客房，看来这家还有别的客人，怎么没见赵善人提起？

他见此事稀松平常，就又去睡了，这一夜再无异事，睡得安稳舒服。

四

次日一大早，王子进和绯绡就被请到客厅，赵善人已经在大厅端坐着等候多时。

此时天色已明，庭院中的参天大树已不似前日般阴郁，绿油油的树叶在阳光的辉映下，如翡翠一般晶莹美丽。

"不知赵老先生找我们何事？"绯绡的眼珠转了一下，笑道，"今日是初五，是不是娶亲之日接近，赵老先生来商议对策？"

赵善人急道："不错，正是如此，后天就是初七了，按照我们这里的风俗，就会有正当年的小伙子来接新娘，再将花轿抬到深山里一处断崖旁，还要准备供品，一起送给山鬼。"

"之后送嫁的人就会回来吗？"王子进问道。

"不错，就像一般的人家嫁女儿一样。"赵善人说着又面现悲哀之色，"只是这女儿嫁出去，就再也回不来了。"

"不知是决定了哪位姑娘出嫁？"绯绡在一边问道。

赵善人听了，急忙对旁边的仆人道："去把二位小娘子请出来。"

"不知这姑娘们长得美不美？"王子进在一边朝绯绡挤眉弄眼。

绯绡却瞪了他一眼，似乎毫不关心。

过了一会儿，从内室走出两名少女，都是十几岁年纪，一个稍大一些，穿着嫩黄衣裳，姿容艳丽，身材高挑，宛如牡丹。另一个则面带病气，容貌清秀，好似芙蕖。

"这就是我的大女儿，名唤珠玉。"赵善人接着指向年幼一些的道，"小女儿珠喜。"

珠玉落落大方地朝二人行了个礼，一双明媚的大眼打量着他们，最后停在绯绡身上，眼神久久不能移开。

王子进在一边见了这情形不由心下一寒，不要从山鬼娶亲，变成狐狸娶亲就好。

"那这次出嫁的是哪位？"

却见赵善人面现愁容，似乎拿不定主意。

"爹，你不要发愁了。"小女儿珠喜张口说话，声音婉转好听，"女儿愿代姐姐出嫁。"

"珠喜……"赵善人听了，似乎甚为愧疚。

"不要紧。"珠喜苦笑道，"反正就算我不说，也是我出嫁，什么时候见过好事轮到我头上？"

旁边的珠玉听了，艳丽的脸上一下就阴云满布："真是没有教养，在外人面前这样说话。"

珠喜听了，却不答话，只是嘴角挂着一丝冷笑，哼了一声，转身走回内室。

"真是不好意思，让二位见笑了。"珠玉说着愧疚地朝他们道歉，笑容明媚，却是个美人。

"珠玉，你也赶快回去。"赵善人似乎没有想到两姐妹会在外人面前吵起来，面上十分挂不住。

王子进和绯绡见了这两姐妹，面面相觑，不知该说什么。

却听赵善人继续说："既然珠喜愿意，那么明日就让她准备准备，代姐姐出嫁吧。"语气虽然沉重，却似乎没有想象中那么伤心。

王子进和绯绡退出大厅后，不由心寒道："这家人真是偏心得厉害，也不怪那做妹妹的生气。哪有爹眼看着亲生女儿去送死是那样表情的。"

"子进，人的感情我们是摸不透的。"绯绡听了摇头道，"这世上万物皆有规律可循，唯有人心，却是无影无形，无法捉摸。"他看了看远处的巍巍青山叹道，"最险恶的东西，又哪里是什么鬼怪了？"

王子进听他说得有道理，也跟着连连点头。

<h2 style="text-align:center">五</h2>

"你要怎么办？"王子进回房后问绯绡，"跟着送嫁的队伍一起去吗？"

"不错。"绯绡趴在窗棂上，抬眼望着窗前如乌云遮顶一般的绿树，"我应该会去的，倒要看看山鬼是什么样子。"

"那我呢？"王子进问道，"我也想跟你过去。"

绯绡听了上下打量了他一番："再说吧。"

"为……为什么这样说？"王子进见他眼神，分明是看不起自己。

却听绯绡慢慢道："子进，山里云深不知处，是否隐藏了什么可怕的东西我也不敢说，"他说罢笑道，"又怎么能让你跟着去赴险？"

王子进听他这样说，愤然拉开门走了出去，怎么会这样？

不管怎样的危险，两人不是都在一起的吗？他怎么会想着把自己撇下呢？

不是嫌自己无用，又是什么？他气冲冲地走到外面的庭院里，还没等平复心情，就听到耳边有草笛悠扬的声音，丝丝入耳。

再一看，却见一个穿着浅绿色衫子的少女歪靠在一棵大树旁边，双手拿着一枝嫩草，神情专注，双唇微动，白皙的脸上带着一丝病气。

正是早上看到的妹妹珠喜。

王子进见了不忍打扰她，刚刚转身要走，却听风里传来一个婉转好听的声音："王公子，这是要去哪里？"

见她发现自己，王子进只好无奈地转过身："小生四处走走，不想唐突了姑娘。"

"不要紧，我也正想找个人说会儿话。"珠喜抱膝坐在草地上，神情仿若没有长大的女孩，偏着头，撇着嘴，似乎很不高兴。

王子进想到早上所见，不由对她心生怜意，坐在她旁边安慰道："你不要害怕，我那朋友本事大着呢，定不会让你有危险。"

"是吗？"珠喜听着勉强一笑，"可是听说以前的女孩没有活着回来的。"

"我和你拉钩。"王子进笑着伸出手来，"你定能活着回来。"

珠喜却摇摇头："王公子，就算你的朋友本事再大，也不过助我渡过一劫而已。"说罢她望着葱翠的大树，"在这个家里，我不过是个多余的人，就连爹都不喜欢我，活着还有什么幸福？"

"为什么？"王子进奇怪地问，"你不是你爹亲生的吗？"

"我是二娘所生。"珠喜抿嘴笑了笑，"你听过哪个二娘的孩子被人重视？我出生就没有名字，到了该请先生的时候才勉强给了我一个名字。"

她虽然笑着，面色却甚是凄婉。

王子进听了不知该说什么，这样的事情太多了，尤其是母亲地位不高的话，孩子更是可怜。

"姐姐也恨我入骨，巴不得我早日死了才好。"珠喜咬牙切齿地说。

"怎么会呢？"王子进疑道，"令姐似乎知书达礼啊。"

珠喜却笑了一下："我也不知过两天是死是活，不然也不会说这些给你听。"说罢，她拍了拍身上的土，站了起来，似乎不愿再说。

王子进也觉得身为一个外人，确实是不好打听人家的纷争，便指着客房前的回廊道："那边的房间，是不是还住了一个客人？"

"这我就不清楚了。"珠喜摇了摇头，"多谢王公子，和你说了一番话我心里舒服多了。"说完朝王子进微微一笑，转身便走。

王子进见她一袭绿衣青嫩如柳，似乎要被树影吞没，心中不由难过。

外人只见这少女锦衣玉食，又怎能想到庭院深深中还有这许多痛苦呢？

小小年纪的珠喜，与其说是自己自愿出嫁，还不如说是被亲生姐姐和爹爹逼着赴死，又是何等可怜？

他孤身沿着回廊转回屋子，一抬头，就看到前晚那女子走过的道路。

当晚她似乎拐了个弯，消失在回廊尽头，可是怎么就没有看到她是往哪个方向拐的弯？王子进一边寻思，一边沿着回廊往前走，走到尽头却是一堵墙壁，厚厚的青花石的砖墙，泛出隐隐的绿色。

难道是自己看错了？

穿着淡红色衣服的女人，明明就是在这里消失的啊？左右都是木质栏杆，也不可能跨过去啊？

或许她根本就不存在，只是自己梦中所见？他百思不得其解，缓缓走回房间。

房里绯绡正凭窗而坐，白衣如春日梨花，不惹尘埃，姣好的面容上隐含忧虑，似乎有重重心事。

见他回来，美目顾盼："子进，你回来了。"

王子进本来心中难过，但是听了珠喜的一番话，竟然觉得自己无比幸福，缓缓道："绯绡，你不要为我担忧，我不去就是。"

绯绡微微一笑，如春花绽放："我只是不明白一件事，所以才不敢让你去赴险。"

"什么事？"

却见绯绡虽面带笑意，眼光却如刀剑一般冰冷："这里面，怕是有什么陷阱。"

"陷阱？"

绯绡望着窗外的参天大树道："因为山鬼是不能娶亲的。"

王子进听了一头雾水，那这村子里闹得沸沸扬扬的又是什么？山鬼为什么不能娶亲？

"因为她是女的，山鬼是女的，又如何能娶亲？"

王子进听了这话，一时呆住了，眼前绯绡俊俏的五官严谨认真，似乎不是在跟他开玩笑。

这是为什么？难道他们二人都成了人家的棋子？被人利用？

六

转眼间娶亲之日将近，赵善人家杀猪烹羊，闹得不亦乐乎。

王子进望着满屋的人来来往往，忙来忙去，一幅热闹非常的景象，似乎不像演戏，也不知他们葫芦里卖的什么药。

"绯绡，你看他们的排场，似乎不像假的啊。"王子进转身回房，关上房门。

绯绡手持着玉笛，兀自坐在窗前吹奏，听他这样一说，抬起头来："不管怎样，机关算尽终究会露出马脚，我们只要耐心等待便是。"

王子进听了叹了口气，可怜少女珠喜，全家如此热闹非常地张罗，不外是要送她去赴死。

想她小小年纪就受尽家人白眼冷遇，死的时候倒要敲锣打鼓地庆祝，不免替她伤心。

"子进，你在想什么？"绯绡见他不说话，微笑着看他。

"没有什么。"王子进坐在桌旁倒了一杯茶喝。

"你可是在可怜这家的二姑娘？"绯绡望着窗外景色，道破他的心事。

王子进听了一愣："你……你怎么知道？"

"因为她亲口对你说她身世可怜，受尽欺侮，你这样心善，怎么不会同情她？"

"你……你都听到了？"

绯绡转过头来朝他眨了眨眼："我说过这里很是古怪，又怎么能放心你一个人四处乱转呢？"

王子进挠了挠头，想他昨日本是负气出去，哪里想到绯绡居然不放心地跟踪他，心中不由开心无比。

"子进。"绯绡望着他继续道，"不要只听一面之词，此事远远没有这么简单。"

王子进听了这话，立时愣住了："难道？难道你说珠喜在撒谎？"

绯绡听了脸上又露出狡黠的笑容："人心深不可测，我们只需耐心等待，一切都能水落石出。"说罢，伸手拿起玉笛，按在唇边，又闭目吹奏起来。

此时已近黄昏，王子进呆呆地望着倚窗吹笛的绯绡，在树影的映衬下，他素白而单薄的身形似乎要被吞没在这一片浓翠之中。

也许自己是错的？眼见绯绡这次如此没有把握，他不由后悔。

为什么在那土路上时二人没有出口拒绝赵善人呢？

为什么在绯绡当初要走的时候自己要伸手拉住他的衣袖呢？

为什么？为什么？

如果不是自己优柔寡断、滥发善心又怎么会卷入这样的事情当中？

绯绡似乎看透他心事，所吹的曲子都是平和喜乐的一类，似乎在默默地安抚他，两人一直无话，转眼间天色渐晚。

天地之间一片黑暗，似乎只有柔和而优美的笛声，在秋日的天空中缓缓蔓延。

是夜，王子进心中焦急，睡得极不安稳，庭院中的大树似乎也感应到他的心事，枝叶摇动不停，发出簌簌轻响。

不对，不是树叶的声音，似乎是女人的裙裾发出的响声，前日所见的穿着淡红色裙子的女人，正从他窗前走过。

他恍惚中下了床，穿上鞋子，推门走了出去。

在幽幽的月光下，可见女人又缓缓地摆动着腰肢走在阴暗的回廊中。

王子进望着她窈窕的背影，黑亮的长发，淡红色衣服上的金色花纹，只觉得心里害怕万分。

这样的深夜，为什么她会一个人在庭院里散步？

他缓缓地跟在她的身后，身上已经被吓出了冷汗，可是好奇心却驱使他继续走下去。

不知跟了多久，她樱红色的裙摆在他眼前一闪，居然凭空消失在黑暗中。

王子进吓了一跳，忙查看一番，只见眼前只有一堵青砖墙，两旁是松木栏杆，她又去了哪里？

他颤抖着往砖墙上摸去，没错，就是这里，上次自己看到她也是在这堵墙前消失的。

然而砖墙冰冷而粗糙，似乎没有什么异常，可是自己刚刚看到的又是什么？这次是亲眼所见，不可能有错。

七

"子进，子进。"有人在焦急地叫他，他一睁眼，只见烛火刺眼，绯绡正披散着黑亮长发，手持着蜡烛坐在他的床头。

"绯绡，你怎么过来了？"王子进挣扎着坐起来，只觉得身上冷汗淋漓，说不出的难受。

"我夜里听到你痛苦呻吟，过来瞧瞧。"绯绡关心地问道，"子进，你不要紧吧？"

王子进想到方才梦到的女人，摆摆手说："不要紧，可能是个噩梦。"

"明日就是送亲之日，一切小心为好。"绯绡擎着蜡烛坐在他的床沿，目光中皆是忧虑之色。

王子进望着他手中忽明忽暗的烛火，只觉得等待着二人的前途，也如这诡异火光，捉摸不定。

次日一早，王子进便被院落里传来的嘈杂人声吵醒，他急忙收拾整齐出去看热闹。

只见大厅里围了很多人，吹吹打打，还有一顶大红花轿摆在庭院中央。

赵善人一脸凄苦之色，给那些送嫁的小伙子发喜钱，那些村民却一副事不关己的模样，还有几个人抱着胳膊似乎在看热闹。

王子进一见这些人，立时觉得人情冷暖，世态炎凉，不过如此。

"子进，还有两个时辰就是吉时了。"绯绡不知何时站在他的旁边，折扇轻摇，甚为悠闲的模样，"你留在这宅子里，要处处小心。"

"我在这里还能有什么事？"王子进望着他明媚的笑脸，只觉得万分放心不下，握紧他的手道，"绯绡，你倒不要有什么危险才好。"

绯绡笑了一下，走到人群外面，牵了马就翻身上去，俯身对赵善人道："现在还不出发，怕会误了时辰。"

赵善人眼中泪珠滚动，拉着马匹的缰绳道："胡公子，你可答应老夫的，定然要让珠喜活着回来。"

"好，我答应你。"绯绡已经纵马出了院子，参天大树之下，万丈阳光之中，绯绡一身白衣立在门外，阳光透过层层的绿叶，在他身上洒下一片细碎的光芒。

王子进站在大厅的石阶上，远远地望着绯绡立马停在树下，只觉得心中万分难过，这层层叠叠的群山，又隐藏着多少不为人知的可怕？

绯绡此去，能平安回来吗？

正在忧虑间，突然一阵震耳欲聋的鞭炮声在耳边响起，他回眼望去，只见两个妇人搀扶着一个窈窕单薄的身影上了花轿。

喜服是艳丽的红色，镶着珠玉，绣着金边，王子进望着新娘的背影，只觉得心中如揪痛一般难过。

在鞭炮弥漫的烟雾中，送嫁的队伍敲锣打鼓地抬着花轿走出院门，后面还有人拿着各式各样的祭品，一行人出发了。

远处的绯绡见了，也纵马走在前面，王子进望着这热热闹闹的队伍，这就是送嫁的队伍吗？

那样吉祥，那样热闹，旁边还有小孩子跟在周围起哄，可却是一桩与死亡相关的亲事，一行去往地狱的行列。

一见队伍远去，赵善人便蹲坐在自家门口号啕大哭起来，王子进急忙过去安慰他，好说歹说才将他连拉带拽地拖到屋子里。

待安抚好了他，王子进才回去休息。

此时正是正午，他心中忐忑不安，不停地看向窗外，绯绡他们到哪里了呢？是不是到了那深山中呢？又该什么时候回来呢？

正在这时，耳边居然又传来每晚听到的簌簌的裙裾摩擦声。

王子进本就异常紧张，一听到这声音急忙翻身从床上下来，伸头往窗外望去。

窗外正巧走过来一个女人，身材苗条，举止轻盈，刺眼的阳光把她的影子映在碧绿窗纱上，如剪影一般神秘而美丽。

王子进在屋子里看到那人影，心脏却突的一声开始狂跳起来。

这会不会是自己夜夜看到的女人呢？难道那个穿着淡红色衣服的女人不是梦中才会出现，而是真的有这样一个人？

他颤抖地推开窗户，只见她窈窕的背影，艳丽的衣裙，在阳光下是如此刺眼，缥缈而不真实。

王子进眼见她就要走远，壮着胆子颤声问道："姑娘，你……你是谁？"

那女人听到了王子进的声音，缓缓地转过头来。

可见一个优雅的侧脸，双目如漆，姿容艳丽，白里透红的脸颊上挂满了笑意，正是这家的大姑娘珠玉。

"王公子，怎么如此健忘？"珠玉站在走廊上，披着一身的树影朝他妩媚一笑。

王子进望着她的笑靥，不由呆住了。怎么会是她？自己每天晚上梦到的都是珠玉吗？不对，不对，那个女人明明比她更苗条一些，也更阴森一些。

可是这淡红色的，绣着暗金色丝线，艳丽而又可怕的裙子，分明是一样的。

八

"珠玉？"王子进站在门外疑道，"怎么会是你？"

"怎么不会是我？"珠玉瞪大了眼睛，巧笑嫣然，"王公子，我可是这家的人，走这里有什么不对吗？"

"这……这里不是客房吗？"王子进挠挠脑袋，又看了看周围，确定不是自己走错了地方。

"我刚刚在书房看了一会儿书，这里是我回房的必经之路啊。"

"必经之路？"王子进听了心下不由害怕，"书房在哪里？"

"就是那里。"珠玉伸出纤纤细手，往王子进身后一指，"那堵墙后面就是书房，出来以后穿过庭院就是这回廊了。"

王子进听了，顺着她指引的方向看去，正是自己夜夜梦到的女人消失的青石墙壁。

墙壁在白日里看并不吓人，只是默默无言地立在树荫里，石头细腻的纹理清晰可见，似乎保守着什么秘密。

真的只是书房吗？那书房中又有什么？

想到这里，王子进鼓起勇气朝珠玉作揖道："在下有个不情之请。"

"咦？王公子请说吧。"

"在下是个读书人，天性好书，希望能准许小生去书房看看。"

珠玉听了他的话，面色突然变得惨白，颤声道："你……你要去书房？"

"不错。"

"今天不大方便，明日吧。"珠玉连连摆手。

"今日令妹出嫁，并没有人在书房里吧？"王子进见她的模样，更加坚定了要进去的决心。

珠玉面色一沉，咬着嘴唇道："好，我这就带你过去。"

说完，她缓步走在前面，王子进望着前面引路的珠玉，只觉得她似乎一边走一边思考，似乎极不情愿自己过来。

两人穿过庭院，踏在点点野花之上，又走上了几个石阶，珠玉伸手指着面前一扇梨花木门道："这就是书房。"

"胡公子，送嫁的时候，你也穿白色衣服，是不是有一点丧气啊？"珠喜在轿里和绯绡调笑。

"丧气不丧气，可不是穿什么颜色的衣服。"绯绡笑道，"姑娘你穿着再吉利的颜色又有什么用？"

珠喜听他这样说，拉开轿帘，露出一张婉约的泪颜："胡公子，都这时候了，你就不要笑话我了，你说我会不会被鬼吃掉？"

"不会的。"绯绡摇头笑道，"这山里面，根本就没有鬼怪。"从他来的时候就发现这山中雾气洁净，根本就没有瘴气。

"可是以前的新娘都死在山里了。"

"可能是野兽吧。"绯绡说着翻身下马，前面的路甚是崎岖，已经不能骑马过去了。

珠喜望着他的背影道："胡公子，你不会扔下我吧？"

绯绡回头望着她从花轿中露出的小小面庞，脸上拂过一丝不忍的神色："珠喜，你怕死吗？"

珠喜摇了摇头："我不怕死，从我娘死了以后我就几乎没有害怕的东西。"说罢突然掩面哭了起来，"我只是很伤心、很难过、很想哭，我也不知道为什么。"

绯绡低头赶路，脚下的路崎岖不平，野草丛生，旁边两个抬轿的轿夫却很是轻松的模样。

那两人步履轻盈，连踩在地上的脚印都没有那么深。

绯绡望着东倒西歪的杂草，耳边传来珠喜呜咽的哭声，心中不由难过，此时山风渐起，送嫁的队伍已经快到山顶了。

其实死亡已经来过了，就像风一样，吹过了，不一定要留下痕迹。

他望了一下巍峨的群山，已过正午，太阳正在西斜，在耸立的山石上、葱翠的树林中，洒下淡淡的、轻柔的余晖。

九

待到夕阳西下之时，送嫁队伍方爬到山顶，众人将花轿和祭品放到一片空旷的草地上。

接着一个身材单薄的中年人穿上彩色布条做的衣服，又戴了一个鬼脸的面具，开始口中呼喝着跳起舞来。

他嘴里说的什么听得不甚清楚，似乎像是梦呓又像是诅咒，伴着阴冷的山风，听起来甚为怕人。

这个巫师又跳了半个时辰，天色已经暗了下去，冷风吹得人头皮发麻，开始有几个随行的小伙子熬不住了，闹着要回去。

过了一会儿，巫师终于停止了舞蹈，一把掀开轿帘，口中喃喃地念着什么。

花轿里的珠喜，本来就吓得魂不附体，突然见轿帘被掀开，眼前现出一张狰狞的鬼脸来，不由哭了起来。

绯绡见了，急忙几步走过去，伸手按在巫师手臂上："适可而止，现在下山要紧。"

那帮送嫁的人早就熬不住了，都跟着嚷嚷道："不错，不错，下山要紧。"

巫师愣了一下，脸上戴着面具，看不清神情，似乎甚为不情愿地放下轿帘，随着那一帮人下山去了。

绯绡并没有跟他们走，立马站在珠喜的花轿旁边，山风猎猎吹得他的衣裾随风飘扬。

"胡公子，我们怎么办？"待众人散去，珠喜在花轿中小声地说，"能不能随他们一起下山啊？"

"不，我们不走。"绯绡清澈的眼睛死死地盯着前方的树林。

影影幢幢的灌木杂草中，正有一个黑影缓缓地显出形来。

他一见那黑影，嘴角牵出一丝轻笑，伸手抄出腰间的玉笛，来了吗？这么快？所谓的山鬼，就是这个吗？

突然阴风乍起，吹得草地上飞沙走石，花轿上缀着的珠玉发出清脆的碰撞声，绯绡胯下的白马也被吓得一声嘶鸣，居然如人一般直立起来。

接着一条手臂粗细的黑线似有生命一般，突的一声就从林木中蹿了出来，直奔二人而来。

王子进屏着呼吸，缓缓推开面前的梨花木门。

展现在他眼前的是一个布置整齐的书房，黑黝黝的楠木书架上密密麻麻地摆满了书本，正中一张梨花木的长桌，散发出古朴的光泽。

"姑娘的书房真的好雅致啊。"王子进见了急忙打哈哈，信步走了进去，在书架上随便捡了本书看。

"这个书房本是父亲的，因为离我的房间比较近，后来就我一个人在用了。"珠玉跟在他后面说道。

王子进回头看了她一眼，是因为她穿着这件淡红色衣服，还是屋内的光线太暗，怎么觉得珠玉格外阴险？

"那令妹不用吗？这个书房？"

珠玉听了，面色一冷，也随手抽了本书看："她过去也用的，可是两年以前就不用了。"

"哦，她不喜读书？"

"不。"珠玉抱着那本书翻了几页，"她用不了了。"

还没等王子进再问，就见珠玉将手中的书放在桌子上："王公子，你先看书吧，珠玉失陪了。"说罢，居然拉开门走了出去，又随手关上了房门。

王子进万万没有想到珠玉竟然会把自己一个人扔在这书房里，难道这书房中真的没有什么古怪吗，所以她才这样的放心？

他想着回头看了一眼书架上的书，居然有一半都是有关神灵鬼怪的，有《酉阳杂俎》，还有什么《搜神记》，似乎都是新的，齐齐地码放在书架上。

难道这家人在近年关心起鬼魂神怪来了？莫不是这山鬼闹的？

他随手拿起一本书来看，一翻之下，居然直接翻到一章，有人在书中放了一个檀木书签。

映入他眼帘的是四个大字"死而化妖"，后面还有什么"形俱死，而神不灭"之类的字眼。

他又翻了几本书，都在有关死人变成妖怪的章节做了标记，这些不都是妄言吗？死了的人怎么能轻易妖化呢？

难道真是有人想让死人化妖？那死的又是谁呢？

他正兀自思索，完全没有发现房门被人拉开了一条缝隙，正有一双黑白分明的美目透过那狭窄小缝，暗自窥视。

十

绯绡眼见那黑线直奔珠喜的花轿而去，一个纵跃跳下马背，伸手挡住了那怪物。

黑色的东西似乎是个触角，带着黏稠的液体一下卷在了他的玉笛上，腥气扑鼻。

"哎呀，你这样搞，让我以后怎么吹啊？"绯绡见了气道，话音未落，手上的玉笛已然变成一把长刀，那触角一下便被斩成七八截，掉在地上，兀自扭曲挣扎。

"胡公子，胡公子，这是什么？"珠喜听到声音，就要拉开轿帘。

"不要看，只是幻术而已。"绯绡眼望着树林深处，这是什么人，隐身在阴暗处操纵这些东西？这明明是不该存在于人间的怪物，是谁把它们想象出来，又赋予它们形体的？

他伸手出去，长刀一挥，一股火线呼的一声沿着黑色触角出现的轨迹一路烧了下去，火线迅捷无比，转眼就到了树林深处。

接着里面传来凄厉的哀号声，更有焦臭的味道飘散而出。

"胡公子？这是怎么了？怎么这样难闻？"

"我烤肉呢，好不好玩？"还没等绯绡笑完，居然又从树林中伸出几十个触角来，似利剑一般直往绯绡面门扑去。

"怎么这么多？"绯绡长刀一挥，砍掉了几根触角，一个纵跃，跳到高处。

眼见绯绡身在高处，没有借力的地方，触角一个转弯，似乎长了眼睛，直蹿向半空中的白影。

"这次看你往哪里跑？"丛林中一个人影正蹲在一块石头上，面前祭着一个小小法坛，手中摆弄着一个灯笼草扎的草团，草团上面，爬了百十条蚯蚓，看起来分外肉麻吓人。

那人正神情激动地观战，突然颈上一凉，原来是有人拿着一把尖刀架在他的脖子上。

他浑身一抖，只见刀刃是血红色的，而如水一般清冷的刀面上，映出白衣少年俊俏飘逸的身影。

"你……你怎么在这里？"他似是不相信自己的眼睛，抖得似筛糠。

绯绡面带笑意地望着他，英俊的脸上满是得意之色："老东西，你怎么摆弄这么恶心的玩意儿？"

"你……你不是在那边？"他指着远处空地上搏斗的白色人影道，"怎么又会在这里？"

而空地上的白衣少年，此时已经被黑色触角紧紧围住，性命眼见就不保了。

绯绡笑道："拿个袍子骗你，你还真当真了？"说罢伸腿踢落他手中的蚯蚓球，又踏了一脚上去，蚯蚓挣扎着爬向周围的草丛中。

接着他抬脚又要往那烧着香炉的法坛上踢去。

那人见了，急忙道："不要破我法术。"身子一长，整个脸都露在月光下，正是那招神的巫师。

"求你饶我一命吧，千万不要破我的法术。"巫师磕头如捣蒜。

"破了又怎样？"绯绡说着收回长刀，"你施在别人身上的术，会转嫁到你身上？"

巫师的脸在月光下变得惨白，豆大的汗珠直往下淌着，颤声道："不……不错。"

绯绡一把拉起他的衣领笑道："告诉我，这到底是怎么回事，我就饶你一命。"

巫师吓得两腿发软，今日是怎么了？怎么撞到这样一个人？他明明长了一张俊俏的脸，脸上明明还挂着明媚的笑容，怎么比魔鬼还要可怕？

他颤抖着点了点头："我……我说，我全都说。"

绯绡见那些骇人的黑色触角已经全部消失了，安下心来，剑眉一颦道："快点，不要吞吞吐吐的。"

"我……我本是这村子里的一个游民，因为家里根本就没有田地又游手好闲，就学了一点巫术来糊口。"

绯绡听了眼珠一转道："这山鬼娶亲的把戏也是你一手造成？"

"不……不错。"巫师接着道，"开始，我只是想被大家重视，骗点钱花。可是……可是后来的情势就愈演愈烈，完全不受我掌握。"

"此话怎讲？"

巫师擦了擦额上的汗道："开始有人上门找我，借着这娶亲送亲的名目，杀自己讨厌的人。"

绯绡听了心中一寒道："你说什么？"

巫师点了点头："这都是真的，送嫁的是谁，都是由我指定，那些人会把仇人的名字告诉我，我就会借此机会用巫术杀了他们。"

"那这次呢？这次也是如此？"

"是……是的。"巫师低首道，"这次有人拜托我，不能让新娘活着回去。"

绯绡听到此处急道："是谁给你银两，让你做这样的事？"

"是……是这家的大姑娘珠玉。"

绯绡听了一愣，原来如此，看来珠喜前日与子进所说的是真的了？她的姐姐真的要害她？

想着珠玉那灿若春花的脸，怎么小小年纪居然如此狠毒？

却听巫师继续道："她和我说她很害怕。"

"害怕什么？"一个要杀人的人居然也会害怕？

"害怕她的妹妹，因为她两年前已经死了，化为妖兽。"巫师说着脸色已经发青，似乎怕到极点。

绯绡听到此处，只觉得耳边山风呼啸，吹得他的脸生疼，头上树影摇曳，如同鬼魅，他望着远处那红色花轿，终于明白这其中的关键。

从出门的时候就存在于心中的怀疑，此时方得到了证实。

十一

绯绡一转身，收回长刀，对巫师道："此番饶你一命。"说罢看了看那焚着的香炉，点点香火忽明忽暗，"待到香火灭了之前，你自己想办法吧。"

巫师听了，突然凄厉地叫了起来："公子，公子！救救我啊，我只会施术，不会破术啊。"

绯绡却健步如飞，几步跑到花轿前，一掀轿帘，露出珠喜吓得花容失色的脸。

她见了绯绡，颤声道："胡公子，这是怎么了？"

"跟我走。"绯绡一把把她拉出来，抱着她一起上了马，两人一骑飞快地往山下奔去。

珠喜只觉得马背上颠簸得难过，耳边的风声不断呼啸，她颤道："胡公子，我们得救了是吗？"

绯绡不知该如何回答她，只好默默地点了点头。

"太好了，太好了……"珠喜靠在他怀里，脸上泪水纵横，"老天终于可怜我一回，能让我继续活下去。"说罢她又看了看自己的衣服道，"我就说，穿着这样漂亮的衣服，我又怎么会死呢？"

她仰起小脸又问道："胡公子，我是不是很漂亮？"

绯绡看着她充满期待的眼神，只好点了点头。

珠喜非常开心，靠在绯绡温暖的怀里，幸福无比地望着头顶不断倒退的树枝，谁说人生不是美好的呢？那巍峨的、如巨人一般的大山，此时看来也不觉得那样可怕了。

她又抬头看了看绯绡美玉般的脸，秀气的下巴，突然觉得心中无比平安喜乐，竟然隐隐希望这山路永远不要有尽头。

此时天色已暗，王子进点着了烛火，在灯下翻看着书籍，这些书似乎要告诉他什么，可是他又偏偏找不到事情的线索。

烛光不甚明朗，忽明忽暗，他伸手挑亮蜡烛，却一不小心碰翻了烛台，那蜡烛无力地委顿在地上，烛泪洒了一地。

眼前突然一片黑暗，他急忙摸索着去找滚在地上的蜡烛。

正在摸索中，耳边却传来房门开启的声音，一个人影已经闪了进来，还没等他反应过来，就见黑暗中刀光一闪，一个闪亮的弧形就朝着自己的方向过来了。

"哇哇哇，救命啊。"

王子进叫嚷着钻到桌子底下，吓得手脚发软，这到底是谁？怎么会对自己下杀手？

还没等他想完，尖刀就又朝着他隐身的桌子下面插了进来。

眼见刀锋尖利，无处可避，他一着急间，一下站了起来，随手抄起梨木椅子，就往来人头上砸了过去。

椅子带着风声呼啸着飞出，那人身材矮胖，在地上打了个滚避开攻击。

王子进扔完椅子，只觉得手臂火辣辣地疼，似乎被刀割了一道口子，急忙夺门而出。

庭院中飘散着树林中才有的清新气息，王子进死里逃生，大口地喘着气，还没等心情平复，就听黑暗的夜色中，突然有人在他的身后说了一句话："王公子，你的书看完了？"

王子进战栗地回过头来，只见身后正站着珠玉，她还穿着白日里的那件淡红色的衣服，站在朦胧的夜色中，看起来甚为可怕。

"珠……珠玉。"王子进回头看向书房，刚刚追杀自己的人并没有跟出来，"你？你怎么在这里？"

"我说过，我是这家的大姑娘，我怎么不能在这里？"珠玉说着笑了一声，摆动着款款的腰肢就向他走了过来。

此时王子进只觉得心脏狂跳不已，手臂上的伤口似乎还在流血，可是他都无暇管这些事了。

因为珠玉的身后，分明站着另一个女人，一个也穿着淡红色衣服的女人。

那个女人没有抬起头，看不清眉目，只能隐约看到她笑容阴森的红唇，弥漫着死亡的气息。

"那……那是谁？"王子进抬手指着珠玉的身后颤声道，"跟在你后面的，是谁？"

"王公子，你当我是孩子吗？"珠玉阴笑道，"以为我会上你的当？"说罢，手一翻，就从袖口里拿出一把匕首来，直往王子进的心口刺去。

"不要怪我，只能怪你自己非要进那书房。"

王子进眼见珠玉脸孔狰狞，明晃晃的匕首就要刺向自己，刚刚要抵挡，就见那女人一伸手就拽住了珠玉的手臂。

"啊？"珠玉吓得浑身一抖，回头一看，脸孔都白了："你……你不是坐上花轿走了吗？怎么又回来了？"

"谁说我走了？我一直都没走。"女人缓缓地说，语气倒像是没有生气的叹息，低沉的声音在空气中飘浮。

王子进这才看清夜色中那女人的脸，她一张脸惨白，头发乌黑，眼神空洞，在额角有一个三角形的伤口，皮肉外翻着，甚为怕人。

可是那翘鼻，那眉眼，那苍白而消瘦的脸庞，让他想起一个坐在绿树下吹草笛的女孩。

那时她眼波流转，笑意盎然，穿着翠绿的衣服，吹着轻快的曲子，怎么不过两日就变成了这样？

她分明就是珠喜，今早坐着花轿离家的珠喜。

十二

接着她手臂一长，一把就掐住了珠玉的脖颈："你杀了我，我也要你去死。"

"珠喜，放过珠玉吧，她并不是故意要杀你的。"漆黑的书房中突然跑出一个肥胖的人来，脸上肌肉纠结老泪纵横，正是这家的主人赵善人。

他说着就要扑过去拉开女人，可是一看到女人带着伤口的脸，又停在原地不敢动了。

王子进这才知道方才在书房中要追杀自己的正是那赵善人。

怎么会这样？王子进望着这父女两个，怎么他们都要杀了自己，只是因为他进了书房？

却见那被掐住脖颈的珠玉，眼白外翻，脸色青白，似乎就要没有命了。掐着她脖子的女人，脸上始浮现出一丝浅笑来，那是妖异的，如魔似魅的笑容。

正在此时，斜里飞出一支碧绿玉笛，一下就打在女人的后心，她立刻就松了双手，手中的珠玉，就如一团破败的棉絮，晕倒在了庭院的草地上。

"绯绡？你回来了？"王子进一见这玉笛，心中不由高兴万分，知道绯绡必定安然无恙。

却见远处的回廊中缓缓走来两个人影，一个白衣如雪，长发飘飘，另一个娇小玲珑，穿着一身红色嫁衣，正是绯绡与珠喜。

王子进望着绯绡身边的珠喜，不由愣住了，眼见她笑靥如花，眼见她生气勃勃，那这个穿着淡红色裙子，如妖魅般的女人又是谁？

赵善人见了珠喜与绯绡走来，又看了看那冷笑着的红衣女人，突然抱头痛哭起来。

珠喜欢快地跑了过去，在赵善人面前道："爹，爹，你看我回来了，你高兴吗？"

赵善人见了她，一把把她推开，颤声道："你……你不是我的女儿，我的女儿早就死了，在两年前就死了。"

珠喜被他推得一下坐在地上，一双眼睛直勾勾地望着妖怪般的女人，一下就呆住了。

这个女人是谁？怎么和自己长得这般像？她的头上为什么会有伤痕？难道自己真的死了？

她回头朝绯绡诧异道："胡公子，这到底是怎么回事？我真的死了吗？可是为什么会有两个我啊？我不是还活生生的吗？"

她饱含着泪水的双眼望着绯绡："是不是我没有死？我还活着，是不是啊？"

绯绡见了，缓缓地走到她面前道："珠喜，你看开一点吧，你是已经死了，已经两年了，只是你自己尚未察觉。"

"不，不会，怎么会？"珠喜慌忙摇头道，"那……那她是谁？为什么会和我长得那么像？"

王子进也用探询的目光望着绯绡，希望他能解释自己心中的迷惑。

"那是你的怨恨化为的魅啊，珠喜。"绯绡望着红衣女人，"山中树木繁多，灵气极重，导致你死后化身为魅，并且忘记了自己已经死了，恶意成了妖魔，善心则依旧保持着自己生时的模样。如果你走到山外，就会灰飞烟灭。"

珠喜想了一会儿，目光变得迷离："是的，我好像有些想起来了。"说罢，她抬头望了一眼赵善人道，"爹爹，你什么都知道是吗？所以才想通过山鬼娶亲的事把我送出这个家？"

赵善人抱头哭道："珠喜，不要怪爹爹啊，你和姐姐因为琐事发生争执，结果姐姐失手误杀了你，我怕又赔了你姐姐一条性命去，没有报官，和你姐姐偷偷地把你的尸体藏了起来。"说罢脸上带着恐惧的神情继续道，"哪知，哪知你居然在第二天早上又像活着的时候一样走到我们面前。"

"这实在是太恐怖了，太恐怖了！我受不了了，你明明已死，却又活着回来，这两年间我没有一日睡过好觉。"赵善人说着哀号一声，瘫坐在地上起不来了。

珠喜听了，望着红衣女人额角的伤口，眼神迷茫："这就是我死的时候的样子吗？"她说着哭了起来，"我全都想起来了，那个时候好喜欢姐姐的这件衣服啊，就偷偷试了一下，结果被姐姐发现，争执中我的额头磕在了桌角上，就这样死了。"她说罢望着绯绡道，"胡公子，帮帮我吧，我要怎么办才好？"

绯绡望了一眼那妖怪般的女人，只见她青白的眼睛还死死地盯着昏厥在地的珠玉，只是慑于绯绡的力量，不敢造次。绯绡摇头对珠喜道："你只要去除心中怨恨，自可以得到解脱。"

"我……我怨恨什么啊？"珠喜缓缓道，"生下来的时候就没有名字，那时家里人都叫我'杂种'，因为我娘是个下人，并没有地位。"说罢她又笑了一下，"别人问我的名字，我还说我叫'杂种'呢。后来请了先生，才给了我名字，可还是随着姐姐的。"

她眼望着倒在地上的珠玉哭道："这些我都不怨恨，都不怨恨，就连她杀了我也不怨恨，我唯一怨恨的，是母亲临死前留给我的东西，她也要夺去。"

"那是什么？"王子进按着伤口过来问她。

"是珍珠，好美的珍珠……"珠喜望着王子进答道。

"珍珠？"王子进听了一愣，回头望向绯绡，珠喜的母亲是个下人，怎么会有那么贵重的东西？

那珍珠，又是什么？

十三

"子进，你不要紧吧？"绯绡此时方看到他的伤口，急忙走了过来。

"不要紧。"王子进疑惑地看着他道，"她说的珍珠你知道是什么吗？"

"不知道。"绯绡俯身过去，问珠喜道，"珍珠是什么模样，你还记得吗？"

"是圆圆的、软软的，可是掉到雪里就再也找不到了。"

绯绡听了笑了一下，似乎明白了，伸手到草丛中，似乎抓了什么东西，过了一会儿对珠喜道："伸出手来，我给你珍珠。"

"真的？"珠喜伸出小小白白的手掌，摊开手心，等着绯绡给她东西。

绯绡的长指一松，一把细碎的光芒洒了下来，珠喜只觉得掌中一凉，手心中竟然聚集了几颗闪亮的珠子。

"这……这是露水。"她望着手中的水珠颤声道,脸色跟着一变。

"不错,多年以前你母亲留给你的,怕只是她的眼泪,只不过你年纪太小,记成了珍珠。"

珠喜望着手中的夜露,颤声道:"不错,不错……我说贫穷的母亲怎么会有珍珠留给我?我居然为了这莫须有的事情,怨恨了许多年。"

说罢她仰天笑道:"就为了这眼泪,死了以后还念念不忘,成了魅,这是多么好笑啊,多么有趣啊!"

她笑中带泪,更显得声音凄惨。

一直站在珠玉旁边的红衣女人,此时缓缓地低下头,款摆着腰肢,走入淡淡的夜雾中,直往大门的方向走去了。

"她怎么走了?"王子进问绯绡道。

"珠喜心中恨意已除,她自然就消失了。"

珠喜望着那女人消失的方向,朝二人作了个万福道:"多谢二位公子,珠喜也要走了。"

"你……你要去哪里?"王子进急道,只觉得这少女太过可怜,想到她的遭遇,心中不由难过。

"我不想超升了,做人太辛苦,只愿做只魅,在这青翠的山里,过逍遥自在的生活。"她又朝二人鞠了一躬道,"望二位公子能找到我的尸骨,好好安葬,这是珠喜最大的心愿。"

"你这样在山中游荡,根本不是办法啊。"绯绡见了劝道。

珠喜回身望着远山幽影,笑着说:"我活着的时候根本就没有快乐,死了以后倒是找到了一生中最喜乐平安的时光,这山中,有我太多的回忆。"

在那黑暗的山林中,在凛冽的山风中,是谁带着自己纵马狂奔?又是谁用温暖的怀抱保护着自己?

那是她第一次被人重视,被小心地保护,是她一生中最幸福的时刻。

要变成风?还是变成雨?还是依旧成为魅,在这美丽的树林中央,守护着属于她的小小幸福?

珠喜的身影慢慢地变淡,最后消失在浓重的夜雾中,王子进急忙要去挽留,却只抓了一把湿润的水滴。

这是什么？掌中湿湿冷冷，在夜色中泛着炫目的光泽，真的只是夜雾？还是一个女孩伤心的眼泪？

"绯绡，绯绡，她走了吗？到哪里去了？"王子进急忙回头问站在自己身后的绯绡。

绯绡眼光冷峻，望着远处如剪影一般云雾缭绕的群山缓缓道："这山里，本来是没有山鬼的，现在倒是有了。"

"你是什么意思？"

还没有得到回答，却听见地上传来一个女人呻吟的声音，原来是珠玉醒了，只见她头发蓬乱，目光涣散，抓着赵善人的手道："爹爹，我做了一个好好玩的梦啊，呵呵，好好玩的……"

"珠玉啊，珠玉啊，已经没事了，爹爹对不起你们俩，都是爹爹的错，才会闹成今天这个局面。"

却听珠玉笑道："珠喜呢？珠喜呢？我要和她玩游戏呢！"她还拍手唱道，"小彩球，蹦蹦跳，姐妹淘，乐逍遥。"

显是已经疯了。

王子进望着珠玉那痴痴傻傻的一张脸，心中只觉得难过万分，难道她也知道自己做了亏心事，不堪重负，以至于记忆回到童年时刻？

"子进，我们走吧，还要找出珠喜的尸体来。"绯绡说着拉着王子进远离那两父女。

王子进想起夜夜梦到的女人消失的青石砖墙，又想起自己摸索到书房墙角时，进来砍杀自己的赵善人，缓缓道："我知道尸体在哪里。"

如果没有猜错，应该就在书房的墙壁中吧，所以珠玉才会那样紧张自己进去看书，所以在自己找蜡烛的时候他们父女要杀他灭口，皆因为他们误会他已经发现尸体。

十四

次日，这小小的村镇便被流言包围，一夜之间，发生了太多怪事。赵善人家的墙壁中，居然发现一具女子的干尸，听说就是二姑娘珠喜。

而大姑娘珠玉，却在一夜之间疯了，连自己叫什么都不知道，还要找自己的妹妹玩耍，以行善闻名的赵善人也被官府来的人带走。

去送亲的巫师也没有回来，后来尸体在山中被发现，死的时候身边爬满了蚯蚓，面色狰狞，似乎是被吓死的。

当流言如山风般在村镇上席卷，王子进和绯绡已经纵马离开，又来到了岔路口。

"走哪条路能到江陵府呢？"王子进望着眼前纵横交错的道路，面现迷茫。

"我来看看地图吧。"绯绡拿起地图，看了起来，手指天空道，"子进，我们该往上走啊。"

王子进见了无奈摇头，正在踌躇间，只见路边坐了一个穿着红色衣服的女孩，正笑着望向二人。

"二位公子，去江陵的路，便是那条。"少女伸手指着其中一条路道。

王子进望着女孩明媚的笑脸，不由愣住了，似曾相识，又如此陌生，他记忆中的那张脸，何尝绽放出如此快乐的表情？

"多谢姑娘了。"绯绡抱拳朝她微笑了一下，纵马走上了那女孩指引的道路上。

王子进急忙紧跟在他后面，再一回头，两人身后只有马蹄卷起的烟尘，又哪里有什么红衣的少女？

"绯绡，绯绡，那是什么？"王子进问道。

"是魅，山鬼的一种。"绯绡说着望着身后巍峨的青山，叹道，"本来山中是没有鬼的，倒是人的怨恨，造就了山鬼。"

"也许有了她，这山上就不会再有祸事发生了吧。"王子进叹道，"看她的笑容，不管能不能超升，只要幸福就是好的。"

"不错。"绯绡说着快马加鞭，已经走在前面，"快乐与幸福，本来就没有什么定义。"

王子进见他背影渐远，急忙跟上，两人的坐骑很快就卷着烟尘，消失在土路上。把这青山，这绿水，这小小村落，这遥远的怨恨，都抛到了身后。

"子进，不知为什么，我有预感，或许下个要成亲的就是你了呢。"绯绡走了一半，突然回过头，朝他俏皮地眨了眨眼。

"我还没玩够呢！"

王子进白了他一眼，却听山风呜咽，送来细细的草笛声，似是谁家少女，凭靠在绿柳之下，在吹奏着不为人知的心事。

第十一夜

庭院深

　　夜色笼罩着扬州城，华灯初上，人头攒动，夜市并没有随着乍起的秋风而寒冷萧条，反有更加繁华之势。

　　可再热闹的旺景也穿不透高高的围墙，庭院深深中，一名奴婢忙拿着火折掌灯。灯被一盏一盏点亮，院子灯火通明，整栋大宅仍给人死气沉沉的感觉。

　　内院深处，一扇门被推开，身穿嫩黄色襦裙的小婢女提着一盏花灯进来。

　　"姑娘，小荷这就给您把灯点上。"

　　床上挂着厚重的粉红帷帐，垂到地面，里面的人却并不答话。

　　"姑娘，今天身体可好些了，要不要再叫张郎中瞧瞧？"小荷将蜡烛点燃，屋子里的灯光明暗不定，映出她平庸中透着清秀的面孔。

　　"姑娘。"小荷走到床旁，从帐子里拉出一只玉手，那手十指尖尖，如葱管一般晶莹剔透，就是稍嫌白了些，没有一丝血色，"等你这病好了，估计便是春暖花开了，我与姑娘去放风筝。"

　　帷帐里的人依旧没有声息，小荷说了一会儿便转身出去："一会儿夫人便会端药过来。"门缓缓合上，忽明忽暗的烛光中，粉色的帐子里密不透光，像是藏着死亡。

　　空旷的走廊中传来脚步声，帷帐里的人动了一下，她仿佛又看到了那双漂亮的软鞋，缎子面的，绣着鲜红的牡丹。

　　她的心也跟着揪紧了，缎子面的牡丹，妖艳的牡丹，在她看来，和死亡无异。

脚步声越来越近，门又吱呀一声被推开，带来一阵袭人香气，只听一个柔柔的女声道："柳儿，吃药了……"

绷紧的心弦听到这声音，终于断了，她双眼一闭，失去了意识。

也许就这样死了，倒还好些。

一

"绯绡，你看这夜市比起东京城如何？扬州府果然是大城市啊。"王子进骑着马走在人群中。

"再繁华又怎样，不过是过眼云烟。"绯绡不以为然地说。

王子进暗暗摇头，看来活得太久也不是好事，看什么都索然无味。

"我们还是快找个客栈投宿吧，等一下再逛不迟。"绯绡已经纵马绕过人群，往闹市中跑去。

瓦肆旁一帮人正围着一个杂耍艺人，看样子是吐蕃来的，表演甚是精彩，叫好声连绵不绝。

"再看一会儿嘛……"王子进实在是不愿错过这样的好戏，却见绯绡板着脸，已经先走了。

王子进看他那冷漠模样，真是面若桃花心若尘，无可奈何，只有跟上他的脚步。

两人刚刚安排好客栈，王子进便迫不及待地要出门，拉了绯绡道："同去，同去。"

"子进，你一个人去吧，我有点疲惫。"绯绡一进房间便窝在被子里。

王子进知他无心玩耍，也不好强求，便道："那我一个人出去了。"

"慢着，子进。"绯绡说着，从怀中掏了一个铃铛出来，递给王子进，"把这个带上。"

"咦？这是什么东西？要我带着这个劳什子干吗？"王子进提着铃铛，左右晃了一下，却发不出一点声音，看来是坏的。

绯绡的东西，确是没有几个经用。

"你带着吧，自会对你有好处。"绯绡懒得和他废话。

王子进只好怏怏地将铃铛放在怀中，又回头对绯绡道："莫不是忘了比铃铛更好的物事给我？"

"什么？"绯绡见他一脸坏笑，一种不祥的预感油然而生。

"当然是你那装满银子的荷包。"说着，他就往包袱里摸去。

绯绡听了又气又好笑，从怀里掏了一大锭银子抛了出去："够了吧？"

王子进得了银子一路哼着小曲出去了，甚是欢喜的样子。

夜市中果然繁华热闹，王子进一路看着，只觉得眼睛不知该放向哪里，各处南北杂货一应俱全，更有打扮得花枝招展的花娘在街边卖酒。

看到前面有卖小吃的小铺，忙跑了过去，自己买了碗凉糕，边吃边逛，开始兴致还不错，没一会儿便失了新鲜，自己孤身一人，终究有些寂寞。

也许和绯绡出来更好一些。

他刚要回去，却看到一个卖酱鸭的小贩，不由高兴，看那鸭子做成紫红色，估计是很美味，绯绡一定会喜欢。

"老板，要一包鸭子。"王子进扔过去几个铜板，却见老板对自己的声音充耳不闻，一手抓着案板上的刀柄，眼睛直勾勾地在看着什么。

"老板。"王子进又喊了一声，却还是无人应声，忙也看向那边，只见一个少女的背影，袅袅婷婷地远去，手中也抱着一袋鸭子。

王子进见了不由出神，那少女远看便如笼罩在一团雾中，如仙子下凡，单是背影，便美不胜收。

他似被人勾了魂魄，直直地跟过去。只见少女一身月白纱裙，裙摆绣着绿色的柳枝，人也如弱柳扶风，姿态优美曼妙。

"回头啊，回头。"王子进在心中暗叫，可少女就是不往自己这边看。

他只好快步走过去，装作不经意地回头一看，这一看，居然惊呆了，这张脸竟是自己再熟悉不过的，眼带桃花，面如春风，像极了绯绡。

王子进脑中似是响了一声炸雷：完了，完了！绯绡变成了姑娘，怎会这样？难道他支我出来，就是不想让我看到他这副模样？

将来可怎么办？不知能不能再变回去？

他忙过去拉起那姑娘的手道："绯绡，你怎么出了这么大的事也不告诉我？"

少女偏头看着他："绯绡？是我的名字吗？这名字倒是好听。"

王子进见她俏皮可人，与绯绡并无二致，只觉心中一酸，突然想起在都丰城，绯绡也是被人陷害，难道这扬州府里也有奸人不成？

他更加焦虑："绯绡，你放心，无论如何我都会救你脱困。"

"公子所言是真？"女孩听了甚是欢喜，"我好想回家，公子真的可以帮我？"

王子进立刻热血上涌："不要说是回家，便是赴汤蹈火我也可以帮你。咱们这就回客栈吧，我记得路。"

他拉着少女便走出人群，心中急切，也分不清东南西北，一路往前走，却连自己是从哪边来的都忘了。

只觉越走人烟越是稀少，灯火越是寥寥。

"咦？这是走到哪里了？"眼见周围甚是荒凉，与刚刚那番热闹景象相比，竟像是两个世界。

两人正在旷野中一筹莫展，却看到远处有一个人影蹒跚而行，背影佝偻。

王子进开心地回头望向少女："我们去问问前面的人吧。"

漆黑的夜色中，眼前的人影逐渐清晰，似是一位老妪的背影，眼见那老妪走得甚慢，但自己无论如何也追不上。

王子进发足急奔两步，距离总算是缩短了，身后的少女却开始发抖。

"咦？你怎么了？"王子进不由纳闷，跑了两步不至于累成这个样子吧？

那姑娘的身体竟像筛子般抖个不停，冷汗直冒，拉住了王子进道："公子……公子不要向她问路。"

王子进眼见老妪的白发已是清晰可见，怎能甘心："为什么？难道这老婆婆会吃人不成？"

"我不知道，不知道，只知道问了路，就再也回不来了……"

可是周围一片荒凉，眼前只有一条小路，不去问路，怎能回家？

"你不要担心，我问了路便回来，不会有事。"王子进甩脱她的手，快跑两步，追上了前面的老妪。

老妪躬着背，一身衣服破破烂烂，形容枯朽。

王子进忙鞠了一躬道："敢问去扬州集市的路应该往哪个方向走？"

老妪十分疑惑道："扬州集市？我只知道一条路，便是这条，每天都是一直走下去。"她又回头看着他，"你莫不是也要和我一起走？"

王子进见她的脸如树皮般干裂腐朽，泛着死黑的颜色，眼睛只剩下两个空空的黑洞。

"你？你这是？"王子进不由吓得浑身虚软，这路上怎么会有这样的人？

老妪回手一把抓住王子进的手道："和我走吧……"

王子进只觉自己的手像是被铁箍箍住一样，怎么也挣不脱，又急又怕间，突然听到耳朵旁边有叮当、叮当的铃声。

老妪突然面孔扭曲，双手抱头哀号："你怎么带着那样的东西？我的头好疼啊……"

王子进吓得一身冷汗，拉着那少女要逃命，却见她也双手抱头，一脸痛苦的表情。

"公子，公子，快让那铃声不要响了。"

王子进伸手掏出铃铛，那叮当、叮当的声音，如玉珠落盘，甚是好听。可是无论怎么弄，它就是响个不停。

眼见少女额上豆大的汗珠不停地往下淌，王子进不由心焦，大声喝道："别响了。"

这一喊，铃铛骤停，女孩、老妪也转瞬不见，像是瞬间换了天地，自己依旧站在夜市中央，身边人来人往，熙熙攘攘。

王子进呆呆地望着周围的人群，突然觉得手上疼痛，忙低头看去，只见手腕上清晰可见三个黑紫色的指痕，正是方才被那老妪所抓之处。

这到底是怎么回事？刚刚那条路的尽头又是通向哪里？王子进一头雾水，手攥金铃，茫然地站在人潮中不知该向何处。

二

他回过神来，忙向客栈跑去，现下当务之急就是确认少女到底是不是绯绡所变？

一路狂奔过去，越接近客栈，王子进的心跳越急，生怕推开雕花木门，里面就坐着一个美貌少女而不是一个俊美少年。

他颤抖着推开了客栈的房门，忽明忽暗的烛光中，只见一个白衣的少年正盘腿坐在床上打坐。

王子进见此情景，心中一阵激动，眼睛不由模糊了，这景致，与平时并无不同的景致，现在却如此叫人珍惜。

"绯绡啊，还好你还在……"王子进说着，便扑到床上抱住绯绡。

绯绡正在修行，闭着眼睛，现下被他这样一弄，吓了一跳，忙一把推开了他："你这是怎么了？两个大男人，只不过分开一会儿，至于这样吗？"

王子进一把鼻涕一把泪，脸上还挂着一副知足的傻笑。

绯绡见他这癫狂神态不由纳闷："子进，去逛夜市可是吃了什么不好的东西？"

王子进拿袖子擦擦脸，摇了摇头。

"那你定是见了什么美貌的姑娘了。"

这次他点了点头，绯绡见猜得没有错，舒了口气道："那个好办，只要不是什么鬼魅，我会尽量帮你娶了回家。"

王子进却面现惊恐道："不错，确是个佳人，但可怕的是，那佳人与你长得一模一样。"

哪知绯绡听了却不以为意："天下长得相似的人多了，有何见怪？"

王子进听了不由来了精神："你是说她与你没有干系？"

"是啊！我这样子，不过是自己想了人的长处变的，这么久的时间，倒也见过和我相似的人，奇怪什么？"绯绡问道。

"奇怪的是这个姑娘好像也不是凡人。"王子进说着将自己今天所见与绯绡描述了一番，那黑夜中的小路，没有尽头的小路，路上的可怕老妪，都一一和他说了，边说还觉得心有余悸。

绯绡听了，伸手道："铃铛拿来，我瞧瞧。"

王子进忙把小金铃掏出来，觉得与刚刚并无不同："这是怎么了？"

绯绡接过铃铛，放在手中握了一会儿道："你刚刚差一点便走到了死路上。"

"什么死路？不过是荒郊的一条小路而已。"

绯绡却连连摇头："你莫不是没有听过黄泉路吧？那便是黄泉路，景致是因人而异，但路的终点都是死亡。"

"啊啊……"王子进立刻吓得不轻，原来自己竟在黄泉路上走一遭了，"怎么会这样，我不过是想回客栈而已，怎会走到那样的路上？"

绯绡听了沉思一会儿道："不知道，按说你也没有那个本事去那个地方，怕是那少女有什么古怪。"

"是吗？我倒觉得她很正常。"王子进一脸迷茫。

"不要想了，能平安回来便好，明日我们再去夜市找那姑娘。"绯绡说着，翘起鼻子四处闻了闻，问道，"子进，你是不是带了什么美味给我？"

"美味，没有啊？"他正说着，绯绡已经伸手摸到他怀里，掏了一个油布纸包出来。绯绡欣喜地打开来看，竟是一包酱紫色的鸭子。

他立刻欢呼起来，脸上堆满笑容，跑到桌子旁去吃了。

王子进见了酱鸭，想是那女孩留下的，心中不由又浮起一个情影，月白色衣裙精致飘逸，绿柳栩栩如生，鲜嫩青翠，将萧瑟的秋风都染上几分春色。

次日白天，王子进一早便拉了绯绡去逛扬州府，好不容易来到扬州这样大的城市，怎能不去开开眼界。

两人边走边逛，转眼大半天就过去了。中午逛得累了，便找了一家饭馆休息。王子进见小二过来招呼，问道："你们这扬州府可有什么出了名的景致啊？"

小二听了掩嘴笑道："客官可是来对了地方，扬州最好的景致便是在晚上的画舫里。"

王子进知他说的是歌伎，突然想起自己跟沉星也是在画舫中相识，心中不由一酸，忙将他打发了。

绯绡见他不快，也不答话，独自吃鸡去了。

只听旁边的一桌客人道："唉，那个杨知事啊，真是可怜，没有什么子嗣，只有一个女儿，现下又生不如死，纵有高官厚禄又怎样？"

王子进回头看去，见是一桌书生，触景生情，又想起过去和道然他们一同去赶考的情景，一样的把酒言欢，海阔天空，如今天各一方，也不知道然现在怎样了？

"子进，别多想了。"绯绡见状安慰他道。

"别多想……"王子进不知怎的，心中甚是酸楚，过去种种，一齐向心中涌来，一路上见过的痴妖怨灵，哪个不是执着于自己的人生？到头来又怎样呢？

一股悲愤之气涌上心头，不免多喝几杯，只见绯绡的一张俊脸很是担心地望着自己，不由欣慰，还好，还好还有绯绡，最怕哪一天，绯绡也离自己而去。

当晚王子进迷迷糊糊地被绯绡摇醒，才明白自己原来在那小饭馆中喝醉了。

"子进，子进，我们去夜市逛逛吧，看看能不能找到那个姑娘。"

王子进应着，忙从床上爬了起来，随着绯绡出去了。

被晚上的夜风一吹，王子进的酒也醒了七八分，只见夜市上人来人往，热闹非常，他一双眼睛就像不够用了一样，东瞧西望。

走了一会儿工夫，便连自己来做什么都忘了，随着人群看了一会儿杂耍，只觉兴致高昂："绯绡，绯绡，你快来看。"

说着，他便去要拉绯绡，这一拉竟拉了个空，绯绡不知何时与自己走散了。

他心中不由着急，忙去寻找绯绡，只见周围人山人海，笑语连天，在浩瀚人群中找一个人，无异于大海捞针。

"对了，绯绡定是去吃鸡了。"他匆忙往卖鸡的铺子走去，果见一个身穿白衫的人站在摊铺前面。

白色皎如月辉，在人群中煞是打眼，再看那脸，面若桃花，唇似涂丹，不是绯绡是谁？

王子进忙跑了过去，拉着他手道："你也不和我说一声便走了。"

然而他只觉触手甚是柔软，不由纳闷，却只听一女声道："公子和我可曾相识？"

王子进的脑海中不由一阵眩晕，居然又遇到了那奇怪的姑娘，绯绡现下不在，自己该如何是好？

三

"公子，前日是不是见过？"少女记性颇佳，居然认出了他。

"不错，姑娘好记性……"王子进颤抖地答道。只见她面带春风，一双明媚的大眼盯着自己，丝毫不见妖气，倒是艳色无双，不由看得痴了。

正出神间，只觉眼前出现了一条长长的、笼罩在月辉中的回廊，王子进见了这景致，不由心中害怕，只见回廊一眼望不到头，不知通向哪里。

王子进吓得咽了口口水，无奈地硬着头皮往前走去，虽然是从未来过的地方，他却只觉得害怕。

仿佛尽头藏着洪水猛兽，会将他吞噬。

他屏息走在无人的回廊上，只觉心中一个声音在随着心跳的节拍叫道：快到了！快到了！他自己却不知快到了哪里。

他在回廊尽头拐了一个弯，只见一扇紧闭的木门呈现在自己面前，门上花纹繁复，在月色中透着古朴的光辉。

王子进只觉这门便是自己的目的所在，刚要伸手去推，便听身后传来一阵轻微的脚步声。

声音不徐不疾，似有人踏着月光，迤逦而来。

他心中害怕，忙翻过栏杆，躲到了阴影之中，只见一位身着锦缎绣花衣裙的女子，出现在回廊中。

那精致美丽的衣裳，在夜色中绽放着华美的光辉，她身上也散发着甜腻的乳香气息，熏得人几乎喘不过气。

王子进根本不敢抬头看她的脸，只见她款款停在门前，薰草色的裙摆下，露出了一双绣花鞋。

那是一双红色的、绣着牡丹的缎鞋，漂亮得不像是人间的东西，但却不知为何，让他害怕得开始颤抖，竟有一种要速速逃离的冲动。

可是女人停在门前，轻轻叩响了房门，让他好奇门里到底关着什么。

此情此景，宛如离奇的梦境，但那打湿他袍角的夜露，馥郁的乳香气息，软糯入耳的吴侬软语，都是如此真实。

真实得令人可怕。

"小荷，快开门啊。"女人见无人应门，连连呼唤。

就在这时，门开了，一丝光线从门里飘洒而出。王子进急忙悄悄站起，探头去看，金灿灿的烛光晃花了眼，隐约可见房中走出一个窈窕少女。

就在这时，他手腕一紧，不知从哪里伸出来一只纤白的手，一把扣住了他。

"啊……"王子进惊恐地叫了一声，再一回头，却见自己依旧站在夜市中，绯绡站在身边，唇边含笑，紧紧地抓着他的手。

看来方才就是他将自己拽了回来。

"绯绡，你可来了，我刚刚又看到了幻象。"王子进抹了抹满头的大汗，长舒口气。

绯绡却并不答话，眼波流转，望向自己的身后。他回过头，只见那跟绯绡长得极为相似的少女正站在身后，而他的手，依旧握着少女的柔荑。

"咦，你与我长得好相似啊。"少女瞪圆了杏眼，好奇地说。

绯绡忙把两人牵着的手拉开："子进，不要与她有任何接触。"

他又回头对白衣少女道："你赶快回自己该去的地方吧，这般下去，终有一天会死的。"

"死？"少女听了一脸疑惑，"我也不知道自己该去哪里，连叫什么名字都忘了。"

王子进猛然想起刚才所见，那锦衣女子推门之前似乎叫了一个名字，忙问她："你知道小荷是谁吗？"

"小荷？"少女听了甚是欣喜，"这个名字好生熟悉啊，听着也好亲切，好像我就是叫这个名字。"

绯绡疑惑地看了王子进一眼，耐心地对她说："小荷，快回家吧，你这样长久下去，真的会很糟糕。"

小荷听他这样说，竟然急得哭了出来，姿容清丽中带着娇艳，白梅沾露般动人："我真的不知道家在哪里，找了好久也找不到，二位公子能否帮帮我？"

"你这般在外面有多长时间？"绯绡问道。

"多久？"小荷偏着头想了一会儿，"多久都有，长的几天，短的几个时辰，有时一醒来，节气还会发生变换，也不知我这么久是在哪里过的。"

绯绡与子进对望了一眼，都听得一头雾水，绯绡只好连连摇头："你先与我们回去吧，我看能不能找到一些线索。"

"多谢公子相助。"小荷听了，朝二人行了礼，举止优雅，颇有闺秀之风。

王子进不由纳闷，悄声对绯绡道："这是怎么回事？"

"这少女怕是一个生灵，她的肉体不知在何处活着，魂魄却跑了出来。"

"这个好办，只要找到她的肉体在哪里不就好了？"王子进见她不是妖怪，不由松了口气。

哪知绯绡却连连摇头："好好的人，魂魄怎会跑了出来？"

王子进听了心中又是一紧："难道？难道……"

绯绡意味深长地看了他一眼："不错，怕是她已经不久于人世。"

王子进听了这话，心中不由一酸，回头看了一眼跟在身后的少女，美丽的脸庞在夜色中绽放着莹白光芒，漆黑明亮的大眼中散发着勃勃的生机以及对人生的向往。

这样可人的一位少女，怎么又要死了？

王子进下定决心，一把握住了绯绡的手："我们一定要救她，不能让她就这样死了。"

绯绡见王子进的眼里写满了坚决，似有情愫暗生，微笑着点了点头。

王子进心中苦楚，这一路上，他见过太多的死亡与悲伤，自己的心也变得越来越脆弱。

他望着神采奕奕的小荷，只觉她娇俏迷人，鲜活可爱，哪怕赔上自己的性命，也要助她活下去。

不能再像沉星那样，来不及品味人生的精彩就离开了。

趁一切还来得及。

四

三人回到客栈，王子进与绯绡盘问了半天，小荷却只是瞪着大眼，什么也想不起来。

"绯绡，这样不是办法，你快想点好法子出来。"

"办法是有，看你愿不愿意冒险。"绯绡抱着胳膊想了一会儿，突然笑着看向王子进。

估计是什么凶险的法子！王子进刚有些胆怯，但是小荷一双美目，清澈分明地盯着自己，他只好点头："不要紧，我们可以试一下。"

不知为何，他对小荷格外亲近，只想处处维护她，或许是因为她长得像绯绡？

"子进，你要想好，这趟只有你独行，我无法陪你。"

"我会处处小心，你不用担心。"王子进嘴上说着，心里却极为忐忑。

"子进，你有没有想过，为何你一遇到小荷便会见到幻象？"

"那又是为何？"

"你进入的就是小荷的内心，她自己都遗忘了的过去，那处可是凶险？"

王子进想起那走不完的小路，回廊上鲜艳的绣鞋，心中又是一紧，忙点了点头。

"你还愿意再去那里找到真相回来吗？"绯绡问道。

"啊！"王子进失声高叫，"你不能陪我去吗？"

"我若去了，遇到危险，谁来拉我回来啊？"绯绡笑眯眯地连连摇头，"既然要充英雄，就不能胆小哦。"

王子进无奈地看了看绯绡，又看了看小荷，两张极为相似的脸，都带着期盼的表情对着自己，他只好垂下头，任绯绡摆布。

"子进你不用紧张，我在这绳子上施了法力，遇到危险你拉这绳子便可。"绯绡将一根细绳系在王子进的腰带上。

王子进见那绳子不过是手指粗细的麻绳，越发担心："这个东西牢靠吗？"

"哎呀呀，你就如此不相信我吗？"绯绡着急地推了他一把，"子进，不要磨蹭了，赶快走吧。"

说罢，就将他和小荷的手十指相扣，拿了一张绢帕绑在一起。

"喂，你可一定要记得将我带出来啊……"

一句话还没有说完，王子进就觉脑中眩晕，竟掉落在一片伸手不见五指的黑暗中。

王子进只觉身下清凉柔软，似长满了柔嫩的青草，待眼睛适应了黑暗，往四周打量一番，果然是在一片草原上面。

只是景色甚为荒芜，一条小路，弯弯曲曲不知通向哪里。

王子进一个人站在旷野中，又想起那日所走的小路，路上遇到的老妪，难道这就是小荷心中的黄泉路吗？

只见四周空旷，实在不知该往哪里去，他只好硬着头皮沿着小路走下去。

路狭窄潮湿，王子进一路走一路担心，怕前面又会出现一个老妪，将自己拖到地狱中。哪知走了一刻钟工夫，前方竟出现了一座大宅，看来这小荷的内心，还真是变化万千。

大宅孤零零地立在这旷野上，突兀至极，似散发着沉沉死气。

只见大门是朱漆的红色，映得墙壁越发灰暗，让人觉得这宅院越发不真实。

王子进拉起门环去敲门，只听咚咚的轻响在旷野回荡，格外空旷寂寥，可他敲了半响也无人应声，只能推门走了进去。

门里一条长长的青石板路，直通到里院，院子里种着松柏乔木，与寻常院落格外不同。

看来这是个大户人家的宅院，怎么一个人都没有？

王子进正纳闷间，听到耳边传来沙沙的声音，原来有人在扫地上的落叶。他顺着声音寻去，只见一个老人弓着背，拿着一把大扫帚，正在庭院里扫地，地上却没有半片落叶。

王子进忙跑过去："敢问老丈，这屋子里住着什么人？"

老人抬头看了他一眼，道："我也不知，只知在这里打扫庭院。"

王子进见老人的眉目如笼罩在云里雾中，甚不清楚，看来就是小荷，也忘了他的面貌。

他见问不出眉目，只好继续往前走去，路上又遇到几个仆人，都是眉目不清，语焉不详。

不知不觉中，王子进已经在大宅中兜了一大圈。再抬头看时，眼前是一条长长的回廊，两边房间的窗沿上雕满了繁复的花纹，竟然十分眼熟。

他心中升起一丝恐怖的感觉，这竟与他方才陷入幻境中所见的回廊一模一样，忙依着记忆一路向前走去。

他越往前走越是害怕，回廊在阴暗的光线中看去，诡异而幽森，然而他又按捺不住好奇，想看看回廊尽头的大门中有什么。

很快他便来到了那扇古朴的木门前，门后无声无息，隐藏着可怕的秘密。王子进只觉自己的心跳声清晰可辨，虽然从未见过门里光景，他竟不由自主地感到害怕。

他摸了摸腰间的绳索，暗道：绯绡，有什么事就靠你了。

随即伸手就将大门推开，门没有上锁，吱呀一声就开了，声音也和之前听到的一模一样。

王子进想起锦衣妇人所说的话，也提着胆子，依样画葫芦道："小荷，你在里面吗？"

五

许久都无人应答，他孤身站在房间中，月光照在他的身后，在地面上投映出长长的影子。

"小荷，小荷你在里面吗？"

依旧没人应声，王子进适应了黑暗，这才看清房中家具俨然，都是梨花木的材质，床上悬挂着绸缎床帐，坠着紫色流苏，一看这排场，便知是哪位名门闺秀的闺房。

房中的木桌上，放着一个药罐和一只药碗，看来是有人生了病，他好奇地碰了一下药罐，顿时哎哟叫出声，药罐竟烫得厉害。

他正在揉着手，桌子下突然伸出一只手，轻轻拽了拽他的袍角。

"啊啊啊！"王子进吓得连连高叫，在这鬼屋一样的地方，确是没有几人经得起这样的惊吓。

他一下甩脱了那手，就要往门前奔去，却听后面传来一个稚嫩的童声："大哥哥，不要出去，我害怕，她一会儿便要来了……"

王子进忙收住脚步，只见那绣花的丝绸桌布下，一个小女孩慢慢地探出头来，皮肤白皙，一双水灵灵的大眼甚是动人。

他忙又折返回去，蹲下来问她："你是小荷吗？"

女童趴在桌子下面，歪头思考："我叫柳儿，小荷这个人，我好像听过，但是又想不起来。"

王子进不由高兴，这屋子里总算有个人知道小荷了，忙又继续问："你好好想想，能不能带我去找小荷？"

哪知小女孩甚是不乐意，抱膝坐在桌子下："好多东西我自己都不知道，如何带你去找小荷？"

"找到小荷，所有的事情就会迎刃而解，你会知道一切……"看她不开心，王子进只好极尽耐心，慢慢地哄她。

哪知女童大眼里突然闪烁出惊恐的光，忙让王子进收声，悄悄地道："她来了，我们快躲起来……"

王子进仔细地听，果然听到一阵细碎的脚步声，越来越近，仿佛一步步都踏在王子进的心上，让他心跳如鼓。

他见四下无处可躲，只好抱起女孩，钻到雕花的楠木床下。

两人刚刚藏好，门便被人吱呀一声推开，地上映出一个长长的人影，看高耸的发髻和飘逸的衣裙，似乎是个妇人。

她悄然而入，如猫一般轻捷无声，只见一双绣着红牡丹的缎鞋，在裙角下闪过。

怎么又是这双鞋？王子进的心弦顿时紧绷，似乎十分畏惧。但见绣鞋在桌前停了一会儿，又悄无声息地退出房间，带上门走远了。

王子进带着女童从床下爬出来，却满心遗憾，那个女人究竟是谁？为何小荷的内心总是有这样一个穿着绣花鞋的女人？

只见药还好好地放在桌子上，不似有人动过的样子，可见她并非进来取药。正出神间，门外又响起了急促的脚步声，王子进忙又抱着柳儿躲起来。

这次时间仓促，二人只好躲到了门后阴暗处，不过这次来人却风风火火，是一个身穿翠绿衫子的婢女，看样子只比柳儿大几岁而已。

她端起桌子上的药碗就一阵小跑地出去了，连门都没来得及关。

王子进见她走远，将柳儿放到地上，浑身脱力："你知道那是谁吗？"

"之前是姨母，刚刚那个就是小荷……"柳儿指着敞开的大门道。

"什么？"王子进不敢相信自己的耳朵，婢女就是小荷？怎么和那明眸善睐的少女没有一丝相似之处？

王子进听了，忙要追出去，哪知柳儿甚是害怕，抓着他的手不放："大哥哥，带我一同走吧……"

王子进无奈，只好抱着她去找小荷，边走边问："你知道那药是给谁喝的吗？"

"娘病了，病了好久……"

"娘是正室吗？"王子进问道。

"不知道啊，所有人都叫娘夫人，没有人提过这个……"

王子进听了心下暗想：果然没错。

柳儿叫那穿绣花鞋的女人为姨母，估计就是侧室，她去那房间干什么？桌子上放着的药，显是给柳儿她娘的，可是她却没有端走，又为何而来？

王子进想着，突然猜到了一种可能，忙道："柳儿，我们一同去看你娘，你记得路吗？"

那个女人不是来拿药的，而是往药里添了佐料？要人命的东西！

依照柳儿的指点，他很快摸到一间大屋，屋子里烛火昏暗，竟是这间大宅中唯一点着蜡烛的房间，可见夫人在小荷心中极为重要。

房门微敞，传来细碎的说话声，他将柳儿放到地上，对她道："柳儿乖，不要乱跑，哥哥一会儿便会回来。"

说完，他悄悄地从窗缝中向里望去，只见一个锦衣妇人和一名穿翠绿衫裙的婢女在服侍床上的夫人喝药。

看不清锦衣妇人的脸，只见身材窈窕，秀发如云，估计也是个美人，而小荷的面目却不甚清晰，难道连自己长什么样子都忘记了吗？

"夫人快将这药喝了吧，凉了便不好了。"锦衣妇人说着，端起药碗，就要递给床上的夫人。

王子进只觉此事大大不妙，那棕色的、冒着热气的药汤，在他眼中，竟与死亡无异。

万万不可！他情急中一把推开房门，闯了进去。

床边的两个人见了他俱是一惊，王子进见锦衣的妇人长得端庄可人，只是一双眼中，比绯绡竟还多了几分狐媚。

"你是谁？"她厉声问道。

王子进并不理她，一把抢过药碗就摔在地上。

美貌妇人见了脸色不由一变，颇有气势地说："这知事府怎能让你随便造次？小荷，赶快叫人把这狂人赶出去。"

小荷听到吩咐，忙要夺门而出，王子进好不容易找到小荷，怎能轻易放她走，一把拉住她："小荷，赶快与我走，我有事要问你。"

小荷惊声尖叫，与王子进记忆中那白衣少女无任何相似之处："你这疯子，我并不认识你啊，你要怎的？"

"你在这里并不认识我，可是出了门你便认识我了，赶快与我走。"他拉着小荷就要跑。

小荷吓得使尽浑身力气推开了王子进，王子进被她一推，竟一个趔趄倒在了夫人的床上，耳边传来刺啦一声轻响，只见床上的帷帐竟被他扯掉了半副。

他不由惶恐，床上本就是病人，自己压在人家身上，实在太不尊重，忙对床上的人道："小生唐突，实在抱歉。"

床中却没有声息，他忙伸头看去。谁知这一看，竟将他自己吓了一个跟头。

只见床上躺着一个妇人，一脸死黑，双眼圆睁，不知死了多久。

王子进吓得大呼一声，夺门而出。床上为什么会躺着一个死人？她们怎么管一个死人叫夫人？

这大宅就是小荷的内心吗？她的心中怎会有如此可怕的情景？

他刚刚跑到庭院中，就听柳儿在叫："大哥哥，等等我啊，我好害怕。"

王子进想她小小年纪便死了娘，甚是可怜，一把抱住她，一路狂奔，跑出朱漆大门。

只见外面夜色苍茫，一片黑暗，还是那条弯弯曲曲的小路，不知通向哪里。

王子进只觉身后脚步轻响，似有恐怖的人追上来，他把心一横，抱着柳儿冲入那辽阔无边的未知黑暗中。

六

王子进抱着柳儿一路狂奔，只觉夜色中空气湿凉，一月如钩，高高地悬在天际。

不知跑了多远，只见前方一个人影，也在赶路，王子进忙停下脚步，生怕又是那可怕的老妪。

"大哥哥，前面有人，我们去问路吧。"

"不，我们不能去，那可能是妖怪。"

"比我的后母还可怕吗？"柳儿歪着头问，一脸天真。

王子进回过头看去，大宅还在远方寂寥地立着，此番算是什么都搞砸了，小荷没有找到，现下又陷入了进退两难的境地。

正踯躅间，只见远处的人影越来越近，他定睛一看，那人竟是往自己这边走来的。

他忙拉了柳儿道："我们快走。"

哪知那人移动甚快，转眼间就能看见一身锦缎衣裙，正是大屋中那漂亮的美妇，一双绣着鲜红牡丹的绣鞋，在夜色中格外刺眼。

"公子，可否把柳儿还我，不要将她带走？"妇人面无表情地对王子进道，美丽的脸上没有一丝人气。

"你是谁？凭什么带走她？"王子进心中畏惧，却毫不退让。

她朝王子进行了个礼道："我是这家主人的侧室，柳儿是正室的女儿，怎能被人随便带走？"

"那要问柳儿愿不愿意了。"王子进低头问柳儿道，"你愿意随她回去吗？"

柳儿抱着王子进的腿，一双大眼怯生生地看着美妇，轻轻摇了摇头。

"来……柳儿乖。"她伸了一只手出来，要去逗柳儿。

王子进忙一把将柳儿抱起来，不让她碰："她不愿和你走，你还不明白吗？"

那美妇眼珠突地一翻，道："你这书生，哪里跑来的？敬酒不吃吃罚酒？"说着，两只袖子竟如虬蛇般袭向王子进面门。

王子进吓得抱着柳儿打了个滚，总算是躲开了，再一抬头，如花美人竟变成了一只青面獠牙的厉鬼。

柳儿叫道："就是她，大哥哥！她吃了我娘，现下又要来吃我……"

王子进一看形势不好，忙去摸腰间的绳索，哪想竟然摸了个空，绳索不知何时断了。心中不由大急，他道："大哥哥打不过她，咱们一起跑吧。"说罢抱起柳儿就夺命狂奔。

刚跑了没两步，脚下一个趔趄，不知被什么绊了个跟头，再一看路上竟然都是长发，黑发一缕缕，如有生命般往人身上攀爬，要将人都裹进去。

王子进回头一看，那青面獠牙的恶鬼双眼暴突，长长的头发如花一样，绽放在草原上，诡异而美丽。

秀发铺天盖地地奔涌过来，转眼间就将他淹没了，发丝紧紧地嵌到肉里，勒得他无法喘气。

绯绡啊，你可害死我了，你的东西，果然从来没管用过！

他一口气上不来，只觉眼前一黑，竟也看到了一条小路，不过路边百花齐放，姹紫嫣红，甚是美丽，前面竟有一个红衣少女在向他招手，看着风姿绰约，正是沉星。

王子进心下大喜，便要朝她过去，忽然想起绯绡说的话：每个人的黄泉路，所见各有不同。

难道，这就是自己的黄泉路吗？

他正犹疑间，只觉一股大力拽着自己的手，将他从花间的小路中一把拽了出来。

"子进，子进，你有没有怎么样？"王子进睁眼一看，眼前竟是绯绡的一张俊脸。

心中惊喜异常，他忙道："你可来了。"

再看周围，仍幕天席地的全是那妖妇的长发，绯绡抽出长刀，一刀便将头发砍断，可马上又有新的头发涌来。

绯绡拉起王子进道："快走！在这里我的力量也施展不开。"

"哎，柳儿可怎么办？"王子进急道。

却见绯绡笑眯眯地望着他："子进，干得好，我已然将她送回去了，就差你了。"

王子进听得一头雾水，他干得好？他连小荷都没有找到，干得怎么好了？

正迟疑间，只见那妖妇再次朝他们扑来，秀发飘在半空，乌云般遮蔽了月影，甚是吓人。

"绯绡小心。"

"知道。"绯绡回手一刀，砍断了即将袭上面门的长发。

"不要理她，我们快走。"

"走？到哪里去？"王子进见四周只有空落落的草原，哪有什么出路？

绯绡口中念念有词，长刀竟然腾空而起，绯绡跃到刀背上，一把提起王子进的衣领，大喝一声："起。"

王子进只觉自己在空中疾驰，见绯绡正带着自己，驾驭着长刀，直冲天际。

下面那女妖叫道："哪里有那么容易。"那地上的头发便如有生命一般，一束束，一根根，如万箭齐发，直奔二人的后心而来。

绯绡见了，一只手竟然暴长，指甲如钢刀一般，回首一爪，将秀发抓断。王子进见断发千丝万缕，飘飘洒洒地从空中飘落，不由暗自松了口气。

"哼，想和我斗，再等个几百年吧。"绯绡用力提了一下王子进道，"子进，就要回去了，抓稳啊。"

王子进抬眼一看，两人竟笔直地向月亮飞去，柔美的光辉挥洒而下，细细的光粒在他身边飘飞舞动，宛如进入了仙境。

一缕光照入他的眼中，他连忙用手一挡，再睁眼时，却见一点烛火在眼前跳动，自己已经坐在了客栈的床上。

七

王子进知道自己的魂魄总算是回来了，不由松了口气。突然想起什么，他忙问道："绯绡，小荷呢？她怎么样？"

绯绡看着子进，笑道："你说呢？"

王子进一转头，只见小荷坐在他身边，漂亮的脸上笑容洋溢，正恋恋不舍地望着自己。

两人十指相扣，虽然绢帕已被解开，却仍不愿松开彼此的手。

"小荷，我对不起你，没有找回你的记忆……"王子进垂头丧气地说。

哪知小荷笑道："我全部都想起来了，多谢王公子。"

"这是怎么回事？"王子进奇道。

"子进，你可记得自己一直抱在怀里的女孩？"绯绡道。

"柳儿吗？自是记得。"这又关柳儿什么事？

只听少女娇俏地说："王公子，我记错了自己的名字，那小荷是我的侍女，我就是柳儿。"

"咦？"王子进看看她明媚的容颜，又想起方才柳儿美丽的小脸，好像确是一个人。

只听柳儿垂下头，忧心忡忡地说："我是扬州府知事家的女儿，不知怎的得了重病，慢慢丧失了意识……"

"是不是那个侧室会妖法害你？"

"不会，你刚刚所入的世界，全是幻象。侧室只不过在柳儿心中如鬼怪一般，本人未必如此。"绯绡摇头道。

"可是我好害怕啊，家里确实有人害我……"柳儿眨了眨大眼，泪水涟涟，"我不敢回去，也不能回去……"

"你可知那人是谁？"王子进说着，脑海中却又浮现一双绣着红色牡丹的软鞋。

柳儿却不答话，望着王子进，两人都是心照不宣。

"柳儿，现下还未水落石出，不好妄下结论，你回去了，那害你的人自会现身。"

"可是，我好害怕，到了那里，又没有人保护我了……"

绯绡伸出一只长指，指着柳儿的眉心道："不要害怕，我们自会帮你将歹人找出来。"

柳儿感激地望着绯绡："谢谢公子……"

一句话还没有说完，人就呼地一下凭空消失。

"柳儿去了哪里？"王子进惊呼道，只觉自己手中空落落的，再也没有了温润的柔荑，不由失望。

"她回到自己的身体里了。"绯绡皱着秀眉，"不过，此事有点棘手，刚刚我送她回去，甚是费力，似乎那边有人阻我……"

"什么？是妖怪吗？有何棘手？"王子进道。

"不，不是妖怪……"绯绡连连摇头，"没有妖气，因此才更棘手。你难道没有听过，这世上，最险恶的就是人心！"

王子进听了，更加担忧，此时躲在暗处的是个凡人，无迹可寻，要如何将他揪出来？

"子进，明日我们就去找个媒人，到杨知事家去提亲。"绯绡突然不怀好意地望着王子进，说出了惊人之语。

"提亲？提亲干吗？"王子进顿时惊得下巴差点砸到地上。

绯绡朝他一笑，如春花初绽："自是要引出凶手。"

"咦？"王子进一头雾水，提亲和凶手怎么又挂上了钩？

绯绡最爱卖关子，忙活了半夜，笑嘻嘻地跑到灯下喝酒吃鸡，王子进疲惫地躺在床上，看他那副模样，什么事都要等明日才能知晓。

八

次日一大早，绯绡拿着王子进的生辰八字就要出门。

"为什么是我啊？你不是更合适？"王子进心头小鹿乱撞，却强自矜持地说。

"我跟柳儿长得如此相似，去提亲岂不是吓坏他们一家人？"

王子进像是大姑娘上轿般扭扭捏捏，让绯绡将生辰八字拿走，心底却隐隐担忧起来："扬州府的知事怎会看上我这般庸人做女婿，怕是连理都不会理我。"

"那可未必，你看柳儿的样子，怕是不久于人世，哪会有人去提亲？"

"啊？若真是他们答应了，岂不是大大不妙？"王子进脸色顿时涨得通红。

绯绡一脸坏笑，斜眼看他道："这样好的亲事，一般人还攀不上呢，有什么不妙？到时候弄假成真不就完了？"

王子进听了吓了一跳："不要吓我，要我每天对着两张一模一样的脸，我可吃不消！"

"到时候换一张不就好了？"绯绡仍满含笑意。

"如何换一张？"王子进不由纳闷。

可是见绯绡不再搭话，便索性闭嘴，反正他满肚子主意，自己无须担心。

之后一整天就再没见绯绡出现，不知他在忙些什么。

王子进一个人百无聊赖地躺在客栈的床上，心中记挂着柳儿，不知她回去后会怎样，希望她能快点好起来吧。

夜幕降临，绯绡才神神秘秘地回来。王子进忙道："是不是要去杨知事家？"

绯绡点头道："不错，正是去看看柳儿如何了。"

说着，他又拿了一支毛笔插在王子进头上，施了隐身法术："走了，一切要小心行事。"

当夜快近十五，月满如盘，清冷的月光在地上洒下一片白霜。

"绯绡，你可知杨知事家在哪里？"王子进走在大街上，只觉处处陌生。

"知道，不过到了里面，还要靠你了。"

"靠我？此话怎讲？"王子进不由纳闷。

绯绡朝他眨了眨眼："我又没有见过柳儿的记忆，如此大的一间宅院，叫我去找一个凡人出来，无异于大海捞针啊。"

"难道那个宅子真的是存在的？"王子进一想到那立在荒芜的旷野上的大宅，死气弥漫，压抑阴暗，恐怖的记忆就排山倒海而来。

"不错，我们到了……"绯绡折扇一指，只见一座宅邸立在街上，门是朱红色，与幻境中一模一样。

不同的是在扬州璀璨的灯火中，这座端庄古朴的宅院，只见大气磅礴，不见丝毫诡异阴森。

"我们怎么进去？不会又要撬门吧？"王子进见这宅院如同官邸，估计门内会有守卫当值。

"当然不是。"绯绡摇了摇头，拉起王子进的手就朝宅邸的砖墙走去。

"又要穿墙吗？好难过……"他刚刚抗议了一声，就闻到一股泥土的味道，身上似乎也沾满了泥土，土灰似乎渗到他身体深处，甚是痛苦。

"子进，我们走吧。"王子进听到绯绡叫他，忙睁开眼睛，只见自己已经站到了庭院之中。

一条青石板铺就的路直通大厅，与幻景中所见一样。

"子进，我们该往哪边走？"绯绡回头问他。

王子进连忙一马当先，跑到前面去带路。

两人轻车熟路地走到回廊上，回廊中也不见阴森，旁边花木扶疏，昏黄的烛火从窗缝中挥洒而出，显得温馨而宁静。

"再往前走，就是柳儿的房间。"王子进惧意全消，果然幻景是幻景，现实是现实，差别不啻天上人间。

他快走两步，带绯绡来到了一扇古朴的雕花木门前，轻声道："就是这里！"

"嘘。"绯绡竖起一只手指，暗示他不要说话，只见屋中光线朦胧，竟有人在里面。

只见一位中年美妇和一位眉须皆花白的老爷坐在房中，商议事情。

"今日竟有媒人给柳儿提亲了，那户人家是不是不知道柳儿的病啊？"老爷长相端庄，颇为忧虑地说。

"媒人下的礼单甚是丰厚，就看柳儿有没有这个福分了……"身穿靛色锦袍的美妇掏出手帕擦了擦眼角，似喜极而泣。

王子进听了她的声音，脑中竟轰的一响，这声音竟与在旷野上追杀他的妖妇的声音一模一样。

只见那位老爷拉着她的手道："芙蓉，这么多年，可苦了你了，待柳儿出嫁了，我一定会好好补偿你。"

"老爷……"芙蓉望着丈夫，竟无语凝噎。灯光映出她姣好的侧脸，确是如芙蓉般艳丽出尘，只是此时人到中年，比幻景中添了几分沧桑憔悴。

王子进见她面貌平和美丽，完全没有那日所见的戾气，更加疑惑。

正寻思间，只见这对感情至深的夫妻携手起身，似要离开。

芙蓉轻轻对那位老爷道："柳儿到了该吃药的时间，我要去准备了。"

她轻提裙摆，一双绣着白色兰花的绣花鞋在锦缎袍子下若隐若现。

王子进和绯绡忙将门口让开，只见两人先后出去。

那中年男子道："明日便答应了那门亲事吧，看聘礼那户人家似乎甚是殷实，希望冲冲喜柳儿能好起来。"

两人边说边走，慢慢走到回廊的尽头，拐了个弯，身影便消失了。

王子进却不由傻了，现实与柳儿的内心相差太大了，而那要加害她的人，真的是这个侧室吗？

绯绡也满眼迷惑，二人不约而同地长长叹息，只觉这平凡的宅院，不知比幻境中可怕多少。

是那种让人亦步亦趋、越陷越深的可怕。

九

王子进与绯绡推门走进了柳儿的闺房，只见烛光摇曳，照得屋子里忽明忽暗。

一个粉色的帷帐挂在床边，里面的人没有半分声息。

王子进望着这帷帐，不知为何，竟觉得与幻景中那位夫人所用的极其相似，生怕里面躺着一具干尸。

"柳儿？柳儿？"他一边呼唤一边走过去，轻轻拉开帷幕，只见里面躺着一位苍白的少女，眉目如画，秀发似堆云，双眸紧闭，正是前日与他们分别的柳儿。

绯绡过来看了一下道："她好像是被什么人下了咒。"

"什么？"王子进奇道，他又想起那日在幻境中所见，那绣着牡丹的鞋停在八仙桌旁，似将一包毒药放了进去。

"那符咒可有让人喝了生效的？"

"有，"绯绡轻吟着点头，"不过那都是粗浅的法子，没什么用。"

"法子虽然粗浅，若日日都用呢？"王子进问道。

"那我就不知道了，反正我是没用过这样笨的方法……"绯绡说着，拿折扇挠了挠头，一脸疑惑。

两人正说着，只听回廊中传来一阵细碎的脚步声，似是有人过来。

绯绡忙拉王子进躲开，只见房门被推开，一只绣鞋踏了进来。

两人一见这鞋，便知来者何人，果然芙蓉带着一个穿着翠绿衣裙的婢女走来，只听她吩咐道："小荷，去将小桌搬到床边。"

婢女应了一声，忙去搬一个小方桌过来。

王子进听到这个名字，心中不由一震，不论是幻境还是现实，他无数次听到过这个名字，却一直未见她的模样。

他好奇地探头看去，只见那少女低眉顺眼，姿色平庸，毫无惊艳之处。

小荷将小方桌放在柳儿面前，又将她扶起来，身后塞了个软垫。芙蓉便端着药碗坐在柳儿面前，烛光中只见她皓腕如雪，衬得漆黑的药汁更加可怕。

"柳儿，吃药了，身体好了，便可嫁人了……"芙蓉拿着小勺舀了药汁就往柳儿的嘴中送去。

王子进只觉一颗心提在嗓子上，心中一个声音暗叫：不能喝，不能喝。

刚要上去阻止，便觉手腕一紧，只见绯绡的俊脸难得严肃，毅然决然地冲他摇了摇头，意思是叫他不要过去。

王子进双手握拳，眼看这碗里的药一点一点地被喂了进去，却又无可奈何。

小荷听到芙蓉的话，倒甚是惊讶，"夫人，姑娘要出嫁了吗？"

芙蓉又兑了些蜂蜜水喂给柳儿，"不错，今日有人来给姑娘提亲了，那人家境殷实，礼单甚是丰厚。"

王子进来这里不过一个时辰，已经听他们几次提到"礼单"，看来绯绡是为自己准备了一份丰厚的聘礼。

他感激地望向绯绡，却见斯人如玉，清清冷冷地立在暗影中，对王子进的目光视而不见。

"老爷可是答应了？"小荷关心地问。

"不错，老爷觉得还是尽快完婚较好，姑娘的身体不知还能拖几天了。"她说罢一声叹息，竟有两行清泪顺着她不再光洁的面庞流了下来。

王子进见了，心中一酸，实在不明白一个如此清丽温婉的妇人，为何在柳儿心中竟如妖魔？

两人又伺候柳儿梳洗一番，才悄悄退了出去，此时已是月上中天。

"绯绡，我看那侧室不像是会害人之人啊，我们还是先回去，过两日直接将柳儿接走便是。"

绯绡坐在床沿，握着柳儿的手，沉思了一会儿道："除非你想接的是一具死尸。"

"什么？"王子进倒吸一口凉气。

"如果你要害一个人，但是那人现下就要离开，你会怎么办？"绯绡冷冷地说道。

"自是加紧下手。"

"不错，所以这几日那人定会现身，你我万万不可松懈。"

当晚，王子进和绯绡一夜未眠，却一切如常，没有任何事情发生，只是柳儿也没有苏醒的迹象。

十

次日白天，绯绡就又忙着为王子进张罗亲事，王子进知道这亲事越是紧锣密鼓，真凶便会越早现身。

而到了晚间，两人再去杨府保护柳儿，只见芙蓉每日带着不同的当值婢女，不厌其烦地服侍柳儿吃药擦身，枯燥而烦琐。

几天下来，王子进已经吃不消，绯绡却精神极好，日日喝酒吃鸡，不显疲态。

这晚王子进刚刚在床上打了个盹，就被绯绡叫了起来。

"能不能休息一天啊？"他哀叫着说。

"你跟柳儿定亲就在明天，估计凶手今晚就会露面。"绯绡提着他的脖领走出客栈，两人又如前几日一样，看着芙蓉伺候柳儿。

一样的程序，一样的枯燥无聊，王子进看都看腻了，不由佩服起这叫芙蓉的女人，能几年如一日地照顾着正妻的女儿。

而待芙蓉带着侍女离开，绯绡却对他道："子进，我要解开隐身术，你先抱着柳儿找个地方躲起来。"

"怎么？今晚会有变化？"王子进抱起柳儿，只觉手中之人轻得像是孩子一般，甚为憔悴。

他心中不由难过，忙找个屏风躲了起来。屏风后一片黑暗，不见微光，也看不清绯绡在玩什么花样。

他这一坐不知多久，又困又乏，不由打起盹来。

哪知刚睡了一会儿，便听门外轻响，一片月光洒入，竟是有人走了进来。王子进屏住呼吸，在屏风后看不到来人的面目，只见一双绣着兰花的绸缎绣鞋从面前匆匆而过。

绣鞋停在了柳儿的床前，王子进顿时睡意全消，心提到了嗓子眼。

"柳儿，你别怪我，我实在是被逼无奈，才会做那件事，不然我的人生便要完了。"声音凄苦哀怨，正是那叫芙蓉的侧室。

可柳儿明明是在自己的怀中，她又在与谁说话？他看着柳儿的面庞，忽然脑中灵光一闪，知道躺在床上的正是绯绡。

"柳儿，现下你就要离家出嫁，就把过去的事情全忘了吧，也不要恨我，这么多年，我也活得好辛苦……"她说着，已经泣不成声。

王子进听她哭了一会儿便悄悄地退出房间，并不像要害人的样子，不由纳闷。

门缓缓合上，房中又陷入无边黑暗，不知过了多久，就在王子进再次昏昏欲睡时，只听门又吱呀一声被打开。

这次是一双布鞋从他面前缓缓踏过，停在了床前。

这又是谁？这么晚了来做什么？

还没有想清楚，只见一道银光闪过，划破沉沉夜色。

王子进见了，心中暗叫不妙，那分明是刀具的光泽，冰冷可怕，散发着死亡的气息。

他大喊一声就从屏风后面冲了出来，那人吃了一惊，望了王子进一眼，下手的速度却加快了几分。

虽然屋中黑暗，王子进还是眼看着刀刺到了床上的人身上，心下立刻大惊。

只听一个女声在黑暗中响起："你是谁？却又为何害我？"

娇媚温柔，正是柳儿的声音。

王子进立刻吓出了一身冷汗，柳儿明明躺在屏风后，怎会在这里说话？

"子进，别让他跑了！"王子进听这吩咐，与绯绡的口气一模一样，冲上去一把扭住那人的胳膊。

两人搏斗中将桌椅悉数碰翻，王子进还没等抓牢，就觉手上一疼，原来被刺了一刀，吃痛地松开了手。

那人摆脱王子进的桎梏，立刻扑向大门要逃跑。哪知使劲拉了两下，大门居然纹丝不动，转眼间就如瓮中之鳖，再无出路。

王子进知是绯绡使法术锁上了门，忙忍着痛掏出火折，将蜡烛点燃。

那人一见烛火的光芒，甚是惊恐，捂着脸便蹲坐在地上，知是没有逃路。

"你是谁？"王子进好奇地问道。

话音未落，就听床上的绯绡道："小荷，你为何要害我？"

用的依旧是柳儿的声音。

十一

小荷？王子进心中一惊，要害柳儿的竟是小荷？！

王子进忙回头看去，只见昏暗的烛光中，绯绡坐在床上，帷幔的阴影投在他脸上，一时还真看不出是个男子。

小荷见被人识破，抬起头来，一张平庸的脸满含惊恐，看到绯绡坐在床上，仿佛见了鬼一般："姑娘，你怎会醒了？"

绯绡抬起一只手，两指间夹着一柄三寸有余的匕首："你见那咒术不顶用，干脆用上了这个……"

说罢他将匕首掷在地上，只听当的一声轻响过后，利刃闪烁出点点寒光。

王子进见了不由捏了把汗，这床上躺的如果不是绯绡，恐怕早已没命了。

正在这时，门外传来一阵嘈杂的声音："柳儿？出了什么事？值夜的婢女是谁？快开门啊。"方才桌椅碰撞的声音惊动了其他人。

绯绡目光如炬，朝大门看了一眼，门呼地打开。

一下涌进来五六个人，当先的便是杨知事的侧室芙蓉，随后便是杨知事和两名家丁、婢女。

芙蓉见了绯绡端坐在床上，顿时面色苍白，吓得瞪圆了眼睛："柳……柳儿你怎么醒了？"

语气中未见惊喜，倒是惊恐占了大半。

"你是谁？"杨知事瞪着王子进道，显然将他认作歹人。

王子进忙行了个礼："在下王子进，江淮人氏。"

"王子进？可是向我女儿提亲的那个？"

王子进听了冷汗直冒，面色通红，忙道："正是。"

杨知事听了甚是不悦："虽然你与柳儿已有媒妁，可也不能如此胡来。"

而坐在地上一直不吭声的小荷见了这情势，突然指着王子进叫道："老爷，就是他！他要害姑娘，我去阻他，却被他推在地上。"

王子进见小荷反咬一口，不由生气，忙道："是你自己要害柳儿是真，别血口喷人！"

但是周围的人都盯着他鲜血淋漓的手和刚刚绯绡抛在地上的匕首，眼中满是疑惑，看来是百口莫辩了。

正在着急，只听绯绡道："爹，让这些不相干的人都出去，我有事要说……"

杨知事立刻明白，王子进擅闯女儿闺房，并非光彩之事，确是家丑不可外扬，忙将家丁遣散，将门紧紧关上。

小荷见了如此情势，知是不妙，坐在地上如筛子般发抖。

"柳儿，有什么话现在可以说了吧？"杨知事悄声问，眼中全是泪水，似乎生怕声音大了会吓到宝贝女儿。

只听绯绡悠悠道："爹，这王公子确是来保护我的……"

声音有气无力，似是大病初愈，演得活灵活现。

"这又是怎么回事？"杨知事指着地上的匕首问道。

绯绡并不答话，对王子进道："子进，你去小荷怀里找一下，应该有用来下咒的东西……"

王子进却垂手不动，毕竟是个姑娘，他怎能去翻人家的衣服？

芙蓉看出王子进的难处，忙伸手道："小荷，什么东西给我，不然我就要自己动手了。"

小荷一脸惊恐地看着绯绡，似是不敢相信他会瞧破自己。芙蓉伸手入她怀中，掏出一个手帕包着的物事。

她将手帕打开，看了里面的东西，脸色不由一变。

只见猩红的手帕里包着一个布做的小人，人偶上贴着一条黄纸的符咒，便是傻子也看得出这是害人的东西。

"小荷？我和姑娘待你不薄，你为何如此？"

小荷见事情败露，突然眼露凶光，脸孔扭曲得狰狞怕人。

她站起来冷笑道："待我不薄？你们那是真的对我好吗？吃剩的食物、穿旧的衣物赏给我，便是待我不薄吗？"小荷的语气冷若冰霜，"可惜、可怜在我来看并不是一种对待人的感情。"

杨知事气得浑身发颤："就因为如此，你便加害柳儿，让她整整昏迷了三年？"

小荷看了杨知事一眼道："不错，就是因为如此……"说着她恶狠狠地指着绯绡道，"我们都是一般年纪，凭什么她就该锦衣玉食，凭什么她就该受尽宠爱？这个世界为何如此不公平？"

"最让我记恨的是，三年前，刘家公子来提亲，不过是看了她这张脸，就被迷得失魂落魄……我那样喜欢他，他却看都没有看我一眼。"小荷说着，低头拭泪，"人道：曲有误，周郎顾，我在他旁边伺候，茶水都泼出去，他却无暇看我……"

所有人都被这少女眼中的妒意和她自怜的神情惊呆了，谁也没想到，这些生活中的小事，竟让她起了杀心。

"结果你呢，姑娘你却嫌刘公子呆头呆脑，拒绝了这门亲事。你可知他后来积郁成病，就此一病不起，在秋天就去世了？"说罢她冷笑了两声，"你害死我的心上人，我要你和他一样受罪，便找到偏门的法子来害你。"

王子进听了不由心惊，柳儿的记忆中连刘公子这号人物都没有，却因这嫉妒成狂的婢女，差点丢了性命。

杨知事听了甚是气愤："小荷，你……你也太过歹毒……"

哪知小荷继续冷笑："歹毒的怕不止我一人吧？姑娘变成这副模样，有人和我一样开心呢。"

她眼风如刀，不断地瞄向侧室夫人芙蓉。

"芙蓉？这是怎么回事？"杨知事不傻，看向自己的妻子。

"没……没有什么。"芙蓉颤抖地回答，语气中尽是惶恐。

正在这时，小荷突然像发了疯一般向床上的绯绡扑去，尖叫道："我就是死了，也不能留你在这世上独活。"

想来她见自己没什么好下场，要拖恨的人下水。

这一下变故太快，杨知事夫妇吓得愣住，王子进大叫一声"不可"便去阻止，哪知却只抓到一个衣角。

只见小荷抓起钢刀，扑在床上，众人不由傻了。

"柳儿！"杨知事高叫一声，几欲昏厥。

哪知小荷的身体一扑到床上，便如同败絮般轻飘飘地又弹了回来，跌坐在地。

只见她面现恐惧之色，尖刀却不知哪里去了，这下变故太快，小荷如何出手，刀又是如何被夺，却无一人看清。

只听小荷指着帷帐深处，颤抖地说："你……你不是姑娘，你到底是谁？"

她这话一出，杨知事和芙蓉皆是一愣，却见帷帐被人掀开，绯绡一袭白衣，满面笑容地走下床来。长指间夹着一把匕首把玩，正是刚刚小荷拿的那把。

王子进见已被拆穿，忙拱手道："这是我的一位朋友，多亏他相助才让此事水落石出。"

其余三人见到绯绡与柳儿一模一样的脸，不由傻了。

绯绡朝杨知事夫妇行个礼："小生姓胡，习得一些玄门法术，希望二位不要见怪。"

杨知事见状急得满头大汗，忙问："柳儿呢？你们将柳儿弄到哪里去了？"

绯绡微微一笑，"不用着急，我这就将柳儿还给你。"说着他走到了芙蓉面前，"请夫人把咒术人偶给我，我这就将柳儿唤醒。"

芙蓉吓得面色惨白，颤声问："柳……柳儿，她真的会醒吗……"

"芙蓉，快将那人偶给了他……"杨知事急得抓耳挠腮，恨不得女儿速速康复。

事已至此，她只好颤抖着将人偶交给绯绡。王子进见她莫名惊恐，十分疑惑，难道这位夫人也不想柳儿醒来？

十二

只见绯绡拿起人偶，念了几句咒语，人偶上的纸符冒起缕缕白烟，竟然凭空燃烧起来。待符纸烧尽，绯绡又伸出长指，从它的身体里抽出一根黑亮的发丝。

"这便是夺走柳儿魂魄的东西，现下好了。"他轻松地笑着说。

王子进也暗自松了口气，可几乎在人偶被破坏的同时，便听身后响起了一个柔美入骨的声音。

"刘公子，这茶可好喝？"只见小荷坐在地上，手中比出端茶的姿态，唇边含笑，露出小女儿的娇态，居然说起了胡话。

"这是怎么了？"杨知事看得毛骨悚然，连忙问绯绡。

绯绡长长叹了口气，道："大凡施术者，都是以自身性命相搏，现下法术被破，咒术便全转到施术者身上。"

"刘公子，别烫到了……"小荷说着，似为一个看不到的人擦拭打翻的茶水，眼中满含爱意，似乎她所爱慕的刘公子就在面前。

王子进见她这模样，不由心酸，也许这样也好，这个狠毒少女的记忆，已经停留在她一生中最幸福的时刻。

就在大家的目光都在小荷身上时，只听屏风后响起一个悠悠的女声。

"昔日芙蓉花，今成断根草。以色事他人，能得几时好……"芙蓉凭空打了个激灵，而王子进和杨知事兴奋地向屏风望去。

只见一个长发披肩、身穿白色绫纱睡袍的美丽少女，正艰难地从屏风后走了出来。

王子进见她病了太久，已然忘记如何走路，连忙上去扶她。

而芙蓉却后退一步，脸上浮现出僵硬的笑容："柳儿，你醒了？"

柳儿倚在王子进身上，看都不看她一眼，明媚的眼波只在王子进清秀文雅的面孔上流连不去："王公子，你待我怎样，我都知道，真是太谢谢你了……"

"柳儿，你终于好了啊！这几年为父为你操碎了心……"杨知事老泪纵横，也要去搀扶女儿。

"爹，你就没有半分对不起我娘吗？"哪知柳儿看着他，一双明媚的大眼中竟满含泪水。

"柳儿，你这话是什么意思？"杨知事问道。

站在他身后的芙蓉，却悄悄别过头去，面如死灰。

"我娘在一夜之间暴死，你就没有半分疑惑吗？"柳儿抬起头，一双妙目盯着芙蓉，眼中的恨意几欲喷薄而出。

"柳儿，你可知道什么？快点告诉爹。"杨知事连连催促，因情绪大起大落，脸颊变得通红。

"这是我守了十年的秘密，本想等出嫁后再告诉你，可是如今遭人暗害，只怕再拖下去，就没机会告诉爹了……"她哭得上气不接下气，朝杨知事道，"我七岁的时候，娘得了一场重病……"

"不错，你娘就是因那场风寒去世。"

"那日小荷煎好药，放在我的房中，自己不知做什么去了。人人都以为房中无人，却不知我就躲在桌子下面。"

"然后呢……"杨知事颤声问。

绯绡和王子进的一颗心也提到了嗓子眼里，夜色中充满了紧张的氛围。

"我看到门被推开了，一双绣着牡丹花的鞋走到桌子旁边，停了一下又退了出去，当晚就传出了娘的死讯……"听着柳儿描述，王子进又想起那日在幻境中所见，那绣花鞋上的牡丹，如地狱之花般让人恐惧。

柳儿再也承受不了，哇的一声大哭起来："可我那时太小，长大之后才明白，娘是给人毒死的……"

"那……那绣鞋的主人是谁？"杨知事颤声问，仿佛瞬间便苍老了许多。

"爹，到了这个时候，你还要包庇她吗？娘对你那么好，难道只是因为她老了，你便将她弃之如屣？"

杨知事顿时如遭雷击，浑身颤抖地望向芙蓉。

她最爱穿绣花鞋，牡丹、芍药、白兰，都曾绽放在她的绣鞋上，昔日他曾无比迷恋她的玉足，可是却做梦都没想到，这风雅别致的爱好，竟成了罪恶的证据。

"芙蓉……"杨知事未语泪先流，怎么也不愿承认她是杀害妻子的凶手。

"老爷……我对不起你。"芙蓉已经泣不成声，显然是默认了罪行。

"芙蓉，这是为何？"杨知事痛心疾首地大哭起来。

芙蓉却对柳儿痛哭不止，轻轻地说："当初你的母亲逼我太急，我出身青楼，家里本没人知道，可是她却不给我一个重新做人的机会，说如果不把我赶出家门，她就要让我跟老爷同归于尽，甚至还逼我喝下毒药，让我终生不能有自己的孩子……"她哭得更加伤心，"不错，我是歌伎，可是歌伎也是人啊，也有争取幸福的权利，可是她却连这点幸福也要剥夺。"

她说罢泪眼婆娑地望着杨知事："而且如果让老爷因我惹来杀身之祸，还不如让我去死……"

"那你便毒死我娘？我娘难道就没有生存的权利了吗？"柳儿冷笑着，泪目中满含恨意，"而且我的幸福呢？你又有什么资格剥夺？"

芙蓉颤声道："这十年来，我没有一日好过，这罪恶如同大石，日日压在我的心上，我待你如同己出，从未亏待过你……"

"你以为这样我便不会恨你了吗？"柳儿哭道，"我这辈子都不会忘记那双绣鞋，我娘死时黑色的脸庞。"

杨知事一时老泪纵横，拉着芙蓉的手道："芙蓉，你怎的如此糊涂，这叫我如何是好？"

"爹，你知道真相，还不忍报官吗？"柳儿见杨知事心软，妙目中光彩骤然褪去，她握紧了王子进的手，决然地说，"我……我这就嫁给王公子，从此再不回来，成全你们这对神仙眷侣。我永远不会忘记，娘也是在最美丽的时候嫁给你，却落得如此凄惨的下场……"

芙蓉夫人却看向杨知事，笑中带泪，漂亮的脸庞上现出满足的表情："芙蓉最幸福的时光便是同老爷在一起的日子，我在画舫中初次见到老爷，便已倾心。现下芙蓉做错了事，老爷可能原谅？"

杨知事听她提起往事，回想起两人初见的春日，深仇大恨，似乎也随着缱绻春风瓦解。

"芙蓉，即便你做再多错事，我也不会恨你……"杨知事怜惜地帮她理了理鬓边碎发，眼中满含爱意。

柳儿却身体一震，苦笑着看向王子进和绯绡："劳烦二位公子带我走吧，我不想再在这屋子里待下去了。"

语气平淡，却是伤透了心。

芙蓉夫人却转向柳儿，轻言细语地说："柳儿，我对不起你，这么多年来，我一直都怀着赎罪的心。虽然活着，却没有一天快乐过，即便如此，你也不会原谅我？"

柳儿摇头浅笑："我不会。"

芙蓉脸色骤然一变，苦笑着对杨知事道："芙蓉手上沾满鲜血，怕是不能与老爷白头偕老了……"

"你此话怎讲？"杨知事一句话还没有问完，芙蓉就一把推开他，捡起小荷掉落的匕首往腹中刺去。

几人都没想到她突然自寻短见，心中都是一惊，待反应过来，芙蓉已倒在地上，鲜血汩汩而出，染红了锦裙，显然是活不了了。

只见她喷出血沫，期待地望向柳儿皎洁的容颜："现下……柳儿你可会原谅我？"

柳儿也没想到她会自裁谢罪，不由动容，却仍眼含泪水地回答："你以为这样，我就会原谅你吗……"

芙蓉听到她这样说，一双美目中的光辉渐渐隐去，脸上一副凄楚的神色，杨知事见了，忙一把抱住她："芙蓉，我这就找最好的郎中救你……"

哪知他刚要抱起芙蓉，一股温热的血从伤口涌出，转瞬便将他的衣衫浸透。

芙蓉夫人伸出一只沾满了血的手，理了理他的头发："老爷你看，我的手上已经全是血了，我要去赎罪了，如今留下老爷一人在这世上，老爷不会怪我吧？"

杨知事已泣不成声，连连用力摇头。

柳儿见了，已经疲惫至极，对王子进道："王公子，带我走吧……"

王子进见这场面，不知如何是好："此话当真？"

"那还有假，我现在就要走，马上就要走……"

王子进见她态度坚决，又看了看绯绡，绯绡对他点了点头，这样的状况，实在是出乎他意料，人世间的一切，他无法理解也无法控制。

王子进无奈，只好一把抱起柳儿，往大门走去。杨知事只是抱着奄奄一息的芙蓉，未看向女儿一眼。

王子进朝他行礼道："杨知事，柳儿跟我走了……"

将死的芙蓉，眼睛只是盯着柳儿，却一句话也说不出来，苍白的脸庞上，两行清泪无声地淌了下来。王子进只觉她甚是可怜，不忍再看，忙抱了柳儿离开。

走到门边，只见小荷抱膝坐在门槛上唱曲："遥遥牵牛星，皎皎河汉女。盈盈一水间，脉脉不得语……刘公子，我这曲子，可是好听？"

一个疯，一个死，简直是人间惨剧。王子进不忍再看，抱着柳儿离开。才在回廊中走了几步，便听身后屋中杨知事大喊一声："芙蓉！"

声音甚是凄楚悲怆，在空旷的回廊中回荡，久久不绝，知是芙蓉夫人已经升天。

柳儿躲在他怀中，如猫一般抽搐着，王子进道："柳儿，别哭了……"

"谁说我哭了……"她细细地回答，不愿承认。

王子进只觉胸前的衣襟被她的眼泪浸湿，温暖的泪水在秋风中迅速变凉，似冷到了心底，令他觉得胸口的方寸间如凝固的寒冰，感受不到任何暖意。

"子进，我们回去吧。"绯绡似察觉到他的寒心，拍了拍他的手。

"好！"王子进点了点头，抱着柳儿走在落叶飘飞的庭院中，向夜阑人静的扬州城中走去。

身后庭院深深，似一个巨大的坟墓，困住了痴情的女人们，她们以爱为由，拿起了利刀或毒药，最终却被自己的罪恶埋葬。

风里似传来小荷哀怨的歌声，这次她唱的是李后主的词：

胭脂泪，留人醉，几时重？

自是人生长恨水长东。

花月夜

"柳儿，你若不想嫁我就尽管说，我依旧会把你当妹妹看待，照顾你一辈子。"客栈中，王子进和柳儿在互诉衷肠。

"王公子，虽然我的身体不好，可是近日发生的事我都知道。那日你抱着年幼的我逃离那座可怕的大宅时，我就认定你了。无论你走到哪里，我都会跟着你……"柳儿虚弱地回答，烛光下，她脸庞如美玉般莹白，眉眼俊秀中暗含柔美，与绯绡极其相似，只是多了几分婉约。

王子进激动地握住了她的手，生怕一松手，她就会消失。

客栈的门被推开了一条窄缝，一双丹凤妙目正凝望着房中的一切。绯绡白衣似雪，看王子进和柳儿情意绵绵的眼神，唇边荡漾出一丝难以捉摸的笑容。

他看了一会儿，悄然退去，像是夜风般无声无息。

七日后，柳儿身体见好，王子进和绯绡就带她起程了，两人在骡马行赁了辆舒适的大车，在清晨走出了城门。

薄薄的晨雾中，只见几辆装点华丽的马车立在城门边上。为首的一个中年男人骑在骏马上，是杨知事，只见他白发渐多，精神萎靡，似乎几日不见便老了几岁。

待王子进他们走近，杨知事驱马上前道："可让我见柳儿一面？"

"我没有娶柳儿过门，她仍是您的女儿！"王子进连忙让开。

杨知事听了，下马走到车前："柳儿，你的身体怎么样了？"

"劳烦父亲费心了，现下已经好多了……"车里传来柳儿冷淡的回应，她连窗帘都不曾拉开。

"柳儿，再让爹看你一眼行吗？"杨知事见状，眼角立刻有浑浊老泪溢出，"此番一别，便不知何时才能再见……"

车中久久没有声息，过了一会儿，只见竹帘被缓缓拉开，露出一张明媚悲伤的面孔。

柳儿一双妙目含着热泪，望着苍老的杨知事，终于哇的一声大哭起来："爹，你终是我的爹！就算你做了太多对不起我的事，可我还是无法恨你！"

"柳儿，你嫁了人可要听话啊，不要像在家里一般任性……"杨知事替她擦拭脸上的泪水，"爹不能一直陪着你啊……"

父女俩抱头痛哭，转眼开城门的时间便到了。城门缓缓开启，晨晖中进城出城的百姓商贩来往如梭。

"柳儿，要起程了，爹给你准备了好多嫁妆，你不会吃苦的。"杨知事指着身后的几辆大车，强笑着对女儿说。

柳儿却拽着父亲的衣袖不肯放手。

"该起程了！"晨风中绯绡冷冷地说了一句，纵马走在前面。

王子进也只好打马向前，跟上他的脚步。

绯绡始终容颜冷清，仿佛这离别的愁绪都与他无关，精准地踩着计划中的时刻出发，看都没看那对话别的父女一眼。

杨知事却恋恋不舍，跟着马车送出十余里才不送了。晨晖中，他骑马立在高处，望着车队，紫色锦袍随风飘舞。

王子进望着他斑白的两鬓，憔悴的表情，不由为他可怜。

直至走出很远，他回头看去，还能看到一个苍老的人影立在官道上，那影子孤独而寂寞，像是浪涛中的灯塔，最终消失不见。

这是王子进在扬州看到的最后一个风景。

一

柳儿身体不好，三人且行且歇，兼游山玩水，抵达王子进的老家已是初冬。王子进家本就有十几亩薄田，再加上柳儿的嫁妆，已算得上殷实。

他那年过五旬的老母见儿子科举未中，又游玩了两年心中本来不快，但是见他领了一个如花似玉的姑娘回来，也就不再说什么了。

柳儿的身体尚未完全康复，王子进的婚事也一直没有举行，他乐得清闲，日日与绯绡和柳儿下棋喝酒。

"哎呀……"王子进在寒风中望着眼前这对璧人，"你们二人怎么长得如此相像？那日我娘见了，以为我一口气领了一对孪生姐妹回来。"

"相像还不好？就说胡公子是我的哥哥，看谁敢欺负我？"柳儿掩嘴偷笑。

绯绡却并不答话，看他二人下棋，自己在一旁喝酒，两条剑眉锁在一起，显然是有心事。

王子进想问，但见柳儿在一旁又不好说出口，硬生生地将话头咽了下去，心中却有一丝不祥的预感。

当晚，子进便跑到绯绡的房中，要去打探究竟，哪知一推门，就见绯绡身穿锦缎白袍，端坐在桌旁等他，似乎没有就寝的样子。

"绯绡，你这是怎么了？这么晚还不睡？"

绯绡微微一笑，红唇如血："这么晚还没睡的又不止我一人，你自己又何尝不是如此呢？"

"绯绡，你可是有什么心事？"王子进小心翼翼地问。

绯绡长叹了一口气道："子进，你可还记得你以前说过，要是日日面对两张一模一样的脸，会觉得痛苦？"

王子进连连摇头："那只是玩笑，再说你和柳儿又不是一模一样，只是长相相似而已……"

绯绡摆摆手，似是不让他说下去："那日我与你说，会使出法术，让两张脸变成一张脸，你可还记得？"

王子进不由挠了挠头，显是忘了，他二人天天胡言乱语的话一箩筐，他怎会全部记得？

"明日我就要使那能变一张脸的法术了，子进你要好自为之啊……"绯绡含笑站起来，凤眸含精，凝视着他，"我要休息了，有事明日再说吧。"

下逐客令了。

王子进不由心下恻然，自认识以来，绯绡的冷漠都是对别人的，面对他从来都是嬉皮笑脸，亲切热情，从未如此对待过他。

他只好垂头丧气地出去了，临出门，心中还是隐隐作痛，回头道："绯绡，要是有什么难事一定要和我说啊……"

只见灯光下绯绡对他颔首微笑，明亮的烛光将他雪白的锦袍染成了金色，仿佛是在画中人的周身描了一圈金色光晕。

王子进只觉他变成了一张绝美的画像，美得不真实，美得让人不敢接近。

他自惭形秽，低着头便走出去，却不知那是他最后一次见到绯绡。

当夜，王子进辗转反侧，难以入睡，迷迷糊糊中，竟梦到自己在一条船上，依稀是前年赶考时，与绯绡第一次相遇时的渡船。

绯绡呢？绯绡在哪里？

他只觉心中空落落的，到处找绯绡，从船头找到船尾，但江上大雾弥漫，船上只有他一人的影子，哪有那色如春花的白衣少年？

他正着急间，却听浓雾中传来笛声，那曲子甚是好听，跌宕起伏，大开大合，正是《春江花月夜》。

王子进听着这熟悉的乐曲，前尘往事，涌上心头。他不由痴痴地顺着曲声走去，只见一位身穿白衣的美少年站在船头，衣裾迎风招展，红唇微启，正在吹奏碧绿的玉笛。

少年见了他，回头笑道："子进，你可来了。"

"绯绡，我找你找得好苦啊……"王子进立刻心花怒放，向他跑去。

绯绡收了笛子道："子进，我要走了，可能要五年之后才会回来，你一个人要好好保重啊。"

"为什么？"王子进急道，"你我这样不是很好吗？"

"子进，我自己本是妖魅，怎能总是和你待在一起？现下你平安无事，又得到如花美眷，我可以安心修炼去了……"

王子进听了不由泪如泉涌："绯绡，平安无事不好吗？你我一生都在一起不好吗？"

绯绡却轻笑着摇头："哪里有那么简单的事情？我已算出你而立之年有场大劫，要想个法子助你脱困才行，若是这次你躲过了劫难，此生便可平安无事，能得善终……"

"不！不要！"王子进气急高叫，"我不要什么善终，我只要和你和柳儿开开心心地在一起，这种神仙般的生活，过一日算一日！"

绯绡摇首道："子进，别孩子气了，我会将金铃留给你，一般魔物不敢犯你，我要走了，你我后会有期。"

王子进见江心飘来一片浓雾，潮水般淹没了绯绡飘逸的身影，急忙跑上去要拉住他。

"不要走！"他高叫一声，却一脚踩空，掉在了江水中。只觉浑身冰冷，一下就醒了，却是南柯一梦。

王子进一摸脸颊，湿润冰冷，竟然满面泪水，再看窗外天色，刚透出朦胧光辉，正是黎明之时。

他连鞋都顾不上穿，光着脚往绯绡的房中跑去，只希望，一推门，那白衣如雪的少年，依旧像往日一样笑着等待自己。

他颤抖着推开了绯绡的房门，屋里却空无一人，为他精心准备的锦缎被褥格外整洁，丝毫没有人睡过的痕迹。

"绯绡！绯绡！你在哪里？"王子进慌忙大喊，屋子里却哪有人应声，只见旁边的小桌上，有小小的金光闪烁，正是绯绡曾给他的那个金色铃铛。

他抓起金铃，疯狂地向门外跑去，声嘶力竭地叫嚷："你以为……你以为用这个破玩意儿便能敷衍我吗？"

他一口气奔到院外，只见浅灰色的天空中，竟飘起了细细的飞雪，将大地万物都染成了一片洁白。

王子进赤着足，踏在冰冷的雪地上，并不觉得冷。他急忙往大门的方向跑去，推开大门，只见一片白茫茫、空落落的街道，看不到一个行人，哪里有绯绡的影子？

王子进见状，心中酸楚，甚是难过，蹲坐在地上，号啕大哭起来。

在这个凄冷的冬日早晨，初雪来临之时，绯绡随着落雪消失了。

二

时间如白驹过隙，一晃五年便过去了，王子进此时已是两个孩子的父亲，也蓄起了胡须，他与柳儿都看破红尘，对功名利禄皆毫无兴趣，两人琴瑟相和，日子过得甚是美满自在。

只是有时夜阑人静，王子进在静夜中会想起自己年少时的往事，那在春花秋月中种种奇异又诡异的经历。

那像是一场白日的梦，随时光蹉跎，渐渐模糊泛黄，越发不清晰，但这美好的梦中始终有一个白衣少年，眉目如画，朝自己轻笑嫣然。

只是五年时光转瞬即逝，绯绡却没有如约出现。眼看冬天将至，又是一年春暖花开，王子进的心却随着这缤纷的颜色冷了下来。

"子进，你听说了吗？如湄河里又有人死了，最近这条河上总是淹死人……"这日，柳儿一边做女红，一边漫不经心地说。

王子进不以为然，望着窗外春色，向往地说："是吗？怕是有什么妖怪作祟吧，要是绯绡在就好了……"

"绯绡？又是绯绡！"柳儿突然放下针线，愤愤不平地说，"这世上哪有那么多的妖怪，你日日夜夜念着这个名字，却也不见他回来瞧你。"

王子进见她不悦，忙道："绯绡是我的朋友，你我这段姻缘就是他撮合的，我们还要感谢他才是。"

"子进。"春光中柳儿突然抬起头，杏眼凝霜，盯着他一字一句地道，"我问你，你娶我是不是因为我长得像他？"

目光如刀如箭，似直穿到他心底。

"不，当然不是！"王子进忙惊慌失措地摇头，"那晚在夜市里见到你，我便对你一见钟情，与他有何干系？"

"此话当真？"柳儿眼中的薄冰散去，复又化为春水。

"当然，我王子进若是有半点虚言，定不得善终！"他信誓旦旦地指天发誓，心中却道，反正自己这辈子也不会得了善终，随便发个誓也无妨。

柳儿却非常高兴，依偎在他怀中，幸福地笑了。王子进揽住她纤细柔软的身躯，望着窗外的燕语莺歌，心中满是喜乐。

绯绡，绯绡，也许只应是天上才有的人，还是不要因为自己，累他到尘世才好。

这般又过了两年，王子进已经过了三十岁。他对绯绡的归来已不抱任何期望，隆冬时节，离家五里外的那条如湄河上几乎月月都有人淹死，即便喜欢河上泛舟垂钓的他，也不敢再靠近那条河半分。

在一个冬日的午后，王子进在书房中看书，却在烟雾缭绕的熏香中打起盹来。

"叔叔，叔叔。"耳听一个清脆的童音叫他，他一低头，却见一个小孩在拽他的袖子。

"你这顽童，有何事找叔叔？"他见那男孩梳着总角，甚是可爱，便逗他玩耍。

男童听他一问，一双漆黑的大眼中瞬间便蒙上了一层水汽："叔叔，我找不到家在哪里了……"

"呵呵，原来是这样。"王子进笑道，"叔叔送你回家，好好想想自己的家在哪里？"

"好的。"他脆生生地答道，拉着王子进的手一路走下去，指向远方，"好像就在那边。"

王子进越走越远，只觉路上坑坑洼洼，甚是难走，而且路上泥土渐渐潮湿，脚上似乎都沾着一层水汽。

他只见眼前空茫一片，不由纳闷道："我们这是要去哪里？"

"就是这里。"男孩指着前面的一条光带道。

只见一条波澜壮阔的河骤然出现在眼前，河面上波光粼粼，反射着月光，似是撒了无数的碎钻在地上，又像是把天上的银河搬到了人世，煞是好看。

王子进瞧了瞧河岸边荒僻的景致道："这河倒是很漂亮，可是这附近似乎没见到有人居住，怎会有你的家？"

"叔叔，你可知道，我最喜欢叔叔了。"男童偏着头看他，脸上挂着天真无邪的笑容。

"咦？"王子进暗暗欣喜，"为什么啊？"

"叔叔，你知道吗？我的家就在这河里，那河水好冷好冰，我日日在河底待着无趣死了。"

王子进听这话似乎有什么名堂，而且还是极其可怕的、不好的名堂，只听那男孩依旧笑嘻嘻地说："可是，现下就该轮到叔叔了，叔叔就要替我住在河里了！"

"你说什么？"王子进听了不由大惊，突然明白了什么，慌忙甩了他的手，转身便跑。

男童却又道："叔叔，你就是第一千个哦，这百年来第一千个淹死在如湄河中的人，你可不要太晚过来，不然的话，河面就要结冰了，淹死的时候会很难过……"

伴随着他天真无邪的童稚声音，王子进突然发现自己的脚抬不起来了。

一低头，却见从水中伸出一双手，牢牢地抓住他的脚踝。而且不仅如此，还有一个女人的头冒了出来，秀发浸湿，脸色铁青，一看便不是活人。

"啊？这是什么东西？"

"呵呵，一会儿就好了，这是我养的水妖，它们来接你过去，一会儿就好，很快就会没有任何感觉了……"男孩在一边拍手笑道。

王子进抬眼望去，只见河中接二连三，竟然钻出了百十个水妖，方才还是美不胜收的河面，转眼就变成了一副群魔乱舞、末世地狱的模样。

水鬼们狞笑着，一个个或拉着他的衣袖，或拽着他的胳膊，就要把他拽进河中。

"不……不要啊……"王子进一句话还没喊完，就觉得冰冷的河水已经将他淹没，直至没顶。

在寒冷刺骨的河水中，他脑海中浮现出一张柔美的面孔。柳儿，柳儿，我对不住你，这么快就要撇下你一个人了。

然而就在这时，天地之间突然响起了悦耳的铃声，那铃声清脆好听，仿佛无处不在，即便隔着河水，仍能传到灵魂深处。

王子进听到这铃声，猛地打了个激灵，竟然清醒过来。

只见自己仍坐在家中的书房里，香炉中仅余残香，窗外夕阳照晚，原来他伏在书桌上睡着了，方才的可怕经历，只是一个梦而已。

他暗笑自己胆小，擦拭额上的冷汗，但怎么擦也擦不干，只觉得未免太湿了一点。

再看自己已经全身湿透，仿佛刚刚从水中捞起来的一样，再一看，袖口还挂着几片水草。

他心中立刻一惊，难道刚才所见并非梦境，而是真的发生过吗？他定睛一看，只见一条粗黑的水线像是一条蟒蛇，从门口一直蜿蜒到自己的书桌前。

该来的总会来，王子进见状心中一片凄苦，这次没有绯绡在身边，自己怕是躲不过了。他忙叫仆人将房间打扫一下，不敢向柳儿母子透露半分，怕为他们平添忧愁。

王子进只有对着窗外的雪景和夕阳长长叹息，从来没有如此无奈过。

次日清晨，他还没有从睡梦中醒来，便听怀中的金铃突然铃声大作，声音急促而响亮，一下下，一声声，没完没了。

王子进吓得忙从床上爬起来，这铃声一响，怕是没什么好事。

哪知他惊魂未定，卧房的门就被家丁敲得震天响，王子进又被这敲门声吓了一跳，怒道："这是怎么了？"

只听家丁在门外道："老爷，有客人来访，说是您的旧交，在大门口等着呢……"

他忙穿好了衣服，披上棉袍，边走还边疑惑道："旧交？旧交？自己哪里有什么旧交了？"

他一路跑到庭院，只见天空中又飘起了零落的雪花。

王子进撑起一把竹伞，穿过庭院，来到门口。只见乌漆的大门旁边正站着一个身材高挑的人，那人穿着白色的棉大氅，风帽将脸遮去大半，只露出一个秀气洁白的下颌。

王子进见了那不染片尘，几乎与雪融为一体的白衣，不由心酸，能将白色穿得如此出尘的，世间只有绯绡一人。

绯绡他会回来吗？还是这跟绯绡离开当日一样的冬日落雪天，给了他一个美丽的幻觉？

只见那人转过身来，轻声笑道："子进，近年来可好？"

依旧是目光清澈如冷钢，眉目温润似白玉，一张桃花春风面，带着几分调笑，不是绯绡是谁？

"绯绡……"王子进手臂轻颤，油纸伞掉落在地，在落雪中滚了几圈。

绯绡见了，弯腰捡起伞，替王子进撑在头上："子进，多年未见，你怎么还是如此不小心？"

　　王子进见他红唇微翘，似笑未笑，五官如玉雕般精致，看起来不过十七八岁的样子。心中不由难过，他依旧是当初初识时的少年模样，而自己却已经老了。

　　想到此节，眼泪立刻涌了出来："绯绡，我想你想得好苦啊……你一去这许多年，我已经老了，你却和原来一样，一点变化都没有。"

　　绯绡笑道："你怎么还是这样糊涂啊，要是你真的同我一样岂不是糟糕？"

　　语中带嗔，一如往昔。

　　王子进听了，终于再也忍不住悲伤，哇的一声大哭出来。这许多年，这许多年过去，绯绡终于回来了……

三

　　当晚新月如钩，两人青梅煮酒，把酒言欢，外面虽是隆冬，房内却甚是温暖，瑞雪的反光将绿色的窗纱照得薄如蝉翼。

　　"绯绡，你可知这许多年，我想你想得好苦啊。"王子进今日还特意命厨子做了各种各样的鸡款待他。

　　绯绡拿着酒杯，却不说话，过了一会儿道："生离死别本是人生常事，子进你不要如此看不开，终有一天，我还会离开你。"

　　"什么？你还要走吗？"王子进像是当头被泼了冷水，笑容立刻凝固了。

　　"我和你继续游玩的话，再过十几年就得做你的义子了。"绯绡笑眯眯地指了指他的胡须。

　　王子进这时才想起自己今年已过而立，不再年轻。绯绡的出现，让他忘记自己已是个中年人，仿佛又变成了个轻狂少年。

　　他眼眶不由湿润，暗笑自己只想与绯绡游戏人间，却忘了他连游戏的资本都没有了。再过几年，他更加老迈，又怎能与绯绡一同游山玩水？

　　王子进心中难过，不由多喝几杯，却是酒入愁肠愁更愁，一会儿便趴在桌子上不省人事。

　　朦胧中只觉一个有力的臂膀将他扶到床上，月光中绯绡的俏脸隐含忧愁，悲伤地看着他。

　　"子进，只希望我这次能助你逃脱劫难。"

　　"劫难？什么劫难？只要你不将我一个人留在这世上孤苦，一切便不是劫难！"他激动地一把抓住那手，只见眼前一张脸皎如明月，色如春花，张口就叫，"绯绡，你不要再走了……"

那人一脸错愕，眼中光彩慢慢消失："子进，他这一回来，你便失了心智吗？"

声音柔媚动人，却是柳儿。

"没，当然没有，我只是认错了人……"王子进说着摆了摆手，又蒙头去睡。

哪知柳儿却异常担心地拉着他的手："子进，你别如此善良，他这番回来，必是没有好事，你自己可要小心啊。"

王子进哪敢回答她的话，只好借酒装醉，迷迷糊糊中只见柳儿压抑地哭了一会儿，甚是伤心地起身离去，轻轻带上房门。

皎皎月光洒在床前，他知道柳儿是官家小姐，对狐鬼异术极有成见，也不怪她害怕绯绡。

但自己跟绯绡出生入死，屡涉险境的情谊，又岂是她能懂的？

昨夜王子进的梦中，多了一个苍白漂亮的男孩，那孩子似要取他性命，害得他连觉都睡不安稳。

可今日绯绡回来，他心中踏实，立刻陷入了沉沉梦乡。

哪知他刚刚入梦，便看到一双棕色的眼珠盯着自己，再一低头，又是那个男童，拉着他的衣角。

"你是哪家孩子，不要夜夜缠我了，快快走吧。"王子进不堪其扰，哀求道。

"叔叔，我怎么能走呢？叔叔还要替我在河里待着呢。"他仍说着一样的话。

"什么河底，你找错了人吧？"王子进急着要甩开他的手，却无法甩脱。

男孩牢牢地抓住王子进道："没错，绝对没错！叔叔就是要接替我做河神的人，叔叔代替我，我就可以变成人了。"

王子进纳闷道："河神？什么河神？"

男孩笑道："做了河神，河中的水妖都可由你驱使，快快随我来吧。"

话音刚落，只见地上竟然冒出无数湿润的水草，往他脚踝上缠去。王子进一见不妙，撒腿便跑，只见四周一片漆黑，他辨不清方向，只能一路狂奔。

前夜也如此狂奔过，若是夜夜如此，怕是累也得累死了。

他跑了半晌，只觉浑身脱力，眼前却慢慢地出现了一条白练，走到近处才发现又是之前那条大河，在静谧的月光中，散发着幽森的光芒。

王子进无路可逃，只能站在河边眺望，却听身后一个童声道："叔叔，这河很美吧？"

或许河水平缓美丽，王子进并不害怕，轻轻问道："这河叫什么名字？"

"这河叫如湄，很久以前有位美丽的姑娘溺死其中，后来就以她的名字为河命名了。"

"如湄，好好听的名字啊。"王子进道，可是这样婉约的名字，这样静美的河水，又吞噬了多少生命？

"叔叔，你若进去了，才能知道这河里真正的美。"男孩循循善诱地说。

王子进万念俱灰，今日与绯绡的一番对话，让他觉了无生趣，自己等了他七年，却等到一个如此残酷的事实。

"你真的觉得在河底很是寂寞？"王子进回头看他。

"不错，寂寞得很……"男孩寂寥地回答。

"是不是做了河神，便可不老不死？"王子进又问。

"不死是不成的，不老倒是真的……"

"那我便接替你吧，你也是很可怜的……"王子进笑了笑，他想就此变作一条河算了。

如果等待千年，他还是少年模样，是不是就能跟绯绡再次重逢？两人永远活在凝固的时间中？

"叔叔真好！"男孩点了点头，只见河水突然暴涨，淹没王子进的膝盖，继而又涨到了胸口。

王子进觉得河水冰凉舒服，心中不由难过，想着绯绡见他变成一条河，会不会伤心难过，会不会日日来河边找他，他还会嘲笑自己的老去吗？

就在河水淹没了他的脖颈时，突然颈上一紧，他还不明白怎么回事，身体已经悬在半空。

只见脚下一条深蓝的河水宛如白练，在夜色中蜿蜒。

"为什么要阻止我？我想死还不成吗？"王子进气急败坏地在空中蹬着腿。

"子进，你为何还是这样小孩子气？你若死了，柳儿该怎么办？两个孩子又该怎么办？"头顶响起一个清朗舒缓的声音，正是绯绡。

"我……我是看那孩子可怜，才想帮忙……"王子进吞吞吐吐地回答，却不敢说出自己的真实心意。

"你再看看，那真是个孩子吗？"

王子进忙定睛望向脚下，哪里有什么小小孩童，倒是深蓝色的河底伏着一条黑色巨蟒，鳞片森森，狰狞可怖。

"这……这是什么东西？"他一见之下，立刻头皮发麻。

"这便是你刚刚怜惜的小孩！"绯绡捏了个法诀，长刀向更高处飞去。

河底的巨蟒从水中探出头来，只见一个如房屋般大小的头颅，阻住了他们的去路，蟒头上布满了黑色的鳞片，还有一双大如灯笼的眼，在黑夜中闪烁着棕色的光辉。

"你这狐狸是哪里来的，坏我的好事？"它说起人话，声音竟真的与男童的一模一样。

绯绡听了忍不住讥讽道："夺人性命也算好事？别让人笑话……"

巨蟒气愤至极，河里的水哗地一下就卷起一条银白色蛟龙，直冲他们而来。

眼见水龙转瞬就到了眼前，吓得王子进哇哇大叫："绯绡，我错了，我不想死啊，我们快逃！"

"现下你也知道后悔了？"绯绡轻笑一声，竟然掉转方向，驾驭长刀疾冲向那条水凝成的银龙。

"看你们往前怎么逃？"巨蟒见了，哈哈大笑，笑声如同雷鸣，震得王子进头昏脑涨。

王子进见水龙张开大口，疾向他们咬来，他甚至能看清它森森的獠牙，潮湿的水珠沾满了他的脸。

他万念俱灰，闭上了眼睛，只等自己被活活淹死。

哪知水龙刚咬到绯绡身上，身体就迅速分到两边。绯绡一袭白衣，如流星般从天空滑过，所过之处，水龙分崩离析，水滴纷扬而落。

反射着星辉月光，宛如无数珍珠漫天飞舞，景致诡异到了极致，也美丽到了极点。

"避水咒？"眨眼间巨蟒被甩到了身后，发出了愤怒的咆哮。

"不错，正是避水咒，知己知彼，百战不殆。"绯绡得意扬扬地大笑，已带着王子进逃远了，只余笑声在浩瀚星空中回荡。

王子进再次坐起身，竟然正躺在自家床上，跟上次在书房中一样，他浑身尽湿，像是刚从河里捞起来一般。

只见绯绡白衣如雪，正站在自己床前，手持红色妖刀。

一道黑色的水痕蜿蜒在房间的地板上，在即将抵达床头时，居然被人齐齐地切断了。

"他方才说的可是真的？"

"没错，"绯绡又道，"不过我定不会让你去做那倒霉的河神的。"

"绯绡，"王子进望着他，关切地问，"这次我们的对手是河神，你可有胜算？"

绯绡漂亮的面容如凝结了霜雪，冷漠而凝重。王子进满含期盼，只希望他能点一下头，自己的心中也算有了安慰。

哪知绯绡却别过脸，躲过了他殷切的目光，居然转身便走。

他走到门边，又停下脚步，回头微笑地看着王子进："子进，你能不能答应我一件事？"

"当然，你说什么我都答应！"

"将来无论我对你做了什么，你都要相信我，不要恨我，可以吗？"

王子进只见他一身白衣，唇边含着一抹微笑，站在夜色中，似如谪仙般要随风而去，不由连连点头。

绯绡离开后，他一人既悲伤又害怕，便溜到柳儿的房间去看她，只见柳儿正睡得香甜，月光中，眼角已经有了细纹，添了些许岁月的痕迹。

他望着这张皎洁美丽的睡颜，心下内疚地说："柳儿，我真是糊涂，刚才差点就要抛下你一个人走了，我真是对不起你，你不会怪我吧？"

柳儿似听到了他的话，睡梦中嘴角微翘，恍若微笑。王子进眷恋地握住她的纤纤玉手，仿佛要握住一生一世的时光。

四

次日清晨，绯绡便邀王子进出门赏雪。

只见昨日一场大雪将天地都染成一片银装素裹，两人踏雪而行，走到城外。

王子进几次想问他要去哪里，见他表情冷漠，始终说不出口，王子进只觉绯绡这次回来后，似乎与他隔着千山万水，难以接近。

又走了一个时辰，周围景致越发荒凉，荒草丛生，枯树横枝，绯绡说了一声："到了！"总算打破了二人间的沉默。

王子进打量四周，只见眼前白茫茫的一片没有任何景物，只有几棵柳树残败在眼前。

"这是什么地方？"王子进奇道。

"这便是如湄河的所在。"绯绡伸出长指，指了指荒原之下。

王子进听到这名字便胆战心惊，不知绯绡为何要带自己来这里？难道他不该离这条河越远越好吗？

他仔细看去，只见脚下不远处似乎确有一条河，只是昨日下了一日的雪，河面被冰雪覆盖了。

"走吧，子进。"绯绡说着，孤身往河边走去。

"我们为什么要到这里？还是速速回家吧。"王子进越靠近，越觉得河水如沉默的凶兽般阴森恐怖。

只见走在前面的绯绡回首笑道："知己知彼嘛，我是来看看河面冻到什么程度了。"

"河水的结冻，与这事有关吗？"

绯绡依旧不答，快步踏雪而行，两人一前一后，很快便到了河边。

王子进探头看去，只见河面上刚刚冻上一层薄冰，等河水全部冻结，少说也要十天半月。

但见冰下河水如湛蓝水晶般晶莹剔透，与白雪交相辉映，美丽得摄人心魄。王子进多看了两眼，就被迷住神志，不由自主地向薄冰脆弱的河心走去。

只觉人生苦短，苦多乐少，不如一头扎进去，就可好好休息一下。

"子进！"他恍恍惚惚地走了两步，身后响起关切的呼唤，只见绯绡站在河边，清丽出尘的脸上尽是牵挂，担忧地望着自己。

此情此景，像极了他们初识时的一刻。

"让我歇歇吧……这么多年，我突然觉得好累……"王子进哽咽地说，这一句话，道出他多年辛苦。

他是妖，自己是人，即便他用尽全力，也追不上他的脚步。

他正满心凄苦，只听啪的一声脆响，随即脸颊火辣辣地疼，竟然被绯绡打了个耳光，正在愣神间，手腕一紧，已经被他拽到了岸边。

"你为什么打我？"王子进怔愣地捂着脸颊，不明所以。

绯绡见他回过神来，松了口气："你被迷住心智，这河神真是执着，如此青天白日，还要取你性命。"

"那咱们快快回去吧，你不是也看够了吗？"王子进抹了抹眼中的泪水，急忙要回家。

"子进，你可知道今日为何要来这里？"绯绡点头跟他走去，待远离河岸，突然莫名其妙地说。

王子进望着他，不明所以。

"这次我们的对手是一个河神，而且命中注定要有此劫，我此番是逆天而行。"一直骄傲自信的绯绡，居然沮丧地叹了口气。

"绯绡，人各有命，你何必为我如此烦恼？"王子进道。

"最初认识你，是想要报答你的恩情，可是后来觉得你这样迂腐，还是不要过早地死了才好。"绯绡笑着，眼底却有悲凉之意，"不然谁来衬托我的聪明伶俐？"

"你这家伙……"王子进被他逗笑，笑中却又带泪。

"子进，不要哭了，我们还有一线生机。等这河面完全结冰，就是它法力最弱的时刻，到时候我们就有机会封印它。"

王子进认识他九年多，一直见他潇洒不羁，从未如此没有把握。只望着广袤无尽的苍穹叹息，只觉命运如丝如线，无所不在，又无影无形，天下哪有人能轻易掌握？

一线生机，不知这一线间，又有多少希望？

"子进，我们这是最后一搏了。"他正想得出神，只听绯绡说，"你前日可是答应我，无论我怎样待你，你都不会怪我？"

"当然，"王子进点头道，"你多次救我于险境，便是将我杀了，我也毫无怨言。"

绯绡颔首微笑："那就好！你要记住，无论我做出什么过分的事，都是为你着想。"

王子进望着绯绡点了点头，只见他黑发如缎，目如点漆，跟初识时毫无变化，恍然间竟觉得自己也像昔日一样年轻，两人可以携手渡过任何难关。

但见绯绡长袖一展，再放下手，手中竟然多了一把刀。刀光如血，跟七年前相比，更加妖冶艳丽。

原本只是刃口鲜红的刀，此时连刀身都变成了血红色。

"绯绡，是有妖怪来了吗？"王子进一见他拔刀而出，立刻觉得不妙，警惕地望向四周。

但见绯绡面带愧疚地说了句："对不起，子进……"

他还没来得及张口去问，只觉眼前红光一闪，刹那间整个世界都被鲜血浸染，白的雪，蓝的天，如画的人，都变成了一片血红。

柳儿一人在家刺绣，望着窗外的雪景，只觉心中忐忑不安。今日一大早，子进便和绯绡出去了，现在快到晌午，还是不见二人回来。

正着急间，手中的绣针扎到了手指，血珠渗了出来，在她白玉般的手指上凝成一簇簇红色的珊瑚。

她望着血珠发呆，手指好疼，可不知为什么，这疼却似传到了心底，让她胸口的方寸间揪疼难受。

她也不知今日是怎么了，只希望王子进快点回来。

就在这时，院中传来家丁焦急的呼唤："夫人，夫人，大事不好了！"

"怎么了？"柳儿急道。

"您去大门那里看看吧……"家丁还没有说完，柳儿便提着裙角跑出了卧房，隐隐觉得王子进出事了。

她刚刚跑到大门，就见一个身穿白衣的人站在门边，他的白色斗篷上染着一片片鲜红的血迹，面容秀美，宛如少年，正是绯绡。

而他怀中抱着的人，不正是子进吗？可为什么子进脸色黄如金纸，浑身浴血？

柳儿见了，一阵眩晕，强撑着走来问绯绡："胡公子，怎会这样？"

绯绡来不及回答她的话，抱着王子进就往屋中跑去。柳儿只见他斗篷下露出一柄长刀，妖艳如血。

锋利的刀尖上，还有鲜血淋漓，一滴滴落在白皑皑的雪地上，如红梅初绽。

五

王子进做了一个梦，梦到自己走到一条小路上。

路旁开满了鲜花，如人间仙境，这景致十分熟悉，似乎很久以前，自己也走过这条小路，如果他没记错的话，路的尽头会有一名红衣少女。

果然他又走了一段路，只见一名红衣美女，正站在花海中拈花微笑，但见她梳着一个同心髻，身穿樱色襦裙，目如朗星，五官美得无可挑剔，正遥遥地望着他笑。

"沉星……"王子进见到她立刻欣喜若狂。

"王公子！"只见她依旧双眸如星，笑靥如花，与初识时毫无变化。

王子进不好意思地摸了摸胡须道："这般模样你也认得出来？"

"王公子便是化作灰我也认得……"沉星又笑道。

"你依旧像过去那般年轻美貌，你也是，绯绡也是，只有我一个人老了……"王子进叹道。

"王公子，不要只看不老不死的好处，千百年的寂寞和孤独，又岂是常人所能忍受？"沉星语气低沉，似有无限寂寞。

这一句话说得王子进惆怅万分，这几日他总是对绯绡的青春常在耿耿于怀。可是如果自己死了，他不知还要一人孤苦多少年，比起生命短暂的自己，却不知可怜了多少倍。

"不说这些了，你这是去哪里？我们一同走吧！"王子进跟她久别重逢，开心地说。

哪知沉星却摇了摇头："王公子别走了，这便是黄泉路了，还是速速回去吧。"

"你在这里是做什么？"王子进纳闷地问。

沉星低头道："小星不肯先走，要等王公子一起投胎，不论王公子将来转世是男是女，小星都想和你生在一个年代。"

"快了，快了，你也许不用等很久了……"王子进听她一说，心情莫名振奋，但想到河神，情绪又变得低落。

沉星却俏皮地笑："小星还是希望能等得久一些，你在这尘世，快活的日子便多一些。"

两人正说着，只听花海中突然响起了悠扬的笛声，沉星眺望了一下四周，感慨地说："王公子，快走吧，你的小狐狸在叫你了！"

"狐狸，你说的可是绯绡？"这一句竟脱口而出，王子进睁眼一看，自己正躺在家中的床铺上。

他回头一望，只见柳儿伏在床旁，累得沉沉睡去。窗外响起悠扬的笛声，王子进只见四周一片漆黑，不知是日是夜，想起身看一下，哪知身上如火烧般疼痛，不由哎哟叫了一声。

这一叫，却将柳儿惊醒了，只见她蓬头垢面，两只眼睛肿得如桃子一般，见他醒来，眼泪又夺眶而出："子进，你可是醒了！"

王子进连忙问："柳儿，你怎的这样了？绯绡呢？他在哪里？"

柳儿的笑容瞬间凝结在脸上，只见泪水从她脸上慢慢滑落。王子进见了急道："柳儿，柳儿你这是怎么了？"

只听她哀哀痛哭："我这般不眠不休地伺候了你三天三夜，哪想你一睁眼就是在问他！"

王子进想她是一个官家女儿，自小便没有吃过什么苦，现在如此对待自己确是不易，忙道："柳儿，我是有事要和绯绡说……"

"不要提他了，就是他将你伤成这个样子。"柳儿说着擦干了眼泪，"我这就叫婢女帮你做点滋补的东西，好好补补吧。"

王子进本想说自己的魂魄便是绯绡引回来的，可是话到嘴边却又无法出口，见柳儿出去，他忙扶着墙一步一步走下床去。

他要见绯绡，要问他这究竟是为了什么？

哪知刚拉开门，就见绯绡倚在门外，如玉树临风，见他出来微微一笑："子进，你醒了？"

王子进没有想到他居然一直站在门外，一时不知该说什么好，只道："谢谢你，刚刚我在黄泉路上遇到沉星了。"

"我知道，她一直在等你……"绯绡点了点头。

"你早就知道了？那为何不让她先走？"王子进急道，让沉星一人在那花海中等他，他于心不忍。

绯绡却无所谓地摇了摇头："每个人都有每个人的幸福，我们还是不要管太多才好……"顿了一顿，又问道："子进，你恨我吗？"

王子进诧异地摸了摸身上的绷带："是指这个吗？你砍了我十刀算什么？我是不会怪你的……"

"那就好，那就好，子进快把伤养好吧，后面还有事情等着我们呢！"绯绡松了口气，眼中又饱含着笑意。

王子进见他这样说，忙问道："你为何要伤我才行呢？"

"现在不能说，"绯绡笑道，"将来你就会知道了！"

他仍如多年前那样爱卖关子，狡黠地笑了笑，转身就走了。

王子进见他白色的背影越走越远，忙叫道："若真能逃脱此劫，我们一起去游山玩水吧，如同过去一样。"

绯绡听了并不回头，只朝他摆了摆手，背影伶仃，甚是落寞。

王子进见他答应，心中不由高兴，等逃脱了此劫，等逃脱了此劫……一切便会好起来了吧！

六

王子进受的是皮肉外伤，养了十几日便行动自如，他跟绯绡日日喝酒吃鸡，望着窗外的白雪红梅，只觉这样快乐的日子过得一日便少一日了。

也曾不止一次地问绯绡为何要伤他，绯绡却总是笑而不答，最后被问得急了便道："这是我最后留给你的礼物，不要多问，以后便知道了。"

王子进听了心中不由暗笑：自己前胸后背都是难看的疤痕，这样的礼物可是从未听说过。不过绯绡向来行事古怪，他也就一笑了之了。

"子进，最近可还有怪事情发生？"绯绡问道。

"没有，连梦也不做了……"王子进只觉得这几天的日子甚是安稳喜乐，若是一生也能这样度过便好了。

"这便好了……"绯绡颔首微笑。

"难道，是那河已经完全结冻了？"王子进一想心中不由高兴。

"不错，正是如此……"绯绡笑着拿起酒杯道，"来，我们喝酒！"

可是来年呢？来年终会春暖花开，又该如何是好呢？王子进心里想着却不敢说出口，只怕再给绯绡添上忧愁。

两人喝了一下午的酒，王子进酒兴大发，将那河神、水怪通通抛在脑后，脑中只有美酒、佳肴与至交。

仿佛时光倒流，又回到他年少时，和绯绡两人日日把酒言欢，无忧无虑。

冬日的夜晚总是来得特别早，没一会儿工夫，天便全黑了。

"绯绡，明日我们再一起吃鸡喝酒好不好？我请的厨子做别的不行，烧鸡最是拿手……"王子进此时已带了些微醺。

"若是明日还能相见，我自然陪你。"绯绡扶着东倒西歪的他。

"好好好。"王子进道，"明日怎生见不得？一定会见得！"说完，便摇摇晃晃地走到自己的房中去睡了。

绯绡立在回廊中，看他狼狈的模样，只觉得好笑，怕是过十年再来，王子进还是这糊涂德行，没有长进。

然而冬夜寒冷的风吹过，他脸上的笑容竟然凝固，再过十年？希望十年之后，两人还有缘再见。

他俊逸的脸上现出几分坚毅，缓缓转身，竟然没有回自己的房间，而是迈着大步，迎着细雪，向大门的方向走去。

王子进一躺在床上就进入了梦乡，不知不觉，又梦到了那花海中的小路，沉星依然站在花丛中，红衣如血。

"沉星，你真的要等我一起往生吗？"王子进忙跑过去跟她说话。

可沉星并不答话，站在花海中不住抽泣，王子进见她哭得如牡丹含露，连忙安慰："这是怎么了？"

"小星是又喜又悲……"沉星泪眼蒙眬地看着他，"喜的是王公子就要与我一起走了，悲的是公子的大限已至……"

"此话怎讲？我这不是平安无事吗？"王子进顿时一惊，不知她何出此言。

"王公子现下还是无事？"

"不错，今日下午我还与绯绡一同吃酒来着，就是陪着我的那位俊美公子，白毛狐狸。"王子进笑道。

"咦，这就怪了！"沉星面现疑惑，"王公子此时就该是个死人了，怎么还好端端的平安无事？"

王子进突然觉得大大的不妙，这是怎么回事？想起今晚绯绡奇怪的神情，莫不是他有事瞒着自己？

他心下着急，大喊一声："绯绡！"居然一下就醒了。

只见房中一片黑暗，似是午夜时分。王子进忙下了床，手持烛台就往绯绡的房中跑去。

烛火忽明忽暗，如同忐忑的心，透着不安。

很快他便来到了绯绡的门前，缓缓推开了房门。

只见屋中漆黑冷清，哪里有绯绡的身影？王子进并不死心，执着蜡烛将屋中又仔细查看了一遍，确是不见那白衣美少年。

而他特意为绯绡准备的锦缎床铺仍好好地叠放在床头，王子进见了那整洁的被褥，心中仿佛被大锤击了一下：同七年前一样，他再次不告而别了。

他孤身站在空房中，眼中不由湿润了，为什么他又这样走了？不是约好明日要一起喝酒吃鸡吗？怎么又爽约了？

王子进想着，脑中突然灵光一闪，忙奔回自己的房间，将衣柜的门打开，只见里面竟藏了一柄三尺长剑。

他将剑小心翼翼地捧出来，拔剑出鞘，锋利的剑锋在夜色中闪烁着湛蓝如水的光辉。

王子进抚着长剑喃喃道："我七年之前就已准备好的，哪想今日终于派上了用场……"

说罢，他将利剑插在腰后，披上棉袍，大步向门外走去。

只见外面漆黑的天空中又飘起了片片雪花，宛如白色的精灵在风中曼舞。

他迎着风雪走到大门口，远远见到一个人身披红色大氅，站在门旁，一袭鲜艳的红衣，宛如在夜色中点了一把火。

"子进，这样晚了，你要去哪里？"那人缓缓抬起头，露出风帽下灿如春花的脸，原来是柳儿。

王子进见了她不由心虚地说："我出去一下，很快就回来……"

"你不要骗我！"柳儿指着他腰间长剑哭道，"你带着剑，怎是出去一下如此简单？"

王子进不由心情郁结，一把将她揽在怀里，柔声道："柳儿，柳儿，我对不起你，你不要怪我……"

"我在你心中始终不如他来得重要吗……"柳儿苦涩地笑了笑，眼中全是失望，仿佛能看到王子进内心深处。

"柳儿，这是无法相比的！"王子进难过地摇头，他跟绯绡的情谊，她怎么能懂？

柳儿却哭得更加伤心："我与你夫妻七年，生了两个孩子，难道都抵不上他与你两年的交情？"

王子进见她哭得伤心，也受到感染，哽咽着说："绯绡为了我去赴死，我又怎能坐视不理？"

"此话当真？"柳儿立刻惊得花容失色，绯绡伤害王子进，让她觉得他如同恶魔，没想到他会为王子进做到这般地步。

"不错，没有他此时我已经是个死人。"王子进泪眼婆娑，紧紧地抱着柳儿，"柳儿，我这一去，可能就再也不会回来了……我……我……"

却是哭得伤心，再也说不下去。

柳儿抹干了眼泪，微笑着说："子进，你有什么话就说吧，我不拦你就是……"

王子进怜惜地捧住她的脸，轻轻地说："我当初娶你，确是因为你长得像绯绡，你不怪我吧？"

柳儿听了，哭声更见悲怆，却仍然摇了摇头。

她得到了爱，已不想追究这爱从何而来。

王子进又哭道："这几年来，我一直无所建树，不求功名，你不会生我的气吧？"

柳儿听了，竟然破涕为笑，道："认识你时便是如此，有何生气？"

王子进紧紧抱着她哭道："现下，我又要丢下你和两个孩子走了，你不会恨我吧……"

柳儿听到此话，突然号啕大哭："你一定会回来的，一定会的！我不相信善良的子进会狠心抛弃我和孩子们，我会等你，等你回来……"

王子进捧着她被泪水模糊了的俏颜道："系我一生心，负你千行泪，柳儿，我此生欠你的，来世一定会还！"

说罢他松开手，推开大门走出门外，再不回头。

柳儿在后面哭道："王子进！我会等你回来，你少拿来世搪塞我，你欠我的，我今生便要……"

她凄楚的哭声渐渐被风雪吹散，飘零在冷风中。

柳儿望着风雪中王子进的背影，他一袭蓝衣在风中飞舞，仿佛又变成了昔日那个在噩梦中拯救她的善良少年。

只是这少年终于抛下她，越走越远，似要走到一个她此生都无法企及的地方。

"你回头看我一眼啊，哪怕一眼也好……"她咬着手指，在心里默默地念着，然而王子进却始终没有回头，最终身影被风雪吞没。

柳儿似失去了所有的力量，渐渐地委顿在地上，哇的一声大哭出来。

猩红色的斗篷，在黑夜白雪中，如一簇孤独跳跃的爱火，如此鲜艳，又如此寂寥。

七

王子进冒着风雪走出街巷，只觉寒风刺骨，雪花打到脸上也觉生疼，忙裹紧了袍子，走向荒僻的郊外。

他要去的，就是如湄河的方向。他心中隐隐有个感觉，绯绡就在河畔，哪怕拼了自己性命不要，也要将他带回来。

等王子进走到河畔时，已是黎明时分，雪势也渐渐变小。王子进只见天地之间一片雪白，连一个人影都没有，河畔边的柳树碎石，此时都被厚厚的积雪掩埋了。

"绯绡，绯绡，你在哪里？"王子进站在冷风中大喊，"我知道你就在附近，赶快随我回去吧！"

他喊了几声，却无人应声，空余寂寞的回声，在旷野中飘散。

事已至此，他只能握紧长剑，向河边跑去，只见河面上已经结了一层厚厚的冰层，冰上还覆盖着积雪。

王子进像发了疯一样，拔剑出鞘，举起长剑向河上砍去，边砍边叫道："还我绯绡，还我绯绡……"

可锋利的剑锋遇到坚冰，竟只是添了几道白色的印记，哪里能破坏得了？

王子进折腾累了，索性坐在河面上歇息起来，正惆怅间，只见不远处有一层积雪甚薄，凹成了一个圆形的浅坑。

他心中立刻涌起一丝不祥的预感，提起长剑便跑了过去。

他停在浅坑中心，伸手拨开薄薄的积雪，只见坚冰之下，清晰可见一抹白影，似乎正是绯绡的衣袖。

王子进忙手脚并用，一会儿便清光了冰层上的积雪。

只见那如镜如琉璃的冰面下，正冻着一个雪肤黑发的少年，不是绯绡是谁？

他长发披散，遮住了半边脸颊，脸庞上还带着淡淡的血色，仿佛只是睡着了般平静，长睫的阴影投映在眼底，透着宁谧和安详。

王子进一见到他，立刻捡起青锋长剑，继续用力砍冰，可是他砍到浑身脱力，冰层仍然如水晶般坚固，没有出现一丝裂缝。

眼见绯绡的脸栩栩如生，就在眼前，他又怎能放弃？他大叫道："绯绡，你不要着急，我定会救你出来，我去找炭火，把这该死的冰烤化！"

正说着，只听后面一人哈哈大笑，那笑声如洪钟一般，震耳欲聋："就凭你，也想破了我的法术？"

王子进忙回头一看，只见一条巨蟒正沿着结冻的河面缓缓爬来，头颅大如屋舍，布满黑瓦般的鳞片，在夜色中反射着幽幽的蓝光。

王子进双腿一软，跌坐在地："你不是……你不是被冻在水底了吗？"

大蟒吐着红色的舌芯："谁说我被困住了？这坚冰，刚好可助我使用咒缚的法术，正好这只狐狸便来送死！"

"你说这是法术？"王子进道。

"不错，赶快去找个地方自我了断，过来接我的班吧！若是手软，我来助你！"

"那我也要把绯绡放出来再说，不急这一时片刻。"王子进突然在夜色中露出了诡异的笑容。

"你有本事将他放出来？不要笑掉大牙。"黑色的巨蟒像是听到了一个好笑的笑话，发出震耳欲聋的笑声。

只见王子进撩开衣袖，挥起长剑，朝它笑道："偏偏我就是知道一种破解法术的方法！"说罢他手起刀落，举剑便往自己的胳膊上砍去。

巨蟒没想到他会有这一招，再阻止时已然来不及，只见王子进将自己的胳膊割了一条两寸有余的口子，鲜血瞬间就飞溅到冰面上。

"你这凡人，不收拾了你，便还要找麻烦！"黑蟒说着，迅速游走，转眼硕大的头颅就到了王子进面前。

王子进只见一张血盆大口向自己咬来，腥气扑鼻，这次眼看是活不了，吓得连忙闭眼等死，哪知那嘴竟久久没有合上，不由疑惑地睁眼偷瞧，只见自己身旁不知何时多了一人，双手举着一柄血红妖刀，硬生生地将蟒口顶住了。

"绯绡，你出来了？"王子进不由兴奋异常，多年前在考场中见过绯绡以自己的鲜血破除老生的符咒，这次侥幸一试，哪想真的奏效了。

绯绡回头冲他道："子进，还不快走，我也坚持不了多长时间！"

王子进这才回过神来，捡起地上的长剑，连忙快步跑远。

绯绡见他躲远，纵身向后一跃，自己也逃离了蟒口。

巨蟒见了气道："手下败将，还敢过来送死？"

绯绡长刀一指，对他笑道："刚刚是不小心着了你的道道，你现在再放马过来啊！"

巨蟒顿时气急败坏，一颗硕大的头就往绯绡身上咬去。然而绯绡甚是灵巧，如流星般在翻飞穿梭，巨蟒身体笨重，竟然抓不到他。

王子进见绯绡占了先机，心中不由暗喜，那巨蟒虽是力气有余，可是辗转腾挪却远远不及绯绡灵活。

正高兴间，只见黑蟒停住攻击，大叫道："不与你周旋了！"

王子进不由纳闷，不知它葫芦里卖的什么药，只见它在原地不停地转圈，卷起冰层上的积雪漫天飞舞。

在一片冰霰雪舞中，蟒蛇笨重的身躯渐渐消失，竟然变成了一个身穿黑色短袍的男孩，正是自己梦到的那个。

他见到这奇异的景象，心中突然升起一丝不祥的预感。

果然那男孩得意地笑了笑，身体幻化为一道黑色乌光，疾向绯绡冲去，一把就抓住了他的长刀。

"这次如何？"他仍笑吟吟的，十分轻松的样子。

绯绡侧身一闪，刀已消失，男孩却穷追猛打，抬手就劈向他的头顶，绯绡双手一晃，妖刀再次出现，挡住了男孩的攻击。王子进见了不由松了口气，可绯绡脚下的冰层竟然突然间裂了几道大缝，显然承受着无穷的压力。

看来这巨蟒身量变小，力气却半分不少。

绯绡见状不妙，忙撤刀便跑，边跑边叫："子进，快上岸！"

王子进听了，呆了一下，往岸边狂奔起来，只见整条河冰层不断崩裂，速度之快，让人无法想象。

眼见自己便要掉落在冰冷的河水中了，手腕突然被人扣住，正是绯绡。两人一路狂奔，王子进只觉身子被他拽得飞起来，渐渐脚不点地，还没有反应过来是怎么回事，就见如湄河已然被他二人远远地抛在身后了。

王子进见了不由松了口气："这下安全了吧？"

哪知气还没有喘上一口，就觉得脚下湿冷，河水竟然漫延到岸边。

只听一个小孩的声音尖笑道："以为这样容易便可跑了吗？真是有趣。"却是那河神追了上来。

王子进和绯绡相互看了一眼，眼中都满含疲惫，不知何时才能摆脱他？

正踌躇间，只见河中冲出无数道星光，越来越耀眼，仔细一看，竟化作一条条水箭，风驰电掣般袭向二人。

王子进见水箭转瞬即至，要将他们生生射成筛子，忙抓住了绯绡的衣角。

绯绡忙将长刀举过头顶，口中念念有词，只见刀锋上泛起血色光芒。他身影疾舞，将刀竖劈一下，又横劈一下，在两人面门前画了一个大大的十字。

水箭眨眼间便来到二人面前，王子进只见眼前晶光闪烁，不由吓得狂叫起来，哪知风中似多了个看不见的屏障，将二人笼罩其中，水箭射到上面，都飞花溅玉般碎成了水珠。

但是水势汹涌，连绵不绝，碰到屏障上发出巨响，震得王子进在里面捂着耳朵狂叫，只觉整个世界都被淹没在水中，宛如末日一般。

过了片刻，水势渐歇，只听男孩的声音在头顶响起来："好一个狐狸，还有些办法！这次看你往哪里跑！"

王子进急忙抬头，只见黑衣男孩正踏在一条手臂粗细的水柱上，站在半空中。

绯绡面色一冷，忙对他道："子进，我送你到安全地方，你赶快找机会逃走。"

王子进连忙摇头，可还没有明白是怎么回事，只觉一股大力托住了他的后腰，像是一只看不见的手，稳稳地托着他送出屏障。

他再落地时，已经在离那二人十几丈的雪地上。

耳边响起了绯绡清朗柔和的声音："子进，你自己保重，我能拖他一时是一时，你先逃命吧！"

"我这次来，本就不打算活着回去了，你为了我何苦如此？"他拼命摇头，却见绯绡站在风雪中，与半空中的男孩对峙，似乎根本没有听到他的话。

他还没有反应过来是怎么回事，两人便瞬间动起手来。

绯绡大喝一声，解开咒术屏障，身姿轻灵，纵身一跃，一刀劈向男孩面门。

男孩头一偏便躲了过去，杀气落了空，砰的一声在雪地上砍出了一道裂痕。

"你这力气使得很足，就是准头好像差了点。"男孩桀骜地微笑，可他话音还没有落，又一刀向他袭来。

王子进远远观战，不由为绯绡捏了把汗，只见男孩驾驭着水柱，举重若轻地招架，显然占了上风。

但绯绡似乎神志不清般，虽然将刀舞得如同红花绽放，但是有一半都砍偏了。罡风刀刃尽数落在地上，倒打得积雪纷飞，沟壑万千，就是没有一刀击中敌人。

两人斗了不过片刻，绯绡已然累得气喘吁吁。

王子进见了不由着急，他二人虽没有分出胜负，可是那男孩脸不红气不喘，似乎是胜券在握，在耍弄绯绡一般，高下立现。

王子进心不由凉了半截，看来今日，二人定要葬身此处了！

"没想到你这么笨，再打下去也只能输而已，还有何意义？"男孩抱肩大笑，眼神中透着得意。

"你……你说谁会输？"绯绡上气不接下气地喘息，俊逸的脸上，却露出一丝狡黠笑容，"你看这地上是什么？"

男孩往地上一看，只见方才绯绡乱击在地上的沟壑，竟然整齐有序，刻成了一张巨大的符咒。

"这……这是封魔印？"他稚嫩的脸庞显出惧意，颤抖地说。

"不错，就是封魔印！连神仙都能封住的最强封印，这便是我七年来修炼的成果！"

男孩仔细地盯着地面的符咒半晌，突然神情放松地笑了："你修炼得太马虎了，这封魔印画得还差一笔，要拿来封什么？"

绯绡收起长刀，凛然立在风中，俊脸寒霜地说："最后的那笔，我写在了关键的地方，只要你不去碰它，这封印便不会启动！那是我留在心底的一点慈悲，也是你最后的退路。"

"慈悲？退路？就凭你那点法力，还想困住我吗？不要说笑了！"他脸色一冷，竟然撇下绯绡，以迅雷不及掩耳之势向王子进袭去，"你快快随我走吧，不要拖拖拉拉！"

手臂生出层层黑鳞，五指如刀，一把就往王子进胸口抓去。

王子进没有想到他会突袭，竟吓得呆立在原地，不知躲避。

眼看手就要穿透他的胸口，他突然觉得浑身燥热，裹在身上的绷带骤然崩断，竟然从衣服中透出了耀眼的金光。

光芒照到了男孩的手臂上，黑色鳞片尽数脱落。男孩痛苦地在空中翻了个跟头，一头栽倒在雪地上。

这下变故太突然，王子进还没明白怎么回事，就见黑衣男童恶狠狠地望向绯绡，咬牙切齿地道："算你厉害，竟将这启动封印的符咒，刻在他身上！"

八

王子进此时才明白，绯绡为什么会将他划得满身伤痕。

只见男孩恼羞成怒在地上打了几个滚："敬酒不吃吃罚酒，我要让你们二人都葬身这里……"

他的身体飞快地变化，稚嫩的脸庞上嘴咧到了耳根，四肢合拢，体形变大，眨眼间又变回一条大蟒。

但它却并不傻，吐着血芯向绯绡袭去，显然是害怕了王子进身上的符咒，不敢随便出手。

王子进远远地见绯绡挂着长刀立在雪地上，大口喘着粗气，额上豆大的汗珠不断滚落。显然方才他画出封印消耗了太多法力和体能，不要说念符咒，连避让的力气都没有。

王子进再也忍不住了，发狠地大喝一声，抓起手中的宝剑，纵身一跃，就抱住了大蟒的尾巴。

但怀中一片滑滑凉凉，腥气扑鼻，无处着手。大蟒急速爬行，一甩尾巴，便将王子进甩脱了，他在雪地上打了好几个滚，待停住一看，果然离绯绡已经近了好多。

黑蟒扬起积雪，怒气冲冲地叫嚣："杀不了他，杀了你也行！累我吃了如此多的苦头！"

王子进见绯绡垂手站在白雪中，并不抵抗，不由急道："绯绡，快逃啊！"

说罢，他拿起宝剑就冲了过去。

绯绡却在冷风中回过头，恋恋不舍地望着他微笑："子进，你一个人快逃吧……"

他的秀发遮住了白玉般的脸庞，白衣飘飞，像是在冰雪中绽开了一朵花，只是这白色的花即将凋谢。

"绯绡！"王子进大喊一声。

就在此时，黑蟒已经来到绯绡面前，一口就朝他的头顶咬了下去。绯绡无力抵挡，只能侧身躲避，却还是没有躲过。

只听扑哧一声轻响，蟒牙贯穿了他的肩膀，血瞬间就染红了他一身如雪白衣。

他艰难地举起刀，撑住了蟒口，总算没有被吞入口中。即便如此，他仍望着王子进的方向，红唇微动，不断地说："子进……子进快逃啊，不要磨蹭了……"

王子进心中激愤，提起宝剑便冲了上去，大声喊道："逃什么逃？我王子进岂是贪生怕死之人？"

冷风如刀，吹得他面颊生痛，转眼就冻凝了热泪。

他想起了跟绯绡的约定，想到两人说好了春暖花开时要一同游山玩水，怎么眨眼间就化为了泡影呢？

都是因为它！这可恶的怪物，如果没有它，他跟绯绡一定在逍遥快活地喝酒吃鸡！

他满含怒意，全部力气都贯注在长剑上，一剑便刺向蟒头。

黑蟒冷冷地看着他，似在嘲讽他的不自量力，它轻轻避让，就躲过了王子进拙劣而漏洞百出的攻击。

哪知王子进剑锋一偏，居然绕过它的头颅，长剑划破鳞甲，刺入巨蟒如灯笼般巨大的眼睛中。

之前一剑，竟是虚招。

只听扑哧一声轻响，一股温暖的黏液喷到了他的身上。王子进见得了手，心中一喜，刚要拔剑出来，却觉得整个人如腾云驾雾般飞起来。

只见黑蟒吃痛，居然把绯绡吐出来，昂起身子，拼命甩动着脑袋，要将他甩脱。

蟒蛇本就庞大，一立起来如三层楼那般高，王子进被晃得头晕目眩，抓着剑柄的手渐渐松脱。

不知为什么，他眼前浮现出柳儿柔美的面庞和她那件如爱情般热烈的红斗篷。

这是他唯一对不起的女人，而最终，他连弥补的机会都没有，终将负她。

"子进，你万万不可松手啊！"绯绡在地上叫道，他半边衣襟被鲜血染红，长发披散，甚是狼狈可怜的样子，不复平时的风流潇洒。

"绯绡，我抓不住了，你快走吧！"王子进在空中颠簸，隐隐感到自己命已快绝，但只要绯绡能活下来也是好的。

绯绡却摇了摇头，再次朝他露出平时惯见的、自信的微笑。

"子进，你要抓住，我这就启动那封印，将他封起来……"他说罢十指尖尖，在胸前摆成兰花的姿态，默默地念咒。

巨蟒在雪地上翻滚，痛苦不堪，瞬间便将几个雪丘打散。王子进已经握不住剑柄，手渐渐滑脱，如风中败絮般即将掉落。

恰在此时，他突然觉得身上暖意融融，无数道刺目金光从棉衣中射出来。

他吓了一跳，精神不由一振，只见方才绯绡砍过的沟壑中同时迸发出刺眼光束，足有方圆十几丈那么大，轻易将巨蟒的身形笼罩在金光之中。

"你……你为何要这样？"巨蟒似乎十分痛苦，声嘶力竭地叫道，"我是河神！你便是拼了命也不过封我百年而已！又有何用？"

绯绡却不理他，仍埋首念咒，王子进见他如观音化身，亦男亦女，既有男子的伟力，又隐含女子的坚韧。

他的面容迸发出光芒，似变成了一个他不认识的，强大得近乎神的人。

可随着他不断地念着咒语，身上的伤口就迸裂一分，白衣上的红色渐渐扩大，这牺牲的场面，宛如寺庙中佛祖舍身的画像。

王子进知道他在耗尽生命启动符咒，突然觉得自己无比渺小。

他只是个平凡的、心软的、毫无建树的书生，怎么值得他牺牲性命去救？王子进心中难过，突觉万念俱灰，一松手就从半空跌落下去。

如果自己的死，能换来绯绡的生，便是死了也没什么！

然而他的身体尚在半空，就听绯绡大喊了一声："成了！"

突然整个世界变成了一片光的海洋，他身上的光，地上的光，如有生命般会聚成一团，直冲天际，照亮了黎明前的天空。

"你这狐狸，将来我再出来，定然不会饶你！"黑蟒的身影在金光中挣扎扭动，但任凭它如何挣脱，仍然被金光一点点吞噬了。

就像阳光下的影子必定消失般，不留一丝痕迹。

王子进砰的一声重重跌落在地，而金光喷涌到极处，骤然收缩，如一条金龙般隐没到了地底，世界又变成了一片平静，只有阳光在云层后，露出了蟹壳般的青色光辉。

"不错，我只能封你一百年，可是百年之后他便转世，你又到哪里找他？"绯绡静静地回答。

"你这般为了一个凡人，却是何苦……"冷风送来一声呜咽，却是那巨蟒的最后一句话。

绯绡疲惫地提着刀，拖拖拉拉地向王子进走来，边走边笑："子进，我们赢了，我们赢了啊！你看到了吗？"

王子进却躺在地上，望着渐渐变成青蓝色的苍穹，连动也不能动一下，他只觉周身无一处不疼，身体越来越冷，十分难过。

绯绡见他不答，蹲在他面前问道："子进，你这是怎么了？"

王子进见他一张俏脸沾了鲜血，就在自己面前，两行清泪顺着脸庞滚了下来。

"绯绡，我此番不成了……"他竭尽全力地说，可才说了几个字，喉头一甜，就喷出一口鲜血。

他万万没有想到，在关于春天的约定中，爽约的竟是自己。

绯绡焦急地望着他，语气已经带着哽咽："子进，不要紧，我一定会将你治好……"

"不成，我是不成了……我刚刚又看到沉星了，她还在等我……"王子进断断续续地说，"我不能让她等得太久……"

"子进，你不要说话，我这就带你回家……"绯绡伸臂要去抱他，哪知这一抱，王子进又吐出几口鲜血，染红了衣襟。

见此情状，他的心立刻变得冰冷，只怕王子进的内脏都已经摔碎，真的活不成了。

他只好将王子进又放在地上，低声道："子进，你放心，你一定不会有事。"

但说出的话却没有半分把握，玉雕般的脸上，满是落寞。

王子进眼含泪水地望着他："绯绡，你不要难过，我与你相识，还未见过你如此伤心……"他顿了一顿又说，"我这一生，最快活的日子便是与你在一起的两年，便是死了也无憾了。"他叹了口气，又咳出口血，"可是我最对不住的，就是柳儿了……"

冷风萧瑟，卷起地上的细雪，绯绡跪坐在将死的王子进面前，两行清泪，顺着他白玉般的面庞滚落而下。

他凤眼微红，面容凄楚，让人看了为之心碎。

王子进见了，伸出一只手替他拭去眼泪："绯绡，你怎么哭了？我还从未见你哭过……"

"子进，你过去问我有没有伤心过……"绯绡握住他的手，轻轻地说，"我告诉你，我这一世，最伤心的就是看见一个男孩被人乱刀砍死，那时便发誓定不要他再死在我面前！"

他兀自倾诉，王子进的神志却逐渐模糊，连话都说不出来。

他只觉身体越来越冷，风雪弥漫，似乎就要将他吞噬了，最终他留恋地看了绯绡一眼，疲惫地闭上了眼睛。

"所以，子进，我定不会让你死的！"绯绡说着，拿起手中的长刀，口中念念有词，须臾之间，长刀就在他手掌中飞快旋转起来，越转越快，越来越小，最终化为一个血红色的圆球。

王子进有气无力地看着他，眼中满是疑惑。

只听绯绡道："子进，这是我全部的修行，你吃了它，定可活命……"

王子进的意识即将消失，他怔愣地望着天空中飘飞的落雪，缓缓变白的天色，目光恋恋不舍。

哪知就在这时，有人撬开他的嘴巴，往嘴里塞了什么东西。那东西带着一股清凉之气，直冲口鼻，一入口就消失了，滑入五脏六腑，说不出的舒服受用。

绯绡眼见他吃下去，满意地笑了。他伸出一只长指，沾染了自己的鲜血，按在王子进的额头上。

"子进，我最后的法力都用在你身上了，今后你将忘了有关我的一切，平安地活下去……"

他红唇微翘，凤眼却含着泪光。

忘掉？什么忘掉？王子进想要摇头，却连动一下都不能。

"千年之后，若是有缘，你我再重逢吧。"绯绡说着，指上加力，王子进不觉头中一阵眩晕，神志越发模糊。

只见乱花飞雪中，正有一只白狐蹲坐在他面前，眼如黑玉，偏着头望着自己。它似受了很重的伤，雪白的皮毛被鲜血染红。

白狐恋恋不舍地看了他一会儿，拖着一条瘸腿走了，走时一步三回首，似通人性一般。

王子进觉得这白狐甚是熟悉，似乎在哪里见过它，却又想不起来，心底只希望它不要走远，但那抹白影还是消失在雪中。

只在雪地上留下一串染了血的脚印，如梅花初绽，艳丽而寂寞。红梅开在雪中，也绽放在王子进心底。

他心中难过，一时气急，竟然晕了过去。

不知过了多久，冰冷的雪冻醒了他，只见整个世界都变成了白茫茫的一片，落雪淹没了河床、残柳、碎石以及一切能铭刻下记忆的痕迹。

"我怎么会在这里？为什么没在家中歇息？"王子进十分纳闷，但又觉得心中难过，空落落的似是丢了十分重要的东西。

对了，回家！也许回到家就知道自己要找的是什么了！

他爬起来，跌跌撞撞，一路踩着雪向家中走去。冷风萧瑟，细雪飘零，他像是失了魂魄，心中尽是揪痛，似乎刚刚经历了一场悲伤之事。

他走到天光大亮，远远地可看到自家院落，那乌漆的大门，还是和记忆中一模一样，曾几何时，曾有人身穿白色大氅，站在门外朝他扬眉轻笑？

他正疑惑，见柳儿身披一件猩红色的斗篷，正焦虑地站在门外等他。

那红色在雪中鲜艳美丽，似是给这银装素裹的世界点上一点朱砂。

柳儿遥遥见他过来，跑过来扑到他怀中，轻轻哭道："你可回来了！"

"柳儿，这是怎么了？"王子进茫然地问。

"不知道……我也不知为何站在门外等你，好像你不会再回来了一样。还好你回来了，我好高兴啊……"柳儿说完，又止不住抽噎不停。

这到底是怎么回事？王子进隐隐觉得，自己似乎忘记了一件极其重要的事。

当年去东京赴考，是谁站在青石堤、绿柳岸上等他？

秋夜朗朗，又是谁跟他并肩坐在画舫上欣赏歌舞？

夜阑人静之时，又是谁笑着抱出美酒和烧鸡放在他的面前？

"子进""子进""子进"……脑海中似乎有个少年的声音回荡，清脆响亮，或开心，或失落，或痛苦，绵绵不绝。

那个名字，那人形貌，呼之欲出，可他偏偏就是想不起来是谁。王子进心中激愤，一下蹲坐在地上，抱头痛哭。

柳儿见状急忙问道："子进，子进你这是怎么了？"

"我……我也不知道……"王子进哭得越发伤心，"我好难过啊，好像刚有什么人离我而去，可是我偏偏忘了他是谁……"

泪涕横流，凄惨至极。

柳儿也越发难过，忍不住流泪，怜惜地捧起王子进的脸："子进，子进，还有我呢。"

却见王子进的额头上多了一个红色的痕迹，似是颜料，又似鲜血，她抹了两下，竟然怎么也抹不掉。

王子进望着她皎洁的面孔，点漆般黑亮的双眼，如此熟悉，又如此陌生，只觉答案就在这张脸上，却又怎么也想不起来。

他哇的一声哭得更急，只觉这苍茫大雪，似乎带走了他最为重要的东西，最为珍惜的人。

柳儿急忙抱住他，王子进委顿在她怀中，两人坐在门外，似乎时间就此停驻，不再前进，将这一生一世，都浓缩在这皑皑雪景中。

这世上沧海桑田变幻，又有谁，曾记得，春江花月？

尾 声

千年之后。

夕阳西下，又是一天过去了，两个高中生正走在回家的路上，其中一个低头说："这次模拟考的成绩又不好，怎么和爸妈交代啊？"

另一个却很是开心："什么都不说就行了嘛，有什么好说的？"

"你可真是乐观啊！我要是有你一半这样就好了……"

"嘻嘻，考不考得上大学又怎么了？不上大学也可以过得开心啊。"那个豁达的男生笑眯眯地说。

两个人一路说说笑笑，突然间那乐观的高中生双眼似是长了钩子，直愣愣地盯着马路对面的一个人看，只见对面一个人白衣胜雪，长发披肩，看不出是男是女。

他只是一路往那边去了，似乎很久以前，也有人这般等过他，那时青石堤、绿柳岸，一人笑靥如花，剑眉入鬓，不知羞杀多少妙龄少女。

"哎！哎！你去哪里啊？"他的同学在身后叫嚷，男生却充耳不闻，只是一路向前走着，朦朦胧胧中，似要走入一个久远的梦中。

那人眉目温润，五官俊美，也如千年之前般勾魂摄魄。风吹起高中男生额前的头发，只见眉心上一个红色的胎记，如血一般，红得惊心，吟唱着久远的传说。

Best Time

白 马 时 光

［珍藏版］

春江花月夜

下

多多——著

百花洲文艺出版社
BAIHUAZHOU LITERATURE AND ART PRESS

目 录

目录

楔　子

细雨如丝，杏花点点，青翠草色如烟云般染绿了天色。

在这烟雨蒙蒙的春日午后，路边的一家草庐中，却挤满了来往的行人。青裳布裙的少女在竹帘后泡茶，跑堂的小厮穿梭于客人中间端送着瓜果茶水。

一位说书先生正端坐在草庐中央，口沫横飞地讲着怪谈。

他口才极佳，将原本就怪异诡谲的话本说得更添玄妙，每到关键时刻就停上一停，听得客人们心痒难耐，想搔又搔不到，欲罢不能。

"老爷，您写的新话本真精彩。"一位十四五岁大小的书童连连夸赞，边说边殷勤地为上座上的主人端茶倒水，"怪不得远近茶楼酒肆的老板都来家门外排队，有了您的话本，自然客似云来。"

可坐在上座的中年人却眉头紧皱，不时还轻轻摇头，似乎对说书先生的故事略有不满。

"总觉得，还差了点什么……"

"已经够好的了，小的听了都觉得害怕。还有每个故事中的美人都各具风采，真不知您是怎么想出来的。"书童仍大拍马屁。

"告诉你一个秘密，这些故事都是我在梦中梦到的。"中年人将了将胡须，得意地笑了笑。

书童愣了一下，但说什么也不相信主人的话。他的主人可是王子进，别号梦斋，远近闻名的话本作者，甚至有书商将他的话本印成书册，卖到了东京城中。

而这些精彩绝伦、旖旎诡异的故事，竟然来自虚无梦境？哼，老爷一定是看他年少，才故意逗弄他。

"哎，可惜最近没有做有趣的梦了……"王子进失望地叹气，起身走出了草庐。

南方的雨丝细软，看起来像是朦胧的雾，落在身上似美人的轻抚，悄无声息地就沾湿了行人们的衣襟。

王子进打着把紫竹伞，漫不经心地走在回家的路上。草庐位于车辆往来的官道旁，待他不徐不疾地走回小镇，已是黄昏时分。

家家户户燃起了昏黄的灯光，像是一只只幽冥的眼，在春日潮湿的夜色中微微睁开。

王子进走在被雨水冲刷得宛如镜面般光滑的石板路上，看着路上稀稀拉拉的灯火倒影，仿佛走入了缥缈的梦境中。

长夜漫漫，他曾无数次在梦中独行，经历着一个个诡谲离奇的事件。而每次他都觉得有个人一直陪伴在自己身边，但当他想看清那个人的脸时，梦就戛然而止。

他为自己起了个名号叫"梦斋"，他总会看着夫人柳儿出神，仿佛答案就写在那张精致的脸庞上。

但多年过去，柳儿美丽的容颜被岁月的风霜浸染，他也没有想起梦中的那个人。

他满怀心事，信步而行，竟在雨夜中迷路，不知归途，而一直跟在他身后的小书童更是不知所终。

街上时而走来一个身穿繁花锦裙的女人，脚踩着高高的木屐，逶迤而行；时而还会有三三两两的孩童结伴笑闹而来，他们都着花衣，手持花鼓，似刚刚参加庆典归来。

行人们的着装越来越离奇，他看了又看，一双眼都不够使，好似又变成了十几年前，那个刚刚乘船来到东京城的少年。

所幸路边的景致还未变化，只要走过两个街口，再绕过一棵大柳树，就是他的家了。

一个佩刀的人在雨中停下来，看了他一眼；又一个少女站住了，直勾勾地看他，他偷偷瞥了少女一眼，发现她竟然戴着个古怪的面具。

不知为何，路人们都不约而同地看向他的所在，视线千丝万缕，像是网一般将他困住。

他吓得慌忙奔走，连伞都不知扔到了何处。

枝繁叶茂的柳树伫立在夜雨中，像是一个长发垂肩的美人。他慌慌张张地从柳枝中穿过，宛如抚起了缕缕青丝。

熟悉的门楣近在眼前，大门虚掩，从门缝中透出淡淡辉光，温暖了冷雨霏霏的夜。

"真是吓死我了，快给我泡杯热茶。"他一头钻入门中，又将大门关严，才终于松了口气。

可是待看清门内景致，他刚刚落回肚中的心又提到了嗓子眼。只见他家假山错落、花木俨然的庭院中竟然稀稀拉拉地站着几个陌生人。

那些人有男有女，还有总角孩童，他看着极为面熟，仿佛在哪里见过。

"是子进回来了吗？"厅堂中传来一个声音，清朗悦耳，听起来如清泉流过山涧般令人舒服受用。

他觉得这声音熟悉至极，心底的恐惧刹那间烟消云散，不由自主地走进了大厅。

只见室内燃着百盏白烛，将不大的厅堂照得如同白昼，一个身穿白色锦衣的美貌少年，正懒洋洋地倚在檀木椅上，而两名娇娥站在他身边，千娇百媚地为他递水打扇。

少年脸如玉雕，看起来不过十七八岁的年纪，五官英挺俊美，散发着一种介乎于男女之间的奇异之美。

"你……你是谁？"他见了这少年毫不害怕，只有亲切之感。

"子进，你真的全忘了吗？"少年红唇微抿，好奇地打量着他，目光竟停在了他眉心间的红色胎记上，"原来如此，让我来唤醒你的记忆吧，你的过去……那些被遗忘的传奇……"

他走到王子进的身前，轻轻地推了他一把。

他的手白而修长，却充满力量，王子进被他推得一个趔趄就跌倒在地。

坚实的石板路，瞬息间化为荡漾的水波，他连吭都没来得及吭一声，就沉入了水潭深处。

透过粼粼波光，他看到了天空的皎月，飞雪般的落花，以及一只蹲踞在花海中的白色狐狸。

幻化的水光中，几年来无数个梦境如走马灯般在眼前一一浮现，只是这次他转过了头，终于看清了一直站在自己身后的人。

第一夜

月如面

月圆之夜，清辉满天，将偌大的东京城照得宛如白昼。庭院深深中，一个身穿轻薄软纱，梳着双环髻的少女正在灯下做女红。

她边绣边哼着小曲，哼的是"还似花间见，双双对对飞"这样恩爱缠绵的曲子，绣的是一张红绸枕巾，上面一对交颈鸳鸯，在碧水中嬉戏。

她双颊绯红，美丽的大眼睛忽闪明亮，眼中满是对未来的希冀。

下个月就是她出嫁的日子，她遥望着天边月色，仿佛在那如盘满月中，看到自己夫君皎洁英俊的脸。

"云儿，云儿……"花窗外传来了呼唤声，温柔而多情，而且分明是个年轻男子的声音。

少女闻声起身，推开了雕花木窗，只见院中花枝掩映，夜雾轻浮，哪里有半个人影？

"浅墨，是你吗？"她朱唇微启，轻轻呼唤，但回应她的只有夜风拂过花枝，发出的沙沙细响。

少女披了件外衣，悄悄提裙走了出去，她的小婢正在熟睡，完全没有察觉主人奇怪的举动。

她脚步轻盈，猫一般敏捷，踏着柔软的萱草，在庭院中徘徊，寻找着自己期望的身影。

此时正是初夏时节，蔷薇吐出了含羞的粉嫩花蕾；龙胆和铃兰绽放出淡紫色的花瓣；栀子洁白如玉，用怡人的清香，装点着宁谧的夜晚。

花朵随夜风轻摆，仿佛都想知道，如此夜深人静之时，这个美丽的姑娘，为何孤身在月下游荡。

"云儿……云儿……"呼唤的声音再次响起，满含深情，宛如情人的低语。

少女的眼中立刻浮现出幸福的光彩，快步走向声音的来处，可当她走过去，等在那里的只有一堵灰色高墙，根本没有半个人影。

她长长叹息，就要转身离开。

"云儿……"然而就在这时，身后再次响起了呼唤声，声音比刚才更轻柔，听起来像是有人在亲吻她的耳垂。

她欣喜地回过头，只见在高墙之上，竟有一张皎洁如满月的脸。那是一张男子的面孔，眉目英挺，面白如玉，在夜幕的映衬下，几乎可以跟明月争辉。

但这张脸也如月影一般，飘浮在半空中，根本看不到身体。

"啊——"少女脸色刹那间变得惨白，发出惊恐的叫声。

凄厉惨叫在东京城静谧的夜幕中回荡，奏响了一段诡异传奇的序曲。

一

夏日炎炎，氤氲的暑气令人昏昏欲睡。王子进着一件浅蓝色布衣，正伏在茶舍的矮桌上打盹。

"子进，莫要睡，一会儿就有你爱听的怪谈了。"

身边响起了一个清朗悦耳的声音，他迷迷糊糊地回过头，就像他多年来在梦中所做的那样。

可这次他没有醒来，终于清晰地看到了身边人的形貌。那是一个身穿白色绫绡长袍，头戴白色发巾，面如冠玉的美貌少年。

他唇如涂丹，鼻子葱管般英挺纤巧，一双丹凤眼迷离惑人，而黑色的瞳仁中，却又隐含着睿智的光芒。

王子进看了看丹凤眼的少年，伸了个懒腰，迷迷糊糊地打量着周围。只见两人正坐在一间堪称豪华的茶舍中，小桌上放着一块冰，在酷暑中送来丝丝凉意，堪称惬意舒适。而冰块周围，则摆满了各色小菜，皆以鸡制作而成。

有酱鸡胗、凉拌鸡肉丝，还有一整只烧鸡。可再看别的客人桌子上，摆着的都是清凉茶水和水果点心。

王子进嫌弃地皱着鼻子："绯绡，为什么我们大热天还要吃鸡啊？"

"没有好吃的鸡，要怎么过夏天？"绯绡笑眯眯地拿起竹筷，轻轻巧巧地夹了一块卤鸡胸送入口中，丹凤眼立刻弯成了两弯月牙，像极了一只狡黠的狐狸。

"我看你没有鸡不光过不了夏天，是一年四季都过不了吧？"

"子进如果没有美女看，是不是也觉得度日如年？"绯绡也不生气，笑盈盈地答。

王子进会心一笑，立刻将脖子抻得老长，看向街道的方向。惜哉此时正值酷暑，路面被灼热的日光照成一条白晃晃的河，连个人影都看不到，更不要说美女了。

"我刚才做了个梦……"他转过身，望着桌上白汽萦绕的冰，"梦到自己老了，以写话本怪谈为生，而且居然忘了你。"

绯绡优雅地擦了擦嘴，丹凤含精，若有所思地看着他。

"子进，那只是个梦，不要放在心上。"

"可是如此真实……"

"只有愚蠢的人，才会为梦境苦恼。"绯绡指着站在茶舍中央的说书先生，"看，你最喜欢的话本来了。"

说书人喝了口茶，润了润嗓子，果然口沫横飞地讲起了故事。因为正值盛暑，他专门挑诡异可怖的故事讲，听得喝茶纳凉的客人们鸦雀无声，发根直竖，哪里还有半点汗意。

故事跌宕起伏，悬念重重，只见茶水果子接连不断地添上，没一个客人肯离席。

"真是太有趣了，比我们经历过的事情还要有趣百倍！"王子进听得连连拊掌，一回头，却见绯绡居然倚在舒适的座位上睡着了。

他鼻息轻匀，长睫微颤，显然已经睡了一会儿。

"绯绡，你怎么不听听呢？这故事如此精彩。"王子进生怕他错过，忙推醒了他。

"这有什么好听的？人类的谎言，乏味又无聊……"哪知绯绡却不领情，不耐烦地摆了摆手。

"什么谎言？明明都是真事。"王子进哪肯信他，"不是亲身经历，怎会如此惟妙惟肖，像是亲眼所见一般？"

绯绡笑而不语，只伸出长指，蘸了些茶水，抹到了王子进的双耳之上。之后他又伏在小桌上，享受着冰块的凉爽，惬意地会周公去了。

王子进独自一人喝着清茶，听着精彩绝伦的故事，可不知为何，故事刚起了个头，耳边就回荡起接下来的情节发展。

好似正有一个多嘴的小人藏在他的耳中，提前将故事的结局告诉他一般。

本来就是以诡异取胜的怪谈，一旦知道了结尾，立刻变得如白水般索然无味。王子进这才明白方才绯绡对他的耳朵施了法，一旦对方说的是谎话，立刻就会被拆穿。

果然，片刻之后，他也打起了瞌睡。

两人在桌上伏案而眠的样子，皆落入说书人眼中，尤其是王子进刺耳的呼噜声，怎么听都像是对他无能的嘲讽。

他入行多年，从来都能牵着看客的情绪，他想让他们哭就哭，想让他们笑就笑，让他们害怕更是简单，说个恐怖的段子，保准他们一个月内都不敢走夜路。

可哪想到今日遇到这两个粗蠢后生，完全不将他的故事放在眼中。

"接下来，我为大家讲个更离奇的故事，是关于住在东京城西的，一户商人家发生的怪事。"他喝了一大口水，扯着脖子嚷出了最后一个故事，誓要扳回一局。

"话说这商户之家姓夏，以贩卖广陵的胭脂水粉为生，家中只有一个独女，名唤芸云，生得闭月羞花，沉鱼落雁，身段柔软，声音娇媚，简直是个水做的人儿。"

他刚开了个头，一直鼾声连天的王子进突然不作响了。

"夏家老爷视芸云如珍似宝，到了女儿出嫁的年纪，为她千挑万选，才选中了同是商人的苏家郎君。苏郎生得俊美出众，跟芸云可谓是天造地设的一对。"说书人见了王子进的表现，忍不住拈须微笑，"可就在两家过了聘礼，定下吉日之时，怪事发生了……"

他卖了个关子，刚刚喝了口水，便见王子进已经坐直了。

"这次是真的故事……"王子进又惊又喜，因为他耳边只有徐徐夏风，根本听不到故事的结局。

"夏家的芸云，竟然在一个晚上，变成了个怪物……"说书人绘声绘色地讲述，"那是一个月圆之夜，芸云因做出嫁用的嫁妆而晚睡，在自家院子里赏月散步时，竟然见到了一张宛如明月的脸……"

后来呢？王子进急得抓耳挠腮，或许知道这故事并非虚构，他比方才更感兴趣。

"而且脸竟是浮在半空中……"

风轻轻浮动，像是一只看不见的手，拂乱了绯绡的漆黑长发。他仍然伏在桌上，保持着小憩的姿势，但一双妙目已经睁开，闪烁着奕奕神采。

"之后就再也没人见过芸云，据说原本貌若天仙的芸云，不到月余，就完全没了人样……"他捋了捋胡须，收起折扇，"至于后来发生了什么，还请各位看官明日午时再来茶舍。"

"后面到底发生了什么？"王子进的屁股仿佛长了钉子，在椅子上蹭来蹭去，根本没有了看美女的心思，恨不得明天早早到来，好继续听故事。

"听起来很有趣呢。"绯绡打着哈欠，伸了个懒腰。

"不如我们去夏家查探一下吧？"

"不去，天这么热，还不如吃鸡喝酒。"

"如果你肯带我去，我给你打一个月的扇子……"王子进伏低做小地恳求。

"哎，子进，我终于明白你为什么八字不好了……"绯绡看着他期盼的脸，无奈地摇头，"阎王不给你发请帖，你都能自己摸上门……"

王子进明白他这是应允了，忙展开折扇，站在冰块后，轻轻扇了起来。

丝丝凉风吹在身上，在炎夏中是惬意无比的享受。绯绡现出动物本性，满足地眯起了凤眼，连唇边都蕴着几分笑意。

"可是不能现在去啊……"他指了指窗外高照的艳阳，"要等到月上柳梢头，人约黄昏后……"

王子进开心得连连点头，更加用力地扇起扇子来。

二

红日西斜，晚霞如涛似海，铺满了天边。王子进坐在客栈中，不断打望着窗外的天色，恨不得这日头赶紧落下去，月亮快点升起来。

可是他再着急也没有用，绯绡享受着他的扇风，惬意地喝酒吃鸡，时不时还露出毛茸茸的白尾巴摇上一摇。

眼见月影移到了天心，已是午夜时分，王子进累得举不动扇子。绯绡才放下了酒壶，但他仍不想出门，居然坐在灯下剪起了纸。

"我说绯绡，你怎么做起了手工？再不去夏家，天就要亮了。"王子进看他悠闲的模样，急得抓耳挠腮。

"夏家在城西，我们住在城东，怎能轻易往返？"绯绡头也不抬，仍专注于手中的剪纸。

"你怎么不早说？我们可以赁匹骡马呀！"他发出绝望的哀号。

"你那么急，就也来帮我剪匹马。"绯绡把剪刀塞进他的手中，朗声叮嘱，"记得剪得仔细点。"

王子进哪有耐心跟他玩剪纸把戏，匆匆几剪子就剪出了一匹马，大肚腿短，乍一看倒像是头猪。

绯绡拿起他的纸马，笑得合不拢嘴，随即一扬手便将两张剪纸顺窗扔了出去。剪纸在夜风中飘荡，落在地上时，已经变成了两匹打着响鼻、配好了金鞍嚼头的骏马。

只是一匹马高大威猛、英姿勃发，另一匹却有个硕大的肚子，脖子短粗，毫无英伟可言。

"时候不早了，我们骑着它们，只需一炷香的工夫，就能走到夏家。"

"啊？我要骑着那匹胖马去？能不能让我重剪一次？这次我一定剪个好的……"

可他话未说完，就觉衣襟一紧，却是绯绡长臂舒展，居然抓着他径直从三楼的窗口跳了出去。

他晕乎乎中只觉屁股下一硬，已经落在了胖马的马背上。胖马撒开四蹄狂奔，街边的景致一晃即逝，速度恍如流星赶月。

唯一美中不足的是，他剪得太快，马腿不一样长短，跑起来颠簸起伏，简直跟在大浪中乘船无异。

王子进五脏六腑都几乎被它颠出来，可胖马完全不理会他的痛苦，一路飞奔，直到听到了绯绡的呼哨才停下了四蹄。

王子进颤抖着从马背上溜下来，一屁股就坐在了地上，只见眼前正有一堵高高的灰色围墙，墙中探出几朵淡黄色蔷薇，在月光下展露芳颜。

"子进，这墙里就是你一直念叨的夏家了，怎么不开心呢？"夜色中绯绡白衣胜雪，他将衣袖一展，两匹马同时变成剪纸，被他纳入袖底。

他红唇微抿，双眼弯弯地笑，怎么看都像只满肚子坏水的狐狸。

王子进也不与他计较，忙搬砖垫脚，就要翻墙。但他刚费了九牛二虎之力爬到墙头，就见身边白影一闪，原来是绯绡变成了白狐，轻盈地越过了高墙。

"喂！等我一下啊！"白狐落在院内，转眼就消失在花丛中。朗朗月光下，只余下王子进一人骑在墙头，进也不是，退也不是。

事已至此，他只能硬着头皮翻过了高墙，浑身挂着树叶和泥土，深一脚浅一脚地向内室摸去。

　　绯绡一去不复返，王子进一人在夜色中乱晃，不是踩到了树枝，就是被石块绊倒，一路磕磕绊绊，没有找到那夏家娘子的闺房，却摸到了荒僻的后院。

　　只见后院中假山被挪开，花园被铲走，似乎正在修缮庭院。但奇怪的是，在这堆瓦砾和杂草中，居然伫立着一个简陋的木屋。

　　此时已是深夜，木屋中染着昏黄的灯，灯光仿佛一只朦胧的眼，窥视着这夏日华美的夜色。

　　王子进心下好奇，提着长袍，蹑手蹑脚地向木屋走去。

　　他方一靠近，就闻到了木料的芬芳，显然这木屋是在近期新建的。而几句喃喃私语，也随着夜风，被送入了他的耳中。

　　"姑娘喝点汤吧，这是老爷专门请名医为你熬的……"木屋之内，响起了一个女孩柔嫩娇俏的声音。

　　王子进听到这动人的嗓音，立刻来了精神，忙凑近了窗缝，想要一窥佳人容貌。

　　只见昏黄的烛光中，正有一对妙龄双姝，其中一人手捧着一个青瓷汤碗，伺候另外一位坐在床边的少女喝药。

　　捧碗的少女做婢女打扮，穿了件水蓝色的裙子，如云秀发绾成丫鬟，一双黑亮的大眼睛俏皮可爱。

　　而另一位少女身形则被床边的帷帐遮住，重重叠叠的轻纱中，但见她身姿婀娜，脖颈纤长，显然是位难得的美人。

　　"小薇，我这种病，真的会好吗？"帷幔中的美人哀怨地问，声音娇柔动听，宛如黄莺出谷。

　　王子进只听到她寥寥几语，神志便被她勾走，双手都扒在了木窗上，恨不得立刻一睹美人芳容。

　　"当然会了，老爷这次可是特意请的东京城里最有名的医生。"小薇笑嘻嘻地安慰她，似信心十足。

　　帷幔内的少女垂下头，心事重重："我得了这种怪病……苏公子，他是不是要退婚了……"

　　"这个倒没听说，总之姑娘快点好起来，一切麻烦自会迎刃而解。"小薇再次递上了药碗。

一双手从帷帐内伸出来，轻轻接过了青瓷碗，然而那双手上却长满了细密的金色软毛，指甲又尖又长，宛如利刃。

这哪是美人的柔荑，倒像是野兽的爪子。

王子进被吓得浑身一抖，头重重地磕在了木窗上，发出了当的一声轻响。

两位少女皆吃了一惊，慌乱之中，坐在床边的美人掀开了帷帐。只见她脸上遍布毛发，根本看不清本来面貌，而且最怕人的是，一双瞳仁竟是湖水般的碧色，在烛光下闪烁着幽森森的光，简直跟壁画上的恶鬼无异。

王子进只看了一眼，立刻汗毛直竖，吓得哇哇大叫，掉头就跑。

他的叫声惊动了家丁护院，黑暗中从前院跑来了十几个人，提着灯笼向他追来。

王子进被他们追得抱头鼠窜，也辨不清方向，跌跌撞撞地跑出了后院，停在了一堵高高的围墙下。

此时搬石头垫脚已经来不及，眼见身后灯火通明，护院们蜂拥而来，就要形成瓮中捉鳖之势。

"子进，快上马！"就在这千钧一发之际，耳边响起了一个熟悉的声音。随即一张剪纸轻飘飘落在他的脚下，那纸片随风一滚，就变成了一匹瘸腿胖马。

此时王子进也顾不上挑剔，慌忙跳上马背。胖马仿佛跟他心意相通，四蹄腾空，一跃而起，轻轻松松地跳过高墙，竟踩着清风云丝，径向天空奔去。

"快看啊，那人骑着猪飞了！""不是猪，是头驴吧？"众家丁哪里见过这等奇观，皆惊叹连连。

王子进听得欲哭无泪，早知有如此风光得意的一幕，真该把马剪得英姿勃发些。

而就在他骑着马穿过夏家大宅时，却见一张脸从墙头探出来，直勾勾地望着自己的方向。

那是一张男人的脸，堪称姿容俊美，在夜色中如明月般打眼，却透着一种说不出的诡异。

王子进不敢再看，忙夹了夹马腹，胖马撒开四蹄狂奔，很快便将夏家的院落甩在了身后。

云丝月影中，只见一个身穿白衣的美貌少年，正骑着一匹散发着银光的白马，站在云端等他。

他发如乌木，脸似玉雕，唇边含着若有若无的笑，却是绯绡。

三

"子进，这番夜探可有收获？"绯绡拉过胖马的缰绳，两匹马踏着云影，缓缓落到了地上，再次变成了剪纸。

"有啊！我看到了夏家娘子，她居然浑身长满了金毛！"王子进双脚沾地，心也踏实下来，绘声绘色地描述自己在木屋外偷看到的一幕。

绯绡悠闲地扇着折扇，毫不惊奇，走在东京城的月光下，宛如闲庭信步。

"倒是你，怎么一进夏家就把我甩开了？"王子进见他毫无反应，难免失落。

"因为我嗅到了浓烈的妖气……"他指了指自己挺翘的鼻尖，朝王子进眨了眨眼睛，"怕你笨手笨脚地打草惊蛇，才隐藏气息变成狐狸，先走一步的。"

"没错！连妖怪是谁我都知道！"王子进拊掌赞同，"就是那夏家娘子，她分明就是个怪物。"

绯绡含笑不语，抬头看了看天心中一轮明月，又看了看王子进清秀朴实的脸："子进，你真是个简单的人。"

"什么？"王子进怒目瞪他。

"你看这天空的明月，如此皎洁，却变化万千，明日看到的月亮，就与今夜不同……"绯绡眯着凤眼，望月轻吟，"谁也不知道月亮真正长什么样，是不是很有趣……"

王子进挠了挠头，不明白他所言何意。

"你现在看到的未必就是真相。"绯绡继续道，"除了变成怪物的夏家娘子，就没看到其他怪事了？"

"之后我仓皇逃命，哪还顾得上这些？"王子进本想说出逃走时看到的怪异面孔，但又怕是自己眼花，干脆摇了摇头。

绯绡见问不出什么，又掏出剪纸，要跟王子进骑着纸马赶回客栈。

可王子进捂着生痛的屁股，说什么也不骑了，宁愿享受这夏夜的月色凉风，慢慢走回去。

绯绡也不以为意，变戏法般从袖中掏出了两壶青梅酒，边走边喝，吟风弄月。

两个少年并肩而行，一个蓝衫，一个白袍，走在东京城鳞次栉比的楼宇间，而月影始终跟着二人脚步，洒下水银般的光辉。

此情此景，几可入画。

两人走了一晚，直至天边泛出蟹壳般的青色，方回到了客栈。王子进疲惫不堪，倒头便睡。

可在酣睡中他仍被噩梦纠缠，一会儿梦到被浑身金毛的怪物追赶，一会儿又梦到窗棂边有一张皎洁如月的脸，正鬼祟地窥视着自己。

"子进，该起来了！"他在梦魇中疲于奔命，只觉一只冰冷有力的手，不断拍打他的脸颊，将他唤醒。

只见窗外艳阳高照，已是正午时分，阳光如利剑般照入房中，驱散了恐怖的梦魇。

王子进看着这刺目的艳阳，方松了口气。但见绯绡换了件白袍，腰间插着玉笛，折扇轻摇，满含期待地望着自己。

"你又饿了吗？不是昨晚才吃了一整只烧鸡？"他一看到绯绡跃跃欲试的眼神，立刻觉得不妙。

"子进，你想不想知道躲在夏家的到底是何妖怪？"绯绡唰的一声展开折扇，遮住了半边脸，只露出一双丹凤美目，欲擒故纵地问。

"当然啊，可你不是一贯不爱管闲事……"

绯绡见他胆小，又笑嘻嘻地说："夏家姑娘只是被人下了咒，才变成这副丑陋模样，之前她可是天仙般的佳人呢，你不想英雄救美吗？"

"那又怎样？夏家戒备森严，即便我想出手相助，也是有心无力……"王子进想到帷幔中娇小窈窕的身影，只能扼腕叹息。

"如果我能令你在夏家不仅出入自如，还能被奉为上宾呢？"

"谁会信你？"王子进面上冷漠地拒绝，却忙着梳洗更衣，跃跃欲试地要跟他出门。

可绯绡偏不让他穿浅色外袍，不知从哪里翻出来一件赭色的宽袍给他套上，又戴了一顶同色方帽，将他打扮得老了几岁，乍一看倒像个江湖郎中。

王子进老大不情愿，憋了一肚子闷气，绯绡却心情大好，拉着他顶着毒辣的太阳出了门。

他并不往位于城西的夏家走，竟又来到了昨日那家听怪谈的茶舍。或许昨天的故事太过精彩，茶舍中已经坐满了茶客，人满为患。

"我们来这里干吗？不是去夏家吗？"王子进被艳阳晒得头晕眼花，连连拭汗。

"你听……"绯绡将中指竖在嘴边，示意他噤声。

王子进这才发现，说书先生又在口沫横飞地讲夏家的怪事，跟昨日不同的是，这次他讲的是有人夜探夏家，当被众家丁追捕时，贼人竟然骑着猪飞走了。

"是马！是马啊！"王子进气得连连跺脚。

"果然跟我想的一样……"绯绡凤眼含精，水银般晶亮的瞳仁转了一转，"子进，你不觉得奇怪吗？昨晚发生的事，说书的这么快就知道了……"

"没错……"王子进这才恍然大悟，"一般人家出了怪事，都希望知道的人越少越好，怎会如此大张旗鼓地宣扬自家丑事？"

可他想起昨晚看到的瓦砾遍地的后院，以及簇新的木屋，夏家明明在尽力隐瞒女儿的异常。

"这就需要你亲自去夏家一探究竟了！"绯绡拍了拍他的肩膀，"去吧，子进！"

王子进看着他狡黠的眼神，登时觉得不妙，背上浮出一层冷汗。

"这位公子是华佗的单传徒弟，可治天下怪病。夏家女儿说白了也是得了一种寻常人没见过的病罢了，才被误传为怪物，几帖药就能除根！"

可还没等王子进开溜，绯绡已经扯着嗓子喊起来，他本就生得俊美无双，声音又清朗动听，这么一喊，顿时吸引了茶客们的注意。

众人目光皆齐刷刷地看向王子进，让他无所遁形，恨不得在地上刨个坑躲起来。

"我这位朋友就是面皮薄，否则凭他的医术，早就扬名四海了！"但绯绡并未到此为止，还在继续吹牛。

人们开始向他们聚拢，再也没人理说书先生。王子进这辈子都没得到过如此多的关注，脸红到了耳根，再衬上不断涌出的热汗，活似一块移动的酱肉。

四

两人被人追问着疑难病症，绯绡活了近千年见多识广，挡在他身前解答，居然说得头头是道。

人们更加信服，问病的越来越多，直至晚风乍起时，两人才抽空脱身，匆忙离开。

"我哪里懂什么医术？"王子进急得冷汗涔涔，"要问我哪家的酒最好喝，哪家的歌姬嗓音最亮模样最美，我倒略知几分。"

"子进，这个你收好。"绯绡将一只锦囊塞到他手中，"接下来我说的话，你务必要用心记住，千万不能出差错。"

王子进打开锦囊，只见里面有三枚丹药，一缕白色狐毛。

"这丹药你每天给夏家娘子服一粒，连续三日，作祟者必可水落石出。"绯绡不再嬉皮笑脸，难得严肃地嘱咐他，"至于狐毛，待发现不协调的物事时就将它烧掉，我自会赶来救你。"

"什么是不协调的物事啊……"

"记住，此行十分凶险，我不能陪你，你务必小心。"绯绡语气凝重地道，"当然如果你害怕的话可以不去，毕竟那夏家娘子跟你非亲非故……"

"拯救妇孺，本就是男人天经地义的责任！"他豪气万千地挺起胸膛，颇有几分英雄气概，"我王子进是个堂堂七尺男儿，怎会见死不救。"

绯绡笑着拍了拍他的肩膀："那太好了，方才我就留意到有个小厮一直跟着咱们，估计就是夏家派来的。"

王子进立刻涨红了脸，他刚自吹自擂了一下，怎么碰巧就被抓了话柄？

他回头一看，果然有一个身穿灰色布袍的小厮躲在不远处，见两人发现了自己，忙不迭地向二人鞠躬行礼。

明月皎若玉盘，繁星满天，清凉的夜风宛如一只温柔的手，轻抚着路人的脸颊。

王子进端坐在凉爽舒适的花厅中，看着桌上的各色果子和上等的香茗，不敢相信眼前所见。

正如绯绡所言，他不但堂堂正正地进入了夏家，还被奉为上宾。

唯一美中不足的是，面前坐着的是一对愁眉苦脸的中年男女，正是夏家的老爷和夫人。

"听闻先生妙手回春，真的能诊治小女的病症？"夏夫人眼中含泪，"那孩子只说看到了怪脸，我们以为她得了惊风症，吃点药就能好。哪知一碗碗药灌下去，她却变得越来越不像个人了……"

"夫人莫要伤心，小生这里有三帖药，只要小娘子吃下去，定可药到病除。"王子进见她哭得可怜，忙出言安慰。

夏老爷也爱女心切，竟没发现这位"名医"居然连药箱都没拿，忙唤婢女带王子进去为女儿诊病。

不过片刻，就有一个身穿水蓝色衣裙，梳着丫鬟的少女走了进来。这小婢正是昨晚王子进从窗缝中看到的，名唤小薇的那名。

小薇朝他福了一福，提着灯笼走在前面。

但见她莲步轻移，竟从后门走出了花厅，还不住四下打望，看起来倒像是在做贼。

"敢问姑娘，我们为何不从廊下过去呢？"王子进小心翼翼地跟她走在花丛中，生怕被杂草绊倒。

"嘘，千万不能被人发现！"小薇瞪了他一眼，竟然连灯笼都吹熄了，"先生有所不知，城里的人都在传我们家姑娘得了怪病，老爷夫人不得不以修葺后院为借口，将姑娘藏了起来，只留我一个人伺候。"

王子进想到昨晚所见，知小薇所言非虚，忙放轻脚步，再也不敢多言。

此时天朗夜清，繁星满天，虫鸣轻响，衬得夜越发寂静。

小薇带着他走过瓦砾遍地的后院，终于停在了一个木屋前。

木屋正是他昨晚所见的那栋，但今夜并未燃蜡。它孤零零地立在一片瓦砾中，显得凝重深沉，宛如一口巨大的棺木。

"为……为什么不掌灯呢？"王子进一想到容貌如鬼怪的夏家娘子，舌头就不由自主地打战。

"因为怕被人发现，只有在夜深人静时，才能偷着掌一会儿灯。"小薇伫立在月色下，双眸如漆，唇边露出讥讽的笑，"先生该不会是害怕了吧？"

"谁……谁害怕了？"王子进被她一激，登时胆色大增，径直走向木屋。

小薇再次点燃了灯笼，跟他一起走了进去，临进门时，还顺手落下了房门的锁。

灯笼摇晃的光透过木窗，映在杂草和碎石中，宛如跳跃飘忽的鬼火。而在夏家墙外的一棵大树上，绯绡正坐在粗壮的树枝上，悠闲地看着这一幕。

他目如点漆，唇边含着一丝冷笑，仿佛已经看透了这玄妙而诡异的戏法。

五

灯笼飘摇的光线，照亮了木屋中的桌椅。陋室虽窄，却布置得温馨舒适，桌上还摆放着一盆名贵兰花，一看就是少女的闺房。

可整个房间却弥漫着肃杀的气氛，仿佛在这狭小的方寸间，藏着一只凶猛的兽。

"娘子，看看谁来瞧你了？"小薇轻轻呼唤。

"是浅墨吗？"黑暗深处，传来了一个温柔动听的声音，正是昨晚躲在帷帐中的少女，"你终于肯来瞧瞧芸云了吗？可是我变成这样，怎敢见你……"

王子进此时方知这夏家女儿名唤夏芸云，至于她口中的浅墨，却不知又是何人。

"小生王子进，江淮人士，略通医术，是来为姑娘诊病的。"王子进朝浓黑的角落行了个礼。

"怎么浅墨不来了呢？过去即便下着雨，你也会偷偷跟我见面……"夏芸云声音越来越低，"是不是你听说了我的事？"

"姑娘快点让先生瞧瞧吧。"小薇见她说个不停，生怕泄露什么玄机似的，用力推了王子进一把。

她看似纤弱，手劲却很大。王子进猝不及防，被她推得一个趔趄跌进了层层帷幔中。

他只觉身下一软，似乎落入了少女馨香的怀抱中，随即就摸到了一手毛茸茸的毛发。

"浅墨，你真是负心人啊……"他刚想张嘴呼救，耳边便传来了野兽的低吼。

王子进心知不妙，忙起身欲逃。可就在这时，一双利爪疾向他的脖颈刺来。所幸他多年游历，见过诸多怪事，比常人反应迅捷，一把举起手中折扇，挡住了攻击。

折扇被兽爪抓得粉碎，帷幔中露出了一张长满了金色毛发的少女的脸。朦胧的月光照在她的脸上，可见五官精致秀美，依稀还能看出些美人的痕迹。

而且她依旧做富家女子打扮，头上簪着花，身穿朱色绫罗，看起来既可怖又可怜。

半人半兽的夏芸云举起双手，就要再抓向王子进的面门。

"芸云，我何时负过心？"王子进灵机一动，忙柔声道，"两情若是久长时，又岂在朝朝暮暮？"

挟着森森死气的利爪在他面前寸许处停了下来，夏芸云罗刹般的面容上，浮现出小女儿的娇羞神态。

"金风玉露一相逢，便胜却……人间无数……"她低声应对，似陷入了甜蜜的回忆中。

"先生！"小薇忙要过来。

王子进伸手阻住她，刻意将自己身形面容藏在暗处，温柔地拉起夏芸云长满了毛发的手，又吟诵起情诗。

还好他平时为讨美人欢心，没少背绵软情话。夏芸云在他的安抚下越发温顺，似认定眼前人就是自己的情郎。

"云儿，这是从泉州运来的荔枝，是我特地为你买的，要不要尝尝？"他见自己的计谋得逞，夏芸云变得乖巧可人，忙掏出了绯绡给他的丹药，凑到了她的唇边。

"浅墨，你对我真好。"少女信以为真，轻轻张开了檀口。

王子进以指拈药，小心翼翼地避过獠牙，将药送入她的口中。想来绯绡随手准备的丹药味道也不怎么样，但她只皱了皱眉头，一声不吭，就囫囵吞了下去。

"天就要亮了，我不能再留……"王子进看着窗外西斜的明月，"云儿，我明日再来瞧你。"

"你能早些来吗？"夏芸云近乎哀求地问。

"当然。"王子进忙别过头，不敢看她满含期盼的绿眸，逃也般地走出了木屋。

小薇以衣袖遮住灯光，也跟在王子进身后退了出来。

而直至他们走出很远，半人半兽的夏芸云，仍倚门而立，凝望着他远去的背影，久久不肯回去。

他望着头顶的一轮皎月，不由得为夏芸云伤怀。那昔日对她甜言蜜语的情郎，不知如今心中记挂的又是谁。

深情易变，山盟已逝，只有这月光一如往昔，陪伴在这孤独而可怜的少女身边。

多情只有春庭月，犹为离人照落花。

六

小薇带着王子进平安归来，惊得夏老爷和夫人瞠目结舌。

之前去探望夏芸云的郎中，不是被吓跑就是被打伤，没一个全身而退，他们都付了不菲的封口费才将事情压下来。

当他们见王子进面带悲天悯人的表情回来，简直像是看到死人从墓地里爬出来一般惊异。

"我已喂姑娘服下丹药，若是药物生效，即可来客栈找我。"王子进仍沉浸在对感情的伤怀中，淡淡丢下一句话，便拂袖而去。

他这云淡风轻的态度更是令夏家夫妇赞叹连连，但他们有所不知的是，王子进跟着绯绡云游，一路上见过无数死人妖怪。夏芸云虽然面容可怕，但比起要置人于死地的冤魂，却算是良善之辈。

夏家派出轿辇，连夜送他离开。王子进满心都是夏芸云可怜而可悲的模样，根本没有发现，一张脸正躲在高墙之后，偷偷地窥视着他。

那人面白如玉，鼻梁挺直，一双细长的眼满含脉脉深情，是每个怀春少女都会钟情的美貌男子。

如皎月般俊美，也如月光般冰冷。

王子进一回到客栈就匆匆向绯绡的房间跑去，想将今晚的奇遇告诉他。哪知一贯喜欢躲在床上喝酒吃鸡的绯绡竟然外出了。

房中空空落落，只有月光如水，挥洒而下。

他心中失望，回到自己的房间和衣而睡。可是一闭上眼就能看到一双碧绿的、满含哀怨的眼，在眼前晃来晃去。

"你能早些来吗？"少女近乎哀求的话语，也总是萦绕在耳边。

这一晚几乎一夜未眠，到了黎明时分，一个人影悄无声息地出现在了他的床前。那人身穿一袭欺霜胜雪的白衣，像是一束明亮的月光，照亮了黎明前最黑暗的夜色。

王子进揉了揉眼睛，认出这人正是绯绡，忙从床上爬起来："你昨晚去哪儿了？居然让我一人涉险？"

他如竹筒倒豆子般一口气说完了自己昨夜在夏家的经历，还不忘在危机之处添油加醋，炫耀自己的机智。

"你去对付妖怪，我当然去查人了啊。"绯绡仍笑眯眯的，一副泰然自若的样子，"要夜行千里，挨户探访，你以为很容易吗？"

"查什么人？作祟的妖怪不就在夏家吗？"王子进不断挠头。

"过两日你自会得知。"绯绡又得意地卖起了关子。

王子进还想再问，就见他故技重施，变成一只雪白的狐狸，懒洋洋地躺在床上，时而还摇两下尾巴。

王子进长叹一声，知道什么也问不出，只能认命地拿起折扇，为狐狸扇风纳凉。

这日刚过午时，王子进坐在窗前读书，客栈的门就被敲响了。来通报的是客栈的小厮，说夏家派人来请他，肩舆在楼下等了有一会儿了。

"看来你的药管用了！"王子进一把丢下书本，朝赖在床上的白狐跑去，"我该怎么办？这天色尚早，夏芸云万一看清我的脸，会不会将我吃了？"

狐狸眯着漆黑的眼睛，上下打量了他一番后，轻轻摇了摇头："你看起来不怎么可口，她应该不会喜欢，但是今晚你就未必能回来了。"

"啊？为什么？"

"你到了夏家便知。"白狐懒洋洋地伏在松软的床榻上，慢条斯理地说，"对了，留意夏芸云的闺房，可能会有收获。"

王子进飞快地换好衣服，套上布靴就要出门，根本没将他的话放在心上。

"别忘了我给你的狐毛！"当他拉开房门时，身后响起了绯绡的叮嘱声。

他朝白狐挥了挥手，提着袍角三步并作两步跑下了楼梯。跟昨日的晴空万里不同，今日光线阴霾晦暗，天边层云如海，夏风吹得酒旗如风帆般上下飞舞，似乎一场暴雨将至。

当他来到夏家，却见家丁婢女们奔走忙碌，将彩绸和花灯挂在门楣上，似要操办喜事。

夏老爷更是亲自来到大门前迎接他，热情地带他径直穿过了庭院，来到了主人房，而并非昨日的偏僻的花厅。

夏夫人则换上了一袭淡紫色新衣，发髻高绾，正站在门口迎接。她见王子进走来，躬身朝他行了个大礼。

"夫人，这可使不得！"王子进忙将她扶住。

"先生真是我们夏家的大恩人……"夏夫人一说起话，竟涕泪齐流，"就在今晨，小女服了先生的药一晚后，竟……竟然……"

"竟然怎样？"王子进的心登时一紧，生怕绯绡来路不明的药惹出事端。

"她身上的毛发脱落了一半，双瞳中异色变浅，还能认得出我跟老爷了……"

"是啊，一帖已经如此有效，看来真如先生所说，服药三日后即可痊愈。"夏老爷笑得合不拢嘴，忙将王子进请进内室。

室内已经准备了上好的酒菜，但只有小薇一人手捧酒壶站在桌旁，显然此事仍瞒着其他下人。

绯绡的药药效如神，大出王子进预料。而且他平日总跟绯绡同进同出，风头尽数被他抢走，自己很少受重视。

如今夏家主人将他奉为上宾，他喝了几杯酒也不由得飘飘然起来。

"所以老爷夫人修葺宅院，是为了庆祝娘子康复吗？"他指着院外奔走忙碌的下人问道。

提及此事，夏老爷更是满面红光："不瞒先生，我们早在半年前就为小女觅得一门良缘，对方才貌家业俱佳，但因小女久病不愈，这门亲事也耽搁了。"

"幸而苏公子是有情有义之人，居然知道云儿生病也不嫌弃，坚持要等她病好。"夏夫人忙接过话茬，"如今云儿的病已有起色，当然要让她尽快成亲。"

"如此要恭喜二位了！"王子进闻听喜事，也十分开心，"不知婚期定在哪日？"

"就在下个月十五。"

"这么快？"他有些诧异，毕竟是两户富贾之家结亲，未免太过匆忙。

"越快越好，此事不宜再拖。"夫妻俩却异口同声地答道。

而就在这时，门外传来啪的一声轻响，搅乱了喜气融融的气氛。只见小薇正站在阶前，惶恐地看着脚下破碎的酒壶，连连道歉。

所幸夏老爷和夫人喜上眉梢，没责骂这粗心的婢女，只让她再去烫一壶酒。

王子进盯着四溢的酒水，四分五裂的瓷瓶，心头渐渐笼罩上一层阴霾。潜伏在夏家作祟的妖怪是谁？当夏芸云服完了丹药，它真的会如绯绡所说，如期现身吗？

正如谁也无法得知，隐藏在天边层峦叠嶂般的黑云之后的，是怎样一场风雨。

七

未时刚过，苍穹中就响起阵阵闷雷，狂风乍起，吹得草木飘摇，风里仿佛藏着一只无形的手，肆虐到哪里，哪里就花残柳败。

热闹喜庆的夏家庭院，登时变得肃杀冷清，待豆大的雨点砸下来时，院子里已是空无一人。

雨势越来越大，宛如层层叠叠的帘幕，笼罩了整个世界，天地之间唯有水色氤氲，变成了一片雾蒙蒙的黑。

王子进被安排在客房中小憩，可他根本无心休息，握着绯绡给他的锦囊，看窗外风雨飘摇，雨势如倾。

然而就在这时，身后竟传来急促的敲门声，好似战前的鼓点。王子进被吓了一跳，半分不敢耽搁，忙跑去打开了房门。

只见门外正站着一位着水蓝色衣裙的少女，一把紫竹伞遮住了她半边脸，但从身形声音辨认，正是夏芸云的婢女小薇。

"先生，姑娘闹着要见你，我实在拗不过她，只能来求您见她一面……"小薇话未说完，声音已有些哽咽，只能将脸藏在了伞下。

王子进这才发现，她脸上印着几道红色指痕，一双清澈美丽的眼睛中蕴着几分水色，显然是刚刚哭过。

"姑娘莫急，我这就过去。"他一向心软，最见不得美人落泪，即便心中惴惴不安，也硬着头皮走出了房门。

雨落如注，两人挤在一把小小的紫竹伞中。王子进不敢挨近小薇，半边身子被淋得净湿，走路也把好走的路让给她，自己则满腿泥泞。

"先生，你真是个好人呢……"小薇突然含笑看了他一眼，轻轻地说。

她如桃心般的面庞，在冷雨中如浸了水的羊脂玉般温润洁白，唇色鲜艳如蔷薇初绽，一双黑眸好似寒星，眼角眉梢尽是风情。

她不再是个清丽朴素的小丫头，浑身散发着妖异致命的美。

王子进被她看得心头一惊，忙别过了头默默赶路。两人又走了一会儿，只见滂沱雨雾中出现了一个深沉浓重的影子，却是夏芸云居住的木屋到了。

跟之前不同，木屋大门微敞，留下了一条半尺宽的缝隙，似乎主人在殷切期盼着雨中来客。

"先生，我不能陪您了。"小薇怯生生地捂着自己的脸庞，眼中泪光闪烁，"我怕姑娘看到我又会发脾气……"

"只……只有我一人？"王子进没想到她会临阵脱逃，吓得舌头打结。

"我在门口守着，先生有什么事就叫我，而且你会念诗哄她，姑娘不会伤害你的。"小薇紧紧握着伞柄，指节都因用力过度而变得青白，看样子是真的吓坏了。

事已至此，再无退路，王子进只能硬着头皮推开了木屋的门。

门因沾染了潮湿雨气，发出吱呀——一声轻响，刺耳而悠长，像是殷勤的、来自地狱的邀约。

暗淡的光透窗而过，令室内的景致一览无余，却又不甚清晰，宛如一场沉淀在旧时光中的梦，蒙上了岁月的尘埃，飘摇而模糊。

一个锦衣美人，正坐在妆台前对镜簪花。她腰肢纤细，背影曼妙优雅，好似一只美人瓶。

"谁家今夜扁舟子，何处相思明月楼……"她边梳妆边轻吟着诗句，"可怜楼上月徘徊，应照离人妆镜台。"

声音婉转动听，字字都透着哀怨，正是绯绡最喜欢的《春江花月夜》。

"姑娘……"王子进不忍惊扰这美好静谧的一幕，过了片刻才出言发声。

"是浅墨吗？你果然又来看我了。"美人又惊又喜地回头看他，只见朦胧的光线中，她脸上毛发稍减，现出了玲珑娟秀的五官。

"正是小生……"王子进忙以袖遮面，躲进了阴影中。

"浅墨信守约定，今日来得果然早了。"夏芸云婀娜多姿地站起身，向王子进走来，"陪我说一会儿话吧，就像过去那样。"

王子进见她缓缓靠近，生怕被她发现自己是冒牌货，吓得不断后退，可木屋狭窄逼仄，很快他就退到了墙角。

墙角处放着个酸枝木的花架，架子上一盆紫色兰花正优雅盛放，花瓣如蝶翼般在潮湿的空气中轻颤。

王子进一见到这盆兰花，立刻双眼放光，飞快地从花盆中抓了把泥土抹到了脸上。

"浅墨，你在躲我吗……"夏芸云利爪森然的手已经搭在了他的肩膀，温热的呼吸吐到他的脖颈，如羽毛搔痒，令人浑身发麻。

"怎么会……"王子进哆哆嗦嗦地转过身，强笑着答，"只是外面下雨，我不小心跌了一跤，弄污了脸，怕被你嫌弃而已。"

夏芸云碧绿的眼珠转了转，视线在他身上扫了一圈，温婉地笑了："浅墨，我怎么会嫌你呢？"

她羞涩地抬起手，轻轻地拂了一下王子进的脸庞，利爪滑过肌肤，冰冷锋利，宛如刀刃。

八

窗外雷声滚滚，雨势滂沱，而木屋之中，则是一片温馨喜乐。王子进小心翼翼地哄着夏芸云，不是跟她对诗，就是说情话，生怕她一生气就把自己的脖子扭断。

"浅墨，你还记得我们第一次见面的情景吗？"夏芸云脸颊绯红地坐在镜前，含羞问他。

"记……记得啊……"王子进登时被她问得直冒冷汗，不知该如何应对。

"那天的赏花游园会上，我跟金奴儿在院子里扑蝶游玩，蝴蝶落到了花枝上，我用扇子去扑，却惊醒了在花丛中小憩的你……"夏芸云满怀幸福地回忆，"从那以后，我经常能见到你。去裁缝铺子时，去寺庙上香时，出门游玩时……"

王子进听她浓情蜜意地叙述，不知她口中所说的"金奴儿"到底是何人，还有她那优秀的未婚夫苏浅墨，在夏芸云的描述中似是个情深意重之人，可她病了这么久，这人却从未来探望。

他心下好奇，开始巧妙地从夏芸云口中套话。

"昔日我送你的定情信物，你还留着吗？"以他的经验，情投意合的男女，往往都会互赠信物。

"你没有送过我信物啊。"夏芸云突然慌了，她走到床边，翻起了木箱。

此举正合王子进心意，只见她拿出了成堆的绫罗衣物，终于小心翼翼地捧出了一只半尺见方的木匣。

"你送我的，只有这一首首情诗……"她将木盒捧到了王子进面前，含羞带怯地问，"你忘了吗？"

"怎……怎么会忘呢？"王子进接过木匣，小心翼翼地放好。

木匣是上好的梨花木雕成，四角包着金边。他按下盒盖上的机括，盖子自动弹开，露出了一沓香气扑鼻的花笺。

每张纸上都用文雅的字体写着情诗，不是"一日不思量，攒眉千度"，就是"恨别添憔悴，罗带日渐宽"。

王子进越看越奇怪，他倒是常在歌伎花娘手中看到类似的花笺，这些露骨的情诗怎能赠予闺阁少女。

信的底部还压着一张折叠的宣纸，纸上勾勒着寥寥几笔墨痕，似乎是一张画。

"这是什么？"他好奇地展开了宣纸。

"不要看！"夏芸云伸手来夺他手中的画。

可是已经来不及了，纸在微风中完全展开，在昏暗的光线中，可见画上正有一个身穿长袍、头戴金冠的俊美青年，他翩然站在万花丛中，背后有一轮皎洁明月。

王子进看到这画中人登时一愣，那笔挺的鼻梁，浓黑的双眉，他竟然觉得有几分眼熟。

"这是我昔日偷偷画的，你知道了之后就让我烧掉……"夏芸云紧张地看着他，小声道，"可是我舍不得才藏了起来，你不会怪我吧……"

"不会，你莫要害怕……"王子进疑惑地问，"你画的该不会就是那苏家……不，就是我吧？"

"当然，我一闭上眼睛就能看到你的影子……除了你，我还能画谁呢？"夏芸云羞涩地垂下头，将画小心翼翼地叠好，收回了木匣之中。

王子进盯着被夏芸云视若珍宝的木匣，不由得攥紧了手中的锦囊，不知道这画算不算绯绡所说的"不协调的物事"？

恰在此时，天空响起了滚滚雷鸣，仿佛层层积云中藏着一个恐怖的神魔，要用电光将天幕撕得粉碎。

夏芸云吓得尖叫一声，钻进了王子进的怀中。可王子进比她还害怕，生怕自己被拆穿是个冒牌货，性命不保。

"云儿，不要怕，我这就去叫人来陪你。"他只想尽快脱身，忙从锦囊中掏出了一枚丹药，递到了夏芸云嘴边，"这是我特意为你拿的果子，你吃下它，我明日会更早些来瞧你。"

夏芸云含羞点头，跟昨日一样微微张开了檀口，王子进拈着药丸，就要送入她的口中。

又一声炸雷响彻天空，夏芸云突然瞪圆了双眼，碧绿瞳仁中迸射出兴奋而狂乱的光，激动地看向王子进身后。

王子进被她的表情吓得浑身一僵，又惊又怕地回过了头。只见凄风冷雨中，木窗被吹开了巴掌宽的缝隙，缝隙中正有一张脸，偷偷地窥视着屋内的境况。

那张脸光洁如玉，鼻梁笔挺，一双浓眉像是两个触目惊心的钩子，微微上挑着，竟跟画中的美男子长得一模一样。

九

"浅墨！"夏芸云挣脱了王子进的怀抱，激动地冲到窗前。

就在这千钧一发之时，王子进一个箭步挡在了夏芸云身前，重重关上了木窗，落下了窗闩。

"让我见他，让我见他！"夏芸云像是发了疯，对他又抓又打，利爪划破了他的额头，鲜血汩汩而出。

"我就是浅墨，我就是！"他忍痛紧紧抱住了夏芸云，轻抚着她消瘦的脊背。

夏芸云在他的安抚下渐渐平静，伏在他的怀中，发出猫一般的呜咽。王子进连哄带骗，才让她将绯绡的丹药服下，待她入睡之后才离开了木屋。

此时天色已晚，天空似一块化不开的墨锭般透着郁郁沉沉的黑。雨势渐歇，飘零的雨丝如千万根银线，随冷风翻飞。

积水令庭院中遍布淤泥，他踩着淤泥，小心翼翼地绕到了后窗，想要找到那奇怪人脸的蛛丝马迹。

可是后窗前只有泥水横流，哪里有半分痕迹。他长叹口气，刚刚要转身离开，便见飘飞细雨中，一个朦胧的人影正站在不远处。

"你……你是谁？"他壮着胆子走过去，那人却并不回答，仍伫立在漆黑濡湿的雨夜中。

他缓缓靠近，才看出那是一名身穿淡蓝色衣裙的少女，她撑着一把紫竹伞，衣袖和裙裾在冷风中飞扬，乍一看宛如鸟翼。

"是先生啊……"少女回过头，脸色如冰雪般苍白，更衬得眸如点漆，唇色如血。

"小……小薇……"王子进暗自松了口气，抹干了脸上的雨水，"你一直在等我？"

"当然，小婢怎敢撇下先生，独自回去呢？"她举起伞，为王子进遮住了雨水。

"对了，你方才一直站在这里？"王子进看她等着的位置，刚好能看到木屋的后窗。

"是啊。"小薇连忙点头。

"有没有看到什么人靠近？"

"没有，这么大的雨，谁会来这荒僻的后院呢？"她困惑地看着王子进，似乎十分不解。

王子进见问不出什么，只能失落地回到了主屋。而正如绯绡所说，他当晚果然住在了夏家。

淅淅沥沥的雨像是刻意要将他留下，丝毫没有停歇的征兆，夏夫人热情地吩咐仆人为他熏好了客房的被褥，盛情挽留，令他无法推拒。

当晚他孤身一人躺在床上，拿出了锦囊中的狐毛看了又看。

那张画是不协调的物事吗？他到底要不要将狐毛烧掉？而且画中人为何会出现在夏芸云的后窗旁，苏浅墨是在用自己的方式关心她吗？

他辗转反侧，直至夜半时分，才在滴答的雨声中睡着了。

不知睡了多久，房门发出吱呀轻响，似有人推门而入。他手脚僵直地躺在床上，胸口似压了一块大石，连根手指都动不了。

"为什么要来破坏我的好事……"一个阴森的声音在他耳边响起，哀怨低沉，仿佛来自地底幽魂的低吟。

王子进费力地睁开了眼睛，只见床前帷幔掀开了一角，露出了一张脸。

那人五官挺拔，双眼微微上挑，怎么看都是个俊美男子，正是他在木屋后窗中看到的人。

男人朝他诡异一笑，猛地张开了嘴，露出了两排白森森的獠牙。

"不要……"王子进吓得浑身冷汗，梦呓般呻吟，"绯……绯绡救我……"

男人的头一低，一口咬住了他的手臂。王子进又惊又痛，才看清他居然根本就没有身体，只有一个头颅。

"哇！"他失声尖叫，而就在这时，从斜处飞出一个石块，准确地砸在了头颅之上。

男人发出一声闷哼，在濡湿的夜风中化为烟尘，转瞬便消失不见。

王子进一直僵硬的手脚突然能动了，他翻身坐起，才发现浑身全是冷汗，单薄的中衣已经湿透了。

只见床前帷幔随风飘荡，客房中宁憩寂静，哪里有古怪的人头。花窗被夜风吹开，微微敞开了一条缝隙，洒进半室碎银般的月光。

午夜风寒，他走过去想要关窗，而就在他伸出手时，才发现手臂上竟赫然有个牙印，跟梦中被人头咬的地方一模一样。

他心中一惊，忙点燃蜡烛在屋中寻找，果然在床边发现了一块石头。微弱的灯光下，只见拳头大小的石头上，被人用朱笔写了个歪歪扭扭的"狐"字。

王子进捧着石头坐在灯下，只觉心中安泰无比，脸上浮现出幸福的傻笑。

十

次日清晨，下了一天一夜的雨终于停了，晨风如洗，满蕴着青草气息。

王子进几乎一夜未眠，正和衣躺在床上打盹，哪知刚刚会了下周公，便被门外的喧哗声吵醒。

王子进昨晚受到惊吓，黎明时分才迷迷糊糊地睡了一会儿，还在半梦半醒间，就听门外传来了喧哗之声。

他匆忙起身，慌慌张张地冲出了房门，却见夏老爷和夏夫人正激动地站在廊下。

两人一见到他就涕泪横流，高喊着"恩公"，想要下跪道谢。

"这是怎么了？"王子进忙扶住二人，诧异地问。

"小女……小女几乎痊愈了！"肥胖的夏老爷满面红光，激动得一把就将他抱在怀里。

王子进只觉被埋入一座肉山中，口鼻被肥肉牢牢堵住，差点就要断气。

"今早我们过去查看，发现她身上脸上几乎没有毛发了，眼睛也变成了黑色！"夏夫人喜极而泣，"只是她脑子还有点糊涂，仍然把那苏家公子挂在嘴边，说他天天都来探望，她才好得这么快。"

王子进挣扎着从夏家老爷的怀中脱身，喘着气笑道："如此甚好，今晚喂姑娘服下最后一粒药，我就能功成身退了。"

"恩公怎能如此见外？一定要等小女完婚了再走啊！"夏老爷又扑上来，要跟他拥抱。

"对了……"提到夏芸云的婚事，王子进又想起了那张如魔似鬼的怪脸，"苏家公子，可有何奇怪之处？"

"苏家公子生得一表人才，人也精明干练，如果说他哪儿奇怪……"夏老爷提到未来的女婿，言语中满含骄傲，"就是他太过完美，如此青年才俊，居然不结交狐朋狗友，也从不去花柳之地，没有任何品行不端之处。"

"可是据说姑娘是因看到了一张脸才受到惊吓，生了这场大病，她有没有说那是谁的脸？"

"不知道，好像是鬼脸吧，应该很可怖……"夏夫人提到女儿发病的经过，连连轻抚着胸口，似心有余悸。

王子进见他们对苏家公子印象极好，也不愿多嘴，只能将满腹疑惑压下，静观其变。

当日夏家依旧忙着张灯结彩，王子进被奉为上宾，不但好酒好菜地伺候着，待到黄昏时分，夏老爷还派小薇为他送来了一匣金子。

"先生，这是老爷的谢礼。"霞光之中，小薇也换了件鲜亮的翠蓝色纱裙，丫髻上簪着几朵紫罗兰，如初绽的兰花般风雅多姿。

"夏老爷真是客气了，我岂是贪财之人。"王子进忙摆手拒绝。

"老爷的意思是，让先生您今晚尽快给姑娘服下药，就悄悄从后门离开吧……"小薇欲言又止，"毕竟家丑不可外扬，待姑娘痊愈，先生再以远方亲戚的身份登门来喝喜酒。"

王子进听了心下不悦，觉得夏家冷淡薄情，可转念一想，自己本就是为了救人而来，又何必计较虚名。

当日他用过晚饭，就像前两日一样，要去木屋中探望夏芸云。可他在客房中左等右等，却不见小薇来接他。

眼见月影悬在树梢，夜色渐浓，他孤身一人向后院走去。

昨日刚下过雨，夜风挟着凉意，宛如一匹冰凉滑腻的绸缎裹在肌肤之上，令人觉得舒适爽利。

灯笼微弱的灯光好似缥缈萤火，徜徉在苍茫夜海中。他提心吊胆地踏着瓦砾，穿过后院，很快就来到了木屋前。

跟之前两日不同，木屋的门大敞四开，门里是伸手不见五指的黑，好似一张巨大无比的嘴，等着吞噬陷入其中的所有猎物。

王子进站在屋前，打量了半天洞开的大门，才战战兢兢地提着灯笼走了进去。

木屋中安宁静谧，只有轻纱般的月光透过后窗，照亮了这方陋室。跟昨日不同，镜台前空无一人，夏芸云并未梳妆等他。

"云儿？云儿？"他呼唤柔声。

可叫了几声，仍无人应答。夜风吹动了床前帷帐，纱帐如云似雾，仿佛有窈窕的少女躲在其中。

王子进举高灯笼，想看清夏芸云是否坐在床上。

而就在这时，身后的门传来吱呀一声轻响，他惊恐地回头，只见门前不知何时竟多了一个人。

那人身形玲珑有致，双眼在黑暗中散发着幽幽绿光，看样子正是夏芸云。

"云儿我来看你了，我是浅墨啊……"王子进故技重施，温柔地哄她。

可那人根本不理他，身影如风，一爪就疾向他面门抓来。他吓得一屁股跌倒在地，只觉一阵腥风袭面，堪堪掠过他的鼻梁。

但还未等他喘口气，又一爪掏向他的心窝。王子进慌乱中连连后退，一头就跌到了床上，窗幔如重重烟雾，隐匿了他的身形。

攻击他的人不依不饶，双爪如刀刃刃般锋利，几下就将碍事的纱帐撕得粉碎。十指如尖利的钢刺，眼见就要贯穿王子进的脖颈。

王子进慌乱中一把掀起了棉被挡在自己身前，只听黑暗中传来刺啦一声轻响，却是那双恐怖的手将厚厚的棉被洞穿了。

而他等的就是这一刻，双手一翻就将被子牢牢困紧，居然出奇制胜，捆住了这妖怪的利爪。

"浑蛋，为何坏我好事？"可他刚松了口气，就听耳边响起了一个阴森的声音，跟他昨晚在梦魇中听到的一模一样。

他吓得连忙回答，只见一张俊美男人的脸正浮在半空中，恶狠狠地瞪视着他。

"哇！"王子进吓得失声高叫，手一抖就松开了棉被。

男人张开大嘴又要咬他，他从怀中掏出了写着"狐"字的石头，使尽全力朝俊美的头颅掷去。

石头砸在他的脸上，发出噬的一声轻响，怪异的头颅从半空中跌落，一下就掉进了王子进的怀中。

王子进吓得汗毛倒竖，哇哇大叫着将怀中的头颅丢出去。哪知它砸在墙上弹了一下，又弹回了他的怀里，他这才发现，那竟然是一个绒毛线球。

球上布满了爪痕和齿印，显然是某种动物的玩具。

他愕然地捧着绒球，完全没有留意，身后如野兽般狰狞的人撕破了锦被，如刀锋般的十指，准确地指向了他的后心。

十一

他进出夏家这几日，根本没看到动物的影子，这镶了绣边的绒球又是为谁准备的？又是谁将它变成了苏浅墨的脸，浮在半空中夜夜吓人？

他还未想通其中关节，只觉脑后生风，吓得他纵身就扑到了地上。可是因为用力过猛，磕得他眼冒金星，下巴生痛，但总算躲过了一劫。

"杀了你，一切就结束了！"床上的人四肢着地，弓起脊背，嘶哑地号叫。

她的声音令王子进脊背发凉，因为那分明不是夏芸云的声音，而是个陌生人。

"如果发现不和谐的物事，记得将这狐毛点燃！"

绯绡的话在耳边回荡，他爬起来就向放在门口的灯笼跑去，女人纵身跃到床下，一爪就抓向他的脖颈。

王子进将握在手中的狐毛用力掷向灯火，狐毛在黑暗中飘飞，只有寥寥几根落在了火焰中。

完了！他心下一沉，仿佛能看到自己的脖子被妖怪生生抓断的惨相，认命地闭上了眼睛。

可他等了一会儿却没有等来预期中的痛苦，忙睁开双眼。只见绯绡白衣胜雪，姿态翩然地站在他的身边，而他只用一支碧绿玉笛，就挡住了怪物如刀锋般的双爪。

灯笼的光辉照亮了女人的脸，但见她一袭蓝色衣裙，脸上长满了金色毛发。一双美目变成了翡翠般的深绿色，在夜色中散发着幽森可怖的光。

"小薇？"

看她玲珑秀美的五官，分明是活泼可爱的小婢女。

"你们到底是谁，为何多管闲事？"小薇愤怒地咒骂。

她收回双爪，红唇大张，露出了白森森的獠牙，纵身就向绯绡扑去。

绯绡唇边含笑，连躲都不躲，衣袖一展就将她卷入了袖底。说来奇怪，少女窈窕的身影竟然在他的衣袖中消失了。

"来看看她是谁……"绯绡走到王子进身前，将衣袖一抖，只见里面竟然掉落出一只浑身金色长毛，长着一双翡翠般碧眼的猫。

猫一落地就龇着牙发出嘀嘀轻叫，想要攻击王子进。

绯绡却轻轻地拎起它的脖颈，将它抱在怀中。猫被吓得瑟瑟发抖，方才的威风一扫而光，颓然地蜷缩在他的臂弯中。

"这猫好凶啊，妖怪就是它吗？"

"这是金华猫，猫妖中最凶恶的一种。"绯绡一边摸着金猫的长毛，一边为王子进解惑，"它们可以变身为美貌的少年少女，但是如果吃了它给的食物，主人就会中咒变成猫妖。在夏家作祟的就是它。"

"哦，'金奴儿'原来是它！"王子进恍然大悟，"怪不得当初听夏芸云说到这个名字，我觉得奇怪无比，没想到这根本不是一个人的名字，而是猫的。"

"金华猫只要身在主人家，法力就无比强大，我不敢打草惊蛇，才派你潜入夏家。"绯绡抓起猫的爪子，笑眯眯地逗弄它，"狐毛会为我搭起通往夏家的桥梁，我出其不意才能一击即中。"

猫沮丧地别过了脸，哀怨地呻吟了几声。

"所以你随时都能出现的，是吗？"王子进越听越生气，想到这几天担惊受怕的遭遇，恨得咬牙切齿。

"怎么会呢？子进，如果没有你，我真的无法准确地找出这家中谁是妖怪。"绯绡眯起凤眼，柔声对他道。

暖黄的灯光下，他黑发如墨，白衣宛如烟云，散发着高贵优雅的美。

王子进被他夸赞，一腔怒气立刻烟消云散。他伸指弹了金华猫额头两下，算是报了今晚的追杀之仇。

两人一猫走出了木屋，只见浩瀚苍穹中繁星如海，正是个华美如诗篇的夜晚。

"可是我不懂，它为什么要害自己的主人？"王子进站在瓦砾中，不解地看着绯绡怀中的猫。

"还是让它自己跟你说吧！"绯绡将猫放到地上。

金色的猫在地上打了个滚，变成了个妙龄少女。她不再做丫鬟打扮，周身遍布金毛，眼睛宛如碧水，已经兽性毕露。

"都是你们，把一切都搞砸了！"她挥舞着利爪，但忌惮绯绡的力量，又不敢造次，"姑娘就要成亲了，她怎么能嫁给那种畜生不如的人？"

"你是说苏公子？他不是人中龙凤？"王子进不断挠头。

"呸，人中蛆虫还差不多！多少人被他害得家破人亡，他就是靠骗女人发家的。也只有你们这些人类有眼无珠，会被这种金玉其外的人欺骗。"

王子进迷惑地看向绯绡，不知道她说的是真是假。

"子进，你可还记得我之前夜奔千里，去调查真相？"绯绡娓娓道来，"苏州陈家绣坊在五年前倒闭，据说就是为独女招了个上门女婿导致的，那人仪表堂堂，却专做阴损之事，每天打骂妻子，在账目上做手脚，将所有的钱都转移到了自己的名下。最终陈家被他败掉，陈家女儿也带着孩子跳河自尽了。"

"竟然如此阴狠……"王子进听得脊背生寒。

"而且他发了笔财之后，换了个身份，又去了扬州行骗，手法一模一样，专门拣只有独女的商户行骗。"绯绡冷冷地道，"当我查清一切后，便知夏芸云身处险境。"

"怪不得你总是提到月亮，因为月亮的脸总是在变……"王子进望着天心一轮皎月，终于明白了绯绡话中的深意。

明月宛如玉盘，皎洁美丽，高挂在天心。它静谧美丽，又善于变化，谁也不知道月宫之上，究竟隐藏着怎样的秘密。

王子进此时才终于明白为何金华猫会将夏芸云变成怪物，又为何将自己的玩具变成了苏浅墨的脸，到处吓人。它所做的一切都是为了阻止这门亲事，而想必将夏家的事告诉说书先生的也是她。

"可是你既然有法力，怎么净搞花招，不直接去教训那姓苏的恶人呢？"只有这一点，他百思不得其解。

"因为我们都是被人类'聘'过来的，如果他没出礼物请我，我怎么能登堂入室啊？"金华猫懊恼地发出嘶嘶低吼。

"原来如此！"

他只知民间有风俗，在养猫之时要送些鱼干给猫的旧主做聘礼，才能将小猫抱回家。本以为是养猫人之间的情趣，没想到还暗藏玄机。

"如此说来，我若能助你一臂之力呢……"绯绡听到此处，含笑看向了金华猫。

猫妖舔了舔嘴唇，口中獠牙闪露，碧绿的双眼中散发出希冀的光。

王子进看着达成共识的两人，不由得望月长叹。看来不光是人心险恶，面孔如月亮般多变，妖怪也一样诡计多端呢！

十二

当晚绯绡带他去厨房中煮了锅开水，在沸腾的水花中，金黄色的猫咬断了自己的一截尾巴，将血水尽数洒在滚水中。

原来被金华猫变成妖怪的人，只能吃掉它的血肉才能复原，绯绡的丹药也只能暂时抑制住夏芸云体内的妖性而已。

猫蹲在灶台前一声不吭，痛得浑身发抖，也毫不退缩，直至鲜血和毛发熬成了一碗浓腥的汤。

绯绡抚摸着它颤抖的身体，低声问："你是爱她的吧？所以才能忍受这样的痛？"

猫凄厉地高叫，蜷成了一团。

王子进见它可怜，撕下一片衣袖，将它的断尾处仔细包好。

"妖怪们都很可怜，为了那点微薄的爱，它们付出的往往比人类要多很多。"绯绡叹息一声，单手抱起了猫。

"绯绡，你……"王子进见他触景生情，好奇地问，"……你是不是也爱过谁呀？"

绯绡眼风如刀，冷漠地看了他一眼，将热腾腾的汤盛入碗中递给他："子进，该你这个神医出场了，让夏芸云恢复原状吧。"

王子进捧着汤碗，手不受控制地发抖。

绯绡白衣翩翩，抱着猫走出了厨房，身影如夜雾般消失在月光中，只有袅袅余音在风中回荡："你天天吃喝玩乐，不事生产，也该帮我赚点银子了！"

他吓得紧紧抱住了碗，迈着小步向夏家的主屋跑去。

时隔月余，夏家荒废已久的后院，终于有工人踏足开始了修葺和整理。

而那幢古怪的木屋，很快就成了工人们休息的地方，夏日里的怪谈传说，也随着乍起的秋风，被人们忘到了脑后。

夏家芸云又变成了昔日那个活泼美丽的少女，只是闲暇之时，她总抱着一只彩球沉思，似在怀念远去的故人。

但她有所不知的是，高高的围墙之外，新的传说正在夜幕下上演。

夜晚的东京城火树银花，如天宫般缤纷炫目，一个身材颀长、双眼微微上挑的俊美男子信步走进了花街。

沿街叫卖新酒的花娘娇俏美丽，她们在这繁华城市中，宛如海浪中翻飞的泡沫，这一刻还缤纷耀眼，下一刻可能就已化为飞烟。

"这位公子，要买酒吗？"一个身穿蓝色衣裙，梳着丫髻的小花娘袅袅婷婷地走到他身前。

她头上簪着黄色的鲜花，皮肤白皙，一双大眼睛乌黑明亮，整个人看起来像是刚抽芽的嫩柳般鲜嫩可人。

"怎么卖呢？"他被她俏丽的脸庞勾起了兴趣。

"看在公子人才出众的分儿上，我这酒就不要钱了，只需您身上一个物事交换。"小花娘朝他抛了个媚眼，风情无限。

他很少碰到这样的好事了，这坛酒怎么也值二两银子，而这卖酒的姑娘，也刚好是他喜欢的那种。

他从怀中掏出一块带着体温的锦帕，递给了娇美的少女，少女微笑着接过手帕，将酒坛放到了地上，大方地挽起他的手臂，走入缤纷灯火中。

而在灯火阑珊处，一个身穿白衣的美少年，正静静地注视着他们的背影。

他姿容出众，双眼如丹凤，散发着亦男亦女之美，但那眼神却冰冷如刃，看着远去的男人，像是在看一个已死之人一般。

月脸善变，十几天后，圆满无缺的明月，就变成了一弯玉钩。

王子进和绯绡坐在茶舍中，一边赏月喝酒，一边听口沫横飞的说书人讲述着东京城中的怪谈传奇。

"各位看官客人，今晚我要讲的故事，是关于一位姓苏的郎君的。"他打了两下响板，成功地吸引了人们的注意，绘声绘色地说，"这苏郎生得一表人才，难得的是品行端正，还觅得一门好亲事。可哪知就在前几日，他居然在自家被咬断了脖子，气绝而死……"

众人皆倒吸一口凉气，翘首以盼地等他再说下去。

"而且最可怕的是，他尸首旁还被放了几个账本，皆是他之前作恶骗人家财的记录，原来这看似相貌堂堂的君子，竟然是个专门骗女人的骗子……"

王子进听到此处，诧异地看向绯绡，只见他正专注地吃烤鸡腿，根本就把这桩惨剧当耳边风。

"是你做的吗？"他凑过去，低声问。

"我对此事一无所知。"绯绡笑嘻嘻地看着他，"子进，倒是如此闷热的夜晚，你忘了曾经的许诺了吗？"

王子进只能万般不愿地拿起蒲扇，为他扇起了风。

喵——夜风清凉，一声猫叫轻轻回荡。他忙抬起头，只见茶舍之外的空地上，正匍匐着一只浑身金毛的猫。

"金奴儿？"王子进忙呼唤它。

猫碧绿的双眼宛如翠宝，冷漠地瞥了他一眼，轻灵地蹿到了树上。繁茂的枝叶隐藏了它金色的身影，只有断了一截的尾巴悬在半空，缓缓轻摆。

"不知此后，又会有谁的脸，如月影般神秘莫测。"绯绡仰头望月，似看透了这大千世界，"人心不足，这种事古往今来从不罕见。"

"别担心。"王子进突然像是想明白了什么，用力扇起了扇子，将阵阵凉风送到绯绡身前，"反正那些贪心的人，终将被他们的欲望杀死！"

绯绡一愣，似没想到他会说出这样的话。

他轻笑着将一杯酒递到了王子进面前，王子进放下扇子，伸手接过，两人就在月色下对饮起来。

正是，花在杯中，月在杯中，月光如水水如天。

第二夜

天宫游

青冥浩荡不见底，日月照耀金银台。

霓为衣兮风为马，云之君兮纷纷而来下。

虎鼓瑟兮鸾回车，仙之人兮列如麻。

袅袅歌声在夜空下回荡，容貌俊美的少年少女们身穿华服，在灯火下载歌载舞。金碧辉煌的房间中萦绕着沁人心脾的香气，长桌上摆满了美酒和四时鲜果。

一个身穿布衣、头发枯黄的瘦弱少女推开了门，看到的就是这宛如仙境般奢丽诱人的一幕。

屋子里似没人注意到她，她小心翼翼地在这些仙子般的美人中穿梭，停在了窗前。镶着金边的木窗敞开了一条缝隙，可见细雨纷飞，松涛如海。

她推开木窗，只见整座山都被灯火点缀，无数盏花灯悬在树梢，将夜晚的山林映得如白昼般明亮。

石阶像是一条银色的光带，从山下迤逦蜿蜒而来，遥遥看去，正有一个身穿青色衣裳的少年，踏着美丽的光练，拾阶而上。

虽然看不清容貌，也可见他衣袂飘飘，身形俊朗，举手投足都带着几分风流之气。

"怎么会有如此美人……"她低声感慨，将窈窕的身体探出了窗外。

青衣少年快步走到了山顶的宫殿前，身影一闪，已经踏入了辉煌的灯火中。而就在这时，两扇厚重的大门缓缓关上，就像有一只无形的巨手在推着它们一般。

随着咣的一声闷响，门严丝合缝地阖上，万丈金光消失于黑夜，满山灯火也次第熄灭。

整座山黑如墨锭，与夜色融为一体，只剩下一弯月影，像是只半睁半合的眼，嵌在深蓝色的天幕之上，凝视着这亘古不变的长夜。

一

"春江潮水连海平，海上明月共潮生。滟滟随波千万里，何处春江无月明。"月落乌啼，汴河上传来琅琅读书声。

一个身穿月蓝色衣袍、头戴同色纱帽的少年正坐在一叶扁舟上，一边赏月，一边摇头晃脑地背诗。

他不过二十出头，清秀中透着几分憨厚，却正是花痴书生王子进。

河水如练，河心穿梭着来往的扁舟和画舫，几名轻佻美丽的歌姬看到了他，都娇笑着朝他丢出水果和锦帕。

"江天一色无纤尘，皎皎空中孤月轮……"他见引得美人注意，更加大声地朗诵起来。

可就在这时，却听美人们发出连连赞叹之声，蜂拥着向船头跑了过去。他心下一沉，知道不妙，忙向小舟后看去。

果然，只见绯绡一袭白色吴绫长袍，衣袂翩翩，长身玉立地站在船尾，宛如仙人下凡一般俊美飘逸。

他拿起玉笛，凑在红唇边，轻轻吹奏起一首《春江花月夜》。

"真是太美了！""奴家从来都没见过这样俊俏的郎君！""让他上我们的船吧，我给他银子都行！"

画舫缓缓从两人的小舟旁划过，歌姬们又从船头跑到船尾，只为一睹绯绡的风姿。她们互相推搡，想要多看这美少年几眼。

可江水悠悠，还是让两条船擦肩而过，华丽的画舫满载着女人们的叹息，顺水远去。

"你是故意抢我风头的！"王子进手脚并用地爬到船尾，质问绯绡。

绯绡却不理他，仍闭着眼睛吹奏玉笛。但见月光如轻纱般笼罩在他身上，将他周身镀上一层朦胧梦幻的光晕，照得他黑发如炭，肌肤宛如玉雕般晶莹剔透，美得让人移不开眼睛。

王子进看着他过人的风姿，也不由得呆住了。

"我只是见这江天明月格外美丽，想要吹首曲子而已。"绯绡吹罢一曲，放下玉笛，红唇微翘，笑眯眯地说，"子进，何必那么小气呢？"

"嘁，死狐狸，就知道你有借口！"王子进气鼓鼓地坐下，拿起酒杯喝酒，不愿跟他多费口舌。

绯绡出够了风头，将了将绸缎般的黑发，也坐在他对面吃起了鸡。只见他双手齐上，飞快撕下一只鸡腿，跟方才翩然出尘的模样截然不同，一看就是只贪吃的狐狸。

王子进朝他翻了个白眼，只能仰头赏月，将一腔热情，都付与了这春水与月色。

绯绡正吃到兴头上，突然浑身一僵，凤眼含威，死死地盯住了苍茫的夜空。

"你……你怎么了？"王子进看他脸色，心知不妙。

可绯绡根本不回答他，丢掉了吃到一半的鸡，身形如电，居然飞快地钻进了船舱里。几乎在他消失的同时，一个白点出现在了半空中。

王子进好奇地看向那个宛如针尖大小的白点，只见它越来越近，越来越清晰，竟然是一只纸鹤。

他立刻被吓得脸色惨白，这种纸鹤是铁公鸡兼算盘精青绫报信专用的，它从来不会送来喜讯，只会带来霉运。

果然，纸鹤一见到他，就收拢翅膀停在了他的肩头。王子进硬着头皮将它放在手中，只见它残破不堪，翅膀还少了半截，似经历过千难万险。

"绯绡！绯绡！青绫似乎遇到麻烦啦！"他抓起纸鹤，朝船舱中嚷，"别躲了，快出来面对！"

"我什么都听不到。"江风中传来了绯绡幽幽的叹息。

躲得过初一躲不过十五，最终他还是被王子进喊出来，满脸嫌弃地看着放在甲板上的纸鹤。

"真讨厌啊，要求助也不知道留个口信，还要我亲自去找。"他翻开纸鹤，只见上面空无一字，越发不耐烦。

"那怎么办啊？我们要去哪里找他？"

"希望这只鹤能认得路。"绯绡说罢，手心中腾起一簇青蓝色的狐火。火光一闪，转眼就将纸鹤点燃。

燃烧的纸鹤振翅飞到了空中，盘旋了一圈，顺水而下。绯绡手指微动，捏了个法诀，船下的江流宛如一只巨大的手，推动着小舟飞速前进，快得仿佛有十几个艄公同时挥桨。

王子进站立不稳，一个趔趄跌倒在甲板上，但见纸鹤浑身是火，像是一颗启明星般在前方遥遥引路。

江水越来越湍急，不知要将他们带到怎样未知的前路。

二

船在河中行了整晚，将东京城远远地抛在了身后，可纸鹤仍不知疲惫地拼命挥动着翅膀，在半空中翱翔。

王子进在船上坐得头昏眼花，还没来得及喘息，就又被绯绡拖下了船，找了处驿站，赁了两匹马继续赶路。

路越走越荒僻，待晚霞缀满天边之时，两人已经来到了一座荒山脚下。那只燃烧着狐火的，奋力振翅的纸鹤终于不飞了，它发出一声悲鸣，化为灰烟，散落在余晖中。

而王子进也筋疲力尽，头一歪从马上跌下来，蹲在草丛中呕吐不停。

"青绫出现，果然不是要钱，就是要命……"他一边吐一边哀号。

绯绡依旧精力充沛，仿佛根本没经历过长途跋涉。他翻身下马，驾着王子进，挺直脊背四处眺望："子进，我看见了炊烟，你说会不会有鸡卖呢？"

"这荒山野岭之地，哪那么容易找到鸡吃……"王子进被他拖着在荒野中疾奔，只觉长草绊脚，几次都差点摔倒。

说来奇怪，他走了一段路，果然见几道袅袅炊烟在金紫色的霞光中缓缓升起，送来诱人的饭香。

他腹中饥饿难耐，忙甩开绯绡的手，快步跑在了前面。绕过一片小树林，眼前出现了几户人家，俨然是个小小村落。

最妙的是村头竟然有个小酒馆，酒旗在晚风中摇曳，像是一只充满诱惑的手，朝他招个不停。

王子进心花怒放地走进了酒肆，但当他看清屋内的景致时，笑容就僵在了脸上。

只见狭小简陋的厅堂中，端坐着一个身穿桃红色绣梨花襦裙的女童，她不过十岁，皮肤白皙，一双漆黑的大眼睛却如古井般深沉，表情是不符合年龄的成熟。

"六……六月……"他吓得后退了一步，因为这女童不是别人，正是吃了不老不死药，活了千年之久的六月。

就在一年前，她不知哪根弦搭错了，整日跟青绫混在一起骗吃骗喝，居然成了他的得意搭档。

"你果然在这里。"身后传来了一个清脆的声音，却见绯绡踏着夕阳，沿土路而来。他唇边含笑，美目如星，似早就料到六月会在附近。

"青绫遇险，自然第一时间给你传递消息，而这山脚下只有这家酒馆有鸡有酒，我在这里等你们当然最是方便。"六月开心地笑，圆圆的脸颊上露出两个酒窝，一副天真无邪的样子。

王子进见她特意装出的童稚可爱，不由得打了个寒战。

"快来吃吧，已经嘱咐店家为你们准备好了烤鸡。"六月笑眯眯地将一盘鸡推到了绯绡面前。

绯绡优雅地坐下，行云流水般拆骨吃鸡，表情专注而陶醉，仿佛已将青绫忘到了脑后。

"话说，青绫到底遇到什么麻烦了？"最终还是王子进吃饱喝足，才想起了失踪的算盘精。

"唉，都怪青绫贪心，他接了单生意，替西京一位富贾找个叫'梦魂草'的宝物。给我留下了张字条，就一去不复还了。"六月从怀中掏出一张纸鹤，仔细展开，只见上面写着几行小字。

"我欲因之梦吴越，一夜飞度镜湖月……霓为衣兮风为马，云之君兮纷纷而来下。"王子进轻轻念着小字，"这是李太白的诗啊，讲的是梦游仙境的经历，他在暗示自己去了仙山吗？"

"我猜也是这个意思。"六月抬起头，望向门外，"而仙山，就在这里。"

"什么？就是这鸟不生蛋的地方？"王子进惊诧地指着外面荒僻的景色。

此时阳光隐没于密林，天空变成了雾蒙蒙的黑，而在这黑暗之中，可见一座大山巍峨的影子。

它沉默而高大，宛如一只蛰伏的猛兽，让人感受到无形的压力。

"看样子没错，毕竟是青绫放出的纸鹤带我们来的，他应该就在附近。"绯绡终于吃完了鸡，举着酒杯，悠然地说。

"可这明明是座荒山。"

"子进，你忘了平日读过的书了吗？"绯绡朝他眨了眨眼睛，"哪座仙山能被轻易找到？"

王子进恍然大悟，拊掌道："我明白了！有通道！"

"梦魂草就在仙山之中，所以只要找到那座山，一切谜团都可迎刃而解。"六月望着远山含黛，轻轻点了点头。

她的容颜再次变得沉稳凝重，没有半分孩童的天真烂漫，分明是个老谋深算的猎人。

王子进看着她肃杀冰冷的眼神，忍不住打了个冷战。

三

绯绡掏出了几个铜钱结账，又把店家细细叫来盘问，打听这附近可有仙山。哪知不问还好，一问起来这小酒馆的店主就打开了话匣子。

原来这里自古就流传着仙山的传说，据说雨后初晴，云雾缭绕中，有人目睹过仙人站在云端，容貌美丽，风姿翩然，更有人在起雾时看到整座山灯火通明，宛如仙境。

不少写游记怪谈的文人骚客听到消息，亲自来探访，而这家酒馆就是为了招待外来的人而建的。

"这么久以来，他们查到了什么没有？"王子进好奇地问。

"当然没有，所谓仙山，自然是有仙缘之人才能看到。"老板呵呵地笑道，"不过倒是有几个人进山了就没出来过，可能被仙人带走了吧。"

六月眼睛一亮，问他有没有见过一个身穿青衣的美貌少年，但这中年汉子却摇了摇头，似乎对青绫毫无印象。

三人见再也问不出什么，只能失落地离开了酒馆，向山中走去。

此时虽是夏末，但山风凄寒，好似流水般带走了人的体温。走了不过半个时辰，王子进就已经冻得哆嗦个不停。

"这山好奇怪。"绯绡朝风中闻了闻，"有一股特别的味道。"

"而且树都长得很高大。"六月指着黑黝黝的山林，"要是白天走在里面，估计连阳光都看不到。"

"守着这么大一座山，村民居然只有十几人，更是怪中之怪。"绯绡望着身后山村中的寥寥灯火，剑眉微蹙，"难道这山根本不产山货，连一方人都没法养？"

"绯绡，你留意到方才那人说的话了吗？"王子进打了个喷嚏，提醒他道，"他说仙人总是在雨后或者大雾时出现。"

"看来真是要有'仙缘'的人才能进得了'仙山'呢……"绯绡喃喃自语，唇边荡漾出一丝笑容，"偏偏我好像就是这种'有缘人'。"

他说罢从王子进手中拿过酒壶，拔开瓶塞，将酒纷纷扬扬洒到了半空中。但酒水却并没有落下，而是在夜空中凝聚成了一簇簇宛如蒲公英般的水汽。

水汽飘散到天际，不过片刻便引来几片乌云。

"你们这些臭狐狸，还是有些本事的。"六月仰望着云层聚集，满意地点头。

几乎在她话音落地的同时，风云际会，天空发生了巨大的变化。方才还是繁星满天的夜空，已经遍布乌云。

晚风乍起，雷声轰鸣，方才还月朗风清的夜空已经飘起了蒙蒙细雨。

雨落如注，将王子进浇成了个落汤鸡。他抖得更厉害，用来御寒的酒也被绯绡拿来求雨了，只能跑到一棵大树下避雨。

他刚站到树下，就见山坳处有灯光一闪，似乎有人点亮了灯笼。

"绯……绯绡！"他结结巴巴地叫，因为随着雨势加大，更多的灯笼亮起来，像是在黢黑的山上撒下了无数繁星。

绯绡和六月显然也见到了这奇景，忙唤他一起进山。

随着灯光点燃的同时，山风也变得温暖和煦，甚至仔细嗅来，还能闻到清雅怡人的檀香气味。

当他们来到山坳处，竟看到一条由白玉砌成的台阶。玉阶在灯光的照耀下，宛如一道银色的光练，蜿蜒通往山顶。

"果然是仙境啊。"王子进赞叹地望着这美妙景色，说着踏上了玉阶，满怀期盼地向山上走去。

他步履轻盈，丝毫不觉得累，又走了几步时，竟然听到林中传来丝竹声声，仙乐袅袅。婉转清丽的乐声化入耳中，令人心旷神怡，说不出地舒服受用。

"我看是鬼域还差不多。"绯绡却不以为然，眼光越发冷峻。

六月仿佛也被这奇妙的景色吸引，脚步变得轻盈，跟在王子进身后，蹦蹦跳跳地拾阶而上。

三人走到半山腰时，只见灯火越来越多，但仔细看去，发光的竟然全是绽放的铃兰花。那些兰花足足有拳头大小，倒吊在树梢上，每朵花的花芯中都躲着几只萤火虫。

"太美了！"六月摘下一朵花，捧在手中，惊叹地说。

王子进也学她的样子，把一朵花拢在袖中，让它为自己照明。两人快步前行，很快就来到了山顶，绯绡却跟他们拉开了距离，跟在最后面，遥遥注视着他们的背影。

荒芜冷清的山顶上，竟然有一座繁华瑰丽的宫殿。殿外挂着两个一人多高的金色灯笼，写着"广宵宫"三个漆字。

殿前两丈多高的镀金大门敞开了一条缝隙，奔涌出如海金光。

"门后似乎有很多人，不知青绫是否在里面？"王子进好奇地凑近门缝，只听门内丝竹声响，魅影舞动，里面的人似在举行盛大的宴会。

"那么多废话干吗？进去看看不就知道了？"六月身形娇小，敏捷地从门缝中钻了进去，居然丝毫也不害怕。

王子进怕她有危险，忙紧随其后。只有绯绡皱眉望着好奇心盛的二人，连连摇头。

"哇，好多美女！"王子进一进入大殿就惊喜地高呼。

只见殿中正在举行歌舞宴乐，足有几十人之多，身穿纱衣的美人有的在弹奏箜篌，有的在翩翩起舞，看得王子进眼花缭乱。

而六月也痴迷地走向了位于大殿中央的水池，池水清澈见底，宛如一块巨大的菱花铜镜。她朝水中一望，竟欣喜地看到了一张成年女子清秀美丽的脸。

"这就是我长大了的样子吗？真是太好了……"她跪在水池边，望着自己的倒影，居然开心得哭泣起来。

"这位姑娘，舞姿如此翩然，可否让我为你吟诗一首？"王子进则走向了一位身穿淡粉色衣裙的漂亮少女，被她的粉面桃腮勾得失了魂魄。

六月意乱神迷地看着水池，头一歪就要栽进去。绯绡疾步赶来，忙一把将她拉住。

"别动我，我终于长大了，我要去找青绫……"可她却像是发了疯一般，拼命要挣脱绯绡的手。

绯绡拗不过她，只能松开了手，反正她是不老不死之身，也不会溺水而死。

六月扑通一声跳入了池中，微笑着拥抱自己水中的倒影。而在宫殿的另一边，王子进则围着曼妙少女翩翩起舞，眼中只有美丽的仙娥，再也看不到其他人。

绯绡望着癫狂的二人长长叹息，孤身穿过了轻歌曼舞的仙子们，向大殿后走去。其间有一个身穿羽衣、袒露着双肩的娇艳少女要拉住他，却被他甩开了手；还有一个白皙清秀的少年走过来，挑逗地撩起了他的黑发，也被他举手振开。

他径直走到了一个阴暗的角落，衣袖轻扬，袖底生风，风到之处一扇暗门缓缓打开。

四

暗门外是一条游蛇般蜿蜒的小径，弯弯曲曲通向幽暗的树林。他打了个响指，飘飞的细雨戛然而止，取而代之的是缥缈如绢纱的蓝色夜雾。

夜雾轻轻覆在整座山上，令树林更朦胧，景致更清幽。他这才悠闲地踏上小径，缓步而行，仿佛在自家庭院散步一般。

走了半炷香的工夫，不远处便出现了一片青翠如碧海的竹林。低沉婉转的箫声，像是午夜的絮语，低低地从林中传来。

他眼含喜色，知道青绫就在不远处，疾向林中走去。

竹影随风轻摆，如碧涛涌动，海心深处露出一个白玉铸就的典雅小亭。一个青衣翩然、黑发如墨的美貌少年，正倚在栏杆上吹奏着竹箫。

少年身姿挺拔，举止风雅，好似竹子变作的君子般清雅端方。

"真是好听，能再为我吹一首吗？"亭中传来了欢快的笑声，一个少女盘膝坐在青绫的身边，不住拍着手。

"难得姑娘想听，在下献丑了。"青绫温柔地笑着，又将洞箫凑到口边，奏起新曲。

箫声呜咽悠远，在夜风中回荡，好似一首低沉深情的诗，撩拨着听者的心弦。绯绡听得不住点头，也掏出自己的碧绿玉笛吹奏起来。

笛声比箫音高了几度，立刻将婉转徘徊的箫声压了下去。

"是谁？"少女猛地站起来，看向笛声起处。

而站在她身边的青绫也放下洞箫，好奇地回过了头。

"青绫，不要沉迷于梦中了，跟我回去吧。"绯绡放下玉笛，柔声对青绫说。

"我不认识你，不要打扰我的闲情逸致。"青绫甩了甩衣袖，秀眉微蹙，不愿理他。

"不知公子如何称呼？小女名唤曹仙，自小就在这天宫长大，跟青绫公子一见如故，忍不住留下他多住了几日。"少女施施然地朝他行个礼。

朦胧的夜雾中，可见她衣饰朴素，顺滑黑亮的秀发只以一根缎带松松地绾在脑后。看容貌二十出头，身材清瘦，皮肤却白皙如玉，一双修长的美目不流于群芳，为她增添了几分出尘脱俗的气息。

"姑娘莫要管我是谁，只需知道，我是来这鬼域中救人的就好。"绯绡依旧笑盈盈的，拱手朝她行了个礼。

"这里明明就是天宫，怎能说是鬼域？"曹仙听他贬损自己的住处，不由得怒上心头。

"如果你再出言不逊，污蔑曹姑娘，就莫怪我不客气了。"青绫振袖一挥，罡风乍起，直朝绯绡面门袭去。

绯绡却躲都不躲，只轻轻扬了扬手，瞬间就令刚烈如刀的疾风烟消云散，厉声问道："你连六月都忘了吗？她一直在找你。"

"当然没忘，我来到这里，也是想找到能让她变成个普通人的办法。"提到六月，青绫面现悲戚之色，长长叹了口气。

"你这重色轻友的死狐狸，说了半天，你只把我给忘了，那还给我传递什么求救的消息？"绯绡被他气得哭笑不得，手腕一翻，玉笛已经变成了一把刃光带血的妖刀。

青绫忙将曹仙挡在身后，长臂一展，手中已经多了一把青锋宝剑。他身影化为一道青光，疾向绯绡奔去。

绯绡身形也快如闪电，刀刃微晃，格住了他的剑锋。

两个美貌的少年，瞬息间就动起了手，他们的身影都快如鬼魅，只见一道青光一道白影夹杂在一起，根本分不清谁是谁。

"青绫，小心啊！"曹仙紧张地轻呼，脸上尽是关切之色。

她话音刚落，一截枯藤从树上落下，蛇一般缠住了绯绡的脚腕。绯绡被绊了个趔趄，眼看就要跌倒，哪知他灵敏至极，居然单手撑地，足尖一点，竟然出其不意地踢飞了青绫手中的剑。

青绫怒从心来，纵身一跃，身后已经多了一条毛茸茸的尾巴，尾巴如同坚硬铁棍，挟着劲风直袭向绯绡的面门。

绯绡顺势抓起了捆在脚上的枯藤，奋力挥成了一个满月，抽向青绫的尾巴。只听空中传来啪的一声脆响，狐尾和枯藤紧紧缠在了一起，青绫站立不稳，一跤跌倒在地。

"你……你这讨厌的家伙，我跟青郎惺惺相惜，隐居在这天宫般的仙境，碍着你什么事了？"曹仙见青绫落了下风，慌忙从亭中奔出来。

茂密的翠竹如海涛般自动倒向两边，为她让出了一条道路。转眼之间，她就如巨船分水般，挟着万钧之势，站到了绯绡面前。

她秀美的面孔变得狰狞，修长的双眼凌厉地吊起，乍一看像个修罗面具。

"你忘了自己是谁吗？快点想起来吧，你的本来面目并非如此的。"绯绡也不怕她，丝毫也未退缩。

"我怎么不知自己是谁？我自小在这天宫中长大，是排名最末的一位仙人！"曹仙眼中含泪，悲愤地瞪着绯绡，"在这宫里没人喜欢理我，等了百年才等来了青郎，你却又要将他带走……"

青绫见她伤心欲绝，心中怜惜，双手生出利爪，就要向绯绡抓去。

"我们俩继续缠斗，只会两败俱伤！"绯绡凤眼含着精光，一转身擒住了青绫的双手，"你好好看看周围，这真的是天宫吗？"

他周身散发出青色的火焰，火焰随风飘舞，照亮了树林。但见每棵竹子下都长着一簇花朵，花苞都似拳头般大小，细绢般透明，散发着朦胧的紫色光辉。

"这……这是？"青绫停住了手，已经认出了这种美丽的花。

"地狱铃铛，能致幻的毒草，它开满了整座山。"绯绡双臂一扬，更多青蓝色的狐火飞到了半空中。

只见山中遍是花苞，它们如云雾般蔓延了整个山野，树梢上、宫殿前、翘角飞檐之上，都如繁星般缀满这诱人的紫色。

五

"难……难道这些都是幻觉？"青绫捂住了额角，努力回想着过去的经历，"我是为了找一种叫'梦魂草'的物事来到这里的，据说那种草是天宫中难得的宝物，只有天人才能拥有……"

"你错了，并不是天人创造了草，而是草孕育了这仙境般的天宫。"绯绡拈起一朵铃铛似的花苞，轻轻嗅了嗅，"仙人每逢雨后才现身，是因为经过雨水滋润，地狱铃铛散发的毒雾更甚。而因为它的蔓延，这座山里没有任何产出，连村民都留不住。"

"你……你骗人，天宫怎么能不存在？从我记事起就住在了这里！"曹仙气急败坏，她振袖一挥，地面都随之颤动，华丽的宫殿宛如巨兽般发出一声咆哮。

大门发出隆隆巨响，崩落塌陷，激起滚滚尘灰，千万块瓦片宛如鸟群般向绯绡飞来。

"青绫！"眼见瓦片遮天蔽月，如坟墓般要将他掩埋，绯绡忙呼唤青绫。

青绫不假思索地举起长剑，在半空中画了个"十"字。而绯绡也抢起妖刀，在两人脚下的地面上画了一个圈。

刹那之间，如鸟群般的瓦片挟着巨力飞冲而至，却都撞在了一个看不见的透明屏障上，在撞击之中化为烟尘。两人站在结界中，只觉天地间被黑色的飞灰充溢，连地面都在微微颤抖。

"看，你果然是认识我的，虽然失去了记忆，但有些东西是印在骨血中的，永远不会忘记。"绯绡看向跟他并肩御敌的青绫，满意地点了点头。

青绫冷哼一声，不爱理他，但仍高举长剑，维持着结界的平衡。

一刻钟之后，所有的瓦片都化为了飞灰。曹仙咬牙切齿地举起了手，要发起下一次攻击，绯绡却收起长刀，姿态翩然地撤掉了结界。

"你在找死？"她双眼通红，得意地大笑，"那太好了，给你个立柱，让你尝尝被压扁的滋味！"

"是吗？既然你忘了一切，那只能我帮你回想了！"绯绡丝毫也不畏惧，红唇含笑地站在灰烟之中。

他的白衣黑发都随风飘荡，宛如一只翩翩欲飞的白鸟，五官精致美丽，恰似超凡脱俗的神仙。

而在他的身后，一个十丈余长、两丈余宽的石柱缓缓坍塌，带着排山倒海之势，当头向他压来。

"快躲开啊！"青绫纵身就要将他推开。

"哼，我才不会跟疯子缠斗，只会毁了整个幻境！"可绯绡却伸开双臂，朗声长笑，周身冒出青蓝色的火焰。

火焰宛如烟花般飞上半空，绽放出光亮，又如落雨般飞下。转眼之间，狐火便点燃了整座大山，粉紫色的花朵一遇到火苗，立刻被烧成了一团黑炭。

重若千钧，即将压在他身上的立柱分崩离析，宫殿龟裂倒塌，竹林变成一片青蓝色烟雾在火中消逝。

富丽堂皇的天宫仙境被毁于一旦，漫山遍野只有蓝色火焰肆虐燃烧。

曹仙的身影被狐火照亮，变得缥缈而浅淡，肌肤如薄冰般脆弱而透明。她不再怨恨，面容平静地站在火焰之中，又变成了高雅出尘的少女。

"原来……这才是真正的我啊……"她神情恍惚地打量着在火中化为灰烬的亭台楼

榭，两行清泪，缓缓流下脸颊，"真是可笑……"

她叹息般轻吟着，清丽的身姿消失在灼灼狐火之中。

山风呼啸，像是一只看不见的大手，熄灭了漫山火焰。苍茫的深山里只有树木林立，荒草丛生，在月光下散发着荒芜悲凉的气息。

瑰丽的宫殿，娇美的仙子，都像是午夜的清梦，虽点缀了漫长的夜色，却无法在清醒时留下任何痕迹。

青绫茫然地打量凄冷荒芜的山林，信步而行。很快就看到一个书生正面色绯红，含羞带臊地抱着一块腐烂的木头，正是花痴王子进，随即他又看到了六月，小小女童浑身淤泥，脸上满是陶醉的笑容，坐在一处水洼前。

青绫扶起了六月，抱歉地看向身边的绯绡："我做了个长梦，梦中有一位少女，说她有能让六月长大的办法，只求我留下为她奏曲……"

"没关系，只要不沉湎于梦境就好。"绯绡含笑拿出折扇，如风流公子般遮住了半张俊美的脸，"毕竟千秋万载的时光，在回首时看来也不过是大梦一场。"

"天官呢？仙女呢？我怎么会在这里，这些荒草是怎么回事？"王子进被他们的对话吵醒，一把丢下怀中的烂木头，跑到了绯绡身边。

绯绡笑而不语，带着他走向树林深处的一处茂密的灌木丛。而青绫也以法术唤回了六月的神志，将她抱在怀中，跟随着二人的脚步。

绯绡拨开了茂密的树枝，只见树丛中躺着几具惨白的骷髅，泛着阴森冰冷的光。

"这就是曹仙？原来她是一缕幽魂化作。"青绫望着那累累白骨，猜测这些人生前的心愿被地狱铃铛无限放大，才造就了这天官般的幻景。

"不，这些是沉迷于仙境，送了命的游人。"绯绡摇了摇头，走入灌木丛中。

"那曹仙是……"青绫迷惑不解。

绯绡伸手探入树根，在泥土中翻出了一个竹简，轻轻地在月光中展开。

竹简斑驳破烂，绳子已腐朽了多半，看样子是几十年前的物事。棕色的竹子上，被人刻下了一行行龙飞凤舞的诗句。

"仙人揽六箸，对博太山隅。湘娥拊琴瑟，秦女吹笙竽。玉樽盈桂酒，河伯献神鱼。四海一何局，九州安所如……"王子进借着朦胧月色，一字一句念起来，惊讶道，"这是曹植写的《仙人篇》啊！"

"曹植？曹仙……"青绫沉吟着，隐约猜到了什么。

"俯观五岳间，人生如寄居……升龙出鼎湖，徘徊九天下，与尔长相须。"绯绡轻抚着竹简，念出了最后几行字，"是的，这就是曹仙的本体，她是一首旷世绝俗，却郁郁不得志，被丢弃在深山间的诗。"

青绫惆怅地拿过竹简，放在手中抚摸，仿佛从泛黄的老竹中感受到了温润的暖意。

世间万物皆有灵，而漫山遍野的梦魂草，增加了它的力量，令它化身成了妙龄少女，做了个关于天宫和仙人的梦。

"庄周晓梦迷蝴蝶，不知庄周梦到了蝴蝶，还是蝴蝶梦到了庄周……"他轻柔地合上了竹简，柔声道，"无论如何，祝你好梦。"

风掠过长草，吹起他青色的衣襟，仿佛正有一个清瘦的少女，站在山川与明月之间，朝他颔首微笑。

六

绯绡的一把火烧光了山中的毒草，背井离乡的村人得知消息纷纷赶回来，热火朝天地在山里伐木开荒，耕地种田。

原本死寂沉沉的大山，也重焕生机，仿佛一位行将就木的老妪在一夜间回春，变成了姿容明媚、眼波流转的妙龄少女。

半月之后，一个晴空万里的午后，绯绡和青绫等人结伴登上了东京城外最秀美的一座山峰。山峰中有一处翘角飞檐的凉亭，好似只振翅欲飞的鸟一般停在山巅。

"把它留在这里，应该就不会觉得郁郁不得志了吧？"绯绡站在亭中，眺望着云气萦绕的山景，只觉景色美不胜收，如临仙境。

王子进从盒子中掏出了修复一新的竹简，交给了青绫。青绫纵身一跃，将竹简放在了凉亭的横梁上。

王子进心善，仍然怕会辜负了这首心高气傲的诗，掏出了笔墨，将整首诗誊写在了凉亭的木柱上。

他肚中墨水虽少，字却写得龙飞凤舞，飘逸潇洒。

青绫轻轻地抚摸着木柱上的墨字，沉默了一会儿，从衣袖中掏出洞箫吹奏起来。箫声在青山绿水中回荡，缠绵悱恻，既像是情人间关切的低语，又像是旧友离别时的叮咛。

几人皆沉醉在这婉转凄美的旋律中，沉默地看着眼前宛如仙境的层峦叠嶂，似在为那不甘平庸的青衣少女送别。

待他们离开凉亭，走上归途时，已是霞光漫天的傍晚。

"有一件事我想不通，那天为什么我跟六月都中了毒，你却没事？"王子进一边擦着额上的汗，一边好奇地问绯绡。

"在进山之前，我听到下雨时仙境才出现，就猜测可能是毒气在作怪。"绯绡得意地扬了扬剑眉，笑嘻嘻地答，"所以上山之前，我就掏出两簇狐毛塞住了鼻孔。可没想到毒雾居然如此厉害，你们一上山就被迷得神魂颠倒，你抱着树桩跳舞，六月对着泥坑发呆的样子真是太有趣了！"

他抚掌大笑，貌如天仙的脸蛋都笑得变了形。而其余三人则阴沉着脸，恨不得将他千刀万剐，才能解心头之气。

"不过子进，还是要谢谢你。"他笑了一会儿，突然郑重其事地对王子进道谢。

王子进被他说得一愣，满腔怒气都不知该往哪里撒。

"如果没有你的奇异举止，我也看不出哪里有毒。"

"说白了就是拿我试毒吗？"王子进越发生气，一甩袖就快步向山下跑去。

"子进，方才上山的时候，我看到了一家卖炖鸡的店，等会儿一起去吃吧。"绯绡笑嘻嘻地摇着折扇跟在他的身后。

王子进仍憋着气，埋头走路。

"老板的女儿是个俏丽的娘子，在店里帮忙。"

王子进脚步不由自主地放缓了几分。

绯绡得意地扬了扬眉毛，朝青绫和六月招了招手，四人一起走向了山路边的小酒馆。

待享受完可口的炖鸡，喝完了两壶黄酒，王子进仍没有看到什么俏丽的少女，只有两个粗笨的村妇在小店中忙碌。

他知道自己又受骗了，可他早已习惯了绯绡平日无伤大雅的小谎言，也不以为意。

倒是青绫放下酒碗，就朝绯绡摊开了手掌，狡黠地笑了笑："那种难得一见的毒草，你舍不得全烧了的，把私藏留下的给我。"

绯绡一愣，随即笑容浮上了玉面，他从袖中掏出了一个瓷瓶，放到了青绫的手中。

"真是瞒不过你，居然被发现了。"他惋惜地摇了摇头，"虽然有些不舍，但谁让你是我的朋友呢。"

青绫接过瓷瓶，满意地笑了。

"记住，没事千万别打开，你知道它的厉害。"

"此番多谢了，如果有事需要帮忙，尽管差遣。"青绫将瓷瓶仔细放入怀中，跟二人拜别，几乎是逃一般带着六月离开了，生怕绯绡反悔。

"你真的给他啦？"王子进望着两人携手下山的背影，惋惜地摇头，"我还想多做几个好梦呢！"

"嘻嘻嘻，你说呢？"绯绡眉眼弯弯，宛如狐狸般露出狡诈的笑容，玉手一翻，又变出了个一模一样的瓷瓶，"我也想在一只鸡上吃出不同的味道啊。"

三日后，西京城中，即将去交货的青绫突然觉得心神不宁。他坐在客栈松软的床榻上，用棉花塞住了鼻孔，才敢小心翼翼地打开瓶盖。

可只见瓶中空空如也，哪里有价值千金的毒草？

他气不过，用力甩了甩瓶子，居然掉出了几簇洁白的狐毛，在夏日绚丽的阳光下飞舞。青绫气急败坏，用力将瓶子掷在地上，摔得粉碎。

就像这世间事，也不过是一场大梦而已。

第三夜

子夜歌

"落日出前门，瞻瞩见子度。冶容多姿鬒，芳香已盈路。芳是香所为，冶容不敢当。天不绝人愿，故使侬见郎……"

夜空澄净，繁星似海。

一个身穿淡红色衣裙的少女在夜色下奔走，朦胧的月光照亮了她的脸庞，可见她正值十七八岁的花样年华，饱满的双颊如蜜桃般丰盈，一双星眸灵动美丽。

唯一有些突兀的是她红得鲜艳的嘴唇，嵌在那张洁白细腻的脸上，宛如凝固在皑皑雪地上的血滴。

红唇似血的少女，在月光下哼着歌，脚步轻快地踏莎而行。

她的裙摆拂过夏末的萱草，发出沙沙的轻响，可这响声越来越大，似有一群人跟随她的脚步而来。

少女头也不回，加快脚步，要将身后的异响甩掉。轻纱般的月光下，隐约可见，足有二十几人跟在她的身后，追赶之人以彪悍的青年为主，还夹杂着几个年少的孩子。

"宿昔不梳头，丝发被两肩。婉伸郎膝上，何处不可怜？"红唇轻轻开合，仍轻哼着歌，少女的调子丝毫不乱，脚步也稳健而迅捷，红衣在夜风中飘飞，似一朵罂粟在黑暗中舒展着花瓣。

"……今夕已欢别，合会在何时？明灯照空局，悠然未有期。"歌声在夜风中飘散，婉转中透着寂寞。

风里传来咔嚓一声轻响，一扇窗中亮起了灯，光晕照亮了黑暗，少女和身后的追兵都停下了脚步。

柴门被缓缓推开，走出来一个青衣褾带，做书生打扮的青年，他提着一盏古怪的灯，灯中散发着刺鼻的烟气。

"啊，太可怕了！这是鬼！她果然投奔鬼了！""快跑，否则整个家族都完了。"远处的男人们哀叫着避散，只有少女子然独立。

她向书生伸出柔嫩的手，但他却仿佛没看到她，匆匆从她身边走过。水银般的月辉照亮了他平凡无奇的脸，是随处可见的男人。

可那双眼眸中流露着睿智和肃穆，像是耸立的冰山般高不可攀。

一

长河落日，炊烟袅袅。残阳的余晖似洒落到每个人心中，勾起无限愁绪。

王子进坐在汴河的一艘画舫中，眼眶微红地望着戏台上浓妆艳抹的伶人。台上演的是一出才子佳人的话本，戏中的书生与少女相恋，少女早逝，而书生苦苦追到了黄泉中，也没有找回昔日的爱侣。

而就在他肝肠寸断之时，却听耳边传来吧唧吧唧的轻响，扭头一看，是绯绡正在吃鸡翅。

他吃得红唇油汪汪的，眼底蕴着幸福和满足，根本不似在看一出悲剧。

"多么感人的故事啊，你居然还吃得下。"王子进喝了口酒，想到匆匆两年间跟几位佳人的生离死别，越发觉得憋闷。

"都是假的，有什么可感动？"绯绡擦了擦手，又喝起了酒。

"对了，你们这些狐狸精最会骗人，哪里有感情可言？"王子进摇头长叹，又喝起了苦酒。

"你不是精怪，怎知妖类无情？"绯绡冷哼着道，"人类狂妄自大，最喜下高高在上的判断，千百年来莫不如此。"

两人话不投机，不再多言。王子进仍心潮澎湃地看着戏文，绯绡索性埋头专注吃鸡。

渐渐夕光潋滟，水天之间变成了一片苍茫的灰黑，一只黄色的鸟却清鸣一声，振翅落在了靠近船舷的窗檐上。

那鸟似认得人一般，偏着头打量着屋中众人，随即振翅而飞，在宽敞的船舱中盘旋了一圈，停在了绯绡的肩头。

"真讨厌，又有什么麻烦事找上来了？"绯绡不耐烦地嘟囔着，一把抓住了鸟。

黄鸟完全不害怕，轻轻张开了嘴，将一粒红豆吐在了他的掌心。红豆在他莹白的手掌中滚了一圈，最终静静地停在了掌心。

娇艳耀眼，宛如一个情意绵绵的吻。

"这是什么？"王子进好奇地探过了头，他天天混在女人堆里，本能地从这枚小小红豆上，嗅到了一丝香艳的气息。

"是我的一位故人啊，没想到此生居然还能跟她见面。"绯绡感慨着拈起红豆，难得细心地喂了黄鸟几缕鸡丝才将它放走。

王子进从未见他如此体贴，就连自己受寒生病，他也从来不闻不问。

"是美女吧？"

"绝代佳人……"绯绡感慨着看向窗外烟波浩渺，眼中充满期许。

"既然给你传信，我们就一起去看看吧！"

"即便是精魅鬼怪你也不怕？"

"只要芳华绝代，是鬼怪也没什么。"王子进微笑着感慨，"反正人生短暂，匆匆即逝，我王子进能欣赏到诸美的风姿，也算没白活一遭。"

"子进，说实在的，在某些方面，我还是很佩服你的……"绯绡红唇微翘，苦笑着说，"既然你如此向往，我们就去拜访一下这位住在西京的故人吧。"

于是次日，两人就踏上了前往西京的旅途。车马劳顿中，王子进还不断追问，为何这位美人不亲自来看绯绡。

既然并非人类，日行千里也不在话下，来趟西京城不过是瞬息之间的事情。

"去了你就知道了。"可他每次追问，绯绡总是这样不咸不淡地回答。

事已至此，他只能趴在车上的小窗旁，眺望着官道上飞逝的青山峻岭，幻想着即将见面的美人的风姿。

绯绡不喜赶路，一路上不断暗中施法，本来要走十日的路程，短短三日就走完了。当他们抵达西京之时，赶车的车夫望着高耸巍峨的城门目瞪口呆，似不敢相信眼前所见，足足在城外站了半晌，才又惊又惧地驾车离开。

当晚他也不急着探访旧友，拉着王子进去了西京最有名的一家烤鸡店，一口气吃了两只烤鸡，还喝了一壶好酒，方醉醺醺地走出了酒楼。

此时已是亥时，街上的灯火将街巷映照得宛如白昼。一弯明月悬在天际，似夜县莹白的花瓣，为这个喧嚣的城市，送来几许静谧安宁。

"子进，你真的很想见美人吗？"绯绡摇着折扇，白衣翩翩地走在街上，吸引了无数路人的目光。

"当然啦，否则车马劳顿为了什么？"王子进几乎迫不及待，"我们是今夜拜访，还是明日再去呢？"

"明晚吧，那毕竟是个芳华绝代的佳人，怎能唐突？"绯绡低下头，长睫轻颤，似在思索着什么。

看来真是重要的人呢！王子进在心中暗暗感慨，他从未见绯绡如此紧张。以他自己的经验，人们只有在爱的人面前，才会谨小慎微，忐忑不安。

当晚两人找了个独门独院的民宿住下，绯绡一夜未眠，长坐在灯前，似在写一封长信。王子进认识他这么久，就没见过他写信，惊讶得大呼小叫，比见了鬼还可怕。

可绯绡根本不理他的喧闹，仍垂首坐在灯前，以朱笔在花笺上写下一行行文字。烛光散发着暗金色的光芒，笼罩在他如玉的肌肤和洁白的衣襟上，令他宛如明珠般温润俊美。

王子进长叹一声，望着他的雪肤黑发，恍惚中竟觉得他离自己十分遥远，似乎穷尽一生也无法企及，心中莫名生出几许悲凉。

窗外更鼓嘹亮，寂寞悠远，一声又一声，声声全落在他的心底。

二

当晚王子进睡得昏昏沉沉，几次梦到绯绡离他而去，醒来后看他依旧白衣翩然地坐在灯下，才又放心地恍惚入睡。

直至残烛燃尽，天边现出一抹青痕，绯绡才起身离开了桌前。他走到王子进床前，将一封信放在了他的枕边。

"今晚我有急事，不能去拜访那位佳人了，还要劳烦子进你走一趟，将这封信送给她。"他红唇微动，轻轻地说。

"为什么……"王子进想要问他，一张嘴才发现自己根本无法动弹，似乎被这个黎明时分的梦魇住了。

"她就住在西京上城，昔日的秘书郎旧邸。"

"我……我听不清……"

"你拿这封信给她看，她自然会明白。"绯绡耐心叮嘱他，"记住，今晚亥时才能进她的院子，早一刻晚一刻都不可。"

他说罢衣襟轻摆，起身离开。而几乎在他的身影消失在房间的那一瞬，王子进立刻从梦中惊醒。

在这个夏末秋初的晴热天气中，他浑身是汗，几乎要将中衣浸透。再抬头一看，窗外日头当空，正是午时。

距离那个黎明时分的梦，竟然已近两个时辰。

王子进擦了擦满头大汗，打量着四周，果然跟梦中所见一样，屋中空无一人，绯绡早已不见踪影。

但与梦中不同的是，他的枕边端端正正地放着一只木盒，而并非信封。可当他打开盒盖，果然看到一张散发着淡淡花香的信躺在盒中，也一如梦中所见。

被绯绡抛在这陌生的城市，他原本有些沮丧，可随即想到能令绯绡牵肠挂肚的女子，必然是非一般美貌。而且没有绯绡在身边做对比，再也没人抢他的风头，他登门送信，美女一定会款待他茶点果子，谈得愉快的话，将来还会鸿雁传书。

他越想越兴奋，忙换了件月蓝色的轻衫长袍，将头发梳得一丝不苟，宛如风流公子般摇着折扇出门了。

哪知他顶着烈日一路走一路问，竟然走到了黄昏时分，才来到了西京上城。再一打听秘书郎的府邸，更是没几个人知道，也不知道多年来，妖怪们是如何找到彼此方位的。

走了半天的路，他口干舌燥，再也顾不上形象，跑到了柳树下的一个茶摊，喝完了两碗茶，又跟跑堂的小二问起秘书郎。

"我来这里已经有三年之久，从未听过附近住过一位秘书郎。"小二挠着脑袋，眼神比他还迷茫。

"秘书郎啊？倒是三十年前有过一位……"一位坐在柳树下的老人，缓缓接过了话茬。

老人鸡皮鹤发，身体佝偻成一团，早就过了古稀之年，乍一看倒像个干瘪的树桩，几乎跟他倚靠的大树融为了一体。

"三十年前？"王子进惊得瞪圆了眼睛。

"是啊，听说之前是秘书监，但因性格刚直不阿，记下的事一笔不改，得罪了贵人，才被降职成了秘书郎。"他颇为惋惜地摇头，"他郁郁一生，告老还乡后就一直住在旧居……"

"该……该不会是那栋闹鬼的房子吧？"小二搁下碗碟，惶恐地对王子进道，"客官，你可千万不要去，那屋中白日里没有声息，晚上就经常有怪声出现，还有人见过窗上有人影晃动，但那倒霉的房子里，明明只住着一个糟老头……"

"可有佳人？"他脸色绯红地问。

"没人敢进去看，不过倒是听说夜深人静之时，里面曾传来女人的歌声……"

小二努力回忆着坊间流言，话音未落，便见王子进脚步轻捷，怀抱着木匣，已经迫不及待地朝那闹鬼的老屋走去。

他每日守着这茶摊，迎来送往，也算是阅人无数，可还从未见过这种见鬼像是见美女一样开心的人。

小二望着王子进的背影，竟半晌没缓过神来。

可他不会知道，王子进确实要去赴一场跟美女的约会，才会如此雀跃。他一路打听，顺着路人的指引，很快就找到了秘书郎的旧邸。

此时红日隐没于天际，只剩下瑰丽的金紫色晚霞，如巨兽，如盘龙，腾跃在西京城的上空。

而所谓秘书郎的旧邸不过是个破败的带院子的瓦房，连窗纸都漏了几块，在这壮美霞光的衬托下，越发显得残破不堪，简直像是落在一幅浩瀚城景图中的一点灰扑扑的污渍。

大概这宅子唯一值得称道的，就是院子里的花木了，因常年没有人修剪，生长得极为茂盛，尤其是一棵高大的杉树，亭亭如盖，投下的阴影几乎遮蔽了整栋房子。

可王子进仿佛看不到这阴森森的景象，期盼地抱着木匣坐在门前，恨不得亥时早点到来，他好和佳人共赴月下之约。

渐渐地，金紫色的蟠龙和怪兽都被黑暗吞没，一弯明月像是个温情的微笑，悬在树梢。西京城中的灯光次第燃起，光芒宛如繁星般照亮了黑暗的古都。

起初还有几个路人朝他投来好奇的目光，都不知道这个打扮得斯文干净的书生为何会守在这里。

可很快旧宅前就只剩下王子进一人，更夫敲响了戌时的更鼓，亥时即将到来。

王子进死死盯着那破旧的房子，恨不得马上冲进去拜访主人。但他想到绯绡在梦中对他的叮嘱，又不敢推门而入，急得抓耳挠腮，在门口团团转。

"年少当及时，蹉跎日就老。若不信侬语，但看霜下草。"他正在焦虑地徘徊之际，院子里突然传来了丝丝缕缕的歌声，那歌声如丝缎，如蜜糖，听起来说不出地舒服受用，登时令他停住了脚步。

"侬作北辰星，千年无转移。欢行白日心，朝东暮还西。"而随着歌声的响起，破败的院子中发生了奇异的变化。

四面八方飞来无数只萤火虫，如繁星般散落在院子里、杂草中、花枝下。残破的纸窗中燃起了暧昧的粉红色灯光，更有一个窈窕的人影映在了窗上。

"亥时到了！"王子进看到这翩然若仙的身影，再也不愿等下去，轻轻叩响了院门。

敲门声在月光下回荡，空寂悠远，却无人回应。只有那缠绵哀怨的《子夜歌》随风婉转徘徊，像是一声流传了千年的叹息。

"既然主人不来应门，小生就失礼了。"王子进上前一步道，"小生王子进，是胡绯绡的朋友，替他来送一封信。"

他话音刚落，院口的柴扉咔嗒一声打开了，像是一个殷勤的邀请。

王子进大喜过望，忙抱紧木匣，一溜烟地钻了进去。

而在他的身后，一个巨大的黑影从巷角缓缓地挪动而出，黑影像是一座小山，又似一头猛兽，也走向了半敞的院门。

当黑影走进去之后，门又咔嗒一声合上，严丝合缝，歌声骤歇，小街上又恢复成一片寂静，好似刚才没有任何人来过。

坊间传来更夫报时的声音，更鼓声次第回荡，正是亥时已至。

三

王子进步入院落，只见在外面看起来极为狭小的庭院，却别有洞天。展现在他面前的竟然是一片宽敞的草地，其间野草蔓生，高达腰际，如海波般随夜风轻轻涌动。

还好草间有点点萤火，照亮了昏暗的道路，他踏着长草，信步而去，只见方才在院外看来近在眼前的小屋，竟然遥遥地矗立在草地的另一端。

他走了几步，只听草丛中沙沙作响，似有人从身后跟了上来。他忙回过头，只见一个身穿布褂、头扎布巾的彪悍男人，正站在自己身后，看打扮像是个农夫。

"这位壮士，不知这家中主人在哪里？小生千里迢迢从东京城赶来，特来替朋友送封信……"

可他话未说完，那壮汉竟然答也不答，举起一弯割草刀就向他砍来。

王子进吓得一个趔趄跌倒在地，连怀中的木匣都摔掉了。他忙捡起匣子，夺路狂奔，只听身后传来喧嚣之声，竟然有无数人从四面八方拥出。

这些人好似在草中潜伏已久，之前根本看不到形迹，此时一下全跳出来，声势浩大，吓得王子进两股战战。

他们以精壮的男人为主，还夹杂着几个小孩，个个见了他跟见了杀父仇人一般，恶狠狠地追杀。

"他会把'鬼'带来的！""快杀了他，杀了他我们才能继续在这里生活。"

几个男人挥舞着镰刀和短刀，跑在最前头，王子进哪里跑得过他们，连滚带爬，几次都差点被刀锋砍中。

"我就说相信绯绡没有好事，这哪里是送信的，送命的还差不多！"他哀号着咒骂，慌不择路地逃命。

而几乎在他骂声响起的同时，幽怨婉转的歌声再次在夜空中飘荡："夜长不得眠，明月何灼灼。想闻散唤声，虚应空中诺……"

追杀他的男人们停住了脚步，王子进忙手脚并用，借着长草的掩护逃命。他顺着歌声的方向跑去，才跑了几十步，只见夜色中竟然出现了一座塔。

高塔毫无微光，仿若一棵巨木般沉默巍峨，与夜色融为一体，他方才在院外竟然完全没有留意。

西京是几朝古都，佛塔随处可见，倒也没什么稀奇。此刻前无去路，后有追兵，他别无选择，只能一头扎进了高塔中。

塔中黑得伸手不见五指，他大口喘着气，刚歇了一会儿，就听门外传来叫喊声，竟然是那些人呼喝着追了过来。

"绯绡……绯绡，你在哪里啊？我可怎么办……"他忙提着袍角，跌跌撞撞地向塔顶爬去。

可即便如此危急之时，他也没有放下手中的木盒。因为一旦丢了这木盒，不但会跟佳人失去联系，更会让绯绡失望。

他实在不愿意再看到绯绡孤身枯坐在灯下，落寞伤怀的模样。

他方爬到二楼，便听塔门传来轰然巨响，凶狠的村民果然追了上来。他忙从塔中狭窄的窗口看向外面，只见如轻纱般朦胧柔和的月辉中，足有上百人正蜂拥向高塔。

但奇怪的是，在他们身后的长草中，似潜伏着一个高大的黑影。黑影足有丈许高，像是一块乌云般缓缓移动，给人以无形的压力，怎么看也不似人类。

他心头一紧，忙又夺路逃命，可就是慢了这一步，已经被一个瘦高的男子追上。

"该死的家伙，去死吧！"男人恍如凶神恶煞，举起一柄长枪，刺向他的胸口。

王子进躲无可躲，危急中将木盒挡在了身前。青锋闪过，木盒登时四分五裂，连装在里面的信封都被打开。

他不知哪里来的力气，一头撞向瘦高男人，男人一枪失手，站立不稳，竟然从木阶上滚落下去。

他又惊又怕，忙捡起地上的信慌忙逃跑，一口气跑到了塔的第五层，才大口地喘着粗气，倚在墙上歇息。

动作间信封从他衣袖中滑落，掉出了一张洁白的信纸，信纸宛如白蝶，飘飘然落在地上，可见上面被人以朱砂笔写了两行小字。

难道这是绯绡的情诗？可不是我要看的……王子进好奇地捡起了信纸，借着缥缈的月光，只见上面一行字是"王子进"，另一行则是他的生辰八字。

短短二十个字皆是以朱笔写成，宛如一行行凝固的鲜血，在夜色中看来，格外触目惊心。

王子进脊背上登时冒出了一层冷汗，他万万没有想到，这匣中居然有这样的玄机。原来他送来的根本不是什么情诗，而是自己的命。

便在此时，窗外传来了一声哀号，凄惨壮烈，听得他毛骨悚然。他忙看向塔下，只见那团高大的黑影正疯狂地吞噬着追杀他的男人们。

它像是潮水般攻城略地，势不可当，身形笼罩着一团黑气，根本无法看清它本来的面目。只知道这团黑雾飘向哪里，就将死亡带到哪里。

男人们一个个被它吞噬，而它的身体也在不断地变大，转眼间便变得如同一头巨大的象，朝塔中飞奔而来。

而精壮的村民们惊恐地叫着"鬼啊""有鬼"，拼命地挥舞着手中的短刀，也逃不过被一口吞噬的命运。

似乎只是一转眼间，塔外就没有人了，只有一头乌云般的怪兽，飘荡游走。

此情此景，宛如地狱！

王子进忙撒腿就向塔顶跑去，几乎在同一时间，塔下传来一声巨响，震得灰尘簌簌飘落。

他心中一冷，立刻明白，那恐怖的怪物已经进来了。

四

纷叠的脚步声紧随而至，他知道是凶悍的男人们又追赶上来，忙加快脚步，跌跌撞撞地拾阶而逃。

可这塔似高得直通天际，永远没有尽头，他足足爬了十几层，还没有抵达塔顶。身后的追兵也锲而不舍，一点放弃的意思都没有。

"我……我跟你们无冤无仇，求你们高抬贵手，放过我吧……"王子进一边逃命，一边苦苦哀号。

可是那些人哪听得进去，甚至他走慢几步，就能看到月光下的闪烁刀光。王子进也不知这些人为何会对自己恨之入骨，只能抱紧木匣，狼狈逃命。

"夜长不得眠，明月何灼灼？想闻散唤声，虚应空中诺。"悠扬婉转的歌声自塔顶传出，令王子进心头一振。

在这个凶险的夜晚，唱歌的女人仍毫不惊惧，宛如在花前月下说情话般安详自在，显然是有恃无恐。不知为何，他隐隐觉得，只要找到了她，自己就会得救。

身后一柄长刀向他砍来，他忙扑倒在地，躲过了凶残的袭击。但紧接着一团黑雾咆哮而至，发出一声怒吼，瞬间就淹没了要砍杀他的男人。

王子进只见那男人被一条手臂般粗的红舌卷住脚踝，拖进了浓雾中，只剩下一只手，仍死死地抓着长刀。

"啊——"伴随着凄厉的惨叫，连手都不见了。

咔嚓咔嚓，浓雾中传来了可怕的咀嚼声，在暗夜中回响，听起来令人毛骨悚然。

那浓黑如堡垒的雾气中，似盘踞着一只巨大的食人妖兽，只要稍微慢一点，就会成为它的腹中餐。

王子进虽见多识广，也被这骇人的景象震慑，吓得尖叫一声，掉头便跑。他脚下生风，跑得飞快，但每次一回头，就会看到有人被吃掉。

有时是一个，有时甚至是几个，被那如巨蟒般的舌头卷进黑雾中，转眼就尸骨无存。虽然这些村民打扮的男人对他穷追猛打，可王子进心善，认为其中一定有误会，怎么也不忍心看到他们变成怪物的腹中餐。

他跌跌撞撞地向上爬，追赶他的村民也在不停地减少，当他不知在这狭窄逼仄的塔身中绕了十几圈时，身后已经再也没有追兵了。

只有一只体形庞大的怪兽，被黑雾笼罩，追随他的身影，飞快蠕动着。

它速度惊人，在狭小的台阶上移动得极快，仿佛只是瞬息之间，离王子进就只有几步远了。

王子进只觉腥风阵阵袭来，耳边传来丝丝轻鸣，知道这怪物距自己不过咫尺，吓得竭力狂奔。

可他只是一介凡夫，怎么跑得过这恐怖的怪兽？才跑了几级台阶，就被按住了袍角，他一个趔趄就摔倒在地。

"救……救命啊！"他哀声呼救，拼命挣扎，只见头顶敞开了一扇天窗，可见明月高悬，云丝浮荡，缕缕清风透窗而入，送来阵阵花木的芬芳。

他知道自己终于抵达了塔顶，可惜却无法逃出生天，躲不过丧身兽腹的命运。

"怜欢好情怀，移居作乡里。桐树生门前，出入见梧子。遣信欢不来，自往复不出。金铜作芙蓉，莲子何能实……"

风中送来袅袅歌声，在刹那间，他的眼前出现了一幅旖旎的画面。

尘灰满布的塔消失了，取而代之的，则是星月争辉的夏夜，一个身披朱红色纱衣的少女，在庭院中赤足徘徊。

她长发及腰，瀑布般披散在脑后，倾慕地望着不远处一个青衫男人。男人坐在廊下读书，虽长夜漫漫，他却丝毫不觉得无聊，沉浸于书中的妙笔，时而他也会起身查看在一棵大树下熏起的艾草。

但他在庭院中忙碌，却始终不肯看那红衣少女一眼。

少女远远地观望他，满含眷恋又不敢靠近，风吹起她的发丝，露出了娇小白皙的下颔，和一张红如珊瑚的嘴唇。

那张檀口像是一颗鸡心，饱满而丰盈，衬得她肌肤胜雪，发如乌炭。

"你什么时候才能看我一眼呢？"她长长地叹息，朱唇轻启，唱起了情歌，正是王子进听到的那首《子夜歌》。

"救命啊……"王子进拼命地挣扎，方才那条卷走了不知多少条人命的舌头，已经死死地缠住了他的脖颈，就要将他拖入黑雾之中。

他无论如何也摆不脱它的桎梏，只觉触手濡湿溜滑，满布黏液，煞是恶心，根本无处使力。

舌头越绞越紧，随即耳边传来一声脆响，似乎有什么东西撕裂了。

王子进认命地闭上了双眼，等了一会儿，却没有等到预期中的疼痛和窒息，过了半晌，他才战战兢兢地睁开了眼睛。

只见周围清风阵阵，月光朦胧，自己正完好无损地坐在高塔的台阶上，庞大的怪物已无影踪。

只有一张信纸被撕成了两半，静静地躺在月光下。

五

"哎，子进，你何时才能听一次话呢？"就在他不知所措之时，一个清朗的声音在夜风中响起。

王子进立刻大喜过望，忙回过头，只见绯绡长身玉立，白衣翩然地从暗处走出来。俊美的面容上带着神秘的笑，显得越发英姿迷人。

他缓步走到王子进身前，弯腰从地上抓起了一个蠕动的动物，轻声道："小家伙，这可不是你的食物哦，你怎么能咬他呢？不过还好，你们追逐的只是他的替身。"

他眯着凤眼，语气轻柔得仿佛在对宠物说话一般。

"哎？"王子进看着他肉麻的语气，立刻愣住了，心下觉得不妙。

他借着朦胧的月光看去，只见绯绡手中的动物不过尺把长，圆头长颈，周身散发着幽绿色的光芒，竟然是一只四脚蛇。

"这是怎么回事？"他气急败坏地问。

"所谓伊人，在水一方……"绯绡笑嘻嘻地拎起四脚蛇，对王子进道，"既然想见绝世佳人，怎能不溯洄从之，跨过阻且长的道路？"

"说明白点！"

"咳，就是我的朋友遇到了些麻烦，正好借用你那倒霉到了极点的八字，将这些捣乱的家伙吸引到一起，我偷偷放出用法力加持过的四脚蛇，将他们一举歼灭了，既节省时间又省力，岂不是很好？"

"一点也不好，吓死我啦！"王子进捡起被撕成了两半的信纸，甩到他那张狐狸般狡黠的俊脸上，"原来这封信就是我的替身，他们一直追逐的是它？亏我还以为你情根深种，生怕你为情所困，还迫不及待地替你送信呢！"

"其实你是想见绝世佳人吧？"绯绡一点也不生气，轻松地接住了王子进丢来的信，笑眯眯地放入了袖中。

王子进听他这么说，怒气登时烟消云散，琢磨了一会儿方低声问："真的有美人？"

"当然，就是她用歌声将你引来，如果你没有进入高塔，怎能利用这狭窄地形，轻易消灭那些讨厌的家伙？"绯绡瞪了他一眼，"只是你从未听过我的话，让你亥时进门，偏偏提前了那么一点，结果还没进塔就被对方发现，添了许多麻烦。"

"追杀我的村民到底是怎么回事？"

"将来你自会知道，我们先去见你心心念念的美人吧。"绯绡红唇微翘，朝他递了个暧昧的眼色。

王子进再也不跟他顶嘴，变得斯文乖巧，彬彬有礼地跟他来到了塔顶。

只见塔顶居然有一个小小天台，视野开阔，抬头就是浩瀚星图，仿佛一伸手就能将闪亮的星子摘下来一般。

璀璨星辉下，一个身穿绯红色绫罗衣裙的女子，跪坐在天台之上，衣袂随风曼舞，身形翩然如仙子，光是看个侧影，已知姿色不俗。

王子进望着她那翻飞的红衣，窈窕曼妙的身影，突然想起了方才在生死攸关之际，恍惚中看到的幻象。

到底是什么样的美人，又有怎样的心事，令她吟唱着伤心的《子夜歌》，独自在长夜中徘徊？

雾月清风中，女人缓缓转过了头，月光照在她柔和的面庞上，只见她白皙的肌肤上皱纹丛生，长发被岁月染上霜雪之色，只有一张檀口，仍鲜红似花瓣。

"多谢胡公子、王公子相救。"她优雅地起身，朝他们行礼，"老身年事已高，实在耐不住虫蚁啃噬，才向千里之遥的胡公子求援的。"

王子进愣愣地看着她鬓边的华发，苍老的面容，登时觉得心中冰冷，差点一屁股坐在地上。

"夫人太客气了。"绯绡难得礼貌地回礼,"其实出力最多的还是这位王公子,我只是为那只四脚蛇加持了点力量而已。"

"二位公子请坐。"老妇人殷勤地招呼他们,"老身为二位备下了美酒佳肴,希望你们不要嫌弃。"

事已至此,王子进只能耷拉着脑袋,无精打采地坐在了天台上的小桌旁。他本是为了见绝世美人而来,哪知千里迢迢,跋涉赴险,见到的居然是一位鸡皮鹤发的老妪。

她殷勤地为二人温酒布菜,举手投足皆是风情,虽容颜苍老,却自有一种温润高贵的气质。

"红杉夫人可是远近闻名的贵族,她年轻的时候确实倾国倾城,我可未曾骗你。"绯绡似看透王子进心事,悄悄对他耳语。

王子进欲哭无泪,只能一杯又一杯地喝闷酒。

五十年前的美人,还拿来夸耀什么?

酒过三巡,月影西斜,眼看寅时将至,红杉夫人不便再挽留他们,起身送客。

"这位王公子,似乎始终闷闷不乐啊。"她微笑着看向王子进,眼角遍布细纹,但双眸流光溢彩,丝毫不见老态。

"夫人想多了。"

"既然相识,便是有缘,希望王公子收下我这小小信物,期待他日重逢。"她伸出干枯的手,将一粒红豆放在了王子进的掌心。

王子进看着眼前这被昂贵绫罗包裹着的苍老夫人,也不忍拒绝,收下红豆,跟她鞠躬道别。

而当他再抬起头来,只见眼前哪还有通天高塔,只有一个杂草蔓生的破败庭院,他和绯绡正并肩坐在一棵枝繁叶茂的巨大杉树下,身边只有清风朗月。

"呃?怎么会这样?塔呢?草原呢?"王子进不敢相信自己的眼睛,揉了又揉。

"一切都是幻象啊,子进。"绯绡长叹一声,却不知从哪里变出了一壶美酒,小酌了一口。

"红杉夫人到底是什么?"

"她就在你身后。"

他忙回过头,只见身后一株高大粗壮的杉树正伫立于夜风中,枝叶随风舞动,发出沙沙轻响，仿若在午夜中奏响了一曲清歌。

"那些追逐我的村民呢？"

"也在那里，还有几个没处理掉的。"绯绡漫不经心地随手一指。

他定睛看去，但见月辉之下，有几只蚂蚁在杉树的树干上爬行，行迹惊惶。他伸手要将蚂蚁打落，不知从哪里爬出了一只四脚蛇，长舌一卷，已经将几只蚂蚁尽数吞进了腹中。

他这才明白，红杉夫人就是这杉树精魂化作的妖怪，而方才他爬了半晌的高塔，应该就是这粗壮杉树的树干了。

"所以要多谢你啊，子进，因为你那倒霉的八字，才这么容易将蚂蚁们聚在了一起。"绯绡拍了拍他的肩膀，以示感谢，"多年前她还是个少女时，我也曾替她驱过一次虫，那次可累死我了，哪有这么轻松？"

"废话，因为这次累的是我！"

两人还在拌嘴，却听简陋的房屋中传来了一阵剧烈的咳嗽声。绯绡长袖一展，拽着王子进就跃上了树梢，树仿佛有灵性一般，繁茂的枝叶微微晃动，掩住了两人的身形。

瓦房中传来瑟瑟轻响，走出一个头发花白的迟暮老人，他身穿长衣，提着一个小小的煤油灯，来到杉树下转了一圈，见无大碍才转身离开。

他已年近古稀，弯腰驼背，蹒跚地走着路，只能从那件洗得发白的长袍中，依稀能找到几分文人的风采。

树梢颤动，在风中发出轻啸，宛如一声悲鸣。王子进坐在树上，望着老人佝偻的背影，已经明白了一切。

六

即便没有见到佳人，当晚他也一反常态，毫无怨言地跟在绯绡身后，乖乖回到了客栈。

之后他再也没有提过那晚的经历，只是每当午夜梦回之时，就会有一个唇如涂丹的美人，走入他的梦中。

起初她是少女之姿，双眼满含着好奇，身穿樱红色襦裙，坐在柔嫩的树枝上，瞪着漆黑的大眼睛，看着树下专心施肥的少年。

少年完全看不到少女的存在，他赤裸着上身，以手帕掩住口鼻，将一勺勺肥料浇到了杉树的树根下。

"好臭啊！这个浑蛋，为什么要把这么臭的东西浇到我的身上？"少女气得咬紧红唇，愤怒地将一根树枝抛到了少年的头上。

少年的额头被树枝砸了个口子，流出了鲜血，可他并不生气，将额头简单包扎之后，又好脾气地为杉树修剪杂枝。

少女愣住了，如珊瑚般鲜红的嘴唇，浮荡出一丝笑意。

时光如白驹过隙，倏忽而逝，少年和少女都随着四季更迭慢慢长大，杉树也生得高大茂密。炎夏之时，少年喜欢坐在大树的荫凉下读书，而少女就会调皮地叫些小鸟过来吵他。

可他从未生过气，还会捉虫子给鸟儿们吃。后来她也觉得这种恶作剧很无聊，慢慢地会在少年来读书的时候，刻意在他头上投下几片荫凉。

他会在树下念四书五经，还会读很多优美的诗歌。而她最喜欢的就是《子夜歌》，记忆力不怎么好的她，只听了一次就记了下来。

不知为什么，她觉得诗歌中那个为情所困，想爱却求不得的女子，跟她有几分相似。

云卷云舒，他们渐渐长成了大人。这年暮春，少女已经换了打扮，她绾起秀发，梳成了高贵美丽的望仙髻，身材变得高挑窈窕，轻纱襦裙也换成了绸缎衣裙，高贵中散发着艳丽。尤其是一张嘴唇，越发鲜红柔嫩，生在她无瑕的肌肤上，宛如红梅映雪。

而周围的能看到她的人，开始尊称她为红杉姑娘。

就在那一年，红杉树开了花，花落结实，颗颗落在地上，像是凝固的血珠，又似一粒粒珊瑚。

人们争相来捡，说这是象征着相思的红豆，纷纷赞叹，整个西京城中，都没有比这家的红豆更饱满艳丽的。

那一年，少年也科举高中，踏上了仕途。他离开了家乡，据说到了一个叫东京城的，对一棵树来说很远很远的地方。

他平步青云，他娶妻生子，才过而立就已经当上了五品秘书监。

而她也只是没事在月下唱唱情歌，享受着众人的崇拜和追随，完全没将他放在心上。

可是好景不长，她芬芳的香气和健康的躯体吸引了虫害，诸人皆束手无策，只能商量将树连根砍断。

她也一天天憔悴枯萎，平时围着她转的鸟雀们全都消失不见了。身为天之骄女的她，转眼之间就跌落泥潭。

而这时恰逢他旬休，已经是成熟男人的他，不眠不休地为杉树熏艾草，驱虫蚁，将它从半死的状态救了过来。

经此一事，她不再高傲得目中无人，竟然对这个平凡的男人情愫暗生。每逢深夜，便在他窗外唱起《子夜歌》，可他一次都没有回应，仍然像是年少时一样，枯坐在灯下，埋头读书。

时过境迁，他回西京的次数越发频繁，人们都说他得罪了人，官职被一降再降，几乎等于赋闲在家。

"无论如何，我都要像你一样笔直坚强，万万不能做那笔削春秋、迎合权贵的小人。"夜深人静之时，他郁郁不得志，只能对着杉树倾诉。

而每当这时，高大的杉树都瑟瑟舞动起枝叶，发出长歌般的轻响，似在为他鼓劲，示意他振作。

再后来他越发落魄，索性辞官归家，妻子却留在了繁华的东京，不肯陪他在这个小院中寂寞地度过下半生。

他跟杉树说话的次数越来越多，细心地为她除草捉虫，有时他们目光交错，她甚至怀疑他能看到自己，可他却总是若无其事地别过头，仿佛眼前空无一物。

急急流年，匆匆逝水，他终于变成了一个迟暮老人，连走路都艰难，再也无法照顾杉树。

而高贵美丽的她，也成了一个银发老妪，不复美艳风姿。一人一树在这小小院落中相依为命，有时夜风清朗，她依旧会坐在树梢，唱起少女时最喜欢的那首《子夜歌》。

袅袅歌声化入风中，飘到了院外，不小心被过路的人听到，就有了闹鬼的传闻。

"为什么不告诉他你的感情呢？这对于妖怪来说，很容易的吧？"在梦中，王子进曾好奇地问过红唇似血的少女。

"你可曾见过，夏天的风能吹落冬天的雪？我们注定无法相爱，只要能这样默默地陪着他，我就已经觉得很幸福。"

红衣红裙的少女，娇羞又遗憾地回答。在那个刹那，王子进觉得她从未老去过，她永远活在自己的爱情中，倾国倾城。

绯绡一反常态，居然在西京城逗留了十几天，吃遍了每家特色馆子的鸡也毫无去意。就在王子进为西京城急剧减少的鸡担忧，生怕它们就此灭绝时，他再次见到了红杉夫人。

这次她不再身穿红衣，而是换了一套素白的衣裙，跟她的银发雪肤几乎融为一色。

"王公子，老身这次来，是跟你道别的。"她优雅地朝他行礼，"以后我不会再入你梦中，那枚红豆，就当作我们相逢一场的纪念吧。"

她在梦中微笑着，整个人如雪一般萧瑟凄惶，唯有那娇艳的嘴唇，仍嫣红如昔。

王子进猛地从梦中惊醒，醒来时刚好绯绡来叫他出门。两人匆匆离开客栈，待抵达上城秘书郎家破旧的小院前时，恰是黄昏时分。

残阳似血，昏鸦叫晚，而那荒僻的院子外幡影飘动，挤了诸多围观的百姓，竟然在举行一场丧事。据说就在两天前，多年来独居在小院之中，深居简出的老人终于咽下了最后一口气。

他死的时候犹伏在书案上，桌上白烛燃了一半，纸上墨迹未干，像大多数落魄文人一样。

住在西京的家人今早才发现他早已凉透的尸体，只用半天时间，就草草为他准备了个简陋的葬礼。

送葬的队伍渐渐远去，夕阳敛尽了最后一丝微光，绯绡和王子进来到了位于小院西侧的杉树旁。

夜凉风寒，吹得杉树轻轻颤动，上次来还茂密繁盛的枝叶，在短短十几日间尽数枯黄凋谢。

落叶随夜风飘下，像是下了一场金色的骤雨。

"绯绡，怎么会这样？"王子进站在飘飞的落叶中，双眼竟不知不觉地湿润了。

"前几日我替她驱虫，就知道她时日无多了。虫几乎蛀空了她的身体，她是为了那个人，才强撑到现在的。"绯绡抚摸着杉树的树干，"不过听说，秘书郎临死前在誊写的，正是一首《子夜歌》，'相思情悲满……肝肠尺寸断'的，估计并不只是她一人而已。"

王子进闻听此言，心中悲伤稍减，她的深情没有白付，总算是有了回应。

"子进，我们来合奏一首《子夜歌》，为她送行吧。"绯绡说罢，将玉笛凑到唇边，吹起了婉转动听的曲子。

王子进坐在树下，捡起一根枯枝，打着拍子，唱起了《子夜歌》。

一见倾心的欢喜，得而复失的感情，为情所困的折磨，经他宽厚的嗓音唱来，多了几分豁达潇洒。

舞动的秋风里，漫天的落叶中，似有一对少年男女，手拉着手，踏着遍地黄金，渐行渐远。

死亡模糊了人和妖的边界，而他们也终于能在这永远的沉眠中，深情相拥。

依作北辰星，千年无转移。

他且歌且笑，知道那抹夏天的风，终其一生，终于等来了她期盼的飞雪。

第四夜

美人恩

月满西楼，春江水暖。

荷叶随夜风翩翩舞动，含苞待放的芙蕖在月下探出头来，少女般脉脉含情。

小楼的倒影映在荷塘中，随波光闪烁起伏，宛如一座剔透晶莹的空中楼阁。如果仔细看去，可见楼上的小窗中轻纱飘摇，好似天边缥缈的云雾，而云雾之中，正有一位雪肤黑发的宫装美人。

美女眸光流转，勾魂摄魄，似有无数的情话要跟自己的情郎倾诉。她缓缓起身，一件件脱下了罗衣，露出了曲线玲珑的胴体。

转眼之间，这绝世佳人已经一丝不挂，银色的月光在她的肌肤上游走，更衬得她通体莹白，宛如玉雕。

"先生，小女姿容如何？"她轻移玉足，得意地抬起了精致小巧的下颌，美丽的双眼中尽是骄傲。

"东京品香楼花魁如意，果然名不虚传。"一只手从窗边的暗影处伸出来，递给了她一束长长的白孔雀翎。

如意含笑接过，将雀翎随意摆在身上，舒展着修长的四肢，斜倚在一张贵妃榻中。雀翎上的羽毛随夜风摆动，好似轻云，又似烟雾，恰到好处地遮蔽了她身上的私密部位。

阴影中的男人提起画笔，在纸上画出了一个优美惑人的轮廓，而随着他运笔如飞，一个栩栩如生的春宫美人已经跃然纸上。

一抹得意的微笑，荡漾在如意唇边，今晚过后，她的身价将更上一层楼，成为东京城数一数二的花娘。

每个入了胭脂斋画的女人，都声名鹊起，有的甚至艳名远播，直达天子宫闱。

如意惬意地眯上了双眼，仿佛看到了自己的似锦前程，看到了多年夙愿得偿的美妙日子。

而就在这时，坐在阴影后的画师已经画完了最后一笔，他轻轻搁下了笔，换了支小巧的狼毫细笔，蘸了点朱砂般鲜红的颜料，点在了画中美人的唇上。

颜料宛如胭脂，又似鲜血，在刹那之间，就赋予了画中人灵动的风韵，赤身裸体的美女，仿佛拥有了灵魂，随时都能从纸上走出来一般。

与此同时，一个鬼鬼祟祟的影子，出现在了荷塘边。那是一个身穿布衣短褂的少年，他背着一个画筒，手脚伶俐地要翻过高墙。

就在这时，一张惨白的脸从三楼的小窗一闪而过，少年一愣，差点从墙头掉下去。

随即小楼中传来了一声惨呼，打碎了沉寂的黑夜。而几乎在叫声响起的同时，整栋楼的灯光瞬时熄灭。

方才还晶莹剔透如琉璃的楼阁，变得漆黑神秘，宛如匍匐在夜色中的怪兽。

少年吓得目瞪口呆，脚下一滑，扑通一声跌下了高墙。

一

秋日晴空万里，金菊含苞待放，凉爽的风吹走了夏日的闷热，让东京城的街市再次变得如滚水般热闹喧嚣。

文人骚客们也不肯放过这初秋好时节，结伴去郊外赏菊吟诗，还有的约了同僚来自己的家中鉴赏书画文物。

而一直与绯绡为伍的王子进，这天竟然也接到了邀请。

请他做客的是位郭姓书生，如今在一位贵人家中做文职，是他的同乡。两人几乎是穿着一条裤子长大，在科考之后就再未见面。

郭生估计是从自家老母的书信中得知了王子进的近况，特意托人给他送来了消息。

"赏画？"王子进拿着请帖坐在朗朗秋光中，丈二和尚摸不着头脑。

他并非丹青妙手，又非诗词大家，与其找他赏画，还不如约他去赏美人。他万分踌躇踱，但想到与郭生已两年未见，只能更衣赴约。

而绯绡则老神在在地变成只白狐，蜷在床边晒太阳，拿起枚掉在窗前的落叶，狐眼如脉脉含情般看了王子进一眼："哎呀，秋风扫落叶，兆头不好。"

"不要扫兴，你可见过初秋没有落叶？"王子进不愿理他，在镜前戴上了纱帽。

白狐又看了看街道，一股旋风卷起了沙尘，令行人纷纷眯着眼躲避："哎呀，平地起罡风，前途多舛。"

"我的祖宗，求求你闭嘴吧，回来我带只烤鸡给你还不行吗？"王子进无奈地走过去摸了摸白狐的额头。

它不再说话了，安静地蜷成一团雪白绒球，眯着晶亮如葡萄的眼睛晒太阳，嘴边似含着个得意的笑。

王子进一路懒洋洋地寻到了郭生的家，他寄居在东京上城的一间矮房中，左邻右舍都是做生意的小贩，耳边洋溢着此起彼伏的叫卖声，风中飘散着葱油饼的香味，充溢着浓郁的烟火气。

"子进，好久不见！"郭生一见到王子进就立刻恭迎出门，但他的眼底却没有笑意，只有疲惫的青痕。

"久未闻听郭兄的消息，不知这两年过得如何？"王子进见到旧友，情绪难免激动，已经红了眼眶。

可郭生却神神秘秘地将他拉进了内室，紧紧地关上了房门。人声笑语连同秋日艳阳都被关到了门外，只有一盏油灯在昏暗的斗室中晃动跳跃。

"怎么白日里你还掌灯？"王子进打量着房间，只见屋内陈设简单，只有一张床，一张书桌，以及装衣物的箱笼。

而且房间中的两扇朝阳的木窗被人用板条死死钉上，透不进丝毫阳光，显得房内阴暗凄凉。

"因为我有一件宝物，不能被人觊觎了。"郭生紧张地从箱笼中捧出了一个狭长的盒子，看样子倒像是个剑匣，"今日请子进你来，就是想让你帮我看看，我要不要将它交给我的主人？"

他的眼神像是水面上的波光掠影，虚浮而游离，藏在眼底的却是难以捉摸的情绪。

王子进好奇地问了两句，才知原来郭生的雇主让他寻一张"胭脂斋"的画，如果找到了就给他重金加以酬谢。

这位名唤"胭脂斋"的画师他也有所耳闻，据说这人平素深居简出，每天都躲在一栋名唤"琉璃楼"的小楼中作画。

他最擅长的就是春宫图，笔下的春宫美人栩栩如生，有勾魂摄魄的魅力。

但他的画却非常难求，因为他只画绝代芳华的佳人，普通人根本入不了他的法眼。只要入了他的画，美人们都会声名大噪，身价水涨船高，去他家求画的富贾和美人排成了行，但却没有几人能成功。

郭生在东京城多处探求，竟意外地从一名年少小贼手中得到了一张这位传奇画师的画。

他为画上的人着迷，对着看了几天，已经对画中美人产生了感情，舍不得将它送给自己的主人。

"是真的吗？"胭脂斋的画十分少见，王子进也只听过未见过，第一反应就是怀疑画的真假。

"他的画如果能轻易仿冒，也就不会如此出名了。"郭生鄙夷地笑了笑，从匣盒中捧出了一卷画，以温柔的手法展开。

画是画在一张软布上的，王子进不懂那是什么奇妙的画布，只知画展开的一瞬，原本黑暗的房间，在刹那间被照亮了。

一个身披轻纱，几近赤裸的美女躺在万花丛中，她发髻高绾，眼波顾盼生辉，嘴角还挂着几分骄矜的微笑。

甚至仔细看去，还能看清她肌肤下血管青蓝色的脉络，手臂上淡淡的绒毛。

她斜倚在姹紫嫣红之中，却丝毫没有被这繁芜鲜艳的背景夺去颜色。如果说百花是春天的信使，那么她则是春天本身。

而最震撼人心的，并非细腻的画工，也不是美女的姿容，而是扑面而来的，生动鲜活的气息。画中人仿佛是活的，仿佛随时都能站起来，走到他们身边。

王子进看直了眼，过了好一会儿，才从这巨大而美妙的冲击中找回神志。

"如果我得到如此佳人，也不愿拱手让人啊……"他终于理解了郭生的痛苦。

"子进，我该怎么办？我觉得她就是个活生生的人，甚至几天来我一直会梦到她，我怎舍得将她送走……"郭生收起了画，想到要跟美人分离，竟然哽咽了，"而且据那偷画的小贼说，他曾在胭脂斋作画的琉璃楼前看到了一张鬼脸，我又贪心又害怕，真不知该如何是好。"

"莫急、莫急,我看这画中人太过鲜活,好像有些邪门。"王子进忙安慰他,"明日我带一位朋友来验看一下,再做定夺。"

郭生擦干泪水,木然地点了点头:"如此多谢了,我为此事所困,已经多日茶饭不思……"

王子进见他满心满眼皆是春光般的美人,跟他再也无话可说,只能匆匆告辞。

临走时郭生虚弱地倚在门边送他,在金色的秋阳中,他看起来像一片在秋风中枯萎飘零的树叶。

王子进不舍地看了他一眼,才缓缓离去。可他却没想到,这是自己最后一次看到神志清醒的郭生。

当晚冷风骤起,落雨如注,将东京城笼罩在一片苍茫水雾之中。这场迟来的秋雨,宣示着一年中最繁茂热情的夏季,已经落下了帷幕。

二

王子进回到客栈就食不知味,连为绯绡买来的醉春光美酒都不喝,孤身一人寂寥地坐在窗前,听雨打花窗。

不知为什么,他满心满脑都是下午见到的美人,她的眼波、她羊脂般的肌肤、她嘴角若有若无的笑意,都幻化成一根根羽毛,搔到了他心中最痒之处。

离开时他还在笑郭生痴傻,竟为一位画中人着迷,可时间越久他对那位美人就越思念,竟比郭生还要痴迷几分。

"绯绡,你是不是很有钱呀?"他从深思中抬头,双眸如灼灼烈火般看向绯绡。

绯绡何等精明,向来是骗人的祖宗,还从未有人从他的荷包里掏出过半个铜板。

他眯了眯细长凤眼,将窗前的王子进仔细打量:"哦,方才没留意,原来你被奇怪的东西缠上了。"

"求求你了,替我买下那幅美人图吧,让我做牛做马都可以,我将它挂在床头,一定会夜夜好梦的!"王子进几乎要冲上去抱他修长的大腿。

"凭你那凶险的八字,也不会夜夜好梦吧……"绯绡伸出玉指,轻轻地点在了他的眉心。

王子进脸上痴迷癫狂的表情登时烟消云散,他双眼一闭,身子一仰就重重跌进了松软的床榻。

绯绡满意地抱起了酒坛，坐在灯下自斟自酌。他凝神看着窗外的纷乱夜雨，似乎想从细如珠帘的雨线中寻找到什么。

王子进半梦半醒，睡得极不踏实。他时而从跳跃的烛光中看到了美人的眼波；时而又从淋漓雨声中听到了美人的呢喃；睡梦中依稀可见床边纱幔轻摆，也被他当成了美人婀娜的舞姿。

清晨时分，他甚至看到醉卧花丛的美人缓缓起身，轻轻在他颊边印上一吻，踏花而去。

"美人，别走！"他惊呼一声，从梦中惊醒。

可眼前并没有什么绝色美人，只有绯绡用软布擦拭着自己的玉笛。他坐在晨光中，侧脸如刀刻斧凿般晶莹无瑕，似将全部心思都放在手中的笛子上，完全没有留意到王子进的目光。

"你是打翻了墨水？"王子进见他的软布变得黑漆漆的，而自己的床榻间也尽是点点墨痕，好奇地问。

"没有，只是打发了点讨厌的家伙……"绯绡扬了下眉，仍然没有看他。

王子进可无暇再听他卖关子，忙套上外袍就奔出了客栈。他要去郭生家中，再看看画中的少女，哪怕能多看一眼也是值得的。

昨晚刚下过雨，城中道路处处积水。待他来到了郭生的住处时，只见那条热闹的小街变得一片狼藉，小贩和行商们纷纷搬着自己的货物，水中夹杂着黑色的焦炭在路上四溢流淌。

"这是怎么了？"王子进拉住了一个惊慌奔走的挑担小贩。

小贩抹了抹额上的汗水，上气不接下气地道："火……今天黎明时分这街上的郭先生的家中起了大火，根本扑不灭，足烧毁了半条街才熄了……"

王子进不待他说完，慌忙冲向了混乱的街巷。

待他来到郭生家门外，只见昨日那间狭窄的矮房已经烧得仅剩下黑色的梁柱，仿佛被怪兽吞噬后留下的骨架。

"美人，我的美人……"一个衣衫褴褛、满脸焦黑的男人，正歪歪斜斜地倚坐在斑驳的砖墙下，傻笑着朝虚空中挥着手。

"郭兄！"王子进一眼就认出他正是自己的同窗郭生，忙扶他起来。

"我的美人，她从画中走下去……不要我了……"郭生恍恍惚惚地说，"我要我的美人呀……"

"你说那画中人自己走了？"

"是的，我亲眼所见……"

他的话一出口，立刻引起周围人的窃笑。大家都说这郭先生疯了，才纵火烧了自己的家。

王子进见他的住处已经变成了一片焦炭，估计画就算在也被付之一炬，只能沮丧地将半疯半傻的郭生带回了客栈。

郭生仿佛变成了比他更胜一筹的花痴，无论问他什么都置若罔闻，只有提到"美人"和"画"这两个物事时才会略有反应。

王子进头痛万分，待黄昏时分见到从河堤边玩乐回来的绯绡，几乎喜悦得要跟他拥抱。

绯绡见他将得了失心风的郭生带回来，难得不嫌弃，只凑近他看了一眼便下了定论："这人的魂魄被邪物勾走了。"

"啊？是谁做的？"王子进惊讶地问。

"哼，你们昨天干了什么自己清楚，如果不是我阻住了那邪物，你再过两日也跟他差不多……"绯绡满不在乎，冷哼了一声。

"到底是什么邪物？求你救救他吧！"王子进几乎声泪俱下地向他恳求。

"色迷心窍，要救他可大费周章……"他伸了个懒腰，摇了摇头，"有人用美人诱使凡人们上当，夺取他们的魂魄，我可没那么闲，去跟潜伏在这城市中的妖物一较高下。"

"美人图？始作俑者是胭脂斋？"王子进终于听懂了他的话，"可是听说他深居简出，终日住在画室'琉璃楼'中，怎么会取人魂魄？"

"唉，那画师的画皆有邪灵付托，不是等闲之辈，跟你多说无益，总之我不愿插手。"

"算了，既然如此，我便独自前往！"王子进知人类在他眼中宛如蝼蚁，求他也是无用，急匆匆地推门而出。

可不过片刻他就又折返回来，可怜巴巴地盯着绯绡的一张俏脸："绯绡，你陪我去吧，听说胭脂斋有个怪癖，只有绝世美人才能进得了他的庄园，我认识的绝世美人只有你了。"

"我是男的。"绯绡揉着被他气得生痛的额角。

"他又没说美人是男是女。"王子进越说声音越小，"但是你也别太自信，搞不好你的姿容还入不了他的法眼呢……"

"哼，我倒要看看，谁会拒绝我的美人！"绯绡腾地从软榻上站起来，凤眼含威地说，"待到晚上，我会为你找一位具有天人之姿的美人，待你成功进入了庄园，就只能看你自己的造化了。"

说罢他衣带生风，快步回到了自己的房间，将门紧紧关好，似去召唤美人了。

王子进见激将法意外地好用，不由得摇着头连连苦笑。他怎么也想不明白，绯绡身为一只狐狸，为何对人类的皮囊之美如此执着？

三

当日王子进安顿好郭生，伺候他吃饭睡觉之后，就忧心忡忡地看着天边红霞尽染，落日沉沉。

绯绡已经一天没出门了，他敲门去探视几次，房中皆毫无声息，仿佛里面根本没住人一般。

日头终于沉下了屋脊，朦胧的月色笼罩了整个东京城。王子进疲惫不堪，伏在窗前陷入了浅眠。

"子进，你可以进来了。"半梦半醒间，只听耳边传来了绯绡的呼唤。

他揉了揉眼睛，急忙坐起身。只见绯绡房间的灯不知何时被点燃了，暖黄的灯光透过纸窗，跟每个晚上一样，又令人觉得截然不同。

更明媚、更温润、更惑人，像是少女缱绻的眼波。

他迫不及待地推门而入，只见绯绡正手持着月光杯斜倚在窗前长榻上，而他面前的八仙桌上摆着一块冰，冰上镇着一坛葡萄美酒。

在微凉的秋夜里，冰上溢出丝丝缕缕的白雾，萦绕在绯绡含春的凤眼前，如丝绢的黑发上，令他的美带了攻城略地的力量，如利剑般直刺入人的眼中，丝毫不容忽视。

王子进只看了他一眼，就忍不住别过了脸。

"来看看我的美人！"绯绡指向了床边，只见床上正端端正正地坐着一位身穿素白纱衣的少女。

她不过二八年华，周身的肌肤如雪一般莹白，瞳孔和发色皆是淡淡的琥珀色，坐在朦胧的灯光下，整个人恍如透明的一般。

而跟绯绡的白衣不同，她的衣裙更轻薄，像是昂贵的绢纱制成，像是雾一般笼罩在她的周身。

王子进一见到这美貌少女就再也移不开眼睛，像是个木桩般戳在门前，不知该如何是好。

"子进，这是雪奴，她虽貌若天仙，却只有三日寿命。"绯绡见他发呆，忙推了他一把，"你们赶快出发，速去速回。"

"好好好……"王子进忙迭声应他，"可是我要如何找到胭脂斋的住处？"

"这平安扣是我从郭生身上取下来的，是他经常佩戴之物，此物自会引导你们抵达他的灵魂所在之地。"绯绡将一枚玉佩挂在了雪奴修长的脖颈上，仔细叮嘱她，"雪奴，此行危机四伏，但无论如何都要保证这位王公子的安全。"

"小女知道了，主人。"雪奴朝绯绡福道。

王子进听他这么说，哪还敢耽搁，忙跟在雪奴身后，匆匆离开客栈。

时值初秋，夜空澄明似水，一弯弦月高挂天边，玉钩般晶莹明亮。

雪奴轻移莲步，走得不疾不徐，可不知为什么，无论王子进怎么努力，都无法赶超她的脚步。

他一路看着她的纤纤细腰，衣袂翩然，完全没有留意东京城中竟然空无一人，连每晚最热闹的瓦肆和夜市都不见了。

两人的身影像是一对孤鹜，在砖墙上拖曳而过。

"公子，我们到了。"他跟在雪奴身后，不知走了多久，眼前的佳人终于停下了脚步。

他忙打量四周，只见周围荒草丛生，山峦起伏，黑暗中只有树影重重，不见人家，显然不是城中。

"我跟随那块玉佩上的思念，来到了此地，想必胭脂斋就在附近。"

王子进见玉钩般的明月刚移到中天的位置，正是午夜时分，奇道："这好像才过了一个时辰，我们怎么走得如此之快？"

"当然是胡公子使出缩地之术，助我们一臂之力，否则不要说能在短短一个时辰走到城郊，就连出城都是难事。"

雪奴说罢，提起裙摆，如一团洁白的轻云般，飘然走向一处密林。王子进定睛凝视，才发现林中有一点朦胧灯火，宛如夏夜的萤火般微弱飘忽。

他们越走灯火越明亮，可见密林中矗立着一栋小楼。楼高三层，屋檐上装饰着奇鸟怪兽，仿佛不似人间之物般工整精致。

脚下渐渐出现了一条鹅卵石铺就的小路，没有了荒草和淤泥，让人走起路来格外踏实放心。王子进一颗心落了肚，很快就看到了一扇大门，而方才萤火般的微光，正来自挂在门外的两盏风灯。

雪奴拿出围帽戴上，白纱遮住了她的玉容。

王子进望着高高的围墙，森然的包铁大门，突然有些紧张。他生平敲过无数次门，但不知为何，这扇门给他莫大的压力，仿佛里面蹲踞着可怕的凶兽。

想到生不如死的郭生，他还是轻轻拍响了门环。清脆的声音在林中回荡，惊醒了几只沉默的倦鸟。

过了片刻，沉重的大门发出嘎嘎轻响，打开了一条缝隙，露出了一张洁白稚嫩的脸。

这张脸五官像是画在纸上一般，一点血色也无，令王子进吓得打了个冷战，忍不住后退两步。

"天色已晚，我家先生早已休息，公子请明日再来。"开门人清了清喉咙，礼貌地说。

他这时才发现眼前人做书童打扮，不过十五六岁大小，又黑又密的头发绾在脑后，以一块青巾包住。

一袭青灰色衣裤，不知以什么布料裁成，在月色下显得飘逸轻盈。

"小生想向胭脂斋先生求画，麻烦这位小兄弟帮忙通报一下。"王子进看清他容貌，暗暗松了口气。

书童白了他一眼，讥笑道："我家先生的画，岂是那么好求的？公子难道不懂规矩？"

"小生当然有备而来……"王子进回过头，看向身后的雪奴。

雪奴孑然立于漆黑密林中，白衣翩翩，像是一束刺破了黑暗的光，又像一朵在暗夜中绽开的昙花，光是风姿体态，就令人移不开双眼。

书童紧紧闭上了嘴，似被雪奴的美丽震慑。

雪奴轻移莲步，停到了那书童面前，以玉手掀开了遮面的轻纱。书童瞪大了双眼，十分惊艳，随即砰的一声将大门关上，居然又跑回去了。

"怎么办？他怎么跑了？"王子进焦急地问。

"王公子尽可放心，我是胡公子千雕万琢出来的，他最是了解人心……"雪奴轻轻地回答，声音平静，满含自信。

果不其然，她话音刚落，就见大门再次打开，青衣书童提着灯笼站在门中。而在他身后，还有几个婢女小童，站在门口恭迎他们。

"公子不知如何称呼？"青衣书童礼貌地问，跟方才倨傲的态度大相径庭，"不知跟这位姑娘是何关系？"

"在下王子进。"王子进厚着脸皮撒谎，"雪儿是在下的远房表妹，以貌美闻名，想请胭脂斋先生赐画一幅，以壮声势，好在东京城中谋个营生。"

一说到"表妹"，几位婢女都掩嘴发笑，显然这是被之前的来客用滥了的谎话。

"怪不得，如此绝色却从未听人提起，原来是初来乍到。"只有青衣书童没笑，目光在雪奴身上流连不去。

四

王子进惯来脸皮奇厚，毫不在意众人讥笑，忙不迭地走进了庄园。只见院内花枝掩映，假山错落，颇为优雅别致。

转了两个弯，眼前出现了一个荷花池，池水宛如镜面，倒映着小楼和明月，美得像是画中的景象。

唯一美中不足的，是池中稀稀拉拉有几枝残荷未剪，枯枝在夜风中摇曳，好似心怀不甘的游魂，平添了几分阴森气息。

"今日天色已晚，请王公子和雪姑娘暂且休息，待明日一早，我就去通报先生。"青衣书童和几位婢女将他们带到了小楼后的客房。

王子进打听了几句，才得知这书童名唤湖颖，以名贵的湖颖笔命名，而其余的婢女也皆以"朱砂""石青""紫草"等各色颜料为名，显然这家主人风雅至极。

而雪奴理都不理众人，翩然走入房中闭门不出。

"我这妹子刚从乡下出来，什么都不懂，请不要见怪……"

"哪里，舍妹如此貌美，自然爱使些小性子，就像蔷薇都有刺，不过是平添情趣而已。"湖颖毫不介怀，反而压低声音对王子进道，"但是公子千万记住，晚上不要擅自进入琉璃楼。"

"为何？"

湖颖见婢女们都已离开，紧张地打望着窗外小楼："我从来都不告诉客人们原因，但见公子面善，才会多嘴……"

"到底怎样啊？"王子进急得抓耳挠腮。

"那楼里……闹鬼……"湖颖稚嫩的脸变得苍白，嘴唇也微微颤抖，看起来脆弱而幼小，"有人看到过，午夜时有鬼影在廊下游走，甚至在窗前，还看到了鬼脸。"

他说罢迅速闪了出去，紧紧关上了房门，紧张地叮嘱："所以公子千万莫要乱走，切记切记！"

王子进被他这番话吓得不轻，眼前又浮现出了郭生痴傻的脸，那时他曾提到过画是偷的，而且盗画的贼也提过"鬼"。

"王公子……"一只冰冷的手悄无声息地搭上了他的肩膀，令他遍体生寒。

他吓得哇哇大叫，待惊魂稍定，才看清是雪奴站在他的身后，她美丽的面容白得近乎透明，端的是清丽脱俗。

"郭公子魂魄就在附近，我们要去看看吗？"雪奴朝他福了一福。

"在……在哪里？你能察觉到吗？"

雪奴点了点头，捧起挂在颈间的玉佩，长睫轻颤，抬眼看向花窗："就在……那栋楼中。"

王子进也看向窗外，只见琉璃楼正矗立在客房不远处。小楼造型别致，飞檐上蹲踞着青铜兽雕，四角还挂着铃铛。

这些在白日里看起来繁复精致的装饰，在夜色之中却让这建筑像个张牙舞爪的怪兽，流露着狰狞的气息。

他既好奇又害怕，不知该如何是好。

"公子，我只有三日寿命，现下已经过去半日了。"雪奴如琥珀般冰冷剔透的眼珠，终于流露出了一点人类的感情。

半分焦灼，半分哀伤。

王子进见她热心善良，心中的恐惧也烟消云散。两人结伴走出了房门，但见月如银钩，渐渐西斜，云丝缠绵，像是青烟，又像是海潮，缓缓吞噬了月影。玉钩好似沉入深水，再也散发不出半点光辉。

天地之间变成一片漆黑，迎来了一天中，最黑暗、最凶险的寅时。

琉璃楼虽看起来近在咫尺，王子进和雪奴在花枝和假山中绕了片刻也未曾到达。

在路过荷塘边时，雪奴望着波平如镜的水面，停了一会儿才离开。

"怎么？这荷塘有古怪？"王子进奇道。

"没什么，只是这水塘让我有悲伤的感觉，好像曾有很多人在湖边哭泣。"

"画师擅画美人，眼光却高，怕是被拒绝的佳丽们流下的眼泪吧。"王子进匆匆打量了一下水面，他可看不出什么悲伤，只从残荷枯枝中看到了阴森诡谲。

待两人来到了楼前，才发现这栋小楼居然比远看时更高大。紧闭的紫檀木门足足有两人高，门柱也有一人合抱那么粗，窗户也比普通的人家更宽敞。

王子进站在楼下，左看右看，这楼也是以木材搭建，跟琉璃没有半分关系。

"门锁了。"雪奴推了一下，门内传来锁链撞击的叮当声。

"哎呀，早知道让绯绡来了，那家伙最擅长翻墙撬锁……"

可他话音未落，就见雪奴玉指微动，一缕白色丝带顺着门缝溜进去，随即响起哗啦啦锁链落地的声音，门发出吱呀一声轻响，竟然开了。

她展现的撬锁功夫，比起绯绡有过之而无不及，令王子进看傻了眼。

两人走入楼中，紧紧关上了门。只见小楼空旷黑暗，浓郁的甜香在空气中流动，蚀骨吸髓般销魂。

"是桂花香油，城中女子最喜欢用这种香油梳头。"王子进闻了闻，老到地说。

"王公子不愧是花丛高手。"雪奴戏谑地笑他，"可是这香油味却干扰了我的判断，找不到郭公子的魂魄了。"

"啊？这可怎么办？不然我们明日再来？"王子进望着高大的梁柱，墙上影影绰绰的画像，又打起了退堂鼓。

"在那边！"雪奴站在风口处嗅了一会儿，莲步轻移，向楼梯走去。

她通身雪白，在黑暗中醒目至极，王子进才没有跟丢。他边走边打量着这栋小楼，才发现它有独特之处。

梁柱甚少，厅堂高而空旷，跟勾栏中的戏院差不多。风穿堂而过，发出呜咽之声，怎么看也不像是住人的。

而且台阶栏杆上也蒙着一层淡淡灰尘，看来仆人们也鲜少进来打扫。

雪奴拾阶而上，最终驻足在三楼的一扇门前。

"就在里面，郭公子似被困住了。"

"难道又是美人摄魂？"

"门打不开。"雪奴再次将白绫伸入门缝中，可过了许久，也没有破坏掉门锁。

"是有东西堵住了吗？"王子进好奇地将眼睛贴在门缝上，向屋中瞧去。

夜色晦暗，看不清晰，只能隐约看到这房间里堆满了杂物，箱笼柜子错乱摆放，显然已经废弃很久不用，根本没有半个人影。

然而就在这时，门内一个黑影从昏暗的角落里蹿出来，猛地扑到了门上。门登时被震得发出咚的一声闷响，而王子进和雪奴不约而同地发出了一声尖叫，吓得连连后退。

那人还在不停地撞门，门不断晃动，灰尘四溢，脆弱的门框眼看就裂了几条缝隙。王子进再也顾不上郭生，拉起雪奴夺路而逃。

雪奴也不再镇定自若，眼底现出了慌乱的神色。

"那是什么呀？"

"我也不知道，应该是某种怨灵……"她话音刚落，只听身后传来咣当巨响，显然是大门被撞破了。

王子进慌乱中回头看了一眼，只见一个飘忽的黑影从门内疾奔而出。那人身披一件破旧的黑色披风，仿佛一只徜徉在午夜的蝙蝠，悄无声息地在走廊上游走。

五

两人夺路狂奔，很快就来到了栏杆前。可王子进只看了栏杆下一眼，就惊恐地高呼起来："楼梯呢？方才我们来时明明是从楼梯上来的。"

只见栏杆下的木质台阶竟然凭空消失了，呈现在他脚下的，只有灰黑色的、坚硬的地面。

"这栋楼在变化，有东西在作祟……"雪奴秀眉微蹙。

"那怎么办啊？"王子进吓得几乎要哭出来。

"跳吧，不然扭曲越来越严重，我们会被困死在这里。"她一把推向了王子进的后心。

王子进站立不稳，一脚踩空就从栏杆上翻了下去。

在跌下去的一瞬，他看到了黑影如鹰一般迅捷，扑向了雪奴。雪奴随即纵身跃下，仍被撕掉了半截衣袖。

她明明是后跳下来的，却比王子进坠落的速度更快，这冰雪美人在半空中翻了个身，紧紧地抱住了王子进。

王子进刚叫了一声，已经重重跌到了地上。他并未觉得痛，只是觉得雪奴的怀抱冰冷柔软，仿佛冬日里的皑皑积雪。

雪奴翻身从地上爬起来，拉着他就冲向大门："王公子，快逃！"

王子进使尽浑身力气，一头便将沉重高大的木门撞开。清新的空气如水一般涌进了他的鼻翼，他心下放松，双腿一软，几乎跌坐在地。

雪奴也受伤不轻，本就雪白的脸变得几近透明，头发蓬乱，琥珀色的瞳仁中满含惊恐。

两人相携着狼狈逃走，来到荷花池边时，只见池水如镜，映出了小楼的倒影。

雪奴看着那一潭碧水，突然浑身发抖，似看到了魑魅魍魉。王子进顺着她的目光看去，心登时漏跳了一拍。

只见荷塘中小楼的倒影不再死气沉沉，像是盛装的女人般明丽耀眼，温润的光辉从大门、窗缝、瓦片下溢出，映得小楼明丽剔透，宛如琉璃。

他茫茫回过头看向琉璃楼，却见灯火通明的三楼上，正有一张白白的、扭曲的脸，直望向他的所在。

王子进与他眼神交会，恐惧得血液似瞬间凝固了。

怪脸从窗前一闪而逝，随即所有的光辉同时消失。小楼又变成棕黑色，沉默地矗立在夜色中，像是一块无法撼动的磐石。

王子进回到客房中，点燃了所有的灯才敢躺下。郭生木讷失神的脸、小楼中恐怖阴森的怪脸，走马灯般在他眼前纷叠转动。

初升的阳光像是一支金箭，刺破昏沉夜色时，他翻身而起，轻敲雪奴的房门："雪奴姑娘，如果你没有大碍的话，就离开这里，去给绯绡报个信，将楼中古怪说给他听，他自然会来助我。"

门轻轻打开，雪奴身披晨衣走了出来。白日里的她退去了神秘，嘴唇是淡淡的樱粉色，更显得肌肤雪白，清丽无双。

"公子是让我先走？"她惊异地问。

"自然，你一介弱女子，不必留下来陪我涉险。"王子进不敢直视她的艳光，忙别过了脸，"至于郭兄的魂魄，我自会找来。"

雪奴先是愣住，随即扑哧笑出声："绯绡公子说得没错，王公子果然很是'可爱'。"

王子进被她说得一头雾水，平时跟绯绡的交流中，他明明对自己百般嫌弃。

"他说公子虽然手无缚鸡之力，却总为他人着想，身陷险境也毫无畏惧，他实在是无法理解……"

"这不就是说我傻吗？"王子进讪笑道。

"不，这应该算是勇敢。"

"身为读书人，怎可胆小怕死，弃他人安危于不顾？所谓舍生取义，杀身成仁……"

他听到雪奴的夸奖，心下欢喜，口若悬河地自吹自擂。可他刚说了几句，就听门外传来了急促的敲门声。

晨光中，湖颖带着两名小婢女正手捧衣饰，神采奕奕地站着，要为雪奴梳妆打扮。

王子进本想找借口拒绝，可雪奴却施施然朝他们招手，请他们进来。几人忙碌不停，不过片刻就将雪奴打扮一新。

她的白纱裙被换成了坠着金线的白色锦裙，长发绾起，以牡丹和珠玉装饰。雪奴高不可攀的美被锦衣华饰添了些烟火气，变得更令人心动。

王子进虽心中忐忑，也只能陪她走出了客房，前往琉璃楼。路过荷花池前，只见池水绿意盎然，倒映着天光云影，宛如碧绿的翡翠。唯一煞风景的是池中数十枝残荷无人修剪，枯黄的叶子随风摆动，像是美玉上的裂痕，散发着衰败之气。

"可惜，如果没有这些残荷枯叶，景色会更美几分！"他不禁连连摇头。

"主人说，荷花谢了就该埋冢于水中，不喜我们随意处置。"一位跟在他身后的小婢女笑着答。

他听了这话，觉得哪里奇怪，但一时又说不出，只能随众人走向了小楼。可当看到小楼黝黑紧闭的大门，屋檐上的青铜怪兽时，心登时又提到了嗓子眼。

"王公子，小人只能陪您到这里了，剩下的就要看您和雪姑娘的造化。没有主人的许可，我们不能踏足楼中半步……"眉清目秀的小书童叩了几下门环，朝王子进告辞，"主人的作画方式是绝密，轻易不可示人。"

他说罢带着两名婢女匆匆离开，而当他们的身影在假山后消失，大门传来吱呀一声轻响，被人打开了。

门后站着一位高挑婀娜的女子，她一袭红色襦裙，肩上披着嫩黄色披帛，隐约露出晶莹雪肤，仍是盛夏装扮。

"是来找胭脂斋先生求画的吗？"艳女挑了下眉，飞快地扫了雪奴一眼，颇为不耐烦，"进来吧，别在门外磨磨蹭蹭了。"

王子进想到昨晚经历，战战兢兢地走进了小楼。只见楼中雕梁画柱，纤尘不染，墙上挂着十几幅画，有山水猿猴，还有美人将军，似乎在讲一个故事。

他无心细看，只觉楼中凉风透体，处处散发着森然可怖的气息。

艳丽女郎摇曳多姿地带两人踩着咯吱作响的楼梯，走到了三楼，停在了一间挂满了白色纱幔的房间前。

房间宽敞明亮，阳光普照，看样子是个画室。

"这位就是新来的美人吗？"纱帐深处，响起了一个苍老沙哑的声音。

王子进和雪奴循声而入，只见屋中焚着浓郁的桂花熏香，烟气随纱幔舞蹈，好似仙人的居所。

王子进见轻纱后映出了个模糊人影，便驻足停步。

"是个美人……"纱幔后的人轻轻地点头，清晨的阳光将他的身影映在轻纱上，仿佛皮影一般，亦真亦假。

"这么说，先生肯为我作画了？"雪奴像个刚进城的姑娘，娇羞地问。

王子进见她随机应变，不由得啧啧称奇，暗叹不愧是绯绡变出来的美人，果然物似主人形。

"当然，我定会让你名扬天下，不负你倾城之貌。"白纱后的人轻轻点头，随即招呼道，"如意，快来准备，我要为这位姑娘作画。"

艳女如意袅袅而入，为雪奴拿来一张舒适的矮榻，示意她坐下来。她朝王子进嫣然一笑，抛了个媚眼，将他请出了门外。

王子进见门缓缓合上，如意帮雪奴脱下了外袍，忙脸红心跳地离开。

六

小楼宽敞阴冷，他孤身一人觉得脊背直冒凉风，索性去画室隔壁的书房中休息。

他坐在椅子上，见窗外秋阳高照，心中稍安，竟不知不觉就陷入了沉沉梦乡。

梦中有一座琉璃般晶莹剔透的小楼，在夜色中散发着惑人光辉。他被缤纷光芒吸引，宛如扑火的飞蛾般接近了小楼。

只见敞开的雕窗中，有两人在把酒共饮。其中一人身穿灰袍，高大英伟，流露的傲气倒与绯绡有几分相似。

"绯绡……"他在睡梦中皱了皱眉头。

仿佛是为了回应他的呼唤一般，那人回过了头，是一张英气十足的面孔，眉毛黑而浓，像是两道锐利的刀锋刻在脸上，不似绯绡般俊美飘逸。

他急忙住了嘴，生怕惊醒了这个梦。

楼中两人说笑间放下酒杯，在灯下看画。他们看的不是别的，竟然是一张张美人图，图中美人有的在赏花，有的在荡秋千，个个生动明媚，令人移不开眼睛。

另外一人穿鸦青色长衫，头戴黑色头巾，做儒士打扮，但脸却始终隐藏在灯光的暗影中，看不清晰。

"难道……是郭兄……"那青中带墨的衣服让他想起了郭生。

窗内的人猛地回过了头，可黑暗瞬间降临，星月无光，什么明月小楼，都被墨一般的浓黑吞噬了。

"子进……"一个雄厚低沉的声音在他耳边响起。

他抬起头，只见一张青白的脸，正飘浮在窗外，定定地看着他。那人满面尘灰，头发蓬乱，眼中渗血，散发着沉沉死气，却是郭生。

他慌忙后退，哪知郭生的手骤然暴长，一把就掐住了他的脖颈。

他浑身一颤，猛地从椅上坐起来，只见窗外暮色迟迟，高大的杉树在冷风中微微晃动，像是一个个巍峨的巨人。

"王公子，先生已经画完，我送你出去吧。"耳边响起了娇嫩的声音，让他长长地松了口气。

只见如意手提花灯，推门走进了书房，眼角眉梢尽是冷艳。

王子进忐忑不安地跟她离开，才得知雪奴已经先他一步回到客房。

"明日已时，先生还要继续作画，请公子务必不要失约。"她提着灯笼在小楼中穿行，很快就将他送到了大门口。

临别之时，她伸出纤纤玉手，轻轻握了一下他的手，王子进只觉触手冰凉滑腻，格外难过，忙飞快地甩开。

他失魂落魄，逃也般奔向客房，待回望之时，只见小楼立在晚风之中，精巧玲珑，兽形装饰栩栩如生，仿若一个神秘而惑人的梦。

"他说，今日画的是'骨'。"

花窗内，烛影下，雪奴端坐在客房中，为他讲起了今日所见。原来她连胭脂斋的人都没见到，传说中的画师藏在纱帐后一言不发，只能听到画笔落在纸上的声音。

"哦？"王子进听得直挠头，"还有这种画法？"

"明日再画'肉'，待到第三日画完了'皮'，才算初成。"雪奴也百思不得其解，"人类真是难懂，画个画也如此麻烦。"

"他没有害你便好……"王子进想的却是另一件事，"今日小楼中倒是太平，既不见昨晚的鬼怪，也没有郭兄的线索。"

"公子朋友的气息，确实在白日里消失了。"

王子进见雪奴面白如纸，显然伤势未愈，忙劝她早点休息。可待美人安睡，月上中天之时，他又悄悄起身，摸出了客房。

他今日离开之时，如意握了一下他的手，并非挑逗那么简单，她食指微动，飞快地在他掌心写了个字。

他琢磨了半晚，隐约觉得那是个"求"字。不知这位冷艳的佳人，到底有什么求而不得的事，竟然急切若此？

怀着满腹疑惑，他踏着晦暗月光和如水秋风，走向小楼。

琉璃楼的大门并未上锁，露出一条漆黑的窄缝，仿若一张微启的嘴，等待着猎物的自投罗网。

王子进见四下无人，蹑手蹑脚地从门缝中溜了进去。

楼中并没有桂花香油的味道，也不见尘灰满布。小楼摆设错落有致，风雅优美，跟白日所见一模一样。

"奇怪？昨晚明明不是这样的……"王子进看着墙上挂着的画，疑惑地踩着阶梯，走向二楼。

寂夜沉静，毫无微风，而他身后的两扇大门却悄无声息地关上了，比蚌口还严丝合缝，隔绝了最后一丝月光。

空旷的小楼中，他的脚步落在木质楼梯上，发出吱呀轻响，喑哑悠长，像是戏台上伶人们的唱词。

还好今晚这栋小楼宛如新妆少女，安静美丽，即便没有雪奴的陪伴，他也没那么恐惧。遗憾的是，他走到了三楼也没看到如意。

"郭兄，你真的在里面吗？"最终他停在了跟雪奴曾来过的那间房门前。

只见房门紧闭，落了重锁，是整栋楼中唯一跟昨晚相同的地方。

王子进见楼中安静宁憩，索性大着胆子，从衣袖中掏出了根发簪，开始撬起锁来。他全神贯注，额头满是大汗，全然没有留意，月亮悄悄藏在了乌云后，寒风乍起，吹起了庭院中的落叶。

门窗都悄无声息地关闭；扶手上、栏杆上，再次密布尘灰；浓郁甜腻的桂花香气，宛如孤魂般随风游走，充溢了整栋小楼。

吧嗒一声，门锁落地。王子进晃着手中的发簪，觉得自己敲门开锁的本事超越了雪奴，有些得意。

然而就在这时，一股浓腥的气息从他背后涌出。他连忙回头，只见一个巨大的黑影猛地朝他扑来。

那人身披斗篷，速度快得如同鹰隼。他连叫都没来得及叫一声，就被狠狠地掐住了脖颈。

"嗬嗬嗬……"那人发出了低吼，手如枯枝般冷硬。

王子进一口气喘不上来，眼前开始出现幻觉，掐着他的人变成了郭生。郭生脸色苍白，双眼通红，似能滴出血来。他咬牙切齿地咒骂王子进为何现在才来，让他受尽了折磨。

很快那张脸又变成了如意的，如意披头散发，高傲冷艳一扫而空。她红唇似血，哀怨地质问王子进为何无视她的求助，在楼中多找一会儿。

"绯……绯绡，救我……"他呼吸越来越困难，眼前竟然现出了一张面若春桃、风流无限的面孔。

他看到这张脸，像是在漆黑的夜晚看到了一缕光，迫不及待地求救。

七

"亏你还想得起我，我还以为你沉浸在美人的温柔乡中，乐不思蜀了呢。"绯绡应声出现，五指成爪抓向怪人，怪人发出一声哀号，身影如云雾般消散。

王子进咳嗽了半晌，才见绯绡孑然立在黑暗中，白衣胜雪，宛如月宫仙人，端的是俊美逼人。

"你终于来了啊……"他死里逃生，几乎要哭出来。

绯绡凤眼含威，瞪了他一眼，随即衣袖一甩，将他从地上拉起来："子进，你的胆子也太大了，明知有危险也不逃走。"

王子进这才发现，一向爱洁的绯绡衣袖上竟有点点墨痕。

"我怎能弃郭兄于不顾……"王子进长长叹息，随即指向微敞的大门，"这里面有古怪，能不能陪我去看看？"

"你不说我也会进去。"绯绡吹了口气，两扇大门便像是被一双看不见的手推动，缓缓开启。

呈现在两人面前的，是一间堆满了杂物的房间，箱笼上积灰足有寸许厚，似乎多年没人踏足过。

"咦？真是奇怪，我昨晚还看到了有人躲在里面。"

"你看到的，真的是个人吗？"绯绡伸指在一个肮脏的箱子上摸了摸，隐约可见，长指上有一点干涸的墨迹。

王子进在房中转了几圈却毫无收获，这里横看竖看都是个被废弃的储物室而已。

"绯绡，这其中到底有何古怪？我昨晚绝对不会看错，而且方才攻击我的人也突然消失了。"

"因为你看到的，只是幻觉而已。花非花，雾非雾，从你一见到那张美人图，就被卷入了无边幻梦中，只有梦醒了，才能看清真相。"绯绡优雅地从怀中掏出折扇，轻轻在房中扇了几下。

扇底送出微风，徐徐在房中徘徊，尘埃变得闪闪发光，宛如星屑般飘浮在半空。王子进瞠目结舌地看着这奇迹的一幕，退尽灰尘后，箱笼和屏风上绽放出古旧华美的光泽，墙壁上现出了一道道凌乱的痕迹。

他穿过金色的飞灰，走近了墙壁，用手抚摸着深刻在砖石上的印记。突然之间，他像是觉察到了什么，脸色发白，连连后退："这……这是抓痕？"

痕迹都是三到五道排列在一起，跟他的五指完全吻合，只是这人的手比他的略大一些。

抓痕触目惊心，遍布满墙，谁也不知道留下这狰狞印记的人，到底经历了什么，才能抓破了坚硬的墙壁。

"果然有妖怪在作祟，这些痕迹上都有妖气残留。"绯绡仔细打量着墙上的抓痕，"那个妖怪，制造了这座海市蜃楼，只有找到了躲在里面的'蜃'，才能破解幻景。"

"蜃？是指始作俑者？"王子进双目放光，飞快地答，"我知道，一定就是那个胭脂斋！他鬼鬼祟祟的从来不以真面目示人，我只在他画画时见过他，平时根本不知道他藏在哪里。"

"子进，眼见未必为真，此事恐怕没那么简单。这妖怪利用美人图吸取世人的魂魄，供养自己，怎么会令自己暴露在人前，当这个箭靶呢？"绯绡却连连摇头，皱眉凝思，"而且我有很多事想不通……"

"什么事情？"

"为何要用画这么复杂的方法？要诱使世间美人供他作画，画的还是春宫图，怎么想都觉得麻烦啊，哪里有一口吃掉干脆利落！"绯绡斜睨了他一眼，唇色如血，眼中满是肃杀冷酷。

王子进被他冰冷的眼神吓得浑身一僵，他只知绯绡爱吃鸡，却忘了他也是个妖怪，难保他哪天心情不好，也会吃人。

"所以我们得好好探查一番，设局之人特意用尘灰将这小楼覆盖，想必是为了隐藏其中的玄机。"绯绡走出了这狭窄的房间，但他很快就嫌弃地看了看一直跟在他身后的王子进，"才发现，你居然如此麻烦。"

"我怎么了？"王子进被他看得发毛，上下打量自己的衣着。

"浑身都是人味，还是那种鬼怪们最喜欢的倒霉人的味道。"绯绡连连摇头，拿出自己的折扇，插在了他的后颈，轻轻念了几句咒语，才道，"这样应该不妨事了，走吧。"

王子进后颈处插着一柄扇子，只觉脖颈僵直，连转头都不方便，走了几步就浑身难受。

"千万不要让扇子掉下来啊，否则就会被鬼怪发现。"绯绡朝他眨了眨眼，狡黠调皮。

他这才留意，月光飘飘洒洒，穿透他的身体，却无法在地上投下任何影子，显然自己是被施了隐身术。

他之前也曾被绯绡施过隐身咒，知道不会有人发现自己，心下安定，连脚步都变得轻快。

天边乌云遮月，秋风裹着寒意，吹皱了一池秋水，吹进了孤零零的、屹立在夜色中的小楼。房檐上的怪兽装饰突然活了，它们缓缓低下头，看向了楼中，而垂在房檐八角，从未响过，宛如哑子般的铜质风铃，也发出了悠长的叮当声，在寂夜中回荡。

王子进跟在绯绡身后，提心吊胆地走下了楼梯，完全没发现楼外的诸般变化。

"咦？这里还有个茶室。"绯绡停在了位于二楼的一个房间外，似有了新发现，"看来这妖怪也很风雅。"

两人推门而入，只见室内同样布满积灰，茶案上放着一套茶具，还有两个茶杯。茶具摆放凌乱，竟然没有收起来，连茶罐的盖子都是敞开的，仿佛泡茶的人刚刚离开，转眼就会回来一般。

王子进拿出茶罐中的茶叶闻了闻，茶早已没了香气，又干又硬，与草梗无异，"这是陈茶，估计得有十年之久。"

"而且只用了两个茶杯，过去是哪两个人，在这里喝茶？他们喝了一半，就被打断，再也没有回来。"绯绡拿起一只茶杯，仔细打量，"惊扰他们的，又是何事呢？"

王子进脑中一阵恍惚，眼前出现了两人坐在窗边赏画的景象，其中一人身穿灰色锦袍，英气逼人，令人过目难忘。

"我好像在梦中见到过这场面……"他哆哆嗦嗦地道，"今日午后，我在这楼中不小心睡着了，就看到了两个男人，一个穿锦衣，一个穿鸦青长衫……"

"子进，你居然还会梦到男人啊！"绯绡指着他大笑不止，"估计是你八字太轻，感受到了楼中的妖气，就看到了过去的片段。"

"这样啊？"王子进摸了摸下巴，"不如我再睡一会儿，或许就能看到真相了。"

"等你梦到事情的经过，不知要猴年马月，还不如我自己找来得痛快！"绯绡讪笑一声，走出了茶室。

他信步而行，不过一会儿工夫，又在走廊尽头发现了一个藏画的房间。那房间窗户朝北，终日不见阳光，一进门就令人脊背发凉。宽敞通风的房中放了十几个酸枝木画架，每个架子上，都摞着上百卷画。

离门最近的画架格外凌乱，有几卷画落在地上，根本无人收拾。

八

王子进步入室内，捡起了画，打开一看，上面画着一个舞剑的美人。美人仅着贴身内衣，但她手中的剑光舞成一道道光练，仿佛银色的盔甲般遮蔽了她周身羞处，让这幅画柔中带刚，美艳中透着肃杀之气。

"我知道这位美人，她是舞剑的三娘子，据说被胭脂斋画过之后声名大噪，已经嫁人从良了。"王子进借着昏暗的光线欣赏着画，心旌神摇，"真的是很美啊……"

他恋恋不舍地将画卷整理好，再看向一地狼藉，脑中电光石火般闪现出郭生的面孔。他曾说过画是从一个毛贼手中买的，看来这里就是被盗现场。

"真呛人啊，怎么全是亡灵的气息！"绯绡探头看了一眼地上的美人图，打了个大喷嚏，"你们怎么觉得这是美人？明明就是一堆腐肉！"

王子进知他审美异于常人，不去理他，又拿起了一卷画，这次他只看了一眼画，就吓得脸色惨白。

因为这幅画竟然就是迷得郭生和他失魂落魄的《美人春睡图》，画中美人仍生动娇俏地斜倚在花丛中，媚眼如丝，芳华绝代，跟在郭生家中所见一模一样。

"这……这幅画怎么在此处？难道是胭脂斋派人拿回来的？放火的也是他们？"王子进吓得一把丢下了画，前几日还迷得他神魂颠倒的美人，此时看来简直与蛇蝎无异。

"都说了这些美人图都是引诱人类魂魄的诱饵，难看又难闻，却总有色迷心窍的男人，为她们丢了性命。"绯绡不以为意地拿起画卷，简单扫了一眼，就丢在了一边。

他挨个画架看过去，看到第三个画架上的画时，突然愣住了，精致完美的脸颊变得如玉雕般冷硬，似乎内心极为震撼。

王子进平日只见他游刃有余，潇洒自如，哪见过他失态的模样，忙凑头过去看。哪知不看还好，一看之下，立刻将他也吓了一跳。因为这画上画的既不是美人，也不是山水，而是一副没有皮肉的骷髅。

白骨摆出了拈花微笑的姿态，越发令人毛骨悚然。

绯绡又展开了另外一幅画卷，这次画卷上同样画着一副骷髅，森森白骨躺在地上，舒展着四肢。王子进也忍不住翻看了几幅画，都是姿态各异的骨骼，一路看下来，越看越是心惊，脚底都发凉。

风中又飘来甜香惑人的桂花香油味，王子进恍恍惚惚地站在这一地美人白骨间，只觉自己似陷身于一个恐怖的噩梦之中。偏偏这梦还千变万化，让人根本猜不到梦境的终点潜伏着什么。

风铃悠扬，楼上的兽首都看向同一个方向。楼下的回廊中，一个庞大的黑影缓缓掠过了花窗，庭院中几只休憩的鸟被惊醒，发出呀呀尖叫，振翅遁入夜空。

夜色如墨，宛如暴风雨前夕的怒海，静谧之中，隐含惊涛骇浪。

"胭脂？"绯绡拿过他手中的画，指着角落里的一处小篆落款，"难道这是胭脂斋的旧作？"

"他不是专画美人吗？怎么画起骷髅来了？真是太瘆人了！"王子进再也不敢看那幅画，赶紧绕到最后一个画架前，抽出了一幅画，鼓起全部勇气才敢打开。

出乎意料，画中的居然是青山绿水的优美景色。笔触朴素无华，甚至有些笨拙，一看就是开蒙之作，而这幅画之下，同样写着"胭脂"二字。

"看来这画室中收藏的是胭脂斋所有的画，连这些久远的练笔之作都留了下来……"王子进一张张地翻着画，越来越迷惑，"不过看画的内容，从山水到骷髅，再到美人，他到底经历了什么，画风才有如此剧变？"

"人们都说，一个画师，他真正生活的地方，并非世间，而是他的画中……"绯绡的手轻轻拂过一排排画架，红唇轻吟，似念起了古老的咒语，"让我来看看，这些画里承载着最多思念的是哪幅？"

画架中传来轻响，一张纸片像是鸟一般朝绯绡飞了过来，准确地停在了他修长的手指上。王子进忙好奇地跑过去，只见画只有巴掌大小，所用的纸也是最便宜的草纸，早已残破不堪。

寥寥炭笔，勾勒出一片茂密如海洋的草地，萱草之中，只有一个少女窈窕的背影。

她衣着朴素，腰如裹素，即便看不到脸，也能猜到是位清秀佳人。这张画也并未落款，只在侧面提了一行小字。

"记得绿萝裙，处处怜芳草。"绯绡皱了皱眉，轻轻地念道，"这画上有很悲伤的感情，不知从何而来。"

"估计是收集时不小心混进来的，这绝不是胭脂斋的笔触，画得也太差了。"王子进嫌弃地看了那张画一眼，又转身去翻画架，这次他找到了几本画集，作者都是一位姓钟，名仙渡的人。

他从未听说过这位画师，估计名不见经传，就随手将画集丢在了一边。

"看来收获不大，我们去别的地方再找找……"他说罢就要走出这间藏画室，画架上一卷卷的白骨画，让他毛骨悚然，只想尽快远离。

可他刚刚踏出了房间，便听窗外传来了风铃的响声，风中满是桂花香油味，甜腻入骨，几乎令他喘不过气来。

王子进心中一凛，脚步不由得慢了几分，就是这么一迟疑，只见一个巨大的黑影从走廊上蜿蜒而来。

那是条巨蟒，足有两人合抱那么粗，而且周身布满了黑色的鳞片，每一枚鳞片都有碗口般大小，在夜色中散发着森冷的光。而且蛇头上还长了个拳头似的红色肉瘤，怎么看也不像是凡间之物，倒像是从壁画中跑出来的妖怪。

"绯……绯绡……"他腿一软，就跌坐在地，一步也动不了。

还好绯绡手快，立刻接住了他，将他拖到了画室中，边拖还边埋怨他越来越重，平时吃得太多。

"你天天带我吃鸡，我怎么可能清减……"王子进连滚带爬地躲在了一个高大的画架后，轻声问向他，"那是什么？怎么会在此地出现？"

"看也知道啦，当然是幻化的妖怪！它早就在附近徘徊，只是我没说出来而已。"绯绡不以为意，凤眼仍含着笑意。

"你为何不早说？那样我们还来得及逃命，不会被困在这屋中。"王子进眼见头长肉瘤的巨蟒吐着血红的芯子，缓缓游进了画室，牙关不受控制地连连打战。

"我第一次救你，干掉巡夜人时就已经被发现了，所以对方才派出了个怪物对付我。"绯绡悄悄地对他耳语，轻笑道，"若是我早早告诉你，你还敢跟我夜探这琉璃楼吗？"

王子进见他眼底闪烁着狡黠的光芒，知道自己永远都被他牵着鼻子走，越发气闷。

"不过这怪物没什么可怕，只要不发出声音，它根本就看不到我们！"绯绡将他脖颈上的扇子又按了按，确保它不会掉下来。

王子进摸着扇子，总算安了点心。

九

怪蛇在画室中游走，鳞片摩擦地面，发出尖锐的响声，传入耳中，仿佛有人用锉刀打磨着他脑中的神经。它很快就游到了二人的藏身之处，似乎察觉到了什么，恰好停在了王子进的面前。

王子进只见它铜铃般的大眼左右瞧了瞧，吐出的芯子几乎就要舔在自己脸上，差点就要坚持不住晕倒。

还好绯绡始终伸手托着他的背，才没让瘫坐在地的他倒下。

怪蛇停了一会儿，没察觉到任何异状，又蠕动着全身的鳞片，缓缓离开了。直至它那漆黑的尾巴尖也远离了自己，王子进才悄悄松了口气。

它蜿蜒着转了两圈后，仍然没有发现，就向大门的方向爬去。王子进连忙在心中求神拜佛，把太上老君到观音菩萨都念叨了一遍，只希望它快点离开。

哪知他一抬头，视线刚好落在了墙上的一幅画上。

之前他跟绯绡一进门就被散落在地上的画卷吸引，根本没发现，原来这画室的墙上还挂着几幅画。画上同样布满积灰，毫不惹眼。但偏偏有一幅画，像是刚刚画完一样光鲜靓丽。

那也是一张美人春宫图，画中美人赤裸上身，只着纱裙，站在春日的丛林中。而她的肩头蹲踞一只白色孔雀，孔雀的长长的尾羽，恰到好处地遮挡了她高耸的胸脯。

整张画香艳入骨，又毫无猥亵之感，令人目眩神迷。

可王子进看到这张画，立刻如遭雷击。因为这画中美人不是别人，正是如意，她依旧高傲冷艳，但是跟白日里不同的是，眼底蕴含着一抹忧伤。

如意为何会在画中？为什么只有画着如意的画如此光鲜？她滑腻的手，她冰冷的肌肤，她飞快跃动的手指，仿佛在他的手掌中留下了深深的刻痕，根本无法磨灭。

"如意！"王子进看着墙上的画，失魂落魄地站了起来，而插在他后颈的扇子吧嗒一声，跌落在地。

"啊！你这个笨蛋！"绯绡剑眉紧蹙，忍不住咒骂。

几乎在他骂声响起的同时，一股腥风排山倒海般扑面而来，王子进被风吹得扑通一下跌坐在地。

只见刚刚离开的巨蟒正昂着脖子立在他面前，足足有一人多高，周身鳞片全部竖起，连头上的肉瘤都比刚才更红更亮，在黑暗中看来，宛如红灯笼一般。

"哇！"他被吓得大叫出声。

怪蛇张开血盆大口，一口就向他咬来。

在这千钧一发之际，他手腕一紧，随即双脚离地，宛如羽毛般轻盈地滑出了画室。只见绯绡口中默念着咒语，手指捏了个法诀，正带着他飞在半空中。而被他们踩在脚下，驮着他们御风而行的居然是两幅画。

画像是被赋予了生命，如鸟一般，拼命挥动着双翅，疾速飞行。

蛇好不容易才发现猎物，哪肯放过他们，扭动着庞大的身体，锲而不舍地紧追在后。它口中红芯不断伸缩，甚至有几次都舔在了王子进的脸上，令他连连尖叫，吓得几乎要昏厥过去。

"窗！我们快从窗户飞出去！"一扇花窗近在眼前，他拼命朝绯绡叫道。

"事情还没办完，怎么能这么快离开？"可绯绡玉手轻扬，两人脚下踏着的画卷猛地改变方向，居然沿着楼梯下到了一层。

追逐着二人身影的怪蛇，也飞快地甩头摆尾，追到了一层。

"这种紧要关头，还有什么事要做啊？"

"我看玄关处还有几幅画，想亲自去看看……"绯绡气定神闲地答，"对了，三层胭脂斋作画的画室没看，等会儿还要折回去！"

"你还不如一刀杀了我更痛快一些！"王子进撕心裂肺地喊。

绯绡手臂轻扬，衣袖随风飘舞，两人脚下的画卷立刻变换了方向，居然载着他们脱离了地面，沿着墙壁滑行。

王子进叫声更高，但他的双脚宛如被捆在了画纸上，即便身体歪斜得跟地面平行，也始终没有从半空中掉落。

墙上挂着的十几幅画被两人飞速滑行的疾风鼓荡而起，上面的陈年积灰瞬间掉落，露出了本来面目。绯绡拉着他从画中穿行，飞快地扫了一眼所有翻飞的画。

眼见大门就在眼前，王子进紧紧抓着他的衣袖，说什么也不肯放手，哀求地看着他，只想立刻出去。

"真是的，今天本来不想再弄脏衣服的……"绯绡摇头叹息，手指微动，捏了个法诀，如飞鸟般的画卷突然跌落在地，又变成了两张死物。

"快跑啊，怎么不跑了呢？"王子进双脚一沾地，就朝大门扑去，可奇怪的是门并没有锁，但他使尽全力也推不开。

怪蛇见两人停下，咆哮着就朝他们扑来，它使尽了全身的力气，激荡而起的飓风几乎令王子进睁不开眼睛。

但绯绡却不躲不避，白衣黑发在风中飘扬，宛如玉树临风般傲然而立。

蛇口瞬间变大，好似一个无底深井，就要将他吞下去。

"蠢货！自找死路！"绯绡瞪圆了凤眼，红唇边浮现出一丝戏谑嘲讽的笑，衣袖轻扬，手中已经多了一根碧绿玉笛。

几乎在蛇的毒牙要咬到他身上的同时，玉笛化作一把血红色妖刀。绯绡只是握着刀，并未挥起，但变幻的一刻妖刀迸发出刚猛的杀气，如千万把刀同时出鞘，瞬间就将蛇头撕得粉碎。

只在呼吸之间，就决定了胜负。

王子进只觉眼前红光一闪，根本没看清怎么回事，怪蛇就消失了。取而代之的，则是漫天飞雨，无数稀稀拉拉的雨滴从天而降，落到了他的身上。跟普通的雨不一样，这些雨滴是全黑的，倒像是墨水化作。

"唉，到底还是弄脏了衣服。"绯绡的白衣上也沾染了点点墨痕，他手一翻，刀已经再次变成了根玉笛。

而他轻轻一推，大门就缓缓打开，夜风挟着秋雨的气息，奔涌而入。王子进贪婪地呼吸着这清冷新鲜的空气，像是从地狱中爬出，再次找到了通往人间的路。

"明天你去探查一下胭脂斋的画室吧。"绯绡皱眉抖了抖自己的白绫长袍，"这鬼东西怎么总是如此肮脏。"

"啊？明天还让我去啊？"王子进几乎要哭出来，"我看它完全不是你的对手，何不今晚就将它解决？"

"因为今夜出来对付我们的，都是这幕后鬼怪派出来的喽啰，自然没什么力量，只有找到真身，此局才能解开，现在它两度受挫，定不肯轻易现身。"绯绡笑眯眯地拍了拍他的肩膀，"子进，难道你不想救郭生了吗？"

"当然不是！"

"所以必须揪出躲在这屋楼中的怪物，投鼠忌器，不能硬来，否则稍有不慎，会让郭生的魂魄烟消云散。"绯绡望着这别致精美的小楼，"而且有些事我仍然想不通，得再琢磨一下。"

王子进听他这么说，心中登时一冷，声音都带着哭腔："你……你这是要走了吗？"

"子进，不要怕，雪奴会帮你的！明日你只需见机行事就好！"绯绡朝他粲然一笑，色如春花。

说罢他转了个圈，从俊美少年变成了只毛色光亮的白狐，几个起落就消失在假山之后。只留下王子进一人，欲哭无泪地站在萧瑟夜风之中。

十

"见机行事？说来轻巧，估计真发生什么事，我的小命早已不保。"他双腿发软，一路向客房摸去，走到荷花池边时，却见不远处有朦胧灯火，宛如萤火微光。

灯火越来越近，待到跟前才看清，原来是个身穿青衣的书童提着个白色灯笼。书童面上堆笑，正是一直殷勤接待他的湖颖。

"王公子，如此深夜，为何还在游园？"

"我……我睡不着，出来赏月……"王子进刚说了一半，就见天空中乌云密布，哪里有什么月影？只能窘迫地闭上了嘴。

"小的听到楼中有声音，就来看看……"湖颖压低声音问，"公子一直在园中，难道没听到吗？"

王子进连连摇头，装作毫不知情。

"我不可能听错，定是楼中又闹鬼了……"湖颖脸色惨白，但仍好心地送王子进回到了客房。一路上不断絮絮叨叨地说着小楼闹鬼的往事，显然吓得不轻。

王子进安慰了他几句，又问了问他从何时开始跟随胭脂斋，湖颖只答自己从小就被胭脂斋收留，还说这些婢女奴仆，都被胭脂斋的才华折服，跟随了他多年。

但他想再问些别的事情，比如胭脂斋的年龄相貌，这小书童就说什么也不答了。

这晚他又惊又累，回到房间后就早早躺下，雪奴过来看他，见他只是受了惊，身上并无伤痕，才安心回到自己的房间。

窗外冷风渐起，裹着濡湿潮意，预示着一场大雨将至。

王子进听着树枝轻响，渐渐进入了梦乡。梦中他又看到了身穿灰衣的英挺青年，这次他换了件翠色锦衣，只见他身材消瘦，眉宇间隐含着几分狠辣，怎么看都不是寻常人物。而且他的锦衣以白色裘皮镶边，显得野性不羁。

他端坐在小楼的茶室中，悠闲地品茶。跟上次一样，同样有个人坐在他的对面，只是花窗半掩，恰到好处地挡住了那人的脸。

“虽然跟袁兄探讨画技多日，可是我画的人物，总是觉得缺了点什么。”对面的人为他斟上一杯茶，恭敬地请教。

“你的画美虽美，却没有灵魂。”锦衣人随手展开了一幅画，点评道。

王子进将脖子抻了抻，画清晰地呈现在他面前，果然，纸上画着一个美人肖像，虽然画工繁复精致，但怎么看都觉得呆板，美人的眼珠宛如死鱼一般，毫无顾盼生辉之感。

“因为你的经历太少了，也没见过几个真实的女人，对女人一无所知，怎能画好美人？”锦衣人嫌弃地继续说，“唉，如果让我来画这画，定然比你画得生动，可惜我却没有这么好的画工。”

“看来只能让袁兄继续讲些你经历过的风流韵事了，毕竟我这样的人，有几个女人会喜欢呢……”鸦青色衣服的书生沮丧地垂下了头，“毕竟我无名无才，又出身贫寒……”

“也不必如此麻烦，我能立刻让你成名。”白衣人不以为然地笑，“只是若是用了这法子，以后会发生什么，我就不知道了，毕竟从未试过。”

“请袁兄务必出手相助，如有任何后果，在下一人承担。”青衣人匍匐在地，跟叩拜无异。

“你我相识多年，何必如此？”锦衣青年将手指凑到了唇边，以尖利的牙齿咬破，鲜血立刻顺着他的指尖流了下来。

浓腥的血，滴在画布上，像是在美人的衣裙上画下了点点梅花，丝毫没有污浊之感。

刹那之间，画上的美人活了过来，她呆滞的双眼变得灵动娇俏，微张的嘴唇如花瓣般丰满，似有无数情话要说。而且不只是表情，连她的衣裙都变得熠熠生辉，每根发丝都散发着迷人的魅力。

她俏生生地立在春风中，不再是一幅画，简直就是个活人。

"啊！"青衣人见状失声惊呼，与此同时，王子进也大叫一声，从梦中惊醒。

但见窗外秋雨淋漓，曚昽的阳光透过层层乌云，宛如云雾般飘浮在庭院中，照亮了荷花池，以及近在咫尺的琉璃楼。王子进抬头看到烟雨中的小楼，心不由得一沉。

新的一天，已经到来。

细雨纷飞中，湖颖与婢女为二人送来餐食，伺候雪奴梳洗打扮。

经过昨晚，王子进心中恐惧更盛，食不知味。雪奴依旧清冷疏离，谁也不知道她在想什么。只是她脸色比昨日好些，穿上婢女准备的白色绣金菊长裙，显得越发剔透美丽。

一行人走在雨中，沉默无言，凄冷的雨滴，仿佛都落在了王子进心里，让他沉郁寡言。

琉璃楼下，细雨之中，他突然想到了昨晚看到的画，看向湖颖："有件事小生一直困惑不解，不知当不当问？"

"公子请说。"湖颖仍笑眯眯的，稚嫩的脸庞在冷雨中冻得青白。

"入了画的女子们，是如何离开这里的？"

"当然是由小的们亲自送出去的，可惜她们声名大噪后，从来没有回来感谢过我们，真是凉薄。"湖颖提及此事，连连摇头。

王子进想起了昨晚看到的《孔雀美人图》，心中越发困惑："那如意呢？她为何留在楼中，她不是……"

"王公子居然还惦记小女，小女真是感激万分！"他话未说完，身后就传来个娇俏的声音。

只见如意手持着盏荷花灯笼，秀发高绾，身穿红色襦裙，好似一朵雨中盛放的虞美人，高傲地站在门边。她一出现，王子进一肚子的话只能生生憋了回去，总不好当着人家的面打探隐私。

而一干书童婢女，见如意现身接应，也很快离开小楼，身影消失在蒙蒙雨幕中。

楼中光线昏暗，如意却并不掌灯，只提着灯笼婀娜行走，高大的梁柱，幽森的冷风，将她的身影衬托得既诡异又香艳。

一进门，王子进就心虚地看着墙上的画，只见十几幅画都挂得俨然有序，仿佛昨晚的一场恶战根本都没发生过。

他还想问如意为何要向自己求救，却始终也找不到机会开口。倒是雪奴轻轻地拉了拉他的衣袖，唇边带笑，似在让他放心。

跟昨日一样，三人来到了位于二楼的胭脂斋的画室。王子进这才发现，画室的对面就是藏画的房间，他想到了画上一个个形态各异的白骨，越发害怕，连看都不敢看藏画室一眼。

由于天气阴沉，光线昏暗，画室中也点了两盏小灯。烛火在轻纱中摇曳，照亮了坐在重重纱幔中的胭脂斋的身影，令这个传奇的画师显得更加神秘。

随即胭脂斋指挥如意拿来了十几根白烛，在雪奴周围点燃，烛光明亮，照亮了她洁白无瑕的面孔，清冷动人。

"先生要作画了，请公子回避。"纱幔落下，遮蔽了雪奴的身影，王子进探头探脑地还想再看，就被如意请了出去。

他假意去书房中休息，可是只待了片刻，他就蹑手蹑脚地溜了出去。

走廊中空无一人，只有冷风穿堂而过，带来透体阴寒。他悄悄地走到了一层，想去看看挂在门前的画。

毕竟绯绡特意绕过去看，其中定然藏着玄机。

十一

跟楼上不同，门厅里更加凄冷，雨声淅淅沥沥，像是在这肃杀的秋日中，奏响了一曲悲歌。

他站在门廊前，端详着墙上的挂画。画一共有十几幅，每幅内容不同，又相互连贯，似在讲述一个故事。

第一幅画上画着一位骑着骏马的将军，身后跟着兵马无数，正在远征途中；第二幅画中，将军的身边多了一位娇弱的美人，两人相拥着赏月，但帐篷外却多了一张偷窥的脸；第三幅画中，美人被妖怪掳走，终日以泪洗面。

王子进平素爱看些怪谈传奇，只看了一半，就看出这是唐代的传奇故事《白猿传》，讲的是将军欧阳纥偕妻出征，而妻子却被怪物白猿所劫的故事。在故事的结尾，欧阳纥力排万难，斩杀白猿，救回了娇妻。

这十几幅画运笔粗糙，用色艳俗，看着就像在东京夜市上半贯钱就能买十张的货色。他不看还好，越看越是迷惑，实在想不通胭脂斋这样的画中大手，为何会将这种粗俗的画挂在门厅中？

他依序看下去，才发现《白猿传》的故事只画到了白猿化身为美男，被众多美人簇拥的情节就戛然而止了，后面的画则是另外一个故事。

画中出现了一个身穿儒生衣衫的青年，他身后跟着个书童，正在为一位端坐在凉亭中的贵妇作画。

三人的衣饰打扮都跟本朝十分相似，面容栩栩如生，贵妇悠闲，画师专注，递笔研磨的书童有些沮丧，似乎刚刚挨了训。

"这幅画还不错，起码颜色没那么刺眼。"王子进边看边评头论足，被画中情节吸引，连害怕都忘了。

第二幅画则出现了一位身穿锦衣的青年，跟画中的书生一起在月下鉴赏着美人图册，两人坐在荒野中，投入地翻看一个个美人，浑然忘我。

他看到了这两个青年，心中登时一紧，这画中内容，竟跟他梦中所见一样。

他慌忙往下看，果然，画中接下来全是这两位青年结伴而行的身影，他们赏剑舞，看歌姬弹琴，过得逍遥快活，跟绯绡和自己倒有些相似。

但唯一不同的，是青衣书生的眼中始终有抑郁之色，似乎颇不得志。

不过十几张画，他很快就看完了，可是他始终觉得有哪里不对劲，想要从头再看一遍。

然而就在这时，一只冰冷的手一把就抓住了他的手腕。他毫无准备，登时被吓得"哇"地大叫出声，可那只手又捂住了他的嘴，冰冷滑腻，宛如游蛇。

王子进只觉鼻翼间皆是甜腻的桂花香，再一回头，才看清站在他身后的竟是如意。

窗外阴云密布，晦涩的阳光透过花窗，游魂般飘进了楼内，缥缈而稀薄。

如意并未提着她那盏美丽的荷花灯，也不再骄傲冷艳，她面色苍白，唇色如血，眼底满是惶恐，似十分恐惧。

"如意姑娘……"

"嘘！我们去那边说。"

如意蹑手蹑脚地将他带到了厅堂的一处暗角，角落不见阳光，在雨天里简直跟夜晚无异。

"王公子，求你一定要帮帮我。"如意恳切地看着他，紧张地搓手，声音微颤，"接下来我说的话会很离奇，但是千万不要以为我是在胡言乱语。"

"姑娘可是有什么难处？"王子进低声安抚她，"不要紧，慢慢讲，只要小生能帮得上忙，定然不会袖手旁观。"

"说来你可能不信……"如意将了将鬓边散落的秀发，苦笑着说，"我已经很久没有离开过这栋小楼了，我记得自己刚来时，是荷花盛开的时节，如今荷塘枯萎，我却仍徘徊在楼中，找不到出路。"

"那……那足有一个月了！"

王子进又惊又骇，而他话音刚落，就听到天边传来滚滚雷声，仿佛有千军万马咆哮着从天宫中奔跃而出。雨势骤急，狂风吹开了花窗，吹得墙上的画翻飞不止，画上的人物像是活了一般，在肆虐的风中跳着狂乱的舞。

风雨交加，豆大的雨点砸到窗棂上，发出噼里啪啦的脆响，令王子进本就慌张的心更添烦躁，宛如乱麻般毫无头绪。

"我是为了段郎才来的，他是个卖字画的画师，虽然科举落榜，却很有才气，我想多赚点钱，好资助他继续科考，才找到这里的……"如意眨了眨美丽的大眼睛，泪水悄无声息地流下脸颊，"不知道我这么久没回去，段郎会不会担心？早知如此，还不如在品香楼中卖酒度日。"

"姑娘莫怕，我有个朋友极有手段，定能助你脱困。"王子进忙以衣袖为她拭泪，"可是你说从未出去过，为何我晚上来过两次，却未曾见过你？"

"我也不清楚，胭脂斋用了三天画我，第一天画'骨'，第二天画'肉'，第三天画'皮'。可是到了第三日，我就浑浑噩噩，什么都不知道了……"如意红着眼眶，细细描述，"再醒来时，就只有我一人在楼中，即便门开着，我也无法出去。而且我时而清醒，时而昏沉，在这里除了胭脂斋，就从未见过别人，他会跟我说话，说只要我听话就会放我出去。可是这么久了，我也没有踏出过这琉璃楼……"

王子进听到此处，心中登时一惊："糟糕，我妹子怎么办？胭脂斋正在为她画像。"

"所以千万不能让他画完。"如意擦干眼泪，将了将秀发，勉强让自己变成平日里高贵冷艳的样子，"王公子，你跟雪姑娘是我这么久以来第一次见到的外人，即便你无法救我出去，也希望你们能够平安……"

她说到一半，突然失声痛哭，泪水再次流下："如果我真出不去，请你给在东京安康坊卖画的段郎捎个信，说……说如意对不起他，只能来生再跟他做夫妻了……"

她的哭声在风雨中飘散，令人闻之心酸。

"如意姑娘，你先别哭了，告诉我胭脂斋是个怎样的人？"王子进忙打断了她，问起至关重要的问题。

"我从来没有见过他啊，从来的第一天，他就躲在纱幔后，不肯见人。"如意边说边擦眼泪。

"怎么会这样……"王子进一时不知该如何是好。

他想到了厅堂中的画，想到了自己在这里做的古怪的梦，梦中那如好友般的白衣人和青衣人，心中已经有了定夺。胭脂斋，必然是两人中的一个。而他们之间到底又发生了什么事，才无法以真面目示人？

十二

风疾雨大，他心中的困惑却比天边的乌云还要浓重几分。他还想多问如意几句，却听楼上传来当的一声轻响。如意像是受惊的兔子，提着裙子慌慌张张地跑上了楼。王子进心中一颤，也跟在她身后，向楼上冲去。

三楼仍然空无一人，只有冷风在空荡荡的走廊上游走。王子进和如意相继跑进了画室，只见雪奴双眸紧闭，晕倒在地。

她的脸不再莹亮洁白，像是蒙尘的瓷器，变成了灰蒙蒙的青，漂亮的双眼紧合，琥珀色的长发散落在肩头，憔悴无依，躺在棕黑色的地板上，好似个破碎的人偶娃娃。

王子进见状立刻怒从心来，虽然雪奴并非人类，但从进入这庄园以来，处处守护着他，如今看她晕倒，他怎能坐视不理？

"浑蛋，一切都是你躲在背后搞的鬼！今天我一定要把你揪出来！"他气急败坏，一头就冲进了纱帐中。

"王公子，危险！"如意忙伸手阻拦，可她力气微弱，根本就拦不住王子进。

　　纱幔遮蔽了他的视线，但一盏朦胧烛火，照亮了胭脂斋的身影，让他轻而易举地找到了他的位置。他恨得牙痒痒，一头就撞到了神秘的名画师身上。

　　可奇怪的是，他的肩膀空荡荡的毫无着力之处，仿佛撞进了一片虚空之中。

　　只听咣当一声脆响，胭脂斋所坐的椅子被他掀翻，木桌也被撞歪，笔墨纸砚撒落一地，蜡烛同时熄灭。

　　柔软的纱缠住了王子进的手，待他好不容易爬起来，才发现木椅摔得四分五裂，而椅子上根本没有人，只有一件灰色的锦袍。锦缎布料微微有些发黄，领口绲着兽毛边，刺绣精致，一看就是曾被人长久地穿着。

　　"怎……怎么没人？胭脂斋呢？"他惶恐地拿着衣袍，左右打量。

　　室内光线晦暗，纱帐随风轻舞，仿佛一个个飘摇的鬼魂。而重重纱影下，似藏着无数秘密。他连连后退，想起了昨日第一次见胭脂斋，那沙哑苍老的声音，还有今天听他吩咐如意掌灯照明，虽然从不露面，但怎么看也是个如假包换的活人。

　　可为何一转眼间，这人就不见了，端坐在纱幔后的，竟然是一袭旧衣？

　　他越想越心惊，飞快地丢下了手中的衣袍，仿佛怕灼伤了自己的手，但他的视线很快就落在了散落在地的画上。朦胧的光线下，只见画上沾满了墨迹，可上面根本没有什么美人，而是一具扭捏作态的骷髅。

　　白骨身披轻纱，黑洞洞的眼眶直直地望着他，狰狞可怖。

　　"啊！"王子进登时双腿发软，吓得高叫一声，连滚带爬地出了纱幔。

　　雪奴已经醒来，见他受惊，忙来扶他。

　　"没……没人……"他吓得语无伦次，结结巴巴地说，"画……画上的，只有白骨。"

　　"王公子，莫要慌张，这里有古怪，我们得快点离开，有话出去再说……"雪奴一把将他扶起来，向画室外走去。

　　而在他们身后，如意也不甘心地跑进了纱幔中，探看里面的情况，随即她尖锐的叫声便在房中响起，惊恐中还夹杂着几分凄厉。

　　王子进靠在雪奴身上，她的肩膀虽然消瘦，却充满了力量，让他惊惶不安的心也平静了下来。

　　"方才你为何会晕倒？"两人站在回廊中，他关切地问。

"不清楚，画到一半的时候，我突然觉得头晕。"雪奴摇了摇头，"仿佛有人在一点点抽走绯绡公子留给我的一缕精魂，但是王公子你闯进去之后，我就突然有了力量。"说罢她焦急地看着王子进，"此地不宜久留，我们快点走吧。"

"不行，我得带如意一起走，她说被困在楼中几个月，怎么也走不出去，实在太可怜了……"

王子进话音刚落，如意已经跑了出来。她乌发蓬乱，发钗歪斜，只穿着一件红色襦裙，露出雪白的肩膀和手臂，口中还连连喊着："不可能……不可能……"

"如意姑娘，这世上根本没有胭脂斋，什么绝世名画，跟我们一起走吧！"王子进见她神态癫狂，忙拉住了她。

可如意却一把甩开了他的手，跑进了画卷如山的藏画室："他明明为我画了画的，我不能就这样一走了之，只有卖了那幅画，我才能有钱赎身，跟段郎过上好日子。"

她疯狂地在画架上翻找，似乎神志已经失常，连头撞在坚硬的木框上都毫不知痛。

"这张不是我的！"她拿起一幅画，看了一眼就丢在一边，随即又拿起另一幅，可连着看了几卷画，也没有找到画着她的那张。

"如意姑娘，你的画在这里……"王子进见她疯癫的样子实在可怜，指着墙壁上的《孔雀美人图》。

如意猛地抬起头，看着墙上的画，突然愣住了，随即她又笑了起来："你在开玩笑吗？这哪里是为我画的画？"

王子进忙看向墙上的画，只见画中仍然有着静谧的树林、华丽的白孔雀，但画中的美人却不见了，仿佛她轻移莲步，从画中走出来一样。

王子进看了看慌乱的如意，又看了看墙上的画，突然明白了什么，浑身的血液一点点凝固。

然而就在这时，窗外狂风大作，藏画室的窗户发出砰的一声轻响，被风雨吹开。雨挟着风势，卷进了室内，打湿了地面。一张纸飘飘荡荡地飞了进来，纸像是被赋予了灵魂，鸟一般挥动着双翼，在室内绕了一圈，停在了王子进手上。

"是绯绡公子的口信！"雪奴惊喜地低呼，推着王子进的胳膊，"快打开看看。"

不用她说，王子进也急于打开，只是他因恐惧而双手发抖，试了两次才终于将纸展平。那是一张粗劣的草纸，纸面上被人以炭笔画了个小人。小人身穿长袍，发束金环，眼睛是丹凤形，寥寥几笔，就描绘出了绯绡的神韵。

"子进，我已经明白了这琉璃楼中的玄机。"纸上的绯绡嘴巴微动，说话的声音竟跟他本人一模一样。

"那我要怎么办啊？"王子进病急乱投医，向纸上的小人求助。

"你莫要慌张，装出镇定自若的样子，走出琉璃楼。"小人一本正经地叮嘱，"出门时一定要对所有人说，你已经发现了这楼中的秘密。"

"啊？我不擅撒谎啊！"

"如果有人问你发现了什么，你只要说'夜半三更，窗前鬼脸，就是这楼中最大的秘密'即可。"纸上的小人笑了笑，狡黠机灵，"一定要演得像真的一样，这样到了晚上，我们才能有好戏看。"

随即纸上的墨越来越淡，小人消失了，王子进的手中只有一张被雨打风吹，变得宛如泥浆的草纸。

十三

"喂，你就这么跑了？怎么不来救我？我有危险啊！是谁说走到哪里都会守护我的？骗子！"王子进气急败坏，不断叫嚷，可纸在他手中变成了一摊黏糊糊的纸屑，哪里会回答他。

"既然如此，我们就依照绯绡公子的安排行事吧。"雪奴有些焦虑，慌忙拉着他走出了藏画室，"王公子，别再耽搁了，快点离开这里。"

王子进看了看墙上失去了美人的《孔雀美人图》，又看着疯疯癫癫、忙着翻画的如意，一时之间，竟不知这冷艳的美女是人是鬼。

他越想越害怕，忙跟上雪奴的脚步，掉头就走。两人一路小跑着走下楼梯，来到了一楼厅堂，推开大门，一头冲进了雨幕之中。

天色渐晚，本就满布乌云的天空更加阴沉，宛如个浅灰色的盖子般遮蔽了广袤大地。墙外的青翠山峦，园中的假山，在大雨中都变成了虚影，连着这整个世界都变得分外不真实。

雪奴和王子进互相搀扶着向客房走去，刚走到荷花池畔，就遇到了一个身穿樱红色裙子的小婢女。她打着伞在池边流连，看到两人吃了一惊。

"我……我……"王子进想到绯绡的叮嘱，想要跟她说出准备好的话，可是谎话到了嘴边，却无论如何也说不出口。

"我们发现琉璃楼中的秘密了。"雪奴冷静地看着小婢女,一字一句地说。

"什么?楼中有何秘密?"少女强自镇定地笑了笑,眼底却有掩不住的惊惶。

"就是琉璃楼为何会亮……"王子进接过话茬继续说,"还有闹鬼的秘密。"

小婢女不说话了,轻轻垂下头,握着伞的手指指节变得青白。

"夜半三更,窗前鬼脸,就是这其中最关键的玄机!"王子进见她被唬住,再也不紧张了,添油加醋地说了一番。

雪奴怕他说多了漏嘴,忙打断他的话头,拉着他回到了客房。可是直至两人关上了客房的门,穿樱红色裙子的少女仍站在荷花池边,她打着伞,似乎在思索什么。

当傍晚时分,雨势渐歇之时,池边只有一柄慌乱中被抛下的伞,小婢女早已不见了。

细雨淋漓,似美人多情的泪,悄无声息地自窗檐下滴落。

王子进连湿衣服都没脱,在房中转来转去,等待着接下来发生的事情。他明明按照绯绡所说,散布了谣言,可这庄园中始终静谧安宁,根本没有什么好戏上演,只有雨落在树叶间发出的沙沙声在檐下回荡,令这份静谧更添寂寥。

渐渐夜幕低垂,雨丝细得如同牛毛,风也渐歇,王子进和雪奴仍没有等来任何人。

烛影飘摇,王子进既紧张又担忧,只能枯坐在灯下,细细回想着下午的所见。那袭锦袍他总觉得眼熟,似乎就是出现在他梦中,以及门厅前的画中的白衣青年的,看来他就是真正的胭脂斋。

可这人为何不肯露面,只留下一件衣服摆在椅子上,愚弄世人呢?

他越想越是迷惑,突然见到坐在对面的雪奴猛然抬起了头,她仰着尖削的下颔,琥珀色的眼珠中满是惊喜,看向了琉璃楼:"我感受到了郭公子的气息,这次非常强烈。"

"真的吗?是郭兄?难道他出来了?"王子进也坐不住了,忙要再去琉璃楼中一探究竟。

当他走到门前,刚刚要拉门把手,门外就响起了敲门声,笃笃的声音在房间中回荡,令两人都是一惊。王子进看了雪奴一眼,深深吸了口气,打开了大门。

只见门外站着一位穿樱红色襦裙的小婢女,正是他们午后在荷花池边见到的那位。她的头发濡湿,裙角也是湿的,手提一盏白色灯笼,似冒雨而来。

"王公子,明日美人图即将完工,我家主人请您和雪姑娘去楼中一叙。"她说罢咪咪一笑,娇憨可爱,"我叫绛云,雨天路滑,是特意为公子和姑娘带路的。"

王子进又喜又怕,喜的是终于等来了绯绡所说的好戏,怕的是不知楼中到底藏着什么洪水猛兽，自己此去，不知能否平安归来。

可他想到了被困在楼中的郭生，仍然鼓足勇气，跟在绛云身后，走出了客房。

三人踏着濡湿的秋草，很快来到了琉璃楼前。跟前两次不同，这次小楼的门大敞四开，仿佛里面坐着个殷勤的主人，在等待着客人的到来。

绛云弯腰低头，提着灯笼，带二人走到了二楼。

今晚下了一天的雨，星月无光，楼中更是漆黑一片，唯一的亮处，就是绛云手中的灯笼。灯光缥缈而微弱，在偌大的楼中飘荡，像是冬夜里阑珊的星子。

"不知胭脂斋先生在哪里等着我们？"王子进在二楼绕了一圈，终于按捺不住，"而且楼中昏暗若此，怎么不掌灯？"

"先生就在茶室中恭候二位。"绛云带他们来到了茶室，正是前一晚他跟绯绡探查过的那间，凌乱的茶具被摆放整齐，积灰更是不知所终。

王子进和雪奴刚刚走进茶室，便听身后传来哐当一声轻响，门竟然被紧紧关上了。

"公子方才问过我，这楼中为何不掌灯？"门缝里露出绛云一只阴惨惨的眼，她悠悠地说，"因为……死人是不需要灯的……"

王子进心中一紧，忙用力拍门，可门被铁链从外面锁住，哪能轻易打开。

就在这时，浓郁的桂花香蹿入了他的鼻翼，茶案上的茶杯再次变得凌乱，布满了灰尘。窗棂轻颤，发出阵阵轻响，悠扬的风铃声在夜风中回荡。

一切的变化都跟昨晚一模一样，王子进忙从门缝中往外看，只见绛云提着灯笼快步跑远，而走廊的另一边，则传来吱呀轻响，似乎有什么东西在缓缓靠近。

"王公子，我们得快点离开！"雪奴纤指微动，将衣带从门缝中送出去，轻而易举地打开了门锁。

王子进推开房门，拉着她就向楼下跑。然而还是来不及了，一个黑色的影子正踏着楼梯，缓缓走上来，刚好跟要离开的绛云迎面撞上。

木质楼梯上，躲无可躲，避无可避。

绛云提着灯笼，不知是不是吓得呆住，连逃跑都忘了。

"快逃呀！"王子进焦急万分，忍不住叫道。

可终究慢了一步，身穿斗篷的人衣袖轻扬，遮蔽了灯笼的微光，绛云连喊都来不及喊一声，人就软软地瘫在了台阶上。

她本就消瘦的身体变得越来越细小，最终化为一摊浓墨。

十四

"原来这小婢女竟是墨水化作……"雪奴抓紧了王子进的手，她的手像是玉，温柔冰冷，偏偏又能给人勇气。

王子进反握住她的指尖，跟她对视了一眼，她琥珀色的眼珠中没有丝毫恐惧，甚至还藏着几分从容。

他突然也不怕了，拉着她就向楼上跑去。既然绯绡提过夜半三更，窗前鬼脸，他索性就去鬼脸出现的房间一探究竟。

身后传来了隆隆巨响，无数鬼怪从怪人的斗篷下钻出来，有狰狞的白骨巨鸟，有周身黑色鳞片的大蛇，还有瞪着铜铃大眼的斑纹老虎，更有一些奇形怪状，他叫不出名字的怪兽。

它们同时向两人扑来，速度如风一般迅捷。

眼看王子进就要被怪兽们撕烂，雪奴突然一甩衣袖，长袖卷住了高高的房梁，带着他飞到了半空中，怪兽们咬了个空，纷纷跌落，砸在楼梯上，发出轰隆巨响，激起一片烟尘。

雪奴轻盈地落在了三楼，像是一朵雪花般毫无重量。

"王公子，认识你真的很好。"她朝王子进笑了笑，莹白的脸上迸发出夺目的光华，宛如雪光初绽。

"不要耽搁了，我们一起去杂物房，看看到底有何古怪？"王子进就要拉她疾奔。

雪奴却纹丝不动，脚下似生了根般站在原地，朝王子进福了一福："小女子这就要跟公子作别了。"

"你……你在说什么啊……"王子进看着她如月光般澄净洁白的身影，心中浮起了不祥的预感。

"小女的生命只有三日，而今晚，刚好是大限之时。"雪奴从回廊的窗户中看了看广袤的天幕，微笑着说，"虽然生命短暂，我却觉得十分充实。王公子从未将我当异类看待，对我呵护有加，让我觉得十分温暖……"

"雪奴……"王子进知道到了两人分别的时候，鼻中不由得一酸。

"我这辈子，都从未感受到暖呢……"雪奴伸出手，抚摸了一下他的脸颊，无限眷恋，"郭公子的魂魄，就藏在那房间的某处，仔细寻找，定会发现。抱歉，小女子不能陪公子走到最后了。"

她说罢挥起洁白的衣袖，一股清凉宜人的风从袖底卷起，直扑向王子进面门。王子进只觉风似一只手，稳稳地托着他向前飞去。而在他身后，猛兽的咆哮声骤起，无数狰狞诡异的影子从楼下蹿出来，吞噬了留在回廊上的如冰似雪的少女。

怪兽们转眼撕碎了她的身体，还发出不满的叫声，似乎在抱怨猎物的不可口。

王子进心如刀割，不忍回头，任由风径直将他送到了那间闹鬼的杂物室门外，可是门却紧紧锁住，根本打不开。

怪物们排山倒海地扑来，獠牙森森，利爪如刀，卷起的腥风就几乎将他吹倒。

事已至此，他唯有闭目等死。然而就在这时，便听耳边传来一声轻吟："骨龙！"

刹那间，刚猛飓风从他身边卷过，一下就吹飞了他的纱帽。

"绯绡！"他又惊又喜，忙睁开了眼睛，果然见绯绡白衣翩然地站在他的身边。

他的衣襟随风飞舞，宛如挥舞的双翅，绸缎般的长发被吹散，垂在脸颊两侧，令他玲珑精致的五官现出一种肃杀的美。

他衣袖轻扬，玉笛指点处，一条巨龙将二人紧紧缠绕。龙全是白骨化作，骨头在黑暗中散发着莹莹绿光，但却丝毫不让人觉得恐惧。

"杀了它们！"绯绡红唇微启，凤眼中皆是肃杀。

龙昂首咆哮，如离弦之箭般冲向了妖魔，风平地而起，让王子进站立不稳，勉力扶住了绯绡，才不至于倒下。骨龙扬起利爪，甩起巨尾，几个起落便将那些奇形怪状的妖魔撕得粉碎。

随即它打了个旋，得意地飞回了绯绡身边。绯绡手指微动，巨大的龙已经消失，取而代之的，则是一串缠在他手腕上的白色砗磲珠串。

只是珠串上沾了些许墨点，不再洁白无瑕。

"这是在庙里偷的，施了点变幻咒，果然好用。"绯绡笑吟吟地将珠串收入了衣袖中，赞许地看着王子进，"子进，干得不错，没想到你真的能引出那藏在这园中作怪的人。"

"咦，是人吗？难道不是妖怪？"

"我开始也以为是妖怪作祟，但是一想到这房中的景象，就全明白了。"绯绡轻轻一推，那扇王子进怎么也打不开的门就缓缓开启。

房中依旧尘灰满布，跟两人上次来的时候一样。

王子进跟他走入了室内，转了一圈也看不出有什么名堂。而绯绡一进门就将门紧紧关上，以方才化身为龙的珠串锁住，几乎在他落下锁的同时，一个人影猛地扑到了门上，用力拍打着房门。

那人怎么也打不开，又唤出了妖魔，一个个怪物轮流撞门，撞得尘灰簌簌而落，但看似脆弱易断的珠串却宛如铜铸的巨锁般坚固，门始终没有被撞开。

"子进，你有没有想过，为什么这小楼中会有闹鬼的传说呢？"绯绡轻轻抬手，袖底卷起了罡风，将所有的杂物都堆到了房间中央，只露出了遍布抓痕的墙壁。

"因为它就是闹鬼啊！"王子进高叫着答，几近崩溃。

"不，这些鬼怪都是人为地制造出来的，就是为了让人不要接近这座小楼。"绯绡伸出了手，让他看清自己指腹上的黑痕，"你看，这是什么？"

王子进摸了摸，又嗅了嗅，言之凿凿地说："是墨！"

"没错，这是以妖怪的鲜血研磨而成的墨，可以将自己的画变得生动美丽，更能夺人魂魄。"

王子进不由得一愣，想起了自己梦中所见，锦衣青年曾咬破手指，将血滴在了画上，画上的美人登时变得灵动可人，还有挂在玄关处的画，那状似好友的两个青年，他一直以为躲在纱幔后的胭脂斋是锦衣的英俊青年，现在看来并非如此。

他想到了凌乱的茶室，那身穿鸦青色衣服的人永远藏在阴影后的脸，越想越是心惊。那人到底是谁，为何会做出如此残忍之事？

十五

怪兽们还在不停地撞门，让王子进心惊肉跳，生怕那薄薄的门板被它们撞破。

绯绡依旧气定神闲地对他娓娓道来："有人用邪法关起了妖怪，利用妖怪的毛发制笔，用它的血研磨，画出来的画栩栩如生，但每个入画的美人，都为此付出了惨痛的代价。"

"什么代价？"王子进好奇地问，眼前又浮现出如意痛哭流涕的脸。

"这几日我在外面打听过，被他画过的美人都不知所终，所谓的飞黄腾达，都是坊间谣言。是有人故意放出这种谣言，才令他的画越来越神秘，吸引美人过来求画，不断攫取人类的灵魂。"绯绡冷笑了一声，继续道，"至于他为何画春宫图，就是因为春宫只能在私密处欣赏，如果有人对画中的美人动了心，魂魄自然也落入了他的手中。"

"所以美人们……都香消玉殒了？"

"失去灵魂的人，只有死路一条，只是时间缓慢……"绯绡提醒他，"我想美人们的埋骨之处，多半就是那永远都不清理的荷塘。"

王子进想到荷塘上宛如枯骨的残荷，忍不住打了个冷战。

"幸好郭生让我去看了美人图，否则没人管他，他定然会被认为是得了失心风，流浪而死……"可他又有些事想不通，连连抓头，"这个人要这么多人的魂魄干吗呢？"

"当然是供养妖怪，被他关住的妖怪，现在仍然活着，他只能以人类的魂魄喂养妖怪，好为他提供新鲜的血液。"绯绡环顾四周，缓缓道，"而这个房间，就是妖怪的牢笼。"

王子进心中一惊，忍不住后退了一步，却听绯绡继续说："至于窗前出现的鬼脸，就是取妖怪血的人，他为了掩人耳目，才扮成了鬼怪。"

"这么说……"王子进压低声音，战战兢兢地问，"这里有隔间？而妖怪就被关在里面？"

"没错……"绯绡走向了位于窗前的一面墙壁，上面挂着一幅画，他轻轻拉了拉画上的绳结，画就一下卷了起来，露出了一扇小小暗门。

暗门上贴了张黄色符咒，以鲜血写就。因为年代日久，血已经凝固，变成了深紫色，让人一见之下，就觉得压抑恐怖。

"王公子，快开开门啊……我是雪奴，你忘了我吗？"门外的妖魔突然平静下来，取而代之的，则是一个窈窕的身影，轻轻地拍着门，声音跟雪奴一模一样。

王子进想到雪奴被妖魔吞噬的惨状，心中悲愤，再次听到她的声音，不由得心神激荡，恍恍惚惚地就要去开门。

他刚走了两步，就被绯绡一把拉住："子进，不要去，那是迷惑人心的幻术，你还有更重要的事情做！"

"什么事？雪奴回来了，我要去见她……"王子进想到雪奴清丽高洁的样子，她临死前悲伤的笑容，眼泪忍不住夺眶而出。

"当然是破坏这个符咒，这东西是专门对付鬼怪的，只有人类才能破坏它！"绯绡将他拉到了暗门前，指着那咒符道，"而且还得尽快，砗磲只能挡他一时，这是他的领地，如果再耽搁下去，难保那人不会做出更疯狂的事情！"

王子进紧张地面对着那窄小暗门，不知该如何是好。暗门上有数个小孔，是呼吸用的。而稍大的孔洞边缘变成了绛紫色，显然是采血之处。

他战战兢兢将眼睛凑到孔中，只见里面漆黑一片，什么也看不到。

"我……我要怎样做，才能破坏这个符咒啊？"

"设下咒符的人掺杂了沉重的念力在里面，那是人类才能理解的感情，只有以同一种感情念出咒语，才能破坏掉它。"绯绡站在他的身后，冷峻地凝视着他，"子进，我不是人类，无法感同身受，所以只有你才能做到。"

"啊？我怎么知道那家伙施咒时在想什么啊？"

"没时间了。"绯绡一把抓起他的手，向符咒伸去，"跟着我念咒语，如果失败了，我们都会葬身于此。"

门外雪奴的身影也消失了，房梁发出咯吱轻响，地板在微微颤动，整栋小楼在不停地扭曲变化。这让王子进想到第一晚潜入这里时，下楼的台阶也是毫无预兆地消失。

"快点，这家伙想把我们活活弄死在这里！"绯绡红唇微动，念出了一串古怪的咒语。

"喂！多给点提示啊！这庄园的主人是谁你查清了吗？"灰尘簌簌而落，天花板越来越低。

"是一位姓钟的画师。"墙壁不断向内挤压，花窗发出咔嚓一声巨响，被挤得变形。

"姓钟？这个姓好熟悉啊……"王子进仍然犹豫不决，可时间不等人，只能先依照绯绡的提示想下去，一位画美人的画师，在机缘巧合下，认识了同样爱慕美色的妖怪，两人引为知己。

可是后来呢？到底发生了什么，让他们反目成仇？

他刚刚开始设想画师的心境，地板就发出轰然巨响，居然带着整个房间直直跌落下去，掉下来的房梁差点就砸到了他的头上。小楼在飞速崩塌，房檐上装饰的青铜怪兽依次掉落，本没有风，风铃却发出聒噪的响声。

一个影子朝二人飞过来，绯绡眼明手快，一下就把它打碎，却是掉落的窗框。

"应该是憎恶，大多数人害人时都心怀怨恨！"绯绡抓住了王子进的手，就要撕掉符咒，"子进，没时间了，快跟我念咒语！"

王子进心怀恨意，跟着绯绡轻吟起了古老的咒语，黄纸一点点地被从暗门上揭开，绯绡的凤眼中，终于现出了一丝清浅的笑意。

王子进却觉得哪里不对劲，电光石火间，他的眼前闪现出了几本画册，作者正是一位叫"钟仙渡"的人，暗室中，足足几个画架的白骨图；简陋草纸上的，以炭笔勾勒的少女的背影；挂在玄关处的，描绘两人友情的画，那难以察觉的不协调。

轰隆隆，可绯绡的笑尚未荡漾到眼底，更大的崩塌到来，两人转眼就被瓦片房梁掩埋，整个房顶掉落，砸到了他们身上。幸而他及时变身，化作一只白色狐狸，蹲在了王子进的肩头，如毛茸茸的软垫般替他挡下了重压，才没有将王子进砸死。

"绯绡！咒语再说一次！"王子进突然想通了什么，眼含精光，高声对绯绡说。

"你们不可能猜对的，因为，没人知道我是谁……"夜风里，尘灰中，飘来了一个尖细得意的声音，"他注定会被困在里面，一生一世，供我差遣。而你们，都要给他陪葬！"

"我知道你是谁！"王子进毫不畏惧，朗声回答。

白狐似感应到了他的信心，伸出爪子，按在他的手上，吟唱出了玄妙的咒语。王子进跟着白狐一起吟诵，掀起了符咒。那张之前粘得又牢又紧的纸，变得如即将离枝的落叶般脆弱，轻飘飘地从暗门上脱落。

王子进的手，就是冷飒的秋风，枯叶在风中枯萎离枝，黄纸在他的手中，碎成了几十片。

崩塌停止，所有的杂物都飘浮在半空中，迅速回归了原位。

暗门发出咔嚓一声轻响，从里面被推开，一只手缓缓伸了出来。

这是一个浓黑的雨夜，本没有光，王子进却仿佛从门中看到了黎明最耀眼的晨曦，让他难以睁眼。

十六

不过瞬息之间，小楼又变得整齐精致，仿佛方才的塌陷是个午夜的噩梦，而且楼中的每一个瓦片，每一根梁柱都散发着七彩光辉，房檐上的兽形装饰变得晶莹剔透，宛若琉璃。

"琉璃楼。"绯绡摇身一变，又成了个优雅精致的美少年，他环顾四周，轻轻地感叹，"没想到竟然这么美。"

"原来传说中的琉璃楼，是妖怪的杰作吗？"

房门吱呀一声打开，现出了走廊中的人，他不再威风凛凛，而是跪趴在地，浑身颤抖，根本看不清面容。

暗室里的手仍然在不断向外伸展，很快露出了半个肩膀，肩膀之后是头。

随着这人被慢慢释放，伏在廊中之人的伪装，被一点点剥夺，披风消失，风帽不见，手上的利爪退去，露出了细瘦的手指。妖怪的血赋予的魔力，正在一点点地从他身上被剥夺。

汹涌的杀气在风中奔涌，暗室中的人已经完全爬出来，他周身遍布尘灰，佝偻而肮脏，蓬乱的长发垂到腰际，遮住了面容，十足十就是个怪物。

"绯绡……"王子进拉了拉绯绡的衣袖，害怕地后退了两步。

"不要怕，子进，他被关了那么久，虚弱至极，伤不到你。"绯绡上前一步，将王子进挡在了身后。

怪物双眼冒出幽幽的绿光，在两人身上扫了扫，最终停到了绯绡身上，冷笑道："原来是你把我放出来的，怪不得，你确实有这种力量。可你是太寂寞了吗？居然跟人类做起了朋友，真是找死。"

"放你出来的是子进，如果没有他，我也会被困在楼中。"绯绡仍笑吟吟的，俊美翩然，不见慌乱。

"嘿嘿嘿，走着瞧，我就是相信了人类的谎言，才落到了这种地步……"怪物瞪着王子进，声音沙哑地说，"你早晚也会被自己的欲望吞噬，出手害人的。妖和人，根本就无法共存。"

"是因为，你也没有把他当知己吧？"王子进壮着胆子说，"你总觉得自己高人一等，跟他相处就是施舍，怀着这样的心态，怎么能让人真诚以待？"

怪物愣了一下，房中陷入了一片死寂，只有小楼中的灯光，照得窗外的淋漓雨丝如金线般耀目。随即风中响起了呜咽的哭声，而哭声的来处，正是那个俯趴在地上，不敢以真面目示人的人。

"因为方才我掀开咒符时，想到的是怀才不遇的悲伤，每个落魄的学子都会有这样的情绪，尤其是身边还一直有人鄙夷打压时，就会更伤心……"王子进缓缓走到那个人面前，低低地问，"是吧？湖颖。"

那人抬起头来，琉璃灯光照亮了他的脸，苍老而疲惫，他看起来年逾五旬，皮肤漆黑，脸上遍布皱纹，宛如干枯的橘皮，只能从他的五官上，依稀还能看到小书童清秀伶俐的样子。

王子进吓了一跳，连连后退。绯绡拍了拍他的肩膀，示意他安心，悄悄道："他本来没这么老的，可一直偷窃妖怪的力量，损耗了太多的生命，估计也命不久矣。"

湖颖捂着苍老的脸，号啕大哭，哭了一会儿，疑惑地看向王子进："你这小子，说的话倒是有几分道理，但是我不懂，你怎么能猜到是我？"

"因为玄关的墙上所挂的画，第一张画中还有个书童，可是从锦衣人出现后，书童就不见了。我看时以为跟妖怪结交的是画师，可方才才想明白，妖怪的朋友竟是书童，他长大了，成了个画师，可是从头到尾，我都没在画中见你笑过。"

"没错，我就是那个书童，钟仙渡的徒儿，他连给我起名都随随便便，而且只教我画白骨，从未教我如何画人像。"回想往事，湖颖咬牙切齿，充满了恨意，他恶狠狠地盯着王子进和绯绡身后的怪物，"至于他！我跟他是在河边看美人时结识的，他起初并没告诉我自己是妖怪，因为他对美人图有独到见解，即便发现他是异类，我也真心待他。可是他从未夸过我的画，只有讥讽打压。即便用妖力助我，也不让我把画好的画出售……"

"哼，那画一旦流入了市面，不知会令多少人失魂落魄。"怪物冷笑着说，"自己心怀恶意，就不要找这么多借口了。"

"可是胭脂呢？你明明知道我喜欢胭脂，她要嫁给别人了，我只有卖掉画，才能换了银子娶她。"湖颖猛地站起来，一把推开了王子进，扑到了那怪物般的人身前，咬牙切齿地说，"可是美人图却在一夜间全变成了白骨，胭脂也远嫁他乡，不过一年就郁郁而终，从那天起，我就开始想办法对付你了。"

"不是你的画，你却想以自己的名字出售，真是好厚的脸皮。"怪物一把抓住湖颖的手臂，阴森地说，"所以在喝茶的时候给我下药，所以在房中画好了咒符囚禁我？这庄园被我买下后，小楼全赖我的力量才能如此金碧辉煌，要不是怕这偌大的庄园毁掉，只怕你早就已经将我杀了！"

他佝偻的身体突然变高，袖底鼓出罡风，刹那间就变成了一个英伟的青年。剑眉星目，猿臂蜂腰，身披一件绲着毛边的蓝色锦袍，比画上的还要英姿勃发。

他长臂一挥，瞬间就掐住了湖颖的脖颈，湖颖脸色青紫，呼吸困难，似乎就要断气了。

然而就在这时，一条白骨巨龙从斜里蹿出，一口咬住了白衣青年的手臂。他吃了痛，手指一松，放开了湖颖的脖颈，湖颖砰的一声跌倒在地，抽搐了几下，跟死了没什么两样。

可饶是如此，骨龙仍紧紧地咬着他的手臂，丝毫没有松口的意思。他挣了几下，完全挣脱不开，回头就朝绯绡咆哮："别多管闲事！"

他不再英伟俊美，双目中遍布血丝，口中露出森森獠牙，跟野兽无异。

"我并没有多管闲事啊，你好像欠着我们东西没还，我才不介意这个男人的死活，只想要回自己的东西。"绯绡长身玉立，仍笑吟吟的，骨龙只有上半身变化，下半身仍是砗磲珠串的样子，缠在他的皓腕间。

他气定神闲，显然没有尽全力。

"我第一次见你，怎么会欠你东西？"锦衣青年仍怒吼着，但听着倒像是虚张声势。

"人类的灵魂……你该不会如此健忘吧。"绯绡轻轻地晃了晃手腕，骨龙脱手而出，幻化成一条庞大的巨龙，将他牢牢缠住。

骨龙咬住了他的手臂，浑身骨节发出咔嚓轻响，似乎稍一用力，就会将他活活缠死。

锦衣青年怒视着绯绡，过了一会儿，口一张，吐出了两只白色的圆球。圆球如鸡子大小，飘浮在空中，像是一团团凝固的雾。绯绡红唇含笑，满意地点了点头，随即手指微动，骨龙终于松开了口，将全部的圆球吞入了口中，一摆尾就回到了绯绡身边，将他和王子进妥善保护。

"还没被我消化的只有这两个了，全都给你！臭狐狸，今天我力量不足，暂且放你一马，待下次见面，就是你的死期！"锦衣青年怒瞪双眼，但脸上渐渐长出了毛发。

几乎在眨眼间，就变成了一只一人高的白猿，白猿一拳打碎了窗户，跃窗而出，几个起落便消失在斜风细雨中。

王子进望着这一幕，忍不住扼腕叹息。在他的哀叹声中，整栋小楼飞快衰败了，窗棂裂开，房梁墙壁遍布霉斑，他后退一步，却一脚踏碎了地板，只见地板腐朽不堪，早已被虫子蛀烂。

不只如此，连窗外的景致也随之而变，亭台楼榭被荒草和密林取代，遍布残荷的荷花池，也成了一摊长满了绿藻的臭水，露出了藏尸池下的森森白骨。

仿佛有一个高明的画师躲在雨中，寥寥几笔，就将清雅别致的庄园，换作一片废墟。

十七

"绯绡，这是怎么回事啊？"王子进将脚从腐烂的地板中拔出来，惊惶地打望着四周。

"支撑整个庄园的妖力完全消失了，从来没有什么琉璃楼，只有虚伪的假象。"绯绪看向窗外，凤眼中似有无限沧桑，"最可怕的不是被人骗，而是自欺欺人。"

他说罢放出了骨龙，骨龙口衔魂珠，冲破屋顶，绕着小楼盘旋了一圈，腾空而去。白色的身影好似一缕缥缈的烟，很快消失在雨夜中。

"它这是去了哪里？"王子进看着屋顶被冲破的大洞问。

"把被妖怪夺走的两个魂魄还回去，肉身没死的，应该会恢复如初。"绯绪说罢，朝王子进得意地笑，"子进，这次你可以放心了吧。"

"多谢多谢！小生在此有礼啦！"王子进笑嘻嘻地朝他行礼作揖，夸张得好似戏台上的伶人。

"咳咳咳……"两人正在笑闹，却听身后传来一阵干咳，只见湖颖从地上坐了起来。

不过这么一会儿工夫，他变得更老了，方才还乌黑的头发，已经变得雪白。他跪坐在地上，目光空洞茫然，仿佛灵魂已经脱离身体，去了遥远的地方。

"这可怎么办？"王子进看着湖颖，小声问绯绪。

"他没多少时候可活了，大限就是今晚……"

他们刚说了两句，只见湖颖眼珠微动，视线落在了二人身上。

"我今年……不过而立……"他哆哆嗦嗦地说，每说一个字，都吐出了一口鲜血。

王子进看他的惨状，诡异中透着悲凉，连心底那点对他的厌恶都消失了。

"可是……我不后悔……"他用手背抹去嘴角的血，居然笑了，"因为胭脂……当年我是书童，她是婢女，每次见面，她都会对着我笑……从胭脂死去的那天，我就不再把他当朋友了！我让他也尝到了生不如死的滋味，自己也攀到了人生顶峰……我有什么可后悔？"

绯绪冷漠地看着他，眼神中没有一丝温度。

"我听说，高明的画家，画人会先从骨画起，骨头的走向画对了，画也就差不到哪儿去。"他薄唇微启，惋惜地说，"你的师父未必在骗你，如果你多些耐心，或许不会有如此结局。可惜你对人总是充满恶意，最终这恨，只吞噬了自己。"

老人愣住了，他看着绯绪，眼神中突然有一瞬的清明，他的思绪似飘到了很久之前，那无人能触及的，岁月的远方。

一丝微笑，浮现在他的嘴边，随即他一头就栽倒在地，再也没有了呼吸。而至死之时，他的双眼也并未合上。

绯绪手指微动，一张残破不堪的画从废墟中飘飘然飞了出来，落在了他的尸体上。

泛黄的草纸上画着一位少女，少女身穿绿裙，端坐在春天的萱草中，像是坐在青春最好的时光里。

"就让他这辈子唯一的一点爱意，送他最后一程吧。"夜风传来了绯绡清朗的声音。

很快小楼残破不堪，像是一副孤零零的骨架，立在荒野之中。雨过天晴，明月在乌云后露出了脸，月光如水般倾泻而下，照亮了每一处暗角。

从此之后，再也没有美人，在寂夜中叹息。

次日当王子进回到了客房，发现郭生正在酣睡，醒来后仿佛得了一场大病，浑浑噩噩，几天后才恢复了正常。但他绝口不再提胭脂斋的画，甚至路过书画店，也远远绕开，仿佛在害怕什么似的。

东京城喧嚣热闹，异彩纷呈。人们很快就忘记了那个专画春宫图的画家，更不记得他的美人。

新的怪谈再次在街头巷尾流传，这次大家传的是品香楼的花魁如意突然落魄地回来了，据她说自己被困在一栋华丽的小楼中，终日浑浑噩噩，而当她清醒之时，才发现竟然躺在一片废墟里。

昔日的美人消瘦疲惫，仿佛挨了很久的饿。

之后她就从了良籍，嫁给了个卖画为生的穷画师，令众人惊叹不已。百姓纷纷传是有鬼魂附在如意身上，她才做出如此荒唐的决定，又有人说穷画师会邪法，才勾走了这美人的魂。

当这个离奇的故事传到王子进耳中时，他正坐在窗下，满怀心事地端详着一块暖玉。

玉是个平安扣，温润而有光泽，他回到客栈更衣时才从袖中掉出来，想必是雪奴临死前悄悄塞到他身上的。

他睹物思人，一见到这玉扣，眼眶就有些微红。

"绯绡，雪奴到底是什么变的呢？她最后对我说的话，是发自肺腑，还是为了安慰我？"王子进看绯绡坐在桌边喝着葡萄美酒，一副毫无心肝的样子，七分伤感也变成了十分。

绯绡并不答，过了一会儿，手持夜光杯，坐到了他的身边。

"伸出手。"

王子进不明所以，摊开了手掌。

"闭上眼。"

他依言行事，很快就感觉到掌心一凉，仿佛有两根冰冷温软的手指搭在了他的手心，那感觉跟雪奴握手时一模一样。

"雪奴！"他兴奋地睁开了眼，只见掌心中只有两块碎冰，哪里有什么佳人的柔荑。

"明白了吗？所以不要再伤心了，不论精魅、妖怪，还是人类，都是向死而生，只是她走得比我们快一些。"绯绡拉住他的手，让他握紧碎冰，冰在他温热的掌心融化，水一滴滴地流下来，恰似雪奴临别时的眼泪。

王子进呆呆地望着手掌，突然懂了雪奴临别时说的话。

"她是寒冰化作，温暖只会加速她的死亡，可是子进你却给了她一种不会让她消亡的温暖，这对只拥有短暂生命的她，是莫大的幸福。"绯绡斜睨了他一眼，"精魅和人的体验完全不同，所谓夏虫不可语冰，你何必为了她的喜悦而悲伤。"

王子进终于释怀，握紧了手中的玉扣，脸色渐渐变得平和。

"可是还有一件事我不明白……"王子进看着绯绡如雕似琢的精致面孔，满怀困惑地抓了抓头，"你很少大发善心，怎么会在猿猴精要杀死湖颖的时候出手？"

绯绡愣了一下，随即云淡风轻地说："没什么，只是碰巧。"

"但那猿猴精恨上你了，以后估计还会来找麻烦，你不会没想到吧？"

"一时冲动，我也很后悔呀……"绯绡摇了摇头，喝光了杯中的葡萄美酒，一抹红云，浮上了他的玉颜。

"我想了半天，觉得你是不想让我失望，所以才出手阻止，因为不想让我看到跟妖怪结交的人类，死于妖怪之手。"王子进几乎要把头抓破，才试探地问，"你怕我从此会害怕你，是吗？"

绯绡不置可否，他放下酒杯，欣赏着窗外的秋色，看北雁南飞，看黄叶曼舞，看枫叶露出了冶艳的一抹红痕，看秋阳在檐下敛尽了最后一丝光华。

但就是不看王子进。

王子进却一直盯着他，似乎要从他完美无瑕的脸上，看出自己想要的答案。可最终，他仍然什么也没看出来，绯绡仍然美丽如昔，疏离如昔，或许这样也好，反正无论如何，他也是自己生命中最美好的风景。

所谓风景，只要看过，就应满足，又有谁能将旷世美景据为己有？

他想到这里，又满足地笑了。

第五夜

耳中人

秋天的夜空，辽阔而静美，点点寒星璀璨闪亮，像是在丝绒般的天幕中撒下了一把碎钻。

旷野之中，蟋蟀奏响了生命中最后的鸣音，虫鸣声在萧瑟草木，凄寒冷风中回荡，怎么听都透着几分凄凉，不似夏夜里听来热闹喧嚣。

几只野狗在荒草中撕咬，犬吠声大作，搅乱了这静美的秋夜。

其中一只黄色的狗并未加入战团，时而汪汪叫两声，似在隔岸观火。但每当它的叫声响起，野狗们撕咬就更凶狠几分，很快就有两只狗被咬得头破血流。

沙沙沙——长草中传来轻柔细响，似乎有人在靠近。野狗们终于停止了争斗，都竖起耳朵，警惕地看着如涛似海，连绵到山脚的荒草，浑身肌肉紧绷。秋风中送来肃杀之气，来者并非善类。

黄狗瞪圆了黑亮的眼睛，夹起尾巴就跑，但它刚跑了几步，就撞在了一个人身上。

那是个身穿锦缎绲毛皮边长袍的青年，他英伟高大，也算是个俊美的男子，可是由于眉毛太浓，又重重地压在眼上，让他的眼神显得乖戾暴躁。

黄狗看了他一眼，吓得瘫坐在地。

"有趣，没想到会碰上你这个小东西。"青年一把揪起了黄狗的脖颈，仔细打量，颇为惊喜，"去帮我做点小事，否则我就杀了你。"

黄狗吓得哆嗦，发出了呜咽悲鸣。其余的野狗见了，纷纷夹着尾巴四散逃走。

青年将黄狗丢在地上，后者在草中打了个滚，只能垂头丧气地跟上了他的脚步。一人一狗，踏着荒草，向远处灯火通明的城市走去。

"过去的那个小书童叫我'袁公'，可惜那个书童想要的太多，否则我们一起看个美人，画个画，估计现在仍过得逍遥快活。"青年边走边自言自语，"可是人类太麻烦，总放不下那所谓的'爱'，虚无的感情，最终又大多自食苦果。"

黄狗叫了两声，似在附和他。

"你叫我'袁君子'吧，我在书上读过，是品性高洁之人的称呼。"

汪汪汪——狗发出欢叫声，似乎很喜欢这个名字。

"你当狗还当上瘾了！"青年抬起一脚，踢到了狗屁股上，"跟着我，你再也不用附在狗身上，先替我报个仇，之后我们可能会夺下整个江山呢！"

黄狗被他踢得打了个滚，随即爬起来，又撒欢地朝这位一点也不"君子"的君子拼命摇尾巴。

青年鄙夷地看了它一眼，迈着大步向灯光璀璨之处走去。

那高高的城墙中，就是东京城，富庶辉煌的天下之都。每天从各国各地往来的商人有几千人之多，而这人多繁杂的城市，也为黑暗的滋生，提供了土壤。

贪心、嫉妒、算计、报复，这些恨意多多少少地会藏在每颗心的暗处，只需一点引子，就会点燃罪恶之火。

一

火树银花合，星桥铁锁开。暗尘随马去，明月逐人来。

王子进一边摇头晃脑地念诗，一边走在人群熙攘的夜市之中。跟夏日的绚丽多姿不同，秋天的夜市宛如一位成熟的贵妇，别有一番风韵。

卖酒的姑娘们都换上了厚重的锦裙，裙摆上绣着金色的菊花；新收的瓜果堆满了果农的摊子；裁缝铺子外也挂上了新裁的秋装；勾栏的伶人们，唱词中又多了科考和金榜题名的内容。

整个城中都流露着富庶、繁华和欲望的气息。

尤其是漂亮的姑娘们，她们换上了新妆，梳上时新的发型，更引得王子进挪不开眼睛，一会儿看看这个，过一会儿又看看那个，目不暇接。可他看了半晌，发现自己周围的姑娘格外多，时而还有几人会朝他抛个媚眼。

他越发心花怒放，幸福感在这个秋夜达到了巅峰，直到他看到两个姑娘手拉着手，穿过了两条街，特意跑到自己身边，才觉得不对劲了。

两名少女脸色绯红地望着他的身后，眼中含水，娇羞可爱。他忙回过头去，只见绯绡手持折扇，站在一盏灯下，朦胧的灯光照亮了他的白色锦衣，黑色长发，以及玲珑精致的五官，俊美如谪仙下凡。

女人们不断地在他身边走来走去，一会儿掉个锦帕，一会儿丢个玉佩，有的已经走了几个来回也不嫌烦，大有走一晚上的趋势。

而不论身边有多少佳人往来，绯绡始终面若冰霜，他一会儿看看灯，一会儿又看看天上明月，一会儿又低垂眼帘沉思，就是不看她们一眼。

可他这冷漠疏离、目中无人的高傲模样，令她们更喜欢了，恨不得常驻在这美貌少年身边，说什么也不愿回家。

"绯绡，你可记得前几日你说过的卖麻油鸡的摊子？"王子进妒心大盛，笑嘻嘻地跑过去说，"我昨日去尝过，肉丝松软，麻油喷香，吃一口舌头都要化了……"

他话未说完，就见绯绡双颊绯红，目光灼灼地盯着他，哪里还是什么冰山公子？

"子进，你怎么不早说，快带我去。"他连一刻也不肯停留，拉着王子进就向卖小吃的地方走去。

而在他们身后，不知多少颗芳心悄无声息地破碎在冷风里，少女纷纷惋惜，想不到这漂亮可人的美貌少年，竟然有断袖分桃之癖，真是可惜了一副好相貌。

王子进带着绯绡在人群中穿梭，很快就来到了卖麻油鸡的摊位，遥见不大的摊位前排了一条人龙，看样子这鸡果然味道不凡。

灯下一个妇人，布衣荆钗，生得皮肤白嫩，颇有几分姿色，正在埋头做菜。

只见她熟稔地将一只炖得脱骨的鸡在冷水中浸了浸，飞快撕碎。鸡肉在她纷飞的十指中如同被施了魔法，骨肉剥离，很快就变成了一盆细碎的银丝，随即又淋上麻油佐料，轻轻在盘中拌了拌，递到了客人手中。

鸡肉洁白松软，好似堆雪，而麻油漆黑油亮，恰如雪中乌炭，黑白分明中又点缀了青翠的青菜香料，光是看了几眼，就令人食指大动。

"子进！我要五份！"绯绡肚中立刻咕咕作响，差点就要将尾巴从袍底露出来摇一摇。

翩翩佳公子刹那间就成了个贪吃鬼，再也没有路过的姑娘痴迷地看他，王子进站在排队的长龙中，忍不住窃喜。

而一轮到他们，绯绡再也把持不住，一口气就吃光了一整盘，可他哪肯罢休，赖在摊子前说什么也不肯走，吃个没完。而排在他身后的人只有叹息摇头的份儿，知道今晚这鸡是吃不成了。

绯绡吃了五份还不肯离开，守在这妇人的摊位前死活不走，引得不少客人对他怒目以对。

王子进怕影响了妇人的生意，连连道歉。

"不要紧，这位公子长得俊美，也算是为我做了个活招牌。"这天她的鸡卖得格外快，她微笑着擦了擦手，准备收摊了，"如果公子常来就好了，我也能卖光鸡肉，早些回家。"

是啊，他一个人就能吃几个人的分量，你确实卖得快！王子进忍不住在心中腹诽，拉着绯绡就要走。

"这位娘子，家住何处？一般何时出来啊？"可哪想绯绡一步都不肯动，拉着妇人的衣袖问个不停，眼神中满含倾慕，仿佛站在他面前的，根本不是布衣荆钗的妇人，而是天底下一等一的绝色。

"我家住在安宁里，夜市刚开张时我就来了。"她将锅碗放入了挑筐中，热情地答，"公子明日一定要再来。"

"盈月，回家了！"就在这时，王子进身后冷不丁地响起一个粗犷的声音，将他吓了一跳。

只见一个身材魁梧的汉子正站在自己的身边，灯光之下，可见他左脸上有一大块乌青，似乎是天生的胎记，令人望而生畏。

"相公！"妇人见到他立刻满脸笑容。

汉子推开王子进，颇有深意地看了他跟绯绡一眼，帮妻子挑起了箩筐，夫妻俩结伴离开。而绯绡仍恋恋不舍，即便王子进拉着他，他仍一步三回首地看着妇人的背影。

灯光映在这对纯朴夫妻的身上，将他们的身影拉得很长。

而回到客栈之中，绯绡仍对那妇人的好手艺念念不忘，仿佛害了相思病一般，不停念叨着王子进明天早早替他买鸡，好解他馋嘴之苦。

可是他有所不知的是，城市的另一边，盈月夫妇也在谈论着他。

"今天辛苦啦，没想到鸡这么快就卖完了……"街巷之中，王苇拉起了妻子的手，笑着说，"油灯的销路也好，只要再忙上一年，就能租个铺面了。"

他脸上满是幸福，连狰狞的暗青色胎记都变得柔和。

"希望那位公子天天都来，他出手阔绰，又生得俊美，应该能带来不少生意。"盈月充满向往地看了看头顶一轮圆月，仿佛看到了两人的美好生活。

"你居然希望他天天来……"王苇低低地说着，语气阴郁。他因为貌丑，一直觉得配不上年轻漂亮的盈月，每当听她谈论别的男子，就醋意大发。

"他来了鸡可以卖得快一些，你不要多想。"盈月见他不快，连忙安抚。

王苇听着她的柔声细语，醋意渐消，牵着妻子的手，细细低语着向家中走去。

两人正走着，从暗处突然蹿出了一条黄狗，朝盈月身上扑去。王苇生怕妻子受伤，忙挡在她身前，飞起一脚，踢开了黄狗。狗被踢得在半空中翻了个跟头，重重跌在地上，吓得夹着尾巴跑开。

而在不远处，一个身穿白色衣袍的高大青年，将这一切收入眼中，他轻轻点了点头，似乎很满意看到的一切。

二

月辉如银，洒满了一间位于安宁里的陋室。

狭窄的床上，一对恩爱夫妻相拥而眠。可在这寂静宁憩的夜里，却响起了一串细碎的低语，仿佛有人蹲在他们家的窗下讲闲话一般。

"那美貌少年赖在你妻子的摊位边不走，一看就是没安好心。""就是，明明鸡都已经卖完了，岂有不走的道理？""我看她今晚朝他抛了好几个媚眼，一个巴掌拍不响，如果没有她的暗示，那少年怎能如此放肆？"

流言蜚语无止无休，但见夫妻俩睡得香沉，窗外只有月光照亮篱笆，哪里有半个人影？

王苇皱了皱眉，啪的一声打死了一只叮在他脸上的蚊子，不耐烦地翻了个身。

次日一大早，绯绡就急得团团转，迫不及待地要去吃鸡，王子进陪他尝了两家馆子，都不符合他的口味。结果当天傍晚，天边刚现出彤云，他就被绯绡撵出了客栈，手里还拎着只硕大无比的食盒。

"到了今日，才明白什么叫自作自受……"他一路向夜市小跑而去，满腹懊悔，"如果没带他去吃那劳什子的鸡，就不会有这些麻烦事。"

因为绯绡嫌排队辛苦，很影响他的食欲，就差遣他来买鸡。他根本拗不过他，只能硬着头皮出门，一副半死不活的样子，来到了盈月的摊位前。

"这位公子又来啦？怎么不见昨日那位身穿白衣的小少爷？"盈月知道他是大主顾，忙笑脸相迎。

"他今日有点事，来不了了。十份凉拌鸡，把这个食盒装满。"王子进给了她半吊钱，百无聊赖地坐在摊位旁，看着来来往往的行人。

盈月将钱仔细收好，笑眯眯地撕鸡做菜。她那位高大魁梧的丈夫王苤，不知何时，悄无声息地出现在王子进身边，他不再像昨晚那样体贴妻子，而是阴沉着脸，定定地看着面容清秀、举止文雅的王子进。

"看，她又勾搭了个小白脸，定是嫌你长相丑陋，行止粗鄙。"凉爽的秋风拂过，送来细碎的耳语，王苤额头青筋暴起，紧紧握住了拳头。

不过一炷香的工夫，王子进就拎着装满了鸡的食盒快步离开，欣喜地向客栈赶去，完全没有留意，身后正跟着一个身材高大、凶神恶煞般的人物。

"绯绡，我回来啦！"他跑到客栈楼下，兴奋地晃了晃手中的食盒，以期待到绯绡的赞扬。

可是他话音未落，一个坛钵大的拳头就向他砸来。他还没等反应过来怎么回事，左眼已经挨了一拳，重重跌坐在地。

只见王苤脸色涨红地站在他面前，双眼中满布血丝，发髻散乱，宛如被恶鬼附身。王子进被他打得泪水横流，想了半天才想起他是那个卖凉拌鸡的妇人的丈夫。

"死小白脸，叫你勾引我家娘子！"王苤哇哇怪叫，抡起拳头又向他砸来。

"是不是有误会啊！"王子进哀叫一声，紧紧抱住了头。

可他没等来预期中的疼痛，却见几片黄叶飘然而下，那些叶子一落到地上，立刻变成了青衫书生，他们都容貌清秀，头戴黑色纱帽，跟王子进长得一模一样。

王苤一拳就砸向了离他最近的一个书生，书生笑嘻嘻的，仿佛不怕痛，摔倒在地又爬了起来。

王子进见有人解围，哪敢停留，抱起食盒，连滚带爬地跑回了客栈。

而王苇仍东一拳，西一脚，癫狂地跟这些书生缠斗。

"呜呜呜，吓死我了，怎么买个鸡还会挨揍？"一回到房间，他就跟绯绡哭诉。

绯绡正长身玉立，站在窗后，看着楼下疯魔般的王苇，眼底凝着淡淡寒霜。随即他轻轻打了个响指，所有的青衫书生同时消失，变成了一片片黄叶，在秋风中飘零。

王苇面色阴郁地打量着街道，仿佛有一腔怒火无从发泄。只见他魁梧的身影在客栈门口转了半天，才心不甘情不愿地愤恨离去。

"奇怪，这种东西怎么会在城里出现？"绯绡偏着脑袋目送王苇的背影，喃喃自语。

"什么东西啊？他为何说我勾引他妻子？我虽然爱看美人，但对别人的娘子，可是一点兴趣都没有……"王子进捂着肿成核桃大小的眼睛，呜呜呼痛。

绯绡也不答话，接过他手中的食盒，就着早已热好的菊花酒，大吃特吃，满满的一盒鸡丝，转眼就被一扫而光。

"哎，看来为了这好吃的鸡，我还得管这桩闲事。"他伸出舌头，意犹未尽地舔了舔嘴唇，狡黠地笑了，"只是此事蹊跷，背后必有人作怪，我们得连那人一起揪出来才行。"

"你到底在说什么？没头没脑的！"

"子进，你想不想亲自降妖伏魔？"

王子进先是雀跃地点了点头，随手拿起个杯子放在左眼冷敷，又飞快摇头。他这副手无缚鸡之力的熊样，去给妖魔当甜点还差不多。

"不用亲自动手，只需……"绯绡笑嘻嘻地看着他道，"动动你的舌头……"

"还……还是算了……"王子进的脸登时涨得通红，也不知想到哪儿去了。

"喜欢说人闲话吗？"

"啊？"王子进正用瓷杯的杯底揉着肿痛的眼睛，听他这么一问，杯子差点跌落。

"每个人都喜欢吧，谁家娘子总是倚门而望，谁家相公又幽会情人，谁家孩子得了阴病。古往今来，人类总是喜欢窥视别人的隐私，哪怕对自己毫无益处，也喜欢听一听，再散布出去，就是为了满足口舌之快。"

"你还挺了解的。"王子进不好意思地笑，"不过我毕竟是读过书的，所谓静坐常思己过，闲谈莫论人非，不似街头巷尾的三姑六婆，每日除了说闲话就没有别的事干。"

"可是，现在就有一件事，需要你去编派谎话，才能解决。"绯绡凤眼含精，紧紧地看着他，红唇边挂着不怀好意的笑。

王子进看他狐狸般的表情，凭空打了个冷战。

王苈晃悠悠地离开了客栈，正是华灯初上的夜晚，街边的灯光将他孤零零的身影照得宛如神魔。他来到了一家茶馆中，用两个钱买了杯茶喝，听坐在中央的说书人口沫横飞地讲着离奇的故事。

他勤勉肯干，因为貌丑，也不爱理人，每天站在西市，默默地卖着油灯，从来不出去玩乐。

可今日不知为什么，他竟忍不住走进了茶馆消磨时光，一边听书，一边听着周围的闲言碎语。

"你知道吗？住在安定坊的漂亮寡妇孙氏，竟然嫁给了城外付家村一位八旬老汉，据说那老汉最近发了大财。""卖肉的张屠子的婆娘总是生病，估计定是她夫君干了不少以次充好的事，报应在她身上。"低低的耳语，像是潮水般涌入他的耳中，令他无比受用。

"再多讲一些啊……"他眼神木然，喃喃自语，嘴唇一张一合，坐在喧嚣躁动的人群中，好似一条搁浅在泥滩上的，濒死的鱼。

三

盈月最近有心事，连麻油鸡都拌不好了，不是忘了加盐就是多放了麻油，甚至有一天挑着担子来到夜市，却发现没带香料。

原本主顾众多的摊位，变得人气寥寥，甚至连王子进都不来了。她望着盆中剩着的鸡，愁眉紧锁，泪水盈盈，泪光中浮现出了丈夫丑陋的脸。

两人生长在同一个小镇中，王苈因为貌丑，自小就受到大家的排挤。盈月起初对他也很害怕，尤其是他脸上那块青黑色的胎记，更是让人望而生畏，导致她偶遇王苈时，都刻意离他远远的。

可是在一个春寒料峭的清晨，她洗衣时衣服顺水而下，她慌忙中去捡衣服，却不小心跌入了水中。

恰好王苈在附近捡柴，跳入水中将她救起，之后她发了风寒，他时常来她家中送些山珍野味。

她这一病就病了半年多，连定好亲的人家都嫌她久病不愈退了亲，待到秋天她病情好转时，人已经瘦得跟骷髅无异。

当日清晨，她推开了窗，就见王苇背着满满的一筐枯柴，大步流星地向自家走来，披着金甲般的晨曦，好似天神降临。

她虽然病着，但不瞎不聋，王苇对自己的心意怎能不知晓，于是在一个秋月澄明的夜晚，两人互订了终身。

小镇上最美的姑娘，居然嫁给了整个镇最丑的男人！他们一成婚，立刻被流言蜚语包围，邻居们不是说她病傻了，就是说王苇有妖法，还有人说盈月必定有难言之隐，否则怎么会嫁给如此貌丑的王苇，甚至还有人爬到她家墙头偷看。

两家人被这些流言搅和得没有宁日，每天磨破嘴皮去跟邻里们解释，可无根闲语如雨后春笋，一茬接一茬地生出来。

小两口被逼无奈，只能离开小镇，来东京城中谋生。这里没人认识他们，而且商户较多，大家碌碌不停，谁也没耐心天天讨论家长里短。

可是好景不长，就在前两日，一贯对她体贴有加、温柔憨厚的王苇，却突然像是变成了另外一个人。他先是阴沉着脸坐在家中，她换件衣服都要被盘问半天，也不再做生意，每天就跟在她的身后。

今早更是差点将她的摊子砸烂，他站在院子里打砸家什时凶狠残暴，简直像是被恶鬼附身。

有几名好心的邻居赶来相劝，却都被他骂走，而且骂人的话难以入耳，居然说人家是被盈月的姿色迷惑，才来管闲事，甚至扬言要加高墙壁，省得关不住盈月的春色。

劝架的是几个在坊里中颇有威望的老者，都头发花白，齿落眼花，莫名被扣了个淫贼的名号，气得胡须乱颤，差点倒在地上起不来。

直到王苇离开，她才敢挑着担子出来做生意，可是即便站在闹市中，她也悲伤得不能自己，看到年轻的小夫妇牵手经过，更是愣愣地流下泪来。

"子进，即便如此，你也不肯帮忙吗？"灯火阑珊处，绯绡一袭白衣，芝兰玉树地立在辉光中，遥指着远处失魂落魄的盈月。

王子进本是惜花爱花之人，此时看前几日还满面红光的盈月，如今变得如同枯萎的落花般憔悴，哪里还能坐视不理。

他揉着肿胀的眼睛，急忙看向绯绡："快点告诉我，要怎样才能帮得上她？是说闲话吗？我去翻翻书，定能编出几个好故事。"

"不是让你说故事！"绯绡凤眼一瞥，白了他一眼，随即在他耳边低语了几句。

王子进表情凝重，连连点头。

秋风乍起，吹起了他的宽袍大袖，像是拉开了一场闹剧的帷幕。

从那晚开始，东京城的流言蜚语突然多了起来，流言听着就荒谬，但不知为何，却随着乍凉的秋风越传越盛。

王芾已经禁止盈月出门了，他每天一旦离开，就将盈月锁在家中，盈月终日以泪洗面，越发憔悴。他自己却经常在河边、茶舍、酒馆附近流连，直至天色擦黑之时才回来。

而且最近王芾越发暴躁，他甚至整夜不睡，坐在桌边，定定地望着窗外的月色。他已经很久没有理须梳头，脸上还长着青黑色的胎记，乍一看简直都不像个人。

"听说张家的老二是个贼，邻里丢的值钱物事，都是他偷的。""谁说的，明明是赵家的老三干的。""你见没见过盛家娘子，听说她过去是个花娘，前几年入了良籍，真有手段。"

木窗开着一条窄缝，凉爽的夜风丝丝吹入，安静宁憩，王芾却竖着耳朵听着风声，仿佛能从风里听到窃窃耳语。他越听越兴奋，索性将窗户打开，赤膊站在秋风中。

盈月蜷缩在被子里，看着行为乖戾的丈夫，吓得一动都不敢动，只能以泪洗面。

四

随着流言越传越盛，王芾终于坐不住了，他再也顾不上管妻子，一大早就跑到另一条街上的张家去骂，硬说张家老二是个贼，坊里间丢的东西都是他偷的。张家老二早已成家，搬离了东京，老大和父母被他气个半死，差点跟他打起来。

到了午后，他又跑到了赵家老汉家中，非说老头是个采花大盗。可怜赵家老汉瘸了一条腿，不要说采花，连走路都费劲，几乎被他骂得背过气去。

不过半天，他就搅得四邻不安，大家见他生得魁梧，又不敢拿他怎么办，只能默默忍耐。

可他刚一骂完，新的流言蜚语又起，这次又说钱家的女儿和刘家的女儿有私情，传得像煞有介事。

"真是不要脸，没出阁的女子，就跟别人眉来眼去，家里人也不知管管。""那孙家的儿子竟日日跟地痞混在一起，不学无术，定是他勾引那小娘子的。"

次日天刚刚亮出了鱼肚白，王苕就又着腰去孙家多管闲事。一通口沫横飞后，孙家人连连告饶，说家里只有两个闺女，早已出阁，不知他是在哪里听到的流言。

王苕像是得了失心风，每听到风吹草动就去管闲事，连卖油灯的生意都搁下不做。

原本宁静的里坊，几十户人家相处得其乐融融，这几日就像是被一杯水泼到了滚油里，炸得噼里啪啦，每天都有新的热闹可看。

这晚月色朦胧，王苕去街角听闲话未归，久未出门的盈月，悄悄披上衣服，遮住头面，溜出了家门。

今日午时，一只纸鹤居然像是有生命般振翅飞来，落在她的手中。她惊讶之余，展开了纸鹤，发现上面竟然写了几个小字：欲救夫君，亥时后巷无人处。

虽然又惊又怕，但为了王苕，她还是鼓起勇气，来到了信中所说的地点。

后巷昏暗，污水横流，遥遥可见，一个身穿白衣的美貌少年正负手站在月光下。他眼波如水，唇边似蕴着一丝笑意，一副轻松自在的模样，正是过去总光顾她摊子的白衣公子。

"公子说有办法救我官人，可是当真？"盈月看到绯绡，心中恐惧登时一扫而光，几乎要落下泪来。

"虽然我经常撒谎，可是为了那么好吃的鸡，也不能骗你啊。"绯绡轻轻地说，声音笃定沉稳，显然有十分把握，他掏出一个纸包，递给了她，"这里是朱砂，明晚你想办法将你家官人灌醉，但你千万不可睡着，到了子时，如果有人从他耳朵里爬出来，就将辟邪的朱砂撒在他的周围。"

"人？从耳朵里爬出来？"盈月讶异不已，声音都吓得微颤。

"没错，你记得要装睡，千万不要被识破。"绯绡拉起她的手，将纸包放入她的掌心，"他能否得救，就在此一举！"

盈月握紧纸包，像是握住了一个希望，刚想朝绯绡施礼道谢。却见眼前只有树影轻摇，月辉如银，哪里还有白衣美少年的影子？

流言越传越盛，王苕也闹得越来越凶，搅得四邻不安，鸡飞狗跳。坊里间的住户终于觉得不对劲，开始追查流言的源头，有人说这些都是听茶馆附近的一个书生说的，那书生鬼鬼祟祟，一只眼睛被打得乌青，一看就不是什么好人。

邻里们冲到茶舍中去围堵书生，可是忙活了一天，也没有看到他的影子。

当晚天色阴沉，乌云蔽月，王苪面色阴郁地坐在家中喝闷酒。他难得没有跑出去，因为今天竟然一整日没有流言蜚语可听。盈月小心翼翼地为他斟酒，手却轻轻颤抖，心跳得飞快，如奔马般难以平息。

很快王苪就喝得迷迷糊糊，倒头就睡，盈月握紧了手里的纸包，听着他的鼾声，紧张地等待着子时的到来。

莹白的月影，渐渐爬上了天心，一丝几乎轻不可闻的私语，随着夜风从窗缝中飘进来。

“你听说了吗？近日要有大事发生……”声音说到一半，突然不说了，十分吊人胃口。

盈月手心出汗，这声音在夜半听来，显得诡异可怕。

“听闻那卖油郎的娘子，实在受不了她得了疯病的官人，要跟人私奔了。”声音刻意压低，却盖过了王苪如雷的鼾声，清晰地传到了房中。

“是谣言，好想听啊，可是这蠢货睡得如同死猪，真是急杀我了！”一个细小的声音从王苪的耳中传来。

盈月紧紧地闭紧双眼，吓得一动也不敢动。

“没办法，只能自己走出去听了，反正只有一时片刻，应该不会坏事……”

盈月悄悄睁开眼睛，只见黑暗中，一个尾指大的小人，悄无声息地从王苪的耳中爬了出来。他敏捷得像个跳蚤，几下就蹦下床，钻出了窗缝。

她想到绯绡的叮嘱，一刻也不敢耽误，拿起朱砂就在王苪身边画了一个圈。

而在窗外，王子进正蹲在她家的墙根下，捏着鼻子说闲话，他边说边仔细观察墙头。只见一个极小的影子从墙头跳了下来，他忙扬起早已准备好的网兜，兜头就朝那小小黑影上蒙去。

“哇，有埋伏！”哪想到小人竟然十分灵敏，飞快地躲开了。

他几下就翻过院墙，钻进了王苪的睡房，想要再躲进王苪的耳中，可此时王苪身边全是朱砂，他再也回不去了。慌乱中他抬头望向盈月，哪知盈月双手抱头，将耳朵牢牢堵住。

“浑蛋，是谁在算计小爷？”他终于发现不对劲了，飞快钻出窗缝，翻过院墙，朝王子进扑去，那是他唯一的活路。

王子进正拿着网兜在墙下等他，见他跳下来，兜头就网。哪知小人一落地，骤然变大，居然变成了个小山般高大的巨人。

巨人浑身长着红毛，双眼大如红灯，一只脚都有一丈来长，匍匐在街上，将宽敞的街道都衬托得如同蚯蚓般细小。

王子进吓得目瞪口呆，手一抖，网兜跌落在地。

五

"怎么跟说好的不一样？不是个不到三寸的小人吗？"王子进眼眶乌青，两股战战。他觉得这次不光是挨揍那么简单了，可能连小命都会不保。

"谁说我小的？让你这呆子看看我的厉害！"巨人怒吼着一巴掌朝他拍去。

王子进只见一个磨盘大小的手掌当头压来，根本躲闪不及，只能抱头等死。哪想到等了半天没等到预料中的重击，却等来了一阵轻蔑的笑声。

只见绯绡正站在自己身后，手持玉笛，轻而易举地顶住了如小山般的手掌。

他一袭白衣在夜风中招展，宛如白鸟般轻盈飘逸。一张俊美的脸上尽是得色，仿佛站在面前的不是庞大魔怪，而是蜉蝣小虫。

"雕虫小技！也敢在本公子面前卖弄！"他飞快地旋转玉笛，转出了一个真空的旋涡。

巨人瞬间被卷入旋涡中，哀叫连连，身体飞快缩小，不过眨眼工夫，就变成了一个小人，瘫坐在绯绡的手掌中。只见他不过半寸大小，身穿一件小褂，表情沮丧，居然是个袖珍男童。

"这是个什么妖怪？"王子进见这小童有趣，也凑过来看热闹。

"是'耳中人'，寄生在人类和动物的耳朵中，以流言蜚语为食物的妖怪，经常在野外出现，市井中也有，但他会导致被寄生的人精神失常。"绯绡伸出长指，捅了捅掌心中的小童，"因为凡被他寄生的宿主，为了制造更多的流言，没事就找别人麻烦。"

"哦，这么说他虽然小，却是个大祸害？"王子进只见小童眼眶微红，似要哭出来。

"没错……还擅长挑拨离间。"

"这位公子，听我说一句……"绯绡话音未落，只见小童指着王子进道，"这呆书生很倾慕你，很想跟你云游四方，更是羡慕你的长生不老，别看他喜欢美女，其实他……"

小童刚说了一半，绯绡长指一弹，就将他弹了个跟头。

"你离开宿主，一炷香的工夫就会死吧？死到临头还在胡说八道！"绯绡红唇微翘，冷笑着道。

"你我无冤无仇，何必要逼我到绝境？"小童果然不再说是非，他阴沉着脸，表情变得狠辣，居然跟疯病发作时的王苇一模一样。

"那要问你自己了，好好地在野外过逍遥日子不好吗？非来这闹市中蹚浑水！"绯绡说着，五指一紧，就要将他活活捏死。

"不要！"王子进于心不忍，忙要阻拦。

可就在这时，他只见一个黑影如跳蚤般敏捷，飞快地钻出了绯绡的指缝，疾向他面门扑来。他要躲避已经来不及，只觉耳朵一痒，似乎有什么东西要钻进去。

绯绡冷哼了一声，手指在袖底微动。只见王子进的耳朵中骤然长出了两蓬白色的密密实实的毛发，堵死了耳孔。

"浑蛋，你居然在他耳中事先放了狐毛！"小童大叫一声，气急败坏地从王子进肩上跳下来。

他环顾了一下四周，突然在墙壁间纵跃，猛地扑到了一个阴暗的角落。

随即只听暗影中传来了一声惊呼，一个高大身影从巷子里惊慌地跑出来，那人英姿勃发，穿着件坠着皮草的锦袍，使劲地挖着自己的耳朵。

"哇！怎么是你？"王子进一见到他，立刻躲到了绯绡身后，因为这人不是别人，正是他们在琉璃楼的密室中放出来的白猿妖怪。

绯绡得意地捋了捋绸缎般的长发，凤眼中满含狡黠："怎么样？尝到了自作自受的滋味了？这种妖怪很少在市井出现，早就猜到是有人将他带入了城中，现在你也享受一下被流言蜚语包围的感觉吧。"

"浑蛋！我们之间的账，等以后再算！"青年恶狠狠地丢下一句话，身影轻轻一晃，就消失在夜风中。

"想跟我作对，也不掂量自己几斤几两！"绯绡看着他消失的地方，冷笑着说，"怪不得会被个书童算计，想不到竟笨成了这样！"

身后传来吱呀一声轻响，王子进回头看去，只见盈月满脸泪水，打开了自家房门。

她趔趔趄趄地跑到两人面前，对他们盈盈一拜。

而随后一个高壮的影子蹒跚着走出来，他头发蓬乱，衣着肮脏，朦胧月光下，脸上一个青黑色的胎记清晰可见。可是他双目澄明，面容平静，紧紧握着双拳，似乎心怀愧疚。

正是方才还失心疯一般的王苇。

"谢谢二位恩公……"王苇走到二人面前，扑通一声跪在了地上，堂堂七尺男儿，竟然眼含泪光，"其实我一直觉得自己貌丑，配不上盈月，所以一受妖怪挑拨，就按捺不住自己的心性了。"

"相公，我从未嫌过你啊，更没觉得你配不上我！"盈月激动地抱住了丈夫，"只要你清醒了便好，之前发疯的时候，我还以为你心中不再有我。"

两夫妻抱头痛哭，绯绡却长长打了个哈欠，显然是困了。他活了千年，早就看惯了生离死别，这种鼻涕一把泪一把的戏码，只会让他觉得厌烦。

"这位娘子，有句话，不知小生当不当说。"王子进见夫妻二人哭个没完，忍不住插嘴。

"公子是我们的恩人，有话尽管说。"盈月擦了擦泪水，抽噎着答。

"你相公之所以发疯，虽是受了妖怪的挑拨，但更主要的，还是因为实在太看重你了。"他摇头晃脑，颇有经验地说，"所谓爱是恨的来处，他如果不是爱你入骨，怎会有疯癫痴狂？"

两人愣了一下，随即王苇拼命点头。

"而且只有在真心喜欢的人面前，才会觉得自卑，在我看来，这位大哥身材魁梧，伟岸可靠得很啊！何必在意别人的说法？"他滔滔不绝，看着王苇道，"而且你发失心风的时候，人不人，鬼不鬼，你家娘子也半分没有嫌你，不离不弃，可见她对你用情至深，根本不会在意你面容如何。"

王苇愣了一下，感动地看向妻子，紧紧地握住了盈月的手。

"所谓众口铄金，积毁销骨。流言可畏，积非成是。生活是自己过的，如果活在流言之中，才真正可悲。"

眼见两夫妻和好，王子进觉得颇有成就感，得意地挺起了胸脯。

"子进，想不到你还是当和事佬的一把好手。"绯绡则懒洋洋地倚在墙边，眼角带风地看着手拉着手，互相擦眼泪的一对夫妻，"我只想知道，明天凉拌鸡的摊子，还会不会出？"

盈月破涕为笑，连连点头。王子进则摇头叹息，觉得他简直是块冷硬的石头，不解风情。

从此东京城中再也没有了古怪的流言蜚语，王苫恢复了正常，又变成了昔日辛勤劳作、心疼妻子的汉子，而且两夫妻更加恩爱，他的脸上时常挂着爽朗的笑容，连那块丑陋的胎记都变得不那么刺眼了。

盈月的凉拌鸡摊位前又变得客流如云，每天晚上，都有王子进拎着大食盒，在人群中排队的身影。

"你跟他们都混得那么熟了，就不能让她相公把鸡送到咱们住的客栈吗？"到了第七天，站得腰酸腿疼的王子进，终于忍不住抱怨。

"因为排队，可是吃鸡的乐趣之一啊！"绯绡拿出早已温好的菊花酒，宛如狐狸般眯着双眼笑。

"可排队的是我！"王子进朝他咆哮。

"所以我才说是乐趣嘛！"

"啊啊啊——"秋日澄明的夜空中，一个凄厉的声音冲破云霄，直达天际，是王子进绝望的哀号。

第六夜

花非花

春月朦胧，春水涌动。

一座破败的小庙，坐落在芳草深处。月光好似碎银，照亮了庙宇残缺的瓦片和斑驳的墙壁。

庙中的摆设也凌乱破败，无处不散发着寒酸之气。

蛛网密布的佛堂中，供着一尊泥金观音雕像，菩萨身上的漆彩剥落，只有面目平和从容，慈悲如昔。

"菩萨啊，求求你保佑我，心想事成……"一个瘦弱的身影跪在蒲团上，低声许愿。

那是一个梳着同心髻的少女，衣饰廉价而艳俗，做花娘打扮。她面容清瘦白皙，一双大眼睛深深地陷在眼窝中，漆黑幽森，宛如两口深井。

"我近日遇到了万家公子，祖上是做木料生意的，可我从未告诉他，我是烟花女子。如果不是家道中落，我也不会流落风尘……"她咬了一下嘴唇，继续说，"明明我跟万郎很匹配的，却不知该如何跟他开口坦白……"

夜风平地而起，吹得庙门咯吱作响，吹得草屑纷飞，让她几乎睁不开眼睛。

一个黑影，悄无声息地出现在了庙门前。

"如果，能完全抛弃这低贱的身份就好了……"小花娘完全没留意到门旁的影子，仍虔诚地对着菩萨磕头，"求您让我能嫁给万郎吧，这是我这辈子最后的机会，让我付出任何代价都可以……"

"你说的是真的吗？"黑暗中响起了一个沙哑低沉的声音。

少女吓得浑身一僵，忙回过头，只见庙门口正站着个衣衫褴褛的和尚。他头戴斗笠，遮住了面容，手托着个化缘的铜钵，听声辨形，似是个年迈的老僧。

"我问你，你说的付出任何代价也可以，是真的吗？"老僧敲了敲铜钵，声音中有金石之音，尖锐刺耳。

"是……是的，我不会后悔！"她双眸中隐含坚毅，咬了咬嘴唇，"只要能完全抛弃这低贱的、不堪回首的过去，一丝也不留！"

"我可以帮你……"老僧缓缓向她走来，从怀中掏出一个物事，递到她的面前，"拿着它，仔细收好，你的愿望会成真的。"

少女后退了两步，根本不敢接。

"嘿嘿嘿，如果你不想办法搏一搏，余生就只能在泥泞中挣扎。"

那是比死更可怕的处境，恐惧被更大的恐惧战胜，她打了个寒战，扑过去接过了老僧手中的物事，完全没细想，一个出家人为何会说出恫吓的话。

"我……我需要做什么吗？"她近乎急切地问。

"你只需把它放在枕边，每天子时，心中想着自己的愿望，慢慢就会发生变化。"老僧干笑了两声，"很快，你会连自己是谁都忘了，包括我们今晚的邂逅。"

"那报酬呢？不要报酬吗？"

"好好保管我给你的物事，至于报酬……"他朝少女扬了扬斗笠，任风吹起破败肥大的僧衣，"待合适的时机，我自会来取！记得，千万不要把它弄丢了！"

说罢他踏出了庙门，身影如夜雾般化入清风，只有明媚春月探出林梢，洒下淡淡月光，好似他从未出现过一般。

少女浑身虚脱地倚在门框上，过了许久，才慢慢离去。她脚步趔趄，在杂草里摔了几个跟头，但手中却始终紧攥着老僧送给她的物事，仿佛抓着的是个珍贵至极的希望。

林中很快恢复了寂静，破庙中再也没有虔诚跪拜的人，只有夜风呜咽。而神龛上的菩萨，纵然残破狼狈，脸上仍挂着一丝若有若无的微笑，宽容而慈悲。

一

恍然之间，深秋已至，枫叶染上白霜，清冽的冷风中，已经能感受到冬的气息。

东京城中日趋冷清，连集市上的人都少了许多。而喜欢看美人的王子进，也难得地坐在房中，烘着暖炉，抱书苦读。

可不读还好，翻了几页书，他才发现，经过一年玩乐，他竟把之前背过的书忘了个精光。以他现在的这点墨水，不要说三年，估计再考三十年，榜单上也不会有他的名字。

"唉，真是的……"他不耐烦地抓头，看向躺在暖炉边，边烤鸡腿边吃的绯绡，"你说我如此爱游山玩水，喜欢佳人，是不是小时候的错？"

"说来听听！"绯绡优雅地吃掉了一条鸡肉，懒洋洋地答。

"先说我父亲，我开蒙之时，他没送我去私塾念书，后来进了书院，也跟不上先生的讲授。我自小玩惯了，哪里坐得住板凳，就越来越散漫。"王子进像煞有介事地在屋中转来转去，边回想边说，"还有书院的对面就是个卖字画的，天天在门口挂些美人图诱惑我们这些学子，我忍不住就买了一些，结果越看越入迷，变得如此喜欢美人。"他说罢连连叹息，"如果能把这些经历从生命中剔除，搞不好我也会变成个闻名一方的才子。"

绯绡冷笑了一声，瞥了他一眼："真是有趣！我活了这么久，只见过人类将过错推给别人，还从未见过像你这样，将过错推给过去的自己的。"

王子进不好意思地笑了笑，好奇地问："绯绡，你有没有一种药，可以把我的过去抹杀，让我变成一个没有过去的人，重新开始呢？"

"有啊……"绯绡眼风如刀，轻轻地答，"再投一次胎就可以了。"

王子进默不作声，老老实实地坐回桌前，拿起书认真翻看，一个下午都没再说过胡话。

绯绡则钻进了厚厚的被子中，陷入了沉睡，睡颜英俊中透着秀美，纯良无害，哪里还有冷酷薄情的模样。

晚秋的夜总是来得格外早，申时刚过，天幕就宛如被水墨晕染，飞快地变成了蒙蒙的黑。街灯一盏盏被点亮，城中华灯初上，像是将整个星空搬到了人间。

王子进正专心读书，闻听耳边传来阵阵叩门声，他好奇地跑去开门，可一打开大门，脸色就吓得惨白。因为门外站着一个身穿青色衣袍，秀发披肩的俊美男子，而且还有一个梳着丫髻的女童，正扁着嘴跟在他的身后。

这美男子不是别人，正是每次出现都会带来麻烦的惹祸精青绫，而跟他不离不弃的女童，则是个有个苍老灵魂、永远不老不死的怪物六月。

"绯……绯绡，青绫来了！"王子进一见到他们，立刻头大如斗，但仍挤出虚伪微笑，呼唤绯绡。

"怎么不提前说一声再来？"绯绡也披着白衣，迎了出来，但即便蠢笨如王子进，也看出他眼底毫无笑意。

青绫一把推开王子进，姿态优雅地走进了房中，笑眯眯地答："如果提前通报，你会老老实实地在这里等我？"

"是啊，青绫还刻意隐藏了妖气，就是怕被你发现。"六月蹦蹦跳跳地跟在青绫身后，"这是我的主意，怎么样，还不错吧？"

绯绡但笑不语，只为他们倒了两杯茶水。

青绫接过茶并不喝，将水泼到地上，香茗一倒出杯子，瞬间就变成了两条白色的肉虫，好似春蚕。

"这不是害人的，只是想让你们睡个好觉。"绯绡见下咒被拆穿，居然仍面带微笑，脸皮奇厚。

"算了，上次你骗我的事情，从此一笔勾销，谁让我宽宏大量呢。"青绫摆了摆手，似乎不以为意。

王子进瞪圆了眼睛，绕着他转了两圈，仿佛第一次认识他似的。青绫一贯贪财，对于别人亏欠他的，不十倍讨还绝不会善罢甘休。上次绯绡以狐毛代替梦魂草摆了他一道，居然就这样轻描淡写地过去了，简直难以置信。

"你真的是青绫吗？是不是被什么附身了？"

"谁敢附我的身呢？你这书呆子，再多嘴就把你变成只猪卖了！"

王子进吓得把嘴闭得紧紧的，捧着书本躲到了墙角，唯恐真会被变成一只猪。

"你口中的'一笔勾销'，是指遇到了什么棘手的事，让我帮个忙，顶替了上次的事吧？"果然还是绯绡了解同类，一语道破了他的心事。

六月偏着脑袋，瞪着水汪汪的大眼睛，走到绯绡身边，抓着他的袍角哀求："绯绡，帮帮我们吧，这事十分难懂，我们想了很久也想不出原委，才来找你。毕竟狐狸里面，你是最聪明的一个！"

所谓千穿万穿，马屁不穿。绯绡没说答应，却不自觉地昂起了胸膛，扬扬自得。

"你们俩到底又遇上什么事了？说来听听。"王子进抱着书凑过来，毫无趋吉避凶的意识。

六月爬到了青绫身边，倚在他的身上，心情沉重地说出了最近两人的奇遇。原来月余前，扬州有个木材商家的主人生了病，高价悬赏能治病的名医，出的价钱能令世间所有人心动。

一贯对金钱敏感的青绫自然也听到了风声，带着六月赶到了扬州，可是没想到两人查了很久也没查出什么，那位主人只是单纯地陷入了沉眠，毫无妖怪作祟的迹象。

名医来了一茬又一茬，也找不出任何病患。唯一的欣慰是，悬赏的金额水涨船高，只要谁能令这位主人醒来，就能大发一笔横财。

"如果解决了，我们平分吧！"绯绡听六月说完，凤眼带笑，看向青绫，显然也对这件怪事产生了兴趣。

"四六，你四我六，毕竟是我带来的消息！"青绫跟他讲价。

"就这样吧，看在上次那桩事的分儿上。"两人很快达成了一致。

灯光下，他们不约而同地笑了笑，眼睛微弯，像两只狡猾的狐狸。

"小六月，我想跟你打听一下，这家里面可有佳人？"王子进悄悄问向六月。

"当然有，据说这家主人生病，就是因为家里的长孙执意要娶一位身份低贱的花娘，那位女郎貌若天仙，可美得很呀！"六月生怕他不心动，还眨巴着眼睛补充，"而且扬州除了富人，最著名的就是美女了。二十四桥明月夜下，随处可见貌美的玉人。"

"绯绡，我也去！"王子进一把丢掉书本，凛然道，"所谓读万卷书不如行万里路，我不能总是死读书，得跟你们去长长见识。"

各怀心事的一行四人难得达成一致，决定明日就起程，前往扬州。

二

次日阴雨绵绵，冷风凄人。四人来到了汴河码头，乘上了青绫以低廉的价格包来的船。

船篷四面漏风，驶到河心处，恰逢大雨，浇得四人皆成了落汤鸡。

热爱享受的绯绡长发尽湿，脸色越来越冷，如果不是在运河之上，怕是就要跟青绫动手打架。

青绫对他刀风般的目光视而不见，时而望望天，时而看看河水，更多的时候，则是掏出了钱袋子，掂了又掂。

所幸船顺水南下，天气转暖，当和煦的阳光照亮了乌篷船，人心底的阴郁也一扫而光。

渐渐河中出现了画舫游船；岸边的柳堤下，有窈窕的女子结伴赏秋；微凉的风中，偶尔也夹杂着一两句婉转柔媚的歌声。

王子进兴奋地站在船头眺望，知道扬州就要到了。

当日傍晚，小船就抵达了扬州城，即便即将入夜，码头上仍喧嚣熙攘。

随处可见金发碧眼的胡商和皮肤黝黑的昆仑奴，跟东京城带着严谨和秩序的热闹不同，这里的气氛更绚烂奢华，无处不流露着金钱的气息。

王子进一双眼睛像是不够使，跟在绯绡和青绫身后，拉着六月的手，向木材商家中走去。

据青绫说，这户人家姓万，祖上出身北地，以伐木工起家。后来在扬州开了家木料厂，生意越做越大，将木头制品通过运河运向了四面八方，不过短短十几年，就几乎垄断了整个扬州的木料市场。

如今主事的主人突然病倒，家里家外都乱成了一团糟，已经有竞争对手开始拉拢子孙辈，怂恿他们趁机分家自立，好瓦解万家。

"所以万家才肯出高价让人来为家主医病，皆是因为形势已经失控。"青绫兴奋地搓着手，"最好再乱一些，悬赏的价格还能往上提。"

"可是发生这种事，难道不该尽力隐瞒？怎么会宣告得路人皆知呢？"绯绡仍有些不解。

"听说起初也瞒过，可不知是谁走漏了风声，再也瞒不住了。既然如此，还不如高价悬赏，搞不好还能有一线生机，总比之前偷偷摸摸地找郎中看病的好。"青绫说着，脚步不停，一路带着他们走到了上城。

跟罗城的人来人往不同，上城的宅邸明显大了许多，路面宽敞干净，可行人却稀稀拉拉，甚至一路走来，竟然能够看到价格昂贵的马车。

王子进跟在这两位美少年的身后，很快就来到了一户大宅前。远远望去，只见宅院门口围了几名江湖术士，院内更是冒出一股香烛味，哪里像户富贵人家，倒像是到了座庙前。

青绫上前跟守门的说了两句，显然跟这家人混得极熟，守门人连通报都没通报，就让绯绡等人走进了宅院。

出乎意料，院子里的陈设极为简单，只有奇花异草，在秋风中争相绽放着最后的光华。根本没看到富人家惯有的亭台楼榭、假山珊瑚，一路上只看到了几处木质景观。

"这家的主人不喜奢华，但是出手却极为大方。"青绫为他们解释，"而且近日因人员繁杂，女眷都搬离了主屋，进出才如此容易。"

四人刚刚走入内院，就有一位身着仆人衣服的中年管家来替他们引路，青绫一路对绯绡大加赞赏，管家却愁眉紧锁，连乐都乐不出来，显然已经绝望。

院子里有道士焚香画符，有和尚在念经祝祷，还有巫师在跳舞驱邪，比夜市里的杂耍还热闹几分。

管家详细地跟绯绡讲解了主人家的病情，丝毫没有怠慢。

听他说来，主人发病的前一晚，跟长孙吵了一架，因为年少气盛的万公子非要娶一位身份低贱的绣娘为妻。

如果光是如此就也罢了，更气人的是，有人经多方打听，那绣娘根本就是个风尘女子，是遇到了万公子后才想办法脱离了贱籍的。

可万公子从小养尊处优，心思单纯，任家人们说破了嘴皮，也不相信自己的心上人是个流莺歌女，跟自己的家人据理力争，结果一番大闹后，就将万家的顶梁柱气病了。

王子进转了半天也没看到一个佳人，听他们说得无聊，百无聊赖地打了个哈欠。

"这位公子，此处就是主人的卧房，最好越少的人进去越好，免得叨扰。"管家谨慎万分，连说话的声音都压低了。

"绯绡，你跟子进进去看看吧，我跟六月之前进去过。"青绫拍了拍绯绡的肩膀，俊脸上满是凝重，再也没有了平时的嬉皮笑脸。

"我是不是可以不进去啊？我只是来帮忙的，进去了也没用……"王子进一想到里面躺着的是个将死的病人，就开始打退堂鼓，他来扬州是看美人的，谁要看什么活死人？

可他话刚说了一半，就被绯绡提着脖颈拎进了房中。

一进房间，扑面而来就是一股药香，只见卧房中的陈设皆是名贵楠木或者酸枝木制成，几个婢女小童正忙着熬药，看样子是打算以药气为自家主人做熏蒸。

药气萦绕中，可见那些木头摆设颇为有趣，靠在墙边的貌不起眼的五斗橱，一拉开门，竟然四面展开，变成了个能装上百个药瓶的隔箱。

条桌也暗藏玄机，一个婢女见桌上已经摆满了药材，轻轻一拉，从桌面下又拉出来了一截，变成了个圆桌。

王子进看得颇为惊异，终于明白，这万家的木材制品为何会垄断扬州，全靠这些心思巧妙的设计。

他跟在绯绡身后，来到了床榻前。只见重重锦被中，正躺着一个形容枯槁的人。那人双颊塌陷，脸色蜡黄，显然已经病了许久，几乎就是个骷髅了。

王子进只看了一眼，就别过了头，不想再看。

倒是绯绡仔细地端详着这位濒死的病人，剑眉微蹙，漂亮的丹凤眼中满含专注，似乎想要找出蛛丝马迹。

屋子里闷热而潮湿，药气蹿入鼻翼，让他几乎无法呼吸。王子进待了一会儿，就觉得气闷难挨，几乎要晕倒在地。

他忙跌跌撞撞地向门口走去，临出门前，似乎听到绯绡轻轻说了一句："奇怪，怎么会有这种东西？"

他刚想问是什么，脚下就被门槛一绊，重重跌出了卧房。

三

"呀，子进，何必向我行如此隆重的大礼？"他扑通一声趴在走廊上，正摔在青绫面前，青绫扶了他一把，调侃地笑。

可他不笑还好，一笑起来院子里满院子的巫师僧侣都看向他的所在。此时王子进摔得浑身灰土，头巾掉了一半，好似只斗败的公鸡，格外狼狈不堪。那些人碍于主人家的悲惨处境，只能拼命忍笑，憋得脸色涨红，滑稽无比。

王子进手忙脚乱地爬起来，看他们怪异的表情，登时羞得无地自容，这比被骂一顿更让他难受。

他脸色通红，结结巴巴地说了句"告辞"，拔腿就向后院跑去。

不知跑了多久，他才停了下来，只见自己已经跑出了万家大宅，正站在后门的小街上。此时天色方晚，月影刚刚爬上林梢，灰蓝色的天空中，点缀着几枚碎钻般的星子，而西边的天空中，还有一抹紫红色的瑰丽霞光，依依不舍地挂在天边。

此时并非白日，也并非黑夜，让他恍然有一种身处时空边界的错觉。

"这正像是现在的我……"他望着东边月影，西边晚霞，不无感慨。他跟绯绡结为好友，岂不正是游走于人妖两界之间？

"嘻嘻嘻，真是有趣！"

他正在感怀心事，却听不远处传来娇俏的笑声，只见一个圆圆的小脑袋从对面街的墙角探了出来，又飞快消失了。

王子进愣了一下，随即拔脚追了过去，可到了跟前，那人已经不见了，高墙与高墙中，传来了细碎的脚步声，显然还没走远。他循声而去，很快就走到了死胡同里，仍然没有看到任何人。

他打量了一下周围，只见右侧的墙边放着几个装杂物的竹筐，似乎是哪家的园丁扔出来的。他眼珠一转，蹑手蹑脚地走到了一个筐前，一把掀开，只见里面正蹲坐着一个身穿桃红色襦裙、淡蓝色上衣的少女。

"呀，被你发现啦！真不好玩。"少女吐了吐舌头，一点也不害怕，站起来扑了扑裙子上的尘土，转身欲走。

"等等！"王子进忙叫住她，"我有事问你。"

少女驻足停步，瞪着一双乌溜溜的大眼睛，偏着脑袋看他，似乎十分诧异。

"你……你为什么要笑我……"王子进想到万家院子里那些人忍俊不禁的样子，越发自卑，"我……我真的那么好笑吗？明明不认识，你也笑我。"

"没有啊，我笑的不是你，是我自己！"她笑着回答，"刚才看你怅然若失的样子，跟我的心情不谋而合，所以才笑出来了。"

"你是什么心情啊？"

"跟你的一样啊！"她仍面带微笑，迈着欢快的步伐，走出了巷中。

此时天已经完全黑了，秋夜广阔深邃，星月争辉，似乎多看几眼，连人的灵魂都会被吸进去。王子进不愿回到万家大宅受人讥笑，在扬州又没有落脚之处，站在街头徘徊，不知该去往何处。

"喂，请我喝杯酒吧，我叫花蕊。"本已走远的少女又折了回来，俏生生地站在高墙下，笑看着他。

王子进阅美无数，可此时流落在异乡街头，形单影只，竟恍然觉得这少女的笑容美艳不可方物。

她虽不是绝色，但浑身散发着勃勃生机，笑起来也不似其他女人般以袖掩嘴，露出雪白的编贝细齿，如初升的晨晖般绚丽夺目。

"好呀！"他点了点头，跟在花蕊身后，"我叫王子进，你叫我子进便可。"

"子进啊,好名字!取名的人是要你天天上进吗?"花蕊又开他玩笑。

"惭愧、惭愧,小生太过贪玩,辜负了家人的期盼,一点也不上进。"王子进不好意思地挠着脑袋。

花蕊脚步轻捷地走在前面,她对扬州城似乎十分熟悉,七拐八拐就带他离开上城,走上了一条青石板路。扬州临水而建,城中水道交错,石板路的一边是沿河而居的住家,而另一侧就是曲折的河道。

有窈窕的女子在河中洗衣,还有人乘船悠悠荡过。月光水影交相辉映,宛如水墨画般静谧迷人。

"王公子,我们去船上喝酒如何?"花蕊见一个艄公撑着长杆缓缓驶过,也不待王子进同意,就招了招手。

王子进还有些犹豫,但看她一个姑娘家都对自己毫无戒心,如果自己处处多疑,未免显得小气,只能提着袍子,跟在花蕊身后,坐进了小船。

船上有简单酒菜,两人点了一坛女儿红,就着天上明月,潺潺流水,对饮起来。

"其实,我守在万家门外,是为了等人的。"两杯暖酒入喉,花蕊面色绯红,轻轻地说。

王子进见她神色哀伤,不便多问,只为她将空了的酒杯斟满。

"公子如何不问,我等的是谁?"她眨巴着大眼睛,好奇王子进的沉默。

"因为你心中苦闷,只想找人倾诉,偏巧遇到了素不相识的我。"王子进喝了杯酒,微笑着答,"即便说出再多的心事,也不会妨碍你的生活,我又何必多嘴?反正放下酒杯,走出这小船,你我又是天涯陌路人。"

"陌路人吗?说得好!"花蕊轻轻拊掌,拍手笑道,"我等的就是万家的公子,名唤万云骏的那位,我们是在一个下雨天,因借伞相识。后来又见了几次面,聊得十分投机,可是近日他却不来我们约会的地方找我,我实在等不及了,才来万家日日守候。"

"姑娘是担心万公子会变心?"王子进听她说了一半,就已猜到她的身份,想必她正是万家长孙极力要迎娶的绣娘,"姑娘尽可放心,万家主人最近卧病不起,家中乱成一团,等他处理完家务事,自会来找你。"

"是吗?我还以为他是嫌我身份低贱……"花蕊叹息一声,轻轻把玩着酒杯。

酒色染红了她白皙饱满的脸庞,好似两朵彤云,衬得她容光艳丽,眸色更深,几乎可以算得上是个美人了。

王子进看着她的容颜,不由得愣了一下。他时至今日,才终于明白,美人之所以美,在于内心的百转千回，愁绪万结。

毫无经历的女人，即便再美，也如浮光掠影，令人转眼即忘。

"王公子，我再告诉你一个秘密。"花蕊喝了两杯酒，话更多了，"其实我骗了万郎，只说自己出身贫苦，却没有告诉他，其实我是个卖酒的花娘。"

"他不会介意的。"王子进听人讲起万云骏大闹家门的壮举，连连摇头。

"还有，我无论如何想不起自己住在哪里。"

"啊？"这次王子进笑不出来了，端起酒杯的手也僵在半空。

河中波光粼粼，河边花影摇动，有歌女倚在桥栏，柔声软语，唱出离别的曲调。王子进愣愣地看着花蕊明媚的容颜，竟觉乱花迷眼，不知这少女究竟藏了多少秘密。

四

万家大宅中，绯绡快步走出了病人的房间，到处找不到王子进的踪影。他闻着王子进的味道，追到了后院，却见青绫也正在月下徘徊。

"哎呀，子进不见了，我看他红着脸跑到后院，还以为他是怕人，一会儿就会回来。"青绫抱歉地看着绯绡，"不过他应该走不远，很容易就将他找回来。"

"好吧，刚巧我也要出去找个东西。"绯绡皱着眉道，"如果没猜错，万家主人的病因，就在于此。"

"这是什么？"青绫十分讶异，他全部心思只在昏睡的病人身上，根本没留意别的。

绯绡伸出手掌，只见他掌中托着一个三寸见方的盒子，盒子边缘磨得变成了淡淡的黑色，显然经常被人把玩。

"这是……"青绫奇怪地问。

绯绡打开了盒盖，只见盒子中空无一物。青绫想了一会儿，突然像是明白了什么，眼中现出慌乱神色。

"必须尽快找到，否则万家主人必死无疑。"绯绡似看透他的心事，点了点头，语气凝重。

两个美少年再也不敢耽搁，青绫衣袖一展，袖底翩然飞出一只白色纸鹤。纸鹤飞速变大，很快就如同一艘小船般大，青绫和绯绡跳上纸鹤的脊背，青绫一声呼啸，纸鹤振翅而飞，载着他们缓缓飞了起来。

它越飞越快，眨眼间就冲上云霄，消失在扬州城清辉万里的夜色中。

夜色渐浓，月光越发明亮，正如诗人所说，"天下三分明月夜，二分无赖是扬州"。月辉下的扬州，比白日的纸醉金迷更添了几分神秘，街边灯光闪烁，火树银花，拱桥上有少女身姿翩然地走过，宛如仙子夜游。

王子进坐在小舟中，顺水而下，却无心欣赏着这月下美景，皱眉看着花蕊，不知该如何是好。

"王公子，别那样看我。"花蕊倒了杯酒，跟他手中的酒杯碰了碰，将杯中酒一仰而尽，失望地说，"你我萍水相逢，本是缘分，所以我才将真话说给你听，想不到你竟然会怕我……"

"姑娘喝多了。"王子进也喝了口酒，只觉舌尖苦涩，欲哭无泪。

他在如此良辰美景下，偶遇佳人，本以为会有场艳遇。哪想到这姑娘不仅是万家公子的未婚妻，脑子还不灵光，看来他果然是八字不好，遇到的美女都没有正常的。

"所以我才说王公子像我啊，刚刚你站在街上，那种怅然若失的样子，简直跟我一模一样。"花蕊喝多了，话也多了起来。

"明明一点也不像！起码我还记得家在哪里！"

"其实我还有一个最大的秘密。"花蕊笑嘻嘻地看着他，"你想不想听？"

"一点也不想！"王子进立刻觉得头大如斗，连连摆手，"姑娘累了，我们快回去吧。"

"等我想清楚了才能回去呀……"她迷迷糊糊地一把抓住了王子进的衣袖，"不然你带我回万家吧，我正好去找万云骏问个清楚。"

王子进忙吩咐艄公靠岸停下，掏出身上所有的银子付了船资和酒菜钱，跌跌撞撞地扶着她走到了街上。

青石板路沿河而造，曲折蜿蜒，走着不少夜游玩乐的人，他们看到王子进和花蕊相互依偎的样子，都不约而同地掩嘴微笑。

花前月下，少年和少女情到浓处，难免会有失礼节。可是他们看起来丝毫没有猥琐，只令人觉得青春美好。

"不！不是你们想的那样！我真的跟她不熟啊！"他看着路人们暧昧的眼光，恨不得立刻跟这个头脑混乱的醉酒少女撇清关系。

而就在这时，风中传来了叮当叮当的轻响，是化缘的僧人在敲着铜钵。

王子进回头看去，只见一个衣衫褴褛的老僧，正在换个向路上的行人讨饭化缘。在东京城的夜市中，也时常有僧侣出没，他见怪不怪，不以为意，只想如何摆脱花蕊。

"嘻嘻嘻，我没说的秘密，你真的不想知道吗？"花蕊抱着他的胳膊，根本不肯撒手，娇滴滴地问。

"说吧，说吧……"王子进只能哄她，"说完了，我就把你送到万家怎样？我让绯绡把万云骏弄出来见你，他那么有办法，一定会让你们见上面的。"

摆脱一个烫手山芋的最好办法，就是将它甩给别人！这是他自小就懂得的道理。

"那个秘密就是，一直有个和尚跟踪我，我走到哪里，他就跟到哪里，他是不是为我动了凡心呢……"她像只偷了灯油的小老鼠，边说边不好意思地咯咯笑起来。

王子进面色一僵，指着在他们身后化缘的老僧："你说的，该不会就是他吧？"

花蕊眯着迷离醉眼打量了一下老僧，他那肮脏的僧袍，掩藏在斗笠下的面容，肯定地点了点头："没错，就是他！"

"你确定他会为你动凡心？"王子进白了她一眼，"看他那把年纪，估计已近古稀，心还能跳几年都不知道。"

"刚巧你陪着我，他不能拿我怎样，我倒要问问，他总是出现在本姑娘的周围干吗？"

花蕊说罢，叉着腰就向老僧走去，挺胸昂首，气势宛如一只赌场上的斗鸡。王子进想要拦她，却根本拉不住，她三步两步就走到了老僧面前。

老僧不再化缘了，他将铜钵放进宽大的僧袍中，伫立在路中央，衣襟在夜风中飘飞。青石板路在月色辉映下，发出水色般的光芒，像是一条河从他脚下蜿蜒流过，而他则像是河流中亘古不倒的礁石，浑身都散发着坚毅肃杀的气息。

"喂！别去啊……"王子进见老僧举止不凡，心中隐隐觉得不妙，就要拉住花蕊的衣袖。

花蕊却脚步轻捷地跑到了老僧的面前，纱衣在王子进指间一荡而过，她叉着腰，横眉怒目看着年迈的僧人："快说，你每天鬼鬼祟祟，跟着本姑娘干吗？"

老僧并不回答，仍微微低着头，站在路中央，只有僧袍随风舞动。

"你是哑巴吗？我倒要看看，你到底是个真和尚还是假和尚。"花蕊说罢，就要去掀他的斗笠。

刹那之间，王子进看到老僧藏在斗笠下的脸动了动，好像是在笑，似乎十分期待着花蕊的接近。

"小心啊！"他心底涌起了一丝不祥的预感，使尽全身的力气，扑向了花蕊。

此情此景，让他想起了跟雪奴分别的时候，老僧的笑容，竟然跟吞噬掉雪奴的妖魔们一模一样。

一阵阴风从二人的头顶刮过，王子进抱着花蕊在地上打了两个滚，才看到那是老僧手中的佛杖。之前他把这沉重武器藏在了僧衣下，趁花蕊不备，才出手攻击。

"你这和尚，也忒狠毒，居然对一个小姑娘下此毒手！"温文尔雅如王子进，也忍不住破口大骂。

老僧恍若未闻，举起禅杖，再次向花蕊打来。王子进翻了个身，用自己的身体护住了娇弱的少女。

就在这时，只听人群中起了喧哗，随即平地卷起一阵飓风，吹得禅杖偏离了半分，发出当的一声巨响，滑过王子进的肩膀，重重砸在了地面上。

坚硬的石板路被砸出了个大坑，王子进吓得拉着花蕊爬起来。只见一只巨大的白鸟落在二人身边，而方才那阵风正是白鸟挥动双翼而起。

鸟背上端坐着两个美貌少年，一个身穿白色绫纱长袍，一个着青色锦衣。白衣的英俊中透着秀美，青衣的则显得更加年长沉稳一些，正是绯绡和青绫及时赶到。

王子进死里逃生，见到他们又惊又喜，几乎就要落下泪来。

五

青绫手指微动，白鸟长鸣一声，将二人送下鸟背，随即振翅飞上高空。不过一会儿，已经变成了一个巴掌大小的纸鹤，飘飘荡荡地落入了青绫的手中。

此举立刻引来围观路人的一片哗然，甚至有人还情不自禁地鼓起掌来，这些人只是寻常百姓，哪见过狐妖施法，还以为是哪家的杂耍班子在街头表演。

老僧丝毫不为所动，举起禅杖，再次向花蕊砸来。

绯绡身影微动，伸出玉笛，轻轻巧巧地托住了重达千钧的铜杖，似乎不费吹灰之力。

"这和尚是疯了吗？居然敢当街打人！"花蕊瞪圆了眼睛，竟然毫不畏惧，还要冲上去跟他理论。

王子进见她不知死活，一把抱住她的纤腰。

"子进，带着这姑娘快走，千万不要被和尚缠上。"绯绡朝他使了个眼色，眼底竟有几分担忧。

"我们为什么要逃啊？我看你明明占了上风……"王子进困惑地问，他话音未落，老僧已经将沉重的禅杖抡成一个满月，第三次砸向花蕊头顶。

王子进进身后就是河水，根本躲无可躲，避无可避，眼看只能硬生生地挨下这一杖。

可就在这千钧一发之际，绯绡扬起衣袖，袖底起了一阵风，平平地托着他们二人飞向河面。

两人被飓风包裹，好似离枝的黄叶般轻盈，在月光水影中翩然飘飞。

老僧的法杖哐当一声砸上了桥栏，青石栏杆登时塌了一截。他见王子进带着花蕊离开，也不再跟绯绡和青绫缠斗，斗篷一扬，将禅杖收起，顺着河沿，向王子进的方向跑去。

"子进，我对付这老家伙虽然容易，可这少女必须要想起自己是谁，才能解决这一切。这是她自己的业障，别人无法帮她。"

秋风中，绯绡面如冠玉，轻轻地对着王子进的方向说，他的声音很轻，近似喃喃低语，却一丝不落地全部送到了王子进的耳边。

"佛曰：种如是因，收如是果，一切唯心造。如果她最终收了个恶果，也怪不得别人。"

说罢他拾起一片掉落在地上的黄叶，手指微弹，黄叶翩然飘飞，准确地落入河中，化为一叶扁舟，稳稳地接住了下坠的王子进和花蕊。

王子进掉落在船上，眼见绯绡的身影越来越远，那抹象征着希望的白色，像是随波逐流的花瓣，渐行渐远。

"绯绡，不要抛下我啊！"他急切地喊，可是绯绡仿佛没听到一般，眺望着他的所在，过了一会儿，转身离去。

这是他跟绯绡相识以来，第一次被绯绡远远推走，心中酸涩难过，又有百种凄凉，仿佛孤零零地被丢入了荒无人烟的沙漠。

"你的朋友好厉害啊……"花蕊跌入船中，似摔到了腰，艰难地爬起来，突然看到了王子进哭丧的脸，"你怎么这么伤心，是因为跟他分开了吗？"

"才不是。"王子进揉了揉发酸的鼻子，不好意思地否认。

"可是人生就是这样啊，人们都是因缘起而聚，缘尽而散。"花蕊的酒似乎醒了，说的话也不再语无伦次，她扁着小嘴，认真地说，"就像'明月隐高树，长河没晓天。悠悠洛阳道，此会在何年？'这首诗所流露的意境，是我最喜欢的。明明说的是别离，却毫不悲伤，因为每次分离，都是团聚的伏笔。"

王子进听她吟诗，竟满腹疑惑，这些颇有道理的话，怎么看也不像出自一个小小花娘之口。

"你之前读过书啊？没记错的话，这是陈子昂的《春夜别友人》。"他忘记了悲伤，坐在花蕊身边，好奇地问。

"是吗？我只是刚刚跟你聊着聊着，觉得这首诗就在嘴边，就随口说了出来。"她也很困惑，可是还没等想起什么，就慌张地看向周围，"我们到底是在哪里？"

只见河道越来越宽广，河水如绸缎般蜿蜒到远方，岸边的景色越来越荒芜，灯光稀稀拉拉，连熙攘的行人都消失不见。这条小船竟然在不知不觉间，顺水漂出了扬州城。

"不是说扬州很大的吗？怎么才说了几句话，就到了这种地方？"王子进发现周围的变化，也吓了一跳。

"而且扬州城中河道是相通的，如果我们没出城门，只会在城内的河流中转圈，根本不会来到郊外。"花蕊趴在船舷，细细地观察水流。

她白皙美丽的脸映在河水中，碎了又聚，像是水中月、镜中花般缥缈而难以捉摸。

而小船的船头悄无声息地掉了个方向，船上并没有艄公，甚至连船桨都没有一柄。可它却像是被赋予了生命，轻捷无声，而又义无反顾地，奔向了命定的终点。

就像每一条注定要流入大海的河流。

"让子进这么走了，你真的放心吗？"扬州城的月光下，青绫和绯绡并肩漫步，他好奇地问，"你不怕他们遇到危险？毕竟那怪物也在追他们。"

"船是我变化出来的，既然是无中生有之物，必然有其缺陷。"绯绡看向桥下的潺潺河水，"它的航向由意志坚强的人带领，如果那少女的意志强于子进，就会带他们去她曾留下最多感情的地方，反之亦然……"

"哎……"青绫听他说了一半，只觉额上冒汗，"你是想看看子进是不是会想你吗？我可以告诉你，他估计跟那位小美人多说两句话，就会将你这个精光。"

绯绡俊脸一沉，面含霜雪，冷冷地瞪了青绫一眼。

但随即他抬起了手，只见他尾指上正缠绕着一根白色的，若有若无的丝线，丝线绵延到河道上，顺水而下，在黑夜里格外显眼。

"你以为我是白痴吗？我当然了解那个呆子，所以在他落入河中的一瞬，抽取了他的思绪，只要他不停思考，这根线就不会断，我们自然可以找到他们……"

他刚说到一半，丝线就随风晃了一晃，居然凭空断了，只剩下一小截寸许长的线头，留在他青葱般的玉指上。

"你不是白痴，奈何要追踪的人却是白痴啊！"青绫忍俊不禁，捂着肚子笑了起来，几乎没法站直。

绯绡愤怒地揪下了手指上的线头，一掌重重拍在了栏杆上，他望着纵横交错，好似蛛网般的河道，漂亮的丹凤眼中满含焦虑，似在为王子进叵测未知的前途担忧。

小船之上，王子进确实没法思考了，水流越来越急，船上颠簸不停，吃下去的酒菜如翻江倒海般在肚中翻滚，在经过一个狭湾时，他终于再也忍不住了，趴在船舷上呕吐不停。

"你怎么吐成这样啊？"花蕊一边为他拍背，一边面露嫌弃。

"小生……小生很少坐船啊，麻烦姑娘了……"他刚说了一句，又一口酸水奔涌而出。

花蕊忙一把将他的脑袋推向了河水："哎呀，千万别吐在船里，脏死了。"

"你……你真是没同情心，亏我还请你喝酒吃菜……"

"哼，想请我喝酒的人太多了，毕竟我也是出身于名门望户，提亲的人差点踏破门槛。"花蕊眯着眼睛，笑嘻嘻地炫耀，语气颇为自得。

她脸上在笑，眼底却满蕴悲伤，望着洒满月光的河道，视线仿佛顺着江天流水，看到了那遥远的，无法企及的过往。

六

"谁知道你是说真的还是吹牛……"王子进根本没把她说的话当真，毕竟她连自己住在哪里都不知道，怎么能记得这么久远的事情。

她气不过，又叉着腰站起来，漂亮的大眼睛瞪得好似铜铃："我才没吹牛，我十岁那年生了场大病，差点死掉，病愈之后，我娘还出巨资修缮了镇上的观音堂。"

"是吗？反正几乎每个小镇都有观音祠堂，谁也无法追查，你说有就有吧……"王子进说完，又扑到船舷上吐个不停。

河流越来越宽，水波渐缓，小船稳稳地顺水而下，总算不再颠簸。王子进终于停止呕吐，他浑身瘫软地倚在船舷上，只见小船竟然越驶越慢，最终停泊在一个简陋的木质码头前。

"我们上前看看，这里好像有点眼熟。"花蕊毫不畏惧，提着裙子跳上了木板，咯吱咯吱地走到了岸边。

王子进见她胡闹乱走，只能爬起来追上她，边跑还边叫："你是吃什么长大的？难道不懂害怕的吗？"

"如果对什么都畏手畏脚，那人活着还有什么意思？"她高声回答他，"就算我在花楼中干的是卖酒的苦差事，也从来没放弃过对生活的希望呀。"

他本想反驳，可细细想来，她说的胡话竟有几分道理，而自己也是因为不甘于平庸，才跟着绯绡踏上了与妖共舞的冒险之旅。

生命的精彩就在于它的纷繁广阔，而并非一成不变。

他看着花蕊窈窕的背影，轻快的步伐，终于明白那万云骏为何宁可跟家里闹翻，也坚持要娶她了。

码头旁就有一条宽敞的路，直通向一个临水的小镇，一棵参天大树下立着块青石，上书"临江镇"三个大字。

"看，我方才说的，就是这个镇。"花蕊喜不自胜，轻轻拍手。星光下，她神采飞扬，连那身桃红色的襦裙都变得飘逸可人，不再那么俗气刺眼。

她蹦蹦跳跳地沿着路走下去，果然很快就看到了一个小镇。

此时刚过亥时，尚有几户人家亮着灯；一个小酒保正在收幌子关门；还有个卖扁食的老汉，挑着担子挨家叫卖；时而还有几声鸡鸣狗吠响起，镇上一幅静谧安宁的景象。

花蕊似乎十分熟悉小镇上的道路，带着王子进在一户有院子的人家停下。那户人家的围墙皆由青砖砌就，大门包铁，檐下的瓦片都是簇新的红瓦，显然是个颇有财势的人家。

她站在院外，看着墙上一簇晚开的蔷薇娇羞地探出了头，满怀眷恋地踮起脚，朝着花开的方向轻轻嗅了嗅。

"你……该不会是真的想起了自己的住处了吧？"王子进看她这陶醉的样子，怎么也不像在撒谎，小心翼翼地问。

"坐上小船顺水而下的时候，很多画面就出现在我的脑海中。"花蕊伸出双臂，在墙外转了两圈，微笑道，"没错，这就是我的家，我就住在这里。我一定是被人拐卖了，才沦落风尘，我终于找回来了！"

她越说越激动，跑过去就要敲门。

"等等，莫急！"王子进隐隐觉得不对，上前一步去阻拦她，可是花蕊性子很急，已经叩响了门环。

悠扬的叩门声在夜风中回荡，仿佛一声声充满期盼的呼唤。

天边云丝恍如愁绪，越聚越多，吞噬了月影，遮蔽了星子，铺撒了整个天幕。凉风乍起，一场秋雨欲来。

"绯绡，你在找什么啊？"青绫坐在灯下，好奇地看着绯绡在一堆纸中翻来翻去。

他们失去了王子进的踪迹，回到了万家。一贯最讨厌读书念字的绯绡，却找到管家要来了自万家家主生病后一个月以来的荐函。这些人有的是名医，有的是颇有名望的僧人，还有些是巫术高强的巫师巫女。

他挨个翻看，专注而认真，十分有耐心。

"这些人除了郎中外，都是骗子啦！"青绫不耐烦地挖了挖耳朵，撇着嘴说，"明明有两只狐妖进门，他们居然毫无察觉，个个都是睁眼瞎。"

"是啊，有这工夫，还不如去找子进呢。"六月也无法理解他，偏着脑袋看热闹。

"差不多了！"绯绡突然放下了手中所有的信件，将它们堆成了一座小山，"我刚才在信上做了标记，看看能不能找出特别的那封。"

他说罢掏出玉笛，轻轻敲了敲纸山。

所有的信都飘飘然然地飞到了半空中，在屋中旋转飞翔，它们越飞越快，渐渐生出一根根丝线来。宽敞明亮的客房，刹那间就遍布银丝，好似蜘蛛的巢穴。

银丝在灯光下熠熠生辉，流光溢彩般美丽。

"你是在找人的思绪啊！"青绫此时才明白他的用意。

"正如你所说，没人会停止思考。这些人大多数都是骗子，写这些毛遂自荐的信的时候，必然绞尽脑汁，所以上面都寄托了写信人的思绪。"绯绡伸出手，将一根根银丝缠在指间，信一封封被他捞到手中，他红唇微翘，志在必得地说，"即便是名医，也会琢磨病人的病情。那么，没有任何思绪的就十分奇怪了……"

"没错，写信人怎么会什么都不想？"

几乎所有的信都被绯绡收回来，只有一张写在油纸上的信，仍飘飞在半空中。信纸上没有任何丝线，黄色的油纸信封折得紧紧的，像是一张沉默的、紧闭的嘴。

"看来我们这次的敌人，有点棘手啊！"绯绡看着信，感慨地说，"果然，有奇怪的家伙混了进来。”

“会是谁？”六月也坐不住了，她踩在椅子上，一伸手将信拿了下来，灵巧的小手飞快将它展开。

只见上面写的，居然是一个名不见经传的寺庙，而信中自荐人的法号，叫作“释空”。

“是和尚！”青绫立刻明白了，眼前浮现出一个身穿肮脏僧袍、头戴斗笠的老僧，“原来那和尚也来万家送过拜帖。”

“没错，他才是这一切的始作俑者。”绯绡微笑着将信接过来，在灯下点燃，“虽然没有留下任何思绪，但是只要他接触过信，我们就能将他找出来。”

“他正在追踪女孩，我们盯上他，自然也能找到子进他们！”

青绫话音刚落，信纸已经烧成了灰烬。飞灰化为一只灰色的老鹰，在屋中盘旋了一圈，振翅向窗外飞去。

“绯绡，你这次施了很重的咒语呀，连追踪的鸟都如此迅猛，是不是很担心子进？”六月看着雄鹰矫健的身影，不无感慨地说。

“闭嘴！哪有时间说这些？它飞得越快，证明那人离我们越远！”他眼风如刀，白了一眼六月，纵身跃出了窗外。

而青绫也跟着他跑出去，再次召唤出了白鸟，白鸟盘旋低飞，转瞬就将他们驮在了背上。两人跟在雄鹰身后，飞向了乌云密布的天空。

“死狐狸，真是别扭。”六月仍双手托腮，趴在窗前，望着远去的白鸟，百无聊赖地打了个哈欠，“所以我喜欢青绫，他赤裸裸地爱钱，从不口是心非。”

七

敲门声在空寂的夜色中回响，不过片刻，门里传来簌簌轻响，大门被打开了一条缝，露出了看门人一张苍老的脸。他犹疑地打量着站在门外的花蕊和王子进，眼中满含迷惑。

“你们是哪里来的？要找谁？”他警惕地问。

“请问这家姓秦吗？我是花蕊啊，我回来了！”花蕊激动得热泪盈眶，就要冲进门中，“快让我见见爹娘，他们一定想我想得紧。”

可门里的老人一把关上了门，将她挡在了门外，过了一会儿门中才传来了他苍老而冰冷的声音：“秦家？自从一把火烧了他们的仓库，将价值千金的绸缎都烧光之后，秦老爷就将房子抵给了我们家老爷，没多久他就急火攻心病逝了。”

"秦夫人呢？她怎么样了？"

"谁知道呢？听说不久后也死了，其他的事，我也不清楚。"老人不耐烦地答道，门里又传来簌簌轻响，显然是他要回房休息了。

"我不相信！让我进去！"花蕊用力拍打着大门，根本不肯善罢甘休。

"你若是再闹下去，我就要报官了！"老人愤怒地吼道。

王子进忙半拖半拽地将她带离了那户人家，只觉尴尬至极，他根本就不该相信这小姑娘的胡言乱语，她显然在幻想中迷了路，忘记了现实。

"对了，还有观音祠堂，我娘捐钱修缮观音堂的时候，还刻下过字。"她挣扎着挣脱了王子进的手，不依不饶地还要去寻找自己的身世。

王子进看她泪水涟涟、脆弱无依的模样，也心生怜悯，掏出了个手帕递给她："算了，擦擦脸，我们再去你说的观音堂看看。反正绯绡说过，要让你想起自己是谁，才能解决这一切。"

"是吗……"花蕊擦干眼泪鼻涕，将他的手帕放入腰间的锦囊中，低低地说，"子进，你人真的很好。"

"什么……"王子进简直不敢相信自己的耳朵，吓得汗毛倒竖。

"我叫你'子进'啊。"她仍然笑嘻嘻的，毫不觉得害羞，"刚见面的时候，你不是让我这样叫你吗？我又不傻，看得出来你嫌弃我记性不好，可即便如此，你还是陪着我没有离开。"

因为我不知该如何回去啊！他有苦难言。

"是不是因为我们很相像呢？"她又开始套近乎。

"明明一点也不像！"一贯温文尔雅的王子进，被她逼得几近失控。

花蕊捂着嘴巴，眼中含笑，用余光偷偷地瞄着他："谁说的，我一看你就知道你是个不守规矩、喜欢冒险的人，偏偏我也是。而且你很迷茫，急于寻找自己的位置，或者证明自己，这点我们也很像啊。"

王子进听她胡言乱语，欲哭无泪，半晌才哭丧着脸挤出了几个字："求你了，别说了……"

可他的话还未说完，便见花蕊愣了一下，随即提着裙子跑了起来。

他这才发现，两人竟然走出了小镇，来到了位于河边的一处树林中，苍翠的树林中，露出了屋檐的一角，似乎藏着一座简陋的小庙。

乌云越积越多，宛如一座庞大的城池，重重压在天空上，吞噬了辉光，似乎一场骤雨欲来。林木在乍起的夜风中飘摇，好似汹涌的海涛，将花蕊的身影映衬得更加娇小。

她停住脚步，站在树林前，廉价鲜艳的裙子随风飘荡，使她看起来像极了一只简陋的风筝，在风中舞动。

"就是那里！"她回过头，指着树林中的屋檐，笑着对王子进说，"我娘修葺过的观音堂。"

"喂，你先别过去，一会儿就要下雨了！"

他喊声未落，雨滴已经落了下来。而花蕊也像之前一样，从不听他的劝阻，快步跑进了树林中。于是飘零的风筝晃了一晃，就消失在漫天阴云中，不见影踪。

"这个笨蛋！"王子进低低地骂了一声，一咬牙，也追了进去。

扬州城上空，白鸟迎着风雨振翅翱翔，追逐着前方雄鹰的影子。鹰击长空，在云中翻飞，很快就将白鸟甩到了身后。

"你让它快点飞啊！"雨幕中，绯绡被淋得浑身净湿，俏脸含霜，瞪着青绫。

"它是纸变的，没破就已经不错了。"青绫不耐烦地答道，"如果不是你弄出那么条破船，哪有这么多麻烦？"

"你不会念'避水咒'吗？"

"那很耗费精力的，我是在帮你找子进，凭什么要我出力……"青绫刚说了一半，白鸟一只被雨水打湿的翅膀就耷拉下去，再也挥舞不动了。

鸟身体一偏，晃了两圈，一头就朝下冲去，绯绡和青绫不得不紧紧抓住了鸟翼，才没被甩落。

"这种时候你还如此计较？"绯绡被他气得凤眼倒竖，红唇微动，念起了咒语。而随着咒语声响起，落在他们身上的雨水飘飘洒洒地浮到了半空中，两人的秀发和衣服又变得整洁飘逸，白鸟的翅膀也再次变得干爽有力，轻轻一挥，就再次回到了半空中。

眼见雄鹰越飞越远，竟然飞出了扬州城，青绫万分诧异："老和尚怎么跑出去这么远？那个女孩的执念竟如此之强，这么快就到了城外？"

绯绡忙着念咒，瞪了他一眼，没空理他。白鸟周身的水雾干透，发出一声愉悦的清鸣，载着他们冲上云霄。

河沿上，一个老僧在疾步前行，他的僧衣宛如旌旗般在风雨中飘摇，雨水沿着宽大的竹篾斗笠淋漓滑落，可他好似完全不畏惧风雨，走得又快又稳，竟像是马车般迅疾。

而且每走几步，他就拿起坛钵中的东西吃掉，晦暗的光线下，只见他的铜钵中竟然装了几十个铜钱，正是他几日来化的缘。

"就要吃到了，等了这么久才等来的，美味的食物……"他迫不及待地说着，口气中充满欲望，一点也不像个出家人。

斗笠下，他露出一张宽嘴，微微一张，长舌一卷，又吃掉了一枚铜钱。坚硬的铜钱在他口中好似糕点般软绵，只咀嚼了几下，就被吞入了肚中。

小树林中，王子进很快找到了花蕊。只见她脚步轻盈，踏着潮湿的长草，东绕西绕就来到了一处小庙前。

小庙墙面斑驳，遍布瓦砾，连庙顶都塌了一块，简直就像个迟暮的老人，似乎随时都能倒在地上，变成一摊白骨。

"就是这里……"花蕊紧张地看向跟在自己身边的王子进，不由自主地抓住了他的手，"我的记忆是不是真的，马上就能验证了？"

王子进并未甩脱她的手，直定定地望着小庙。

淋漓雨幕中，庙门掉了半扇，却散发着一种温暖柔和的气息，仿佛有人住在里面，静静地等待着远行的家人的归来。

八

雨如银丝，在风中跳着妖冶的舞。

王子进和花蕊手拉着手，走进了破庙中。

尘土的气息扑面而来，庙顶虽破，却也为他们遮蔽了雨水。只见庙堂中供奉着一尊漆彩观音佛像，观音手持净瓶柳枝，表情慈悲温柔，让人一见之下，心就渐渐安定下来。

只是小庙年久失修，无人管理，佛像身上的镀金都被人一块块刮了下来，显得狼狈而寒酸。

"就是这尊观音像……"花蕊看到佛像，一把甩开了王子进的手，扑到了佛龛前，"这上面的金箔，都是我娘为了我祈福而镀上去的，怎么现在全没了？"

"看这庙的破败程度，似乎不是荒废几年而已啊……"王子进打量着房梁下密布的蛛网，屋顶上的大洞和佛龛上腐朽的木头，满心怀疑。

"怎么可能？我不会记错的！"花蕊转到了佛像后，以衣袖擦去了观音莲花座下的尘灰，"我记得这上面有字，是母亲捐金身的时候刻上去的。"

积灰和淤泥被擦去，果然露出了一行刻字，上书十几个篆字，如笔走龙蛇，但部分已经模糊不清，只隐约能认出"信女陈氏于咸平四年"几个字。

花蕊手指微颤，在字上一个个摸过去，突然浑身虚软，扑通一声坐在了地上。

"咸平四年，距今已经四十余年……那年我还没出生呢，听说那是百年不遇的灾年。天子为求风调雨顺，大赦天下，还免除了不少赋税，才有了之后的十年大治……"王子进看着花蕊稚嫩的脸庞，满怀怜悯，"估计你只是小时候偶然来过这个观音堂，看到过上面的刻字，才错当成了自己的记忆。"

花蕊不发一言，扑倒在佛龛前，肩膀微耸，似在哭泣。

"别哭了，你想不起来就想不起来吧，不如等雨停了，我请你喝酒？"王子进见她可怜，连忙安慰，"你不要怕臭和尚，绯绡轻而易举就能将他打败，我还能带你去万家见万云骏。如果他变了心，你还可以跟我和绯绡一起去游山玩水。毕竟人生中，比来处更重要的，是未来的去处啊。"

"没有，我只是有点累了。"花蕊缓缓站起来，可见她眼中并无泪光，唇边挂着一抹苦涩的笑，"其实我何必妄想，看我这身廉价的打扮，就可知自己是个卖笑的花娘……"她说罢还轻轻地笑了一声，"可笑我见万云骏的时候，每次都换上最好的一套衣裙，幻想着自己是个小户之女……"

冷风挟着雨丝，席卷而入，带来透体阴寒，令他们的心底也变得濡湿寒冷。

"既然来了，我们在这里避避雨吧。"雨落阶下，发出沙沙细响，花蕊索性抱膝坐在佛龛旁歇息。

王子进看了一眼外面阴沉的天色，也坐在了她的身边，点了点头道："也好，只是不知这雨会下到什么时候。"

佛龛旁干燥温暖，没有一丝冷风，像是有一双看不见的大手，将他们笼在掌心。

两个人背靠着背，看破庙外雨丝飞扬，树影飘摇，格外不真实，仿佛身处梦境一般。

"这雨是'时雨'，很快就会停的，正如陶潜写的，'神萍写时雨，晨色奏景风'。"花蕊看着飘飘洒洒的落雨，目光平静而坚定，"人生有时也会遇到时雨，落雨的时候，只要坚持下去，总会遇到好天气。"

王子进讶异地盯着她年轻丰盈的脸庞，不敢相信这话竟出自她口中。

"子进，你刚才说得没错，比来处更重要的，是人生的去处。"她转脸迎上了王子进的目光，粲然一笑，"看，之前我只有万云骏一个去处，因为遇上了你，现在又多了一个，也算不虚此行。"

"姑娘所言甚是！"王子进终于明白，她为何如此迷人，与大家闺秀和轻浮少女不同的是，她有一个不肯妥协的灵魂，周身充满着蓬勃的生命力。

就像荒野中蔓生的草，即便被冰雪覆盖，但当春风乍起，它们又会在冰层下吐出新绿。

叮当——叮当——风里传来了细碎的金属撞击声，尖锐而刺耳。

王子进和花蕊听到这声音，心中俱是一紧，不约而同地握住了彼此的手。他们的手都在微微颤抖，手心中全是黏腻湿冷的汗。

风雨之中，一个身影出现在了庙门口。那人头戴斗笠，手持铜钵，宽大的僧袍随夜风飘舞，正是一直追逐着他们的老僧。

"藏在哪里啦？快出来吧……"他终于说话了，用哄孩子的语气，只是声音沙哑低沉，更令人感到毛骨悚然。

花蕊看了王子进一眼，急忙屏住了呼吸。王子进头也不抬，回手抱紧了她，两人蜷缩在佛龛旁的阴影中，大气都不敢喘一下。

"之前你都在闹市活动，我不能将你怎样……"老僧缓缓地在狭窄的庙堂中转悠，"现在不怕了，快点现身吧，反正你的生命也是我创造的，本该由我亲自终结。"

王子进只觉怀中的花蕊浑身一震，似乎受了极大的惊吓。

老僧越走越近，很快来到了佛龛之前，王子进起初是看到他的一双破草鞋，随即是那件肮脏潮湿的僧袍，而两人身前毫无遮挡，只要他再走一步，就会发现他们的存在。

在这生死攸关之时，花蕊突然转过头，朝他微微一笑。

与之前的笑容不同，她的眼中有决绝，有不舍，还有其他一些他无法读懂的感情。

刹那之间，王子进明白了她的意图，他臂上加力，将她死死地抱在怀中，让她连动都无法动一下。

老僧停在了他们的面前，僧袍的下摆离王子进还不到一寸，他甚至可以闻到他身上酸臭腐败的气息。

可奇怪的是，他打量了一下周围，居然毫无知觉地走开了，仿佛他们根本不存在一般。

王子进壮着胆子抬起了头，刚好看到了老僧的侧脸，从下面看来，能看到他藏在斗笠下的大半边脸。只见他脸是灰褐色的，长满了树皮般的纹路，鼻子极其塌扁，也没有鼻翼，鼻孔像是直接在脸上挖了两个洞。

然而最奇怪的，是他的一张大得过分的嘴，阔而薄，似乎轻轻一动，就能咧到耳根。

"真累啊，使用力量就饿得特别快……"他转了两圈，坐在了地上，从坛钵里翻出了一点米粒大的碎银，塞进了口中，用力咀嚼起来。

外面雨声渐歇，只有牙齿咬断金属发出的嘎嘣声在暗夜中回荡，听得王子进和花蕊都汗毛倒竖。

然而就在这时，空中突然响起了一声长唳，像是猛禽的叫声。如此雨夜，天空黑如墨锭，本不该有鸟，老僧立刻警惕地站起来，几乎在他起身的同时，一只雄鹰飞快掠进了庙门，它在空中盘旋了一圈，便飞向了老僧。

"谁在追踪我！"他僧袍下翻出一阵罡风，随即乌光一闪，一根禅杖猛地击中了雄鹰。

鹰尖叫一声，委顿在地，变成了一张黄色的信笺。

"是绯绡！"王子进见救兵来临，喜不自胜，忍不住高呼。

他话音未落，便觉一阵劲风来袭，一根沉重的铜杖迎面向他砸来。他吓得忙伸手格挡，但有一只手比他的更快，那只手修长而莹白，宛如玉雕，一把就接住了蕴含了千钧之力的禅杖。

"还不快走？"绯绡冷冷地瞥了他一眼。

王子进哪敢耽搁，拉着花蕊就跑出了小庙，正如花蕊所说，雨果然是时雨，雨几乎停了。两人跑了一段路，就见眼前出现一条宽阔的河流，一艘小船正停在岸边，正是他们来时乘坐的那条。

九

"我们快点上船！"花蕊提着裙子，纵身跳上了船。

可王子进却犹犹豫豫，不愿上船，一则他怕极了这条会自己乱跑的小船；二则绯绡就在身后，他想等等他，不愿离开。

"快点啊！万一老和尚追来，我们还能顺水逃走。你这般犹豫，如果不小心被他打死，就全完了。"花蕊急得脸色煞白，嘴唇都在不断轻颤。

这话点醒了王子进，他像是只逃命的兔子般惊惶，利落地跳上了船。

"绯绡，绯绡快点来啊……"他靠在船舷上，不断在心底默念。所幸河面波平如镜，小船稳稳地靠在岸边，轻轻晃动着，像只稳妥的摇篮，让他暗地里松了口气。

花蕊又冷又怕，坐在他身边，不断地搓着手，好奇地问："你听那和尚在庙中说什么了没有？他竟然说我的生命是他创造出来的，他为什么会说那种话？"

"对哦，他是个和尚，也不可能是你爹……"王子进也困惑地挠了挠脑袋，"再说年龄也不对……"

他话未说完，便见花蕊怒目瞪着他，本就大而圆的双眼，简直与铜铃无异。他也知道自己说错了话，将脑袋缩进了脖子里，好似只害怕的鹌鹑。

"我再多想想，好像又有新的记忆了……"花蕊心思刚动，小船就晃了一下。

"哇，姑奶奶，你别想了，你那些所谓的记忆全是幻想，你就去嫁万云骏吧。他为了你跟家族闹翻，一定不会抛弃你的。"王子进一见她冥思就吓得七魄丢了六魄，哀叫连连，"最不济你就跟我和绯绡走吧！"

"我卖过的酒叫作'醉花荫'，扬州城中，只有少数几家花楼有卖……"她边说边回忆，身边已经响起了潺潺水声，小船不知不觉再次启动，就要逆水而上。

"绯绡，我要等绯绡！"王子进拼命大喊。

他话一出口，小船船头一掉，在河心转了个圈，又回到了岸边停泊。

"花楼的位置，就在河道旁边……"花蕊喃喃自语，小船又缓缓驶向河心。

"不许走，我不要离开！"船飞快打转，又靠岸了。

小船随着他们的思绪，不断地掉头转圈，一会儿向河心驶去，一会儿又回到了岸边，好似个陀螺般在河中转个不停。不知转了多少圈，它终于停了下来，随即稳稳地破水前进，逆流而上。

船中花蕊托腮凝神，想着自己的心事，而在她身后，王子进正趴在船舷上呕吐。

他脸色煞白，目光呆滞，仿佛连三魂七魄都一起吐了出去，不要说想绯绡，估计连自己是谁都忘了。

树林之中，老僧跟绯绡和青绫缠斗了一会儿，找了个空隙，转身便跑。他将禅杖在地上一撑，身体猛然拔高了三丈，竟然像是鸟一般跃到了半空中。

"给我站住！"青绫一想到这家伙也送过拜帖，是跟自己竞争高额赏金的对手，立刻气不打一处来，顺手抓住了身旁一棵大树的树枝。

他将树枝拉成弓形，双脚一蹬，借着回弹的力量也飞到了半空中，一把就抓住了老僧的脚踝。

老僧被他拽得大叫一声，就跌落在灌木中。

绯绡见状，忙要去帮青绫，可还未等来到灌木前，便听寂夜中传来了一声凄惨的尖叫，听来正是青绫发出的。

随即一个蝙蝠般的身影跃出了灌木，他在树枝间辗转腾挪，很快就消失在潮湿的夜风中。

绯绡惦记青绫，不敢贸然去追，慌忙向灌木跑去，只见青绫正脸色青白地躺在矮树中，浑身发抖，显然受到了极大的惊吓。

"怎么了？"绯绡忙伸手去扶他，一扶之下，只见他的袍子后露出了条毛茸茸的棕色尾巴，就差没变成狐狸了。

"太可怕了……"青绫抖了抖身上的枯枝树叶，薄薄的嘴唇都没了血色，哆哆嗦嗦地道，"他的嘴，竟然有那么大，好像轻易就能将我整个吞进去……"

"所以我才不跟他缠斗。"绯绡替他摘掉了头上的枯叶，"虽然他打不过我们，但是论吃我们只有甘拜下风。"

青绫将尾巴收回到了袍中，理了理衣襟，突然惶恐地摸向了自己的腰间，随即细长的双眼几乎倒竖起来，目光灼灼如雷电。

绯绡被他吓了一跳，忍不住后退了两步。

"浑蛋！他偷了我的钱袋！连我的钱都敢偷，我一定要叫他生不如死！"

尖锐的咒骂声在林中回荡，但很快就被夜风吹散。

濡湿的空气中，老僧再次沿着河床疾步而行，跟来时一样，他边走边从一个靛青色的绣云纹香囊中掏出银锭，放入口中，用力咀嚼。

王子进迷迷糊糊地躺在小船中，顺水而上，他吐得七荤八素，浑然忘了时间空间，待清醒时只见一轮红日挂在西天，天边云蒸霞蔚，金紫色的晚霞将河流染成了一片金红。

"这……这是哪里啊？"他挣扎了半晌才坐起来，只见眼前水道纵横，岸边小楼林立，时而还传来袅袅歌声，小桥之上，有手持紫竹伞的少女婀娜地走过。

"是扬州城啊……"花蕊叹息般说，"我记得自己也是在这样一个午后被卖到黄婆的手中，她给我梳妆打扮，还教我弹唱，可是我装得什么都学不会，最后只能卖酒去了。"

她看着天边日头西斜，思绪仿佛又飘到了遥远的、无法企及的所在。

小船似懂得她的心思，顺水而行，只见河两岸越来越热闹，树上都装点着彩色丝绸，一个个窈窕美丽的少女凭栏而望，妩媚多情，让人忍不住驻足停留。

王子进难得地没有再跟她唱反调，目不暇接地欣赏着岸边的美女。

夜色渐浓，灯光更盛，将一栋栋小楼装点得似金碧辉煌的宫殿；丝竹之声越来越响，歌女们婉转清越的歌声也越来越清晰；再往前一些，风中甚至送来几缕脂粉香气，浓郁销魂。

有几艘小船跟他们擦肩而过，船上坐着的都是妙龄少女，穿着廉价而鲜艳的衣服，可却散发着连粗陋脂粉都遮掩不住的青春气息。

她们朝来往的船只轻笑，唱出一段段软糯的词，叫卖着新酿的菊花酒。

"就在这附近！我好像马上就要找到自己的住处了。"花蕊激动地看着卖酒的花娘，临风站在船头。

"是吗，那太好了……"王子进支吾着答，并不抱希望。他忧虑地看着她翻飞的衣裙，娇小的身躯，仿佛她随时都能化为蝴蝶，振翅飞走一般。

"嗯，这次不会错，就是那座酒楼！"她指向了河边灯火最盛，客人最热闹的一座三层小楼。楼外的河中、路边，都站着打扮光鲜靓丽的花娘，有的在招揽客人，有的在叫卖酒水，煞是热闹。

仿佛是听到了她迫不及待的心声，小船驶得越来越快，在来往船只中穿梭，很快就来到了酒楼前。

"这里是'玉春楼'吗？"花蕊拉住一个卖酒的小花娘，急切地问。

小花娘容貌稚嫩，看起来不过十三四岁的模样，她扁了扁嘴，连连摇头："姐姐你找错了，这是'金谷园'，是咱们扬州城最大的花楼。"

"'玉春楼'？那是很久以前的名字了吧？"站在她身边的，年纪稍长的花娘接过了话茬，"这栋楼到现在，已经易了三次主，如今叫'金谷园'，取的跟什么朝代的销金窟一样的名字……"

"不可能……不可能……"花蕊一把接过她手中的酒坛，拍开了上面的泥封，闻了又闻，"不对，这不是'醉花荫'的味道，你们现在不卖醉花荫了吗？"

"我就没听过那种酒的名字，现在这酒是上等的女儿红，销路可好了。"年长的花娘朝王子进抛了个媚眼，"怎么样，这位小公子，要不要尝一尝呢？"

花蕊捧着酒坛，愣愣地站在船头，过了半晌才突然想起什么似的继续问："黄婆呢？专门养女孩子卖的黄婆现在在哪里？"

"哟，她好像倒是还活着，只是现在年逾古稀，早就走不动了。"花娘的眼滴溜溜地在王子进身上转了一圈，"我说，你们到底买不买酒？费了我这么多口舌。"

王子进从怀中掏出了点铜钱，塞到了花娘手中，她立刻满脸堆笑地说了个地方。

几乎在她话音出口的同时，小船就飞快向前驶去，王子进站立不稳，扑通一声跌坐在船板上。

他揉了揉屁股，呜呜呼痛，可才叫了两声就闭上了嘴，死死盯着岸边一个疾速移动的影子。那是一个身穿宽大衣袍的僧人，他走路的速度极快，僧袍在夜色中翻飞，好似一只迅疾的猎隼。

十

万家大宅中，六月孤身一人坐在灯下，盯着面前摆着的一碗莲子羹。羹是孩子们最喜欢的甜羹，厨娘特意为她煮的，就是怕她哭闹。可六月早就不是小孩子了，此时她更想吃些炙羊肉排解孤独。

烛影摇动，她刚刚打了个哈欠，便听院子里传来杂乱的声音，似乎有人在奔走呼号。她推开了客房的门，只见那些作法的道士、跳舞的巫师、念经的和尚全都慌成了一团。

郎中们提着药箱，慌慌张张地跑进了主宅中。不到一会儿，管家就出来了，偷偷地吩咐下人去拿什么东西。

"糟了，多半是撑不住了……"六月焦急地看向院门，可大敞四开的门中只有下人们穿梭奔忙的身影，哪里有绯绡和青绫？

她如葡萄般黑亮的大眼睛转了转，从怀中掏出了一簇棕色的狐毛，放在灯火中点燃。狐毛一下就烧起来，火苗如指节般长，无论风如何吹，火光只飘向一个方向。

而且那一小撮狐毛烧了一会儿，居然一点也未见短。

"人命关天，看来只能我去找他们了。"六月无可奈何地摇头，跟着火苗的指引，走出了客房。

万家已经乱成了一团，谁也没有留意到这个小小女童的身影。她孤身一人走出了万家，走在上城宽敞的街道上，马车在她身边疾驰而过，卷起疾风阵阵，却无法撼动她手中的火焰。

她跟随着火光而去，弱小的身影，很快便消失在扬州城的万家灯火中。

"哇，鬼和尚又追来啦！"王子进在船上吓得哇哇大叫，"希望这船能驶得再快一些。"

小船似能听懂他的话，明明没有风却突然加速，连站在船头的花蕊都扑通跌倒，两人紧紧扶着船舷，才没有被甩出去。

船像是一条游鱼，在河流中穿梭疾驰，溅起的水花迎面洒来，令人连眼睛都睁不开。

两人躲在船中，紧紧闭着双眼，只知小船飞快地拐了几个弯，不断激起周围人的惊呼，过了一炷香的工夫，才逐渐平稳。

而跟方才的暗香袭人不同，风中竟夹杂着一股酸臭腐败的气息。

王子进从船中探出了头，才看了一眼周围，就吓了一跳。只见河道窄而弯曲，河中遍布垃圾，两边的住宅也不是青瓦房和小楼了，变成了残破狭窄的砖房。

再也没有了婀娜少女们的身影，取而代之的，则是流浪的黄狗和一晃而过的野猫。

"这是哪里啊？我们还在扬州吗？"王子进战战兢兢地问，他虽是平民出身，但也从未见过如此破败的地方。

"是扬州的下城，也是底层的穷人住的地方。"花蕊平静地说，"我的记忆中有这样的景象，黄婆就住在这附近，小的时候，我就经常被她罚在大冬天里洗衣服。"

失去了缤纷光辉笼罩的花蕊也显得憔悴了一些，她鬓发蓬乱，丝丝缕缕的碎发散在脸庞，显得她下巴更尖，眼睛更大，散发着一种脆弱无依的美。

小船很快靠岸，她提着裙子走上了河堤，沿着遍布泥水的窄路行走。

王子进跟在她身后，眼见她在黑暗的小巷中穿行，身影娇小而单薄，似乎随时都能被浓黑的夜色吞噬，化为乌有。

他心中一紧，快走两步，跟她并肩走在了一起。

"冬天的水很冷，洗衣服的时候总是夜晚，有时我望着那漆黑的结了薄冰的水，恨不得一头扎进去淹死。"她自顾自地诉说，也不在意王子进是否会倾听。

"夏天的时候，房间中又闷又热，彻夜难眠，白日里还要被她带去花楼中谈价钱，脂粉不够，就用炭灰画眉，花瓣染唇，像个货物似的被挑来拣去。可那样我都坚持活下去了，因为只要活着，就总有出头之日。"

她说罢长长地叹息："或许是老天怜悯我，让我遇到了万家公子，而且更幸运的是，竟然又遇到了你……"

她转过头，眼中满含情意，看向王子进。她的话只说了一半，但那双明亮的眼睛，已经替她说完了剩下的那一半。

王子进犹豫了一下，走到了她的身边，低头看着臭水横流的泥路："如果你愿意的话，就跟我走吧……"

月亮偷偷从云中探出了脸，洒下漫天辉光，将这对少年男女的身影拉得很长。他们的影子渐渐江聚成了一个。许久之后，徘徊的夜风中，才传来了一声低喃："一言为定哦。"

月光如雪，照亮了晦暗的树林，成群的蝙蝠飞出来觅食，在夜空中曼舞。随即一只巨大的白鸟掠过林间，朝扬州城飞去，刹那间就将蝙蝠冲得四散逃窜。

"死和尚，我饶不了你！"鸟背上坐着暴跳如雷的青绫，他英俊文雅的脸变得扭曲如恶鬼，转头又朝坐在他身边的绯绡咆哮，"喂，你找到那秃驴了吗？"

"只要他没丢下你的钱袋，找他岂不是小事一桩？毕竟钱袋是寄托你最多思绪的地方！"

绯绡扬了扬纤长的手指，指间正夹着一缕银白色的丝线，正是他从青绫的脑中抽出来的思绪，强大到刚刚成形就自动跟丢失的钱包连接上了。

"哼！看我的！"青绫薄唇微动，喃喃念咒，白鸟的翅膀瞬间又暴长了一丈，挥动之间激起阵阵飓风，恍如《逍遥游》中描绘的鹏鸟。

绯绡坐在鸟背上，紧紧抓住它的绒羽，才牢牢坐稳，他凤眼微斜，白了青绫一眼："之前怎么不见你如此卖力？"

"废话，钱袋里是我跟六月半年的盘缠，怎么能被他祸害了？"青绫咬牙切齿，鸟似通晓他的心意，掠过苍穹，直飞向灯火繁盛的不夜城。

孤身走在上城的六月打了个喷嚏，她揉了揉发痛的脚底，叹息地摇了摇头，这个长不大的身体力气太小，根本无法长途跋涉。

她眼珠一转，看向了一辆送香烛米面的车，那车正停在一户人家的门外，两个小贩在卖力地搬运货物，车旁还坐着一个抱着婴儿的妇人。

"这位娘子，我迷了路，我家住在罗城，能带我一程吗？"六月走到妇人身边，扁着小嘴，可怜兮兮地说。

手中的火焰将她的小脸映得近乎透明，一双大眼睛黑而亮，像是只迷途的猫咪般楚楚可怜。

"你还记得家在哪里吗？可怜的孩子，幸好遇到了我，否则万一被拐了可怎么办？"妇人心软，几乎立刻就点头答应了。

半个时辰后，车卸完了货，辘辘前行，离开了上城。六月蜷膝坐在车后，定定地望着手中的火苗，火光跳跃，似蕴藏着无限希望。

万家大宅中，床上的老人突然剧烈地咳嗽，吐出口浓痰，终于缓过了口气，几名郎中忙过来施针的施针，熏药的熏药，生怕这位贵人再晕死过去。

云丝遮住了月影，一直沿着河岸疾驰的老僧，驻足停在了遍布泥水的道路上，他望着前方残破的土房，焦虑地吞下了一块碎金，顺手将青绫空空如也的钱袋丢在了地上。

"来不及了，如果被她想起来，一切就都完了……"吃掉了金子，他再次充满了力量，拔足狂奔而去。

十一

花蕊依照记忆，走走停停，终于来到了一个残破的瓦房前。房子歪歪斜斜地立在黑暗中，像是个佝偻的老人，连窗纸都破破烂烂。

"就是这里了。"花蕊看了王子进一眼，眼中既含着期待，也藏着恐惧。

"别怕，我们去看看。"王子进拉起她的手，走向了门前，轻轻敲了敲门。

敲门声在寂夜中回荡，许久之后，门内才响起了一阵轻响。

破门板被搬开，露出了一张干瘪苍老的脸，她稀疏的白发拢在脑后，眼窝凹陷，衣服也松松垮垮地挂在身上，根本不像个活人，倒像一摊白骨成了精。

"请……请问，黄婆是住在这里吗？"花蕊也被这恐怖的老妪吓到，小心翼翼地问。

"黄婆？好久没听过这名字了……"老妪颤巍巍地走出来，坐在了门口的木桩上，咧着嘴笑了，"我就是啊，可惜现在的人都不这么叫我了，他们都骂我是个老不死的，可我偏偏就要活下去给他们看……"

"不……不，你不是黄婆！"花蕊又惊又惧，连连摇头，"我明明记得她只有四十余岁，风韵尚存，平时爱穿鲜艳的衣服。"

老妪打量了她一会儿，突然像是想起了什么，点了点头："你这小丫头，看起来倒有点面熟。"

王子进脊背一冷，心底涌出不祥的预感。

"你见过我？我像谁呢？"花蕊不再后退了，小心翼翼地问。

"是个叫'花蕊'的小丫头，她可不一般呢……"黄婆眯着昏花的老眼，仔细地回忆。

"哦？她如何不一般？黄婆是不是记错了？"王子进上前一步，挡在了花蕊身前。不知道为什么，他竟有种预感，只要花蕊想起了过去，自己就会失去她。

"不会记错的……花蕊是四十年前，我亲手送到'玉春楼'的……"黄婆咧了咧没牙的嘴，挤出一个怪异的笑，"她刻意装得驽笨，不学讨好客人的手段，只做卖酒的粗活儿，可是却心机极深，竟然攀上了万家的公子……"

王子进松了口气，这跟花蕊自己说的一模一样。

"然后呢？"花蕊小声问。

"她在一个冬天，投水而死。"

王子进浑身僵硬，连动都不敢动一下，额上渗出了细密的汗珠。如果黄婆口中投河而死的花蕊，真的是眼前的少女，那么她是什么？是人，是鬼，还是一缕精魂？

"现在你明白了吗？她根本就不是人！"一个苍老的声音在他们身后响起，只见一个头戴斗笠的僧人，正站在河堤上。他的僧袍随风飘舞，像是一个张牙舞爪的魔怪。

"不……不可能的，我明明活生生的，怎么会不是人呢？"花蕊再也顾不上害怕，冲上去一把抓住了黄婆的手，"你是不是在骗我？你摸我的脸，我的手，这么柔软温暖，怎么就不是人了呢？"

黄婆愣愣地看着花蕊年轻丰盈的脸，许久之后，才叹了口气："那毕竟是发生在四十年前的事情，细节我也记不清了，如果不是这小丫头死得刚烈，我怕连她都忘了。只是有一点很奇怪……"

"闭嘴！"老僧突然手臂暴长，向黄婆抓去。

可就在这时，原本柔和的夜风，突然变成了飓风，吹起漫天沙石，令人睁不开眼睛。一只白鸟从天而降，它翅膀足有两丈长，羽翼直垂天际。只见它清鸣一声，就抓着老僧的后背，将他带到了半空中。

"快说吧，将你方才想说的话全都说出来。"白鸟飞走，风渐渐平息，一个美貌的白衣少年踏着浓黑的夜色出现，他衣袂翩然，黑发雪肤，一双丹凤眼中，似藏着无穷的智慧。

如此紧张的情势下，他仍镇定自若，似成竹在胸。

"你……你们到底是谁？"黄婆吓得想从树桩上站起来，奈何年纪大了，试了几次都没成功。

"追究过去的人……"绯绡伸出长指，红唇含笑，在她额上一点，"别怕，说出你的心里话，你多年来的困惑。"

黄婆在绯绡的凝视下，表情变得安详，缓缓闭上了双眼，像是睡着了一般，瘫倒在树桩上。

"她怎么了？你不是子进的朋友吗，对她做了什么？"花蕊又惊又气，忙去扶晕倒的黄婆。

"那天……我听说有人跳河，就去运河边看热闹……"可她刚刚一搀起老妪，就见她像是梦呓般轻轻地倾诉起来。

"之后呢？死的到底是谁？"王子进知是绯绡施了法术，迫不及待地问。

"我没看到尸体，就看到了一双鞋和丢在岸边的棉衣……"黄婆喃喃低语，面容现出困惑，"衣服我瞧着眼熟，可是偏想不起来，直到有人说玉春楼有个叫花蕊的小姑娘失踪了，我才想起那确实是花蕊的衣服……"

花蕊屏住呼吸，黑亮的大眼睛中似蕴着一层寒冰，紧张地听她诉说。

"可是有件事却很奇怪……"黄婆话题一转，皱了皱眉，"事后不久，我居然在街上见到了花蕊，那孩子跟了我三年多，我万万不会认错。"

她这话一出口，吓得王子进倒吸了一口凉气。

"说下去。"绯绡轻轻地说，他的声音清朗动听，宛如清泉潺潺流过山涧，让人的心也不觉安静下来。

花蕊脸色白得近似失血，她慌张地将头埋在了王子进的怀中，根本不敢面对现实。

"是……是死而复生吗？"王子进颤抖地问。

"不，我也不知道，而且更离奇的是，五年后上巳节游春，我竟然又见到了她。这次她坐在肩舆上，身后仆从如云，摇身一变，竟成了万家的女主人……"黄婆的表情越来越痛苦，"我特意打听，人说万家的夫人虽出身小户，却绝不是风尘女子……我还去万家附近堵过她，可她似乎将过去全忘了，看我真如陌生人一般……"

"那什么时候的事？"

"咸平年间，距今快四十年了。"

"不，我还没决定嫁给云骏，你说的一定是假的。"花蕊捂着耳朵，怎么也不相信她的话。

"云骏？是万家的老爷吗？他早在三年前就过世了啊，死时是天命之年，办的葬礼极为盛大，我不会记错的……"黄婆闭着眼，梦呓般接下了她的话。

"啊啊啊——"花蕊听到这里，再也抵受不住，她一把推开王子进，捂着耳朵夺路奔逃。她窈窕的背影慌张而惊恐，很快就消失在迷离的夜色中。

这次王子进没敢去追她，他愣愣地看向绯绡，不知道发生了什么。他只觉心中空落落的，似破了个洞，冰冷的夜风从洞中吹过，一点点地带走了心底所有的暖意。

"一会儿你就会知道一切了。"绯绡看出他的伤心，轻轻拍了拍他的肩膀，"快点追吧，她好像想起来了，千万不能再出差错。"

十二

"不可能，那都是假的，都是假的！"花蕊提着裙子，在遍布淤泥的道路上疾奔，她眼神涣散，从未如此慌张。

记忆如奔涌的浪潮，排山倒海般涌入了她的脑海。

她看到了万云骏，他年轻俊朗，在灯下掀起了她的红盖头；过了一会儿，她又看到了他们的孩子出生，而为了庆祝，万家特别推出了新的木质水车；最后她看到了一个垂垂老矣的老人，拉着她的手，咽下了最后一口气。

"我到底是谁？我又该去哪里？为何说我已经死了，我不相信！"她边跑边凄厉地哭号，秀发散落，再也不复之前的勇敢无畏。

她说人生都会遇到时雨，终有雨过天晴之时，可如今看来，雨云仍在她周围盘亘不去。她哭得上气不接下气，泪水涟涟中，出现了一个青衣书生年少清秀的脸，书生的笑容温暖而灿烂，驱散了压抑的阴霾。

"对了，子进！我怎么这么傻呢？我要去找子进！"万云骏对她来说只是个缥缈的幻影，但王子进却是真实的。

他会在她害怕时拉住她的手，更会在危险时挡在她的面前。

她想到他，就像是看到了乌云后的金光，他一定会帮她想办法，带她离开这在雨中徘徊的人生。

可当她驻足停步，却见淡蓝色的夜雾中，现出了一个诡异的人影。那人身穿宽大的灰色僧衣，头戴斗笠，手持沉重的精铜禅杖，每动一下，杖上的铜环就发出叮当轻响，好似勾魂的魔音。

"你……你不是被鸟捉走了吗？"花蕊见他突然出现，又惊又惧。

"小小幻术，怎么能骗得了我？"老僧摊开手掌，借着晦涩的月光，只见掌心中正有一团被揉碎的白纸。

"为……为什么要杀我？"花蕊见无路可逃，颤抖地问，"还有你说我是你创造出来的，又是什么意思？"

"因为你本来就是不该存在于这个世上的，不是人，也不是鬼，而是被人厌弃的、不堪回首的过去……"老僧冷笑了两声，语气满含轻蔑，"就跟垃圾一样，根本见不得光，可是我千算万算，没想到你居然受到外界刺激，自成人形地离开了主人，给我添了这么多麻烦。"

"主人？我的主人是谁？"花蕊嘴上虽问着，一个可怕的答案已经在脑中呼之欲出。

"当然就是万家现在的家主吕夫人！她多年前曾跟我做了交易，要完全抛弃她沦落风尘时的记忆和身份。我给她施了个小法术，做出了傀儡，承载了她全部的过去，但让她将傀儡带在身边，日夜祈祷。"老僧得意地讲述，"时日一久，周围的人慢慢就忘记了打探她的出身，而她本人在假死之后，也完全将自己的过去忘记了，真以为自己是个身家清白的小户之女，跟万云骏过起了美满的日子。"

"不！你骗人！我明明是活生生的人，再说傀儡怎么会变得跟人一样！"

"因为你承载了她想要遗忘的那部分人生，所以也有了精魂。我本想过一段日子再收回你，哪想到万家的长孙跟他的爷爷当年一样，为了一个出身平凡的女子跟家中大闹，这事刺激了吕夫人，更刺激了你。这两件事太过巧合，让你陷入了迷乱，居然以为自己是个活生生的人，从万家跑了出来，而吕夫人失去了一部分灵魂，至此昏睡不醒。"

"我不信！你这妖僧，定然是胡言乱语。"花蕊捂着耳朵，无论如何也不敢相信他的话。

"嘿嘿嘿，那么你有没有想过，为什么你顺着自己的记忆寻找，印证的都是发生在四十年之前的往事？"老僧挥了挥手中的禅杖，阴森地笑了，"快点来受死吧，只有你死了，吕夫人才能复原，我才能拿到大笔赏金。"

他说罢舞动禅杖，挟着势不可当的劲力，向花蕊砸去。

然而就在这千钧一发之际，一个白色的身影如风一般掠过，从不可能之处飞快转身，轻而易举地抱走了花蕊。

禅杖落了空，重重砸在地上，激得泥沙飞溅。

花蕊只觉自己落入了一个坚强温暖的怀抱中，再一睁眼，正好对上了绯绡的美目。他一双凤眼微眯，眸光灿如寒星，也如冬天的星子般伶仃冰冷。

花蕊在他目光笼罩下，凭空打了个哆嗦，连忙溜走，躲到了赶来的王子进身后。

"又是你这家伙！给我让开，她是我一手创造，理应由我收回！"老僧怒发冲冠，浑身都在颤抖，禅杖上的铜环叮叮当当响个不停，令人听了毛骨悚然。

"何必说得如此冠冕堂皇呢？当她还是个落魄少女时，你就看出她有发达的可能，才埋下这个种子的吧？"绯绡毫不畏惧，红唇含笑，似看穿了他的心事，"可惜，你虽然能看到财富的脉络，却无法揣摩人性。本想等时机成熟时，悄悄带走傀儡，就能大大敲诈一笔，哪想到傀儡竟然变成了人，擅自出走了。"

"万事都有风险，但这对我来说算不了什么，只要干掉碍事的人就行了。"老僧冷笑一声，挥起禅杖，又当头砸向了绯绡。

绯绡仍笑意吟吟，负手站在夜色中，不躲也不避，仿佛一点都不害怕似的。

"绯绡，小心！"王子进见状，忙推开怀中的少女，要去帮他。

可有人比他更快，一阵青风似旋风般卷来，差点将王子进撞了个跟头。

他不去救绯绡，手持一柄长长的竹箫，当头就向老僧的头上砸去。老僧措手不及，慌忙闪避，手中沉重的铜杖当的一声，再次砸到了地上。

老僧的斗笠被打掉，露出了一张怪异的脸，只见他眼如铜铃，是奇异的蓝绿色，好似那些跳舞卖酒的胡姬。鼻子塌而扁，头上光秃秃的，没有几根毛发，最古怪的就是他那张硕大的嘴，几乎占了脸的一半，似乎一张开就能咧到耳根。

"你这怪物，还我的钱来！"青绫气得面色涨红，再次扬起了竹箫，箫影一闪，骤然暴长，竟然变成了一条青竹柄长剑，疾向这怪人的头上刺去。

怪物忙举起禅杖格挡，两人瞬间就打成了一团，棍来剑往，搅得尘土飞扬，甚至连附近的居民都从破房子里走出来看热闹。

王子进见状，悄悄走到绯绡身边，拉了拉他的衣袖："喂，你快想想办法，帮青绫一下也好，不然等看热闹的人多了，怕是不妙。"

"我有个好办法，不战就能将他赶走。"绯绡依旧嬉皮笑脸，从衣袖中掏出了一只青绿色的钱袋。

"这是做什么用的？"王子进挠着脑袋，不明所以。

但见绯绡踏上一步，朝那怪物扬了扬手中的钱袋："喂，你是不是吃过这钱袋中的银两？"

怪物愣了一下，而青绫看到空空如也的袋子更加愤怒，双眸充血，将长剑舞得滴水不漏，就要跟这怪人拼命。

"这里面的金银，都被我下了诅咒，我劝你不要再缠斗下去，赶快找个地方去解咒吧。"

绯绡玉指微动，钱袋在他手中飞快变化，竟然成了一个浑身长满红疙瘩的蟾蜍，令人一看就觉得浑身发毛。

蟾蜍从他掌中蹦出，跳到地上，阔嘴一张就吐出了两条黑色的虫子。

花蕊吓得连忙抓住了王子进的衣袖，王子进也忙别过了头，只觉周身的皮肤都麻麻的，似有无数条虫子在身上爬。

"浑蛋，没想到着了你的道道。这笔横财就让给你们了，可你们能下手杀了她吗？不杀她的话，当她想起了所有的事，完全变成了一个有血有肉的人时，就是万家家主的命尽之时。"怪物突然甩下了僧衣，四脚着地，头上生出了两只角，变成了一个丈许长的、浑身长满了毛的怪兽。

它纵身一跃就突破了青绫密不透风的剑影，几个起落就消失在夜雾中。

"哇，这是什么妖怪，怎么如此可怕？"王子进被这变化惊得哇哇大叫。

"是食金兽，也叫'貔貅'，因为是以钱为食物的妖怪，拥有预见财富的能力。"绯绡看向王子进，为他解释，"它早在四十年前就看到了这姑娘有发达的可能，就预先布置了一切，想在她变成富人时敲诈一笔，可惜却没有吃到这顿大餐。"

"浑蛋，还是被它跑了！"青绫身体轻盈一转，长剑再次化为竹箫，被他潇洒地插在了腰带中，他颇为心痛地走到了蟾蜍前，将它捉在手中，"不过绯绡，你是什么时候在我的钱袋上下了诅咒？我怎么不知道？"

"所谓诅咒，信则灵，不信则不灵。"绯绡接过蟾蜍，轻轻一捏，蟾蜍再次变成了一只漂亮的织锦袋子，"在它相信我的话时，诅咒就被施下了。"

"说白了还不是骗人？"王子进立刻拆穿他，对他的谎话嗤之以鼻。

绯绡凤目含威，瞪了他一眼，刚要出言反驳，却见一个小小的身影沿着河堤走了过来。她像是夏日里的萤火，走到哪里，就将一簇微弱的光亮带到哪里，仿佛踏着流逝的光阴缓缓而来。

青绫一看到她，立刻迎了上去："六月，你怎么来了？不是让你好好地在万家等我们回来吗？"

　　"时间不等人了……"六月吹熄了手中的火焰，焦急地说，"万家的主人命悬一线，你们找到灵药了吗？我们得快点回去。"

　　绯绡闻听此言，轻轻地转过头，看向了躲在王子进身后的花蕊。王子进见他黑眸中似蕴着一层薄冰，心中登时一寒，忙将花蕊紧紧藏在了身后。

十三

　　"你要躲到几时呢？"绯绡薄唇微启，叹息般说，"你应该已经想起了一切，仍然不想面对吗？"

　　"绯绡，不要杀她……"王子进伸手挡住了他，哀求道，"你看她就是个如假包换的人，不要听怪物的胡言乱语……"

　　绯绡眸光似冰，冷静地看着他："子进，我不会杀她，而且杀了她万家主人也会失去一魂一魄，即使醒过来也会变成痴呆。"

　　花蕊轻盈地转身，从王子进的庇佑下走出来。月光似破碎的光阴，洒在她如玉的面庞上，为她的眼角眉梢，平添了岁月的斑驳。

　　她的身体不受控制地轻颤着，显然十分恐惧，但仍坚定地看向了绯绡："这位公子，那请问你要花蕊做什么？"

　　绯绡沉吟了一会儿，冰冷地答："很简单，做个选择。"

　　所有人都沉默了，每个人都知道她要做的选择，但没人愿意说出口。

　　"选择作为一个傀儡活下去，还是将你的魂魄和记忆完全交还给万家主人。"最终绯绡清冷的声音打破了寂静，像是冰镐打破了冰封的湖面，"如果你不交还，万家主人会死，而你会代替她活下去。但时间会凝固在你身上，永远不流逝，你不算个人，也不是妖怪，只是个承载灵魂的器物，等到你现在的傀儡身体磨损殆尽，就是你命尽之时。"

　　"交还了，我会怎样呢？"花蕊不再颤抖了，她的大眼睛黑而深沉，像是诞生了一个坚毅的灵魂。

　　"你会消失，彻彻底底地从这个世界上消失，留不下一丝痕迹。"

　　"不，这跟死了有什么分别？"王子进鼻中一酸，向他哀求道，"绯绡，你一定有两全其美的办法的，她说过要跟我们一起游山玩水的，她还那样年轻美丽，怎么能像露水一样消失呢？"

绯绡精致的面容宛如玉雕，一点表情也无，过了一会儿，方缓缓摇了摇头："子进，我无能为力。"

王子进知道绯绡神通广大，既然连他都这么说，定然是没别的法子。他心死如灰，颓然地倚在了河堤上，只见水光之中，花蕊的身影临风而立，碎了又聚，聚了又碎，恰似镜花水月般缥缈虚无。

"真是很难的选择啊。"花蕊低头沉思了一会儿，随即抬起头，微笑着看向王子进，"子进，我一时做不了决定，能陪我转转吗？我想好好在城中玩一玩。"

"好。"王子进见她可怜，再也不避讳男女大防，主动拉起了她的手。

"再耽搁一会儿，就怕万家主人会驾鹤西去……"青绫焦急地说，想要阻止他们。

"无妨，让他们去吧。"绯绡伸出玉笛，拦住了青绫，望着两人渐行渐远的背影，沉静地说，"她一定会回来的，我们去万家等她就好。"

"你怎么如此笃定？万一她跑了，我们岂不是白忙了一场？"

"不，从她对子进生出情愫来看，她已经是个人了。"绯绡坚定地回答，"她不会冷漠地看着一条生命，因自己而离去。"

青绫还是不放心，但看到绯绡平静从容的表情，最终也只能长叹一声，又唤出了一只纸鹤，带着六月乘风离去。

绯绡一袭素衣，好似披着一身霜雪，站在夜风中，定定地看着王子进和花蕊的背影，他红唇微抿，明眸中暗含悲伤，似看到了这对少年男女的最终结局。

花蕊和王子进沿着河堤漫步，刚到桥下，就见一条小船顺水而来，仿佛通晓他们心意一般，乖巧地停在了岸边。

两人对视一笑，相互扶持着走上了小船。这次他们再也没有争执，小船平稳舒缓地顺河流离开了下城。

岸边的景色越来越繁华，灯火璀璨，将这晚秋的夜晚映得恍如白昼。两人一会儿看舞姬在画舫上翩翩起舞，一会儿又看到杂耍艺人在桥上表演踢碟子，还有伶人们在岸边搭了大戏台，唱着最时新的戏文。

路过夜市时，王子进在一个卖花姑娘的船上买了一簇新鲜的红色蔷薇，将这浓艳动人的花插在了花蕊的发髻上。鲜花配美人，将花蕊的脸庞衬得更加明艳，正是人比花娇。

水中照出两人相依相偎的身影，一个是斯文少年，一个是如花少女，怎么看都是一对璧人。

　　"如今想来，在破旧的观音堂中，怪物并未发现我们，是不是母亲化身为观音在保护我们？其实我也不是一无所有嘛。"她转过头，轻轻地在王子进颊边印上了一个吻，"子进，对于一段被抛弃的灵魂的我来说，万云骏只是个虚幻的影子，我喜欢的只有你。"

　　王子进心中难过，抓住她的手，眼眶微红，不知该如何是好。他多么想劝花蕊留下来，可是想到那形似骷髅、躺在床上的病人，却无论如何也无法启齿。

　　两人拥抱着彼此，乘着小船顺水而行，只希望这朗朗秋月永不沉堕，花开不败，有情人长相厮守，时光永远驻足在这美好的一刻。

　　小船在河中漂漂荡荡，不知不觉，岸边不再热闹，变得安静了下来。

　　"子进，我到了……"花蕊从王子进的怀中起身，看向堤岸上高大富丽的宅院，"从这里上岸，再走过两个路口，就是万家。这对于一个跟风一样轻盈的灵魂来说，是很近的距离。"

　　"花蕊……"王子进拉着她的柔荑，知道了她的选择，已经泣不成声。

　　"虽然我的生命短暂，只有月余，可是却遇到了子进，真是太幸福了。"她笑中带泪，恋恋不舍地看着王子进清秀文静的脸，"我是一段不堪回首的记忆化成，如果没有你，可能得知真相后会满含怨恨吧，可是我现在心中只有感激……"

　　"不……不要说了。"王子进激动地紧握她的手，无论如何也不愿放开。

　　"正因为这样，我才能遇到子进，让我像个人一样，有了一段刻骨铭心的爱恋……"花蕊用手抚摸着王子进的脸，泪水打湿了双眼，"虽然只有两天，但我也满足了。谢谢你，让我被落雨笼罩的人生，有了阳光……"

　　她轻轻地闭上眼睛，吻上了王子进的嘴唇。

　　王子进只觉唇上一片温软湿冷，再睁开眼时，娇俏美丽的少女已经消失了。他握在手中的，只是一个残破的，身穿花色衣裙的傀儡娃娃。娃娃已经很残旧了，显然承载了多年的岁月风霜。

　　她面孔平平，眉眼嘴巴皆是黑线绣成，可是那张嘴微微上翘，怎么看都是在笑。

　　"啊啊啊——"王子进握着这小小傀儡，再也忍不住伤心，失声痛哭起来。有风，从河面上轻盈吹过，像是少女轻捷优美的脚步，又像是情人柔软缱绻的手臂，带走了他的眼泪。

　　明月缺了一角，高悬天际，银白色的光辉，将扬州城镀上一层银辉，照亮了这世上的悲欢离合，欢笑与无奈。

十四

万家重病了一个月的家主，在一夕之间痊愈了，而治好了这位贵人的病的，据说是一位风姿俊朗、喜穿青衣的美貌少年。

这消息像是风一般传遍了扬州城时，王子进正郁郁寡欢地坐在万家喝酒。

他从未见过，也不想去见病愈的万家家主，在他看来，心爱的女孩正是因此人而死。

秋风秋雨更添愁绪，他只能借这一杯薄酒，才能在蒙眬醉眼中，看到那消失在凄凉晚秋中的少女。

十日之后，秋意更浓，连扬州的风都透着几分入骨阴寒。万家的主人完全恢复了健康，绯绡也换上了厚重的白色锦袍，带来了要离开的消息。

他似乎看出了王子进的伤心，索性不提花蕊，只跟他说万家主人性格坚毅，聪明无比，虽为女流，却一点也不输于男人。

王子进知他是要自己放心，以她的个性，无论处于怎样的逆境都不会服输。可他握紧了酒杯，只当没有听到。

离开的那天是个阴霾的早晨，万家为他们准备了一条舒服而宽大的船，还有仆从随行，跟来时不可同日而语。

秋雨霏霏，王子进跟在绯绡和青绫身后，站在码头，等待登船。

但见如丝如絮的雨雾中，一顶软轿从码头的另一端缓缓而来。软轿停在了离他们数丈远的地方，一个跟在轿边的小婢女走到他们面前，微微一福，脆生生地问："请问哪位是王公子，我家主人有请。"

王子进愣住了，不知该如何是好，倒是绯绡轻轻推了他一把，他才脚步虚浮地跟在婢女身后，来到了轿子前。

轿上的帘子是细密的竹篾织就，别致而不过分奢华，露出了一个女人的侧影。她已年过五旬，鬓发斑白，发髻上戴着珠玉头冠，虽然隔着薄薄的轿帘，也可见她风度卓然。

"子进，好久不见……"轿中响起了一个低沉苍老的声音，语气中却隐含深情，"我想起了所有，包括被自己刻意遗忘的过去和跟你共度的美好时光。"

"小生……拜见夫人……"王子进听到这熟悉的语调，不由得哽咽，朝她深深鞠了一躬。

只是一转身间，他们就已隔着四十载的悠悠岁月，是终其一生都无法跨越的天堑屏障。

时光，最是温柔，也最是残忍。

"此去经年，后会无期，望王公子保重，老身也会在扬州城中，为公子祈福祝祷。"轿中的老人充满感慨地低吟，"明月隐高树，长河没晓天。悠悠洛阳道，此会在何年。"

"小生……也很喜欢这首诗……"王子进听她说完，泪水终于不受控制地落了下来。

他朝轿中人三拜而别，转身离开，踏上了离别的客船。

江水悠悠，千百年来，不知送走了多少离人。绯绡临风而立，站在船头，又吹起了一曲《春江花月夜》。

王子进一直站在船尾，眺望着立在码头的一顶软轿，直至它变成了一个小小黑点。

悠悠洛阳道，此会在何年？

古来人生有七苦，唯有离别，最是断肠。

第七夜

绮罗香

蓬门未识绮罗香，拟托良媒益自伤。谁爱风流高格调，共怜时世俭梳妆。

窗外鹅毛般的落雪漫天飞舞，窗内暖炉生烟，温暖如春，一扇精致的雕花木窗，似隔绝了两个世界。

身穿朱红纱衣的女人端坐在窗前对镜梳妆，她的背影曼妙婀娜，腰细得不盈一握，露出的一截皓腕上戴着个盈盈如水的碧绿玉镯，更衬得她的肌肤柔滑莹白，宛如上等的羊脂。

"郎君，我美不美？"女人回过了头，她秀发高绾，鬓边插着金凤步摇，一张鸡心般的小脸，却恰好被香炉中缥缈的烟雾遮住了。

她身后坐着一位年轻的男子，做文人打扮，听她呼唤，从书卷中抬起了头。他目光迷离，陶醉地望着被如丝如絮的烟气包裹的女人，仿佛连魂魄都被眼前倾世的美色勾走了。

"美，真的太美了……"他痴迷地答。"我们永远相厮相守好不好？"美女袅袅婷婷地站起来，缓步走到他面前，伏在了他的膝上。

她乌蓬蓬的秀发，像是潮水，又像是绵绵不尽的情意，在他指间缠绕。他抚摸着女人纤细的腰肢，沉醉地享受着这美好如梦境般的午后。

烟气萦绕，好似一个个白色的精灵，在他们身边跳出妖艳的舞蹈，蛊惑人心。

男人沉浸在温柔乡中，瞳仁涣散，唇边挂着满足的微笑，恍如行尸走肉。

屋檐下，一蓬积雪吧嗒一声掉落在地上，遮蔽了窗下的黑色的泥土。雪更大了，压低了屋檐，也覆盖了那些不为人知的，发生在黑暗世界的秘密。

一

几场雨雪过后，东京城就入了冬，转眼就到了滴水成冰的季节。

王子进从扬州回来之后就郁郁寡欢，没事喜欢去找郭生喝酒。郭生忙于教书育人，早已将几个月前美人图的怪事抛到了脑后。

"如果总是留恋旧时光，又怎会领略明朝的快乐？与其庸人自扰，不如速速忘记。"郭生见他憔悴无神的模样，就知他这个多情种子又被哪位佳人抛弃了，在酒桌上不停开解他。

如此畅饮了几日，他抑郁的心情总算稍减。

当看到积雪在阳光下消融，只觉人和人之间的缘分也正像这漫天飞雪一般，会随着时间的推移化为乌有，可正因为必然消逝才显得分外珍贵。

曾经拥有，总好过不曾相遇。

这晚他又多喝了几杯，深一脚浅一脚地走在结了薄冰的青石板路上，为了快点回客舍，还特意挑了一条近路。小巷中阴暗崎岖，只有淡淡月光从天心挥洒而下，照得布满积雪的小路好似一条闪光的白练。

晚风凄寒，从巷中呼啸而过，仿佛将天空的明月、星子都一并冻凝。

王子进裹紧了棉衣，一路小跑，就在即将走出小巷时，冷风中送来了几缕若有若无的香气。

香气格外芬芳馥郁，比茉莉更清幽，比乳香更甜腻，像是春天初绽的丁香的暗香，又像是情人唇边残留的胭脂气味，宛如一只看不见的手，轻易就攫住了他的灵魂。

他情不自禁地顺着香味走去，只见一个人正匍匐在巷口，而勾魂摄魄的香气，正是从那人身上散发出来的。

"这位兄台，可是也喝多了？"王子进好奇地走近，才看清这人头戴幞头，身穿靛蓝色棉大氅，竟然是个年轻的男人。

可男人并不回答他，仍蜷缩在冰冷的雪地中，像是一只首尾相接的虾。

他惯来心善，就要扶这青年起来，哪知他一碰到青年的肩膀，立刻觉得触手黏腻温热，竟然沾了满手鲜血。

"救命啊——"小巷中传来了他凄厉的呼叫。

天寒路滑，几名捕头正在巡街，突然听到了这撕心裂肺的叫声，忙提灯过来查看。当他们赶到时，只见一个周身是血的青年瘫坐在小巷中，他双眸微张，气若游丝，显然是受了极重的伤。

而不远处一个模糊的人影正在跌跌撞撞地奔逃，捕头们见凶犯还未跑远，忙出刀追了上去。纷乱的脚步声，呼喝叫喊声，在小巷中回荡，打碎了宁静的寂夜。一团白色的狐毛随风飘起，裹着碎雪，飞到了半空中。

风吹起细碎的积雪，在黑暗中撒下了一片银白色的雪雾，迷乱了时间和空间。温暖的客栈中，几片雪花从窗缝溜进来，落在了烛台上，灯火烧焦了雪中裹着的狐毛，啪地爆出个闪亮的灯花，惊动了坐在窗边赏雪喝酒的白衣少年。

他剑眉微蹙，凤眼中满含嫌弃，望向了窗外苍茫的夜色，仿佛窥到了藏在这华美夜色后的邪恶之事。

"这个子进，真是爱惹麻烦。"他长叹口气，放下酒杯，竟然推开窗，径直走了出去。

客舍位于二楼，可飞舞在半空的积雪自动变成了一条银白色的路，铺在了他的脚下。他走到哪里，雪就飞舞到哪里，而当他抬起脚步，身后的雪又变得柔软而脆弱，挥挥洒洒地从半空中飘下。

他踏雪而行，走得缓慢悠闲，但速度却十分迅捷，身影很快就消失在寒冷的冬夜中。

当晚王子进似做了个噩梦，急得他满头大汗。

梦里有个濒死的男人，看起来刚过而立之年，浑身浴血地歪靠在冰冷的墙壁上。他脸如金纸，眼窝铁青，一双瞳仁涣散的眼，紧紧地盯着他。

"别看我了，也不是我害的你！我这就去帮你找郎中。"男人的目光散发着浓郁的死亡气息，令他头皮发麻，一跤就跌倒在雪地上。

青年的嘴一张一合，似乎说了些什么。

"你想告诉我什么啊？再大声一些。"他焦急地问。

可青年的头一歪，斜倚在墙上，再也没有了声息。他壮着胆子探了探青年的鼻息，只觉他气若游丝，心口冰冷，似乎就要断气了。

他吓得惊慌失措，不知该如何是好，可就在他慌张无措之际，却见巷口有灯火闪烁，向自己慢慢靠近。

来人是三个壮汉，走起路来稳健迅捷，全都穿着捕快的衣服，提着衙门的黄灯，他方明白，是自己的那声惊叫引来了捕快。

虽然没有做亏心事，可他仍吓得掉头便跑。捕快们很快发现了他，提着刀追在他的身后。

刀光映雪，寒气逼人，他惊恐地在狭小的巷子中奔跑，酒吓醒了一大半。可他怎么跑也找不到出路，像是只没头苍蝇般在巷子里乱转。

"在那边！"然而最悲惨的是，一路乱闯的他很快就跑进了一个死胡同中，身后传来了巡捕们的声音，甚至灯笼的灯光都将他的影子映在了墙上。

"怎么办啊？"王子进急得团团乱转，蹬着腿就要爬墙，可是墙壁结满了冰，又冷又滑，他试了两下都又跌了下来。

然而就在这时，一只冰冷的手按在了他的后颈上，他吓得凭空打了个激灵，忙回头看去。

只见积雪中正站着一个白衣少年，他的白衣脱尘出俗，比雪还要更白几分。而最动人的，是他微微上翘、眸光晶亮的丹凤眼，和那好似永远含着笑的、从容而多情的红唇。

"绯绡！你可算来啦，我又撞上怪事了！"他一看到这美少年，像是见到了救星，立刻就扑了上去。

"嘘，不要说话……"绯绡拉过他的手，飞快地在他手心上写了个"隐"字。

随即手掌覆上他的掌心，两人双手紧握，并着肩、踮着脚，紧紧贴着墙壁站定。

不过一会儿工夫，灯笼的光芒越来越亮，巡捕们已经追了过来。他们提着灯笼在窄巷中转了两圈，也没有找到任何人影。可他却吓得半死，因为捕快们腰际的刀鞘，好几次都差点撞上他的膝盖，他们手中的灯笼，更是屡次在他眼前晃过。

"还是被那小子跑了！""回去查查伤者，一定会找出蛛丝马迹，定不会让他逃之夭夭。"

三名捕快愤恨地边说边走，离开了窄巷。

而他则似耗尽了所有的力气，一下就瘫坐在地上，绯绡松开了他的手，月影西斜，辉光洒落，也再次映照出了他的身影。

"这是怎么回事？"他好奇地问绯绡，可他刚要回头，就觉得后脑一痛，眼前的世界变成一片漆黑，噩梦也戛然而止。

二

火盆中烧着上好的银丝炭，盆上还架着一副铁架子，烤着只肥腻的鸡腿。鸡腿上的油滋滋作响，掉落在盆中，火苗立刻蹿了几蹿，发出噼啪轻响。喷香的味道蹿入了王子进的鼻翼，他深深地嗅了几下，总算睁开了眼睛。

他环顾四周，在看到暖棕色的帷帐，熟悉的摆设，尤其是那只香气四溢的鸡腿后，终于长长地舒了口气。

原来昨晚的经历，真的只是南柯一梦。

"子进，你终于睡醒啦？快点去给我买酒。"一只玉手拿起了烤得喷香的鸡腿，装在盘中，那手指竟然比瓷盘还要白上几分，正是绯绡的手。

"哎，我刚刚做了个噩梦，头好痛……"王子进哀哀哭叫，摸着涨痛的后脑，哪知竟然摸到了个鸡蛋大小的血包，"怎么回事？我脑后竟然真的有个包？难道昨晚不是在做梦？那些事都真实地发生过？"

"庄生晓梦迷蝴蝶，是梦境还是真实，有那么重要吗？关键是你现在平安无事。"绯绡轻盈地撕掉了一丝鸡肉，塞入口中，朝他挑了一下剑眉。

王子进回想梦中的惊险经历，越想越觉得后怕，也不想再追究，索性去帮绯绡买酒。

当他裹着厚棉衣走出客栈时，已是天光大亮的午时，和煦温暖的冬阳驱散了午夜的阴霾，昨晚那可怕的梦境，好似露水般在阳光下蒸发了。

他踩着消融的积雪，脚步越来越轻快，待走到人群熙攘的闹市时，早已将噩梦抛到了脑后。

路上的姑娘们都穿上了厚重的大氅棉袍，只露出一张张冻得通红的小脸，王子进一路看过去，没看到几个美女，颇为遗憾地钻进了酒楼。

冬日一到，绯绡就喜欢点名要喝这家酒楼中的绍兴黄，配上整只烤鸡，就能让他变成白狐，蜷缩在炭盆旁，舒舒服服地待上一天。

"你听说了吗？昨晚在崇文坊发生了怪事。"严寒的冬季，喝黄酒取暖的人很多，排队的人闲极无聊，又说起了近日的怪谈。王子进昨晚酒醉后路过的小巷就在崇文坊，他忍不住竖起耳朵，认真地倾听。

"什么怪事？"

"听说昨晚有人在崇文坊的小巷里被害，捕快们为了抓到凶手，就将受伤的人抬回了衙门。"

"那又有何奇怪？"

"可是听说伤者本被安置得好好的，来诊治的郎中还在路上，他竟然就凭空消失了，棉被上只有一摊鲜血！"说话的男人压低了声音，"衙门里的人都说，这人多半是妖孽变作，搞不好他就在东京城里乱晃呢，所以最近千万不要晚上出门……"

两人絮絮低语，后面的话再也听不到，王子进却觉得自己浑身血液凝固，大脑变成一片空白。

他们说的显然是自己昨晚发现的受伤青年，看来那根本不是梦境，是真实发生的事情。

他犹记得那男人苍白失血的脸，唇边修剪细致的胡须，显然是个出身良好的文人。还有他对自己竭力说话的样子，他身上温热的鲜血，怎么看都是个活生生的人，而并非什么妖魔鬼怪。

可是这样一个大活人，怎么会凭空消失呢？

他再也顾不上买酒，连打酒的坛子都忘在了酒家，一路跑回了客栈。一推门，便见绯绡正伏在窗边的矮榻上，眯着眼睛晒太阳，自从入冬之后，他就变得越来越懒，那眯眼微笑的模样，怎么看都更像只狐狸。

"绯绡，不好了啊！"王子进见他如此悠闲，越发紧张，"听说昨晚受伤的男人竟然消失了，都说他会在东京城里四处游走，他是不是心怀怨恨……"他越想越害怕，结结巴巴地问，"他……他搞不好还会来找我，因为我跟他见过面……"

"哦？这倒有趣？难得你开始想男人了……"绯绡从榻上坐起来，居然没有追究酒的事，"快点说来听听。"

王子进忙将在酒馆中听到的话一一说给他听，绯绡听他绘声绘色地描述，始终薄唇微抿，没有做任何猜测。

"他对你说的那些话，你还记得是什么吗？"

"不记得了……我当时喝得迷迷糊糊，又受到了惊吓，脑子乱成一团，怎么能记得住呢？"王子进拼命抓挠着脑袋，"而且他说的，好像是些非常容易忘记的话。"

"哦？那就麻烦了……"绯绡摸了摸下巴，又问道，"他身上就没有任何特点吗？"

王子进微眯着双眼，望着窗外的青天白日，思索了一会儿，鼻翼间似乎又萦绕起诱人的香气："有……他的身上格外地香。"

"是麝香还是檀香？"

"都不是，我从未闻过那么好闻的香味，我也是被香气吸引，才发现他的……"王子进充满向往地说，"我开始还以为是美人身上的香味，可是看到是个男人后，居然也不觉得厌恶，真是太奇妙了。"

"看来只能去香料铺子中找找了。"绯绡沉吟了一会儿，但凭着这点蛛丝般的线索，也想不出更好的办法。

两人当天便裹上了厚重的衣服，走出了客栈。绯绡使出缩地之法，只用了一炷香的工夫，就来到了东京城集市上的香料市场。

这条街上香料铺子一家连着一家，鳞次栉比，卖香料的有金发碧眼的胡女，也有生得高大魁梧的昆仑奴，虽是寒冷的冬日，仍然人来人往，摩肩接踵。

在这里可以找到任何想要的香料，不论是珍贵的瑞龙脑，开窍消肿的茵犀香，还是百洗仍浓郁不散的百濯香，都有店铺在售卖。王子进每看到一家店铺就闻个遍，几个时辰下来，闻了不下千种香料。

他被或浓郁或清雅或刺鼻醒脑的香气熏得头昏脑涨，几欲呕吐，可直至转到日薄西山，也没有找到昨晚闻过的，那缕令他魂牵梦萦的香气。

冬天的夜晚来得格外地早，两人疲惫而失望地在夜色中穿行，走出了香料市场，来到了一家小酒馆中喝酒暖身。

几杯黄酒下肚，王子进总算有了点精神。

"就这么点线索，想要找到真相，无异于大海捞针。"绯绡飞快地喝了两碗鸡汤，满足地抹了抹嘴，"不如我们回去歇息，将此事放一放，反正死去的青年也跟我们无关。"

"不行……"王子进想到男人青白的脸，绝望的眼神，又起了侠义心肠，"如果就这样让他蒙冤而死，我心中过意不去。"

绯绡早已习惯了他烂好人般的心肠，凤眼一瞥，也不想再跟他多费口舌。

"尤其是他的尸体还消失了，我总觉得这里面有阴谋。"王子进又喝了两杯酒，更加义愤填膺。

"废话，是个人都能看得出来，不过除非你能提供新的线索，否则我们毫无头绪。"

王子进醉眼蒙眬，看着绯绡冷淡高傲的脸，他葱管般的鼻子，红色的嘴唇，乌黑的长发，在雪光的映衬下显得更加高贵俊美，给人一种无法企及的疏离感。

"我想起来了！"他握紧了筷子，猛地站起来，兴奋地说。

"想起什么来了？大呼小叫，吓了我一跳。"

"他对我说的是一首诗！"王子进激动地说，"怪不得我转头就忘，因为那是一首很常见的诗。"

绯绡不耐烦地喝着暖酒，等待他继续说下去。

"蓬门未识绮罗香，拟托良媒益自伤。谁爱风流高格调，共怜时世俭梳妆……"王子进摇头晃脑地吟道，"这是一个女人对爱慕的人求之不得，自伤身世的诗，所以这件事里面，应该有个女人。"

绯绡轻旋着指间的酒杯，沉默不言，可他黑眸中精光闪烁，似乎已经有了主意。

三

回到客栈后，他就将窗户大敞四开，北风挟着积雪灌了进来，将王子进冻得裹着棉被蜷缩在床上。

"你在干什么啊？"他连打了两个喷嚏，实在耐受不住了，"快把窗子关上吧，这么冷招魂都招不来的。"

"唉，冬天就是这点麻烦，连搜集消息的虫子都无法驱使，我只能想办法找个老朋友来帮忙。"绯绡哪肯听他的话，居然临窗吹起了玉笛，笛声顺着风飘飘洒洒，悦耳的宫商之音在雪花间跳跃，像是一个个精灵，将讯息送到了远方。

满腹怨言的王子进，在听到这美妙的笛音后也闭上了嘴，凝神静静欣赏。

然而这笛曲正奏到美妙处，竟然掺杂了喵的一声猫叫，王子进听到这声猫叫，立刻吓得汗毛倒竖。

他永远也忘不了春天的雨夜，在临时搭起来的小黑屋中，一个脸上长满了金色毛发的少女向他扑过来的惊悚一幕。

最糟糕的是，他的恐惧很快就成了真，一只金色的断尾猫嗖的一声从暗处跃出来，脊背一弓，就钻进了房中。

"哇！"王子进大叫一声，整个人都缩进了棉被中。

"好久不见啊，王公子还是如此胆小呢。"猫就地一滚，变成了个窈窕美丽的少女，过了半年，她看起来丰硕明丽了许多，连衣饰都换成了胡姬们喜欢的绣着金线的红衣彩裙。

"不用理他，我是有事求你。"绯绡笑眯眯地拉起了少女的手，"看样子你最近过得不错啊。"

"是啊，我如今住在一个珠宝商家中，波斯人都喜欢猫，我在他的家中，简直是贵族般的待遇。"她红舌一伸，在白森森的獠牙上舔了一下，满足地笑了。

"我遇到点麻烦事，得找你帮点小忙。"

"如果是别人开口我就不帮了，可既然是连你都摆不平的麻烦，我倒有兴趣试一试。"少女说罢又变成了猫，纵身一跃，跳到了窗前，朝他喵喵轻叫。

"去帮我搜集东京城中这一年来所有的怪事，尤其是跟香料或者是女人有关的……"绯绡轻轻地抚摸着猫的脊背，好似对情人般温柔多情，"记住，越快越好，我怕夜长梦多。"

猫轻声叫了两声，优雅地纵身一跃，金色的影子如一道美妙弧光，消失在冬夜中。

待它走远，王子进才战战兢兢地钻出了棉被，好奇地问："你让它去打探，能查出来吗？毕竟不是每家都养猫。"

"言之有理，可是你别忘了，虽然猫不常见，老鼠却无处不在……"绯绡得意地挑了挑眉毛，俊脸上满是骄傲，"而猫，偏偏是老鼠的克星。"

王子进立刻恍然大悟，对绯绡佩服得五体投地，大展马屁神功，还为他揉肩捶背，将绯绡哄得惬意无比，变成只白狐舒舒服服地接受他的按摩。

而金华猫也不负他们所望，在次日清晨就带来了消息。

喵喵喵——晨雾未散，金色的猫就出现在窗前，轻轻地叫了起来。它的声音时高时低，时而悠长，时而短促，倒像是人说话一般，而绯绡则认真地伏在窗前，任长发如瀑布般披散在肩头，美不胜收。

猫每叫一声，他就点一下头，有时还会皱下眉，似乎听懂了它的每一声轻叫。

猫又叫了一会儿，像是在细细叮嘱什么，之后转身跃下了窗沿，姿态轻盈敏捷，十分迷人。

"它说了什么？"王子进待它走远，才敢从棉被中钻出来，好奇地问。

"一年之间，发生的跟女人和熏香有关的怪事确实有几件，第一件是个客栈老板杀人劫财，将尸体埋在了后院，用熏香掩盖尸臭；另外一件是胡商的妻子跟人偷情，卷走了铺子里价值千金的香料……"

"就是这桩！受伤的男人一定是情夫！否则一个大男人，为何将自己熏得如此香？"他刚说了一半，王子进就激动地打断了他。

"子进，还不只如此……"绯绡将长发拢在脑后，有条不紊地穿起了锦缎白袍，显然是要出门了，"还有一个裁缝铺中的女子，据说貌若天仙，十分喜欢熏香，还有一个跟她定了亲的男人。"

"这有何稀奇的？男大当婚女大当嫁，再说稍有些钱的小户女子都会熏香，何况是个手艺好的裁缝。"王子进连连撇嘴，"绯绡，我们今天就去胡商家里问问吧，一定是他嫉恨心起，才出手害人！"

"听说裁缝铺的主人，是位美女哦……"绯绡放缓了语速，朝他抛了个眼风。

"我去裁缝铺，你去胡商家中，咱们分头行动，还能节省时间。"王子进飞快丢下一句话，掀起箱笼找起了衣裳。

绯绡见他忙着更衣梳洗，眼中有了神采，似乎已经忘记了在扬州城的秋夜凋零的花，心中暗自松了口气。

他惯来最讨厌管闲事，之所以追查这桩怪事，也是因为想分散王子进的悲伤，让他快点振作起来。

见此举行之有效，微笑再次荡漾在他的唇边。

王子进脚步匆匆地离开了客舍，最妙的是今天竟然成功地支开了绯绡，没有他做对比，自己也堪称风度翩翩，一表人才，没准会遇到佳人芳心暗许。

他越想越雀跃，连清晨的冷风吹在脸上也不觉得痛，脚步轻快地向东京城的西市走去。据绯绡说那裁缝铺叫作花琴坊，就在西市的一条小街上。

他边走边找，在集市中转了两圈，却发现这条小街上根本没有一家裁缝铺，倒是有家卖猪肉的店面客如云来。

屠夫在寒冷的冬日仍打着赤膊，手持砍肉刀，正在将一只处理好的猪大卸八块。

"请问这街上可有一家名唤'花琴坊'的店？"他在旁边看了半晌，方鼓足勇气，问向手持砍刀的屠夫。

"花琴坊？早就不干了！"屠夫瞪了他一眼，不耐烦地答，"那家娘子将店铺盘给我，已有一年之久。"

"可是我听说……"

"买不买肉？不买肉别耽误我的生意！"屠夫不耐烦地瞪了他一眼，"客人们早就等急了！你还在这里啰里八唆个没完。"

王子进的心凉了半截，可他仍抱着一丝希望，又去别的店铺打听，大家都对花琴坊记忆犹深，异口同声地说那家裁缝铺中做出来的衣服飘逸美丽，每日贵客如云，但不知为什么，突然在一个夏夜关了门。

　　店铺在短短几日内被盘出，谁也不知那名唤"花琴"的漂亮娘子去了哪里。

　　王子进走街串巷，脸被冷风吹得几近麻木，才终于明白绯绡为何坏笑着任自己离开，原来这家伙早知道此行是白忙一场。

　　可奇怪的是，这些人口中的花琴都各不相同，有人说那是个爱笑的圆脸少女，还有人说她冷艳如霜雪，更奇怪的是，连年纪也不一致。从年方及笄到年过韶华，跨度竟足有二十年。

　　他越想越是困惑，索性找了一家茶舍休息。

　　冬天的茶舍挤满了人，火盆中的炭烧得极旺，驱散了严寒。他坐了半晌，才觉得被冻僵的脑袋又渐渐活跃了起来。茶是甜香的桂花红枣茶，窗外被落雪覆盖的建筑映在樱红色的茶水中，宛如仙境般美丽。

　　他实在是不懂，为什么绯绡会说这倒闭了一年的花琴坊会跟小巷中受伤的男人扯上关系。

　　茶舍中污浊的气息令他头昏脑涨，迷迷糊糊中，他的眼前出现了一个头戴幞头，白中泛青的男人的脸。

　　"蓬门未识绮罗香……绮罗香……"男人浑身鲜血，倚在冰冷的墙壁上，呻吟着说。

　　啪的一声轻响，王子进的手一抖，将茶杯摔到了地上。他突然想通了什么，疲惫全消，仿佛被人当头淋了一盆冰水，脊背上渗出丝丝冷汗。

四

　　他再也坐不住，一路小跑着回到了客栈，此时太阳方有些西斜，绯绡不知去了哪里游荡，竟然还未回来。他急得抓耳挠腮，恨不得立刻跟人分享自己的发现，可直至天色昏暗，华灯初上之时，绯绡才以白狐的形态从门缝钻进来。

　　"绯绡，绯绡！小巷中的男人，是不是跟那位叫花琴的少女有关？两人相爱了，门第却相差太远，那首诗是花琴心声的写照。后来因花琴纠缠不休，男人为了摆脱这段感情害死了她，店铺才突然关门。哪想到一年之后，却被她的鬼魂报复，所以那个负心人才受伤倒在了小巷中？"他一把抓住白狐毛茸茸的尾巴，问个不停。

　　"子进，你让我歇息一下好不好？"狐狸白了他一眼，摇着尾巴钻进内室沐浴更衣。待房门再打开时，站在他面前的已是一个目如朗星、眉目如画的美貌少年。

　　"一天没吃鸡，真是生无可恋……"绯绡懒洋洋地躺在床上，又卖起了关子。

王子进立刻掏出早已准备好的烤鸡，抛到他的面前。

"如果再有点美酒就更好了……"

王子进不顾疲惫，跑到楼下，为他买了坛好酒。

绯绡见有烧鸡美酒，风卷残云般将鸡啃得只剩骨架，酒也喝得见底。他满足地舒了口气，朝王子进点了点头："不错，子进你确是我的知己。"

"不要说这些啊，快点告诉我真相！男人到底为何受伤，裁缝店的娘子怎么会突然消失？"

可绯绡仍拖拉了半晌，才终于肯告诉他自己的行踪，原来他今日并未去胡商的家中，而是变作白狐，从后院钻进了衙门中，去探听那晚发生的怪事。而且运气非常好，居然恰好遇到了那消失的男人的老母在衙门口啼哭大闹。

原来消失的男人身份几乎可以确定，是尚岳书院的学子，名唤顾岩，家人见他两日都没回家，来到官府报官。可哪想到会遇到这种活不见人死不见尸的事，因为顾岩最后是在衙门中消失的，他那年迈的老母天天来衙门前要人，这两日闹得鸡犬不宁。

"可怜我的儿，就要投奔到夫子张慕华门下，怎么就出了这种事？"老婆婆一边哭，一边倾诉。

"真是可惜，听说拜张慕华为师，只需得到他的提点，轻易就可科举高中。可他收徒甚少，三年才收一个徒弟。"王子进听他转述，忍不住扼腕叹息，"希望他能有一线生机，活着回来。"

"不可能了，他早就死了。"绯绡看着王子进，眼底像是蕴着薄冰，"因为他根本不是消失，而是被黑暗中的妖怪吃掉了。"

"你怎么如此笃定？我最后见他也只是受了伤，虽是重伤，但救治及时的话也能活命。"王子进实在不愿相信顾岩就会这么死了，连连摇头。

"因为我闻到了那香气……"绯绡眯着凤眼回忆，他午后找到了顾岩消失时睡的被褥，果然上面仍留着一股蚀骨销魂的残香，"太好闻了，千年之间，我从未闻过这么好闻的味道。那根本不是属于人间的气味，只有用了邪法才能研制出那种香料。"

"哈哈哈，别说笑了，香料再好，也不过能熏衣驱虫，谁会费心研究它呢？"王子进干笑了两声，仍不信他的话。

"好的香料，能令人平添风华，过目难忘，用邪法加持的还可勾魂摄魄，迷人心智。据说当初李夫人就是用邪香迷惑汉武帝的，不但用来沐浴，还用它熏衣，令原本就貌美的自己变得倾国倾城。"

"听你这么说，似乎都是好处，跟顾岩的消失又有何干系？"

"香气对人类有勾魂般的魔力，对异界的妖物也同样如此。"绯绡眸光流转，意味深长地看向王子进，"否则你以为李夫人为何突然生病，病后还不敢面圣。这种香料只需沾上一点血，就能令血腥的气息更加诱人，召来黑暗中的魔物，将其分而食之……"

王子进想到无数妖怪从黑夜的暗影中走出来，将人生吞活剥的一幕，吓得面色惨白，忍不住打了个冷战。

"所以是有人将他刻意刺伤，又涂了异香丢在暗巷中，就是要神不知鬼不觉地除掉他，可惜却被你撞破……"

"怎么这种事都被我遇上了……"王子进欲哭无泪。

绯绡得意地扬眉浅笑："而且他更想不到的是，你的身后还有我，以为自己能逍遥法外。"

王子进看着他精致美丽的脸，唇边洞悉一切的笑容，立刻恍然大悟："啊，怪不得你会特别在意裁缝铺的事，邻人口中的女郎形象各异，定然有玄机。"

"没错，因为每个人看到的都不是真正的她，而是受到香气迷惑，自己脑海中的幻觉，才有这种千面娇娃。"绯绡点了点头，肯定了他的猜测，"我今日去衙门，就是想闻闻香气，确定这件事。"

"但花琴为何会杀顾岩呢？他们怎么会认识？"

"那就要找她亲自问一问了。"绯绡略一沉吟，"你别忘了，这位千面女郎的身边，可是有一位情人的。"

王子进突然像是想到了什么，立刻拍起了巴掌："没错，她的情人就是顾岩，顾岩拜名师为徒，即将飞黄腾达，要与她决裂，她由爱生恨，设计杀了他。"

绯绡见他目光炯炯地推测，笑着叹了口气："你真是满脑子男欢女爱，真相是什么，待我们明日问过了那位面容千变万化的女郎再说吧。"

"怎么？你已经找到她了吗？她现在在干什么？到底长得美不美？是不是那种蛇蝎美人？"

王子进再次围着他问个不停，可绯绡仍然像是平日一样卖着关子，为了逃避他的追问，又变成了白狐，蜷缩成一团，窝在了窗边。

日头早已沉下山巅，云层如海涛般奔涌，淹没了天幕，也遮蔽了星月光辉。寒风乍起，吹掉了树上残存的枯叶。一场风雪，即将到来。

五

天色阴沉，像是张含冤带恨的晚娘脸，灰扑扑的，将整个东京城都映得暗淡无光。

冷风凄然，一个布衣荆钗、身穿笨重棉裙的少女正站在东市的街角卖手帕。

她绣工极好，手帕上的翠鸟栩栩如生，振翅欲飞，可惜再好的手艺也无法吸引几个买主，因为她相貌平平，像是只灰头土脸的鹌鹑，让人不自觉地想避而远之。

她疲惫地坐在街边，叹了口气，空茫的双眼望向繁华的都城，似乎看到了自己拥有"魔力"的那段好日子。

那时所有人都围着她转，一大早还没等开门，就有贵人家的奴婢等在门外，来替主人取最时新的衣裙。

她在街上走过，邻里们都注视着她的身影，甚至买布料和食物，店家也会少收她的钱，而且几乎每日都会收到求爱的花笺信物，向她求亲的青年才俊能站满整条小街。

可是如今，那些美好的日子都像是泡沫般在阳光下消失了，她被打回了原形，因为经历过高高在上的日子，过得比之前更加痛苦。

她感怀着身世，望着人来人往的街道，只见灰蒙蒙的人群中出现了一抹亮色。那是一个身穿白色锦袍、头戴金冠的美少年，他黑发如墨，肤色胜雪，翩翩然走在人群中，似一只白鸟穿透阴霾，朝她飞来。

少年的身后还跟着个书生打扮的人，不过二十出头的年纪，身穿低调的淡蓝色棉袍，生得文静清秀，长相喜人。

她看到了书生，心底突然一痛，像是被一根看不见的针，悄悄刺了一下。

"你就是花琴？"绯绡驻足停步，站在她面前，拿起了她竹篮中的绢帕。

"不，公子认错人了……"她低低地垂下了头，脸红得似滴血。

"怎么会呢？我明明闻到了异香的味道……"他见她否认，长指缓缓拂过了手帕，手帕上的翠鸟登时活了过来，振翅而飞，在灰蓝的天空下盘旋了一圈才慢慢远去。

少女目瞪口呆地看着这个容貌俊美、凤眼微挑的美少年，知道今日是遇到了异人。

她关了裁缝铺的一年间，做过帮佣，又卖过杂货，失去香气加持，容貌无法引人注目，从未有人认出她，没想到却被这少年轻而易举地找到。

"公子说得没错，小女正是花琴。"不得已中，她只能垂首承认，声音却有些哽咽。

"那……你认识顾岩吗？"王子进看着这形容憔悴、脸上有几粒雀斑的女孩，怎么也不信她会是心狠手辣之人，只小心翼翼地问。

"顾岩？那是谁？我如今在帮一位绣娘打下手，闲时卖些手帕丝带，只希望快点攒够回家的路费，哪里还认识什么人呢？"

王子进听了不由得愣住，他的猜测被推翻，不知该如何是好。

"是吗？那听说你昔日有个定亲的人，不知现在在哪里？"绯绡似已料到了一切，继续盘问。

"小女早已抛弃过去，连店都关了，过往的恩爱更是不再留恋。而且昔日追求我的人数不胜数，更不知公子说的是哪位？"花琴冷漠地回答，眸中毫无神采，仿佛行尸走肉一般。

绯绡见她这模样，知道再问也问不出什么，也没提到顾岩的离奇死亡，只给了她些碎银子，骗她说有人还在惦念她。

两人刚刚离开东市，雪花便飘飘洒洒地纷扬落下，好似鹅毛，又似柳絮，模糊了前方的道路，令这桩怪事显得越发扑朔迷离。

王子进见线索中断，十分低落，一回到客舍就喝闷酒。

而绯绡也没想到从花琴口中竟然什么都问不出，连爱吃的鸡都忘了，站在窗前，望着落雪渐渐覆盖了整个城市，不知在思索着什么。

"蓬门未识绮罗香，拟托良媒益自伤。谁爱风流高格调，共怜时世俭梳妆。"王子进一边喝酒，一边念着那晚顾岩最后说的诗。

会念出如此卑微哀伤的诗的，除了待嫁的贫女，还会有谁呢？

他又喝了两口暖酒，脑中突然灵光一现，想起了什么。他跌跌撞撞地跑向绯绡，连鞋都顾不上穿。

绯绡正在凝神思考，登时被他冒失的举动吓了一跳。

"绯绡，我知道凶手是谁了！"王子进激动万分，结结巴巴地说，"是个男人，而且是个怀才不遇的书生！花琴对我们说了谎，她确实有个情人，而那个男人多半是个读书人。"

"如此甚好，我也猜到那女孩在说谎，正想着用什么方法调出她脑中的记忆，现在就简单了。"绯绡也很开心，不断颔首微笑，"只需跟街坊邻居打听一下，经常出入花琴坊的书生是谁就行了。他应该从未用过异香，面容身份都是真实的。"

"他应该跟顾岩是竞争关系，我这就去尚岳书院问问，应该也能得到些线索。"眼见真相即将水落石出，王子进激动得连连搓手。

他披上棉袍，就迎着风雪走出客栈，连一贯怕冷的绯绡，也随后变成白狐跃下小窗。

雪飘洒飞扬，很快就将狐狸走过的梅花般的脚印掩盖，好似那些被时光抹去的，不为人知的秘闻。

虽然今日下了雪，没有卖出半块绣工，花琴还是很开心，因为这偌大的东京城中，竟然有人还惦记着她。

窗外冷风舞细雪，细雪唱轻吟，她坐在暖炉旁，埋头刺绣。红红的炭火忽明忽灭，照得她年轻圆润的脸也红扑扑的，她从这温暖的火光中，又看到了昔日的美好时光。

她曾为一位波斯胡商做过绣工，胡商来了东京城不久就染了恶疾离世，临死前给她留了一小盒香料，嘱咐她一定要善加利用。香料盒子十分朴素，是个简单的木盒，可一打开盖就异香扑鼻，令人沉醉。

在三月三上巳节那天，她才拿出这珍贵的香料，擦了一点出去踏青。

哪想到在诸多争芳斗艳的少女中，她竟然成了最受瞩目的一个。她的裙子是不起眼的淡青色，衣裳也是粗布裁就，可是不论男女老少，都目不转睛地盯着她，像是要将她装在眼睛中带走一般。

她从小到大，从未受过如此对待，还没有走到河边，就羞红着脸跑回了雇主的家。

开始她还以为是自己日益成熟，变得妩媚动人了，可是之后她无论做何打扮，周围的人都不再多看她一眼。

第二次使用香料的时候，是她去买布料的日子，结果跟上次一样，她再次成为人群中的焦点。她这才明白是香料的魔力，而且奇怪的是香气只对别人有影响，并不会令自己心神混乱。

她十分聪明，利用手艺开了家裁缝铺，只要以香料熏之，再普通的衣服也会得到人们的喜爱。

这家名叫"花琴坊"的店在她的经营下，很快就声名鹊起，贵客如云。

就在她的人生鼎盛之时，她遇到了沈陌汐。那是个苍白文雅的书生，在两年前的一个雪天晕倒在裁缝铺门外。当时他冻得脸色发紫，几近昏厥，她施他以热粥，赐他以寒衣，更因欣赏他的才气，资助他去东京城最好的书院读书。

"花琴，待我科举高中，定然会迎娶你。"沈陌汐聪明体贴，早就猜到了这美丽女子的心思，对她许下了誓言。

花琴第一次见他时，就觉得他长相文秀，周身流露着儒士的气息，早已对他芳心暗许，当即答应了。

两人从此恩爱地住在花琴坊中，她裁制华服，他替她打下手；他彻夜苦读，她为他红袖添香。

那是一段神仙般快活的日子，如果说她这一生是一匹灰扑扑的、廉价的布料，那段时光就是这布料上唯一的刺绣。

鲜艳、精致、明亮，让人小心翼翼又爱不释手，让她觉得自己终于活得像个人了。

可是好景不长，她赖以生存的香料很快就用完了。魔力消失，她被打回了原形，店里售卖的衣服再也没人光顾，甚至走在街上，都没人多看她一眼。

众人认识的，只是那个香气袭人、姿容美丽的女子，而并非姿色平庸的她。

为了生存，也为了不被心上人拆穿，她匆忙关了店，又变成了昔日那个贫苦无依的少女。

六

"蓬门未识绮罗香，拟托良媒益自伤……"坐在火盆前，她的眼眶渐渐红了，但仍含泪绣着绢布上的接天荷叶。

这首诗是沈陌汐过去经常念的，她不明白什么意思，只知道每次念起来，心中都会涌起悲伤的感觉。

她总觉得这诗中描述的就是自己，既自卑又骄傲，当香料用完的那个清晨，她连告别都没说，就离开了心爱的情郎，只为了保护这段美好感情。

窗边有呼啸的夜风刮过，她眼中的泪水，在这个寒冷的冬夜，滴到了绣了一半的锦帕上。水珠在栩栩如生的芙蕖荷叶上转了一圈，洇湿了一片锦缎，绢上的花开得再艳也终究是假的，轻易被现实拆穿。

雪越下越大，木窗砰的一声被吹开，烛火晃了两晃，也被吹灭。

花琴慌忙抬起头，只见陋室中竟凭空多了一个白衣胜雪的美貌少年，而在他的身后，一个书生浑身裹着雪花，像是个雪人般趴在窗框上。

"绯绡，下次你就不能换个方式过来吗？什么'踏雪寻人'，说得好听，就是在风雪中走路，我以后再也不相信你了……"书生吐出了一口雪，哀叫连连。

"你们到底是什么人？怎么总是缠着我不放？"花琴见他们正是白日里见过的人，忙拭干了泪水，警惕地躲在了墙角。

"不要怕，我们不是坏人。"王子进抖了抖衣袍上的雪，笑眯眯地说，"只是来问你些事情，千万别叫，吵醒人就不好了。"

可是他这强挤出来的笑在雪夜中看来显得僵硬可怖，花琴越发害怕，嘴巴微启，一声尖叫在喉中酝酿。

"沈陌汐。"然而面如霜雪的绯绡，轻轻说出了一个名字。

花琴立刻闭上了嘴，她平庸得毫不起眼的脸上浮现出幸福的神采，连眉眼都变得生动媚人。随即泪水再次涌上了眼眶，她激动地看向绯绡："是他叫你来的吗？他果然还记得我，可是我这副样子，要如何跟他相见呢……"

她慌慌张张地抚摸着自己的脸庞，又扯了扯粗布裙子，努力让它看起来整洁一些，既紧张又期待着。

"不，他早忘了你了。我只是来问问，是不是他从你手中偷走了香料？"绯绡的声音却如同冷硬的玄铁，轻易击碎了少女的绮梦。

花琴愣住了，笑容僵在了脸上，但她仍不愿相信，怒目瞪着绯绡："我不信！他怎么会忘了我？毕竟我们昔日如此恩爱。"

"既然恩爱，为什么你失踪了一年他都不曾寻找，甚至偷走了你赖以生存的蘅芜香呢？"绯绡毫不在意她满怀仇恨的目光，轻描淡写地说着，但每句话都像是锋利的刀子，轻易刺破人心，"而且他是个聪明人，每天只偷一点点香料，让你无法察觉。"

花琴没有辩驳，她扭着手指，垂首回忆着那些色彩斑斓，幸福得近乎虚幻的时光。确实，自从认识了沈陌汐，香料的消耗变得飞快，即便她再节省，也在短短一年间被用光了。

她的指节扭得青白，心中酸涩痛苦，空荡荡的似破了个洞。回想往事，那些想不通的疑点，像是退潮之后的礁石般露出了水面，让她无法不相信。

"你不要害怕，我们只是来跟你确定这些事情。"王子进见她面如死灰，怜悯地说，"今日午后我见到了他，他在一年内平步青云，进入了东京最好的书院，甚至要拜名师为徒，行为举止有嵇康的风度。但即便如此，他也始终没想过要找你……"

花琴听到此处，终于瘫软在地，哀哀痛哭起来。

"所以你也不要傻傻地思念他了，此人……并非良人。"王子进不忍看下去，拉着绯绡要走。

然而花琴却眼中含泪，困惑地看着他们："为什么？我对他这么好，他却如此算计我，难道从未真心喜欢过我吗？"

"连以真面目示人都不敢的人，怎能得到他人的真情？"绯绡却看都没看她一眼，带着王子进跃出窗外，消失在风雪中。

雪席天幕地，在风中跳着狂乱的舞蹈，淹没了两个人的身影，也掩盖了那个少女悔恨万分的哭声。

雪过天晴，东京城一夜之间就变得银装素裹，好似琼楼玉宇。而待到了傍晚，华灯初上，缤纷的光芒更将这雪中胜景映得宛如玉雕，行人们走在街上，似在天宫中漫步，被这美到虚幻的景色陶醉，不知归路。

一个衣袂翩翩、风采斐然的书生从书院中走出来。

他身穿一件普通的青灰色棉袍，是最常见的款式，可是这朴素的衣服穿在他身上就散发着熠熠光华，像是缀了珠玉，缝了金线一般亮丽耀眼。

他的面孔白而秀美，带着几分女相，双瞳乌黑，深不见底，即便是走在东京城熙攘的街道上，也十分出挑，一路上吸引了无数路人的目光。

在众人的瞩目中，他装作宠辱不惊的模样，低头看着遍布积雪的道路，可心底却似开出了一蓬蓬的鲜花，喜不自胜。

他的心情从未这么好过，自从得到了那盒奇异的香，他崎岖的人生之路就变成了处处充满光明的坦途。

在惑人香气的帮助下，他轻易就得到了同窗的喜爱，夫子的关照，甚至得到了贵妇的青睐，资助他读书。

名满东京城的夫子张慕华要收徒，他不费吹灰之力，就成了候选人之一。

他永远也忘不了被选中的那天，张慕华称赞了他的文章，其余的学子都对他投以艳羡的目光，初秋的阳光透过树荫洒在书院的屋檐下，像是金色的猫须。

他透过那华丽的光线，仿佛看到了存在于不远处的未来中的，那鲜花着锦，烈火烹油的美好时光。

可是就在他最癫狂得意的时候，顾岩出现了。他长得平庸无奇，年纪也比他大许多，但是当顾岩呈上文章后，张慕华就再也没有点评自己的文笔。当天晚上，就传出了消息，说顾岩可能会是名师的唯一之选。

即便他刻意在墨汁中掺了香料，耗尽毕生所学，写出来的文章，仍然轻易就败给了顾岩的连篇妙语。在对方碾压般的绝对优势下，奇异的香料也无法让他胜出半分。

不过还好他很聪明，既然香料能放大美好，当然也会令邪恶变得更加可怖。

他想方设法地接触顾岩，终于在短短月余成了他的朋友，在前几晚约他出去喝酒时，趁他酒醉时重重捅了他一刀。

当在顾岩血流不止的伤口上涂抹香料时，他的手毫不颤抖，非常平静，仿佛做的是一件再寻常不过的事。

可没想到那香料的效果竟然那样好，他本以为顾岩会中毒而死，哪知他竟然尸骨无存，连点证据都没有留下。

真是好用啊！轻松就替他扫清了晋升路上的障碍。还得感谢那个资助自己的丫头，如果没有她，他还不知世间有如此异宝。

"她可真傻……"他想到花琴，唇边荡漾出鄙夷的笑，"难道不知道每次约会，自己的面容都会随着我的心情变化而变化吗？"

不过也幸亏她傻，才被他钻了空子。

七

他脚步轻快，姿态潇洒地离开了人群，拐入了里坊间的一条小路。

今晚张慕华要为他这个得意弟子引荐一名贵人，为了给别人留下好印象，他特意在衣饰和肌肤上涂了浓郁的熏香。

明月皎皎，在瑞雪的映衬下宛如一枚晶莹明亮的宝石，高挂在天际。月光冰冷，将这繁华的城市都照得生出了几分肃杀之气，幽森的小巷中，黑暗的阴影中，似藏着无数蠢蠢欲动的魑魅魍魉。

"蓬门未识绮罗香，拟托良媒益自伤……"寂静的小巷中，传来男人清朗的低吟。

沈陌汐停住了脚步，心不由得一紧，这一年来他过得太顺太得意了，连警惕都忘记了。

"沈陌汐？"夜色中传来簌簌的踏雪声，一个身穿蓝色棉袍、头戴纱帽、面容清秀的书生从暗处走了出来，停在了他的面前。

"你是谁？我不认识你……"他依旧保持着风度和微笑。

"顾岩是不是你害死的？"王子进看着这个处变不惊、气质高洁的英俊青年，不敢相信他真的就是杀人凶手。可是他身上飘散着的浓郁的、勾魂摄魄的香气，却跟那晚他在顾岩身上闻到的一模一样。

"素不相识，你在信口胡说什么？"沈陌汐按住了衣袖，那里有他藏着的一把匕首。

"绮罗香……"

王子进刚刚说了三个字，就见沈陌汐面色阴冷，猛地一低头就向自己撞来。他宽大的衣袍中裹着一道寒光，散发着森森死气。

可一道白影比刀刃的光芒更快，从斜里冲出来，如流星破空般迅捷，一口就咬破了沈陌汐的手腕。

血混着香气在夜风中弥漫，变成了另一种蚀骨销魂的香气。

"不！"他惊恐地捂住了手腕的伤口，伤口虽不大，却咬得十分精准，温热的血汩汩涌出，根本就止不住。

香气越来越盛，暗巷的角落中，已经出现了几个狰狞的影子。王子进也忍不住以袖掩鼻，这味道比那晚他在顾岩身上闻到的更浓烈，激发了他潜藏在心底的兽性。

"不……不要……"沈陌汐绝望地高叫，拔脚便跑。

可他刚刚跑了几步，就被什么东西绊了一跤，重重跌在了地上。

无数张牙舞爪的影子扑到了他的身上，不成形的妖怪们纷涌而出，将挣扎不休的他拉进了小巷中。黑暗中不断传来怪物嚼食发出的咯吱声和微弱的呻吟声。

王子进被这恐怖的一幕吓得牙关打战，忙别过了头。

可白狐却十分满意，它在地上打了个滚，变成了个白衣黑发的美貌少年。少年黑眸如漆，唇边含笑，望着阴暗的小巷，似看透了比夜更黑暗的人心。

不过一会儿工夫，冷风卷起细雪，黑雾随风消散，狭窄的小街再次恢复了平静。绯绡信步走到暗巷前，看了看里面的情况，朝王子进招了招手。

王子进提心吊胆地走过去，只见巷中只有淡淡月光，照亮了雪地上的一摊浓腥血痕，以及被抛在旁边的一个小小木盒。

"游走在黑暗边缘的人，注定会被黑暗吞噬。"绯绡捡起木盒，轻轻打开，只见盒子里装了一半香膏，异香扑鼻，勾魂摄魄。

八

东京城中很快恢复了平静，人们早已忘记了那平白无故消失的受伤男人，张慕华两名爱徒失踪，新的学子纷涌而上，不过三五天就补了位置。

守在街边卖手帕的花琴，仍然裹着粗笨的棉裙坐在寒风中，可她蜡黄的脸上浮现出幸福的笑容，看着对面街道上的一位雕花匠人。

雪光映照在她年轻的脸庞上，为她朴素的容颜增添了几许辉光。

年轻的匠人朝她笑了笑，脚步轻快地跑过来，两人一起谈论起了花样和雕花。

她丝毫不为脸上的雀斑自卑，直视着匠人爱慕的眼光，这次她不再伪装也不再欺骗，终于换来对方的真心以待。

而此时绯绡和王子进正坐在街边的酒馆中，一边喝着烈性的烧刀子，一边看着这温馨的一幕。

"真好啊，可惜我没有那样的缘分……"王子进想到了在扬州城变成老妪的花蕊，感慨地说。

"哼，什么真心假意，在急急流年，滔滔逝水中，不过是尘埃一片。"绯绡冷哼了一声，骄傲地抬起了下巴，似乎对这种人类的小情小爱十分鄙视。

"我多么想浑身都是尘埃啊……"王子进哭丧着脸说，但他很快就觉得不对劲了，好奇地看着绯绡，"咦？我记得你很讨厌管闲事的，这次怎么如此积极？难道是为了那奇怪的香料？你已经这么美了，再熏香变得更美那还了得？"

"子进，我告诉你一个秘密，附耳过来。"绯绡朝王子进勾了勾手指，凤眼眯成了两条线，恰似只狡猾的狐狸。

王子进好奇地凑过去，充满期待。

"据说将香料抹在烧鸡上，鸡肉会变得更香哦……"

王子进听到此处，愤怒地拂袖而去，决定再也不搭理这只死狐狸。

远处红梅映雪，松柏挺拔，正是一年中最寒冷的季节，可风中却已送来春日的清香。

第八夜

蜘蛛丝

　　江南小镇中，晨雾弥漫，像是一匹广袤无边的白纱，笼罩了红墙绿瓦。这里的冬天跟北方不同，没有漫天飞雪，只有寒霜冻雨，像是个柔情似水的佳人，永远看不到她严酷苛责的面容。

　　一个身穿绿色锦衣的英俊男人，缓步踏过潮湿的石板路，停在了一座小庙前。庙前有流水潺潺，绿竹晏晏，想来如果正值春日，当有鲜花盛开，蜂蝶环绕，定是一番美不胜收的景色。

　　此时虽是清晨，但已有信徒背着香袋，早早来上香。男人跟在这些人身后，信步走入了庙宇。

　　庙中供奉的是地藏菩萨，佛堂中灯火通明，一尊高高在上的佛祖金身享受着众人的膜拜，供案上放着这个季节少有的鲜花和瓜果。

　　几个小沙弥在庙中忙来忙去，根本没人发现锦衣男人的到来。

　　"安忍不动，犹如大地。静虑深密，犹如秘藏。"他望着菩萨宝相庄严的脸，轻轻地吟诵着佛典中的文字，浓眉下的双眼闪烁着阴戾的光。

　　菩萨双眉低垂，面带慈悲，似满含怜悯地望着这个不敬者。

　　"听说你誓要度空地狱？不如借我件物事，助我一臂之力。"锦衣男子轻轻一招手，一根闪亮的银丝就从房梁上垂了下来。

那是一根蜘蛛丝，随着晨风轻摆，若隐若现，像是美人飘忽游离的眼波，又似一缕将散未散的烟气。

男人满意地伸出手指，将蛛丝缠在了指间。

菩萨慈悲的面容突然变得愤怒，一双低垂的眼仿佛也睁开了一些。寒风骤起，院子里一个扫地的小沙弥突然留意到了男人的存在，厉声喝道："什么人？"

所有的和尚和香客都被惊动了，他们都好奇地看着这个身材颀长、伟岸不凡的男人，看他样子完全不是个信徒。

"退下！"一个高大的胖和尚从禅房中走出来，他僧袍迎风飘舞，双手一抖，展开了一卷经文，向男人走去。

男人笑了笑，身影一晃，竟然凭空消失了。佛堂中只有烟气萦绕，烛光飘摇，仿佛他从未来过一般。

"妖怪呀！"几名胆小的香客纷纷奔逃。

"看看丢了什么没有？此等魔物敢擅闯佛门，定是有什么目的。"胖和尚收起了那卷辟邪的《金刚经》，吩咐小沙弥们。

小和尚们忙来忙去，清点庙中的物品，却意外地发现，整座庙宇中，居然连个蜡烛头都没有少。

寺庙中很快就恢复了平静，到了午时，香客们接踵而来，早已没有人记得这桩发生在清晨的怪事。

只有一只黑色的蜘蛛，缓缓从房梁上爬过，它迅速地移动着毛茸茸的节肢，吐出一道道银丝，缠绕在屋檐下。

丝丝缕缕，纠缠不尽，好似命运密不透风的网。

一

隆冬已至，瑞雪皑皑。北风在城中呼啸奔走，卷起细碎的积雪吹在头脸上，像是刀割一般地痛。

在这柄利刀的肆虐下，城中罕有人迹，瓦肆中的卖艺人都缩到了屋檐下，买一壶劣酒就能坐一天，勾栏戏院中的炭盆倒是烧得暖暖的，可是往往戏还没开始，就早已座无虚席。

"梅落繁枝千万片，犹自多情，学雪随风转……"王子进坐在温暖的客房中，拿着一枝红梅，摇头晃脑地念，"昨夜笙歌容易散，酒醒添得愁无限。"

念罢他眯着双眼，看着窗外回风舞细雪，喃喃地说："昨夜那个美貌伶人唱得真好，雪中一别，以红梅相赠，而这段爱情也跟这梅花一样，渐渐凋零。不知今夜又有怎样的精彩戏文？"

"咳……"绯绡从隔壁的房间中走来，轻咳着提醒他，"那伶人是个少年，就算再貌美也是男的。"

仿佛美梦被点醒，王子进懊恼地放下梅枝，又坐回桌前，埋头苦读。

绯绡却走过来，围着他转了两个圈，一双漂亮的凤眼中满含好奇，看着他似在看什么珍稀的美人。

要知道绯绡平时最喜欢霸占一个房间，跟人刻意地保持距离，除非有鸡有酒，否则轻易不肯跟人接近。

王子进被他看得浑身发毛，再也看不下书，好奇地问："你看我干吗？"

"子进，我之前怎么没发现，你印堂发黑呀。"他凑到王子进面前，伸指点了点他的眉心，红唇微翘，"好像最近会有倒霉的事情。"

王子进愣了一下，随即一把打下他的手指，不满地嘟囔："喂，就算有倒霉的事情，你也不用笑成这样吧？"

"我没笑呀！"绯绡连忙矢口否认，但嘴角仍是翘着的，显然是在幸灾乐祸。

王子进气不打一处来，刚想跟他理论，却听门外传来了小厮殷勤的敲门声。他连忙跑去开门，很快就拿了一封信回来，原来是他那远在南方的母亲给他写的家书到了。

绯绡一看到这封信，笑容更盛，连眉眼都弯成了两道月牙。

"快过年了，定是我娘唤我回家。"王子进欣喜地打开了信，但只看了两眼，脸色就瞬间变得惨白。

原来这并不是叫他回家的信，而是他那已近耄耋之年的祖母写给他的劝学信。信中一字一句都流露着恨铁不成钢的意味，让他不要到处游山玩水，要珍惜大好时光，找个书院去进修一下，为下次科考做准备。

"哎哟？你的祖母还活着呀？"绯绡从他身后探出头来，笑嘻嘻地问。

"她今年已至花甲……"王子进欲哭无泪，看着笔力刚劲的劝学信，沮丧地说，"你看这笔锋、这口气，她再活个二十年都是轻而易举。"

他说罢抖了抖信封，看里面会不会有点交子盘缠之类的，哪知抖了两下，里面果然飘出来一张硬硬的纸片。

"是封荐函！"绯绡眼尖，一把接住，递到了他的面前，"是松阳书院的，让你入学读书。"

王子进看着白纸黑字的荐函，眼白一翻，登时就要晕过去。

当晚他夜不能寐，因为还有三日，他就要进那个以严苛出名的松阳书院读书了。

松阳书院建在东京城外几里的山中，夫子们对学生要求极高，据说每年都有人忍受不住压力而悬梁自尽。

饶是如此仍年年有人慕名前往，捐赠大笔银两也要进去读书，只因这所书院中鸿儒辈出，经常有学子科举高中。

而他手中这张薄薄的荐函，想都不用想，定然是对他抱以厚望的祖母想办法弄来的。

"奶奶……"王子进咬着被角，默默流泪，心情比这凛然寒冬更冷几分，"隔了这么远，你也不肯放过我吗？"

窗外雪打窗沿，发出簌簌轻响，在黑夜中听来，仿佛有一只看不见的手，在抓挠他的心脏，让他郁闷难耐。

他的思绪仿佛随着纷飞的大雪，穿过悠长的时间，回到了十几年前。

那时他刚刚五六岁，进书院开蒙，因为年幼时总是跟在父亲身边嬉戏玩耍，识字太少，经常被夫子责骂。

有一天他的手掌被打得通红，肿胀如馒头，回家连碗都端不起来，想在母亲怀中撒撒娇求得些安慰，却被祖母发现了。

祖母出身大户人家，从小饱读诗书，对人对己都要求极高。她看到不争气的孙子，二话没说，罚他抄写整篇《三字经》。

可怜王子进连笔都拿不稳，哭得抽搐，足足折腾了一晚，才完成了祖母对他的责罚。

从此那个永远一丝不苟、腰杆笔直的老妪就成了他的噩梦，只要远远看到祖母的身影，他就慌不择路地逃开。

而且不知是不是祖母对他要求太高，他反而越来越吊儿郎当，到了十五六岁更是长成了镇上远近闻名的花痴。

有时为了等一位美人经过，就能在桥头上呆坐一天，引得众人围观。

后来祖母的身体越来越不好，虔诚礼佛，索性住在了小镇附近的尼姑庵中，每日对着青灯古佛，很少跟家里人联络。

少了祖母的督促，王子进总算过了几年逍遥日子，惜哉文章也如江河日下，一天比一天拿不出手。

有时祖母还会回家中小住，那几天往往就是他的噩梦，这个精神越来越矍铄的老太太，视线像是银钩般锋利尖锐，他想偷点懒或者开点小差，永远都逃不过她的眼睛。

"子进，你的书还没念完，怎么就睡了？""子进，这幅美人图是不是你偷着买回来的？""子进，快点把新写的文章送去给夫子看看！""你怎么整天想着玩乐，我为何会有你这么不争气的孙子？"

迷迷糊糊中，王子进耳边又响起了祖母的责骂声。她满含怒火的双眼、细密的皱纹、冷厉而下垂的嘴角，灰白色的鬓发，仿佛历历在目。

"啊！"他大叫一声，从床上坐起来，才发现晨光如猫须般穿透窗棂，洒下淡淡辉光，雪早已停了，只有冷风依旧，带来刺骨阴寒。

"子进，别赖床了。"卧房的门被推开，风吹在身上，像是被迎面泼了一盆冷水。只见绯绡身穿雪白狐裘，黑发绾在脑后，以一枚金色发环束起，越发显得五官玲珑精致，神采奕奕。

"为何我要这么早起啊？"王子进慌张地披上了棉衣，怕他有什么急事。

"当然是为了你进书院做准备啊！"绯绡红唇微翘，眼含笑意地说。

"你又在幸灾乐祸了！"

"没有呀。"

"你的嘴角从昨天起就是翘着的。"

"可能是受凉了，脸有些抽搐，过些日子就好了。"

"骗人！你巴不得我去书院受罪是不是？我看了那封信，落款的日期是七日前，这么快就送来，定是有你一份功劳！"

王子进跟绯绡一边收拾，一边拌嘴，可是他再舌尖嘴利，也改变不了即将到来的悲惨命运。

二

南方的小镇中，雨丝细如牛毛，挥挥洒洒在天地间洒下一片水雾。这阴冷的雨气无孔不入，润湿了哪里，就将寒冷带到了哪里。

太阳躲在乌云后，像是只毛茸茸的球，暗淡地挂在天边，将原本清秀明丽的小镇，添了几分灰头土脸的意味。

一个头发花白的老妪倚坐在窗边，看着窗外灰蒙蒙的天色，沉重地喘息着。她费尽心力，又捐了银两，才为孙子谋到了个去松阳书院读书的机会，不知那傻孩子会不会珍惜。

今年一入冬她就得了风寒，如果这次挺不过去，可能就再也看不到明年的春天了。

"子进啊，是不是我那次对你太严厉，才让你如此厌学呢……"她浑浊的老眼中含着泪水，似在天边水墨晕染般的微弱光线中，看到了孙子清秀文雅的脸，"如果能重来一次，我一定耐心地教你，不再严苛对你……"

她话还未说完，喉中就涌起一阵干咳。她越咳越厉害，连气都喘不过来，脸也变成了可怕的绛紫色。

"快来人啊，老夫人又犯病了！"伺候她的小婢女惊慌失措地跑出去叫郎中。

老妪头一歪，就晕倒在了窗边，似乎没了声息。

一只停在树梢上的寒鸦发出轻鸣，突然振翅而飞，黑色的身影在天幕下画出了诡异而不祥的弧线。

东京城中，寅时刚过，王子进就从床上起身，收拾好行李，绝望地看着窗外黑漆漆的天色。

天寒地冻，夜色绵长，天边几枚星子伶仃地挂在一弯弦月旁，仿佛也在呼啸的北风中瑟瑟发抖。

"绯绡，我要走了。"他背起行囊，走出自己的房间，轻轻叩响了绯绡的房门，祈望得到他的挽留，"我走了之后，就再也没人陪你喝酒吃鸡，没人跟你一起胡闹玩耍了……"

"千百年来我都是一个人过的，你只去几十天，不妨事的。"房中传来绯绡懒洋洋的回答。

"你真的不会想我吗？"王子进还抱着最后一丝希望。

"大男人怎么如此婆婆妈妈的？想什么想？"

"既然如此，小生就此告别了，若是有缘，此生定能再见！"话虽如此，可他抱着绯绡房门的门框，说什么也不愿离开。

片刻之后，只听门中传来簌簌轻响，似有人在靠近，王子进立刻来了精神，似在墨黑的前途中看到了一丝微光。

可哪知门只开了一条缝，一个纸片裁就的小人，被缓缓从门缝中塞了出来。

小人只有巴掌大，四肢和头一应俱全，脸的位置却被人以饱蘸了浓墨的笔写了个"叁"字。

"忘了件事，你八字不好，容易引来灾祸，这个你随身带着挡灾。"绯绡躲在门后，又打了个哈欠，"快走吧，我都听到辘辘车轮声了，接你的车就要来了。"

王子进见他连面都不露，登时心如死灰，只能将小纸人塞到怀中，孤身来到客栈下等车。

夜黑风寒，雪落如花，不过片刻长街上就响起了悠悠的铃声，风灯的光划破黑暗，一辆马车缓缓而来，停在了他的面前。

他走上了车，最后回望了客栈一眼，只见绯绡的窗口仍黑漆漆的，像是一只毫无光彩的眼，才失望地放下了厚重的车帘。

车夫吆喝了一声，马儿四蹄踏雪，很快便消失在夜色中。

而在客栈的二楼，一扇小窗轻开了一条缝隙，遥遥注视着马车消失的方向。窗后的人玉面如雕如琢，凤眼迷离惑人，正是一直不肯露面的绯绡。

王子进抱着包袱，在车上颠得七荤八素，才在城门大开时离开了东京城。马车走上了一条盘山小路，向远在深山中的书院前进，周围只有山风呼啸，再无人声，百无聊赖中，车夫开始跟他攀谈起来。

"哎，这松阳书院盛名在外，其实里面凶险得紧。"车夫斗笠和蓑衣上满是积雪，慢悠悠地说，"可是架不住学子们想要争强好胜的心，每年都有人前仆后继地赶去送死。"

"哈哈哈，我才不信，每个书院都有这种传说，怎能当真……"王子进干笑着答，可脸却越发青白了。

"得了吧，这家书院闹鬼可是我亲眼所见。"车夫压低声音，阴惨惨地说，"那次有一个学生上吊了，衙役的人唤我来跟他们收尸，可尸体的手指抓在脖子上都抓出了血，说明他根本不想死……"

王子进听得脊背发冷，冷风幽魂般从车帘的缝隙里钻进来，吓得他把身体蜷成一团，一动也不敢动。

"而且听说他死的当晚整个学堂都没见到一个人，院门紧锁，你说这是不是闹鬼？"

"子……子不语怪力乱神……"

他结结巴巴地答，觉得自己的八字真是烂到了极点，去书院念个书都能遇上鬼怪作祟。

没空给他反悔了，颠簸不休的马车突然停了下来，车夫大声吆喝了一声"到了"。

王子进只能背着行囊，走下马车。

此时晨光初霁，棉絮般的朝阳染青了半边天空，眼前就是一片树林，林中矗立着一座俨然有序的庄园，看样子正是个书院。

"年轻人，多保重啊！"车夫见他下了车，慌忙驱使着骏马，快马加鞭地逃走了，似不想在这里多停留一刻。

王子进无处可去，只能硬着头皮走向那座清幽的庄园，心底暗暗祈祷自己能被夫子拒之门外。

庄园大门微敞，门上挂着一幅朴实无华的匾额，上书"松阳书院"四个大字，整个门廊建得极为端庄大气。

"有人吗？"他推开大门，探头探脑地走进去，见庭院中只有青松映雪，连个看门的杂役都看不到。

他的声音在空旷的院子里回响，像是孤魂般寂寥。

"这里有人吗？"他好奇地又喊了一声，这次只见一道影子一闪而过，飞快地跑进了内院。

人影踏着纷叠细碎的晨光，脚步轻盈，依稀是个身穿蓝紫色袄裙的少女。她身量矮小，穿过重重树影，好似蝴蝶在花间掠过。

"书院中怎么会有这么小的少女？"王子进挠了挠脑袋，不明所以，也走进了她消失的那道门廊。

穿过一个月亮门，可见一座可容纳几十人的学堂，从里面传来琅琅书声，在内院中回荡不休。

"不愧是松阳书院，这么早就上早课了。"王子进念叨了一句，慌慌张张地跑入学堂。

里面坐着八九个学子，见他闯进来，大家立刻停止了念书，目光都齐刷刷地停在了他的身上。

"夫子，小生王子进，是由钱大人引荐，来书院进修的。"课堂正中站着一位夫子模样的人，他连忙躬身递上了荐函。

夫子面容清瘦，脸色有些苍白，看到王子进的一瞬眼中立刻闪烁出讶异神色，似看到了什么出世人才一般。

但这惊艳般的目光转瞬即逝，很快他就又变成了一副疲惫憔悴的模样，指了个座位让他坐下。

王子进见周围的同窗都在念《大学》，也拿出了本《大学》，摊在桌上跟他们一起念起来。

"定而后能静，静而后能安，安而后能虑，虑而后能得……"他起初还念得起劲，但很快就哈欠连天，因为这是最初级的书，就算草包如他也能倒背如流。

他本以为松阳书院盛名在外，夫子们一定对这种典籍有新的解释，哪想到竟跟名不见经传的小书院一样，只知道叫学生背书。

百无聊赖间，他开始左顾右盼，只见同窗们丝毫没有懈怠，个个认真苦读。

而就在这时，窗外响起了一阵银铃般的笑声，一个蓝紫色的身影一闪即过，很快消失不见。

三

上完了早课，王子进拿着书去请教夫子，夫子姓言，年纪刚逾不惑，总是一副无精打采的疲惫模样。

"下午的课中，我们要念这本书，你先看一下。"言夫子疲惫地塞给他一个薄薄的课本，就匆匆离开了，根本没时间回答他的问题。

同窗的几位青年都好奇地看着他，他尴尬地朝他们一笑，只见这些学生共有八人，年龄差距极大，有的头发花白，眼神浑浊；有的看起来才十几岁，脸上还带着几分童稚。

穿衣打扮也各有差异，有的穿着锦缎料子，有的只着布衣，更有一位二十余岁的青年竟然在这严寒天气中穿了件盛夏才穿的轻薄外袍。

"小生王子进，江淮人士，不知诸位如何称呼？"沉默了半晌，王子进朝同窗们鞠了一躬，礼貌地介绍自己。

可几个人都冷漠地看了他一眼，陆续离开了课室，没有一个跟他说话。王子进不知如何是好，手足无措地站在原地。

"他们一直这样，不是针对你，请王兄不要介意。"学子们只有那个年纪最小的少年留了下来，他恭敬地向王子进回了个礼，"在下姓习，名智，王兄叫我习智即可。"

王子进总算在这冷冰冰的书院中找到了些许温暖，拉着习智问个不停。而习智年纪虽小，举手投足却跟大人无异，他带着王子进在书院中逛了一圈，为他一一介绍藏书室、后花园、温课所和住处。

王子进见他身穿一件青灰色绣墨竹的对襟棉衣，头戴同色棉帽，走路的步态也沉稳有力，怎么看也不像个少年。

"王兄是觉得我少年老成？"习智跟他在后院中坐下，从随身的书包中掏出了两张肉饼，递给了他一张。

王子进接过了饼，连连点头。

"家父对我的要求很严，我几乎是在书院中长大，一家接着一家念，只为了金榜题名。"他小嘴一扁，苦涩地笑了笑，"如果明年的科考不中，家里人一定十分失望。"

"所谓文无第一、武无第二，能不能中有时也要看运气，何必将科举看得如此重要？"

"可如果没有功名，再有钱也是末流，王兄不见白衣出身的人，连亲事都很难说成。"

这话戳痛了王子进的心，因为他家境一般，又无功名，他娘费尽心思也说不到什么门当户对的亲事，想要迎娶天仙美人更是梦想。

王子进只觉肉饼卡在喉咙中，欲哭无泪。

"王兄是不是觉得这书院中人太少了？"习智见他面色沉郁，笑眯眯地转换了话题。

"没错，松阳书院远近闻名，我看这庄园也修建得十分完备，怎么只有这几名学生？"

"因为临近年关，大部分学子都返乡回家了，前几天还有九人，昨晚过去就又少了一个。"少年依旧笑眯眯地答。

"哦，这里可有一位身穿蓝紫色袄裙，年方豆蔻的少女？"王子进想到那总是一晃而过的翩然身影，好奇地问。

"什么少女？我从未见过。"习智惊诧万分，但随即年幼的脸庞上闪现出一丝惊惶，像是冰封的河面上裂了一条缝隙。

他不再镇定自若，露出了符合年龄的慌张。

王子进还想再问，却听风中传来了悠扬的钟声，下午的课要开始了。两人再也无话，匆匆来到了课室，只见言夫子早已端坐在椅子上，等待着学生的到来。

他依旧神态颓然，青白的脸色上、凌乱的胡须间、揉皱的衣褶里，无一不藏着难以言说的疲惫。

"无上甚深微妙法，百千万劫难遭遇。我今见闻得受持，愿解如来真实义。"冬日的暖阳中，王子进摇头晃脑地念起了言夫子的书。

他刚念了两句，就觉得不对劲，这哪里是什么文章，分明就是一篇经文。他慌张地偷看身边的同窗，只见几个人念得十分起劲，连习智都是一副乐在其中的样子。

他再也不敢说话，将满腹疑惑吞入肚中，埋头念经。

日头渐渐西沉，霞光宛如金红色的锦缎，将天幕点缀得瑰丽旖旎。言夫子终于在琅琅诵经声中抬起头，宣布下午的课到此结束。

他并没有教文章的写法，也没有说四书五经的解释，可学子们仿佛毫无异议，个个拎着书袋，缓慢离开。

"夫……夫子，什么时候能讲些写文章的技巧啊？"王子进生平最擅写的就是情书，对文章一窍不通，他花了大价钱来此读书，怎能轻易回去？

"你叫王子进？"言夫子抬了抬眼皮，费力地看了他一眼，似乎这一眼已经使尽了他所有的力气。

"正是小生。"

"你的食宿由我特别安排，最好单独住一间房……"言夫子用比课堂上严肃了好几分的语气叮嘱他，"记住，无论晚上听到什么，都不要出门。"

王子进看着他青中透白的脸色，不由得吓得咽了口口水，轻轻点了点头。

傍晚时分他跟言夫子一起用餐，晚餐极为简单，不过是一碗以热汤泡软了的碎饼，这让平时跟绯绡吃惯了山珍海味的他简直难以下咽。

他捏着鼻子吃了半碗，就逃一般地回到了自己的房间。

单间里只有一床一桌一椅，还有几根发了霉的蜡烛，越发不像个远近闻名的书院。王子进边骂这松阳书院黑心骗钱，边将那炭盆中的半盆乌炭点燃。

当火光升腾而起，他仿佛在跳跃的火焰中看到了绯绡一人逍遥快乐的样子，心中越发凄苦难受。

收拾好房间已经是亥时，他刚刚坐在烛光下摊开书本，便听木窗发出咔嚓一声轻响，一只雪白的小手从窗缝中伸了进来。

"哇!"王子进大叫一声,吓得从椅子上跌下来。

那只手仿佛也受到了惊吓,飞快地缩了回去。木窗咔嚓一声,又关得严丝合缝。

王子进战战兢兢地爬起来,推开了残破的木窗。只见夜色苍茫,弦月似一只精雕细琢的玉盏,高挂天上,倾倒出万顷银辉,照亮了夜晚的书院。

一个身穿蓝紫色袄裙,梳着丫髻的少女,正踏着积雪,跌跌撞撞地奔跑。

王子进一见是这小姑娘在恶作剧,立刻气不打一处来,从窗口翻出去追她,早已把言夫子的叮嘱忘到了脑后。

少女身量矮小,脚程也短,他不过追了几丈远就抓住了她。

这小小女孩看起来不过十一二岁,正是豆蔻梢头二月初的年纪,她被王子进一把拉住,居然毫不害怕,笑嘻嘻地看着他。

"你到底是谁?为何三番五次地吓我?"王子进见她天真无邪,又瞧着面善,气消了一半,却越发好奇起来。

"我叫明依呀,喜欢在书院旁听。"少女掩嘴偷笑,"我见到你觉得很亲切,就偷着来瞧你。"

"你家里人呢?大晚上怎么还不回家,我这就送你回去。"王子进拉着她的手就向书院的大门走去,想来这少女是附近人家的女儿,因为喜欢读书才来书院偷听。

"我好不容易从家中偷跑出来,怎能回去?"提到回家,明依挣扎不休,要甩开他的手,"我要找一个极重要的物事,不找到我绝不回去!"

王子进哪里肯信她的鬼话,决定先把她送到言夫子面前,让他来做决断。

一见王子进不再向大门走,明依果然不闹了,乖乖地跟在王子进身后。夜色如涛似海,淹没了整座书院,翘角飞檐的藏书阁,宽敞的课室都笼罩在黑暗中,散发着神秘幽深的气息。

他刚刚走到白日里念书的课室旁,就听里面传来咣当一声轻响。这声音在寂夜中听来格外清晰,引得他不由自主地看向课室中。

哪知不看还好,一看之下他三魂七魄立刻吓掉了一半,只见课室中央正吊着一个飘荡的影子,人影衣袍宽大,头发高绾,依稀是个书生。

四

夜色渐浓，弦月隐入云层，像是不忍看到这发生在世间的惨事，只有寒星闪烁不停，仿佛缀在丝绒上的钻石，散发着冰冷的光芒。

一个白色的身影，如絮如雾，悄然出现在崎岖的盘山路上。他凤眼微眯，看着在山中赶路的一行人。

夜黑风高，天寒路滑，这些人偏偏毫不畏惧，一个挨一个地向山上挤。有的人跌倒了又爬起来，有的一把推开了别人，抢到了前面。

"有趣，果然有趣……"白衣美少年轻轻笑了笑，在脚下放了一个陀螺。

说来奇怪，山路布满积雪，陀螺一落地却立刻飞快地转个不停，激得雪花飞溅。白衣少年满意地点了点头，身影一晃，如薄雾般消失在夜幕中。

赶路的人走到了陀螺前，突然失去了方向，一个个原地打起转来。他们跌跌撞撞地原路返回，走到一半觉得不对劲，又再次爬上了山。

来回往复，仿佛在一个看不见的透明廊道中徘徊。

王子进扒在窗外，看着悬挂在课堂中的，如枯叶般的学子，连叫都叫不出来，像是只被掐住脖颈的鸭子般，徒然张着大嘴。

吊在房梁上的人他认识，正是今天跟他一起念书的同窗之一，他只记得这人面色萎黄，一副闷闷不乐的样子，没想到今晚他就寻了短见。

"是有好玩的事情吗？"明侬也踮起脚要看。

"什……什么也没有，我们快去找夫子。"王子进胆子再大也不敢独自将悬梁自尽的人放下来，拉着明侬就跑。

明侬不知发生了什么，瞪着圆圆的大眼，跌跌撞撞地跟在王子进身后。

"言夫子，有人自杀了！你快来看看啊！"他匆忙来到后院，焦急地拍着言夫子所住房间的门。

可奇怪的是，无论他怎么叫嚷，门中都毫无声息，而且不仅如此，连学生所住的客舍中也没有一丝动静。

风悄然而过，带来刺骨阴寒。

王子进只觉这天地间仿佛变成了个密闭的匣子，静得可怕，只有他和明侬能发出声音。

"那个人是你要找的夫子吗？"明依眼尖，指向了一个一闪而过的人影。

只见那人身披一件深色的棉布斗篷，乍一看似与夜色融为一体，他从一处灌木中闪出来，匆匆跑向了前院。

看他疲惫的脚步，微驼的后背，似乎正是言夫子。

王子进不知他葫芦中卖的什么药，拉起明依的小手，悄悄跟了上去。

言夫子来到前院，站在了课堂门前，打量了一下四周，身影一闪就钻了进去。

"估计他一会儿就会被吓出来了。"王子进不愿靠近有尸体的课堂，索性站在不远处等他。

可哪知他一进去就再也不出来了，甚至连惊恐的叫声都没听到。

王子进只觉被一团浓雾包裹，越想越是困惑，被强烈的好奇心驱使，慢慢靠近了课堂，从窗缝中向内看去。

只见言夫子盘膝坐在悬吊的尸体下，轻轻吟诵着什么，光线昏暗，根本无法看清他的表情。

他的语调低沉而缓慢，让人听了几句就觉得心平气静，仿佛随时都能进入梦乡。

如果不是房梁下悬吊着一具尸体，王子进一定会觉得夜色静谧，平和喜乐。

他念了一会儿，终于闭上了嘴，起身朝吊在房梁下的男人行了三个大礼。随即奇怪的事情发生了，死去的男人似轻轻点了点头，身影像是雾一般消失了。

而且连挂在房梁上的麻绳也一并不见，空荡荡的课室中，只有夜风缓缓游荡。

"啊！"这比看到自杀的学子更骇人，王子进再也忍不住，终于叫出了声。

言夫子迅速转过头看向他的所在，他立刻明白自己闯了大祸，忙抱起明依就逃向自己的住处。

明依身材矮小，根本没看到里面发生了什么，懂事地紧紧搂住了王子进的脖颈，连问都不问一句。

王子进连滚带爬地跑回了房间，用桌椅将房门紧紧顶住，生怕那鬼鬼祟祟的言夫子再追过来。他还从包袱里翻出来一把匕首，抓在手中，在脑海中演练了无数次跟夫子近身肉搏的场面。

但他等了很久，门外仍寂静无声。过了一会儿，明依倚在床上，打起了呼噜。

"喂，外面有人在追杀我们啊！"他推了推明依，可她依旧睡得酣甜，小嘴微张，还流了几滴口水。

仿佛是为了嘲笑他的担忧一般，门外寂静无声，只有山风呼啸。王子进紧紧攥着小匕首，满眼血丝地盯着大门，不知过了多久，意识也渐渐陷入了混沌。

次日天气晴好，他昨晚又惊又惧，竟然睡到了日上三竿才起来。醒来只见房门微敞，日光似瀑布般倾泻而入，而明依也不知何时不见了。

"糟糕！我得赶快离开这里。"他连行李都顾不上收拾，三步并作两步，慌慌张张地跑出了住处。

只见书院中一片寂静祥和，楼舍俨然，青松映雪，凉亭屋顶都被白雪覆盖，似披了一层缥缈洁白的轻纱，素雅动人。

冷风轻抚，像一只看不见的手，送来了琅琅读书声。他听到这声音，不由得慢下了脚步。只见偌大的课舍中，窗几明亮，学子们摇头晃脑地拿着书大声朗读，仿佛什么都没有发生过一般。

"王子进，你要去哪里？"课舍中传来一声呼唤，只见言夫子拿着一卷书，懒洋洋地倚坐在椅子中，正疲惫地看着他。

他眼眶发青，面颊消瘦，连唇边的胡须都耷拉着，看起来比昨天又憔悴了几分。

"我……我想回家……"他结结巴巴地答。

"那也要等车来，山中路滑，孤身行走十分危险。"言夫子指了指空着的座位，"不急这一天两天，快些读书。"

可是我很急啊！王子进哭丧着脸找了个空位坐下，跟着大家一起朗读，脑中却在不停地回忆昨晚的经历。

看言夫子的表现，似乎完全没发现昨晚在窗外偷窥的是他，难道那在黑夜中发生的一切，都是他的幻觉？

他打量着课室中的学子，心跳突然漏了一拍。昨日还有八个学生，今天竟然只剩下七人了。

而少了的那个，正是昨晚自尽的，面色萎黄的中年人。

"子进，你怎么心不在焉的？"习智竖起书挡在面前，悄声问他。

"怎么少了个人？"王子进哆哆嗦嗦地说。

"你是指董生？应该回家了吧？"

"可夫子方才还说大雪封山，让我不要轻易离开。"

"或许是他家人将他连夜接了回去。"习智却觉得没什么值得大惊小怪，"临近年关，有学子回家过年，本是寻常。"

王子进看着他犹带着童稚的脸庞，不知该不该把昨夜所见告诉他。就在他犹豫不决之时，突然觉得脖颈一凉，竟然从窗外抛进来一个雪球，径直落入了他的衣领中。

只见微敞的木窗外，露出了明依天真无邪的笑脸。

五

盘山路上，陀螺仍在飞快旋转，阳光透过层层林木，照在雪地上，反射出晶莹如钻石的光辉。

昨晚赶路的人全部消失不见，积雪上只有一地凌乱的脚印。

一个身穿锦衣裘袍的英挺男人从一棵高大的松柏后绕出来，停在了陀螺之前。他饶有兴致地看着飞速旋转的陀螺，轻轻伸出两指，想要捏住它。

陀螺发出尖锐的呼啸，转速骤然加快，一下就刺破了他的手指。

"真麻烦！我好不容易才找到了个报复的机会，怎么能被搞砸？"他皱眉从手指上挤出两滴血，用力一甩。

两滴鲜血立刻化为一道血线，一下就将陀螺劈成了两半。

就在陀螺被破坏的同时，山风骤起，吹起了满地积雪。雪粒飞扬中，一串串脚印出现在了雪路上。

它们一个挨着一个，仿佛有一行人同时赶路一般。可阳光下的树林中，只有草木萧萧，枯枝摇曳，哪见半个人影？

课堂中的王子进，只能跟言夫子谎称自己闹肚子才偷偷溜了出来。只见明依仍梳着丫髻，穿着厚厚的蓝紫色棉裙，站在雪中笑嘻嘻地看着他。

"姑奶奶，求求你快回家吧，不要在这鬼地方乱转了。"王子进一见到她头就有两个大，连连哀求。

"为什么是鬼地方啊？这里不是挺好的？我可喜欢读书了。"明依摇了摇头，遗憾地说，"可惜女子不能参加科考，否则我一定要高中状元。"

王子进这才想起她尚未成年，身材矮小，昨晚根本没看到课室内发生的事，忙紧紧闭上了嘴。

"对了，我想起自己来此地找什么了。"

"是什么啊？"

"是个小孩子，五六岁，如果你看到他，记得告诉我。"她似乎很开心，连连拍手。

"书院中都是准备参加科考的学子，怎么可能会有那么小的孩子啊？"王子进又觉得额角发痛，"求你别在这地方乱转了。"

他话音刚落，便听身后传来了一声呼唤，原来已经下课了，习智出来找他。

"子进，你在这里做什么？"习智快步跑来，疑惑地问。

"你来得正好，快点帮我劝一劝这小姑娘，让她早点回家。"王子进忙向他求援。

哪知习智瞪圆了眼睛，像是见到了鬼一般看着他，结结巴巴地说："哪里有什么小姑娘，我一过来就见你正对着空气自言自语。"

"她穿着蓝紫色绣花袄裙，梳着丫髻，不过十岁出头，眼睛圆圆的……"他刚说了一半，便见习智惊恐地看着他，仿佛在看什么骇人的鬼怪。

他缓缓转过头，只见身后只有冷风涤荡，细雪飞扬，哪里还有明依小巧玲珑的身影。

"啊啊啊——"惊恐的尖叫声在书院中回荡，震落了树梢上晶莹的积雪。

下午的课上，言夫子再次让大家温习经文，只是这次不再是念，而是在纸上誊写。王子进抓着笔的手不断颤抖，耳边回响的都是午休时习智对他说的话。

彼时他拉着自己一路狂奔，直奔到藏书阁无人之处，才压低声音，惊恐无比地说出了这书院的秘密。

"每年书院里都会死一学子，而且都是上吊而死。学生们都流传有恶鬼徘徊在这里，专门吃人生魂。"

他的小脸吓得苍白，站在书架的阴影中，似乎十分害怕。王子进想起了昨晚半夜所见，心立刻提到了嗓子眼，难道那董生就是被鬼怪引诱，才悬梁自尽？

可言夫子呢？他孤身来到董生的尸身前，一点也不畏惧，似乎早就知道了他的死亡。

"没人见过那鬼怪长什么样，只有人在发现自杀学生的尸体时，听到过小孩子的笑声，所以王兄一定要小心小孩子……"

习智说到这里就闭口不言，王子进也已经被他吓得失魂落魄，连怎么回到客舍都忘记了。

"若有众生，作如是罪，当堕入无间地狱，求暂停苦无一念而不得。"王子进写完了这句话，墨汁滴到了宣纸上，洇成了一朵不祥的、黑色的花。

夜半上吊的学子，令尸体消失的夫子，只有他能看到的少女明依，小孩子的笑声。这些诡异的事件在他脑海中不停打转，仿佛浓厚的迷雾，将他团团困住。

不知不觉夕阳西下，天色变成了雾蒙蒙的黑，窗外传来了夜枭的长唳，夜的脚步，渐行渐近。

"子进，跟我来一下。"他看着越来越黑的天色，正惶恐不安地坐在座位上，就见言夫子向他走来，敲了敲他的桌子。

"夫子，我肚子疼……"他僵硬地笑，只想躲回自己的住处。

"那刚好今晚我熬了白粥，一起吃吧。"言夫子根本不理会他的推拒，仍坚持让他去自己的房间。

他穿过庭院，带着王子进一起回房，从煤炉上端下一个砂锅，舀出一碗白粥递给了他。

王子进只能硬着头皮喝下去，打量着灯光下的言夫子，但见他鬓边已生出白发，眉心的川字纹如刀刻般深邃明显，仿佛有一腔愁绪无处倾诉。

但他根本不敢多问，像是完成任务般飞快喝完了粥，匆匆逃离了他的住处。

"晚上千万不要出门，哪怕听到任何声音。"临走时，言夫子像是昨晚一样幽幽地叮嘱他。

只是今夜听来，这语调中似暗藏着几分威吓。

经过了昨晚，就算他胆子再大也不敢到处乱闯，一回到房间就将门紧紧落上了锁。可当他点燃了残烛，看清房内情况，立刻被吓得大叫起来。

只见一个小小的身影正蜷缩在他的床铺上酣甜沉睡，她身穿蓝紫色棉裙，小嘴微张，竟然是今日午后消失的明依。

王子进吓得转身要跑，明依却被他的叫声吵醒，揉了揉眼睛从床上爬了起来。

"子进，你怎么才回来？"她迷迷糊糊地嘟囔着，语气亲昵，似跟他认识了很久一般。

"我……我去夫子住处吃了晚饭……"不知为何，王子进一听到她稚嫩的声音，恐惧登时烟消云散，也不再想着逃跑，好奇地问她，"倒是下午，你怎么突然不见了？"

"我听到有很多人上山了，就跑过去看看。"明依伸了个懒腰，笑眯眯地说，"倒是你跑得飞快，我刚想叫你同去，你就一溜烟没影啦。"

王子进想起午后他狼狈逃跑的样子，立刻羞红了脸，不好意思地挠了挠头。

"对了，你说的很多人上山，是怎么回事？"窘迫之中，他慌忙岔开话题。

"风里有脚步声，他们正在慢慢接近，这些人都是冲着书院来的，因为这里有他们向往的东西……"明依慌张地看着他，"子进，你不要在此久留，快快离开，如果被他们闯进来就糟糕了。"

王子进看着烛光下她稚嫩的面庞，明亮的双眼，心底升腾出一丝不祥的预感。

"你……你不是人吧？"过了一会儿，他战战兢兢地问。

"你才不是人，我的家中湿润多雨，每逢春天门口的山坡上就会开满杜鹃花，如果不是为了找丢失的东西，我才不会来到这鬼地方呢！"

明依又气又急，朝他嚷嚷个不停，可她话说了一半，却听空旷的寂夜中，接连传来咣当咣当的闷响。

声音跟王子进昨晚在课室门外听到的一模一样，他心中一紧，忙推开门看向庭院，只见夜色正浓，树海苍茫，偶尔传来几声猫头鹰的叫声，宛如鬼哭。

六

江南小镇中，一户人家已经乱成了一团，一个中年妇人和一个小小婢女正守在病榻前，焦虑地看着床上一位昏迷不醒的老妪。

老妪头发花白，脸上浮现着因高烧而产生的不正常的酡红，一个郎中提着药箱赶来，观察了一下她的情况，掏出银针在她人中处施了一针。

老妪颤抖了一下，轻轻吐了口浊气。

书院之中，王子进躲在门后，警惕地观察着外面的情况。夜已恢复了寂静。只有山风呼啸徘徊，仿佛方才接连不断的闷响是个错觉。

"不行，我还得去看看。"他心地善良，纵然害怕也无法袖手旁观，一咬牙就跑出了住处。

夜色苍茫，枯草绊脚，他深一脚浅一脚地穿过庭院，来到了位于前庭的课室。夜风呼啸，吹开了课室的长窗，他只往里看了一眼，就觉得头皮发麻。

只见高高的房梁上，竟然同时挂着几名书生，他们或发须皆白或风华正茂，衣饰年龄各不相同，可是王子进却一眼认出这些人正是跟他一同读书的同窗。

"来人啊！救人啊！"他再也顾不上害怕，慌忙冲进了课室，想要将这些人解救下来。

可他才跑了两步就被什么绊了一跤，重重跌在了地上。

他仔细打量，才发现地上横七竖八地放了很多歪倒的椅子，正是被这些悬梁自尽的学子蹬倒的。他这才明白，方才听到的几声闷响来自何处。

"你们快点下来啊！"王子进匆匆爬起来，走向这些高挂在房梁上的学子。

只见他们双眼圆睁，都看向他的所在，嘴巴一张一合，仿佛有一腔怨愤无处发泄。

"下来了，科考就能成功吗？""文章写得那么差，被批评得无地自容，哪有脸活在这世上？""盘缠都花光了，怎么回去见年迈的父母？"

呜咽声此起彼伏，似蜂鸣般蔓延，将他包围。梁上的学子们涕泗横流，似每个人都有无尽的感伤。

"那也不用自杀吧？只要活着，就有成功的机会，一旦死了就什么都没有了！"

"不，活着受人白眼，比死还要痛苦。"书生们连连摇头。

王子进望着这些执拗的人，心中越来越害怕，连连后退。吊了这么久，他们早就该气绝，怎么还能如此轻松地跟他对话？

他再也压抑不住内心的恐惧，大叫一声，跌跌撞撞地跑出了课室。

"有……有人上吊了……死人还会说话！"他吓得语无伦次，在庭院中慌不择路地乱跑，"不对，是闹鬼了啊！快来人啊！"

但他喊了半晌也没有一个人回答他，只有猫头鹰凄惨的叫声在夜幕下回荡。他越发惶恐，在树根上绊了一跤，就要跌倒。

眼见他就要摔个狗啃泥，斜里伸出了一只手臂，一把将他抱住，像是抱住个轻飘飘的纸人般轻松。

王子进站稳脚跟，才发现身边人一袭白衣，黑发如墨，笑靥如花，正是绯绡。

"吓死我了，快带我走！我不要在这个鬼地方待着了！"王子进一见到他心中立刻松了口气，语无伦次地说个不停。

"别怕，那些人无法伤你，只是一些附在这异界中的、不甘心的蜉蝣魂魄而已。"绯绡依旧气定神闲，微微地眯起了眼睛，"真正可怕的东西，还未到来。"

"什么？"王子进不敢相信自己的耳朵，"你管这里叫'异界'？"

"是啊，有人在这里放了根'蜘蛛丝'，让这书院变成了处于人间和地狱之间的异界，你肉体凡胎，只有通过蜘蛛丝，才能离开这里。离开后还须将蜘蛛丝弄断，才能让这个虚空中的书院消失。"

"这破地方那么多房梁角落，蜘蛛丝少说也有千千万万，难道我要连夜用扫帚扫房吗？"王子进面容凄苦，几乎要哭出来。

"很快你就知道'蜘蛛丝'是什么了。"绯绡仰起头，看向天边一弯银钩般的明月，皱了皱眉。

"时间不多了，'蜘蛛丝'是异界之物，传说只有菩萨心肠的人才能弄断，一切就看你了……"

他说完这句，白色的身影宛如夜雾般，缓缓消散在冷风中。只剩下王子进一人惊慌失措地站在庭院中，比方才更加害怕。

他不知该去向何处，更不知绯绡口中所说的"蜘蛛丝"是何物，在凄寒的风中站了半天，才缓缓向住处走去。

他刚刚穿过花园，便见明侬蹑手蹑脚地蹲在一处干枯的灌木后，探着小脑袋，悄悄地打量着什么。

他忙屏住呼吸，顺着明侬的视线看去，只见言夫子正怀抱着什么东西，脚步匆匆地贴着墙根向前院走去。

墙壁的阴影几乎让他跟黑夜融为一体，如果不是明侬，他根本无法留意到他的经过。

"子进，你来了？"待言夫子走远，明侬回过头，朝他粲然一笑，"我刚刚就听到你的脚步声，怕惊扰到他，才没敢说话。"

"你一直在跟踪他？"王子进忙矮下身，压低声音问。

"我看你匆忙跑去前院了，想到昨晚我们所见，就来后院他的房间门口守护。"明侬狡猾地笑了笑，"果然，不到一会儿就见他出了门，我就一直跟他来到这里。"

王子进见她笑起来眉眼弯弯，像极了一个人，可忙乱之中，一时又想不起她到底像谁。

"刚好夫子不在，我们去看看他房中有什么古怪！"明侬伸出小手，拉着他的衣袖，向言夫子的住处跑去。

王子进见她年纪虽小，行为举止却颇有主见，根本不似豆蔻少女，倒像个阅历丰富的成年女子。

两人悄悄潜入了言夫子的房间，点燃了一盏煤油灯，仔细寻找着端倪。王子进曾两次跟他在这狭窄的地方吃饭，只记得此处极为简陋，如果不是书架上摆满了各色书籍，简直跟用人房无异。

灯光微弱，在寂夜中摇摆不停，仿佛一只疲惫的眼，照亮了这小小陋室。

只见房间中除了一个巨大的书架，只有一床一桌一椅，跟他自己所住的房间摆设十分相似。床头堆满了书，桌上放着几张黄纸。

"咦？这是什么？"明侬好奇地走过去，掀开黄纸，摸出了一个小小木盒。她小心地打开，只见里面装满了红色的粉末，在灯光下散发着微弱的光芒。

"是朱砂啊！"王子进以指蘸了一点，轻轻捻了捻，肯定地说。

"朱砂是做什么用的？"明侬越发好奇。

"我只知道道士们画符用它，据说也辟邪……"王子进将朱砂盒放在桌上，在桌角又找到了个装订好的册子。

他翻看了一下，才发现里面密密麻麻写满了名字，竟然是松阳书院的学生名册。名册上记载的学生，足有百人之多，根本不止他所见的八个人。

他草草看了看，刚觉得乏味，视线就停留在了一个人名上。

他的脸立刻变得铁青，仿佛看到了在暗夜中徘徊的鬼怪。

七

月色朦胧，弯月斜斜地挂在天边，像是美人鬓边明亮的步摇，照亮了半边山色。风过林动，发出沙沙轻响，仿佛有妖怪躲在林中窃窃私语。

一行人步履蹒跚地踏破积雪，沿着山间小路，向书院走来。月光照在这些人的脸上，只见他们目光呆滞，脸色铁青，有的还断手断脚，简直跟僵尸无异。

"蜘蛛丝在这里吧？我闻到了味道……""通往生人世界的，美好的气息。""我还想活下去，地府又冷又黑，让我再见一次阳光吧！"

他们口中发出喃喃低语，越走越快，很快就来到了松阳书院门外。

一个白色的身影如轻烟般从天而降，衣袖一展，袖底生出一股劲风，一下就吹得为首的赶路人跌倒在地。

后面的人踏过他的身体，伸着僵硬的手，要抓这白衣美少年的身体，可他们还未靠近，只见红光一闪，手腕已经被齐刷刷切断。

这些人仿佛没有痛觉，也毫无畏惧之心，匆匆从地上爬起来，仍前仆后继要闯入门中。

"好烦啊！"绯绡眉头轻皱，不耐烦地从袖底抽出了一把血红色的长刀。他刀尖轻晃，钩起地上的积雪，如霰如雾的雪粒飞舞在半空中，突然如千万粒弹子般向这些怪物般的人射去。

他们发出哀鸣号叫，在深山中回荡，久久不绝。

凄厉的叫声也传到了王子进的耳中，他凭空打了个寒战，将名册装入怀中，拉起身边的明依便走。

"怎么了？你发现了什么？我们要去哪里？"明依小跑着跟在他身后，好奇地问。

"去找言夫子对质，他一定知道一切！"王子进匆匆向课室的方向走去，隐隐已经察觉到了藏在夜色中的真相。

墙外又传来一阵鬼哭，仿佛地狱之门洞开，无数魑魅魍魉从门中奔涌而出，甚至连风中都送来血腥的气息。

课室中再次恢复了寂静，吊在半空中的书生们停止了悲鸣。而一个身披斗篷的男人正端坐在他们的脚下，埋头吟诵着经文。

"愿以此功德，庄严佛净土。上报四重恩，下济三途苦。若有见闻者，悉发菩提心，尽此一报身，同生极乐国。"

"多谢了……听了你的诵经，心中舒服多了。"一名身材肥胖、衣饰华丽的书生松了口气，微微笑了笑，身影倏忽之间消失在夜色中。

其他的书生也纷纷道谢，有的还哭着跟他作别，不过一会儿工夫，房梁下就再也没有了悬挂的人影，只有清风涤荡如水，穿过了空荡荡的课室。

男人疲惫地站起来，他虚弱至极，要以手扶墙才不至于摔倒。月光照亮了他藏在斗篷下的脸，憔悴虚弱，几缕胡须无精打采地垂在唇边，赫然就是言夫子。

"王子进……"他看到了站在门外，沐浴着月光的王子进，似有些惊讶，"不是叮嘱过你晚上不要出门，怎么不守规矩？"

"因为夫子也未遵守规则。"

"居然敢顶嘴，罚你抄写文章三百遍！"言夫子眼中闪出几分不耐烦，就要推开他。

可一向文雅怯懦的王子进脚下像是生了根，牢牢地站在门前，堵住了他的去路。他目光炯炯，定定地看向言夫子："是什么文章？超度亡灵用的《地藏经》吗？"

言夫子瞪大了双眼，后退了两步，惶恐而无措。

"子进，到底是怎么回事呀？"明依听不懂他们在说什么，拉了拉他的衣袖。

"你真的是夫子吗？否则怎么会让学子们吟诵誊写《地藏经》，如果不是，你在这书院中假扮夫子，所为何来？"

言夫子怒目盯着他，但王子进毫不畏惧，眸光清冷，直直地跟他对视。过了片刻，他终于垂下头，摆了摆手，似乎已经疲惫得无法站立。

"罢了，罢了，让你知道也无妨，我们坐下来慢慢说。"

他缓慢地转身，走回了课室，坐在了空荡荡的桌椅间。暗夜的阴影宛如潮水，淹没了他消瘦伶仃的身形。

他瘫坐在冰冷的椅子上，轻咳了两声，头软软地垂在一边，仿佛一具行将就木的骷髅。

书院门外，哀号声此起彼伏，千百万个幽魂聚集而来，跟绯绡酣战不休。绯绡的身影灵活敏捷，在这些死魂灵中穿梭，好似银鱼戏水，又像梨花舞风，可是任他本事再大，也架不住源源不断的幽魂前仆后继。

"封！"眼看这些死魂拥到了书院的门口，他玉指轻点，朝门闩上念了句咒语。

刹那间整个大门变成了一块坚不可摧的岩石，死魂们用尖锐的指甲用力抓挠，也只能在岩石上抓出道道浅痕。

"不甘心啊！""蜘蛛丝就在里面，我还要回人世！""呜呜呜，在黑暗中徘徊太冷了，让我爬上蜘蛛丝吧！"

死魂们同时发出悲鸣，如滚滚潮水般在深山中翻滚，震落了树上的积雪，惊飞了休憩的飞鸟。

绯绡收刀入袖，负手站在书院的高墙上，白衣随夜风翻飞，俊美的脸庞上显出几分倨傲和得意，如高高在上的谪仙般俯瞰着脚下纷涌的死魂。

然而就在这时，一个身穿锦袍的男人出现在了死魂之中。他低着头，将面容藏在阴影中，衣袖随风招展，从袖底飞出数十根松针。

那是他这两日在山中搜集的，每根松针的针尖上都沾了点他的血，具有些许灵力。

松针一落地，立刻变成了几十个灰白色的猿猴，它们机敏灵活，飞快地蹿到了树上，借着树枝的弹力，飞到半空中，接二连三地向站在高墙之上、迎风而立的绯绡扑去。

绯绡玉面一沉，眼中闪烁出愤怒的光芒，他的身形骤然变大，脸上也生出细细的绒毛。玉树临风的美少年消失，取而代之的则是一只巨大如山的白狐。

狐狸盘踞在书院门前，毛茸茸的尾巴似一条刚劲的银鞭，它轻轻一摆尾，就有几只猿猴被打得飞了出去，重重跌在地上，发出尖厉可怖的惨叫。

躲在死魂中的青年看着猿猴惨败的景象，唇边荡漾出一丝阴笑。他藏在袖底的手指微动，一个拳头大小的棕色小猴，悄无声息地从袖中爬了出来。

小猴并不纵跃攀缘，而是在人腿之间穿梭，好似老鼠般机灵而毫不起眼。它很快就来到了庞大白狐的身后，悄悄藏在了暗影中。

天色晦暗，银钩般的明月被云丝遮蔽，仿若美人遮住了皎洁的面孔，不忍再看这涂炭如地狱般的人间。

八

课室中，王子进拉着明侬，看着坐在椅子上的言夫子。高墙外传来此起彼伏的悲鸣声，让明侬十分紧张，她警惕地不断回首，似乎在提防什么。

"没想到，就差一点，还是被你发现了……"言夫子费力地说，他每说一句，就伴随着重重的喘息，听起来像是破旧的风箱发出的声音。

"到底是怎么回事？为何书院中的学生如此之少？"

"你且听我说完……"言夫子摆手打断了他，抬头看向课室中的房梁，"松阳书院治学严谨，夫子对学生要求一贯以严苛出名。有的学子文章退步，便会受到惩罚，要么是在雪中雨中背诗，要么是将写得不好的文章示众，还会给学子的家中寄去先生们的批评……"

王子进听他说出惩罚的方法，背后不由自主地冒出了一层冷汗。

"几年前，有个学生不堪折辱，悬梁自尽……"言夫子顿了一顿，继续说下去，"书院草草处理了这个学子的后事，可没想到自此之后，每年都有人自杀，一样是上吊，也同样是在最寒冷的冬月……"

"我知道了，定然是那名死去的学生化为厉鬼，在书院中引诱别人自尽。"明侬有些害怕，抓紧了王子进的衣袖。

"不只如此，书院中还有学子在夜半时分，看到有人吊在房梁上。但当喊人过来后，尸体又毫无痕迹地消失了。"言夫子咳嗽了两声，"所以书院才特意请我过来，趁学子返家之际，让我来为这些徘徊不去的魂魄诵经超度……"

他还要继续说下去，却听庭院中传来沙沙的脚步声，似有人在慢慢接近。王子进忙回头看去，只见一个身材矮小的身影，正踏破月光，向他们走来。

来人身穿青灰色绣墨竹棉衣，打扮老成，一张脸却饱满稚嫩，眼睛圆而亮，正是跟王子进交好的习智。

"王兄。"习智看到他，热情地打招呼，"怎么如此深夜，还在外徘徊？"

"夜不能寐，出来吹吹冷风。"王子进拉住了明侬的手，笑着答道。

他没有告诉这个少年方才自己看到的事，也不再惊慌失措，像是一切都没发生过般从容平静。

"课室中有什么吗？"习智看向他的身后。

可他什么都没看到，因为言夫子已经躲在了桌椅后，隐匿了身形。

"真是奇怪，我刚刚好像还听到你在跟谁说话。"习智挠了挠头，困惑地说。

"可能是听错了。"墙外的鬼哭声一浪一浪高涨，王子进好奇地问他，"你没有听到外面的声音吗？"

少年老成的习智摇了摇头。

"你能看到我身边的女孩吗？"

他再次摇了摇头。

"习智……"王子进满含悲哀地望着他，"不要撒谎了，你明明既能听到，也能看到，为何要骗我呢？"

习智抬起了头，他年少稚嫩的脸庞，在月光下现出冷酷的表情，一字一句道："子进，这都是为了让你能专心念书啊！你怎么能为这些事分心呢？奇怪的少女，鬼哭的声音，怎么比得上金榜题名的鞭炮声？包括我跟你说书院里闹鬼，也是想让你专心地坐在房间里念书，不要到处玩耍。"

他说这番话时，严肃而认真，比言夫子更像个夫子。

"如果我不想读书呢？"王子进将明侬拉到了身后。

"那就别怪我不客气了……"习智低低一笑，轻轻从衣袖中拉出了一根银丝，丝线有拇指般粗，在黑夜中散发着莹莹光芒，像是上等的蚕丝织就。

"就是它，蜘蛛丝！"一直躲在王子进身后的明侬突然蹿出来，大眼睛定定地望着他手中的银丝，"是它召唤我过来的，包括门外的那些鬼怪，也是为它而来！"

王子进看着他手中的银色绳子，怎么也看不出有什么特别。

"是传说中地藏菩萨的'蜘蛛丝'吗？"他身后响起了一个疲惫的声音，只见言夫子扶着桌椅，缓缓走了出来，"传说菩萨为拯救地狱中的冤魂，垂下一根蜘蛛丝到了地狱深处，可是鬼魂们互相争夺，争先恐后地要攀上蜘蛛丝。最后蜘蛛丝不堪重负，被它们弄断，而这些冤魂则堕入了更深一层的地狱。"

一幅冤魂争夺，业火烈烈的画面在王子进眼前浮现，他终于有些畏惧那根看起来银光闪闪的绳子了。

"是吗？可是我并不觉得这玩意儿很稀罕。"习智打量了一下手中的银丝，将它收入袖中，"比起书中的世界，人世没什么值得留恋。"

"习智，你醒醒吧。"王子进见他执迷不悟，再也忍不住，从怀中掏出了一本古旧的名册，"你已经死去多年了，这书院中夺人性命的妖怪就是你。"

他方才随手翻了翻名册，发现最后一页居然记载着几年书院中自杀的学生名单，而为首的一位，赫然就是习智。

习智愣了一下，但他少年般的脸上随即浮现出了老成的神色，轻轻点了点头。

"干得不错，省了我很多麻烦，那些人确实是我带走的，因为他们要么不上进，要么虚掷生命，当然还有一部分是遇到了挫折，有了轻生之念，我只是在背后悄悄推了他们一把。"

"为什么要这么做？"王子进见他小小年纪，如此狠心，不由得心底生寒。

"我说过了，从小我就是在书院中长大，家中的父母为了让我科举高中，付出了无数金钱和精力。"习智咬牙切齿地答，似回想起了过往痛苦的日子，"我没有别的选择，只有出人头地！可是过了乡试之后，我却再也写不出好文章，被家人送来了这所名满京城的书院读书。最终在一个冬夜，文思枯竭的我，选择了自尽。"

他说起自己悲惨的过往，仍冷酷无情，仿佛丝毫没有人类的感情。

"你的父母吗？他们不伤心吗？"明依小心翼翼地问。

"多年分离，我早已忘记他们的长相，估计在我死后就去培养弟弟了吧……"直至此时，他的语气才终于软了一些。

"他们从未爱过我……我只是个光宗耀祖的工具，来往书信中也只关心我的学业，从不提及其他。当我明白自己再也没有利用价值，只能选择了死亡。"习智冷冷地笑了，"甚至死后都无处可去，只能流连在这所书院中，寻找跟我一样的可怜人，拉他们跟我做伴。"

风呼啸而过，卷起细碎的积雪，仿佛也为这无依的少年掬了一把冰冷泪珠。

书院门外，小猴悄悄溜到了白狐身后，伸出一只毛茸茸的爪子，按在了被变成岩石的大门上。

它拳头大小的身影像是融化了一般，变成了一摊浓腥的血，慢慢渗入了岩石之中。

岩石发出咔咔巨响，裂开了一条缝隙。

"不好！"白狐身影一晃，又变成了翩翩佳公子，他抽刀就要加固门上的法力。

可是已经来不及了，巨大的岩石轰隆隆裂成了两半，尘土飞扬中，魑魅魍魉潮涌般奔入了门中，发出欣喜的欢呼，直蹿入云霄。

九

"习智，事情没有你想的那么坏，你误会父母了……"王子进见他情绪激动，露出了一丝缝隙，忙规劝他，"来，快点将蜘蛛丝给我，我会告诉你真相。"

"什么真相？真相就是他们从未关心我、爱护我，比起什么亲情爱情，人类更爱的是功名利禄！我早已看破红尘，宁愿留在地狱中，也不想堕入轮回，再世为人！"

习智猛然昂起头，脸变成了失血的青白，嘴里也长出了森森獠牙。他纵身向王子进扑去，伸出利爪就掐向他的脖颈。

"人世苦厄，不如随我去无间世界！"

王子进没想到他突然会翻脸，一时躲避不开，眼看脖子上就要添两个血窟窿。就在这生死攸关之时，一个小小的身影扑出来，一下将他推开。

习智的利爪插在了他身后的门框上，登时将坚硬的木头撕成碎片，木屑纷飞。

"子进？你要不要紧？"王子进死里逃生，才发现推开自己的竟是明侬。

晦暗的月光下，只见明侬正关切地望着自己，她清秀的面容，明亮的眼睛，都让他觉得似曾相识。

"明侬，你到底是谁？"他困惑地问。

明侬张开了小嘴，刚要回答，便听到不远处传来了万马奔腾的声音，甚至连地面都微微颤抖。

"完了，鬼怪们闯进来了！"明侬小脸一沉，慌忙拉起了王子进，"子进，我们快跑吧。"

可是两人刚刚爬起来要逃，习智却从门框中拔出了利爪，再次向两人袭来。

"哇，我跟你无冤无仇，至于要步步紧逼吗？"王子进抱着明侬连连后退，明显不敌。

三人正厮打成一团，一页写着经文的黄纸骤然随风飘来，挡在了王子进身前。习智的手一遇到符纸，立刻冒出了一阵焦臭的烟气，逼得他吃痛地缩回了利爪。

他愤恨地回过头，只见言夫子正虚弱地扶着门，手中攥着一本经文。

"这是什么？你到底是谁？"

"是《地藏经》，专门超度流连不去的灵魂的。"言夫子悲怆地答，他一直疲惫不堪的双眼中，竟满含热泪，不知是谁触动了他的心弦。

王子进和明依死里逃生，还未等松口气，就有一只手攀上了他的肩膀。他吓了一跳，忙打开了那只手，哪知手竟然吧嗒一声掉到了雪地中，赫然是只断手。

"啊啊啊！"他再也压抑不住心中的恐惧，拔腿便跑。

可他刚跑了两步就站住了，只见身后黑压压的竟然站满了奇怪的人。他们或断头断脚，或不成人形，还夹杂着身体透明的灵体和生着双翼的怪鸟，仿佛地狱一倾而空，所有的魑魅魍魉都来到了这里。

"蜘蛛丝啊……""让我们再见见太阳……"他们蜂拥着向习智扑去，将王子进和明依挤到了一边。

习智的利爪和獠牙，跟这些疯狂的鬼怪比起来简直就是小巫见大巫，眼看就要被他们撕得粉碎。

他终于露出了符合年纪的脆弱，一下就端坐在地上，惊恐地抱着头，闭眼等死。

可一本长长的经书从天而降，恰好围成了个圈，将习智围在了圆圈的中心。言夫子端坐在一边，口中微动，诵念着经文。

经书散发出柔和平静的光，方才还暴戾凶猛的鬼怪们似受到了安抚，平静地站在经文前，脸上现出陶醉的神色。

"王子进，我撑不了太久，你带着小丫头快跑吧。"言夫子轻轻地说，他话未说完，就吐出了一口鲜血，显然已经到了油尽灯枯之时。

"习智，快点将蜘蛛丝给我！"王子进想到绯绡的叮嘱，慌忙对被经文保护住的习智说。

习智犹豫了一下，一咬牙从袖中掏出了一卷银白色丝线，用力朝王子进掷去。所有平静下来的鬼怪刹那间同时动了，它们纷纷跃到了半空中，要抢夺蜘蛛丝。

王子进肉体凡胎，怎么也不如它们跳得高，眼看飞在半空中的蜘蛛丝就要落入一个青面獠牙，长着竹竿般长腿的怪物手中。

说时迟那时快，一个纸裁的小人飘乎乎地从王子进的怀中爬出来，随细雪逐风，飞到了半空，它在风中骤然变化，转瞬就变成了个金甲银盔，手持魔杖的巨人。

巨人伸出大手，一把就将蜘蛛丝抢走，抡圆了魔杖，打飞了几个跟他争夺的鬼怪。

"哇，绯绡的东西，终于有派上用场的时候了！"见这魔怪如此威武，王子进兴奋地拍手。

他刚嚷了一句，就觉得脑后一痛，耳边响起了熟悉的骂声："谁说我的东西不管用了？你这个笨蛋，我费力拖延了这么久，你竟然还没有弄断蜘蛛丝。"

"绯绡！"王子进听到这声音，立刻将万千鬼怪置于脑后，一回头就紧紧抱住了那人的胳膊，"你总算来了。"

鼻翼中传来熟悉的芳草香气，那人凤眼含笑，面若桃花，果然就是绯绡。

高大的魔怪几步就走了回来，将蜘蛛丝递给了王子进。王子进接过了银色丝线，使尽全身力气，想要将它扯断。

可他试了几次，那看起来宛如丝絮般的细绳竟然怎么也弄不断。

群鬼见状，立刻又纷涌而来，要抢他手中的蜘蛛丝。绯绡一手拉着王子进，一手抱着明依，身影一晃，已经退到了几丈之外，只留下金甲力士一人抵挡鬼怪。

怪物们扑上来疯狂地啃噬力士，即便他高大威猛，也经不住这么多人同时袭击，很快就被怪物们撕得七零八落。

"怎么办啊？"王子进见状焦急地问。

"没事，它能变化三次，应该还能抵挡一阵。"绯绡的眼睛一瞥，看到了跟言夫子站在一起的习智，"他们是什么人？"

王子进将习智和言夫子的来历草草跟绯绡说了一遍，在叙述之间，只见金甲力士再爬起来时，已经变成了个瘦高的武士，武士一手持枪，一手持盾，再次跟鬼怪们酣战起来。

奇怪的是，绯绡并没有问明依是谁，他只扫了她一眼，仿佛心中已经了然。

"这样下去不是办法，得赶快把蜘蛛丝挂起来，再想办法弄断。"绯绡皱眉看着鬼怪们又一次将武士打倒，身影一晃，已经带着王子进和明依来到了课室门前。

言夫子和习智正站在课室门外，言夫子已经站立不稳，但仍手持经文，挡在习智身前。

而在他们身后，武士倒下的地方又出现了个人，这次这人居然是个文弱书生，五官跟王子进长得极为相似。

可惜他几乎在站起来的同时，就被几十个怪物瞬间扑倒。

"绯绡的东西，果然都靠不住……"王子进看出这纸人幻化的傀偶一次比一次弱，而当他看到它变成了自己时，更是欲哭无泪。

几乎在纸人消失的同时，绯绡一把夺过他手中的蜘蛛丝，手臂一扬，就将它稳稳地挂在了横梁上。

细绳垂落，随夜风微晃，散发着淡淡的光辉，宛如一只轻轻招摇的玉手。

说来奇怪，在它被挂上的刹那，王子进仿佛在黑暗中看到了鲜花飘洒，听到了仙乐绕梁，方才还漆黑一片的房梁上，竟然洒下了片片金光。

光温暖而平和，像是母亲慈爱的怀抱，又似情人甜蜜的亲吻，引得人不由自主地想走入那片光海之中。

十

这光令人痴迷而疯狂，鬼怪们完全丧失了理智，冲破了大门，争先恐后地向绳子上爬去，它们谁也不肯谦让，互相拉腿踩头，很快就爬到了绳子的中段。

王子进一手拉着绯绡，一手抱着明侬，吓得大气都不敢喘，紧紧地贴在墙上。

"哎，跟传说中的景象一样啊……"言夫子望着这恐怖的场面，连连感慨，此时的他已经站不住了，只能歪坐在冷硬的石板上。

他话音刚落，为首的几十名鬼怪从蜘蛛丝上跌落。它们一落在地上，就立刻发出痛苦的哀号，青石地面竟然变成了烈烈火海，转瞬就将它们烧成了一片灰烬。

但随着灰烬消失，业火也随即熄灭，课室中再次恢复了平静，只有一根蜘蛛丝挂在房梁上，散发着惑人的光芒。

"让我去！我也要去啊！""我要见见最爱的人，听说蜘蛛丝能到任何地方。"

鬼怪们毫不畏惧，再次成群结队地冲向了蜘蛛丝，但是跟上次一样，它们再次葬身在业火之中。

一批又一批的人跑过去，好似飞蛾扑火般毫无畏惧，可没有一个人成功地攀上了蜘蛛丝，都在争斗中坠落，在熊熊火焰中化为灰烬。

方才还嘈杂喧嚣的书院很快就变得寂静，几乎所有的妖怪都葬身火海，只有几个胆小的妖怪站在课室门外，探头探脑地瞧着那悬挂在半空中的蜘蛛丝，想接近又不敢，眼中满含渴望。

"喂，这个到底要怎么弄断啊？"王子进看着散发着银辉的蛛丝，苦恼地挠了挠头。

"不……不要弄断……"一直沉默不语的习智突然说话了，他仰望着那飘荡在半空中的银丝，眼中满含向往，"原来它能送我去任何想去的地方……我想再去见见自己的父母，这么久了，我仍然牵挂他们。到今天晚上，我才发觉原来我一点也不恨他们……"

他说罢唇边带着几分憧憬的笑容，一步步向蜘蛛丝走去，伸出手就要握住蛛丝。

再也没有人跟他争抢，温柔明澄的光芒照在他的脸上，像是清晨和煦的日光，又像是母亲抚摸他的双手。

"娘，我来了……"他笑着说。

可就在他的手即将握住蜘蛛丝的一瞬，王子进却冲上去，一把抱住了他的腰，两人扭打不休，重重摔在了地上。

"你这书生，怎么总是跟我过不去？我干什么你都要横加阻拦？"习智愤怒地抓住了王子进，露出獠牙就要向他咬去。

可是他刚一张嘴，就觉得口中多了个又冷又硬的东西，将嘴死死塞住。他再也顾不上王子进，连忙将嘴里的异物抠出来，却发现是块石头。

"小小年纪，打打杀杀成什么体统？"绯绡笑眯眯地走过来，一把将王子进从地上拽起来，"子进，你是有话要说吗？"

王子进连忙拉起习智的手，带他来到了几近虚脱的言夫子身前。言夫子连说话的力气都没有，但他的视线始终看着习智，像是蜘蛛丝般黏在这个少年身上。

"你根本不用通过蜘蛛丝去见父母……"王子进激动地翻开了名册，指着最后一页的名字，"这是你的名字，你且仔细看看。"

习智起初不屑，后来仍好奇地看了一眼，只见那泛黄的纸页上，为首的一个名字，赫然就是"言习智"。

他立刻如五雷轰顶，呆呆地看着气若游丝的言夫子。

"原来我姓言吗？我怎么跟他一个姓？不，这一定是巧合……"

"忘记父母的长相，当然也不会记得自己的姓氏。"绯绡也走了过来，他聪明至极，只听了几句就明白了一切，"这位言夫子，应该就是你的父亲。"

"是啊，他根本不是什么术士，只靠着一本经文和对儿子的爱，孤身到了这书院中，就为了超度自己迷途的儿子。"

"经……经书……是你母亲用血……混着朱砂……亲手誊写的……"言夫子断断续续地说，"我们……一直惦念你……"

他话未说完，两行浑浊的泪水，已经顺着脸颊流了下来。

"父亲……"习智扑通一声跪坐在地，抱着言夫子号啕大哭，似要将自己这短短一生的误会和遗憾，都通过泪水宣泄而出。

"我……我命不久矣……希望你能放下怨恨，早入轮回……"言夫子艰难地伸出手，放在儿子的头顶，"我跟你娘当初怕扰乱你的心神，才不敢处处表现出关心……没想到，却铸成大错……"

言夫子说罢，头越垂越低，仿佛已经耗尽了生命中最后一点力量。

"他要不行了！"绯绡一把抓住言夫子的手，急切地说，"快点，将他通过蜘蛛丝送入人间，或许还有救。"

"可他如此虚弱，根本无力攀爬啊！"王子进也急得抓耳挠腮。

"我送他上去！"习智抹干眼泪，站了起来，将父亲背在了背上，毫不犹豫地向蜘蛛丝走去。

"将他送走，你可能会堕入业火中烧死，不会害怕吗？"绯绡眯着眼睛，若有所思地问。

"不！今日我才知道，我求之不得的，原来早已拥有。生命完满若此，又有何畏惧？"

他说罢背着父亲，一步步走向了蜘蛛丝。他看起来只有十几岁，身量矮小，还未长成大人，可却似拥有无穷伟力，很快就沿着蜘蛛丝，攀到了房梁上的光芒中。

他将父亲单手举过头顶，言夫子的身影很快被光芒笼罩，变得越来越淡，最终如轻烟般消失。

习智送走了父亲，缓缓从蛛丝上滑下来，奇怪的是，这次并没有业火从地面升腾。他双脚踏在了冰冷的青石板上，安然无恙。

"王兄，多谢了，你让我明白，人生在世，重要的不是功名利禄，而是有人牵挂和惦念。此番恩德，只能来世再报！"他朝王子进深深地作了个揖，稚嫩的脸庞上现出了幸福的笑容。

他终于不再似大人般成熟稳重，举手投足都天真得像个孩子。只是他朝王子进挥了挥手，身体缓缓消散，最终化为一阵清风，卷起几缕尘灰，消失不见。

"他终于放下心结，堕入轮回了。"绯绡凝视着风起之处，感慨地说，"原来只有毫无私心的人，才能爬上蜘蛛丝，如果心中只想着自己，必然被业火吞噬。"

王子进目送习智消失，也觉得松了口气，可是他很快就发现不对劲了，因为周围安静得可怕，他身边竟少了个围着自己团团转的身影。

"明依呢！明依跑到哪里去了？"王子进焦急地嚷了起来。

"我在这里！"门外响起了明依欢快的叫声，只见小小少女提着裙子跑来，还拉着一个只有五六岁大的男孩。

男孩啃着手指，目光茫然，一看就不是很机灵。

"这到底是怎么了？我怎么看你们俩都如此眼熟？"王子进用力地抓头，可任他将头抓破，也想不出到底在哪里见过他们。

"你还记得我说过，自己是来这异界空间找人的吗？我终于找到了！"明依欢快地拍手，"这个孩子太笨了，他多年前因我的训斥离开，现在果然也被蜘蛛丝引了过来，只要将他带走，子进你的生命就完整了。"

"什么跟什么啊？我跟他有何干系？"

"这是你的孩子啊！"绯绡也来添乱，一把将小男孩塞到了王子进怀中，"快带他爬上蜘蛛丝！"

"我……我何时有孩子的？"

"等你上去了，一切就都会真相大白！"绯绡又抱起明依，也塞到了他的怀中，"快点快点，赶快将他们送上去，时间不等人！"

"她又是谁？"王子进还想再问，却被绯绡连推带赶来到了蛛丝之前。

他带着一肚子困惑，怀抱着小男孩，推着艰难爬行的明依，费尽全身力气，才爬到了蛛丝的顶端。

在光芒的笼罩下，他眼中的景象发生了变化，男孩的脸飞速成长，最终变成了跟他一模一样的脸。

他吓了一跳，急忙看向明依，可不看还好，一看之下差点魂飞魄散。只见明依清秀稚嫩的脸庞生出皱纹，鬓边白发丛生，变成了一个垂垂老矣的老妪。

而且这老妪竟然是个他极为熟悉的人，令他不由得失声尖叫："祖母！你怎么会是我的祖母？"

"没错，就是我哦！"老妪朝他眨了眨眼，状似调皮。

他再也经受不住刺激，眼前一黑，堕入了无边黑暗。传说确实没错，每个攀爬蜘蛛丝的人，都会堕入地狱。

十一

不知过了多久，他才悠悠醒转，只见自己竟然正躺在一辆辘辘行驶的马车上，而绯绡正负手坐在车厢的角落，饶有意味地看着他。

"这是怎么了？我是做了个梦吗？"他揉着发痛的额角，艰难地坐起来，才发现自己身边还躺着一个人。

那人面色灰暗，脸颊消瘦，几缕胡须稀稀拉拉地挂在尖削的下巴上，像是冬日的枯草，却正是言夫子。

"我是在现实中的书院中找到他的，他孤身一人翻墙进去，想要超度自己死去已久的儿子，哪想到误打误撞地被蜘蛛丝卷入了生死交界处，消耗了他太多精力，估计得养个一年半载才能好起来。"

王子进掀开车窗上的竹帘，看着窗外的崇山峻岭、白山黑水发呆，在那所处于生死边缘的书院中经历的一切，恍如隔世。

"对了，蜘蛛丝呢？"他终于想起了那引得群魔乱舞的元凶。

绯绡伸出一只手，只见他纤长的手指上缠着一根柔软的蛛丝，蛛丝变得又细又暗，如果不仔细看，根本无法发现。

"你在昏倒前扯断了它……"绯绡笑着摇了摇头，"万万没想到，能让它消失的，是厌弃的情绪，毕竟无论人鬼，都视它为珍宝。"

他说完将蛛丝顺手从窗外扔了出去，缥缈的蛛丝，眨眼间就消逝于冷风之中。

在他醒来的同时，细雨如丝的江南小镇，一个白发苍苍的老妪也睁开了眼睛。她人中和头顶都扎着金针，好似个会动的针包。

"醒了，老夫人醒了！"伺候的婢女又惊又喜，忙去向夫人禀报。

不过一会儿，就有个打扮低调的中年妇人来到了老妪的卧房，她看到老妪苏醒，立刻流下泪水，快步走到床边去扶她。

"婆母，吓死我了，你昏迷了足足三天三夜。"

"我做了很有趣的梦啊……"老夫人憧憬地看着窗外被雨洗得青翠欲滴的翠竹，感慨地说，"我梦到自己又变成了个十几岁的少女，还去书院中跟子进做了朋友……"

"您一定是太想念他了……"

"而且我还挽回了过去做的错事，帮他找回了因为被我过度管束而消失的天性。"

她仍念叨着，"这次，子进一定会出人头地的！"

她言之凿凿地说，仿佛透过灰蒙蒙的层云，看到了绚丽灿烂的日光。

王子进一回到客栈就忙着给母亲写信，在母亲的回信中，他才得知祖母半月前重病晕倒，但是为了不影响他温习功课，才没写家书，所幸如今她老人家已经痊愈，春天就又要去山中修行了。

在信中，母亲也告诉了他祖母的闺名。王子进看着信，突然又哭又笑，手指微颤地抚摸着薄薄的信纸。

一滴泪从他眼中流下，落在纸上，晕开了"明侬"两个小字。

但他泪水还未干透，就发现信纸中竟然夹着一封荐函。荐函上写着"松阳书院"四个大字，吓得他忙跑去找绯绡。

"荐函是真的，这是你的祖母费尽心思才为你争取到的机会，可千万不要浪费！"绯绡只扫了一眼，就连连点头，"估计知道你上次去念书失败，她老人家不死心吧，又补寄了一份给你。"

"为什么啊？我怎么越来越不想念书了呢？"王子进想到四书五经就头痛，哀号连连。之前他只是贪玩，如今已经变成了厌学。

不过任他再不情愿，也在新春过后去了松阳书院。这次松阳书院不再冷清，每天都有几百人同时写文章做学问，而且蜘蛛丝引来的业火烧掉大部分冤魂杂鬼，书院里的风都格外清澈澄明，不要说索命妖怪，连半点污浊都没有。

唯一遗憾的是，王子进的文章以一日千里的速度退步，写得越发狗屁不通。

"唉，看来这老太太费尽心思找回来的，好像是他的惰性呀！"绯绡悠闲地坐在庭院的大树上，看着课室中咬着笔杆，几乎抓破脑袋的王子进，叹息般地说。

他红唇微翘，凤眼含笑，怎么看都像是在幸灾乐祸。

屋檐下，一只蜘蛛正在尘灰中忙碌，很快就结成了一张不易察觉，既柔软又坚韧的网。恰似命运，于无声无息中，网罗了世间众生。

第九夜

瘟神劫

　　立春方过，山中已经下了几场雨，雨线似离人的涕泪，无止无休，将青翠的山林树木都染上哀愁的颜色。

　　暗淡的雨雾中，风寒在体弱的女人和孩童中开始蔓延，继而连年轻的樵夫、体壮的耕农都染疾倒下。

　　这场猝不及防的疾病悄无声息地肆虐，不过短短几日，村子里的人死的死、病的病，竟然有一多半的人染上恶疾。

　　雨停了，东君好似手持弓矢的威猛男子，从云层中射出了万道华光。氤氲的热气中，放在薄薄棺木中的尸体，还未入土皮肤上就起了黑斑。

　　"是瘟疫啊，瘟神来了！"郎中们只看了一眼，就惊惶奔走。

　　瘟疫如挟着死气的旋风，从村庄蔓延到城镇，终于在一个名唤桃源的水乡小镇被扼住了咽喉。

　　扼住瘟神咽喉的是个喜穿青色衣袍的俊美少年，他风流不羁，从不束发，颇有几分魏晋风度，而且身边总是有一个七八岁大小的女童跟随。

　　两人指挥村民们焚烧了死去的病人的尸体，又在河里井中都撒下药草，短短几日后，果然再无人染疾，患了病的镇民也在服食他们调配的药草后很快痊愈。

　　这晚北风呼啸，风中裹着黏腻的湿气，还有刀子般的料峭春寒。

　　青衣少年带着个梳着丫髻的女童，站在旷野之中。他们面前是一堆沾了血的衣衫杂物，风呼啸而过，吹过堆积如山的秽物，隐约可见有黑色的、不成形的影子，跳着张牙舞爪的舞蹈。

"就差最后一步了……"青衣少年手掌一翻，指甲变得如刀刃般锋利，轻易就划破了自己的手腕。

滴滴鲜血如红色珊瑚，洒在了秽物之上。女童燃起火折子，从衣袖中掏出一张纸符点燃，口中念念有词。

她将黄纸符凑近了秽物，只有拇指般大小的火苗，突然蹿成了半人多高，在半空中化为一只火焰狐狸。

"以吾之血，恭送瘟神。"青衣少年合上双眼，轻轻地吟诵。

火狐扑向了堆积如山的秽物，瞬间将那些衣衫布条点燃，熊熊烈火中，可见光与热之间有虚影闪动，似乎庞大的怪物在扭动挣扎。

风声突然变得尖锐刺耳，仿佛一声声凄厉的哀号。

烈焰升腾，发出噼啪轻响，眼看就要把污秽的杂物付之一炬。然而就在这时，树林中骤然卷起一阵狂风，挟着湿润的水汽，将火焰吹散，黑烟四起。

"青绫……"女童双眉紧皱，似觉得有些不妙。

青衣美少年努力想控制火焰，捏了个手诀，连修长的手指都因用力过度而变得青白。可他随即哇地吐了口鲜血，方才还熊熊燃烧的烈焰刹那间熄灭，黑色的烟雾随风而逝，仿佛一匹脱了缰的野马纵身远去。

"有人在跟我们作对……"青绫擦了擦口角的鲜血，恨恨地道，"真是糟糕透顶，让瘟神跑了。"

"去找绯绡吧。"六月水汪汪的双眼中，闪烁着不属于孩童的智慧，"如今只能靠你们联手了，以我一己之力怕控制不住瘟神，耽搁了时日，不知又会有多少人染病。"

青绫虽心有不甘，也只能点了点头，拉着六月的手纵身远去。

而在密林深处，一个身穿灰色锦袍的青年正在对着一片阴暗的树林密语。

"我救了你，你要如何报答我？"青年浓眉方颔，虽然面容英伟，但浑身却散发着阴戾的气息。

"我可以帮你杀人，这么多年，我想杀的人还没有一个活下来。"林中传来一个低低的声音，轻得像是午夜的叹息。

"说来我还不知道瘟神到底长什么样呢。"锦衣青年向前两步,想要拨开树叶。

"因为见过我的人,都死了……"声音笑了,有几分得意。

锦衣青年并不傻,活着是很好的,虽然他活了很久很久,但还是没活够,毕竟这世上有太多活色生香的美人,更有无数新鲜离奇的趣事。

"王子进……"最终他放下了手,说出了一个名字。

有风掠过,树影闪动,密林后寂静无声,像是一口毫无生气的枯井。天心明月如盘,照得树林遍布银光,却照不亮潜藏在人心底的黑暗。

一

南方已有春意,东京城仍银装素裹,宛如一位以雪为披的冰霜美人。王子进在松阳书院的修行即将结束,这家书院素有闹鬼传说,不过这一个多月里风平浪静,恐怖的鬼影仿佛被一重又一重的落雪掩埋,了无痕迹。

这日雪后初晴,几位来自各地的学子结伴来到了山下的梅园中,围炉喝酒咏梅。

"窗外一株梅,寒花五出开。影随朝日远,香逐便风来。"一位曲姓书生望着亭外的梅枝疏影,吟诵着杨炯的《梅花落》。

"我看还是'早知觅不见,真悔着衣单'更贴切点。"王子进冻得打了个喷嚏,眼前的皑皑白雪让他越发想念绯绡。

妖怪比人更务实,从来不会在大冷天跑出来附庸风雅,只会舒舒服服地坐在火盆前,烫好一壶又一壶的美酒。

"王兄净说大实话,真是有趣。"曲生打趣他,"怪不得日日在课堂上会周公,笔下文章更是朴实无华。"

"哪里哪里,王兄的文采只有在美人面前才会展露锋芒。"其他几位学子纷纷调侃。

王子进从小就被揶揄惯了,也不反驳,羞红了一张清秀的脸,不断挠头。

"不过,我觉得王兄说得有道理……"一位江姓学子难得附和他,"此时寒意未退,我们还是早些回去,不要染上风寒。家父经营药材店,听说南方瘟疫肆虐,已经有数千人染病,连东京城中的驱瘟疫药草都被抢购一空。"

江生生得文弱,又因家中经营药铺,跟王子进一样,在家境富贵的学子面前总似矮了一头。

他说的这句话如蚊蚋细语，根本无人在意，很快便被众人的谈笑风生淹没。一行人直玩到天黑才回到书院，而当天晚上就有两人染上风寒，高烧不退。

王子进很快也觉得头痛，咳嗽不止，不过短短两日，书院中已有一半学子卧病在床。

夫子们见病情无法控制，忙让染病的学子回家医治，寂静空幽的书院中很快变得热闹非凡，油壁车、牛车、马车以及肩舆几乎堵死了书院的大门，学子们一个个被接回家，到了傍晚时分，书院已经死寂般宁静，连人影都没几个。

只有青松翠柏，孤零零地站在皑皑落雪中，仿若一个个沉默高大的巨人。

王子进烧得口干舌燥，躺在房间中，这房里本住了四人，如今只剩下江生和他。江生心善，为他连夜煎药。

可是一碗碗驱寒药灌下去，王子进仍浑身发冷，即便炭火盆将房中烘得温暖如春，他仍不住地打摆子，脸色也越来越青白。

"王兄……你醒醒啊！"意识模糊中，他只觉江生在轻轻推他，他疲惫至极，只想沉沉睡去，根本不愿回应他的呼唤。

"子进，子进？"

不知为何，江生焦虑急切的呼声被一个清朗动听的声音取代。这声音飘入耳中，似炎夏的一缕清泉，又似黄昏的山寺中回荡的晨钟暮鼓，既舒服受用，又提神醒脑。

"是绯绡吗？"王子进只觉身上一轻，猛地坐了起来。

只见房中一灯如豆，绯绡身穿白色锦缎棉袍，头戴高冠，肤色晶莹似雪，竟比身上的白袍还更耀眼几分。

"你怎么来了？"

"我是来接你的。"绯绡站在灯下，盈盈浅笑，容貌美如好女，可一双丹凤秀目中，却有掩不住的忧虑。

"你来得正好，我在这书院中实在待得腻歪，好久没出去玩耍了。"王子进兴奋得摩拳擦掌，"如今的天气，最适合喝绍兴黄，配上一只富贵楼的醉鸡，再惬意不过。"

向来贪吃爱玩的绯绡，却出乎意料地轻轻摇头，眸色更黯，"子进，你且看看，自己如今的境况。"

王子进经他提醒，好奇地向身后看去，只见简单的床榻上正躺着一个形容憔悴的书生。那人脸色蜡黄，双颊塌陷，单薄的身体在厚重的棉被下宛如无物。

他只看了一眼，心中又惊又惧，因为这书生不是别人，正是他自己。

而江生正关切地坐在他的病榻前，不住地呼唤他，可他连吭都不吭一声，显然陷入了昏迷。

"王兄，小弟已经尽力了。"江生忍不住抹了几滴眼泪，快步离开了房间。

他走得太过匆忙，连门都没关严，夜风卷起细雪，如絮如霰地飘进了房间中。雪花穿过了王子进的身体，落在地上，化为一滴滴晶莹剔透的水珠。

王子进愣怔地看着这一幕，似不敢相信自己所见。

"现在你明白了吗？"绯绡眼含悲意地看着他。

"我已经死了？"王子进干笑了两声，指着床上双眸紧闭的自己，"你不是说我会活到而立之年吗？还会觅得一位如花美眷，怎么就这么轻易死了？我连佳人的面都没见到呢！"

绯绡被他逗得哭笑不得，哪想到这花痴死到临头，居然仍心心念念地记挂着美人。

"如果你挺过这关，自然会与美人有缘……"绯绡朝他伸出了手，"来吧，到这里来，先将灵魂附到此处，我们再想办法。"

只听房中传来嘎的一声清鸣，绯绡的手臂上竟然多了只一尺来高、翠羽红冠的鹦鹉。

鹦鹉毛色鲜艳，双眼如葡萄般漆黑明亮，翅膀展开有两尺长，颇有几分威风。

"我才不要当个扁毛畜生……"王子进嫌弃地看了鹦鹉一眼，连忙后退。

可他还来不及转身，只觉头脑一晕，身体居然轻飘飘地飞了起来。等再有意识时，只见绯绡正唇边含笑，饶有意味地看着他。

"看什么看？又不是第一次见面。"他不耐烦地说，哪想到不张嘴还好，一张嘴声音竟变得瓮声瓮气，让他不由得吓了一跳。

他动了动双臂，却发出扑棱扑棱的鼓风声，飘摇的灯光中，甚至有翼影滑过。

"我真的变成了只鸟？"他惊惶地大叫，无论如何也不愿承认这可怕的现实。

"别废话了！你的肉身挺不了多久，我们速速去找瘟神。"绯绡伸指弹了一下聒噪鹦鹉的脑门，纵身一跃便跳出了木窗。

王子进临走时仍恋恋不舍地看着床上的自己，少年的脸色黄如金纸，憔悴的容颜看起来无助而可怜。

夜风吹过，卷起细雪，纷纷扬扬的雪花似落入他的心中，冰冷凄寒。

二

绯绡白衣翩翩，在朦胧夜色中看来，仿佛与皑皑白雪融为一体。王子进振翅跟在他的身后，一会儿落在树上停一停，一会儿又在他的肩头歇一歇。

一人一鸟疾驰而行，居然在午夜时分赶到了东京城南的一个小镇。小镇沿汴河而建，镇中灯火通明，王子进跟在绯绡身后飞到近处，才发现是镇民们请来巫师，正围着篝火跳舞驱邪。

男巫女巫们都身穿华丽鲜艳的衣袍，戴着面具，手持各式法器，跳着怪异的舞蹈。他们口中念念有词，时而伏地，时而跳跃，在纷乱的光影中恍如神魔降世。

围观百姓皆纷纷抹泪，诚心祝祷，向篝火中投入祛病驱邪的药草，看样子是在驱逐时疫。

"为什么我们要来这里？"王子进落在绯绡肩头，好奇地问，只是他如今已非人形，流利的话语引来了不少镇民的注目。

"当然是追查瘟神了。"绯绡笑眯眯地，径直走向了篝火，一把掀开了其中一个身穿青衣的男巫的面具。

面具松脱，那人长发如春水般流转泻落，露出了一张精致而不乏英气的少年容颜。

王子进只看了他一眼，就振翅怪叫起来："青绫！天啊，怎么会是青绫？这家伙比瘟神更可怕！"

"几日不见，子进你变得越来越可人了啊。"青绫笑得双眼微弯，好似只狡猾的狐狸，一把就抓住了王子进的翅膀。

"放开我！你这浑蛋！"王子进呱呱大叫，奈何青绫手指灵活至极，飞快搔到了他的下颌。

身为一只鸟，他只觉舒服至极，发出了满意的噜噜声。

"你来这里已经两天，调查得怎么样？"没有了聒噪鹦鹉的打扰，绯绡玉容凝霜，压低声音问向青绫。

"你猜得没错，瘟疫果然是顺水而来，从这个小镇上开始流传的。"青绫眯了眯眼，悄声回答，"只是有一点我实在想不通。"

"哪一点？"

"瘟疫喜暖畏寒，此时正是南方草木生发之际，它怎么会背道而驰，向冰雪寒天的北方蔓延？"

"假如……"绯绡眸光流转，红唇边蕴着狡黠的笑，"如果这世上真的有瘟神呢？他逆水而上，亲自来这北地寒天取人性命……"

"我活了这么多年，也只知道如何驱除瘟疫，却从未见过瘟神。有人说他是屈死的冤魂化作，还有传说他是深藏在冻土中的妖怪，每到冰雪融化时就会破土而出，取人性命……"青绫皱了皱眉，似十分为难。

"或许，我们很快就能见到瘟神了。"绯绡含笑低语，凤眼微眯，看向蹲踞在自己肩头的鹦鹉。

鹦鹉偏着头看着他，似不懂他话中的含意，只将黑豆般锃亮黝黑的眼睛眨了又眨。

当晚三人在小镇上寻了一处舒适的民居休息，凄寒的北风，飘舞的白雪也阻止不了瘟神的脚步。王子进站在树上眺望，只见镇上行人寥寥，商号纷纷关门，北风萧萧，时而送来一两声痛苦的干咳。

青绫和绯绡闭门不出，不知在悄悄忙着什么，而他身为一只鸟，只能在民居的主人手里吃点热水泡发的馒头充饥，跟昔日饮酒作乐、逍遥快活的日子不可同日而语。

傍晚时分，一辆马车踏着晚风细雪，辘辘而来。拉车的是膘肥体壮的五花马，在东京城中也是上品，矫健的骏马引来几户人家敞开了门看热闹。

可奇怪的是，驾驭如此骏马的却并非孔武有力的车夫，而是一个不过七八岁大的女童。她身披蓑衣，仅露出一张小脸，在暖黄车灯的照耀下显得玉雪可爱。

"终于到了。"民宿的门被推开，绯绡和青绫结伴走了出来，他们打开车厢，从里面抱出了一个面容憔悴的书生。

嘎！王子进站在树梢，看到这书生不由得振翅尖叫，因为这人不是别人，正是他自己。

风雪中，只见书生双目紧闭，不知是死是活。邻人们见他这模样，吓得纷纷躲回了家中，热心的民居老板忙要为病人请郎中诊治，却被两个美少年拒绝了。

他们将王子进的肉身搬到了用炭火烘得暖暖的房中，立刻将房门紧闭。王子进急得抓耳挠腮，落在窗棂上，不断啄着木窗，想要冲进去。

"啊，把你给忘了……"过了一会儿，木窗打开，伸出了一只白色的手臂，将他轻轻地揽了进来。

热气和火光熏得王子进睁不开眼睛，他缩在了绯绡的怀里，片刻之后，才看清了屋内的情状。

只见他的肉身仍躺在一张舒适的软榻上，身边放了三个炭火盆，而桌上则放着一支刚刚点燃的蜡烛。

蜡烛散发着淡淡的朱红，像是融入了鲜血，格外引人注目。

"你们这两个家伙，鬼鬼祟祟地忙了一天，到底要干吗？"王子进嘎嘎乱叫。

"子进变成了鸟啊，果然比他当人的时候招人喜欢。"六月笑嘻嘻地走过来，摸了摸他头上的羽冠，脸上的坏笑跟青绫像一个模子印出来的。

"当然是要引瘟神出现。"青绫指了指八仙桌上的蜡烛，"看到了吗？那就是你的命，到明日清晨，蜡烛熄灭，你就会一命呜呼。"

"那怎么办啊？"王子进慌忙飞到了蜡烛前，伸出双翅将烛焰团团护住，想让它烧得慢一些。

可闪动的火光宛如流逝的时间，不疾不徐，一点点地消耗着蜡烛，丝毫不受外界的影响。

"没用的，子进……"绯绡摸了摸他的羽冠，安抚他说，"我们会尽力救你回来，对付瘟神的宝物我昨晚已经连夜拿到了，剩下的就看你自己了。"

"看我自己？"王子进转过头，定定地望着绯绡的绮容玉貌，不明白他言语中的深意。

"一会儿你就明白了。"绯绡抱走鹦鹉，将他放在了房间的高处。

王子进高高地站在房梁上，听着庭院中的水车计时器寂静空幽的回响。夜冷风寒，仿佛冻住了苍穹中的繁星，也令化身为鸟的他越来越疲惫，渐渐睁不开眼睛。

不知过了多久，红烛燃了一半，烛泪滴落，堆积在烛台上，好似一簇簇晶莹明艳的红珊瑚。

笃笃笃，寂夜之中，响起了微弱的敲门声。

王子进被这声音吵醒，只见六月小跑着过去开门，而绯绡和青绫则警觉地抬起了头。

"客官们，可要热水？"门打开了，露出了一个小厮圆圆的面孔，他提着一个冒着热气的茶壶，正站在冰天雪地中。

风像是游蛇般钻进了暖房，八仙桌上的烛焰轻轻地摇了摇，似乎就要熄灭。

三

绯绡衣袖一扬，烛焰停止了晃动，小厮费力地提着硕大的水壶，走进了房中。

"客官们，尽可梳洗了，如果有事再叫我……"小厮擦了擦额上的汗，看着病榻上气若游丝的王子进，"这位客人可是病了？需不需要替他擦身？要不要帮他找个郎中？"

绯绡和青绫都沉默无言，两双美目都冷冷地看向小厮。

"我们叫过热水吗？"

"没有。"绯绡摇了摇头。

"客……客官们想必记不清了……小的是得了掌柜的吩咐，特来伺候你们的……"小厮结结巴巴地答，可他胖乎乎的圆脸在灯下瞬间变得干瘪，眼睛也深陷下去，竟然眨眼间就变成了个骷髅。

嘎！王子进惊得不断扑棱着翅膀。

恰在此时，小厮的身影一歪，已经扑倒在八仙桌前。红烛啪的一声滚落在地，烛焰霎时变得如绿豆般大小，眼看就要熄灭。

躺在床上的王子进的肉身，随之发出了痛苦的呻吟，他眉头紧皱，嘴唇青紫，似乎就要断气了。

而化为鹦鹉，蹲踞在房梁上的王子进也跟着头昏脑涨，一头就栽了下来。所幸如今他是只鸟，展开双翼在空中盘旋了半圈，稳稳地落在了窗棂前。

绯绡玉手轻扬，从怀中掏出了一支碧绿玉笛，吹奏起了一曲《春江花月夜》。王子进已经很久没听过他吹笛，自从两人在东京城停留，就再也没有了赏山玩水的闲情逸致。

笛音悠扬而清亮，听在耳中无比舒适熨帖。化为鹦鹉的王子进安静如寂，欣赏着这优美的笛音，躺在床上的王子进的呼吸也变得平缓悠长。

笛音起处，有人影闪动。

王子进定睛一看，才发现那竟然是一对少年男女。女的文静贤淑，竟然是曾被金华猫妖附身过的夏芸云，而男的头戴方帽，身穿宽袍，看起来似个商人。

"王公子，你醒醒啊，你一定要活下去。"夏芸云见他昏迷不醒，忙抓住了他的衣袖，她眼中含泪，轻轻地说，"我永远不会忘记，自己当初变得人不人鬼不鬼时，连父母都嫌弃地将我关在了木屋中，只有王公子会夜夜赴险，前来探望我……"

"王公子，内子早就说过你的事，如果没有你，我们这辈子怕连夫妻的缘分都没有。"青年握着妻子的手，将一只大手按在了王子进的手上。

"胡公子，如你所说，我们也能帮到王公子？"夏芸云急切地看向绯绡，"要我们怎么做？"

"你们只需分一份心力给他，便能助他度过此劫。"绯绡放下玉笛，将手覆在了青年的手上。

三只手压在了憔悴少年的手掌上，似为他送来了绵绵不尽的暖意。少年不再发抖，紧蹙的眉头随之舒展。

"王公子！"夏芸云见状欣喜地惊呼。

随即两人的身影变得如雾气般稀薄，很快就消散在烛影中，只有绯绡的手，仍轻轻地覆在昏迷的王子进手上。

青绫捡起了蜡烛，方才豆大般的烛焰，现在已经变得如拇指般长。奇怪的是，蜡烛并未变短，烛身上的红色更艳，像是被注入了浓烈的血色。

"绯绡，这到底是怎么了？那小厮是谁？夏芸云为何会跟她的夫君来到此处？"王子进飞到绯绡的肩头，问个不停。

他变成鹦鹉后语速也快了许多，有事就问个不停。原本威风凛凛的鹦鹉，被他附身后变得像只叽叽喳喳的麻雀。

"因为瘟神就是冲着你来的。"青绫一把揪起他的翅膀，将他放在了八仙桌上，"他明明该向南方蔓延，反而取道北上，显然有明确的目标。"

"而且我跟青绫调查过，这场蔓延在北方的风寒虽来势汹汹，却未死一个人，病倒的百千人中，只有你一人生命垂危。"

王子进听到此处，不由得哽咽。

"我就这么倒霉吗？"

"你倒霉是一个原因，另一原因是瘟神刻意为之。"绯绡伸出手指，摸了摸他毛茸茸的脑袋，"他的力量在北地寒天中发挥不出来，只能力取目标的性命。"

"夏芸云夫妇又为何而来？"

"虽然没人见过瘟神，但猜也能猜到他是人的怨气化成，而能跟他强大怨恨对抗的，只有人类的爱。"青绫微笑着看向绯绡，"所以绯绡以笛声为桥，引来了曾受过你恩惠的人，让他们奉献力量，助你渡过难关。"

"怪不得，你说之后就要看我自己了……"王子进恍然大悟。

"我们算过了，今夜是你最凶险的时刻，只要度过了今夜，万事皆有转机。"绯绡看向地上干尸般的小厮，"瘟神自然也知道，必不会放过你，我们只需静静地等待他现身即可。"

青绫掏出了竹箫，轻轻地朝小厮身上一指，他立刻化为一股恶臭的黑气，消失于无形。六月忙打开门窗透气，而就在这时，伸手不见五指的黑夜中，传来了悦耳的丝竹之声。

那是一首繁复绚丽到极致的曲子，远远听来有编钟轻响、管弦和鸣，仿佛是将整个宫廷乐府搬到了这个庸常的小镇。

曲声渐行渐近，不过片刻，门外的夜色都被瑰丽的光芒驱散。

王子进化身为鸟，仍挡不住一颗好奇的心，他振翅飞出窗外，落在房顶上。待看清外面的情形后，更是惊得他尖叫连连。

只见小院外已经变成了一片光的海洋，无数七彩灯笼飘浮在半空中，挂在树梢上，将朗月星空都映得暗淡无光。

十几名身穿纱裙，披着长帛的清丽女子手捧乐器，踏雪而来。她们个个生得明媚出尘，露着雪白手臂，赤着双足，仿佛此时不是冰雪寒天的冬季，而是炎炎夏日一般。

而且她们每走一步，脚下都会绽放出一朵洁白莲花。待这行美女施施然走过，莲花又飞快在白雪中枯萎。

"浪花有意千重雪，桃李无言一队春。一壶酒，一竿身，世上如侬有几人。"为首的一名女子朱唇微启，唱出了动人心弦的歌声。

刹那之间，天地万物都消失于无形，王子进呆立在房檐上，只觉魂魄都被这优美的天籁之音勾走，再也不属于自己。

"一棹春风一叶舟，一纶茧缕一轻钩。花满渚，酒盈瓯，万顷波中得自由。"

这歌中唱的是最快活自由的境界，连绯绡和青绫都听得入神，唇边不自觉地荡漾出浅浅笑容。而灵魂一直被禁锢在孩童身体内的六月，表情则怅然若失，似被触动了心底的痛处。

仙子且歌且舞，身姿翩然地来到了小院前，仪态万方地进入室内，没人阻止她的莲步，所有人都想再多听一点这美妙至极的乐曲。

只有放在八仙桌上的红烛晃了一下，烛焰越来越小，几近熄灭。

四

室内霎时辉光满溢，异香扑鼻，十几名仕女站在门外，列成两队，奏琴的奏琴，鼓瑟的鼓瑟，令这布置简单的院落房屋都变得跟仙境无异。

唱歌的仙子停止了歌唱，缓缓来到了榻上昏迷的少年面前，她雪肤花貌，举手投足都散发着温婉的气质。

她是青春，是三月最暖的风，是少年少女情窦初开时懵懂的情怀，是人世间所有令人眷恋的美好。

"可怜的人……"她秀眉微蹙，叹息般说，一双美目中溢出了晶莹的泪珠。

王子进的肉身发出嘀嘀轻呼，脸上的表情变得舒缓安适，似陶醉于这温柔乡中，不知归路。

烛焰越来越微弱，房间也随之变得暗淡，这天仙般的美人，就成了这窄室中唯一的辉光。

"睡吧，快睡去吧……"她伸出玉手，怜爱地抚摸着少年塌陷的脸颊。

少年的脸上随即浮现出梦幻般的笑容，恰似那些传说中了孔雀胆剧毒的人，弥留时诡异的笑脸。

烛焰一闪，即将熄灭。

恰在此时，清越悦耳的笛声骤然而起，像是一声尖啸呼喝在每个人的耳边。站在屋顶的王子进突然回过了神，他懵懂地摇了摇脑袋，看向雪地之中。

只见站在屋外的哪是什么衣袂翩然、姿态优美的仙女，分明是一具具衣衫褴褛、浑身恶臭的腐尸。

他惊得呱呱大叫，飞回了屋中，站在木窗之上看着房中发生的一切。

只见绯绡闭目凝神，将玉笛凑在唇边，用尽全力吹奏。而门外的丝竹声也越发响亮，笛声乐声混在一起，仿佛两个力士在比拼角力一般。

室内的女郎随着乐声，时而化作一具身着锦衣的白骨，时而又变成了仪态万方的美人。

而桌上的红烛火焰也忽大忽小，每每即将熄灭之时，又随着高亢的笛声奋而燃起。随着笛音越来越响，一个个人影皆浮现在灯火下。

这些人中有如意跟她卖画的夫君，有盈月和她孔武有力的丈夫，还有面貌平庸的花琴，他们紧紧地围在烛火周围，以手拢着烛焰，生怕它熄灭。

青绫也拿出了洞箫，凑在唇边吹奏，低沉徘徊的箫声一起，衬得笛声更加尖锐清越。

笛音和箫声一高一低，登时将丝竹之声尽数压了下去。

捧着病重少年面孔的锦衣仙女，已经完全化成了一具骷髅，她森森指节滑过少年脸庞，说不出地诡异怕人，让人看了不寒而栗。

"鬼东西，滚出去！"六月从院子里捡回一根木棒，一下打在了白骨身上。

只听一阵噼里啪啦的轻响，骨架立刻散落在地，一个森白的骷髅头滚落在王子进眼前，黑洞洞的双眼定定地望着他，又惊得他哇哇乱叫。

绯绡放下了玉笛，挥舞起白色的衣袖，不知从何处起了一阵冷风，白骨和腐尸都化为烟尘，被风卷走，转眼就消失在飘零的细雪中。

烛焰再次燃起，王子进看着躺在床上的自己气息平缓，痛苦的神色随之消失，终于暗暗松了口气。

"你们在干什么？怎么这么晚了还吹笛弄箫的，不歇息吗？"洞开的房门中，探进来一张油腻肥胖的脸。

这人红光满面，头戴面帽，像是个泥塑的不倒翁般憨态可掬，正是这家民宿的主人。

"真是叨扰了，可是我家这位病人要听着箫声笛音才能入睡。"紧张的气氛被这胖掌柜一搅，登时化为乌有。绯绡朝他抱拳行礼，难得礼貌地道歉。

"唉，你们这些年轻人就是不懂事，都病成这样了还不请医生，偏偏吹什么笛子？"胖掌柜完全没意识到三人嫌弃的眼色，三步并作两步走到病榻前，看着脸色蜡黄的少年连连摇头，"除非孟神医出手，否则这孩子没救了。"

"哼，怕是将天下的神医都请来，也未必能治得好他。"绯绡凤目中精光闪烁，已是极不耐烦。

"孟神医医术高明，年前我家的牛生了牛瘟，眼看就要咽气，就是他把牛治好的，省了我好多银钱……"

掌柜的说起神医口沫横飞，令绯绡和青绫都皱起眉头，显然想赶他出去。

"我又不是牛！"王子进不干了，扑棱着翅膀叫唤。

"你当然不是牛，而是只鸟啊！"胖掌柜被鹦鹉逗得拊掌大笑，刚一转身，青绫就将一个纸人贴在了他的后背上。

那纸人身上写了个大大的"走"字，胖掌柜还想逗留一会儿，奈何腿却不听使唤，一口气跑出了院子。

雪夜中甚至能听到他一边夜奔，一边狼狈呼救的声音。

"已是寅时。"绯绡看了看天色，关上了门，回头朝王子进变作的鹦鹉道，"再坚持一会儿，天亮之后你若还活着，性命即可无忧。"

王子进也偏着脑袋，从窗缝中看着苍茫夜色。方才还若隐若现的明月，此时已经完全藏到了云层之后。

飘零的细雪越来越大，渐渐变得如同鹅毛柳絮，将天地之间染成一片洁白。

"希望这是今冬的最后一场雪了。"青绫不知何时走到他的身后，撩拨了一下他的尾羽，"雪后就是春天，子进你可要挺住啊。"

"死财迷，不许咒我。"王子进不耐烦地去啄他的手。

"春天过后，我就要再次兴建狐狸村庄了，还希望你能来做客呢。"青绫托着腮，笑眯眯地任他啄着手指，跟平素的尖酸吝啬截然不同。

他如此谦和，倒令王子进愣住了。他并不傻，已察觉到了不同寻常的气氛。青绫，似乎是在可怜他，仿佛这是他生命中的最后一夜，当太阳升起时，他就会在阳光中化为乌有。

笃笃笃，门外再次响起了敲门声，打断了他的思绪。六月一下从椅子上蹦下来，将门小心翼翼地拉开了一条缝隙。

"是个郎中啊……"她稍稍松了口气，打开了门。

门外果然站着一个郎中，他身披蓑衣，浑身都是落雪，像是伫立在寒夜中的一株矮松，而且他提着一个简单的药匣子，气喘吁吁，似乎是赶路而来。

"听说这里有病人？"他慌慌张张地走进来，"是客栈的掌柜找我过来的。"

没人阻拦他，他走进室内，脱下了蓑衣，将药材拿出来，一一在桌上摊好。

"这是防风、柴胡，还有生姜，是发汗驱寒的。这是人参须，如果他等下气息弱了，需要用参须吊命。至于这些朱砂，是防止他惊厥痉挛……"

他摆好了药材，如数家珍，忙向王子进走去。灯光下，可见他年近不惑，两鬓斑白，下巴蓄着几缕美髯，看起来确是医者仁心的模样。

他即将接近病榻上的少年时，绯绡却上前一步挡住了他。白衣美少年凤眼微睨，看向了八仙桌上的蜡烛。

红烛静静地燃烧，烛焰纹丝不动，宛如温柔恬静的姝丽，无声无息间已在窄室中洒下淡淡光辉。

五

"看起来是个真大夫！"王子进呱呱大叫。

"你这鸟倒是有趣……"郎中笑呵呵地看了王子进变作的鹦鹉一眼，"我曾给一个贵人看过病，他家中也养着只会说话的鹦哥，可远比不上你这只伶牙俐齿。"

王子进怕被识破，忙闭上了聒噪的嘴，老实地蹲在窗棂上，装得像只普通的鹦鹉一样。

"我这朋友生的是怪病，怕是药石无医，还是请先生回去吧。"绯绡仍满不耐烦地看着郎中，似恨不得要将他速速赶走。

"你们这些黄口小儿懂什么？你们给他瞧过病吗？我看他是风寒严重引起的昏迷，只需几剂汤药就可退热。"郎中气得胡子直翘，朝他嚷嚷个不停。

绯绡和青绫对视了一眼，心中都有些惭愧。他们确实从未为王子进请过郎中，在他发热昏迷后还让六月连夜赶路，长途颠簸，将他搬到了这个小镇。

"既然如此，不如让他试一试？"青绫悄悄对绯绡耳语，"死马当成活马医，反正现在瘟神还没来索命。"

绯绡脸色凝霜，犹豫了片刻，但看到窗前鹦鹉渴望的眼神，只能心不甘情不愿地点了点头。

"幸好公子你明白事理，这病再拖上两个时辰，连我都束手无策。"郎中卷起衣袖，从药箱中拿出了个瓷瓶，倒出了一粒鸽子蛋般大小的药丸，用热水细细化好。

青绫和六月都屏住呼吸，盯着郎中的手，生怕他做什么手脚。反倒绯绡悠闲地坐在昏迷的王子进身边，双手笼入袖中，凤眼半眯半睁，似在休憩养神。

郎中化完了药丸，以木匙撬开了昏迷少年紧闭的牙关，将汤药灌进他的口中。不过片刻工夫，少年的脸色泛出了几分血色，呼吸也平缓了许多。

八仙桌上的红烛烛焰突然暴长，仿佛跳跃舞动的生命之火。火光照得窄室中金辉满堂，而烛身分毫未短，是生命延续的预兆。

青绫和六月长舒了口气，而王子进变作的鹦鹉开心得不断扑扇着翅膀，呱呱叫个不停。

"神医啊，果然是神医！"他一不小心就说出了心里话，"这些臭狐狸居然说我是被瘟神缠上了，居然连个郎中都不为我请，果然是动物，愚昧至极……"

他还未说完，就被一只茶杯砸中了脑袋，发出呱的一声惨叫。

只见青绫正冷冷地瞪视着他，杯子正是他丢的。绯绡却不为所动，仍双眸微合地倚在床边，长睫轻颤，浓密似蝴蝶的双翼。

"难道我们真的错了？"青绫摸着下巴，端详着床上有了些许生气的少年，百思不得其解。

"我再为他施一针，他立刻就能醒来。"郎中从药箱中拿出了一只针盒，轻轻打开，只见里面放着几十枚粗细长短不一的银针。

"绯绡……"青绫犹豫了一下，看向了闭目养神的绯绡。

绯绡眼都没睁，朝他摆了摆手，轻轻道："无妨，且让他治。"

郎中得了许可，从针盒中拈出一根半尺长的银针，俯到榻前，就要向病重少年的百会穴上扎去。

不知为什么，灯下他的脸色散发着不正常的红，手也在不停轻颤。

王子进望着这一幕，心悬到了喉咙，忙轻轻飞到了床头。青绫和六月也凝神屏息，定定地看着他手中的银针。

针很快没入了发顶半寸有余，郎中的双眼突然变得血红，手腕用力就要将长针贯入少年的脑髓。

桌上的烛火霎时熄灭，整个房间陷入了一片昏暗。

"不好！"青绫高叫一声，就要去阻止郎中。

但他一拳挥出去，却空落落的不着一物，冲力大到令他自己差点摔倒。王子进身为鹦鹉，有严重的夜盲症，在一片黑暗中跟瞎子无异，只知呱呱乱叫，什么忙都帮不上。

不过他叫声一起，倒让青绫惊异无比："子进？你竟还活着？"

"当然啊，又没人拿针扎我？还想我死了不成？"王子进一口气答了几句。

黑暗中传来沉重的喘息声，随即蜡烛的火光又慢慢亮起来，只见一个老妪正坐在昏迷少年的床头，双手按在少年的百会穴上。

郎中面色发青，口中露出森森獠牙，表情狰狞可怖，简直跟恶鬼无异。他双手捏着银针，使尽全力，仍要向少年的顶心插去。

只听啪的一声轻响，灯下银光一闪，银针居然断成了两截，半截在他手中，另外半截唰的一声射入了房梁上。

"你是什么人？"郎中气急败坏，梳理整齐的头发也散落在肩头，令他看起来更加凶狠。

老妪却不紧不慢地收回了手，从昏迷的王子进的头顶拿出了一把做工别致的雕花木梳，她颇有几分风情地将木梳插在发髻上，莞尔一笑："只是跟这位公子相识的一位故人。"

"花蕊……"变成鹦鹉的王子进突然哽咽了，轻轻地呼唤。

虽然她已经鹤发鸡皮，但从眼角眉梢中，仍能看出那跟他跋涉赴险的少女活泼明媚的影子。

"这是我从少女时期就一直带在身边的发梳，倾注了我最多的感情，果然能跟瘟神对抗一下呢。"她狡黠地朝王子进眨眼，好似透过了鸟的躯体，看到他的灵魂。

"瘟神？他就是瘟神？"王子进落在了花蕊面前，好奇地问。

"没错，没人会想到，瘟神的外形居然是个郎中，所以他才逍遥了十几年也未被巫师术士们抓到。"一直闭眼假寐的绯绡缓缓站起来，"今晚进来的所有人，我都小心提防，在他那服治病的良药立竿见影时，我就更加确定自己的判断，索性假装睡觉，暗中以玉笛为桥梁，使出障眼法接花蕊夫人来此，她在郎中施针前，就将发梳放在了子进的百会穴。"

"王公子，没想到老身还能再与你相见……"夫人激动地走向了王子进化身的鹦鹉，眼中含泪，"在你走后，我同意了孙儿的亲事，每当看到他们，我就想起自己年轻时的事……"

"小生让夫人劳心了。"鹦鹉低低地答，甚至不敢抬头看她。

"老身告辞了，希望公子早觅良缘，从此喜乐平安，再无疾苦。"老妪向他福了一福，转身离去。

鹦鹉呆呆地看着她的身影在灯火中化为虚无，怅然若失，低头一看，只见榻上昏迷不醒的自己手中，正紧紧攥着一把摩挲得发亮的旧木梳。

他身而为鸟，无法哭泣，一双眼睛眨了又眨，似有满腹悲怆无处发泄。

六

"话别完了吗？凭一个老太婆的感情就能战胜我吗？你们未免想得太简单！"郎中勃然大怒，双手变成利爪，就要向床上的少年抓去。

"想得简单的是你吧？"绯绡冷哼一声，剑眉倒竖，一把拿起了八仙桌上的蜡烛。

烛光到了他的手中突然暴涨，宛如火把般熊熊燃烧，冲天的火光照亮了天棚和四面墙壁，只见墙上都以朱砂写满了扭扭曲曲的符咒。

"难……难道这蜡烛里也混入了你的生命？如果烛光熄灭，你也会死？"郎中看着他手中如炬的红烛，惊慌不已，"你竟然为了个凡人，做到如此地步？"

"彼此彼此，你曾经也是个凡人吧，如今不是堕入了魔道？妖怪怎么就不能有颗人心？"绯绡剑眉一挑，轻蔑笑答。

"你……你早晚会被这颗人心吞噬，尸骨无存！"

"那我倒要看看，在这个为你准备的牢笼中，我们谁会先走上死路？"绯绡手中的烛焰更胜，墙上的咒符变成一条条红色的蛇，吐着芯子向瘟神扑去。

蛇一凑到他身前，就复又化为咒符，印在他衣襟上、手臂间，顷刻之间他就体无完肤，全身都被符咒覆盖。

"哼，这是合我跟绯绡之力结成的'缚妖索'！"青绫冷酷地笑了笑，"你就慢慢化为血水吧，就像那些被你害死的人一样！"

"你以为他真的能逃过此劫吗？我死了会有新的瘟神出现，他仍会追杀这个书生，直到他病死为止！"

"那我就保全他一生！"绯绡言之凿凿地说，仿佛是为了回应他的心声一般，烛光又比方才涨了几寸，散发着灼人的光热。

红色的咒符渗入了瘟神的肌肤内，寸寸入肉，令他痛苦不已，发出凄惨的哀号。

"等等！"

就在此时，响起了一个尖锐的声音，声音瓮声瓮气，分明属于一只鹦鹉。绯绡手中的烛焰瞬间变成拇指粗细，青绫和六月也都满含犹疑地看向他。

"你说他是人变的，又是怎么回事？"王子进怯怯地问。

"他曾经是人，但因怨气太深，无法化解，所以在死后成了瘟神。"绯绡冷漠地白了痛得在地上打滚的瘟神一眼，"他死于瘟疫，又化作瘟疫害人，简直是可恶至极。"

"不……我才没有死于瘟疫……"瘟神咬牙切齿地答，双眼恶狠狠地盯着床榻上的王子进，"我是被人类害死的……我憎恶人类，恨不得将他们全送到地狱，跟阎王做伴！"

"可以让我听听他的故事吗？反正他已经被你们逮住，再也无法作恶了。"王子进恳切地看着绯绡，希望他能答应自己的要求。

绯绡摇了摇头，长叹一声，放下了手中的烛台。

"你小子不要当烂好人，别以为我会领情，你这种人我见多了，最后不都死在了我的手中……"瘟神连连冷笑，眼中透着鄙夷的光，"人类最是虚伪，说一套做一套。"

"反正你也要魂飞魄散，不如就着这暖酒，回忆一下往事。"青绫笑吟吟地，将一壶在炭盆中煨热的酒递给他，"无论人还是鬼，临死前都会想回头看看的。"

这话触动了郎中的心事，他的怨恨稍平，接过了酒壶，将满满一壶酒一饮而尽。随即歪歪斜斜地倚靠在榻边，缓缓说起了那遥远时光中的往事。

风从门缝里斜斜吹过，像是一只无形的手，掀起了岁月的风尘。

"我姓华，家中的长辈都对外宣称华家是华佗的后人，几辈人都以行医为生。可是父亲和祖父的医术却并未像是他们所吹嘘的那样高明，我们一直在扬州附近的水乡小镇上生活，至死都没走出那四面环水的城镇。

"镇民们一有头痛脑热，就会跑来华家的药铺抓药，往往几剂清热散下去，药到病除，被奉为神医。

"可是遇上大病就不那么管用了，曾有一个病人胸前长了个血瘤，在我家门口躺了十几天也不肯离去，只求爷爷能为他除去病痛，他做牛做马也会报答我们。

"年近古稀的祖父，终于抵不住他的哀求，在一个细雨淋漓的春日里，给他服下麻沸散，用刀切去了他胸口的血瘤。"

"那时我还年幼，做梦都没想到，这桩事竟成了我们华家的噩梦。"郎中愤恨地讲述，将牙齿咬得咯咯作响。

"病人死了？还是反咬一口？"绯绡把玩着玉笛，漫不经心地答，似乎已经洞悉了后来发生的一切。

"没错……"华郎中又接过青绫递过来的酒壶，猛灌了几口酒。

"不知是天气阴寒，还是伤口创面太大，病人在我家养了十几天伤口也未见好，甚至高烧不退，伤口中流出恶臭的脓血。

"他也不再对祖父客客气气，一醒来就骂他是个庸医。祖父原本花白的头发，在一夜间变成雪白，但病人还是在初夏死在了我家。

"见他没有家人收尸，祖父亲自掏钱将他安葬了，哪知他刚刚入土，就不知从哪里冒出了一干人，自称是病人的亲属，要找我们赔钱索命。

"后来我们家赔了一大笔钱才了了这桩事，可祖父急火攻心，身体越发不好。到了隆冬季节，终于死于一场风寒。"

"就这样吗？"王子进好奇地问。

"当然不仅如此……"郎中恨恨地答。

"那时我还小，祖父的死并未给我留下深刻的印象，我仍专心研究医术。我比父亲聪慧，又肯虚心跟同行交流，在少年时就成了小镇上远近闻名的名医，甚至有外乡的贵人慕名而来，让我为他们诊病。

"家族对我寄予厚望，都觉得我会走出这个水乡，振兴华家的医术。尤其是父亲，他索性金盆洗手，早早将药铺交给了我，逢人就夸我是华佗转世。"

"可是最终，我还是没走出那个水道交错的小镇……"郎中不再戾气十足，他眼中猩红的血丝退去，看起来有了几分人味。

"为什么？"王子进扑棱了一下翅膀，瓮声瓮气地问。

"还用问吗？当然是瘟疫……"一直沉默不语的六月开口了，她晶亮的双眸中含着世事沧桑，完全不似个黄口幼童，"三十年前，在南方曾有一次严重的瘟疫，疫情顺水而下，造成了几万人的死亡。"

"哼，小女娃知道的还挺多。"郎中眼中的光暗了下来，像是星子隐没于乌云，"那是我三十五岁那年发生的事……"

北风咣当一声吹开了大门，似有汹涌的怨气横冲直撞而入，绯绡衣袖一挥，门悄无声息地合紧，甚至连门闩都悄然落下，仿佛有一双看不见的手操纵着一切。

"雪夜清寒，可有故事下酒，便不那么无聊。"绯绡索性也坐在桌前，为自己斟了杯热酒。

王子进落到他的肩头，从他的杯中取酒喝。

四人围桌而坐，听着瘟神讲人间的故事，窗外瑞雪舞风，将天地都染成苍茫白色。生与死的界限，仿佛在这风雪夜、红烛下被模糊了。

七

"因我年纪轻轻就接管了家业，医术圣手的美名远播四方，前来说媒的人几乎踏破门槛。可那时我风华正茂，寻常人家的女儿怎么看得上眼？每天都想找个绝色佳人为伴，若是佳人能懂医术就更好不过。"

"所言极是！"王子进点头附和，兴奋得直拍翅膀，"若是没有如花美眷相伴，来人世走一遭又有什么趣味？"

"可是我万万没想到，自己竟然娶了一位药农的女儿……"瘟神说到这段往事，脸上竟然浮现出温柔笑容，"她说不上有多漂亮，可是只要一个眼神就能懂我的心思。遇到她之后，我才知道自己之前的想法是多么幼稚。"

王子进低下头，老老实实地喝着绯绡的杯中酒，不发一言。

"我遇到芳芷的那天，正在库房跟几个来卖药的药农争执，那时正是梅雨季节，他们送来的药居然都是潮湿发霉的。

"发霉的药材如果给病人吃下去，不但无法治病，还会导致药物中毒。

"万万没想到，这些常年给华家供货的药农，竟然会以次充好。当天我就发了脾气，要把这些发霉的药材都退回去。

"几名药农都急切地朝我作揖磕头，说哪怕少收些钱，也得将药材卖给我。否则他们还得将药材运回去，路费都是沉重的负担。

"我虽知药农们的难处，可也无法收下这些发霉的药物。就在我们僵持不下的时候，芳芷出现了。"

"我永远不会忘记，那天她穿了件白色绢布衣裳，青绿色布裙，虽头戴荆钗，不着脂粉，俏生生地站在细雨中，却如水仙初绽般清丽出尘……"瘟神回忆着，眼中满含憧憬，似又看到流逝时光中美好的一瞬。

"咳，不是我多嘴……"王子进喝了两口酒，话也跟着变多，"所有陷入爱情的人都这样，总觉得对方美若天仙，实际上大多都面目平庸。"

瘟神瞪了鹦鹉一眼，杀气若隐若现。

王子进嘎地大叫一声，飞到了绯绡的身后。

"那天她温言浅笑，寥寥几句就化解了这场争执，原来那年梅雨季节格外长，导致库房中的药都发了霉，就算我换了药农，一样买不到干燥的药材。"

"那我该怎么办？"当时我急切地问，治病救人的事怎么能等？

"先生可以等天晴之日，用醋喷在发霉的药材上，晾晒两天，即可祛除霉斑。"芳芷温言浅笑着答。

"众药农皆对她赞不绝口，感谢她的妙招化解了众人的危机。当日我就让账房付钱将药农们打发了，而芳芷是来替父亲结上次未结完的药款的。"

"我亲自把银两递给了她，又送她回了家。通往她家的那条路，是我这辈子见过的，风景最好的路。"

众人皆默不作声，听着他娓娓道来，回忆着往事。酒杯变得沉重，烈酒渐渐烧喉，每个人都知道，美好只是暂时，残忍的结局即将到来。

"后来我们就成了亲，虽然门不当户不对，但芳芷对药材颇有研究，过门后很快赢得了全家的喜爱……"瘟神端着空空如也的酒杯，失魂落魄地继续说。

"有了她当我的贤内助，家中的医馆开得越来越大。可唯一遗憾的是，我们并无子息。

"就在我三十五岁那年，春日多雨而闷热，镇上有人看到了河中有不知从哪儿漂来的死牛，牛身已经发臭，像是因瘟病而死。

"小镇上的居民将死牛埋了，但随即开始有人病倒，起初大家都觉得是春天惯得的风寒，照样来我这里抓药吃。

"但几剂药下去，竟然没一个病人痊愈。

"原本那时我已计划去扬州为一位贵人诊病，可不过短短几日，家门口就躺满了病人，我根本无法抽身离开。

"病人们高烧呻吟的声音，听在耳中，如锥刺般难过。"

"睿儿，你快走吧……"在一个燥热的夜晚，我那久不行医、年近花甲的父亲，悄悄来到我的房间，"你若不走，会跟你爷爷一个下场，甚至比他更惨。"

"那晚父亲的双眸亮得诡异，像是在夜晚中独行的狼，似看到了发生在未来的惨祸。

"可是医者仁心，我怎能抛下这么多病人一走了之？我拒绝了父亲，更加投入地为高烧的病人们配药。

"第七天的时候，雨终于停了，春末夏初的天气热得人难过。得了风寒的人非但未愈，有的身上竟然起了黑斑。"

"是瘟疫啊！"所有人都害怕了，医馆里的伙计纷纷避走。

"一夜之间，原本人来人往、热闹非凡的医馆，就剩下我跟芳芷，以及年迈老父一人。"

"瘟疫随暑热蔓延，镇郊的荒山中，不过月余就立起了数百座坟丘。我从未见过这么可怕的病，终于在一个夏夜，父亲因染上瘟疫，高烧不退而去世。

"可更令我想不到的是，因为无法控制住瘟神的脚步，镇民们纷纷来我家闹事。他们都说我医术不精，连瘟疫都识别不了，导致恶疾蔓延，尸横遍野。

"我又急又气，当晚就咯血晕倒。而等我再醒来时，芳芷也已经高烧不退，她仍坚持为我煎药，可是洁白如玉的手上，已经隐现黑斑。"

"真是可惜啊……"绯绡长叹一声，摇了摇头，"人生苦多乐少，天纵奇才也敌不过生老病死。"

"我永远不会忘记那天晚上，月满如盘，夜空如洗。可是我的妻子芳芷，晕倒在我的怀中，再也没有醒来。"他说着眼中含泪，不再是个狰狞可怖的瘟神，而是个沉浸在悲痛中的男人。

几人皆默不作声，只觉他可恨又可怜。每个人的眼前都呈现出一幅美丽澄净的夏夜月辉图，图中的夫妻相依相偎，状似亲昵，可是却天人永隔，此生再也无法相伴。

"从那晚过后，我就变成了瘟神。我不知自己是死了还是灵魂附在了什么东西上，只知我走到哪里就将死亡带到哪里。"瘟神冷酷地笑，"人类的生命在我眼中如同蝼蚁，我轻微的举动，就能决定他们的生死。他们太好笑了，既愚蠢又狠毒，只会在我的脚下哀哀号叫。看到他们痛苦的脸，我竟然感受到比昔日悬壶济世更多的快乐！"

"这真的是你的本心吗？"绯绡摩挲着手中的玉笛，眯着凤眼，似看透了他的心，"这么多年，你回到过家乡吗？"

"哼，谁要回到那种破地方？如今我是哪里繁华去哪里！"瘟神冷哼了一声。

"其实，你是不敢回去吧？因为你怕会发现，自己多年来走了一条多么错的路！"绯绡嗤笑着说，"什么近乡情怯，不过是不敢见人罢了！"

"你这死狐狸！"瘟神猛地跃起，伸出利爪就向他抓去。

他的长指间萦绕着丝丝缕缕的黑气，一看就满含剧毒。

绯绡不躲也不避，举起玉笛，轻易就挡住了他的五指。

"看，你的攻击毫无力量，证明你的心在动摇。不如一起回去看看？反正我们能日行千里，回到那个被你抛弃了三十年的水乡，不过是瞬息而已。"

瘟神颓然地放下了手，虽然他一言不发，但所有人都明白了他的选择。

八

飞雪如落花，在北风中跳着炫目的旋舞，而在飘零的白雪中，依稀有两个人影飞快闪过，其中一个人影的肩膀上还落着一只鹦鹉，时不时发出人语般的叫声。

"为何我也要去啊？我去了又有何用？"鸟呱呱大叫，说人话非常利索，"我想守在自己身体旁边！万一青绫在我身上做点手脚可怎么办？"

"阻止我杀瘟神的就是你，别想置身事外。"

白衣美少年身影一晃，伸手掐住鹦鹉的脖颈，抓着他遁入飞雪中。

随着他们身影的飞速移动，雪越来越小，渐渐变成了湿冷的雨滴，最后连雨也没了，只有潮湿温暖的风在群星璀璨的夜空下涤荡。

他们来到了一个小镇，镇上水路交错，坊里之间以桥梁连接，颇有几分扬州城的风貌。院落前杏花如烟似霭，水路旁青草行行，在明月的照耀下，似一幅优美别致的山水风景画。

"这里就是你的家乡？也没那么吓人啊。"从冰雪隆冬中一下来到这春意盎然的小镇，王子进只觉身上舒畅无比，不断抖着羽毛。

"不，它不是这样的，我离开的时候，这里就是人间地狱。"瘟神激动地沿着水道行走，他轻车熟路地停在了一户人家前。

那是一间医馆，即便此时已是深夜，门前仍挂着一盏暖黄灯笼，灯笼上以饱蘸浓墨的笔写了个粗黑飘逸的"华"字。

门楣上则挂着艾草、薄荷等驱蚊除虫的药草，在夜风中散发着淡淡的药香。门上开了个小窗，可见一个伙计正伏在窗前熟睡。

"华家医馆，就是这里……"瘟神激动不已，"这里的一草一木我都太熟悉了，还有这门上的药材，自从芳芷过门后，她最爱如此布置摆设。"

"且让我问问。"绯绡毫不惊讶，轻轻逗弄了一下臂上的鹦鹉，上前一步叩响了大门。

窗前的小伙计立刻醒了，他揉了揉惺忪的睡眼，打量着浓夜中白衣胜雪的俊美少年。

"公子，可是有哪里不舒服？"他看绯绡衣着名贵，气质卓然，忙跑出来开门。

门发出吱呀轻响，缓缓打开，洞开的大门中，飘出了浓郁的药香。几乎在闻到这股香气的同时，一脸阴郁的瘟神突然伏在门上，放声大哭起来。

开门的小伙计看不到他，绯绡还要装病应付这个少年，于是他的痛哭显得格外凄惨孤单，只有王子进呱呱大叫，扑起翅膀为他送来阵阵凉风。

"我途经宝地，觉得背痛难忍，见此医馆，能不能请郎中帮我看一下？"方才还生龙活虎的绯绡，立刻单手扶门，摆出弱不禁风的模样。

他生得俊美无双，令人毫无提防，双眉微蹙更是楚楚可怜。小伙计只看了他一眼，就慌慌张张地向内室跑去。

"当家的！当家的快来啊！"

很快内院的灯火簇簇燃起，像是在午夜中睁开了一只只晶亮的眼。一个中年男子披着件外袍，在伙计的陪伴下快步走出。

"这位公子，哪里难过？"男子看起来刚过而立之年，脸颊清俊消瘦，双眼下有浓郁的黑晕，显然已经很久没有睡过好觉。

"背痛难耐。"

"快去医馆中，我帮你诊治一下。"男子扶着绯绡走进了厅堂，瘟神也抹干眼泪，跟着进去。

在他看到厅中陈设时，又悲戚地哭了起来。

"你哪像个瘟神，简直就是个深闺怨女！"王子进多嘴嘲笑他。

绯绡伸指弹了一下他的脑袋，侧躺在诊病的竹榻上，看向中年郎中："看这医馆陈设，似颇有年头，想来这华家是行医世家？"

"公子好眼力，华家确实多年行医。"郎中笑吟吟地拍了拍他的后背，即便被从梦中惊醒，也不见烦躁。

"可是我听说，三十年前这小镇遭了瘟疫，怎么这华家的招牌竟也没倒？"

绯绡的话一问出口，厅堂中变得一片寂静，只有夜风蹑手蹑脚地悄悄而过，送来几分凉爽，像是怕惊扰了这静夜中的人。

年轻的郎中沉默了半晌，长叹口气："公子了解的真多，那场瘟疫夺取了祖父和父亲的生命，华家差点就此绝后。可是我的母亲却奇迹般活了下来，她心灰意冷，本想随父亲而去，却发现腹中有了我，才放弃了轻生。仅靠自己一人之力，将这医馆再次振兴起来。"

"还有，公子没病，为何装病？"他说罢重重地拍了下绯绡的后背，"可是受人之托，来华家打探药物的配方？"

他警惕地看向绯绡，完全没有留意到，落在椅背上的鹦鹉瞪圆了黑亮的眼睛，而瘟神则扑通一声，跪坐在地。

"喂，跟你说的不一样啊！"王子进呱呱大叫，"你的妻子还活着，还活着呀！她还给你生了个儿子！这是大喜事呀！"

"这鸟会说人话？它这是在对谁说呢？"郎中逗弄着鹦鹉，颇为好奇。

"你的娘亲尚在吗？"王子进落在他手臂上，大叫着问。

"自从瘟疫过后，她就体弱多病，这几日得了肺疾……"郎中长长叹息，显得疲惫不堪，"我夜不解衣地在床前伺候，只希望她能挺过这一关。"

他话未说完，鹦鹉振翅而飞，疾向内室冲去。而瘟神则跑得更快，他甚至忘记自己是带来死亡和病痛的恶神，跑起来磕磕绊绊，像个再普通不过的男人。

院子里花木掩映，药圃中草色青翠，跟他当初离开时一模一样。时光能带走一切，又仿佛什么也没有带走，他踏着朦胧的月色，似又回到了三十年前。

他快步疾走，最终停在了主屋的一扇门前。他曾在这扇门中度过了人生中最美好和最不堪回首的时光。

"进去呀！还等什么？"王子进落在门旁，高声催促着他。

他轻轻抬起手，有风从袖底吹起，吹开了雕花木门。服侍的小婢女正在窗边的榻上休息，床上纱幔重重，宛如云雾。隐约可见里面正躺着一个消瘦的老妇人，她时而干咳两声，艰难地翻身，似乎十分痛苦。

"芳芷……"瘟神跨入门槛，这次他带来的不是死亡的腥风，而是来自遥不可及的地方的关切和喜悦。

"我是听错了吗？这声音怎么这么像睿郎？"老妇人缓缓坐起，撩开了纱幔。

不知为何，或许此时的她一只脚已经跨到了死神的领地，竟然看得到瘟神。她昏花的老眼中泪光闪烁，更剧烈地咳嗽起来。

九

"睿郎，你终于来接我了，你走的这几十年我过得实在无趣，快带我走吧。"老妇人颤抖着朝他伸出枯朽如竹竿的手，花白的头发记载了岁月的风霜。

"芳芷，没想到你还活着？我记得那晚你明明死了，到底是如何活下来的？"瘟神一把抓住她的手，涕泪涟涟。

"我只是晕倒了，醒来后发现你的身体已经冷硬，我悲痛欲绝想要服毒自尽，可是在华家祖传的装药葫芦中发现了几粒祖上不知何时留下的药丸。药丸已经干枯发霉，我用水化了服下，身上的病痛竟意外地减轻许多。"芳芷回想着往事，眼中含泪，"幸而我也通医术，很快就琢磨出药草的配方，治好了这一方百姓……"

"镇民们毫无良心，治他们作甚？"瘟神想到镇民，恨得咬牙切齿。

老妇人伸手抚摸着他扭曲的脸庞，怜爱地说："睿郎生起气来就不好看了。镇里的乡亲在瘟疫过后也知道自己错了，一直接济我们娘俩，我们才能活到现在。"

瘟神紧蹙的眉头渐渐舒缓，覆上了妻子的手。

月光透入室内，洒下满地清辉。房中再也没有了满怀怨恨的瘟神和形容枯槁的老妇，只有一对风华正茂的夫妻，依偎着彼此。

"听你这么说，我再无遗憾了……"瘟神笑中含泪，捋了捋妻子鬓边雪白的长发，"如今看到儿子长大成人，继承家业，我更是可以含笑九泉了。"

"睿郎，你还那么年轻，可我却已经老了……"老妪捂脸哭泣，"你不会嫌弃我，要抛下我了吧？"

"你会老是因为你还拥有生命，而我早已走出了时间。"瘟神轻轻地在她满布褶皱的额头上覆上一吻，脸上还透着害羞的红晕，宛如情窦初开的少年。

王子进被这一幕打动，急忙别过脸，生怕再看下去，想哭又不能哭会更加难过。

"你的肺病很快就会痊愈，我也要去自己该去的地方。这么多年，我到底在恨什么呢？明明已经拥有了一切，却因为狭隘的怨恨变成了瘟神，夺去了那么多人的生命……"他捂着脸，懊悔不已。

"这么多年，我时常在想，葫芦里为什么会有那几粒药？我记得那明明是个空葫芦，一定是你死后偷偷地把治瘟病的药放进了葫芦中，救了这么多人的性命。"老妪轻轻地笑，"睿郎，这世上最了解你的人就是我，你永远无法真正地恨什么人。如果心底没有善，是无法成为医术高明的郎中的……"

"芳芷……"他伸出手，轻轻地覆上妻子的双眼。

老妪沉沉睡去，红晕浮上了她苍白的脸颊，干咳也随即消失了。

瘟神晃悠悠地站起来，缓步走出了房间。王子进跟在他身后，时而落在花木间，时而停在假山上，生怕他一不高兴要取自己性命。

但他们在厅堂中并未见到绯绡，年轻的郎中被搅得无法入睡，索性跟小伙计坐在椅子上喝起了甜汤。

天上的蟾宫宛如玉雕，漫天的繁星如同碎钻，暗香浮动中，时而传来蟋蟀的轻鸣。

在这静谧美好的春夜，瘟神恋恋不舍地看了一眼自己的儿子，他一直愤怨的脸庞，直至此时，才浮现出了一丝温馨的笑容。

王子进跟在他身后飞出了医馆，只见对面的街道上，绯绡长身玉立，白衣胜雪，正倚在一棵杏花树下，俊美得好似画中之人。

"你怎么提前走了？"王子进飞到他肩头，偏着脑袋问。

"都被拆穿了，自然得快快离开。"绯绡看着七情上面的瘟神，"再说他心愿达成，我也无须再逗留在医馆中。"

瘟神百感交集地打量着他们，最终朝他们重重鞠了一躬，"多谢二位，解开了我多年心结。"

"心结只有你自己能解开，与我们无关，我只是想让你回头看一看……"绯绡若有所指地笑着说，"人有时不能拼命地往前走，有时回顾一下，会更明白前面的方向。"

瘟神听了他的话，仰头望天，似想清楚了什么。

"我要走了，王公子的病在黎明之时即可痊愈，二位帮了我大忙，不知可有什么心愿，我还能尽绵薄之力。"

绯绡眼珠一转，附耳对他说了几句话。他连连点头，口中诺诺称是。

这是王子进最后看到的画面，随即他突然觉得头晕目眩，一头栽倒在地。

再醒来时竟然发现自己正躺在东京城外的小镇上，窗外雪光初霁，八仙桌上的红烛已经全部烧完了，只剩下烛泪成堆，粒粒如珊瑚，在烛台上散发着温润的光。

他只觉浑身虚软无力，仿佛得了场大病，刚刚痊愈。

他使尽全身的力气坐起来，却见门被推开，只见一个白衣美少年抱着一只砂锅走了进来。

"快点喝鸡汤，喝完了好得快些！"绯绡将砂锅放在桌上，打开锅盖，只见里面盛着满满一锅油腻的鸡汤，汤上浮着的油都是深黄色的。

王子进只看了一眼，就几近呕吐："谁会给病人吃这么油腻的东西？快点拿走！"

"再过一个月就是上巳节了，你还得陪我去踏青呢！"绯绡哪里理他，捏着他的鼻子就往他嘴里灌汤。

"且慢！有件事我想问你……"王子进推开了他的手，难得正经地说，"如果瘟神没有解开心结，你将自己的生命跟我的一起放入红烛中，是不是也会死？"

"怎么会？他都被我跟青绫的缚妖咒困住，即便他恨意滔天无法解脱，我也会让他变成一摊脓水的。"绯绡漫不经心地答，轻松而得意。

"如果缚妖咒失败了呢？"

"那应该会吧。"他又无所谓地笑，"不过死了就死了，我活了这么多年，也够本了，有你这么个呆子在黄泉路上做伴，也算有趣。"

王子进只觉鼻中发酸，被他的牺牲打动，可是他刚想说几句道谢的话，却见绯绡盯着自己的脸忍俊不禁，连俊美的五官都笑歪了。

"怎么？我脸上有什么吗？是不是高烧后毁了容？"他又惊又惧，连忙拿起床边的手镜来照。

只见菱花镜中，映出了他清秀消瘦的脸，脸上被人以墨笔画了只乌龟，以及一行小字：高山常在，绿水长流。后会有期，来日再见！

"青绫！你这浑蛋！"他大声咒骂，中气十足，一点也不似个病人。

叫声冲出窗外，惊飞了一只停栖在暖房中的鹦鹉，震得雪簌簌而落，宛如飞花。

十

春来燕归，瑞雪消融，东京城也退去寒霜，宛如怀春少女般明媚鲜艳起来。而远在南方的水镇中，花团锦簇芳草点点，已经有了盛夏的气息。

一个身材高大的，英伟不凡的锦衣青年出现在了华家医馆前，他挤在看病的病人里，像是磐石立在流水中般引人瞩目。

"这位客官，是哪里不爽？"小伙计拿着个本子接待他，要记录他的疾病。

"你看看……"青年摘下纱帽，只见他头上光溜溜的居然没有一根毛发，而且不只是头发，连他引以为傲的一对浓眉都消失不见。

"啊，是脱毛病啊！"小伙计见多识广，毫不奇怪，"按照我们这边的民俗，都是干了伤天害理的事的人才会得这种病，据说是报应……"

可他刚说了一半，就见这位病人以怨恨的眼光盯着自己，吓得他连忙闭上了嘴。

"啊，好刺眼呀，那边坐着的能把帽子戴上吗？晃死我们了！"几位来看病的大婶毫不客气地朝他嚷。

他灰溜溜地戴上了帽子，气得一把将衣袖里的折扇折断。

"死狐狸，我绝不会放过你！"

他咬牙切齿地咒骂，但也只能骂两句而已。

远在东京城中的绯绡，白衣翩翩，黑发如墨，正在上巳节中踏青赏花，享受着少女们爱慕的眼光。

端的是快活逍遥，惬意无比。

尾 声

月满如盘，清辉万里，照亮了婀娜轻摆的柳枝和一座深深庭院。

厅堂之中，一个白衣美少年正笑看着脚下昏迷不醒，陷入深深梦境的中年男人。一片乌云遮住了月影，当光线再次变得明亮时，皎若好女的美少年已经变成了个着锦衣的英伟男子。

"王子进，你似乎徜徉在过去，不知归路啊……"他阴笑着伸出手指，按在了中年人眉心的一点红色胎记上。

"去吧，去更远的地方，我要切断你们的缘分，取出他的力量！"锦衣男子眼中闪烁出阴狠的光。

王子进却对外界的一切毫无知觉，他唇边含着满足的微笑，沉浸在愉悦自由的梦境中。在梦里他还是个意气风发的少年，而绯绡白衣胜雪，永远伴他身侧。

明月投影在桃花流水中，碎了又聚，聚了又碎。

时而有鬼怪张牙舞爪地在春日草长莺飞的庭院中一晃而过，缥缈可怖，宛如掩藏在春江花月夜中的狰狞暗影。

幻梦尽

一

庭院中灯火辉煌，连叶子下的露珠都散发着淡淡的荧光，仿佛将天宫搬到了这方寸之间。

身穿锦衣的青年，眯着眼睛看着伏在阶前，沉睡不醒的王子进，似在端详一个猎物。

"回忆得差不多了，我终于找到了狐狸藏起来的宝贝！"他卷起衣袖，口中念念有词，从怀中掏出了一只通透的拳头大小的琉璃珠子，放到了王子进的眉心。

王子进面容清秀和善，虽已至中年，却仍散发着几分天真的少年气。只有眉心的一点胎记，像是被人抹了点鲜血似的妖艳，为他温润的气质平添了几分神秘。

"哈哈哈，死狐狸一定想不到，他留给你的力量，最终会到我的手中……"

他桀桀怪笑着，王子进额前的红印骤然迸发出耀眼光芒，那光像是只脱困而出的兽，一头扎进了琉璃珠中，珠子散发出温润的白光，宛如一个缩小的莹白的月，蜷缩在他宽大的掌心中。

"成了！"

他喜不自胜，把宝珠放入袖筒，转身就要离开。可是奇怪的事情出现了，他刚走了一步，躺在地上昏迷不醒的王子进就爬了起来，一把搂住了他的小腿。

他回身蹬了他一脚，却发现根本蹬不开，连眼睛都睁不开的书生，像是块融化的糖人般贴在自己身上，怎么也甩不掉。

"没想到你们的缘分这么深……"青年再次掏出了珠子，口中低吟起咒语，"不过这难不倒我，这执念，刚好可以为我所用……"

他话未说完，整个人幻化成一团灰黑色的雾，一头钻进了手中的珠子里，珠子莹白色的光变得黯淡，像是蒙了厚厚的尘埃。

它"砰"的一声跌落，却恰巧地落入了王子进的手中，他依旧昏迷不醒，但无意中摊开的手，像是鸟巢保护着鸟蛋般稳稳地托住珠子。

薄如蝉翼的珠壁中，可见一团雾气游走不停，一会儿化为飞鸟，一会儿又化为走兽。

庭院中恢复了寂静，只有王子进紧闭着双眼，伏在冰冷的石阶上。他眉头紧皱，面容痛苦，似沉浸在可怕的梦魇中。

树梢里，阴影下，有长着角的男孩探出了头，有戴着面具的少女悄悄地露出了脸，还有一些形形色色的妖怪，在黑暗的角落里，睁开了它们好奇的眼睛。

天心的乌云遮住了月影，庭院被深海般的夜色包裹，门前的灯光昏暗缥缈，将庭院映得仿佛远离尘世。

打扮妖异的男人女人，从暗处走了出来，看着伏在阶前的书生。这是妖怪的世界，是流传了千年的，潜藏于黑暗中的传说。

月上天心，在城市里洒下万顷霜华，也照亮了其中的一座屋舍。这座宅院的门外同样种着一株枝繁叶茂的柳树，树枝千丝万缕，垂落到地，像是美人缠绵的发，又像是斩不断理还乱的情丝。

门里同样有个宽敞的庭院，里面假山掩映，花木扶疏，甚至还有一座小小的计时水车，显示着这屋子的主人是个风雅闲人。

但奇怪的是，在这个夜雨初歇，濡湿清寒的深夜，这家里的人竟然没有歇息。屋子里灯火通明，厅堂里正端坐着一个身穿紫色衣裙的美貌少妇。

柳儿如今已年逾而立，眼角生出了细细的皱纹，可这丝毫无损她的美，反而为她添了些沉稳雍容的气质。

她的眉是淡淡的，眸中似含着水雾，薄薄的嘴唇紧抿着，像是一根绷紧的弓弦。这憔悴而忧愁的美人，像是一朵盛放到极致的花，浓艳中透着萎靡的气息。

今晚不知为何，王子进竟然久久未曾归家。自两人成婚以来，除了去诗社会友，他从来都早早回来。而且仿佛对夜晚心存畏惧之心似的，只要天一黑他就把家里的灯烛全部点燃，照得家中如同白昼一般，积年累月，连火烛钱都是一笔不小的数目。

虽然端坐如钟，她的心里却打起了鼓。书童早就被她派出去去路口守着，几名婢女也被她指使到大门外，拎着灯笼等待着王子进。

"官人怕黑，得让他远远地就能看到灯……"不知不觉，她说出了心里的话。

然而就在她话音方落之时，墙头竟然有一道白影闪过，似乎是只动物。虽然这影子只是惊鸿一瞥，却像是一把利刃在她心头划了一下。

既痛，又涩。仿佛一道陈年累月的疤，被不小心揭开了。

她再也顾不上什么礼仪，提起裙子就追了出去，不知为什么，心底隐隐竟有一种预感，只要追上那道白影，子进就能回来了。

"夫人，你这是去哪里呀？"守在门外的婢女看到她，想要拦住她，却根本拦不住。

一贯文雅秀丽的夫人，连笑起来都从不露齿，可现在她竟然像是个没教养的野丫头一样跑得飞快，甚至露出了半截脚踝。

可更令她们吃惊的在后面，发了疯的夫人竟然跑了一小段路，就像雾气般化入了黑夜之中，她们提着灯笼转了半条街，也没有找到她的影踪。

两个小婢女更害怕了，她们不敢在外面逗留，又不敢回家，像是两只迷路的萤虫似的，在门口团团打转。

而柳儿根本不知道自己身上发生的怪事，在她的眼中，只有一条散发着银光的路，她很少半夜出门，竟然不知道家门口的这条小街，在夜晚竟然如此美丽。

它像是一条河，在漆黑的夜幕中蜿蜒流动，像是有生命似的，将她带到了遥远的过去。

她在路上跑着，脚步越来越轻盈，仿佛又变成了多年前，那个为了逃避死亡夜奔的少女。

白色的影子又出现了，这次它没有跑，而是蹲踞在路的尽头等着她。这次她看清了，那是一只白狐，毛发像是银丝织就，在月光下散发着洁白惑人的光。

"绯绡……"她停下脚步，一个陌生的名字，就出现在了她的嘴边。

仿佛这白狐就该叫这个名字，仿佛也只有这名字配得上白狐。

"柳儿，多年不见，愿意帮我最后一个忙吗？"狐狸说话了，它的双眼眼梢微微上挑，黑色的瞳仁中，像是藏着一个睿智的灵魂，"此事事关重大，关乎子进的生命。"

"当然可以。"她踏上一步，走到白狐的面前，她想起来了，全部都想起来了，多年之前，就是这只叫绯绡的狐狸，助子进带她离开了那可怖的深深庭院。

狐狸点了点头，抬起前爪，按在了柳儿的手背上。

它的爪子毛茸茸的，柔软得像个婴儿，柳儿忍不住问："这么多年，你去了哪里……"

可她话还未说完，就一头栽倒在地，同时毛发如雪的狐狸也消失了。小路依旧散发着淡淡的光芒，但路中央却匍匐着一个身穿紫裙的女人，宛如一朵凋谢的鸢尾花。

但不过片刻，折堕的花就摇摇晃晃地爬了起来。她转了转眼珠，抖了抖手，又晃了晃腿，趔趔趄趄地走了几步，才终于走稳了。

"女人的衣服真麻烦……"她边走边不耐烦地低骂，还顺手把裙角别在了腰带上，"可谁让我变不成人了呢？子进那个惹祸精，要是弄丢了我的元丹，我定要你用命赔！"

她大步流星地走向夜的深处，银色的小路在她的身后随着步履寸寸消失，很快就完全不见。

紫色的花朵，化入了夜风中。

二

树林茂密而繁盛，草木丛生，几只蚊虫在颊边转个不休，让王子进忍不住伸手驱开。他这么一动，猛地醒了，才想起自己做了个长梦。

梦里他又变成了年轻的模样，梦境比之前任何一个晚上做过的都诡谲离奇，而且最重要的是，他这次在梦中回过了头，看到了多年来总是看不到的另一个人。

"绯绡……狐狸……"他坐在苍茫如海的林木中，纳闷地挠了挠脑袋。

那是一个总是穿着白衣，俊美无双的少年，他的丹凤眼中总是带着戏谑的神色，仿佛不把天下任何人任何事放在眼中。但每每自己处于危险中，绯绡却总是会恰时出现，拯救他于妖孽地狱中。

如果自己真的有这种出色的妖怪朋友，又怎么会忘了呢？还是这狐妖少年只是一个游走在梦中的妖魅，在真实的世间并不存在？

他想了一会儿，仿佛堕入了亦真亦幻的迷宫中，忙收起心思，打量起面前的处境。

只见天边云蒸霞蔚，晚霞宛如金紫色的绸缎，铺满了天空。这块丽的绸缎下，则是连绵不绝的树海，山脉的影子卧龙般潜伏在夕阳中，宏大而神秘。

"糟糕，天要黑了，我得赶快找个落脚的地方……"王子进拍了下脑门，想起了自己的当务之急。

他提着袍角，在蓬勃的长草中穿行，只走了一会儿，就累得气喘吁吁。他向着落日的方向前行，不知过了多久，只听耳边传来潺潺水声，似有山泉从附近经过。

不知听谁说过，有水的地方必有生机，沿着水流走，总会遇到人家。

他忙顺着声音找到了水源，那是一条蜿蜒的山涧，水深及腰，像是蟒带般九曲十八弯地穿过树林。夕阳毫不吝啬地将溪水镀上了耀眼的金色，他走到水边，只见宛如镜面般清澈的水中，映出了一张沧桑疲惫的脸。

那张脸上蓄着长长的胡须，纱帽歪斜到了一边，脸上还沾着污浊的泥水。

"哎，我还是这个样子啊，已经这么老了……"他摸了摸自己的脸，笑着长叹口气，"方才做了那么多梦，还真以为自己年轻了呢……"

可他话音未落，身后就传来簌簌轻响，似乎有人来到了身后。他吓得连忙回过头，只见血色夕光中，正站着一个身穿土布褂衫，提着弓弩的汉子。

汉子精壮彪悍，身量不高，胳膊上的疙瘩肉高高鼓起，一看就不是等闲之辈。他朝着王子进拉满了弓弦，随即一声尖啸划破苍空，吓得他趔趄着后退了一步，"扑通"一声栽倒在山涧中。

月亮像是个沉默的孩子，伏在静憩的夜空中，端详着这大千世界。庭院之中，妖魅们都从暗处走出来，围在了晕倒的书生面前。

"这个珠子，是不是可以拿走？"一个长着三只眼睛的男孩，捅了捅书生手中的珠子，那珠子此时已经变成了绿色，仿佛里面藏着一个茂密的丛林。

戴着鬼面的女人走过来，每走一步，身上的环佩都发出悦耳的轻响，她也蹲下身，想要取书生手里的珠子。

可书生的手似一只蚌，将珠子扣得紧紧的，谁也掰不开他的手指。

"有人来了……"长着招风耳的独腿妖怪，慌慌张张地躲进了阴影里。

妖怪们都竖起了耳朵，没错，确实是有人来了。可这是不同于人间的另一个世界，谁有这么大本事闯进来？

它们忙纷纷躲避，不过瞬息间，庭院中就只剩下孤灯、冷月，以及书生。

院子的门被"吱呀"一声推开，仿佛有人吊着嗓子，在跟院子里的诸位打招呼。灯影之下，出现了一个身材窈窕，身穿紫衣的贵妇人。

她发髻凌乱，却不掩国色，难得的是她丝毫不扭捏，大步流星地走进了院子，直冲向书生。

黑暗里的妖怪们都好奇地盯着她，不知为什么，这女人明明是人类，却散发着让它们心惊胆战的气息。

紫衣女人一把拉起了书生，用力拍他的脸颊："子进，你这个笨蛋，给我起来！本公子废了千年道行救了你的命，不是让你这么糟蹋的！"

她的手劲之大，简直可以称得上是殴打了。

可王子进脸被她拍得脸颊红肿，双眼仍像是被闩紧了的门，连个缝都没睁。

"啊？是进入了意识的幻景？"她皱了皱眉，盯着他手里紧攥着的珠子，珠子的颜色在飞快变幻，由绿色变成了深蓝。

但她的眉头很快就舒展了，花瓣般的薄唇里，哼出一声冷笑："不过是个小把戏，死猿猴，看我们今天鹿死谁手？"

她卷了卷衣袖，伸出纤纤玉指，一把就抓向了珠子。而几乎就在她碰到珠子的一瞬，就仿佛被抽走了全身的力气般，头一歪就晕倒在了王子进的身上。

不知过了多久，妖怪们才敢从黑暗中悄悄现形，但它们没一个敢靠近这对昏迷的男女了，因为女人身上散发的气息，像蜂尾、如尖刀、似烈火，都会让它们联想到不好惹的物事。

珠子的颜色又深了一层，方才还是深蓝，此时已经近乎黑色了。

深山里，密林中，夜枭凄厉的叫声在层林中回荡。

王子进抱着肩膀，冻得哆哆嗦嗦，跟在精壮汉子的身后，深一脚浅一脚地走在山路上。

汉子名唤阿壮，背着个长弓，朗声大笑："这位王姓大哥，你也忒胆小了，俺只是随便跟你打个招呼，连箭都没放，你怎么就被吓得跌进了水里？"

王子进打了个喷嚏，揉着鼻子道："你那是打招呼吗？看起来更像是要取我性命。"

阿壮也有些抱歉，回头道："没办法，这里离荆紫关太近了，常年战乱，山里经常有兵匪流窜，我见你衣饰奇怪，就想试探一下虚实。"

"什么？你说这里是荆紫关？那离我家有千余里……"王子进惊诧至极，但很快就觉得脑后冒出一阵阵凉风。

如果他没记错的话，荆紫关早就没有什么战乱了，自唐末就发展起了丹江航运，成了远近闻名的商业集镇。

"阿壮老弟，我想多问一句，此时是什么朝代啊？"

阿壮比他还迷糊，用大手连连挠头："俺连字都不认识几个，出生就没走出过村子，只知道此地隶属魏国，离荆紫关很近，另外两个大国一个叫'秦'，一个叫'楚'，天天打个不休，连俺们村子都受了连累……"

他话未说完，就见王子进两眼翻白，差点就要晕倒在地。阿壮上前一步，连忙伸手扶住他，只见他浑身发抖，连连道："怎会如此？怎会如此？"

苍天啊，大地啊，他到底做了什么？为什么一觉醒来，就回到了战国时期？

他一把推开阿壮，慌慌张张地往回跑，连天马上就要黑了也顾不得，如果回到刚醒来的地方，或许还能找到回去的路。

可是他才匆忙跑了两步，背后就响起了阿壮低沉的声音："王兄，小弟还要提醒你一句，此地战事连绵，每逢夜晚，林子里就有鬼兵鬼将徘徊，夜路万万走不得……"

这下王子进连叫都叫不出声了，一个跟头栽倒在地，许久也没有爬起来。

三

暮色四合，晚霞敛艳，高耸入云的树木，此时在黑暗中化为一个个魁梧的巨人，格外可怕。

王子进战战兢兢地跟在阿壮身后，想起了自己在客船上，与绯绡初见时的情形。彼时他丹凤含笑，打量着自己："王兄八字极凶，且命里藏煞，招惹鬼怪，怕是活不过而立啊！"

难道真是自己的命不好吗？所以即便回到了一千多年前的过去，也摆脱不了妖怪的纠缠？

他哀怜着身世，感慨着过往，不知不觉中一抬头，才发现已经来到了一个小村庄。

村子里阡陌交通，鸡犬相闻，只有三十几间小茅屋，像是星子般零散地坠在纵横的土路边。

从半山腰上看去，它像是只被小心翼翼地护在羽翼下的鸟蛋般，被苍翠的树木藏在山坳深处，或许是因为地势隐蔽，才未被战火波及。

"王大哥若不嫌弃，就在俺家住上几天，等过几日渡过了劫数，小弟再想办法送你回去……"阿壮似乎察觉到自己说漏了嘴，面色一变竟硬生生地将后面的话吞了回去。

"敢问是什么劫数啊？请壮士透露一二！"王子进问话的声音都在颤抖。

阿壮阴沉着脸，沉默了一会儿，才摇头叹息道："算了，跟王兄说了也无妨，前几日有个巫师到了我们村里，说近日村里会有灭顶之灾，只有一位来自远方的贵人，方可化解此劫……"

"所……所以，你就把我带回来了？"王子进终于明白他为何如此热情好客，更知道了他既不砍柴也不打猎，在山里乱晃的原因。

他的脸色更黑了，他怎么会是贵人？煞星倒还差不多。

"万一王大哥能助我们一臂之力呢？"可怜阿壮满含希冀，热情地挽住了王子进的胳膊，不容他拒绝地把他拖进了村庄里。

当他走进了村庄，才发现小小的村庄几乎每户人家都收留了一两个外乡来客，这里离秦楚交界的荆紫关很近，躲避兵灾的流民要多少有多少。

在这些衣衫褴褛，满头生疮的流浪汉的映衬下，衣饰整洁，甚至还有个纱帽可戴的王子进，堪称是人中龙凤了。

所以村子里的人都对他另眼相看，还没等走到阿壮的家，他就收获了两只鸟蛋和三只酸果作为见面礼。

阿壮对他更是优待至极，特意让出了自己的房间给他，自己就在门口铺了张草席。村子里不要说烛火，怕是连油星都没有一个。王子进躺在散发着馊气的破席上，翻来覆去地无法入睡。

不知从什么时候开始，他开始格外怕黑，只要天一黑，就点亮家里的烛火，将房间中照得宛如白昼。

草庐并不隔音，夜枭的叫声，还有阿壮的妻儿老母发出的吵闹声，都像在他耳边一样清晰可闻。

于是沉重黑暗便像是被泼了水的热油般热闹喧嚣，搅得他脑壳生痛，仿佛随时就会跳出个全身披甲的鬼兵，撕碎这夜的屏障，将他捉走。

然而就在他翻来滚去，焦虑不堪时，黑暗中突然传来了一个清朗的声音："子进，莫怕，我在你身边……"

这声音如此熟悉，在它响起的一瞬，王子进再也不怀疑狐妖的存在了，绯绡的丹凤眼，满含戏谑的眼神，还有他吃鸡时的模样，像是潮水般涌进了他的脑海，再高的堤坝也挡不住。

"绯绡！"他一个鲤鱼打挺坐起来，却发现身边连个人影都没有，只有月光透过木板的缝隙，在他身上洒下细细光辉，宛如猫须。

可就在他怀疑是幻觉的时候，声音再次响起："子进，我在这里呀……因为过去的修行全用来救你了，现在只能以这般模样重逢……"

声音的来处竟然是他的右手，他忙掀开衣袖，只见右手臂上沾了点泥灰，棉絮般大小的泥灰在他皮肤上移动汇聚，竟然变成了一只狐狸的形状。

那只狐狸朝他眨了眨眼，狡黠又调皮，赫然就是绯绡。

他大喜过望道："绯绡，可想杀我也！"

仿佛他从未遗忘过它，更没有跟他阔别多年。一切都跟少年时一样，只要绯绡一出现，所有困难就能迎刃而解。

"子进，切莫高兴得太早，今夕不同往日，如今我连人形都现不了，遇到棘手的麻烦还需靠你自己了，不过看你比过去稳妥多了，应该能渡过此劫……"狐狸嘴巴一动一动，说个不休，"你被那个猿猴精摆了一道，也怪我昔日心慈手软，将它放走，留下了这个祸根。记住，你眼前所见皆是镜花水月，须得处处留心……"

狐狸说着，嘴巴越动越慢，似耗尽了所有力气，又变成了一团印在皮肤上的灰絮。王子进知它累了，索性也倒头便睡，不知为什么，得知有绯绡陪伴之后，他竟然一觉就睡到天亮，无比香甜。

次日天光大亮，待王子进走出茅屋，只见阿壮正坐在门口等他。而他的妻子老母忙着熬野菜汤，那汤汁是黏糊糊的绿色，好似毒药般可怕，王子进忙贡献出自己昨日收到的两个鸟蛋，让这顿饭总算能入口了。

他捧着野菜汤，想起在书上看过，战国时期百姓生活贫乏至极，即便是富户人家，夜里点个灯都要全家商量，如果谁得了个铜钵，更是得拿出来满街炫耀。

可是自己为什么会回到这个时代呢？难道有什么特殊的缘故？

阿壮见他喝汤喝得五官皱成一团，连温和的表情都变得凄苦，不由心生愧疚，主动提出要带王子进进山抓只山鸡野兔，改善一下伙食。

王子进见村里的男女皆蓬头垢面，衣饰粗陋至极，在这里待下去也毫无意思，二话不说就同意了。

于是晌午时分，两人已经来到了密林之中。此时正值春夏之交，雨水丰沛，林木枝叶茂密，绿油油的树叶，如层云般遮蔽了天空。

阿壮拉着王子进躲进了一处灌木中，静静等待着猎物。王子进身穿长袍，蹲在草丛里，热得大汗淋漓，开始暗暗后悔。

早知打猎如此辛苦，还不如在村子里闲着清净。

还好树林中鸟兽众多，两人等了一会儿，就有一只羽毛斑斓的山鸡落在了树梢。阿壮喜不自胜，从箭囊中抽出了一支简陋的箭，搭在弓弦上，煞有介事地向山鸡射去。

王子进眼见着这支箭挟着破空之声，气势凌厉地射向了猎物，哪知那鸟儿机灵得紧，几乎在箭一离弦的同时，就振翅飞走了。

阿壮扼腕叹息，一拳砸进了草地中。

眼看今天的晚餐泡了汤，王子进也忍不住叹气，可就在这时，耳边突然响起了一个熟悉的声音。

"这个蠢夫，连只鸟儿也射不中，看本公子的！"

阿壮显然也听到了声音，惊诧地回头看他。只见文质彬彬的王子进顺手就捡起了地上的一块石头，右手双指一弹，石头"嗖"地发出了一声轻响，竟然准确地击中了飞在半空中的山鸡。

"贵人啊！"阿壮的膝盖几乎跟被砸晕的山鸡同时落了地。

王子进却不好意思地挠着头，不知该怎么跟对自己顶礼膜拜的阿壮解释。而他露出的手腕上，正有一只狐狸，在惬意地摇着尾巴。

四

夜色像是一只巨鸟的羽翼，悄无声息地在天幕上伸展，遮蔽了连绵的山脉、葱郁的树林，以及小小的、璀璨如明珠的村庄。

村庄里篝火四起，村民们载歌载舞，宛如过节般热闹。火焰上吊着各色食物，野兔和山鸡堆了满地，妇女们用简陋的刀具，小心翼翼地剥下兔皮，准备为孩子们做双合脚的鞋。

在众人的包围之中，王子进腼腆地啃着一只烧焦了的鸟。他的纱帽早就不知道丢到哪儿去了，袍角也破了一半，但他肮脏的脸上，却挂着幸福满足的笑容。

"王兄果然是能拯救我们村的贵人呀，我还从来没有见过打猎手法这么高妙的人。"阿壮赞叹地说，一身腱子肉在火光的辉映下闪闪发亮。

"哪里、哪里，只是偶然为之……"王子进手腕一紧，腕上的狐狸已经爬到了他的手指上，吃起了他手上的鸟翅。

不愧是绯绡，即便只能化为灰絮般的存在，仍然惦记着吃。

村民们还抱出了两坛不知是什么果子酿的酒，虽然酸了些，倒也入得了口。王子进一边喝酒，一边吃肉，兴致来了，还讲两段奇闻给村民们听。

这些从未走出过大山的村民，哪听过这等离奇的故事，都围着他不肯离开，把他奉若神明。

看着火光中一张张热情的笑脸，一双双期盼的眼睛，他竟然觉得杯中酸涩的酒，手上只撒了盐巴和茱萸的鸟腿，都变得美味了起来。

当晚不知喝了多少酒，王子进头晕脑涨，连怎么回到茅屋的都不知道。酒模糊了他的神志，让他产生了幻觉，竟然觉得阿壮泛着酸气的草席，都变得松软舒适，仿佛回到了自己的家中一般。

而幻觉并未到此结束，就像多年来的每个夜晚一样，他又做梦了。这次的梦跟过去不同，梦境中没有了繁华的城市，却只有长及腰部的荒草和连绵如海的树林。

身边似乎有人，他回过头，只见皎洁如银霜的月色中，正站着一个身穿白衣，黑发如墨的美貌少年。

少年瞳如黑玉，唇似涂丹，似笑非笑地看着他，正是绯绡。

"我这又是在做梦吗？难道是梦中梦？"王子进摸着自己的脸，但是跟每次在梦中的形象不一样，他的脸不再光滑年轻，而是蓄着长长的胡须。

之前他都是以年轻时的姿态跟绯绡历险，但这次却以中年人的样子，让他不免泄气。

"这不是梦中梦，而只是你在一个意识幻境中看到的景象。"绯绡走到他身边，为他解惑，"你还记得在桃源仙境中，我们遇到过的那位想要成仙的郑侍郎吗？"

王子进连连点头，那位死后还不愿离去，在一个时光停滞的院子里修仙的男人，让他记忆尤深。

"那你还记得青绫的狐狸村庄吗？"

这次他的头更是点得如小鸡啄米一般，因为他贪嘴喝了杯酒，就被青绫丢了出去，后来千辛万苦才找到了这个隐秘的村庄。

"我们如今，就跟那两次一样，在一个用法术做成的空间里，但这个空间的创造，却是利用了你的执念和业力，也就是佛教中所说的末那识。在这里，一切都是假的，一切又都是真的，只有找到那个破局之人，才能顺利地逃出来。"

"如果找不到呢？"

"永远困在这里，直至你的肉体衰亡。"

"如果不小心死了呢？"

"你的灵魂会消失，即便活着，也是一个活死人。"

"那我怎么才能找到啊！"王子进急切地高叫。

"佛法中比末那识更高一级的，是阿赖耶识。子进，你这么善良，一定会领悟到自己的阿赖耶识的，届时此局轻易可破。"

绯绡说这话时，漂亮的脸上满是漫不经心，仿佛根本不觉得这是件大事。但王子进却觉得脑后生风，脊背发冷。

因为他太了解绯绡了，此时沐浴着月光的绯绡，虽然看似轻松，但眼底却如冰封的河水般，满蕴着深不见底的寒意。

"开始了……"绯绡朱唇微动，抬头看了一眼密林深处。

王子进顺着他的目光看去，只见林木在夜风中轻轻摇动，发出"沙沙"轻响，像是一个个高大魁梧的巨人，在舒展着他的四肢。

随即栖息的鸟群被惊动，飞鸟像是杨花般从树林中飞了出来，鸟儿的清鸣在寂静的夜晚中听来格外刺耳，像是尖锐的针一样刺着耳膜。

寂寂沉睡的树林，仿佛在刹那间就惊醒了，接踵而来的，竟然是地面的轻颤和潮水般奔涌而至的厮杀呐喊声。

"这……这是怎么了？"王子进哪里见过这阵仗，吓得连忙躲到一棵树后，"哪里打起仗来了吗？我怎么还听到了马队的声音？"

他话音刚落，就见不远处火光冲天，竟然有人点燃了树林。火挟着风势，越烧越旺，转眼就将半边天染成了浓艳的血色。

王子进再也按捺不住了，忙从树后跳出来，手足无措道："绯绡，起火了，我们快去救人呀……"

可他刚说了半截话，绯绡就伸手按在他的嘴上，把他拖到了灌木中。绯绡看似清瘦飘逸，实则力大无穷，王子进只觉自己像是被铁箍箍住，连半分都反抗不得，就被按在了地上。

很快，他就听到了马蹄声响，那声音隆隆震耳，仿佛有几百骑的兵马正朝他们而来。风里送来了血腥的气息，整座山都在微微颤抖。

他透过树枝的缝隙看去，只见火光中旌旗飘摇，百十个身穿盔甲的士兵，骑着高头大马，像是一片钢铁铸就的黝黑墙壁般，在林中行进。

但当这行队伍走到他面前时，登时将他吓得跌了个跟头。只见为首的兵士面容枯朽，双眼凹陷，哪里还有活人的样子，分明就是一具行尸走肉。而当他定睛看去，却发现这军队中根本没有活人，士兵们都缺手断脚，有的头上还顶着羽箭。

难道这就是阿壮所说的"鬼兵鬼将"？自己在梦中撞了邪？

他不敢细想，忙躲进了灌木深处，还好这雷霆般的军队根本没有发现他的存在，渐行渐远，一阵疾风似的消失在林木的暗影中。

"绯……绯绡，这是怎么回事？"王子进哆哆嗦嗦地从树丛中爬出来，只觉双腿虚软，浑身脱力。

"应该是这幻境的始作俑者，想让我们看到的吧。"绯绡回头看向不远处的熊熊火光，光照亮了半边天，也将他的一袭白衣染成了血色。

虽然绯绡口口声声说是幻境，但王子进心善，仍按捺不住心中的悲愤，跑向烈火肆虐的方向。

当他来到了火光近处，才发现火竟然是从山脚下烧上来的，因为此时正是午夜，天幕漆黑，使遥不可及的火光，也像是在近处一般。

火随风势，越烧越大，风里送来了焦臭的味道和浓重的铁锈气息。王子进知道，那是血的味道，不知有多少人，在这场屠杀中失去了生命。

他看着远处的烈火，只觉双腿无力，"扑通"一声坐在了地上。

"子进，不要伤心，只要我们齐心合力，定能成功破局。"绯绡面如玉雕，看着烈焰肆虐，从他冰冷的眼神中，看不到半点悲悯之心。

"绯绡，你不能救救他们吗？那好像也是个小村庄，应该有很多人……"王子进却几乎要哭出来，"我记得，你可以化酒为雨，更能缩地为寸呢……"

可一贯神通广大，无所不能的绯绡，却摇了摇头，他清澈的双眼中，竟然满含无奈："子进，那是很久以前的事了，现在的我，已经没有了这种本领。"

那是很久以前的事了！

这话像是晨钟暮鼓，令王子进瞬间找回了神志。他猛地打了个激灵，竟一下就从梦中惊醒。

五

微雨初歇的庭院中，连月色都是濡湿的，像是一匹亚光的缎子，铺满了小小的庭院。这华美的缎子上躺着一个儒生打扮的中年人，而在他的身边，还依偎着一个身穿紫裙的美貌妇人。

两人都双眼紧闭，昏迷不醒，手也不约而同地搭在了一枚鸡蛋大小的珠子上。珠光在暗夜中变幻，由深蓝变成了刺眼的金红色，仿佛里面藏着一簇炽热的火。

"哎……"中年人眼帘微颤，长叹一声，仿佛想起了伤心事。

但他身边的美妇人，唇边却蕴含着一丝不易察觉的笑意。

被群山环抱的小小村落，在草木繁茂的春夏时节，几乎要被碧海淹没，只在树木的缝隙间，露出了几片棕黄色的屋顶，宛如海洋深处的贝壳。

天色方明，村落里回荡着声声鸡鸣，月亮的影子，像是一弯淡淡的眉毛般，无精打采地挂在树梢。

王子进从梦中惊醒，只见自己仍然躺在阿壮简陋的草席上，窗外透进了一丝黯淡的晨光，清晨的山林一片灰紫，远山树木像是水墨画般缥缈而幽玄。

方才可怖的梦魇，宛如夜雾般，消散在这静谧的清晨中。他愣了一会儿，才想起自己的处境，他抬起手腕，看了看手腕上狐狸模样的灰絮。

只是跟之前的会说会动不同，今天的狐狸伏在他的肌肤上，看起来就是一团如假包换的尘灰。

"绯绡，我们都老了吗……"他伸指摸了摸那团灰，长长叹息，"你失去了法力，我失去了青春……，时光为什么这么残酷啊？"

他想起了多年前的夜晚，彼时江月之中，画舫之上，沉星翩然起舞，宛如花神降世。他跟绯绡一起随着《春江花月夜》的曲子打着拍子，一边喝着青梅佳酿，一边欣赏着美景佳人，是多么意气风发的时光。

如今曲终人散，朋友离散在天涯，如花般的美人凋零在风中。只剩下他一人站在岁月的岸边，孤单地眺望着滔滔江水和亘古不变的明月。

他年近不惑，才终于明白，原来流逝的不是时间，流逝的一直是自己。

"子进，莫要伤心……"他正感怀心伤，腕间却传来了一个细小的声音，"人生不可能一成不变，过去的已经失去，多想想如今拥有的。"

"可是我好想念你，绯绡……"

他抬起手腕，狐狸却依旧是一团灰的样子，毫无生气。他依绯绡指点，回想起平时跟柳儿的恩爱，儿女绕膝的生活，心情总算舒展了一些。

晨辉像是汹涌的浪，几乎是在瞬间就将整片山林浸在了一片金色的光芒中。朝阳跃出山谷，林梢的一抹淡月，仿佛是个恋恋不舍的情人，终于心不甘情不愿地消失了。

"贵人，昨夜歇得如何？"阿壮像是不敢打扰他，站在门口朝他说："我今天还得进山，不知贵人有何安排？"

王子进忙走向他道："何必这么客气，你依旧叫我王兄就行了。"

"可是你打猎的手法这么高明，简直跟神仙一样！"

他一提到打猎，王子进立刻想起了昨天自己神乎其神的表现，恨不得要立刻演练一番，拉着阿壮就又进山去了。

但不知是为什么，昨天山里还随处可见的山鸡野兔，今天竟然全都消失了。他们走在空旷的树林中，像是走在一个密封的匣子里似的，连虫鸣鸟叫都一并不见。

回荡在耳边的，只有山风吹动树叶时发出的细碎轻响。

"真是邪门，怎么一个猎物都没有？"阿壮挥舞着一柄柴刀，走在前面披荆斩棘，他显然也没有见过这种怪异的情形。

"阿壮……"夏阳透过叶片的缝隙，像是白色的冰凌般挂在密林中，王子进看着这沉默层叠如海的碧叶，突然有种不祥的预感，"我……我们回去吧，好像有点……"

他话音刚落，就见走在前面的阿壮突然跑了起来，像是发现了什么。他忙把袍角塞进了腰带，深一脚浅一脚地也跟了上去。

就在这时，风里送来了一丝焦臭的气息，跟昨晚在梦中闻到的一模一样。

铁马、旌旗、军队，再次在他脑海中踏过，眼前再次浮现出了烧红了半边天的烈火和阴森可怖的骷髅士兵。

"王兄！"阿壮突然止住了脚步，大叫了一声，"你快看，那是什么？"

王子进忙跑过去，只见离两人半里地远的树林，已经被烧成了一片焦土。漆黑的残墟像是一堆被烧焦的巨大骨骼，七零八落地歪倒在空地上。

他只看了一眼，就觉得双腿虚软，几乎要站不住了。

因为即便远远望去，也能看出那堆废墟是屋舍的模样，甚至在地上还横陈着几具被烧成了炭的尸体，煞是可怖。

难道昨晚的梦是真的？绯绡竭力阻止他，就是怕他有危险？他打量着四周囚笼般的密林，眼前的修罗沙场，越发怀疑这里是否真的是个幻境。

阿壮突然又跳起来，后退了几步，随即像是只受惊的动物般，蹲在地上瑟瑟发抖。王子进见他一个精壮的汉子吓成这样，忙要过去扶他。

可是等他走到阿壮身边，就明白了令他恐惧如此的原因。只见草丛被踏得一片狼藉，而潮湿的泥土中，赫然可见一个个巨大的蹄印。

那根本不像是马蹄留下的痕迹，每个都有坛钵般大小，倒像是怪兽的足迹。

"是鬼兵鬼将！是鬼兵鬼将啊！"阿壮突然紧紧抓住了王子进的袍角，他精悍而棱角分明的脸，因惊惧而变得扭曲："都说它们所到之处，就没有人能活着……它们来了，来杀我们了！"

王子进本就害怕，听他这么一说，后颈像是被人吹了口凉气，浑身的汗毛都竖了起来。

他环顾四周，看着头顶密不透风的枝叶，身边空旷幽深的树林，竟恍惚觉得，自己哪里是身处山林，分明就是在一个巨大的棺木中。

他们一路跌跌撞撞，不知如何回到了村庄。而村子里的人听了阿壮的描述，全都一窝蜂似的跑去看那可怖的焦墟，但当傍晚时分，回来的人却少了一半。

跟王子进一样被收留的流民，全都逃了个精光，也有胆小的村民，简单打理了一下行李就离开了村落。

谁也不知道他们未来将会怎样，有的说是去投奔亲戚，有的要出去躲避两天，但大多数人都像是飘零的柳絮，不知将会在哪里生根，注定变成乱世中的尘埃。

这一整天，王子进都在惶恐不安中度过，眼看着昨晚还热闹繁华的村子，变得七零八落。渐渐云霞铺满山峦，深蓝色的夜幕笼罩了苍穹，一弯新月，像是只金色的小舟般，泊在枝丫间。

青烟般的月辉，弥漫到树林里、断壁上、屋舍前，将整个村庄浸入了一种宁静祥和的气氛中。

王子进走出茅屋，看到阿壮正在劈柴、他的妻子正在喂着襁褓中的孩子，甚至连他那头发花白的老母，都坐在门前编草鞋。

"王兄，你不走吗？"阿壮似乎才发现他的存在，诧异地问，"连本村的人都走了，剩下的都是老弱之人。"

"我都不知道自己要去哪里……"他挠了挠头，问向阿壮，"你又为何不逃呢？"

阿壮用力劈着柴，古铜色的肌肤，身上暴起的青筋，让他看起来像坚不可摧的岩石。

"我不走，我在哪里生，就要在哪里死。"他举起柴刀，在火光中端详着青蓝色的刃口："就算有鬼兵来犯，我也要跟他们拼个你死我活。"

王子进看着他的妻儿老母，突然明白了他的勇气自何而来。老人和幼儿经不住颠沛流离的流浪生活，左右也是个死，不如待在这里搏一条生路。

他将手拢在袖中，抚摸起右腕上的尘灰，像是在与一个老朋友问好。如今绯绡已经不再神通广大，他一个人，真的能渡过此劫吗？

金色的月亮，被树海吞没，月光如海潮褪去，只剩下一团孤独的篝火，照亮了这满目疮痍。

六

当晚王子进久久无法入眠，可怕的梦魇和白日里触目惊心的场景，宛如走马灯般在他脑中变幻。

"哎，绯绡，我真的身处幻境吗？"黑暗中，他喃喃自语道，"为什么一切都这么真实？"

"不真实，你就无法相信了呀……"

耳边传来了一个轻松的声音，听起来正是绯绡！他连忙翻身从席上坐起来，将手腕凑到了窗口。

果然，在银霜般的月色下，清晰可见，一只狐狸正懒洋洋地趴在他的肌肤上，惬意地摇着尾巴。

"我如果不相信会怎样？"王子进越发一头雾水，绯绡看起来仿佛胸有成竹的样子。明明都已经虚弱得只能以灰絮的状态存在，它到底是哪里来的自信。

"子进，附耳过来。"狐狸朝他勾了勾爪子，眨了眨眼。

他抬起手，将手腕凑到耳边。

"你越是不相信，我们被困在这里的时间就越长，所以你还是早些信更好，只有相信这里的一切都是真的，你才能找到出去的路……"耳边传来细弱蚊蚋的绯绡声音，"还有，我能随你而来是借助了柳儿的力量，千万不要忘记她。"

柳儿！听到爱妻的名字，他心头如被大石击中，不由心神荡漾。他想到了自己那如不夜城般灯火辉煌的家，灯下妻子如花的笑靥和孩子们的欢歌笑语。

狐狸不再说话了，朝他露出个狡黠的微笑，就在眨眼间又变成了一团脏兮兮的灰，不见半分灵气。

王子进见了不由摇头苦笑，没想到这个家伙脾气不改，还是爱卖关子！不过跟绯绡寥寥数语的交谈，却像是春阳融化冰雪般，轻易就驱散了他萦绕在心头的恐惧。

他铭记着绯绡说过的话，趴在窗前看着静寂的夜色，听着虫声鸟语。那像是巨人般高大的树木，手臂样伸展的树枝，刀刻斧凿的断岩，金色菊瓣般弯弯的新月，在他眼中都变得生动而光鲜。

一切都是活生生的了。

不知是不是想得太过入神了，次日当天光大亮，他看到阿壮之时，竟觉得这朴实刚健的汉子都变得顺眼了几分。

哪怕阿壮一身臭气，头发乱如蓬草。

他举目望去，只见村子里只有寥寥几缕炊烟，看来一晚上过去，又有人离开了。他见阿壮的妻子一边抱着孩子还要熬野菜汤，忙跑去帮忙生火，这一顿饭总算在手忙脚乱中做好了。

几人蹲坐在院子里，默默吃完了汤，没有一个人说话，连王子进都不再抱怨这拙劣的饭食，把钵底的残渣都舔了个精光。

仿佛每个人都心知肚明，吃完了这顿，下一顿还不知能不能吃得上呢。

"听说，就是在朔月之时……"阿壮捧着汤碗，看了一眼王子进说，只是那么一瞥，也能看出他眼睛中暗藏的精光，像是夜里不肯灭的篝火。

"什么在朔月之时？"王子进听得没头没脑。

"就是巫师说的，村里要有灭顶之灾的日子……"

"什么？那不就是这两日了？"王子进立刻站起来，他这几天每晚都在看月亮，眼看着树梢上的明月，从一枚橘瓣变成了一弯金钩。

即便不知道日子，他也能猜到朔月将至。

"是的，所以王兄，今天我们还要进山……"阿壮拿起柴刀，把一根木棍削成了尖尖的形状，递给了他，"你先拿着这个防身用吧，还不知道等会儿会遇到什么。"

王子进愁眉苦脸地接过这简陋的兵器，跟着他再次走进了大山，但是跟之前不同，阿壮没有带着他往山沟里钻，两人竟然来到了一条崎岖的山路前。

山路以灰色卵石砌成，因是村民自行铺就，左缺一块，右短一截，乍一看像是点点繁星，撒落在葱郁的树林中。

"我们守在这里，一旦发现有不对劲，就要马上通知村里人。"阿壮抹了抹脸上的汗珠子，坐在了树荫下。

王子进抱着个棍子，左顾右盼，不知该怎么办，疑道："如果有鬼兵来了，要如何做？"

"村里的壮勇都被派出来望风了，若真有鬼兵来犯，我们带村民往相反的方向逃走便是。"阿壮凛然答道，做出一副随时要英勇就死的样子。

"那若是鬼兵呈包抄之势，从不同的路上来犯呢？"

阿壮愣了一下，用力抓头，但抓了半天也没有想出好法子，只能闷坐在树下，一张面皮涨得通红。

王子进见他这副模样，就知道不能指望了。如今绯绡也不在，他只能叼着草叶，搜肠刮肚地想办法。

可惜他平时读的书多是志怪传奇，此时没有半分用处，他只能因地制宜，想着这村庄坐落的位置。

"知己知彼，百战不殆；知天知地，胜乃可全……"他念叨着孙子兵法中的话，一个绝妙的法子，已经在脑海中成形。

村民战力匮乏，却对这山中的地势了如指掌，如果善加使用，或许能搏取一线生机。

他再也坐不住了，让阿壮去找其余望风的小伙子过来。此时正是阳光正盛的午时，年轻人们大多在打盹，此时被他叫来，都是满腹牢骚。

但当他们听说了王子进的计划后，立刻眼冒精光，都纷纷奔入树林中，砍树搓绳，忙得热火朝天。

待到了傍晚时分，王子进所安排的事宜，他们已经办得七七八八。

当晚天色晦暗，昨日如金钩般的明月，此时已经变得像只将瞑未瞑的眼了，这眼似乎随时都能合上，令整个世界都被黑暗吞噬。

因为月色黯淡，星光显得格外璀璨，整个村的人都将火熄灭，等待着不知何时就会来临的杀戮。

阿壮把老母捆在背上，她的妻子抱着孩子，一副整装待发的样子。只有王子进，坐在院子前，仰望着漫天繁星。

"子进，你总算不再把我挂在嘴边，到处嚷着了。"狐狸再次从他的右腕爬出来，在他的手背上跳来跳去。

"没办法，你如今也指望不上，只能靠自己了……"王子进不好意思地挠了挠头，又奇道，"话说，这始作俑者真沉得住气，我来此地这么久了，他竟然还未露面。"

狐狸摇了摇蓬松的尾巴，星光将它灰絮的身子镀上一层银霜，令它看起来像是银丝织就的一般。

洁白如银的狐狸低头舔了舔爪子："那是自然，换成是我，也不会轻易出现，因为一旦被识破，就是这末那识幻境被破坏之时。他可能是一棵树，一朵花，一只蚊虫。或者说，这里人人都有可能是他。他无处不在又无所不能，要战胜他只有一次机会。"

王子进望着辽阔苍穹，凭空打了个冷战。这虚无幻境如此广袤，他深陷其中，如蝼蚁般渺小，随时都能被这世界的主宰杀掉。

"但是，子进你不要怕，在这个幻境中，最弱小是你，最强大也是你。"狐狸仿佛窥到了他内心的恐惧，笑眯眯地安慰他。

"对了，鬼兵鬼将什么时候来啊……"他却越发胆战心惊，颤抖地问。

"就是今晚……"狐狸指了一下月亮，随即像是烟雾般溜进了衣袖中："今晚就是朔月呀。"

"什么！"

王子进急得一下跳起来，而几乎就在他站起身的同时，如泼墨般的黑暗中，燃起了一点火光。

那火光如针尖似的，轻易就刺破了这密不透风的夜。

七

"来了！"他暗暗握紧了拳，朝阿壮招呼着。

阿壮和妻子比他的动作更快，两人拎好防身的武器，一个背着老母，一个怀抱着孩子，悄无声息地奔出了院子。

村子里的人都没有点火，因为怕被发现，连个大气都不敢喘，只见一个个人影跌跌撞撞地在夜色的掩盖下奔逃，仓皇如惊鸟。

他们刚刚跑出村子，更多的火燃了起来，匆匆一瞥就有六处，那是守在树上望风的青年们发出的信号。

最坏的情况出现了，来犯的鬼兵，果然是呈包抄之势袭击。幸好他们早就准备了万全之策，就是在包围刚开始的时候，全体向一个方向逃走，那就是他曾跌落的山涧的所在。

山涧像是母亲的奶水，滋润了整座山林，也给这些村民提供了一线生机。

冲击很快就开始了，只听山坡上响起了冲锋的呐喊，那声音根本不像人发出的，倒像是狼嚎，嘶哑而凄厉。

随即地动山摇，高大的马匹踏破山阙，发出了隆隆巨响。可以想见，如果没有及时逃走，当这些队伍同时冲锋时，等待他们的，只有粉身碎骨的下场。

阿壮的妻子走在王子进身边，被这可怕的声音一吓，腿一软就坐在了地上。王子进只能搀起她，深一脚浅一脚地跟在人群后，走向未知的前方。

厮杀声渐渐平息了，大地也不再震颤，显然是鬼兵们发现村子里空无一人，在寻找他们的行迹。

"还有多久能到水边？"王子进的心像是被一只看不见的手紧紧攥住，低声问阿壮的妻子。

那妇人抬头打望了一下方向，随即答道："回王大哥，也就半炷香的工夫吧……"

她顿了顿，又道："我听说，之所以这山里有鬼兵徘徊，就是因为山高林密，道路崎岖，在战场中死去的兵士找不到回家的路，就只能被困在这里，化为妖孽，四处杀戮……"

"那他们是靠什么找到村民的呢？"

走在前头的阿壮回过头道："是气味，他们跟山里的猛兽一样，靠气味寻找活人，只有杀掉更多的人，他们才能存在得更久。"

"现在是上风处呀……"王子进的袖子里，传来了绯绡的声音，"快走，不要耽搁了！"

村民们听到这声音皆是一愣，突然像是明白了什么，更加快了赶路的速度。很快草木越来越茂密，夜风里也送来了潮湿的凉意，众人皆知山涧就要到了。

但留给他们的时间所剩无几了，因为空旷的山林中，再次响起了马蹄声。

这一阵紧似一阵的马蹄声，像是催命的鼓点，又像是阎王的召唤，让本来还悄然赶路的村民们立刻乱了阵脚。

他们骇叫着在黑夜中疾奔，几乎是慌不择路了，这叫声一起来，立刻就暴露了方位。本来还在远方徘徊的马蹄声越来越近，越来越响，简直就像在耳畔一般。

王子进只觉右腕一紧，像是被一只手牢牢拽住，他被这巨力拉得双脚几乎离地，跑得如在草上飞一般。

这感觉他再熟悉不过，每次绯绡拉着他逃命时，也是同样的光景。

虽然夜色沉沉，月色蒙蒙，但在这凄绝的黑暗之中，他仿佛看到了一个身穿白衣的少年，正英姿勃发地跑在自己身前。

少年的白衣在夜风中招展，像是一只鸟儿在风中展翅，带他奔向生途。

"绯绡……"他像是也回到了年少之时，连脚步都变得轻快起来，轻易就超越了一干村民。

眼前出现了一条山涧，星光投影在水中，让它恰似一条波光粼粼，蕴满星辉的银河。

河边停着几只木筏，紧跟在他身后的少壮村民立刻将木筏推进水中，招呼老弱妇孺上去。几乎在木筏顺水漂流的同时，身后的追兵已经到了，这些妖怪似的士兵在冲破幢幢树影，勒马于山涧前。

他们纵马冲入了水中，水花飞溅，打湿了他们的马匹和盔甲，齐腰的水阻碍了他们的脚步。

星光照亮了他们的盔甲和闪亮的刀，也照亮他们腐朽的脸和白骨嶙峋的手臂。

在刹那之间，所有的村民都发不出声音了，动也不敢动，噤若寒蝉般伏在木筏上，生怕发出一丝声音，就会被这些来自地狱的魔鬼带走。

山涧似乎也感受到了村民们对生的渴望，潺潺流水奔涌如梭，转瞬就载着几只木筏远离了岸边，冲向了山下。

"绯绡，我们成功了！"王子进一见追兵被甩到身后，立刻抬起头欢呼。

可是他看到的却是阿壮一张困惑迷茫的脸："王兄，你在说什么啊？你方才叫的，是一个人的名字吗？"

他急忙伸手入袖，发现狐狸依旧像是一团灰絮般，藏在自己的右腕上，而方才助自己脱困的白衣少年，不过是个错觉。

"没……没事……"他颓然地摆了摆手，"受到了惊吓，有点语无伦次。"

哪知阿壮一把拉住了他的手，放了怀里，把他吓得一个激灵，简直比见到了妖怪士兵还畏惧。

"王兄果然是我们的贵人啊，如果没有你，我们怕是已经变成这山里的孤魂野鬼了……"阿壮一边摸着他的手，嘴里还念念不休。

而且不只是阿壮，所有的村民都充满感激地看着他，他们眼中的光芒，比天上星子的辉光还要亮几分。

"举手之劳，举手之劳而已……"被阿壮粗糙的大手抓着实在不是美事，他连忙抽出了手道，"话说，如今是不是得想办法靠岸？如果任这木筏漂流，岂不是要漂到山脚下？”

众人这才纷纷醒悟，行至一处水浅之地，几个小伙子相继跳入水中，将筏子一一推到了岸边。

待大家忙完，已是黎明时分，天幕仿佛被一个高明的画师涂了几笔，于是星星和月亮都黯淡了，天边透出了淡青色，将层云都镶上了瑰丽的金边。

鸟儿醒了过来，鸣声悦耳；花草舒展了枝叶，露水晶莹。目之所及之处，无不静憩美好，满含生机。

村民们看到这清晨的光景，竟有人忍不住啜泣起来。昨晚的经历凶如梦魇，好不容易死里逃生，胆小些的才开始后怕，哭个不停。

“贵人，接下来我们该怎么办？”阿壮恭恭敬敬地问向王子进，“什么时候才能回到村子里呢？这荒山里什么都没有，老人孩子们怕是撑不住。”

王子进看向倚在树下休息的村民，果然有几个上了年纪的咳嗽不断，似乎经过昨晚的波折，已经患上了风寒。

“你还是叫我王兄吧……”王子进也没有办法，挠了挠头，“再等两天，如果村子里太平了，我们再做打算。”

此时确没有更好的主意，众人奔逃了一宿，只能七七八八地倚在树上打盹。太阳渐渐升起，像是个暖炉般烘烤着大地，林中的湿气被阳光一晒，立刻闷热得像个蒸笼。

潮热的暑气消耗了人的体力，王子进也撑不住了，不知不觉就倒在了一处草丛中，进入了酣甜的梦乡。

“子进，子进！”他睡得正沉，忽听有人在唤他，那声音焦虑急切，似乎有什么要事一般。

他不耐烦地摆了摆手：“让我再睡一会儿吧，好累啊……”

“不能再睡了，今晚，就是破局之时！”绯绡的声音坚决中还透着几分压抑。

他心下一沉，忙睁开了眼睛，只觉脸上湿漉漉地，满手尽是露水。只见天色昏暗，林木萧萧，已是傍晚时分，他这一觉，竟睡足了一整天。

八

“王兄啊，我叫了你好久，你可算醒了，我们不能在此地久留了。”只见阿壮正焦急地看着他，黝黑的脸庞都涨成了红色。

"怎么？追兵又来了吗？"他忙坐起来，却见林中静憩安宁，哪有什么鬼兵的影子？

"不是啊，你看看天！"阿壮指了指天空道，"天色阴沉，估计今晚必有大雨，如果雨下起来山涧就要涨水，怎能久留？"

山里的村民，最是了解大山，如果雨势磅礴，昨晚还救了他们一命的山涧，会变成置他们于死地的恶魔。

更可怕的是，一旦山里发起水来，树木和泥土一起滑落，被卷入泥流的人都会被冲得七零八落，连个全尸都留不下。

王子进抬头一看，果然天空中乌云罩顶，层云如峻岭绝壁堆满了天幕，似乎随时都能倾覆而下，淹没这连绵群山。

"往高处去啊！"

"要下大雨了，天黑前要爬到山顶。"

这次不待王子进说话，村民们都纷纷向山顶跑去，他们都十分熟悉大山的脾性，忙不迭地向山巅爬去。

王子进也慌了，狼狈地跟在阿壮的身后。他的身上尽是被蚊虫咬出的包，发髻也散了，身上遍布淤泥，已经跟逃荒的人差不多。

他在荆棘和灌木中艰难行走，仿佛在跋涉于地狱之中。

天更黑了，似乎只是一瞬间，便有一双浩瀚无边的大手，密不透风地遮住了灰色天幕。黑暗笼罩了山林，不见微光，只有鸟儿发出桀桀鸣叫，奏响了末法世界的悲歌。

庭院之中，月色微暝，紫衣妇人依旧和书生并肩躺在台阶上。更深露重，两人的衣物尽被夜露打湿，柳儿的脸上，更是湿漉漉的，像是刚刚哭过了一场。

天色更黑了，是凶险的寅时，原本躲避不出的妖怪们，也大胆起来，纷纷从暗处跳了出来。

独腿的妖怪，独眼的男孩，浓妆艳抹的女人，它们在黑暗中唱着跳着，似乎已经看到了这对男女在幻境中万劫不复的结局。

书生的躯体很难得，它们可以借他的身体，毫无破绽地混入人群之中；那美貌妇人更是稀有，已经被好几个女妖盯上，这些妖艳的鬼怪，甚至在她的身边大打出手。

"子进，不要忘了我，我才是'真'……"柳儿双眼紧闭，低吟般说，"过去未来，皆是虚幻。"

书生的面容越发痛苦，他眉头紧皱，大汗淋漓，似乎正在天人交战中挣扎。

两人的手中的珠子，已经变得如墨锭般黑，仿佛能吞噬这世间所有的光芒。

因为暴雨将至，天气闷热，即便是深夜，山中也没有一丝凉风。王子进的衣服被汗水浸湿，双腿像是铅一般沉重。

走在他前面的几个年轻的小子，突然停下了脚步，不约而同地回过了头。最可怕的是，他们的眼中都满含惊恐，像是看到了什么洪水猛兽。

"怎么了？我有什么变化吗？"王子进被他们吓得浑身发毛，连忙摸了摸自己的脸。

"好像，有马蹄声……"阿壮偷偷拉了拉他的衣袖，"王兄，你听到了吗？该不会是……"

他后面的话不用说也能猜得出来，王子进连忙屏住呼吸，侧耳倾听，果然听到空幽的山林中传来了马蹄声。

那声音越来越近，仿佛潮水般朝着他们的所在奔涌而来。

"快跑啊！又追来了！"寂夜中，不知谁喊了一声，就像巨石投入了湖水，激得水花飞溅。

村民们立刻乱了阵脚，像是无头苍蝇般东奔西突，有的甚至连孩子都忘在了脑后，只顾得自己逃命。

王子进也慌了，这次再没有精密的准备，也没有救命的山涧了，他像一只受惊的兽一般，在山里疾突乱闯。

身后的马蹄声越来越近，越来越清晰，转瞬就有羽箭划破夜空，发出的刺耳的尖啸。

他心中一颤，一脚踏空，跌进了一个草坑中。他刚要爬起来，就见坑边站着一个庞然大物，那是一匹人立而起的高头骏马，马上的骑兵白骨森森，朝他举起了一根长矛。

冰冷的杀器，散发着幽幽绿光，如狼牙般向他刺来。

"绯绡！"他绝望地呼喊，仿佛昔日的白衣美少年，会手持玉笛，笑意盈盈地解救他于危机中一般。

绯绡没有出现，却有奇迹发生了。

他的右手像是有意识般自己动了起来，就在胸腹即将被刺中之时，斜里拍出了一掌，一把拍偏了长矛。

只听耳边传来"噗"的一声轻响，矛头插到了草地中。

"夺矛！"婆娑魅影中传来了一声轻呼，王子进还没明白这话里的意思，他的手又不受控制地动了起来。

只见他右腕一翻，一把就抓住了矛杆，猛地往后一拽。这一拽的力量似有千钧，马上的骷髅士兵竟然轻而易举地被拉下了马背，重重地跌在了他的脚边。

朦胧的光影中，只见这兵士的脸上没有半分皮肉，就是一只骷髅，而它黑洞洞的双眼中，竟然暗藏着几分惊恐。

王子进犹豫了一下，但他的手却没有丝毫停止，锐利的长矛脱手而出，一下穿透了这白骨士兵的头骨，将它钉在了地上。

它仿佛不会痛，也不会死，即便被牢牢钉住了，手脚仍兀自舞动着。

"上马！"王子进被这奇异的景象吓呆了，他还没反应过来，耳边就再次响起了绯绡干脆利落的声音。

他的右手一把抓住了马的缰绳，一翻身就轻盈地坐上了马背。虽然他确实会骑马，但骑术从未如此高明过。

马也是白骨马，嶙峋骨骼被坚硬的盔甲覆盖，硌得他小腿生痛。

但没有时间给他细想了，他一坐上马背，马就像离弦的箭一般冲了出去。山风让他睁不开眼睛，树叶刮得他的脸生痛，身边时而传来箭矢的呼啸声，都被他挥舞着衣袖，一一打飞了去。

他右手如有神助，竟然在他紧闭双眼的情况下，于乱军中夺了柄刀防身。

"山顶，近在眼前了！"声音再次响起。

马速降了下来，他小心地睁开眼，果然山顶巨石耸立，树木稀少，山巅处积云如海，笼罩了整个天幕。

他暗暗松了口气，停下了马匹，可他环顾了一下四周，立刻觉得不对劲了。这里太安静了，甚至连风声都听不见，像是被闷在了一个巨大的螺壳中。

他紧紧握住了刀柄，只听黑暗中传来了一阵轻快的马蹄声，跟之前的追兵不同，马蹄声是不徐不疾的，仿佛这骑马的人，正悠闲地走在春天的花园中。

如布幔般深沉厚重的夜，被一抹亮色划破。那亮色从一块巨岩后转出来，正是一个身穿白色盔甲，骑着白马的人，他胯下的白马高大健美，比普通的马高了一头，马背上的鬃毛像是月光般，流淌在夜色中。

他看着这个白色的骑士，突然觉得脊背发冷，纵马后退了几步。

天上并没有月，但骑士的盔甲，却如皎月般，点亮了浓夜。

九

月影西沉，像是个娇羞的姑娘，躲进了层云的纱帐中。

庭院里已经站满了妖怪，它们层层围在昏睡不起的书生夫妇身边，有的露出了獠牙，有的流下了口水。

魅影几乎占据了每一个角落，简直连一根针都插不进去。书生和美貌的妇人如果此时睁开眼睛，一定会被这恐怖的景象吓到。

但还好，他们仍沉浸在梦魇中。

书生的眉头皱得更紧了，连嘴唇都在微微颤抖，仿佛看到了什么惊恐的物事。而两人手中的圆球上，浓黑的雾气散去，现出了几分白色。

这抹白像是风似的游离汇聚，最终竟然变成了一个骷髅的形貌。

"你是谁？"王子进问向这白马兵士，但很快他就发现自己问得如此多余。

他如此特立独行，如此悠闲自若，还能是谁呢？自然是这个世界的主宰，那位绯绡口中无处不在，无所不能的始作俑者。

骑白马的人并未回答他，方才还安静的世界突然变得喧嚣起来，身后传来了嘈杂的哭声、马蹄声，还有叫救命的声音。

他慌忙回头，只见村民们正慌不择路地向山上爬来，而在他们身后，大批的骑兵像是潮水般追赶着他们。

尖利的长矛刺穿了他们的腿，如蝗的羽箭瞄准了他们的背，为首的正是阿壮，他满脸鲜血，突然看到了王子进。

"王兄！贵人啊……"他凄厉地哀号着，朝他伸出了手，"救救我们啊，救救我们……"

王子进见这些跟自己生活过的村民们受难，心中激愤难当，纵马冲了过去。马越过灌木，扬起前蹄，踢飞了两名追杀村民的鬼兵。

他右手持刀，如有神助，轻易又砍倒了几名兵士。

"王兄！"阿壮见他奔到面前，急扑向他。他一把拉住阿壮，后者一翻身就伏上了他的马背。

马上驮了两个人，奔袭的速度立刻慢了下来。他连忙纵马跑向山顶，将阿壮甩在了一处灌木中，又要下去救别人。

"子进！子进！快看你的身后。"

然而就在这时，衣袖里传来了绯绡的声音，他似乎非常焦急，好像有什么重要的事。

他忙勒马回望，只见那白甲白马的骑士仍一动不动地站在山顶上，但是离他大概三丈处，又多了两个蹒跚的人影。

那是一个年迈的老人，他衣衫褴褛，手臂苍老如枯枝，正紧紧地牵着一个幼小孩童，孩童同样狼狈不堪，背后还背着一个背篓。

两人都疲惫憔悴，显然已经经历了多日的奔波。

他看到这老人和孩童，突然明了一切。自己为什么会被困在战国，又为何会误打误撞地来到一个即将覆灭的村庄。

从来没有什么偶然，一切都是必然。

他在该刹那，终于明白了什么叫作——诸法皆空，因果不空。

遥想多年之前，在东京城里，客栈之中，初次现出原形的绯绡，曾抱着坛美酒，眯着凤眼说出了个狐狸报恩的故事。

故事平淡至极，又略为庸俗，连他自己都不相信这狡猾狐狸的话。毕竟绯绡最爱拿他打趣，而且什么战国时期的男孩，在他看来，是跟他一点干系都没有的。

甚至他还悄悄提防了绯绡很久，才放下心来，相信他确是为报恩而来。至于男孩救狐的俗套故事，早就随着两人的多次奇异历险，被他抛到了脑后。

"原来……原来是这样……"他看着老人和男孩，几乎要一头从马上栽下来。

而老人和男孩仿佛也不知道发生了什么，他们看清了在黑暗中追杀村民的士兵都是骷髅之后，立刻吓得跌坐在地，抱在一起痛哭不停。

只有白马骑士夹了夹马腹，悠然自得地向他走来。几乎在他动起来的同时，鬼兵鬼将们都放下了兵器，这些如妖似魔的士兵，像是虔诚的信徒般，仰望着他的所在。

它们的盔甲散发着寒光，它们黑洞洞的双眼中，流露着敬畏之情。

"好久不见了，王子进。"他停在他面前，摘下了头盔，露出了一张棱角分明，又不失英俊的脸。

王子进看到他的脸，恍惚了一会儿，才想起在哪里见过。这不就是他在长梦中屡次梦到的猿猴精吗？

他曾被一个画家的书童困在了小楼中，意外被他们解救，没想到此人竟然恩将仇报，数次跟他们作对，还招来了瘟神，差点要了他的命。

"原来是你在捣鬼！"王子进怒道，"你把我困在这里，到底想干什么？"

"很简单，就是想让你做个选择而已……"袁生笑了笑，他的浓眉像是云一样压在眼上，眼中闪烁着寒铁般冰冷的光："选择他们，还是选择它。"

他说话的速度很慢，说到"他们"时，骷髅兵团们高高地举起了兵刃，武器寒光森森，映出村民们惊恐的脸。

而当他说到"它"时，男孩背后的背篓动了一下，里面似乎藏着一只动物。

"那……那是什么？"王子进颤声问，虽然他已经猜到背篓里是什么，还是不愿相信。

几乎在他话音脱口的一瞬，仿佛是听到了他的召唤似的，一团白影从背篓中蹦了出来。那是一只幼小的狐崽，雪白的皮毛上还沾着鲜血，看起来弱小而可怜。

"小雪！"原本还疲惫不堪的男孩，一个箭步冲过去，把狐狸紧紧抱在了怀中。

王子进从马背上滑了下来，他突然觉得手上的刀变得有千钧之重，让他几乎握不住刀柄。

"你知道什么是'因果'吗？"袁生纵马走到他的面前，白马的高大健壮，像是一堵无法逾越的墙。

那堵墙或许叫作"命运"，或许也叫"死亡"。

他仰望着他，只看到天幕乌云重重，风云际会中，一场骤雨呼之欲出，而天地之间，哪里也没有他的出路。

"其实在千年前，你就遭遇了一场'因果'，我所做的，只是让过去的场景重现，让你有机会再做个选择而已。"

他扬起手挥了挥，山腰处的骷髅士兵们都纷纷放下了武器。村民们或跌伤了腿、或被砸破了脑袋，他们再也跑不动了，只能用祈求的眼神看向王子进，期望能有一线生机。

"小雪，小雪！"男孩仍抱着狐狸哭叫，而狐狸蜷缩在他的怀中，似在畏惧什么。

他的爷爷忙冲过去，把孙子揽到身后："乖孙，莫叫，莫叫了！也不看看这是什么情形。"

一切都不可收拾，一切又都栩栩如生。

"'因果'是什么？"王子进颓然地问，仿佛已经放弃了反抗，任命运将他吞噬。

"千年之前，男孩救了狐狸，而他们要投奔的村庄就被兵匪屠杀了，甚至连他自己也死于非命。"袁生冷笑着说，"其实，这些人本可以不死的。因为他救了白狐，那是不该存在于这个世界上的妖孽，世间的一切都需要平衡，因为狐妖活了下来，所以需要这些人命来填。"

"不，你在胡说！"王子进攥紧了拳头，愤然道，"绯绡才不是妖孽，他所做的，皆是救人善举。"

"是吗？在跟你相识前的千年之久，你知道他是怎么过的吗？"袁生轻蔑地看他，似在嘲笑他的无知，"妖孽皆无不同，轻则茹毛饮血，重则取人性命，你可见他对人起过怜悯之心？"

王子进恍然失神，眼前浮现出了绯绡的形貌。他容貌俊美，永远是一副不沾纤尘的少年模样，可是他的眼底，又隐藏着疏离和冷漠，仿佛在不经意间，他就会露出尖牙和利爪。

十

所有的村民都被鬼兵们押上了山，齐齐跪在地上，他们都受了些轻伤，呻吟不绝，却不至于殒命。而且不知是不是猿猴精特意吩咐的，阿壮一家还被安排在了最前列，阿壮的老母瘫坐在地上，头歪歪地垂到了一边，似乎只剩下一口气了。

骷髅兵团包围了山巅，它们的马匹挨着马匹，兵刃连着兵刃，如罗网交织，把这小小的山头围得密不透风。

夜空中乌云奔涌，从遥远的天边，黑暗的深处，传来隆隆雷声，宛如诸神的怒吼。

"爷爷，我怕！"男孩怀抱着狐狸，看着周围由铁甲兵戈铸就的壁垒，只能往老人的怀里钻，这已是他唯一能容身的去处。

老人用苍老的手抚摸着孙子的头，浑浊的老眼中却隐现泪光。在这地狱般的情景中，他早已看到了死亡的影子。

王子进望着这些受难的人，已经再也站不住了，他"扑通"一声跪坐在地，像是被抽干了所有的力气，根本无力反抗。

夜幕低垂，群山更显苍茫。

袁生纵马而行，停在男孩和村民之间，宛如高高在上的神一般，朝王子进道："来吧，做个选择，选择这些人，还是狐狸呢？"

受伤的狐崽像是感知到了危险，从男孩的怀中溜出来，躲在了竹篓后。它皮毛雪白，双眼黑如点漆，仿佛通人性一般，定定地望着王子进。

王子进看着这白狐的眼神，恍然像是回到少年时，彼时他进京赶考，站在船舷边眺望绿堤柳岸，就被这样一双幽深黑瞳迷惑，跳入了碧水之中。

"绯绡……"他心中大恸，颤声问白狐，"我该怎么办呢？"

然而白狐根本无法回答他，只低头舔了舔自己受伤的爪子，发出了哀哀轻鸣，好似在悲伤哭泣。

"千年之前，你做了个错误的选择，导致多人枉死，如今给你个机会重新选择，你怎么还不懂珍惜呢？"袁生摇了摇头，继续循循善诱地朝王子进道，"再说狐妖又给你带来了什么？如果没有他，你可能会专注于学业，搞不好会考取功名，更能成为一方名士呢？可他一见面就说你八字不好，招鬼引怪，殊不知那些鬼怪正是他招引而来。你仔细想想，为何在遇到他之前，你没有见到过任何妖怪，而与他相识后，就经历了诸多奇事呢……"

王子进原本还痛苦得几乎揪成一团的心，竟然渐渐地舒展开了，但却像是初冬的潭水，表面看着没有凝冻成冰，但潭底已是寒意透骨。

难道绯绡真的在骗他？

在一片绝望的黑暗中，在众人哀号的呼叫声中，他的眼前再次出现了一个白衣少年。他黑发如墨，剑眉入鬓，俊美的脸上，永远挂着漫不经心和淡淡的疏离。

他眯着眼睛筹谋的狡黠、他笑起来如春花初绽的容颜、他一见到烤鸡就迫不及待的馋相、他为自己忧虑的愁容，都一一在王子进的眼前闪过。

记忆中的他，是如此真实鲜明，一点也不似伪装。

"狐狸最喜骗人，难道你忘了？"耳边传来了一个低沉的声音，少年的幻影刹那间被打破，似片片梨花，零落在夜风中。

"不……我不信……"

"狐狸还善妒，喜欢牢牢地把你把控在手心里，所以制造出种种奇遇，迷惑你的心神……毕竟除了你这种呆子，又有谁肯虚掷青春，陪他游山玩水呢？"

"可他曾为了我去死！"心底的潭水几乎冻凝了，只有点点涟漪，在不甘心地挣扎。

"如果没有他，你还未必要去死！"

王子进跟跄着后退了两步，多年来的所念、所思、所盼、所执，如雪山崩塌般，在顷刻间化为飞羽。

"王兄，求你救救我们，我不想死啊！"阿壮并不傻，看清了众人的生死只在王子进一念之间，连连哀求。他紧搂着妻子，那妇人怀抱幼子，也双眼含泪，悲怆地望着他。

而阿壮年迈的老母，则匍匐在地上，一遍遍地对他磕头，即便磕得头破血流也不停止。

其余的村民也耐受不住了，纷纷向他哭号祈求，求他救大家一命。他们都曾与他在篝火前把酒言欢，又都听他的指令，结伴逃离了村庄，虽然只相识了短短几日，也算得上生死之交。

王子进看着哀号恸哭的村民，又后退了一步。村民们跟在他的身后，是想闯出一条生路的，他又怎能亲手将他们推进死亡的深渊？

"这位公子，求您放过老夫和孙儿吧，我这孙儿可怜，他才这么小，怎么就要死了呢？"老人老泪纵横，拉着孙子一起向他哀求道。

男孩缩在爷爷怀中，他虽然小，似乎也明白了此时的处境。

"你呢？"王子进看着这个孩童，他虽衣衫褴褛，满面污垢，但眼中却饱含天真。

世界在他眼中是一片混沌，或许他是在这众人之中，唯一能理解王子进，不会以多寡来衡量生命的人。

男孩看了看躲在竹篓后的狐狸，又看了看周围如鬼似魅的兵士，小嘴一扁，突然哭了起来："我……我想活下去，求大人你杀了狐狸吧，我不救它了，我不救它了……"

王子进万万没想到男孩会这么说，登时愣在原地。

而狐狸则发出细小的悲鸣，像是知道了自己已被所有人放弃了，夹着尾巴拼命往竹篓里钻。

"哈哈哈，你看，人性不过如此！连这小小孩童，都懂得自保，比你聪明。"袁生在马背上狂笑，他高大的身躯布满盔甲，随动作发出"叮叮"的轻响。

"世人皆说，世事难两全……"方才还站立不稳的王子进，弯腰捡起了掉落在地上的刀，像是拄着拐杖般支撑着身体，他原本悲悯的眼神变得像刀锋般冷酷，看向马背上的劲敌："但我王子进一向贪心，今日偏要求个两全！"

他右手突然劲力无穷，将刀轮成了一个满月，向马上的袁生砍了过去。

如果一切如绯绡所说，皆是幻象，他只要干掉这始作俑者，自然就能救了所有人，自己也能逃出生天。

"看来你还是选择了狐妖呢……"刀刃砍在身着白甲的袁生身上，竟然落了空，仿佛砍在了空气里，发出了"咣"的一声巨响，重重砸在了地上。

刀柄震得他虎口发麻，长刀脱手而飞。而白马和白甲骑士骤然消失，又在下一个瞬间来到他的面前。

他甚至能感受到马喷出来的鼻息和盔甲散发的森森寒意。

"真是愚蠢！"袁生居高临下地看着他，像是在看一只渺小的虫子："我怎么会把真身像个箭靶一样，在你面前晃来晃去，任你刺杀呢？"

"你这个胆小的废物，只敢以语言挑拨，连个面都不敢露！"王子进气急，忍不住破口大骂。

哪知马上的袁生却并不生气，只轻轻扬了扬眉毛："别想跟我用激将法，这么多年过去，我也长进了……"他说罢顿了顿，似乎还是气不过道，"给你个提示，我确实就在你的附近，这里人人都可能是我。"

"狗屁提示！"王子进忍不住咒骂。

袁生突然俯下身，长臂一展，一把掐住了他的咽喉。他的手上长满了灰白色的长毛，真的像只白猿一般，指甲也跟动物的一样，锋利而坚硬，宛如利刃。

"既然在这么多人命和狐妖之间，你无法做选择，那就再加你一条命吧。"他轻易就把王子进提到了半空中，狞笑道："要么杀死狐妖，要么死！"

他本就身材高大，又骑在比普通马匹还高了一头的骏马之上，王子进被他抓在手中，像是个被悬在半空中的破灯笼般苍白而脆弱。

尖利的指甲嵌入了王子进的脖颈，血像是檐下的雨滴般，一滴滴落在了白马上，染红了它的鬃毛。

他呼吸微弱，手脚抽搐，似乎就要死过去了。

"子进，不能再等了！"就在这时，绯绡的声音再次响了起来。与此同时，他袖管招展，竟然有个庞大的白影，龙吟虎啸般冲了出来。

十一

庭院之中，月亮的影子被乌云吞噬，星星也躲进了夜幕里，似乎不忍目睹这人间惨剧。鬼怪们在这星月无辉的晚上跳起了舞，它们正在为即将到来的战利品而庆祝。

地上的一双男女，书生突然浑身抽搐不停，似乎就要断气了。而躺在他身边的紫衣美妇，花瓣般柔美的唇边，却荡漾出一丝不易察觉的笑。

两人手中的珠子再次发生了变化，骷髅消失了，里面有一团灰雾，一道白光在缠绕游走，争斗不停。

众妖都定定地看着这个奇怪的珠子，好奇它最终会变成什么模样。月影也移出了乌云，似乎不愿错过这精彩的场面。

夜幕沉沉，隆隆雷鸣在云山雾海中游走，天气更闷热了，空气湿得仿佛能掐出水来。一场山雨欲来，拉开了命运的帷幕。

白影从王子进袖管中蹿出，一下咬向了白猿抓着王子进脖颈的手臂，后者受到了袭击，再次变成了一团虚影消失了。

王子进跌落在地，咳嗽不止，只见身前已经多了一只毛发雪白的狐狸。它昂首站在黑暗中，眼如黑玉，英姿勃发，浑身都散发着灵气。

"绯绡……"王子进捂着脖颈，瘫坐在地，虚弱地朝白狐笑道，"你看，任他如何说，我还是信了你……"

"那是自然！"白狐朝他得意地摇了摇尾巴，一副理所当然的样子。

可是下一个瞬息，一道灰影就向它袭来。正是猿猴精去而复返，他不再骑马，也解去了盔甲，连脸上都长满了细毛，几乎就要变成一只巨大的白猿。

绯绡纵身一跃，躲过了一击，可紧接着另一击随之而来。

"死狐狸，我观察了你许久，明明自己弱得连人形也变不了，还敢来跟我缠斗。这么多年过去，你变傻了很多呀！"

他桀桀怪笑着，纵身追打着白狐。

众人皆屏住呼吸，连吭都不敢吭一声，看着这一狐一猿的争斗。两妖一灰一白，渐渐看不清身形，幻化成两道虚影，在黑夜中辗转腾挪，如电光相逐。

王子进力气慢慢恢复，心都揪成了一团，紧张地看着这场恶斗。

它们拼搏得越来越凶猛，竟然卷起了飞沙走石，最后竟然连影子都看不到了，只有细细的石子不断溅出，砸在人身上，像是被竹篾小箭射中了般皮肉生痛。

可这激烈的打斗持续了不过半炷香的工夫，突然戛然而止。尘烟散去，只见苍茫的夜色中，正站着一头一丈多高，宛如小山般的白色巨猿，而这猛兽的手中，正拎着一只奄奄一息的白狐。

"绯绡!"王子进再也站不住了,只觉心中悲愤难耐,朝白猿冲了过去。

可对方根本连动都没动,只挥了挥长臂,产生的罡风就将他逼退了几分。王子进还想再去救白狐,却见白猿已经走到了他的面前。

它看起来高大而凶猛,浑身的毛发粗硬似钢针,嘴边獠牙森森,双目满含血丝,宛如寺庙影壁上画的狰狞神魔。

王子进却对这高大可怖的魔怪毫不畏惧,只呆呆地看着它手中的狐尸,狐狸仿佛死透了,双眼紧闭,口角还流着鲜血。

多年来跟绯绡一起历险游乐的种种过往,再次在脑海中浮现。它用它的全部修为救了自己,哪想多年之后,还是被他拖累至此。

泪水滑下了他的脸庞,他张了张嘴,只觉嘴边又干又涩,连哭声都发不出来。

"选吧……"白猿却不杀他,依旧让他做选择。

"你?不杀我?"王子进如行尸走肉般答道,无惧也无畏,似乎除了悲伤,已经没有了别的感情。

白猿摇了摇头,手中微晃,递给了他一把刀:"去吧,去把那只白狐崽杀掉。"

"为什么?偏偏要我杀它?"他木然地接过了刀,像是第一次见到这种凶刃似的,打量了又打量。

"因为只有你杀了它,才能斩断你们的缘分……"白猿朝他喷了口气,似乎在威慑他。

可王子进半点也不怕,仍木然地拎着刀,他看着远处背篓中的狐崽,那是他跟绯绡相识的起点。

如果再杀了它,怕是他这辈子都再也想不起绯绡了。

"王兄,贵人啊!求求你救救我们!"阿壮见他犹豫,突然大哭起来,"你若是喜欢白狐,我们在山里多给你抓几只便是了,求你救我们一命!"

白猿朝半空中打了个响指,骷髅士兵皆"唰"的一声抽出了长矛兵刃,架在了村民们的脖子上。

霎时间山顶哭号声连成一片,甚至压过了滚滚不绝的雷声。

"我也替孙儿求你了!老夫死了不要紧,孙儿还年幼呀!"老人怀抱着男孩,哭得涕泪纵横。

王子进脚步趔趄，眼神木然，先是走到了白狐的尸体前，摸了摸它雪白的皮毛，又站起身，来到了竹篓边。

竹篓微晃，里面漆黑一团，躲着个瑟瑟发抖的小生灵。

"你也让我杀了它？"他提着刀，却看向了被老人紧紧抱在怀中的男孩，愣愣地问，"不是你救了这只白狐吗？"

他说着，眼含绝望，又有泪水流了下来。

苍天似乎像是听到了他的话一般，报以隆隆雷鸣，而憋了半宿的雨，终于在此刻倾盆而落。

在绯绡跟他讲过的故事里，雨落之时，就是男孩死亡的一刻。他的血水混在了雨水中，蜿蜒于山路中，宛如红绡委地，狐妖才以"绯绡"为名，铭记这段恩情。

"是的，我只是无知，现下我不想救它了……"男孩哭个不停，抽噎道，"我哪知它是妖孽？如果知道，我才不会救它……"

王子进听到这话，突然停了一下。随即他提着刀，蹲在了男孩的面前，轻轻地摸了摸他的头。

男孩扎着个小辫，扁着嘴哭得伤心，像是为自己幼小的生命流泪。

"是你吧？"王子进原本木然的双眼突然有了精光，像是一段朽木骤然有了精魂，他的眸光如刀似剑，像是要穿透男孩的皮肉，看破他的心。

男孩愣住了，似乎不明白他的话。

"你就是这幻境的始作俑者，而那可怕的巨猿魔怪，不过是个幌子而已！"

他说罢手起刀落，就向男孩的头上砍去。刀划破雨幕，绘出了一道死亡的弧光，眼看就要落在男孩的头上，却骤然停住了。

方才还在雨中悲伤恸哭的男孩，已经丝毫没有了哀伤的表情，他的眼中甚至没有一滴泪水。

而弱小如他，只用一只手，就撑住了王子进全力砍下的刀刃。

十二

"傻书生，没想到你还有两下子，居然能识破我？"他手腕一翻，轻易就夺下了王子进手中的刀，扔到了地上。

他不再是方才那软弱可欺的孩童，虽然身量一样矮小，浑身却散发着妖异的气息。

雨势越来越急，世界变成了一片苍茫，雨幕连接了天地，也混淆了真实和虚幻。

"因为你太着急了……"王子进抹了抹脸上的水，缓缓道："急着让我杀狐狸，急着取什么？"

"你这呆子，怎么变聪明了？"他轻轻拍了拍手，两人身后那狰狞巨大的白猿凭空消失了，宛如尘埃被雨水冲刷般不留痕迹，"我要的，就是狐妖留给你的力量，但你死活也不肯放手，只有你斩断你们之间的牵绊，我才能拿到它。"

王子进摇了摇头："这么多年过去，你还是被人一问就什么都说呀。"

男孩却挠着腮笑了笑："非也，我之所以告诉你，是因为我不怕你。狐妖已死，凭你一个手无缚鸡之力的书生，又能拿我怎样？我可以想出千万种方法，让你杀掉狐妖、斩断牵绊，甚至能让你求生不得，求死不能！"

"我杀了狐狸又能得救吗？被你取走绯绡留下的内丹，我还不是死路一条？"

男孩点了点头："没错，所以这个局对你来说就是个死局。"

可王子进听到这话却毫不畏惧，甚至连之前的悲痛都消失了。

男孩突然觉得有些不妙，他身量迅速变大，眨眼间就成了一个锦衣青年。他姿态英伟，眼神凶狠，一爪就向王子进胸前抓去。

"死书生，留你不得！"

可他话音未落，就有一道白影从竹篓里蹿出来，一下就截住了他的利爪。那是一个身穿白衣的美少年，他身材高挑，面容柔美，一双丹凤眼漆黑灵动，竟然是已经死了的绯绡。

雨势如泼，可这大雨竟然没有半分沾到他的身上，他白衣翩然，如立在水面的莲花般清雅出尘。

"你……你竟然装死！"袁生咬牙切齿道。

"是你自己说的，狐狸最爱骗人，我在你下杀手的一瞬，就躲到了竹篓里，留下的只是一具假的狐尸，难道你很意外吗？"绯绡笑了笑，宛如春花初绽，似乎根本不把他放在眼里。

"那又怎样？在这里我是主宰，况且你的力量那么弱，又能有何作为？"

绯绡眯了眯眼，从腰间拔出了只碧绿玉笛："你可听说过一句话？强者以弱示人，不知深浅者，最为深！"

袁生愣住了，脑后突然冒起了凉风。

"柳儿，把我藏在你身体里的力量全部给我！"绯绡朝雨中扬了扬玉笛，所有的雨滴都随着他的动作停在了半空中，时间仿佛在须臾间静止了。

庭院之中，原本还昏迷不醒的美貌妇人，突然睁开了眼睛，她坐起身，把双手都按在了散发着朦胧光辉的圆球之上。

圆球变得越来越亮，越来越热，似乎有什么东西即将冲破球壁，奔涌而出。

所有等待着夺走躯体的妖怪都尖叫着四散奔逃，它们畏惧这个妇人，就像畏惧着阳光。尤其是在这时，她周身都散发着耀眼的光芒，艳丽得让人无法逼视。

而在幻境之中，雨夜凄寒，树影飘摇。

静止的雨滴突然迸射出金色的光芒，一个个都似小小的太阳般明亮耀眼。猿猴精急忙捂住了双眼，而且不只是他，村民和骷髅兵将，连老人都不敢凝视着闪亮的雨滴。

这其中只有王子进不畏惧明亮的光芒，仍跟绯绡并肩站在一起。千万个光点照亮了世界，方才还死气沉沉的黑夜，此刻变得如星河般光彩四溢。

"去！"绯绡红唇含笑，目如点漆，轻轻弹了弹手指。

无数滴光点立刻向四周弹开，它们像是弹丸般坚硬，又如烈火般明亮灼热，刹那间就穿透了所有人的身体。

光点所到之处，雨水蒸发，骷髅崩塌，马匹嘶鸣，兵刃碎裂，连哀哀祈求的村民们，都化为了烟尘。

幻境在光海中湮灭，不过瞬息之间，山顶上就只剩下三人，甚至连高大险峻的岩石都被削去了一半。

袁生仍伫立在原地，但已狼狈不堪，他头发散落，身上多处受伤，衣服也碎成了布条，堪堪挂在身上。

"没想到……你竟然带进了太阳……"他失去了力量，脸上长出毛发，嘴里生出獠牙，又变成了猿猴的模样。

绯绡却依旧白衣翩然，悠然自得，还得意地变出了把折扇摇了又摇："可不是吗，从你接近子进，让他陷入梦境之中时，我就开始用法术积攒阳光了，没想到你跟过去一样好猜，果然像我想的那样，想从子进身上取出内丹。集光之术只是个小法术，但却能借光的力量，不费吹灰之力驱散幻境，我是不是很聪明？"

王子进看他这炫耀的样子，忍不住叹息摇头，这么多年过去，他还是一点都没变。

"哈哈哈，可是你们依旧逃不脱这里！"袁生已经彻底变成了一只猿猴，他浑身布满了灰白色的毛发，眼睛充满了血丝，"这是利用王子进自己的执念造就的幻境，如果他想不开，你们即便打败了我，也只是破除了我制造的幻象，还会有新的幻象产生，永远都走不出此地。这里是佛教里的识海，是九霄天宫，也是阿鼻地狱！"

王子进却看了看绯绡，爽朗笑道："绯绡，见了你，我终于明白什么是'阿赖耶识'了。"

听到"阿赖耶识"这四个字，白猿突然愣住了，它仿佛不敢相信自己的耳朵，突然朝王子进疾冲而来。

但地上突然竖起了巨岩，挡住了它的去路。白猿创造的幻象被打破了，这是新的幻象，又是谁创造的？

可没有时间给它细想了，幻象纷叠而来，它看到了无数美貌的佳人，那是人世间最吸引它的美色。

佳人巧笑倩兮，有的怀抱琵琶，有的手持罗扇，还有的跳着艳丽的舞蹈，让它目不暇接。在众多佳人的簇拥下，又有一个青衣书童，手捧七彩宝墨向它走来。

"你是谁？为什么给我这个？"它诧异道，这书童他看着面熟，却又想不起来。

"我是湖颖呀，也是画师胭脂斋，你的人间好友，袁兄健忘呀……"书童拿起宝墨，放到它的手中，"而这，正是困了袁兄多年的符咒……"

墨锭上流光溢彩，仿佛将瑰丽晚霞收纳于盒中，可这绚烂的色彩中，正有一道红色的符咒，像是蛇一般游走。

"不……不要！"白猿挥舞着双手，连连后退，它又想起了自己被囚禁在小楼中，供画师取血作画的日子。

那是它最可怕的回忆，是它抛不掉抹不去的梦魇，是它摆脱不了的执念。

可任它拼命奔逃，还是被符咒追上了，牢牢地被符咒幻化的绳索捆在地上。随即在它倒下的地方，平地起了一栋小楼，小楼起脚飞檐，精致美丽。

灯光随即亮起，透过雕花小窗，照得小楼好似琉璃烧就，美丽得如同天宫阁楼。

"哎，看来不论是人是妖，都有摆脱不了执念，为其所困呢……"绯绡见已将猿猴精困住，轻轻放下了手中的玉笛。

"绯绡，如果走出这里，我们是不是就不会再见了？"王子进看着容貌俊美，青春年少的绯绡，不知不觉中，又红了眼眶。

绯绡笑而不语，但他的不答，就是回答。

"不要再让我忘记你了，我要记得你……"虽然上了年纪，他还似年少时一般，抹了抹眼泪。在绯绡的面前，他永远是那个幼稚冲动的王子进。

绯绡颔首朝他微笑："好！"

"记得有空来瞧瞧我，我定备好美酒佳肴相候。"

"好！"

"一言为定！"

"一言为定。"

他走上前去，拉住了绯绡的手。这么多年过去，他的手掌依旧如过去一样纤细而有力，王子进伸出手指，在他的掌心上写了一个"真"字。

"这是我领悟的'阿赖耶识'，也不知对不对？过去已经过去，未来还未到来，过去未来皆是幻象，只有现在是'真'。我不该执着于年少的过往，如今的我，有家、有柳儿、有儿女绕膝，这些才是我最该珍惜的……"

他话还未说完，执念的幻境已经破除，绯绡的身影慢慢消失，阳光照进了这黑暗之地。

光晃得他睁不开眼睛，他适应了许久，才勉强睁开了眼睛，只见天光大亮，晨风妩媚，自己正躺在自家庭院的台阶上。柳儿在他的怀抱中酣睡，她似乎做了个好梦，脸上还挂着满足的笑容。

他回想起梦所见，只觉额头发痒，直至确认了眉心血红色的胎记恢复如初，才暗暗地松了口气。

十三

不过几日，怪谈就像长了脚似的，传遍了大街小巷。大家都说写话本的梦斋先生与妻子失踪了一整夜，家中奴仆急得四处寻找，但待到天明之时，却发现两夫妻竟然就睡在庭院里。

当晚两个小婢女提着灯笼一直站在门口，根本没看到有人回来。其中一个婢女信誓旦旦地说自己看到一只白狐蹿出来，那狐狸仿佛在笑似的，嘴巴里还叼着个闪闪发光的圆球。

"定是有狐妖作祟！"大家最终下了结论。

流言纷叠不止，梦斋先生的话本却更好卖了，话本中的种种传奇，都成了人们茶余饭后的谈资。

自此之后，很快就有听书的客人，发现梦斋先生的故事里多了个白衣美少年。这狐妖少年俊美无双，足智多谋，每每在危机时化解困境，既妖异又惑人。

大家被书中的狐妖迷惑，无法自拔，更有好事者说写话本的梦斋先生，其实就是狐妖变的。但这个猜测很快就被打破了，因为有说书人经常去梦斋先生家中做客，还看他忙里忙外地帮助妻子，一副惧内模样，哪像是狐妖？

又有人猜测梦斋先生是狐妖的朋友，这个说法很快就得到了印证，因为有人见过他一人去酒馆吃菜，却点了一桌鸡做的佳肴，碗筷也放了两套。

他是在与谁相会呢？是美貌的狐妖吗？

人们无法追究查证，只能再多买两本话本，以期从诡谲精彩的故事中一探究竟。

春去秋来，经年累月，王子进一直没有等到绯绡。

但每逢月明时、花开日、落雪天，他都会摆出几碟酒菜，一人独酌。每次的菜色中，必有烧鸡，他喝酒时，对面也必放着一只空杯。

"绯绡啊，你说过会来见我的，怎么又食言了？"喝多了时，他会伤心地嘟囔，醒来后，他又全然忘了醉话。

时光飞逝，霜雪爬上了他的鬓发，王子进已经进入了垂暮之年。但他只要精神还好，就会继续写他的狐妖的故事。

故事里的狐妖依旧风流倜傥，永远不老，但写故事的人却老去了。

终于在一个落雪的冬日，柳儿叫来了所有的儿孙，他们围在他的床前，似乎在与他话别。此时他已经三日粒米未进了，脸色蜡黄，身体干瘪得像凋零的树叶。

这晚烛光摇曳，窗外雪落如花，即便屋里放了几个炭盆，他依然觉得冷。

"子进，子进你想要什么？我去给你取？"柳儿看到他渴求的目光，忙站起身。

暖黄的烛光下，昔日的如花美眷，已经变成了个白发老妪。王子进满含依恋地看着她，仿佛她还是少女时娇艳的模样，万分不舍。

"是该喝药了……"柳儿动作迟缓地坐起身，领着婢女去取温好的汤药。

王子进疲惫地闭上了眼睛，怎么也睁不开了。他太累了，恨也累，爱也很累，无尽的等待更是令人伤神。

就在缥缈的烛光中，亦真亦幻间，窗檐似乎动了一下，发出了"咔嚓"一声轻响，几片雪花飘了进来，落在了王子进的脸上。

"子进，我来了！"一个熟悉的声音在耳边响起，他突然精神一振，浑身的疼痛渐渐褪去。

他看到了绯绡，他依旧是十七八岁的模样，黑发如墨，笑靥如花。

"你怎么这么久才来见我？"他怨道。

"迟到也总比不到好。"绯绡永远都有自己的说辞，他朝王子进伸出手，笑道，"子进，我们走吧。"

王子进看着他的手，想到了少年时，自己贸然跳入水中。那时他也站在堤岸上，这样对他伸出了手。

他毫不犹豫，一把拉住了绯绡的手，亦如多年之前。

他的身体变得轻盈无比，他终于抛却了衰老和病痛，得到了自由。他走出了温暖的房间，落雪的尽头，是一片江天明月的辽阔景色。

他又看到了年少时的景致，看到了春江花月，他在月光下漫步，在花枝间吟游，跟在绯绡的身后，消失在江天一色之间。

而在暖房里，落在王子进脸上的雪花，却再也没有被拂去。一个生命随着飘雪，悄然而逝。

江水流春去欲尽，西斜的落月里，又将有新的人，新的生命，咏叹着春江与月色，谱写出生命的传奇。